ज्योतिर्विदाभरणम्

श्रीकालिदासप्रणीतं

ज्योतिर्विदाभरणम्

मुनिभावरत्नविरचितया 'सुखबोधिका' ख्य-संस्कृतव्याख्यया
प्रो० रामचन्द्रपाण्डेयकृतहिन्दीभानुवादेन च संवलितम्

सम्पादकोऽनुवादकश्च
प्रो० रामचन्द्रपाण्डेयः
ज्योतिषविभागाध्यक्षचरः
काशी हिन्दू विश्वविद्यालयः वाराणसी

SINCE 1901

**मोतीलाल बनारसीदास
पब्लिशिंग हाउस**

पुनर्मुद्रण: 2026
प्रथम संस्करण: 1988

वितरक

मोतीलाल बनारसीदास पब्लिशिंग हाउस

- 4637/20, एफ-2, हरि सदन, पहली मंजिल, अंसारी रोड, दरियागंज, दिल्ली-110 002 टेली॰: (+91-11) 4559 7999
- पहली मंजिल, 1/2, रत्नाविलास रोड, बसवनगुड़ी, पाई विस्टा कन्वेंशन हॉल के बगल में, साउथ एंड सर्कल बेंगलुरू-560004 (भारत) टेली॰: +91-80-41275911

ISBN: 978-93-7100-167-0 (सजिल्द)
ISBN: 978-93-7100-958-4 (अजिल्द)

मुद्रक एवं प्रकाशक
राजेन्द्र प्रकाश जैन के *द्वारा*
मोतीलाल बनारसीदास पब्लिशिंग हाउस
ए-44, नारायणा इंडस्ट्रियल एरिया, फेज़-1, नई दिल्ली-110 028 **(भारत)**
Email: naraina@mlbd.in Website: www.mlbd.in Tel.: (+91-11) 4751 1592

भूमिका

नमः पूर्वाय गिरये पश्चिमायाद्रये नमः ।
ज्योतिर्गणानां पतये दिनाधिपतये नमः ।।
जयाय जयभद्राय हर्यश्वाय नमो नमः ।
नमो नमः सहस्रांशो आदित्याय नमो नमः ।।[१]

ज्योतिषशास्त्र को वेदपुरुष का नेत्र कहा गया है। छः वेदाङ्गों में इसका उन्नत स्थान है। इसे समस्त ज्योतिष्पिण्डों का नियमन करने वाला खगोल शास्त्र तथा काल को परिमाण में मापने वाला कालविधान शास्त्र आदि नामों से भी जाना जाता है। वस्तुतः ज्योतिषशास्त्र के लिए अब तक जितनी परिभाषायें बनी हैं, सभी अधूरी तथा ज्योतिष शास्त्र की ऊँचाई के समक्ष वामन हैं। ज्योतिषशास्त्र का क्षेत्र इतना विस्तृत है कि एक सीमित परिभाषा द्वारा नहीं व्यक्त किया जा सकता। इसीलिए प्राचीन आचार्यों ने कहीं भी इसकी सम्पूर्ण परिभाषा न लिखकर सिद्धान्त, संहिता और होरा नामक ज्योतिष के तीनों स्कन्धों की पृथक्-पृथक् परिभाषा दी है। संहिता भाग के विस्तार को दर्शाने हेतु वराहमिहिर ने बृहत् संहिता में [२]संहितापदार्थाः–शीर्षक के अन्तर्गत संहिता स्कन्ध में वर्णित विषयों की अनुक्रमणी प्रस्तुत की है। उन्होंने भी यही सोचा होगा कि संहिता को परिभाषा में बाँधकर इसे सीमित करना उचित नहीं है। वस्तुतः ज्योतिष शास्त्र भारतीय संस्कृत वाङ्मय में एक अद्भुत विज्ञान है, जिसके अन्तर्गत ग्रह-गणना एवं काल-गणना के अतिरिक्त मानवीय प्रमुख आवश्यकताओं का भी विवेचन किया गया है। यथा ग्रहचार, ग्रहण एवं काल सम्बन्धी इकाइयों के विभाजन के अतिरिक्त ग्रहों का प्राणिमात्र पर प्रभाव, विविध संस्कारों एवं प्रमुख कार्यों के लिए शुद्धतम समय (मुहूर्त्त) का निर्धारण, वायु, वृष्टि एवं भूकम्प का ज्ञान, दैवी उत्पातों एवं आकाशीय नक्षत्रों के आधार पर देश पर सम्भावित विपदा का पूर्वाभास, पशु-पक्षियों की चेष्टाओं का ज्ञान, वृक्षों एवं कृषि सम्बन्धी विशिष्ट ज्ञान, गृह-दुर्ग, जलाशय एवं देवालय का निर्माण विधान, भूमिचयन, रोगज्ञान, रोगशमन, रत्नपरिचय, शस्त्रनिर्माण, वज्रलेप प्रभृति आदि विषयों का विवेचन भी ज्योतिष शास्त्र के अन्तर्गत किया गया है। इस प्रकार अतिविस्तृत क्षेत्र को देखकर आचार्यों ने ग्रह गणित भाग को सिद्धान्तस्कन्ध नाम से पृथक् कर दिया। ग्रहगणना सम्बन्धी समस्त सिद्धान्तों कालपरिभाषा, काल के भेदों-प्रभेदों एवं यन्त्रों का प्रतिपादन सिद्धान्तस्कन्ध के अन्तर्गत कर दिया गया है। ग्रहजन्य प्रभाव एवं उनके ज्ञान की विधि, जातक के भावी शुभाशुभ का ज्ञान आदि होराशास्त्र

१. वाल्मीकिरामायण यु. का.

२. वृहत्संहिता अ. २.

के अन्तर्गत निरूपित किया गया है। शेष (पूर्वोक्त) समस्त विषयों का ज्ञान संहिता स्कन्ध के अन्तर्गत किया है।

मुहूर्त्तों की भी गणना संहिता के अन्तर्गत ही की गई है। कुछ आचार्यों ने मुहूर्त्त की गणना होराशास्त्र के अन्तर्गत की है। कुछ ग्रन्थ ऐसे भी उपलब्ध हैं, जिनमें मुहूर्त्त के साथ-साथ प्रश्न एवं होराशास्त्र से सम्बन्धित विषयों का भी प्रतिपादन किया गया है। मुहूर्त्त शास्त्र का इतिहास भी अति प्राचीन है। वैदिक काल से ही मुहूर्त्तों का व्यवहार होता आ रहा है।[१] विविध यज्ञों एवं संस्कारों के सम्बन्ध में मास-नक्षत्र एवं अयन के संयोग से उपयुक्त काल के अन्वेषण एवं निर्धारण की प्रक्रिया उपलब्ध है। पश्चात् शनैः शनैः सभी कार्यों के लिए मुहूर्त्तों का विधान हो गया तथा मुहूर्त्तों की लोकप्रियता भी बढ़ती गई। सभी संस्कारों के साथ-साथ कृषिकर्म (हलप्रवहण, बीजोप्ति, धान्यच्छेदन, कणमर्दन, अन्न स्थापन आदि) व्यवसाय, वस्तुओं का क्रय-विक्रय, पशुओं का क्रय-विक्रय, ऋण का आदान-प्रदान, औषधि निर्माण, विक्रय, प्रयोग, यात्रा, राजाभिषेक, गृह-देवालय, जलाशय का निर्माण आदि समस्त व्यावहारिक कार्य मुहूर्त्तों द्वारा सम्पन्न होने लगे।

आज के इतिहासकारों का कहना है कि भारतीय ज्योतिष को आज तक अपने अस्तित्व को बनाये रखने में मुहूर्त्तों का बहुत बड़ा योगदान है। मुहूर्त्तों की मांग ने ज्योतिषियों को ज्योतिष शास्त्र की अध्ययन परम्परा को प्रचलित रखने को बाध्य किया। परिणामतः ज्योतिष का अध्ययनाध्यापन चलता रहा तथा इस शास्त्र से सम्बन्धित ग्रन्थ निरन्तर प्रकाशित होते रहे। मुहूर्तों की लोक-प्रियता का एक उदाहरण यह भी है कि संहिता स्कन्ध से पृथक् होकर स्वतन्त्र ग्रन्थ के रूप में मुहूर्त्त विषय सम्पादित होने लगे। यथा–रत्नमाला, रत्नकोष; राजमार्त्तण्ड, विद्वज्जनबल्लभ आदि। पश्चात् मुहूर्त्त सम्बन्धी ग्रन्थों के नामों में मुहूर्त्त शब्द भी जुड़ने लगे। यथा— मुहूर्त्ततत्त्व, मुहूर्त्तमार्त्तण्ड, मुहूर्तचूड़ामणि, मुहूर्त्तचिन्तामणि आदि।

मुहूर्त्तों का उद्देश्य कार्य की निर्विघ्नता पूर्वक सिद्धि के लिए शुद्धतम काल का निर्धारण करना ही है। जिसके लिए एक विस्तृत एवं विभिन्न प्रकार के परीक्षणों से गुजरना पड़ता है। मुहूर्त्त के निर्धारण में काल की विभिन्न परिभाषायें, ग्रहों के उदयास्त एवं वेध, वार, नक्षत्र, राशि एवं लग्नों के उदयास्त तथा सूर्य और चन्द्रमा के संयोग से उत्पन्न होने वाले तिथि, नक्षत्र, योग एवं करण का अवलोकन करना होता है। नक्षत्रों एवं राशियों की विभिन्न संज्ञायें हैं; यथा–स्थिर, चर, उग्र, क्रूर आदि। कार्य की प्रकृति के अनुसार ही इनका चयन किया जाता है। वार, तिथि और नक्षत्रों के संयोग से विविध प्रकार के शुभ एवं अशुभ योग उत्पन्न होते हैं। यथा–सिद्धियोग, रवियोग, यमघण्टयोग, विषयोग, भद्रा आदि। सभी अशुभ योगों के एवं दोषों से रहित तथा कार्य के लिए विहित पञ्चाङ्गों (तिथि, वार, नक्षत्र, योग, करण) की उपलब्धि होने पर अभीष्ट कार्य सम्बन्धी समय स्थिर किया जाता है। यही मुहूर्त्त-निर्धारण कहलाता है।

---

१. न पूर्वयोः फल्गुन्योरग्निमादधीत। एषा वै जघन्या रात्रिः संवत्सरस्य। यत्पूर्वे फल्गुनी पृष्टित एवं संवत्सरस्याग्निमाधाय। तै. ब्रा. १-१-२-८

ज्योतिर्विदाभरण

यह एक मुहूर्त ग्रन्थ है। प्राचीन परम्परा में प्राप्त मुहूर्त ग्रन्थों में प्रकरण एवं उनके नामों की एकरूपता नहीं होती थी। अध्यायानुसार विषयों का विभाजन कर विवेचन किया जाता था। परन्तु परवर्ती मुहूर्त ग्रन्थों में प्रकरणों के नामों में एकरूपता लक्षित होती है। यथा शुभाशुभ प्रकरण, नक्षत्र प्रकरण, संस्कार प्रकरण, विवाह प्रकरण, यात्रा प्रकरण, राजाभिषेक और अग्न्याधान प्रकरण। इन प्रकरणों के नाम शब्दान्तर से सभी ग्रन्थों में उपलब्ध हैं। ज्योतिर्विदाभरण में भी उक्त सभी प्रकरण हैं । अत: प्रधान रूप से यह मुहूर्त्त ग्रन्थ है।

इस ग्रन्थ में कुल २२ प्रकरण हैं। जिसमें २१ प्रकरणों में ज्योतिष विषयक वर्णन है तथा २२ वें प्रकरण में ग्रन्थकार का परिचय दिया गया है। २२ प्रकरणों के नाम क्रमश: इस प्रकार हैं— १. मानप्रकरणम्, २. योगोत्पत्तिप्रकरणम्, ३. भद्राप्रकरणम्, ४. पर्वप्रकरणम्, ५. ग्रहगोचरप्रकरणम्, ६. उत्पातप्रकरणम्, ७. संस्कारप्रकरणम्, ८. उपवीत प्रकरणम्, ९. विद्यारम्भविवेकप्रकरणम्, १०. राजसत्ताप्रकरणम्, ११. त्रिविधयात्राप्रकरणम्, १२. विवाहप्रकरणम्, १३. विवाहप्रकरणोत्तरार्द्धम्, १४. वस्त्रालङ्कार-परिधानप्रकरणम्, १५. प्राकारप्रकरणम्, १६. गृहारम्भप्रकरणम्, १७. गृहप्रवेशदेवता-प्रतिष्ठाप्रकरणम्, १८. अग्न्याधानादिविशेषसंस्कारप्रकरणम्, १९. मिश्रप्रकरणम्, २०. वर्णाश्रमकर्मसाधनप्रकरणम्, २१. कालनिर्णयप्रकरणम्, २२. ग्रन्थाध्यायनिरूपणम् ।

ग्रन्थकार श्री कालिदास ने इस ग्रन्थ में २२ अध्याय एवं श्लोक संख्या १४२४ बतलाया है।

अध्यायकर्मविनिरूपणरीतिरित्थम्
अध्यायकेषु कृतमाकृतिसम्मितेषु।
श्लोकैश्चतुर्दयाशतैः सजिनैर्मयैव
ज्योतिर्विदाभरणकाव्यविधानमेतत्।।

(ज्यो.वि. २२.६)

परन्तु उपलब्ध संस्करण में श्लोकों की संख्या १४३२ है। सन् १९०८ ई० में बम्बई से प्रकाशित एवं श्री सीताराम शर्मा जाम्मेकर द्वारा सम्पादित संस्करण ही अभी तक देखने में आया है। इस संस्करण में भावरत्न मुनि द्वारा विरचित सुखबोधिका संस्कृत टीका है। यह टीका ही मूल ग्रन्थ की कुञ्जी है। अन्यथा बहुत से स्थलों का अर्थ लगा पाना सम्भव नहीं होता।

ग्रन्थ की भाषा क्लिष्ट एवं रहस्यपूर्ण है। कवि ने अपनी काव्यप्रतिभा प्रदर्शित करने के प्रयास में विषय को गूढ़ कर दिया है। कहीं-कहीं पर कूट श्लोक जैसी स्थिति आ गई है। श्लोकों के क्लिष्ट करने के प्रयास में कई स्थानों पर पुनरुक्ति भी हो गई है। एक ही नक्षत्र को दो-दो बार कह दिया गया है जो कवि की असावधानी व्यक्त करता है।

ज्योतिर्विदाभरण में विषयों का अद्भुत संकलन किया गया है। लगभग सभी प्रकरणों में कवि ने कुछ न कुछ विशेषता लाने का सफल प्रयास किया है। प्रथम प्रकरण 'मानप्रकरण' ही मुहूर्त्त ग्रन्थों से पृथक् एक विशिष्ट विषय है। इसके अतिरिक्त विवाह प्रकरण दो भागों में विभक्तकर उसमें भी बहुत अधिक विषयों का सन्निवेश किया गया है। प्रथम (भाग) प्रकरण में काल शुद्धि, मेलापक, प्रमुख दोष एवं मुहूर्त्तों का विस्तृत विवेचन है। विवाह के द्वितीय प्रकरण में कुछ प्रमुख दोषों का विवेचन, अश्विनी-मघा नक्षत्रों के परित्याग तथा मूल नक्षत्र के ग्रहण में हेतु, खड्ग विवाह आदि का सविस्तार उल्लेख है।

तथा — यात्रा प्रकरण इस ग्रन्थ का सबसे बड़ा प्रकरण है। सभी प्रकार की यात्राओं का इतना विशद विवेचन एक ही स्थान पर अन्यत्र दुर्लभ है। स्थान-स्थान पर अश्व-गज-फणि आदि लगभग ६७ चक्रों का भी उल्लेख किया गया है। ये चक्र प्राय: नरपतिजयचर्या, मुकुन्द विजय, समर सार जैसे स्वर एवं युद्ध यात्रा सम्बन्धी ग्रन्थों में ही उपलब्ध होते हैं। उन सभी का सचित्र विवेचन इस ग्रन्थ में किया गया है।

वर्णाश्रम और काल निर्णय दो प्रकरण धर्मशास्त्रीय हैं। इनमें वर्णाश्रम कर्मसाधन प्रकरण में चातुर्वर्ण्य के अधिकार एवं कर्त्तव्यों का विवेचन किया गया है तथा प्रत्येक के लिए अपने-अपने जाति धर्म के अनुरूप कार्यारम्भ का मुहूर्त्त दिया गया है। काल निर्णय प्रकरण में व्रत-पर्वों का निर्णय एवं श्राद्धकाल आदि का धर्म-शास्त्रीय विवेचन किया गया है।

इस प्रकार यह ग्रन्थ ज्योतिष एवं धर्मशास्त्र के संगम स्वरूप अद्भुत संग्रह ग्रन्थ है। विद्वान् ग्रन्थकार ने अप्रसिद्ध एवं एकाक्षरी कोष के प्रयोगों द्वारा इस ग्रन्थ को दुरूह कर दिया है। अपनी बातों को काव्य शैली में व्यक्त करने के प्रयास में ग्रन्थ दुरूह होता चला गया। परिणामत: यह ग्रन्थ सर्वजन ग्राह्य एवं सर्वजन सुलभ न हो सका। भावमुनि की संस्कृत टीका ने ग्रन्थ की गूढ़ गुत्थियों को सुलझा दिया है। यह संस्कृत टीका स्पष्ट एवं प्रामाणिक है। यह कहना अतिशयोक्ति नहीं होगी कि उक्त टीका के अभाव में ज्योतिर्विदाभरण के पद्यों का अर्थ लगाना अतीव दुष्कर कार्य होता। टीकाकार ने भी लिखा है "संश्लिष्टानपदान्यनेकश इहैकाक्षराख्यान्यपि। काठिन्यं कविना गिरां समुदितं त्याज्यं खलत्वात् पुन:"। भावमुनि ने अपनी टीका द्वारा इस ग्रन्थ को उपयोगी बना दिया। अन्यथा यह ग्रन्थ अपनी गम्भीरता में ही विलीन हो जाता। फिर भी यह ग्रन्थरत्न सर्वजन ग्राह्य न हो सका। अत: इसका हिन्दी अनुवाद कर इस ग्रन्थ को सर्वजन ग्राह्य बनाने का प्रयास किया जा रहा है। आशा है पाठकगण इस अनुवाद से अवश्य लाभान्वित होंगे।

रचना काल

ज्योतिर्विदाभरण के रचना काल को स्वयं ग्रन्थकार ने ही विवादास्पद बना दिया

है। वास्तविक रचना काल न देकर ग्रन्थकार कालिदास ने ग्रन्थ निरूपणाध्याय में लिखा है।

वर्षैः सिन्धुरदर्शनाम्बरगुणैर्याते कलौ सम्मिते
मासे माधवसंज्ञिके च विहितो ग्रन्थक्रियोपक्रमः।
नानाकालविधानशास्त्रगदितज्ञानं विलोक्यादराद्-
ऊर्जे ग्रन्थसमाप्तिरत्रविहिता ज्यौतिर्विदां प्रीतये।।२१।।

अर्थात् ३०६८ वर्ष कलियुग बीत जाने पर वैशाख मास में ग्रन्थ रचना का आरम्भ तथा कार्तिक मास में ग्रन्थ की समाप्ति हुई। इस प्रकार ग्रन्थ की रचना आज (सं० २०४४) से २०२० वर्ष पहले सम्पन्न हुई।

साथ ही ग्रन्थकार ने अपना परिचय विक्रम सभा के पण्डितों में रघुवंश के लेखक कवि कालिदास के रूप में दिया है; किन्तु ज्योतिर्विदाभरण और महाकवि कालिदास की भाषा शैली एवं शब्द विन्यास में किसी प्रकार का साम्य नहीं है। इस ग्रन्थ की भाषा शैली और अप्रयुक्त शब्दों के प्रयोग ही ग्रन्थकार को महाकवि कालिदास से पृथक् कर देते हैं। ऐसी स्थिति में ग्रन्थ के काल का अन्वेषण करने के लिए अन्य आधार का आश्रय लेना होगा।

भारतीय ज्योतिष में शंकर बालकृष्ण दीक्षित ने लिखा है कि क्रान्ति साम्य के आधार पर ग्रन्थ का रचना काल ११६४ शक आता है। ग्रन्थकार ने लिखा है–

ऐन्द्रे त्रिभागे च गते भवेत्तयोः शेषे ध्रुवेऽपक्रमसाम्यसम्भवः।
यद्येकरेखास्थितभेशचण्डगू स्यातां तदापक्रमचक्रवालके।।

ज्यो.वि. ४.३०।।

अर्थात् ऐन्द्र योग के तीन भाग बीत जाने पर सूर्य चन्द्रमा का क्रान्तिसाम्य सम्भव है। ऐसी स्थिति शकाब्द ११६४ में रही होगी। अतः इसका रचना काल आज से ७४५ वर्ष पूर्व शक ११६४ ही उचित प्रतीत होता है।

ग्रन्थकार

इस ग्रन्थ के प्रणेता श्री कालिदास हैं। कालिदास नाम से प्रसिद्ध तीन व्यक्तित्व सामने आते हैं।

१. महाकवि कालिदास (रघुवंश आदि काव्यों के प्रणेता)
२. कालिदास (ज्योतिर्विदाभरण के प्रणेता)
३. कालिदास (कालामृतम् के प्रणेता)

कुछ इतिहासकारों ने उक्त तीनों को एक ही मान लिया है। कुछ लोगों ने तीनों को भिन्न-भिन्न माना है। कालामृतम् के प्रणेता ने भी अपना परिचय नहीं दिया है; किन्तु मान्दि के विवेचन से सिद्ध होता है कि ये कालिदास दक्षिण भारत के रहने वाले थे।

परन्तु ज्योतिर्विदाभरण के प्रणेता कालिदास ने अपने आपको रघुवंशकार एवं विक्रम सभा के नवरत्नों में से एक महाकवि कालिदास के रूप में प्रस्तुत किया है—

शंक्वादिपण्डितवराः कवयस्त्वनेके ज्योतिर्विदः समभवंश्च वराहपूर्वाः।
श्रीविक्रमार्कनृपसंसदि मान्यबुद्धिस्तैरप्यहं नृपसखा किल कालिदासः।।२०।।
काव्यत्रयं सुमतिकृद्रघुवंशपूर्वं पूर्वं ततो ननु कियच्छ्रुतिकर्मवादः।
ज्योतिर्विदाभरणकालविधानशास्त्रं श्रीकालिदासकवितो हि ततो बभूव।।२१।।

इनके आधार पर तो विक्रमादित्य का काल ही कालिदास का काल सिद्ध होता है। वस्तुतः उक्त पद्य में वर्णित विद्वानों, आचार्यों को एक काल में मानना स्वतः त्रुटिपूर्ण है। अतः पूर्वोक्त आधारों पर ज्योतिर्विदाभरण के प्रणेता और रघुवंशकार दोनों कालिदास को पृथक्-पृथक् मानना ही समुचित है। पूर्वोक्त क्रान्ति साम्य के आधार पर ज्योतिर्विदाभरण का काल ११६४ शकाब्द स्थिर किया गया। इससे २० से ३० वर्ष पूर्व का जन्मकाल हो सकता है। अतः दैवज्ञ कालिदास का जन्म शक ११३४ से ११४४ के बीच ही सम्भव है।

जन्मस्थान आदि का उल्लेख कवि ने कहीं भी नहीं किया। ग्रन्थ के आरम्भ में मङ्गलाचरण करते हुए कवि ने लिखा है—

ग्रथ्नाम्यहं ननु तदेव गिरं यदार्क्यं ज्योतिर्विदाभरणनाम्नि महश्च शैवम्।।

शिव के प्रति अनन्य भक्ति महाकाल की तरफ इंगित करती है। अतः जन्मस्थान उज्जैन हो सकता है। अथवा बाबा विश्वनाथ की नगरी काशी हो सकती है।

प्रस्तुत संस्करण

प्रस्तुत संस्करण में मूलपाठ एवं भावमुनि विरचित संस्कृत टीका के साथ-साथ हिन्दी भाषानुवाद दिया गया है। गूढ़ स्थलों को स्पष्ट एवं सरल करने हेतु 'विमर्श' एवं 'विशेष' के रूप में टिप्पणी भी दी गई है। कहीं-कहीं पर चक्रों में भी आवश्यक संशोधन किये गये हैं। ग्रन्थ की मौलिकता सुरक्षित रखते हुये किञ्चित् संशोधनों के साथ इस ग्रन्थ को पाठकों की सन्तुष्टि के लिए प्रस्तुत करते हुये अपार हर्ष का अनुभव कर रहा हूँ।

इस कार्य के प्रेरणास्रोत, अनेक ग्रंथों के सम्पादक पं० जनार्दन शास्त्री पाण्डेय का मैं आभारी हूँ, जिन्होंने इस कार्य के लिए मुझे प्रेरित किया। साथ ही चक्रवर्ती पं. रामाधीन चतुर्वेदीजी को भी मैं हार्दिक धन्यवाद देता हूँ, जिनका सहयोग मुझे समय-समय पर प्राप्त होता रहा है। अन्त में गुरुचरणों को श्रद्धापूर्वक स्मरण करते हुये विद्वानों के समक्ष ज्योतिर्विदाभरण निम्नलिखित पंक्तियों के साथ प्रस्तुत है।

सञ्चिन्त्य चारुवचनानि चिरं गुरूणां व्याख्यामिमामभिनवां रचितामुदाराम्।
प्रस्तुत्य विज्ञजनसंसदि रामचन्द्रो ज्योतिर्विदाभरणमेतदुपस्करोति।।

ॐ शान्तिः शान्तिः शान्तिः

रामचन्द्र पाण्डेय

संवत् २०४४ (विजयादशमी)

विषयानुक्रमणी

●

॥ श्रीः ॥

कालिदासविरचितम्

ज्योतिर्विदाभरणम्

भावमुनिविरचितसुखबोधिकाव्याख्यया, रामचन्द्रपाण्डेयकृत-हिन्दीभाषानुवादेन च समलङ्कृतम्

मानप्रकरणम्–१

श्रीगणेशाय नमः॥ श्रीसरस्वत्यै नमः॥ श्रीगुरुचरणकमलेभ्यो नमः॥ अविघ्नमस्तु॥

श्रीमान्पार्श्वजिनोतिशेषकगणं प्राप्तः प्रभुः पूर्णगी-
र्द्राक्क्षिप्रप्रचलत्कुयोगकमवप्रौढिःप्रजानां पुरः।
सत्कीर्त्यानकनादपूरितजगत्साकल्य इष्टार्थदो
गीर्वाणेश्वरसेवितो विजयते विश्वैकचिन्तामणिः॥१॥

नत्वा गुरुं गिरमपीभमुखं च खेटान् श्रीकालिदासकविशक्रविनिर्मितस्य।
ज्योतिर्विदाभरणनामवरागमस्य सन्तन्यते गुरुकृपं सुखबोधिकेयम्॥२॥

श्रीपत्तने प्रवरपौर्णिमिकाङ्कगच्छे ढण्ढेरपाठकशुभाश्रयसंश्रितानाम्।
श्रीयुक्तपूज्यमहिमाप्रभसूरिराज्ञां शिष्येण भावमुनिना रचिता यथाचित्॥३॥

मङ्गलाचरणम्—

रैभ्याऽत्रिहारितवसिष्ठपराशराद्यै-
र्नत्वोदितं जनघनव्यवहारसिद्ध्यै।
ग्रथ्नाम्यहं ननु तदेव गिरं यदाक्यैं
ज्योतिर्विदाऽभरणनाम्नि महश्च शैवम्॥१॥

युग्मम्॥ अथ ग्रन्थारम्भे ग्रन्थकृत् श्रीकालिदासकविशक्रो वसन्ततिलकावृत्तेन समुचितेष्टदेवतानमस्काररूपमङ्गलमाचरन्ननुबन्धचतुष्टयमाह— रैभ्येति। ननु इति ग्रन्थप्रारम्भे निश्चितं वा यदुक्तम्। 'ननु। निश्चये च विरोधे च क्षमायां माक्षिकाक्षिपे। पक्षान्तरे च स्वीकारे प्रारम्भे प्रश्नकर्तयोः॥' इतिविश्वप्रकाशबृहट्टिप्पनके। अहं कालिदासनामा कविर्गिरं नत्वा प्रणम्य जनघनव्यवहारसिद्ध्यै जनानां विप्रादीनां घनो गात्रं तस्य व्यवहारः गर्भाधानसंस्कारादारभ्य अन्त्यसमयं यावदनेन व्यवहारेण व्यवह्रियते तदीक्षितं स्यादिति कथनात्। तस्य सिद्ध्यै सम्यक् फललाभाय। अथवा जनानां घनः समुदायस्तस्य व्यवहारेण व्यवहारः। अथवा जनानां घनो दृढोऽवश्यं कर्त्तव्यएव इति स चासौ व्यवहारश्च। अथवा घनो बहुश्चासौ व्यवहारश्च घनव्यवहारः जनानां घनव्यवहारस्तस्य सिद्धिस्तस्यै 'घनः सान्द्रे दृढे दार्ढ्ये विस्तारे मुद्गरेम्बुदे। सङ्घे मुस्ते घनं मध्यं नृत्यवाद्यप्रकारयोः' इति हैमोऽनेकार्थः। 'घनो बन्धः पुरं पिण्डो वपुः' इत्यभिधानचिन्तामणिः।

रैभ्यादिभिरिति नामभिर्ऋषीश्वरैरुदितं कथितं वचनगोचरीकृतं वचनगोचरतया प्रकटीकृतं वा एतद्विशेषणेन स्वाभिमानापनयनाय वज्रोत्कीर्णमणौ सूत्रगतिवदत्र मम मतिप्रवेश इति सूचितम्। एवं विधं तदेव इति कर्म्मभूतम् अत्रैवकारेण स्वमतिसंकल्पजन्यमपास्तम् । ज्योतिर्विदाभरणनाम्नि ग्रन्थे ग्रथ्नामि गुम्फयामीत्यन्वयः । ज्योतिर्ज्योतिषं विदुरिति ज्योतिर्विदो दैवज्ञास्तेषामाभरणं भूषणमिव भूषणं तन्नाम यस्यासौ तस्मिन् । अथवा ज्योतिषः शास्त्रस्य या विद् विद्या ज्ञानं वा तस्याभरणम् अत्र निमित्तार्थे सप्तमी एतादृशग्रन्थप्रयोजनायेत्यर्थः । ग्रथ्नामीति समीपभविष्यति च वर्त्तमानो वेति । तत्किं यत्तदोर्नित्यसम्बन्धः । यदार्क्यम् अर्कसम्बन्धि यत्तेजः । च पुनः शैवं शिवसंबन्धि तेजो भुवने विजयते । अत्र गिरं नत्वेति वाचिको नमस्कारः । तदार्क्यं शैवं च तेज इति विषयः सूचितः १ व्यवहारसिद्ध्यै इति प्रयोजनं सूचितम् २ ज्योतिर्विद इत्यधिकारिणः सूचिताः ३ ज्योतिर्विदन्तीति ज्योतिर्विदस्तेषामाभरणमित्यादि यदस्यानया व्युत्पत्त्या प्रतिपाद्यप्रतिपादकभावः सम्बन्धः सूचितः । प्रतिपाद्याः पदार्थाः प्रतिपादको ग्रन्थ इति दिक् । ननु ग्रन्थादौ रैभ्येति रेफग्रहणं विघ्नहेतुः 'हानिकारो हकारः स्यात्' इत्यादि वर्णपङ्क्तौ छन्दश्शास्त्रेण रोगोत्पत्तिकृद्रेफस्योक्तत्वान्मैवम् । ऋषिवाचिनामत्वाद्द्रव्यवाचित्वाच्च निर्विघ्नतैव हेतुरिति। अत्र सुखबोधिकायां यत्र सन्धिविधानं न दृश्यते तत्सुबोधहेतु । न सन्धिः विरामे संधिर्न स्यादिति हैमसूत्रेण सिद्धिश्च । अत्र ग्रन्थे श्रीकालिदासकविना वराहमिहिरादिप्रोक्तमार्गानुगामिनाऽपि वराहमिहिरादिदैवज्ञमदगदौषधप्राया बहुशाब्दिकमतमिश्रिता विषमसन्धयो विषमान्वयदुर्घटशब्दा गुम्फिताः । परं चास्य ग्रन्थस्य वृत्त्याद्युपजीवनं न दृष्टं तथापि श्रीमतां सर्वस्वसमयपरसमयविदां श्रीमहिमाप्रभुसूरीश्वरगुरूणां प्रसादावनान्ममैष उपक्रमः । अत्र हि मयाऽभिधानचिन्तामणिः हैमोऽनेकार्थः । हैमशेषकोशः । महीपकोशः । अनेकार्थध्वनिमञ्जरी । नानाविधैकाक्षरकोषः । शब्दरत्नाकरनामशब्दप्रभेदः । हैमलिंगानुशासनम् । हेमवृहद्वृत्तिः । धातुरत्नाकरवृत्तिरित्यादिग्रन्था यथामति स्मृताः अतो ह्यव्यक्तमतिना विभ्रमो न कार्यः । सुधिया तु खलतां विहाय शोध्यः । तत्र तावच्छब्दशुद्धिस्मृतये किंचिच्छब्दविवेको लिख्यते । अश्लेषा हस्ताश्रवणा तिथिः तारा स्वातिरेते शब्दाः पुंस्त्रीलिंगाः । तारकशब्दो त्रिलिंगः । उडुः स्त्रीक्लीबलिङ्गः। श्वयुक् स्त्रीलिंगाः पुनर्वसूद्विवचनान्तः पुंलिङ्गः। मघाः बहुलाः कृत्तिकाः एते नित्यं बहुवचनान्ताः स्त्रीलिंगाः । अब्दं हायनं वर्षं मुहूर्तं दिनं दिवसं वासरं कुतपम् अहोरात्रं मूलम् एते शब्दाः पुंक्लीबलिंगाः । भरणी स्त्रीलिङ्गः । ज्ञातिःपुंल्लिङ्गः । सप्राः स्त्रीरिव गोविकल्पेन बहुवचनान्तः शरद्स्त्रीलिंगः ज्येष्ठाधनिष्ठाश्रविष्ठा एते तृतीयवर्गद्वितीयान्ताः । ज्योतिषशास्त्रेऽन्यथापि दृश्यते तदाह । पुनर्वसुः एकवचनान्तः । मघाकृत्तिका चैकवचनान्त इति । शुक्रे भृगुः भृगुजः कविः कविजः काव्य इति । आदिशब्दपर्यायाः । मिथुनराशौ जितुमःजित्म इति शब्दप्रभेदः । बुधे वित् ज्ञः बोधश्चेतिशब्दपर्यायाः । अथ द्वादशराशीनां विशेषसंज्ञामाह— क्रिय १ तावुरि २ जितुम ३ कुलीर ४ लेय ५ पाथोन ६ जूक ७ कौर्प्याख्याः ८ तौक्ष्यक ९ आकोकेरो १० हृद्रोगं ११ चान्तभं १२ चेत्थम् इति अथैषां मध्ये संज्ञान्तरमाह—मिथुनसिंह-

कन्यातुलवृश्चिककुम्भानां शीर्षोदयसंज्ञा इति। अथ भावकुराऽलीगतसंज्ञामाह— कोण: नव ९ पञ्चम ५ इति। केन्द्रकण्टक १।४।७।१० इति। अथ पणफरसंज्ञामाह— २।५।८।११ इति। अथापोक्लिमसंज्ञामाह— ३।६।९।१२ इति। अथ द्वादशभाव-संज्ञामाह— कं १ दृक् २।१२। श्रोत्रं ३।११। नासिका ४।१०। कपोल: ५।९। हनु: ६।८ मुखम् ७ इति। उपचयसंज्ञा ३।६।१०।११ इति। विशेषतो बृहज्जातकत: संज्ञा ज्ञेया इति दिक्॥१॥

सरस्वती, सूर्य एवं शिव से सम्बन्धित उस ज्ञान रूपी तेज को नमस्कार कर, मानव जीवन सम्बन्धी अनेक व्यवहारों (षोडश संस्कार, अरिष्ट, शुभाशुभ प्रभृति कार्यों) की सिद्धि के लिए, रैभ्य, अत्रि, हारीत, वसिष्ठ-पराशर आदि ऋषियों ने जो कुछ कहा है उसी को मैं (कालिदास) ज्योतिर्विदाभरण नाम से संकलित कर रहा हूँ।।१।।

ग्रन्थप्रयोजनम्—

अन्यासदुक्तिविहितोद्गमपक्षराशीन्-
व्यर्थानहं विरचयामि वरोक्तियुक्तैः।
मत्वा वराहमिहिरादिमतैरनेकै-
र्ज्योतिर्विदाभरणमप्यनसन्मतार्हम्।।२।।

अथ विशेषतोऽभिधेयशुद्धतयाऽस्य मतं परिहरन् ग्रन्थनामोत्कीर्तनमाह— अन्यासदिति। अपिरिति युक्तं 'प्रश्ने युक्तपदार्थेषु' इति हैमोनेकार्थ:। अहं ज्योतिर्विदाभरणं विरचयामि करोमीत्यन्वय:। किं कृत्वा। अनेकैर्वरोक्तियुक्तै: सत्यवचनाश्रितैर्वराहमिहिरादि-मतैरन्याऽसदुक्तिविहितोद्गमपक्षराशीन् व्यर्थान् सत्यज्ञानरहितान् मत्वा ज्ञात्वा असत्योऽक्तिकाश्च ता उक्तयोन्येषामसदुक्तयोऽन्यासदुक्तयस्ताभिर्विहितो निमार्यितोऽतएव उद्गम: प्रादुर्भूत एवं विधो य: पक्ष: कुहेवाकस्तस्य राशयो गणास्तान्। कथंभूतं ज्योति:। अनसन्मतार्हम् न सन्मतम् असन्मतम्, असन्मतं न भवतीति अनसन्मतं शुद्धमतं तस्मै अर्हं योग्यम्। अथवा असन्तो दुर्ज्जना न असन्तोऽनसन्त: सज्जनतास्तेषां मतं सन्मतं तेन योग्यमित्यर्थ:॥२॥

अन्य आचार्यों द्वारा प्रतिपादित असद् उक्तियों से युक्त सिद्धान्त समूह को व्यर्थ मानकर, शुद्धता एवं प्रामाणिकता के लिए वराहमिहिर आदि आचार्यों की अनेक सदुक्तियों के आधार पर ज्योतिर्विदाभरण की रचना कर रहा हूँ।।२।।

कालभेदाः—

सौरं च सावनकमैन्दवमार्क्षमानं
पैत्र्यं गुरोरपमनोर्मरुतामनेन।
मानं विधेरिति न वाखिलकर्म्मसिद्धे-
र्मानानि माननवकेन सुनिश्चयः स्यात्।।३।।

अथ प्रथमं नवधा मानमाह—सौरमिति। सौरं सूर्यसम्बन्धिमानं १ चकारः समुच्चयार्थः सावनकं तदेव सूर्यसम्बन्धि अयनांशसहितमानम् २ ऐन्दव चन्द्रसम्बन्धिमानम् ३ आर्क्षं भसम्बन्धिमानं ४ पैत्र्यं पूर्वजसम्बन्धिमानं ५ गुरोर्गिराम्पतेर्मानम् ६ मनोर्मानम् ७ मरुतां देवानां मानं ८ विधेर्ब्रह्मणो मानम् ९ इति नव मानानि सन्ति अनेन माननवकेन अखिलकर्म्मसिद्धेः सुनिश्चयः स्यात्। अत्र सम्बन्धे षष्ठी। 'मानं प्रमाणे प्रस्थादौ मनश्चित्तोन्नतौ ग्रहे' इत्यनेकार्थः 'मानशब्दो महाकारे विषभेदे क्रियामितौ। आढके कालभेदे च प्रतिष्ठायां जगुर्बुधाः' इति महीपः॥३॥

सौर, सावन, चान्द्र, नाक्षत्र, पैत्र्य, गुरु (बार्हस्पत्य), मनु, देव तथा ब्राह्म— ये नव प्रकार के कालमान हैं। इन्हीं नव कालमानों से समस्त कार्यों की सिद्धि का निर्णय किया जाता है।।३।।

कालपरिमाणम्

गुर्व्वक्षराणामुदितं च षष्ट्या
पलं पलानां घटिका किलैका।
षष्ट्या घटीनां भदिनं तथार्यै-
स्तिथ्यैकया चन्द्रमसो दिनं स्यात्।।४।।

अथोपजातिछन्दसैतेषु लघुमानत्वात्प्रथमं भमानमाह—गुर्वेति। आर्यैः पण्डितैः 'आर्यो ज्ञे बुधपूज्ययोः' इति महीपः। गुर्वक्षराणां दीर्घवर्णानां षष्ट्या कृत्वा पलमुदितं कथितम्। पलानां षष्ट्या कृत्वैका घटिका कथिता। तथा घटीनां षष्ट्या भं दिनं नक्षत्रदिनं कथितम् । एकया तिथ्या चन्द्रमसोर्विधोर्दिनं स्यात् ॥ ४॥

साठ गुरु अक्षरों के उच्चारण में जितना समय लगता है, उसे एक पल कहते हैं। साठ पल की एक घटी, साठ घटी का एक नाक्षत्र दिन (अहोरात्र) होता है तथा एक तिथि के मान को एक चान्द्र दिन आचार्यों ने कहा है।।४।।

यथा —

(गुरु अक्षर यथा 'का')

६० गुरु अक्षर	=	१ पल
६० पल	=	१ घटी
६० घटी	=	१ दिन (अहोरात्र नाक्षत्र)
प्रतिपदादि १ तिथि	=	१ चान्द्र दिन ॥४॥

सावनसौरदिवसयोः परिभाषा —

खरमरीच्युदयद्वयजान्तरं
यदिह सावनसंज्ञदिनं स्फुटम्।
प्रतिदिनं स्फुटभुक्तिमितिः सदा
खरगभस्तिदिनं विबुधैः स्मृतम्।।५।।

अथ द्रुतविलम्बितेन पूर्वार्द्धेन सावनमुत्तरार्द्धेन सौरमानमाह—खरेति। इह सावनाधिकारे खरमरीचेः सूर्यस्योदयद्वयं तस्माज्जायते इति जातमेवंविधमन्तरं विचालं यत् स्यात् विबुधैः स्फुटं प्रकटं तत् सावनसंज्ञदिनं स्मृतम् । सदा सर्वस्मिन्काले प्रतिदिने दिने स्फुटभुक्तिमितिर्या भवति। कोऽर्थः। सूर्यः प्रतिदिनं स्पष्टां यां गतिं गच्छेत् इत्यर्थः। सैव खरगभस्तिदिनं सूर्यदिनं स्मृतं खरास्तीक्ष्णाः गभस्तयः किरणा यस्य सः तस्य दिनमित्यर्थः।।५।।

दो सूर्योदयों के मध्य का काल स्पष्ट सावन दिन होता है तथा स्पष्ट सूर्य की एक दिन सम्बन्धी स्पष्ट गति तुल्य काल को एक सौर दिन विद्वानों ने कहा है।।५।।

मासवर्षयोः परिभाषा —

स्वमितिमाः स्वखवह्निमितैर्दिनै-
र्भवति माभिरिनैः स्वसमास्तथा।
द्युनिशमैन्दवमासमितं सदा
पितृषु चासितपक्षदलादितः।।६।।

अथ पूर्वार्द्धेन स्वस्वमासवर्षमानमाह — स्वमिति। स्वखवह्निमितैर्निजशून्यरामप्रतिमितैर्दिनैः ३० कृत्वा स्वमितिमाः स्वकीयमासो भवति माशब्दोकारान्तो हसान्तश्च। 'मास्तु मासे निशाकरे' इति हैमः। तथा इनैर्मार्त्तण्डैर्द्वादशाभिः स्वकीयः समाः स्वकीयं वर्षं भवति समाशब्दोऽत्र बहुवचनान्तः। अत्र सर्वत्र स्वशब्दग्रहणाद्यथा त्रिंशद्दिनैः सूर्यस्य मासः स्यात् तथा तेन षण्मासैः देवानां दिनं तैस्त्रिंशन्मितैर्दिनैर्मास इत्यादि। एवं सर्वेषामपि स्वकीयमानेन ज्ञेयमिति। अथोत्तरार्द्धेन पैत्र्यमानमाह। च पुनः पितृपूर्वजेषु असितपक्षदलादितः कृष्णपक्षदलप्रतिपत्तः सदा ऐन्दवमासमितं चान्द्रमासप्रमितं द्युनिशम् अहोरात्रं भवति पितृणां कृष्णपक्षो दिनं शुक्लपक्षो रात्रिरित्यर्थः। यतः 'उदेति सूर्यः खलु कृष्णखण्डे दिनोदयः स्यात्पितृणां दिनार्द्धम् ।। दर्शेस्तमेत्यर्क इतीह शौक्ले दले च संध्या पितृणां निशैवम् ।।' इति सिद्धान्तशिरोमणौ ।।६।।

अपने-अपने मान के अनुसार तीस दिन का एक मास तथा बारह मास का एक वर्ष होता है। एक चान्द्रमास के तुल्य पितरों[1] का एक दिन होता है। कृष्णपक्ष के आधे से अर्थात् ७$^1/_2$ तिथि से दिन का आरम्भ होता है। (मतान्तर से कृष्णपक्ष का पन्द्रह दिन पितरों का दिन तथा शुक्लपक्ष के पन्द्रह दिनों की पितरों की रात्रि होती है)।।६।।

गुरुमानेन संवत्सरमानम् —

माने गुरोरगभिदः परिवत्सराणां
षष्टिः स्मृता मुनिवरैः प्रभवादिकानाम् ।

१. पितृलोक (पितरों का निवास स्थान) चन्द्रपिण्ड के ऊपरी भाग में बतलाया गया है। 'विधूर्ध्वभागे पितरो वसन्तः' (सि.शि.पृ. २१४, श्लोक १३-१४ वा.पु.१९.२९) चन्द्रतल पर हमारे दिनों के अनुसार १५ दिन का दिन एवं १५ दिन की रात्रि होती है। अमावस्या को पितरों का मध्याह्न तथा पूर्णिमा को मध्यरात्रि होती है।

स्यादेकवत्सरमितिर्गुरुमध्यमैक-
राशेस्तु भोगमितिरेव सदा तथा हि।।७।।

अथ वसन्ततिलकया गुरुमानमाह— मान इति। अगान्पर्वतान् भिनत्ति छिनत्ति इत्यगभित्तस्यागभिदो वज्रिणो गुरोर्बृहस्पतेः माने मुनिवरैः प्रभवादिकानां परिवत्सराणां षष्टिःस्मृता 'सम्पर्यनूद्भ्योऽथे वत्सरे' इति अभिधानचिन्तामणिः। तु पुनर्गुरुमध्यमैकराशेर्भोगमितिर्मार्गप्रमाणमेकवत्सरमेकं वर्षप्रमाणं सहैव स्यात् ।।७।।

पर्वतों का भेदन करने वाले इन्द्र के गुरु अर्थात् बृहस्पति के मान से ऋषियों ने प्रभवादि साठ संवत्सरों को बताया है। गुरु मध्यम मान से एकराशि पर एक वर्ष तक रहता है। एक राशि के मध्यम भोगकाल (एक वर्ष के आसन्न) तक एक संवत्सर होता है।।७।।

संवत्सराणां नामानि—

प्रभवो विभवः शुक्लः प्रमोदाख्यः प्रजापतिः।
अङ्गिराः श्रीमुखो भावो युवा धात्रीश्वराह्वयौ।।८।।

बहुधान्यः प्रमाथी च विक्रमो वृषसंज्ञकः।
चित्रभानुसुभान्वब्दौ तारणः पार्थिवो व्ययः।।९।।

सर्वजित्सर्वधारी च विरोधी विकृतस्ततः।
खरनन्दनसंज्ञौ तु विजयो जयमन्मथौ।।१०।।

दुर्मुखस्तदनु प्रोक्तो हेमलम्बकसंज्ञकः।
विलम्बाख्यो विकारी स्याच्छर्वरीप्लवसंज्ञकौ।।११।।

उक्तः शुभकृतस्तस्मादब्दः शोभनकृत्स्मृतः।
क्रोधी विश्वावसुर्ज्ञेयो वत्सरो हि पराभवः।।१२।।

प्वलङ्गः कीलकाख्योऽथ सौम्यः साधारणाह्वयः।
ततो विरोधकृन्नामा परिधाविप्रमाथिनौ।।१३।।

आनन्दो राक्षसः प्रोक्तो नलः पिङ्गलसंज्ञकः।
कालयुक्ताख्यसिद्धार्थो रौद्रो दुर्मतिदुन्दुभी।।१४।।

रुधिरोद्गारिरक्ताक्षौ क्रोधनः क्षयकृत्स्मृतः।
वत्सराणां गुरोर्माने षष्टिसंख्येयमीरिता।।१५।।

तथाहि अथानुष्टुभामष्टकेन षष्टिसंवत्सराणां नामान्याह — प्रभव इत्याद्यारभ्याष्टश्लोकी सुगमा स्पष्टम् ।।८-१५।।

१. प्रभव	**२. विभव**	**३. शुक्ल**	**४. प्रमोद**
५. प्रजापति	**६. अङ्गिरा**	**७. श्रीमुख**	**८. भाव**
९. युवा	**१०. धाता**	**११. ईश्वर**	**१२. बहुधान्य**

१३. प्रमाथी	१४. विक्रम	१५. वृष	१६. चित्रभानु
१७. सुभानु	१८. तारण	१९. पार्थिव	२०. व्यय
२१. सर्वजित्	२२. सर्वधारी	२३. विरोधी	२४. विकृत
२५. खर	२६. नन्दन	२७. विजय	२८. जय
२९. मन्मथ	३०. दुर्मुख	३१. हेमलम्ब	३२. विलम्ब
३३. विकारी	३४. शर्वरी	३५. प्लव	३६. शुभकृत्
३७. शोभनकृत्	३८. क्रोधी	३९. विश्वावसु	४०. पराभव
४१. प्लवङ्ग	४२. कीलक	४३. सौम्य	४४. साधारण
४५. विरोधकृत्	४६. परिधावि	४७. प्रमाथी	४८. आनन्द
४९. राक्षस	५०. नल	५१. पिङ्गल	५२. कालयुक्त
५३. सिद्धार्थ	५४. रौद्र	५५. दुर्मति	५६. दुन्दुभि
५७. रुधिरोद्गारी	५८. रक्ताक्ष	५९. क्रोधन	६०. क्षयकृत्।

ये गुरुमान से साठ संवत्सर कहे गये हैं।।८-१५।।

संवत्सरानयनविधिः—

नगैर्नखैः सन्निहतो द्विधा शकः
सखत्रिशक्रोऽक्षयमाङ्गभाजितः।
गताः सतल्लब्धशकोऽभ्रषड्हृतो
विशेषकें स्युः प्रभवादिवत्सराः।।१६।।

अथ वंशस्थेन गतवत्सरानाह—नगैरिति। शको द्विधा स्थाप्यते तयोर्मध्ये य उपरिस्थ शकः सप्तभि ७ गण्यतेऽधस्तनवर्ती यः शकः सनखैर्विंशत्या सन्निहतो गुणितः ततो विंशतिगुणितशकं षष्ट्या विभजेदुपरि सप्तघ्नशके संयोजयेत् इति श्लोके अस्पष्टमपि ज्ञेयम् अन्यथा ग्रन्थविरोधो भवेत्, पश्चात्सखत्रिशक्रः सह खत्रिशक्रेण वर्तते यः सत्रिंशदधिकचतुर्दशशतसहितः क्रियते पुनः पश्चात्सोऽक्षयमाङ्गभाजितः पंचविंशत्यधिकषट्शतेन हृतः पुनः पश्चात्सतल्लब्धशकः तस्माल्लब्धं तल्लब्धेन सह वर्तते यः सतल्लब्धः सतल्लब्धश्चासौ शकश्च सतल्लब्धशकः। कोऽर्थः। सप्तघ्नशकाद्धरभक्ताद्यल्लब्धं तत्केवलशके योज्यते इत्यर्थः। पश्चात्सतल्लब्धशकोऽभ्र-षट्हृतः षष्ट्या ह्रियते विशेषके प्रभवादिवत्सरा गताः स्युरित्यर्थः। अत्रोदाहरणम्। यथा शको १६३३ द्विस्थाने स्थाप्यः उपरि सप्तभिर्गुणिते जातं ११४३१ पश्चादधः स्थापितशकः विंशत्या गुणितः ३२६६० तदा एवं जातः। एवं षष्ट्या ६० विभज्य लब्धं ५४४।२० सप्तघ्नशके संयोज्य जातम् ११९७५।२० पश्चात् त्रिशदधिकचतुर्दशशतेन युक्तः क्रियते १३४०५।२० तदा एवं जातम्। पश्चात् पंचविंशत्यधिकषट्शतेन भाजितस्ततो लब्धं फलं २१ शेषं २८०।२० लब्धं फलं २१ केवलशकमध्ये १६३३ योज्यते तदा १६५४ एवं जातोऽयं षष्ट्या हृतः शेषं ३४ तत्प्रमाणाश्चतुस्त्रिंशत् प्रमिता वत्सरा गतास्ततः प्लवनामसंवत्सरः पञ्चत्रिंशत्तमो

वर्तमानो भवतीति रत्नमालाद्यानीतः स एव शेषतोऽपि रत्नमालाद्युक्त्या वर्तमानवत्सरस्याभुक्तमासादिकं च भवेदिति स्पष्टम् ।।१६।।

शकाब्द को दो स्थानों में रखकर एक स्थान में सात से, द्वितीय स्थान में २० से गुणाकर १४३० में जोड़कर ६२५ से भाग देकर लब्धि को अभीष्ट शकाब्द में जोड़कर ६० में भाग देने पर शेष तुल्य प्रभवादि गत संवत्सर होता है तथा अग्रिम वर्तमान संवत्सर होता है।

विशेष — इस श्लोक में विहित विधि अपूर्ण है। अतः संवत्सर आनयन के लिए अभीष्ट शक को दो स्थानों में रखकर एक स्थान में सात से तथा द्वितीय स्थान में २० से गुणाकर दोनों गुणनफलों को अलग-अलग रखें। २० गुणित संख्या (द्वितीय गुणन फल) में साठ का भाग देकर लब्धि को सात गुणित संख्या (प्रथम गुणन फल) में जोड़कर पुनः उस योगफल में १४३० जोड़कर ६२५ से भाग देकर लब्धि को अभीष्ट शक में जोड़कर पुनः ६० से भाग देने पर जो शेष आता है, वह गत संवत्सर तथा अग्रिम वर्तमान संवत्सर होता है।

उदाहरण — शक १९०२ में संवत्सर ज्ञान अभीष्ट है। अतः नियमानुसार शक १९०२ को एक स्थान में ७ से गुणाकर गुणनफल १३३१४ को पृथक् रखा। पुनः १९०२ को २० से गुणाकर गुणनफल में ६० का भाग देकर लब्धि ६३४ को सप्तगुणित शक १३३१४ में जोड़कर योगफल १३९४८ में १४३० जोड़कर ६२५ से भाग देने पर लब्धि २४ प्राप्त हुई। इसे शक १९०२ में जोड़ने से १९२६ हुआ। इसे ६० से विभक्त करने पर ६ शेष रहा। अतः छठा 'अंगिरा' गत संवत्सर तथा सातवाँ 'श्रीमुख' वर्तमान संवत्सर हुआ।

संवत्सर आनयन की सरल विधि—

संवत्कालस्त्वङ्कयुतः कृत्वा शून्यरसैर्हृतः।
शेषः संवत्सरो ज्ञेयः प्रभवादिर्बुधैः क्रमात्।।

अभीष्ट विक्रमसंवत् में ९ जोड़कर ६० से भाग देने से जो शेष हो, उसमें एक जोड़ने से वर्तमान प्रभवादि संवत्सर की संख्या होती है।

उदाहरण— सं० २०३७ शक १९०२, विक्रम संवत् २०३७+९=२०४६, २०४६ में ६० का भाग देने पर शेष ६ गत संवत्सर संख्या ६+१=७ वर्तमान संवत्सर संख्या। अतः सातवाँ 'श्रीमुख' वर्तमान संवत्सर हुआ।।१६।।

अयनम् —

अथायने कीटमृगादिषट्के
क्रमेण ते दक्षिणसौम्यसंज्ञे।
तमीदिने सायनभागभास्व-
दुत्थे स्फुटे नाकसदामुभे स्तः।।१७।।

अथोपजात्या दिवौकसां रात्रिदिनमानमाह— अथेति। क्रमेण दक्षिणसौम्यसंज्ञे कीटमृगादिषट्के अयने । कोऽर्थः। द्वन्द्वेप्येकं संयोजनात् कीटादिषट्कं कर्कादिषट्कं दक्षिणायनं मृगादिषट्कं मकरादिषट्कम् उत्तरायणं ते उभे कर्तृपदे नाकसदां दिवौकसां तमीदिने रात्रिदिवसे स्फुटे प्रकटे स्तः भवतः। किंलक्षणे ते सायनभागभास्वदुत्थे। अयनांशसहितो यो भास्वान् रविस्तस्मादुत्थे प्रादुर्भूते कर्कादि दक्षिणायनं देवानां रात्रिः। मकरादि उत्तरायणं दिनमिति। सोमः स्वाम्यस्या इति सौम्या उत्तरा तस्यां जातं सौम्यायनमिति।।१७।।

कर्कादि छः राशियों में सूर्य दक्षिणायन तथा मकरादि छः राशियों में सूर्य उत्तरायण होता है। जब सायन सूर्य दक्षिणायन (कर्कादि ६ राशियों में) होता है तब देवताओं की रात्रि तथा जब उत्तरायण (मकरादि छः राशियों में) होता है तब देवताओं का दिन होता है।।१७।।

अयनांशानयनम्—

शाकः शराम्भोधियुगोनितो हृतो
मानं खतर्कैरयनांशकाः स्मृताः।
नोक्तं मया वाऽव्यवहारिकत्वतो
मनो जगत्कर्तुरथेह मत्कृतौ।।१८।।

अथोपजात्याऽयनांशकमानमाह—शाक इति। शरः पञ्च अम्भोधिश्चत्वारो युगाश्चत्वारः एभिरूनीकृतो यः शाकः पुनः खतर्कैः षष्ट्या हृतो यल्लब्धं तेऽयनांशकाः स्मृताः। यच्छेषं तत्कलाश्च स्मृता अथानन्तरे मया इह मत्कृतौ ग्रन्थयता न च पुनर्जगत्कर्तुर्ब्रह्मणो मानं नीतम् । अव्यवहारिकत्वतस्तस्य व्यवहारो हि लोके नास्ति।।२८।।

शकाब्द से ४४५ घटाकर शेष में ६० का भाग देने से लब्धि अंशादि अयनांश होता है। व्यवहारोपयोगी न होने से मैंने जगत् कर्ता ब्रह्मा एवं मनु के कालमान का उल्लेख अपनी कृति (इस ग्रन्थ) में नहीं किया है।।१८।।

अयनोपयोगः—

चौलोपयाममखमेखलबन्धकूप-
भूपाभिषेकगृहसंवसथादिकानाम्।
आरम्भ उष्णवपुषि ह्ययने हि सौम्ये
स्यादन्यथा कविगुरूदयगे न शस्तः।।१९।।

अथ वसन्ततिलकेनायनफलमाह— चौलोपयामेति। हीति निश्चितम् । सौम्ये उत्तरायणे उष्णवपुषि नाम उष्णमरीचौ रवौ सति वा चौलादिकानामारम्भ उपक्रमः स्यादित्यर्थः। चौलं मुण्डनकर्म्म। उपयामो विवाहः। मखो यज्ञः मेखलाबन्धो मौञ्जीबन्धः। कूपभूपाभिषेकः कूपप्रतिष्ठा भूपाभिषेकः। द्वन्द्वे प्रत्येकं संयोजनत्वात् । गृहं गेहं संवसथो ग्राम इत्यादयो येषान्त एतेषां द्वन्द्व इति 'अमस्तु वसथः सन्निप्रतिपर्युपतः पर'

इति अभिधानचिन्तामणिः। अन्यथेति। पूर्वोक्तव्यतिरेक। कोऽर्थः। दक्षिणायनेऽर्के सचौलोपयामादिकानामारम्भो न शस्तः न प्रशस्तः। किंभूते कविगुरूदयगे शुक्रबृहस्पत्युद्गमं प्राप्ते सत्यपि उष्णमरीचावत्र रकारमध्ये ह्रस्व इकारोऽत्रशाब्दप्रभेदाद् दृश्यते।।१९।।

उत्तरायण सूर्य होने पर मुण्डन, विवाह, यज्ञ, व्रतबन्ध, कूपप्रतिष्ठा, राज्याभिषेक, गृह, ग्राम-प्रतिष्ठा आदि शुभकार्यों की प्रवृत्ति होती है। इससे विपरीत अर्थात् दक्षिणायन सूर्य होने पर गुरु और शुक्र उदय रहते हुये भी उक्त कार्य शुभ नहीं होते।।१९।।

ऋतुज्ञानम्—

सौम्यायनात्स्याच्छिशिरो मधुस्ततो
निदाघकोऽपागयनाननात्क्रमात्।
वर्षाशरत्स्युर्हिमसङ्घवानिति
द्युरात्रके षड्ऋतवो दिवौकसाम्।।२०।।

अथोपजात्या षड्ऋतूनाह—सौम्येति। सौम्यायनादुत्तरायणाच्छिशिरस्ततो मधुर्वसन्तस्ततो निदाघो ग्रीष्मः क्रमेण ऋतुः स्यात् । अपागयनाननाद्दक्षिणायनमुखात् क्रमेण वर्षास्ततः शरत् ततो हिमसंघवान् हैमन्तऋतुः स्यात् इत्येते पूर्वोक्ताः षड्ऋतवो दिवौकसां देवानां द्युरात्रकेऽहोरात्रके काले स्युः ।।२०।।

उत्तरायण के आरम्भ से शिशिर, वसन्त, ग्रीष्म तथा दक्षिणायन के आरम्भ से वर्षा, शरत् तथा हेमन्त ऋतुएँ क्रम से होती हैं। इन छः ऋतुओं में देवताओं का एक अहोरात्र होता है।।२०।।

मतान्तरम्—

मानेन कश्चिद्धिमरोचिषो मधो-
र्मध्वाननानेवमृतूनभाषत।
मासैस्तु सार्द्धैरदनैर्यदाधिको
मितैस्तदैतत्किमतो भवेदसत्।।२१।।

अथोपजात्याऽसन्मतमपाकरोति— मानेनेति। कश्चिद् दैवज्ञो हिमरोचिषश्चन्द्रस्य मानेन मधोश्चैत्रान्मध्वाननान् मधुर्वसन्त आननं मुखं येषां ते तानृतूनेवमभाषत अकथयत्। तुरित्यवधारणे। यदा रदनैर्मितैर्द्वात्रिंशैर्मितैर्मासैः सार्द्धैः पक्षसहितैः। पञ्चषष्टिप्रमितपक्षैरधिको मासो भवेत्। तदा किं क्रियते अत एतन्मतमसत्।।२१।।

कुछ विद्वानों ने चान्द्रमान से मधु (चैत्र) आदि मासों में क्रम से वसन्त आदि ऋतुओं को कहा है। अर्थात् चैत्र, वैशाख में वसन्त, ज्येष्ठ, आषाढ़ में ग्रीष्म, श्रावण, भाद्रपद में वर्षा, आश्विन - कार्तिक में शरद, मार्गशीर्ष - पौष में हेमन्त तथा माघ-फाल्गुन में शिशिर ऋतुयें बतायीं हैं।

परन्तु ३२½ मास अर्थात् ६५ पक्ष के बाद यह क्रम असत्य हो जाता है। (क्योंकि ६५ पक्ष के बाद अधिमास आ जाता है) अतः सौर मान से ही ऋतुओं का निर्णय करना चाहिए।।२१।।

कालस्योपयोगः—

तिथ्यर्धमुण्डनकरग्रहपितृकर्म-
यात्राव्रतोपवसनाद्यखिलक्रियासु ।
ग्राह्यं बुधैरनिशमैन्दवमानमेव
नाड्यादिकं भवति चाखिलमार्क्षमानात्।।२२।।

अथ वसन्ततिलकया केषु कर्मसु किं मानं ग्राह्यं तदाह—तिथ्यर्धेति। बुधैरनिशं निरन्तरं तिथ्यर्धाद्यखिलक्रियास्वैन्दवमानं चान्द्रमानमेव ग्राह्यं तिथ्यर्द्धं बवादिकरणम्। मुण्डनं चौलादि करग्रहो विवाहः पितृकर्म पूर्वजकर्म्म यात्रा प्रयाणं व्रतमुपनयनम् उपवसनमुपवास इत्यादि येषां तानि तेषां द्वन्द्वे एषामखिलक्रियासु च पुनराधानादिकं पूर्वोक्ततिथ्यर्द्धादि क्रियासु इत्यर्थः। घट्यादिकमानमार्क्षमानान्नक्षत्रमानाद्भवति। पूर्वोक्ततिथ्यर्द्धादि क्रियासु इत्यर्थः।।२२।।

तिथ्यर्ध (बवादि करणों में), मुण्डन, विवाह, पितृकर्म (श्राद्ध आदि), यात्रा, व्रत-उपवास, आदि समस्त क्रियाओं में सदैव चान्द्रमान ही ग्रहण करना चाहिये, ऐसा विद्वानों का मत है। परन्तु घट्यादि समस्त मानों को नाक्षत्रमान से ग्रहण करना चाहिए।।२२।।

वर्षायनर्तु युगपूर्वकमेव देव-
मानादिमानमखिलं किल सौरमानात्।
स्यात्कृच्छ्रसूतकचिकित्सितवासराद्यं
भुक्त्यादिकं दिविषदां खलु सावनाच्च।।२३।।

अथ सौरसावनविवेकतामाह— वर्षायनेति। किलेति सम्भावनायां वर्षादिपूर्वकं देवमानादिमानं सकलसौरमानादेव स्यात् वर्षं वत्सरः अयनं प्रतीतम् ऋतुः शिशिरादिः युगं सत्ययुगादिकम् एतानि पूर्वे यस्मिस्तत् खलु निश्चितम्। कृच्छ्रादिकं दिविषदां ग्रहाणां भुक्त्यादिकं च मानं सकलं सावनादेव भवेत्। भुक्तिः स्पष्टगतिः कृच्छ्रं चान्द्रायणादि। यतः 'त्र्यहं प्रातः त्र्यहं सायं त्र्यहमद्यादयाचितम्। त्र्यहं परं न नाश्नीयात्कृच्छ्रं सान्तपनं स्मृतम्।।' 'कृच्छ्रं सान्तपनादिकम्' इत्यभिधानचिन्तामणिः। सूतकं जन्म मरणादागतम्। चिकित्सितं वैद्यकर्म। वासरं दिनम् इत्याद्यं यस्मिस्तत् दिविषदामित्यलुक्समासः।।२३।।

वर्ष-अयन-ऋतु-देवमान(दिव्यमान) आदि समस्त कालगणना सौरमान से तथा कृच्छ्र (व्रत), सूतक (जनन-मरण सम्बन्धी), चिकित्सा सम्बन्धी तथा दिन आदि का विचार एवं ग्रहों की गति सम्बन्धी विचार सावनमान से करना चाहिये।।२३।।

एकस्मिन् वर्षे चान्द्रदिनानां संख्या—

वर्षैकमध्ये शशिनो दिनानि
हिमांशुसप्ताग्निमितानि तज्ज्ञः।

साद्धैर्द्विबाणाम्बुपलैर्युतेन
घटीत्रयेणैव युतान्यथाहुः।।२४।।

अथोपजातिकयैकवर्षमध्ये चन्द्रदिनसंख्यामाह— वर्षैकमध्ये इति। तज्ज्ञा दैवज्ञा वर्षैकमध्ये शशिनश्चन्द्रस्य सार्द्धैर्द्विबाणाम्बुपलैस्त्रिशदक्षरान्वितद्विपञ्चाशद्दलैर्युतेनैवंविधेन घटीत्रयेण युतानि युक्तानि हिमांशुसप्ताग्निमितानि एकसप्तत्यधिकशतत्रयप्रमितान्येवंविधानि ३७१ दिनानि आहुः कथयन्ति।।२४।।

एक वर्ष में ३७१/३/५२/३० चान्द्रदिनादि होते हैं। अर्थात् एक वर्ष में ३७१ दिन ३ घटी ५२ पल ३० विपल होते हैं।।२४।।

एकस्मिन् वर्षे नाक्षत्रदिनसंख्या—

भवासरास्तत्र रसाङ्गरामा
सार्द्धं द्विदस्रान्वितखाग्नितुल्यैः।
पलैर्युताभिस्तिथिनाडिकाभि-
र्युक्ता विधूना रविसावनाः स्युः।।२५।।

अथोपजात्या भदिनसावनदिनसंख्यामाह—भवासरेति। तत्र वर्षैकमध्ये सार्द्धद्विदस्रान्वितखाग्नितुल्यैःपलैस्त्रिशद्यक्षरान्वितद्वाविंशत्यक्षराधिकत्रिंशत्पलैर्युताभिर्युक्ताभिरेवंविधाभिस्तिथिनाडिकाभिस्तिथिघटीभिः पञ्चदशप्रमितघटिकाभिर्युक्तः रसाङ्गरामसंख्याः षट्षष्ट्यधिकशतत्रयप्रमिताः ३६६ भवासराः नक्षत्रदिनाः स्युस्ततो नक्षत्रवासरा विधूनाः विधुश्चन्द्रस्तेन ऊना हीना रहिता एकेन न्यूनाःकृताः रविसावनवासराःस्युः।।२५।।

एक वर्ष में ३६६/१५/३०/२२/३० दिनादि नक्षत्र दिन होते हैं। इनमें से एक घटा देने पर शेष ३६५ दिन, १५ घटी, ३० पल, २२/३० विपल सूर्य के सावन दिन होते हैं।।२५।।

सौरदिनसंख्या —

सौरा नभोऽङ्गाग्निमिता हि वासराः
स्मृता बुधैः सर्वसु कर्मसु ध्रुवम्।
यत्सौरचान्द्रान्तरमेकहायने-
ऽधिकं तदेवाऽव्यवहारिकं भवेत्।।२६।।

इति श्री कविकालिदासोदिते ज्योतिर्विदाभरणे मानाध्यायः प्रथमः।।१।।

अथोपजात्या सौरदिनसंख्यामाह— सौरेति । ध्रुवं निश्चितं सर्वेषु कर्मसु समस्तशुभकार्येषु बुधैर्नभोङ्गाग्निमिताः षष्ट्यधिकशतत्रयप्रमिताः सौराः वासराः सौरदिनाः स्मृताः। एकहायने एकवर्षे सौरचान्द्रान्तरं यदधिकं स्यात् तदधिकमेवाऽव्यवहारिकं भवेत् क्षयादिककाले शुभकार्यं न स्यादित्यर्थः।।२६।।

इति श्रीपौर्णमीयगच्छाधिराजभट्टारकपुरंदरश्रीमहिमाप्रभुसूरेश्चरणसरोरुहचको-
रायमानभावरत्नविरचितायां कालिदासकृतज्योतिर्विदाभरणस्य
सुखबोधिकायां मानाध्याय: प्रथम:॥१॥

नव्य: श्रीश्रितमहिमाप्रभाख्यसूरे: सर्वत्राऽस्खलतनयाप्रबोधपूषा।
पुष्णात्युग्रतरतया कुले कुवादिघूकानां तदपि न चित्रमत्र लोके॥१॥

एक वर्ष में ३६० सौर दिन होते हैं। विद्वानों ने निश्चयपूर्वक सभी कार्यों के लिए उक्त कालमान बतलाया है। एक वर्ष में सौरदिन और चान्द्रदिन के अन्तर तुल्य अधिक काल अव्यावहारिक काल होता है तथा शुभ कार्यों में वर्जित होता है।।२६।।

(पाठकों की सुविधा हेतु चान्द्र, नाक्षत्र, सावन तथा सौर मानों के अनुसार एक वर्ष में दिनों की संख्या एक साथ यहाँ प्रस्तुत है—

मान	चान्द्र	नाक्षत्र	सावन	सौर
दिन	३७१	३६६	३६५	३६०
घ	३	१५	१५	००
प	५२	३०	३०	००
वि.	३०	२२	२२	००
प्र.वि.	००	३०	३०	००

श्रीकालिदासविरचित ज्योतिर्विदाभरण के मानप्रकरण का
प्रो. रामचन्द्र पाण्डेयकृत हिन्दी भाषानुवाद सम्पूर्ण॥१॥

●

योगोत्पत्तिप्रकरणम् -२

प्रयोजनम्—

तावत्सर्वेषामसौम्याखलानां
पञ्चाङ्गेभ्योऽनेककृत्याङ्गकालम्।
वक्ष्येऽथाहं चोपपत्तिः प्रवक्तुं
लोकानामग्रे युजामेव संज्ञाम्।।१।।

श्री गुरवे नमो नमः।। अथ द्वितीयाध्यायं प्रथमं शालिनीवृत्ताष्टकेनाह। तावदिति। अथानन्तरं तावदादौ अहं पञ्चाङ्गेभ्यस्तिथिवारादिभ्यः सकाशात् युजां योगानां कर्कियमघण्टादीनां संज्ञामाह च पुनरुपपत्तिमुद्भवं सम्यग् ज्ञानं वा वक्ष्ये कथयिष्यामि। किं कर्तुम्। लोकानामग्रेऽनेककृत्याङ्गकालं बहुविधविवाहादिकार्याणामङ्गानि तदवयवभूतानि तेषां कालं समयं प्रवक्तुं कथनार्थं कथंभूतानां युजां सर्वेषां समग्राणाम्। पुनः कथंभूतानाम् असौम्याखलानाम् असौम्याः पापाश्च ते अखलाः सौम्याश्च ते तेषाम्। 'अङ्गमन्दिकगात्रयोः।। उपसर्जनभूते स्यादभ्युपायप्रतीकयोः इति हैमः। इत्यर्थः।।१।।

(मानप्रकरण के) अनन्तर सभी पापग्रहों तथा शुभग्रहों एवं पञ्चाङ्गों (तिथि, वार, नक्षत्र, योग, करण) के आधार पर अनेकविध कार्यों के अङ्गभूत कार्य (मुहूर्त) को बतलाने के लिये, लोक के समक्ष उपपत्ति सहित योगों की संज्ञा को मैं कह रहा हूँ।।१।।

तिथीनां संज्ञा—

नन्दा भद्राख्या जया चेति रिक्ता
पूर्णाः सर्वाः पक्षतेः स्यात्क्रमेण।
शुक्लेऽथान्या नेष्टमध्योत्तमाः स्यु-
र्व्यस्ताकृष्णेऽपास्य रिक्ता हि सौम्याः।।२।।

अथ प्रथमं तिथिसंज्ञामाह—नन्देति। पक्षतेः प्रतिपत्सकाशात् क्रमेण सर्वास्तिथयो नन्दादिपञ्च संज्ञाः स्युश्चकारः समुच्चयार्थः। कोऽर्थः। प्रतिपत्षष्ठ्यैकादश्यो नन्दाः। द्वितीयासप्तमीद्वादश्यो भद्राः। तृतीयाष्टमीत्रयोदश्यो जयाः। चतुर्थीनवमीचतुर्दश्यो रिक्ताः। पञ्चमीदशमीपञ्चदश्यः पूर्णा इतिनामसदृक्फलाः। अथ शुक्लपक्षे नन्दादितिथयो नेष्टमध्योत्तमाः स्युः। कृष्णपक्षे व्यस्ता विपरीताः स्युः। अयं भावार्थः। शुक्लपक्षे नन्दादिपञ्चसु आद्या प्रतिपत्द्वितीयातृतीयाचतुर्थीपञ्चमीरूपाः पञ्चतिथयः नेष्टाः। एवं द्वितीयाः पञ्चतिथयः मध्याः। तृतीयाः पञ्चतिथयः उत्तमाः। कृष्णपक्षे आद्याः पञ्चतिथयः उत्तमाः। द्वितीयाः पञ्चतिथयः मध्याः। तृतीयाः पञ्चतिथयः नेष्टा इति। हि इति युक्तार्थे। रिक्तामपास्य हित्वाऽन्याः सर्वास्तिथयः सौम्याः शुभाः स्युः यतः सामान्येन रिक्तादिवर्जं प्राय आसु शुभकृत्यं कुर्यादित्यर्थः।।२।।

प्रतिपदा तिथि से आरम्भ कर क्रम से नन्दा, भद्रा, जया, रिक्ता और पूर्णा ये पाँच तिथियों की संज्ञायें होती हैं। अर्थात् प्रतिपदा नन्दा, द्वितीया भद्रा, तृतीया जया, चतुर्थी रिक्ता तथा पञ्चमी पूर्णा। पुनः षष्ठी नन्दा, सप्तमी भद्रा, अष्टमी जया, नवमी रिक्ता, दशमी पूर्णा। पुनः ११ नन्दा, १२ भद्रा, १३ जया, १४ रिक्ता एवम् १५ पूर्णा संज्ञक तिथियाँ होती है। शुक्ल पक्ष में नन्दादि तिथियों की प्रथम तिथियाँ (प्र०द्वि०तृ०च०पं०) अशुभ, द्वितीय मध्यम तथा तृतीय शुभ तिथियाँ होती है। कृष्णपक्ष में इससे विपरीत अर्थात् नन्दादि की प्रथम प्रतिपदादि पाँच तिथियाँ शुभ, द्वितीय षष्ठी इत्यादि पाँच तिथियाँ मध्यम तथा एकादशी प्रभृति पाँच तिथियाँ अशुभ होती है। (सामान्यरूप से) रिक्ता तिथियों को छोड़कर सभी तिथियाँ शुभ होती हैं।।२।।

तालिका

संज्ञा	नन्दा	भद्रा	जया	रिक्ता	पूर्णा	फल शुक्लपक्ष	फल कृष्णपक्ष
ति	१	२	३	४	५	अशुभ	शुभ
थि	६	७	८	९	१०	मध्यम	मध्यम
याँ	११	१२	१३	१४	१५ ३०	शुभ	अशुभ
	शुभ	शुभ	शुभ	अशुभ	शुभ	सामान्य व्यवहार में	

सिद्धयोगः —

वारे नन्दा पूर्वदेवार्चिताङ्घ्रे-
भद्रा विद्वारे जया सैनिरिक्ता।
पूर्णा गीर्वाणेशबन्धेऽखिलेषु
कर्मस्वेवं दोषवत्यस्ति सिद्धा।।३।।

अथैता एवं वारसिद्धा आह—वार इति। पूर्वदेवा दैत्याः। 'पूर्वदेवाः शुक्रशिष्याः' इत्यभिधानचिन्तामणौ। तैरर्चितावङ्घ्री पादौ यस्य शुक्रस्य तस्य वारे नन्दा दोषवती दोषयुक्ताऽपि सिद्धा सिद्धिकृदस्ति केषु अखिलेषु समस्तेषु कर्मसु कार्येषु एवममुना प्रकारेण विदि बुधवारे भद्रा आरे भौमे जया। इनस्य सूर्यस्याऽपत्यं ऐनिः शनिः सह ऐनिना वर्त्तते या सा सैनिः सैनिश्चासौ रिक्ता च सैनिरिक्ता शनिवारे रिक्ता। गीर्वाणानां देवानामीश इन्द्रस्तस्य वन्द्यो गुरुस्तस्य वारे पूर्णा 'इनः स्वामिसूर्ययोः इति कोशः।।३।।

शुक्रवार को नन्दा, बुधवार को भद्रा, भौमवार को जया, शनिवार को रिक्ता तथा गुरुवार को पूर्णा तिथि दोषयुक्त होने पर भी सभी कार्यों में सिद्धि देनेवाली होती है।।३।।

मृत्युयोगः—

> सर्वारम्भे भूमिदायादभान्वो-
> र्नन्दागुर्विन्दोश्च भद्रा जया ज्ञे।
> रिक्ताधिष्ण्ये हेलिसूनौ च पूर्णे
> ज्ञेया याम्यागारदा कालविद्भिः।।४।।

अथैता एव भौमादिवारैर्नेष्टा आह— सर्वेति। कालविद्भिर्दैवज्ञैः सर्वारम्भेषु सर्वकार्यप्रारम्भेषु भूमिदायादभान्वोर्भूमेर्दायादः पुत्रो भौमः स च भानुश्च तयोर्मङ्गले रवौ च नन्दा तिथिर्याम्यागारदा यमस्येदं याम्यं तच्चागारं गृहं च तद्ददातीति मृत्युदा ज्ञेया। चः समुच्चयार्थः। एवं सर्वत्रापि योज्यम्। गुर्विन्दोर्गुरौ चन्द्रे च भद्रा। ज्ञे बुधे जया। धिष्ण्ये शुक्रे रिक्ता। हेलिसूनौ सूर्यसुते पूर्णा इति। 'दायादौ सुतसपिंडौ' इति हैमोनेकार्थः। 'धिष्ण्योग्रौ शुक्रे च' इति तत्रैव।।४।।

भौमवार तथा रविवार को नन्दा (१,६,११) तिथि, गुरुवार तथा सोमवार को भद्रा (२,७,१२), बुधवार को जया (३,८,१३), शुक्रवार को रिक्ता (४,९,१४), शनिवार को पूर्णा (५,१०,१५) तिथि मृत्यु देने वाली होती है, ऐसा दैवज्ञों को जानना चाहिये।।४।।

पक्षरन्ध्रतिथयः—

> द्व्याशातुल्ये पक्षरन्ध्रे तिथी स्याद्-
> युग्माऽपास्या या तिथिश्चाप्ययुग्मा।
> तासां सौम्या गोमितं प्रोह्य सर्वाः
> शस्ताः सर्वासु क्रियास्वेव घस्रम्।।५।।

अथ पक्षरन्ध्रतिथीनाह— द्व्याशा इति। युग्मा समसंख्या तिथिः पक्षरन्ध्रमिति नाम स्यात्। किं कृत्वा आसां सर्वतिथीनां मध्ये द्व्याशातुल्ये द्विद्वौ आशा दिक् ताभ्यां तुल्ये द्वितीयादशम्यौ तिथी अपास्य त्यक्त्वा च पुनरेव अयुग्मापि विषमसंख्यापि अमाऽमावास्या पक्षरन्ध्रः स्यात्, अत्र पक्षरन्ध्रं गोमितं घस्रं नवमी च प्रोह्य विहाय सर्वाः सौम्यास्तिथयः सर्वासु क्रियास्वेव सर्वकार्येषु शस्ताः स्युः। अत्र यद्यपि पक्षरन्ध्रमध्ये नवमी नोक्ता न कार्ये निषिद्धा तथापि ग्रन्थान्तरे प्रोक्ता। पक्षछिद्राणि यदाहुः। 'षष्ठ्यष्टमी चतुर्थी चतुर्दशी द्वादशी कुहू नवमी।। पक्षछिद्राण्याहुर्लभते चैतेषु संसिद्धिः' इति।।५।।

सम तिथियों में द्वितीया और दशमी को छोड़कर शेष तिथियाँ पक्षरन्ध्र संज्ञक होती हैं तथा विषम तिथियों में केवल नवमी को छोड़कर शेष सभी शुभ होती हैं। अर्थात् विषम तिथियों में केवल नवमी तिथि ही पक्षरन्ध्र संज्ञक है। शेष तिथियाँ सभी कार्यों में शुभप्रद हैं। अतः ४,६,८,१२,१४,९ ये तिथियाँ पक्षरन्ध्र संज्ञक हैं।।५।।

कर्कीयोग:—

योग: कर्कीसंज्ञकोऽथो तिथेस्त-
द्वारस्यैते मानयोगेऽनिशं स्यात्।
विश्वाभिन्ने सूरिभिर्गर्हितोऽयं
यानोद्वाहाद्येषु कार्येषु नूनम्।।६।।

अथ कर्कियोगमाह— योग इति। अथो अनन्तरमनिशं सदा कर्कीसंज्ञको योग: स्यात् कस्मिन् सति। विश्वाभिन्ने त्रयोदशसंख्याविच्छिन्ने तिथेस्तद्वारस्य तस्य तिथ्या वारस्तद्वारस्तस्य च मानयोगे इति प्राप्ते सति। अयमभिप्रायो यत्संख्या तिथिर्यावत्संख्याको वारस्तयो: संख्यामेलने त्रयोदश्यायाति तदायम् । यथा च। द्वादश्यां रविस्तदा कर्कि: स्यात् । एवमेकादश्यां चन्द्र: दशम्यां मङ्गल: नवम्यां बुध: अष्टम्यां गुरु:, सप्तम्यां शुक्र षष्ठ्यां शनिरिति। अयं योगो नूनं सूरिभि: प्राज्ञैर्यानोद्वाहाद्येषु प्रयाणविवाहादिषु कार्येषु गर्हितस्तिरस्कृत:।।६।।

जिस तिथि को जो वार हो, उन दोनों की संख्या का योग यदि १३ या १३ से छिन्न होने वाली संख्या (१३ के गुणकांक) तुल्य हो तो सर्वत्र कर्कीयोग होता है। यात्रा विवाहादि कार्यों में विद्वानों ने इसे अत्यन्त निन्दित बतलाया है।

उदाहरण - यथा ११ तिथि को सोमवार (११+२ = १३), रविवार को द्वाद्वशी = १३, मंगल को दशमी = १३ इत्यादि कर्कि योग होते हैं ।।६।।

संवर्त्तयोग:—

संवर्त: स्यादत्रिदृक्जातसूनु-
स्तिथ्यां चारं पक्षमूलाश्रितायाम्।
सप्तम्यामंशुर्यदायं क्रियासु
प्राज्ञैर्योगो वर्जनीयोऽखिलासु।।७।।

अथ संवर्त्ताख्ययोगमाह— संवर्त्त इति। यदा पक्षमूलाश्रितायां पक्षमूलं पक्षति: तामाश्रितायां तिथ्यां प्रतिपद्युक्तद्वितीयायां तिथौ अत्रिदृग्जातसूनुरत्रेर्दृग्भ्यां जातो विधुस्तस्य सूनुर्बुध: स्यात् च पुनर्यदांऽशु: सूर्य: सप्तम्यां स्यात् तदा स: संवर्ताख्ययोग: स्यात्। प्राज्ञै: शीघ्रमखिलासु क्रियास्वयं योगो वर्जनीयो हेय:।।७।।

अत्रिनेत्र से उत्पन्न 'चन्द्रमा' का पुत्र (बुध) यदि प्रतिपदा (पक्षमूल) तिथि में अथवा प्रतिपदा से युक्त द्वितीया तिथि में हो तथा सूर्य सप्तमी तिथि में हो तो संवर्त नामक योग होता है। बुद्धिमान् पुरुषों को समस्त क्रियाओं में इस योग का परित्याग करना चाहिए।।७।।

क्रूराक्रान्ततिथि :—

देया मेषात्पक्षतेराशिचक्रे
पूर्णां मुक्त्वा चाखिला या क्रमेण।

स्यात्सा तद्वत्पूर्णतिथ्यंघ्रयोऽत्र
क्रूराक्रान्ता सर्वकर्मस्वनिष्टा।।८।।

अथ क्रूराक्रान्ततिथीराह— देया इति। अत्र राशिचक्रे सुधीर्मेषाच्च पुनः पक्षतेः प्रतिपत्तः सकाशात्क्रमेणाखिलास्तिथयो देयाः स्थापनीयाः किंकृत्वा। पूर्णां मुक्त्वा या तिथिः क्रूराक्रान्ता क्रूरग्रहैराक्रमिता स्यात् सा सर्वकर्मस्वनिष्टा दोषदा स्यात्। च पुनस्तद्वत् तिथिवत् पूर्णतिथ्यङ्घ्रयः पञ्चमीदशमीपौर्णमासीनां चरणाः स्थाप्याः क्रूरग्रहैर्योऽङ्घ्रिराक्रमितः सोऽप्यनिष्टः स्यादित्यर्थः॥८॥

मेषादि राशियों में क्रम से पूर्णातिथियों को छोड़कर शेष प्रतिपदादि तिथियों का न्यास करें, पुनः उक्त रीति से पूर्णा (५,१०,१५) के चारों (१५ घटी का एक चरण) चरणों का न्यास करें, इस प्रकार जो क्रूर ग्रह से आक्रान्त तिथि या तिथि का चरण होगा वह सभी कार्यों में अनिष्टकर होगा।।८।।

स्पष्टार्थ चक्र

राशयः	मे.	वृ.	मि.	क.	सि.	कं.	तु.	वृ.	ध.	म.	कु.	मी.
तिथयः	१	२	३	४	६	७	८	९	११	१२	१३	१४
पूर्णा तिथयः	५	५	५	५	१०	१०	१०	१०	१५	१५	१५	१५
घट्यः	१-१५	१६-३०	३१-४५	४६-६०	१-१५	१६-३०	३१-४५	४६-६०	१-१५	१६-३०	३१-४५	४६-६०
चरणाः	१	२	३	४	१	२	३	४	१	२	३	४

दग्धा तिथयः—

ध्वान्तध्वंसविधिर्बलाहकरसागारं गृहं चैति वा,
कोदण्डं हरमौलिसंस्थितकला दग्धा द्वितीया तदा।
ज्ञेयैकान्तरराशिगेऽम्बरमणावेकान्तरैवं तिथि-
र्दग्धातो भवति क्रमेण सकलारम्भेषु नेष्टप्रदा।।९।।

अथ शार्दूलविक्रीडितेन दग्धतिथीराह—ध्वान्तेति।। ध्वान्तध्वंसविधिः ध्वान्तध्वंसमन्धकारविनाशं विदधाति सृजति इति विधिः विधत् विधाने धातो रूपम्। अथवान्धकारविनाशो विधीयतेऽनेतिविधिरन्धकारभ्रंशविधानो रविः। बलाहकेति। बलाहको मेघस्तस्य रसेषु जलेषु अगारं गेहं यस्य स मीनस्तस्य गृहमालयो शशिस्तं बलाहक-रसागारर्क्षकमित्यपिपाठे बलाहकरसेषु अगारं यस्य स मीनश्चाऽसौ मीनराशिश्चेत्यर्थः। तमेति प्राप्नोति 'घनरसो यादोनिवासोऽमृतम्' इतिहैमः। च पुनर्वाऽथवा रविः

कोदण्डधनुराशिमेति तदा हरमौलिसंस्थितकला द्वितीयातिथिर्दग्धा स्यात् । हरमौलौ स्थिता कला इव कला यस्यां सा द्वितीया तिथिर्दग्धेति अनेन विशेषणेन शम्भुमूर्द्धस्थितकला-प्रमितचन्द्रेणोपलक्षितेति विशिष्टवाचकानां पदानां पृथक्विशेषणे समवधाने विशेष्यमात्रपरता। द्वितीयेति। 'सकीचकैर्मारुतपूर्णरन्ध्रैः इत्यादिवत् । मीनार्के धनुरर्के च द्वितीया दग्धेतिस्पष्टार्थः।एवममुना प्रकारेण मीनराशितो धनूराशित एकान्तरराशिगेऽम्बरमणौ सूर्ये सति द्वितीयातः एकान्तरा तिथिर्दग्धा ज्ञेया। स्पष्टमाह। वृषकुम्भार्के चतुर्थी मेषकर्के षष्ठी मिथुनकन्यार्केऽष्टमी सिंहवृश्चिकार्के दशमी तुलामकरार्के द्वादशीति यदुक्तमारम्भसिद्धो दग्धार्केति। 'द्वन्द्वे कन्ये ३/६ मृगेन्द्रालौ १०/८ तुलैणे ७/१०/१/२ द्व्यादियुक् तिथिः' इति अतः कारणाद्दग्धा तिथिः सकलारम्भेषु नेष्टप्रदा वांछितदायिनी न भवति॥९॥

अन्धकार को नष्ट करने वाला रवि जब मेघरस (जल) गृहवाली (मीन) राशि में अथवा धनुराशि में जाता है तब शिव के भालस्थित चन्द्रकलायुक्त द्वितीया तिथि दग्ध होती है। इस क्रम से एक राशि को छोड़कर अग्रिम राशि में सूर्य जब-जब प्रविष्ट होता है, तब-तब एकान्तर (एक-एक तिथि छोड़कर) तिथियाँ दग्धसंज्ञक होती हैं। ये सभी कार्यों के आरम्भ में अशुभ होती हैं।।९।।

स्पष्टार्थ चक्र

सूर्य संक्रमण राशि	मीन, धनु	वृष, कुम्भ	कर्क, मेष	मिथुन, कन्या	सिंह, वृश्चिक	तुला, मकर
दग्ध तिथि	२	४	६	८	१०	१२

तिथीनां संज्ञा-

वृद्धिर्मङ्गलदा बला त्वथ खला लक्ष्मीवती स्याद्यशा-
मित्राख्या निजनामप्रख्यफलदा तद्द्वन्द्वतोग्राह्वया।
सौम्यानन्दप्रदा यशोगुणवती तस्माज्जयोग्राह्वया
सौम्याख्या तिथितस्त्विमा निगदिताः संज्ञा बुधैः पक्षतेः।।१०।।

अथ शार्दूलविक्रीडितेन प्रतिपदादितिथीनां संज्ञामाह— वृद्धिरिति। बुधैः पक्षतेः प्रतिपत्तिथितो निजनामाख्यतुल्यफलदा इमाः संज्ञा ज्ञेया निगदिताः कथिताः। प्रतिपदः वृद्धिरितिसंज्ञा । क्रमादेवं द्वितीयादितिथीनां मंगलदादिसंज्ञा ज्ञेया इति स्पष्टम् । 'स्युरुत्तरपदैः प्रख्यः प्रकारं प्रतिमो निभ' इति हैमः। अत्र प्रसंयोगो वर्णत्वेऽपि प्राक् पूर्वमकारो न दीर्घो लघुप्रयत्नत्वात् । छन्दोनुशासनोक्तं तेन छन्दोभङ्गो नेति॥१०॥

प्रतिपदा आदि तिथियों की क्रम से वृद्धि, मंगलदा, बला, खला, लक्ष्मीवती, यशा, मित्रा, द्वन्द्वा, उग्रा, सौम्या, आनन्दप्रदा, यशोगुणवती, जया, उग्रा, सौम्या ये संज्ञायें हैं। ये अपने-अपने नाम के अनुसार ही फलप्रद हैं।।१०।।

स्पष्टार्थ चक्र

तिथि	संज्ञा	तिथि	संज्ञा
प्रतिपदा	वृद्धि	नवमी	उग्रा
द्वितीया	मंगलदा	दशमी	सौम्या
तृतीया	बला	एकादशी	आनन्दप्रदा
चतुर्थी	खला	द्वादशी	यशोगुणवती
पञ्चमी	लक्ष्मी	त्रयोदशी	जया
षष्ठी	यशा	चतुर्दशी	उग्रा
सप्तमी	मित्रा	पूर्णिमा	सौम्या
अष्टमी	द्वन्द्वा	*	*

नक्षत्रेशा—

अथोच्यते दस्रभतो भनायका दस्रौ यमो वह्निकसोमशम्भवः।
मयादितीज्योरगपूर्वजा भगोऽर्यमोष्णकृत्त्वष्टसमीरणाह्वयाः।।११।।

वृत्रासुरप्राणहरकृपीटजो मित्रो मरुत्वानथ यातु पुष्करम्।
विश्वे विधिर्विष्णुवसू प्रचेतसश्चाजाङ्घ्र्यहिर्बुध्न्यविदन्तखेचराः।।१२।।

अथ वसन्ततिलकेन्द्रवंशाभ्यामष्टाविंशतिनक्षत्राणामीशानाह—अथोच्येति। अथानन्तरं मया दस्रभतोऽश्विनीनक्षत्रतो भनायका नक्षत्रस्वामिनः एते इति उच्यते। अश्विनौ देववैद्यौ द्विवचनान्तोयं शब्दः १ भ. यमः २ कृ० वह्निः ३ रो० को ब्रह्मा ४ मृ० सोमः ५ आ० शम्भु रुद्रः ६ पु० अदितिर्देवमाता ७ पु० इज्यो गुरुः ८ 'इज्या स्यात्संगमे दाने यागेऽर्च्चायां गुरौ गवि' इतिकोशः श्ले० उरगः ९ म० पूर्वजाः पितरः १० पू० फ० भगो योनिः ११ उ० फ० अर्यमा सूर्यभेदः १२ ह० उष्णकृत् सूर्यः १३ चि० त्वष्टा विश्वकर्मा १४ स्वा० समीरणाह्वयो वायुनामा ।।११।। वृत्रेति।१५ वि० वृत्राऽसुरप्राणहरो वृत्रदैत्यारिरिन्द्रः 'कृपीटजोऽग्निः कृपीटं जलं तस्माज्जातः इति विग्रहः 'कृपीटयोनिर्दमुनाः' इत्यभिधानचिन्तामणिः 'कृपीटं जलं' हेमशेषे कोशे। इमौ द्वावीशौ शक्राग्नी इत्यर्थः। विशाखाया आद्यर्द्धे इन्द्रोऽपरेऽग्निर्देवता अतएवास्या द्विदैवतसंज्ञा मिश्रसंज्ञा च। अतएवोक्तं दैवज्ञवल्लभे 'पूर्वार्द्धे मृदु कर्म चास्य सकलं तीक्ष्णं द्वितीये दले' इति। १६ अ० मित्रः सूर्यभेदः १७ ज्ये० मरुत्वानिन्द्रः १८ मू० यातु राक्षसः यातुशब्दो नपुंसकः १९ पू० षा० पुष्करं जलं 'पुष्करं द्वीपतीर्थाहिखगरागौषधान्तरे।। तूर्यास्ये सफले काण्डे शुण्डाग्रे खे सलेबुदे' इतिहेमा २० उ०षा० विश्वे इति विश्वे तिस्रोऽत्र देवताः सर्वादित्वाज्जसः शीभावः। नन्वत्र संज्ञावाचिनो विश्वशब्दस्य कथं सर्वादित्वम्। असंज्ञायां सर्वादिरितिवचनात्, उच्यते छान्दसोयं प्रयोगस्तेन संज्ञायामपि सर्वादित्वम् २१ अभि० विधिर्ब्रह्मा २२ श्र० विष्णुः केशवः २३ ध० वसवोऽष्टौ। यदुक्तम्। धरा ध्रुवश्च सोमश्च आपश्चैवानलोऽनिलः।।

प्रत्यूषश्च प्रदोषश्च वसवोऽष्टौ प्रकीर्तिताः' इति २४ श० प्रचेता वरुणः २५ पू० भा० अजाङ्घ्रिः वास्तुशास्त्रप्रसिद्धौ हृदयकोष्ठस्थो देवो रुद्राणामन्यतमोऽजपादः २६ उ० भा० अहिर्बुध्न्यो रुद्रभेदः। यदाहुः। अजपादो ह्यहिर्बुध्न्यः पिनाकीहररैवताः।। शम्भुः शर्वो मृगव्याधः कपाली त्र्यंबको भव' इत्येकादशरुद्रनामानि २७ रे० विदन्तः खेचर इति विगता नष्टा दन्ता रदा यस्य स चासौ खेचरश्च पूषेत्यर्थः। २८ भयं च 'यज्ञे नष्टन्तोऽभवत्' इतिश्रुतिः यतो दक्षाध्वरध्वंसने हि पूष्णो दन्ता महेश्वरेण पातिताः यद्वायुपुराणे। 'ततः क्रोधाभिभूतेन पूष्णो वेगेन शम्भुना। मुष्टिमाहत्य दशनाः पातिता धरणीतले, इतिपूषा रविभेदः यदाहुः। धातृः १ अर्यम २ मित्र ३ वरुण ४ अंशु ६ भग ५ इन्द्र ७ विवस्वन् ८ पूषन् ९ पर्जन्य १० विष्णुः ११ त्वष्टा १२ संज्ञा द्वादशसूर्या इति। प्रयोजनं चैतेषां तु देवतानाम्ना नक्षत्रव्यवहार इति। अत्र वह्निश्च कश्च सोमश्च शम्भुश्चैतेषां द्वन्द्वः अदितिश्च इज्यश्च उरगश्च पूर्वजाश्चैषां द्वन्द्वः। उष्णकृच्च त्वष्टा च समीरणाह्वयश्चैतेषां द्वन्द्वः। विष्णुश्च वसवश्च प्रचेताश्चैतेषां द्वन्द्वः। अजाङ्घ्रिश्च अहिर्बुध्न्यश्च विदन्तखेचरश्चैषां द्वन्द्वः। चकारः समुच्चयार्थ इति। समासादिकं स्वयमप्यूह्य-मित्यर्थः।।११-१२।।

अथ (इसके अनन्तर) अश्विनी आदि नक्षत्रों के स्वामी का वर्णन कर रहा हूँ। अश्विनी कुमार, यम, अग्नि, ब्रह्मा, सोम (चन्द्र), शिव, अदिति, गुरु, सर्प, पितर, भग, अर्यमा, सूर्य, त्वष्टा, वायु, इन्द्राग्नी, मित्र, इन्द्र, राक्षस, जल, विश्वेदेव, ब्रह्मा, विष्णु, वसु, प्रचेता, अजपाद, अहिर्बुध्न्य तथा पूषा क्रम से अश्विनी आदि नक्षत्रों के स्वामी हैं।।११-१२।।

नक्षत्र स्वामी तालिका

नक्षत्र	स्वामी	नक्षत्र	स्वामी
अश्विनी	अश्विनीकुमार	स्वाती	वायु
भरणी	यमराज	विशाखा	इन्द्र, अग्नि
कृत्तिका	अग्नि	अनुराधा	मित्र
रोहिणी	ब्रह्मा	ज्येष्ठा	इन्द्र
मृगशिरा	सोम	मूल	राक्षस (यातु)
आर्द्रा	शिव	पूर्वाषाढ़	जल
पुनर्वसु	अदिति (देवमाता)	उत्तराषाढ़	विश्वेदेव
पुष्य	गुरु	अभिजित्	ब्रह्मा
आश्लेषा	सर्प	श्रवण	विष्णु
मघा	पितर	धनिष्ठा	वसु
पूर्वाफल्गुनी	भग	शतभिषा	प्रचेतस
उत्तराफल्गुनी	अर्यमा	पूर्वभाद्रपद	अजपाद
हस्त	सूर्य	उत्तरभाद्रपद	अहिर्बुध्न्य
चित्रा	त्वष्टा (वि.क)	रेवती	विदन्त (पूषा)

स्थिर-चर-नक्षत्राणि—

सनिर्जरज्येष्ठभमुत्तरात्रयम्
स्थिरं जगुश्चानिशमाद्यसूरयः।
समारुतं सादिति भं गदाग्रज-
ज्योतिःश्रविष्ठाम्बुपभान्वितं चरम्।।१३।।

अथोपजात्या स्थिरचरसंज्ञभान्याह—सनिर्जरेति। अनिशं निरन्तरमाद्यसूरयः पूर्वाचार्याः सनिर्जरज्येष्ठभं निर्जरज्येष्ठो ब्रह्मा। 'सुरज्येष्ठे विरिञ्चने' इतिहैमः। तस्य भं रोहिणी तेन सह वर्त्तमानमुत्तरात्रिकं स्थिरं स्थिरसंज्ञं जगुरूचुः। रोहिणीउत्तराफल्गुनी उत्तराषाढ़ा उत्तराभाद्रपदा इति भचतुष्कं स्थिरम्। च पुनराद्यसूरयः समारुतं स्वातिसहितं सादितिभं पुनर्वसुसहितं श्रविष्ठा धनिष्ठा अम्बुपो वरुणस्तस्य भं शतभिषक् आभ्यामन्वितं सहितं गदाग्रजो विष्णुस्तस्य ज्योतिर्भं श्रवणं विशेष्यकर्मपदं चरं चरसंज्ञं जगुरिति भपञ्चकं चरम्। 'ज्योतिर्दिनाधिपे वह्नौ नक्षत्रेऽक्षिप्रकाशयोः' इतिमहीपः। इत्यर्थः।।१३।।

(देवताओं में ज्येष्ठ ब्रह्मा के नक्षत्र) रोहिणी सहित तीनों उत्तरा (उ.फ., उ.षा., उ.भा.) नक्षत्र को स्थिर संज्ञक, स्वाती, पुनर्वसु (गदाग्रज ज्योति अर्थात् विष्णु का नक्षत्र) श्रवण, धनिष्ठा, शतभिष नक्षत्रों को चर संज्ञक पूर्वाचार्यों ने कहा है।।१३।।

मृदु-लघु-नक्षत्राणि—

मनीषिणी निर्जरवर्द्धकीन्दुभे
समैत्रपौष्णे मृदुसंज्ञके विदुः।
दास्राभिजिद्धंससुरेज्यदैवता-
न्यथो लघूनीह पुराणविग्रहाः।।१४।।

अथोपजात्या मृदुलघुनक्षत्राण्याह—मनीषिण इति। मनीषिणः पण्डिताः समैत्रपौष्णेऽनुराधारेवतीयुक्ते निर्जरवर्द्धकीन्दुभे निर्जराणां देवानां सूत्रधारो विश्वकर्मा तस्य भं चित्रा इन्दुभं मृगशिरः द्वन्द्वे कृते तेभ्यः कर्मपदे मृदुसंज्ञके विदुः अवधारयन्ति। इति भचतुष्कं मृदुसंज्ञम्। अथो अनन्तरं पुराणविग्रहाः पुरातनशरीरा वृद्धा इहाधिकारे दस्रोऽश्विनी अभिजित् हंसो रविस्तस्य भं हस्तः सुरेज्यो गुरुर्दैवतं यस्य तद्भं पुष्यः एषां द्वन्द्वः। तानि भानि लघूनि विदुर्जानन्ति इदं भचतुष्कं लघु 'पुराणः प्रत्नशास्त्रयोः' इति हैमः 'वेधो हंस' इतिहैमः।।१४।।

(देवताओं के वर्द्धकी विश्वकर्मा का नक्षत्र) चित्रा, मृगशिरा, अनुराधा, रेवती नक्षत्रों को मृदुसंज्ञक तथा अश्विनी, अभिजित् (हंसः=रवि, अर्थात्) हस्त एवं पुष्य नक्षत्रों को प्राचीन मनीषियों ने लघु संज्ञक बतलाया है।।१४।।

तीक्ष्ण-उग्र-संज्ञकनक्षत्राणि—

सरिद्वराकार्द्रकपर्दिभोगिनो-
र्भाभ्यां युते गोपतिनैकषेयभे।

तीक्ष्णाह्वयेऽथान्तकपित्र्यभान्वितं
पूर्वात्रयं चोग्रमुशन्ति कृष्टयः।।१५।।

अथोपजात्या तीक्ष्णोग्रभान्याह—सरिद्वरेति। कृष्टयः पण्डिताः सरितां नदीनां मध्ये वरा गङ्गा तस्याः कानि जलानि तैरार्द्रः क्लिन्नः कपर्दो जटाजूटो यस्य स रुद्रश्च भोगी सर्पश्च तयोर्भाभ्यामार्द्राश्लेषाभ्यां युते युक्ते एवंविधे गोः स्वर्गस्य पतिरिन्द्रः निकषाया अपत्यं नैकषेयो राक्षसस्तयोर्भे ज्येष्ठामूले इति कर्मपदं तीक्ष्णाह्वये उशन्ति इच्छन्ति। इदं भचतुष्कं तीक्ष्णम्। अथ च पुनः कृष्टयोऽन्तको यमः पितरः पूर्वजा एतयोर्भान्वितं भरणीमघायुक्तं पूर्वात्रयं पूर्वाफल्गुनीपूर्वाषाढापूर्वाभाद्रपदेति त्रिकमुग्रसंज्ञमुशन्ति। इदं भपञ्चकमुग्रम् 'कृतिकृष्ट्यभिरूपधीराः' इति हैमः।।१५।।

(सरिताओं में श्रेष्ठ गंगा के जल से आर्द्र जटाजूट वाले शिव तथा सर्पों के नक्षत्र) आर्द्रा आश्लेषा से युक्त (स्वर्ग के अधिपति इन्द्र तथा निकषासुत राक्षसों के नक्षत्र) ज्येष्ठा एवं मूल को तीक्ष्ण संज्ञक तथा भरणी, मघा, तीनों पूर्वा (पू.फ., पू.षा., पू.भा.) नक्षत्रों को विद्वानों ने उग्र संज्ञक नक्षत्र कहा है।।१५।।

मिश्रसंज्ञकनक्षत्राणि—

तनूनपादङ्गनया श्रुतं बुधै-
र्द्विदैवतं मिश्रमथ प्रकीर्तितम्।
निजाभिधानप्रतिमोक्तकर्मणां
स्मृतानि सर्वाण्यपि साधने सदा।।१६।।

अथ वंशस्थेन मिश्रभं तेषां फलं चाह—तनूनपादिति। बुधैः तनूनपादग्निः अङ्गना चन्द्रस्त्रीनक्षत्रं कृत्तिका। 'अष्टाविंशतिरश्विन्यादयः सर्वाः शशिप्रिया इतिहेमवचनात्। एवं यत्र चन्द्रवाचकशब्दाग्रेऽङ्गनाशब्दपर्यायो दृश्यते तत्र नक्षत्रमिति ज्ञातव्यम्। वक्ष्यमाणाधिकारे सर्वत्र तया युतं द्विदैवतं विशाखामिश्रं मिश्रसंज्ञं प्रकीर्तितम्। इदं भयुग्मं मिश्रम्। अथैषां फलमाह सदा एतानि सर्वाणि स्थिरादीनि निजस्वकीयनामतुल्योक्त-कर्मणां साधने स्मृतानीत्यर्थः।।१६।।

[तनूनपाद अग्नि का (चन्द्रस्त्री) नक्षत्र] कृत्तिका से युक्त विशाखा को मिश्रसंज्ञक नक्षत्र विद्वानों ने कहा है। उक्त स्थिर आदि संज्ञक नक्षत्र अपने-अपने नाम स्वभावानुसार कार्यों की सिद्धि के लिये सदैव उपयुक्त होते हैं।।१६।।

संज्ञानां पर्यायाः—

ध्रुवं स्थिरं धीरमलोलमुक्तं
चरं चलं लोलमधीरसंज्ञम्।
मैत्रं बुधैर्यन्मृदुहारि सौम्यं
भीष्मं स्मृतं क्रूरतरं तथोग्रम्।।१७।।

अथोपजात्या स्थिरादीनां संज्ञान्तरमाह—ध्रुवमिति। बुधैः स्थिरं ध्रुवं धीरमलोलं चोक्तम्। एवं चरं चलं लोलमधीरं चोक्तम्। मृदुहारि सौम्यं चोक्तम् तथा एतत् उग्रं भीष्मं क्रूरतरं च स्मृतम्।।१७।।

स्थिर संज्ञक नक्षत्रों को ध्रुव, धीर, अलोल, चर संज्ञक नक्षत्रों को चल, लोल, अधीर, मृदुसंज्ञक नक्षत्रों को मृदु, हारि, सौम्य तथा उग्र संज्ञक नक्षत्रों को भीष्म और क्रूर कहा गया है।।१७।।

संज्ञान्तराणि पञ्चकञ्च—

तीक्ष्णं खरं दारुणभं भवेल्लघु
क्षिप्रं च साधारणमेव मिश्रभम्।
भपंचकं दारुणपाशगे सदा-
ऽनिष्टं श्रविष्टोत्तरखण्डपूर्वकम्।।१८।।

तीक्ष्णे तीक्ष्णं खरं दारुणं च भवेत् लघु क्षिप्रं च भवेत् साधारण एवं मिश्रभं भवेत् इत्यर्थः। अथ धनिष्ठादिपञ्चकमाह—श्रविष्टोत्तरखण्डपूर्वकं धनिष्ठोत्तरखण्डादारभ्य रेवत्यन्तं भपञ्चकं पञ्चकयोग इति सदाऽनिष्टं भवति। किंलक्षणं भपञ्चकं दारुणपाशगं वरुणसम्बन्धिपाशप्राप्तम्।।१८।।

तीक्ष्ण संज्ञक नक्षत्र को खर एवं दारुण, लघु संज्ञक नक्षत्र को क्षिप्र तथा मिश्र संज्ञक नक्षत्र को साधारण कहते हैं। धनिष्ठा के उत्तर भाग से पाँच नक्षत्र अर्थात् धनिष्ठा, शतभिषा, पूर्वभाद्रपद, उत्तरभाद्रपद और रेवती ये वरुणपाश से प्राप्त पञ्चक कहलाते हैं जो सदैव अनिष्टकर होते हैं।।१८।।

पञ्चके त्याज्यकार्याणि—

प्रेतं नयेत्पितृवनं न चौकसो
न गोपनं दारुतृणौघसंग्रहः।
यानं यमाशां ग्रथनं न रज्जुभि-
र्भपञ्चकेस्मिन्विदधीत शायनम्।।१९।।

अथ पञ्चके हेयमाह—प्रेतमिति। जन इतिशेषः अस्मिन् भपञ्चके प्रेतं शवं पितृवनं श्मशानं न नयेन्न प्रापयेत् श्मशानमित्याधारे गौणकर्म। अस्य धातोर्द्विकर्मकत्वात्। च पुनरस्मिन्नोकसो गृहस्य गोपनमाच्छादनं न स्यात्। एवं दारुणतृणौघसंग्रहो न स्यात्। एवं यममश्नुते प्राप्नोति यमाशां दक्षिणदिगन्तान्तं यानं प्रयाणं न स्यात्। पुनरत्र जनो रज्जुभिः कृत्वा शयनस्य मञ्चकस्येदं शायनं ग्रथनं न विदधीत न कुर्वीत। अत्र दैवान्मृतस्याग्निसंस्कारविधानं स्मृत्यन्तरादेव ज्ञेयम्। 'प्रेतो मृते भूतविशेषे च' इतिहैमः।।१९।।

उक्त पाँच नक्षत्रों में प्रेत (मृतशरीर, शव) को श्मशान नहीं ले जाना चाहिए, गृह का छादन, लकड़ी एवं तृण का संग्रह, दक्षिण दिशा में यात्रा तथा रस्सी से चारपाई की बुनाई नहीं करनी चाहिए।।१९।।

अधोमुखसंज्ञकनक्षत्राणि—

द्विपालकव्यालधनञ्जयोग्रभं
क्रव्यादभानां नवकं जगुर्बुधाः।
कासारकूपाननकर्म्मसाधने
हितं तथाधोमुखमुद्धृतौ क्षितेः।।२०।।

अथाधोमुखसंज्ञनक्षत्राण्याह—द्विपेति। बुधाः द्विपालकं द्विस्वामिकं विशाखा व्यालस्य सर्पस्य भमाश्लेषा धनञ्जयोऽग्निस्तस्य भं, कृत्तिका उग्रभानि पूर्वात्रयमघाभरण्यः क्रव्यादो राक्षसस्तस्य भं मूलं एषां द्वन्द्वः। एषां भानां नवकमधोमुखसंज्ञं कासारादिकर्मसाधने हितकारि जगुरूचुः। कासारस्तडागः कूप आननं मुखं एषां कर्मणां तेषां साधने विधानेऽत्राननशब्दस्याऽदिशब्दार्थत्वात् वापीभूमिगुहादीनां ग्रहणम्। तथा क्षितेः पृथिव्या उद्धृतौ खनने हितमिति 'व्यालो दुष्टगजे सर्पे शवे श्वापदसिंहयोः' इति। 'धनञ्जयो नामभेदे ककुब्भेदे च मारुते। पार्थेग्नौ' इतिहैमः॥२०॥

विशाखा, आश्लेषा, कृत्तिका, उग्रसंज्ञक नक्षत्र (पू.फ., पू.षा., पू.भा., भरणी, मघा) तथा मूल ये नव नक्षत्र अधोमुख संज्ञक कहे गये हैं, इनमें तालाब, कूप आदि भूमि पर खुदाई करने वाले कार्य हितकर होते हैं।।२०।।

तिर्यङ्मुखनक्षत्राणि—

सकाश्यपीन्द्राऽमरवैद्यमारुत-
ब्रध्नेन्दुदाराणि विदुर्मृदून्यपि।
तिर्यङ्मुखान्येषुतरीक्रियामनो-
ऽक्षवीभगोश्वाननकर्मकोविदाः।।२१।।

अथ तिर्यङ्मुखभान्याह—सकाश्यपीति। कोविदाः बुधाः सकाश्यपी कश्यपस्य स्त्री काश्यपी अधिकारादत्रादितिः इन्द्रः अमरवैद्यः मारुतः ब्रध्नः रविः एषां द्वन्द्वः। एषामिन्दुदारानक्षत्राणिं पुनर्वसुज्येष्ठाश्विनीस्वातिहस्ताभिधानि तैः सह विद्यन्ते इति सकाश्यप्यादीन्दुदाराणि मृदूनि चित्रामृगरेवत्यनुराधाभानि तिर्यङ्मुखसंज्ञानि विदुर्जानन्ति। अपिरितियुक्तार्थे च पुनर्बुधा एषु नवसु तरीक्रिया नौकृत्यं अनोक्षादिकर्म च विदुः। अनःशकटः अक्षः पाशकः विः शुकसारिकादिपक्षी इभो हस्ती गौः प्रतीतः अश्व आनन मुखं येषां ते तेषां कर्म कार्यमिति 'पाशकः प्रासकाऽक्षश्च देवन' इतिहैमः। काश्यपस्य कलत्राणि त्रयोदश यदुक्तं भूगोले। दितिः १ अदितिः २ कद्रूः ३ सेनब्राह्मणी ४ भानुयोगेश्वरी ५ विनता ६ सविका ७ सुप्रभा ८ खड्गनेत्रा ९ मिथुना १० दिवी ११ कालिंजरी १२ कनका १३ इति॥२१॥

पुनर्वसु, ज्येष्ठा, अश्विनी, स्वाती, हस्त तथा मृदुसंज्ञक (मृगशिरा, चित्रा, अनुराधा, रेवती), नक्षत्रों को तिर्यङ्मुख नक्षत्र विद्वानों ने बतलाया है। इन सभी नक्षत्रों में तरण क्रिया (तैराकी, नौकाविहार, समुद्रयात्रा आदि), शकट (बैलगाड़ी), जुआ, पक्षी, हाथी, गौ, घोड़ा आदि सम्बन्धी कार्य करना चाहिए।।२१।।

ऊर्ध्वमुखनक्षत्राणि—

रमाधवोमाधवजीवधीरभ-
प्राचेतसैणांकवशाः सवासवाः।
उदाननावारणधामचामर-
ध्वजातपत्राधृतये हिताः स्मृताः।।२२।।

अथ वंशस्थेनोर्ध्वमुखनक्षत्राण्याह—रमेति। सद्भिः सवासवाः धनिष्ठया युताः रमाधवो विष्णुः श्रवणः उमाधवः शम्भुःआर्द्रा जीवः गुरुः पुष्यः। धीरभानि रोहिण्युत्तरात्रये। प्रचेता वरुणस्तस्यैणांकवशा चन्द्रस्त्री शतभिषक् आसां द्वन्द्वः एतास्तारा उदानना ऊर्ध्वमुखसंज्ञाः स्मृताः प्रोक्ताः। किंभूता एता हिताः हितकारिण्यः। कस्मै वारणधाम हस्तिधाम अम्बाडो इति भाषा। चामरं ध्वजापताका आतपत्रं छत्रं एषां द्वन्द्वः। एषामाधृतये धारणाय। हितादियोगे चतुर्थी। क्वचित्प्रचेतसेणांक इतिपाठोऽपपाठः प्रचेतः शब्दो हसांतत्वाद्विसर्गलोप एव। इति नवकमूर्ध्वमुखसंज्ञम्।।२२।।

(लक्ष्मीपति विष्णु का नक्षत्र) श्रवण, (उमापति शिव का नक्षत्र) आर्द्रा, पुष्य एवं धीर संज्ञक (उ.फ., उ.षा., उ.भा., रोहिणी) नक्षत्र, शतभिषा तथा धनिष्ठा नक्षत्र ऊर्ध्वमुख संज्ञक हैं। इन नक्षत्रों में हस्तिशाला, चामर, ध्वजा (पताका) तथा छत्र धारण सम्बन्धी कार्य करना चाहिए।।२२।।

बृहद् जघन्यसंज्ञकनक्षत्राणि—

द्विदैवतादित्यभसंयुतानि
ध्रुवाणि भान्यत्र जगुर्बृहन्ति।
जघन्यसंज्ञान्यहिशान्तकेन्द्र-
प्रभञ्जनाम्भःपतिभानि चार्याः।।२३।।

अथोपेन्द्रवज्रया बृहद्भान्याह—द्विदैवतेति। आर्याः द्विदैवतं विशाखा आदित्यभं पुनर्वसुः 'पुनर्वसुप्रयामुकौ आदित्यौ च' इतिहैमः। आभ्यां संयुतानि ध्रुवाणि भानि रोहिण्युत्तरात्रयभानि बृहत्संज्ञानि जगुः। च पुनरार्याः। अहिराश्लेषा शो रुद्र आर्द्रा अन्तको भरणी इन्द्रो ज्येष्ठा प्रभञ्जनो वायुः स्वातिः अम्भपतिर्वरुणस्तद्भं शतभिषक्। एतानि भानि पञ्च जघन्यसंज्ञानि जगुः। 'वः प्रागुक्तोऽथ शः शम्भुः शा गौरी कमलालया' इत्येकाक्षरकोशे।।२३।।

विशाखा, पुनर्वसु सहित ध्रुवसंज्ञक (तीनों उत्तरा और रोहिणी) नक्षत्र बृहद् संज्ञक तथा आश्लेषा, आर्द्रा, भरणी, ज्येष्ठा, स्वाती एवं शतभिष नक्षत्रों को जघन्य संज्ञक नक्षत्र आचार्यों ने कहा है।।२३।।

समानसौम्यनक्षत्राणि—

शेषाणि भान्यक्षधरामितानि
समानसंज्ञानि वदन्ति सन्तः।

लघुध्रुवाधोक्षजभानि शश्वत्-
सौम्या द्वयान्यन्त्यभसंयुतानि।।२४।।

अथोपजात्या समानभान्याह—शेषाणीति। सन्तः शेषाण्यक्षधरामितानि पञ्चदशप्रमितानि भानि समानसंज्ञानि वदन्ति। अश्विनीकृत्तिकामृगशिरपुष्या पूर्वात्रयं मघाहस्तश्चित्राअनुराधामूलः श्रवणं धनिष्ठा रेवती इति पञ्चदश। पुनःशश्वन्निरन्तरं सन्तः अन्त्यभसंयुतानि रेवत्या युक्तानि लघूनि अश्विन्यभिजिद्धस्तपुष्यभानि ध्रुवाणि रोहिण्युत्तरात्रयभानि अधोक्षजो विष्णुस्तद्धं श्रवणं एषां द्वन्द्वः। एतानि भानि सौम्यसंज्ञानि वदन्ति।।२४।।

उक्त नक्षत्रों के अतिरिक्त शेष पन्द्रह नक्षत्रों (अश्विनी, कृत्तिका, मृगशिरा, पुष्य, मघा, पू.फ., हस्त, चित्रा, अनुराधा, मूल, पू.षा. श्रवण, धनिष्ठा पू.भा. रेवती) को समान संज्ञक तथा रेवती सहित लघु संज्ञक (अश्विनी, अभिजित्, हस्त, पुष्य), ध्रुव संज्ञक (रोहिणी, उ.फ., उ.षा., उ.भा.) एवं श्रवण नक्षत्र को सौम्य संज्ञक नक्षत्र कहते हैं।।२४।।

कुलोदयनक्षत्राणि—

मिश्रौषधीशाग्रजविश्वकर्मणाम्-
उडून्युशन्तीज्यवसूतराश्विनी।
भाभ्यां युतानां भगरक्षसोस्तथा
कुलोदयाख्यानि विचक्षणेश्वराः।।२५।।

अथोपजात्या कुलोदयभान्याह—मिश्रेति। विचक्षणेश्वराः पण्डितवराः मिश्रे कृत्तिकाविशाखे ओषधीशश्चन्द्रो मृगशिरः अग्रजाः पूर्वजा मघा विश्वकर्मा चित्रा एषां द्वन्द्वः। एतानि भानि। किंभूतानां मिश्रौषधीशाग्रजविश्वकर्मणाम् भगरक्षसोर्योनिराक्षसयोर्भाभ्यां पूर्वाफल्गुनीमूलाभ्यां युतानां तथा ईज्यः पुष्यः वसवो धनिष्ठा उत्तरात्रयं अश्विनी एषां द्वन्द्वः। एषामुडूनि उशन्ति वाञ्छन्ति। इति त्रयोदश कुलोदयाख्यानि।।२५।।

मिश्रसंज्ञक (कृत्तिका, विशाखा) नक्षत्र, मृगशिरा, मघा, चित्रा, पुष्य, धनिष्ठा तीनों उत्तरा (उ.फ., उ.षा., उ.भा.), अश्विनी, पू.फ. तथा मूल नक्षत्रों को श्रेष्ठ विद्वज्जन कुलोदय नक्षत्र कहते हैं।।२५।।

उपकुल-कुलाकुलनक्षत्राणि—

ककान्तकादित्यकसूरपूष्णामाहुर्बुधाश्चोपकुलानि भानि।
भवाविपद्व्यालवनेशमित्रज्योतींषि सेन्द्राणि कुलाकुलानि।।२६।।

अथोपजात्योपकुलकुलाकुलभान्याह—ककेति। बुधाः ककादीनां भानि उपकुलसंज्ञान्याहुः कथयन्ति को ब्रह्मा रोहिणी को वायुः स्वातिः अन्तको भरणी आदित्यः पुनर्वसुः कं जलं पूर्वाषाढा सूरः सूर्यो हस्तः पूषा रेवती एषां द्वन्द्वः एषां च पुनर्बुधाः सेन्द्राणि ज्येष्ठासहितानि भवो रुद्रः आर्द्रा अविपदितिच्छेदस्तथा च 'अकारो वासुदेवः स्यात्' इतितद्दैवतं श्रवणः अविपदः अजपादः पूर्वाभाद्रपदा व्यालोऽश्लेषा

वनेशो जलपतिर्वरुण: शतभिषक् मित्रोऽनुराधा एषां द्वन्द्व: एषां ज्योतींषि भानि कुलाकुलानि तन्नामानि आहु:। 'को ब्रह्मण्यात्मनि रवौ मयूरेऽग्नौ धमेऽनिले। कं शीर्षेऽसुसुखे' इतिकोष:॥२६॥

(क=ब्रह्मा) रोहिणी, (क=वायु) स्वाती, भरणी, पुनर्वसु, (क=जल) पूर्वाषाढ़ा, (सूर=सूर्य) हस्त और रेवती नक्षत्र उपकुल संज्ञक तथा आश्लेषा, (अ=विष्णु) श्रवण, (अविपद) पूर्वाभाद्रपदा, आश्लेषा, शतभिष, अनुराधा एवं ज्येष्ठा नक्षत्र कुलाकुल संज्ञक होते हैं।।२६।।

अन्धादिनक्षत्राणि—

निरम्बकं भं विकनीनिकं भवेदपाङ्गपीडं च कलाम्बकं तत:।
पुष्यादिहेयान्ननु नष्टवस्तुन: सुलोचने नाप्तिमिति क्रमेण तु।।२७।।

अथान्धकादिभान्याह—निरम्बकमिति। पुष्याच्चतुष्कं चतुष्कं प्रतिभं क्रमेण निरम्बकं निर्गते अम्बके यस्मात्तद्भं गताक्षं भवेत्। ततो विकनीनिकं विगता कनीनिका तारा यस्मात्तद्भं काणाख्यं भवेत्। ततोऽपाङ्गपीडं अपाङ्गे नेत्रप्रान्ते पीडा यस्य तद्भं चिपिटाख्यं भवेत्। तत: कलाम्बकं कले मनोज्ञे अम्बके नेत्रे यस्य तद्भं दिव्यनेत्रं भवेत्। य: समुच्चयार्थ:। तुरितिविशेषार्थे नतु वितर्के। क्रमेण इमानीह सुलोचने दिव्यनेत्रनक्षत्रे नष्टवस्तुनो गतवस्तुन आप्ति लाभमिति न ईयात्तं न लभेत्। इतीतिकिं इति शब्दोऽत्र विवक्षायां तदयमर्थ:। गताक्षे भे नष्टवस्तुन: प्राप्ति: स्यात्। विकनीनिके यत्नत: प्राप्ति:। चिपिटभे प्राप्तेर्वार्त्ता। दिव्यनेत्रे प्राप्तिर्नेति 'इति स्वरूपे सान्निध्ये विवक्षा नियमे मता'' इति हैमोऽनेकार्थ:॥२७॥

पुष्य नक्षत्र से आरम्भ कर क्रम से अन्याक्ष, काणाक्ष, चिपिटाक्ष तथा सुलोचन संज्ञक नक्षत्र होते हैं। सुलोचन नक्षत्र में नष्ट हुई वस्तु प्राप्त नहीं होती है। इसी (सुलोचनादि) क्रम में अन्य नक्षत्रों का फल समझना चाहिए। यथा सुलोचन में अप्राप्ति, चिपिटाक्ष में वस्तु वार्ता (वस्तु का ज्ञान), काणाक्ष में यत्नलाभ तथा अन्याक्ष में शीघ्रलाभ होता है।।२७।।

अन्धादिबोधक चक्र

संज्ञा	अन्धाक्ष	काणाक्ष	चिपिटाक्ष	सुलोचन
नक्षत्र	पुष्य, उ.फ. विशाखा, पूर्वाषाढ़ा धनिष्ठा रेवती रोहिणी	आश्लेषा, हस्त, अनुराधा, उ.षा. शतभिष अश्विनी मृगशिरा	मघा, चित्रा, ज्येष्ठा, अभिजित् पू.भा. भरणी आर्द्रा	पू.फ., स्वाती मूल श्रवण उ.भा. कृतिका पुनर्वसु
फल	शीघ्रलाभ	यत्नलाभ	श्रवण	अलाभ

शनि-गुरुवारयोर्निषेधः—

सदा विदुः क्रूरभदारुणानि
क्रूरेषु पातङ्गिदिनं तथार्याः।
शुभेषु कार्येषु पराणि पुष्यं
गुरोरहश्चाखिलकर्मराशौ।।२८।।

अथ योग्यतामाह—सदा इति। आर्या क्रूरेषु कार्येषु क्रूरभदारुणानि उग्रतीक्ष्णे संज्ञभानि। तथा पातङ्गिदिनं पतङ्गस्य सूर्यस्याऽपत्यं पातङ्गिः शनिस्तद्दिनं विदुः लक्षयन्ति। च पुनरार्या अपराणि उक्तव्यतिरिक्तानि भानि शुभेषु कार्येषु विदुः। च पुनरखिलकर्मराशौ समस्तकार्यसमूहे पुष्यं गुरोरहः गुरुदिनं विदुः॥२८॥

आचार्यों ने क्रूर कार्यों के लिए क्रूर संज्ञक (पू.फ., पू.षा., पू.भा., भरणी, मघा) और दारुण संज्ञक (आर्द्रा, आश्लेषा, ज्येष्ठा, मूल) नक्षत्रों एवं शनिवार तथा शुभ कार्यों के लिए शेष नक्षत्र एवं दिनों का ग्रहण किया है। समस्त शुभ कार्यों में पुष्य एवं गुरुवार का उपयोग करना चाहिए।।२८।।

पुष्यस्य महत्त्वम्—

पुष्यस्तनोत्यङ्गभृतामनेकैरर्थान्वितो दूषणसंनिपातैः।
न्यस्तेज्यभारम्भसुकृत्यजातानर्थानुदन्वानिव रत्नधामा।।२९।।

अथ पुष्यमहत्त्वं वर्णयति—पुष्यइति। रत्नं प्रधानं धाम तेजो यस्य सोऽथवा रत्नवत् सुरमणिवद्धाम प्रभावो यस्य सोऽथवा रत्नानां श्रेष्ठवस्तूनां धाम जन्म यस्मात्स रत्नधामा पुष्योऽङ्गभृतां देहिनामर्थान् तनोति विस्तारयति। किं लक्षणः पुष्यानेकैर्दूषण-सन्निपातैर्दोषसमवायैराचितः व्याप्तः। किंविधानर्थान् न्यस्तेज्यमारम्भसुकृत्यजातान् न्यस्तः समारोपित इज्यभे पुष्ये आरम्भः उद्यमो येषां तानि एवंविधानि सुकृत्यानि सुकर्माणि तेभ्यो जातास्तान्। क इव उदन्वान् समुद्र इव। सोऽप्येवंविध इति समुद्रपक्षे रत्नानां धाम स्थानं यस्मिन्स इति अर्थान्तरन्यासोऽप्यत्र यथा पुष्यः कलिः प्राणिनामर्थान्तनोति। किंभूतानर्थान् न्यस्तेतिपूर्ववत्। किंभूतः पुष्यः कलिरनेकदूषणयुक्तोपीत्याशये सर्वं स्पष्टं स्वभावात्कलिरनर्थं करोति सोऽपि पुष्यनक्षत्रयोगे शुभं करोति तर्हि कृतादियुगे किं वक्तव्यमितिपुष्यनक्षत्रस्यातिशयोक्त्यलङ्कारः 'तिष्यः पुष्यवत् कलौ भे' इति हैमोऽनेकार्थः। 'धाम रश्मौ गृहे देहे स्थाने जन्मप्रभावयोः' इति तत्रैवेत्यर्थः॥२९॥

अनेक दूषणसमूहों से युक्त पुष्य नक्षत्र में आरम्भ किये गये शुभकार्यों में भी पुष्य नक्षत्र प्राणियों के मनोरथों का उसी प्रकार विस्तार करता है, जैसे रत्नधामा समुद्र। अथवा-जिस प्रकार रत्नधाम समुद्र प्राणियों के अर्थों का विस्तार करता है, उसी प्रकार समस्त दोषयुक्त कलियुग में भी पुष्य में आरम्भ किये गये कार्य प्राणियों की समस्त सिद्धियों का विस्तार करते हैं। अर्थात् कलियुग में भी पुष्य नक्षत्र अत्यन्त शुभकारक है,तो अन्य युगों में कहना ही क्या है।।२९।।

विवाहे दूषणम्—

प्रभूतदोषोदितमप्यभद्रं
निहन्त्यरं पुष्यकृतेषु तिष्यः।
कृतेन्द्रवन्द्योडुकरग्रहाणाम्
अत्रेऽङ्गिनां कर्मसु सोऽनिशं स्यात्।।३०।।

प्रभूतेति। तिष्यः पुष्यः पुष्यकृतेषु पुष्यनक्षत्रे कृतानि कार्याणि तेषु प्रभूतदोषोदितमपि भूरिदूषणोपपन्नामप्यभद्रममङ्गलकरं शीघ्रं हन्ति नाशयति। पुनः सपुष्यः कृतः इन्द्रेण वन्द्यो गुरुस्तस्योडुनि पुष्ये करग्रहो विवाहो यैस्तेषामंगिनाम् देहिनाम् कर्म्मसु कार्येषु अनिशं निरन्तरमत्रे भक्षणाय अर्थसामर्थ्यान्नाशाय स्यात्। अत्तृशब्दो ऋकारान्तेति तृचि अत्ता तस्मै अत्रे कर्तृवत्।।३०।।

पुष्य नक्षत्र में आरम्भ हुए कार्यों में उपस्थित बहुत दोषों से उत्पन्न अमङ्गल भी पुष्य द्वारा शीघ्र नष्ट हो जाता है; परन्तु देवपूज्य गुरु के नक्षत्र पुष्य में किया गया विवाह संस्कार मनुष्य के समस्त कार्यों का भक्षण करने वाला होता है। अर्थात् पुष्य नक्षत्र में विवाह अशुभ होता है।।३०।।

त्रिपुष्करयोगः—

यदा चेत्सासितो स्यातां भद्रायामारमन्त्रिणौ।
सायुग्मचरणर्क्षायां भवेद्योगस्त्रिपुष्करः।।३१।।

अथानुष्टभा त्रिपुष्करयोगमाह—यदेति। यदा चेद्यदि सायुग्मचरणर्क्षायां सहाऽयुग्मचरणर्क्षैर्वर्तते या सा तस्यां विषमाङ्घ्रिभयुक्तायाम् भद्रायाम् २।७।१२ तिथ्यां साऽसितौ शनिसहितावारमन्त्रिणौ भौमजीवौ स्यातां तदा त्रिपुष्करयोगो वृद्धौ विषयोगिनां त्रिनिघ्नफलः शुभाऽशुभत्रिगुणफलदायक उक्तः।।३१।।

यदि विषम चरणों वाले नक्षत्रों (जिन नक्षत्रों का एक पाद पूर्व राशि में शेष तीन पाद दूसरी राशि में यथा-कृत्तिका, पुनर्वसु, उ.फ., विशाखा, उ.षा., पू.भा.) में भद्रा तिथि (२,७,१२) तथा शनि, भौम और बृहस्पतिवार का संयोग हो तो त्रिपुष्कर योग होता है[१]।।३१।।

त्रिपुष्करयोगस्य फलम्—

अर्थजीवधनादीनां लाभे नष्टे हृतेऽत्यये।
त्रैगुण्यफलदो योगो वृद्धावुक्तोऽङ्गिनामयम्।।३२।।

---

१. त्रिपुष्कर योग में ज्योतिर्विदाभरण में विषम नक्षत्रों के साथ भद्रातिथि तथा शनि, भौम और गुरुवार लिया गया है, परन्तु मुहूर्त चिन्तामणि में शनि, भौम और रविवार लिया गया है। यथा—

भद्रा तिथी रविजभूतनयार्कवारे, द्वीशार्यमाचरणादिति वह्निवैश्वे।
त्रैपुष्करो भवति मृत्युविनाशवृद्धौ त्रैगुण्यदो द्विगुणकृद्वसुतर्क्षचान्द्रे।। (मु.चि. २.५०)

कस्मिन्सति अर्थो द्रव्यं जीवधनादिकं गोमहिष्यादिकं यतः 'अकूप्यं रूप्यहेमाख्यं कूप्यमन्यधनं भवेत्। गोमहिष्यादिकं सर्वं बुधैर्जीवधनं स्मृतम्' इति। एषां लाभे नष्टे पलायिते चोरादिना हृतेऽत्यये नाशं प्राप्ते सति॥३२॥

धन, जीवधन (मनुष्य, गाय, भैंस) आदि की प्राप्ति होने, नष्ट होने, चोरी होने अथवा भाग जाने पर त्रिगुण फल मिलता है। अर्थात् त्रिपुष्कर योग में एक शुभ या अशुभ घटना घटे तो वह तीन बार घटित होती है।।३२।।

स्थिरयोगानां नामानि—

आनन्दो यमदण्डाख्यो धूम्रभृच्च प्रजापतिः।
सौम्यध्वांक्षाह्वयो तस्माद्ध्वजः श्रीवत्ससंज्ञकः।।३३।।

कुलिशो मुद्गरच्छत्रं मित्रं मानुषसंज्ञकः।
सरोजं लुम्बकोत्पातौ कालकाणाख्यसिद्धयः।।३४।।

शुभाख्याऽमृतनामानौ क्रमेण मुशलाह्वयम्।
गदमातङ्गरक्षांसि चराचरप्रवृद्धकाः।।३५।।

अष्टाविंशत्यभिन्नाःस्युरमी योगाः प्रकीर्तिताः।
स्वनामप्रख्यफलदाः प्राप्तावारर्क्षसंभवाः।।३६।।

अथानुष्टप्चतुष्केनाष्टाविंशत्यानन्दादियोगानाह—आनन्देति। आनन्देत्यादिकं लापकं सुगमम्। नवरं प्राप्तेति आश्रितवारनक्षत्रेभ्यो जाता इति॥३३-३६॥

१. आनन्द	८. श्रीवत्स	१५. लुम्बक	२२. मुशल
२. यमदण्ड (कालदण्ड)	९. कुलिश	१६ उत्पात	२३. गद
३. धूम्र	१०. मुद्गर	१७. काल (मृत्यु)	२४. मातंग
४. प्रजापति (धाता)	११. छत्र	१८. काण	२५. रक्ष
५. सौम्य	१२. मित्र	१९. सिद्धि	२६. चर
६. ध्वांक्ष	१३. मानुष	२०. शुभ	२७. अचर (स्थिर)
७. ध्वज (केतु)	१४. सरोज (पद्म)	२१. अमृत	२८. प्रवर्द्धक (प्रवर्द्धमान)

आनन्द आदि ये अट्ठाइस स्थिर योग हैं। इनका अपने-अपने नाम के अनुरूप ही फल होता है। इनकी गणना वार और नक्षत्र के आधार पर होती है।।३३-३६।।

योगज्ञानम्—

रवावादिभादिन्दुभादोषधीशे-
ऽहिभादसृजीनर्क्षतो विद्यपीति।
गुरौ मैत्रतो वैश्वदेवाच्च काव्ये-
ऽसिते शंवरेशोडुतोऽमी क्रमात्स्युः।।३७।।

अथभुजङ्गप्रयातेनैषामुत्पत्तिमाह—रवाविति। सुधीः आदिभादश्विनीतो वर्तमानभपर्यन्तं गणयेत्। यावत्संख्याकं वर्तमानभम् तावत्संख्याक आनन्दादियोगो भवेत् एवमोषधीशे चन्द्रे इन्दुभान्मृगशीर्षात्। असृजि मङ्गलेऽहिभादश्लेषातः। विदि बुधे इनर्क्षतो हस्तात्। गुरौ मैत्रतोऽनुराधातः। काव्ये शुक्रे वैश्वेदेवादुत्ताराषाढतः। असिते शनौ शम्बरं जलं तस्येशो वरुणस्तस्योडुतः शतभिषक्तः वै निश्चितं क्रमेणेत्येवमेते स्युः। चः समुच्चयार्थः। 'असृग् वक्रे मृगे रक्ते' इति व्याडिः। अर्णस्यम्बुवाः शम्बरम्' इतिहैमः। अहिभादसृजीत्यत्र छन्दोभङ्गो दृश्यते ततः पुस्तकान्तरम् विलोकनीयमिति।।३७।।

आनन्दादि योगों के ज्ञान के लिये रविवार को अश्विनी नक्षत्र से, सोमवार को मृगशिरा से, भौमवार को आश्लेषा से, बुधवार को हस्त से, गुरुवार को अनुराधा से, शुक्रवार को उत्तराषाढा से तथा शनिवार को (वरुण) शतभिषा से वर्तमान नक्षत्रपर्यन्त साभिजित् गणना करने से जितनी नक्षत्र संख्या हो उतनी ही संख्या वाला योग वर्तमान योग होता है।।३७।।

उदाहरण– संवत् २०३७ भाद्रशुक्ल १० शुक्रवार को पूर्वाषाढ़ा में स्थिर योग अभीष्ट है। अतः शुक्रवार को उत्तराषाढ़ा से आरम्भ कर वर्तमान पूर्वाषाढ़ पर्यन्त अभिजित् सहित गणना करने पर नक्षत्र संख्या २८ हुई; अतः २८वाँ प्रवर्धमान नामक योग शुक्रवार को होगा।।३७।।

अमृतसिद्धियोगः—

हरावब्ज ईज्ये निजर्क्षं निजर्क्षं
क्रमाद्दास्त्रमारे ज्ञमैत्रं भवेत्।
भवेदन्त्यधिष्ण्यं च धिष्ण्ये कधिष्ण्यं
शनौ चैतदेवं सुधासंज्ञयोगः।।३८।।

अथामृतसिद्धियोगमाह—हराविति। हरौ सूर्यवारे निजर्क्षं स्वकीयभं हस्तः। अब्जे चन्द्रे निजर्क्षं मृगशिरः। ईज्ये गुरौ निजर्क्षं पुष्यः। आरे भौमे दास्त्रमश्विनी। ज्ञे बुधे मैत्रमनुराधा। धिष्ण्ये शुक्रेन्त्यधिष्ण्यं रेवती। शनौ को ब्रह्मा तस्य धिष्ण्यं रोहिणी क्रमाच्च यदा एवं भवेत्तदा सुधासंज्ञयोगोऽमृतसिद्धियोगो भवेत्। चकारः समुच्चयार्थः।।३८।।

रविवार, चन्द्रवार तथा गुरुवार को अपना-अपना नक्षत्र अर्थात् रविवार को हस्त, सोमवार को मृगशिरा, गुरुवार को पुष्य नक्षत्र हो तथा भौमवार को अश्विनी, बुधवार को अनुराधा, शुक्रवार को रेवती तथा शनिवार को रोहिणी नक्षत्र हो तो अमृत संज्ञक योग होता है।।३८।।

उत्पातादियोगचतुष्टयम्—

द्विदैवादिभानां चतुष्केषु योगाः
क्रमात्सप्त ऊष्मांशुपूर्वग्रहाणाम्।

सदोत्पातकालाख्यकाणाख्यसौम्या
दिनेषु स्वनामप्रकाशेष्टदाः स्युः।।३९।।

अथोत्पादादियोगचतुष्कमाह—द्विदैवेति। ऊष्मांशुपूर्वग्रहाणां सूर्यादिसप्तग्रहाणां सप्तसु दिनेषु द्विदैवादिभानां विशाखादिनक्षत्राणां चतुष्केषु सदा क्रमेण उत्पात १ काल २ काण ३ सौम्याख्याः ४ योगाः निजनामतुल्यफलदाः स्युः। कोऽर्थः। रविदिने विशाखा तदा उत्पातयोगः अनुराधा तदा कालः ज्येष्ठा तदा काणः मूलं तदा सौम्यः एवं नक्षत्रचतुष्के एको वारश्चत्वारो योगाः चन्द्रादिषु पूर्वाषाढादिष्वप्यूह्याः॥३९॥

सूर्यादि सात वारों में विशाखादि चार-चार नक्षत्रों में क्रम से उत्पात, काल, काण तथा सौम्य योग होते हैं। ये अपने-अपने नामानुसार ही फलप्रद होते हैं। यथा रविवार को विशाखा हो तो उत्पात, अनुराधा हो तो काल, ज्येष्ठा हो तो काण और मूल हो तो सौम्य योग होता है। इसी प्रकार चन्द्रादि वारों में भी समझें।।३९।।

स्पष्टार्थ चक्र

वार → / योग ↓	सू.	चं.	भौ.	बु.	गु.	शु.	श.
उत्पात	विशाखा	पू.षा.	धनिष्ठा	रेवती	रोहिणी	पुष्य	उ.फ.
काल	अनुराधा	उ.षा.	शतभिष	अश्विनी	मृगशिरा	आश्लेषा	हस्त
काण	ज्येष्ठा	अभिजित्	पू.भा.	भरणी	आर्द्रा	मघा	चित्रा
सौम्य	मूल	श्रवण	उ.भा.	कृत्तिका	पुनर्वसु	पू.फ.	स्वाती

यमघण्टयोगः—

पितृभं खरगौ द्विदैवतं हिमरश्माऽवसृजीशतारकम्।
विदि मूलमजाग्रजार्चिते हुतभुग्ज्योतिरजोडुभार्गवे।।४०।।
भवतीनभमंशुजे तदा यमघण्टाख्ययुगाह्वयोऽप्यसौ।
जनियानशयाम्बुजग्रहेष्वमरस्थापनकेऽत्ययाय च।।४१।।

अथाष्टसंख्यापर्यन्तं वैतालीयवृत्तं तत्र तावद्यमघण्टयोगमाह—पितृभमिति भवतीतियुग्मम्। यदा खरगौ सूर्ये पितृभं मघा। हिमगौ चन्द्रे द्विदैवतं विशाखा। असृजि भौमे ईशतारकमार्द्रा। विदि बुधे मूलम्। अजो विष्णुस्तदग्रजो मघवान् तेनार्चितो गुरुस्तस्मिन् दिने हुतभुक् वह्निस्तस्य ज्योतिः कृत्तिका। भार्गवे शुक्रेऽजो ब्रह्मा तदुडु रोहिणी। अंशुजे शनौ इनभं हस्तो भवति तदा बुधैर्यमघण्टादिर्योग ईरितः। कमस्मै जनिर्जन्म यानं प्रायाणं शयः पाणिः स एवाम्बुजं तद्ग्रहः शयाम्बुजग्रहः पाणिग्रहणं एषां द्वन्द्वः एषु च पुनरमरस्थापनके देवप्रतिष्ठायामत्ययाय नाशाय 'अजश्च छागे हरे विष्णौ रघुजे वेधसि स्मरे' इतिहैमः। इत्यर्थः॥४०-४१॥

सूर्यवार में मघा, चन्द्रवार में विशाखा, भौमवार में आर्द्रा, बुधवार में मूल, गुरुवार में कृत्तिका, शुक्रवार में रोहिणी तथा शनिवार में हस्त नक्षत्र हो तो यमघण्ट योग होता है। इस योग में जन्म, यात्रा, विवाह तथा देवस्थापन विनाशकारी होता है।।४०-४१।।

आडलयोग—

सपतङ्गभतोऽचलैर्मिते नवभिर्भे च नृपालकैर्भवेत्।
मनुभिः कुयमैरिभाश्विभिस्त्रियमैर्दस्त्रमिते सदाऽऽडलः।।४२।।

अथाडलयोगमाह—पतङ्गेति। सहपतङ्गेन सूर्येण वर्तते तत्सपतङ्गं भं तस्माद्रविनक्षत्रादचलैः सप्तभिर्मिते भे सति नृपालकै राजभिः षोडशभिश्च मनुभिश्चतुर्दशभिश्च कुयमैरेकविंशतिभिश्च इभाश्विभिरष्टाविंशतिभिश्च त्रियमैस्त्रयोविंशतिभिश्च दस्त्रमिते द्वाभ्यां च मिते भे इति।।४२।।

सूर्य जिस नक्षत्र पर हो उस नक्षत्र से सातवाँ, नौवाँ, सोलहवाँ, चौदहवाँ, इक्कीसवाँ, अट्ठाइसवाँ, तेइसवाँ तथा दूसरा वर्तमान नक्षत्र (चान्द्रनक्षत्र) हो तो आडल योग होता है।।४२।।

उदाहरण– सूर्य यदि हस्त नक्षत्र में हो तथा अभीष्ट दिन चित्रा नक्षत्र हो तो हस्त से दूसरा नक्षत्र होने से आडल योग होगा। इसी प्रकार हस्त के सूर्य में मूल, उ.षा., उ.भा., अश्विनी, आर्द्रा, पुष्य तथा उ.फ. नक्षत्रों में चन्द्रमा के जाने पर आडल योग होगा।।४२।।

आडलयोगस्य फलम्—

बलकर्षककोपलक्रियाविबुधैराडलके च गर्हिता।
भवतीह न दोषभाक् क्रिया शयजम्बालजसंग्रहादिका।।४३।।

अस्यैव फलमाह—बलेति। विबुधैर्बलं सैन्यं कर्षकः हली कं जलमुपलक्षणत्वात्कासारकूपारामादिः उपलः पाषाणः एषां द्वन्द्वे प्रत्येकसंयोजनात्। एषां क्रिया समरहलप्रवाहबन्धविधिदुर्गप्रमुखा गर्हिता तिरस्कृता । च पुनरिह योगे शयजम्बालजसंग्रहादिका जम्बात्पङ्काज्जायते तज्जम्बालजं कमलं शयः पाणिरेव जम्बालजं करकमलमित्यर्थस्य संग्रहः उद्वाहस आदिर्यस्यां सा शयजम्बालजसंग्रहादिका क्रिया दोषभाग् न भवति। 'जम्बाले च कलौ पङ्के' इतिहैमः।।४३।।

आडल योग में सेना, कृषि, जल (कूप आदि) एवं पाषाण सम्बन्धी कार्य निन्दित कहे गये हैं, परन्तु इस योग में पाणिग्रहण आदि संस्कार दोषकारक नहीं होते।।४३।।

विडलयोगः—

विडलोंशुमदंशुसंकुलादुडुतो भौमनगाप्तशेषके।
त्रिमितं यदि षण्मितं भवेद्विधुवज्ज्योतिषि चेष्टनुत्तदा।।४४।।

अथ विडलमाह—विडलेति। यदि चेत् अंशुमतो रवेरंशुभिः किरणैः संकुलं लुप्तं तस्मादुडुतः सूर्यनक्षत्रात् विधुर्विद्यतेऽस्मिन्निति विधुवत् तच्च ज्योतिश्च तस्मिन् वर्तमानचन्द्रनक्षत्रे आधारे सप्तमी। भौमोद्यौमौर्यमस्तस्य नगाप्तशेषकं सप्तभाजितशेषकं नक्षत्रं त्रिमितं वाथ षण्मितं भवेत्तदा विडलो भवेत्। किंविशिष्टो विडलः। इष्टनुत् इष्टमीशितं नुदति विनाशयतीति इष्टनुत्।।४४।।

सूर्य नक्षत्र से चन्द्र नक्षत्र पर्यन्त जितनी नक्षत्र संख्या हो, उसे सात से भाग देने पर ३ या ६ शेष रहे तो अभीष्ट कार्य को नष्ट करने वाला विडल योग होता है।

यथा– सूर्य हस्त नक्षत्र में तथा चन्द्र श्रवण नक्षत्र में है। हस्त से श्रवण पर्यन्त नक्षत्र संख्या १० हुई, १० में ७ का भाग देने से शेष ३ रहा। अतः श्रवण नक्षत्र में विडल योग हुआ।।४४।।

विद्युत्कम्पनादियोगाः—

तिमिरारिकरावृतर्क्षतोऽक्षमिते विद्युदगैः कुकम्पनम्।
भवतीभमिते च शूलकोऽशनिरेव प्रतिमेम्बरेन्दुभिः।।४५।।

अथ विद्युत्कम्पनादियोगानाह—तिमिरेति। तिमिरारे रवेः करैरावृतर्क्षतः सूर्यकिरण-लुप्तनक्षत्राद्भे वर्त्तमानचन्द्रनक्षत्रेऽक्षमिते पञ्चप्रमिते सति विद्युल्लाभयोगो भवेत्। एवमगैः सप्तमितैः कुकम्पनं भूकम्पनं योगो भवेत्। इभमितेऽष्टमिते शूलकः। अम्बरेन्दुभिर्दशभिः प्रतिमे समानेऽशनिर्योग एव स्यात्।।४५।।

सूर्य नक्षत्र से चन्द्र नक्षत्र यदि पाँचवाँ हो तो विद्युत् योग, ७वाँ हो तो भूकम्पन योग, ८वाँ हो तो शूलक योग तथा यदि चन्द्र नक्षत्र १० वाँ हो तो अशनि योग होता है।।४५।।

यथा– यदि सूर्य हस्त नक्षत्र में हो तथा चन्द्रमा हस्त से पाँचवे अनुराधा नक्षत्र में हो तो विद्युत, मूल (सातवें) नक्षत्र में हो तो भूकम्पन योग, पूर्वाषाढ़ा (आठवें) नक्षत्र में हो तो शूलक योग तथा यदि श्रवण (दशवें) नक्षत्र में हो तो अशनि योग होता है। (प्रतिदिन आने वाला नक्षत्र ही चान्द्र नक्षत्र होता है)।।४५।।

केत्वादियोगाः—

अनुकेतुरहीन्दुभिः समे तिथिभिर्दण्डक उल्मुकं च भे।
खचरेन्दुभिरब्धिलोचनैः परिवेषः कुलिशोऽनलाम्बकैः।।४६।।

अनुपश्चात्। अहीन्दुभिरष्टादशभिः समे केतुः तिथिभिः समे दण्डकः। खचरेन्दुभि-रेकोनविंशतिभिः समे उल्मुकम्। अब्धिलोचनैश्चतुर्विंशतिभिः समे परिवेषः। अनलाम्बकैः त्रयोविंशतिभिः समे कुलिशो भवति । इति सर्वत्र योज्यं चः पुनरर्थः। युग्मम्।।४६।।

यदि (सूर्य नक्षत्र से) १८वाँ चान्द्र नक्षत्र हो तो केतु योग, १५वाँ हो तो दण्डक, १९वाँ हो तो उल्मुक, २४वाँ नक्षत्र हो तो परिवेष तथा २३वाँ नक्षत्र हो तो कुलिश योग होता है।।४६।।

घातनादियोगाः—

द्वियमैरुडुभिर्मितेर्भतोऽर्कयुतात् घातनपातकौ लभेत्।
न सदैषु फलं सुकर्मणामलमारम्भविधानतो जनः।।४७।।

द्वियमैरिति। अर्कयुताद्भतो रविनक्षत्रात् द्वियमैर्द्वाविंशतिभिरुडुभिः सप्तविंशतिभिश्च क्रमेण घातनपातकौ योगौ स्याताम्। सदा जन एषु योगेषु सुकर्मणां शुभकार्याणामारम्भो विधानतो विहितोद्यमादलं निश्चयेन फलं न लभेत् न प्राप्नुयात्।।४७।।

सूर्य जिस नक्षत्र पर हो उससे २२वाँ चन्द्र नक्षत्र हो तो घातन योग तथा २७ वाँ चान्द्र नक्षत्र हो तो पातन योग होता है। इन योगों में शुभ कार्यों का आरम्भ करने वाले निश्चय ही अभीष्ट फल प्राप्त नहीं करते।।४७।।

चण्डायुधपातम्—

चण्डांशूनविभोडुतोऽहिभमघाचित्रानुराधाश्रवः
पौष्णेष्वश्विभतः क्रमाद्गणनयेलादेवतेशान्विते।
स्याद्यावत्यगराजजारमणदोश्चण्डायुधस्येतिभे
पातोनारतमेव कर्म रुचिरं नास्मिन्विधेयं बुधैः।।४८।।

अथ चण्डायुधपातमाह—चण्डांश्विति। चण्डांशुना सूर्येण ऊना हीना विभा कान्तिर्यस्य तत् तच्चोडु च तस्मात्सूर्यनक्षत्रात् अहिभादिसप्तसु अश्विभतोऽश्विनीतः क्रमेण गणनया कृत्वा। इलेति। इला देवता भूदेवो विप्रस्तस्येशश्चन्द्रस्तेनान्विते युक्ते यावति भे अत्राधारे सप्तमी। अगेति। अगानां महीन्द्राणां राजा हिमाचलस्तज्जा गौरी तद्रमण ईश्वरस्तस्य दोर्भुजा तस्य चण्डायुधमस्त्रं तस्य पातो हरायुधपातः स्यादित्यन्वयः स्पष्टार्थस्त्वयम्। सर्पभात्सर्वभानि स्थाप्यन्तेऽधःपंक्तिषु यद्वर्तमानचन्द्रनक्षत्रमुपरिकृतचिह्ननक्षत्रेण विद्धं यत् तदा तस्मिन्भे हरायुधपातः स्यादित्यर्थः। बुधैरस्मिन्नक्षत्रेऽनारतं सदैव रुचिरं शुभं कर्म न विधेयं न कार्यमित्यर्थः।।४८।।

सूर्य द्वारा जिसकी प्रभा हीन हो गई हो, उस (सूर्याधिष्ठित नक्षत्र) से आश्लेषा, मघा, चित्रा, अनुराधा, श्रवण तथा रेवती नक्षत्रों की जितनी संख्या हो, उतनी ही संख्या अश्विनी से चान्द्रनक्षत्र की होने पर गिरिजारमण भगवान् शंकर की भुजाओं में स्थित चण्डायुध पात होता है। इस योग में विद्वानों को शुभकर्म सदैव वर्जित करना चाहिये।।४८।।

कालचक्रभ्रमयोगः—

हेलीन्द्वोरचरे युतावथ विभावर्यार्यधाराभुवो-
रुग्रे भेऽब्जविदोश्च मिश्रभ इह क्षिप्रे मृगाङ्केज्ययोः।
मैत्रे धिष्ण्यतमीशयोर्निशिथिनीशैन्योर्विधौ दारुणे
लोले मङ्गलभङ्गवान्निखिलभे स्यात्कालचक्रभ्रमः।।४९।।

अथ शार्दूलविक्रीडितेन कालचक्रभ्रममाह—हेलीन्द्वोरिति। अथेह लोके हेलीन्द्वोः सूर्यचन्द्रयोरचरे भे स्थिरनक्षत्रे युतौ मिश्रीभावे सति मङ्गलभङ्गवान् विवाहादिकार्यविनाशकृत् कालचक्रभ्रमः स्यात्। एवं विभावर्या रात्रेरर्यः स्वामी चन्द्रः धराभूर्मङ्गलस्तयोरुग्रे भे युतौ। पुनरब्जविदोश्चचन्द्रबुधयोर्मिश्रभे युतौ पुनर्मृगाङ्केज्ययोश्चन्द्रगुर्वोः क्षिप्रे भे युतौ। पुनर्धिष्ण्यतमीशयोः शुक्रचन्द्रयोर्मैत्रे भे युतौ। पुनर्निशीथिनीशश्चन्द्रः ऐनिः शनिस्तयोर्दारुणे भे युतौ। पुनर्निखिला भा कीर्तिर्यस्मिन्स एवंविधे विधौ पूर्णेन्दौ लोले भे सति एषः स्यात्। 'अब्जो धन्वन्तरौ चन्द्रे शङ्खे पद्मे च संख्यके' इति 'अर्यः स्वामिवैश्ययोः' इति च हैमः। निशीथिनी इत्यत्र शकारमध्ये दीर्घ ईकारोऽस्ति अत्र तु ह्रस्वइकारः शब्दप्रभेदाद्दृश्यते॥४९॥

सूर्य और चन्द्रमा की युति स्थिर (उ.फ., उ.षा., उ.भा., रोहिणी) नक्षत्रों में, चन्द्र और मंगल की युति उग्रसंज्ञक (पू.फ., पू.षा., पू.भा., भर., मघा) नक्षत्रों में, चन्द्र और बुध की युति मिश्रसंज्ञक, (कृत्ति., विशाखा) नक्षत्रों में, चन्द्र और गुरु की युति क्षिप्रसंज्ञक (हस्त, अश्वि., पुष्य, अभिजित्) नक्षत्रों में, चन्द्र और शुक्र की युति मैत्रसंज्ञक (मृग, रेवती, चित्रा, अनु.) नक्षत्रों में तथा चन्द्र और शनि की युति दारुण संज्ञक (मूल, ज्येष्ठा, आर्द्रा, श्लेषा) नक्षत्रों में तथा पूर्णचन्द्र की युति लोलसंज्ञक (स्वाती, पुन., श्रव., धनि., शत.) नक्षत्रों में हो तो कालचक्रभ्रम नामक समस्त मंगल कार्यों को भङ्ग करने वाला योग होता है।।४९।।

तिथ्यादीनामुपयोगः—

तिथिवारभवा भवारजाः किल योगाश्च शुभाशुभाह्वयाः।
विषयेष्वखिलक्रियाविधावखिलेष्वत्र विलोकनोचिताः।।५०।।

अथ वैतालीयेन केषु केष्वेते विलोकनीयास्तदाह—तिथीति। तिथिवारेभ्यो भवा जाताः भवारेभ्यो नक्षत्रवारेभ्यो जायन्ते तज्जाः शुभाशुभाह्वयाः सौम्यक्रूरनामयोगाः अखिलेषु विषयेषु देशेषु अत्राखिलक्रियाविधौ समस्तकार्यविधाने विलोकनोचिता दर्शनाय योग्याः स्युः 'विषयो यस्य यो ज्ञातस्तत्र गोचरदेशयोः' इतिहैमः॥५०॥

तिथि-वार से अथवा नक्षत्र-वार से उत्पन्न शुभ एवं अशुभ योगों का समस्त विषयों (देशों) में सभी प्रकार की क्रियाओं में अवलोकन करना उचित होता है।।५०।।

परिहारः—

हेल्यधिष्ठितभभेशभजाः स्युर्हूणहोरखशवङ्गकिणेषु।
येऽखिलेषु च हिताय कुयोगास्तेऽहिताय विषयेष्वखिलेषु।।५१।।

अथ स्वागतावृत्तेनाह—हेल्येति। हेल्याधिष्ठितभं सूर्याश्रितनक्षत्रं च भेशभं भानां नक्षत्राणामीशश्चन्द्रस्तद्भं चन्द्रनक्षत्रं च ताभ्यां जायन्ते तज्जा ये कुयोगाः अखिलेषु हूणादिषु देशेषु हिताय शुभाय स्युः। च पुनस्ते कुयोगाः अपरेषु देशेषु अहितायाऽशुभाय स्युः॥५१॥

सूर्याधिष्ठित नक्षत्रों एवं चन्द्राधिष्ठित नक्षत्रों के योग से उत्पन्न कुयोग हूण, खश, वंग एवं किण देशों के लिये शुभप्रद होते हैं तथा वे ही कुयोग अन्य समस्त देशों में अशुभ होते हैं।।५१।।

चरयोगा:—

विष्कम्भप्रीत्यायुष्मन्तः सौभाग्यशोभनावतिगण्डश्च।
सुकर्माधृतिशूलाह्वयगण्डावृद्ध्यभिधामी योगाः क्रमशः।।५२।।

ध्रुवाख्यव्याघातौ हर्षणवज्रसिद्धयो व्यतीपातः।
वरीयानथ परिघशिवौ सिद्धसाध्यशुभाह्वयशुक्लाख्याः।।५३।।

ब्रह्मैन्द्रोऽन्त्योवैधृतिर्योगाः स्युरित्यसौम्यसौम्या हि।
स्वसंज्ञा सन्निभफलमश्रान्तं कर्मसु तन्वन्त्येव।।५४।।

अथार्यागद्येन विष्कम्भादिसप्तविंशतियोगानाह—विष्कम्भेत्यादित्रिभिः विशेषकम्। सुगमं। अश्रान्तं निरन्तरमसौम्यसौम्याः क्रूरशुभा अमी योगाः कर्मसु कार्येषु स्वसंज्ञसंनिभफलं निजनामसदृशफलं तन्वन्ति विस्तारयन्ति।।५२-५४।।

१. विष्कम्भ	१०. गण्ड	१९ परिघ
२. प्रीति	११. वृद्धि	२०. शिव
३. आयुष्मान्	१२. ध्रुव	२१. सिद्ध
४. सौभाग्य	१३. व्याघात	२२. साध्य
५. शोभन	१४. हर्षण	२३. शुभ
६. अतिगण्ड	१५. वज्र	२४. शुक्ल
७. सुकर्मा	१६. सिद्धि	२५. ब्रह्म
८. धृति	१७. व्यतिपात	२६. ऐन्द्र
९. शूल	१८. वरीयान	२७. वैधृति ।

(चर संज्ञक) ये २७ योग बतलाये गये हैं। ये सभी कार्यों में अपने नाम के अनुसार ही शुभाशुभ फलों को निरन्तर प्रदान करते हैं।।५२-५४।।

अशुभयोगा:—

शश्वदमीषामेतेऽशुभफलभाजोऽपि भवन्ति वै योगाः।
विश्वाङ्कभतिथ्यङ्गैकोनविंशतिदशधरात्यष्टिमिता ।।५५।।

अथैतेषामशुभानाह—शश्वदिति। शश्वन्निरन्तरममीषां सप्तविंशतेर्योगानां मध्ये एते अमी प्रत्यक्षा योगाः विश्वा विश्वे त्रयोदश अङ्का नवभानि सप्तविंशतिः तिथयः पञ्चदशाङ्गानि षट् एकोनविंशतिः दश धरा एकः अत्यष्टिः सप्तदश एषां द्वन्द्वः। एभिर्मिताः व्याघात १३ शूल ९ वैधृति २७ वज्र १५ परिघ १९ गण्ड १० विष्कम्भ १ व्यतिपाताः १७ ।।५५।।

इन योगों में भी १३ वाँ व्याघात, ९ वाँ शूल, २७ वाँ वैधृति, १५ वाँ वज्र, ६ ठा अतिगण्ड, १९ वाँ परिघ, १० वाँ गण्ड, प्रथम विष्कुम्भ तथा १७ वाँ व्यतिपात योग निरन्तर अशुभफलदायक होते हैं।।५५।।

वैधृतिव्यतिपातावखिलौ स्यातां चानिष्टदौ योगौ।
एतद्विहितवृषोनेहपरलोकेऽखिलभोगभाग्भवति ।।५६।।

वैधृतीति। अखिलौ समस्तौ वैधृतिव्यतिपातौ योगौ अनिष्टदौ दोषकरौ स्याताम्। इहाऽस्मिन् भवे एतयोर्वैधृतिव्यतिपातयोर्विहितः कृतो वृषो धर्मो येन स पुमान्परे लोके स्वर्गलोकेऽखिलभोगभाक् समस्तभोगफलयुक्तो भवति। व्यतिपातो व्यतीपात इतिशब्दप्रभेदो घञिपरे प्रादेरुपसर्गस्य वा दीर्घत्वात्। वैधृतो वैधृतिशब्दप्रभेदोपलक्षणत्वात्। 'धर्म्यः पुण्यं वृक्षः' इतिहैमः।।५६।।

वैधृति और व्यतिपात ये दोनों योग अपने पूर्ण घटी तक अशुभ फलदायक होते हैं। इन योगों में किया हुआ धर्माचरण न इहलोक और न परलोक दोनों में ही समस्त भोगों को देने वाला होता है। अर्थात् इनमें किया हुआ कार्य सर्वत्र निष्फल होता है।।५६।।

परिघाद्यर्धमनिष्टमनिष्टा नाड्यः कुलिशस्यादियुतेः।
शुभकर्म्मस्वाद्याः स्युस्तिस्त्रोऽतिगण्डे षडेव गण्डे च।।५७।।

परिघेति। परिघस्यार्द्धं दलमनिष्टं स्यात्। कुलिशस्य वज्रस्य किंभूतस्य आदियुतेरादिना विष्कम्भेण युतिः संयोगो यस्य स तस्य विष्कम्भस्य आद्यास्तिस्त्रो नाड्यो घटिका नेष्टाः च पुनरतिगण्डे षडेव नेष्टाः स्युः केषु शुभकर्मसु।।५७।।

परिघ योग का आधा भाग, वज्र योग की प्रारम्भिक ३ घटी, अतिगण्ड योग तथा गण्ड योग की आदि की ६, ६ घटी सभी प्रकार के शुभकर्मों में अनिष्टकर होती हैं।।५७।।

व्याघाते न वरा नव पञ्चाद्याः शूले स्तो द्वौ।
अंशे निन्द्यौ च मुहूर्त्तावैन्द्रे ध्रुवयोगे च ते शेषे।।५८।।

व्याघातेति। एवं व्याघाते नव घटिकाः वराः श्रेष्ठा न शूले पञ्च। आद्या इति सर्वत्र योज्यः। अथैन्द्रे ध्रुवयोगे च अंशे त्रिभागे इने गते सति द्वौ मुहूर्तौ निन्द्यौ स्तः भवतः।।५८।।

व्याघात योग की आदि की नव घटी, शूल योग की आदि की ५ घटी शुभ नहीं है। ऐन्द्र योग तथा ध्रुव योग के दो-दो मुहूर्त निन्द्य हैं।।५८।।

शीर्षस्थनक्षत्रज्ञानम्—

मितं सदा मानदलेन कर्क्षम्
असौम्ययोगस्य सरूपकस्य।

योगो यदि स्याद्विषमस्तदैव-
मथेऽन्यथा पिण्डयुतस्य भं तत्।।५९।।

अथोपजातिभ्यां विष्कम्भादिदुर्योगेष्वेकार्गलचक्रस्योपपत्तिमाह—मितमिति। असौम्ययोगस्य विष्कम्भव्याघातव्यतीपातशूलपरिघगण्डातिगण्डवज्रवैधृत्याख्यस्य सरूपकस्यैकेन सहितस्य अस्य मानदलेन प्रमाणस्यार्द्धेन मितं प्रमितं यद्भं नक्षत्रं तद्भं कर्क्षं कस्य मस्तकस्य ऋक्षं नक्षत्रं स्यात्। यदि चेद्विषमो योगः स्यात् तथा एवं स्यात्। अथान्यथा पूर्वोक्तविषमाभावे सति तदा पिण्डयुतस्याऽष्टाविंशतिनक्षत्रयुक्तस्य समकुयोगस्य प्रमाणार्द्धेन मितं यद्भं तद्भं मस्तकनक्षत्रं स्यादित्यन्वयः।।५९।।

असौम्य (दुष्ट) योगों (विष्कम्भ, व्याघात, व्यतिपात, शूल, परिघ, गण्ड, अतिगण्ड, वज्र, वैधृति) की क्रमसंख्या यदि विषम हो तो उसमें एक जोड़कर आधा करने से तथा सम संख्या हो तो उसमें २८ जोड़कर आधा करने से शीर्षस्थ नक्षत्र की संख्या होती है।।

उदाहरण— (१) संवत् २०३९ श्रावण कृष्ण सोमवार को व्याघात योग था। विष्कुम्भादि क्रम से इसकी १३ संख्या हुई। यह विषम संख्या है; अतः इसमें एक जोड़कर आधा करने से १३+१=१४=१४÷२=७ संख्या प्राप्त हुई। अर्थात् सातवाँ नक्षत्र पुनर्वसु शीर्षस्थ नक्षत्र हुआ। इसका उपयोग खार्जूर चक्र में किया जाता है।

(२) इसी प्रकार अतिगण्ड योग की क्रम संख्या ६ है ; अतः इसमें पिण्ड (२८) जोड़कर आधा करने से (६+२८=३४÷२)=१७ संख्या आती है। अतः १७वाँ नक्षत्र अनुराधा शीर्षस्थ नक्षत्र हुआ।।५९।।

विशेष ज्ञान के लिये चक्र देखें—

चक्रम्

अशुभ योग	संख्या		शीर्षस्थ नक्षत्र
विष्कुम्भ	१	१+१=२÷२=१	अश्विनी
अतिगण्ड	६	६+२८=३४÷२=१७	अनुराधा
शूल	९	९+१=१०÷२=५	मृगशिरा
गण्ड	१०	१०+२८=३८÷२=१९	मूल
व्याघात	१३	१३+१=१४÷२=७	पुनर्वसु
वज्र	१५	१५+१=१६÷२=८	पुष्य
व्यतिपात	१७	१७+१=१८÷२=९	आश्लेषा
परिघ	१९	१९+१=२०÷२=१०	मघा
वैधृति	२७	२७+१=२८÷२=१४	चित्रा

खार्जूरचक्रम्—

रेखाभिरेवोर्ध्वगतैकरेखा
खार्जूरिकं विश्वमिताभिरस्मिन्।
विद्धा सती मौलिभवस्तदङ्घ्रौ
भपेटकं स्याद्वलयं विदध्यात्।।६०।।

रेखेति। विश्वमिताभिस्त्रयोदशमिताभी रेखाभिर्विद्धा सती एवं विधा ऊर्द्ध्वगता एकरेखा इत्येवं स्वरूपकं खार्जूरिकं चक्रं स्यात्। सुधीभिरस्मिन् वलये मौलिभतो मस्तकनक्षत्रात् तदङ्घ्रौ चक्रचरणे भपेटकं नक्षत्रमालां विदध्यात् स्थापयेत्।।६०।।

खार्जूर चक्र निर्माण के लिये ऊर्ध्वाधः एक रेखा तथा १३ तिर्यक् रेखा खींचकर शीर्षस्थ नक्षत्र को मस्तक पर रखकर क्रम से अन्य नक्षत्रों का स्थापन मस्तक से चरण पर्यन्त करने से खार्जूर चक्र होता है।।६०।।

खार्जूरचक्रम्

पुनर्वसु

आर्द्रा	पुष्य
मृ.	आश्ले.
रो.	म.
कृ.	पू.फ.
भ.	उ.फ.
अश्वि.	ह.
रे.	चि.
उ.भा.	स्वा.
पू.भा.	वि.
शत.	अ.
ध.	ज्ये.
श्र.	मू.
अभि.	पू.षा.

उ.षा.

(यहाँ शीर्षस्थ नक्षत्र पुनर्वसु को ग्रहण किया गया है)

एकार्गलयोगः—

तत्रैकरेखाश्रितयोरिनेन्द्वो-
रेकार्गलाख्योऽम्बकदीप्तिपातः।

कार्तान्तिकैरेव पुराणगात्रै-
रुक्तो मिथो दीप्तकृशानुकीलः।।६१।।

अथेन्द्रवज्रयाऽस्य नामान्याह—तत्रैकेति। एवं निश्चयेन पुराणगात्रैर्वृद्धैः कार्तान्तिकैर्दैवज्ञैः। 'दैवज्ञगणकादेशिज्ञानिकार्तान्तिकाअपि' इतिहैमः। तत्र चक्रे एकरेखास्थितयो। रेखायां गतयोरिनेन्द्वोः सूर्यचन्द्रयोरम्बकदीप्तिपातो नेत्रतेजः पात एकार्गलाख्य उक्तः। कीदृश एकार्गलाख्यः। मिथः परस्परं दीप्तकृशानोः स्फुरदग्नेः कीला इव कीला ज्वाला यस्मिन्सः। 'हेलिः कीलाशिखावला' इतिहैमः।।६१।।

खार्जूरचक्र में एक ही रेखा में स्थित नक्षत्रों पर सूर्य और चन्द्रमा हों तो उनकी परस्पर दृष्टि से स्फुरणशील अग्निज्वाला की तरह एकार्गल योग होता है।।६१।।

एकार्गलफलम्—

यदैकरेखास्थितपुष्पवन्तयो-
र्दृगंशुसंपातभुवोऽतिभीष्मभाः।
काले पतन्त्यर्णवचीवरातलं
नराः सदा मङ्गलभङ्गहेतवः।।६२।।

अथोपजात्याऽस्यैव दुष्टपुरुषस्वरूपतां ब्रूते—यदैकेति। यदा काले एकरेखास्थित-पुष्पवन्तयोरेकरेखाधिष्ठितरविचन्द्रयोर्दृशौ तयोरंशुसंपातस्तेजः संपातस्तस्माद्भवन्तीति तद्भुवो जाता अतिभीष्मभा अतिक्रूरकान्तयः सदा निरन्तरं मङ्गलभङ्गस्य पाणिग्रहणनाशस्य हेतवः कारणभूता एवं विधा नरा नरस्वरूपा अर्णवचीवरा भूमिस्तस्यास्तलं पतन्ति गच्छन्ति। 'सागरादग्रे स्युर्नेतिमेखलाम्बराः' इति हैमः।।६२।।

जब सूर्य और चन्द्रमा की एक रेखा में स्थिति हो जाती है, तब उन दोनों से उत्पन्न प्रखर (भीषण) किरणें सदैव (विवाहादि) मंगल कार्यों को भङ्ग करने वाली हो जाती है तथा मनुष्य का भूतल पर पतन होता है।।६२।।

एकार्गलदोषः—

सत्याः पुरादोर्ग्रहमङ्गलं शो
बभूव तन्मङ्गलमाचचार।
कपालिनो मङ्गलमप्यहो स्राक्
चैकार्गलोत्पन्ननृपातदोषात्।।६३।।

अथास्यैव दुष्टतां दर्शयन्नाह—सत्येति। 'वः प्रायुक्तोऽथ शं शंभुः शा गौरी कमलालया' इतिसौभरिवचनात्। शः श्म्भुः पुरा पूर्व सत्याः पार्वत्या दोर्ग्रहमङ्गलं पाणिग्रहणमङ्गलमाचचार चकार। च इत्यवधारणे। अहो इत्याश्चर्ये। तन्मङ्गलं पार्वत्याः पाणिग्रहणमङ्गलं कर्तृपदम्। स्राक् शीघ्रं कपालिनोऽपि मङ्गलं बभूव स्यात्। एकार्गलेषूत्पन्ना ये नरास्तेषां पातदोषात् अत्र शब्दछलेन कपालमस्त्येति कपालिनो भिक्षोरपि कुयोगान्मङ्गलं तर्ह्यन्यस्य श्रीमतः कथं न। अत्र कुयोगान्मङ्गलमितिविरोधालङ्कारः। परिहारस्तु कपालिन

ईश्वरस्य भिक्षोश्च मङ्गलमेव एतयोर्नश्वरवस्त्वभावात् नतु श्रीमत्पुरुषस्येति। अथवा तन्मङ्गलमिति कपालिनो मङ्गलमिति सम्बन्धे षष्ठी बभूव। सती मङ्गलमपि भिक्षाटनं चकारेत्यर्थ:। यतो भिक्षूणां मङ्गलं भिक्षेति 'सती शिवा महादेवी' इतिहैम:॥६३॥

प्राचीन काल में भगवान् शंकर ने सती के साथ पाणिग्रहण (मङ्गल) किया। एकार्गल योग में उत्पन्न पुरुष के पात दोष से कपाली (भिक्षु/शिव) का भी मङ्गल भङ्ग हो गया था (अर्थात् विवाह शुभकारक नहीं रहा, कपाली को भिक्षाटन करना पड़ा तथा सती का दाह हुआ)।।६३।।

चण्डायुधयोगः—

ऐशं यतेद्धर्षणशूलसाध्य-
गण्ड-व्यतीपातकवैधृतीनाम्।
यद्वावसाने स्थितमृक्षमृक्षे
चण्डायुधं तत्र हि कालभं स्यात्।।६४।।

अथ चण्डायुधमाह—ऐशमिति। पततां गच्छतां हर्षणादियोगानां यदवसानेऽन्ते स्थितमृक्षं नक्षत्रं तत्र तस्मिन्नक्षत्रे हि निश्चयेन ऐशमीशस्येदं चण्डायुधं स्यात्। कीदृशं चण्डायुधं काला भा कान्तिर्यस्य तत्कालभम्॥६४॥

हर्षण, शूल, साध्य, गण्ड, व्यतिपात तथा वैधृति योग के अन्त में जो नक्षत्र विद्यमान हो उस नक्षत्र में निश्चय ही कराल कान्तियुक्त ईश (महादेव) का चण्डायुध नामक योग होता है।।६४।।

चण्डायुधएकार्गलयो: परिहार:—

मरुस्थलीकच्छकलिङ्गवङ्ग-
देशान्नगेलां च शिवास्त्रपातः।
एकार्गलां दुष्यति नापरेषु
देशेषु भौतावहितौ भवेताम्।।६५।।

अत्रैतयोर्हेयस्थानमाह—मरुस्थलीति। शिवास्त्रपातश्चण्डायुधपात: एकार्गलश्च मरुस्थल्यादीन् नगेलां पर्वतभूमिं च दुष्यति। अपरेषु देशषु इमौ तौ चण्डायुधैकार्गला-वहितावशुभकरौ न भवेतामित्यर्थ:॥६५॥

मरुभूमि, कच्छ, कलिङ्ग, वंग तथा पर्वत भूमि में ही शिवास्त्रपात अर्थात् चण्डायुध एवं एकार्गल नामक दोनों योगों का दोष होता है। अन्य देशों में नहीं।।६५।।

निहन्ति काश्मीरवरेन्द्रयोरसौ
समागधाख्यद्रविडारिमाणयो:।
एकार्गलोऽन्येषु न मङ्गलव्रजा-
न्नित्याहतुर्गालवदेवलावपि।।६६।।

इति ज्योतिर्विदाभरणे योगोत्पत्त्यध्याय:॥२॥

निहन्तीति। इति गालवदेवलावपि ऋषी आहतु: कथयत:। इति किं। असावेकार्गल: काश्मीरवरेन्द्रयो: काश्मीरवराहदेशयोर्मागधद्रविडानां सहितयोर्मङ्गलव्रजान्निहन्ति विनाशयति। अन्येषु देशेषु नेति॥६६॥

इति श्रीपौर्णिमीयगच्छाधिराजभट्टारकपुरन्दरश्रीमहिमाप्रभसूरीश्वरचरण-
सरोरुहचञ्चरीकायमानशिष्यभावरत्नविरचितायां श्रीकविकालिदास-
कृतज्योतिर्विदाभरणस्य सुखबोधिकायां द्वितीयोऽध्याय: समाप्त:॥२॥

गालव तथा देवल ऋषियों ने भी कहा है कि एकार्गल दोष कश्मीर, बराह, मगध, द्रविड देशों में ही मङ्गल कार्यों का नाश करने वाला होता है। अन्य देशों में अशुभकर नहीं होता।।६६।।

श्रीकालिदासविरचित ज्योतिर्विदाभरण के योगोत्पत्ति प्रकरण का
प्रो. रामचन्द्रपाण्डेय कृत हिन्दी भाषानुवाद सम्पूर्ण॥२॥

•

भद्राप्रकरणम् - ३

चरकरणानि—

बवाह्वबालवकौलवतैतिलगरवणिजविष्टयः सप्त।
जगदुरथेति चराणि तिथिखण्डात्मकानि करणानि।।१।।

सदा श्रीमहिम्नां प्रभूणां सुनाम्नां शुभज्ञानरत्नाकरः सूरिराज्ञाम्।
महीमण्डले स्याच्छ्रियैकस्य नूनं श्रितस्यास्तमौर्ख्यात्र सन्तापराशेः॥१॥

अथ तृतीयाध्याये प्रथममार्याभ्यां सप्तकरणान्याह—बवेति। अथानन्तरं ज्ञातव्यं बवाह्वेत्येतेषां द्वन्द्वः। इतिसप्तचराणि चलस्वरूपाणि तिथिखण्डात्मकानि तिथ्यर्द्धस्वरूपकाणि जगदुः कथयामासुः॥१॥

बव, बालव, कौलव, तैतिल, गर, वणिज, विष्टि ये सात तिथि खण्डात्मक (तिथ्यर्धसम) चर करण कहे गये हैं।।१।।

स्थिरकरणानि—

अचरायतरंशकलाद्यामासन्ना चतुर्द्दशी तस्याः।
शकुनिचतुष्पदनागकिंस्तुघ्नानि भवन्ति करणानि।।२।।

अथ स्थिरकरणचतुष्कमाह—अचरेति। अमाया आसन्नं समीपमासन्नं उत्तरखण्डे आद्यममासन्नं यस्याः साद्यामासन्ना चतुर्दशी एतेन कृष्णपक्षउत्तरखण्डश्च सूचितः। तस्याश्चतुर्दश्याः सकाशात् अचराणि शकुन्यादीनि करणानि भवन्ति॥२॥

अमावास्या के आसन्न चन्द्रकला रहित चतुर्दशी (अर्थात् कृष्णपक्ष की चतुर्दशी के उत्तरार्ध) से शकुनि, चतुष्पद, नाग और किंस्तुघ्न ये चार स्थिर करण होते हैं।।२।।

करणज्ञानम्—

सितादेः करणं व्येको याततिथ्यर्धसञ्चयः।
सप्तभक्तोऽवशेषेण मितं स्याद् बवतो गतम्।।३।।

अथानुष्टुभा करणानयनमाह—सितादेरिति। सितादेः सितपक्षप्रतिपत्तः। यातेतिगतकरणसञ्चय इति। कोऽर्थः। द्विगुणीकृतयाततिथौ अर्थसञ्चयः स गतकरणसञ्चयः। व्येकः एकेन रहितः। पुनः किंविशिष्टः। सप्तभक्तस्सप्तभिर्हृतोऽवशेषस्तेनमितं करणं बवतो गतं स्यादित्यर्थः॥३॥

शुक्लपक्ष की प्रतिपदा से गत तिथ्यर्ध समूह (द्विगुणित तिथि संख्या) में १ घटाकर शेष में ७ का भाग देने से बवादि गतकरण होते हैं।।३।।

उदाहरण— आश्विन शुक्ल ३ को करण ज्ञान अभीष्ट है। अतः गत तिथि २, २×२=४ तिथ्यर्ध समूह। ४-१=३, ३÷७=३/७ = शेष ३ तृतीय कौलव करण गत तथा गर वर्तमान करण हुआ॥३॥

शुभाशुभकरणानि—

चराणि विष्टिकरणान्यृते च सा
भवन्ति सौम्याखिलकर्म्मसिद्धये।
तथैव धीराणि च पित्र्यकर्मणे
विष्टिर्विघातादि विधौ वरा भवेत्।।४।।

अथोपजात्येषां फलमाह— चराणीति। विष्टिमृते विना चराणि करणानि सौम्याखिल-कर्मसिद्धये शुभसमस्तकार्यसिद्धये भवन्ति। तथैव च पुनर्धीराणि स्थिराणि शकुन्यादीनिं करणानि पित्र्यकर्म्मणे पूर्वजसम्बन्धिकृत्याय भवन्ति पुनः सा विष्टिर्विघातादि विधौ वरा श्रेष्ठा भवेत्॥४॥

विष्टि को छोड़कर शेष ६ चर करण सभी प्रकार के कार्यों की सिद्धि के लिये शुभ होते हैं। इसी प्रकार चारों स्थिर करण पितृ सम्बन्धी कार्यों के लिए शुभकारक होते हैं। विघात आदि क्रूर कर्म के लिए विष्टिकरण शुभ होता है।।४।।

भद्राया उत्पत्तिस्वरूपयोर्ज्ञानम्—

भद्रा पुरा संयुग ईशविग्रहा-
द्बभूव वामीवदनामरासुरे।
लाङ्गूलिनी सप्तशया त्रिपद्वती
वराटिकादृग् घनघोषकस्वना।।५।।

अथ सा का विष्टिस्तदुत्पत्तिमाह—भद्रेति। पुरा पूर्वममरासुरे नाम्नि संयुगे संग्रामे भद्रा ईशविग्रहाच्छम्भुशरीराद्बभूव संजाता। किंलक्षणा। वामीवदना वामी रासभी तद्वद्वदनं मुखं यस्याः सा। यतः। वामी शृगाल्यां करभीरासभीवडवासु च' इति हैमः। पुनः किंभूता। लाङ्गूलिनी पुच्छयुक्ता। पुनः किंलक्षणा। सप्त शयाः कराः यस्यास्सा सप्तशया। 'पञ्चशाखः शयः समः' इति हैमः। त्रयः पादाश्चरणा विद्यन्ते यस्या इति त्रिपद्वती। वराटिकादृक् कपर्दिकावत् दृशौ यस्यासा वाराटिकादृक्। पुनः घनो निविड कुत्सितो घोषो घोषकः कुत्सिकांस्यं तद्वत्स्वनः शब्दो यस्याः सा। 'घनः कांस्ये विद्युतीयघोषे' इति हैमः। कुत्सितार्थे कप्रत्ययः॥५॥

भद्रा पूर्व काल में देवदानव संग्राम में महादेव के शरीर से उत्पन्न हुई। इसका मुख गर्दभी के समान है। यह पुच्छ, सात हाथों एवं तीन पैरों से युक्त है। इसकी आँखें कौड़ी (वराटक) की तरह तथा इसका शब्द (घोष) बादलों की तरह है।।५।।

जाले प्रविष्टाकुणपांशुकाम्बरा-
मरद्विषामग्रजकानने तदा।

परेतगा धूमनिभा बलोद्धता
वात्यैव साभूदतिदीर्घविग्रहाः॥६॥

जालइति। तदा सा भद्रा वात्या इव वातानां समूहो वात्या तद्वदतिदीर्घविग्रहाऽत्यायतशरीराऽभूत्। किंभूता। अमरद्विषां दैत्यानां जाले समूहे प्रविष्टा। पुनः किंभूता। कुणपांशुकानि शववस्त्राण्येवाम्बराणि यस्याः सा कुणपांशुकाम्बरा 'अजीवे कुणपं शवः, इतिहैमः। अथवा कुणपांशुकाम्बरा शववस्त्रा। अम्बरे गगनेऽमरान् द्विषन्तीति तेषाम्बरामरद्विषामित्यत्र योज्यम्। पुनः किंभूता। अग्रजाः पितरस्तेषां काननं वनं श्मशानं तस्मिन्परेतेन गच्छतीतिपरेतगा शववाहना। पुनर्धूमनिभा धूमसदृशी। पुनर्बलोद्धता शौर्योत्कटा। 'श्मशानं करवीरं स्यात् पितृप्रेतगृहं वनम्' इतिहैमः। प्रेतः परेतश्चामृते भूतविशेष इति॥६॥

उत्पन्न होने के अनन्तर भद्रा शववस्त्रों (कफन) को धारण कर धूम्रवर्ण की कान्ति से युक्त, पितरों के कानन (श्मशान) में शव पर सवार होकर शीघ्र ही विशाल शरीर धारण कर दैत्यों की सेना रूपी जाल में आँधी की तरह प्रविष्ट हुई॥६॥

तस्यास्तदा चानशिरेऽमरारयः
कलिन्दजासोदरधामपद्धतिम्।
अवाप सा कर्णपदं कपर्द्दिनो
वह्न्यायुधानन्दवतो मरुद्रया॥७॥

तस्या इति तदाऽमरारयो दैत्यास्तस्या विष्टेः सकाशात् कलिन्दजासोदरधामपद्धतिमानशिरे जग्मुः। कलिन्दजा यमुना तस्याः सोदरो यमस्तस्य धाम्नां गृहाणां पद्धतिः पंक्तिस्तां। 'पद्धति पथि पंक्तौ च' इतिहैमः। अथ सा भद्रा कपर्द्दिन ईशस्य कर्णपदमवाप प्राप किंभूतस्य कपर्दिनः आनन्दवतः परमसुखयुक्तस्य। किंलक्षणा सा। वह्न्यायुधा अग्निशस्त्रा पुनः किंभूता सा मरुतां वायूनां रयोवेगस्तद्वद्वेगो यस्याः सा मरुद्रया॥७॥

तदनन्तर भद्रा ने अग्नि अस्त्र को धारणकर वायुवेग से दैत्यों को यमुना के सहोदर यमराज के घर भेज दिया। अर्थात् दैत्यों का संहार कर दिया। अनन्तर आनन्दमग्न कपर्दी भगवान् शिव के कर्णपद को प्राप्त की, अर्थात् उसने शिव के कानों में निवास किया॥७॥

भद्रायाःफलम्—

विधेयमेवाग्निशिखाग्रतालुका
फलं न साशेतवरात्ति मङ्गलम्।
नरैरतः स्वात्महितोपलब्धिभि-
स्तदाश्रितं वाश्रितकर्मसिद्धिजम्॥८॥

अथास्यां सुकृत्यनिषेधमाह—विधेयेति। शात् ईशात् इतः प्राप्तो वरो यया शेतवरा सा विष्टिः फलमत्ति भक्षयति। किंभूता सा अग्निशिखा अग्नेर्वह्नेः शिखा ज्वाला तस्याग्रं तद्वत् तालुकं यस्या सा। किंभूतं फलं स्वाश्रितकर्मसिद्धिजं स्वयाविष्ट्याश्रितं विहितं कर्म्म तस्य सिद्धिस्तस्या जातं भद्रायां कृतकार्यनिष्पत्तिजातं अतो हेतोर्नरैस्तदाश्रितं विष्टिवेलाप्राप्तं मङ्गलमुद्वाहादिकं न विधेयं न कर्त्तव्यम्। किंभूतैर्नरैः। स्वात्महितोपलब्धिभिः स्वात्मने जीवाय हिता हितकारिणी उपलब्धिर्बुद्धिः प्राप्तिर्ज्ञानं वा येषां तैरिति। 'उपलब्धिर्भवेज्ज्ञाने तथा प्राप्तिमनीषयोः' इतिमहीपः।।८।।

भगवान् शिव के प्रसाद से वह भद्रा विष्टि काल में किये गये मंगल कार्यों की सिद्धि को अपनी अग्नितुल्य जिह्वा से खाती है। अतः अपना हित चाहने वाले व्यक्ति को भद्रा (विष्टि) काल में विवाहादि शुभकार्य नहीं करना चाहिए।।८।।

भद्राकालः—

पक्षे वलक्षे शभवैवमुत्तरे
तिथेर्मिताया निगमैर्भवैर्दले।
स्यात्पञ्चदश्या विषभृन्मितातिथे-
र्धरोनितायाः शितिभे च साद्यके।।९।।

अथ विष्टिभोग्यकालमाह—पक्षे इति। वलक्षे शुक्लपक्षे निगमैर्वेदैश्चतुर्भिश्च पुनर्भवैरुद्रैरेकादशभिमितायास्तिथेश्चतुर्थ्या एकादश्या उत्तरे दले शात् शिवाद्भवतीति शभवा भद्रा स्यात् च पुनरेत चतुर्दश्याः पूर्णिमायाश्च पुनर्विषमृता सर्पेण मिता चासौ आसमस्ता तिथिश्च विषभन्मिता तिथिस्तस्या अष्टम्याः आद्यके प्रथमे दले सभवा स्यात्। च पुनः शितिः कृष्णा भा कान्तिर्यस्मिन् स तस्मिन् शितिभे कृष्णपक्षे धरोनिताया एकेन रहिताया पूर्वोक्तचतुर्थ्यादितिथेस्तृतीयाया दशम्या उत्तरे दले पुनश्चतुर्दश्याः सप्तम्याः प्रथमे दले स भद्रा स्यादित्यर्थः।।९।।

शुक्लपक्ष में चतुर्थी एवं एकादशी के उत्तरार्ध में तथा पूर्णिमा एवं अष्टमी के पूर्वार्ध में भद्रा होती है। कृष्णपक्ष में एक रहित उक्त तिथियों में भद्रा होती है। यथा- कृष्णपक्ष में तृतीया एवं दशमी के उत्तरार्ध में तथा चतुर्दशी एवं सप्तमी के पूर्वार्ध में भद्रा होती है।।९।।

शुभाशुभज्ञानम्—

नेष्टाः सदाऽशेषविनाडिका वरं
चैके बुधाः पुच्छघटीत्रयं जगुः।
तस्या वरामह्न्यपरार्द्धगा तिथे-
र्यातामसन्तो निशि चादिगा परे।।१०।।

नेष्टा इति। सदा बुधाः क्रियाविधौ तस्या भद्राया अशेषाः समस्ता घटीरिष्टाः श्रेष्ठा न जगुर्नोचुः बुधा अस्याः पुच्छं घटीत्रय वरं जगुः अथ केषांचिन्मताह

अपरेऽमन्तोऽमेधसो या भद्रा तिथेरपरार्द्धगा उत्तरदलस्थिताऽस्ति तामह्नि दिने वरां श्रेष्ठां जगुः पुनर्या भद्रा तिथेरादिगा पूर्वदलस्थिताऽस्ति तां निशि रात्रौ वरां जगुः।।१०।।

भद्रा की समस्त घटिका सभी प्रकार के कार्यों में शुभ नहीं कही गई है। कुछ आचार्यों ने भद्रा के अन्तिम ३ घटी को पुच्छ मानकर शुभ कहा है। कुछ अविवेकी विद्वानों ने तिथि के उत्तरार्द्ध में स्थित भद्रा को दिन में तथा पूर्वार्द्ध में स्थित भद्रा को रात्रि में शुभ माना है।।१०।।

भद्रापुच्छज्ञानम्—

भैः पञ्चभिर्दस्त्रकुभिर्नखैः स्या-
दस्या घटीभ्यः क्रमतो मिताभ्यः।
घटीत्रयं लूनलताऽपरं च
सितेऽसिते चोत्क्रमतोऽपि भैम्याः।।११।।

अथास्याः पुच्छविवेकतामाह— भैरिति। सिते शुक्लपक्षे चतुर्थ्यां भैः सप्तविंशतिभिर्मिताभ्यो घटीभ्यः सकाशादस्या भैम्या घटीत्रयं लूनलता स्यात्। क्रमत एवमष्टम्यां पञ्चभिर्मिताभ्यो घटीभ्यः एकादश्यां दस्त्रकुभिर्द्वादशभिर्मिताभ्यः पूर्णिमायां नखैर्विंशतिभिर्मिताभ्यः च पुनरसिते कृष्णपक्षे उत्क्रमतो वैपरीत्यचलनेनाऽपि तृतीयायां विंशतिभिर्मिताभ्यः सप्तम्यां द्वादशभिर्मिताभ्यः दशम्यां पञ्चभिर्मिताभ्यश्चतुर्दश्यां सप्तविंशतिभिर्मिताभ्योऽपरं घटीत्रयं लूनलता स्यात्। भीमात् ईशात् भवा भैमो 'भीमभर्गौ' इति हैमः। लूनलीशब्दोऽस्मिन् ग्रन्थे बहुषु स्थानेषु पुच्छवाचको दृश्यते महाकविप्रोक्तत्वात्प्रामाणम्।।११।।

शुक्लपक्ष में चतुर्थी, अष्टमी, एकादशी तथा पूर्णिमा तिथियों में भद्रा की क्रम से २७,५,१२,२० घटियों के बाद तीन घटी पर्यन्त लूनलता (भद्रा पुच्छ) होती है। इसी प्रकार कृष्णपक्ष में विपरीत क्रम से तृतीया को २० घटी, सप्तमी को १२ घटी, दशमी को ५ घटी तथा चतुर्दशी को २७ घटी के अनन्तर ३ घटी भद्रापुच्छ होती है।।११।।

भद्रापुच्छज्ञानार्थ चक्र

पक्ष	शुक्ल पक्ष				कृष्ण पक्ष			
तिथि	४	८	११	१५	३	७	१०	१४
घटी	२७	५	१२	२०	२०	१२	५	२७
पुच्छ घटी	२७-३०	५-८	१२-१५	२०-२३	२०-२३	१२-१५	५-८	२७-३०

भद्रायाः अङ्गविभागः—

निजः षडंशो लपनं गलः स्यात्
त्रिंशल्लवस्त्र्यंशउरोऽङ्गभागः।

नाभिः कटिर्मार्गणभागकोस्याः
शेषं च लाङ्गूललतेशजायाः।।१२।।

अथास्या देहविभागमाह— निजेति। अस्या ईशाज्जायते इति ईशजा तस्या भद्राया निजः स्वकीयः शरीरापेक्षया षडंशः षष्ठो भागः पञ्च घट्यो लपनं वदनं स्यात्। एवं स्त्रिशल्लवस्त्रिशत्तमो भाग एका घटी गलः कण्ठः। त्र्यंशस्तृतीयो भागो दश घट्यो उरो हृदयं। अङ्गभागः षष्ठो भागः पञ्च घट्यो नाभिः। मार्गणभागकः पञ्चमो भागः षट्घट्यः कटिः । शेषं त्रिमितघट्यो लाङ्गूललता पुच्छलतेति।।१२।।

भद्रा का षष्ठांश (जितने समय तक भद्रा हो उसका छठाँ भाग, लगभग ५ घटी) उसका मुख होता है। तीसवाँ भाग भद्रा का कण्ठ, तृतीयांश हृदय, षष्ठांश नाभि, पञ्चमांश कटिप्रदेश होता है। शेषघटी भद्रा की लाङ्गूललता (पुच्छ) होती है।।१२।।

विशेष— भद्रा को मध्यम मान से ३० घटी मानकर निम्नलिखित प्रकार से अङ्ग विभाग किया गया है–

षष्ठांश	(३०×१/६)	= ५ घटी-	भद्रा का मुख
त्रिंशांश	(३०×१/३०)	= १ घटी-	,, ,, गला (कण्ठ)
तृतीयांश	(३०×१/३)	= १० घटी-	,, ,, हृदय
षष्ठांश	(३०×१/६)	= ५ घटी-	,, ,, की नाभि
पञ्चमांश	(३०×१/५)	= ६ घटी-	,, ,, की कटि
	५+१+१०+५+६	= २७ घटी	

शेष (३०-२७=) ३ घटी लाङ्गूल लता (पुच्छ)।।१२।।

विशेषः—

मयोदितो वर्ष्मविभाग एष-
स्त्रिशद्घटीप्रख्यमितौ हि सत्याम्।
स योऽपरैर्युक्तियुतो न सद्धि-
र्मान्यो निरुक्तोपमतः सदास्याः।।१३।।

अथ न्यूनाधिकभद्रायां भागविवेकातामाह— मयेति। हीतियुक्तार्थे त्रिंशद्घटी-तुल्यमितैः भद्रायां सत्यां सदा मयाऽस्या भद्राया एष वर्ष्मविभाग शरीरविभाग उदितः कथितः। अतः कारणादपरैरनसद्भिर्विबुधैरस्याः सोऽयं विभागो मान्यो ग्राह्यः। स कः। यो युक्तियुतो निरुक्तः कथितः। कोऽर्थः। यदा भद्रा न्यूनाधिका स्यात्तदा भागोऽपि तत्सदृशो भवेत्।।१३।।

मैने भद्रा का उक्त अङ्ग विभाग भद्रा को ३० घटी मानकर ही किया है। यदि भद्रा ३० घटी से कुछ अल्प हो या अधिक हो तो उसी अनुपात से अंगों के मान में ह्रास-वृद्धि कर लेना चाहिए।।१३।।

अङ्गविभागानुसारफलम्—

विलीयतेऽर्थो लपने लयो गले
तस्मादुरस्यर्थनिमीलनं कलिः।
नाभौ धियोरं विलयः कटिस्थले
लूने च विष्टेर्विजयोऽनिशं भवेत्।।१४।।

अथ भद्राङ्गविभागफलमाह— विलीयत इति। अनिशं निरन्तरं विष्टेर्लपने मुखेऽर्थः कार्यं विलीयते विनाशमुपैति। तस्मात्तदनन्तरं गले कण्ठे लयो मृत्युर्भवेत्। उरसि हृदि अर्थस्य पदार्थस्य निमीलनं हानिर्भवेत्। नाभौ कलिः क्लेशः। अरं शीघ्रं कटिस्थले धियो बुद्धेर्विलयो नाशः। लूने पुच्छे विजयो भवेत्। चः पुनरर्थः। विलीयते कर्तरिप्रयोगः। लयश्चेति क्षयवाचकः। उक्तं च लघुस्तवे। 'लीयन्ते खलु यत्र कल्पविरमे ब्रह्मादयस्तेप्यमी' इति।।१४।।

भद्रा के मुख में किया गया कार्य विनष्ट हो जाता है। गले में करने से लय (मृत्यु), ह्रदय में करने से कार्य हानि, नाभि में करने से कलह, कटि में कार्यारम्भ करने से शीघ्र ही बुद्धि का नाश होता है। भद्रा पुच्छ में किये गये कार्य में निरन्तर विजय होती है, अर्थात् कार्य सिद्ध होता है।।१४।।

भद्रानिवास–

रसातलस्था तिमिकार्मुकाङ्गना-
धटस्थिते राजनि भूमिगा भवेत्।
द्विरेफगोद्वन्द्वनखायुधानुगे
विष्टिर्दिविस्था ननु शेषराशिगे।।१५।।

अथ विष्टेः स्थितिवर्तनमाह— रसेति। ननु निश्चितं तिमिर्मीनराशिः कार्मुको धनुः अङ्गना कन्या धटस्तुला एषां द्वन्द्वः एषु स्थिते राजनि चन्द्रे सति विष्टी रसातलस्था पातालस्थिता भवेत्। द्विरेफोऽलिः वृश्चिकः गौर्वृषः द्वन्द्वं मिथुनं नखायुधः सिंहः एषां द्वन्द्वः एतान् राशीननुगः प्राप्तस्तस्मिन् राजनि एतद्राशिगतचन्द्रे विष्टिर्भूमिगा भवेत् शेषराशिगे मेषकर्कमकरकुम्भगते राजनि विष्टिर्दिविस्था स्वर्गस्थिता भवेदित्यर्थः।।१५।।

मीन, धनु, कन्या एवं तुला में चन्द्रमा हो तो उस समय भद्रा रसातल (पाताल) में होती है। वृश्चिक, वृष, मिथुन, एवं सिंह राशिगत चन्द्र हो तो भद्रा भूमि पर तथा शेष राशि (मेष, कर्क, मकर, कुम्भ) गत चन्द्र हो तो भद्रा स्वर्ग में होती है।।१५।।

विशेष– भद्रा निवास का यह मत मुहूर्तचिन्तामणि से पूर्ण रूप से नहीं मिलता है। मुहूर्तचिन्तामणि का वचन इस प्रकार है—

कुम्भकर्कद्वये मर्त्ये स्वर्गेऽब्जेऽजात्रयेऽलिगे।
स्त्रीधनुर्जूकनक्रेऽधोऽभद्रा यत्रैव तत्फलम्।।

भावार्थ– कुम्भ, मीन, कर्क, सिंह राशि में भद्रा मर्त्यलोक में (पृथ्वी पर), मेष, वृष, मिथुन, वृश्चिक राशियों में स्वर्ग में तथा कन्या, धनु, तुला, मकर राशियों में भद्रा पाताल में होती है। भद्रा जहाँ होती है वहीं उसका फल होता है।।१५।।

भद्रागतिः—

सा याति मन्वह्यगतिथ्युदन्व-
दिगीश्वरोषर्बुधसम्मितादिषु ।
तिथिष्वनिष्टाभिमुखी यथेय-
मैन्द्र्याननाशाभ्य इति क्रमः स्यात्।।१६।।

अथ विष्टिगत्यभिमुखमाह— सा यातीति। मनुश्चतुर्दश अहिरष्ट अगः सप्त तिथिः पञ्चदश उदन्वान् समुद्राश्चत्वारः दिक् दश ईश्वर एकादश उषर्बुधोऽग्निस्त्रयः एषां द्वन्द्वः एभिः सम्मितासु प्रमितासु तिथिषु सा विष्टिरैन्द्र्याननाशाभ्यः पूर्वप्रमुखकाष्ठाभ्य इति यथाक्रमं याति गच्छति। यथा चतुर्दश्यां पूर्वाभिमुखी। अष्टम्यामग्निदिङ्मुखी। सप्तम्यां दक्षिणाभिमुखी। पूर्णिमायां नैर्ऋत्याभिमुखी। चतुर्थ्यां पश्चिमाभिमुखी। दशम्यां वायव्याभिमुखी। एकादश्यामुत्तराभिमुखी। तृतीयायामीशानाभिमुखी इति। इयं विष्टिरभिमुखी अनिष्टा स्यात्॥१६॥

चतुर्दशी, अष्टमी, सप्तमी, पूर्णिमा, चतुर्थी, दशमी, एकादशी तथा तृतीया तिथियों में पूर्वादि दिशाओं के क्रम से भद्रा चलती है। अर्थात् चतुर्दशी को पूर्व में, अष्टमी को अग्नि कोण में, सप्तमी को दक्षिण, पूर्णिमा को नैर्ऋत्य, चतुर्थी को पश्चिम, दशमी को वायव्य, एकादशी को उत्तर तथा तृतीया को ईशान कोण में भद्रा होती है। सम्मुख भद्रा अनिष्टकारक होती है।।१६।।

भद्रामुखस्य दिग्ज्ञानम्—

वार्वीतिहोत्रस्वपयातुधान-
कृत्त्यम्बरप्रेतपकेन्द्रदिक्षु।
भद्राननं भीतिवहं निरुक्तं
कृत्योद्यमानामृषिभिः क्रमेण।।१७।।

अथ विशेषत आह— वारिति। ऋषिभिः क्रमेण कृत्येषु कार्येषूद्यमो येषां ते तेषां पुंसां भीतिवहं भयकारि भद्राननं निरुक्तं प्रोक्तम्। कासु वारादिदिक्षु। वार्जलं वीतिहोत्रोऽग्निः स्वं धनं एषां द्वन्द्वः एतान् पान्तीतिपाः द्वन्द्वे प्रत्येकस्य संयोजनात् जलपो वरुणः अग्निपोऽग्निदेवःस्वपोधनपतिः यातुधानो राक्षसः कृत्तिश्चर्मैवाम्बरं यस्य सकृत्त्यम्बरो रुद्रः प्रेतपो यमः को वायुः इन्द्रः सुरपतिः एषां द्वन्द्वः एषां दिक्षु। स्पष्टार्थस्तु। चतुर्थ्यां पश्चिमायां भद्राननम्। एवमष्टम्यामाग्नेय्यां। एकादश्यामुत्तरस्यां। पूर्णिमायां नैर्ऋत्यां। तृतीयायामैशान्यां। सप्तम्यां दक्षिणस्यां। दशम्यां वायव्यां। चतुर्द्दश्यां पूर्वस्यां। ग्रन्थान्तरे तु यावत्संख्यादिगा तावत्संख्यामिते प्रहरे भद्रामुखम्। यथा चतुर्थ्यां पश्चिमायां चतुर्थे प्रहरे एवं सर्वमपीति दृश्यते॥१७॥

चतुर्थी आदि तिथियों में भद्रामुख क्रम से वरुण, अग्नि, कुबेर, राक्षस, रुद्र, यम, वायु, इन्द्र की दिशाओं में होता है। अर्थात् चतुर्थी में पश्चिम, अष्टमी में अग्निकोण, एकादशी में उत्तर, पूर्णिमा में नैर्ऋत्य, तृतीया में ईशान, सप्तमी में दक्षिण, दशमी में वायव्य तथा चतुर्दशी में पूर्व दिशा में भद्रा का मुख होता है। ऋषियों ने कहा है कि भद्रामुख में किया हुआ कार्य भय उत्पन्न करने वाला होता है।।१७।।

यामार्द्धस्य फलम्-

क्ष्मया च दोर्भ्यामिषुभिः शिवैरिनै-
र्मितं रवौ यामदलं वरं विदुः।
विधौ भुवाङ्कैरहिभिर्दिनैरिनै-
र्द्वाभ्यां सभद्रं स्वरशास्त्रदर्शिनः।।१८।।

अथ यामार्द्धमाह— क्ष्मयेति। स्वरशास्त्रदर्शिनः स्वरशास्त्रज्ञाः रवौ रविवारे क्ष्मयैकेन दोर्भ्यां द्वाभ्यां इषुभिः पञ्चभिः शिवैरेकादशभिरिनैर्द्वादशभिर्मितं यामदलं प्रहरार्द्धं वरं विदुः अवधारयन्ति। एवं विधौ चन्द्रे भुवैकेनाङ्केनाङ्कैर्नवभिरहिभिरष्टाभिर्दिनैः पञ्चदश-भिरिनैर्द्वादशाभिर्द्वाभ्यां मितं सभद्रं कल्याणसहितं यामदलं विदुः।।१८।।

रविवार को पहला, दूसरा, पाँचवा, ग्यारहवाँ, बारहवाँ यामार्ध एवं सोमवार को पहला, नवाँ, आठवाँ, पन्द्रहवाँ, बारहवाँ तथा दूसरा यामार्ध स्वरशास्त्रियों के मतानुसार शुभप्रद (कल्याण कारक) होता है।।१८।।

विमर्श— यहाँ 'सभद्रं' का अर्थ भद्रा के साथ भी हो सकता है जो प्रसङ्गानुकूल है। ऐसी स्थिति में प्रत्येक वारों में पठित यामार्धों में यदि भद्रा हो तो भी वह कल्याण कारक होती है। यही अर्थ ग्रहण करना उचित होगा।।१८।।

अङ्कैरगैरग्निभिरंशुभिर्युगै-
र्दिग्भिर्नृपैः स्याच्च समं शुभं कुजे।
षष्ठं द्वितीयं दशमं बुधे गुरौ
तदक्षदोरङ्कदशाहिसंख्यया ।।१९।।

अङ्कैरिति। कुजे भौमदिने अङ्कैर्नवभिरगैः सप्तभिरग्निभिस्त्रिभिरंशुभिर्द्वादशाभिर्युगैश्च-तुर्भिर्दिग्भिर्दशभिर्नृपैः षोडशभिः समं सदृशं यामार्द्धशुभं स्यात्। बुधे षष्ठं द्वितीयं दशमं यामार्द्धं शुभं स्यात्। गुरौ अक्षाणि पञ्च दोषौ भुजौ द्वौ अङ्का नव दश अहयोऽष्टौ एषां द्वन्द्वः एषां संख्यया समं मितं तद्यामार्द्धं शुभं स्यात्।।१९।।

भौमवार को नवाँ, सातवाँ, तीसरा, बारहवाँ, चौथा, दसवाँ तथा सोलहवाँ यामार्ध; बुधवार को छठा, दूसरा तथा दसवाँ यामार्ध, गुरुवार को पाँचवाँ, दूसरा, नवाँ, दसवाँ तथा आठवाँ यामार्ध शुभ होता है।।१९।।

शराङ्गदिग्विश्वदिनेन्द्रनागै-
र्भृगावभिन्नानि शुभान्यशंसन्।

शशाङ्कविश्वेन्द्रनृपेन्द्रियैश्च
यामार्द्धकानीह शनौ स्वरज्ञाः।।२०।।

शरेति। इह स्वरज्ञाः भृगौ शुक्रदिने शरादिभिरेषां द्वन्द्वः। एभिः पञ्चषट्दशत्रयोदशपञ्चदशचतुर्दशाष्टभिरभिन्नान्यविच्छिन्नानि प्रमितानि यानि यामार्द्धकानि शुभानि अशंसन् कथयत्। शंसुकथने। च पुनरेव स्वरज्ञाः शनौ शशाङ्कादिभिरेषां द्वन्द्वः एभिरेकत्रयोदशचतुर्दशषोडशपञ्चभिः। प्रमितानि यामार्द्धानि शुभानीत्यर्थः।।२०।।

शुक्रवार को पाँचवाँ, छठाँ, दसवाँ, तेरहवाँ, पन्द्रहवाँ, चौदहवाँ तथा आठवाँ यामार्ध, शनिवार को पहला, तेरहवाँ, चौदहवाँ, सोलहवाँ तथा पाँचवाँ यामार्ध स्वरशास्त्रियों द्वारा शुभ कहा गया है।।२०।।

पूजाविशेषे भद्राविचारः—

विष्टिः स्याद्धरितालिकार्च्चनविधावुत्सर्गजातक्रिया
वैमेयेषु शिवार्ययोः फलवती होमे सदैवार्चने।
सोपाकर्म्महुताशनीजलधरार्चापाकयज्ञक्रिया-
स्वारब्धेऽध्वरकर्म्मणीष्टयजने भूपप्रदाने तथा।।२१।।

अथ शार्दूलविक्रीडितेन पूजाविशेषादौ विष्टिं शुभामाह— विष्टिरिति। विष्टिर्हरितालिकार्चनविधौ भाद्रपदशुक्लतृतीया हरितालिकाभिधा तस्या व्रतपूजाविधाने सदैव फलदायिनी स्यात्। एवमुत्सर्गजातक्रियावैमेयेषु उत्सर्गो नीलोद्वाहः जातक्रिया शिशूनां घृतप्राशयसंस्कारक्रिया वैमेयो विनिमयः एषां द्वन्द्वः एषु च पुनः शिवार्ययोः शंभुगौर्योरर्चने पुनर्होमे पुनरुपाकर्महुताशनीजलधरार्चापाकयज्ञक्रियासु उपाकर्म प्रथममारभ्यमाणं श्रावणीकर्म्म हुताशनी होलिका जलधरा जलाशयाः कूपादयस्तेषामर्चा प्रतिष्ठा पाकः पचने यज्ञः एषां द्वन्द्वः एषां क्रियासु पुनः आरब्धे प्रारम्भितेऽध्वरकर्मणि यज्ञकृत्ये तथा इष्टयजने तथा भूपप्रदाने राज्ञा दत्तवस्तुनि फलवती स्यात्। 'दक्षजाया कुमारी' इति हैमः।।२१।।

हरितालिका (भाद्रशुक्ल तृतीया) पूजनविधि में, उत्सर्ग विधि में, जातकर्म, विनिमय (किसी वस्तु के बदले में वस्तु लेने या देने) में, शिवपार्वती के पूजन में, श्रावणी कर्म में, होलिका, जलाशय के पूजा में, पाक क्रिया में, यज्ञकार्य में, यज्ञकार्यों के आरम्भ में, इष्टपूजन में तथा राजा को कोई वस्तु प्रदान करने में भद्रा सदैव फलदायिनी होती है।।२१।।

विशेष–

कई निबन्ध ग्रन्थों में श्रावणी और होली दोनों ही भद्रा में निषिद्ध है।

भद्रायां न कुर्वीत श्रावणी फल्गुनी द्वयोः।

भद्राविहितकार्याणां नृपभूदेवताज्ञया।
नृणां सफलयत्यर्थं सा वा भर्गसपर्यया।।२२।।

इति श्रीकविकालिदासोदिते ज्योतिर्विदाभरणे भद्राध्यायस्तृतीयः।।३।।

अथानुष्टुभा पूजादिहेतुना विष्टि शुभामाह— भद्रेति। सा विष्टिः भद्रा भद्रायां विहितं निर्मितं कार्यं यैस्ते तेषां नृणां पुंसामर्थं पदार्थं सफलयति सफलं करोति। त्रिर्डित्करणे इति त्रिः। कया नृपो राजा भूदेवता विप्रः एतयोराज्ञयादेशेन भर्गसपर्यया शम्भुपूजया वेत्यर्थः।।२२।।

इति श्रीपौर्णिमीयगच्छाधिराजभट्टारकपुरन्दरश्रीमहिमाप्रभसूरीश्वर-चरणसरोरुहचंचरीकायमानशिष्यभावरत्नविरचितायां श्रीकविकालिदासकृतज्योतिर्विदाभरणस्य सुखबोधिकायां भद्राध्यायस्तृतीयः।।३।।

भद्रा में जो कार्य विहित हैं (बताये गये हैं), उन कार्यों को राजा तथा ब्राह्मणों की आज्ञा से करने अथवा कार्य से पूर्व शिव की आराधना करने से भद्रा मनुष्यों के कार्यों को सफल कराती है।।२२।।

श्रीकालिदासविरचित ज्योतिर्विदाभरण के भद्राप्रकरण का प्रो. रामचन्द्रपाण्डेयकृत हिन्दी भाषानुवाद सम्पूर्ण।।३।।

पर्वप्रकरणम् - ४

प्रयोजनम्—

सुयोगवत्याश्रिपर्वकाला
तिथिर्भवेन्मङ्गलकार्यहन्त्री।
पर्वाण्यथो मङ्गलसिद्धयेऽहं
तच्छुद्धये वच्मि विपर्वदोषात्।।१।।

गच्छेश्रीमहिमाप्रभाख्यसुगुरोः श्रीपौर्णिमीयाभिधे
शिष्यः सूरिवरस्य माण्डणसुतो यो भावरत्नाह्वयः।
वाल्हांकुक्षिसमुद्भवः सुकृतवान् श्रीपत्तने पत्तनें
छन्दोव्याकरणाभिधास्मरणतोलङ्कारयुक्तामिमाम्।।१।।

अथ चतुर्थोऽध्यायः। तत्र प्रथममुपजातिभ्यामाह— सुयोगेति। सुयोगवती शुभयोगयुक्तापि तिथिर्मङ्गलकार्यहन्त्री उद्वाहादिकार्यनिष्पत्तिविनाशिनी भवेत्। किंविशिष्टा तिथिराश्रितपर्वकाला कुह्वादिपर्ववेलायुक्ता; अतः कारणादहं पर्वाणि वच्मि ब्रवीमि किमर्थं विपर्वदोषात् विगतपर्वदोषात् मङ्गलसिद्धये विवाहादिकार्यनिष्पत्त्यै किंभूतायै तस्यास्तिथेः शुद्धिर्यस्यां सा तच्छुद्धिस्तस्यै।।१।।

सुन्दर योगों से युक्त तिथि भी पर्वकाल से युक्त होने पर मङ्गल (विवाहादि) कार्यों को नष्ट करने वाली होती है। अतः पर्व दोष से रहित तिथि शुद्धि हेतु तथा मङ्गल कार्यों की शुद्धि हेतु पर्वों को कह रहा हूँ।।१।।

पर्वनिरूपणम्-

कुहू सिनीवाल्यपि रोहिणीविधा-
वादर्शिते दर्शितमण्डलक्रमात्।
स्तोकेऽनुमत्यह्नि च पूर्णिमास्यथो
राकारजन्यामुदिते विधाविह।।२।।

अथ पर्वाण्याह— कुहूरिति। क्रमादनुक्रमेण आदर्शितेऽदृष्टमण्डले दर्शिते मण्डले च रोहिणीविधौ चन्द्रे सति कुहूः सिनीवाली द्वे अपि अमावस्ये स्तः भवतः। यदुक्तं हेमचन्द्रपादैः 'सा नष्टेन्दुः कुहूः दृष्टेन्दुः सिनीवाली' इति। अथो च पुनरहि विधौ चन्द्रेऽह्नि दिवसे उदिते रजन्यामुदिते च सति स अनुमती राका द्वे अपि पूर्णिमे स्तः। यदुक्तं 'कलाहीने त्वनुमती राका पूर्णनिशाकरे' इति।।२।।

जिस अमावस्या में चन्द्रमा अदृश्य रहता है। उसे कुहू तथा जिसमें दृश्य हो जाता है, उसे सिनीवाली कहते हैं। इसी प्रकार दिन में पूर्णिमा तिथि में चन्द्रोदय हो तो अनुमती एवं रात्रि में चद्रोदय हो तो राका नामक पर्व होता है।।२।।

ग्रहणम्–

गृहस्थयोरत्ररिसंज्ञयोर्मिथः स्वरिष्फयो राहुतुषाररोचिषोः।
किलैकराश्योः समसप्तमस्थयोर्भवेस्तदैवं ग्रहपर्वसम्भवः।।३।।

अथ वंशस्थेन ग्रहणमाह– ग्रहेति। किलेति सम्भावनायां। अत्ररिसंज्ञयोः अत्ता च अरिश्च अत्री तयोः संज्ञा ययोस्तौ तयोर्मृत्युरिपुसंज्ञयोः पुनः स्वरिष्फयोर्धनव्यययोर्मिथः परस्परगृहस्थयो राशिस्थितयो राहुतुषाररोचिषोः राहुचन्द्रयोः सतोः सदैवं ग्रहपर्वसम्भवो ग्रहणपर्वसम्भवो भवेत्। पुनः किंविशिष्टयोः राहुचन्द्रयोरेकराश्योरेकराशिर्ययोस्तौ तयोः सतोस्तदापि अयं स्यात्। पुनः किं भूतयो राहुचन्द्रयोः समसप्तमस्थयोरुभयतः सप्तम-राशिस्थितयोः सतोस्तदाप्ययं स्यात्।।३।।

चन्द्रमा और राहु यदि छठें, आठवें भाव में या दूसरे, बारहवें भाव में स्थित राशियों में हों, दोनों एक ही राशि में अथवा एक दूसरे से सप्तम राशि में हों, तब सदैव 'ग्रहण' नामक पर्व होता है।।३।।

ग्रहणकालः—

अमावसानं दिवसे रजन्यामन्तो यदि स्यात्सितपञ्चदश्याः।
तदोपरागो गणितादरम्यः स्पष्टः शुभे कर्मणि चापि साध्यम्।।४।।

अथोपजात्या ग्रहणकालमाह— अमेति। यदि चेद्दिवसेऽमावसानं अमावास्याया अन्तःस्यात् एवं रजन्यां सितपञ्चदश्याः शुक्लपौर्णिमाया अन्तः स्यात्तदा गणितात् गणितमार्गादुपरागो ग्रहणं स्पष्टः। किंलक्षण उपरागः शुभे कर्मण्यरम्यो निन्द्यः। अतएव च पुनः शुभे कर्म्मणि दैवाज्जाते साध्यं शान्तिककर्म कर्तव्यम्। अथवाऽत्र निमित्तार्थे सप्तमी शुभनिमित्तं तदवसरे साध्यं दानं देयमित्यर्थः।।४।।

यदि अमावस्या का अन्त दिन में तथा शुक्लपक्ष की पूर्णिमा का अन्त रात्रि में हो तथा गणित की दृष्टि से ग्रहण होता हो तो अशुभ है। यदि उस समय शुभ कार्य अपेक्षित हो तो शान्ति कर्म (दान आदि) के पश्चात् ही करना चाहिए।।४।।

ग्रस्तनक्षत्रस्य त्याज्यकालः—

यदंशुदोषेश्वरपर्वसंस्थं भमेव यावन्नहि तावदर्हम्।
दिवौकसां यामचतुष्टयं स्याच्छयाग्रहाद्याखिलमङ्गलेषु।।५।।

अथोपेन्द्रवज्रया हुतं भं कियत्पर्यन्तं हेयं तदाह— यदिति। यावद्दिवौकसां देवानां यामचतुष्टयं मासषट्के अंशुः सूर्यो दोषाया रात्रेरीश्वरश्चन्द्रस्तयोः पर्वसंस्थं ग्रहणवेलागतं यद्भं नक्षत्रं स्यात्तावत्कालपर्यन्तमेव तन्नक्षत्रमर्हं योग्यं नहि स्यात्। केषु शयाग्रहाद्यखिलमङ्गलेषु शयो हस्तस्तस्य ग्रहः पाणिग्रहणं तदाद्यानि अखिलानि मङ्गलानि तेष्वित्यर्थः।।५।।

ग्रहणकाल में सूर्य और चन्द्रमा जिन नक्षत्रों पर हों, वे नक्षत्र देवताओं के चार प्रहर अर्थात् छः मास पर्यन्त विवाहादि मंगल कार्यों में ग्राह्य नहीं होते।।५।।

ग्रहणे त्याज्यानि दिनानि–

कृत्स्ने विपादे शकलेऽङ्घ्रितुल्ये
क्रमाद्रवीन्द्वोर्ग्रहणे सुकार्यम्।
कार्यं नगैः पञ्चभिरर्णवैश्च
रामैरपास्यैव मितान्यहानि।।६।।

अथोपजात्या न्यूनाधिकग्रहणे हेयदिनविवेकतामाह— कृत्स्न इति। रवीन्द्वोः कृत्स्ने सम्पूर्णे ग्रहणे विबुधैर्नगैः सप्तभिर्मितान्यहानि दिनान्यपास्य विहाय सुकार्यं शुभकृत्यं कर्त्तव्यम्। एवं क्रमात् विपादे विगतः पादश्चतुर्थांशस्तस्मिन् पादत्रये ग्रहणे पञ्चदिनानि। शकलेऽर्द्धग्रहणे चतुर्दिनानि। अङ्घ्रितुल्ये एकपादमिते ग्रहणे त्रिदिनानीति स्पष्टम्।।६।।

यदि पूर्ण ग्रहण हो तो सात दिन, चतुर्थांश रहित अर्थात् तीन भाग ग्रहण हो तो पाँच दिन, आधाग्रहण (विम्बार्धग्रास) हो तो चार दिन तथा एकपाद अर्थात् केवल चतुर्थांश ग्रहण हो तो तीन दिन छोड़कर शुभकार्य करना चाहिए।।६।।

क्रूराक्रान्तनक्षत्राणि–

भुक्तं युतं भोग्यमसाधुना भं
दिवौकसा विद्धमथाऽऽहवस्थम्।
खपान्थयोर्भेदितमण्डलं वा
ज्ञेयं तदुत्पातहतं ग्रहज्ञैः।।७।।

तदोचितं मङ्गलके तदृक्षं
यदेन्दुराक्रम्य पुनर्भुनक्ति।
आमासषट्कं ग्रहयोगगं तत्-
सदूषणं केचिदुशन्त्यथर्क्षम्।।८।।

अथ क्रूराक्रान्तभमाह— भुक्तमिति तदेति युग्मम्। ग्रहज्ञैर्मङ्गलके विवाहादौ तदा उचितं भं ज्ञेयम्। किंविशिष्टं भं असाधुना क्रूरेण दिवौकसा ग्रहेण भुक्तं गतकाले अथवा युतं वर्तमानकाले अथवा भोग्यं समीपागामिकाले अथवा सिद्धं विद्धं पञ्चसप्तशलाकायन्त्रे। अथवाऽऽहवस्थं संग्रामस्थितम्। अथवा खपान्थयोर्ग्रहभेदितमण्डले। अथवा तदुत्पातहतं तेषां प्रसिद्धानां दिव्यभौमान्तरिक्षाणामुत्पातस्तदुत्पातस्तेन हतम्। यदुक्तं 'क्रूरैर्युक्तं क्रूरगन्तव्यमृक्षं क्रूराक्रान्तं क्रूरविद्धं च नेष्टम्। यच्चोत्पातैर्दिव्यभौमान्तरिक्षैः पुष्टं तद्वत्क्रूरलत्ताहतं च' तदा कदा यदा इन्दुराक्रम्य तन्नक्षत्रं पुनर्भुनक्ति। अथ केचिदाचार्या आमासष्ट्कं ग्रहयोगगं ग्रहणसंयोगप्राप्तं तत् ऋक्षमेव आर्क्षं सदूषणं दोषसहितमुशन्ति वाञ्छन्ति।।७-८।।

दैवज्ञों को क्रूर ग्रह से भुक्त (जिस नक्षत्र पर क्रूर ग्रह रहा हो), क्रूर ग्रह से वर्तमान में युक्त तथा निकट भविष्य में भोग्य (क्रूर ग्रह द्वारा गम्य),

पञ्चशलाका-सप्तशलाका चक्रों में क्रूर ग्रहों से विद्ध, ग्रहों के युद्ध में स्थित, ग्रहों द्वारा भेदित मण्डलवाले नक्षत्रों को उत्पातहत (क्रूराक्रान्त) नक्षत्र जानना चाहिए। जब उक्त नक्षत्र पर चन्द्रमा पुनः आरूढ़ होकर भोग करता है, तब वह नक्षत्र मंगल कार्यों में शुभ होता है। कुछ आचार्यों का कहना है कि क्रूराक्रान्त अथवा ग्रहण युक्त नक्षत्र छः मास पर्यन्त दोषयुक्त रहते हैं।।७-८।।

नक्षत्राणां तारासंख्या–

हुताशनाग्न्याङ्गशराग्निभूमयो
युगाग्निबाणाक्षयमा यमेषवः।
धरेन्दुवेदार्णवरामशम्भवो
वार्यग्निरामाब्धिशताक्षिदृग्रदाः।।९।।

मयोदितास्तारकतारका इमे
क्रमेण नासत्यभतः स्वकर्मगाः।
भाश्चर्यनिध्यानकहेतवे तथा
वक्ष्ये भरूपध्रुवसायकानहम्।।१०।।

अथ तारकाणां तारकसंख्यामाह— हुतेति मयोदितेति युग्मम्। मया नासत्यभतोऽश्विनीनक्षत्रात्क्रमेण हुताशनादिसंख्याका इमे तारकतारका उदिताः कथिताः। तारकाणां नक्षत्राणां तारकाः तासः तारकतारकाः किंविशिष्टाः तारकतारकाः स्वकर्म्मगाः निजकार्यानुगताः। स्पष्टमाह— अ ३. भ. ३ कृ. ६ रो. ५ मृ. ३ आ. १ पु. ४ पु. ३ आ. ५ म. ५ पू. २ उ. २ ह. ५ चि. १ स्वा. १ वि. ४ अ. ४ ज्ये. ३ मू. ११ पू. ४ उ. ३ श्र. ३ ध. ४ श. १०० पू. २ उ. २ रे. ३२ इति। अथ भरूप १ ध्रुव २ सायकान् ३। अहं तथा तेन प्रकारेण भरूपादीन् वक्ष्ये कथयिष्ये। भानां नक्षत्राणां रूपाण्याकाराः ध्रुवा राश्याद्यश्च-सायका बाणाश्चेति द्वन्द्वे प्रत्येकं संयोजनत्वात्तान्। कस्मै भाश्चर्यनिध्यानकहेतवे भासां दीप्तानां चर्यं स्वरूपं भाश्चर्यस्य निध्यानकं तस्य हेतुस्तस्मै।।९-१०।।

अश्विनी आदि नक्षत्रों में क्रम से ३, ३, ६, ५, ३, १, ४, ३, ५, ५, २, २, ५, १, १, ४, ४, ३, ११, ४, ३, ३, ४, १००, २, २, ३२ तारायें होती हैं। अपने कार्य एवं कान्ति के अनुसार नक्षत्रों को समझने के लिये इनके स्वरूप, ध्रुवा एवं शरों को कह रहा हूँ।।९-१०।।

विशेष— (१) नक्षत्र वस्तुतः एक आकाशीय माप है, क्रान्तिवृत को २७ भागों में बाँट दिया गया है, यही २७ नक्षत्र हैं। इनका कोणीयमान १३°।२०′ कला होता है। १३°।२०′ के क्षेत्र में जितने प्रमुख कान्तिमान तारे होते हैं, उन्हें एक नक्षत्र कहा जाता है। इन ताराओं से विभिन्न आकृतियाँ बनती हैं, उन्हीं को नक्षत्रों का स्वरूप कहा जाता है। स्पष्टता हेतु नक्षत्रों की आकृति एवं तारक संख्या आगे चक्र में देखें। (पृ.६६)

(२) मुहूर्त चिन्तामणि में तारों की संख्या अभिजित् सहित बताई गई है। अत: पूर्वाषाढ़ा में २, उ.षा. में २ तथा अभिजित् में ३ तारे बताये गये हैं। उक्त पद्य में अभिजित् का उल्लेख नहीं है। इसीलिए पूर्वाषाढ़ में ४ तथा उ.षा. में ३ तारे कहे गये हैं।

अश्विन्यादीनां स्वरूपम्—

हर्याननाभं च वराङ्गरूपं
क्षुरोपमं ज्योतिरन:प्रकामम्।
कुरङ्गकाभं मणिनां सदृक्षं
निकेतनाकारमथेषुरूपम्।।११।।

अथ प्रथमं काव्यचतुष्केन भरूपमाह— हर्येति रथेति सकोपेति ज्योतिरिति। इहास्मिन् शास्त्रे इति तारापटलस्वरूपं नक्षत्रमण्डलरूपमुक्तम्। इतीति किं तदाह ज्योतिर्नक्षत्रमश्विन्यादि। अश्विनीभं हरेरश्वस्याननस्य मुखस्याऽऽभा इवाभा यस्य तत् तुरङ्गमुखाकारम्।। भ० वराङ्गरूपं योन्याकारम्। कृ० क्षुरोपमं मुंडनोपकरणाकारम्। रो० अन: प्रकामं शकटोन्धयानम्। मृ० कुरंगस्य कं मस्तकं मृगस्य मस्तकं तद्वदाभा यस्य तत् मृगमूर्द्धाकारम्। आ० मणिना रत्ने सदृक्षं समानं पु० निकेतनाकारं गृहाकारं पु० इषुरूपं बाणाकारम्।।११।।

अश्विनी नक्षत्र की आकृति घोड़े के मुख के समान, भरणी की योनि सदृश, कृत्तिका की क्षुर (छुरा, उस्तरा) जैसी, रोहिणी की शकट की तरह, मृगशिरा की मृग जैसी, आर्द्रा की मणि (रत्न) जैसी, पुनर्वसु की भवन की तरह तथा पुष्य की आकृति बाण की तरह होती है।।११।।

रथाङ्गशालाशयनोपमानि
शय्यासमं दो:प्रतिमं भमुक्तम्।
मुक्तात्मकं विद्रुमतोरणाभं
मणिश्रवो वेष्टनतुल्यरूपे।।१२।।

सकोपकण्ठीरवविक्रमप्रभं
तल्पाकृतीभस्य विलासवत्स्थितम्।
शृङ्गाटकव्यक्ति च तार्क्ष्यकेतुभं
त्रिविक्रमाभं च मृदङ्गसन्निभम्।।१३।।

आ. रथाङ्गं चक्रं तद्वदुपमम्। म. शालोपमम्। पू. शयानोपमं मञ्चकोपमम्। अत्रैषां द्वन्द्वे प्रत्येकं संयोजनात्। उ. शय्यासमम्। ह. दो: प्रतिमं हस्तसदृशम्। चि. मुक्तात्मकं मौक्तिकसदृशम्। स्वा. विद्रुमाभं प्रवालाकारं। वि. तोरणाभं अनयोर्द्वन्द्व: द्विवचनम्। अ. मणितुल्यरूपम्। ज्ये. श्रवस: कर्णस्य वेष्टनं कुण्डलं तत्तुल्यम्। अनयोर्द्वन्द्वे द्विवचनं प्रत्येकं योजनीयम्। मू. कोपेन सह वर्तमान: सकोप: एवंविधो य: कण्ठीरव सिंहस्तस्य

विक्रमप्रभं उत्पतनोद्यमतुल्यम्। पू. तल्पाकृतिः मंचकाभम्। उ. इभस्य गजस्य विलासवत् स्थितम्। अ. शृङ्गाटकव्यक्तिजलकन्दाकारम्। तार्क्ष्यकेतुर्विष्णुस्तद्धं श्रवणः त्रिविक्रमाभं विष्णुचरणाकारम्। ध. मृदङ्गसन्निभम्।।१२-१३।।

आश्लेषा रथ के चक्र की तरह, मघा शाला (गृह) की तरह, पूर्वाफल्गुनी चारपाई (मंचक) एवं उत्तरा फल्गुनी शय्या (चारपाई) के समान तथा हस्त हाथ के समान बताया गया है। चित्रा मोती की तरह, स्वाती मूँगा की तरह, विशाखा तोरण की तरह, अनुराधा मणि की तरह तथा ज्येष्ठा कान के कुण्डल जैसे रूपवाला होता है।।१२।।

मूल नक्षत्र की आकृति उछलते हुये क्रुद्ध सिंह की तरह, पूर्वाषाढ़ा की चारपाई की तरह, उत्तरषाढ़ा की मदमत्त हस्ती की तरह, अभिजित् की शृङ्गाटक (पर्वत शिखर) की तरह, विष्णु के नक्षत्र श्रवण की विष्णु के चरणों सदृश तथा धनिष्ठा की मृदंग के समान आकृति है।।१३।।

ज्योतिःशताङ्गाङ्गसमानरूपं
ततोन्यदृक्षं यमलद्वयाभम्।
शय्यासवर्णं मुरजप्रकाम-
मितीह तारापटलस्वरूपम् ।।१४।।

ज्योतिः शतभिषक् शताङ्गो रथस्तस्याङ्ग चक्रं तेन समानरूपं चक्रसदृशम्। 'शताङ्गः स्यन्दनो रथः' इतिहैमः।। ततोऽन्यदृक्षं पू. यमलद्वयाभं यमलोद्गततरुद्वयसदृशम्। उ० शय्यासवर्णं तल्पसमानम्। रे० मुरजप्रकामं मृदङ्गसमानमिति। चकाराः पुनरर्थाः।।१४।।

ज्योतिः (शतभिष) रथ के चक्र के समान स्वरूपवाला, अनन्तर अग्रिम नक्षत्र (पूर्वाभाद्रपद) यमल वृक्ष की तरह, उत्तरभाद्रपदा चारपाई की तरह तथा रेवती मुरज (मृदङ्ग) की तरह आकृति वाला है। इसी प्रकार तारा पटल (नक्षत्र मण्डल) का स्वरूप है।।१४।।

योगताराणां स्थानम्—

ज्ञेयाः सदैवोत्तरपार्श्वसंस्था
विश्वार्यमाम्भोजपदिन्दुभानाम्।
द्विदैवतस्यापि च योगतारा
बुधैरहिर्बुध्न्यभगादिभानाम्।।१५।।

अथ तारकतारकाणां स्थानकमाह— ज्ञेया इति। बुधैरहिर्बुध्न्यभगादि भानामुत्तराभाद्रपदापूर्वाफाल्गुन्यश्विनीनां च पुनः विश्वे उत्तराषाढा अर्यमा उत्तराफल्गुनी अम्भो जलं पूर्वाषाढा अनपाद् पूर्वाभाद्रपदा इन्दुभं मृगशीर्षं एषां द्वन्द्वः। एषां पुनर्द्विदैवतस्य विशाखायाः योगताराः ताराणां योगः स योगो योगताराः सदैव उत्तरपार्श्वसंस्थाः उत्तरदिक्समीपस्था ज्ञेया इत्यर्थः।।१५।।

उत्तराषाढ़ा, उत्तराफल्गुनी, पूर्वाषाढ़ा, पूर्वाभाद्रपदा, मृगशीर्ष, विशाखा, उत्तर भाद्रपदा, पूर्वाफल्गुनी तथा अश्विनी नक्षत्रों के योगतारा को सदैव उत्तर भाग में स्थित जानना चाहिए।।१५।।

प्राचीनबर्हिः श्वसनाशनाशन-
ध्वजेज्यमित्राग्रजराजयोषिताम्।
विलोकनीया ननु मध्यमास्तथा
वसूडुनः पश्चिमभागसंस्थिताः।।१६।।

प्राचीति। ननु निश्चितं बुधैः प्राचीनबर्हिरिन्द्रो ज्येष्ठा। श्वसनो वायु सचाऽशनं यस्य स श्वसनाशनः सर्पः स एवाऽशनं यस्य स श्वसनाशनो गरुडः ध्वजश्चिह्नं यस्य स श्ववसनासनाशनध्वजो विष्णुः श्रवणः। इज्यः पुष्यः। मित्रोऽनुराधा। अग्रजा विप्रास्तेषां राजा चन्द्रस्तस्य योषितः स्त्रियो नक्षत्राणि। आसां द्वन्द्वः तासाम्। अत्र प्राचीनबर्ह्यादी-नामग्रजराजयोषितो नक्षत्राण्येवं समासो घटते तथापि स्वाम्यग्रे नक्षत्रनामस्थापनासुवोधत्वादेव वक्ष्यमाणाधिकारेऽपि ज्ञातव्यम्। तथा वसूडुंनो धनिष्ठाया मध्यगास्तारा: पश्चिमभागसंस्थिता विलोकनीयाः 'द्व्यग्राभ्यां जातिजन्मजाः' इति हैमः॥१६॥

(प्राचीन बर्हि=इन्द्र का नक्षत्र) ज्येष्ठा, (श्वसन=वायु का आहार करने वाले सर्प जिसके आहार हैं, अर्थात् गरुड़, गरुड़ध्वज विष्णु का नक्षत्र) श्रवण, (इज्य बृहस्पति का नक्षत्र) पुष्य, (मित्र) अनुराधा, (अग्रज ब्राह्मणों के राजा चन्द्रमा की पत्नी) नक्षत्रों, अर्थात् ज्येष्ठा, श्रवण, पुष्य, एवं अनुराधा नक्षत्रों के योगतारों को मध्य भाग में देखना चाहिए, तथा (वसु) धनिष्ठा नक्षत्र का योगतारा पश्चिम भाग में स्थित है।।१६।।

पित्र्यन्तकोषर्बुधपूषभाना-
माशागता हंसभुवोऽथ तारा।
नक्तंचरादित्यहितारकाणा-
मैन्द्र्याश्रिता धातुरथोडुनः स्यात्।।१७।।

द्वितीया योगतारा स्यात्प्रतीच्युत्तरतारयोः।
पश्चिमार्कोडुनो या सावशेषाणां यथा प्रति।।१८।।

पित्र्यमिति। पितरो मघा अन्तको भरणी उषर्बुधोऽग्निः कृत्तिका पूषभं रेवती एषां द्वन्द्वः तेषां ताराः हंसात्सूर्याद्भवतीति हंसभूर्यमस्तस्याशा दक्षिणा ततो ज्ञेयाः अथ नक्तञ्चरो राक्षसो मूल अदितिः पुनर्वसु अहितारकाः आश्लेषा आसां द्वन्द्वः तासां ताराणां *तारा* ऐन्द्र्याश्रिताः पूर्वदिग्गता ज्ञेया। अथ धातुर्ब्रह्मण उडुनो रोहिण्या या द्वितीया तारा पुनरर्कोडुनो हस्तस्य या पश्चिमा चरमा ताराऽस्ति सा प्रतीच्युत्तरतारयोः पश्चिमदिगुत्तर-दिग्गततारयोर्योगतारः संयोगतारा स्यात्। प्रतीच्युत्तरयोरत्र सम्बन्धे षष्ठी। अथाऽवशेषाणां नक्षत्राणां तारा यथाप्रति यथा योग्यं स्थानं ज्ञातव्याः या एकताारा द्वयोर्नक्षत्रयो-

स्तारकाणां मध्ये गणनां प्राप्नोति सा योगतारा कथ्यतेऽत्र विस्तेरण ग्रन्थान्तराच्चिन्त्यमित्यर्थः।।१७-१८।।

मघा, भरणी, (उषर्बुधः=अग्नि) कृत्तिका तथा रेवती नक्षत्रों की योग तारा (सूर्यपुत्र यमराज की दिशा) दक्षिण दिशा में है। (राक्षसों का नक्षत्र) मूल, पुनर्वसु आश्लेषा नक्षत्रों की योगतारा (ऐन्द्री) पूर्व दिशा में है। (ब्रह्मा का नक्षत्र) रोहिणी का दूसरा योगतारा तथा हस्त नक्षत्र के पश्चिम स्थित तारों की पश्चिमोत्तर दिशा है। अवशिष्ट नक्षत्रों के योग ताराओं को यथास्थान ही समझना चाहिए।।१७-१८।।

नक्षत्राणां ध्रुवांशाः—

कुम्भीनसा भूमियमा गजाग्नय-
स्ताना द्वितर्का रसषड्युगग्रहाः।
षडम्बरोर्व्योऽगदिशोऽङ्कहेलयो
भुजङ्गमेन्द्राः शरमार्गणेन्दवः।।१९।।

अथ काव्यत्रयेण—भध्रुवकांशानाह—कुम्भीति। आदिभादश्विनीतो ध्रुवकांशका ध्रुवलवा क्रमेण स्युः। कतिसंख्याकास्तानाह। अ० कुम्भीनसाः सर्पाः अष्टौ। 'कुम्भीनसाशीविषदीर्घपृष्ठाः' इति हैमः। भ. भूमियमाः एकविंशतिः। कृ. गजाग्नयः अष्टत्रिंशत्। रो. तानाः संगीतशास्त्रप्रसिद्धाः एकोनपञ्चाशत्। मृ. द्वितर्काः द्विषष्ठिः आ. रसषट् षट्षष्ठिः। पु. युगग्रहाः चतुर्नवतिः। पु. षट् च अम्बरं च उर्वी च षडम्बरोर्व्यः षडधिकशतम्। अ. अगदिशः सप्ताधिकशतम्। म. अङ्कहेलयः एकोनत्रिंदधिकशतम्। पू. भुजंगमेन्द्राः अष्टाचत्वारिंशदधिकशतम्। उ. शरमार्गणेन्दवः पञ्चपञ्चाशदधिकशतिमित्यर्थः।।१९।।

अश्विनी नक्षत्र का ८ अंश, भरणी का २१ अंश, कृत्तिका का ३८, रोहिणी का ४९, मृगशीर्ष का ६२, आर्द्रा का ६६, पुनर्वसु का ९४, पुष्य का १०६, आश्लेषा का १०७, मघा का १२९, पूर्वाफल्गुनि का १४८ तथा उत्तराफल्गुनि का १५५ ध्रुवकांश होता है।।१९।।

खात्यष्टयो रामभुजङ्गमेन्दवोऽ-
ह्यङ्केन्दवो लोचनभूमिबाहवः।
जिनाश्विनो व्योमहुताशनाश्विनो-
द्व्यब्ध्याश्विनो मार्गणमार्गणाश्विनः।।२०।।

ह. खात्यष्टयः सप्तत्यधिकशतम्। चि. रामभुजङ्गमेन्दवः त्र्यशीत्यधिकशतम्। स्वा. अह्यङ्केन्दवः अष्टनवत्यधिकशतम्। वि. लोचनभूमिबाहवः द्वादशाधिकद्विशतम्। अ. जिनाश्विनः चतुर्विंशत्यधिकद्विशतम्। ज्ये. व्योमहुताशनाश्विनः त्रिंशदधिकशतद्वयम्। मू. द्व्यब्ध्याश्विनः द्विचत्वारिंशदधिकशतद्वयम्। पू. मार्गणमार्गणाश्विनः पञ्चपञ्चाशदधिकशतद्वयम्।।२०।।

हस्त का १७०, चित्रा का १८३, स्वाती का १९८, विशाखा का २१२, अनुराधा का २२४, ज्येष्ठा का २३०, मूल का २४२, पूर्वाषाढ़ा का २५५ ध्रुवांश होता है।।२०।।

धराङ्गदस्त्राश्च युगाङ्गलोचनाः
शराद्रिदोषोम्बरसिन्धुराश्विनः।
नभोरदा तत्त्वगुणा नगामराः
खमादिभाद्ध्रुवकांशकाः क्रमात्।।२१।।

उ. धराङ्गदस्राः एकषष्ट्यधिकशतद्वयम्। अभि. युगाङ्गलोचनाः चतुःषष्ठ्यधिकशतद्वयम्। श्र. शराद्रिदोषःपञ्चसप्तत्यधिकशतद्वयम्। ध. अम्बरसिन्धुराश्विनः अशीत्यधिकशतद्वयम्। श. नभोरदाः विंशत्यधिकशतत्रयम्। पू. तत्त्वगुणाः पञ्चविंशत्यधिकशतत्रयम्।। उ. नगामराः सप्तत्रिंशदधिकशतत्रयम्। रे. खं शून्यमिति ध्रुवांशकाः।२१॥

उत्तराषाढा का २६१, अभिजित् का २६४, श्रवण का २७५, धनिष्ठा का २८०, शतभिष का ३२०, पूर्वाभाद्रपदा का ३२५, उत्तराषाढा का ३३७ तथा रेवती का ० शून्य आदिनक्षत्र (अश्विनी) से ध्रुवांश होता है।।२१।।

विशेष— अश्विनी नक्षत्र के आदि विन्दु से नक्षत्र की योगतारा पर्यन्त कलात्मक अन्तर उस नक्षत्र का ध्रुवा कहलाता है। क्रान्तिवृत्त में जो नक्षत्रों के २७ विभाग किये गये हैं, वे सभी समान ८०० कला तुल्य हैं। परन्तु एक नक्षत्र के अन्तर्गत रहने वाले तारे क्रान्ति वृत्त से उत्तर तथा दक्षिण दिशा में कुछ दूरी तक होते हैं। प्रत्येक नक्षत्र के आरम्भ बिन्दु से योगतारा पर्यन्त कलात्मक अन्तर नक्षत्र की योगकला कहलाता है।।२१।।

नक्षत्राणां शरांशाः—

सौम्या दिशोर्का विशिखाश्च दक्षिणाः
शिलीमुखा व्योमधराः कपालिनः।
उदग्रसाः पत्ररथायनं ततो
हरेर्दिशं वारिधिचीवराधराः।।२२।।

अथ भसायकलवानाह काव्यत्रयेण—सौम्येति। सदा उडुनोश्विन्यादेर्नक्षत्रस्य अमी स्फुटाः बाणलवाः स्वाऽपमयोगतारयोः निजक्रान्तियोगतारयोरन्तरे विचाले स्युरित्यन्वयः। अग्रे ते कथ्यन्ते। सौम्या उत्तरादिग्। अ. दिशो दश बाणलवाः एवं भ. अर्काः द्वादश। कृ. विशिखाः बाणाः पञ्च रो. दक्षिणा दक्षिणादिग्गाः शिलीमुखाः पञ्च। मृ. व्योमधराः दश। आ. कपालिनः एकादश। पु. उदग् उत्तरदिग्गा। रसाः षट्। पु. पत्ररथानां पक्षिणामयनं मार्गो व्योम शून्यम्। आ. हरेर्यमस्य दिशं दक्षिणं यथा स्यात्तथा वारिधिचीवराधरा वारीणि धीयन्तेऽस्मिन्निति वारिधिः समुद्रः स एव चीवरं वस्त्रं यस्याः सा वारिधिचीवरा भूः तां धरन्तीति वारिधिचीवराधराः पर्वता भूधराः सप्त।।२२॥

अश्विन्यादि नक्षत्रों के उत्तर एवं दक्षिण दिशाओं में शरांश इस प्रकार हैं— उत्तर दिशा में अश्विनी का शर दस अंश, भरणी का बारह अंश, कृत्तिका का पाँच अंश, दक्षिण दिशा में रोहिणी का पाँच अंश, मृगशिरा का दस अंश, आर्द्रा का ग्यारह अंश, पुनः उत्तरदिशा में पुनर्वसु का छः अंश, पुष्य का शून्य अंश, दक्षिण दिशा में आश्लेषा का (समुद्र रूपी वस्त्र धारण करने वाली पृथ्वी को धारण करने वाले भूधर अर्थात्) सात अंश शर होता है।

विशेष— अपने-अपने ध्रुवस्थान से नक्षत्र की योगतारा पर्यन्त (अंशात्मक) दक्षिणोत्तर अन्तर शर कहलाता है।।२२।।

सौम्याः खमर्काश्च धनञ्जयेन्दवो-
ऽपागीश्वरा द्वावुदगद्रिवह्नयः।
याम्या धरा द्वौ दहना भुजङ्गमाः
शिलीमुखाः पञ्चलवाः क्रमादतः।।२३।।

म. सौम्या उत्तरदिग्गाः खं शून्यम्। पू. अर्काः द्वादश उ. धनञ्जयेन्दवोऽग्नि-चन्द्रास्त्रयोदश। ह. अपाग् दक्षिणदिग्गाः ईश्वरा एकादश। चि. द्वौ। स्वा. उदग् उत्तरदिग्गा अद्रिवह्नयः सप्तत्रिंशत्। वि. याम्या दक्षिणगा धरा एकः अ. द्वौ। ज्ये. दहनास्त्रयः मू. भुजङ्गमा अष्टौ। पू. शिलीमुखाः पञ्च। उ. पञ्चलवाः क्रमादतः।।२३।।

उत्तर दिशा में मघा का शून्य शर होता है। पू.फ. का बारह अंश, उ.फ. का तेरह अंश, दक्षिण दिशा में हस्त का ग्यारह अंश, चित्रा का दो अंश तथा उत्तर दिशा में स्वाती का सैंतिस अंश, पुनःदक्षिण दिशा में विशाखा का एक अंश, अनुराधा का दो अंश, ज्येष्ठा का तीन अंश, मूल का आठ अंश, पू.षा. का पाँच अंश तथा उ.षा. का ५ अंश शर होता है।।२३।।

सौम्या द्वितर्काः खगुणा रसाग्नयः
खमागमाक्षीणि नगाश्विनो नभः
स्युरन्तरे स्वापमयोगतारयो-
रमीस्फुटा बाणलवाः सदोडुनः।।२४।।

अ. सौम्या उत्तरगा द्वितर्काः द्विषष्ठिः। श्र. खगुणास्त्रिंशत्। ध. रसाग्नयः षट्त्रिंशत्। श. खशून्यं। पू. आगमाक्षीणि चतुर्विंशतिः।। उ. नगाश्विनः सप्तविशतिः रे. नभः शून्य इति बाणलवाः।।२४।।

उत्तर दिशा में अभिजित् का शर ६२ अंश, श्रवण का तीस अंश, धनिष्ठा का छत्तीस अंश, शतभिष का शून्य अंश, पूर्वा भाद्रपदा का चौबीस अंश, उत्तरा भाद्रपदा का सत्ताइस अंश तथा रेवती का शर शून्य अंश होता है। सभी नक्षत्रों के अपने-अपने अपम स्थान (ध्रुवस्थान) से योगतारा पर्यन्त ये ही अन्तर सदैव तत्तद् नक्षत्रों के स्पष्ट अंशात्मक शर होते हैं।।२४।।

नक्षत्रों की तारासंख्या स्वरूपादि बोधक-चक्र

नक्षत्र	तारा संख्या	नक्षत्र का स्वरूप	योग तारों की दिशा	ध्रुवांश	शरांश	शर की दिशा
अश्विनी	३	अश्वमुख	उत्तर	८	१०	उत्तर
भरणी	३	योनि	दक्षिण	२१	१२	उत्तर
कृत्तिका	६	क्षुर	दक्षिण	३८	५	उत्तर
रोहिणी	५	शकट	प० उत्तर	४९	५	दक्षिण
मृगशिरा	३	मृग	उत्तर	६२	१०	दक्षिण
आर्द्रा	१	मणि	स्वस्थान	६६	११	दक्षिण
पुनर्वसु	४	गृह	पूर्व	९४	६	उत्तर
पुष्य	३	बाण	मध्य	१०६	०	उत्तर
आश्लेषा	५	रथचक्र	पूर्व	१०७	७	दक्षिण
मघा	५	शाला	दक्षिण	१२९	०	उत्तर
पू. फल्गुनी	२	चारपाई	उत्तर	१४८	१२	उत्तर
उ. फल्गुनी	२	शय्या	उत्तर	१५५	१३	उत्तर
हस्त	५	हाथ	प. उत्तर	१७०	११	दक्षिण
चित्रा	१	मोती	स्वस्थान	१८३	२	दक्षिण
स्वाती	१	मूँगा	स्वस्थान	१९८	३७	उत्तर
विशाखा	४	तोरण	उत्तर	२१२	१	दक्षिण
अनुराधा	४	मणि	मध्य	२२४	२	दक्षिण
ज्येष्ठा	३	कुण्डल	मध्य	२३०	३	दक्षिण
मूल	११	उछलता सिंह	पूर्व	२४२	८	दक्षिण
पू. षाढ़	४	चारपाई	उत्तर	२५५	५	दक्षिण
उ. षाढ़	३	हस्ती	उत्तर	२६१	५	दक्षिण
अभिजित्		शृङ्गाटक	स्वस्थान	२६४	६२	उत्तर
श्रवण	३	चरण	मध्य	२७५	३०	उत्तर
धनिष्ठा	४	मृदंग	पश्चिम	२८०	३६	उत्तर
शतभिष	१००	रथचक्र	स्वस्थान	३२०	०	उत्तर
पू. भाद्रपदा	२	यमल वृक्ष	उत्तर	३२५	२४	उत्तर
उ. भाद्रपदा	२	चारपाई	उत्तर	३३७	२७	उत्तर
रेवती	३२	मृदङ्ग	दक्षिण	०	०	उत्तर

भिन्नमण्डले नक्षत्रोत्पातः—

स्फुटो यदा राशिमुखो नभश्चरः
सेषुस्तदा भध्रुवकेण सेषुणा।
तज्ज्योतिषः स्याद्विभिनत्ति मण्डलं
समः सभोत्पातमुशन्ति कोविदाः।।२५।।

अथ भिन्नमण्डले नक्षत्रोत्पातमाह— स्फुट इति। यदा राशिप्रमुखः राशिमुखः स्फुटः स्पष्टः सेषु सह इषुणा शरेण वर्तमानो यः स एवंविधो नभश्चरो ग्रहः सेषुणा शरसहितेन भध्रुवकेण समः सदृशः स्यात्तदा स ग्रहः तज्ज्योतिषस्तदेव ज्योतिस्तज्ज्योतिस्तस्य नक्षत्रस्य मण्डलं भिनत्ति कोविदाः पण्डितास्तद्भोत्पातं नक्षत्रोत्पातमुशन्ति कथयन्तीत्यर्थः॥२५॥

अपने शर सहित स्पष्ट राश्यादि ग्रह यदि किसी नक्षत्र के शर सहित ध्रुवा के तुल्य हो तो वह ज्योतिष्पिण्ड (ग्रह) उस नक्षत्रमण्डल का भेदन करता है। इसे विद्वान् लोगों ने नक्षत्रों का उत्पात बतलाया है।।२५।।

समागमः—

समागमोंऽशान्तरसंस्थयोर्भवेन्मिथांशुयोगे च परस्परं तयोः।
तद्गोविमर्दे मृधमर्कसंयुता उल्लेखनं भेदयुतिर्विभेदः।।२६।।

अथ ग्रहनक्षत्रसङ्गमाधिकारमाह— समेति। अंशान्तरसंस्थयोर्ध्रुवकान्तरस्थितयोस्त-योगग्रहनक्षत्रयोर्मिथः परस्परमंशुयोगे किरणयोगे सति समागमः संगमो भवेत्। च पुनः परस्परं तद्गोविमर्दे तयोर्ग्रहनक्षत्रयोर्गावः किरणास्तेषां विमर्दो व्यालोडनं तस्मिन् सति मृधं युद्धं भवेत्। पुनरर्कसंयुतौ नक्षत्रसूर्ययोर्युतौ संयोगे उल्लेखनं भवेत्। तयोर्विभेदतो भेदयुतिर्भवेत्॥२६॥

ग्रह और नक्षत्रों की राशियाँ तुल्य हों और अंशों में अन्तर हो तो परस्पर किरणों के योग से दोनों का समागम होता है। यदि ग्रह नक्षत्रों की किरणों का परस्पर संघर्ष हो तो युद्ध, सूर्य से ग्रहनक्षत्रों का योग हो तो उल्लेखन तथा परस्पर विभेद होने से भेदयुति संज्ञा होती है।।२६।।

दूषितनक्षत्राणि—

खगोडुनोर्वा खगयोर्द्वयोर्यद्विभेदयोगाश्रितमृक्षमर्हम्।
नामासषट्कं शुभमङ्गले स्यादुल्लेखनाभ्यागमगं समाङ्घ्रिम्।।२७।।

अथ तद्गतं भं दूषयति— खगेति। खगोडुनोर्ग्रहनक्षत्रयोर्वाथ खगयोर्ग्रहयोर्द्वयोर्विभेद-योगाश्रितं यदृक्षं तदृक्षं शुभमङ्गले आमासषट्कं षण्मासपर्यन्तमर्हं योग्यं न स्यात्। पुनस्तदृक्षमुल्लेखनाभ्यागमगं उल्लेखनगतं युद्धगतं च समाङ्घ्रिसमायाः वर्षस्याङ्घ्रिश्च-तुर्थांशस्तत् पर्यन्तं मासत्रयं शुभकार्येऽर्हं न स्यात्। अभ्यागमः समरेन्तिके "पाते रोधेभ्युपागमे" इतिहैमः। समाङ्घ्रिमिति कालाध्वनोर्नैरन्तर्ये द्वितीया॥२७॥

ग्रह नक्षत्रों अथवा ग्रहों में परस्पर विभेद हो तो उनसे आश्रित नक्षत्र दूषित होते हैं। उन्हें छः मासों तक, उल्लेखन और युद्धाश्रित नक्षत्रों को वर्ष के चतुर्थांश अर्थात् ३ मास तक शुभ एवं माङ्गलिक कार्यों में वर्जित किया गया है।।२७।।

परस्परस्थं च तयोरनादृतं मासद्वयं यावदुडुद्वयं तथा।
मासोरशेषासुसमागमस्थितं क्रियासु मासं यदसाध्वधिष्ठितम्।।२८।।

परस्परस्थमिति तयोर्ग्रहनक्षत्रयो: परस्परस्थं यदुडु बुधैस्तदुडु मासद्वयं यावदनादृतं न अङ्गीकृतं न कासु अशेषासु क्रियासु एवं तथा समागमस्थितं नक्षत्रं मासोर्मासयोर्द्वयम्। तथा साध्वधिष्ठितं क्रूरग्रहाश्रितं नक्षत्रं मासमिति शेषं योज्यम्॥२८॥

दो ग्रहों में परस्पर किरण साम्य होने पर उन ग्रहों के आश्रित दोनों नक्षत्रों का सभी प्रकार के शुभ कार्यों में निषेध किया गया है। समागम की अवस्था में भी दोनों नक्षत्रों का त्याग दो मास पर्यन्त तथा क्रूरग्रहाश्रित नक्षत्रों का त्याग एक मास पर्यन्त करना चाहिये।।२८।।

क्रान्तिसाम्यदोषः—

स्यातां समावर्कविभावरीशयोर्भसोमयोर्वार्कभयोरपक्रमौ।
स्फुटौ तदायं क्रमसाम्यसंज्ञकं पर्वोदितं यद्यथ पुण्यसिद्धिदम्।।२९।।

अथ क्रान्तिसाम्यमाह—स्यातामिति। यदि चेत् अर्कविभावरीशयो: सूर्यचन्द्रयोरथवा असोमयोर्वाऽर्कभयोर्वा स्फुटौ समावपक्रमौ स्यातां तदा बुधैरपक्रमसाम्यसंज्ञिकं क्रान्तिसाम्यनामकं पर्व उदितं कथितम्। किंविशिष्टम्। पुण्येन दानधर्म्मेण सिद्धिदं पुण्यसिद्धिदम्॥२९॥

सूर्य और चन्द्रमा की, नक्षत्र और चन्द्रमा की अथवा नक्षत्र और सूर्य की क्रान्तियाँ यदि सम हो जाय तो क्रान्ति साम्य नामक दोष होता है। इसमें पर्वकालोक्त (दान, धर्म आदि) कार्य सिद्ध होते हैं।।२९।।

विशेष— जन साधारण को क्रान्तिसाम्य का सरलता पूर्वक बोध कराने के लिये मुहूर्तचिन्तामणि (६/६१) में राशियों द्वारा क्रान्तिसाम्य दोष बतलाया गया है। यथा- मेष-सिंह, वृष-मकर, मिथुन-धनु, कर्क-वृश्चिक, कन्या-मीन, तुला-कुम्भ इन दो दो राशियों में से एक में चन्द्र तथा दूसरी में सूर्य हो तो क्रान्तिसाम्य दोष होता है। इसे महापात दोष भी कहते हैं। (यथा— यदि मेष में सूर्य तथा सिंह में चन्द्रमा अथवा सिंह में सूर्य तथा मेष में चन्द्रमा हो तो क्रान्तिसाम्य होगा। इसी प्रकार अन्यत्र भी समझें)।

क्रान्तिचक्रम्—

ऐन्द्रे त्रिभागे च गते भवेत्तयोः शेषे ध्रुवेऽपक्रमसाम्यसम्भवः।
यद्येकरेखास्थितभेशचण्डगू स्यातां तदापक्रमचक्रवालके।।३०।।

अथेन्द्रवंशया क्रान्तिचक्रमाह— ऐन्द्र इति। यद्येकरेखेति। एकरेखायां स्थितौ च तौ भेशचण्डगू च तौ चन्द्रसूर्यौ स्यातां तदाऽपक्रमचक्रवालके क्रान्तिचक्रे तयोश्चन्द्रार्कयोरपक्रमसाम्यसम्भवः क्रान्तिसाम्यसम्भवः स्यात्। कस्मिन्सति ऐन्द्रे योगे त्रिभागे गते विंशतिघटीत इत्यर्थः। च पुनर्ध्रुवे योगे शेषे त्रिभागे गते चत्वारिंशद्घटीत उपरि इत्यर्थः॥३०॥

ऐन्द्र योग के तृतीयांश अर्थात् २० घटी बीतने पर तथा ध्रुवयोग के त्रिभाग (२० घटी) शेष रहने पर यदि सूर्य और चन्द्रमा की स्थिति क्रान्ति चक्र में एक रेखा में हो तो दोनों का क्रान्तिसाम्य होता है।।३०।।

क्रान्तिसाम्यचक्रम्—

याम्योत्तराःप्रागपराश्च तिस्रो रेखा लिखेदिन्द्रदिशोपमाख्यम्।
मध्यात्पयोनीडमुखं भचक्रं चक्रं त्विदं ज्योतिषिकैरिहोक्तम्।।३१।।

अथेन्द्रवज्रया तच्चक्रमाह— याम्य इति। सुधा याम्योत्तरा प्रागपराश्च तिस्रो रेखा लिखेत्। पुनरिन्द्रदिशः पूर्वदिग्मध्यात् भचक्रं राशिमण्डलं लिखेत्। किम्भूतं भचक्रम्। पयसि जले नीडं स्थानं यस्य स पयोनीडो मीनराशिः स मुखम् आदिर्यस्य तदिति। ज्योतिषिकैरिहेदं चक्रमपक्रमाख्यं क्रान्तिसाम्यनामकमुक्तम्। 'भ नक्षत्रे मेषादी' इति महीपः। 'नीडं स्थाने खगालये' इति हैमः॥३१॥

उत्तर से दक्षिण तथा पूर्व से पश्चिम तीन-तीन रेखा खींचे। पूर्व दिशा में मध्य रेखाग्र बिन्दु पर मीन राशि लिखकर पूर्वादि क्रम से मेषादि अन्य राशियों का स्थापन करने से ज्योतिषियों द्वारा कहा गया क्रान्ति चक्र (क्रान्तिसाम्य चक्र) होता है।।३१।।

यथा—

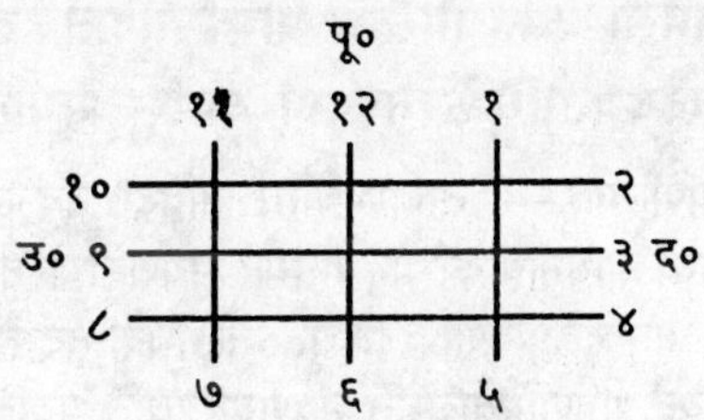

क्रान्तिसाम्यफलम्—

निस्त्रिंशकुन्ताहतमस्ति रक्षितुं नरं च घातानलदग्धविग्रहम्।
तथा निमग्नं न सरस्वति क्षमः कृतेन सोमापमसाम्यमङ्गलम्।।३२।।

अथोपजात्ययास्य दुष्टफलमाह— निस्त्रिंशेति। धाता ब्रह्मा निस्त्रिंशकुन्ताहतं तीक्ष्णभल्लताडितं तथाऽनलदग्धविग्रहं वह्निज्वलितदेहं तथा सरस्वति समुद्रे निमग्नं

तं एवंविधं नरं रक्षितुं रक्षणाय क्षम: समर्थोऽस्ति न पुन: कृतेन सोमापमसाम्यमङ्गलं इनसोमयो: सूर्यचन्द्रयोरपमसाम्यं क्रान्तिसाम्यं कृतं विहितं इनसोमापमसाम्ये मङ्गलं येन स: तं नरमित्यर्थ:॥३२॥

तीक्ष्ण धारवाले भाले से आहत, अग्नि में जले शरीरवाले एवं समुद्र में डूबे हुए मनुष्य की रक्षा करने में ब्रह्मा समर्थ हो सकते हैं। परन्तु सूर्य और चन्द्रमा के क्रान्तिसाम्यजन्य दोष में किये गये मङ्गल कार्य की रक्षा करने में ब्रह्मा भी समर्थ नहीं हैं।।३२।।

पतेदसौ चापमसाम्यजन्मा श्रेयोजनान्पातशकुन्तिरुर्वीम्।
विशालचक्रप्रतिमो यथैवं नेतुं नवाभ्राल्यचिरांशुपात:।।३३।।

अथास्यैव पक्षिरूपतामाह— पतेदिति। वेतिपूर्वार्थात्पक्षान्तरेऽसौ अपमसाम्यजन्मा क्रान्तिसाम्यसञ्जात: पातशकुन्ति: पातलक्षण:पक्षी उर्वी भूमिं पतेत्। किंकर्तुं श्रेयोजनान् मङ्गलाश्रितनरान् नेतुं गृहीतुमेव। निश्चयेन किंविशिष्टोऽसौ विशालं विस्तीर्णं चक्रमायुध-विशेषस्तत्सदृश:। दृष्टान्तेन दृढयति। यथा नवाभ्राल्यचिरांशुपात: नवानामभ्राणां मेघानामालि: श्रेणिस्तस्यामचिरांशुरचिरप्रभा तडित् तस्या: पात इव सोप्येवंविध:। 'चलाशम्पाऽचिरप्रभा' इतिहैम:॥३३॥

सूर्य और चन्द्रमा के क्रान्तिसाम्य दोष में श्रेय की अभिलाषा से शुभकार्य करने वाले को ले जाने के लिए पात-पक्षी विशाल चक्र की तरह पृथ्वी पर उसी प्रकार उतरता है जैसे नवीन मेघमाला में बिजली। अर्थात् क्रान्तिसाम्य में किया हुआ शुभ कार्य नष्ट हो जाता है।।३३।।

क्रान्तिसाम्यदोषपरिहार:—

तत्सम्भवेऽपक्रमसाम्यमेतयोरितेथ साध्यं गणितेन तद्विदा।
तदन्तरे मानदलैक्यतोधिके तद्दूषणं कर्मसु भूषणायते।।३४।।

अथ क्रान्तिगणितमाह— तत्सम्भवेति। तद्विदा दैवज्ञेन गणितेन गणित-मार्गेणापक्रमसाम्यं साध्यं साधनीयं कस्मिन् एतयो: सूर्यचन्द्रयोस्तत्सम्भवे क्रान्तिसम्भवे इते प्राप्ते सति। अथ मानं दृढ़प्रमाणार्द्धे किंभूतेऽतोऽधिके तदन्तरे यद्दूषणं तद्दूषणं कर्मसु कार्येषु भूषणायते भूषणमिवाचरति भूषणवदग्रवर्ति भवति॥३४॥

सूर्य और चन्द्रमा के क्रान्तिसाम्य सम्भव होने पर दैवज्ञ को गणित द्वारा इसका साधन करना चाहिए। इन दोनों का अन्तर मानदलैक्य से अधिक हो तो वह (क्रान्तिसाम्य) दूषण न होकर भूषण हो जाता है।।३४।।

गण्डान्तयोग:—

ज्ञेयं झषाऽव्योश्च घटीचतुष्टयं षडङ्घ्रिबाणासनसोर्यदन्तरे।
जम्बालनीडेभजिघांसुसंज्ञयोर्गण्डान्तमार्यैरपि मङ्गलाहितम्।।३५।।

गण्डान्तयोगमाह—ज्ञेयमिति। झषाव्योर्मीनमेषयोरन्तरे विचाले यत् घटीचतुष्टयं एवं षडङ्घ्रिबाणासनयोः षड् अङ्घ्रयश्चरणा यस्य षडङ्घ्रिर्भ्रमरो बाणस्य शरस्य असनं बाणासनं धनुस्तयोर्वृश्चिकधनुषोश्च पुनर्जम्बाले पङ्के नीडं स्थानं यस्य स कीटः। इभजिघांसुर्गजरिपुः इतत्संज्ञयोः कर्कसिंहयोरार्यैराचार्यैस्तद्घटीचतुष्टयं गण्डान्तं नाम ज्ञेयम्। किंविशिष्टं गण्डान्तं मङ्गलाहितं शुभकार्येऽनिष्टमपि निश्चितम्। 'वैर्यहितो जिघांसुः' इतिहैमः॥३५॥

मीन और मेष, षडंघ्रि (वृश्चिक) और धनु, जम्बालनीड (कर्क) और सिंह राशियों के बीच ४-४ घटी तुल्य गण्डान्त योग होता है, जो मङ्गल कार्यो के लिए अहितकर होता है।।३५।।

दिवौकसोः संयुतिरिन्दुहंसयोः
क्रान्त्योर्यदि स्यात्खलु वा समानता।
गण्डान्तके मङ्गलमिन्द्रयामयो-
र्युगं न यावद्विबुधैस्तदादृतम्।।३६।।

दिवौकेति। खलु निश्चितं यदि दिवौकसोर्ग्रहयोः संयुतिः वाथवा इन्दुहंसयोश्चन्द्रसूर्ययोः क्रान्त्योः समानता स्यात्तदा विबुधैर्गणकैः इन्द्रयामयोः सुरपतेः प्रहरयोर्युगं मासत्रयमितं यावन्मङ्गलं नादृतं नाङ्गीकृतमित्यर्थः॥३६॥

आकाशचारी (ग्रहों) की परस्पर युति, सूर्य और चन्द्रमा की क्रान्तियों की समानता तथा राशियों के गण्डान्त को इन्द्र के दो प्रहर (हमारे तीन मास) तक शुभ कार्यों में विद्वानों ने प्रशस्त नहीं माना है।।३६।।

सन्धिगतदिनानि—

समायनर्तुमासानां सन्धयोर्वासराः क्रमात्।
गजाब्धिद्विधरातुल्याः पुण्या मङ्गलगर्हिताः।।३७।।

अथ सन्धिगतदिनान्याह—समेति समा वर्षम् अयनं ऋतुः मासः एषां द्वन्द्वः एषां सन्धयोः सन्धानयोर्गजाश्विद्विधरतुल्याः क्रमाद्वासराः स्युः॥ कोऽर्थः। वर्षसन्धयो फाल्गुनकृष्णद्वादशीमारभ्य चैत्रशुक्लचतुर्थ्यन्तमष्टौ वासराः। एवमयनसंधयश्चत्वारः। ऋतुसन्धिरेकः। माससन्धिरेकः। किंविशिष्टाः पुण्याः दानधर्मयोग्याः। पुनःकिंविशिष्टाः मङ्गलगर्हिताः स्पष्टम्॥३७॥

वर्ष की सन्धि आठ दिनों तक अर्थात् फाल्गुन कृष्ण द्वादशी से चैत्र शुक्ल चतुर्थी तक होती है। अयन की सन्धि (कर्क और मकर संक्रान्तियों के पूर्व एवं पश्चात्) चार दिनों तक, ऋतुओं की सन्धि दो दिनों तक तथा मासों की सन्धि एक दिन तक होती है। ये सन्धिगत दिन मङ्गल कार्यों में निन्दित हैं।।३७।।

अर्धोदयपर्वम्—

सहस्यतपसोर्मासोरमाह्वयंशुमतो यदा।
सपातमार्यभा पर्व ज्ञेयमर्द्धोदयाह्वयम्।।३८।।

अथऽर्द्धोदयाभिधं पर्वाह—सहस्येति यदा अंशुमतः सूर्यस्याह्नि दिने सहस्यतपसोः पौषमाघयोर्मासोरमावासी स्यात्। किंविशिष्टा अमा सपातमार्यभा पातो व्यतीपातः सामा सत्यभामावत् मालक्ष्मीस्तस्या अर्यः स्वामी विष्णुस्तस्य भं श्रवणं ताभ्यां सहवर्तमाना सपातमार्यभा तदा बुधैरर्द्धोदयाह्वयं पर्वं ज्ञेयमित्यर्थः।।३८।।

पौष और माघ मास की अमावस्या यदि रविवार को हो तथा उसी दिन व्यतिपात योग तथा श्रवण नक्षत्र भी हो तो अर्द्धोदय नामक योग होता है।।३८।।

पद्मकपर्वम्—

पद्मकं पूर्णमासी स्यात्सपातेनेज्यवासरा।
मधुमाधवयोः पर्वं यदा सेन्द्राग्निभा तदा।।३९।।

अथ पद्मकं पर्वाह—पद्मेति। यदा मधुमाधवयोश्चैत्रवैशाखयोः पूर्णमासी स्यात्। किंलक्षणा पूर्णमासी सेन्द्राग्निभा विशाखानक्षत्रयुक्ता। पुनः किंभूता। सपातेनेज्यवासरा पातो व्यतीपातः इनः सूर्यः ईज्यो गुरुः एषां वासरैः सह वर्तमाना सपातेनेज्यवासरा तदा पद्मकं नाम पर्व स्यात्।।३९।।

चैत्र और वैशाख मास की पूर्णिमा रविवार या बृहस्पतिवार को हो तथा व्यतिपात नामक योग एवं विशाखा नक्षत्र से युक्त हो तो पद्मक नामक पर्व होता है।।३९।।

कपिलाषष्ठी—

नभस्यापरपक्षस्य षष्ठि सारा शयस्थिते।
व्यतीपातायुता चेने सकर्क्षा कपिलाह्वया।।४०।।

अथ कपिलाषष्ठीमाह—नभस्येति। नभस्यस्य भाद्रपदस्याऽपरपक्षस्था कृष्णपक्षस्था षष्ठी तिथिःकपिलाह्वया स्यात्। किंलक्षणा षष्ठी सह आरेण भौमेन वर्तते सारा। पुनः किम्भूता व्यतीपातयुता। च पुनः किम्भूता को ब्रह्मा तस्य ऋक्षेण रोहिणीनक्षत्रेण सह वर्तते या सा सकर्क्षा कस्मिन् सति। इने सूर्ये शयस्थिते हस्तनक्षत्रस्थिते।।४०।।

जब सूर्य हस्त नक्षत्र में हो, उस समय भाद्रपदमास के कृष्णपक्ष की षष्ठी भौमवार को हो तथा रोहिणी नक्षत्र एवं व्यतिपात योग से युक्त हो तो उसे कपिला षष्ठी कहते हैं।।४०।।

अष्टाकाष्टमी—

अष्टम्यश्चाष्टका ज्ञेया मङ्गलेऽनिष्टदा बुधैः।
सहस्तपःसहस्यानां नभस्यस्यासितप्रभाः।।४१।।

अष्टकाष्टमीमाह– अष्टेति। बुधैः सह मार्गशीर्षः तपः माघः सहस्यः पौषः एषां द्वन्द्वः एषां नभस्यस्य भाद्रपदस्य चाऽसितप्रभाः कृष्णपक्षान्विता अष्टम्योऽष्टकाभिधा मङ्गले विवाहादौ नेष्टदा ज्ञेयाः॥४१॥

मार्गशीर्ष, माघ, पौष तथा भाद्रपद मासों के कृष्णपक्ष की अष्टमी तिथि 'अष्टका' कही जाती है। यह विवाहादि मङ्गल कार्यों में अनिष्टकारी होती है।।४१।।

द्विसप्तति श्राद्धकालः—

अमायुगादिमन्वादिपक्षसंक्रान्त्यनन्तिकाः।
क्षयाहर्तनवान्नानि चेयं श्राद्धद्विसप्ततिः।।४२।।

अथ द्विसप्ततिश्राद्धान्याह—अमेति। इयं श्राद्धानां द्विसप्ततिर्भवति सा कथ्यते। अमाः अमावस्याः द्वादशश्राद्धानि। एवं युगादयस्तिथयश्चत्वारि। मन्वादयस्तिथयश्चतुर्दश। पक्षः श्राद्धपक्षः क्षये तिथौ तदा प्रतिपदा सह षोडश श्राद्धानि। संक्रान्तयो द्वादश। अनन्तिकास्तिथयश्चत्वारि। क्षयाहः मातरपितरयोर्मृत्युदिनं द्वे ऋतवः षट्नवान्ने द्वे॥४२॥

अमावास्या (१२ महीनों की १२ अमावास्या) के बारह श्राद्ध, युगादि की चार तिथियों (कार्तिक शुक्ल ९, अक्षय तृतीया, माघकृष्ण ३०, भा० प० कृ० १३) के चार, मन्वादि तिथियों के १४, पक्ष (आश्विन कृष्णपक्ष) के १६, बारह संक्रान्तियों के दिन १२, अनन्तिका (आगे श्लो० ४८ देखें) तिथियों के ४, क्षय दिन (माता-पिता के मृत्यु दिन) के २, षड्ऋतुओं के ६ तथा नवान्न के समय २ श्राद्ध होते हैं। ये मिलकर सभी (१२+४+१४+१६+१२+४+२+६+२=) ७२ श्राद्ध दिन होते हैं।।४२।।

युगादितिथयः—

नवम्यूर्जे तृतीयाद्या माधवेमी युगादयः।
पञ्चदश्यसिता माघे नभस्ये स्युस्त्रयोदशी।।४३।।

अथ युगादितिथीनाह–नवेति। ऊर्जे कार्तिके आद्या शुक्ला नवमी। माधवे वैशाखेऽक्षय्यतृतीया। माघेऽसिता कृष्णा पञ्चदशी अमावासी। नभस्ये भाद्रपदे त्रयोदशी कृष्णायुगादयोऽमी चत्वारस्तिथयः स्युः॥४३॥

कार्तिक मास के शुक्ल पक्ष की नवमी, वैशाख शुक्ल तृतीया, माघ कृष्ण अमावास्या, भाद्रपद कृष्ण त्रयोदशी ये चारों तिथियाँ "युगादि" संज्ञक है।।४३।।

मन्वादितिथयः—

शुक्लेषे नवमी चोर्जे द्वादशी तृतीया मधौ।
नभस्ये तृतीया प्रोक्तामावास्या नभसि स्मृता।।४४।।

पौष एकादशी कृष्णा दशम्यर्जुनभा शुचौ।
माघे च सप्तमी प्रोक्ता नभस्ये बहुलाष्टमी।।४५।।

आषाढ़ी कार्तिकी शुक्ला पञ्चदश्यथ फाल्गुने।
चैत्री चतुर्दशेति स्युर्ज्येष्ठी मन्वन्तरादयः।।४६।।

अथ मन्वादीनाह— शुक्ल इति। इषे आश्विनमासे शुक्ला नवमी १ च ऊर्जे कार्तिके द्वादशी २ मधौ चैत्रे तृतीया ३ नभस्ये भाद्रपदे तृतीया प्रोक्ता ४ नभसि श्रावणेऽमावस्या ५ स्मृता इत्यर्थः।।४४।।

पौषेति—पौषे एकादशी कृष्णा ६ शुचौ आषाढ़ेऽर्जुनभा शुक्ला दशमी ७ 'वलक्षो-धवलोर्जुनः' इति हैमः। माघे सप्तमी कृष्णा ८ नभस्ये भाद्रपदे बहुलाष्टमीत्यर्थः ९ ।।४५।।

आषाढीति—आषाढ़ी पूर्णिमा १० कार्तिकी पूर्णिमा ११ फाल्गुने शुक्ला पञ्चदशी पूर्णिमा १२ चैत्री पूर्णिमा १३ ज्येष्ठी पूर्णिमा १४ मन्वन्तरादयोऽमी चतुर्दश तिथयः स्युः।।४६।।

आश्विन शुक्ल नवमी, कार्तिक शुक्ल द्वादशी, चैत्र शुक्ल तृतीया, भाद्रपद शुक्ल तृतीया तथा श्रावण कृष्ण अमावस्या, पौषकृष्ण एकादशी, आषाढ़ शुक्ल दशमी (अर्जुनः=शुक्लः) माघ कृष्ण सप्तमी, भाद्रपद कृष्ण अष्टमी (बहुलाष्टमी), आषाढ़ शुक्ल पूर्णिमा, कार्तिक शुक्ल पूर्णिमा, फाल्गुन शुक्ल पूर्णिमा, चैत्र शुक्ल पूर्णिमा तथा ज्येष्ठ शुक्ल पूर्णिमा ये मन्वादि १४ तिथियाँ होती हैं।।४४-४६।।

श्राद्धपक्षः—

राकायाः पञ्चमे पक्षे शुचेः श्राद्धानि षोडश।
स्यादेष्वध्वरतुल्यानि पितृणां दत्तमक्षयम्।।४७।।

अथ पक्षश्राद्धान्याह—राकेति। शुचेराषाढस्य राकायाः पूर्णिमायाः सकाशात् पञ्चमे पक्षे कोऽर्थो भाद्रपदस्य पूर्णिमात आरभ्य षोडशश्राद्धानि अध्वरतुल्यानि यज्ञतुल्यानि स्युः। एषु श्राद्धेषु पितृणां पूर्वजानां दत्तमक्षयं स्यात्।।४७।।

आषाढ़ शुक्ल पूर्णिमा से पाँचवें पक्ष (आश्विन कृष्ण पक्ष) में १६ श्राद्ध पर्व होते हैं। ये यज्ञतुल्य श्राद्ध होते हैं, इनमें पितरों को दिया हुआ (पिण्डदान आदि) अक्षय होता है।।४७।।

अनन्तिकास्तिथयः—

माघोर्जमाधवेषानां पूर्णिमाः स्युस्त्वनन्तिकाः।
वसन्ते शरदि श्राद्धशुभेऽहनि नवान्नके।।४८।।

अथानन्तिकास्तिथीराह–माघेति। माघकार्तिकवैशाखाश्विनमासानां पूर्णिमा अनन्तिकाः स्युः। तु पुनर्वसन्ते शरदि ऋतौ शुभेऽह्नि दिवसे नवान्नके नूतनधान्यनिर्मिते श्राद्धे स्तः।।४८।।

माघ, कार्तिक, वैशाख, आश्विन मासों की पूर्णिमा अनन्तिका संज्ञक हैं, वसन्त और शरद ऋतुओं में शुभदिनों में नवीन अन्न से निर्मित (पिण्ड से) श्राद्ध करना शुभ माना गया है।।४८।।

क्षयाधिमासलक्षणम्—

मध्वादिमासेषु भवन्ति भानोः
संक्रान्तयो मेषमुखाः क्रमात्स्यात्।
मासो विसंक्रान्तिरथाधिमासो
मासो द्विसंक्रान्तिरसौ क्षयाख्यः।।४९।।

अथेन्द्रवज्रया संक्रान्तिन्यूनाधिकमासानाह–मध्वेति। चैत्रादिद्वाशमासेषु भानोर्मेषमुखाः संक्रान्तयः स्युः। क्रमात् यो मासो विसंक्रान्तिः संक्रान्तिरहितः। अथवा द्विसंक्रान्तिः संक्रान्तिद्वयसहितः स्यात्सोऽसौ मासोऽधिमासः क्षयाख्यश्च स्यात्। कोर्थोऽसंक्रान्तिकोमासोऽधिकः। द्विसंक्रान्तिकः क्षयः इत्यर्थः।।४९।।

चैत्रादि बारह मासों में सूर्य की मेषादि बारह संक्रान्तियाँ क्रम से होती हैं। जिस मास में संक्रान्ति नहीं होती है उसे अधिमास तथा जिस मास में दो संक्रान्तियाँ आ जाँय उसे क्षयमास कहते हैं।।४९।।

विशेष— एक राशिपर सूर्य लगभग १ मास तक रहता है। जब सूर्य एक राशि से दूसरी राशि में प्रवेश करता है, उस संक्रमण को संक्रान्ति कहते हैं तथा जितने दिन तक सूर्य एक राशि पर रहता है, उतने दिन के काल को एक सौर मास कहते हैं। एक वर्ष (१२ मासों) में मेषादि १२ राशियों में क्रम से भ्रमण करने पर सूर्य का एक चक्र भ्रमण पूर्ण हो जाता है।

अधिमासकालः—

यदैन्दवो मार्ननु सौरमासाद्भवेद्विसंक्रान्तिरसौ लघीयान्।
स योऽधिमासो रदनैर्दलाढ्यैर्ज्ञेयो विधोर्मास इहांशुमासैः।।५०।।

अथोपजात्या कतिमासैरधिको मास आयाति तदाह–यदेति। ननु निश्चितं यो मासो विसंक्रान्तिरैन्दवो मासश्चान्द्रो मासः सौरमासाल्लघीयानतिशयेन लघुर्भवेत्। इह सोऽसौ विधोर्मासोऽशुमासैः सौरमासैरधिमासो ज्ञेयो बुधैरितिशेषः किंलक्षणैरंशुमासैः रदनैर्दन्तैर्दलाढ्यैरर्द्धयुक्तैः सार्द्धद्वात्रिंशन्मितैरित्यर्थः।।५०।।

जब चान्द्रमास सौर मास से अत्यन्त छोटा हो जाता है तो उस मास में संक्रान्ति नहीं आती और वह मास अधिमास कहलाता है। यह (अधिमास) साढ़े बत्तीस सौर मासों के अनन्तर होता है।।५०।।

क्षयमासकालः—

सौराद्यदा चान्द्रमसो गरीयान्मासो द्विसंक्रान्तिरसौ क्षयाख्यः।
स यस्तदा स्यात् क्षितिवेदरूपैरब्दैर्मितैर्वा क्वचिदङ्कचन्द्रैः।।५१।।

अथ कतिवर्षैः क्षयमास आयाति तदाह—सौरेति। यदा यश्चान्द्रमासः सौरमासान्गरीयानतिशयेन गुरुर्द्विसंक्रान्तिर्भवेत्तदा सोऽसौ मासः क्षयाख्यः स्यात्। कैः

कृत्वा क्षितिवेदरूपैरेकचत्वारिंशदधिकशतेन मितैरब्दैर्वर्षैर्वा क्वचित्कालेऽङ्कचन्द्रैरेकोनविंशत्यामितैर्वा॥५१॥

सौर मास से यदि चान्द्र मास बड़ा हो जाता है तो एक मास में दो संक्रान्तियाँ हो जाती हैं, यही क्षयमास होता है। इस प्रकार की स्थिति १४१ वर्षों में आती है। कभी-कभी १९ वर्षों में भी आ जाती है।।५१।।

क्षयाधिमासयोर्नियमः—

चैत्रादिमासादधिमासकालवानूर्जादिमासत्रयऊनमासकः।
मासोऽन्यथातोक्तिरियं भवेदतो नेत्याह कश्चिन्नियमं न बालिशः।।५२।।

अथेन्द्रवंशयाऽधिकक्षयमासनियममाह—चैत्रेति। चैत्रादिमासादधिमासकालवानधिकमासोऽष्ट एतएवाऽधिका भवन्तीत्यर्थः॥ ऊर्जादिमासत्रयऊनमासकः क्षयाख्यः स्यात् अतएव क्षयतां यान्तीत्यर्थः॥ कश्चिदिति। नियमेन नाह न ब्रूते। इतीति किम्। मासो मासस्येयमुक्तिरन्यथा न भवेन्न। द्वौ नकारौ प्रकृत्यर्थं सूचयतः। अन्यथा भवेदित्यर्थः। अतः कारणात्स बालिशो मूढ़ अथवेयमुक्तिरन्यथा न भवेत्। कश्चिदिति पूर्वोक्तं नियमेनाह। अतः स बालिशो न अपि तु भवेदेवेत्यपि शब्दार्थः॥५२॥

चैत्रादि मासों में अधिक मास वाले मासों की संख्या अधिक तथा कार्तिकादि क्षयमासों की संख्या केवल तीन है, अतः अधिक संख्या वाले अधिमास तथा न्यून संख्या वाले क्षयमास संज्ञक होते हैं। यदि ऐसा न होता तो मूढ़ लोग कहते कि यहाँ (अधिमास और क्षयमास का) कोई नियम नहीं है।।५२।।

क्षयमास व्यवस्था—

त्रिखेन्दुभिर्विक्रमभूपतेर्मिते
शाकेन्वितीह क्षयमासको[1] भवेत्।
अन्यः स्वकालाब्दगणेन हायने-
ऽधिमासयुग्मं क्षयमासवत्यतः।।५३।।

---

१. वस्तुतः क्षयमास की अवधि किसी निश्चित वर्षगण में बाँधी नहीं जा सकती। दृष्टान्त के आधार पर कोई निश्चित व्यवधान दो क्षयमासों के मध्य में लक्षित नहीं होता। अतः "द्विसंक्रान्तिमासः क्षयाख्यः कदाचित्" मात्र यही आधार स्वीकार करना चाहिए। जब कभी भी एक मास में दो संक्रान्ति हों, उसी समय क्षयमास होगा। आचार्य श्रीभास्कराचार्य ने सिद्धान्तशिरोमणि में क्षयाधिमास का विवेचन करने के पश्चात् क्षयमास कब-कब हुये, इसका उल्लेख निम्नलिखित श्लोक में किया है—

गतोऽब्ध्यद्रिनन्दैर्मिते शाककाले तिथीशैर्भविष्यत्यथाङ्गाक्षसूर्यैः।
गजाद्र्यग्निभूमिस्तथा प्रायशोऽयं कुवेदेन्दुवर्षैः क्वचिद्गोकुभिश्च।।

(ग. अ. अ. ७)। अर्थात् ९७४ शकाब्द में क्षयमास हुआ था, अनन्तर १११५, १२५६ तथा १३७८ शकाब्दों में होगा। क्षयमास प्रायः १४१ वर्ष बाद होता है कभी-कभी १९ वर्ष बाद भी सम्भव होता है। सिद्धान्तशिरोमणि की मरीचि टीका में उक्त क्षयमास वाले

अथोपजात्या क्षयमासेऽधिकमासद्वयमाह—त्रिखेति। यथा विक्रमभूपतेस्त्रिखेन्दुभिस्त्र्यधिकशतेन मिते शाके गते सति अत्रैकचत्वारिंशदधिकशतवर्षपरिपूर्णजातत्वात्क्षयमासको जातोऽस्ति। अयं विद्यमानकालिकादासापेक्षया दर्शितदृष्टान्तः प्रोक्तः। तथाऽत उक्तक्षयमासात्तु पुनरग्रे इतिप्रकारेण स्वकालाब्दगणेन निजकालगणनया। कोऽर्थः चत्वारिंशदधिकशतेन मिते हायने वर्षेऽन्यः क्षयमासको भवेत् भविष्यतीत्यर्थः इहाऽस्मिन् क्षयमासवति वर्षेऽधिमासद्वयं स्यात्। यस्मिन्वर्षे क्षयमासः स्यात्तस्मिन्वर्षेऽधिकमासद्वयं निश्चयेन स्यादित्यर्थः। 'गणः प्रथमसंख्ययोः समूहे सैन्यभेदे' इति महीपः।।५३।।

महाराजा विक्रमादित्य के राज्यकाल से १०३ वर्ष बीत जाने के बाद क्षयमास हुआ था। अर्थात् १०३ वर्ष के बाद १४१ वर्ष का क्षयमास चक्र पूर्ण हो गया था। इसके अनन्तर दूसरा क्षयमास कालगणना के आधार पर प्राप्त वर्ष (लगभग १४१ वर्ष के बाद) में होगा। जिस वर्ष में क्षयमास होता है, उस वर्ष में दो अधिमास होते हैं।।५३।।

सौरोऽर्कग्रहणम्—

श्रीसूर्यसिद्धान्तमतोद्भवार्कात्साध्यौ तदा तावधिकक्षयाख्यौ।
मासौ ग्रहज्ञैर्गणितं तथान्यत्साध्यं सदा यद्यपि तद् ग्रहाद्यम्।।५४।।

अथेन्द्रवज्रयानयोः साध्यस्थानं दर्शयति– श्रीसूर्येति। यद्यपि ग्रहाद्यं गणितमन्यत्साध्यं तथापि ग्रहज्ञैस्तदा तौ अधिकक्षयाख्यौ मासौ साध्यौ कस्मात् श्रीसूर्यसिद्धान्तमतोद्भवार्कात्। श्रीवराहमिहिरकृतसिद्धान्तगणितसूर्यात्।।५४।।

वर्षों की संगति "कुवेदेन्दुवर्षैः क्वचिद् गोकुभिश्च" के साथ बैठाते हुये कहा गया है कि क्षयमास प्रायः १४१ वर्ष बाद होते हैं, कभी-कभी १९ वर्ष पूर्व अर्थात् १२२ वर्ष में भी हो जाते हैं। इसी के आधार पर १३७८ शकाब्द में क्षयमास सिद्ध होता है। यथा- ९७४+१४१=१११५, १११५+१४१=१२५६ यहाँ तक १४१ वर्ष बाद क्षयमास हुआ, इसके अनन्तर १२२ वर्ष बाद १२५६+१२२=१३७८ शकाब्द में क्षयमास हुआ। इन परिस्थितियों पर विचार करते हुये पुरुषार्थचिन्तामणिकार श्री विष्णु भट्ट ने लिखा है– "सिद्धान्तशिरोमणिकृतमिताक्षरायां कुवेदेन्दुवर्षैरित्यादि स्ववाक्यं कालावधिद्वयपरतयैव व्याख्यातम्। तद्दृष्ट्वा माधवमदनरत्नादिभिः पूर्वस्मात् क्षयमासात् कुवेदेन्दुपरिमितैर्वर्षैर्द्वितीयः क्षयमासो भवति, क्वचिद्गोकुभिरेकोनविंशतिपरिमितैर्वर्षैर्भवतीत्युक्तम्, तथापि। शिरोमण्युदाहृत-चतुर्थक्षयमासस्य तृतीयात् क्षयमासाद् द्वाविंशत्यधिकशतवर्षैर्जातत्वेन नियमद्वयस्यापि व्यभिचारात्। अतएव मणिमरीच्याख्यशिरोमणिटीकायां गोकुभिर्न्यूनः कुवेदेन्दुवर्षैश्चतुर्थः क्षयमास इति तृतीयावधिस्वीकारेण समाहितम्। किञ्च वर्षत्रयाधिकषोडशशतवर्षपरिमित-शककालेऽस्मदादिभिः स्मर्यमाणः क्षयमासः शिरोमण्युदाहृतचतुर्थक्षयमासात् सपाद-विशेषाद्यदा यस्मिन् दर्शान्तचान्द्रमासे संक्रान्तिद्वयं भवति तदा स क्षयमासः इत्येव वक्तव्यमिति बोध्यम्। यद्यपि क्षयः कार्तिकादित्रये नान्यत् इति नियम उक्तः सोऽप्युक्तः।" *(द्र. पुरुषार्थ-चिन्तामणि : पृ. १९)*

श्री सूर्य भगवान् द्वारा निर्मित सूर्यसिद्धान्त के मतानुसार साधित सूर्य से अधिमास तथा क्षयमास का निर्णय करना चाहिए तथा अन्य ग्रहादि विषयों का साधन अन्य सिद्धान्तों से करना चाहिए।।५४।।

ब्राह्म-सूर्यसिद्धान्तयोर्भेदः—

स्थूलं सदा ब्राह्ममतं निरुक्तमादित्यसिद्धान्तमतं च सूक्ष्मम्।
भाद्यादिकं सूक्ष्मतरादसूक्ष्मं सूक्ष्मं मतं स्थूलत एव सिद्धम्।।५५।।

अथ ब्राह्मसूर्यसिद्धान्तयोर्मतभेदमाह— स्थूलमिति। बुधैः सदा ब्राह्ममतं स्थूलं निरुक्तम्। च पुनरादित्येति। सूर्यसिद्धान्तमतं सूक्ष्मं निरुक्तम्। पुनर्भाद्यादिकं भगणादिकं सूक्ष्मतरात् असूक्ष्ममतिशयेन सूक्ष्मं न भवतीत्यर्थः। अतः कारणात् स्थूलत एव सूक्ष्मं मतं सिद्धम्॥५५॥

ब्राह्म सिद्धान्त सदैव स्थूल कहा गया है तथा सूर्य सिद्धान्त सदैव सूक्ष्म कहा गया है। भगणादि मान सूक्ष्म मान से भी ग्रहण करने पर स्थूल ही आता है; अतः स्थूल की अपेक्षा सूक्ष्म मत ग्रहण करना चाहिए।।५५।।

सौरब्राह्मयोः साम्यम्—

अतोऽनिशं संक्रमणेंऽशुमालिन-
स्तिथौ सदा सूक्ष्मविधानसाधने।
सौरं मतं शस्तमथान्यनिर्णये
स्थूलं च भेऽन्यग्रहसंक्रमेष्वपि।।५६।।

अथोपजात्या सौरब्राह्मयोर्ग्राह्यस्थानमाह— अत इति। अनिशं निरन्तरमंशुमालिनः सूर्यस्य सङ्क्रमणे तिथौ तथा सूक्ष्मविधानसाधने स्पष्टगणितसाधने सदा सौरं मतं शस्तं शुभम्। अथान्यनिर्णये स्थूलकार्ये च पुनर्भे नक्षत्रासाधने पुनरन्यग्रहसंक्रमेषु सूर्यव्यतिरिक्तग्रह-संक्रमेष्वपि स्थूलं ब्राह्मं मतं शस्तमित्यर्थः॥५६॥

सूर्य का संक्रमण (गति), तिथि तथा सूक्ष्म विधान (स्पष्ट ग्रह गणित) का साधन सदैव सूक्ष्म सिद्धान्त (सूर्य सिद्धान्त) द्वारा करना चाहिए। अन्य नक्षत्रादि तथा अन्यग्रहों के साधन में स्थूल मत (ब्राह्म सिद्धान्त) द्वारा साधन करना प्रशस्त माना गया है।।५६।।

क्षयाधिमासयोः निन्द्यकार्याणि—

मासि क्षये चाधिकमासि नो हिता
व्रतोपयामक्षयसप्ततन्तुजाः।
उत्सर्गभूनेत्रभिषेचनादिका
क्रिया भवेद्धर्मवतीह सिद्धिदा।।५७।।

अथ क्षयाधिमासे हेयमाह—मासीति। क्षये मासि अधिकमासि च विषये क्रिया नो हिता शस्ता। कथम्भूता क्रिया। व्रतं नियमः उपयामो विवाहः क्षयो गृहं सप्ततन्तुर्यज्ञः

एषां द्वन्द्वे एभ्यो जायते इति। तज्जा पुनः किम्भूता क्रिया। उत्सर्गभूनेत्रभिषेचनादिका उत्सर्गो नीलोद्वाहादिः भूनेता राजा एतयोरभिषेचनादिकाऽभिषेकपूर्वा। पुनरिह क्षयाधिकमासे धर्मवती क्रिया सिद्धिदा भवेत्। 'वसतिः शरणं क्षय' इतिसंस्तरः 'सप्ततन्तुश्च वितानं बर्हिरध्वरः' इति च हैमः॥५७॥

क्षयमास तथा अधिकमास में उत्सर्ग, राज्याभिषेक, व्रत, विवाह, (क्षय) गृह निर्माण एवं यज्ञकार्य शुभप्रद नहीं होते। धर्मवती (अन्य धार्मिक) क्रियायें क्षयाधिमास में सिद्धिदायक होती है।।५७।।

सूर्यसंक्रान्तेः पुण्यकालः—

आसां पराश्चानपरा हि नाडिका
सङ्क्रान्तिकालान्मिहिरस्य षोडश।
पुण्याः सदाभ्यर्णवती घटी स्मृता
तस्यातिपुण्या खलु या भवन्ति सा।।५८।।

अथेन्द्रवंशया रविसंक्रमणपुण्यकालमाह—आसामिति। तस्य मिहिरस्य संक्रान्तिकालात् पराः अग्रेतनाश्च पुनरनपराः पूर्वाः षोडश नाडिकाः पूर्वापरभेदात् द्वात्रिंशन्मिता घट्यः पुण्याः दानादिधर्म्मकर्त्तव्ययोग्याः खलु निश्चितं भवन्ति। पुनरासां पूर्वापरघटीनां मध्ये याऽभ्यर्णवती समीपवर्ती साऽतिपुण्या स्मृता॥५८॥

सूर्य के संक्रान्तिकाल से पूर्व तथा पश्चात् १६-१६ घटी (दोनों मिलाकर, ३२ घटी) पुण्यकाल होता है। इस समस्त पुण्यकाल में जो समीपवर्ती घटी होती है, वह अति पुण्यकाल होता है।।५८।।

संक्रान्तिमध्यमकालज्ञानम्—

दलं गतेरंशुमतोऽथ मण्डलं
निजेशभागेन युतं कलादिकम्।
षष्ट्याहतं भुक्तिहृतं घटीमुखं
वृषप्रियं सङ्क्रमकालकोदरम्।।५९।।

अथोपजात्या संक्रमकालकोदरं साधयति– दलमिति। अंशुमतः सूर्यस्य मण्डलं संक्रमणमण्डलं अथ तद्गतेर्दलमर्द्धम् अथ तन्निजेशभागेन स्वकीयैकादशभागेन युतं तदा कलादिकं भवति तत् षष्ट्या हतं षष्टिघटिकाभिर्गुणितं पुनस्तद्भुक्तिहतं स्पष्टगत्या विभाजितं तदा यल्लब्धं तत्घटीमुखं घटीपलादिकं संक्रमकालकोदरं संक्रमकालकमध्यं नाम पर्व वृषप्रियं धर्म्मवल्लभं भवति 'धर्मः पुण्यं वृषः श्रेयः' इति 'गुणिताहते' इति च हेमषष्ठकाण्डे। महेश्वरोऽपि। 'आहते गुणितेऽपि स्यात्ताडिते नाणकेऽपि च' इति॥५९॥

सूर्य की स्पष्टगति के आधे में उसी का एकादशांश भाग कलादि जोड़कर ६० से गुणाकर स्पष्टगति से भाग देने पर घट्यादि मान संक्रान्ति मण्डल का मध्यभाग (संक्रान्तिकालकोदर) होता है। यह धर्म कार्यों में अति उत्तम होता है।

उदाहरण— सं० २०४१ चैत्र शुक्ल १२ शुक्रवार को मेष संक्रमण २२।२९ घट्यादि पर हुआ। सूर्य की स्पष्टा गति ५८।४२ गति का आधा २९।२१, ५८।४२ का एकादशांश ५८।४२÷११=५।२०, गत्यर्ध २९।२१+५।२०=३४।४१, ३४।४१×६०=२०८१ स्पष्टगति विकला= ३४८०, २०८१÷३४८०=०।३५ घट्यादि संक्रान्तिकालकोदर (मध्यकाल)।।५९।।

चन्द्रादिग्रहाणां संक्रान्तिमध्यकालानयनम्—

खरद्युतेः सङ्क्रमपुण्यनाडिकाः
स्वराशिभोगद्युहता विभाजिताः।
दिवौकसः स्पष्टजवेन तत्फलं
नाड्यादिपुण्यं ग्रहसङ्क्रमोदरम्।।६०।।

अथ चन्द्रादिग्रहसंक्रमोदरमाह—खरेति खरद्युतेः सूर्यस्य संक्रमपुण्यनाडिकाः संक्रमपुण्यकालघटिकाः द्वात्रिंशन्मिताः स्वराशिभोगद्युहताः चन्द्रादिग्रहस्य निजराशिभोगदिवसगुणिताः दिवौकसश्चन्द्रादिग्राहस्य स्पष्टगत्या विभाजिताः यल्लब्धं तत्फलं नाड्यादि ग्रहसंक्रमोदरं पर्व पुण्यं पुण्यक्रियायै भवति। ग्रन्थान्तरे मध्यं यथा। 'नाड्यो रामगुणा ३ रवेरथ विधोः षड्दोः पलैर्युगद्वयं २/२६ भौमस्याब्धिपलैर्युता नव ९/४ विदो युक्ता पलैः खाश्विभिः।। षण्णाड्यो ६/२० ऽष्टगजा ८ गुरोरथ भृगोर्नन्दाः पलैरष्टभिः ९/८ पुण्या स्युः खनृपाः १६० शनेरुभयतो राश्यृक्षयो संक्रमे' इत्यर्थः।।६०।।

सूर्य की संक्रान्ति सम्बन्धी पुण्यकाल (अर्थात् ३२ घटी) को अभीष्ट (चन्द्रादि) ग्रह जिस राशि पर हो उस संख्या से गुणा कर अपनी-अपनी ग्रह गति से भाग दें, लब्धि घट्यादि अभीष्ट ग्रह के संक्रान्ति का पुण्यकाल होगा।।६०।।

मध्यरात्रौ संक्रमणे विशेषः—

निशिथगो यदि भास्करसङ्क्रमो
दिनयुगं जगदुर्वृषवत्सलम्।
परदिनं विबुधा रजनीदला-
द्भवति सङ्क्रमणं च तदा परम्।।६१।।

अथ द्रुतविलम्बितेन संक्रमे कालविवेकतामाह–निशिथेति। यदि भास्करसंक्रमो निशीथगो मध्यरात्रिवर्ती भवेत्तदा बुधाः दिनयुगं वृषवत्सलं धर्म्मप्रियं जगदुः कथयामासुः च पुनर्भानोः संक्रमणं रजनीदलान्मध्यरात्रात्परमग्रेतनं भवति तदा विबुधाः परदिनं वृषवत्सलं जगदुः।।६१।।

यदि सूर्य का संक्रमण मध्य रात्रि काल में हो तो धर्मप्राण व्यक्तियों ने दोनों दिनों (पूर्व तथा पश्चात्) में पुण्यकाल तथा अर्धरात्रि के बाद संक्रमण हो तो अग्रिम दिन में पुण्यकाल कहा है।।६१।।

हरिपदादिपर्वनिर्णयः—

द्युमणिसंक्रमतोऽचलभे भवे-
द्धरिपदं षडशीतिमुखं स्मृतम्।
द्वितनुभेऽयनके मृगकर्किणो-
र्विषुवदेव तुलाधरमेषयोः।।६२।।

अथ हरिपदादिपर्वाण्याह—द्युमणीति। अचलभे स्थिरराशौ द्युमणिसंक्रमतः सूर्य्यसंक्रमणात् हरिपदं नाम पर्व भवेत् द्वितनुभे द्विस्वभावराशौ रविसंक्रमतः षडशीतिनाम पर्व स्मृतं मृगकर्किणोः सूर्यसंक्रमात् अयनके स्तः। तुलाधरमेषयोः सूर्यसंक्रमात् विषुदेव निश्चितं स्यात्। 'तुल्यनक्तन्दिने काले विषुवद्विषुवं च तत् इति हैमः।।६२।।

सूर्य जब स्थिर राशियों में संक्रमण करता है (अर्थात् वृष, सिंह, वृश्चिक तथा कुम्भ राशियों की संक्रान्ति होती है), तब हरिपद नामक पर्व, द्विस्वभाव राशियों (मिथुन, कन्या, धनु तथा मीन) की संक्रान्ति होती है तो षडशीति नामक पर्व, मकर एवं कर्क संक्रान्ति में 'अयन' तथा तुला और मेष की संक्रान्तियों में 'विषुव' नामक पर्व होते हैं।।६२।।

षडशीतिपर्वनिरूपणम्—

रसयमैर्धनुषो लवके मिते
भुजयमैर्दिनमभ्ररसौकसः ।
धृतिमिते जितुमस्य च योषितः
शतमखैः षडशीतिमुखाह्वयम्।।६३।।

अथ षडशीतिमुखं स्पष्टयति–रसयमैरिति। धनुषो द्विस्वभावधनुराशिसङ्क्रान्तेः रसयमैः षड्विंशत्या मिते लवकेंऽशे दिनं षडशीति मुखाह्वयं पर्व स्यात्। एवमभ्ररसौकसोऽभ्ररसो घनरसो जलं तस्मिन्नोकः स्थानं यस्य स तस्य मीनराशेर्भुजयमैर्द्वाविंशत्यामिते लवे दिनं षडशीतिमुखाह्वयं पर्व स्यात् च पुनः जितुमस्य मिथुनस्य धृतिमितेऽष्टादशमिते लवे दिनं ष०। पुनर्योषितः कन्यायाःशतमखैरिन्द्रैश्चतुर्दशभिर्मिते लवे दिनं ष०।।६३।।

द्विस्वभाव राशियों में धनु राशि की संक्रान्ति जिस दिन हो, उससे छब्बीस दिनों तक, मीन राशि से २२ दिनों तक, मिथुन संक्रान्ति से अट्ठारह दिनों तक तथा कन्या संक्रान्ति से १४ दिनों तक 'षडशीति' नामक पर्व होता है।।६३।।

पर्वमाहात्म्यम्—

क्रतुसमान्यथ यान्यपराण्यहः
कलदृशः स्युरहान्यपि षोडश।
क्रतुसमं षडशीतिमुखाश्रितं
तदपि यत्कथितं च मनीषिभिः।।६४।।

अथैतत्पर्वदिनमाहात्म्यमाह—क्रत्विति। मनीषिभिः पण्डितैः कलदृशः कन्याया अपराणि यानि षोडशाहानि कथितानि यत् षडशीतिमुखाश्रितमहर्दिनं च कथितं तान्यहानि क्रतुसमानि तदहश्च क्रतुसमं यज्ञतुल्यानि स्युरित्यर्थः।।६४।।

कन्या संक्रान्ति के जो सोलह दिन शेष रहते हैं, वे यज्ञ के समान होते हैं तथा षडशीति मुखाश्रित जो १४ दिन होते हैं, उन्हें भी विद्वानों ने यज्ञतुल्य ही कहा है अर्थात् कन्याराशिगत सम्पूर्ण काल (३० दिन) शुभ होता है।।६४।।

विषुवपर्वनिरूपणम्—

अवितुलास्यमथैत्ययनांशका-
न्वितरविः स यदा विषुवद्दिनम्।
मकरकीटमुखं च यदा तदा-
यनदिनं तदहो यदहःस्मृतः।।६५।।

अथ विषुवदादि स्पष्टयति—अवीति। अहो इति वितर्के यदा विषुवत्स्याच्च पुनर्यदाऽयनांशयुक्तः सूर्यो यदहर्मकरकीटमुखमेति तदा तदयनदिनं स्मृतमित्यर्थः।।६५।।

मेषादि और तुलादि बिन्दु पर जब सायन रवि जाता है, तब विषुवत् दिन तथा कर्कादि एवं मकरादि बिन्दु पर जब सायन रवि होता है, तब अयन दिन होता है।।६५।।

हरिपदसंक्रान्तेर्निरूपणम्—

पितृभशौच्यवसुद्व्यमरोडुजाः कुयमवह्नियुगाङ्घ्रिमुखोदयाः।
इह तदर्कसमाः स्युरहो यदा यदजपादवदुक्तमहस्तदा।।६६।।

अथ हरिपदं स्पष्टयति—पितृभेति। अहो इति वितर्के यदा पितृभं मघा शौच्यं वह्निभं कृत्तिका वसवो धनिष्ठा द्व्यमरौ द्विदेवौ विशाखा एषां द्वन्द्वः एभ्यो जायन्ते इति जाः कुयमवह्नियुगाङ्घ्रिमुखोदयाः एकद्वित्रिचतुःपादमुखोदया अर्कसमाः स्युः। कोऽर्थः। मघानक्षत्रस्य प्रथमचरणमुखे उदयः स्थिरराश्युदयः। कृत्तिकानां द्वितीयपादे स्थिरराश्युदयः। धनिष्ठायास्तृतीयपादे स्थिरराश्युदयः। विशाखायाश्चतुर्थपादे स्थिरराश्युदयः। सिंहवृषकुम्भवृश्चिकाः स्थिरराश्युदयाः अर्कसमा द्वादशसंख्यामिता इह यदहस्तदा तदहरजपादवत् विष्णुपदेन तुल्यं हरिपदसंज्ञमुक्तमित्यर्थः। अर्थात् स्थिरसङ्क्रान्त्यादेर्द्वादशं यदहस्तदहर्हरिपदसंज्ञं भवति अजपादवत्। अत्र वत्प्रत्यय आश्रितपदार्थमेव ब्रूते। यथोक्तं हेमसूरिभिश्च 'पौषस्तैषां सह स्यवत्' इति।।६६।।

मघा, कृत्तिका, धनिष्ठा, विशाखा नक्षत्रों में क्रम से प्रथम, द्वितीय, तृतीय, चतुर्थ चरणों में जब सूर्य का संक्रमण हो, उस दिन से बारह दिनों तक विष्णु के चरणों के समान (पवित्र) दिन कहा गया है। भाव यह कि मघा का प्रथम चरण अर्थात् सिंह राशि का आरम्भ बिन्दु, इसी प्रकार कृतिका का द्वितीय पाद वृष राशि का, धनिष्ठा का तृतीय चरण कुम्भ राशि का, विशाखा का चतुर्थ चरण वृश्चिक

राशि का आरम्भ बिन्दु होता है। ये चारों राशियाँ स्थिर संज्ञक हैं। इन्हीं राशियों में संक्रमण 'हरिपद संक्रान्ति' नाम से शास्त्रों में वर्णित है। संक्रान्ति दिन से १२ दिनों तक हरिपद नामक संक्रान्ति का विशेष पुण्यकाल होता है।।६६।।

संक्रमणे सुकृतकालः—

सुकृतकालमपागयनादिगं हरिपदादिगतं च तुलाजयोः।
तदनु मध्य इते विदुरुत्तरे मुनिवराः षडशीतिमुखेऽयने।।६७।।

अथायनादिविशेषगतं सुकृतकालमाह— सुकृतेति। मुनिवराः अपागयनादिगं दक्षिणायनादिगतं कर्कसंक्रान्तावादिगतमाद्याः षोडशघटिकाः समयं सुकृतकालं पुण्यकालं विदुः अवधारयन्ति। च पुनरेवं हरिपदादिगतं वृषसिंहवृश्चिककुम्भसंक्रान्तिष्वाद्याः षोडशघटिकाः सुकृतकालं विदुः। पुनस्तदनु पश्चात्तुलाजयोस्तुलामेषयोर्मध्ये सुकृतकालं विदुः। कोऽर्थः तुलामेषसंक्रान्तिकालात्प्रागष्टौ घटिकाः परतश्चाष्टौ एवं षोडश घटिकाः मध्यसमयमिति। पुनरुत्तरेऽयने मकरसंक्रान्तौ इते प्राप्ते सति सुकृतकाल विदुः। कोऽर्थः। मकरसंक्रान्ति-कालादग्रिमाः षोडशघटिकाः पुण्यकालं प्रथमास्तु नेति। पुनः षडशीतिमुखे द्विस्वभावराशौ इते प्राप्ते सति। कोऽर्थः मिथुनकन्याधनुर्मीनसंक्रान्तिषु अग्रिमाः षोडशघटिका पुण्यकालं विदुः॥६७॥

दक्षिणायन संक्रमण अर्थात् कर्क संक्रान्ति तथा हरिपदादि संज्ञक स्थिर राशियों (वृष, सिंह, वृश्चिक, कुम्भ) की संक्रान्तियों में संक्रान्ति काल से पूर्व की १६ घटी पुण्यकाल (सुकृतकाल) होता है। तुला और मेष (विषुव) संक्रान्तियों में मध्यकाल अर्थात् ८ घटी पूर्व तथा ८ घटी पश्चात् पुण्यकाल होता है। उत्तरायण संक्रमण अर्थात् मकर संक्रान्ति में संक्रान्ति काल के पश्चात् १६ घटी 'षडशीति' द्विः स्वभाव (मिथुन, कन्या, धनु, मीन) संक्रान्तियों में भी पश्चात् की १६ घटी पुण्यकाल होता है।।।६७।।

अयनयोरिषुराममिताः क्रमाद् वृषतमा जगुरुत्तरयाम्ययोः।
निजभया च युता वियुता घटीरनगतागतसङ्क्रमकालयोः।।६८।।

अथोत्तरदक्षिणायनयोर्विशेषसुकृतकालमाह— अयनेति। मुनिवराः न अगता अनगताः वर्त्तमाना इत्यर्थः। अगता एष्या अनगतागतानां संक्रमकालयोरुत्तरयाम्ययोरयनयोः संक्रमात् क्रमेण इषुराममिताः पञ्चत्रिंशन्मिता घटीर्वृषतमा अतिशयेन धर्मवत्यो जगुः। कथम्भूताः घटीः। निजभया निजराशिसंक्रान्तिछाययया युताः उत्तरायणे च पुनर्वियुता दक्षिणायने॥६८॥

वर्तमान एवं ऐष्य संक्रमणकाल यदि उत्तरायण में हो तो क्रान्तिच्छाया से युक्त ३५ घटी तथा दक्षिणायन में हो तो क्रान्तिच्छाया से रहित ३५ घटी पुण्यकाल होता है।।६८।।

विमर्शः— उत्तरायण, दक्षिणायन तथा विषुव आदि संक्रान्तियों के पुण्यकाल के लिए सामान्य नियम इस प्रकार है:—

याम्यायने विष्णुपदे तथादौ दानाद्यनन्तं विषुवे च मध्ये।
वदन्त्यतीते षडशीति वक्त्रे महर्षयः खल्वयने च सौम्ये।। श्रीपतिः

अर्थात् दक्षिणायन (कर्क संक्रान्ति) एवं विष्णुपदी संक्रान्तियों (वृष, सिंह, वृश्चिक और कुम्भ राशियों की संक्रान्ति) में संक्रान्तिकाल से पूर्व की १६ घटी, सौम्य (मकर संक्रान्ति एवं षड्शीत्यानन (मिथुन, कन्या, धनु और मीन) संक्रान्तियों में संक्रान्तिकाल से बाद की १६ घटी तथा मेष और तुला (विषुव) संक्रान्तियों में संक्रान्ति के मध्यकाल की १६ घटी अर्थात् संक्रान्तिकाल से ८ घटी पूर्व तथा ८ घटी पश्चात् पुण्यकाल होता है।।६८।।

वारक्रमेण सङ्क्रान्तीनां नामानि—

घोरोष्णगौ ध्वांक्ष्यमृतांशुवासरे संक्रान्तिरारे च महोदरी विदि।
मन्दाकिनी मन्दतमामरार्चिते मिश्रोशनस्यर्कसुते च राक्षसी।।६९।।

अथेन्द्रवंशया द्वादशसंक्रान्त्यधिकारमाह– घोरेति। उष्णगौ रविवारे संक्रान्तिर्घोरा नाम भवेत्। एवमृतांशुवारे चन्द्रवारे ध्वांक्षी च पुनरारे मंगलवासरे महोदरी। पुनर्विदि बुधवारे मन्दाकिनी। अमरार्चिते गुरुवारे मन्दतमा उशनसि शुक्रवारे मिश्रा। अर्कसुते शनिवारे राक्षसी।।६९।।

रविवार को सूर्य की संक्रान्ति हो तो 'घोरा' संज्ञक, सोमवार को हो तो ध्वांक्षी, मङ्गलवार को महोदरी, बुधवार को मन्दाकिनी, गुरुवार को मन्दतमा, शुक्रवार को मिश्रा तथा शनिवार को संक्रान्ति हो तो राक्षसी संज्ञक होती है।।६९।।

नक्षत्रानुसारतः संक्रान्तिसंज्ञा—

घोरोग्रभे ध्वांक्ष्यनिशं लघूडुजा मन्दाऽचरे चञ्चलभे महोदरी।
मन्दाकिनी मैत्रभजा च मिश्रभे मिश्रा भवेद्दारुणभे च राक्षसी।।७०।।

अथ नक्षत्राश्रितसंक्रान्तिसंज्ञामाह— घोरोग्रेति। उग्रभे क्रूरनक्षत्रे घोरा भवेत्। एवं लघूडुजा क्षिप्रनक्षत्रे जाता ध्वांक्षी। अचरे स्थिरभे मन्दा चञ्चलभे चरनक्षत्रे महोदरी। मैत्रभजा मृदुनक्षत्रे जाता मन्दाकिनी। मिश्रभे साधारणनक्षत्रे मिश्रा। दारुणभे तीक्ष्णनक्षत्रे राक्षसी अनिशं सदेति।।७०।।

उग्रसंज्ञक (तीनों पूर्वा, भरणी और मघा) नक्षत्रों में रवि संक्रान्ति हो तो 'घोरा' संज्ञक, लघु संज्ञक (हस्त, अश्विनी, अभिजित्, पुष्य) नक्षत्रों में ध्वांक्षी संज्ञक, स्थिर संज्ञक (तीनों उत्तरा, रोहिणी) नक्षत्रों में मन्दा, चर संज्ञक, (स्वाती, पुनर्वसु, श्रवण धनिष्ठा, शतभिष) नक्षत्रों में 'महोदरी', मृदुसंज्ञक (मृगशिरा, रेवती, चित्रा, अनुराधा) नक्षत्रों में 'मन्दाकिनी', मिश्रसंज्ञक (विशाखा, कृत्तिका) नक्षत्रों में 'मिश्रा' तथा दारुण संज्ञक (मूल, ज्येष्ठा, आर्द्रा, आश्लेषा) नक्षत्रों में रवि संक्रमण हो तो 'राक्षसी' संज्ञक संक्रान्ति होती है।।७०।।

सङ्क्रान्तीनां फलानि—

मन्दाधरादेवगणानवत्यतो
मन्दाकिनी भूमिभुजो महोदरी।
मलिम्लुचानन्त्यभुवोऽपि राक्षसी
मिश्रा पशूनेव पतत्रिणः कुजान्।।७१।।

अथोपजात्या मन्दादिसंज्ञायाः फलमाह—मन्देति मन्दासंक्रान्तिर्धरादेवगणान् विप्रसमूहानवति रक्षति। अतो मन्दाकिनी भूमिभुजो भूपानवति। महोदरी मलिम्लुचान् चौरानवति। राक्षसी अन्त्यभुवश्चाण्डालानवति। मिश्रा पशून् गवादींश्च पुनः पतत्रिणो विहंगान् कुजान् वृक्षानवति।।७१।।

मन्दा नामक संक्रान्ति ब्राह्मणों की रक्षा (पालन) करती है; मन्दाकिनी नामक संक्रान्ति क्षत्रियों की, महोदरी चोरों की, राक्षसी अन्त्यजों (चाण्डालों) की तथा मिश्रा संज्ञक संक्रान्ति पशु-पक्षी एवं वृक्षों की रक्षा करती है।।७१।।

विशोऽनिशं ध्वांक्ष्यतिभद्रभाजः करोति घोराङ्घ्रिभुवोऽथ संज्ञा।
भवारतो यस्य रवेरिता या सा संक्रमस्वोक्तफलप्रदा स्यात्।।७२।।

विशो इति। अनिशं सदा ध्वांक्षी विशो वैश्यानवति भद्रभाजोऽतिसुखान्वितान् करोति। घोरा अङ्घ्रिभुवः शूद्रानवति भद्रभाजः करोति। अथ यस्य रवेः संक्रमस्य भवारतो नक्षत्रात् वारात् या संज्ञा इता प्राप्ता। कोऽर्थः। या संज्ञा वारे सैव नक्षत्रेऽपि। यथा रविवारे घोरा उग्रनक्षत्रे घोरा एकीभूता स्यात्तदा शूद्रानवति। एवं सर्वापीति सा उक्तफलप्रदा स्यात् 'विट् प्रवेशे नृवैश्ययोः' इति हैमः। भद्रशब्दःसुखवाची। 'शान्तं तालव्यदन्त्याद्यम्'। भद्रं भद्रमितिशब्दप्रभेदे प्रोक्तोस्ति।।७२।।

ध्वांक्षी नामक संक्रान्ति सदैव वैश्यों को सुख-सम्पन्न करती है तथा घोरा नामक संक्रान्ति शूद्रों को सुखों से युक्त करती है। सूर्य संक्रमण की नक्षत्रों से उत्पन्न संज्ञा हो अथवा वार से उत्पन्न संज्ञा हो दोनों का ही उक्त प्रकार से फल होता है। यथा रविवार की संक्रान्ति घोरा संज्ञक होती है तथा उग्रसंज्ञक नक्षत्रों की भी घोरा होती है। इसी प्रकार सोमवार एवं क्षिप्रसंज्ञक नक्षत्रों की ध्वांक्षी, मंगलवार एवं चर संज्ञक नक्षत्रों की महोदरी आदि दोनों ही समान फलदायक होती हैं।।७२।।

प्रहरवशात्संक्रान्तिफलम्—

यामे निहन्त्यर्णवमेखलाभुजं
संक्रान्तिराद्येऽम्बुधिचीवरामरान्।
अहर्दले चापि विशोऽपराह्णके
शूद्रव्रजानस्तमितेंऽशुमालिनि।।७३।।

अथ प्रथमादिप्रहरे संक्रान्तिफलमाह—याम इति। आद्ये यामे प्रहरे संक्रान्तिः अर्णव एव मेखला यस्या सा भूमिस्तां भुनक्तीति अर्णवमेखलाभुग्राजलोकस्तं हन्ति।।

च पुनरहर्दले दिनार्द्धेऽम्बुधिचीवरामरान् भूदेवान् विप्रान् हन्ति। पुनरपराह्नके दिनतृतीयभागे विशो वैश्यान् हन्ति। अस्तमितेऽस्तंगतेऽशुमालिनि सूर्ये सति शूद्रव्रजान् हन्तीत्यर्थः॥७३॥

यदि प्रथम प्रहर में सूर्य की सङ्क्रान्ति हो तो समुद्रान्त पृथ्वी का भोग करने वालों अर्थात् राजाओं (क्षत्रियों) का नाश होता है। द्वितीय प्रहर (मध्याह्न) में यदि संक्रान्ति हो तो भूदेवों (ब्राह्मणों) का नाश होता है। अपराह्न (तृतीय प्रहर) में संक्रान्ति हो तो वैश्यों का तथा सायं काल (चतुर्थ प्रहर में) संक्रान्ति हो तो शूद्रों का नाश होता है।।७३।।

निहन्ति रात्रेः शिविजालिकादिका-
नर्द्धे महारात्रविभातकान्तरे।
सङ्क्रान्तिरंशोर्नरताङ्गमर्दिनः
काले नरान् बल्लवकान्ननूषसः।।७४।।

निहन्तीति। रात्रेरर्द्धेंशोः सूर्यस्य संक्रान्तिः शिविजालिकादीन् भिल्ललुब्धकादिकान् निहन्ति। पुनर्महारात्रविभातकान्तरेऽर्द्धरात्रप्रभातयोरन्तरे विचाले भरताङ्गमर्दिनः शैलूषनापितान् हन्ति। उषसः प्रभातस्य काले बल्लवकान् गोपालान् नरान् हन्ति ननु निश्चितम्॥७४॥

रात्रि के पूर्वार्द्ध में सूर्य संक्रान्ति हो तो भिल्ल, व्याध आदि वन्य जातियों का, अर्द्धरात्रि से प्रभात के मध्य में संक्रान्ति हो तो सेवक जातियों (नापित आदि) का तथा उषा काल में सङ्क्रमण हो तो पशुपालक ग्वाल आदि जातियों का नाश होता है।।७४।।

करणवशात् संक्रान्तेरवस्था—

स्यात्तैतिले नागचतुष्पदाख्ययोः
सुप्तस्य रात्र्यन्तकरस्य सङ्क्रमः।
विष्टो निविष्टस्य बवे गरे तथा
सबालवाख्ये वणिजे बुधैः स्मृतः।।७५।।

अथ तैतिलादिकरणे सुप्तादिरविसंक्रान्तिमाह—स्यात्तैतिले इति। तैत्तिले नागचतुष्पदाख्ययोरेतत्करणत्रये सुप्तस्य सूर्यस्य रात्र्यन्तकरस्य संक्रमः संक्रान्तिः स्यात्। एवं विष्टौ भद्रायां तथा बवे गरे सबालवाख्ये वणिजेऽस्मिन् करणपञ्चके निविष्टस्य आसीनस्य रवेः संक्रमो बुधैः स्मृतः॥७५॥

तैतिल, नाग, चतुष्पद नामक करणों में रात्रि का समापन करने वाले सूर्य का संक्रमण (संक्रान्ति) 'सुप्त' संज्ञक होता है तथा विष्टि, बव, गर, बालव एवं वणिज करणों में सूर्य की संक्रान्ति निविष्ट (बैठी) संज्ञक विद्वानों ने बतलाया है।।७५।।

ऊर्ध्वस्थितस्यांशुमतोऽथ कौलवे
किंस्तुघ्नके स्याच्छकुनौ क्रमादयम्।

धान्यार्थवृष्टिष्वपि संक्रमो बुधै-
रनिष्टमध्यातिशुभः प्रकीर्तितः।।७६।।

ऊर्ध्वस्थितस्येति। अथ कौलवे किंस्तुघ्नके शकुनौ एतत्करणत्रये ऊर्ध्वस्थितस्यांशुमतो रवेरयं संक्रमः स्यात्। बुधैरयं संक्रमो धान्यार्थवृष्टिषु सस्यमूल्यवर्षणेषु क्रमादनिष्टमध्यातिशुभः प्रकीर्तितः। कोऽर्थः सुप्तरविसंक्रमोऽर्घवर्षणधान्येष्वनिष्टः महर्घ्यधान्यवृष्ट्यभावकारकः। एवं निविष्टः समः। तथोर्ध्वः श्रेष्ठ इति। 'अर्घः पूजाविधौ मूल्ये' इतिहैमः।७६।।

कौलव, किंस्तुघ्न और शकुनि करणों में सूर्य की संक्रान्ति 'ऊर्ध्व स्थित' संज्ञक होती है। इन तीनों संक्रान्तियों को विद्वानों ने धन, अर्थ और वृष्टि की दृष्टि से क्रम से अशुभ, मध्यम एवं अत्यन्त शुभ बतलाया है। अर्थात् सुप्त संक्रान्ति में अन्न, धन और वृष्टि में हानि, निविष्ट में मध्यम तथा ऊर्ध्व स्थित संक्रान्ति में अन्न-धन और वृष्टि लाभ उत्तम होता है।।७६।।

संक्रान्तीनां कालः—

जघन्यभेऽहस्करसंक्रमो बुधैः
सदेवलैः पञ्चदशक्षणः स्मृतः।
बृहत्सु पञ्चाङ्गमतुल्यदैवतः
समानभे त्रिंशदभिन्नतत्क्षणः।।७७।।

अथ वंशस्थेन संक्रान्तेर्मुहूर्तनियममाह— जघन्येति। सदेवलैर्देवलनामर्षिसहितैर्बुधैर्जघन्यसंज्ञनक्षत्रेऽहस्करसंक्रमः पञ्चदशक्षणः पञ्चदशमुहूर्तमितः स्मृतः पुनर्बृहत्संज्ञनक्षत्रेषु पञ्चागम तुल्यदैवतः पञ्चचत्वारिंशन्मुहूर्तमितदैवतः स्मृतः। पुनः समानभे समसंज्ञनक्षत्रे त्रिंशदभिन्नतक्षणस्त्रिंशताऽभिन्नस्तुल्यस्तत्क्षणः स एव क्षणस्त्रिंशन्मुहूर्तमितः। 'क्षणो मुहूर्त उत्सवः' 'पर्वव्यापारवैकल्यं' चेति लिंगानुशासने। इत्यर्थः।।७७।।

देवल आदि आचार्यों ने जघन्य संज्ञक नक्षत्रों में सूर्य संक्रान्ति का काल १५ मुहूर्त, बृहती संज्ञक नक्षत्रों में संक्रान्ति काल ४५ मुहूर्त तथा इससे भिन्न समसंज्ञक नक्षत्रों में संक्रान्ति काल ३० मुहूर्त का बतलाया।।७७।।

विशेष— जघन्य, बृहत् एव सम संज्ञक नक्षत्रों की परिभाषा इस प्रकार कर्ममञ्जरी में दी गई है।

जघन्यास्तोयपाद्रि हि पवनान्तकरतारकाः।
स्थिरादिति द्विदैवत्यं बृहत्तारा समापाराः।।

अर्थात् — शतभिष, आर्द्रा, आश्लेषा, स्वाती, रेवती और भरणी नक्षत्र जघन्य संज्ञक, स्थिर संज्ञक (तीनों उत्तरा, रोहिणी), पुनर्वसु और विशाखा बृहत् संज्ञक हैं तथा शेष अश्विनी, कृत्तिका मृगशीर्ष, पुष्य, मघा, पू. फ., हस्त, चित्रा, अनुराधा, ज्येष्ठा, मूल, पू. षा., श्रवण, धनिष्ठा तथा पूर्व भाद्रपदा सम संज्ञक नक्षत्र होते हैं।

संक्रान्तितो महर्घता ज्ञानम्—

जघन्यभे धान्यमनूष्णगूदयो
महर्घमामासमपीनसंक्रमः।
समं समर्क्षे च समर्घमन्यभे
विशेषतो वा कुरुतेऽथ तद्युतिः।।७८।।

अथास्मिन् धान्यमूल्यविवेकमाह— जघन्यभ इति। जघन्यभे जघन्यसंज्ञनक्षत्रेऽनूष्णगूदयो द्वितीयोपलक्षितचन्द्रोद्गमोऽपि पुनरिनसंक्रमः सूर्यसंक्रम आमासं मासपर्यन्तं धान्यं महर्घं महानर्घो मूल्यं यस्य तत् बहुमूल्यं कुरुते। च पुनः समर्क्षे समसंज्ञनक्षत्रे चन्द्रोदय इनसंक्रमश्च सममूल्यं धान्यं कुरुते। एवं पुनरन्यभे बृहत्संज्ञनक्षत्रे समर्घमल्पमूल्यं कुरुते। युतयोश्चन्द्ररव्योर्युतिः संयोगो दर्शतिथिरित्यर्थः विशेषतः पूर्वोक्तं कुरुते। जघन्यभे विशेषतो महर्घमित्यादि कुरुते 'महार्घो लावकांडके महामूल्ये' इति हैमः।।७८।।

जघन्य संज्ञक नक्षत्रों में चन्द्रोदय हो एवं सूर्य संक्रान्ति भी हो तो एकमास पर्यन्त अन्न के मूल्य में वृद्धि होती है। यदि सम संज्ञकनक्षत्रों में चन्द्रोदय एवं सूर्य संक्रान्ति हो तो मूल्य में स्थिरता तथा अन्य नक्षत्रों (बृहत् संज्ञक नक्षत्रों) में अन्नों के मूल्यों मे न्यूनता आती है। यदि एक ही नक्षत्र में सूर्य और चन्द्रमा की युति हो तो नक्षत्र के फल में वृद्धि होती है। तथा जघन्य संज्ञक नक्षत्रों में सूर्य-चन्द्र की युति हो तो अत्यधिक मूल्य वृद्धि, सम संज्ञक में समानता (स्थिरता) तथा बृहत् संज्ञक नक्षत्रों में मूल्यों का अधिक ह्रास होता है।।७८।।

अमायां रविसंक्रमणफलम्—

यदैकवारे युतिरिन्दुहंसयो-
र्मिथो नरा यान्ति च हेलिसङ्क्रमः।
क्षयं नृपाश्चेति सतीनपर्व चेत्-
तदा शराग्रैः करवालधारया।।७९।।

अथ दर्शनरविसंक्रान्त्योरेकवारे फलमाह— यदैकवार इति। यदा एकवारे इन्दुहंसयोश्चंद्रसूर्ययोर्युतिर्दर्शतिथिरित्यर्थः हेलिसंक्रमः सूर्यसंक्रान्तिश्च स्यात्। कोऽर्थः यस्मिन् वारे रवेः संक्रमणं तस्मिन्नेव वारेऽमावासी स्यात्तदा मिथः परस्परं नराः क्षयं नाशं यान्ति। च पुनश्चेद्यदि इति पूर्वोक्ते सति तस्मिन्नेवैकवारे इनपर्व सूर्यग्रहणं स्यात्तदा नृपाः शराग्रैः करवालधारया तरवारि धारया मिथःक्षयं यान्ति। यतः 'जिणंइन्द्रंवारइंरविसंक्रम इतिणि अमावसि होई। खप्पर ले जोगिन फिरइ जीवइवरलोकाइ १ इतिकांकटम्। इन्दुहंसयोर्युतिशब्देन दर्शतिथिः कथ्यते। यदाहुर्हेमसूरयः 'दर्शः सूर्येन्दुसंगमः' इति। यतो दर्शतिथावेव चन्द्रविसंयोग इत्यर्थः।।७९।।

यदि एक ही दिन सूर्य और चन्द्रमा की युति एवं सूर्य संक्रान्ति हो (अर्थात् अमावास्या को सूर्य की संक्रान्ति हो) तो मनुष्यों का क्षय (नाश) होता है। यदि

अमावास्या को ही सूर्य संक्रान्ति एवं सूर्यग्रहण भी हो तो बाणों एवं तलवार की धारों से राजाओं का नाश होता है। अर्थात् युद्ध में राजाओं का नाश होता है।।७९।।

विवाहादिषु संक्रान्तिकालनिषेधः—

दिनं सपत्र्यायनयानसङ्क्रमं
न पर्व्वदग्धं हि च मङ्गलोचितम्।
तदेव यत्सोभयपार्श्ववासरं
नभश्चराभ्यागमकालवद्भवेत्।।८०।।

अथ विवाहादौ ग्राहसंक्रमादि दिनं निषेधयति—दिनमिति। हीतिनिश्चितं अयनमेव आयनं मार्गः पत्रिणां विहङ्गमानामायनं पत्र्यायनं व्योम तस्मिन् यानानि विमानानि येषां ते ग्रहास्तेषां संक्रमाः संक्रमणानि तैः सह वर्तते तत् सपत्र्यायनयानसक्रमं यत् दिनं च पुनः पर्वदग्धं दिनं यत् पुनः सोभयपार्श्वघस्रं ग्रहसंक्रमत उभयतः पार्श्वं दिनं तेन युक्तं दिनं यत् पुनर्नभश्चराभ्यागमकालवत् खेटयुद्धदिनं यत्तदेव दिनं मंगलोचितं न भवेदित्यर्थः।।८०।।

गगनचारी ग्रहों का संक्रमण दिन (संक्रान्ति दिन) तथा ग्रहण (सूर्य और चन्द्रग्रहण) का दिन ग्रहों के युद्ध काल की तरह दूषित होता है। अतः उक्त ग्रहण एवं संक्रान्ति दिनों के दोनों पार्श्व (पहले और बाद) के दिन भी मङ्गल कार्यों के अनुकूल नहीं होते। अर्थात् संक्रान्ति और ग्रहण के दिन से एक दिन पूर्व और एक दिन बाद तक काल शुभकार्यों में वर्जित करना चाहिए।।८०।।

विशेषः—

पर्वाणि चान्यानि बहून्यथादराद्विचक्षणैरागमधर्म्मशास्त्रतः।
ज्ञेयान्यशेषोत्सवकर्म्मदानान्येवं विवर्ज्यानि सदैव मङ्गले।।८१।।

अथोपजात्योपसंहारमाह— पर्वाणीति। अथैव विचक्षणैर्बुधैरादरादागमधर्मशास्त्रतोऽन्यानि बहूनि पर्वाणि ज्ञेयानि। किं भूतानि अशेषोत्सवसमस्तकार्यक्रीडादीनि। पुनर्मङ्गले सदैव वर्ज्यानि।।८१।।

विद्वानों ने वेद और धर्मशास्त्रों के आधार पर बहुत से अन्य पर्वों (संक्रान्ति और ग्रहण के अतिरिक्त) का भी निर्देश किया है, उनका सम्यक् ज्ञान कर सभी प्रकार के उत्सवों, दान एवं समस्त मांगलिक कार्यों में उनका परित्याग करना चाहिए।।८१।।

पुनर्विशेषः—

दिने दिने पर्वकुयोगसञ्चयो
भवेच्च शुद्धिर्घटतेऽपि मङ्गलम्।
पदे पदे वारभघस्त्रयोगजा
तदिष्टयोगोदयतः शिवाय यत्।।८२।।

अथ वंशस्थेनाह— दिने इति दिने पर्वकुयोगसञ्चयो भवेच्च पुनः पदे पदे वारभघस्त्रयोगजा वारनक्षत्रदिनयोगजाता शुद्धिर्निर्दोषतापि घटते यद्धेतोस्तनमङ्गलं इष्टयोगोदयत ईप्सितयोगोदयतः शिवाय कल्याणाय सुखाय भवेदित्यर्थः॥८२॥

दिन-प्रतिदिन ग्रहण एवं अशुभ योगों का सञ्चय होता रहता है। साथ-साथ दिन नक्षत्र एवं योगों से उत्पन्न शुभ योग भी आते रहते हैं। अभीष्ट कार्य के अनुकूल योगों के आने पर शुभ कार्य करने से वे मंगल कारक होते हैं।।८२।।

शुभाशुभयोगयोर्बलम्—

अनेकदोषैरपि सौम्ययोगो
न हन्यतेऽनेकगुणैः कुयोगः।
ग्राह्याः सदा ये च गुणा बुधैर्यत्
क्रियास्वसौम्याः खलु वर्जनीयाः।।८३।।

अथोपजात्या सुयोगकुयोगयोर्बलमाह—अनेकेति। अनेकदोषैः सौम्ययोगो न हन्यते अपितु पुनरनेकगुणैः कुयोगो न हन्यते सदा बुधैर्यत्क्रियासु ये गुणास्ते ग्राह्या अङ्गीकर्त्तव्याः। च पुनर्येऽसौम्यास्ते खलु निश्चितं वर्जनीया इत्यर्थः॥८३॥

अनेक दोषों से शुभ योगों का तथा अनेक शुभ योगों से अशुभ योगों का नाश नहीं होता। अतः बुद्धिमान् पुरुषों को अपने सभी प्रकार के कार्यों में शुभ योगों को ग्रहण करना चाहिए तथा अशुभ योगों का परित्याग करना चाहिये।।८३।।

कस्यचिन्मते दूषणम्—

तद्यैः कुयोगैरिति सौम्ययोगो
न हन्यतेऽसत्कथितं यदेकः।
कादम्बरीविन्दुगणः करीष-
लेशं यथा दुष्यति नेति कश्चित्।।८४।।

अथात्र कस्यचिन्मतं दूषयति—तद्यैरिति। कश्चिदेक कुयोगैरिति इत्याह तदसत् कथितं व्यर्थोदितम्। इतीति किं तदाह। यैः कुयोगैः सौम्ययोगो न हन्यते यथा कादम्बरीविन्दुगणो मदिराविन्दुसमूहः करीषलेशं शुष्कगोमयलवं न दुष्यति सदूषणं न करोतीत्यर्थः॥८४॥

अशुभ योगों से शुभ योगों का नाश नहीं होता, कुछ विद्वानों ने इसे असत्य बतलाया है। परन्तु जिस प्रकार मदिरा का बिन्दुसमूह शुष्क गोमय पिण्ड (उपला) को दूषित नहीं कर पाता, उसी प्रकार अशुभ योगों से शुभ योग दूषित नहीं होते।।८४।।

दोषाधिक्ये गुणनाशः—

एको गुणो दोषगणं समेत्य
स्वाहाप्रियं स्वामतिहेतिवन्तम्।

निगूहतीवामलगव्यबिन्दु-
मूर्तिं तदिष्टा बहवो गुणाः स्युः।।८५।।

अथ बहुदोषोऽल्पगुणं परिहरन्नाह—एक इति। एको गुणो दोषगणमेत्य प्राप्य स्वां मूर्तिं निजगुणरूपां निगूहति गुहसंवरणे गुहेरुपधायाकृद्गुणहेतौ स्वरे इति दीर्घः नाशं प्राप्नोतीत्यर्थः। क इवामलगव्यबिन्दुरिव यथा निर्मलघृतादिबिन्दुः स्वाहाप्रियं वह्निमतिहेतिवन्तमतिशयज्वालायुक्तं प्राप्य स्वां मूर्तिं गूहति पूर्ववत् वह्निसाद्भवतीत्यर्थः। तस्मात्कारणाद्बहवो गुणा इष्टाः स्युः। दोषमवाहेत्यत्र मवाहशब्दः समूहवाची यथास्मिन्नेव ग्रन्थे वक्ष्यते नवमवाहः समुद्रो जलराशित्वात्। 'स्वाहाग्नायी प्रियास्य च' इति हैमः॥८५॥

एक गुण दोषों के समूह को प्राप्तकर अपने स्वरूप को नष्टकर दोषों में ही विलीन हो जाता है। यथा प्रज्वलित अग्नि में शुद्ध गाय का घृत पड़ते ही अग्नि की ज्वाला में परिणत हो जाता है। अतः दोषों की अपेक्षा गुणों का आधिक्य ही ग्राह्य है।।८५।।

दोषलवोऽपि सर्वथा त्याज्यः—

दोषैकदेशो गुणसन्निपात-
मतो दहत्यत्र न संशयोऽस्ति।
धनञ्जयांशो वनराज्यगौघ-
मिवागुणांशोऽपि विवर्जनीयः।।८६।।

अथ बहुगुणेऽप्येकदोषांशस्यापि त्याज्यतामाह—दोषैकेति। दोषैकदेशो गुणसन्निपातं गुणौघं दहति भस्मीकरोति धनञ्जयांश इव। यथा वह्निलवो वनराज्यगौघं वनश्रेणिं वृक्षसमूहं दहति अत्र संशयो नास्ति। अतः कारणादगुणांशोऽपि वर्ज्जनीयो बुधैरिति शेषः॥८६॥

गुणों के समूह को एक दोष लव भी नष्ट कर देता है, इसमें सन्देह नहीं। जैसे अग्नि कण (चिनगारी) घोर जंगल (वृक्षों के समूह) को भी नष्ट (भस्म) कर देता है। अतः दोष के अंशों का भी परित्याग करना चाहिए।।८६।।

गुणदोषयोः साम्यमपि त्याज्यम्—

गुणागुणव्रातसमानताश्रयाद्-
यथाऽशिवार्थं किल मङ्गलाज्जनः।
आधारकक्षौद्रसमानताश्रया-
दतोऽदनादेत्यधिका गुणा वरम्।।८७।।

अविघ्नमस्तु। अथ गुणदोषयोः समानतामपि निषेधयति—गुणेति। किलेति सम्भावनायां। जनोऽशिवार्थः दुःखहेतुमेति प्राप्नोति कस्मात् गुणाश्चागुणाश्च तेषां व्रातः समूहस्तस्य समानता तुल्यता तस्य आश्रयः स्थानं सेवनं वा यस्मिन् तत्

तस्मादेवंविधान्मङ्गलात्। निदर्शनमाह यथा जन उपद्रवं प्राप्नोति कस्मात् आघारं घृतं कं जलं क्षौद्रं मधु एषां समानताश्रयात् अदनात् समभागभक्षणात्। अतः कारणादधिका गुणाः वरं शुभं गुणा वरमित्यत्र बहुवचनमेकवचनं युक्तम्। यतो वचनभेदोऽभवत् पुनर्विभक्तिभेदो न यथा वेदाः प्रमाणमित्यर्थः॥८७॥

गुणों और दोषों के समूहों की समानता भी मंगल कार्यों में अशुभ होती है। यथा घृत, जल और मधु का समान अंश में भक्षण करना विनाश कारक होता है। अतः दोषों की अपेक्षा गुणों की अधिकता ही श्रेष्ठ होती है।।८७।।

उदाहरणेनोक्तमतसम्पादनम्—

आपुः पुरा भीमसुताधवादयो-
ऽगुणव्रजोपासितमङ्गलामराः।
एकोऽशुभान्येव कुयोगभावतो
नृपातदोषोऽपि वरःक्रियास्वतः।।८८।।

अथैतदेव दृष्टान्तेन दृढयति—आपुरिति। पुरा पूर्वं दमयन्ती तस्य धवो भर्ता नलराजः स एव आदौ येषां ते भीमसुताधवादयो नृपा अशुभान्मङ्गलान्येवाऽऽपुः प्रापुः। लुङि या प्रापणेऽत उसि रूपम्। कथम्भूता भीमसुताधवादयः। अगुणव्रजे दोषसमूहे उपासिता आश्रिताः मङ्गलामरा उद्वाहदेवा यैस्ते अतो हेतोः कुयोगभावत एको दोषोऽपि खार्जूरिकचक्रादुत्पन्नदोषः क्रियासुः वरः श्रेष्ठ इत्यर्थः॥८८॥

दोष समूहों के विद्यमान रहने पर सम्पादित की गई माङ्गलिक (विवाहादि) क्रियाओं के कारण ही पूर्व काल में भीम कन्या दमयन्ती के पति नल आदि राजाओं ने अशुभ फल ही प्राप्त किया। अतः कुयोगों की दृष्टि से एक भी दोष महत्त्वपूर्ण होता है।।८८।।

पर्वाण्यमानीह सदापवर्जनैः
श्रीविक्रमार्केण विनाडिकं प्रति।
तद्दोषबोधाय तथापि सत्कृता
विदुः सदा सत्कृतिना ह्यमूनि च।।८९।।

इति श्रीज्योतिर्विदाभरणे कविकालिदासोदिते
पर्वाध्यायश्चतुर्थः॥४॥

अथोपसंहारद्वारेण श्रीविक्रमार्कं वर्णयति—पर्वाण्येति श्रीविक्रमार्केण विनाडिकं प्रति घट्याः षष्ठितमं भागं प्रतिपर्व अमानि ज्ञातं कैरपवर्जनैर्दानैः कथंभूतेन विक्रमार्केण। सत्कृतिना पण्डितेन च पुनस्तथापि सदा सत्कृताः पण्डिता इहास्मिन् पर्वाधिकारेऽमूनि पर्वाणि विदुः अवधारयन्ति। कस्मै तद्दोषबोधया। तेषां पर्वणां दोषास्तेषां बोधाय ज्ञानाय हीति निश्चितम्॥८९॥

इति श्रीपौर्णिमीयगच्छाधिराजभट्टारकपुंरदरश्रीमहिमाप्रभसूरीश्वरचरण-सरोरुहचंचरीकायमानशिष्यभावरत्नविरचितायां श्रीकवि-कालिदासकृतज्योतिर्विदाभरणस्य सुखबोधिकायां पर्वाध्यायश्चतुर्थः समाप्तः॥४॥

विद्वान् श्री विक्रमार्क ने प्रतिपल दान आदि कार्यों के लिए इन पर्वों का ज्ञान प्राप्त किया। विद्वानों को भी पर्वजन्य दोषों का निश्चित रूप से ज्ञान प्राप्त करना चाहिए।।८९।।

श्रीकालिदासविरचित ज्योतिर्विदाभरण के पर्वप्रकरण का प्रो० रामचन्द्रपाण्डेयकृत हिन्दी भाषानुवाद सम्पूर्ण॥४॥

●

ग्रहगोचरप्रकरणम् - ५

उपयोगः—

वदामि फलमङ्गिनामहं तदम्बरगगोचरोदितम्।
असाधुशुभकर्म्मणामथो न येन फलविभ्रमो भवेत्।।१।।

श्रीमहिमाप्रभाह्वानां सूरीशानां सरस्वती।
पुनातु प्राणिनां शश्वदक्षयामृतवाहिनी।।१।।

अथ पञ्चमाध्याये आसप्तकं दुरध्वगाछन्दस्तत्र प्रथमं ग्रहगोचरफलसन्धानमाह—वदामीति। अथो अनन्तरमहं तत् अम्बरगानां ग्रहाणां गोचरात् राशिविशेषात् उदितं प्रादुर्भूतम्। अथवा ग्रहगोचरे कथितं फलं वदामि कथयामि येन कारणेनाङ्गिनां प्राणिनां फलविभ्रभः फलसंशयो न भवेत्। किंभूतानां प्राणिनाम्। असाधूनि च शुभानि च कर्म्माणि येषां तं तेषामित्यर्थः।।१।।

प्राणियों के शुभाशुभ कर्मों से सम्बन्धित फलादेश में विभ्रम (सन्देह) उत्पन्न न हो इसके लिए मैं ग्रहों के गोचरोक्त (राशियों के अनुसार) फल को कह रहा हूँ।।१।।

ग्रहाणां कक्षाक्रमः—

यमेज्यकुजहेलिभार्गवज्ञतारकधवाः खतः क्रमात्।
नता भगणभाज ईरिता भ्रमन्ति विधिना स्ववर्त्मगाः।।२।।

अथ शन्यादीनां भ्रमणविधिमाह—यमेज्येति। खतः आकाशात् क्रमेण नता नम्राः अधोधः स्थानस्थिताः भगणा द्वादशराशयस्तान् भजन्तीति भगणभाजः स्ववर्त्मगाः निजमार्गगा निजमार्गगामिनो विधिना कालेन ईरिताः सन्तः यमः शनि गुरुः कुजो भौमः हेलिः सूर्यः भार्गवः शुक्रः ज्ञो बुधः तारकाधवश्चन्द्रः एषां द्वन्द्वः एते भ्रमन्ति। 'विधिवाक्ये च दैवे च प्रकारे कालकल्पयोः' इतिहैमः। 'शनौ ब्रह्मण्यश्च यमः स्थिरः' इतिहेमशेषकोशे इत्यर्थः।।२।।

शनि, बृहस्पति, मंगल, सूर्य, शुक्र, बुध और चन्द्रमा अधोऽधः क्रम से आकाश में स्थित हैं। ये सभी ग्रह अपनी-अपनी कक्षाओं में स्थित रहते हुये निश्चित अवधि में द्वादश राशियों के चक्र में परिभ्रमण (भगण पूर्ण) करते हैं[1]।।२।।

---

१. 'भगण' शब्द ज्योतिषशास्त्र में राशिचक्र की एक परिक्रमा के अर्थ में प्रयुक्त किया गया है। मेष राशि के आरम्भ बिन्दु से चलकर मीनान्त विन्दु पर ग्रह के पहुँचने पर एक भगण माना जाता है। ग्रह अपनी कक्षा में रहते हुए राशिचक्र में भ्रमण करते हैं।

विशेष— भारतीय ज्योतिष में ग्रहों की कक्षा भूकेन्द्रिक बताई गई है; अत: पृथ्वी को ग्रह में नहीं स्वीकार किया गया है। इसी प्रकार आधुनिक ज्यौतिष में ग्रहों की सूर्य-केन्द्रिक गणना की जाती है तथा सूर्य को ग्रह नहीं माना जाता है; अपितु पृथ्वी ग्रहरूप में मानी जाती है। पृथ्वी को ग्रह मानने पर चन्द्रमा स्वभावत: पृथ्वी का उपग्रह हो जाता है। इस प्रकार प्राचीन भारतीय और नवीन ग्रहकक्षा क्रम में अन्तर है। नवीन सिद्धान्त के अनुसार शनि से ऊपर भी तीन ग्रहों की कक्षा मानी गई है। चौथे ग्रह की सम्भावना में सतत वेध कार्य किये जा रहे हैं।

भारतीय और नवीन विधियों से ग्रहों की कक्षाओं का स्वरूप इस प्रकार है—

प्राचीन भारतीय मत

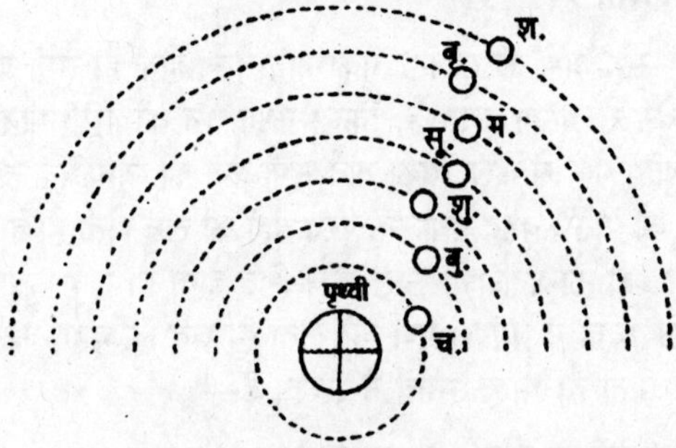

नवीन मत

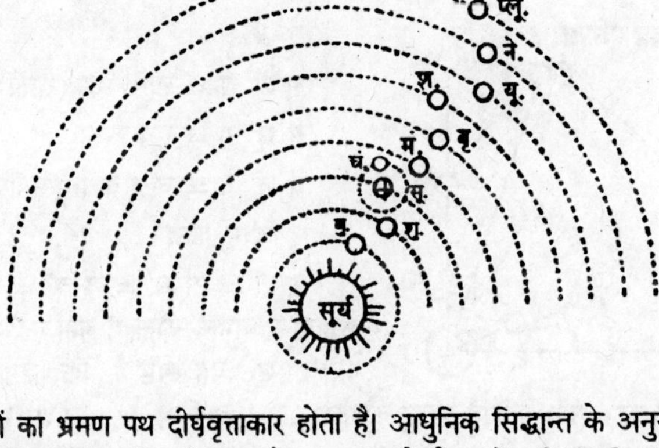

ग्रहों का भ्रमण पथ दीर्घवृत्ताकार होता है। आधुनिक सिद्धान्त के अनुसार पृथ्वी की कक्षा की एक नाभि में सूर्य स्थित हैं, कक्षा वृत्त के केन्द्र में नहीं। यद्यपि इसका स्पष्ट संकेत भास्कराचार्य ने भी किया है- 'यस्मिन् वृत्ते भ्रमति खचरो नास्य मध्यं कुमध्ये।' भूकेन्द्रिक गणना होने पर भी भास्कराचार्य ने पृथ्वी के केन्द्र में ग्रह कक्षा का केन्द्र नहीं माना है।

न्यूनाधिकगतौ हेतु—

तनुभ्रमणमम्बराय नः स भुञ्जति च यस्य सत्वरम्।
महद् भ्रमणमुर्विपीठतो भवेदनणुकालके नभम्।।३।।

अथ ग्रहाणां लघुमहद्भ्रमणभेदमाह— तन्विति। यस्य ग्रहस्य उर्वीपीठतो भूमिपीठतस्तनुभ्रमणं लघुभ्रमणं भवेत्सोऽम्बराय नो ग्रहोऽनणुकालेन महत्कालेन भं राशिं भुञ्जति भुनक्ति। भुज्यते इति भुञ्जः भुञ्ज इवाचरतीति भुञ्जति इति प्रयोगसिद्धिः। अन्यथा भुञ्जतिप्रयोगो विबुधगम्यः।।३।।

भूपृष्ठ के आधार से जिस ग्रह की गति अल्प होती है वह ग्रह दीर्घकाल में तथा जिस ग्रह की गति तीव्र होती है वह स्वल्पकाल में आकाशस्थ राशिचक्र का भोग (भ्रमण) करता है।।३।।

विशेष— सभी ग्रहों की योजनात्मिका गति तुल्य होती है। सभी ग्रह अपनी-अपनी कक्षा में समान वेग से भ्रमण करते हैं, किन्तु कक्षा वृत्त का परिधिमान भिन्न-भिन्न होने से भूकेन्द्रिक कोणीय मान से कलात्मिका गति सभी ग्रहों की न्यूनाधिक हो जाती है। दूरस्थ ग्रहों के कक्षावृत्त की परिधि बृहद् तथा समीपस्थ ग्रहों की लघु होती है। इसीलिए तुल्यगति होने पर भी सभी ग्रहों का प्रदक्षिणा काल भिन्न-भिन्न होता है। लघु कक्षा में ग्रह शीघ्र ही अपना भगण (राशिचक्र में भ्रमण) पूर्ण कर लेता है। जब कि बृहद् कक्षा में भगण पूर्ति अधिक समय में होती है। भास्कराचार्य ने लिखा है—

समागतिस्तु योजनैः नभस्सदां सदा भवेत्।
कलादिकल्पनावशान्मृदुर्द्रुता च सा स्मृता।। सि.शि.ग.प्र. २६

ग्रहों के कोणीय गतिमान को चित्र द्वारा सरलता पूर्वक जाना जा सकता है।

चित्र परिचय

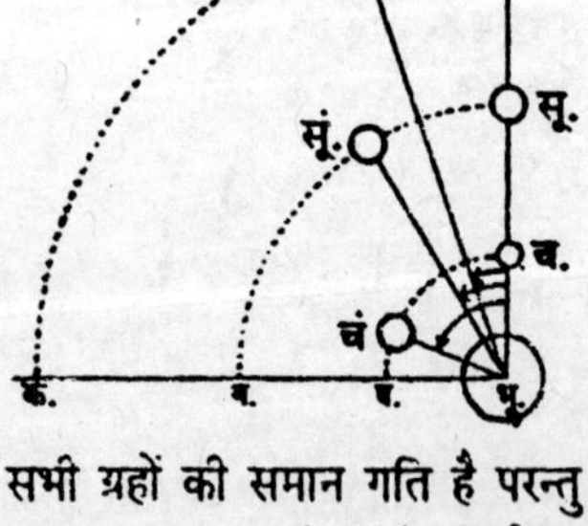

श श' क = शनि कक्षा (सर्वाधिक दूरस्थ)

सू सू' ग = सूर्य कक्षा

चं चं' घ = चन्द्र कक्षा (समीपस्थ)

भू = भू केन्द्र

श श' = सू स' = च च' = योजनात्मक कक्षामान (समान काल में ग्रहों की योजनात्मक गति)। इससे यह स्पष्ट है कि समान काल में सभी ग्रहों की समान गति है परन्तु कोणीय मान भिन्न-भिन्न है— ∠श भू श' < ∠ सू भू सू' < ∠ चं भू चं' अर्थात् समीपस्थ कक्षा स्थित ग्रह का कोणीय मान सर्वाधिक तथा दूरस्थ ग्रह का कोणीय मान सर्वाल्प है। यही कारण है कि कलात्मिका (कोणीय) गति समीपस्थ ग्रह की सर्वाधिक और दूरस्थ ग्रह की क्रम से न्यून होती जाती है। प्रस्तुत उदाहरण में चन्द्रमा पृथ्वी के निकट स्थित है अतः चन्द्रमा की गति सर्वाधिक तथा शनि

की कक्षा सबसे ऊपर है। अत: शनि की गति सर्वाल्प होती है। इसीलिए शनि को 'मन्द' भी कहा जाता है।।३।।

ग्रहाणामेकराशौ भोगकाल:—

विधोर्भवति साङ्घ्र्यहोद्वयं सदैकभजमध्यभोगकम्।
विदोऽक्षयमतुल्यवासरा सवित्र्युशनसोस्तथैकमा:।।४।।

अथ ग्रहाणां राशिभोगकालप्रमाणमाह—विधोरिति। विधोश्चन्द्रस्य साङ्घ्र्यहोद्वय सपादेन युग्मं भजमध्यभोगकमिति भाद्राशे: सकाशाज्जायत इति तज्जं मध्यमभोगकं भवेत्। सपाददिनयुगलं सामान्यतो विधुर्भुङ्क्ते इत्यर्थ:। भजेत्यत्र अर्थवशाद्विभक्तिपरिणाम:। एवं विदो बुधस्याक्षयमतुल्यवासरा: भजमध्यभोगका: स्यु:। तथा सवित्र्युशनसो: रविशुक्रयोरेकमा: एकमासो भजमध्यभोगको भवेत्। अहोद्वयमित्यत्राशाब्दिकमतत्वादहर्द्वय-महोद्वयमित्यपि स्यादेवमग्रेऽपि कविना रत्वं रुत्वं च प्रोक्तमस्ति।।४।।

एक राशि में चन्द्रमा की स्थिति (लगभग) २ दिन १५ घटी (सवा दो दिन), बुध की स्थिति पचीस दिन तथा सूर्य और शुक्र की स्थिति १ मास होती है।।४।।

युगं क्षितिभुवोऽथ मासयोरुषर्बुधकुभिर्मिता गुरो:।
अगोर्धृतिमिताश्च मासका: खवह्निगिरशुभ्ररोचिष:।।५।।

युगमिति। क्षितिभुवो मङ्गलस्य मासयोर्द्वयं भजमध्यभोगकम्। अथ गुरोर्गीष्पतेरुषर्बुधा अग्नयश्च कुर्भुश्च ताभिस्त्रयोदशभिर्मिता मासका: भजमध्यभोगकम्। पुनरगो राहोर्धृतिमिता मासका: भजमध्यभोगकम्। पुनरशुभ्ररोचिष: कृष्णकान्ते शने: खवह्निभिस्त्रिंशतामिता मासका: भजमध्यभोगकम्। स्युरितियुग्मम्।।५।।

मंगल एक राशि में दो मास, गुरु तेरह मास, राहु अठारह मास तथा शनि तीस मास तक एक राशि पर रहता है।।५।।

गतौ कारणम्—

निजद्युनिशवृत्तगो ग्रहोऽनिशं प्रवहवायुनेरित:।
प्रयात्यपि गतिं पृथग्विधामचञ्चलचलोच्चहेतुना।।६।।

अथैषां गतिहेतुमाह— निजेति। निजद्युनिशवृत्तगो निजाहोरात्रमण्डलगतो ग्रहोऽनिशं निरन्तरं प्रवहनामवायुना ईरित: प्रेरित: सन् पृथग्विधां भिन्नविधामपि गतिं प्रयाति। किंभूतेन प्रवहवायुना अचञ्चलचलोच्चहेतुना मन्दोच्चबलोच्चकारणेनेत्यर्थ:।।६।।

अपने-अपने अहोरात्र वृत्त में प्रवहवायु से प्रेरित होकर सभी ग्रह अपने मन्दोच्च एवं शीघ्रोच्च के कारण भिन्न-भिन्न गतियों का आश्रय कर भ्रमण करते हैं।।६।।

ग्रहाणां गतिभेद:—

समा ब्रजिनगातिवेलिता चरा चरतरा दिवौकस:।
गतिर्भवति मन्दसंज्ञिका सदेति च कृशैव सप्तधा।।७।।

अथ ग्रहाणां सप्तधा गतिमाह—समेति। समा तुल्या गतिः १ ब्रजिनगा वक्रगतिः २ अतिवेलिता अतिवक्रा गतिः ३ चरा गतिः ४ चरतरा गतिः ५ मन्दसंज्ञिका मन्दा गतिः ६ कृशा गतिः ७ दिवौकसो ग्रहस्येत्यमुना प्रकारेण सप्तधा गतिर्भवतीत्यर्थः।।७।।

समा, वक्रा, अतिवक्रा, चरा (शीघ्रा), चरतरा (अतिशीघ्रा), मन्दा तथा कृशा ये सात प्रकार की ग्रहों की गतियाँ होती हैं।।७।।

विशेष— ग्रह अपनी अपनी कक्षा में भ्रमण करते हुये अपने-अपने मन्दशीघ्रोच्च पातों द्वारा अपकृष्ट होते हैं तथा अपनी कक्षा से ऊर्ध्व-अधः स्थित ग्रहों के आकर्षण के प्रभाव से प्रभावित होते हैं। परिणामतः इनकी स्वाभाविक गतियों में अन्तर आ जाता है। अपने उच्च स्थान के आसन्न ग्रहगति स्वल्प तथा नीचस्थ होने पर अत्यधिक होती है तथा स्थान-भेद से वक्र की प्रतीति होती है। ग्रहों की गतियों का भेद सूर्यसिद्धान्त में आठ प्रकार का बताया गया है—

वक्रातिवक्रा विकला मन्दा मन्दतरा समा।
तथा शीघ्रतरा शीघ्रा ग्रहाणामष्टधा गतिः।।[1]

१. वक्रा, २. अतिवक्रा, ३. विकला, ४. मन्दा, ५. मन्दतरा, ६. समा, ७. शीघ्रतरा, ८. शीघ्रा ये आठ प्रकार की गतियाँ होती हैं, परन्तु व्यवहार में पाँच प्रकार की गतियों को ग्रहण किया जाता है—

तत्रातिशीघ्रा शीघ्राख्या मन्दा मन्दतरा समा।
ऋज्वीति पञ्चधा ज्ञेया या वक्रा सातिवक्रगा।।[2]

शीघ्र, मन्द, सम, मार्गी तथा वक्री ये पाँच प्रकार की प्रमुख गतियाँ होती हैं। इन्हीं के उपभेदों से आठ प्रकार या ७ प्रकार की गतियाँ बताई गई हैं। वस्तुतः दैनिक व्यवहार में मार्गी और वक्री ये दो प्रकार की ही गतियाँ ग्रहण की जाती हैं।।७।।

समागतिलक्षणम्—

गत्या समं पत्ररथायनायनः
स्वमध्यगत्या स्फुटया चरत्यथ।
द्युरात्रवृत्ते विबुधैः समा गति-
र्ज्ञेया यदा तस्य हि यो दिवौकसः।।८।।

अथोपजात्या गतीनां लक्षणमाह— गत्येति। अथ यदा पत्ररथानां पक्षिणामयनं मार्गो व्योम तस्मिन्नयनं मार्गो यस्य स ग्रहो द्युरात्रवृत्तेऽहोरात्रमण्डले स्वमध्यगत्या निजमध्यमगमनेन समं सदृशं स्फुटया स्पष्टतया गत्या चरति गच्छति हि युक्तं तदा बुधैस्तस्य दिवौकसो ग्रहस्य समा गतिर्ज्ञेया।।८।।

---

१. सू.सि. २/१२
२. सू.सि. २/१३

जिस प्रकार पक्षी आकाश मार्ग में भ्रमण करते हैं। उसी प्रकार सभी ग्रह अपने-अपने अहोरात्रवृत्त में अपनी मध्यमगति की तरह ही स्पष्ट गति से भ्रमण करते हैं। विद्वानों ने इस गति को समगति कहा है।।८।।

वक्रगतिलक्षणम्—

अत्यल्पगत्याम्बरपान्थ एति
गतिर्यदाधिष्ठितभे विलोमाम्।
वक्रा गतिः स्यात्तमपास्य राशिं
राशौ गते वक्रतरातिगत्या।।९।।

अत्यल्पेति। यदाधिष्ठितभे आक्रान्तराशौ अम्बरपान्थो ग्रहोऽत्यल्पगत्याऽतिसूक्ष्मगत्या विलोमां पश्चाद्गामिनीं गतिमेति प्राप्नोति तदा ग्रहस्य वक्रा गतिः स्यात्। अथातिगत्या तं राशिमपास्याश्रितराशिं त्यक्त्वा राशौ गते पाश्चात्यराशिं प्राप्ते ग्रहे सति वक्रतराऽतिशयेन वक्रा गतिः स्यादित्यर्थः।।९।।

जब ग्रह आकाश में अत्यन्त अल्पगति से अपनी आक्रान्त राशि में भ्रमण करता हुआ विपरीत दिशा में गमन करने लगता है, तब वक्रागति होती है। विपरीत दिशा में भ्रमण करता हुआ ग्रह यदि अपनी आक्रान्त राशि को छोड़कर पिछली राशि में चला जाता है, तब ग्रह की वक्रतरा (अतिवक्रा) गति होती है।।९।।

विशेष— वस्तुतः ग्रह अपनी कक्षा में एक ही दिशा में भ्रमण करता है। उसकी गति विपरीत दिशा में नहीं होती है। परन्तु स्थान भेद से पृथ्वीवासियों को ग्रह कुछ परिस्थितियों में अपने स्थान से पीछे हटते हुये दिखाई देते हैं। यही अवस्था वक्रगति सूचक होती है।।९।।

अतिचारीगतिलक्षणम्—

ग्रहोऽतिवेगेन यदा स्वमार्गमाक्रान्तभे गच्छति यश्चरोक्ता।
तदा गतिस्तस्य विहाय राशिं तमैष्यभे चातिचरा गतिज्ञैः।।१०।।

ग्रह इति। यदा यो ग्रहोऽतिवेगेनाक्रान्तभे संश्रितराशौ स्वमार्गं निजमार्गं गच्छति तदा गतिज्ञैस्तस्य ग्रहस्य गतिश्चरा उक्ता। च पुनर्ग्रहस्तं राशिमाश्रितराशिं विहायैष्यभे आगामिकराशौ गच्छति तदा गतिज्ञैस्तस्यातिचरा गतिरुक्ता।।१०।।

ग्रह जब अपने स्वाभाविक वेग से अधिक गति द्वारा अपनी आक्रान्त राशि में भ्रमण करता है, तब वह शीघ्रगामी कहलाता है तथा जब अत्यन्त शीघ्रगति द्वारा अपनी राशि का अतिक्रमण कर अग्रिम-राशि में प्रवेश कर जाता है तब अतिशीघ्र या अतिचारी कहा जाता है।।१०।।

मार्गीमन्दयोर्लक्षणम्—

वक्री पुनस्तत्र स चेन्नभोगस्तदातिचारी चरतीह मार्गी।
स्वमध्यगत्यूनजवेन मन्दो ज्ञेयः कृशो यः स गतिक्षयत्वात्।।११।।

वक्रीति। चेद्यदि स नभोगो ग्रहस्तत्र राशौ वक्री इह मार्गी सञ्चरति गच्छति तदाऽतिचारी कथ्यते। अथ ग्रहः स्वमध्यगत्यूनजवेन निजमध्यमगतिहीनवेगेन मन्दो ज्ञेय इति लक्षणया मन्दा गतिरुक्ता। अथ यो ग्रहो गतिक्षयत्वात्कृशः स कृशो ज्ञेय इति लक्षणया कृशा गतिरुक्ता।।११।।

वक्री ग्रह अतिचारी (शीघ्रगामी) होकर पुनः अपने स्वाभाविक मार्ग में चलने लगता है, तब वह मार्गी कहा जाता है। अपनी मध्यम गति से अल्प गति होकर जब यह भ्रमण करता है, तब वह मन्दगति वाला तथा गतिक्षय (अत्यन्त स्वल्प गति) होने पर कृशगति वाला ग्रह कहा जाता है।।११।।

वक्रातिचारयोः फलम्—

वक्रातिचारेऽम्बरगाश्चरन्तो
ददत्यलं लल्लपराशराद्याः।
आक्रान्तराशेरमनन्त हीति
फलं न लब्धद्रकवेधसत्याः।।१२।।

अथ ग्रहाणां वक्रातिचारे फलं निषेधयति—वक्रेति। अलमित्यवधारणे हीति विशेषार्थे। अम्बरगा ग्रहा वक्रातिचारे चरन्तो गच्छन्त आक्रान्तराशेः फलं न ददति न समर्पयन्ति। इति लल्लपराशराद्या ऋषयोऽमनन्त जगुः। किम्भूता लल्लपराशराद्या द्रं गमनं तस्य कः प्रकाशस्तस्य वेधः द्रकवेधः अर्थात् ग्रहाणां गतिप्रकाशवेधः लब्धः प्राप्तश्चासौ द्रकवेधश्च लब्धद्रकवेधस्तस्मिन् सत्याः सत्यभाषिणः 'द्रभयङ्गमनं क्षुद्रम्' इत्यादिद्व्यक्षरकोषे सौभरिकः। सूर्यमित्रवाद्यग्निब्रह्मात्मयमकेकिषु प्रकाशवक्त्रयोश्चापि' इति राजशेखरः। अमनन्तेत्यत्रात्मनेपदं द्रकेतिपदं बुधैश्चिन्त्यम्। वक्रातिचारे संहितायां यथा—

विलोमगत्या यदि वातिगत्या प्रयाति यो राशिमतीतमैष्यम्।
हित्वा तदीयं गगनेचरोऽसौ दद्यात्फलं पूर्वगृहे यदुक्तम्।।१।।

वक्रातिचारेण गृहान्तरेऽपि स्थितो ग्रहः पूर्वफलप्रदः स्यात्।
देशान्तरं कार्यवशाद्गतो हि स्वदेशधर्मं न जहाति मर्त्यः।।२।।

यदा ग्रहोऽयं समुपैति राशिं तदा तदीयं स फलं ददाति।
पीतादिवर्णेन समागमे हि वर्णः सितस्तन्मयतामुपैति।।३।।

यावन्ति यो वक्रगतेर्दिनानि भवेत्स वक्रो यदि वातिचारः।
दशांशतुल्यानि दिनानि तेषां दद्यात्फलं पूर्वगृहे यदुक्तम्।।४।।

त्रयोदशार्किः क्षितिजश्च सप्त द्व्यहं बुधः पञ्च दिनानि शुक्रः।
वक्री गुरुः पूर्वफलप्रदः स्यादेकादशौ वेति जगौ वराहः।।५।।

मासं शनीज्यौ कुजभार्गवौ तु पक्षं दशाहानि च सोमसूनुः।
ददाति वक्री फलमाद्य राशेः केषांचिदेवं न मतं बहूनाम्।।६।। इत्यर्थः।

लल्ल, पराशर आदि सत्यज्ञ आचार्यों के मतानुसार वक्री और अतिचारी ग्रह अपनी आक्रान्त राशि का परित्याग कर जिस राशि पर दृश्य होते हैं, (लब्धद्रकवेध: = गतिप्रकाशवेध: अर्थात् वेधोपलब्ध ग्रह) उस राशि का फल नहीं देते।।१२।।

विशेष— अपनी स्वाभाविक गति के अनुसार ग्रह की स्थिति जिस स्थान पर होती है, ग्रह उसी स्थान का फल देता है। वक्री और अतिचारी होकर ग्रह जब अन्य राशियों पर चला जाता है तो उस राशि का फल नहीं देता, क्योंकि वह ग्रह अपनी वास्तविक राशि में रहता हुआ दृष्टि एवं स्थान भेद से ही अन्यत्र दिखाई पड़ता है। इन परिस्थितियों में कुछ आचार्यों का मत है कि जितने दिन ग्रह वक्री या अतिचारी होता है, उसके दशांश तुल्य दिन ही अपने पूर्व गृह का फल देता है। तथा कुछ आचार्यों ने यह भी दृष्टान्त दिया है कि किसी कार्य विशेष से कोई व्यक्ति किसी दूसरे स्थान या देश में चला जाता है तो वह अपने देश-धर्म का परित्याग कर उसी देश के अनुसार नहीं हो जाता। उसी प्रकार किसी कारणवश ग्रह अपनी राशि छोड़कर यदि दूसरी राशि में चला जाता है, तब भी वह अपनी पूर्व राशि का ही फल प्रदान करेगा। यथा—

वक्रातिचारेण गृहान्तरेऽपि स्थित: ग्रह: पूर्वफलप्रद: स्यात्।
देशान्तरं कार्यवशाद् गतो हि स्वदेशधर्मं न जहाति मर्त्य:।।

वक्रादिगतिनियमा:—

एवं शराङ्गाश्च जिना गुणार्का
वियच्छरा: खाब्धिधरा ग्रहज्ञै:।
क्रमेण धराजमुखग्रहाणां
घस्रा: सदा वक्रगतेर्निरुक्ता:।।१३।।

अथ भौमादिग्रहपञ्चकस्य वक्रगतिदिननियममाह—एवमिति। सदा ग्रहज्ञैरेवं क्रमेण धराजमुखग्रहाणां भौमादिग्रहाणां वक्रगते: शरादिमिता घस्रा वासरा निरुक्ता: प्रोक्ता:। कोऽर्थ:। भौमस्य वक्रगते: शराङ्गा पंचषष्टिर्वासरा:। बुधस्य वक्रगतेर्जिनाश्चतुर्विंशतिर्वासरा:। गुरोर्वक्रगतेर्गुणार्कास्त्रयोविंशत्यधिकशतं वासरा:। शुक्रस्य वक्रगतेर्वियच्छरा गगनबाणा: पञ्चाशत्वासरा:। शनेर्वक्रगते: खाब्धिराश्चत्वारिंशदधिकशतं वासरा इत्यर्थ:।।१३।।

भौमादि पाँच (तारा) ग्रह क्रम से ६५, २४, १२३, ५० तथा १४० दिनों तक सदैव वक्रगति से चलते हैं, ऐसा ग्रहगति के ज्ञाता विद्वानों का कथन है। अर्थात् भौम अपने वक्रारम्भ से ६५ दिनों तक, बुध २४ दिन, गुरु १२३ दिन, शुक्र ५० दिन तथा शनि १४० दिन तक वक्री रहता है।।१३।।

विशेष:— [1]ग्रहलाघव में वक्रारम्भ और वक्रत्याग की अवधि कुछ भिन्न है। दोनों ग्रन्थों में अन्तर इस प्रकार है—

---

१. ग्र. ला. ३.१९, २०

ग्रह	ज्यो.वि.भ.	ग्र.ला.	अन्तर
भौम	६५	६०	५ दिन
बुध	२४	२२	२ "
गुरु	१२३	१२०	३ "
शुक्र	५०	५२१/२	२१/२ "
शनि	१४०	१३५	५ "

ग्रहाणां मार्गत्वदिनप्रमाणम्—

शराम्बरागा द्विनवाहितारका
सुरेषवो ह्यग्नियमाश्च वासराः।
तेषां स्वभुक्त्याननमार्गकाश्रिताः
स्मृता बुधैरूर्ध्वमतोऽथ वक्रगाः।।१४।।

अथैषां मार्गदिननियममाह— शरेति। बुधैस्तेषां भौमादीनां पञ्चानां स्वभुक्तिर्निज-संक्रमितभोगराशिस्तस्या आननं मुखं संक्रमणप्रारम्भो यस्यासौ मार्गकश्च तमाश्रिताः प्राप्ताः स्वभुक्त्याननमार्गकाश्रिताः शरादिमिताः वासराः स्मृता। कोऽर्थः। भौमस्य निजराशिसंक्रमणमुखादारभ्य मार्गे भवा मार्गकाः वासराः शराम्बरागाः पञ्चाधिकसप्त शतानि भवन्ति। एवं बुधस्य द्विनव द्विनवतिर्वासरा मार्गकाः। गुरोरहितारकाः अष्टसप्तत्यधिकशतद्वयं वासरा मार्गकाः। शुक्रस्य सुरेषवस्त्रयस्त्रिंशदधिकपञ्चशतानि वासरा मार्गकाः। शनेह्यग्नियमाः अष्टात्रिंशदधिकशतद्वयं वासरा मार्गका इति। अथ चेद्यदि अत एव तस्मान्मानादूर्ध्वमग्रे वक्रगाः स्युरित्यर्थः।।१४।।

भौमादि ग्रह अपने भुक्त्यारम्भ (राशिप्रवेश) काल से क्रम से ७०५, ९२, २७८, ५३३, २३८ दिनों तक मार्गी रहते हैं। अर्थात् मंगल राशि प्रवेश दिन से ७०५ दिनों तक, बुध ९२ दिनों तक, गुरु २७८ दिनों तक, शुक्र ५३३ दिनों तक तथा शनि २३८ दिनों तक मार्गी (ऋजु गति) रहते हैं, अनन्तर वक्री हो जाते हैं।।१४।।

ग्रहाणामस्तोदये हेतुः—

स्वकालमार्गान्तरकाधिकश्चेन्मन्दो व्रजेदंशुमतो ग्रहोऽस्तम्।
ऊनो निजैः काललवैरमन्दस्तदान्यथा चाभ्युदयं प्रयाति।।१५।।

अथैषामस्तोदयमाह—स्वकालेति। मन्दो ग्रहो गुरुः शनिश्च 'मन्दौ गुरुशनी इति ज्योतिषः संज्ञात्वात्। अंशुमतः सूर्यात् स्वकालभागान्तरकाधिको निजकालांशान्तराधिकस्तदा गुरुः शनिश्चास्तं व्रजेत्। अमन्दश्चन्द्रो बुधः शुक्रो भौमश्च ये तेऽमन्दाः निजैः काललवैः सकालांशैरूनो हीनस्तदामन्दो विधुर्बुधः शुक्रो भौमश्चास्तं व्रजेत्। च पुनरन्यथा पूर्वोक्तविपर्यये कोऽर्थो यदा सूर्यःस्वकालांशान्तरहीनश्चेत्तदा गुरुः शनिश्चोदयं प्रयाति। सूर्यो निजकालांशैरधिकश्चेत्तदा चन्द्रो बुधःशुक्रो भौमश्चोदयं प्रयातीत्यर्थः।।१५।।

मन्दगामी ग्रहों (गुरु और शनि) का कालांश यदि सूर्य से अधिक हो तो वे अस्त हो जाते हैं तथा शीघ्रगामी ग्रहों (बुध, शुक्र, भौम) का कालांश यदि सूर्य से अल्प हो तो वे अस्तंगत हो जाते हैं। इससें विपरीत स्थिति में उदय होते हैं। अर्थात् शीघ्रगामी ग्रहों का कालांश सूर्य की अपेक्षा अधिक हो तो उदय तथा मन्दगामी ग्रहों का कालांश अल्प हो तो उनका उदय होता है।।१५।।

ग्रहाणां कलांशा:—

दिवाकरा: सप्तधरा गुणोर्व्यो
हरा ग्रहा बाणधरा ग्रहाणाम्।
कालांशका मार्गवतामिलोना
अमी क्रमाद्वक्रवतामथाब्जात्।।१६।।

अथ ग्रहाणां कालांशकानाह– दिवेति। अब्जात् चन्द्रात् मार्गवतां मार्गिणां ग्रहाणां क्रमेण दिवाकरादय: काला: स्यु:। कोऽर्थ:। मार्गिणश्चन्द्रस्य द्वादशकालांशका:। मार्गिमंगलस्य सप्तधरा: सप्तदश मार्गिबुधस्य गुणोर्व्यस्त्रयोदश मार्गिगुरोर्हरा एकादश मार्गिशुक्रस्य ग्रहा: नव मार्गिशनेर्बाणधरा: पञ्चदश कालांशका इति। अथ वक्रवतां ग्रहाणां क्रमेण इलोना इलाभूमिस्तया ऊना एकोना अमी निजनिजकालांशका स्यु:। कोऽर्थ:। वक्रिणो भौमस्य षोडश वक्री गुरोर्दश। एवं वक्रिबुधस्य द्वादश कालांशका। वक्रिशुक्रस्याष्टौ। वक्रिशनेश्चतुर्दशेति।।१६।।

चन्द्रमा से आरम्भ कर सभी मार्गी ग्रहों के कालांश बताये गये हैं। चन्द्रमा का १२°, मङ्गल का १७°, बुध का १३°, गुरु का ११°, शुक्र का ९° तथा शनि का १५° कालांश होता है। इसी प्रकार उक्त कालांशों में एक घटा देने से वक्री ग्रहों के कालांश होते हैं यथा– भौम (वक्री) का १६°, बुध (वक्री) का १२°, गुरु का १०°, शुक्र का ८°, तथा शनि का १४° होता है।।१६।।

भौमादिनामस्तदिनानि—

महीभुवोऽप्यम्बरहेलयो नृपा
वियद् गुणा व्योमचरा: षडग्नय:।
दिवौकसां पाशमृतोऽस्तवासरा
दिगाश्रिता ज्ञानिभिरत्र कीर्तिता:।।१७।।

अथ वंशस्थेन भौमादीनामस्तदिननियममाह—महीति। ज्ञानिभिरत्र महीभुवो भौमादि दिवौकसां ग्रहाणामस्तवासरा: अम्बरहेल्यादय: पाशभृतो वरुणस्य दिगाश्रिता: पश्चिमदिगाश्रिता: कीर्तिता: स्पष्टं तु भौमस्य अम्बरहेलयो विंशत्यधिकशतं पश्चिमदिगाश्रिता अस्तवासरा:। एवं बुधस्य नृपा: षोडश गुरोर्वियद्गुणास्त्रिंशत्। शुक्रस्य व्योमचरा नव। शने: षडग्नय: षट्त्रिंशत्।।१७।।

मंगल १२० दिन (अम्बर = ० हेलि = १२), बुध १६ दिन, गुरु ३० दिन, शुक्र ९ दिन तथा शनि ३६ दिन तक पश्चिम दिशा में अस्त रहते हैं। इस प्रकार ज्योतिष शास्त्र के ज्ञाता (दैवज्ञ) ने पश्चिम दिशा में ग्रहों के अस्त रहने का प्रमाण बताया है।।१७।।

भौमादीनामुदयदिनानि—

क्रमेण तेऽष्टेषुरसैरगाग्निभिर्दृगद्रिरामैर्विधुसायकाक्षिभिः।
प्राच्यां दिनैरङ्कसुरैरथोदिताः पश्चाद्व्रजन्त्यस्तमयं पुनर्ग्रहाः।।१८।।

अथोपजात्या भौमादीनामुदितदिननियममाह—क्रमेणेति। क्रमेण ते भौमादयः पञ्च ग्रहाः अष्टेषुरसादिभिर्दिनैः प्राच्यां पूर्वस्यामुदिताः सन्तोऽथ पश्चात् पुनर्ग्रहा अस्तं व्रजन्ति। कोऽर्थः। भौमः पूर्वस्यामष्टेषुरसैरष्टपञ्चाशदधिकषट्शतैर्दिनैरुदितः पश्चादस्तं याति। एवं बुधोऽगाग्निभिः सप्तत्रिंशद्दिनैः पश्चा०। गुरुर्दृगद्रिरामैर्द्वासप्तत्यधिकशतत्रयेण दिनैः प०। शुक्रो विधुसायकाक्षिभिरेकपञ्चाशदधिकशतद्वयेन दिनैः प०। शनिः पूर्वस्यामुदितः पश्चादङ्कसुरैरेकोनचत्वारिंशदधिकशतत्रयेण दिनैरस्तं याति।।१८।।

भौमादि पाँच ग्रह क्रम से ६५८, ३७, ३७२, २५१, ३३९ दिनों तक पूर्व दिशा में उदित रहकर पश्चात् पुनः अस्त हो जाते हैं। अर्थात् मंगल पूर्व में ६५८ दिन, बुध ३७ दिन, गुरु ३७२ दिन, शुक्र २५१ दिन, शनि ३३९ दिन तक उदित रहकर पुनः अस्त होते हैं।।१८।।

वक्रोदितबुधशुक्रयोरस्तोदयदिनानि—

वक्रोदितावष्टजिनाश्च देवा घस्रास्ततस्तिष्ठत एवमैन्द्र्याम्।
अस्तं यमाश्वा रदना व्रजेतां तावुद्गमं काव्यविदौ प्रतीच्याम्।।१९।।

अथेन्द्रवज्रया वक्रोदितशुक्रबुधयोरस्तोदयदिननियममाह—वक्र इति। काव्यविदौ शुक्रबुधौ वक्रोदितौ वक्रवन्तौ उदयं प्राप्तौ अष्टजिना अष्टचत्वारिंशदधिकशतद्वयं देवास्त्रयस्त्रिंशत् घस्राश्च गताः सन्तस्ततस्तस्यां दिशि पूर्वस्यां तिष्ठतो वसतः पश्चादैन्द्र्यां पूर्वस्यामेवास्तं व्रजन्ति। च पुनः शुक्रबुधौ अस्तान्तरं यमाश्वाः द्वासप्ततिर्वासराः रदना द्वात्रिंशद्वासरा गताः सन्तः प्रतीच्यां पश्चिमायामुद्गममुदयं व्रजेताम्। कोऽर्थः। शुक्रः पूर्वस्यां वक्रोदितादारभ्य अष्टाचत्वारिंशदधिकशतद्वयमितेषु गतेषु पुनः पूर्वस्यामेवास्तं याति। अस्तदिनादारभ्य द्वासप्ततिदिनेषु गतेषु शुक्रः पुनः पश्चिमायामुदयं याति। एवं बुधोऽपि स्वमानेनेति। अयं विशेषः। भौमादयः सर्वे ग्रहाः पूर्वस्यामुदयं यान्ति पश्चिमायामस्तं यान्ति पुनः शुक्रबुधौ पूर्वस्यामुदयमस्तं पश्चिमायां चोदयमस्तं यात इति।।१९।।

शुक्र और बुध वक्री अवस्था में पूर्व दिशा में उदित होकर क्रम से शुक्र २४८ दिनों में तथा बुध ३३ दिनों में पुनः पूर्व दिशा में ही अस्त हो जाते हैं। अनन्तर अस्त दिन से ७२ दिनों बाद शुक्र तथा ३२ दिन बाद बुध पुनः पश्चिम दिशा में उदित होते हैं।।१९।।

अवक्रवक्रास्तमयोदयानां मानं यतः स्थूलतयैतदुक्तम्।
प्रत्यक्षमश्रान्तमृतेऽवबोधेऽनेनानुवेलं न हि गोचरस्य।।२०।।

अथोपजात्यैतन्मतं दृढ़यति— अवक्रेति। हीति निश्चितं। अवक्रवक्रास्तमयोदयानां समवक्रास्तमयोदयानां ग्रहाणामेतन्मानं स्थूलतया उक्तं। यतः कारणादवबोधे ज्ञाने गोचरस्यानेन मानेन कृते विनाश्रान्तं निरन्तरमनुवेलं समयं प्रति प्रत्यक्षं नास्ति॥२०॥

मार्गी एवं वक्री ग्रहों के उदय और अस्त होने के दिन प्रमाण यहाँ स्थूल रूप से गोचर के ज्ञान हेतु कहे गये हैं। श्रम (वेध) के अभाव में उक्त आधार पर इनका प्रत्यक्षीकरण नहीं हो सकता।।२०।।

उत्पातलक्षणाम्—

वक्री दिवौका निजवक्रघस्रैर्यस्तस्य पूर्वोदितमध्यराशेः।
भोगादनल्पो ननु राशिभोगो ज्ञेयोऽयमुत्पातहतो ग्रहज्ञैः।।२१।।

अथेन्द्रवज्रयोत्पातलक्षणग्रहमाह—वक्रीति। यो वक्री वक्रवान् दिवौकाः ग्रहो निजवक्रघस्रैः पूर्वोदितमध्यराशेर्भोगादनल्पो महान् तदा ननु निश्चितं ग्रहज्ञैस्तस्य ग्रहस्यायं राशिभोग उत्पातहतो ज्ञेयः। दिवि गगने ओको गेहं यस्य स दिवौकाः। दिवौकाः पृषोदरादित्वाच्छब्दप्रभेदोऽपि॥२१॥

यदि वक्री ग्रह अपने पूर्व उदित राशि के मध्यम भोग से, वक्रारम्भ के दिन, अधिक हो तो उस राशि के भोग काल को उत्पातहत (उत्पात से आहत अशुभ) योग दैवज्ञों ने कहा है।।२१।।

ग्रहाणामवस्था—

निजास्ततोऽहानि पुरातनोर्वागूर्ध्वं शिशुः स्यादुदयाद्दिवौकाः।
स्वास्तद्युवेदांशमितानि सद्भिरुक्तस्तदुक्त्याश्रितगोमनोभिः।।२२।।

अथोपजात्या ग्रहाणां वयोऽवस्थामाह निजेति। निजास्ततः स्वास्तमयादर्वाक् पूर्वं दिवौको ग्रहः पुरातन वृद्धः स्यात्। पुनरुदयादूर्ध्वमुपरि शिशुः स्यात्। कियत्कालं स्वास्तद्युवेदांशमितानि निजास्तमयदिनानां चतुर्थभागप्रमितान्यहानि दिनानि एतावत्कालमिति कालाध्वनोरिति द्वितीय इति सद्भिरुक्तः। किंभूतैस्तदुक्त्याश्रितगोमनोभिस्तेषां ग्रहाणामुक्तिस्तयाश्रितं गौः वाग् मनश्चित्तं येषां ते तैरित्यर्थः॥२२॥

अपने अस्तमन काल के पूर्व ग्रह वृद्ध (पुरातन) तथा उदयकाल के पश्चात् शिशु संज्ञक होते हैं। ग्रहों का बालत्व एवं वृद्धत्व उनके अस्तमन काल के चतुर्थांश तुल्य होता है। यह विद्वानों की शिष्य परम्परा से ज्ञात होता है।।२२।।

सदौषधीशोऽस्तमयाद्दिनैकमेकं स्मृतो बालपुराणकायः।
अगोरहो दर्शनमिन्दुहेल्योर्ग्रहेऽथ केतोर्दिनविंशतिः स्यात्।।२३।।

अथ विशेषमाह—सदोषधीश इति। सदा ओषधीशश्चन्द्रोऽस्तमयाद्दिनैकमेकं बालपुराणकायः स्मृतः उदयादेकं दिनं बालः अस्तात्प्राग् दिनं वृद्धः। अथ पुनरगो राहोरिन्दुहेल्योश्चन्द्रसूर्ययोर्ग्रहे ग्रहणेऽहः एकं दिनं पूर्वापरत्वेनार्द्धमर्द्धं वृद्धो बालः। केतोर्दशने दिनविंशतिर्बालपुराणकायः॥२३॥

चन्द्रमा सदैव अस्तंगत होने से एक दिन पूर्व वृद्ध तथा उदय से एक दिन तक शिशु होता है। सूर्य और चन्द्रग्रहण के समय एक दिन राहु का बालत्व और वृद्धत्व होता है अर्थात् ग्रहण से पूर्व ३० घटी वृद्ध तथा ग्रहणोपरान्त ३० घटी बाल होता है। केतु दर्शन से २० दिन तक अर्थात् १० दिन तक बालत्व एवं १० दिन तक वृद्धत्व होता है।।२३।।

केचिज्जरत्वं किल दारकत्वं मितानि वा काललवैर्निजःस्यात्।
अहान्यथो वासनयातिघस्त्रैर्विश्वैर्जगुः कालगतेर्ग्रहस्य।।२४।।

अथ प्रकारान्तरमाह—केचिदिति। किलेति सम्भावनायां कालगतेरस्तंगतस्य ग्रहस्य निजैः काललवैर्मितान्यहानि यावत् जरत्वं वृद्धत्वं दारकत्वं बालत्वं स्यात्। अथो वा घस्त्रैः पञ्चदशभिर्विश्वैस्त्रयोदशभिर्मितान्यहानि जरत्वं बालत्वं स्यादिति वासनया भावनया केचित् बुधा जगुः॥२४॥

कुछ विद्वानों का मत है कि ग्रहों के अस्तमन काल तुल्य ही उनका बालत्व और वृद्धत्व होता है तथा कुछ विद्वानों का मत है कि १५ दिनों तक अस्तोन्मुख ग्रह का वृद्धत्व तथा उदयानन्तर १३ दिनों तक ग्रह का बालत्व होता है।।२४।।

ग्रहाणां राशिभोगप्रमाणमाह—

एकर्क्षभोगोऽष्टशती कलाः स्यात्सपादधिष्ण्यद्वयमेकराशेः।
भोगो ग्रहाणां भयुगांशपादः सदैकभोगे च नवांशकाः स्युः।।२५।।

अथ ग्रहाणां राशिभोगमाह—एकेति। ग्रहाणामेकर्क्षभोग एकनक्षत्रभोगोऽष्टशती अष्टानां शतानां समाहारोऽष्टशती कलाः त्रयोदशांशा विंशतिः कलाः स्युः। सपादधिष्ण्यद्वय-मेकचरणसहितनक्षत्रद्वयमेकराशिभोगः स्यात्। च पुनः सदैकभोगे एकभोगे राशिभोगे भयुगांशपादः सपादनक्षत्रद्वयं नवांशकाः स्युरित्यर्थः।२५॥

एक नक्षत्र का भोग ८०० कला (अर्थात् एक नक्षत्र का मान ८०० कला या १३°।२०' कला) होता है। एक राशि का भोग सवा दो नक्षत्र (२¹/४ नक्षत्र) अर्थात् १८०० कला या ३०° होता है। नक्षत्र के चतुर्थांश तुल्य एक पाद होता है। एक-एक पाद (चरण) में ग्रहों का भोग नवांशक कहलाता है।।२५।।

विशेष— प्रत्येक नक्षत्र भचक्र (३६०°) का १/२७ भाग होता है अर्थात् ३६०÷२७=१३°।२०'= एक नक्षत्र।

प्रत्येक नक्षत्र के चार-चार चरण होते हैं।

१३°।२०'/४ = ३°।२०' = एक चरण।

$२^१/_४$ नक्षत्र = (४+४+१) चरण = (१३°।२०'+१३°।२०'+३°।२०')
= ९ चरण = ३०° = १ राशि

एक नक्षत्र का एक चरण, एक राशि का नवम भाग होता है। अत: नक्षत्र का एक-पाद नवमांश का सूचक होता है॥२५॥

राशिभोगे विशेष:—

भुक्तौषधीशप्रमदाङ्घ्रिराशेरिता नवाप्ता ननु राशय: स्यु:।
अथादिभाच्छेषमिता नवांशा ज्ञेया ग्रहाणामिति राशिभोगा:।।२६।।

अथ विशेषत आह—भुक्त इति। ननु निश्चितं। अथ-आदिभादश्विनीतो भुक्ता औषधीशप्रमदानां नक्षत्राणामहश्चरणा येन स चासौ राशिश्च तस्माद्राशेरिता: प्राप्ता: नवभिराप्ता: लब्धा ग्रहाणां राशय: स्यु:। अथ पुन: शेषमिता: शेषनक्षत्रचरणमिता ग्रहाणां नवांशा ज्ञेया इति राशिभोगा:॥२६॥

ग्रहों द्वारा भुक्त नक्षत्र चरणों की अश्विन्यादि संख्या को नौ से भाग देने पर लब्धि राशि तथा शेष ग्रहों के नवमांश होते हैं। यही ग्रहों का राशिभोग होता है।।२६।।

उदाहरण— गुरु अनुराधा के ३ तृतीय चरण में है। अत: अश्विनी से विशाखा पर्यन्त १६ नक्षत्रों के (१६×४)=६४ चरण हुये तथा अनुराधा के तीन चरण कुल ६४+३=६७ चरण हुये।

६७ ÷ ९ = ६७/९ = लब्धि ७, शेष ४

अर्थात् गत राशि तुला तथा वर्तमान वृश्चिक के चतुर्थ नवमांश में गुरु स्थित है।

मानवानां राशिज्ञानम्—

शरीरिणश्चण्डघृणीतरांशुर्यत्र स्थितो जन्मनिभे स राशि:।
अज्ञातजन्मद्युभकालजन्तो: प्रसिद्धनामाक्षरतो जनेर्वा।।२७।।

अथ मनुजानां राशिमाह—शरीरिण इति। शरीरिणो मानवस्य स राशिर्भवेत्। स क: जन्मनि भे यत्र भे यस्मिन् राशौ चण्डघृणि: सूर्यस्तमात् इतरांश: शीतांशुश्चन्द्रो भवेत्। वा इति पक्षान्तरेऽज्ञातजन्मद्युभकालजन्तोरविदितजन्मदिननक्षत्रसमयो यस्य स चासौ जन्तुर्मनुष्यस्तस्य जनेर्जन्मसमयादारभ्य प्रसिद्धनामाक्षरत: ख्यातनाम्न आदिव्यञ्जनतो राशि: स्यात्॥२७॥

जिसके जन्म समय में प्रचण्ड किरणों से भिन्न किरण वाले अर्थात् चन्द्रमा जिस राशि पर होते हैं, उसकी वह जन्म राशि होती है। जिस व्यक्ति का जन्मकालिक दिन, नक्षत्र और समय अज्ञात होता है, उसके जन्म कालिक प्रसिद्ध नाम के आद्यक्षर से राशिज्ञान करना चाहिए।।२७।।

शुभपापग्रहाः—

क्षीणौषधीशारयमांशुमालिनः
पापाः सदान्ये खचराश्च साधवः।
नभश्चराणामिह येऽपि राशयः
स्मृताः खलानां विबुधैरसाधवः।।२८।।

अथ खलसौम्यग्रहानाह—क्षीणौषधीशतेे। सदा क्षीणौषधीशः क्षीणश्चन्द्रः आरो भौमः यमः शनिः अंशुमाली सूर्यश्चैते पापाः क्रूराः अन्ये बली चन्द्रः बुधः शुक्रः गुरुश्च खेचराः साधवः सौम्याः। इह खलानां ग्रहाणां येऽपि राशयः विबुधैस्ते राशयोऽसाधवोऽसौम्याः स्मृताः।।२८।।

क्षीणचन्द्रमा, मंगल, शनि तथा सूर्य पाप ग्रह होते हैं। अन्य (शेष बलवान् चन्द्र बुध, गुरु, शुक्र) ग्रह साधु (शुभ) होते हैं। पापग्रहों की राशियों को भी विद्वानों ने असाधु (अशुभ) बतलाया है।।२८।।

सूर्यस्य सिंहाधिपतये हेतुः—

पञ्चाननाख्यो हि यथेभचक्रे
पञ्चाननाख्योऽस्ति तथा भचक्रे।
एनं हरिः पालयितुं क्षमोऽस्य
कृतं तदित्येतदगारमाद्यैः।।२९।।

अथ वर्णनद्वारेण सूर्यस्य सिंहगृहं स्थापयति। अथ सिंहराशिं तत्स्वामिनं च वर्णयति— पञ्चाननाख्य इति। हीति विशेषार्थे यथा इभचक्रे गजयूथे पञ्चाननाख्यः सिंहोऽस्ति तथा भचक्रे राशिसमूहे पञ्चाननाख्यः सिंहराशिरस्ति अतो हरिः सूर्य एनं सिंहराशिं पालयितु क्षमोऽस्ति। अत्र शब्दबलात् हरिरेव हरिं पालयितुं क्षमो नान्यः इति हेतोराद्यैर्विबुधस्य सूर्यस्यैतदगारं सिंहः कृतम्।।२९।।

जैसे हाथियों के समूह का नियन्त्रण करने में सिंह सक्षम है, उसी प्रकार राशि चक्र में स्थित सिंह राशि को नियन्त्रित करने में सूर्य ही सक्षम है। अतः पूर्वाचार्यों ने सूर्य का गृह सिंह राशि को बतलाया है।।२९।।

रविचन्द्रयोः स्वामित्वम्—

सिंहादिचक्रार्द्धपती रविः स्याद्विलोमकीटादिभखण्डपोऽब्जः।
पतङ्गधामासविधं तमीशः स्थातुं कुलीरे त्वकरोदगारम्।।३०।।

अथ रविचन्द्रयोः षण्णां षण्णां राशीनां स्वामित्वमाह—सिंहेति। रविः सिंहादिचक्रार्द्धपतिः स्यात्। कोऽर्थः। सिंहः कन्या तुला वृश्चिकः धनुः मकरः एषां पतिः सूर्यः। अथाब्जश्चन्द्रो विलोमकीटादिभखण्डपः विलोमगणनया कर्कादिराशिस्वामी स्यात्। कोऽर्थः। कर्कः मिथुनःवृषः मेषः मीनः कुम्भ इति। अथ वर्णनद्वारेण चन्द्रस्य कर्कगृहं स्थापयति। तुरित्यवधारणे तमीशश्चन्द्रः कुलीरे कर्कराशौ अगारं गेहमकरोत् कृतवान्।

किं कर्तुं पतङ्गस्य रवेर्धाम्नो गृहस्य आसविधं सामस्त्येन समीपं स्थातुम्। अत्र यः पाठः एकः प्रोक्तः द्वितीयः ह्यकरोरगारम्। अत्र हे तमीश इति वाच्यम्। तृतीयस्तु चकरो रजं चेति। अत्राहं तमीश उरणं गृहं चकार करोमि स्मेतिशेषं तथैव॥३०॥

सिंह राशि से राशिचक्रार्थ पर्यन्त ६ राशियों (सिंह, कन्या, तुला, वृश्चिक, धनु, मकर) का अधिपति सूर्य तथा कर्क राशि से विलोमचक्र से ६ राशियों (कर्क, मिथुन, वृष, मेष, मीन, कुम्भ) का स्वामी चन्द्र है। सूर्य के समीप रहने के लिए चन्द्रमा ने अपना गृह कर्क राशि में बनाया।।३०।।

अन्यग्रहाणां क्षेत्राणि—

उच्चोच्चमार्गे चरतां ग्रहाणां बुधाननानामवनेरिनेन्द्वोः।
प्रतिष्ठितान्यालयतः पुराणैर्द्विजैरथौकांसि यथा क्रमेण।।३१।।

षडङ्घ्र्यविभयो रसाभवो भृगुर्धटभशाङ्कराह्वयोः।
वशाजितुमयोर्विदीश्वरोऽनुगो भवति कर्किणो भपः।।३२।।

भगो नखरहेतिनायकः शरासनवनालयाख्यपः।
गुरुस्तिमिरवैरिजो बुधैः स्मृतः कलशनक्रभेश्वरः।।३३।।

अथ शेषग्रहाणां राशिगृहाण्याह—उच्च इति। पुराणैवृद्धैर्द्विजैर्यथाक्रमेणेनेन्द्वोः सूर्यचन्द्रयोरालयतो गृहाभ्यामोकांसि गृहाणि प्रतिष्ठितानि कथितानि। केषां बुधाननानां बुधप्रमुखानां ग्रहाणाम्। अवनेः क्षितेः सकाशात् उच्चोच्चमार्गे चरतां गच्छताम्। कोऽर्थः। बुधादीनां बुधशुक्रभौमगुरुशनीनां सूर्यात्सिंहादिषड्गृहांणि प्रोक्तानि। अथ विलोमेन चन्द्रात्कर्कादि षड्गृहाणि यथा सूर्यस्य सिंहः बुधस्य कन्यामिथुने शुक्रस्य तुलावृषौ मङ्गलस्य मेषवृश्चिकौ। हरणं शस्त्रमिति हैमः॥३३॥

प्राचीनाचार्यों ने भूमि के सापेक्ष्य ऊर्ध्वोर्ध्व कक्षाक्रम से ग्रहों के लिए सूर्य और चन्द्रमा की राशियों से एक-एक राशि प्रतिष्ठित की (बतलाया) है।

(रसाभव = भूमिपुत्र) मंगल, (षडंघ्रि) वृश्चिक और (अवि) मेष राशि का, शुक्र तुला (धट) और (शांकर) वृष राशि का, बुध कन्या (वशा) और मिथुन राशि का, अनुग चन्द्रमा कर्क राशि का, (भग) सूर्य (नखरहेति नायक) सिंह राशि का, गुरु धनु और (वनालयः वनं=जलं गृहम्) मीन राशि तथा शनि कुम्भ और मकर राशियों का स्वामी है।।३१-३३।।

विशेषः— ग्रहों की भूकेन्द्रिक कक्षा को सिद्धान्त शिरोमणि में इस प्रकार बताया गया है—

भूमेः पिण्डः शशाङ्कज्ञकविरविकुजेज्यार्किनक्षत्रकक्षा-
वृत्तैर्वृत्तो वृतः सन् मृदनिलसलिलव्योमतेजोमयोऽयम्।
नान्याधारः स्वशक्त्यैव वियति नियतं तिष्ठतीहास्य पृष्ठे
निष्ठं विश्वं च शश्वत् सदनुजमनुजादित्यदैत्यं समन्तात्।।

भूमि का पिण्ड क्रम से चन्द्रमा: बुध, शुक्र, सूर्य, भौम, गुरु शनि और नक्षत्र कक्षाओं से आवृत है। अर्थात् ऊर्ध्वोर्ध्व क्रम से चन्द्र से ऊपर बुध, बुध से ऊपर शुक्रादि ग्रहों की कक्षायें हैं। इन्हीं कक्षा क्रमों के आधार पर सूर्य और चन्द्रमा की राशियों से सभी ग्रहों की राशियों का विभाजन किया गया है।

सूर्य राशि	**चन्द्र राशि**
सिंह (सूर्य)	कर्क (चन्द्र)
कन्या	मिथुन
तुला	वृष
वृश्चिक	मेष
धनु	मीन
मकर	कुम्भ

सर्वप्रथम सिंह राशि सूर्य को तथा कर्क राशि चन्द्रमा को दी गई। अनन्तर चन्द्र के ऊपर बुध की कक्षा होने से बुध को सूर्य की एक राशि 'कन्या' तथा चन्द्रमा की एक राशि मिथुन प्रदान की गई। इसी प्रकार कक्षा क्रम से शुक्र को सूर्य की तुला तथा चन्द्रमा की वृष राशि, मंगल को सूर्य की वृश्चिक तथा चन्द्रमा की मेष राशि, गुरु को सूर्य की धनु तथा चन्द्रमा की मीन, शनि को सूर्य की मकर एवं चन्द्रमा की कुम्भ राशि प्रदान की गई।

स्पष्टार्थ चक्र

सूर्य	चन्द्र	मंगल	बुध	गुरु	शुक्र	शनि	राहु	केतु
सिंह	कर्क	मेष	कन्या	धनु	वृष	मकर	कन्या	मीन
+	+	वृश्चिक	मिथुन	मीन	तुला	कुम्भ	+	+

ग्रहाणामुच्चनीचराशय:—

क्रमादजभगोमृगावलाकुलीरतिमितौलिराशय:।
हरे: स्युरथ तुङ्गसंज्ञितास्तदद्रिमितराशयो नता:।।३४।।

अथ सूर्यादीनामुच्चनीचराशीनाह—क्रमेति। अथ हरे: सूर्यात् क्रमेणाजादिराशयस्तुङ्ग-संज्ञिता उच्चा: स्यु: पुनस्तस्मादद्रिमितराशयो नता नीचा: स्यु:। कोऽर्थ:। सूर्यस्याजभं मेषराशिस्तस्मात्सप्तमी तुला उच्चनीचौ। एवं सोमस्य गौर्वृषो वृश्चिकश्चोच्चनीचौ। मंगलस्य मृगो मकर: कर्कश्च बुधस्याबला कन्या मीनश्च गुरो: कुलीर: कर्को मकरश्च शुक्रस्य तिमिर्मीन: कन्या च शनेस्तौलिराशिस्तुला मेषश्च उच्चनीचौ।।३४।।

मेष, वृष, मकर, कन्या, मीन एवं तुला राशियाँ क्रम से सूर्यादि ग्रहों के उच्च स्थान (राशि) हैं। इनसे सप्तम राशियाँ सूर्यादिग्रहों की नीच संज्ञक राशियाँ होती हैं।।३४।।

अर्थात् सूर्य की उच्च राशि मेष तथा मेष से सप्तम राशि तुला सूर्य की नीच राशि (स्थान) है। इसी प्रकार चन्द्रमा की उच्च राशि वृष नीचराशि वृश्चिक, मंगल की उच्च मकर नीच कर्क, बुध की उच्च कन्या नीच मीन, गुरु की उच्च कर्क नीच मकर, शुक्र की उच्च मीन नीच कन्या तथा शनि की उच्च राशि तुला एवं नीच राशि मेष होती है।

अन्य ग्रन्थों में उच्चनीच राशियों के अंश भी बताये गये हैं। जो निम्नलिखित चक्र से स्पष्ट हैं।

ग्रह	सूर्य	चन्द्र	भौम	बुध	गुरु	शुक्र	शनि
उच्चराशि	मेष १	वृष २	मकर १०	कन्या ६	कर्क ४	मीन १२	तुला ७
नीचराशि	तुला ७	वृश्चिक ८	कर्क ४	मीन १२	मकर १०	कन्या ६	मेष १
अंश	१०	३	२८	१५	५	२७	२०

राहुकेत्वोरुच्चनीचस्थानानि—

न कल्पितमगोश्च मन्दिरं महर्षिभिरनुच्चमुच्चकम्।
तथा शिखिन आकृतेस्तयोर्गतेरनियमादभावतः।।३५।।

अथ राहुकेत्वोरुच्चनीचभावमाह—न कल्पितमिति। महर्षिभिरगो राहोस्तथा शिखिनः केतोश्चोच्चकमनुच्चकं मन्दिरं च न कल्पितं कस्मादनियमादनिश्चयेन राहुकेत्वोराकृतेः शरीरस्य गतेर्गमनस्याभावत इति।।३५।।

महर्षियों ने राहु और केतु के स्वरूप (आकाशीय पिण्ड) एवं निश्चित गति के अभाव में उनके गृह, उच्च और नीच राशियों का उल्लेख नहीं किया।।३५।।

विशेष— राहु और केतु का भौमादि ग्रहों की तरह कोई भी पिण्ड स्वरूप नहीं है। ये दोनों आकाश में नियत स्थान के सूचक हैं। क्रान्ति मण्डल (सूर्य मार्ग) तथा चन्द्र विमण्डल (चन्द्र कक्षा) के एक सम्पात को राहु तथा १८०° (६ राशि) की दूरी पर दूसरे सम्पात को केतु कहते हैं। सम्पात में स्थित होने से पात ग्रह तथा पूर्णान्त अमान्त काल में छाया द्वारा घोर अन्धकार में स्थित रहने से इन्हें तमो ग्रह भी कहते हैं। आचार्य वराहमिहिर ने इन्हें ग्रहों की कोटि में नहीं स्वीकार किया है।

अन्यच्च—

तथाप्युदितमास्पदं वशा तवगोर्मिथुनमुच्चमस्त्रभम्।
अनुच्चमपरैरतोऽस्तभं कुलादिकमिदं शिखावतः।।३६।।

अथ मतान्तरमाह—तथेति। पुनस्तथाप्यपरैर्बुधैरगो राहोर्वशा कन्या आस्पदं गृहमुदितं प्रोक्तं पुनरस्य मिथुनगृहमुच्चम् अस्तभं धनूराशिभवनमनुच्चम्। शिखावतः

केतोरत: कन्यातो मिथुनतो धनुतोऽस्तभं सप्तमं कुलादिकं गृहादिकं प्रोक्तम्। कोऽर्थ:। निजं मीनभवनं आदिशब्दात् धनुरुच्चं मिथुनं नीचं प्रोक्तमिति।।३६।।

यद्यपि महर्षियों ने राहु-केतु के लिए कोई निर्देश नहीं किया है, फिर भी अन्य आचार्यों ने राहु का गृह कन्या राशि, उच्च स्थान मिथुन राशि तथा मिथुन से सप्तम राशि धनु राहु की नीच राशि माना है। राहु के गृह उच्च, नीच राशियों से सप्तम राशियाँ क्रम से केतु की गृह, उच्च एवं नीच राशियाँ होती हैं, अर्थात् केतु का गृह मीन राशि, उच्च धनु राशि तथा नीच मिथुन राशि होती है।।३६।।

राहुकेत्वो: स्वरूपम्—

कमासुरमगुं पुराणगा विदुः स्वरविदोऽहिविग्रहम्।
तमोमयमिह स्वकर्मणा सदेति च कभेदवानयम्।।३७।।

अथ राहुकेत्वोर्भेदमाह—कमेति। स्वरविद: पुराणगा आसुरं श्मश्रूपलक्षितं कं मस्तकमगुं राहुं विदु:। च पुनरहिविग्रहं सर्प्पशरीरं तमोमय तम: स्वरूपं केतुं विदु:। इतीह लोकेऽयं ग्रह: स्वकर्म्मणाऽमृतपानापराधेन सदा कभेदवान् कस्य शरीरस्य भेदयुक्त:। पृथक् मस्तकं पृथगन्यत् 'मूर्ध्नि चित्ते जले काये' इत्यादिकशब्दार्थ:।।२७।।

वेद एवं पुराण के ज्ञाता मनीषियों ने असुर के मस्तक को राहु (अर्थात् राहु का स्वरूप असुर का सिर है) तथा सर्पाकार तमोमय केतु का स्वरूप बतलाया है। अपने कर्म (समुद्रमन्थन के अवसर पर अमृत पान कर लेने के अपराध में विष्णु ने राहु नामक दैत्य का सिर काट कर शरीर से अलग कर दिया था।) के प्रभाव से राहु नामक असुर सदैव शरीर और मस्तक के अलग-अलग दो स्वरूप में विद्यमान रहता है।।३७।।

राहुकेत्वो: प्रामाण्यम्—

सदागमपुराणसंहितास्वयं किल खगो विधुन्तुदः।
शिखीगणितभुक्तिदर्शनात् प्रसिद्ध इति तथ्यमस्त्यपि।।३८।।

अथास्य प्रमाणतामाह—सदेति। किलेति भावनायाम्। अयं विधुन्तुदो राहु: शिखी केतु: खग आगमा वेदा: पुराणं संहिता एतासु गणितं राश्यादिभुक्तिर्गति: कलादिरेषां दर्शनात्सदा प्रसिद्ध इति तथ्यं सत्यमस्त्यपि। उक्तं च—

प्राय: सदा दानफलानि पुसां भवन्ति तत्वाद्युचरं निमित्तम्।
सप्तैव तान् केचिदुदाहरन्ति नवग्रहानप्यपरे मुनीन्द्रा:।।१।।

हिरण्यगर्भो भुवनं सिसृक्षु: सप्तैव वारानसृजद्युगादौ।
उत्पातरूपाच्छिखिनोऽगुमिन्दो: पातं च सप्तैव मनोग्रहा स्यु:।।२।।

न गोचरे नापि विलग्ननाथौ भूयो निरुक्तं ग्रहशास्त्रतज्ज्ञै:।
स्वर्भानुकेत्वो: सदसत्फलत्वमस्तीति जल्पन्ति च केचिदेवम्।।३।।

नाब्दाधिपत्यं न दिनाधिपत्यं न गोचरस्थानबलाबलेषु।
होरादशायां च तथाष्टवर्गे तथापि मूढाः प्रवदन्ति राहुम्॥४॥

न दृष्टमन्यत्र फलान्वितं तमस्तथापि वाच्यं क्वचिदीरितं यतः।
अनुक्तमात्रं नहि तद्विरोधकं विभिन्नवाक्येऽपि समानदोषतः॥५॥

एकत्र दर्शनामूढैर्नान्यत्रा युक्तमिष्यते।
जलासत्वेन सर्वत्र न ह्यसत्वं विभावसोः॥६॥

राहुः पीडां ग्रहः कुर्याच्चन्द्रभास्करयोरपि।
मनुष्याणामुदासीनः मूढैः कथ्यते कथम्॥७॥

तावद्वृषां भुवनत्रयस्य सर्गस्थितिध्वंसविधौ विधाता।
तं शम्भुमूर्ध्ना धृतमिन्दुमद्यात्तथापि मूढा न वदन्ति राहुम्॥८॥

आदौ हि सृष्टेः शतपत्रजन्मा ससर्ज मन्दग्रहशीघ्रपातात्।
अकल्पयच्चैषु नवग्रहांश्च तेषां च मध्ये कृतसप्तवारान्॥९॥

कालत्रयं रुद्रविलिप्तिकाढ्यं तमोऽन्वहं व्यस्तगतं भुनक्ति।
गजाश्विलिप्तासहितेन वार्कमन्वेति भागत्रितयेन केतुः॥१०॥

अत्रानुमानेऽपि च भुक्तिमन्वहेत्रितोरनैकान्तिकता हि दृष्टा।
अतो न तेषां ग्रहता परेषां तदन्यथा सम्भवतो तदूह्यम्॥११॥

मन्दोच्चपातेष्वपि भुक्तिमत्वे न विश्वजन्मा विदधे ग्रहत्वम्।
तेषां पृथक्कर्मतपःप्रभावो हेतुग्रहत्वे न तु भुक्तिमत्त्वम्॥१२॥

प्रासादकूपादिजलाशयानामुद्यापने दैवतशाखिनां च।
गृहार्चने शान्तिकपौष्टिकेषु नवग्रहाणां जगति प्रसिद्धिः॥१३॥

राहुःपुराणेष्वसुरोत्तमाङ्गे भुजङ्गरूपं स्वरशास्त्रकाराः।
तमिस्त्ररूपं जगदुर्ग्रहज्ञाः स्वरूभेदोऽस्य तु कार्यभेदात्॥१४॥

अष्टाधिकं केतुसहस्त्रमाहुर्वराहलल्लप्रमुखग्रहज्ञाः।
ते चाग्निकालद्रुहिणान्तकर्कग्रहोद्भवास्तामसकीलकाद्याः॥१५॥

वृत्तिं विधास्यञ्छिखिनां गणानां चकार सत्कर्मविभागमाद्याः।
येषां तु यस्मिन्नपहारभागः प्रकल्पितः कर्म्मणि तत्र ते स्युः॥१६॥

व्यासोङ्गिराः शौनकवामदेवपराशराश्चात्रिमरीचिमुख्याः।
अस्त्येव राहुः प्रवदन्त्यतस्तैर्लग्नेन्दुवेधादिषु चाशु चिन्त्यः॥१७॥

भिन्नं शिरः किल सुधां पिबतोऽसुरस्य
प्राणान्न चात्यजदथामरवृन्दमत्तुम्।
दृष्ट्वोद्यतं विधिरदादमरत्वमस्य
गूजःसु पुष्कर सदा भवितास्टमस्त्वम्॥१८॥

जितेषु देवेषु पुरा सुरेन्द्रैर्जघ्नुः सुरारीञ्छिखिनोऽथ वेधाः।
देवैःसहाजः परितोषमेत्य प्रान्ते ग्रहाणां नियुजोऽत्र केतुम्।।१९।।

यथा गोचरेणार्कपुत्रो विधत्ते तथा राहुकेतूफलं साध्वसाधु।
विधत्ते मिथो वेधकौ नार्कमन्दौ बुधेन्दू च यद्वत्तथा राहुकेतू।।२०।।

विवाहादिसत्कर्मकार्येषु लग्ने विचिन्त्यं बलं मन्दवद्राहुकेत्वोः।
स लतानिपातो भवेद्यत्तुकेतोर्विचिन्त्यार्कवच्चापि नक्षत्रशुद्धिः।।२१।।

इति संहितादीपके।।३८।।

राहु और केतु भी ग्रह हैं, इसके लिए स्वयं वेद और पुराण ही प्रमाण हैं। इस तथ्य की प्रसिद्धि होने के साथ-साथ गणित द्वारा इनकी गति का ज्ञान भी इनके ग्रहत्व की पुष्टि करता है।।३८।।

ग्रहमैत्री विचारः—

सर्वसहात्मजहरीज्यतुषारभाषो
मित्राणि हंसजसितावहितौ समोऽन्यः।
भानोर्विधोरविविदौ सुहृदावथान्ये
मध्याः समावसितभोशनसावरिर्ज्ञः।।३९।।

अन्येऽसृजः सुहृद इन्दुभुवोऽभिघातिः
सोमोऽसृगैनिधिषणाश्च समाः सखायौ।
अन्यौ च वासवगुरोरहितौ कविज्ञौ
मध्यो यमोंऽशुकुजचन्द्रमसोऽप्यतीष्टाः।।४०।।

सौम्यासितावथ भृगोःसुहृदौ रवीन्दू
प्रत्यर्थिनौ त्रिदशवन्द्यकुजौ समौ स्तः।
मध्यो गुरुर्भृगुजचन्द्रसुतौ यमस्य
मित्रेऽपरेऽरय इतीह मयोच्यतेऽतः।।४१।।

अथ वसन्ततिलकया काव्यत्रयेण ग्रहाणां मैत्रीचक्रमाह—सर्वमिति। अन्येति। सौम्या इति। इतीह शास्त्रेऽतो हेतोर्मयोच्यते इति किं तदाह। सर्वसहाभूमिस्तस्या आत्मजो भौमः हरीज्यः इन्द्रपूज्यो गुरुः तुषारभाश्चन्द्र एते भानोर्मित्राणि स्युः। हंसजः सूर्यात्मजः शनिः सितः शुक्र एतौ अहितौ अरी अन्यो बुधः समः। अथ विधोश्चन्द्रस्य रविविदौ सूर्यबुधौ मित्रे अन्ये समाः। चन्द्रस्य वैरी न कोऽपि ग्रहः। अथासृजो मङ्गलस्य असितभः कृष्णप्रभः शनिरुशना शुक्रः एतौ समौ बुधोऽरिः अन्ये सुहृदो मित्राणि। अथेन्दुभुवो बुधस्य सोमोऽभिघातिर्वैरी असृग् भौमः ऐनिः शनिः धिषणो गुरुरेते समाः अन्यौ सखायौ मित्रे। अथ च वासवगुरोरिन्द्रगुरोर्बृहस्पतेः कविज्ञौ शुक्रबुधौ अहितौ यमः शनिर्मध्यः समः अंशुः सूर्यः कुजो मङ्गलश्चन्द्रमा एतेऽतीष्टा अतिमित्राणि। अथ भृगोः

शुक्रस्य सौम्यो बुधः असितः शनिः एतौ सुहृदौ रवीन्दू प्रत्यर्थिनौ शत्रू त्रिदशवन्द्यो गुरुः कुज एतौ समौ स्तः। अथ यमस्य शनेः भृगुजः शुक्रः चन्द्रसुतो बुध एतौ मित्रे अपरेऽरयः शत्रव इति॥३९-४१॥

सूर्य के मंगल-गुरु और चन्द्रमा मित्र हैं, शनि-शुक्र शत्रु तथा शेष अन्य ग्रह (बुध) सम है। चन्द्रमा के सूर्य-बुध मित्र तथा शेष सभी ग्रह सम हैं। मंगल के शुक्र और शनि सम, बुध शत्रु तथा शेष सभी ग्रह मित्र हैं। बुध का चन्द्रमा शत्रु, मंगल, शनि (ऐनि) और गुरु सम तथा शेष ग्रह मित्र हैं। बृहस्पति के बुध और शुक्र शत्रु, शनि सम तथा सूर्य-मंगल-चन्द्रमा मित्र। शुक्र के मित्र बुध और शनि, शत्रु सूर्य, चन्द्रमा, सम गुरु और मंगल। शनि के मध्य (सम) गुरु, मित्र शुक्र, बुध तथा अन्य सभी ग्रह शत्रु हैं। इस प्रकार यहाँ ग्रहों के मित्र-सम-शत्रु ग्रहों को बतलाया गया है।।३९-४१।।

ग्रहमैत्री चक्र

ग्रह	सूर्य	चन्द्र	मंगल	बुध	गुरु	शुक्र	शनि
मित्र	चं.मं. बृ.	सू.बु.	सू.चं. बृ.	सूर्य शुक्र	सू.चं. मं.	बुध शनि	बुध शुक्र
सम	बुध	मं.बृ. शु.श.	शु.श.	मं.बृ. श.	शनि	मं.बृ.	बृ.
शत्रु	शु.श.	×	बुध	चन्द्र	बुध शु.	सूर्य चन्द्र	सू.चं. मं.

ग्रहाणां तात्कालिकी मैत्री—

मूर्तेरथो सविधकेन्द्रयुगानुगाश्च
तात्कालिका इति सभाजनवन्त उक्ताः।
तज्ज्ञैर्मिथोऽन्यगृहगा अभिघातयोऽतः
सर्वत्र राशिवलये द्विजवर्त्ममार्गाः।।४२।।

अथ तात्कालिकग्रहाणां मैत्रीचक्रमाह—मूर्तेरिति। अथ तज्ज्ञैर्द्विजवर्त्म पक्षिमार्गो नभस्तस्मिन् मार्गो येषां ते द्विजवर्त्ममार्गा ग्रहास्तात्कालिकाः जन्मादिसमयभवाः मूर्तेर्लग्नात् सविधकेन्द्रयुगानुगाः पूर्वानुपश्चात् समीपकेन्द्रयुग्मगताः। कोऽर्थः। धन २ सहज ३ सुहृद् ४ भवनगताः व्ययाय १२, ११ कर्म १० भवनगताः मिथः परस्परं सभाजनवन्तो मित्राणि उक्ताः। कस्मिन्सर्वत्र राशिवलये अतः परमन्यगृहगाा अभिघातयः शत्रवः। आलिङ्ग्य कुशलादिपृच्छा सभाजनं कथ्यते। यतः 'आनन्दनत्वाप्रच्छन्नं स्यात्सभाजनमित्यपि' इति हैमः। अभिमानिरभिघातिश्चेति शब्दप्रभेदे साधुसुन्दरगणयः॥४२॥

सर्वत्र राशि चक्र में ग्रह के लग्नस्थान (जिस राशि में ग्रह स्थित हो उस राशि) से केन्द्र स्थान पर्यन्त क्रम से तथा (अन्तिम) केन्द्र से लग्न पर्यन्त उत्क्रम से सभी भावों में स्थित ग्रह तात्कालिक (इष्टकालिक) मित्र होते हैं तथा इनसे भिन्न भावों में स्थित ग्रह तात्कालिक शत्रु होते हैं।।४२।।

विशेष—तात्कालिक मैत्री में केवल मित्र और शत्रु होते हैं, सम नहीं होते। उक्त श्लोक में "मूर्त्तेरथो सविधकेन्द्र" इत्यादि से वास्तविक भाव स्पष्ट नहीं होते हैं। वस्तुत: ग्रह से २,३,४,१०,११,१२ इन छ: भावों में स्थित ग्रह मित्र तथा अन्य छ: भावों में स्थित ग्रह शत्रु होते हैं। वराहमिहिर ने एक ही पंक्ति में स्पष्ट कर दिया है—

तत्काले च दशायबन्धुसहजस्वान्त्येषु मित्रं स्थिता:।

उक्त श्लोक में मूर्तेरथो से अभिप्राय है कि लग्न स्थान से प्रथम केन्द्र (४ भाव) पर्यन्त तथा केन्द्र (१० दशम) भाव से लग्न पर्यन्त भावों में स्थित ग्रह मित्र होते हैं। इनमें लग्न की गणना नहीं करनी चाहिए॥४२॥

मतान्तरम्—

शक्त्यत्रिदेवलवराहविरोचनाद्या
मित्रादिकं त्रिगुणभावभृतां ग्रहाणाम्।
युक्त्यन्वितं बभणुरप्यपरैरदो यद्-
उक्तं निसर्गजनितं तदयुक्तिमत्स्यात्।।४३।।

अथ सदुक्त्या मतान्तरं निषेधयति—शक्त्येति। शक्त्यत्रिदेवलादय: त्रिगुणभावभृतां ग्रहाणां मित्रादिकं मित्रसमशत्रुरूपं तदन्वितं युक्त्यन्वितं बभणुर्जगु:। अपि पुनरपरैर्यत् मित्रादिं निसर्गजनितं स्वभावजातं न पुनस्तात्कालिकमित्युक्तं तदयुक्तिमत् न युक्तिमत्स्यात्॥४३॥

शक्ति, अत्रि, देवल, वराह, विरोचन प्रभृति मनीषियों ने मित्र, सम, शत्रु तीन प्रकार के भावों से युक्त ग्रहों की मैत्री को बतलाया है जो युक्ति संगत है। परन्तु अन्य आचार्यों ने निसर्गजनित (तात्कालिक) ग्रहमैत्री कहा है, यह युक्तिसंगत नहीं है।।४३।।

फलप्रदग्रहलक्षणम्—

ज्ञेय: स्वकीयनिलयोच्चसुहृद्गृहस्थोऽ-
वक्री शचीरमणबुद्धिसहाययुक्त:।
धिष्ण्यान्वितो मृधजयी स बली ग्रहेन्द्रो
यो गोचरादिभवपूर्णफलप्रद: स्यात्।।४४।।

अथ फलदायिग्रहमाह—ज्ञेय इति। यो ग्रहेन्द्रो गोचरादिभवपूर्णफलप्रद: स्यात्। स ग्रह एवंविधो ज्ञेय:। स्वकीयेति। स्वकीयनिलयोच्चसुहृद्गृहस्थ: निजभवनस्थ: उच्चभवनस्थ: मित्रभवनस्थ: अवक्री मार्गस्थ: शचीरमण: पौलोमीपतिरिन्द्रस्य बुद्धिसहाय:

प्रधानो गुरुस्तेन युक्त धिष्ण्यान्वित शुक्रयुक्त मृधजयी संग्रामे जयं प्राप्तः बली ग्रहयुद्धे उत्तरचारी ग्रहो बली इति॥४४॥

जो ग्रह अपनी राशि, उच्च राशि अथवा मित्रग्रह की राशि में स्थित हो, मार्गी (अवक्री) हो, बृहस्पति या शुक्र से युक्त हो तथा ग्रह युद्ध में विजयी हो, उसे बलवान् तथा गोचर आदि से उत्पन्न पूर्ण फल को देने वाला ग्रह समझना चाहिए।।४४।।

निष्फलग्रहलक्षणम्—

योऽनुच्चगोऽरिकुलगोऽर्कविलुप्तदीप्तिः
पातङ्ग्यसृक्तिमिरदीप्तियुतो विवेगः।
सुस्थानगोऽपि खचरो विफलो भचक्रे
स्यात्साहितोऽहितखलग्रहवर्गवान्सः।।४५।।

अथ विफलग्रहमाह—य इति। यः सुस्थानगः शुभस्थानकगतोपि खचरो ग्रहो भचक्रे नक्षत्रमण्डले एवं विधः स्यात्। योऽनुच्चगो नीचभवनगतः अरिकुलगः शत्रुगृहतः 'समोदवसितं कलम्' इतिहैमः। अर्कविलुप्तदीप्तिरस्तंगतः पातंगिः सूर्यस्यापत्यं शनिः। असृग् भौमः तिमिराणामन्धकाराणां दीप्तिर्ज्वलनमर्थशक्त्या विनाशो यस्मात् स तिमिरदीप्तिः सूर्य एभिर्युक्तः विगतो वेगो यस्य स मन्दः साहितः शत्रुग्रहसहितः अहितः शत्रुः खलग्रहः पापग्रहः एषां द्वन्द्वः एषां वर्गः षड्वर्गोऽस्यास्तीत्यहित-खलग्रहवर्गवान्। स ग्रहो विफलो निष्फलः स्यात्॥४५॥

जो ग्रह अपनी उच्च राशि से इतर (नीच) राशि में या शत्रुग्रहों की राशि में स्थित हो, सूर्य के सान्निध्य से अस्त हो, शनि, मंगल और सूर्य से युक्त हो, मन्दगति वाला हो, शत्रुग्रहों से युक्त हो अथवा शत्रुग्रहों के षड्वर्ग में स्थित हो, वह (ग्रह) राशिचक्र में अच्छे स्थान में स्थित हो तो भी निष्फल होता है।।४५।।

द्वादशभावानां नामानि—

ककसहोत्थकसून्वहिताबला-
लयवृषाह्वयकर्म्मफलागमाः।
व्यय इतीनमिताः किल भावता
निगदिता विबुधैरुदयात्क्रमात्।।४६।।

अथ द्रुतविलम्बितेन द्वादशभवनान्याह—ककेति। किलेति सत्ये विबुधैरुदयाल्लग्नात् क्रमेण इनमिता द्वादशभिर्मिता भावानां भावो भावता निगदिता प्रोक्ता। इतीति किं तदाह। ककेति। कःकायस्तनुभवनं १.कःधनं तद्भवनं २. सहोत्थःसहजभवनं ३. कं सुखभवनं ४ सूनुः सुतभवनं ५ अहितो रिपुभवनं ६ अबला जायाभवनं ७ लयो मृत्युभवनं ८ वृषो धर्मभवनं ९ कर्मभवनं १० फलागमः आयभवनं ११ एषां द्वन्द्वः एते व्ययभवनं १२ 'मूर्ध्नि चित्ते जले काये मुखे ब्रह्मणि मारुते। कामे लाभे सुवर्णे च कशब्दो द्रविणेऽध्वनि' १ इत्यनेकार्थध्वनिमञ्जरी॥४६॥

(कः=शरीरम्) तनुभाव, (कः=धनम्) धनभाव (सहोत्थः=भ्रातरः) सहजभाव, (कं=सुखम्) सुखभाव, (सूनुः=पुत्रः) पुत्रभाव, (अहितः=शत्रुः) शत्रुभाव, (अबला=स्त्री) जायाभाव, (लयः=विनाशः) मृत्युभाव, (वृषः=धर्मः) धर्मभाव, (कर्म=वृत्यर्थकर्म) कर्मभाव, (फलागमः=लाभः) लाभभाव, (व्ययः) व्ययभाव। उदयलग्न से आरम्भ कर क्रम से १२ भावों के नाम विद्वानों ने बताया है।।४६।।

रविफलम्—

सहजलाभविपक्षनभःस्थितो
जनिभतो निखिलार्थसुखप्रदः।
भवति विध्यत एव न चेद्रवि-
र्वृषसुतान्त्यशगैर्वियमैर्ग्रहैः।।४७।।

अथ ग्रहाणां फलमाह तत्र प्रथमं रविफलं—सहेति। चेद्यदि वियमैः शनिरहितैः वृषसुतान्त्यशगैः वृषो धर्मः नवमं भवनं ९ एवं सुतः पञ्चमं अन्त्यं द्वादशं १२ शं सुखं चतुर्बन्धु ४ एषु गतैर्ग्रहैः रविर्न विध्यते एव तदा रविर्जनिभतो जन्मराशितः सहजलाभविपक्षनभःस्थितः तृतीयै ३ कादश १२ षष्ठ ६ दशम १० भवनस्थितो निखिलार्थसुखप्रदो भवति।।४७।।

यदि नवम, पञ्चम, द्वादश और चतुर्थभावों में स्थित शनि से रहित अन्य ग्रहों द्वारा तृतीय, एकादश, षष्ठ और दशम (उपचय) भावगत रवि विद्ध न हो तो समस्त सुखों को देने वाला होता है।।४७।।

चन्द्रफलम्—

असमहेत्यरिखाङ्गबलायगो
हिमगभस्तिरनिष्टहरो ग्रहैः।
द्रविणरिष्फकगोवृषनाशगै-
र्यदि न विध्यत इन्दुजवर्जितैः।।४८।।

अथ चन्द्रफलमाह—असमेति। यदि चेत् इन्दुजेन बुधेन वर्जितैर्बुधरहितैः द्रविणं धनं द्वितीयभवनं २ एवं रिष्फं द्वादशं १२ कं सुखं चतुर्थं ४ गौर्बुद्धिः पञ्चमं ५ वृषो धर्मः नवमं ९ नाशो मृत्युरष्टमं ८ एषां द्वन्द्वः एषुगतैर्ग्रहैर्हिमगभस्तिश्चन्द्रो न विध्यते चन्द्रोऽनिष्टहरः सुखदायी स्यात्। किंभूतश्चन्द्रः असमा विषमा हेतयः अस्त्राणि यस्य सोऽसमहेतिः कामः जायाभवनं ७ अरिः षष्ठं ६ खं दशमं १० अङ्गं प्रथमं १ बलं पराक्रमस्तृतीयं ३ आय एकादशं ११ एषां द्वन्द्वः एषु गतः।।४८।।

(असमहेतिः=कामः) सप्तम, षष्ठ, दशम, प्रथम, तृतीय तथा एकादश भाव में स्थित चन्द्रमा यदि द्वितीय, द्वादश, पञ्चम, नवम, अष्टम भावों में स्थित बुध रहित अन्य ग्रहों से विद्ध न हो तो अनिष्टों को दूर करने वाला होता है।।४८।।

भौमफलम्—

सहजशत्रुफलागमगो भतः
सहजमित्रफलागमदो ग्रहैः।
भवति विद्धघनो न हि जन्मनो
यदि कुजोऽन्त्यतपः प्रतिभास्थितैः।।४९।।

अथ भौमफलमाह—सहजेति। यदि अन्त्यं द्वादशं १२ तपः नवमं ९ प्रतिभा बुद्धिः पञ्चमं ५ एषु स्थितैर्ग्रहैर्विद्धो घनः शरीरं यस्य स विद्धघनः कुजो भौमो न भवति तदा कुजः सहजाः सहोदराः मित्राणि चैषां फलागमदो लाभदायी भवति। किंभूतः कुजः जन्मनो जन्मसम्बन्धिनो भतो राशितः सहजस्तृतीयभवनं ३ शत्रुः षष्ठ ६ फलागम आय एकादशं ११ एषु गतः।।४९।।

यदि मंगल जन्म राशि से तृतीय, षष्ठ एवं एकादश भाव में स्थित हो तथा द्वादश, नवम और पञ्चम भावों में स्थित ग्रहों से विद्ध न हो तो भाइयों तथा मित्रों के लिए फलदायक (लाभकारी) होता है।।४९।।

बुधफलम्—

धनसवित्र्यरिकालखलाभगो विधुसुतः शुभकृद्वितमीश्वरैः।
मतिपराक्रमधर्मधनात्ययव्ययगतैर्न खगैर्यदि विध्यते।।५०।।

अथ बुधफलमाह—धनेति। यदि वितमीश्वरैश्चन्द्ररहितैर्मतिः पञ्चमं ५ पराक्रमस्तृतीयं ३ धर्म्मो नवं ९ घनः शरीरं प्रथमम् १ अत्ययो मृत्युरष्टमम् ८ एषु भवनेषु गतैर्ग्रहैर्विधुसुतो बुधो न विध्यते तदा बुधः शुभकृत् स्यात्। कथम्भूतो बुधः द्वितीयभवनं २ सवित्री माता चतुर्थं ४ अरिः षष्ठं ६ कालो मृत्युरष्टमं ८ खं दशमं १० लाभ एकादशं ११ एषु भवनेषु गतः।।५०।।

द्वितीय, (सावित्री=माता)=चतुर्थ, षष्ठ, अष्टम, दशम, लाभ (एकादश) भावों में गया हुआ बुध यदि पञ्चम, तृतीय, नवम (घनं=शरीरम्)=प्रथम, अष्टम और बारहवें भावों में स्थित चन्द्ररहित अन्य ग्रहों से विद्ध न हो तो शुभकारक होता है।।।५०।।

गुरुफलम्—

द्रविणलाभवृषस्मरधीस्थितो द्रविणलाभवृषस्मरधीप्रदः।
यदि न विद्ध इहेन्द्रगुरुग्रहैर्व्ययविनाशखविक्रमनीरगैः।।५१।।

अथ गुरुमाह—इह व्ययो द्वादशं १२ विनाशोऽष्टमं ८ खं दशमं १० विक्रमस्तृतीयं ३ नीरं चतुर्थं ४ एषु भवनेषु गतैर्ग्रहैर्न विद्धस्तदेन्द्रगुरुः द्रविणं धनं तथा लाभः वृषो धर्मःस्मरः कन्दर्पः धीर्बुद्धिरेषां द्वन्द्वः एतान् प्रददातीति द्रविणलाभवृषस्मरधीप्रदो भवति इन्द्रगुरुः धनभवनं २ लाभ एकादशं ११ वृषो धर्मो नवमं ९ स्मरः कामो जायाभवनं ७ धीः बुद्धिः पञ्चमं ५ एषु भवनेषु स्थितः।।५१।।

यदि इन्द्रगुरु बृहस्पति व्यय (१२), अष्टम, दशम, तृतीय और चतुर्थ भवनों में स्थित ग्रहों से विद्ध न हो तथा द्वितीय, एकादश, नवम, सप्तम एवं पञ्चम भावों में स्थित हो तो धन, लाभ, धर्म (धार्मिक विचारों), काम एवं बुद्धि को देने वाला होता है।।५१।।

शुक्रफलम्—

व्ययलयातनयायतपः स्थितो
यदि न विद्धतनुर्द्युचरैः स्वदः।
अहितबुद्धिलयास्तपुराम्बर-
क्रतुबलायगतैरसुरार्चितः ।।५२।।

अथ शुक्रफलमाह— व्ययेति। यदि अहितः षष्ठं ६ बुद्धिः पञ्चमं ५ लयोऽष्टमं ८ पुरं शरीरं प्रथमम् १ अम्बरं दशमं १० क्रतुर्यज्ञः उपलक्षणया धर्मो नवमं ९ बलं तृतीयं ३ आय एकादशम् ११ एषु गतैर्द्युचरैः खेटैर्विद्धाः तनुः शरीरं यस्य सोऽसुरार्चितो शुक्रो न तदा शुक्रः स्वदो धनदायको भवति। किंलक्षणः शुक्रः व्ययो द्वादशं १२ लयोऽष्टमं ८ आतनयं सुतभवनं मर्यादीकृत्य 'आङ्मर्यादायां' कोऽर्थः। प्रथमं १ द्वितीयं २ तृतीयं ३ चतुर्थं ४ पञ्चमं आय एकादशं ११ तपो नवमं ९ एषु स्थितः तपः शब्दोऽकारान्तोऽप्यस्ति। अथवा खरि परे शरि विसर्गलोपो वा एवं नभःशब्दादिष्वग्रे ऊह्यम्।।५२।।

बारहवें तथा अष्टम, पञ्चम, एकादश एवं नवम भावों में स्थित शुक्र यदि षष्ठ, पञ्चम, अष्टम, सप्तम (पुर=शरीरं)=प्रथम, दशम, (क्रतुः=यज्ञः=धर्मः) नवम, तृतीय तथा एकादश भवनों में स्थित ग्रहों से विद्धशरीरवाला न हो तो धन प्रदान करने वाला होता है।।५२।।

शनिफलम्—

शनिरथायबलासहजस्थितो
यदि नभादभियातिगणापहः।
भवति विद्धपुरो जनुषः खगै-
र्विरविभिर्धिषणान्त्यतपःस्थितैः।।५३।।

अथ शनिफलमाह—शनिरिति। यदि विरविभिः सूर्यरहितैर्धिषणा बुद्धिः पञ्चमं अन्त्यं द्वादशं १२ तपो नवमं ९ एषु स्थितैः खगैर्विद्धं पुरः शरीरं यस्य स विद्धपुरः शनिः तदा शनिः अभियातिगणापहः शत्रुसमूहघातको भवति। किंविशिष्टः शनिर्जनुषो जन्मतो भवनात् राशेः सकाशात् आय एकादशं ११ बलं तृतीयं ३ असहजः शत्रुः षष्ठं ६ एषु स्थितः।।५३।।

यदि शनि एकादश, तृतीय एवं शत्रु भावों में स्थित हो तथा जन्मराशि से पञ्चम, द्वादश एवं नवम भवनों में स्थित सूर्य रहित ग्रहों से विद्धतनु न हो तो अपने राज्य से समस्त शत्रुओं का नाश करने वाला होता है।।५३।।

राहुफलम्—

अनुगलाभजिघांसुनभःस्थितो
निखिलसौख्यकरो हि विधुन्तुदः।
व्ययसुताध्वरभावनिशान्तगै-
र्यदि न विध्यत एव नभश्चरैः।।५४।।

अथ राहुफलमाह—अनुगेति। यदि व्ययो द्वादशं १२ सुतं पञ्चमं ५ अध्वरो यज्ञो नवमं ९ एषां भावानां निशान्तगैर्गृहगतैर्नभश्चरैर्ग्रहैर्विधुन्तुदो राहुर्न विध्यते तदा राहुर्हि निश्चितं निखिलसौख्यकरो भवति। किंलक्षणो राहुः अनुगः सेवकस्तृतीयं ३ लाभ एकादशम् ११ अभिजिघांसुर्वैरी षष्ठं ६ नभो दशमं १० एषु भवनेषु स्थितः। 'धामागारं निशान्तं च' इतिहैमः।।५४।।

राहु यदि तृतीय, एकादश, (जिघांसुः=शत्रुः) षष्ठ एवं दशम भावों में स्थित हो तथा बारहवें, पाँचवें और नवम भावों में स्थित ग्रहों से विद्ध न हो तो निश्चय ही समस्त सुखों को देनेवाला होता है।।५४।।

केतुफलम्—

शिखिनं प्राहुरगोरपरेऽगुवद्-
वनमवाहशरैः प्रमिते बुधाः।
नवलवेऽपि चरन्तमनारतं
जगति सर्वजनार्तिहितोदयम्।।५५।।

अथा केतुफलमाह—शिखिनमिति। बुधाः शिखिनं केतुमगुवद्राहुतुल्यमाहुः। अपि पुनरपरे आचार्या अगोराहोर्वनमवाहाः समुद्राः शराः चतुःपञ्चाशत् ५४ एभिः प्रमिते नवलवे नवांशके चरन्तं गच्छन्तं शिखिनं केतुं जगति भुवनेऽनारतं निरन्तरं सर्वजनार्तिहितोदयं सर्वलोकपीडाकरमाहुः। कोऽर्थोऽश्विनीभाच्चतुर्दशं नक्षत्रं चित्रा तस्या द्वितीयपादे यदागू राहुरायाति तदा रोहिणीशकटवेधात्पातो भवति विलोममार्गेण अष्टनक्षत्रं पुनर्वसुयावत्।।५५।।

केतु का फल भी राहु की तरह ही आचार्यों ने बतलाया है। कुछ आचार्यों का मत है कि राहु से ५४ संख्या तुल्य नवांश में केतु हो तो समस्त संसार के लिए कष्टकारक होता है।।५५।।

विशेष— राहु से केतु की स्थिति सदैव १८०° अंश की दूरी पर होती है। एक नक्षत्र का मान १३°-२०' होता है। जब राहु अश्विनी के प्रथम चरण में होता है, तब केतु की स्थिति चित्रा के तृतीय चरण में होती है।

अश्विनी से हस्त पर्यन्त १३ नक्षत्र+चित्रा के गत २ चरण=१३×१३°।२०' +६।४०=१८०°=००। यही अन्तर राहु और केतु के बीच सदैव रहता है। एक नक्षत्र में ४ नवांश होते हैं। अतः १३×४=५२+२=५४ नवांशों का अन्तर दोनों के मध्य निरन्तर बना रहता है।

अनिष्टग्रहे निषिद्धकार्याणि—

परकुले गमनं निशि साहसं हृतिगमः क्रियते न तरीस्थितिः।
जनपदान्तरयानमनिष्टदैर्नरवरेण शकुन्त्ययनायनैः।।५६।।

अथानिष्टग्रहे करणीयं निषेधयति—परेति। शकुन्तीनां पक्षिणामयनं मार्गो यस्मिंस्तद्-व्योम तस्मिन्नयनं येषां ते तैर्ग्रहैरनिष्टदैः कृत्वा नरवरेण निशि रात्रौ परकुले परगृहे गमनं न क्रियते। पुनः साहसं हठात् हृतिगमो हृत्यै हरणाय गमनं न क्रियते। एवं तरीषु नौषु स्थितिरुपविष्टता न पुनर्जनपदान्तरयानं देशान्तरप्रयाणमिति।।५६।।

पक्षियों के मार्ग अर्थात् आकाश में विचरण करने वाले ग्रहों के अनिष्टकर होने पर मनुष्य को दूसरों के गृह में नहीं जाना चाहिए। रात्रि में दुःसाहस, चोरी निमित्तक यात्रा, नौका से यात्रा तथा एक स्थान (शहर) से दूसरे स्थान की यात्रा भी नहीं करनी चाहिए।।५६।।

वारक्रमेण प्रशस्तकार्याणि—

खगवरे नरदेवनिभालनं वरतरं रुधिरे प्रविदारणम्।
अखिलशास्त्रविबोधनमिन्दुजे बलिनि मन्त्रिणि दोर्ग्रहणव्रतम्।।५७।।

अथ यस्मिन्वारे यत्करणीयं तदाह—खगेति। खगवरे रविवारे नरदेवनिभालनं भूपदर्शनं वरतरं श्रेष्ठतरं स्यात्। रुधिरे भौमे प्रविदारणं छिन्नकर्म्म वरतरम्। इन्दुजे बुधेऽखिलशास्त्राविबोधनं वरतरम्। बलिनि बलयुक्ते मन्त्रिणि गुरौ वारे दोर्ग्रहणव्रतं पाणिग्रहणव्रतं वरतरं स्यात्। 'रुधिरं घुसृणे रक्ते रुधिरो धरणीसुते' इतिहैमः।।५७।।

रविवार को राजा का दर्शन, भौमवार को विदारण (किसी वस्तु को काटना), बुधवार को समस्त शास्त्रों का अध्ययन-मनन, बली देवगुरु के दिन (बृहस्पतिवार को) पाणिग्रहण-व्रत श्रेष्ठ होता है।।५७।।

दितिजमन्त्रिणि यानमलं भवे-
दसितगुर्बलवानथ दीक्षिणे[1]।
कृतिभिरप्युदिता निखिलाः क्रिया
हरिणलक्ष्मणि वीर्यवतीष्टदा।।५८।।

दितिजेति। दितिजमन्त्रिणि दैत्यप्रधाने शुक्रे यानं भवेत्। अथ दीक्षिणे दीक्षितनराय दीक्षणे दीक्षायां वा असितगुः शनिर्बलवान् स्यात्। अथ कृतिभिः पण्डितैर्वीर्यवति बलयुक्ते हरिणलक्ष्मणि चन्द्रे निखिलाः क्रिया इष्टदा उदिताः प्रोक्ताः। अलमित्यवधारणे।।५८।।

शुक्रवार को यात्रा, शनिवार को दीक्षाग्रहण करना तथा बलवान् चन्द्रमा के दिन अर्थात् सोमवार को सभी प्रकार के कार्य इष्ट सिद्धि देने वाले होते हैं।।५८।।

---

१. दीक्षणे इति पाठान्तरम्।

चन्द्रबलवैशिष्ट्यम्—

उचितमैन्दवमङ्गभृतां बलं
बलिनि चैव विलोकयितुं पदम्।
पदमशेषसुकर्मगणे सदा
स्युरुडुपे बलिनोऽखलखेचराः[१]।।५९।।

अथ चन्द्रबलं विशिनष्टि—उचितमिति। अङ्गभृतां देहिनां बलं विलोकयितुं पदं पदं पदे पदे ऐन्दवं चन्द्रसम्बन्धिबलं उचितं योग्यम्। च पुनस्तदेवाह बलिनि बलयुक्ते उडुपे चन्द्रे सति अखलखेचराः सौम्यग्रहाः अशेषसुकर्मगणे समस्तशुभकार्यसमूहे सदा बलिनः स्युः। अखिलखेचरा इत्यपि पाठः।।५९।।

मनुष्यों के ग्रहबल विचार के लिये पग-पग पर चन्द्रमा के बल का विचार करना चाहिये। यदि चन्द्रमा बलवान् हो तो सभी प्रकार के शुभकार्यों में अन्य शुभ ग्रहों का भी बल प्राप्त होता है। (अर्थात् सभी प्रकार के दैनिक या सामयिक शुभ कार्यों में अन्य ग्रहों की अपेक्षा चन्द्रमा के बल का विशेष रूप से विचार करना चाहिये)।।५९।।

विषमखेटनिकायफलार्णवं तरितुमिन्दुबलोत्कटबेडया।
अनुदिनं धवलांशुबलं नरः क्षम उपास्यमतोऽस्ति विशेषतः।।६०।।

विषमेति। नरः इन्दुबलमेव उत्कटा उत्कृष्टा बेडा तरी तया इन्दुबलोत्कटबेडया कृत्वा विषमाः खलाः क्रूरा ये खेटास्तेषां निकाया गृहशब्दपर्यायत्वात् भावास्तेषां फलमेव अर्णवः समुद्रस्तं तरितुं क्षमोऽस्ति। अतः कारणात् अनुदिनं दिने दिने विशेषतो धवलांशुबलं चन्द्रबलम् उपास्यं सेवनीयं 'निकायः पद्मसंघयोः' इति हैमः।।६०।।

विषम (अशुभ) ग्रह समूह के फलरूपी समुद्र को चन्द्रबल रूपी उत्कृष्ट नौका द्वारा ही पार करने में मनुष्य सक्षम हो सकता है। अतः प्रतिदिन चन्द्रमा के बल का ही विचार विशेषरूप से करना चाहिए।।६०।।

तारावलम्—

सदोदितं चन्द्रमसः प्रधानं बलं बुधैः कर्म्मसु वाखिलेषु।
अमोदरेहर्नवकेन चान्द्रं तत्रैव ताराबलमप्यतीष्टम्[२]।।६१।।

अथोपजात्या क्षीणचन्द्रे ताराबलमाह—सदोदितमिति। सदा बुधैरखिलेषु कर्म्मसु चन्द्रमसो बल प्रधानं उदितं कथितं वेति पक्षान्तरे। अमोदरेऽमावास्याया उदरे मध्येऽहर्नवके कोऽर्थः। अमावस्यातिथेः प्राक्दिनचतुष्कं पश्चाद्दिनचतुष्कम्। अमातिथिना सह नवदिनानि एषु चान्द्रं बलं न कथितम्। अपि पुनस्तत्राहर्नवके ताराबलमेवातीष्टमतिशयेन शुभम्।।६१।।

---

१. किल खेचराः इति पाठान्तरम्।
२. अभीष्टम् इति पाठान्तरम्।

सदैव सभी प्रकार के कार्यों में चन्द्रबल की ही प्रधानता विद्वानों ने बतलायी है। परन्तु अमावस्या के उदरस्थित (अमावस्या से पूर्व चार दिन एकादशी से चतुर्दशी तक तथा पश्चात् चार दिन प्रतिपदा से चतुर्थी पर्यन्त) ९ दिनों में चान्द्रबल का अभाव होता है। अतः उस समय तारा बल का ही विचार करना चाहिए।।६१।।

शुभाशुभताराविचारः—

तारा भवेयुर्जनिभादतोभा-
न्नवेति शश्वद्दशमाच्च सौम्याः।
त्रिपञ्चसप्त प्रविहाय सर्वाः
शरीरिणां मध्यफला तथाद्या।।६२।।

अशुभतारामाह—तारेति। शश्वत् सदा ताराः जनिभाज्जन्मनक्षत्रात्। पुनर्दशमाच्च नक्षत्रात्। अत्रानुक्तादपि एकोनापि एकोनविंशतितमनक्षत्राच्च नवसंख्याका भवेत्। त्रिनवसप्तविंशतिरित्यर्थः। तासु त्रिपञ्चसप्ततृतीयापञ्चमीसप्तमीताराः विहाय सर्वास्ताराः शरीरिणां सौम्याः शुभा तथा आद्या प्रथमा तारा मध्यफला स्यात्।।६२।।

जन्म नक्षत्र से आरम्भ कर नव नक्षत्र पर्यन्त ९ तारा होते हैं। दशम नक्षत्र से पुनः ताराओं की द्वितीय आवृत्ति होती है। तीसरा, पाँचवाँ और सातवाँ तारा अशुभ तथा प्रथम तारा मध्यम फल देनेवाला होता है।।६२।।

विशेष— जन्म, सम्पत्, विपत्, क्षेम, प्रत्यरि, साधक, बध, मैत्र, अतिमैत्र ये ९ तारे होते हैं। जन्म नक्षत्र से अभीष्ट नक्षत्र पर्यन्त गिनने से जो संख्या प्राप्त हो उसी संख्या तुल्य जन्म आदि क्रम से तारा होता है। २७ नक्षत्रों में तारों की तीन आवृत्ति होती है। तीसरा विपत्, पाँचवाँ प्रत्यरि, सातवाँ वध ये तीन अशुभ तथा जन्म नामक प्रथम तारा मध्यम होता है।

तारा ज्ञान की सरल विधि— जन्म नक्षत्र से आरम्भ कर अभीष्ट नक्षत्र पर्यन्त संख्या में ९ से भाग देने पर शेष तुल्य तारा होता है। यथा जन्म नक्षत्र मघा अभीष्ट दिन का नक्षत्र पुष्य। मघा से पुष्य पर्यन्त नक्षत्र संख्या २६। इस में नव का भाग देने से शेष ८ आया। अतः आठवाँ मैत्र नामक तारा हुआ।।६२।।

ग्रहसम्बन्धेन ग्रहाणां बलम्—

राजा हि तारेयबलेन राज्ञो
बलादशीतद्युतिरुष्णभासः।
सर्वे नभोगा बलिनो बली स्याद्
भवन्त्यगुः स्वादबलतो बलीयान्।।६३।।

अथ ग्रहबलेन बलिग्रहमाह—राजेति। हीति विशेषार्थे तारेयबलेन तारासम्बन्धिबलेन राजा चन्द्रो बली स्यात्। राज्ञश्चन्द्रस्य बलात् अशीतद्युति सूर्यो बली स्यात्। उष्णभासः सूर्यस्य बलात् सर्वेण बलेन नभोगा ग्रहा बलिनो भवन्ति। अगुः राहुः स्वादबलतो निजबलात् बलीयान् बलिष्ठः स्यात्।।६३।।

राजा (नक्षत्राधिप) चन्द्रमा तारों (नक्षत्रों) के बल से बली होता है। चन्द्रमा के बल से उष्णकान्ति सूर्य बलवान् होते हैं। सूर्य के बल से सभी ग्रह बलवान् होते हैं। राहु और केतु अपने बल से ही बलवान् होते हैं।।६३।।

चन्द्रस्य शुभाशुभत्वम्—

ददाति पीयूषघनो नराणा-
मसौ फलं धीधनधर्मगो भात्।
असाधु वा साधु फलेन तुल्यं
स्वरर्चिताङ्घ्रेरपि वर्द्धमानः।।६४।।

अथोपेन्द्रवज्रया चन्द्रस्य शुभाशुभफलमाह—ददातीति। भात् जन्मराशितो धीर्बुद्धिः पञ्चमं ५ धनं द्वितीयं २ धर्म्मो नवमं ९ एषु राशिषु गतः पीयूषघनोऽमृतमयदेहश्चन्द्रो वर्द्धमानः शुक्लपक्षभवो नराणां साधुफलं ददाति। किंभूतं फलं स्वरर्चिताङ्घ्रेः स्वःशब्देन स्वर्गिण आधारे आधेयोपचारात् तैरर्चितौ अङ्घ्री पादौ यस्य स तस्य गुरोः फलेन तुल्यम्। यथा पञ्चमद्वितीयनवराशिगो गुरुः शुभ इति वेति पक्षान्तरे यदासौ क्षीणश्चन्द्रस्तदा पञ्चमो द्वितीयो नवमश्चन्द्रो असाधुफलं ददाति।।६४।।

जन्मराशि से पञ्चम, द्वितीय तथा नवम भाव में विकासोन्मुख चन्द्रमा स्थित हो (अर्थात् शुक्ल पक्ष का चन्द्रमा हो) तो मनुष्य के लिए उसी प्रकार शुभ फलकारक होता है ; जैसे उक्त भावों में स्थित देवपूज्य गुरु। यदि चन्द्रमा ह्रासोन्मुख (कृष्णपक्ष का) हो तो अशुभ फलकारक होता है।।६४।।

सर्वग्रहेषु चन्द्रफलस्य वैशिष्ट्यम्—

शक्तिस्तुषारांशुफलं परेषां
दिवौकसां वस्तुफलं प्रकल्प्यम्।
शक्त्या हि वस्तुत्वमथैति मात्रा
यथोष्णशक्त्यैव तनूनपात्स्यात्।।६५।।

अथोपजात्या सर्वग्रहेषु शक्तिरूपेण चन्द्रफलमाह—शक्तिरिति। तुषारांशुफलं चन्द्रफलं शक्तिराधेयः कथ्यते परेषामन्येषां दिवौकसां ग्रहाणां फलमाधारपदार्थः प्रकल्प्यं प्रकल्पनीयम्। अथ हि यतो मात्रा किञ्चित्पदार्थरूपः शक्त्या वस्तुत्वं वस्तुभावमेति प्राप्नोति। अत्र वस्तु आधारः वस्तुत्वमाधेयः यत्राधेयसद्भावस्तत्राधारस्यापि सद्भावोऽयुतसिद्धसम्बन्धत्वात्। नहि घटत्वं विना घटोत्पत्तिः। दृष्टान्तमाह यथेति। उष्णशक्त्यैव तनूनपात् अग्निः स्यात्। यत्रोष्णत्वं तत्र वह्निरिति मात्रापरिच्छेदे। 'अक्षरावयवे द्रव्ये मानेऽल्पे कर्णभूषणे। कालवृत्ते' इति हैमः।।६५।।

शीतांशुचन्द्रमा का फल (परिणाम) शक्तिस्वरूप है तथा अन्य ग्रहों के लिए आधेय स्वरूप है। अन्य ग्रहों के फल आधारस्वरूप हैं। अपने परिमाण (मात्रा) की शक्ति के आधार पर ही वस्तु का वास्तविक ज्ञान होता है। पदार्थ (वस्तु) आधार-

स्वरूप होता है तथा वस्तुत्व (वस्तु की वास्तविक गुणवत्ता) आधेय होती है। जैसे अग्नि की दाहक शक्ति ही अग्नि पदार्थ का बोध कराती है। यदि अग्नि में उष्णता न हो तो अग्नि का स्वरूप प्रकट नहीं हो सकता। भाव यह कि चन्द्रमा के प्रभाव के साथ ही अन्य ग्रहों के प्रभाव दृष्टिगोचर होते हैं।।६५।।

चन्द्रबलस्य प्राधान्यम्—

अतो विलग्नेऽखिलकर्मराशा-
वहस्करांश्चीरितदीप्तिवीर्यम्।
प्राप्ताखिलाभ्रायनपौरुषेऽपि
विलोकनीयं सततं सुधीभिः।।६६।।

अथातोऽवश्यं वर्द्धमानचन्द्रबलदानतामाह—अत इति। अतः पूर्वोक्तिशक्तिहेतुत्वात् सततं सदा सुधीभिर्विलग्ने राशिचक्रेऽहस्करस्य सूर्यस्यांशुभिः किरणैरीरिता प्रेरिता दीप्तिर्यस्य स वर्द्धमानचन्द्रस्तस्य बलं वीर्यं विलोकनीयं कस्मिन् अखिलकर्मराशौ समस्तकार्यसमूहे। कथम्भूते विलग्ने प्राप्ता अखिलाः समस्ता अभ्रयाना ग्रहास्तेषां पौरुषं बलं येन तत्तस्मिन्नपीति।।६६।।

अतः लग्न स्थित सभी ग्रहों के बल प्राप्त होने पर भी समस्त कार्यसमूहों में (विविध प्रकार के शुभकार्यों में) सूर्य की रश्मियों से प्रदीप्त किरणों वाले चन्द्रमा के बल का विचार निरन्तर विद्वानों को करना चाहिए।।६६।।

स्त्रीणां कृते चन्द्रबले विशेषः—

अनन्तरं दोर्ग्रहतो नराणामालोकयेत्तारकराजवीर्यम्।
अपास्य सीमन्तनिषेककृत्यमर्वागतस्तच्च नितम्बिनीनाम्।।६७।।

अथ चन्द्रबलग्रहणे विवेकतामाह—अनन्तरमिति। सुधेर्नराणां दोर्ग्रहतो विवाहदनन्तरं तारकराजस्य चन्द्रस्य वीर्यं बलमालोकयेत्। च पुनरतः पाणिग्रहणादर्वाक् नितम्बिनीनां स्त्रीणां तच्चन्द्रबलमालोकयेत्। किंकृत्वा सीमन्तकर्म्म 'अग्रहणी' इति भाषायाम्। निषेककर्म्म गर्भाधानकर्म्म द्वन्द्वे प्रत्येकयोजनात्। अपास्य विहाय सीमन्तगर्भाधानकर्मणी भर्त्तुर्न स्त्रियास्तु चन्द्रबलं विलोकनीयमित्यर्थः कर्म्मशब्दोऽकारान्तोऽप्यस्ति।।६७।।

विवाह के अनन्तर प्रायः सभी कार्यों में पुरुष का ही चन्द्रबल विचार करना चाहिये। परन्तु सीमन्त, निषेक (गर्भाधान) आदि कार्यों में स्त्रियों के ही चन्द्रबल का विचार करना चाहिए।।६७।।

चन्द्रबलग्रहणे हेतुः—

पतिंवरोल्लङ्घ्य वराय दद्यात्
स्वकर्म्मवत्सप्तपदाचलञ्च।
सौभाग्यमष्टाङ्गमतस्ततस्त-
द्योज्यं खगाद्युत्थफलं तदर्ये।।६८।।

अथ कन्यावरयो: पूर्वापरचन्द्रबलग्रहणे हेतुमाह— पतिंवरेति। पतिंवरा कन्या सप्तपदाचलं चतुर्मङ्गलवर्तनानन्तरम्। अथातोश्मानमारोहयत्युत्तरतोऽग्नेर्दक्षिणपदेन स्वाङ्गुष्ठं गृह्णामीत्यादिगृह्योक्तं धान्यनिर्मितसप्तपुञ्जरूपं उल्लङ्घ्य अतिक्रम्य वराय भर्त्रेऽष्टाङ्गं सौभाग्यं दद्यात्। यत: 'पादौ कर्णौ शिरो बाहू कम्बो नासाक्षिणी तथा। ललाटं सुभगस्त्रीणामेवमष्टाङ्गमुच्यते'। कीदृशसौभाग्यं स्वकर्म्मवत् निजकर्मतुल्यम्। च पुन: तत: कारणादतोऽस्मिंस्तदर्ये तस्या: कन्याया अर्यो भर्ता तस्मिन् भर्त्तरि यत् खगाद्युत्थफलं योज्यमिति॥६८॥

कन्यासप्तपदी स्वरूप (विवाह के समय लाजा से सप्त पुञ्ज बनाये जाते हैं) सप्त पर्वतों को लाँघकर अपने कर्म स्वरूप अष्टांग सौभाग्य पति को समर्पित करती है। (ऐसा गृह्यसूत्रों का विधान है) इसीलिए कन्या के ग्रह (चन्द्र) से समुत्पन्न फल को पति के हित से भी युक्त करना चाहिये।।६८।।

चन्द्रबलं कुत्र विचार्यमित्याह—

पाणिग्रहाङ्गादिविधौ नृनार्यो
पित्रोरदश्चन्द्रमसो विचिन्त्यम्।
राशौ बलं नेतुरगारकाणां
तथानुगानां च युधि ध्वजिन्या:।।६९।।

अथ चन्द्रबलविलोकनीयस्थानमाह—पाणिग्रहेति। पाणिग्रहाङ्गादिविधौ विवाहप्रारम्भकार्यविधाने नृनार्यो: वरवध्वो: पित्रो राशौ अदश्चन्द्रमसो बलं विचिन्त्यम्। च पुनरागारकाणां नेतु: स्वामिनो राशौ चन्द्रबलं विचिन्त्यम्। तथा युधि सङ्ग्रामे ध्वजिन्या: सेनाया अनुगानां स्वामिनां राशौ चन्द्रबलं विचिन्त्यम्। अनुग: स्वामिसेवकयोरित्यनेकार्थ:॥६९॥

वर-वधू के पाणिग्रहण आदि संस्कार में माता-पिता की राशि से चन्द्रबल का विचार करना चाहिये। गृह-निर्माण में गृहस्वामी की राशि से चन्द्रबल का विचार उसी प्रकार करना चाहिये, जैसे युद्ध में सेनापति की राशि से किया जाता है।।६९।।

कुत्र चन्द्रबलं न विचार्यमित्याह—

न दोहदस्यामृतपिण्डसारं
भिक्षोरूपात्ताध्वरदैवतस्य।
सहस्रचन्द्रव्रतकर्तुराद्यै-
रसाधु वा साधु न चिन्तनीयम्।।७०।।

अथ चन्द्रबलस्यानवलोकनीयस्थानमाह—न दोहदस्येति। अमृतस्य पिण्डोऽङ्ग: यस्य सोऽमृतपिण्डश्चन्द्रस्तस्य सारं बलं दोहदस्य साधु वाऽसाधु न चिन्तनीयम्। एवं भिक्षोर्योगिनश्चन्द्रबलं न चिन्तनीयम्। एवं उपात्ताध्वरदैवतस्य गृहीतयज्ञदेवस्य प्रारब्धयज्ञकर्त्तुश्चन्द्रबलं न विचिन्तनीयम्। पुन: सहस्रचन्द्रव्रतकर्तु: चतुरशीति ८४ तमे वर्षे सहस्रचन्द्रव्रतमुक्तं तत्कारकस्य चन्द्रबलं न चिन्तनीयम् आद्यै: पण्डितैरिति॥७०॥

दोहद (गर्भिणी की अभिलाषा) में, भिक्षुक (संन्यासी) आदि के लिए, यज्ञ अनुष्ठान का संकल्प लिये हुये (अनुष्ठानरत) तथा सहस्रचन्द्रव्रत धारण किये हुये व्यक्ति के लिए अमृतपिण्ड (चन्द्र) का बल विचार नहीं करना चाहिये।।७०।।

पुरुषाणां कृते कालचन्द्रः—

नरेषु भूपञ्चनवद्वितर्कदिगग्न्यगाब्धीभहरेनतुल्याः ।
क्रमेण भानामविपूर्वकाणामनूष्मभासः किल कालसंज्ञाः।।७१।।

अथोपेन्द्रवज्रया कालचन्द्रमाह—नरेष्विति। किलेति सत्ये नरेषु पुरुषेषु क्रमेणाविपूर्वकाणां मेषादीनां भानां राशीनां भूपञ्चादिभिस्तुल्यामिता अनुष्मभासश्चन्द्राः कालसंज्ञाः स्युः। कोऽर्थः। मेषराशेर्नरस्य भूरेको जन्मचन्द्रो घातकः। एवं वृषस्य पञ्चमश्चन्द्रः। मिथुनस्य नवमः। कर्कस्य द्वौ द्वितीयः। सिंहस्य तर्काः षष्ठः। कन्याया दिक् दशमः। तुलाया अग्नयस्तृतीयः। वृश्चिकस्य अगाः पर्वताः सप्तमः। धुनषोऽब्धिःसमुद्रश्चतुर्थः। मकरस्य इभा अष्टमः। कुम्भस्य हरः शिव एकादशः। मीनस्य इनाः सूर्याः द्वादशः एषां द्वन्द्वः एभिस्तुल्याः।।७१।।

मेषादि राशि वाले पुरुषों के लिए क्रम से १,५,९,२,६,१०,३,७,४,८,११ तथा १२वाँ चन्द्रमा काल संज्ञक होता है। अर्थात् मेष राशिवालों के लिए प्रथम, वृषवालों के लिए पञ्चम, मिथुन के लिए नवम, कर्क के लिए द्वितीय, सिंह के लिए षष्ठ, कन्या के लिए दशम, तुला के लिए तृतीय, वृश्चिक के लिए सप्तम, धनु के लिए चतुर्थ, मकर के लिए अष्टम, कुम्भ के लिए एकादश तथा मीन के लिए बारहवाँ चन्द्रमा काल संज्ञक होता है।।७१।।

स्त्रीणां कृते कालचन्द्रः—

रूपाह्यगाङ्काङ्गगुणामगाश्वि-
दिगीश्वरेषूष्मकरैरभिन्नाः ।
मेषादिकानां विधवो वशासु
ज्ञेयाः सदा कालकलार्तिदा वा।।७२।।

अथोपजात्यां स्त्रीणां कालचन्द्रमाह—रूपेति। वेति स्त्रीपक्षे वशासु स्त्रीषु मेषादिकानां राशीनां रूपादिभिरभिन्नास्तुल्याः विधवश्चन्द्राः सदा कालो यमस्तस्य कला निध्यानं संहरणादिरूपं तद्वत् आर्तिदाः पीडाकरा ज्ञेयाः बुधैरितिशेषः। रूपेति। मेषस्य रूपं एकः १ वृषस्य अहिरष्टमः ८ मिथुनस्यागाः सप्तमः ७ कर्कस्य अङ्को नवमः ९ सिंहस्य अङ्गं षष्ठः ६ कन्याया गुणास्तृतीयः ३ तुलाया आगमाश्चतुर्थः ४ वृश्चिकस्य अश्विनौ द्वितीयः २ धनुषो दिग् दशमः १० मकरस्य ईश्वर एकादशः ११ कुम्भस्य इषुः पञ्चमः ५ मीनस्य ऊष्मकरो द्वाद्वशः एषां द्वन्द्वः एभिस्तुल्याः।।७२।।

मेषादि राशिवाली स्त्रियों के लिए क्रम से १,८,७,९,६,३,४,२,१०,११,५, १२ स्थानों में स्थित चन्द्रमा काल संज्ञक होता है तथा कष्ट देने वाला होता है।

अर्थात् मेष राशिवाली स्त्री के लिए प्रथम चन्द्रमा, वृषवाली के लिए अष्टम, मिथुन के लिए सप्तम, कर्क के लिए नवम, सिंह राशिवालों के लिए षष्ठ, कन्या के लिए तृतीय, तुला के लिए चतुर्थ, वृश्चिक राशि के लिए द्वितीय, धनु के लिए दशम, मकर के लिए एकादश, कुम्भ के लिए पञ्चम तथा मीन राशिवाली स्त्री के लिए द्वादश चन्द्रमा कष्टकारक होता है।।७२।।

कालचन्द्रे त्याज्यकार्याणि—

वधूप्रवेशे युधि यानगेहक्रियाविवाहेषु हलप्रवाहे।
नृपाभिषेकाभरणास्त्रधृत्योरनिष्टदः स्यात्किल कालचन्द्रः।।७३।।

अथोपेन्द्रवज्रया यत्रस्थाने कालचन्द्रो हेयस्तदाह—वध्विति। किलेति भावनायां वधूप्रवेशे पुनर्युधि संग्रामे पुनर्यानगेहक्रियाविवाहेषु पुनर्हलप्रवाहे पुनर्नृपाभिषेकः आभरणस्य अस्त्रस्य च धृतिर्धारणं तयोर्नृपाभिषेकाभरणास्त्रधत्यो एषु कालचन्द्रोऽनिष्टदः।।७३।।

वधूप्रवेश, संग्राम (विवाद या युद्ध सम्बन्धी कार्य), यात्रा, गृहनिर्माण, विवाह, हलप्रवहण, राज्याभिषेक, आभूषण एवं अस्त्र (हथियार) धारण करने में काल चन्द्रमा अनिष्ट कारक होता है।।७३।।

अन्यग्रहाणां कालसंज्ञा—

राज्ञोऽजपूर्वेष्वथ कालगेहा-
देकैकवृद्ध्या गदिताः क्रमेण।
विद्धिष्ण्यहेल्यारसुरेज्यमन्दाः
शरीरिणां राशिषु कालसंज्ञाः।।७४।।

अथोपजात्या शेषषड्ग्रहाणां कालसंज्ञामाह—राज्ञ इति। अथ अजपूर्वेषु मेषादिराशिषु राज्ञश्चन्द्रस्य कालं गेहात् क्रमेणैकैकवृद्ध्या विद् बुधः धिष्ण्यः शुक्रः हेलिः सूर्यः आरो भौमः सुरेज्यो गुरुः मन्दः शनिश्चैते शरीरिणां कालसंज्ञाः गदिताः। कोऽर्थः। यस्य यस्य नरस्य यावत्संख्याकः कालचन्द्रराशिस्तस्मादेकैकवृद्धिः कर्त्तव्या। यथा मेषराशौ जन्मचन्द्रो घातस्तस्य द्वितीयो बुधो घातः। एवं तृतीयः शुक्रश्चतुर्थो रविः। पञ्चमो भौमः। षष्ठो गुरुः। सप्तमः शनिरेते कालसंज्ञाः। एवं यथा धनुराशेः पुरुषस्य चतुर्थः कालचन्द्रस्तस्य पञ्चमो बुधः कालसंज्ञ इत्येवमेकैकवृद्ध्या सर्वेऽपि ज्ञातव्याः।।७४।।

चन्द्रमा के काल स्थान से मेषादि राशियों में एक-एक स्थान की वृद्धि करने से क्रम से बुध, शुक्र, सूर्य, मंगल, बृहस्पति और शनि के कालसंज्ञक स्थान होते हैं। यथा-मेष राशि वाले व्यक्ति के लिए चन्द्रमा प्रथम स्थान में, बुध द्वितीय स्थान में, शुक्र तृतीय में, सूर्य चतुर्थ में, मंगल पञ्चम में, बृहस्पति षष्ठ में तथा शनि सप्तम स्थान में काल संज्ञक होते हैं। इसी प्रकार सभी राशिवालों के लिए समझना चाहिए।।७४।।

ग्रहों के कालसंज्ञक स्थानबोधक तालिका

ग्रहों के कालसंज्ञक स्थान														
जन्म-राशि	चन्द्र		बुध		शुक्र		सूर्य		मंगल		गुरु		शनि	
मेष	पु. १	स्त्री १	पु. २	स्त्री २	पु. ३	स्त्री. ३	पु. ४	स्त्री ४	पु. ५	स्त्री. ५	पु. ६	स्त्री ६	पु. ७	स्त्री ७
वृष	५	८	६	९	७	१०	८	११	९	१२	१०	१	११	२
मिथुन	९	७	१०	८	११	९	१२.	१०	१	११	२	१२	३	१
कर्क	२	९	३	१०	४	११	५	१२	६	१	७	२	८	३
सिंह	६	६	७	७	८	८	९	९	१०	१०	११	११	१२	१२
कन्या	१०	३	११	४	१२	५	१	६	२	७	३	८	४	९
तुला	३	४	४	५	५	६	६	७	७	८	८	९	९	१०
वृश्चिक	७	२	८	३	९	४	१०	५	११	६	१२	७	१	८
धनु	४	१०	५	११	६	१२	७	१	८	२	९	३	१०	४
मकर	८	११	९	१२	१०	१	११	२	१२	३	१	४	२	५
कुम्भ	११	५	१२	६	१	७	२	८	३	९	४	१०	५	११
मीन	१२	१२	१	१	२	२	३	३	४	४	५	५	६	६

ग्रहाणां गन्तव्याराशिफलम्—

भश्चरः सङ्क्रमतः स्वतोऽर्वाक्
स्वभोगराश्यंशमितैरहोभिः।
अधिष्ठितर्क्षादपि चैष्यराशे-
रलं फलं यच्छति मूर्तिमत्सु।।७५।।

अथोपेन्द्रवज्रया ग्रहस्यागामिकराशिफलमाह—नभेति। नभश्चरो ग्रहः स्वतः संक्रमतो वर्त्तमानराशिस्थादर्वाक् पूर्वं स्वभोगराश्यंशमितैर्निजभोगराशेस्त्रिंशन्मितैरहोभिर्दिनैरधिष्ठितर्क्षात् आक्रान्तराशेः सकाशाच्चैष्यराशेरागामिकराशेः फलं शुभमशुभं मूर्तिमत्सु नरेषु यच्छति ददाति। विशेषार्थस्त्वयं सूर्यो गन्तव्यराशेः प्राक् पञ्चदिनानि फलदः स्यादेवं भौमोऽष्टदिवसात्। बुधः सप्तदिनानि चन्द्रो घटीत्रयं राहुर्गन्तव्यराशेः पूर्वं त्रिमासान् शनिः षण्मासान् गुरुर्मासद्वयं फलदः स्यादिति।।७५।।

ग्रह अपने आक्रान्त राशि (जिस राशि पर ग्रह स्थित हो उस) से अग्रिम राशि में संक्रमण करने से राश्यंश तुल्य दिन पूर्व अर्थात् ३० दिन पहले से ही गन्तव्य राशि (जिस राशि पर ग्रह को जाना है) का फल मनुष्य को देने लगता है।।७५।।

विशेष— मुहूर्तचिन्तामणि में गन्तव्य राशि के फल हेतु दिन प्रमाण प्रत्येक ग्रह के भिन्न-भिन्न बताये गये हैं। यथा—

सूर्यारसौम्यास्फुजिताक्षनागसप्ताद्रिघस्त्रान् विधुरग्निनाडीं।
तमो यमेज्यास्त्रिरसाऽश्विमासान् गन्तव्यराशेः फलदाः पुरस्तात्।। मो.प्र. २७

अपनी अग्रिम राशि में प्रवेश करने से ५ दिन पूर्व सूर्य, ८ दिन पूर्व मंगल, ७ दिन बुध, ७ दिन शुक्र, ३ घटी पूर्व चन्द्रमा, ३ मास पहले राहु, ६ मास पहले शनि तथा २मास पूर्व बृहस्पति अग्रिम राशि का फल देना प्रारम्भ कर देते हैं।

राशौ ग्रहयुतेर्फलम्—

यद्राशिगा स्याद्युतिरभ्रमार्गयो-
र्जनस्य तद्राशिवतोऽशिवं भवेत्।
यस्याणुविम्बं ग्रहणं तयोरिह
ग्रहस्य तस्यैव तमोवृतस्य च।।७६।।

अथोपजात्या युतिग्रहणाधिकारे विवेकमाह—यद्राशीति। अभ्रमार्गयोर्ग्रहयोर्युतिः संयोगः। यद्राशिगा यश्चासौ राशिश्च तं गच्छतीति यद्राशिगा स्यात्। स चासौ राशिश्च राशिस्तद्राशिवतो जनस्याशिवमशुभं भवेत्। च पुनस्तयोर्ग्रहयोरिह संयोगे यस्य ग्रहस्याऽणुबिम्बं सूक्ष्मं मण्डलं भवति तस्य तमावृतस्य तमसाच्छादितस्य ग्रहणं भवति।।७६।।

जिस राशि में दो ग्रहों की युति हो, उस राशि वाले मनुष्य के लिए युति अशुभ कारक होती है। उन दोनों ग्रहों में जिस ग्रह का मण्डल (बिम्ब) लघु होता है, उसके अन्धकार (छाया) से आच्छादित होने के कारण ग्रहण हो जाता है।।७६।।

विशेष— आकाश में सभी ग्रह एक-दूसरे से लाखों मील ऊपर-नीचे स्थित भिन्न-भिन्न कक्षाओं में भ्रमण करते हैं। ग्रहों की कक्षा से प्रकाशवर्ष की ऊँचाई पर नक्षत्र (राशि) मण्डल स्थित है। भूपृष्ठ या भूगर्भ के सापेक्ष एक सूत्र में दो या दो से अधिक ग्रह स्थित हो जायें तो तो उनकी एक राशि में युति होती है। ऐसी स्थिति में लघु पिण्डवाला ग्रह बृहत्पिण्ड वाले ग्रह से आच्छादित हो जाता है। प्रायः समीपस्थ ग्रह का पिण्ड बृहत् तथा दूरस्थ ग्रह का पिण्ड लघु दिखलाई पड़ता है। अतः नीचे स्थित पिण्ड से ऊपर वाला पिण्ड आच्छादित होने से ग्रहण हो जाता है। परन्तु सूर्य के साथ ऐसी घटना नहीं होती, क्योंकि सूर्य दूरस्थ एवं समीपस्थ सभी ग्रहों की अपेक्षा बृहत् पिण्ड वाला ग्रह है। तथा उसी से सभी ग्रह प्रकाशित होते हैं। अतः सूर्य तमसावृत नहीं होता। अपितु ग्रहों का अप्रकाशित भाग कभी-कभी सूर्यमण्डल में धब्बे जैसे दीखता है। इस प्रकार की घटना बुध के साथ प्रायः घटती है। सूर्यग्रहण में अत्यन्त समीपस्थ होने के कारण चन्द्रमा कभी-कभी सूर्यमण्डल को आच्छादित कर लेता है। परन्तु उस समय भी सूर्य प्रकाशित ही रहता है। अतः सूर्य का ग्रहण स्थान भेद से कहीं होता है, कहीं नहीं होता।

राशिवशेन ग्रहणफलम्—

बलाय वैर्यं वरगोऽशुभेतरो
राशिर्धनाद्यात्मजधर्मगः समः।
ग्राह्यो मदान्त्यात्ययवारिगोऽधमो
राशेर्भवेन्नामवतश्च जन्मनः।।७७।।

अथ ग्रहणसमये वर्तमानचन्द्रराशिशुभाशुभमाह—बलेति। ग्रहणसमये नामवतः पुरुषस्य जन्मनो राशेः सकाशात् बलं तृतीयम् ३ आय एकादशं ११ वैरी षष्ठम् ६ अम्बरं दशमं एषु गतो राशिरशुभेतरः शुभो ग्राह्यः पुनर्द्धनं द्वितीयम् २ आद्यः प्रथमः १ आत्मजः सुतः पञ्चमं ५ धर्मो ९ एषु गतो राशिः समो ग्राह्यः पुनर्मदः ७ सप्तमम् अन्त्यो द्वादशं १२ अत्ययोऽष्टमं ८ वारि चतुर्थं ४ एषु गतो राशिरधमो भवेदिति।।७७।।

जन्म राशि से ग्रहण की राशि (जिस पर ग्रहण हो) यदि तृतीय (३) एकादश (११) षष्ठ (६) और दशम (१०) हो तो मनुष्य के लिए शुभ, द्वितीय (२), प्रथम (१), पञ्चम (५), नवम (९) हो तो सम तथा सप्तम (७), द्वादश (१२), अष्टम (८) और चतुर्थ (४) हो तो अशुभ होता है।।७७।।

विशेष— प्रथम स्थान में अर्थात् अपनी राशि पर ग्रहण का फल यहाँ सम बताया गया है। जबकि सर्वत्र यह अशुभ माना जाता है। २,५ और ९ को सम कहा जाता है। यथा—

जन्मर्क्षे निधनं ग्रहे जनिभतो घातः क्षतिः श्रीर्व्यथा
चिन्ता सौख्य कलत्र दौस्थ्य मृतयः स्युर्माननाशः सुखम्।
लाभोपाय इति क्रमात्तदशुभध्वस्त्यै जपः स्वर्णगो-
दानं शान्तिरथो ग्रहं त्वशुभदं नो वीक्ष्यमाहुः परे।। मु.चि.४६

शुभाशुभादीनां फलम्—

शुभःशुभाय ग्रहणाच्छरीरिणा
समश्च साधारणकामसिद्धये।
इहाधमोऽनिष्टफलाय पार्वणो
राशिर्भवेदाग्रहणं युतेरिति।।७८।।

अथैतादृग्राशीनां फलमाह—शुभेति। इह लोके शरीरिणां पर्वणि भवः पार्वणो ग्रहणगतराशिग्रहणाच्छुभः शुभाय स्यात्। पुनरेवं समः साधारणकामसिद्धये भवेत्। पुनरधमोऽनिष्टफलाय भवेत्। इत्यनेन प्रकारेण भौमादीनां युतेः सकाशात् आग्रहणमयमर्थो ग्राह्यः। युतेरारभ्य आग्रहणं ग्रहणपर्यन्तं तेन युद्धादिग्राह्यमित्यर्थः।।७८।।

ग्रहणगत राशि यदि मनुष्य के लिए शुभ हो तो शुभफलदायक, सम हो तो सामान्य कार्यों की सिद्धि देनेवाली तथा यदि अधम (अशुभ) हो तो अनिष्ट कारक

होती है। इस प्रकार का फल ग्रहों की युति से लेकर ग्रहण पर्यन्त समझना चाहिये। अर्थात् राशि के अनुसार ग्रहों की युति, युद्ध और ग्रहण सभी स्थितियों में समान फल होता है।।७८।।

अनिष्टफलस्योपचारः—

खगेरिता साधुफलं जनेन तदर्चयायत्तदितं वरेण्यम्।
सदौषधिस्नानविधानहोमापवर्जनेभ्योऽभ्युदयाय वा स्यात्।।७९।।

अथोपेन्द्रवज्रया ग्रहाणामनिष्टफले शान्तिस्नानद्वारमाह—खगेति। यदा जनेन कर्तृपदेन यत् खगेनेरितं प्रेरितं साधुफलमनिष्टफलमितं प्राप्तं तद्दयया श्रद्धया तदर्चया तद्ग्रहपूजनेन तदशुभं वरेण्यं श्रेष्ठं स्यात्। केभ्यः सदौषधीभिर्भव्यौषधीभिः स्नानविधानं १ होमः २ अपवर्जनं दानम् ३ एभ्यः इति ग्रहकृपयाभ्युदयाय वा स्यादिति पाठान्तरम्।।७९।।

ग्रहों द्वारा प्रदत्त अनिष्ट फल के निवारण के लिए अनिष्टकारक ग्रहों के दिन उनकी पूजा-जप आदि करना श्रेष्ठ होता है। ग्रहों से सम्बन्धित औषधियों से स्नान, हवन एवं दान करना अभ्युदय कारक होता है।।७९।।

अनिष्टसूर्ये शान्तिस्नानम्—

काश्मीरयष्टीमधुपद्मकैलामनःशिलोशीरवसन्तदूतिभिः।
सदारुभिःस्यादहिते खरांशौ निमज्जनं नुःकिल कर्मसिद्ध्यै।।८०।।

अथोपजात्यानिष्टसूर्ये शान्तिस्नानमाह—काश्मीरेति। किलेति सत्ये। खरांशो सूर्येऽहितेऽनिष्टे सति नुः पुरुषस्य कर्मसिद्ध्यै ईप्सितप्राप्तये मज्जनं स्नानं स्यात्। काभिः काश्मीरं केसरं घुसृणं यष्टी मधु प्रतीतं पद्मकस्तरुविशेषः। कमलफलं कमलकाकडी। एला एलची प्रतीता मनःशीला 'मनशिल' इतिभाषायां उशीरं वीरणीमूलं वसन्तदूतिः पाटला एताभिः किंभूताभिः सदारुभिर्देवदारुसहिताभिः। कोऽर्थः। एता ओषधीजलभृत-कुम्भे निक्षेप्य स्नानं कर्त्तव्यमित्यर्थः। 'स्नेहवृद्धं महादारुभद्धा दार्व्यं च दारु च' इति निघण्टुः 'पाटलायां तु वसन्तदूती स्यात् इति निघण्टुः।।८०।।

यदि सूर्य अनिष्टकारक हो तो सभी कार्यों की सिद्धि के लिए (अनिष्ट दोष निवारण हेतु) काश्मीर (केसर), यष्टी, मधु, पद्मक (हिमालय में उत्पन्न होने वाला दुर्लभ जाति का वृक्ष), कमल का रेशा, इलायची, मनःशिला (मैनसिल), खस, वसन्तदूती (शृंगवल्ली) तथा देवदारु इन सबको जल में मिलाकर स्नान करना चाहिये।।८०।।

अनिष्टचन्द्रे शान्तिस्नानम्—

सपञ्चगव्यैः स्फटिकेभदानत्रिपत्रमुक्ताम्बुजमुक्तिशङ्खैः।
तुषारभास्याप्लवनं नृपाणामुक्तं हि तुष्यै विषमे ग्रहज्ञैः।।८१।।

अथानिष्टचन्द्रे शान्तिमाह—सपञ्चेति। तुषारभासि चन्द्रे विषमेऽनिष्टे सति निश्चितं ग्रहज्ञैः तुष्टये तोषाय नृपाणां राज्ञामाप्लवनं स्नानमुक्तं कथितं। पञ्चगव्यादिसहितैर्जलैः पञ्चगव्यं गोदुग्धं १ दधि २ घृतं ३ विट् ४ मूत्रं ५ स्फटिको दृषद्भेदः इभदानं गजमदः त्रिपत्रको विल्वः मुक्ताफलं अम्बुजं कमलं शुक्तिशङ्खौ प्रतीतौ एभिः॥८१॥

यदि चन्द्रमा अनिष्टकर हो तो उसकी प्रसन्नता हेतु राजाओं के लिए स्नान विधि बताई गई है। स्फटिक, गज (हाथी) का मद, बिल्वपत्र, मोती, कमल, सीप तथा शंख को पञ्चगव्य (गाय का दूध, घृत, मूत्र और गोबर) के साथ जल में मिलाकर स्नान करना चाहिये।।८१।।

अनिष्टभौमे शान्तिस्नानम्—

स्याच्चन्दनश्रीफलहिंगुलीकश्यामाबलामांस्यरुणप्रसूनैः।
ह्रीबेरचाम्पेयजपाङ्कुराढ्यैः स्नानं कुदायादकृताशिवघ्नम्।।८२।।

अथेन्द्रवज्रयानिष्टे भौमे शान्तिस्नानमाह—स्याच्चन्दनेति। चन्दनादिभिः स्नानं कोर्भूमेर्दायादः पुत्रो भौमस्तेन कृतमशिवं हन्तीति कुदायादकृताशिवघ्नं भौमकृतोपद्रवहरं स्यात्। चन्दनं मलयजं श्रीफलो बिल्वः हिङ्गुलीकः औषधीतिशेषः श्यामाः प्रियङ्गवः बला बलबीजः मांसिः मरुमांसिः अरुणप्रसूनानि रक्तपुष्पाणि एषां द्वन्द्वः एभिः। किं भूतेः ह्रीबेरं बालके चाम्पेयं नागकेशरं जपाङ्कुरा ओण्ड्रपुष्पकिसलयाः एभिराढ्यैर्युक्तैः 'नागपुष्पं मतं नागं केसरं नागकेसरम्। चाम्पेयं नागकिंजल्कं कनकं हेम काञ्चनम्' १ इति निघण्टुः 'ओड्रपुष्पं तु जपा' इतिहैमः॥८२॥

भूमिपुत्र मंगल द्वारा होने वाले अनिष्टों के शमन हेतु चन्दन, बिल्वफल, हिंगुलीक (हींग, इंगुदी), श्यामा (मालकांगनी), बला, मासि (जटामांसी), रक्तपुष्प, ह्रीबेर (हाऊबेर), नागकेसर तथा जपाकुसुम की कोंपल से स्नान करना चाहिये।।८२।।

अनिष्टे बुधे स्नानम्—

सहेममूलाक्षतमौक्तिकेयैर्गोरोचनक्षौद्रफलैः सगव्यैः।
हिताय साद्भिर्विषमे नराणां निमज्जनं चान्द्रमसायने स्यात्।।८३।।

अथोपजात्या बुधे शान्तिस्नानमाह—सहेमेति। चान्द्रमसायने बुधे विषमेऽनिष्टे सति नराणामेभिः सह मज्जनं हिताय स्यात्तदाह गोरोचनं गोपित्तं क्षौद्रं मधुफलं मदममीढलं फलं एभिः किंभूतैरेभिः सगव्यैः पञ्चगव्ययुक्तैः। पुनः किंभूतैः सहेममूलाक्षतमौक्तिकेयैः हेम नागकेसरं मूलं पुष्करमूलं अक्षता लाजा मङ्गलतन्दुलाः 'लाजाःस्युः पुनरक्षता' इतिहैमः। शौक्तिकेयं मुक्ताफलम् एभिः सह वर्तमानैः पुनः किंभूतैः साद्भिः जलैः सह वर्तमानैः॥८३॥

बुध के अनिष्टकर होने पर हेम (नागकेसर), पुष्करमूल, लाजा (धान का लावा), मोती, गोरोचन, क्षौद्रफल (मधु) तथा पञ्चगव्य को मिलाकर स्नान करने से हितकारक होता है। अर्थात् बुधजन्य अनिष्ट दूर होता है।।८३।।

अनिष्टगुरौ शान्तिस्नानम्—

सिद्धार्थयष्टीमधुनीरमालतीप्रसूनयूथीप्रसवैः सपल्लवैः।
रिष्टं यदीज्याद्विषमस्थितादितं शिवाय यैस्तेष्वरुहं निमज्जनम्।।८४।।

अथानिष्टगुरौ शान्तिस्नानमाह—सिद्धार्थेति। यदि चेत् यैर्नरैर्विषमस्थितात् क्रूरस्थितात् इज्याद्गुरोः सकाशात् रिष्टं कष्टं इतं प्राप्तं तेषु नरेषु शिवाय निमज्जनं प्रोक्तं किंभूतं निमज्जनम् अरुहं न विद्यते रुट् जन्म कष्टोत्पत्तिर्यस्मात्तत्। अथवारुहं दूर्वारहितं 'हरतालिरुहा पोट' इति हैमः। सिद्धार्थः श्वेतसर्षपः यष्टीमधु प्रतीतं नीरं बालकं मालतिप्रसूनानि जातिपुष्पाणि यूथीप्रसवा मागधीपुष्पाणि एभिः किंविशिष्टैः सपल्लवयुक्तैः।।८४।।

यदि बृहस्पति विषम (अशुभ) स्थानों में स्थित होकर कष्टकर हो तो पीली सरसों, यष्टी, मधु, जल अपने-अपने पल्लवों के साथ मालती पुष्प एवं यूथी पुष्प (जूही, चमेली) से स्नान करने से कल्याण होता है तथा मनुष्य निरोग हो जाता है।।८४।।

अनिष्टशुक्रे शान्तिस्नानम्—

ना शम्बरैलाफलमूलकुङ्कुमैः सपुण्डरीकैः शिलयाः समन्वितैः।
कवीरितानिष्टविघातहेतवे स्नायादनब्जैरिति कश्चिदाह वा।।८५।।

अथानिष्टे शुक्रे शान्तिस्नामाह—नाशमिति। ना पुरुषः कविना शुक्रेण ईरितं प्रेरितमनिष्टमशुभं तस्य विघातहेतवे स्नायात्। कैः सपुण्डरीकैः श्वेतकमलसहितैः शिलया मनःशिलया समन्वितैः। शम्बरं जलपर्यायत्वाद्बालकं एलाफलं प्रतीतं मूलं पुष्करमूलं कुंकुमं काश्मीरं एषां द्वन्द्वे एभिः वा इति पक्षान्तरे कश्चिदनब्जैरित्याह कमलानि विहाय स्नायादिति कथयति।।८५।।

शुक्र द्वारा प्रदत्त अनिष्ट (अशुभ स्थान में स्थित शुक्र के दोष) को दूर करने के लिए मनुष्य को श्वेत कमल, मनःशिला (मैनसिल), इलायची, पुष्करमूल तथा कुमकुम मिश्रित जल से स्नान करना चाहिए। कुछ विद्वानों ने कमल से रहित उक्त वस्तुओं से स्नान करने को कहा है। अर्थात् कमल से स्नान का निषेध किया है।।८५।।

अनिष्टशनौ शान्तिस्नानम्—

वलाञ्जनश्यामतिलैः सलाजैः सरोद्रजीमूतशतप्रसूनैः।
यमानुजादाप्तमनिष्टमुग्रं विलीयते मज्जनतोऽप्यशेषम्।।८६।।

अथेन्द्रवज्रयानिष्टे शनौ शान्तिस्नानमाह—बलेति। यमस्यानुजो लघुभ्राता शनिस्तस्मादाप्तं प्राप्तमुग्रं दारुणमशेषं समस्तं विलीयते नाशं प्राप्नोति कर्त्तुःक्ति। कस्मात् मज्जनतः स्नानात् कैः बला बलबीजः अञ्जनं कृष्णसौवीरं श्यामतिलः कृष्णतिलः एषां द्वन्द्वे एभिः किंविशिष्टैः सलाजैः ब्रीहिसहितैः पुनः किम्भूतैः रोद्रः

'रोहीडो इतिभाषा' जीमूत: मुस्ता शतप्रसूना: 'सूर्या इतिभाषा' एषां द्वन्द्वे एभि: सह वर्त्तमानैस्तै: 'शतपुष्पामिशिर्घोषा' इति निघण्टु:।।८६।।

बला, अञ्जन (काली बेर), काला तिल, लाजा (धान का लावा) रोध्र (लोंध), मोथा, शतप्रसून (सूर्यमुखी) इन वस्तुओं से स्नान करने से यम के अनुज शनि कृत प्रचण्ड अनिष्ट पूर्णरूप से नष्ट हो जाते हैं।।८६।।

अनिष्टे राहौ शान्तिस्नानम्—

सलोध्रगर्भैणमदेभदानैरर्णोम्बुदश्रीफलपर्णवर्णैः ।
हरेदभद्रं विषमागुजातं शरीरिणामाप्लवनं सदूर्वैः।।८७।।

अथोपजात्यानिष्टे राहौ शान्तिस्नानमाह—सलोध्रगर्भेणेति। आप्लवनं स्नानं शरीरिणां विषमागुजातं दुष्टराहुजातमभद्रं कष्टं हरेत्। कै: अर्ण:जलपर्यायत्वाद्बालकं अम्बुदो मुस्ता श्रीफलपर्णानि बिल्वपत्राणि वर्णं घुसृणं 'वर्णं लोहितचन्दनं' इति हैम:। एषां द्वन्द्व: एतै: किम्भूतै: लोध्र: प्रतीत: लोध्रो गर्भे मध्ये यस्य स लोध्रगर्भ: अथवा गर्भ: पनस: कण्टक इत्यपि एणमद: कस्तूरी इभदानं गजमद: एभि: सहवर्त्तमानै: पुन: किम्भूतै: सदूर्वै: दूर्वासहितै:।।८७।।

अशुभ स्थानों में राहु के स्थित होने पर जल, मोंथा, बिल्वपत्र, वर्ण (लालचन्दन या केसर), मृगमद (कस्तूरी), हाथी का मद, लोंध, कण्टक तथा दूर्वा के साथ स्नान करने से राहुकृत अनिष्ट दूर होने हैं।।८७।।

अनिष्टे केतौ शान्तिस्नानम्—

शिखाभृदार्तिर्तिलपत्रिकाब्दसारङ्गनाभीभमदाम्बुरौद्रैः।
निषेधतीहाविकमूत्रमिश्रैः स्नानं नुराढ्यैः करकामृताभ्याम्।।८८।।

अथानिष्टे केतौ शान्तिस्नानमाह—शिखेति। इह लोके स्नातुर्नरस्य शिखाभृदार्त्ति: केतुपीडा निषेधति निराकरोति कै: तिलपत्रिका रक्तचन्दनं 'रतांजणी इति भाषा' 'जरनं तिलपर्णिका' इति हैम:। अब्दो मुस्ता सारंगनाभि: कस्तूरी इभमदो गजमद: अम्बु: बालकं रौद्र एषां द्वन्द्व: एभि: किंविशिष्टै: आविकमूत्रमिश्रै: मेषमूत्रसंयुक्तै: पुन: किम्भूतै: करक: 'घनोपलस्तुकरक:' इति हैम:। अमृता गुडूची आभ्यामाढ्यैर्युक्तै:।।८८।।

तिलपत्रिका (रक्तचन्दन, रजन), मोथा, कस्तूरी, हाथी का मद, जल, भेड़ का मूत्र, करक (अनार) तथा गुरुच (गिलोय) से स्नान करने से मनुष्यों को केतु कृत अनिष्टों से छुटकारा मिलता है। करक, ओला (पिण्डीभूत जल) को भी कहते हैं।।८८।।

सूर्यग्रहणे शान्तिस्नानम्—

तिलाम्बुजोशीरकपूतिकाष्ठैः ससर्षभक्षौद्रशमीन्द्रदूर्वैः।
सूर्योपरागे विषमे नराणां भाङ्गर्या युतैर्मज्जनमिष्टदं स्यात्।।८९।।

अथ सूर्यग्रहणे शान्तिस्नानमाह—तिलाम्बुजेति। सूर्योपरागे सूर्यग्रहणे विषमेऽनिष्टे सति नराणां मज्जनमिष्टदं शुभकृत्स्यात्। कैः तिलः अम्बुजं कमलं उशीरकं वीरणी मूलं कं बालकं पूतिकाष्ठं देवदारु एषां द्वन्द्वः एभिः किंविशिष्टैः सर्षभऋषभनामौषधियुक्तं क्षौद्रं मधु शुभो प्रसिद्धा इन्द्रः इन्द्रयवः दूर्वा शतपर्विकाः आभिः सह वर्त्तते तैः पुनः किम्भूतैःभाङ्गर्या युतैः प्रतीतम्॥८९॥

मनुष्य के लिए यदि सूर्यग्रहण अशुभ हो तो तिल, कमल, खस, जल, देवदारु, ऋषभनामक औषधि विशेष, मधु, शमी, इन्द्र जौ (यव), दूर्वा और भारङ्गी से स्नान करने पर अनिष्ट दूर होते हैं तथा इष्टफल की प्राप्ति होती है।।८९।।

चन्द्रग्रहणे शान्तिस्नानम्—

पाथः शमीकोकनदैरनिष्टे विधूपरागे तिलदारुवर्णैः।
सिद्धार्थदूर्वामधुकालमेयैरनिष्टनाशाय तु मज्जनं स्यात्।।९०।।

अथानिष्टे चन्द्रग्रहणे शान्तिस्नानमाह— पाथ इति। अनिष्टे विधूपरागे चन्द्रग्रहणे मज्जनमनिष्टनाशाय स्यात्। कैः पाथो जलं पर्यायत्वाद्बालकं शमी केशघ्नी कोकनदं रक्तकमलं तु पुनः तिलाः दारु देवदारु वर्णं काश्मीरं एषां द्वन्द्वः एतैः पुनः सिद्धार्थः श्वेतसर्षपः दूर्वा मधुकालमेयं नागकेसरं एषां द्वन्द्वः एभिः॥९०॥

अनिष्टकारक चन्द्रग्रहण के दोष निवारण हेतु जल, शमी, कमल, तिल, देवदारु, केशर, श्वेत सरसों, दूर्वा, मधु एवं नागकेसर से स्नान करना चाहिए।।९०।।

ग्रहयुतौ शान्तिस्नानम्—

मिथः कदूर्वाम्बुजसर्षपाख्यैर्द्वयोर्युजावारमुखग्रहाणाम्।
सपञ्चमृत्पल्लवपञ्चगव्यैरनिष्टदायां स्नपनं वरं स्यात्।।९१।।

अथोपेन्द्रवज्रयानिष्टदायां ग्रहयुतौ शान्तिस्नानमाह—मिथ इति। मिथः परस्परं आरमुखग्रहाणां भौमादिपञ्चकस्य मध्ये द्वयोर्ग्रहयोर्युतौ संयोगेऽनिष्टदायां सत्यां स्नपनं स्नानं परं शुभकृत्स्यात्। कैः कं जलपर्यायत्वाद्बालकं दूर्वा अम्बुजं कमलं सर्षपाः एषां द्वन्द्वः एभिः किंभूतैः पञ्चवर्णमृत्तिका पञ्चवर्णपल्लवाः पञ्चगव्यं एषां द्वन्द्वः एभिः सहवर्तमानैः॥९१॥

भौमादि पाँच तारा ग्रहों में किन्हीं दो ग्रहों की अनिष्ट कर युति में जल, दूर्वा, कमल, पीली सरसों, पञ्चमृत्तिका (पाँच स्थान विशेष की मिट्टी), पञ्चपल्लव (आम्र, प्लक्ष, पीपल, वट, औदुम्बर) तथा पञ्चगव्य से स्नान करना श्रेयस्कर होता है।।९१।।

सामान्यशान्तिस्नानम्—

दोषाशमीपद्मकशङ्खपुष्पीवत्साङ्कुराम्राङ्कुरहेमपुष्पैः ।
सदा ससिद्धार्थकचन्दनाब्जैर्निमज्जनादेति नरःसुशान्तिम्।।९२।।

अथोपजात्या सामान्यतः शान्तिस्नानमाह—दोषेति। सदा नरो निमज्जनात् सुशान्तिमेति प्राप्नोति कैः दोषा हरिद्रा शमी केशघ्नी पद्मकं कमलफलं तरुविशेषश्च

शङ्खपुष्पी प्रतीतं वत्साङ्कुरा गुडूची आम्राङ्कुरा आम्रपल्लवा: हेमपुष्पं नागकेशरं एषां द्वन्द्वः एभिः किंविशिष्टैः सिद्धार्थैः श्वेतसर्षपः कं बालकं चन्दनं मलयजं अब्जं पद्मं एभिः सह वर्तमानैः। इति नवग्रहशान्तिस्नानाधिकारः॥९२॥

हरिद्रा, शमी, पद्मक (वृक्ष विशेष तथा कमलगट्टा), शंखपुष्पी, गुडूची (गिलोय), आम का पल्लव, नागकेशर, पीली सरसों, जल, चन्दन तथा कमल से स्नान करने से मनुष्य सदैव शान्ति को प्राप्त करता है।।९२।।

नवग्रहाणां समिधा—

अर्कत्रिबर्हद्रुमनेमिशालापामार्गबोध्यद्रिवनस्पतीभ्यः ।
शम्यार्द्रदूर्वाकुथतः क्रमेण होमाचिताः स्युः समिधो ग्रहाणाम्।।९३।।

अथेन्द्रवज्रया नवग्रहाणां होमेन्धनान्याह—अर्केति। क्रमेण ग्रहाणां सूर्यादीनां होमे उचिताः समिध एधांसि स्युः। सूर्यस्यार्कात् अर्कवृक्षात् समिध एवं चन्द्रस्य त्रिबर्हद्रुमात् पलाशवृक्षात्। भौमस्य नेमिशालात् खदिरवृक्षात् बुधस्यापामार्गात् 'अघाड इतिभाषा'। गुरोर्बोधेः पिप्पलद्रुमात् शुक्रस्याद्रिवनस्पतेरुदुम्बरवृक्षात् एषां द्वन्द्वः एभ्यः। शनेः शमीतः राहोरार्द्रदूर्वातः केतोः कुथतः कुशात् एभ्यो वृक्षेभ्यः सरलानि सुस्निग्धानि पद्योक्तमानमितानि इन्धनानि ग्राह्याणि इति॥९३॥

अर्क (मदार), त्रिबर्हद्रुम (पलाश वृक्ष), नेमिशाला (खदिर), अपामार्ग (चिचड़ी), बोधि (पिप्पल), अद्रिवनस्पति (गूलर), शमी, आर्द्रदूर्वा (हरित दूर्बा), कुथ (कुश) ये क्रम से सूर्यादि नवग्रहों के हवन के लिए उचित समिधा है। अर्थात् सूर्य की मंदार, चन्द्र की पलाश, भौम की खदिर, बुध की चिचड़ी, गुरु की पीपल, शुक्र की गूलर, शनि की शमी, राहु की हरित दूर्बा तथा केतु की कुशा हवनीय समिधा है।।९३।।

ग्रहाणां पूजनदानविधिः—

हुत्वा खगानां समिधस्तथाज्यं
चरूंस्तिलानुक्तफलानि मन्त्रैः।
निजागमोक्तैरपिपूजनं च
दानं सुभद्राय ततो विदध्यात्।।९४।।

अथोपजात्या ग्रहाणां पूजनदानाधिकारमाह—हुत्वेति। ततः स्नानानन्तरं खगानां पूजनं दानं च सुभद्राय सुखाय विदध्यात् कुर्यात्। किंकृत्वा समिध एधांसि तथा आज्यं चरून् उक्तफलानि च हुत्वा हवनं विधाय कैर्निजागमोक्तैः स्वशाखावेदोक्तैर्मन्त्रैरिति॥९४॥

सभी प्रकार के कल्याण की प्राप्ति के लिए अपनी-अपनी वेदोक्त शाखाओं एवं परम्पराओं के अनुसार ग्रहों का पूजन, दान तथा समिधा, घृत, चरु, तिल एवं विहित फलों द्वारा ग्रहों के मन्त्रों से हवन करना चाहिए।।९४।।

सूर्यदानम्—

नृणां सिताऽघ्न्या गलबद्धचीवरा
लवेतरोधस्यवती सुलक्षणा।
दुष्टे विवस्वत्यपवर्जनोचिता
सगोस्तनीतन्दुलहर्म्यदक्षिणा।।९५।।

अथ प्रथमं सूर्यदानमाह—नृणामिति। नृणां दुष्टे विवस्वति सूर्ये सति सिताघ्न्या गौरपवर्जनोचिता दानाय हिता स्यात्। किंविशिष्टाऽऽघ्न्यागलबद्धचीवरा कण्ठबद्धवस्त्रा पुनः किंभूताः लवेतरमल्पेतरं बहु ऊधस्यं क्षीरमस्यास्तीति बहुदुग्धवती। पुनः किंभूता सुलक्षणा दोषरहिता पुनः किं भूता गोस्तनी द्राक्षा तण्डुलाः प्रतीताः। हर्म्यं गृहं एषां दक्षिणासंहिता। 'उस्राघ्न्या रोहिणी' इतिहैमः। 'गोरसः क्षीरमूधस्यम्' इति च॥९५॥

सूर्य के अनिष्टकर स्थिति में आने पर मनुष्य को अपने कल्याण के लिए द्राक्षा (मुनक्का), चावल एवं गृह की दक्षिणा के साथ अधिक दूध देने वाली सुन्दर लक्षणों से युक्त गले में वस्त्र लपेटी हुई श्वेतवर्ण की गौ दान करनी चाहिए।।९५।।

चन्द्रदानम्—

शङ्खं समुक्तं कलधौतजं द्विजे
सरोहिणिस्तन्यमनन्यदक्षिणम्।
दद्यादनिष्टे किल रोहिणीविभौ
सतन्दुलाधारसितोपलं सदा।।९६।।

अथ चन्द्रदानमाह—शङ्खमिति। किलेति सत्यनिष्टे रोहिणीविभौ चन्द्रे सति सदा नरो द्विजे विप्रे शङ्खं दद्यात्। किंविशिष्टं शङ्खं समुक्तं मुक्ताफलसहितं पुनः किंभूतं शङ्खं कलधौतजं रजतमयं पुनः किंभूतं सरोहिणीस्तन्यं गोदुग्धसहितम्। पुनः किंभूतं शङ्खं तण्डुलाः प्रसिद्धाः आधारं घृतं सितोपला शर्करा एताभिः सहवर्तमानम्। पुनः किंभूतं शङ्खं अनन्यदक्षिणं न विद्यतेऽन्या दक्षिणा यस्मिंस्तत् रजतदानमेव देयमित्यर्थः। 'स्तन्यं पुँसवनं पयः' इतिहैमः। ननु द्विजेऽत्राधिकरणं कथं तदाह। ननु यस्मै दित्सा रोचने धारयते वा तत्सम्प्रदानमिति। तदुक्तं विद्यानन्देन वा शब्देन वाशब्दस्य व्यवस्थावाचितत्वात्। ब्राह्मणस्य ददाति। ब्राह्मणे ददात्यपि स्यादेव रुचेरप्रयोगे राज्ञो रोचते मृगया न मन्त्रिण इत्यादौ षष्ठीप्रयोगदर्शनात्। विस्तरे च विस्तृतं राज्ञो रोचते घृतमित्यादयोऽपि तदेतच्च निर्धारितं महाभाष्यकृच्चरणेरिति वक्ष्यमाणाधिकारेऽपि ज्ञातव्यम्॥९६॥

चन्द्रकृत अनिष्ट निवारण के लिए शङ्ख, मोती, चाँदी, गाय का दूध, चावल, घी, मिश्री तथा अनन्य (विशिष्ट) दक्षिणा (चाँदी) सदैव विप्र को दान करना चाहिए।।९६।।

भौमदानम्—

वृषोऽरुणो भूमिभुवाऽपवर्जने-
ऽहितस्य शुल्बाढ्यविषाणसंयुगः।
सभूरिचन्द्रोऽरुणचीवरं तु वा
शस्तो हि गोधूमगुडाज्यवन्नृणाम्।।९७।।

अथ भौमदानमाह—वृष इति। अहितस्यानिष्टस्य भूमिभुवो मङ्गलस्यापवर्जने दाने नृणामरुणो वृषो गौ: शस्त: शुभ: प्रोक्त:। किंविशिष्टो वृष: शुल्बेन ताम्रेणाढ्यं खचितं विषाणसंयुगं यस्य स:। पुन: किंभूत: सभूरिचन्द्र: सुवर्णमयचन्द्रसहित: वाऽथवा अरुणचीवरं रक्तवस्त्रं शस्तं कथितम्। किंभूतं वस्त्रं गोधूमगुडाज्यवत् गोधूमादियुक्तम्।।९७।।

अनिष्टकर मङ्गल के दोष को दूर करने के लिए रक्त (लाल) वर्ण का बैल (गौ) जिसकी सींग ताँबे से जटित हो, उसका दान शुभकारक होता है। साथ में सोने की चन्द्रमा की प्रतिमा या लाल रंग का वस्त्र, गोधूम, गुड़ और घृत का दान मनुष्य को करना चाहिए।।९७।।

बुधदानम्—

सगौरिका गौरनगौरविग्रहा शोणप्रभापीनकुचा हरिद्गला।
देया विदश्चीरमचीरमादिजे ससार्षपं वेति सकङ्गु तुष्टये।।९८।।

अथ बुधस्य दानमाह—सगौरिकेति। नरेण विदो बुधस्य तुष्टये सन्तोषाय आदिजे विप्रे गौर्देया दातव्या किंभूता गौ: सगौरिका सुवर्णसहिता। पुन: किंभूता अनगौरविग्रहा श्वेतशरीरा:। पुन: किंभूता शोणप्रभापीनकुचा रक्तप्रभापुष्टस्तनी। पुन: किंभूता हरिद्गला नीलकण्ठा वाऽथवा रुचिरं देयं चीरं चूडा सीसं च तद्वद्भा कान्तिर्यस्य तच्चीरभं तच्च चीरं वस्त्रं च चीरमचीरं नीलवस्त्रम्। यद्धेमोनेकार्थे 'चीरं वाससि चूडायां गोस्तने सीसपत्रके' इति। किंविशिष्टं चीरमचीरं ससार्षपं सर्षपतैलसहितम्। पुन: किंभूतं सकङ्गु कङ्गुसहितम्।।९८।।

बुधग्रह की प्रसन्नता के लिए स्वर्णयुक्त श्वेतवर्ण वाली, लाल तथा पुष्ट स्तनों से युक्त नीले कण्ठ वाली गौ, वस्त्र, विशेष रूप से नीला वस्त्र, सर्षप (सरसों) का तेल तथा कङ्गु ब्राह्मण को दान स्वरूप देना चाहिये।।९८।।

गुरुदानम्—

सुपीतचीरं सुरवन्दितेऽवरे ददाति योऽवन्यमराय वाऽवरे।
स नैति गाङ्गेयवरं च पुस्तकं नीवारगव्यद्विदलान्नशर्करा।।९९।।

अथ गुरुदानमाह—सुपीतचीरमिति। अम्बरे अनिष्टे सुरवन्दिते गुरौ सति य: पुरुषं एतानि ददाति कस्मै अवन्यमराय भूदेवाय द्विजाय तान्याह सुपीतचीरं शुभपीतवस्त्रं गांगेयवरं शुभस्वर्णं पुस्तकं नीवारा वनव्रीहय गव्यं घृतादि द्विदलान्नं चणकादि शर्करा एताश्च वेति स पुरुषोऽवरमशुभं नैति न प्राप्नोति।।९९।।

गुरु (बृहस्पति) के अशुभकारक होने पर जो व्यक्ति भूदेव (ब्राह्मण) को पीला वस्त्र, शुद्ध स्वर्ण, पुस्तक, नीवार (स्वयं उत्पन्न अन्न तिन्नी, कूटू आदि), गाय का दूध-दही, घृत, दाल तथा शर्करा का दान करता है, वह अशुभ फल नहीं प्राप्त करता।।९९।।

शुक्रदानम्—

कर्तुं कविं सौम्यतरं द्विजन्मने
वलक्षभं वाहमकुप्यदक्षिणम्।
दद्यात्सितार्त्यार्तमना नरोऽथवा
मत्स्यण्डिकाज्यार्जुनचैलतण्डुलान्।।१००।।

अथ कविदानमाह—कर्तुमिति। सितस्य शुक्रस्यार्त्तिः पीडा तयार्तं पीडितं मनो यस्य स सितार्त्यार्तमना नरो द्विजन्मने विप्राय वाहं घोटकं दद्यात्। किंकर्तुं कविं शुक्रं सौम्यतरं शुभतरं विदधातुं किंभूतं वाहं वलक्षभं श्वेतप्रभम्। पुनः किं भूतं वाहम्। अकुप्यं दक्षिणा यस्मिन् स तम्। अथवा मत्स्यण्डिका फाणितं रक्तखण्डः आज्यं घृतं अर्जुनचैलं श्वेतवस्त्रं तण्डुला एषां द्वन्द्वे एतान् द्वद्यात्।।१००।।

अशुभ शुक्र को शुभ करने के लिए ब्राह्मण को श्वेत घोड़ा, चाँदी की दक्षिणा सहित, लाल शर्करा, घृत, श्वेत वस्त्र तथा चावल का दान करना चाहिये।।१००।।

शनिदानम्—

सजातरूपाद्विषमानुगो भवे-
च्छ्यामार्जुनीदानत ऐनिरार्तिहृत्।
कृष्णांशुकायस्तिलतैलदानतो-
ऽप्यनिष्टहा वा जनभाद्धि देहिनाम्।।१०१।।

अथ शनिदानमाह—सजातरूपेति। हीति निश्चितं। देहिनां नृणां जनिभात् जन्मर्क्षात् विषमानुगो दुष्टराशिस्थित एवंविध ऐनिः श्यामार्जुनीदानतः कृष्णसुरभीदानतः आर्तिहृत् पीडाहरो भवेत्। किंभूतात् श्यामार्जुनीदानतः सजातरूपात् स्वर्णसहितात् वेतिपक्षान्तरे शनिः कृष्णांशुकं कृष्णवस्त्रं अयो लोहं तिलतैलानि एषां द्वन्द्वे एषां दानतोऽनिष्टहाऽनिष्ट-घातको भवेत्।।१०१।।

मनुष्य की जन्मराशि से अनिष्टप्रद स्थानों में शनि स्थित हो तो (स्वर्णयुक्त) काली गाय, कालावस्त्र, लोहा तथा तिल का तेल दान करने से अनिष्टों का निवारण होता है।।१०१।।

राहुदानम्—

ककायदौस्थोपशमाय देहिनां
सुसप्तधान्योपलसारशीर्षकैः।

प्रपूरितत्यादिभुवि प्रदेशनं
शूर्पस्य नीलाम्बरदक्षिणं भवेत्।।१०२।।

अथ राहुदानमाह—ककायेति। देहिनां कं मस्तकमेव कायः शरीरं यस्य स ककायो राहुस्तस्य दौस्थोपशमनाय शूर्पस्य प्रस्फोटनस्य प्रदेशनं भवेत्। कस्मिन्। आदिभुवि अग्रजन्मनि विप्रे। किंभूतस्य सूर्पस्य सुसप्तधान्यानि उपलसारं लोहशीर्षकं लांगलिफलं एषां द्वन्द्वे एभिः प्रपूरितस्य किंभूतं प्रदेशनं नीलाम्बरस्य दक्षिणा यस्मिंस्तत् नीलाम्बरदक्षिणं 'प्रदेशनविसर्जने' इतिहैमः। 'लोहे गिरिसारं शिलासारं इतिहैमः॥१०२॥

(शिर ही जिसका शरीर है अर्थात्) राहु कृत दोषों के शमन के लिए सप्तधान्य, लोहा एवं नारियल से पूर्ण शूर्प (सूप) तथा दक्षिणा सहित नीला वस्त्र ब्राह्मण को दान करना चाहिये।।१०२।।

केतुदानम्—

दद्यादजं हाटकभूमिदक्षिणं
केतूदये वा विषमानुगे भतः।
केतौ जनेर्जन्मवतो द्विजातये
तमस्यपीत्याह स बादरायणः।।१०३।।

अथ केतुदानमाह—दद्यादिति। जन्मवतो नरस्य जनेर्भतो जन्मराशितो विषमानुगे क्रूरगते केतूदये सति स नरोऽजं नागं दद्यात्। कस्मै द्विजातये विप्राय किंभूतमजं हाटकभूमिदक्षिणा यस्मिन् स तं स्वर्णभूदक्षिणम्। वाऽथवा केतौ विषमानुगे सति एतद्दानं देयम् अपि पुनः तमसि राहौ विषमे सत्यपि एतद्दानं देयमिति बादरायणः कृष्णद्वैपायनऋषिराह 'कानीनो बादरायण' इतिहैमः॥१०३॥

केतु (धूमकेतु) के उदय होने पर अथवा अपनी जन्म राशि से अनिष्टकर स्थानों में केतु के स्थित होने पर अज (बकरा) (संस्कृत टीका में अज का अर्थ 'नाग' हाथी ग्रहण किया है नाग के स्थान पर 'छाग' उचित होगा), स्वर्ण और भूमि दक्षिणा के रूप में ब्राह्मण को दान करना चाहिये। महर्षि बादरायण व्यास जी ने कहा है कि यह दान राहु के अनिष्ट कर होने पर भी देना चाहिये।।१०३।।

अनिष्टे ग्रहे धार्यरत्नानि—

आरेनयोर्विद्रुममिन्दुधिष्ण्ययो-
स्तारं विदः कर्बुरमिन्द्रमन्त्रिणः।
मुक्ताफलं धार्यमयश्च तुष्टये
यमस्य लाजावलयं किलान्ययोः।।१०४।।

अथ दुष्टे नवग्रहे धार्यमाह—आर इति। जनेन आरेनयोर्भौमसूर्य्ययोस्तुष्टये विद्रुमं धार्यम्। एवं इन्दुधिष्ण्ययोश्चन्द्रशुक्रयोस्तारं रूप्यं विदो बुधस्य कर्बुरं स्वर्णं इन्द्रमन्त्रिणो

गुरोर्मुक्ताफलं यमस्य शनेरयो लोहं अन्ययो राहुकेत्वोस्तुष्टये लाजावलयं लाजावर्तः रलयोरैक्यत्वात्। 'विराटजोराजपट्टोराजवर्त्त' इतिहैमः। रावटोमणि इति भाषा॥१०४॥

सूर्य और मंगल की प्रसन्नता (अनुकूलता) के लिए प्रवाल, चन्द्र और शुक्र के लिए चाँदी, बुध के लिए स्वर्ण, बृहस्पति के लिए मोती, शनि के लिए लोहा तथा राहु और केतु के लिए लाजावर्त्त धारण करना चाहिये।।१०४।।

ग्रहशान्त्यर्थोपाय:—

तदर्चनादादिजदेववन्दना-
च्छ्रेयस्कथाकर्णनतो मखेक्षणात्।
होमाज्जपादागमपाठदानतो
न पीडयत्यङ्गभृतः खगामिनः।।१०५।।

अथ संहारमाह—तदेति। अङ्गभृतः प्राणिनः खगामिनो ग्रहा न पीडयन्ति कस्मिन् तदर्चनाद्ग्रहपूजातः पुनरादिजदेववन्दनात् द्विजदेववन्दनात्। पुनः श्रेयस्कथाकर्णनतः शुभकथाश्रवणात्। पुनर्मखेक्षणात् यज्ञदर्शनात्। पुनर्होमात् पुनर्जपात् प्रणवपूर्वजपनात् पुनःआगमपाठदानतः॥१०५॥

ग्रहों का पूजन करने से, विप्र एवं देवताओं की वन्दना करने से, कल्याणकारी कथाओं के सुनने से, यज्ञों के दर्शन से, हवन-जप-वेदपाठ (रुद्राभिषेक) आदि करने से प्राणियों को ग्रह पीड़ित नहीं करते।।१०५।।

ग्रहफलस्याधिकार:—

समाष्टकापत्यभखेटवीर्यं
प्रकीर्तितं तज्जनकस्य शश्वत्।
इतानुगस्त्रीभखपान्थबीज-
मादेशिभिस्तत्कमितुस्तथैव।।१०६।।

अथ ग्रहाणां फलधारकपुरुषमाह—समेति शश्वन्निरन्तरं आदेशिभिर्गणकैः समानं वर्षाणामष्टकं यस्य तत् अपत्यं नृस्त्रीलक्षणं अष्टवार्षिकं तोकं तस्य भं राशिस्तस्य खेटवीर्यं ग्रहबलं तज्जनकस्यापत्यता तस्य प्रकीर्त्तितं कथितम्। अष्टवर्षाणि यावत्फलधारकः पिता इत्यर्थः। इतः प्राप्तोऽनुगो भर्ता यथा सा इतानुगा चासौ स्त्री च इतानुगस्त्री तस्या यस्य राशेः खपांथबीजं ग्रहबलं तत्कमितुः तस्याःप्रियस्य प्रकीर्तितम्। उद्वाहानन्तरं स्त्रीग्रहबलं भर्तरि। 'दैवज्ञगणकादेशिज्ञानिकार्त्तान्तिका अपि' इति हैमः। कमितृ-शब्दस्तृन्जतोयम्॥१०६॥

पुत्र (सन्तान) के राशि के अनुसार ग्रहों के बल का परिणाम आठ वर्षों तक पिता को तथा स्त्री के ग्रहों का बल (परिणाम) विवाहानन्तर स्त्री के पति को प्राप्त होता है, ऐसा दैवज्ञों ने बतलाया है।।१०६।।

ग्रहशान्तिविधानम्—

स्वमन्त्रजाप्यार्चनहोमदानक-
प्राप्तानुकूल्या हरिवर्त्मचारिणः।
अनेककर्मार्थकदा भवन्त्यमी
परावरेषामपि कर्म्मसाक्षिणः।।१०७।।

इति श्रीकालिदासोदिते ज्योतिर्विदाभरणे ग्रहगोचराध्यायः पञ्चमः।।५।।

अथोपजात्या सर्वेषां ग्रहाणामरिष्टनिवर्तकं शान्तिप्रकारमाह—स्वमन्त्रेति। हरिवर्त्म आकाशं तच्चारिणः खेटा किंभूता परावरेषां उच्चनीचजातीनां प्राणिनां कर्म शुभाशुभं तत्साक्षिणः। पुनः किंभूताः स्वमन्त्राः तत्तद्ग्रहमन्त्रास्तेषां जाप्यं जपः तथार्चनं च होमश्च दानकं च तैः प्राप्तं आनुकूल्यं येषां ते तथाभूताः सन्तः अनेकेषां कर्मणां अर्थ एव अर्थकः फलं तत्प्रदा भवन्ति। ग्रहाः सर्वेषां प्राणिनां कर्मसु सर्वेषु जपादिभिः पूजिताः सर्वारिष्टनाशका अनेकेषां सर्वसुखसमर्पकाश्च स्युरिति भावः।।१०७।।

इति श्रीपौर्णिमीयगच्छाधिराजभट्टारकपुरन्दरश्रीमहिमाप्रभसूरीश्वरचरणसरोरुहचञ्च-रीकायमानशिष्यभावरत्नविरचितायां श्रीकविकालिदासकृतज्योतिर्विदाभरणस्य सुखबोधिकायां ग्रहगोचराध्यायः पञ्चमः समाप्तः।।५।।

आकाश मार्ग में विचरण करने वाले सभी ग्रह अपने-अपने मन्त्रों के द्वारा जप, पूजन, होम एवं दान की क्रियाओं से अनुकूल होते हैं तथा अनेक प्रकार के कार्यों में सफलता एवं धन प्रदान करते हैं। साथ-साथ प्राणियों के उत्तम-मध्यम एवं निकृष्ट कर्मों के साक्षी भी होते हैं।।१०७।।

श्रीकालिदासविरचित ज्योतिर्विदाभरण के ग्रहगोचरप्रकरण का
प्रो. रामचन्द्रपाण्डेय कृत हिन्दी भाषानुवाद सम्पूर्ण।।५।।

●

उत्पातप्रकरणम् - ६

प्रकरणयप्रयोजनम्—

> लोकः खपान्थविहिताशुभमेति तावद्-
> उत्पातमेष्यति यदाथ तदीरितं स्यात्।
> तच्छान्तितोऽशुभफलाय न तद्ब्रुवेऽहम्-
> उत्पातरूपफलशान्तिविधानतोऽतः।।१।।

> वक्रवालधिमारूढो बरडाव्हो महाबली।
> क्षेत्रपालः सुखायास्तु राकापक्षभृतां सताम्।।१।।

अथ ग्रहगोचरकथनानन्तरं तेभ्य उत्पाता जायन्तेऽतो वसन्ततिलकेन उत्पाताध्यायसन्धानमाह लोक इति। अथानन्तरं यदा लोकः स्वपान्थविहिताशुभं ग्रहकृतकष्टमेति प्राप्नोति तावत्तत्कष्टात् प्रथमं लोकस्तदीरितं तेन ग्रहेण प्रेरितमुत्पातं प्रकृतेरन्यत्वमुत्पातस्त्रिधा ग्रहर्क्षवैकृतं दिव्यं उल्कानिर्घातपवनपरिवेषगन्धर्वपुरेन्द्रचापादि आन्तरिक्षं भौमं स्थिरभवमेष्यति गमिष्यति तदुत्पतनं शान्तिविधानात् अशुभफलाय न स्यादतः कारणादहं तदुत्पतनं ब्रुवे। कस्मात् हेतोरुत्पातस्य रूपं स्वरूपं तस्य फलं तस्य शान्तिविधानतः शान्तिकरणहेतोः।

> यतः 'दिव्यान्तरिक्षादितिसम्भवानि दृष्ट्वा निमित्तानि शुभाशुभानि।
> वदन्नुदर्कस्य शुभाशुभत्वं महत्त्वमाप्नोति सभासु धीमान्।।१।।

> अतोऽहमुत्पातगणानपीह यथा स्वबोधं कियतोऽपि वक्ष्ये।
> शिष्यप्रबोधाय विदग्धतुष्ट्यै जनस्य भूपस्य च विस्मयाय।।२।।

> युद्धं ग्रहाणां परिवेषदण्डकेतूदया वैकृतमिन्दुभान्वोः।
> ग्रहोपरागः प्रतिभास्करश्च दिव्या विकाराः कथिता मुनीन्द्रैः।।३।।
>
> इति दिव्याः।

> 'सन्ध्याभ्रवैकृतककुब्ज्वलनानि तारापातस्तथाशनिरकालजगर्जितं च।
> निर्घातरक्तकरका रजसां निपातो नीहारशक्रधनुषीति नभःसमत्थाः'।।४।।
>
> इति आन्तरिक्षाः।

> 'भेदो भुवः प्रपतनं ध्वजतोरणानां गन्धर्वसंज्ञितपुरो धरणीप्रकम्पः।
> अर्च्चासु भङ्गचलनादि हुताशकोपः शाखा तरोः पतति वायुरतिप्रचण्डः।।५।।

> मधूकजालं निविशत्यकस्माद्विशन्ति गेहं च कपोतकाद्याः।
> पिपीलिकाश्येनशिवाग्निपक्षिश्वगोमृगाणां च कुजा विकाराः।।६।।
>
> इति भौमाः इत्यादि।।१।।

लोक (संसार) ग्रहकृत अशुभ फलों को प्राप्त करता है। तथा ग्रहों द्वारा अन्तरिक्ष सम्बन्धी उत्पातों (उल्का, वज्र, परिवेश, गन्धर्वनगर आदि) के भी अशुभ परिणामों को प्राप्त करता है। इन (उत्पात कारक) ग्रहों की शान्ति करने से इनका अशुभ फल नहीं होता है। अतः मैं इन उत्पातों एवं इनके शान्ति विधान को कह रहा हूँ।।१।।

गृहपतनोत्पातफलम्—

यस्यालयस्य सहसा पतनं यदा स्याद्-
अत्तारमेतिशरणस्थवशा तदारम्।
धिष्ण्ये प्रघाणपतनं तनुते त्वपत्ये
मान्द्यं दरिद्रमनुवेलनिशान्तशब्दः।।२।।

अथ प्रथमं भौमोत्पातेम्बुग्रहगतोत्पातमाह—यस्येति। यदा यस्य नरस्यालयस्य गेहस्य पतनं सहसा झटिति स्यात्तदाऽरं झटिति शरणस्थो गृहस्थस्तस्य वशा महिला अत्तारं मृत्युमेति। तु पुनर्यदा धिष्ण्ये गेहे प्रघाणपतनं बहिर्द्वारप्रकोष्ठपतनं स्यात् 'प्रघाणः प्रघणाऽलिन्दा बहिर्द्वारप्रकोष्ठके' इतिहैमः। तदाऽपत्ये सन्ताने मान्द्यं रोगं तनुते विस्तारयति। पुनरनुवेलं समये निशान्तशब्दो भणकाररूपो दरिद्रं तनुते॥२॥

जिसके गृह का आकस्मिक पतन हो जाय उस व्यक्ति की पत्नी (गृहस्वामिनी) की शीघ्र मृत्यु होती है। यदि गृह के द्वार का पतन हो तो सन्तान के लिए रोग कारक तथा दारिद्र्य उत्पन्न करने वाला होता है।।२।।

विकृतप्रसूतिफलम्—

सीमन्तिनी विकृतिमत्प्रसवा स्वभोक्तु-
र्दास्यामयाय बडवा बहुला स्वगोप्तुः।
काली च कालभटभीतिविभुक्तये वा
तच्छावदर्शनमथानु च तस्य वै स्यात्।।३।।

अथप्रसूतिवैकृतमाह—सीमन्तिनीति। विकृतिमान् विकलाङ्गवान् प्रसवो बालो यस्याः सा विकृतिमत्प्रसवा सीमन्तिनी स्त्री स्वभोक्तुर्निजपतेरामयाय रोगाय स्यात्॥ एवं च बडवाऽर्वती बहुला धेनुः काली महिषी च विकृतिमत्प्रसूतिः सती स्वगोप्तुः निजस्वामिनः आमयाय स्यात्। अथ च वा इति पक्षान्तरे प्रसूतेरनु पश्चात् तच्छावदर्शनं तेषां बालानां विलोकनं तस्य पुरुषस्य कालभटो यमस्तस्माद्भीतिस्तस्य विभुक्तये यमभयभोगाय वै निश्चितं स्यात्। 'बहुला तु सुरम्यां नीलिकैलयोः' इतिहैमः। यतः प्रसवविकारे स्त्रीणां द्वित्रिचतुः प्रभृति सम्प्रसूतेर्वा। हीनातिरिक्तकाले स्वदेशकुलसंक्षयो भवति॥१॥ बडवोष्ट्रे महिषीगोहस्तिनीषु यमलोद्भवे मरणमेषां षण्मासाच्चयुतिः फलं शान्तौ श्लोको च गर्गोक्तौ॥२॥ नार्यः परस्य देशेषु त्वक्तव्यस्ता हितार्थिना। तर्पयेच्च द्विजान् कामैः शान्तिं चैवात्र कारयेत्॥३। चतुष्पदाः स्वयूथेभ्यस्त्यक्तव्याः परमूमिषु। नगरं स्वामिनं यूथमन्यथा नाशयन्ति ते॥४॥' इत्यादिवराहमिहिरोक्तिः॥३॥

जिस स्त्री को विकृत सन्तान उत्पन्न होती है, वह स्त्री अपने पति (या स्वयं) के लिए रोग कारिणी (अशुभ) होती है, अर्थात् पति रोगी होता है। घोड़ी, गाय तथा भैंस यदि विकृत (विकलाङ्ग) सन्तान उत्पन्न करती है तो वह अपने स्वामी के लिए अशुभ होती है तथा उन (गाय-भैंस आदि) के बच्चे का दर्शन यमयातना के भय से युक्त करने वाला अर्थात् मृत्युदायक होता है।।३।।

समयानुसारं प्रसवफलम्—

सार्कांशुकालसमये नभसः प्रसूता
नन्वर्वती गृहपतिं गृहिणी सुतार्थान्।
पत्सु क्रमादिति चतुर्षु निहन्ति दोग्ध्री
हर्युष्मभस्य तपसो ज्ञवतश्च काली।।४।।

अथ बडवादीनां कालविशेषगतप्रसूतिस्वरूपमाह—सार्काश्चिति। ननु निश्चित नभसः श्रवणस्य सद अर्कांशुना सूर्यकिरणेन वर्तमानः सार्कांशुः सचासौ कालः सूर्ययुक्तकालो दिवस इत्यर्थस्तस्य समये श्रावणमासस्य दिनसमये चतुर्षु पत्सु प्रहरेषु क्रमेण प्रसूता प्रसूतिं गताऽर्व्वती बडवा क्रमेण प्रथमे द्वितीये तृतीये चतुर्थे गृहपतिं गृहिणीसुतार्थान् निहन्ति इति। च पुनर्हरौ सिंहराशौ उष्मभस्य सूर्यस्य समये सिंहराशिगतसूर्ये सति दोग्ध्री सुरभिः प्रसूता बडवावदनिष्टदा च पुनस्तपसो माघस्य समये पुनर्ज्ञवतो बुधवारस्य समये माघमासे बुधवारे च काली महिषी प्रसूता बडवावदनिष्टदा इति। 'अश्वायां पुनरर्व्वती' इति हेमशेषकोशे।।४।।

श्रावणमास में दिन के समय (सूर्य युक्त काल में) यदि बडवा (घोड़ी) प्रसव करती (बच्चे को जन्म देती) है तो प्रहर के अनुसार क्रम से प्रथम प्रहर में गृह स्वामी, द्वितीय प्रहर में गृह स्वामिनी, तृतीय प्रहर में पुत्र तथा चौथे प्रहर में धन का नाश करती है। सूर्य सिंह में स्थित हो और दिन में गौ प्रसव करती हो तो वह भी घोड़ी की तरह अशुभ होता है। उसका फल भी प्रहर के अनुसार उक्त प्रकार से होता है। अर्थात् दिन के प्रथम प्रहर में गौ बच्चे को जन्म दे तो स्वामी, द्वितीय प्रहर में गृह स्वामिनी, तृतीय प्रहर में पुत्र तथा चतुर्थ प्रहर में धन का नाश होता है। इसी प्रकार माघ मास में बुधवार को भैंस बच्चे को जन्म दे तो प्रहर के अनुसार उक्त रीति से ही अशुभ फल होता है।।४।।

कलभप्रसूतिफलम्—

भावी तदापि करभे कलभं करिण्या
ज्ञेयं प्रसूयत इति द्युविभौ नभस्य।
चक्रव्ययो नरपतेर्यदि भूमिदेवे
तद्दानमस्ति तदुपप्लवशान्तयेऽतः।।५।।

अथ भाद्रपदादौ हस्तिनीप्रसूतिस्वरूपमाह—भावी इति।। नभस्ये भाद्रपदे करभे हस्तनक्षत्रे द्युविभौ सूर्ये सति यदि चेत् करिण्या हस्तिन्या कलभं प्रसूयते। कलभशब्दस्य

पुल्लिंगवल्लिंगत्वादत्र कर्मोक्तौ प्रथमैकवचनं तदापि निश्चितं नृपतेर्नृपस्य चक्रव्यय: सैन्यविनाशो भावी भवितास्ति अत:कारणात्तदुपप्लवशान्तये कलभजन्मोपद्रवोपशमनाय भूमिदेवे द्विजे तद्दानं तस्य कलभस्य दानमस्ति इति ज्ञेयम्।।५।।

भाद्रपद मास में हस्त नक्षत्र में सूर्य के स्थित रहने पर यदि हाथी कलभ (बच्चा) को जन्म दे तो निश्चित ही सेना का क्षय होता है। इस उत्पात का शमन करने के लिए उस नवजात कलभ का दान ब्राह्मण को देना चाहिये।।५।।

गृहे पक्षीणां प्रवेशफलम्—

गेहं यदा करटकौशिकगृध्रफेरु-
श्येनद्विितालुककपोतपतत्रिण: स्यात्।
नाशं विशन्ति ससमग्रशिवैणनेत्रा
नोचेत्तदुद्वसमगारपते: प्रयाति।।६।।

अथ कृतगृहप्रवेशकाद्युत्पातमाह—गेहमिति। करटो द्विक: 'द्युकारि: करटो द्विक' इति हैम:। कौशिकोलूक: गृध्रो दूरदृग् 'समली' इति भाषा। फेरुर्जम्बुक: श्येन: पत्री 'सीञ्चाणो' इति भाषा। द्वितालुको द्विजिह्व: सर्प: कपोत: पारावात: एते पतत्रिणो गेहं विशन्ति तदागारपतेर्गृहस्वामिन एणनेत्रा मृगाक्षी स्यात्तदा सा नाशं मृत्युं याति कथंभूता स्त्री सा समग्र शिवा समस्तकल्याणेन सह वर्तमाना। चेत् यदि स्त्री नास्ति तदा तद्गृहमुद्वसं प्रयाति।।६।।

यदि करट (कौवा), उल्लू, गृध्र (गिद्ध), फेरू (गीदड़), बाज, सर्प एवं कबूतर गृह में प्रवेश करें (निवास करें) तो गृहपति की सभी प्रकार से कल्याणकारिणी शुभ लक्षणा पत्नी का नाश होता है। यदि पत्नी न हो तो गृह का ही नाश होता है।।६।।

मधुपिण्डादिजननफलम्—

सञ्जायते कुलपति: किल वामलूर:
कोष्ठे कुलस्य मधुजालमसह्यपीडम्।
स्तम्भप्रवालजननं यदि वा तदा वा
दारिद्र्यमेति कुररादिविहङ्गनीडम्।।७।।

अथ गेहे मधुपिण्डादिजननमाह—सञ्जायत इति। कुलस्य गेहस्य कोष्ठे यदि वामलूरो वल्मीकं सञ्जायते वाऽथवा मधुजालं मधुपिण्ड: 'स्तम्भप्रवालजननं स्थूणायां जातपल्लवा:।' अथवा कुररादिविहङ्गनीडं उत्क्रोररादिपक्षिकुलाय: सञ्जायते किलेति विभाव्यते तदा कुलपति: गेहस्वामी असह्या पीडा यस्मिंस्तदशक्यकष्टं दारिद्र्यमेति प्राप्नोति।।७।।

गृह के प्रकोष्ठ (कमरे) में यदि वल्मीक (दीमक) की बाँबी हों अथवा मधुमक्खी का छत्ता हो तो गृह स्वामी को असह्य पीड़ा (कष्ट) होती है। शुष्क वृक्ष में पल्लव उग आवे अथवा घर में कुरर (क्रौंच, उकाब) आदि पक्षियों का घोंसला हो तो दारिद्र्य की बृद्धि होती है।।७।।

दुर्गशीर्षादिपतनफलम्—

शृङ्गाणि चेद्भुवि पतन्ति च शालमौले:
पू:शालशालविशिखापतनं यदा स्यात्।
सञ्जायते सुरसमानबले तदर्येऽ-
कस्माद्धि तद्भुगपरोऽत्र न संशयोऽस्ति।।८।।

अथ दुर्गशीर्षादिपतनदोषमाह—शृङ्गाणीति। चेद्यदि शालमौले: प्राकारशीर्षात् शृङ्गाणि कपिशीर्षाणि भुवि भूमौ पतन्ति च पुनर्यदा पू:शालो नगरीवृक्ष: पू:शालविशिखा नगरीप्राकारप्रतौलिस्तयो: पतनं स्यात्तदाऽकस्माद्धि निश्चितं तद्भुक् तस्या नगर्या भोक्ताऽपरो राजा सञ्जायते। कस्मिन् सति सुरसमानबले तदर्ये तस्या नगर्या अर्य:स्वामी तदर्यस्तस्मिन्नत्र संशयो नास्ति। अकस्माच्छब्द: पूर्वान्वयेऽपि योज्य:। 'प्रतोलि विशिखासमा' इति हैम:। शाखाभङ्गेऽकस्माद्वृक्षाणां निर्दिशेद्रणोद्योगम्। हसने देशभ्रंशं रुदिते च व्याधि-बाहुल्यम्।।१।। राष्ट्रविभेदस्त्वनृतौ बालवधोऽतीवकुसुमिते बाले। वृक्षात्क्षीरस्रावे सर्वद्रव्यक्षयो भवति।।२।। मद्ये वाहननाश: संग्राम: शोणिते मधुनि रोगा:। स्नेहे दुर्भिक्षभयं महद्भयं नि:सृते सलिले।। शुष्कविरोहे वीर्यान्नसंक्षय: शोषणे च विरुजानाम्। पतितानामुत्थाने स्वयं भयं दैवजनितं च।।४।। पूजितवृक्षे ह्यनृतौ कुसुमफलं नृपवधाय निर्दिष्टम्। धूमस्तस्मिन्ज्वालाथवा भवेन्नृपवधायैव।।५।। सर्पत्सु तरुषु जल्पत्सु वापि जनसंक्षयो विनिर्दिष्ट:। वृक्षाणां वैकृत्ये दशभिर्मासै: फलविपाक:।।६।। स्रगन्धधूपाम्बरपूजितस्तच्छत्रं निधायोपरि पादपस्य। कृत्वा शिवं रुद्रजपोऽत्र कार्यो रुद्रेभ्य इत्यत्र षडङ्ग होम:।।७।। इति वृक्षवैकृतम्। वराहमिहिरोक्तम्।।८।।

दुर्ग के शिखर का अकस्मात् पतन, नगर स्थित विशाल वृक्षों का आकस्मिक पतन तथा नगर की सीमा दीवाल का पतन हो तो देवताओं के समान बल वाले नगराधिकारी का भी पतन होता है। अर्थात् उस नगर का भोक्ता (भोग करने वाला अधिकारी) दूसरा व्यक्ति होता है।।८।।

काकादीनामुपवेशनफलम्—

चेच्छासनासनमरिष्टनिशाटनाख्य-
केकाकपोतपततां सहसा भ्रमन्नु:।
एकस्तदाहिरिह शासनकामहानि-
स्तिष्ठत्यहिर्भवति यस्य च तस्य तद्वत्।।९।।

अथ निजासनोपविष्टकाकादिदोषमाह—चेच्छासनेति। अरिष्ट: काक:। निशाटनाख्योलूक: केका मयूर: कपोत एषां पततां पक्षिणां द्वन्द्वे एषां मध्ये एको विहङ्गो यस्य नु: पुरुषस्य शासनासनमाज्ञाया आसनमुद्दिश्य सहसा भ्रमन् सन् इहासने तिष्ठति च पुनस्तद्वदहिस्तिष्ठति तदा तस्य पुरुषस्य शासनकामहानि: राज्ञां वाञ्छितक्षयो भवति नृपादिर्यदासनमारुह्य निजाज्ञामाविष्करोति तच्छासनासनं केकाशब्द आकारान्तोऽपि मयूरवाची। उक्तञ्च। 'केका बर्हिणि तद्वाचि गुन्दले जम्भजित्। स्त्रियाम्। गन्त्रितन्त्रीतरीताम्रपर्णीषु

तडिदेतयो' इति हलायुधटिप्पनके 'केका केकानुकाकध्वनितमिह सदा श्रूयते किन्नरीणां' इति शृङ्गारशतकेऽपि। अन्यथात्र इन्नन्तेन छन्दोभङ्गो भवेत्।।९।।

यदि अरिष्ट (कौवा), उल्लू, मयूर और कबूतर पक्षी घूमते-फिरते मनुष्य के प्रशासनिक आसन (सिंहासन या कुर्सी) पर अचानक बैठ जाय तो शासन सम्बन्धी कार्य की हानि होती है। यदि सर्प किसी के आसन पर बैठ जाय तो उससे भी कार्य की हानि होती है।।९।।

आसनभङ्गदोषः—

यस्यासनस्य शयनस्य च जातु भङ्गो
यानस्य वा भवति यस्य तदर्यभङ्गः।
अश्रान्तमात्महितबुद्धिभिरित्यकस्मात्
कार्यं द्विजे तदपवर्जनमात्मशाय।।१०।।

अथासनादिभङ्गदोषमाह—यस्येति। जातु चेद्यस्य पुरुषस्य आसनस्य पादपीठस्य मञ्चकस्य च यानस्य वाहनस्य वा अकस्मात् भङ्गो विनाशो भवति तदा तदर्यभङ्गस्तेषामासनादीनामर्यः स्वामी तदर्यस्तस्य भङ्गो विनाशो भवति। इति हेतोरश्रान्तं निरतरमात्महितबुद्धिभिर्नरैस्तपवर्जनं आसनशय्यावाहनानां दानं द्विजे विप्रे कार्यं कर्तव्यं कस्मै आत्मशाय आत्मने शं सुखमात्मशं तस्मै।।१०।।

जिसके आसन (बैठने की कुर्सी, गद्दी आदि), शयन (चारपाई) अथवा यान (वाहन) का अकस्मात् भङ्ग (नष्ट होना, टूटना) हो तो उस व्यक्ति का भी नाश होता है। अतः निरन्तर आत्महित चाहने वाले व्यक्ति को अपने सुख एवं शान्ति के लिए उक्त वाहन, शयन और आसन ब्राह्मण को दान करना चाहिये।।१०।।

जलाशये ज्वलनफलम्—

दृष्टे च पुष्करकुटे ज्वलिते कदाचिद्
द्रष्टुर्भवेच्छमनपूःपदवीप्रयाणम् ।
स्यान्मातरिश्वपदवीज्वलिते तथा च
द्रष्टुर्न नेति भवितव्यवशादकस्मात्।।११।।

अथ जलाशयादौ सञ्जातज्वालायां द्रष्टुर्दोषमाह— दृष्ट इति। कदाचिदकस्मात् भवितव्यवशात् पुष्करस्य जलस्य कुटं गेहं कोटश्च तस्मिन् कूपादिजलाशये इत्यर्थः। पुष्करपुटे इत्यपि पाठः। ज्वलिते दग्धे दृष्टे सति द्रष्टुः पुरुषस्य शमनपूःपदवीप्रयाणं यमनगरी मार्गस्थानं भवेत्। जलवैकृतं यथा। अपसर्पणं नदीनां नगरादचिरेण शून्यतां कुरुते। शोषश्चाशोष्याणामन्येषां वा ह्रदादीनाम्।।१।। स्नेहासृङ्मांसवहाः संकुलकलुषाः प्रतीपगाश्चापि। परचक्रस्यागमनं नद्यः कथयन्ति षण्मासात्।।२।। ज्वालाधूमकाया रुदितोत्क्रुष्टानि चैव कूपानाम्। गीतप्रजल्पितानि च जनमरकायोपदिष्टानि।।३।। सलिलोत्पत्तिरखाते गन्धरसविपर्यये च तोयानाम्। सलिलाशयविकृतौ वा महद्भयं तत्र शान्तिरियम्।।४।। सलिलविकारे

कुर्यात्पूजां वरुणस्य वारुणैर्मन्त्रैः तैरेव च जपहोमं शममेवं पापमुपयाति।।५।। इति वक्ष्यमाणजलवैकृतेऽपि ज्ञेयम्।। तथाच पुनर्मातरिश्वा वायुस्तस्य पदवी मार्गो व्योम तस्मिन् ज्वलिते दग्धे दृष्टे सति द्रष्टुर्नरस्य यमनगरीप्रयाणं न स्यादिति न द्वौ नकारौ प्रकृत्यर्थं सूचयतः। ज्वलितौ दग्धभास्करौ इति। पुष्करं द्वीपतीर्थं हि। खगरागौ। ग्रन्थान्तरे। 'सूर्यास्ये सेफले काण्डे शुडाग्रे खे जलेऽम्बुदे' इति हैमः।।११।।

यदि कभी जलाशय (कूप, तडाग आदि) अग्नि की ज्वाला से युक्त दिखाई दे तो देखने वाले व्यक्ति की यमलोक यात्रा होती है अर्थात् विनाश होता है। यदि वायुमण्डल जलता हुआ प्रतीत हो तो द्रष्टा की यमलोक की यात्रा नहीं होती ऐसा नहीं। अर्थात् उसका भी विनाश होता है।।११।।

जलपात्रभङ्गदोषः—

गेहे गृही भवति यस्य यदोदकुम्भी
भङ्गः स वैति सहसा नुरलिञ्जराल्याः।
भङ्गो भयं नृमरजातमपारकोपं
जीवस्वहानिरथ मन्थनभाण्डभङ्गः।।१२।।

अथ जलकुम्भादिभङ्गे दोषमाह—गेह इति। यस्य नुर्नरस्य गेहे यदा सहसा उदकस्य कुम्भी उदकुम्भी उदकस्य उदन्नादेशः कुम्भी पुंस्त्रीलिंगः जलकलशस्तस्य भङ्गो भवति। वा पुनरलिञ्जराणां मणिकानामाली श्रेणिः उर्ध्वमेकैकोपरि न्यस्तमणिकश्रोणिः 'कुन्तरवेड' इति भाषा तस्या भङ्गो भवति तदा स गृही नृमरान्नृदेवाद्भूपाज्जातमपारकोपं भयमेति प्राप्नोति। अथवा मन्थनभाण्डभङ्गो मन्थन्या भङ्गो भवति तदा जीवस्वहानिर्जीवस्य द्रव्यस्य च हानिर्भवति।।१२।।

गृह में स्थित जलपात्र (घड़ा) या जलपात्रों का समूह अचानक टूट (भङ्ग हो) जाय तो मनुष्य नृदेव (राजा) के अपार क्रोध का भाजन होता है। यदि मन्थन (दधि मन्थन) का पात्र (मटका) भङ्ग हो तो जीव (धन) की हानि होती है।।१२।।

मैथुनदर्शने दोषः—

भोगी कपोतबलिभुग्वकमैथुनं वा
यः पश्यतीन्दुशरदर्द्धविमध्य एति।
शार्दूलसङ्गमवराहकसङ्गमं स
गोपत्यपत्यनगरीतनिवासमासु।।१३।।

अथ कपोतादिमैथुनदर्शने दोषमाह—भोगी इति। यो भोगी पुरुषोऽङ्गीत्यपि पाठः। कपोतः बलिभुक् काकः बकः प्रतीतः एषां मैथुनं पश्यति वा पुनः शार्दूलसङ्गमो व्याघ्रमैथुनं वराहकसङ्गमः सूकरमैथुनं एतयोः समाहारस्तत् पश्यति पुरुष आशु शीघ्रं गवां किरणानां पतिः सूर्यस्तस्यापत्यं यमस्तस्य नगरी संयमनी तस्यां इतः प्राप्तो निवासो येन स यमनगरीनिवासिलोकस्तं अथवा इतः प्राप्तश्चासौ निवासो निलयस्तमेति

मृत्युं प्राप्नोतीत्यर्थः कियत्कालेनेन्दुशरदर्द्धविमध्ये चान्द्रवर्षार्द्धमध्ये षण्मासमध्ये। वराहको मयूरः। एतयोर्मिथुनमित्यप्यर्थो विभाव्यते।।१३।।

कबूतर, कौवा और बगुला का मैथुन (सम्भोग अवस्था में) तथा व्याघ्र और सूकर का सम्भोग जो व्यक्ति देखता है, वह अर्द्ध चान्द्र वर्ष (६ मास) में ही गोपत्यपत्य (सूर्यपुत्र यमराज) के नगर में निवास करता है, अर्थात् उसकी ६ मास में ही मृत्यु होती है।।१३।।

काकादिपतने (स्पर्शे) दोषः —

स्यादेकदृङ्मुसलिकासरटोरगाणां
पातस्तदूर्ध्वचरतां यदि यस्य मुण्डे।
तस्यामयाप्तिरतिदुष्कवती तदा तत्-
स्पर्शोऽपि वा भवति देहभृतो रुजेऽङ्गे।।१४।।

अथ मूर्ध्नि स्थितकाकादिदोषमाह— स्यादेकेति। यदि यस्य नरस्य मुण्डे मस्तके एकदृग् काकः मुसलिका पल्ली सरटः कृकलासः उरगः सर्प एषां द्वन्द्वे एषां पातः स्यात्। किम्भूतानामेषां उर्ध्वं चरतामूर्ध्वं गच्छतां तदा तस्य नरस्य आमयाप्तिः रोगप्राप्तिर्भवति। किम्भूता आमयाप्तिः। अतिदुष्कवती दुष्टं काकयति वतीति दुष्कं दुःखं तदस्यास्तीति गाढदुःखयुक्ता अतिदुःखवतीत्यपि पाठः। वा पुनस्तत्स्पर्शोऽपि तेषां काकादीनां स्पर्शनमपि देहभृतो मनुष्यस्याङ्गे रुजे रोगाय भवति। रुट् तस्यै रुजे इति रुट् रुजा इति शब्दप्रभेदः। यतः। 'यन्मूर्ध्नि काको निवसत्यकस्मात् स याति नाशं परमापदं वा। योषिच्छिरस्थोदकपूर्णकुम्भस्थिते द्विके स्यादृतमर्थलाभः। भिन्द्याद्भटं चेत्तनयस्य मृत्सु रत्नस्य लब्धिर्यदि हन्ति चन्द्रम्' इति।। आरुह्य कायेन शिरप्रदेशमुत्पत्य याति प्रतिसूर्यशायी। नरस्य नाशाय स वावरुह्य प्रयाति चेल्लाभकरस्तदानीं।।१।। मूर्द्धन्यकस्माच्छरटो यदीये पतत्यसौ शीघ्रमुपैति पीडाम्। यस्याथवैवं वनिताशिरस्थं पतत्यसावप्यतिकृच्छ्रमेति।२। इति संहितायाम्।।१४।।

यदि ऊपर (आकाश में) चलते (उड़ते) हुये कौवा, छिपकली, गिरगिट या सर्प का पतन मनुष्य के सिर पर हो जाय तो उस व्यक्ति को घोर कष्ट देने वाला रोग होता है। यदि इनका स्पर्श भी हो जाय तो मनुष्य के अङ्गों में रोग होता है।।१४।।

कूपादिगर्जने दोषः —

गर्जेद्यदान्धुरमरायतनस्थली वा
स्त्रोतोऽपि तापमतिवेदनमन्धुकर्ता।
नाशं तदा सविधमेति च वासभङ्गं
स्थानेयमव्यहितसंहतिकोपहेतुम्।।१५।।

अथ कूपादिगर्जने दोषमाह—गर्जेदिति। यदान्धुः कूपोऽमरायतनस्थली देवगृहभूमिर्वा स्त्रोतो नदी अपि गर्जेत्तदान्धुकर्ता इत्यपि पाठः। कूपस्वामी अतिवेदनं तापमेति प्राप्नोति

च पुनर्नाशमेति सविधं समीपवर्तिनं वासभङ्गं चैति। स्थाने भवं स्थानेयं निवासस्थानमपि अहितसंहतिकोपहेतुं रिपुसमूहकोपकारणमेति। श्रोतो निर्झरिणीं इति हैम:॥१५॥

यदि कूप, देवालय अथवा नदी गर्जना करें (अर्थात् कूपादि से ध्वनि निकले) तो कूप का स्वामी अत्यधिक कष्ट पाता है, अनन्तर उसका विनाश होता है। समीपवर्ती निवास स्थान छोड़ना पड़ता है। अथवा उसका भी नाश होता है तथा समीपवर्ती स्थान पर शत्रु का प्रकोप होता है।।१५।।

भूकम्पादिदोष:—

घनरसनिधिचीराकम्पने देशभङ्गो
भवति चपलमुल्कापातदिग्दाहयोश्च।
अमितकलहमब्दे कालगे गर्जिते वा
वननिधिरसनार्यो याति शत्रूत्थदोषम्।।१६।।

अथ मालिनीवृत्तेन भूकम्पनादिदोषमाह—घनेति। घनरसा जलानि तेषां निधि: समुद्र: स एवं चीवरं वस्त्रं यस्या: सा भूमिस्तस्या: कम्पने पुनरुल्कापातदिग्दाहयोरुल्कापातदिग्दाहे च सति चपलं शीघ्रं देशभङ्गो भवति। उल्का पञ्चविधा उल्का १ धिष्ण्या २ ऽशनि ३ विद्युत् ४ तारा ५ इति। उल्कापक्षेण फलं तद्वद्धिष्ण्याशनिभिस्त्रिभि: पक्षै:। विद्युदहोभि: षड्भिस्तद्वत्ताराविपाचयति। १ आसां लक्षणं संहितातो ज्ञेयम्। दिशां दाह: पीतोऽग्निवर्णोऽरुणश्च नेष्ट: संहितात: फलं ज्ञेयं हेमवर्ण: शुभ इति। वा पुनरकालगे प्रावृड्वर्जितेऽब्दे मेघे सति वनानां जलानां निधि: समुद्र: स एव रसना मेखला यस्या: सा भूमिस्तस्या अर्य: स्वामी भूपति: शत्रूत्थदोषं रिपुसञ्जातदोषं याति प्राप्नोति। किंविशिष्टं शत्रूत्थदोषम्। अमितकलहममितो भूरि: कलहो राटिर्यस्मिंस्तदिति। 'वनं घनरसो यादो निवासोऽमृतम्' इति हैम:॥१६॥

घनरसनिधिचीरा (समुद्र रूपी वस्त्र वाली=भूमि) के कम्पित होने पर (भूकम्प आने पर), शीघ्र ही उल्का पात एवं दिशाओं में दाह की स्थिति उत्पन्न हो जाने पर देश भङ्ग (राज्य परिवर्तन अथवा युद्धादि में देश का नाश) होता है। असमय में मेघ की गर्जना हो तो अत्यधिक कलह तथा भूमिपति (राजा) के ऊपर शत्रुओं द्वारा प्रहार होता है।।१६।।

विशेष— भूकम्प, उल्का और दिग्दाह ये बड़े दैवी उत्पातों में आते हैं। भूकम्प प्रसिद्ध है, इसमें पृथ्वी का कुछ भाग हिल-उठता है, कभी-कभी भूमि फट जाती है। भूकम्प भूगर्भस्थ ऊष्मा के कारण तथा पृथ्वी की भीतरी सतह के टूटने से आते हैं। दलदली प्रदेशों में भूकम्प की सम्भावना अधिक रहती है।

उल्का— रात्रि में प्राय: देखने मे आता है कि एक तारा बहुत तेज़ी से चलता है, कुछ दूर जाकर स्वयं लुप्त हो जाता है तथा अपने पीछे एक धूम रेखा भी छोड़ता जाता है। उसे उल्का कहते हैं। यह तारों के अथवा धूमकेतु के टूटने से होता है। तारा का टूटा

हुआ अंश तेजी से नीचे गिरता है, पृथ्वी के वायु मण्डल में आकर जल जाता है। वही उल्का रूप में दिखलाई पड़ता है। कभी-कभी विशाल पिण्ड टूट जाता है तो वह जलते हुये पृथ्वी तक आ जाता है और बुझकर काली शिला के रूप में हो जाता है। भूमि तक आने वाली उल्का का ही विशेष दोष माना जाता है।

दिग्दाह— कभी-कभी दिशायें अकस्मात् अत्यन्त रक्त, पीत अथवा धूम्र वर्ण की हो जाती है। इसे ही दिग्दाह कहा जाता है। यद्यपि यह स्थिति वायुमण्डल और सूर्यकिरणों के संयोग से किसी प्रकार की विकृति के कारण उत्पन्न होती है। जिसका प्रभाव भूवासियों के लिए अनुकूल नहीं होता। जैसा कि वराहमिहिर ने लिखा है।

''दाहो दिशां राजभयाय पीतो देशस्य नाशाय हुताशवर्णः।
यश्चारुणः स्यादपसव्य वायुः सस्यस्य नाशं स करोति दृष्टः।।''

मुकुरादिविनाशे दोषः—

भवति मुकुरनाशो हानयेह्योजसो वा
प्रहरणपरिभङ्गः सङ्गरे भङ्गलब्ध्यै।
अवनिपतिरकस्मादातपत्रस्य भङ्गे
मरणमिह वरूथिन्यत्ययं चैति केतोः।।१७।।

अथ दर्पणादिविनाशे दोषमाह—भवतीति। हि निश्चितं मुकुरनाशो दर्पणविनाशयितु-रोजसो बलस्य हानये नाशाय भवति वा पुनः प्रहरणपरिभङ्गोऽस्त्रभङ्गः संगरे संग्रामे भङ्गलब्ध्यै पराजयप्राप्तये भवति। च पुनरकस्मादातपत्रस्य छत्रस्य भंगे विनाशे सति इह नगरेऽवनिपतिर्नृपो मरणमेति प्राप्नोति। पुनः केतो पताकाया भङ्गे सति वरूथिनी सेना अत्ययं क्षयं प्राप्नोति। यतः 'शक्रध्वजेन्द्रकीलस्तम्भद्वारप्रयातभङ्गेषु। तद्वत्कपाटतोरण-केतूनां नरपतेर्मरणम्'।।१७।।

यदि मुकुर (दर्पण) का नाश हो (मुख देखते समय शीशा टूट जाय) तो उस व्यक्ति के ओज (तेज) की हानि होती है, यदि शस्त्र टूट जाय तो संग्राम में पराजय, यदि राजा का अचानक छत्र टूट जाय तो राजा की मृत्यु तथा यदि पताका का भङ्ग हो तो सेना का नाश होता है।।१७।।

असमये जलवृद्धिदोषः—

जलदरसविवृद्धिं यात्यकाले स्त्रवन्ती
यदि कुविभुरकस्मात्प्रत्यनीकापदं च।
भवति जनरुजेऽम्भोऽवन्ध्यकोष्ठः सदैव
कमलविहितखातो दृष्टकावर्तमध्यः।।१८।।

अथाकाले नदीपूरादौ दोषमाह—जलदेति। यदि स्त्रवन्ती नदी अकाले जलदस्य मेघस्य रसा जलानि तेषां विवृद्धिं जलपूरं याति तदाकस्मात् कुविभुर्भूपतिः प्रत्यनीकापदं शस्त्रवान् विपदं याति प्राप्नोति। च पुनः सदैव अम्भसा जलेनावन्ध्यः कोष्ठो यस्य स

सदा जलभृतकोष्ठ एवंविध: कमलार्थं जलार्थं विहित: कृत: खात: किंविशिष्ट: कमलविहितखात:। दृष्ट: कस्य जलस्य आवर्तो भ्रमो मध्ये यस्य स दृष्टकावर्तमध्य:। कोऽर्थ: देवखातादौ जलभ्रमणं भवति तदा जनरुजे लोकरोगाय स्यात्। 'आवर्त्त: पयसां भ्रम' इति। 'क्षीरं पुष्करमेघपुष्पकमलान्याप: पय: पाप्वसी' इति हैम:।।१८।।

यदि असमय में मेघों के जल से नदी का जल बढ़ जाय (नदी में बाढ आ जाय) तो उस क्षेत्र का राजा अकस्मात् विपत्तियों को प्राप्त करता है। यदि कमल आदि के लिए बने खात (तालाब) के जल में आवर्त्त (भवँर) दिखलाई दे तो उस क्षेत्र के निवासियों को रोग होता है।।१८।।

प्रतिमाया: खण्डने दोष:—

न्रमरममरमूर्त्तेर्हन्ति भङ्गस्त्वकस्माद्
द्रवति तदुपसर्प्पे सर्पणं लोकभूते:।
अचरणशरणानामार्तये श्रोत्रियाणां
वसुवितरणमेघानां च देवाश्रुपात:।।१९।।

अथ प्रतिमाभङ्गादौ दोषमाह— न्रमरेति। अमरमूर्ते: प्रतिविम्बस्य भङ्गोऽकस्मान्न्रमरं नृदेवं राजानं हन्ति। पुनस्तदुपसर्पे तस्या मूर्त्तेश्चलने सति लोकभूतेर्जननश्रिय: सर्पणं गमनं हानिर्भवति च पुनर्देवाश्रुपातो देवमूर्तिनेत्रात् स्रवदश्रुजलमार्तये पीडायै भवति। केषां अ:कृष्णस्तस्य चरणमेव शरणं रक्षको येषां तेषां विष्णुचरणभक्तानां वैष्णवानामित्यर्थ:। पुन: श्रोत्रियाणां वेदपाठकानां पुन: वसुवितरणे धनदाने मेधा बुद्धिर्येषां ते तेषां दातृणां 'शरणं रक्षणे गेहे वधरक्षकयोरपि' इति हैम:। यत: प्रतिमावैकृतम्। अनिमित्तचलनभङ्गस्वेदाश्रुनिपातजल्पनाद्यानि। लिङ्गार्चायतनानां नाशाय नरेन्द्रदेशानां।।१९।। बुध्वा देवविकारं शुचि: पुरोधास्त्र्यहोषित: स्नात:। स्नानकुसुमानुलेपनवस्त्रैरभ्यर्चयेत् प्रतिमाम्।।२।। इत्यादि संहितायाम्। इति भौमोत्पाता विशेषतो ग्रन्थान्तरादवधेया:।।१९।।

देवताओं की मूर्ति खण्डित हो जाय तो नरपति (राजा) का अकस्मात् अनिष्ट होता है। यदि मूर्ति में चञ्चलता आ जाय। (मूर्ति हिलने-डुलने लगे) तो प्राणियों को कष्ट देता है। यदि देवता की मूर्ति से अश्रुपात होने लगे तो विष्णुभक्तों, वेदपाठियों तथा दान कर्ताओं को कष्ट होता है।।१९।।

रविचन्द्रयोर्विम्बदोष:—

वियति यदि खरांशोर्दृश्यते विम्बयुग्म-
मुदितमरमिलेशो जायते मण्डलेऽन्य:।
निजपरिवृढनाशादिन्दुविम्बद्वयं वा
सतिनिजनरपाले तत्र राजा तदान्य:।।२०।।

अथ दिव्योत्पातेषु प्रथमं रविचन्द्रयोरुदितबिम्बद्वयदोषमाह— वियतीति। यदि वियति गगने खरांशो: सूर्यस्य विम्बयुगमं विम्बद्वयमुदितं प्राप्तोदयं दृश्यते तदारं

झटिति मण्डले देशे निजपरिवृढनाशात् स्वस्वामिनाशतोऽन्योऽपर इलेशो भूमीशो राजा जायते। वा पुनरिन्दुविम्बद्वयं व्योम्नि दृश्यते तदा निजनरपाले सति तत्र देशेऽन्यो राजा भवति॥२०॥

आकाश में यदि सूर्य का दो बिम्ब उदित हुआ दिखलाई पड़े तो शीघ्र ही राजा का नाश तथा अन्य व्यक्ति का राज्य होता है। यदि चन्द्रमा का दो बिम्ब दिखलाई पड़े तो राजा के रहते हुए दूसरा राजा होता है, अर्थात् राज्य परिवर्तन होता है।।२०।।

ग्रहयुद्धदोषः—

नभसि समरकालं खेटयोरेति राशिः
प्रतिभयमनु यस्तद्राशिभागस्थदेशाः।
गजरथहयहेषाकीर्णकौतूहलेभ्यः
परजनपदपेभ्यो यान्ति सङ्ग्राममाशु।।२१।।

अथ ग्रहयुद्धदोषमाह—नभसीति। यदा नभसि व्योम्नि खेटयोर्ग्रहयो राशिः समरकालं युद्धसमयमेति प्राप्नोति तदाऽनु पश्चात् ये राशिभागनवाँशास्तेषु स्थिता ये देशाः कोऽर्थो नवभागके कूर्मचक्रे यत्र भागे देशाः स्थितास्तेषां मध्ये ये जनपदाः खेटयुतिजातराशौ स्थितास्ते देशा आशु शीघ्रं प्रतिभयं भयानकं सङ्ग्रामयन्ति। इणो रूपं प्राप्नुवन्ति केभ्यः। जनपदा देशा जना वा तान् पान्तीति जनपदपाः परे च ते जनपदपाश्च शत्रुभूपास्तेभ्यः। किम्भूतेभ्य एभ्यो गजरथहयहेषाभिराकीर्णं कौतूहलं एषां तेभ्य इति॥२१॥

आकाश में जिस राशि पर ग्रहों का युद्ध काल आता है, उस राशि एवं नवमांश राशिगत देशों में संग्राम का भय उत्पन्न हो जाता है। हाथी, रथ एवं घोड़ों के समूह से व्याप्त सेनाओं के कौतूहल से सम्पन्न अन्य जनपद के राजा के साथ शीघ्र युद्ध होता है।।२१।।

नक्षत्रभेदयुतौ दोषः—

गदितगगनमार्गेन्द्वङ्गनाभेदयोगे-
ऽविरलगदकृतार्तिर्एधते लोकशोकः।
जलदपटलगर्भैरावतीदीप्तियाते
व्रजतिदरमकाले लोकपालात्प्रजा हि।।२२।।

अथ नक्षत्रभेदयुतौ दोषमाह—गदितेति। गदितः प्रोक्तश्चासौ गगनमार्गेन्द्वङ्गनयोर्नक्षत्रयोर्भेदयोगश्च तस्मिन् नक्षत्रभेदयुतौ सत्यां लोकशोको जनानां खेद एधत्ते वृद्धिं प्राप्नोति। किम्भूतो लोकशोकः। अविरला निबिडगदेन रोगेण कृता आर्तिः पीडा यस्मिन् सः। वा पुनर्हि निश्चितं अकाले जलदपटलगर्भान्मेघघटामध्यादैरावतीदीप्तियाते विद्युत्तेजःपाते सति प्रजा लोको लोकपालान्नृपाद्दरं भयं व्रजति प्राप्नोति। तडिदैरावतीविद्युदिति हैमः। अत्रोत्तरार्द्धे सङ्लग्नत्वाद्गगनोत्पातः प्रोक्तः॥२२॥

पूर्व कथित गगन मार्ग में (नक्षत्र मण्डल में) यदि चन्द्र पत्नी (नक्षत्रों) में भेद या युति हो तो प्रजा को निरन्तर चलने वाले (दीर्घकालिक) रोगों से कष्ट होता है तथा शोकवृद्धि होती है। असमय में बादलों में यदि विद्युत्पात हो तो प्रजा शीघ्र ही राजा से कष्ट पाती है।।२२।।

रोहिणीशकटवेधफलम्—

गवि हयकुमितांशे यस्य याम्यः पृषत्को
द्रुहिणभशकटं सार्द्धांशयुग्माधिकोऽसौ।
भवति भुवनभीतिं व्योमगोऽपीति भित्वा
सृजति विधुयमारा लोकनाशं सृजन्ति।।२३।।

अथ दिव्योत्पाते रोहिणीशकटवेधमाह—गवीति। वृषराशौ हयकुमितांशे सप्तदशमितेंऽशे गते सति १।१७ यस्य ग्रहस्य याम्यो दक्षिणगतः पृषत्को बाणः सार्द्धांशयुग्माधिकास्त्रिंशत्कलासहितांशद्वयाधिको भवति तदासौ व्योमगो ग्रहो द्रुहिणभं ब्रह्मणो नक्षत्रं रोहिणी तस्य शकटं भित्वा भुवनभीतिं सृजति। अपि पुनरिति पूर्वोक्तबाणवक्तव्यतायां १।।१७।। सत्यां विधुश्चन्द्रो यमः शनिरारो भौमश्चैते लोकनाशं सृजन्ति 'बाणे पृषत्कविशिखौ' इति हैमः। यतः 'रोहिणीशकटमर्कनन्दनो यदि भिनत्ति रुधिरोऽथवा शिखी। किंवदामि यदनिष्टसागरे जगदशेषमुपयाति संक्षयम्'।।२३।।

वृष राशि में १७ अंश पर स्थित जिस ग्रह का दक्षिण शर २।३० अंशादि से अधिक होता है, वह ग्रह रोहिणी शकट का भेदन करता है। ग्रह रोहिणी शकट का भेदन कर लोक (संसार) के लिए भय उत्पन्न करता है। यदि चन्द्रमा, शनि और मंगल द्वारा शकट भेदन हो तो लोक का नाश होता है।।२३।।

परिष्कार— आकाश में रोहिणी नक्षत्र का स्वरूप शकट की आकृति की तरह या अंग्रेजी के 'Vवी' अक्षर की तरह है। इसके बीच से ग्रहों का निकलना रोहिणी शकट भेद कहलाता है। यह स्थिति उसी समय सम्भव है, जब ग्रह १ राशि १७ अंश पर स्थित हो तथा उस ग्रह का दक्षिण शर २°।३०' दो अंश तीस कला से अधिक हो।

'शर' ग्रह की क्रान्ति वृत्त (सूर्य भ्रमण पथ या राशि चक्र) से दक्षिणोत्तर दूरी को व्यक्त करता है। ग्रहोपरिगत कदम्बप्रोत वृत्त में क्रान्तिवृत्त और ग्रह विमण्डल का अन्तर 'मध्यमशर' कहलाता है। यदि क्रान्ति मण्डल से ग्रह विमण्डल उत्तर हो तो उत्तर शर तथा दक्षिण हो तो दक्षिण शर होता है। ग्रह स्थान और विम्ब के अहोरात्र वृत्तों का अन्तर ध्रुवप्रोतवृत्त में 'स्पष्ट शर' होता है।

केतुदोषः—

व्रजति दिवि शिखी यद्युद्गमं दैवयोगा-
दविरलमनुपुच्छाशागता देशभागाः।
किल कलकलमन्ये यान्ति नश्यन्ति देशा
जलदविहितपीडानेकसस्योनपीठाः।।२४।।

अथ केतुवैकृतमाह—व्रजतीति। किलेति सत्ये यदि दैवयोगाद्दिवि व्योम्नि शिखी केतुरुद्गममुदयं व्रजति। अनुपश्चात्तदा तत्पुच्छाशागताः तस्य केतोः पुच्छदिग्गता देशा नश्यन्ति क्षयं गच्छन्ति अन्ये देशा अविरलं गाढं कलकलं कोलाहलं यान्ति प्राप्नुवन्ति किम्भूता देशाः। जलदेन विहिता कृता पीडा तयाऽनेकसस्यैरूनं हीनं पीठं स्थानं येषु ते। यतः 'दृश्येत यावन्ति दिनानि केतुस्तत्तुल्यमासान् फलमस्य वाच्यम्। वर्षाणि मासैरफलोदयोऽसौ ह्रस्वोऽतिसूक्ष्मोऽचिरकालदृष्टः'॥२४॥

यदि आकाश में दैवयोग से केतु (पुच्छलतारा, धूमकेतु) का उदय हो जाय तो उसके पुच्छ भाग की तरफ स्थित देशों का नाश होता है तथा अन्य देशों में आन्तरिक कलह, मेघों द्वारा उत्पन्न विविध कष्ट (अतिवृष्टि-अनावृष्टि) एवं अन्न का अभाव होता है।।२४।।

चन्द्रलुब्धकयोर्योगे दोषः—

विधुविधुरुरुनेत्राव्याधयोगोऽन्तरिक्षे
भवति भुवनपीठे ब्राह्मकल्पान्तहेतुः।
ध्रुवहरिपदरुन्धत्यंशुमात्रीक्षणे यो
न भवति तदभिज्ञोत्तारमायाति सोऽरम्।।२५।।

अथ चन्द्रलुब्धकनक्षत्रयोर्योगे दोषमाह—विध्विति। अन्तरिक्षे व्योम्नि विधुश्चन्द्रः विधुरुरुनेत्रा चन्द्रमृगाक्षी चन्द्रनक्षत्रमित्यर्थः। तदैव व्याधः यन्त्रराजे लुब्धकसंज्ञानक्षत्रं प्रोक्तं तयोश्चन्द्रव्याधनक्षत्रयोर्योगो भुवनपीठे ब्राह्मकल्पान्तहेतुः संसारप्रलयकारणं भवति। पुनर्यदा ध्रुव उत्तानपादजः हरिपदो विष्णुपदानि अरुन्धती अक्षमाला अंशुमाता सूर्यामाता आसां द्वन्द्वे आसामीक्षणे विलोकने यो नरोऽभिज्ञो ज्ञाता न भवति तदा स पुरुषोऽरं शीघ्रमत्तारं कालमायाति कालो जगद्भक्षक इत्युक्तत्वात् यतः 'अरुन्धती ध्रुवं चैव विष्णोस्त्रीणि पदानि च। आयुर्हीना न पश्यन्ति चतुर्थं मातृमण्डलम्॥२५॥

आकाश में चन्द्रमा और चन्द्रपत्नी (नक्षत्र तारा) तथा लुब्धक का संयोग हो जाय तो वह समस्त संसार के प्रलय का कारण बनता है। (अर्थात् लुब्धक तारा और चन्द्रमा की युति होने पर प्रलय की स्थिति आ जाती है।) जो पुरुष ध्रुव, हरिपद (तारा विशेष), अरुन्यती, अंशुमाता (अदिति) ताराओं को देखने में असमर्थ होता है, वह शीघ्र ही मत्यु को प्राप्त करता है।।२५।।

विशेष— नेत्र विकार से युक्त व्यक्ति इन सूक्ष्म तारों को नहीं देख सकता है। अतः उक्त फल स्वस्थ नेत्र वाले व्यक्तियों के लिए ही है। प्रायः मृत्यु सन्निकट होने पर ये तारे दृष्टिगोचर नहीं होते।

छायापुरुषदोषः—

न दृश्यते येन विभा नरच्छविर्यदेति मृत्योर्लपनं च सत्वरम्।
स वै ध्रुवन्तर्गतविष्णुपत्रयं घोणारसंज्ञाग्रविलोकनं तथा।।२६।।

अथ छायापुरुषादिवैकृतमाह— न दृश्यति इति। यदा येन नरेण नरच्छविः पुरुषच्छाया विभाविशेषशोभायुक्ता न दृश्यते तदा वै निश्चितं स पुरुषः सत्वरं मृत्योर्यमस्य लपनं मुखमेति मरणं प्राप्नोति। तथैव भ्रुवोरन्तर्गतं विष्णुपत्रयं घोणाग्रं नासिकाग्रं रसनाग्रं जिह्वाग्रमेषां विलोकनं कर्त्तव्यं यदा न दृश्यते तदा मरणम्। यतः

चतुःपार्श्वस्थगुरूपं यन्त्रं वायुपुरावृतं।
कल्पयित्वोपरि न्यसेत्पादहृच्छीर्षसन्धिषु॥१॥
सूर्योदयक्षणे सूर्यं पृष्ठे कृत्वा ततः सुधीः।
स्वपरायुर्विनिश्चेतुं निजच्छायां विलोकयेत्॥२॥
पूर्णच्छायां यदीक्षेत तदा वर्षं न पञ्चता।
कर्णाभावे नु पञ्चत्वं वर्षैर्द्वादशभिर्भवेत्॥३॥
हस्ताङ्गुलीस्कन्धकेशपार्श्वनासाक्षये क्रमात्।
दशाष्टसप्तपञ्चत्र्येकवर्षैर्मरणं दिशेत्॥४॥
षण्मासान् म्रियते नाशे शिरसश्चिबुकस्य वा।
ग्रीवानाशे तु मासेनैकादशाहे च हृत्क्षये॥५॥
सच्छिद्रे हृदये मृत्युर्दिवसैः सप्तभिर्भवेत्।
यदि च्छायाद्वयं पश्येद्यमपार्श्वं तदा व्रजेत्॥६॥

इति यन्त्रप्रयोगेण छायापुरुषो ज्ञेयः॥ प्रकारान्तरेण विद्ययापि छायापुरुष इति योगशास्त्रे॥ रोहिणीशशभृल्लक्ष्म महापथमरुन्धतिम्। ध्रुवं च न यदा पश्येद्वर्षे स्यात्तदा मृतिः॥१॥ अथवा। अरुन्धती भवेज्जिह्वा ध्रुवो नासाग्रमुच्यते। तारा विष्णुपदं प्रोक्तं भ्रुवौ स्यान्मातृमण्डलम्॥३॥ इति विद्या योगशास्त्रम्। भ्रुवन्तर्गतमित्यत्र इवर्णादे ह्रस्वे स्वरे यवरलमित्यस्य हेमसूत्रस्य पञ्चमीव्याख्यानात्। उकारादग्रे वकारव्यञ्जनागमः स्यात्ततो भ्रुवन्तर्गतमिति सिद्धम्॥ उक्तञ्च। रजतं श्वेतवर्णाभं हारि अत्र च काञ्चनम्॥ दधि अत्र मधुवत्र कुमारी एवमूहते॥१॥ इति हेमद्व्याश्रये॥२६॥

जो पुरुष अपने छाया पुरुष[१] को नहीं देख पाता है, उसकी शीघ्र मृत्यु हो जाती है। यदि छाया पुरुष की भौहों का मध्यगत भाग, नासिका का अग्रभाग, जिह्वा का अग्रभाग न दिखलाई दे तो भी मृत्यु हो जाती है।।२६।।

---

१. छाया पुरुष देखने की विधि—

प्रातः पृष्ठगते रवाववनिमिषं छायां गले स्वां चिरं
दृष्ट्वोर्ध्वं नयनेन यत्सिततरं छायानरं पश्यति। समरसारः ७९

प्रातः काल सूर्य की तरफ पीठ कर (अर्थात् पश्चिमामुख खड़े होकर) सामने भूमि पर पड़ी अपनी छाया के गले पर एकटक (विना पलक झपे) कुछ क्षण तक देखकर पुनः अपनी दृष्टि को आकाश में डालने पर (ऊपर देखने पर) विशाल छाया पुरुष दिखलाई पड़ता है। उस पुरुष के सभी अवयव स्पष्ट दिखलाई पड़ें तो शुभ अन्यथा अवयवों के अभाव में अशुभ फल होता है।

यज्ञाग्निदोषः —

यदा ससभ्यः सहसाऽऽहिताग्ने-
रत्ता तदा शाम्यति गार्हपत्यः।
पत्न्या भवेच्चाङ्गभृतामपि द्राग्
दुःस्वप्नमुत्पातहितं विचिन्त्यम्।।२७।।

अथोपजात्या यज्ञात्प्रागग्न्यादिवैकृतमाह—यदेति। यदा गार्हपत्यस्तृतीयोऽग्निः ससभ्यः सभ्यसंज्ञश्चतुर्थसहितः शाम्यति निर्वाणं गच्छति तदा आहिताग्नेरग्निहोत्रिणः पत्न्याः स्त्रियाः सहसाऽत्ता विनाशः स्यात्। च पुनः दुःस्वप्नमपि द्राक् सत्वरमङ्गभृतां प्राणिनामुत्पातहितं दोषकरं विचिन्त्यं ज्ञेयमिति। याज्ञिकाः पञ्चाग्नयः स्मृताः। एको दक्षिणोऽग्निः अर्द्धचन्द्राकारोऽयं दक्षिणदिक्स्थितः १। द्वितीय आहवनीयश्चतुरस्रोऽयम् २। तृतीयो गार्हपत्यो वर्तुलाकारोऽयम्। चतुर्थः सभ्यः निष्कर्मकं द्वौ वर्तुलौ ४ पञ्चम आवसथ्य ५ इति। स्वप्ने श्वभक्ष्यमाणश्च गृध्रकाकनिशाचरैः। ऊह्यमानं खरोष्ट्राद्यैर्यदा पश्येत्तदा मृतिः॥१॥ रश्मिभिर्मुक्तमादित्यं रश्मियुक्तं हविर्भुजम्। यदा पश्येद्विपद्येत तदैकादशमासतः॥२॥ वृक्षाग्रे कुत्रचित्पश्येद्गन्धर्वनगरं यदि। पश्येत्प्रेतान् पिशाचान् वा दशमासेन तन्मृतिः॥३॥ इत्यादि योगशास्त्रे हेमाचार्याः॥२७॥

यदि अग्निहोत्री की गार्हपत्य नामक अग्नि सभ्य नामक अग्नि के साथ-साथ यज्ञ के पूर्व अचानक बुझ जाय तो अग्निहोत्री की पत्नी का विनाश होता है तथा अन्य प्राणियों के लिए (यज्ञ से सम्बन्धित तथा याज्ञिक परिवार के लिए) भी दुःस्वप्न आदि अशुभ उत्पातों से कष्ट होता है।।२७।।

कार्यारम्भे उत्पातदोषः—

जनो यदैत्यद्भुतसम्भवं स
व्रतोपयामाध्वरकर्म्मपूर्वम् ।
आरभ्य कर्मैति तदैति हास्यं
भुक्त्वानु तद् भुक्तिमुपास्यमेतत्।।२८।।

अथ प्रारब्धकार्ये उत्पातसम्भवहेयतामाह—जन इति। यदा जनोऽद्भुतसम्भवमुत्पातोद्गममेति प्राप्नोति किंकृत्वा व्रतोपयामाध्वरकर्म्मपूर्वं कर्म्म आरभ्य तदा स जनो हास्यमेति प्राप्नोति इति कारणात्तद्भुक्तिं भुक्त्वा तस्योत्पातस्य भोगनिजकालपर्यन्तं विहाय अनु पश्चात् एतत् कर्म्म उपास्यं सवनीयमिति॥२८॥

व्रत, उपवास, यज्ञ आदि किसी भी कार्य के आरम्भ करते समय अशुभ उत्पात होने पर मनुष्य उपहास का पात्र होता है। अतः उत्पात से सम्बन्धित अशुभ काल का परित्याग कर 'उक्त' अभीष्ट कार्य का सम्पादन करना चाहिये।।२८।।

उत्पातशान्तिः—

अन्यैरथोत्पातदिनेऽपि कार्यं न मङ्गलं स्वागमभेदमन्त्रैः।
उक्तौषधीस्नानविधेश्च होमादुत्सर्गतः शान्तिमुपैति लोकः।।२९।।

इति श्रीज्योतिर्विदाभरणे उत्पाताध्यायः षष्ठः।।६।।

अथोपसंहारेण शान्तिमाह—अन्यैरिति। अथ अन्यैरपि पुरुषैरुत्पातदिने मङ्गलं न कर्तव्यं लोक उत्सर्गतः सामान्यतो वा शान्तिमुपैति कस्मात् उक्तौषधीस्नानविधेर्होमाच्च स्वागमभेदमन्त्रैर्निजशाखाभेदमन्त्रैश्चेति।।२९।।

इत्यादय उत्पाता ज्ञेयाः। निजर्तुप्रभवा उत्पातास्तु न दोषाय स्युः। यतः।

वज्राशनिमहीकम्पसन्ध्यानिर्घातनिःस्वनाः ।
परिवेषरजोधूमरक्तार्कास्तमनोदयाः ।।१।।
द्रुमेभ्योऽन्नरसस्नेहबहुपुष्पफलोद्गमाः ।
गोपक्षिमदवृद्धिश्च शिवाय मधुमाधवे।।२।।
तारोल्कापातकलुषं कपिलार्केन्दुमण्डलम्।
अनग्निज्वलनस्फोटधूमरेण्वनिलाहतः ।।३।।
रक्तपद्मारुणं सान्ध्यं नभः क्षुब्धार्णवोपमम्।
सरितां चाम्बुसंशोषं दृष्ट्वा ग्रीष्मे शुभं वदेत्।।४।।
शक्रायुधपरीवेषविद्युच्छष्कविरोहणम् ।
कम्पोद्वर्तनवैकृत्यं रसनं दरणं क्षितेः।।५।।
सरोनद्युदपानानां वृद्ध्यूर्ध्वतरणप्लवाः।
सरणं चान्द्रिगेहानां वर्षासु न भयावहम्।।६।।
दिव्यस्त्रीभूतगन्धर्वविमानाद्भुतदर्शनम् ।
ग्रहनक्षत्रताराणां दर्शनं च दिवाम्बरे।।७।।
गीतवादित्रनिर्घोषा वनपर्वतसानुषु।
सस्यवृद्धिरपांहानिरपापाः शरदि स्मृताः।।८।।
शीतानिलतुषारत्वं मर्दनं मृगपक्षिणाम्।
रक्षोयक्षादिसत्वानां दर्शनं वागमानुषी।।९।।
दिशो धूमान्धकाराश्च सनभोवनपर्वताः।
उच्चैः सूर्योदयास्तौ च हेमन्ते शोभनाः स्मृताः।।१०।।
हिमपातानिलोत्पाता विरूपाद्भुतदर्शनम्।
कृष्णाञ्जनाभमाकाशं तारोल्कापातपिञ्जरम्।।११।।
चित्रगर्भोद्भवाः स्त्रीषु गोजाश्वमृगपक्षिषु।
पत्राङ्कुरलतानां च विकाराः शिशिरे शुभाः।।१२।।

इति स्वर्तजाः शुभाः।

उन्मत्तानां च या गाथा शिशूनां यच्च भाषितम्।
स्त्रियो यच्च प्रभाषन्ते तस्य नास्ति व्यतिक्रमः॥१३॥
पूर्वं चरति देवेषु पश्चाद्गच्छति मानुषान्।
नाचोदिता वाग् वदति सत्या ह्येषा सरस्वती॥१४॥

इति श्रीपौर्णिमीयगच्छाधिराजभट्टारकपुरन्दरश्रीमहिमाप्रभसूरीश्वरचरणसरोरुहचञ्चरीकायमानशिष्यभावरत्नविरचितायां श्रीकविकालिदासकृतज्योतिर्विदाभरणस्य सुखबोधिकायामुत्पाताध्यायः षष्ठः समाप्तः॥६॥

जिस दिन कोई अशुभ उत्पात हो उस दिन किसी को भी मङ्गल कार्य नहीं करना चाहिये। प्रायः वेद की अपनी-अपनी शाखाओं के मन्त्र पाठ, औषधि स्नान, हवन एवं दान आदि क्रियाओं द्वारा उत्पातों की शान्ति की जाती है।।२९।।

श्रीकालिदासविरचित ज्योतिर्विदाभरण के उत्पातप्रकरण का
प्रो०रामचन्द्रपाण्डेय कृत हिन्दीभाषानुवाद सम्पूर्ण॥६॥

●

संस्कारप्रकरणम्-७

प्रयोजनम्—

अथाहमाधानविधानतो मतै-
र्लपामि धारामरभूमिभृद्विशाम्।
स्वकीयकर्मोदितधर्मकीर्तनै-
र्मनीषिणां संस्कृतिकालनिर्णयान्।।१।।

अथोत्पातज्ञानान्तरं पुरुषः शुभाशुभं समीक्ष्य योग्यव्यवहारमार्गं व्रजति व्यवहारस्तु गर्भाधानादारभ्य भवत्यतो वंशस्थेन गर्भाधानादिसंस्काराध्यायसन्धानमाह— अथेति। अथ प्रारम्भे अहम् आधानविधानतो गर्भाधानविधित आरभ्य संस्कृतिकालनिर्णयान् संस्कारसमयनिश्चयाल्लँपामि कथयामि। कैर्मनीषिणां बुद्धिमतां धारामरभूमिभृद्विशां विप्रक्षत्रियवैश्यानां मतैः कथं भूतैर्मतैः स्वकीयकर्मसु उदिता उद्गता कथिता वा ये धर्मास्तेषां कीर्तनं संकथनं येषु ते तैः स्वकीयकर्मोदितधर्मकीर्तनैः।।१।।

ब्राह्मण-क्षत्रिय और वैश्यों के अपने-अपने कर्मों के अनुरूप विहित धर्माचरण के अनुसार विद्वानों ने जो संस्कारों का काल निर्णय किया है, उसे गर्भाधान विधि से आरम्भ कर कह रहा हूँ।।१।।

गर्भाधानकालः—

ईयाद्रजोदर्शनकालतो नरो
वशामहःपञ्चकमर्कसावनम् ।
विहाय युग्मासु विभावरीष्वतो-
ऽप्यूर्ध्वं सुदायादफलाप्तिकामवान्।।२।।

अथोपजात्या गर्भाधानदाने समयशुद्धिमाह— ईयादिति। सुदायादफलाप्तिकामवान् शुभपुत्रफलप्राप्तिस्पृहायुक्तो नरो रजोदर्शनकालतो दृष्टर्तुसमयादर्कसावनमहःपञ्चकं दिनपञ्चकं विहाय त्यक्त्वा अतोऽप्यूर्ध्वमेतस्मात्कालादग्रेऽपि युग्मासु विभावरीषु रात्रिषु वश्यं नारीमीयाद्गच्छेत्सम्भोगं कुर्यादित्यर्थः।।२।।

सुपुत्र प्राप्ति की कामनावाले पुरुष को रजोदर्शनकाल से पाँच सावन दिनों को छोड़कर अग्रिम सम रात्रियों (६, ८, १०, १२, १६) में अपनी पत्नी के साथ समागम करना चाहिये।।२।।

आधाने प्रशस्तवाराः—

त्रिविष्टपारीज्यदिने प्रशस्तं
दिने गुरोश्चान्द्रमसायनस्य।

दाक्षायणीकान्तदिने क्वचित्स्या-
दाधानदानं प्रथमं वशायाम्।।३।।

अथ प्रथमाधानदाने वारानाह— त्रिविष्टपेति। वशायां स्त्रियां प्रथममाधानदानं प्रशस्तं शुभं स्यात्कस्मिन् त्रिविष्टपारीज्यदिने त्रिविष्टपस्य स्वर्गस्य आधारे आधेयोपचाराद्देवानामरयो दैत्यास्तेषामीज्य: पूज्य: शुक्रस्तस्य दिने शुक्रवारे पुनर्गुरोर्दिने चान्द्रमसायनस्य बुधस्य दिने क्वचिद्दाक्षायणीनां तारकाणां कान्त: चन्द्रस्तद्दिनेऽपि।।३।।

स्त्री में प्रथम आधान हेतु (प्रथम गर्भाधान हेतु) शुक्रवार, गुरुवार, बुधवार प्रशस्त हैं। किसी-किसी के मत से सोमवार भी शुभ है।।३।।

आधाने वर्जितनक्षत्राणि—

धाराधरारूढतमीशदारा
सकाशनाह्याभरणान्त्यतारा।
सयातुभा सोग्रशुचीन्दुवामा
नाधानदाने हि वरा पुरन्ध्र्या:।।४।।

अथाधानदाने वर्ज्यनक्षत्राण्याह— धाराधरेति। हि निश्चितम् पुरन्ध्र्या: स्त्रिया: आधानदाने धाराधरारूढतमीशदारा धाराधरो मेघस्तमारूढ इन्द्र: 'संक्रन्दनाखण्डलमेघवाहना:' इति हेमवचनात्।। तस्य तमीशदारा चन्द्रकलत्रं ज्येष्ठा न वरा न श्रेष्ठा इत्यर्थ: किम्भूता धाराधरारूढतमीशदारा को वायुरशनं भक्षणं यस्य स काशनोऽहिस्तस्य भं अश्लेषा अह्याभरण: सर्प: भूषण: शम्भुरार्द्रा अन्त्यतारा रेवती एताभि: सह वर्तमाना। पुन: किम्भूता यातुनो रक्षसो भं मूलम् तेन सह वर्तते सयातुभा। पुन: किम्भूता उग्राणि उग्रसंज्ञभानि शुचिरग्निस्तस्येन्दुवामा कृत्तिका एताभि: सह वर्तते या सा सोग्रशुचीन्दुवामा ज्येष्ठाश्लेषार्द्रारेवतीमूलमघापूर्वात्रयकृत्तिका एता नेष्टा:।।४।।

धाराधर (मेघ) पर आरूढ़ (इन्द्र) की तमीशादरा = (नक्षत्र) अर्थात् ज्येष्ठा, सकाशन = (वायुभक्षक सर्प अर्थात्) आश्लेषा के साथ, सर्पभूषण (शिव की नक्षत्र) आर्द्रा, रेवती, यातुभा (राक्षसों की नक्षत्र) मूल, उग्रसंज्ञक तथा शुचि (अग्नि की नक्षत्र) कृत्तिका इन नक्षत्रों में स्त्री में गर्भाधान करना श्रेष्ठ नहीं होता।

अभिप्राय यह है कि गर्भाधान में ज्येष्ठा, आश्लेषा, आर्द्रा, रेवती, मूल, कृत्तिका तथा उग्रसंज्ञक (तीनों पूर्वा, भरणी और मघा) नक्षत्र त्याज्य हैं।।४।।

आधाने राशिबलम्—

पश्येत्तमिस्त्रेशबलं युवत्या निषेककर्मण्यणुशोणिताया:।
राशौ ससोमप्रमदोत्थबीजे शृङ्गारयोन्याहवभावभाजि।।५।।

अथाधाने राशिबलमाह—पश्येदिति। निषेककर्मणि आधानदानविधौ भर्त्ता युवत्यास्तरुणस्त्रिया राशौ तमीशबलं चन्द्रबलं पश्येत्समीक्षेत। किम्भूताया युवत्या

अणु स्तोकं शोणितमृतूत्पन्नरुधिरम् यस्याः सा तस्या अणुशोणितायाः रजोदर्शनाद्बहुदिवसे षोडशे दिने वाणुशोणिता स्त्री भवतीत्यर्थः।। किम्भूते राशौ सोमप्रमदा नक्षत्राणि ताभ्य उत्थं बीजं वीर्य तेन सह वर्तते ससोमप्रमदोत्थबीजे। पुनः किं भूते राशौ शृंगारयोनिः कन्दस्तर्पस्याहवभावं संग्रामभावं भजतीति शृङ्गारयोन्याहवभावभाक् तस्मिन् पुरुषराशौ इत्यर्थः।।५।।

गर्भाधान कर्म में ऋतुकाल के सोलहवें दिन स्त्री का चन्द्रबल देखना चाहिये। पुरुष की कन्दर्पयुद्ध (कामवासना) के भाव को बढाने वाली राशि में तथा स्त्री के लिए निषेक हेतु उपयुक्त नक्षत्र में ही आधान करना चाहिये।।५।।

आधाने निषिद्धकालः—

पर्वादिजश्राद्धदिनेषु भीरोर्भवत्यभद्राय निषेककर्म्म।
रिक्तासु भैम्यां भवतुल्यघस्त्रे पौष्णे सचन्द्रे विबले निजार्ये।।६।।

तथाष्टमी दुष्टयुतिर्भघस्त्रजा वेला च सन्ध्योर्दिनदोषयोर्बुधैः।
स्वमध्ययामद्वयकालचारिणी विगर्हिताधानविधौ विभावरी।।७।।

अथाधानविधौ श्लोकद्वयेन पर्वादीनि निषेधयति—पर्वेति।। पर्वादिषु निषेककर्म गर्भाधानकृत्यं भीरोः स्त्रिया अभद्राय दुःखाय भवति।। पर्व अमावास्यादि आदिजानां पितॄणां श्राद्धम् एषां द्वन्द्वे एतद्दिनेषु च पुना रिक्तासु ४।९।१४ तिथिषु भैम्यां विष्टौ पुनर्भवैः रुद्रैस्तुल्यघस्त्रे एकादश्यामित्यर्थः।। पुनर्दास्त्रे चन्द्रेऽश्विनीगतचन्द्रे पुनर्विबले बलहीने निजार्ये निज स्वकीये यः प्रथम आधानमासस्तस्यार्यः स्वामी शुक्रस्तस्मिन् गर्भप्रथममासस्य शुक्रस्वामित्वात्।। यदुक्तं वृहज्जातके।। कलल १ घनां २ कुरा ३ स्थि ४ चर्मा ५ गज ६ चेतनताः ७ सित १ कुज २ जीव ३ सूर्य ४ चन्द्रा ५ किं ६ बुधाः ७ परतः। उदयपतय ८ चन्द्र ९ सूर्यनाथाः १० क्रमशो गदिता अधिपा इति।।६।। तथेति।। आधानविधौ तथा पुनर्बुधैरष्टमी गर्हिता तिरस्कृता एवं भघस्त्रजा नक्षत्रदिनजाता दुष्टयुतिर्दुष्टयोगः पुनर्दिनदोषयोः सन्ध्यौ प्रातः सायं सन्ध्याकालयोर्वेला पुनः स्वमध्यमयामद्वयकालचारिणी निजमध्यानुगामिनी विभावरी रात्रिः रात्रेर्मध्यं त्याज्यमित्यर्थः।।६,७।।

पर्व (अमावस्या), पितरों के श्राद्ध दिन, रिक्ता (४, ९, १४) तिथि, भद्रा, एकादशी, चन्द्रमा से युक्त रेवती नक्षत्र (अर्थात् रेवती नक्षत्र में), आधान के स्वामी (प्रथम मास का स्वामी) शुक्र के निर्बल होने पर, अष्टमी तिथि में तथा दिन और नक्षत्रों से उत्पन्न दुष्टयोगों में दोनों (प्रातः एवं सायं) सन्ध्या कालों में तथा मध्यरात्रि में विद्वानों ने आधानविधि (गर्भाधान करने की विधि) को अतिनिन्दित बतलाया है।।६,७।।

आधाने जन्मदिनादीनां निषेधः—

नृयोषितोर्जन्मदिनं वराननां न कामयेदर्भकगर्भपुष्टये।
चरोदये चोदयगैरसाधुभिर्बध्नांशगे तूदयभागनेतरि।।८।।

अथाधानविधौ जन्मदिनादीनि निषेधयति—ना इति। ना पुरुषोऽर्भकगर्भपुष्टये बालकगर्भपोषणाय वराननां सुमुखीं न कामयेत् स्त्रीसेवां न कुर्यात्। कस्मिन् योषितो नार्या जन्मदिने पुनश्चरोदये चरलग्ने पुनर्व्रध्नांशगे सूर्यनवांशगते उदयभागनेतरि उदयो लग्नं भागो नवांशोऽनयोर्नेता स्वामी तस्मिन् वा पुनः कैः कृत्वाऽसाधुभिः खलग्रहैः किंभूतैरसाधुभिः उदयगैस्तनलग्नगतैः॥८॥

पुष्टगर्भ (बच्चे को गर्भ में स्वस्थ रखने) के लिए पुरुष को अपने तथा स्त्री के जन्म दिन में, चर लग्न में, पापग्रहों से युक्त लग्न में, सूर्य के नवांश में तथा उदित लग्न के स्वामी के नवमांश में स्त्री संसर्ग (गर्भाधान) की कामना नहीं करनी चाहिए।।८।।

आधाने लग्नशुद्धिः—

विलग्नतो वारिवृषोपलब्धिगैः
सौम्यैरसौम्यैररिविक्रमायगैः ।
विधौ ससौम्ये च शुभाय चोद्गमे
व्रजेदपत्याय नरो नितम्बिनीम्।।९।।

अथाधानविधौ शुभलग्नं दर्शयति—विलग्नेति। नरो नितम्बिनीं स्त्रीं व्रजेत्सङ्गं कुर्यात् शुभायापत्याय शुभपुत्राय कैः सौम्यग्रहैः कृत्वा किंभूतैः सौम्यैर्विलग्नतस्तनुभवनतो वारि चतुर्थः ४ वृषे नवमं ९ उपलब्धिर्बुद्धिः पञ्चमं ५ 'प्रेक्षाचिदुपलब्धयः' इति हैमः। एषां द्वन्द्वे एषु गतैः पुनरसौम्यैः खलग्रहैः किंभूतैरसौम्यैररिः षष्ठं ६ विक्रमस्तृतीयं ३ आय एकादशं ११ एषां द्वन्द्वे एतद्गैः। पुनः कस्मिन् ससौम्ये शुभग्रहसहिते विधौ चन्द्रे उद्गमे प्रादुर्भूते सति॥९॥

लग्न से वारि (४), वृष (९), उपलब्धि (५) भावों में शुभग्रहों तथा अरि (६), विक्रम (३), आय (११) भावों में अशुभ ग्रहों के स्थित होने एवं चन्द्रमा के शुभ ग्रहों के साथ उदय होने पर शुभपुत्र की कामना से स्त्रीगमन करना चाहिए।।९।।

गर्भमासेश्वराः—

काव्यारगुर्वंशुमदिन्दुभास्करी-
ज्ञलग्नपेन्दूष्णमरीचयः क्रमात्।
आधानमासात्किलमासपालकाः
पुष्णन्त्यमी गर्भकलाऽस्फुरदघनाः।।१०।।

अथ गर्भस्य दशमासानां पतीनाह—काव्येति। किलेति सत्ये आधानमासादमी काव्याद्याः क्रमात् मासपालका मासस्वामिनो गर्भकलाः पुष्णन्ति वृद्धिं नयन्ति। काव्यः शुक्रः प्रथमाधानमासस्वामी १. एवं आरो भौमो द्वितीयमासस्वामी ३ अंशुमान् सूर्यश्चतुर्थमासस्वामी ४ इन्दुः पञ्चममासस्वामी ५ भास्करस्यापत्यं भास्करिः शनिः षष्ठमासस्वामी ६ ज्ञो बुधः सप्तममासस्वामी ७ लग्नपतिः आधानकाललग्नपति-

गर्भाष्टमासस्वामी ८ इन्दुर्नवममासस्वामी ९ उष्णमरीचिः सूर्यो दशममासस्वामी १० किंभूता गर्भकलाः स्फुरद्घनाः लसद्वर्धमानगर्भपिण्डविशेषाः॥१०॥

गर्भाधानकाल से प्रत्येक मास के गर्भस्वामी ग्रह क्रम से शुक्र, मंगल, गुरु, सूर्य, चन्द्र, शनि, बुध, आधानलग्नेश, चन्द्र तथा सूर्य होते हैं। अर्थात् प्रथम मास के स्वामी शुक्र, द्वितीय मास के मंगल, तृतीय मास के गुरु, चतुर्थमास के सूर्य, पाँचवे मास के चन्द्र, छठे के शनि, सातवें के बुध, आठवें के लग्नेश, नवें मास के चन्द्र तथा दसवें मास के स्वामी सूर्य होते हैं। सभी ग्रह अपने-अपने मास में गर्भ की कला (क्रमिक वृद्धि) को पुष्ट करते हैं।।१०।।

विशेष— उक्त मासेश्वर ग्रहों में जो ग्रह बलवान और शुभ होते हैं उनके मासों में गर्भ पुष्ट तथा जो ग्रह निर्बल होते हैं उनमें गर्भ निर्बल या रुग्ण होता है तथा गर्भसम्बन्धी विकार होता है।

आधानसंस्कारः—

मासेश्वरे राजनि शक्तिशालिनि
त्विष्टैर्ग्रहैर्दृष्टघने च साधुभिः।
नराख्यराशावुदये लवानुगे
वदन्ति तत्कर्मविधिं मनीषिणः।।११।।

अथाधानविधाने मासेश्वरादिबलग्राह्यतामाह—मासेति। मनीषिणः पण्डितास्तत्कर्मविधिं गर्भाधानकार्यविधानं वदन्ति कथयन्ति कस्मिन् मासेश्वरे शक्तिशालिनि बलयुक्ते सति तु पुनः राजनि चन्द्रे शक्तिशालिनि सति पुनरिष्टैर्ग्रहैश्च पुनः साधुभिः सौम्यग्रहैर्दृष्टवने विलोकिततनुभवने सति पुनर्नराख्यराशौ मिथुनकन्यातुलाकुम्भधनुः पूर्वार्द्धं मकरोत्तरार्द्धं चैते नरराशयः लग्ने लवानुगे नवांशगते सति। इति गर्भाधानसंस्कारः प्रथमः॥११॥

गर्भमासाधिपति और चन्द्रमा के बलवान होने पर तथा शुभग्रहों से दृष्ट आधानलग्न में पुरुष राशियों (१,३,५,७,९,११) के उदय होने पर विद्वानों ने गर्भसंस्कार की विधि को बतलाया है।।११।।

पुंसवनसीमन्तोन्नयनयोः कालः—

स्वजातिधर्मादृतमार्गतो वरं
स्वकालगं पुँसवनं च कीर्तितम्।
मासादिगर्भेऽङ्गमितेऽष्टमेऽथवा
सीमन्तकर्म स्वकुलक्रमाद् वा।।१२।।

अथ पुंसवनसीमन्तयोः कर्माह—स्वजातीति। आदिगर्भे बुधैः स्वकालगं पञ्चममासप्राप्तं पुंसवनं पञ्चममासीसंज्ञकं प्रकीर्तितं पञ्चमे मासि विधेयमित्यर्थः। किंभूतं पुंसवनं स्वजातिधर्मादृतमार्गतो निजजातिधर्माङ्गीकृतमार्गेण वरं श्रेष्ठम्। पुनरादिगर्भे बुधैः स्वकुलक्रमात् सीमन्तकर्म आग्रहणीकृत्यं प्रकीर्तितं कस्मिन् गमिते षष्ठेऽयवाऽष्टमे मासि॥१२॥

गर्भ का पुंसवन संस्कार पुंसवन काल[1] (गर्भ का तीसरा मास) प्राप्त होने पर अपने कुल-जाति की प्रथा के अनुसार करना चाहिए। इसी प्रकार गर्भ के छठें या आठवें मास में अपने कुल परम्परा के अनुसार सीमन्त संस्कार करना चाहिए।।१२।।

परिष्कार— गर्भाधान के बाद पुरुष सन्तान की उत्पत्ति हेतु पुंसवन संस्कार किया जाता है तथा सन्तान को स्वस्थ एवं तेजस्वी बनाने के लिए सीमन्त संस्कार किया जाता है। कुछ आचार्यों के मतानुसार प्रत्येक गर्भ का सीमन्त संस्कार करना चाहिए। परन्तु कुछ आचार्यों का मत है कि प्रथम गर्भ में सीमन्त संस्कार करने पर बाद के गर्भों में सीमन्त संस्कार की आवश्यकता नहीं पड़ती, सभी गर्भ संस्कृत माने जाते हैं।

पुँसवन और सीमन्त का काल भी इसी दृष्टि से ३ तीसरा और छठाँ मास रखा गया है। तीसरे मास में गर्भ के अन्दर शिशु के अंगों का प्रादुर्भाव होता है तथा छठें मास तक चर्मास्थि रोम आदि का निर्माण होता है। छठें मास के बाद (सातवें मास में) स्मृति (चेतना) आ जाती है। अत: अंगों के प्रादुर्भाव काल तीसरे मास में पुंसवन तथा चेतना काल में सीमन्त संस्कार उचित ही है।

पुंसवनसीमन्तयोर्वारशुद्धिः—

सर्वंसहायोनिपतङ्गमन्त्रिणां
वाराः पुरन्ध्रीधृतगर्भसंस्कृतौ।
शस्ताविभद्रा हि विनष्टशीतभा-
श्चतुर्दशीपक्षतिपातवर्जिताः।।१३।।

अथैतयोर्वारशुद्धिमाह—सर्वमिति। पुरन्ध्रीधृतगर्भसंस्कृतौ स्त्रीधृतगर्भसंस्कारे पुंसवने सीमन्ते चेत्यर्थः। सर्वंसहा भूमिस्तस्यां योनिर्जन्म यस्य स भौमः पतङ्ग सूर्यः मन्त्री गुरुरेषां द्वन्द्वम् एषां वाराः शस्ताः शुभाः प्रोक्ताः। किंभूता वाराः विभद्रा विष्टिरहिताः पुनः किंभूता वाराः विनष्टशीतभा नष्टः क्षयंगतः शीतभो हिमांशुश्चन्द्रो यस्यां साऽमावासी विगता नष्टशीतभा येभ्यस्ते आमावसीरहिता इत्यर्थः। 'सा नष्टेन्दुकला कुहूः' इति हैमः।। पुनः किंभूता वाराः चतुर्दशी पक्षतिः प्रतिपत् पातो व्यतीपात एभिर्वर्जिताः।।१३।।

स्त्री द्वारा धारण किये गये गर्भ के संस्कार हेतु भद्रा, अमावास्या, चतुर्दशी तथा प्रतिपदा तिथि और व्यतिपात को छोड़कर मंगल, रवि एवं गुरुवार को सीमन्त एवं पुंसवन गर्भ संस्कार शुभ होते हैं।।१३।।

सीमन्ते आर्षमतम्—

अधोक्षजादित्यपुरन्दरार्चित-
क्रव्यादभार्यामरमातृतारकाः।

---

१. 'व्यक्ते गर्भे तृतीये तु मासे पुंसवनं भवेत्।
व्यक्ते गर्भे तृतीयेचे च्चतुर्थे मासि वा भवेत्।।' शौनकः
'पूर्वोदितैः पुंसवनं विधेयं मासे तृतीये त्वथ विष्णुपूजा।' रामः

प्रकीर्तिताः पुंसवने स्फुरत्कलाः
सीमन्तकर्मण्यपि कामदा बुधैः।।१४।।

अथैतयोर्नक्षत्रशुद्धिमाह—अधोक्षजेति। पुंसवने सीमन्तकर्मण्यपि बुधैरधोक्षजादितारकाः सिद्धिदाः प्रकीर्तिताः। अधोक्षजो विष्णुः श्रवणः आदित्यो हस्तः पुरन्दरार्चितो गुरुः पुष्यः क्रव्यादो रक्षो मूलं भार्यो भानां नक्षत्राणामर्यः स्वामी चन्द्रो मृगशीर्ष अमरमाता पुनर्वसू इति। किम्भूता एतास्ताराः स्फुरत्कलाः। असुप्तकिरणाः इति पुंसवनसंस्कारो द्वितीयः।।१४।।

श्रवण, हस्त, पुष्य, मूल, मृगशिरा, पुनर्वसु इन नक्षत्रों के तेजस्वी (ग्रहयुद्धादि दोषों से मुक्त) रहने पर पुँसवन, सीमन्तोन्नयन संस्कार अभीष्ट सिद्ध करने वाला होता है।।१४।।

गर्भसंस्कारे नक्षत्रशुद्धिः—

शक्तिर्विशां शूद्रजनस्य सप्तमे
सीमन्तकृत्यं च जगाद मास्यलम्।
पौष्णेऽपि तत्कर्म कुमारहारितो
न मेनिरेऽन्ये श्रुतिधर्मदृष्टयः।।१५।।

सीमन्ते ऋषिमतमाह—शक्तिरिति। अलं निश्चितं शक्तिर्ऋषिर्वैश्यानां तु पुनः शूद्रविशां शूद्रमनुष्याणां सीमन्तकृत्यं सप्तमे मासि जगाद कथयामास।। 'विट्प्रवेशे नृवैश्ययोः' इति हैमः। च पुनः कुमारहारीतः ऋषिः षौष्णेऽपि रेवत्यामपि तत्कर्म सीमन्तकार्यं जगाद अन्ये श्रुतिधर्मदृष्टयो वेदधर्मद्रष्टारस्तत्कर्म न मेनिरे।।१५।।

शक्ति ऋषि ने वैश्यों और शूद्रों का सीमन्त संस्कार सातवें मास में बतलाया है। कुमारहारीत ऋषि ने रेवती नक्षत्र में भी सीमन्त संस्कार कहा है, परन्तु वेदधर्मशास्त्र के ज्ञाता अन्य ऋषियों ने इसे धर्मसंगत नहीं माना है।।१५।।

गर्भसंस्कारे लग्नशुद्धिः—

खलेतरैर्व्यत्रहितान्त्यभावगै-
र्ग्रहैरमित्रायसहोत्थगैः खलैः।
त्रिकोणकेन्द्रायगते पुरोधसि
स्मृतं च सीमन्तविधानमङ्गतः।।१६।।

अथ सीमन्तविधाने लग्नशुद्धिमाह—खलेति। अङ्गतो लग्नाद्व्यत्रहिंतान्त्यभावगैर्विगता अत्ता मृत्युरष्टमः ८ अहितः षष्ठः ६ अन्त्यो द्वादशः १२ भावा एभ्यस्ते व्यत्रहितान्त्यभावगैः अष्टमषष्ठद्वादशभाववर्जितैः खलेतरैः सौम्यग्रहैः च पुनरमित्रायसहोत्थगैः अमित्र षष्ठः ६ आय एकादशः ११ सहोत्थस्तृतीयः ३ एतद्भावगतैः खलग्रहैः कृत्वा पुरास्त्रिकोणे नवमे पञ्चमे भवने केन्द्रे प्रथमचतुर्थसप्तमदशमभवने आये एकादशे भवने गते पुरोधसि गुरौ सति सीमन्तविधानं स्मृतं बुधैरिति शेषः। इति सीमन्तसंस्कारस्तृतीयः।।१६।।

शुभग्रह लग्न से अष्टम, षष्ठ एव द्वादश भावों में, पापग्रह षष्ठ, एकादश एवं तृतीय भावों में गये हों तथा बृहस्पति त्रिकोण (५, ९) और केन्द्र (१, ४, ७, १०) स्थानों में स्थित हो तो सीमन्त आदि गर्भ संस्कार शुभ होते हैं।।६।।

जातकर्म—

जन्यह्न्यथो दारकजन्मनीते
वार्कैरभिन्नेऽहनि जातकर्म।
श्रावाह्नि वा साधुदिनेशदैर्घ्ये
नामान्तमाद्येऽपि दिने तदुक्तम्।।१७।।

अथ जन्मकृत्यमाह—जन्यह्न्येति। अथानन्तरं दारकजन्मनीते सुतजन्मप्राप्ते जन्यह्नि जन्मदिने तज्जातकर्म बालकजन्मकार्यं नामान्तं नामपर्यन्तमुक्तं बुधैरिति शेषः।। कस्मिन् कर्कैः सूर्यैरभिन्ने द्वादशेऽहनि इत्यर्थः।। अथवा श्रावाह्नि श्रवणं श्रावस्तदह्नि पुत्रजन्मश्रुतदिनेऽथवा साधुदिने सौम्यग्रहवारदिने वा अथवा आद्ये रविवारेऽथवा आद्ये जन्मदिने।।१७।।

पुत्र जन्म होने के अनन्तर जन्म दिन में ही अथवा जन्म से बारहवें दिन, जन्म की सूचना जिस दिन प्राप्त हो उस दिन, शुभग्रहों के दिन अथवा जन्म दिन के अनन्तर प्रथम रविवार में नामकरण पर्यन्त सभी जातकर्म आदि संस्कार करना चाहिये।।१७।।

जातकर्ममुहूर्तः—

खरोग्रसाधारणभान्यभेषु
चिरायुषे नाम च जातकर्म्म।
शुभोदये कण्टकगेऽथ सूनो-
र्धिष्ण्ये गुरौ वा खलु बोधने स्यात्।।१८।।

अथ जातकर्मणि नक्षत्रादीन्याह—खरोग्रेति। खरसंज्ञानि उग्रसंज्ञानि साधारण-संज्ञनक्षत्राणि विहाय अन्यभेषु इतरभेषु पुनः शुभोदये शुभलग्ने कण्टकगे केन्द्रगते धिष्ण्ये शुक्रे गुरौ वा सति खलु निश्चितं सुतोः बालकस्तस्य जातकर्म च पुनर्बोधने व्यवहारप्रवर्तकज्ञानार्थं देवदत्त इत्यादि नाम स्यात्।। बोधनेऽत्र निमित्तार्थे सप्तमी।। कस्मै चिरायुषे दीर्घजीविताय।। इति जन्मसंस्कारश्चतुर्थः।।१८।।

खर-उग्र एवं साधारण संज्ञक नक्षत्रों को छोड़कर शेष नक्षत्रों में, शुभग्रहों (शुक्र और गुरु) के उदय होने पर या शुभलग्नों में तथा केन्द्रस्थानों में शुक्र और गुरु के स्थित रहने पर, बालक का व्यावहारिक नामकरण करना चाहिये।।१८।।

मतान्तराणि—

आजन्ममासान्तमदुष्टवारे चोक्तेषु भेष्विन्दुबले शिशोर्भे।
केचिज्जगुर्नामविधानमेतत्प्रधानमूरूद्भवपद्यजातौ।।१९।।

अथ नामविधाने मतान्तरमाह—आजन्मेति। केचिन्मुनयः उरूद्भवाः वैश्याः पद्याः शूद्राः एषां जातौ सगोत्रे एतत् प्रधानं नामविधानं जगुः कथयामासुः। केषु आजन्ममासान्तं जन्ममासमारभ्य उक्तेषु कथितनक्षत्रेषु पुनरदुष्टवारे पुनः शिशोर्बालस्येन्दुबले चन्द्रबलयुक्ते भे राशौ सति॥१९॥

कुछ आचार्यों ने विशेषरूप से वैश्य एवं शूद्रवर्ण वाली जातियों के लिए जन्म से एक मास पर्यन्त उक्त (पूर्व श्लोक में बताये गये) नक्षत्रों में, शुभवारों में बालक के लिए चन्द्रबल से युक्त नक्षत्रों में जातकर्म (नामकरण) शुभ बतलाया है।।१९।।

नामाक्षरविधानम्—

षट्कर्मणो बाहूभुवोत्थवार्यैर्नामोदितं वर्णचतुष्टयाढ्यम्।
सत्र्यक्षरं हारि विशस्त्रिवर्णं द्विवर्णवच्छौद्रमतोऽन्त्यजेऽन्यत्।।२०।।

अथ विप्रादीनां नामाविवेकतामाह—षट् केति। आर्यैः षट्कर्मणो विप्रस्य बाहुभुवः क्षत्रियस्य वर्णचतुष्टयाढ्यं सत्र्यक्षरयुक्तं चतुरक्षरयुक्तं वा नाम हारि मनोहरं उदितं प्रोक्तम्। एवं अथवा पुनः विशो वैश्यस्य त्र्यक्षरं पुनः शौद्रं नाम द्विवर्णवत् द्विवर्णयुक्तं पुनरतोऽस्मादन्त्यजेऽन्यनामेति। विशेषस्तु ग्रन्थान्तरादवसेयम्॥२०॥

षट्कर्म करने वालों (ब्राह्मणों) एवं क्षत्रियों के लिए चार अक्षरों या तीन अक्षरों वाला नाम शुभ (सुन्दर) कहा गया है। वैश्यों के लिए तीन अक्षरों का, शूद्रों के लिए दो अक्षरों वाला नाम शुभ होता है। अन्त्यजों के लिए इनसे भिन्न अक्षरों में नामकरण करना चाहिये।।२०।।

जातकर्मणि लग्नशुद्धिः—

स्थिरोदये चापघटज्ञभांशके
युते च वा धिष्ण्यविदिन्द्रपूजितैः ।
विलोकिते नाम निगद्यते शिशो-
रसद्ग्रहालोकनयोगवर्जिते ।।२१।।

अथ नामकथिते लग्नशुद्धिमाह— स्थिरोदय इति। शिशोर्बालकस्य नाम निगद्यते कथ्यते पित्रेति शेषः। कस्मिन् स्थिरलग्ने पुनश्चापो धनुराशि घटस्तुलाराशिः ज्ञस्य बुधस्य भे राशी कन्यामिथुने एषां राशीनामंशे। किंभूते स्थिरोदये नवांशके च धिष्ण्यः शुक्रःविद् बुधः इन्द्रपूजितो गुरुरेभिर्युतेऽथवाऽसद्ग्रहालोकनयोगवर्जिते दुष्टग्रहविलोकन-योगपरित्यक्ते॥२१॥

स्थिर (२, ५, ८, ११) लग्नों में धनु, तुला एवं बुध की राशियों (३,६) वाले लग्नों में तथा इन्हीं लग्नों के नवांशों में, लग्न शुक्र, बुध और गुरु से युत अथवा दृष्ट होने पर तथा अशुभ ग्रहों की युति और दृष्टि से रहित होने पर शिशु का नामकरण संस्कार करना चाहिये।।२१।।

मूले जातस्य फलम्—

यस्येन्द्रभं जन्मनि यातुधानभं
जन्तोररं वा हि भुजङ्गभं भवेत्।
गण्डान्तकं वा यमघण्टतारकं
यमालयं याति न संशयोऽत्र सः।।२२।।

अथ ज्येष्ठामूलजातापत्ये दुष्टफलमाह—यस्येति। यस्य जन्तोः शिशोः जन्मनि इन्द्रभं ज्येष्ठाथवा यातुधानभं मूलं वा भुजङ्गभमश्लेषा वा गण्डान्तकं वा यमघण्टतारकं भवेत्, अरं स नरो यमालयं मरणं याति एति अत्र संशयो नास्ति।।२२।।

जिस प्राणी (शिशु) का जन्म ज्येष्ठा, मूल अथवा आश्लेषा नक्षत्र में हो अथवा गण्डान्त या यमघण्ट योग में हो तो वह शिशु शीघ्र ही यमलोक में जाता है, इसमें सन्देह नहीं। अर्थात् शीघ्र ही उसकी मृत्यु होती है।।२२।।

मूलनक्षत्रजातस्य कृत्यम्—

नक्तञ्चरज्योतिरनन्त्यपद्भवं
विनामकृत्यं प्रविधाय बालकम्।
परित्यजेदाश्वथ हायनाष्टकं
तदाननं वा न विलोकयेत्पिता।।२३।।

अथ मूले जातपुत्रे कृत्यमाह—नक्तमिति। पिता हायनाष्टकं यावत् बालकमाशु शीघ्रं परित्यजेत्। किं कृत्वा विगतं नाम यस्मात्तत् विनाम नामरहितं सूतिकर्म प्रविधाय कथंभूतं नक्तंचरज्योतिर्मूलं तस्यानन्त्यपद्भवं चतुर्थचरणं विहायान्यत्रिकचरणजातं वा पक्षान्तरे पिता तदाननं तस्य पुत्रस्य मुखं न विलोकयेत्।।२३।।

मूलनक्षत्र के चतुर्थचरण को छोड़कर शेष तीन चरणों में उत्पन्न शिशु का नामकरण के अतिरिक्त अन्य सभी सूतिकर्म (स्नान आदि) सम्पन्न करवाकर शीघ्र ही उसका परित्याग कर देना चाहिये अथवा आठ वर्षों तक पिता को उस शिशु का मुख नहीं देखना चाहिये।२३।।

मूलाश्लेषयोःपादवशात् फलम्—

पितुः सवित्र्या विभवस्य चापदो
मूलादिपादाःक्रमतस्तदङ्घ्रयः।
भवन्ति नाशाय शिशोर्भुजङ्गभे
प्रतीपमेतत्फलमन्त्यपादतः।।२४।।

अथ मूले जातपुत्रे फलमाह—पितुरिति। मूलादिपादात् मूलप्रथमपादात् क्रमतः तदङ्घ्रयो मूलचरणाः शिशोर्बालकस्य पित्रादिकानां विनाशाय भवन्ति। कोऽर्थः। मूलप्रथमपादे

जातशिशुः पितुर्नाशाय भवति।। द्वितीयपादजः शिशुः सवित्र्या मातुर्नाशाय भवति। तृतीयांघ्रिजः शिशुर्विभवस्य सम्पदो नाशाय चतुर्थांघ्रिजःशिशुरापदो नाशाय शुभाय भवतीत्यर्थः।। भुजङ्गभेऽश्लेषायामेतत्फलमन्त्यपादतः प्रतीपं विपरीतम्। कोऽर्थः। अश्लेषाया अन्त्यपादे जातः शिशुः पितुर्नाशकः एवं तृतीयो मातुर्द्वितीयो धनस्य प्रथमपादः शुभाय इति।।२४।।

मूल नक्षत्र के प्रथम आदि चार चरणों में उत्पन्न शिशु के पिता, माता, सम्पत्ति और विपत्तियों का क्रम से नाश होता है। अर्थात् प्रथम चरण में जन्म हो तो पिता का, द्वितीय चरण में हो तो माता का, तृतीय चरण में सम्पत्ति का तथा चतुर्थ चरण में आपत्तियों का नाश होता है। अभिप्राय यह कि मूल का चतुर्थ चरण शुभ होता है। इसी का विपरीत फल आश्लेषा में उत्पन्न शिशु का होता है। यथा– आश्लेषा के अन्तिम (चतुर्थ) चरण में शिशु का जन्म हो तो पिता का नाश, तृतीय चरण में माता, द्वितीय चरण में सम्पत्ति तथा प्रथम चरण में विपत्तियों का नाश होता है। इस प्रकार आश्लेषा का प्रथम चरण शुभ होता है।।२४।।

ज्येष्ठायां जातस्य फलम्—

विडौजसो जन्मनि भस्य जन्तो-
र्द्विजिह्वताराफलवत् फलं स्यात्।
शतौषधीमज्जनहोमदाना-
त्किलैतदुक्ताखिलदोषशान्तिः ।।२५।।

अथ ज्येष्ठाफलमाह—विडौजेति। जन्मनि विडौजस इन्द्रस्य नक्षत्रस्य ज्येष्ठायाः फलं द्विजिह्वः सर्पस्तस्य ताराऽश्लेषा तद्वत्फलं स्यात्।। कस्य जन्तोर्नरस्य किलेति तदुक्ताखिलदोषशान्तिः तेषु उक्ताऽखिला दोषास्तेषां शान्तिरुपशमनं स्यात्। कस्मात् शतौषधीमज्जनहोमदानात् स्पष्टमिति।।२५।।

ज्येष्ठा नक्षत्र में उत्पन्न होने वाले प्राणी को आश्लेषा नक्षत्र के समान ही फल प्राप्त होता है। (अर्थात् ज्येष्ठा के प्रथम पाद में जन्म हो तो शुभ, द्वितीय पाद में धननाश, तृतीय पाद में माता का नाश तथा चतुर्थ पाद में पिता का नाश होता है)। शतौषधि से स्नान, हवन एवं दान से उक्त समस्त दोषों की शान्ति होती है।।२५।।

दोलास्थापनमुहूर्तः—

प्रतिष्ठिताख्यस्य शिशोः शुभाह्नि त्रयीतनोरह्व्यथवा विरिक्ते।
भवेन्नवान्दोलकपञ्जरस्य निबन्धनं मान्द्यनिमीलनाय।।२६।।

अथ पालणकबन्धनमुहूर्तमाह—प्रतिष्ठितेति।। शिशोर्बालकस्य मान्द्यनिमीलनाय रोगनाशाय नवान्दोलकपञ्जरस्य निबन्धनं भवेत्। कस्मिन् शुभाह्नि शुभदिनेऽथवा त्रयीतनोः सूर्यस्याह्नि दिने विरिक्ते रिक्तातिथिवर्जिते किम्भूतस्य शिशोः प्रतिष्ठिताख्यस्य प्रतिष्ठिता स्थापिता आख्या नाम यस्य स तस्य।।२६।।

जिस बालक का नामकरण संस्कार हो गया हो, उसके रोगों के निवारण हेतु रविवार अथवा शुभदिनों में रिक्ता (४, ९, १४) तिथियों को छोड़कर शेष तिथियों में दोला (झूला) बाँधना चाहिये।।२६।।

दोलाबन्धने नक्षत्रशुद्धिः—

सदागतित्वाष्ट्रदितीज्यभेषु ध्रुवेषु चान्दोलनिबन्ध उक्तः।
सदेवदोषज्ञहरीनभेषु व्युग्रोदयापर्वविपातकालः।।२७।।

अथान्दोलकबन्धने नक्षत्रशुद्धिमाह—सदेति। आन्दोलविबन्ध उक्तः बुधैरिति शेषः। केषु सदागतिर्वायुः स्वाती त्वष्टा चित्रा अदितिः पुनर्वसुः ईज्यः पुष्यः, एषु नक्षत्रे पुनर्ध्रुवेषु ध्रुवसंज्ञनक्षत्रेषु कथंभूतेषु सदेवदोषज्ञहरीनभेषु देवदोषज्ञौ देववैद्यावश्विनी हरिर्विष्णुः श्रवणः इनः सूर्यो हस्त एभिः सह वर्तते तानि तेषु किम्भूत आन्दोलनिबन्धः व्युग्रोदयापर्वविपातकालः विगता उग्रात् ईश्वरात् उदयो जन्म यस्याः सा विष्टिः पर्वाणि विपातो व्यतीपातादिरेते यस्मात्सः विष्टिः व्यतीपातपर्वरहित इत्यर्थः।। 'श्रीकण्ठोग्रो धूर्जटी च भीमभर्गौ' इति हैमः।।२७।।

स्वाति (सदागति = वायु), चित्रा, पुनर्वसु, पुष्य, ध्रुवसंज्ञक (तीनों उत्तरा, रोहिणी), देवदोषज्ञ = (अश्विनी कुमार) आश्विनी, श्रवण तथा हस्त नक्षत्रों में भद्रा, पर्व और व्यतिपात दोषों को छोड़कर शेष शुभकाल में दोला (झूला) बाँधना चाहिये।।२७।।

दोलाचक्रे नक्षत्रस्थापनम्—

विचिन्तयेद् दोलकपेटकेऽस्मिन्-
चतुर्दिशो हंसकरावृतर्क्षात्।
दिशो हरेर्भान्यथ पञ्च पञ्च
मध्ये ततः सप्त बुधः क्रमेण।।२८।।

अथान्दोलके नक्षत्रस्थापनमाह—विचिन्तयेदिति।। बुधः पण्डितो हंसकरावृतर्क्षात् सूर्यनक्षत्रात्क्रमेण हरेरिन्द्रस्य दिशः पूर्वतः पञ्च पञ्च भानि अस्मिन् दोलकपेटके चतुर्दिशो विचिन्तयेत्ततः पुनर्मध्ये सप्तभानि स्थापयेत्।।२८।।

सूर्यनक्षत्र (जिस नक्षत्र पर सूर्य स्थित हो उस) से पाँच-पाँच नक्षत्रों को क्रम से पूर्वादि दिशाओं में स्थापित कर मध्य में ७ नक्षत्रों को स्थापित करने से दोलाचक्र होता है।।२८।।

उदाहरण— कल्पना किया सूर्य तुलाराशि विशाखा नक्षत्र में है ; अतः दोलाचक्र में विशाखा, अनुराधा, ज्येष्ठा, मूल, पूर्वाषाढा ये पाँच नक्षत्र पूर्व दिशा में, उ.षा., श्रवण, धनिष्ठा, शतभिषा, पू.भा. ये पाँच नक्षत्र दक्षिण दिशा में, उ.भा., रेवती अश्विनी, भरणी, कृत्तिका ये पाँच नक्षत्र पश्चिम दिशा में, रोहिणी, मृगशिरा, आर्द्रा, पुनर्वसु, पुष्य ये पाँच नक्षत्र उत्तर दिशा में तथा आश्लेषा, मघा, पू.फ., उ.फ., हस्त, चित्रा एवं स्वाती ये सात नक्षत्र मध्य में स्थापित करना चाहिये।

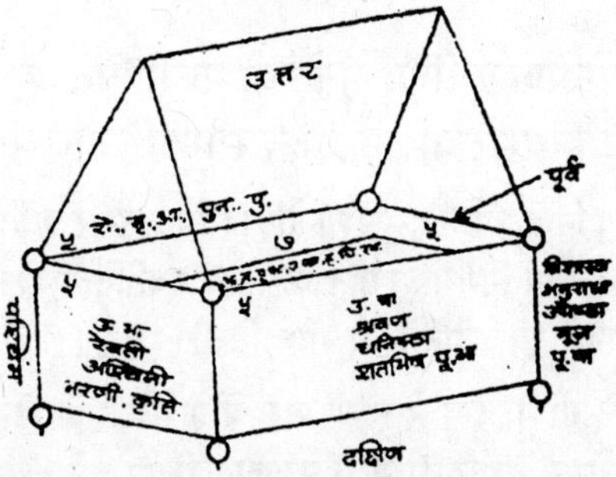

दोलाचक्रस्य फलम्—

इन्द्राशमृक्षं शयने शुभं भवेद्यमाशमामाय कपाशमामदम्।
यज्ञाशमत्रेति सुखाय भं शिशोरन्तर्गतं तस्य च दोलबन्धने।।२९।।

अथ पूर्वादिस्थफलमाह—इन्द्रेति।। इति पूर्वोक्तप्रकारेण दोलकबन्धने दोलकनक्षत्रस्थापने स्थितमृक्षं वर्तमानं च नक्षत्रमिन्द्राशं पूर्वदिग्गतं भवति तदा तस्य शिशो: शुभं भवेत् एवं यदि यमाशं दक्षिणगं तदामाय रोगाय। यदि कं जलं पातीति कम्पो वरुणस्तमश्नुते इति तदाशं पश्चिमगतं तदाऽऽमदं रोगदम्। यदा यज्ञाशमुत्तरदिग्गतं तदाऽत्रे मरणाय यदि अन्तर्गन्त पेटकमध्यगतं तदा सुखाय भं भवेदिति।।२९।।

पूर्व दिशा में स्थित नक्षत्रों में दोला में शयन करना बालक के लिए शुभकारक, दक्षिणदिशा में स्थित नक्षत्रों में रोगकारक, पश्चिम दिशा में स्थित नक्षत्रों में शयन रोग उत्पन्न करने वाला, उत्तर दिशा में स्थित नक्षत्रों में शयन मृत्युकारक तथा मध्यभाग में स्थित नक्षत्रों में शयन करना बच्चे के लिए शुभकारक होता है।।२९।।

दोलारोहणे लग्नशुद्धि:—

दोलेन पोतश्चरभेतरोदये वनायमाराङ्गवियत्त्रिकोणगै:।
सौम्यैरसौम्यैरहितायवीर्यगैश्चान्दोलित: काममियादलं नृप:।।३०।।

अथ दोलके लग्नशुद्धिमाह—दोलेनेति।। पोतो नृप: बालो राजा च दोलेन पालणकेनान्दोलितो किञ्चन क्रियाकरणात् काममभीष्टमियात् प्राप्नुयात्।। ततो वसन्तादौ शुभमुहूर्त्ते दोलाखेलनमपि नृपस्य सुखाय अत एतदपि संलग्नं प्रोक्तमलमित्यर्थ:। कैश्चरभेतरोदये स्थिरलग्ने सौम्यैर्ग्रहै: कृत्वा। किंविशिष्टै: वनं जलं चतुर्थं ४ आय एकादशं ११ मार: कन्दर्प: सप्तमं ७ अङ्गं षष्ठं ६ वियद् गगनं दशमं १० कोणं नवपञ्चमम् ९।५ एषु गतै: च पुनरसौम्यै: खलै: किंविशिष्टैरसौम्यै: अहित: षष्ठम् ६ आय एकादशं ११ वीर्यं तृतीयम् ३ एषु गतैरित्यर्थ:।।३०।।

चर से इतर लग्न के उदय होने पर अर्थात् स्थिर लग्न में, लग्न से ४, ११, ७, ६, १०, ५, ९ भावों में शुभग्रहों तथा ३, ६, ११ भावों में पापग्रहों के रहने पर जो नृपबालक (राजकुमार) दोलारोहण करता है, उसकी सभी कामनायें पूर्ण होती है।।३०।।

निष्क्रमणमुहूर्तः—

निशान्ततो निष्क्रमणं प्रवीणैः सूनोरथो मासि मिते चतुर्भिः।
प्रकीर्तितं सद्ग्रहवासरे वा सौरे दिने सौम्यतिथावभीष्टम्।।३१।।

अथ बालकस्य निष्क्रमणमाह–निशान्तेति।। अथानन्तरं प्रवीणैर्बुधैः सूनोः सुतस्य निशान्ततो गृहात् निष्क्रमणं निर्गमनमभीष्ट कमनीयं प्रकीर्तितम्।। कस्मिन् चतुर्भिमिते मासि पुनः सद्ग्रहवासरे वा रवेर्दिने वा सौम्यतिथौ।।३१।।

बुद्धिमान् व्यक्तियों ने जन्म से चौथे मास में शुभग्रहों के दिन (सोम, बुध, गुरु, शुक्र) एवं रविवार तथा शुभतिथियों में नवजात शिशु को प्रथमबार गृह से बाहर निकालने हेतु शुभ समय बतलाया है।।३१।।

निष्क्रमणे नक्षत्रशुद्धिः—

गदाग्रजश्वेतरुचीनमित्रत्रिविष्टपेज्यादितिदस्रपूष्णाम्।
धिष्ण्येषु सूनुर्बहिरोकसोऽर्कं पश्येत्स्वपुष्ट्यै ननु वासवे च।।३२।।

अथ निष्क्रमणे नक्षत्राण्याह—गदेति।। सुनिश्चितं सूनूः पुत्र ओकसो गृहाद्बहिरर्कं पश्येत् सूर्यदर्शनं कुर्यादित्यर्थः। कस्यै स्वपुष्ट्यै बालकपुष्टितायै केषु गदाग्रजो विष्णुः श्रवणः श्वेतरुचिश्चन्द्रो मृगशीर्षम् इनो हस्तः मित्रोऽनुराधा त्रिविष्टपेज्यो नाकपूज्यो गुरुः पुष्यः अदितिः पुनर्वसुः दस्रोऽश्विनी पूषा रेवती एषां द्वन्द्वे एषां धिष्ण्येषु च पुनर्वासवे धनिष्ठायाम्।।३२।।

श्रवण, मृगशिरा, हस्त, अनुराधा, पुष्य, पुनर्वसु, अश्विनी, रेवती तथा धनिष्ठा नक्षत्रों में यदि नवजात शिशु गृह से बाहर जाकर सूर्य का दर्शन करता है तो उसका शरीर पुष्ट होता है।।३२।।

अन्नप्राशनमुहूर्तः—

अन्नादनं मासि रसैरभिन्ने सूनोस्तदासन्नगमासयुग्मे।
पुत्र्या भवेच्चात्र विदर्शपूर्णाभद्राजयापक्षतयः प्रदिष्टाः।।३३।।

अथ बालकस्यान्नप्राशनमाह—अन्नेति।। सूनोः रसैरभिन्ने षष्ठे मासि अन्नादनं भवेत्। च पुनः पुत्र्यास्तदासन्नागमासयुग्मे तस्य षष्ठमासस्य उभयत आसन्नगौ समीपगतौ मासौ तयोर्युग्मे पञ्चमे सप्तमे इत्यर्थः। पुनरत्र विदर्शेति। विगताः दर्शोऽमावासी पूर्णास्तिथयः जयास्तिथयः पक्षतिः प्रतिपत् याभ्यस्ता एताः प्रदिष्टाः कथिताः अन्याः शुभा इत्यर्थः।।३३।।

पुत्र का अन्नप्राशन जन्म से छठे मास में तथा पुत्री का अन्नप्राशन छठे मास के समीपवर्ती दोनों मासों (५वें तथा सातवें मासों) में, अमावस्या को छोड़कर शेष पूर्णा (५, १०, १५), भद्रा (२, ७, १२,) जया (३, ८, १३) तथा प्रतिपदा तिथियों में करना चाहिए।।३३।।

विशेष:- **आचार्य राम दैवज्ञ ने रिक्ता, नन्दा, ८, १२ और ३० तिथियों का अन्नप्राशन में निषेध किया है।**

अन्नप्राशने प्रशस्तनक्षत्राणि—

सन्तोर्भकान्नाशनकर्मणीन्दुज्ञदेववन्द्योशनसामहानि।
विमित्रमैत्राख्यलघुध्रुवाणि श्रवःश्रविष्ठादितिभानि चाहुः।।३४।।

अथान्नाशने वारनक्षत्राण्याह—सन्त इति।। सन्तो बुधाः अर्भकान्नाशनकर्मणि एतानि शुभान्याहुः। इन्दुश्चन्द्रः विद् बुधः इन्द्रवन्द्यो गुरुः उशनाः शुक्रः एषां द्वन्द्वे एषामहानि च पुनर्विगतो मित्रोऽनुराधा एभ्यस्तानि एवंविधानि मैत्राख्यनक्षत्राणि लघुसंज्ञानि ध्रुवसंज्ञानि श्रवः श्रवणः श्रविष्ठा धनिष्ठा अदितिः पुनर्वसुः एतानि भानि च।।३४।।

बालकों के अन्नप्राशन में सोम, बुध, बृहस्पति एवं शुक्रवार को, अनुराधा को छोड़कर शेष मैत्रसंज्ञक (मृगशिरा, रेवती, चित्रा), लघुसंज्ञक (हस्त, अश्विनी, पुष्य) ध्रुव संज्ञक (तीनों उत्तरा, रोहिणी), श्रवण, धनिष्ठा तथा पुनर्वसु नक्षत्रों को विद्वानों ने शुभ बतलाया है।।३४।।

मतान्तरम्—

मित्रर्क्षमुष्णांशुदिनं च षष्ठी-
मन्नाशने मञ्जु जगाद कश्चित्।
वीक्ष्योदितं तेन नवान्नशुद्धिं
तत्रान्नमेत्यात्ययमेति पोतः।।३५।।

अथात्र ऋषिमतमाह—मित्रेति। कश्चिन्मञ्जु शुभं यथा भवति तथान्नाशने मित्रर्क्षमनुराधां उष्णांशुदिनं रविवारं षष्ठीं तिथिं च जगाद कथयामास। पोतो बालकोऽन्नमेत्य भुक्त्वाऽत्ययं नाशमेति प्राप्नोति। किम्भूतमन्नं तत्र तेन ऋषिणा नवान्नशुद्धिं वीक्ष्य उदितं कथितम्। अन्नप्राशननवान्नयोरेकमुहूर्तत्वात्तत्र नवान्नशुद्ध्यपेक्षया उक्तं अन्नप्राशनविधौ नेत्यर्थः।।३५।।

कुछ आचार्यों ने अनुराधा नक्षत्र, रविवार तथा षष्ठी तिथि को भी अन्नप्राशन में शुभ बतलाया है। अन्नग्रहण करने से नवजात शिशु का नाश (मृत्यु) हो जाता है; अतः नवीन अन्न भक्षण या प्रथमबार अन्नभक्षण करने हेतु अन्नशुद्धि को देखकर मुहूर्त बतलाया गया है।।३५।!

अन्नप्राशने लग्नबलम्—

प्रेक्षान्त्यपुण्यात्ययकेन्द्रगो रवि-
स्तनोति चित्रं पृथुके रसात्मजः।
पित्तं च मन्दस्तनुते प्रभञ्जनं
कृशः किल ग्लौर्हि तथा दरिद्रताम्।।३६।।

अन्नाशने लग्नफलमाह—प्रेक्षेति।। बुध्यै इति युग्मम्।। अन्नाशनेऽन्नादने तनुतो लग्नादिति सर्वत्र योज्यम्। रविः पृथुके बालके चित्रं कुष्ठं तनोति चित्रं स्यात्पाण्डुरं

'कुष्ठं' इति हैमः। किम्भूतो रविः प्रेक्षाबुद्धिः पञ्चमं ५ अन्त्यं द्वादशं १२ पुण्यं नवमं ९ अत्ययः अष्टमं ८ केन्द्रं १।४।७।१० एतद्भावगः। एवं रसात्मजो भौमः पित्तं तनोति च पुनर्मन्दः शनिः प्रभञ्जनं वायुं तनोति तथा कृशः क्षीणो ग्लौश्चन्द्रो दरिद्रतां तनोति। हि पादपूरणे किल भावनायाम्।।३६।।

अन्नप्राशन काल में लग्न से पञ्चम, द्वादश, नवम, अष्टम एवं केन्द्र (१,४,७,१०) भावों में स्थित सूर्य बालक को कुष्ठ रोग, भौम पित्तजन्य विकार, शनि वायुजनित रोग तथा क्षीणचन्द्रमा (उक्त भवनों में स्थित होकर) दरिद्रता उत्पन्न करते हैं।।३६।।

बुध्यै बुधो गीष्पतिरायुषे भृगु-
र्भोगाय सारङ्गकलङ्कभृच्छिशोः।
तत्स्थो भवेत्सर्वकलःकलौघदो-
ऽन्तकृद्विधुश्चात्ररिगोऽत्रकाशने ।।३७।।

बुध्यै इति। बुधस्तत्स्थः पूर्वोक्तप्रेक्षादिभवनस्थितः सन् शिशोर्बालस्य बुध्यै मतये भवति। एवं गीष्पतिर्गुरुरायुषे जीविताय भृगुः शुक्रो भोगाय सारङ्गभृत् कलङ्कभृच्चन्द्रः सर्वकलःसम्पूर्णकलावान् सन् कलौघदो विज्ञानादिकलादायको भवेत्। तस्थ इति सर्वत्र योज्यम्। यदि च पुनर्विधुरत्ररिगोऽत्ताष्टमं ८ अरिः षष्ठं ६ एतयोर्गतोऽन्तकृत् मरणकारको भवेदिति।।३७।।

उक्त (लग्न से ५, १२, ९, ८, १, ४, ७, १०) भावों में स्थित बुध बालक को बुद्धि प्रदान करने वाला, गुरु आयुष्य, शुक्र भोग (सुख) तथा पूर्णचन्द्रमा सभी प्रकार की कलाओं को प्रदान करने वाला होता है। यदि अन्नप्राशन काल में चन्द्रमा छठें भाव में हो तो बालक का नाश करने वाला होता है।।३७।।

चौलमुहूर्तः—

अथ व्यतीतैकसमस्य सूनोरुशन्ति वर्षद्वयकालशुद्धम्।
चौलं निजान्वायविधिक्रमेण विदूषणे मासि सदन्ह्यभिज्ञाः।।३८।।

अथ चौलकर्माह— अथेति। अथानन्तरं अभिज्ञा दैवज्ञा। निजान्वायविधिक्रमेण निजवंशविधानानुक्रमेण सूनोः सुतस्य चौलं मुण्डनमुशन्ति वाञ्छन्ति। कस्मिन् विदूषणे दूषणरहिते मासि पुनः सदह्नि शुभवारे किंभूतस्य सूनोर्व्यतीताऽतिक्रान्ता एका समा वर्षं यस्मिन्स तस्य कियन्तं चौलं वर्षद्वयकालशुद्धं वर्षयुग्मकाले शुद्धम्।।३८।।

जिस बालक का एक वर्ष समय बीत चुका हो, उसके लिए दैवज्ञलोग अपने कुल परम्परा के अनुसार चौलकर्म हेतु दो वर्षों का समय शुद्ध मानते हैं। दोषरहित मास में तथा शुभदिनों में चौल संस्कार करना चाहिये।।३८।।

परिष्कार— चौल (मुण्डन) संस्कार एक वर्ष के अन्दर कर लेना चाहिए। कन्याओं के लिए दो वर्ष का समय शुद्ध होता है। अनन्तर विषम वर्षों में बालकों का तथा सम वर्षों में कन्याओं का मुण्डन करना चाहिये।

चौले गुरुशुक्रयोर्विचारः-

शिशौ जरावत्यतिचारगेऽनृजौ
मृगेऽस्तगे लेयगतौ गुरौ हरेः।
गुरौ हरेरस्तगते विरोधिनां
चौलादिसंस्कारविधिर्ह्यनादृतः।।३९।।

अथ गुरुशुक्रदोषे चौलं निषेधति— शिशाविति। शिशौ बालके चौलादिसंस्कारविधिरनादृतो नाङ्गीकृतो बुधैरिति शेषः। कस्मिन्सति हरेरिन्द्रस्य गुरौ जीवे शिशौ बालके जरावति वृद्धेऽतिचारगे चारमतिक्रान्तेऽनृजौ वक्रे मृगे मकरराशिगतेऽस्तंगते सिंहराशिगते सति तु पुनर्हरेरिन्द्रस्य विरोधिनां द्विषां दैत्यानां गुरौ शुक्रेऽस्तंगते सति।।३९।।

गुरु के बाल्यावस्था में, वृद्धावस्था में, अतिचारी एवं वक्री होने पर, मकर एवं सिंह राशि में जाने पर, अस्तंगत होने पर तथा शुक्र के अस्तंगत होने पर चौल आदि संस्कारों की विधि स्वीकार नहीं की गई है, अर्थात् गुरु और शुक्र की उक्त स्थिति में चौल आदि संस्कार नहीं होते।।३९।।

मासविचारः—

मास्यह्नि भे जन्मवतश्च जन्मनो
न मङ्गलं मङ्गलकृत्सदा भवेत्।
किलाद्यपत्यस्य तदेव मङ्गलं
पुरुक्रियं शौक्र्यमभीष्टदं न यत्।।४०।।

अथ मासादीन् दूषयति—मासीति। सदा जन्मवतः शिशोर्जन्मनो मासि अह्नि भे राशौ च मङ्गलं चौलादिसंस्कारविधानं मङ्गलं न भवेत्। किलेति सत्ये। यद् यस्मात् आद्यापत्यस्य प्रथमसन्तानस्य तदेव मङ्गलमभीष्टदं कामदं न भवेत् किंभूतं मङ्गलं शौक्र्यं शुक्रे ज्येष्ठमासे भवं कृत्यं वा पुनः किंभूतं पुरुक्रियं पुरुर्भूयसी क्रिया यस्मिस्तत्। 'भूर्यदभ्र' पुरु स्फिरं इति हैमः।।४०।।

बालक के जन्ममास, जन्मदिन एवं जन्मराशि में मांगलिक कार्य मङ्गलदायक नहीं होते। ज्येष्ठ सन्तान की चौल आदि मङ्गल संस्कार विधि ज्येष्ठ मास में शुभ नहीं होती।।४०।।

चौले नक्षत्रशुद्धिः—

चलांशुमद् गोपतिभानि दास्त्रं
धिष्ण्ये सहस्राम्बकशीतभासोः।
सपौष्णचित्राणि सदा प्रवीणाः
क्षौरे जगुर्ह्यादृतसौम्यतारे।।४१।।

अथ चौले नक्षत्राण्याह—चलांशुमदिति। सदा प्रवीणाः पण्डिताः क्षौरे एतानि नक्षत्राणि जगुरूचुस्तान्याह। चलानि चलसंज्ञानि अंशुमान् सूर्यो हस्तः गोपतिर्वाक्पतिगुरुः

पुष्य: एतानि पुनर्दास्त्रमश्विनी सहस्राम्बक: सहस्राक्ष इन्द्रो ज्येष्ठा शीतभाश्चन्द्रो मृगशीर्षं एतयोर्भं धिष्ण्ये नक्षत्रे किंभूतान्येतानि सपौष्णचित्राणि रेवतीचित्रायुक्तानि किंविशिष्टे क्षौरे आदृतसौम्यतारे आश्रितशुभतारके।।४१।।

चल संज्ञक नक्षत्र (स्वाती, पुनर्वसु, श्रवण, धनिष्ठा, शततारका), हस्त, पुष्य, अश्विनी, ज्येष्ठा, मृगशिरा, रेवती तथा चित्रा नक्षत्रों को विद्वानों ने क्षौर कर्म हेतु शुभ बतलाया है।।४१।।

कालशुद्धिः—

सद्भिर्विरिक्तास्तिथयो विपर्वा विषष्ठ्यमापक्षदलेन्दुघस्राः।
भवारयोगाखिलशुद्धिवत्यः क्षुरक्रियायामुदिता विभद्राः।।४२।।

अथात्र पर्वादीनि प्रतिषेधति—सद्भिरिति। सद्भिर्बुधैस्तिथय उक्ता उदिता: कस्यां क्षुरक्रियायां किंभूतास्तिथय: विरिक्ता रिक्तातिथिवर्जिता: पुनर्विपर्वा: पर्ववर्जिता: पुन: किंभूता: विगता षष्ठी अमावासी पक्षदलमष्टमी इन्दुघस्र: पूर्णमासी याभ्यस्ता विषष्ठ्यमापक्षदलेन्दुघस्रा:। पुन: किंभूता:भवारयोगाखिलशुद्धिवत्य: भानि वारा योगा ऐषामखिलया समस्तया शुद्ध्या युक्ता: पुन: किंभूता: विभद्रा: विष्टिरहिता:।।४२।।

रिक्ता (४, ९, १४), षष्ठी, अमावास्या, अष्टमी, पूर्णिमा तिथियों तथा पर्व काल (ग्रहणकाल) को छोड़कर शुभनक्षत्र, वार एवं योगों में तथा भद्रा आदि दोषों से रहित सर्वशुद्धकाल में क्षौरकर्म करना चाहिए ऐसा विद्वानों ने कहा है।।४२।।

गोचरशुद्धिः—

स्याद् गोचरेणाष्टकवर्गकेण वा
चेद्दृश्यते शुद्धिरिहोक्तकालवत्।
गण्डान्तसन्ध्यासमयौ तमस्विनी-
मपास्य भद्राकरणं सुखार्थकृत्।।४३।।

अथात्र गोचरशुद्धिमाह— स्यादिति। चेद्यदि गोचरेणाष्टकवर्गकेण वा इह उक्तकालवत् क्षौरकर्मोक्तकालतुल्या शुद्धिर्दृश्यते तदा भद्राकरणं मुण्डनसुखार्थकृत्। किंकृत्वा गण्डान्तसन्ध्यासमयौ तमस्विनीं रात्रीं चापास्य हित्वा।।४३।।

यदि गोचर से अथवा अष्टकवर्ग से उक्त (क्षौर कर्मोक्त) कालशुद्धि प्राप्त हो तो गण्डान्त, सन्ध्या और रात्रि को छोड़कर शेष समय में मुण्डन करना सुख कारक होता है।।४३।।

लग्नशुद्धिः—

त्रिकोणकेन्द्रस्वगतैरपापैः पापैरमित्रायपराक्रमस्थैः।
शुभोदये चान्यगते च केतौ गदन्ति चूडाकरणं कृतीन्द्राः।।४४।।

अथात्र लग्नशुद्धिमाह—त्रिकोणेति। कृतीन्द्रा: पण्डितमुख्या: चूडाकरणं मुण्डनं वदन्ति। कै: शुभोदये शुभलग्ने त्रिकोणं नव ९ पञ्चमं ५ केन्द्रं १।४।७।१० स्वं धनं

द्वितीयं २ एषु भवनेषु गतैरपापैः सौम्यैः पुनरमित्रं षष्ठं ६ आय एकादशं ११ पराक्रमस्तृतीयं ३ एषु स्थितैः पापैः खलग्रहैः कृत्वा पुनरन्यगते उक्तेभ्योऽन्यस्थानगते केतौ सति।।४४।।

शुभलग्न में, लग्न से केन्द्र (१, ४, ७, १०), त्रिकोण (५, ९) और द्वितीय भाव में शुभग्रहों के जाने पर, तृतीय, षष्ठ और एकादश भावों में पाप ग्रहों के जाने पर तथा शेष अन्य स्थानों में राहु और केतु के स्थित रहने पर पण्डितों ने चूडाकरण को श्रेष्ठ बतलाया है।।४४।।

चौले ग्रहाणां फलम्—

पित्तं पतङ्गो मृतिमसृगस्त्रादब्जः कृशः कण्टककोणसंस्थः।
लयं यमो यच्छति पङ्गुभावं गलामयं ग्लौर्वपने शिशूनाम्।।४५।।

अथ चौले कण्टकादिस्थितरव्यादिफलमाह—पित्तमिति। कण्टकं प्रथमं चतुर्थकं सप्तमं दशमं कोणो नवमं पञ्चमं एषु स्थितः पतंगो रविः शिशूनां बालानां वपने मुण्डने पित्तमायुं यच्छति ददाति। एवं असृग् भौमोऽस्त्रादायुधात् मृतिं मरणं यच्छति 'कृशः क्षीणोऽब्जश्चन्द्रो लयं नाशं पुनर्यमः शनिः पङ्गुभावं ग्लौश्चन्द्रो गलामयं कण्ठरोगं यच्छति। गलामयेऽगुरिति पाठे राहुर्गलामये रोगार्थं स्यात्।।४५।।

मुण्डन काल में लग्न से केन्द्र (१, ४, ७, १०) एवं कोण (५, ९) स्थानों में (इनमें से किसी भाव में) सूर्य स्थित हो तो पित्त विकार से कष्ट, मंगल हो तो शस्त्र के आघात से मृत्यु, क्षीणचन्द्रमा हो तो नाश, शनि हो तो पङ्गुत्व (अङ्ग-भङ्ग) तथा पूर्णचन्द्र हो तो गले में रोग होता है।।४५।।

नृपाणां क्षौरमुहूर्तः—

मित्राचलर्क्षादिजवह्नितारा वरा सदापास्य विरुद्धताराम्।
स्यात्पञ्चमं पञ्चममेव चाहः श्मश्रुक्रिया पञ्चजनेश्वराणाम्।।४६।।

अथ प्रसङ्गान्नृपाणां क्षौरकर्माह—मित्रेति। पञ्चजनानां मनुष्याणामीश्वरा राजानस्तेषां श्मश्रुक्रिया मुखलोमक्रिया स्यात् 'मर्त्यः पञ्चजनो भूस्पृग्' इति हैमः। अस्यां श्मश्रुक्रियायाम् मित्रोऽनुराधा अचलर्क्षाणि स्थिरसंज्ञभानि आदिजाः पितरो मघा वह्निः कृत्तिका एतास्तारा अपास्य अर्थाच्चेच्छया सुतारासु सा क्रिया शस्ता शुभा। क्षुरक्रियायां च जनेश्वराणामिति पाठे शेषास्ताराः शस्ता इति बहुवचनान्तपाठश्च साधुः। च पुनः पञ्चमं पञ्चममेवाहर्दिनं शस्तं किंकृत्वा विरुद्धतारां त्रिपञ्चसप्तमादितारामपास्य हित्वा।।४६।।

अनुराधा, स्थिरसंज्ञक (तीनों उत्तरा, रोहिणी), मघा और कृत्तिका नक्षत्रों एवं विरुद्ध ताराओं (३, ५, ७ संख्यक तारा) को छोड़कर शेष नक्षत्र एवं तारों में पाँचवे दिन राजा के लिए श्मश्रु क्रिया (दाढी बनाना) शुभ होता है।।४६।।

विशेष— अन्य ग्रन्थों में राजा के लिए प्रतिदिन दाढ़ी बनाने का भी विधान बतलाया है तथा दैनिक दाढ़ी बनाने वालों के लिए मुहूर्त्त का प्रतिबन्ध नहीं लगाया गया है।

क्षौरे विशेषः—

व्रते मृतौ चानुदितेऽपि तीर्थे क्षौरं निदेशान्नरदेवतायाः।
द्वैजाह्निे चाध्वरदीक्षणे भे धनञ्जयाधानविधौ वरं स्यात्।।४७।।

अथ मुहूर्तं विनापि व्रतादौ क्षौरमाह—व्रते इति। अनुदितेऽनुक्तेऽपि भे नक्षत्रे दिने च एषु क्षौरं वरं स्यात्तानाह। व्रते व्रतविषये मृतौ मरणे तीर्थयात्रायां नरदेवतायाः भूपस्य निदेशादादेशात् द्वैजात् विप्रसम्बन्धिनिदेशात् अध्वरदीक्षणे यज्ञदीक्षायां धनञ्जयाधानविधौ अग्न्याधानकर्मणि दिने इति।।४७।।

व्रत के दिन, मृत्यु में (किसी के मरने पर), तीर्थ में, राजा और ब्राह्मण के आदेश पर, यज्ञ सम्बन्धी दीक्षा में, अग्न्याधान कर्म में बिना कहे गये मुहूर्त में भी (अर्थात् बिनामुहूर्त देखे निन्दित वार नक्षत्रों में भी) क्षौरकर्म शुभ कारक होता है।।४७।।

संन्यासिनां क्षौरमुहूर्तः—

कर्मन्दिनां पक्षविरामघस्रे स्याद् ब्रह्मचर्याहितपावकानाम्।
सत्यां सदा मुण्डनमप्यशुद्धो चतुर्विधैनो वयसापहं च।।४८।।

अथ संन्यासिकादीनां क्षौरमाह—कर्ममिति। कर्मन्दिनां संन्यासिनां ब्रह्मचर्याहित-पावकानां ब्रह्मचारिणामग्निहोत्रिणां पक्षविरामघस्रे पक्षान्तदिनं पूर्णिमाऽमावासी च एतयोर्मुण्डनं स्यात्। कस्यां शुद्धिरहिते पुनः सत्यां विधवायां सदा भुण्डनं स्यात्। किम्भूतं मुण्डनं चतुर्विधैनोवयसापहं चतुर्विधगोघातादिपापावस्थानाशकं वयःशब्दोऽकारान्तोऽपि अथवा समासेऽकारान्तत्वम्।।४८।।

कर्मन्दि (संन्यासियों), ब्रह्मचारी एवं अग्निहोत्री लोगों को पक्षान्त (पूर्णिमा और अमावस्या) में, विधवा स्त्रियों को सदैव मुण्डन (क्षौर कर्म) करवाना चतुर्विध पातकों का नाश करने वाला होता है।।४८।।

षोडशवर्षस्य केशान्तकर्म—

क्षौरेन्दवाहर्युतिवारभेषु मासे नुरुक्तेष्ववदन्नथार्याः।
केशान्तकर्मेज्यभृगूदयस्थे सौम्यायने षोडशहायनस्य।।४९।।

अथ षोडशवर्षस्य केशान्तकृत्यमाह—क्षौरेन्देति। अथान्तरम् आर्या आचार्याः षोडशहायनस्य षोडशवर्षकस्य नुर्नरस्य केशान्तकर्म केशक्षुरकार्यमवदन् जगुः। कस्मिन् केषु इज्यभृगूदयस्थे गुरुशुक्रलग्नस्थिते सौम्यायने उत्तरायणे उक्तेषु कथितेषु क्षौरैन्दवाहर्युतिवारभेषु क्षौरोक्ततिथिवारनक्षत्रेषु ऐन्दवाहेन चान्द्रदिनेन युक्तवारनक्षत्रेषु समासे हसान्तशब्दस्याऽकारान्तत्वमनित्यं तेनैन्दवाहर्युतिरित्यादि सर्वत्र ज्ञेयम्।।४९।।

उत्तरायण में गुरु और शुक्र के उदय होने पर क्षौर कर्मोक्त तिथि, वार, नक्षत्रों में आचार्यों ने सोलह वर्षीय नर का केशान्त संस्कार करने के लिए बतलाया है।।४९।।

कर्णवेधमुहूर्तः—

वर्षे त्रिभिः प्रदरकाण्डमिते मिते वा
सन्तः शिशोः श्रवणवेधविधानमाहुः।
मासेषु फाल्गुनमधूर्जसहस्यकेषु
काव्येन्द्रमन्त्र्युदयवत्स्वसितान्यपक्षे।।५०।।

अथ वसन्ततिलकेन कर्णवेधमाह—वर्षे इति। सन्तो विबुधाः शिशोर्बालस्य श्रवणवेधविधानं कर्णाकीर्णकृत्यमाहुः। कस्मिन् केषु त्रिभिर्मिते वर्षे प्रशस्ताः प्रदरा बाणाः प्रदरकाण्डाः काण्डशब्दः प्रशस्यार्थस्तैर्मिते वा पञ्चमे इत्यर्थः। फाल्गुनो मधुश्चैत्र ऊर्जः कार्तिकः सहस्यः पौषः एषु मासेषु किं भूतेषु मासेषु काव्यः शुक्रः इन्द्रमन्त्री गुरुरनयोरुदयवत्सु शुक्रजीवोद्गमयुक्तेषु असितान्यपक्षे शुक्लपक्षे इत्यर्थः।।५०।।

जन्म से तीसरे वर्ष में बालक के कर्णवेध का विधान आचार्यों ने बतलाया है। फाल्गुन, चैत्र, कार्तिक एवं पौष मासों में गुरु और शुक्र के उदित रहने पर शुक्ल पक्ष में कर्णवेध करना चाहिए।।५०।।

कर्णवेधे विहितनक्षत्राणि—

आदित्यभे मृदुलघुश्रुतिवासवेषु
भिन्द्याच्च सद्गगनमार्गदिनेषु शश्वत्।
कर्णौ शिशोर्गरलभूषितकण्डजामा-
रिक्तेतराखिलशशाङ्कदिनेषु सूच्या।।५१।।

अथ कर्णवेधे नक्षत्रादीनाह—आदित्येति।। सुधीः शश्वत् सदा सूच्या प्रोक्तधातुशलाकया शिशोः कर्णौ भिन्द्यात् उत्कीर्णयेत् केषु आदित्यभे हस्तनक्षत्रे मृदुसंज्ञानि लघुसंज्ञानि श्रुतिः श्रवणो वासवं धनिष्ठा एषु पुनः सद्गगनमार्गदिनेषु शुभग्रहवारे पुनः गरलभूषित्कण्ठः शम्भुस्तस्माज्जायते इति तज्जा विष्टिरमावासी रिक्तास्तिथयः आभ्य इतरा अखिलाः समस्ताः शशाङ्कदिनश्च द्वन्द्वः एषु ।।५१।।

पुनर्वसु, मृदु (मृगशिरा, रेवती, चित्रा, अनुराधा), लघु (हस्त, अश्विनी, पुष्य), श्रवण, धनिष्ठा नक्षत्रों में गरलभूषितकण्ठजा (भद्रा), अमावस्या, रिक्ता (४, ९, १४) तिथियों को छोड़कर शेष तिथियों में बालक के कानों का सूची द्वारा वेध करना चाहिये।।५१।।

मतान्तरम्—

कश्चिद्रदोदयत ईरितमुत्तराणां
तेन त्रयेऽलपदिह श्रुतिवेधकर्म।
अर्वागसाध्विति शिशोर्वचनं च कृष्टिः
सल्लब्धवर्णगदितोक्तिविलोकनत्वात्।।५२।।

अथ मतान्तरमाह— कश्चिदिति।। कश्चिदृषिः पण्डितः इति वचनमलपत्। इतीति किं रदोदयतो दन्तोद्गमादर्वाक् असाधु तेन हेतुना इह दन्तोद्गमे सति श्रुतिवेधकर्म ईरितं प्रोक्तं कस्मिन् उत्तराणां त्रये नक्षत्रेषु कस्मात् सल्लब्धवर्णगदितोक्तिविलोकनत्वात्।।५२।।

कुछ विद्वानों का मत है कि शिशु के दन्तोत्पत्ति के पूर्व कर्णवेध अशुभ होता है। अतः दन्तोत्पत्ति के पश्चात् तीनों उत्तरा नक्षत्रों में अपनी जाति एवं कुल परम्परा के अनुसार कर्णवेध करना चाहिए।।५२।।

कर्णवेधे लग्नशुद्धिः—

संवेधयेच्छ्रवणमैन्द्र्यनते खरांशौ
योगे शुभेऽमृतमयूखबले च पौरे।
शीर्षोदयेऽमरपुरोधसि सद्युसद्भिः
श्रोत्राश्रितैर्व्यशुभयोगनिशामनैश्च।।५३।।

अथ कर्णवेधे लग्नादीनाह— संवेधयेदिति।। सुधीः श्रवण कर्णं संवेधयेत् भिन्द्यात् कस्मिन् सति ऐन्द्र्यनते पूर्वाह्णे खरांशौ सूर्ये च शुभे योगे पुनरमृतमयूखबले चन्द्रबले शीर्षोदये पौरे लग्ने। शीर्षोदयास्तु मिथुनसिंहकन्यातुलावृश्चिककुम्भाः कथ्यन्ते। अमरपुरोधसि गुरौ शीर्षोदयलग्नगते इत्यर्थः।। पुनः कैःकृत्वा श्रोत्राश्रितैः तृतीयै ३ कादश ११ गतैः सद्युसद्भिः सदहैः कथंभूतैः सद्युसद्भिर्व्यशुभयोगनिशामनैः 'ईक्षणं तु निशामनम्' इति हैमः।।५३।।

सूर्य के पूर्वनत रहने पर (प्रातःकाल), शुभयोगों में चन्द्रबल से युक्त लग्न में शीर्षोदय (३,५,६,७,८,११) लग्नों में गुरु के स्थित रहने पर तथा तृतीय, एकादश भावों के शुभग्रहों से दृष्ट होने पर विद्वान् पुरुष को कर्णवेध करना चाहिए।।५३।।

नासिकाच्छेदनमुहूर्तम्—

घोणामथोदगयने विषमे कुमार्या
वर्षे सुवारतिथियोगविलग्नलग्नैः।
भिन्द्यात्तु लघ्वचलमैत्रचरैर्विकर्क्षै-
भैराद्यपक्षवति राजनि चादियामे।।५४।।

इति श्रीकविकालिदासोदिते ज्योतिर्विदाभरणे मध्यसंस्काराध्यायः ।।७।।

अथ कुमार्या घ्राणवेधमाह—घोणामिति। अथानन्तरं सुधीः कुमार्या घोणां घ्राणं भिन्द्यात् वेधयेत् 'घ्राणं घोणा विकूणिका' इतिहैमः। कस्मिन् विषये वर्षे पुनरुदगयने पुनराद्यपक्षवति शुक्लपक्षयुक्ते राजनि चन्द्रे पुनरादियामे प्रथमप्रहरे पुनः कै कृत्वा सुवारतिथियोगविलग्नलग्नैः शुभवारः शुभतिथिः सुयोगः शुभविलग्नं एभिर्लग्नैर्युक्तैः 'लग्नं विलग्नं मेषादिः' इति।। शब्दप्रभेदः। पुनर्लघुसंज्ञानि अचलानि स्थिरसंज्ञानि मैत्रसंज्ञानि चरसंज्ञानि एतैर्भैर्नक्षत्रैः किं भूतैर्नक्षत्रैः विकर्क्षैः रोहिणीवर्जितैः।।५४।।

इति श्रीपौर्णिमीयगच्छाधिराजभट्टारकपुरन्दरश्रीमहिमाप्रभसूरीश्वर-
चरणसरोरुहचञ्चरीकायमानशिष्यभावरत्नविरचितायां
श्रीकविकालिदासकृतज्योतिर्विदाभरणस्य
सुखबोधिकायां मध्यसंस्काराध्यायः
सप्तमः।।७।।

जन्म से विषम वर्षों में शुभ दिन-तिथि-योग एवं शुभ लग्नों में लघुसंज्ञक (हस्त, अश्विनी, पुष्य), रोहिणी को छोड़कर शेष स्थिर (तीनों उत्तरा) एवं मैत्र संज्ञक (मृगशिरा, रेवती, चित्रा, अनुराधा) नक्षत्रों में आद्य पक्ष (शुक्लपक्ष) के चन्द्र में (बलवान् चन्द्र के रहने पर) प्रथम प्रहर (प्रातः काल) कुमारी (कन्या) का नासिका छेदन करना चाहिए।।५४।।

श्रीकालिदासविरचित ज्योतिर्विदाभरण के मध्य संस्कार प्रकरण का
प्रो० रामचन्द्रपाडेयकृत हिन्दी भाषानुवाद सम्पूर्ण।।७।।

●

उपवीतप्रकरम्–८

विप्राणां यज्ञोपवीतकालः—

जनितोऽथ निषेकतोऽष्टमे रशनाबन्धनमग्रजन्मनाम्।
श्रुतिधर्मविदो हि हायने जगदुर्वाक्षमितेऽपि वा गिरे ।।१।।

अथैतत्संस्कारकथनान्तरमुपनयनसंस्कारो घटतेऽतो वैतालीयेनोपवीताध्यायसन्धानमाह—जनित इति ।। अथानन्तरं हि निश्चितं श्रुतिधर्मविदो विबुधाः जनितो जन्मतो निषेकतो गर्भाधानतो वाऽष्टमेऽक्षमिते पञ्चमेऽपि हायने वर्षे द्विजन्मनां विप्राणां रशनाबन्धनं जगदुः कस्मै गिरे विद्यायै पठनायेत्यर्थः ।। रशनाबन्धनं तु विप्राणां मौञ्जीबन्धः क्षत्रियाणां धनुर्ज्याबन्धो वैश्यानां मौर्वीबन्ध इति विशेषः शास्त्राज्ज्ञेयः।।१।।

वेद और धर्मशास्त्र के ज्ञाता विद्वानों ने अध्ययन हेतु ब्राह्मणों का रशनाबन्धन (यज्ञोपवीत संस्कार) जन्म समय से अथवा आधान (गर्भ) काल से आठवें वर्ष में या पाँचवे वर्ष में बतलाया है।।१।।

विशेष— ब्राह्मणों के यज्ञोपवीत संस्कार को रशनाबन्धन, क्षत्रियों के यज्ञोपवीत को धनुर्ज्याबन्ध तथा वैश्यों के यज्ञोपवीत को मौर्वीबन्ध कहा जाता है।

मतान्तरम्—

शरदामगदच्चतुष्टये कुसुराणामपि पञ्चमाब्दतः।
मुनिरासुरिरष्टमे व्रतं समये कश्चिदरं वटोरिते।।२।।

अथात्र मतान्तरमाह—शारदामिति ।। अरं निश्चितम् आसुरिर्मुनिः कुसुराणां भूदेवानां विप्राणां पञ्चमाब्दतः पञ्चमवर्षादारभ्य शरदां वर्षाणां चतुष्टये मौञ्जीबन्धनमगदज्जगाद। अपि पुनः कश्चिदष्टमे समये वर्षे इते प्राप्ते सति वटोर्माणवकस्य व्रतं रशनाबन्धनं जगाद।।२।।

आसुरि मुनि ने ब्राह्मणों के लिए पाँचवें वर्ष से आरम्भ कर चार वर्ष तक (अर्थात् ५वें से ८वें वर्ष तक) यज्ञोपवीत का समय बतलाया है। कुछ विद्वानों ने आठवें वर्ष में ही विप्र वटु का यज्ञोपवतीत बतलाया है।।२।।

क्षत्रियाणां यज्ञोपवीतकालः—

वरमर्णवचीवराभुजां व्रतमेकादशमे च हायने।
सुसमीकविधानतेजसे खलु षष्ठेऽत्र न विभ्रमो भवेत् ।।३।।

अथ क्षत्रियाणां व्रतमाह—वरमिति ।। खलु निश्चितं अर्णव एव चीवरं यस्याः सा भूमिस्तां भुञ्जन्तीति भुजस्तेषां क्षत्रियाणां एकादशम-मीयते इति एकादशमः अन्यद्वात्र

मट्प्रत्ययस्याविषयत्वात् एकादशम इति न स्यात्। तस्मिन् षष्ठे च हायने वर्षे व्रतं धनुर्ज्याबन्धनं वरं श्रेष्ठं स्यात् कस्मै सुसमीकविधानतेजसे संग्रामकार्यवीर्याय अत्र विभ्रमः संशयो न भवेत् ॥३॥

क्षत्रियों के लिए संग्रामादि कार्यों के सम्पादन हेतु तथा तेज की वृद्धि के लिए (गर्भ या जन्म काल से) ग्यारहवें तथा छठें वर्ष में यज्ञोपवीत (धनुर्ज्याबन्ध) श्रेष्ठ बतलाया गया है। इसमें भ्रम (सन्देह) नहीं करना चाहिये।।३।।

वैश्यानां व्रतबन्धकालः—

उपवीतविधानकं विशामलमर्कप्रतिमे विपश्चितः।
अपि पण्यफलाप्तये भवेदवदन्वा व्रतमष्टकेऽब्दके।।४।।

अथ वैश्यानां व्रतबन्धनमाह— उपवीतेति ॥ अलं निश्चितं विपश्चितः पण्डिताः विशो वैश्यानामुपवीतविधानकं व्रतबन्धनमवदन्नकथयन् । कस्मिन्नर्कप्रमिते द्वादशेऽब्दके वर्षे कस्यै पण्यफलाप्तये विक्रेयफलप्राप्तये 'पणितव्यं तु विक्रेयं पण्यं सत्यापनम्' इति हैमः। वा पक्षान्तरे अष्टमे वर्षे व्रतं भवेत्॥४॥

विद्वानों ने वैश्यों के लिए उपवीत (यज्ञोपवीत-मौर्वीबन्ध) का विधान व्यापार सम्बन्धी सफलता की प्राप्ति के लिए आठवें वर्ष में तथा बारहवें वर्ष में निश्चय पूर्वक बतलाया है।।४।।

व्रतबन्धे आर्षमतम्—

कुभुजामपि सप्तमाब्दतोऽर्कसमाषट्कमुदीरितं व्रते।
यवनासुरिदेवलोक्तिभिर्विबुधैराचितसम्मितेर्विशाम् ।।५।।

अथ व्रतबन्धे ऋषिमतमाह—कुभुजामिति ॥ यवनासुरिदेवलोक्तिभिरेषामृषीणामुक्तिभिः कृत्वा विबुधैः कुभुजां क्षत्रियाणां विशां वैश्यानामपि सप्तमाब्दतः सप्तमवर्षादर्कसमाषट्कं सावनसूर्यसमानवर्षषट्कं व्रते ईरितं प्रोक्तं किम्भूतैर्विबुधैराचितसम्मतैः पूर्णमतैः॥५॥

यवन, आसुरि और देवल ऋषियों की उक्तियों के आधार पर विद्वानों ने क्षत्रियों और वैश्यों के लिए सातवें वर्ष से १२वें वर्ष तक छः वर्षों का समय व्रतबन्ध के लिए शास्त्र सम्मत कहा है ।।५।।

व्रतबन्धे शुभकाल—

तरणावलकेशदिग्गतेऽमरदित्युद्भववन्दितोद्गमे।
जगुरन्तरभागसंयुते व्रतबन्धस्य विधिं मुनीश्वराः।।६।।

अथोत्तरायणादौ व्रतबन्धमाह—तरणेति॥ मुनीश्वरा व्रतबन्धस्य विधिं जगुः कस्मिन्नलकेशदिग्गते उत्तरायणे सूर्ये पुनरमरा देवा दित्युद्भवा दैत्या आभ्यां वन्दितौ गुरुशुक्रौ अनयोरुद्गमे उदिते सति किम्भूते तरणौ अन्तरभागसंयुते सायनांश-सहिते॥६॥

अलका दिशा (उत्तर दिशा) में सायन सूर्य के जाने पर अर्थात् सायन सूर्य के उत्तरायण होने पर, देवगुरु (बृहस्पति) एवं दैत्य गुरु (शुक्र) के उदित रहने पर श्रेष्ठ मुनियों ने व्रतबन्ध की विधि बतलाई है।।६।।

विशेषः— यहाँ उत्तरायण सायनसूर्य से ग्रहण किया गया है, अर्थात् सायन सूर्य जब मकरराशि में प्रविष्ट होगा, तभी से उत्तरायण का आरम्भ माना जाएगा। व्यवहार में देश के अधिकांश भागों में निरयण सूर्य के मकर संक्रमण से उत्तरायण माना जाता है।

व्रतबन्धे गुरुदोषः—

निजतुङ्गभतोऽगभस्थिते हरिगे वक्रिणि वातिचारिणि।
नमुचेरहितार्चिते शिशौ व्रतबन्धो न पुराणविग्रहे।।७।।

अथ गुरुदोषे व्रतबन्धं निषेधति—निजेति।। व्रतबन्धो न भवेत् कस्मिन् निजतुङ्गभतो निजोच्चराशितोऽगभस्थिते हरिस्थे सिंहस्थे वक्रिणि वाऽतिचारिणि वा शिशौ बाले वा पुराणविग्रहे वृद्धे वा नमुचेर्दैत्यस्याहित इन्द्रस्तेन अर्चिते गुरौ सति ।।७।।

अपनी उच्च राशि (कर्क) से सप्तम राशि (मकर) में तथा सिंह राशि में देवगुरु के स्थित रहने पर, वक्री एवं अतिचारी होने पर तथा गुरु के बाल एवं वृद्ध अवस्था में रहने पर व्रतबन्ध नहीं करना चाहिये ।।७।।

व्रतबन्धे शुक्रचन्द्रयोरवस्थादोषः—

दितिजेज्यतमीशयोरपीतरकामाय च वृद्धबालता।
निगमस्मृतिकर्मतो भवेदुपवीतस्य विधानके वटोः।।८।।

अथ शुक्रचन्द्रयोर्वृद्धबालत्वे व्रतं निषेधति—दितीति ।। दितिजानां ईज्यः पूज्यः शुक्रः तमीशश्चन्द्रः अनयोर्वृद्धबालता वटोर्माणवकस्य उपवीतस्य विधानके निगमस्मृतिकर्मतो वेदस्मृतिकार्यात् इतरकामाय धर्मनाशाय भवेदित्यर्थः।।८।।

दैत्यगुरु शुक्र और रजनीश चन्द्रमा के बाल्यावस्था एवं वृद्धावस्था में किया गया शिशु का व्रतबन्ध विधान वेद-स्मृति से विहित कर्मों के विपरीत होता है, अर्थात् धार्मिक क्रियाओं को नष्ट करने वाला होता है।।८।।

भूकम्पादौ निषिद्धकालः—

क्षितिकम्पनकालतो व्रतं नभसस्तारकपातकालतः।
न विदुर्ग्रहतोंशुचन्द्रयोरगभिद्यामयुगाश्रितं बधाः।।९।।

भूकम्पनादौ दोषे मासत्रयं व्रतबन्धनं निषेधति—क्षितीति ।। बुधाः क्षितिकम्पनकालतो भूकम्पकालात् नभस आकाशात् तारकपातकालतस्तारापतनकालात् अंशुचन्द्रयोश्चन्द्रार्कयोर्ग्रहतो ग्रहणाच्च व्रतं न विदुः अगभिदिन्द्रस्तस्य यामयुगाश्रितं द्विप्रहाराश्रितं मासत्रयं यावदिति।।९।।

भूकम्प काल, आकाश से तारापात काल (उल्कापात) एवं सूर्य-चन्द्र के ग्रहण काल से इन्द्र के दो प्रहर (अर्थात् तीन मास) तक व्रतबन्ध नहीं करना चाहिये।।९।।

केतुदर्शने व्रतबन्धनिषेधः—

प्रथमामररुण्डमूर्तिभृद्गगने केतुरुदेति चेत्तदा।
व्रतकृत्यमसिद्धिलब्धिवत्स्मृतमाहायनमागमाम्बकैः।।१०।।

अथ केतूदये वर्षपर्यन्तं व्रतबन्धनं निषेधति—प्रथमेति। चेद्यदि गगने केतुरुदेति उदयं प्राप्नोति। किम्भूतः केतुः प्रथमामराः पूर्वदेवा दैत्यास्तेषां रुण्डमूर्तिरिव रुण्डमूर्ति विभर्तीति प्रथमामररुण्डमूर्तिभृत् रुण्डशब्दः प्राकृतो रोडबोडवो इति भाषा। तदा आगमाम्बकैर्वेदा एवाम्बकानि नेत्राणि एषां तैर्वेदचतुर्भिर्वेददर्शनैर्वेदपाठकैराहायनम् आङ् मर्यादायां वर्षपर्यन्तं व्रतकृत्यं व्रतकार्यम् असिद्धिलब्धिवत्फललब्धिशून्यं स्मृतम्।।१०।।

दैत्यों के कबन्ध (सिररहित शरीर) का स्वरूप धारण करने वाला केतु यदि आकाश में उदित हो तो एक वर्षपर्यन्त वेद पाठियों द्वारा किये गये व्रतबन्ध सम्बन्धी समस्त कार्य निष्फल होते हैं ।।१०।।

क्षयमासादौ व्रतबन्धनिषेधः—

क्षयमास्यधिमास्यकालजस्तनयित्लूपलपातभागृतौ।
व्रतमेत्य वटुः पुनर्भवेदवकीर्णी च विलुप्तहायने।।११।।

अथ क्षयमासादौ व्रतं निषेधति—क्षयेति। वटुःव्रतमेत्य व्रतबन्धनं प्राप्य पुनरवकीर्णी खण्डितव्रतो भवेत् 'क्षतव्रतोऽवकीर्णी स्यात्' इति हैमः। क्षयमासि अधिमासि अधिकमासे पुनः अकालजः प्रावृट्ऋतुं बिना जातश्चासौ स्तनयित्लुर्मेघश्च तस्योपलपातः करकाणां पातस्तं भजतीति भाक् स चासौ ऋतुश्च तस्मिन् पुनर्विलुप्तहायने यस्मिन् वर्षे बृहस्पतेर्वत्सरे सङ्क्रमणद्वयं स्यात्तल्लुप्तवर्षं तस्मिन्।।११।।

क्षयमास, अधिमास असामयिक (वर्षा ऋतु के बिना) मेघों द्वारा उपलवृष्टि से दूषित ऋतु में तथा लुप्तसंवत्सर (एकवर्ष के अन्दर बृहस्पति द्वारा दो राशियों में संक्रमण) होने पर किया गया वटु का यज्ञोपवीत संस्कार खण्डित हो जाता है तथा पुनः संस्कार की अपेक्षा होती है।।११।।

लुप्ताधिकवर्षयोर्लक्षणम्—

गुरुसङ्क्रमयुग्मवत्समा गदिता सा ननु लुप्तसंज्ञिका।
विबुधैरहिता व्रते तु याऽधिसमा गोष्पतिसङ्क्रमोज्झिता।।१२।।

अथ लुप्ताधिकवर्षलक्षणमाह—गुर्विति। ननु निश्चितं विबुधैः सा समा लुप्तसंज्ञिता प्रोक्ता या गुरुसंक्रमणद्विकयुक्तं वर्षं स्यात्। पुनः साऽधिसमाऽधिवर्षं स्याद्या गोष्पतिसंक्रमोज्झिता गुरुसंक्रमणरहितं वर्षं स्यात्।।१२।।

जिस वर्ष में गुरु की दो सङ्क्रान्तियाँ होती है, उसे लुप्तसंवत्सर कहते हैं तथा जो वर्ष गुरु की संक्रान्ति से रहित होता है। (अर्थात् जिस वर्ष में गुरु की एक भी संक्रान्ति नहीं होती) उसे अधिवर्ष कहते हैं। ये दोनों ही (लुप्त एवं अधिवर्ष) व्रतबन्ध में त्याज्य है।।१२।।

गुरोःशुभाशुभस्थानानि—

स्वमदप्रतिभायधर्मगं धिषणं चातिबलं जगुर्बुधाः।
धनकर्मबलाभियातिगं स्वबलीतार्चमिहर्क्षतो वटोः।।१३।।

अथ राशिगतगुरोः फलमाह—स्वमदेति। इह व्रतबन्धे बुधाः वटोर्धिषणं गुरुं अतिबलं सानुकूलं सुखदं जगुः ऊचुः। चातिफलमित्यपि पाठः। किंभूतं गुरुं ऋक्षतो जन्मराशितः स्वं धनं द्वितीयः २ मदः सप्तमः ७ प्रतिभा विद्या पञ्चमः ५ आय एकादशः ११ धर्मो नवमः ९ एषां द्वन्द्वे एषु राशिषु गतं जन्मराशित एतत्संख्याप्राप्तो गुरुः शुभ इति पुनर्बुधाः घनः प्रथमः १ धाम दशमः १० बलं तृतीयः ३ अभियातिः शत्रुः षष्ठ ६ एषां द्वन्द्व एषु राशिषु गतं गुरुं स्वबलिना निजपूजोपहारेण इता प्राप्ताऽर्चा पूजा येन तं स्वबलीतार्च सानुकूलं जगुः अनुकूलं इति शब्दप्रभेदः।।१३।।

वटु की जन्मराशि से द्वितीय, सप्तम, पञ्चम, एकादश एवं नवम भाव में स्थित गुरु अधिक बलवान (अत्यधिक शुभकारक) होता है तथा प्रथम, दशम, तृतीय एवं षष्ठ भावों में स्थित गुरु पूजा के अनन्तर शुभकारक होता है।।१३।।

तनुतेऽर्चितकोऽप्यरं वटोर्जनिराशेर्हिबुकात्ययान्त्यगः।
धिषणो रशनानिबन्धने वृजिनं दण्डधरार्तिसम्भवम् ।।१४।।

तनुत इति। धिषणो गुरुररमत्यर्थमर्चितकोऽपि पूजितोऽपि वटो रशनाबन्धने मौञ्जिबन्धे वृजिनं वक्रमर्थसामर्थ्याद्दुःखं पापं वा तनुते विस्तारयति। किंभूतो धिषणो जनिराशेर्जन्मराशितो हिबुकं चतुर्थः ४ अत्ययमष्टमः ८ अन्त्यं द्वादशः १२ एषां द्वन्द्वे एतद्राशिगतः किम्भूतं वृजिनं दण्ड धरार्तिसम्भवं यमपीडाजातं 'दण्डधरोऽर्कसूनः' इति हैमः। इति राशिगतगुरुफलम्।।१४।।

वटु की जन्मराशि से चतुर्थ, अष्टम और द्वादश भाव में गया हुआ गुरु पूजा के बाद भी शीघ्र ही यमराज द्वारा प्रदत्त पीडा प्रदान करता है। अर्थात् ४, ५, १२ वें भाव में स्थित गुरु व्रतबन्ध में अनिष्टकर होता है।।१४।।

गुरुदोषपरिहारः—

यदा व्यतीताष्टसमस्य राशेर्वटोरनिष्टो भवतीन्द्रमन्त्री।
तमर्चयित्वा हि तदा विधेया व्रतक्रिया बुद्धिमतां वरिष्ठैः।।१५।।

अथोपेन्द्रवज्रया वयोतिते गुरुपूजामाह—यदेति। यदा व्यतीताष्टमवर्षस्य वटोःराशेः जन्मराशेरिन्द्रमन्त्री अनिष्टो भवति तदा बुद्धिमतां वरिष्ठैर्धीरैः पण्डितैर्व्रतक्रिया हि निश्चितं विधेया कर्त्तव्या किंकृत्वा तं गुरुमर्चयित्वा।।१५।।

जन्म से आठ वर्ष बीत जाने के बाद (यज्ञोपवीत का समय अतिक्रान्त होने पर) वटु की जन्म राशि से अनिष्ट स्थान (४, ८, १२) में यदि इन्द्र मन्त्री गुरु स्थित हो तो श्रेष्ठ विद्वानों को गुरु की पूजाकर व्रतबन्ध की विधि सम्पादित करनी चाहिये।।१५।।

गुरुचन्द्रयोर्विशेषपूजाविधानम्—

सदा सपर्या द्विगुणातिदुष्टे शस्ता गुरावादिभुवामपीन्दौ।
तथा नृपाणां त्रिगुणा विशां सा चतुर्गुणात्मीयबलिक्रियार्हा।।१६।।

अथोपजात्या दुष्टगुरुचन्द्रयोर्विप्रादीनां पूजाधिक्यमाह—सदेति। सदा गुरौ इन्दौ चन्द्रेऽप्यतिदुष्टे सति आदिभुवां द्विजानां द्विगुणा सपर्या पूजा शस्ता प्रोक्ता तदा नृपाणां त्रिगुणा पूजा विशां वैश्यानां सा पूजा चतुर्गुणा किंभूता सपर्या आत्मीयबलिक्रियार्हा निजपूजाविधानयोग्या।।१६।।

गुरु और चन्द्रमा दोनों के अनिष्ट कर होने पर सदैव ब्राह्मणों के लिए द्विगुणित, क्षत्रियों के लिए त्रिगुणित और वैश्यों के लिए चतुर्गुणित पूजा का विधान है। अपनी-अपनी पूजाविधि से तथा अपने विस्तार के अनुसार पूजन करने से शुभ होता है।।१६।।

दुष्टे गुरौ व्रतबन्ध विधानम्—

यदातिदुष्टोऽमरधीसहायो
द्विपारिगो मासि मधौ तिमिस्थे।
तदा दिवानेतिरि वा निबन्धः
षट्कर्मणां स्यात्खलु मेखलायाः।।१७।।

अथ दुष्टगुरौ चैत्रादौ व्रतबन्धमाह—यदेति। यदाऽमरधीसहायो गुरुरतिदुष्टो दुष्टतरो द्विपारिग सिंहराशिगतो भवेत्तदा खलु निश्चितं षट्कर्मणा विप्राणां मेखलाया मौञ्ज्या निबन्धः स्यात्। कस्मिन्मधौ चैत्रे मासि दिवानेतरि सूर्ये तिमिस्थे मीनराशिस्थिते वेति।।१७।।

जब बृहस्पति अत्यन्त अशुभ होकर सिह राशि में स्थित हो तो तब चैत्रमास में मीन राशि में सूर्य के आनेपर ब्राह्मणों को अवश्य मौञ्जीबन्धन (यज्ञोपवीत) संस्कार कर लेना चाहिये।।१७।।

व्रतबन्धे गोचरशुद्धिः—

न गोचरे दृश्यत एव शुद्धिस्तदाष्टवर्गेण विलोकनीया।
यदा व्रतस्योभयतो न मित्रे चैत्रे भवेन्नीरनिकेतनस्थे।।१८।।

अथ व्रतबन्धे गोचरादिशुद्धिमाह—न गोचर इति। यदा गोचरे ग्रहगोचरे व्रतस्योपनयनस्य शुद्धिर्न दृश्यते तदाष्टवर्गेण शुद्धिर्विलोकनीया यदा उभयतो गोचराष्टकवर्गाभ्यां शुद्धिर्न तदा चैत्रे मासे मित्रे सूर्ये सति शुद्धिर्भवेत्। किंभूते सूर्ये नीरनिकेतनस्थे नीरे जले निकेतनं गृहं यस्य स मीनस्तद्राशिस्थिते।।१८।।

व्रतबन्ध हेतु यदि गोचर शुद्धि न मिलती हो तो अष्टकवर्ग से शुद्धि का विचार करना चाहिये। यदि दोनों (गोचर और अष्टकवर्ग) से भी शुद्धि न मिले तो चैत्रमास में मीनस्थ सूर्य में व्रतबन्ध करना चाहिए।।१८।।

व्रतबन्धे आर्षमतम्—

न शक्तिनीने जगदुस्तपस्ये
पराशराद्या रशनानिबन्धम्।
न शुक्रसंज्ञे जितुमाश्रिते च
न पौषमास्यूष्मकरे मृगस्थे।।१९।।

अथात्र ऋषिमतमाह— न शक्तीति। पराशराद्या ऋषयो: रशनानिबन्धं जगदु: कथयामासु: कस्मिन् शक्तिनि मीने इने सूर्ये साति पुनस्तपस्ये फाल्गुने मासे शुक्रसंज्ञे ज्येष्ठमासे पौषमासे पुनर्जितुमाश्रिते मिथुनराशिगते मृगस्थे मकरस्थे चोष्मकरे सूर्ये सति।।१९।।

मीन राशिगत सूर्य फाल्गुन मास में, मिथुन राशिगत सूर्य ज्येष्ठ में तथा मकर राशिगत सूर्य पौष मास में हो तो पराशरादि ऋषियों ने रशना बन्धन (यज्ञोपवीत) का निषेध किया है।।१९।।

आर्षमतान्तरम्—

हंसेऽजगे हारितदेवलादयो
व्रतक्रियारम्भमलं न मेनिरे।
व्यासादयो धर्मविदोऽनिशं व्रतं
वदन्ति तस्मिन्किल माधवाश्रिते ।।२०।।

पुनर्मतान्तरमाह—हंस इति। अलं भृशं हारितदेवलादय ऋषयो व्रतक्रियारम्भं न मेनिरे नाङ्गीचक्रु: कस्मिन् अजगे मेषराशिगते हंसे सूर्ये। किल निश्चितमनिशं निरन्तरं धर्मविदो व्यासादयो व्रतं वदन्ति कस्मिन् तस्मिन्मेषराशिगते सूर्ये किम्भूते तस्मिन्माधवाश्रिते वैशाखमासप्राप्ते।।२०।।

हारित देवल आदि ऋषियों ने मेष राशिगत सूर्य में व्रतक्रिया (व्रतबन्ध) को नहीं स्वीकार किया है, परन्तु धर्म के मर्मज्ञ व्यास ने वैशाखमास में यदि मेष राशि का सूर्य हो तो निरन्तर व्रतबन्ध का विधान बतलाया है ।।२०।।

मासक्रमेण व्रतबन्धफलम्—

व्रतं गिरे मासि तपस्यपि स्या-
च्चिरायुषे फाल्गुनसंज्ञके च।
वैशाखमध्वोरखिलार्थसिद्ध्यै
शुक्रे शुचौ गोऽर्थदरिद्रतायै।।२१।।

अथ माघादौ व्रतबन्धफलमाह— व्रतमिति। अपि निश्चितं तपसि माघे मासि व्रतं गिरे विद्याप्राप्तये स्यात्। च पुन: फाल्गुनसंज्ञके मासि व्रतं चिरायुषे दीर्घजीविताय

स्यात्। पुनर्वैशाखे चैत्रे च व्रतमखिलार्थसिद्ध्यै समस्तपदार्थसिद्धये स्यात्। पुनः शुक्रे ज्येष्ठमासे शुचौ आषाढमासे व्रतं गोऽर्थदरिद्रतायै गौः सरस्वती अर्थो द्रव्यं अनयोर्दरिद्रताऽभावस्तस्यै स्यात्। कस्य वटोरिति शेषः॥२१॥

माघमास में व्रतबन्ध करने से विद्या की प्राप्ति, फाल्गुन में दीर्घायुष्य, वैशाखमास और चैत्रमास में सभी प्रकार की इष्टसिद्धि तथा ज्येष्ठ और अषाढ़ में यज्ञोपवीत करने से विद्या एवं धन दोनों का अभाव होता है।।२१।।

मतान्तरम्—

माघास्यमासामुपवीतकृत्ये
स्यादादृतं षट्कमपि प्रियं न।
तदादिजानामुदितं तदेवाऽ
त्रिणोत्तराशायनगं परेषाम्।।२२।।

अथ मतान्तरमाह—माघेति। आदिजानां विप्राणामुपवीतकृत्ये माघास्यमासां माघप्रमुखमासानां यत् षट्कर्मादृतमङ्गीकृतमपि प्रियं न स्यात्साधारणत्वात् । अत्रिणा ऋषिणा तदेव माघादिषट्कमुत्तराशायनगमुत्तरदिगयनगतमुदितं प्रोक्तं केषां परेषामितरेषां क्षत्रियादीनाम्॥२२॥

माघ आदि छःयासों में उपवीत कर्म विहित होने पर भी सामान्य होने के कारण ब्राह्मणों के लिए श्रेयस्कर नहीं माना है। अत्रि ऋषि ने उत्तरायण सूर्य रहने पर छः मासों में क्षत्रियों के लिए उत्तम बतलाया है।।२२।।

मेखलादिधारणे मतान्तरम्—

मासं वटोरजिनदण्डकमेखलानां
केचिद्बुधा वितरणे वरमामनन्ति।
दर्शावधिं सकलधर्मविदो वदन्ति
मासं च षोडशकलेन्दुवतीविरामम्।।२३।।

अथ वसन्ततिलकया चर्मदण्डमौञ्जीधारणे मतान्तरमाह—मासमिति। केचिद् बुधाः वटोर्माणवकस्याजिनदण्डकमेखलानां चर्मदण्डमौञ्जीनां वितरणे दाने दर्शावधिममावास्यान्तं मासं वरं श्रेष्ठमामनन्ति कथयन्ति॥ च पुनः सकलवेद-विदोऽखण्डवेदपारगाः षोडशकलेन्दुवता समस्तकलायुक्तचन्द्रयुक्ता पूर्णिमा तस्या विरामपर्यन्तं मासं वरं वदन्ति—अजिनेति। यत उक्तं मेखलामजिनं दण्डमुपवीतं च नित्यशः॥ कौपीनं कटिसूत्रं च ब्रह्मचारी तु धारयेत्॥१॥ अग्नीन्धनमधःशय्यां भैक्षचर्यां गुरोर्हितम्' इति॥२३॥

कुछ विद्वान् यज्ञोपवीत में अजिन (मृगचर्म), दण्ड और मेखला धारण करने के लिए अमान्त मास को श्रेष्ठ मानते हैं तथा कुछ विद्वान् षोडशकलाओं से युक्त पूर्णचन्द्रमा में विराम पाने वाले अर्थात् पूर्णान्ति मासों को शुभ मानते हैं ।।२३।।

वसन्तऋतौ व्रतबन्धविधानम्—

सदा वरं काश्यपिकामराणां
मधौ वृतौ मेखलबन्धकर्म्म।
मधौ निदाघे किल बाहुजानां
विशां भवेत्प्रावृषि वा निदाघे।।२४।।

अथोपेन्द्रवज्रया वसन्तादौ विप्रादीनां व्रतबन्धमाह—सदेति। काश्यपी एव काश्यपिका भूमिस्तस्या अमरा देवा विप्रास्तेषां मेखलबन्धकर्म मौञ्जीकार्यं मधौ वसन्ते ऋतौ सदा वरं श्रेष्ठं भवेत् 'काश्यपीपर्वताधारा' इति हैमः।। एवं बाहुजानां क्षत्रियाणां मेखलाकार्यं मधौ बसन्ते निदाघे ग्रीष्मे वा पुनर्विशां वैश्यानां प्रावृषि वर्षाकाले निदाघे ग्रीष्मे वा।।२४।।

भूदेवों (ब्राह्मणों) के लिए वसन्तऋतु में मेखलाबन्ध (यज्ञोपवीत) संस्कार सदैव शुभ होता है। क्षत्रियों के लिए वसन्त एवं ग्रीष्म ऋतुओं को वैश्यों के लिए ग्रीष्म तथा वर्षा ऋतुओं को प्रशस्त माना गया है।।२४।।

शुक्लकृष्णयोर्व्रतबन्धविचारः—

व्रतं सिते सद्भिरुदीरितं वा
राजा भवेत्पञ्चकलावशेषः।
पक्षे सिते यावदपीति ताव-
त्सितेऽसिते त्रैवृणिना प्रदिष्टम्।।२५।।

अथोपजात्या शुक्लकृष्णपक्षयोर्व्रतबन्धं दर्शयति— व्रतेति।। सद्भिर्बुधैः। सिते पक्षे व्रतमुदीरितं प्रोक्तं च पुनर्यावत् पञ्चकलावशेषोऽवशेषपञ्चकलामात्रो राजा चन्द्रो भवेत्तावत्कालं त्रैवृणिना ऋषिणा सितेऽसिते वा पक्षे व्रतं प्रदिष्टं प्रोक्तम्।।२५।।

शुक्लपक्ष में व्रतबन्ध को सभी विद्वानों ने प्रशस्त माना है तथा चन्द्रमा जबतक ५ कला मात्र शेष रहे, तब तक शुक्लपक्ष और कृष्णपक्ष दोनों में ऋषियों ने व्रतबन्ध का विधान बताया है, अर्थात् अमावस्या से ४ दिन पूर्व और ४ दिन बाद तक व्रतबन्ध निषिद्ध है।।२५।।

व्रतबन्धे गलग्रहदोषः—

रिक्तात्रये निस्तृतीयाजयाढ्ये
ससप्तमीपक्षतिपूर्णिमासे।
गलग्रहः स्यात्तमपास्य शङ्खो-
व्रते सदाहोभयचान्द्रपक्षौ।।२६।।

अथ व्रतबन्धे गलग्रहं निषेधति—रिक्तेति ।। सदा निरन्तरं गलग्रहः स्यात्। कस्मिन् रिक्तात्रये चतुर्थीनवमीचतुर्दशीतिथौ किम्भूते रिक्तात्रये निस्तृतीयाजयाढ्ये तृतीयां विनाष्टमीत्रयोदशीयुक्ते पुनः किम्भूते रिक्तात्रये ससप्तमीपक्षतिपूर्णिमासे सप्तमी प्रतिपत्

पूर्णिमाऽमावास्याभिः सह वर्तते यत्तत्तस्मिन् सदा शङ्खो मुनिस्तं गलग्रहमापास्य हित्वा व्रते उभयचान्द्रपक्षौ शुक्लकृष्णचान्द्रपक्षौ आह वदति॥२६॥

तीनों रिक्ता (४, ९, १४) तिथियों में, तृतीया से रहित जया (८, १३) तिथियों में तथा सप्तमी, प्रतिपदा, पूर्णिमा और अमावस्या तिथियों में सदैव गलग्रह नामक दोष होता है। शङ्ख मुनि ने गलग्रह तिथियों को छोड़कर शेष तिथियों में दोनों चान्द्र (शुक्ल और कृष्ण) पक्षों में व्रतबन्ध करने के लिए बतलाया है ।।२६।।

व्रतबन्धे शुभतिथयः—

घस्रा दिगीशोष्विनषट्त्र्यभिन्नाः
शस्ता व्रते चेह सदादिपक्षे।
कार्ष्णा मिता द्व्यक्षदिगङ्गरामै-
रनेकपक्षेष्वविरुद्धमेतत्।।२७।।

अथ व्रतबन्धे दशम्यादितिथीन् दर्शयति—घस्रा इति॥ सदा निरन्तरमिहव्रते आदिपक्षे शुक्लपक्षे घस्राः दिवसाः शस्ताः प्रोक्ताः। किम्भूता घस्राः दिग् १० दश ईशा एकादश ११ इषवः पञ्च ५ इना द्वादश १२ षट् ६ त्रयः ३ एषां द्वन्द्वे एभिरभिन्नास्तुल्याः दशम्यैकादशीपञ्चमीद्वादशीषष्ठीतृतीयातिथय इति पुनः कार्ष्णा कृष्णपक्षभवाः घस्राः शस्ताः। किम्भूता घस्राः द्व्य २ क्ष ५ दि १० गङ्ग ६ रामै ३ र्मिताः द्वितीया पञ्चमी षष्ठी तृतीया इति। अनेकपक्षेषु बहुऋषिमतेषु एतदुक्तमविरुद्धं सर्वेषां सन्मतमिति॥२७॥

व्रतबन्ध में 'विहित मासों की शुक्लपक्ष की १०, ११, ५, १२, ६, ३ तिथियाँ तथा कृष्णपक्ष की २, ५, १०, ६, ३ तिथियाँ सदा शुभ होती हैं। अन्य आचार्यों के मत से भी इनका निषेध नहीं किया गया है, अर्थात् सभी आचार्यों ने उक्त तिथियों को शुभ माना है।।२७।।

व्रतबन्धे भद्रादीनां निषेधः—

भवोद्भवायामयनर्तुसन्ध्यो-
र्गलग्रहे पर्वणि मन्दवारे।
क्रान्त्योः समत्वेंऽशुमदृक्षभर्त्रो-
र्व्रतं वटोरत्ययदं कुयोगे।।२८।।

अथ व्रतबन्धे विष्ट्यादीन् निषेधति—भवोद्भवायेति॥ व्रतं वटोरत्ययदं मृत्युदं स्यात्। कस्मात् भवादीश्वरादुद्भवो यस्याः सा भद्रा तस्यां पुनरयनर्तुसन्ध्योः अयनसन्धौ ऋतुसन्धौ पुनर्गलग्रहे पुनः पर्वणि पुनर्मन्दवारे पुनरंशुमदृशभर्त्रोः अंशुमांश्च ऋक्षभर्ता च तयोः सूर्यचन्द्रयोः क्रान्त्योः समत्वे पुनः कुयोगे॥२८॥

शिव के शरीर से उत्पन्न भद्रा में, अयन और ऋतुओं की सन्धियों में गलग्रह योगों में, अमावास्यादि पर्व संज्ञक तिथियों में, शनिवार में, सूर्य और चन्द्रमा के क्रान्ति साम्य में तथा कुयोगों में वटु का यज्ञोपवीत अनिष्टकारक होता है।।२८।।

वेदानां स्वामिनः—

गुरूशनोऽङ्गारकराजपुत्रा
ज्ञेयाः क्रमेणागमपाः प्रवीणैः।
निजागमेशाहनि मेखलाया
बन्धस्तदाचारकरो निरुक्तः।।२९।।

अथ वेदस्वामिन आह— गुर्विति।। प्रवीणैः पण्डितैः क्रमेण गुर्वादय आगमपा ज्ञेयाः।। ऋग्वेदस्य गुरुः स्वामी यजुषः शुक्रः साम्नो भौमः अथर्वणो बुध इति वेदपाः।। मेखलाया बन्धस्तदाचारकरस्तेषां विप्रादीनामाचारकृदुक्तः कस्मिन् निजागमेशाहनि निजनिजवेदपतिदिवसे।।२९।।

बृहस्पति, शुक्र, मङ्गल और बुध को विद्वानों ने क्रम से ऋग्, यजुः, साम, अथर्व वेदों का स्वामी बतलाया है अर्थात् ऋग्वेद का स्वामी बृहस्पति, यजुर्वेद का स्वामी शुक्र, सामवेद का मंगल तथा अथर्ववेद का स्वामी बुध होता है। वेद के अनुसार आचरण करने वाले ब्राह्मणादि वर्णों को अपने-अपने वेद के दिवसों में व्रतबन्ध करना चाहिये।।२९।।

ग्रहैः वर्णज्ञानम्—

द्विजौ हरीज्यास्फुजितौ च राजावारांशुमन्तौ विडथोषधीशः।
स्ववर्णखेटाह्न्युपवीतकर्म स्वधर्मदं वै तदसम्भवत्वात्।।३०।।

अथ गुर्वादीनां वर्णसंज्ञामाह—द्विजा इति।। हरीज्यः इन्द्रपूज्यो गुरुश्च आस्फुजिच्छुक्रश्च तौ द्विजो विप्रौ स्तः। च पुनरारांशुमन्तौ आरश्च अंशुमांश्च तौ भौमसूर्यौ राजौ क्षत्रियौ स्तः। राट् राजौ इति द्विवचनम्।। अथ पुनरोषधीशश्चन्द्रो विट् वैश्यः स्यात्। वै निश्चितं स्ववर्णखेटाह्नि निजवर्णग्रहदिने उपवीतकर्म स्वधर्मदं स्यात्। यथा विप्राणां विप्रसंज्ञगुरुशुक्रदिने व्रतकार्यं निजधर्मदं स्यात्। पुनस्तदसम्भवत्वात्तयोर्विप्रादि-वर्णयोगस्याभावात् किंकर्तव्यं तदाह अग्रेतनकाव्ये।।३०।।

बृहस्पति और शुक्र का ब्राह्मण, मंगल और सूर्य का क्षत्रिय तथा चन्द्रमा का वैश्य वर्ण होता है। अपने-अपने वर्णग्रहों के दिनों में व्रतबन्ध करना अपने कुलधर्म की वृद्धि करने वाला होता है। (वर्णानुसार दिन उपलब्ध न होने पर विधि आगे बतला रहे है)।।३०।।

सर्वागमेष्वर्कगुरूशनोब्जा
व्रतार्थदाः स्युस्त्वथ सामगानाम्।
राज्ञां धराभूर्विदथर्वगानां
तत्सिद्धिदश्चोरुभुवामिह स्यात्।।३१।।

सर्वेति। सर्वागमेषु अर्कः गुरुः उशनाः शुक्रः अब्जश्चन्द्र एते व्रतार्थदाः व्रतेऽर्थदायकाः स्युः।। अथ तु पुनः सामगानां सामवेदानुगामिनां राज्ञां क्षत्रियाणां धराभूर्भौमस्तत्सिद्धिवदस्तस्य

व्रतस्य सिद्धिदायकः स्यात्। च पुनरेवमिह उरुभुवां दैश्यानां विद् बुधस्तत्सिद्धिदःस्यात्। किम्भूतानां वैश्यानामथर्वगानामथर्ववेदानुगानामिति।।३१।।

(पूर्वोक्त श्लोक में बताये गये दिवसों के अभाव में)- सभी (चारों) वेदों के अनुयायियों के लिए सूर्य, बृहस्पति, शुक्र और चन्द्रमा के दिन व्रतबन्ध में सिद्धिदायक होते हैं। सामवेदी क्षत्रियों के लिए मंगल तथा अथर्ववेदी वैश्यों के लिए बुधवार प्रशस्त होता है।।३१।।

ऋग्वेदव्रतनक्षत्राणि—

विषविषाभरणाहिभगोष्मकृन्निर्ऋतिमारुतमारमणोड्षु।
ससुरवर्द्धकिभेषु भवेद्वटोर्व्रतमृचो विधये श्रुतिकर्मणः।।३२।।

अथ द्रुतविलम्बितेन ऋग्वेदव्रतनक्षत्राण्याह—विषेति। श्रुतिकर्मणो वेदकार्यस्य वटोर्माणवकस्य ऋचो विधये ऋग्वेदविधानाय व्रतं भवेत्। केषु विषं जलं पूर्वाषाढा विषाभरणः कण्ठे काल आर्द्रा अहिराश्लेषा भगः पूर्वाफाल्गुनी ऊष्मकृत्सूर्यो हस्तः निर्ऋतिर्मूलं मारुतः स्वाती मा लक्ष्मीस्तस्या रमणो विष्णुः श्रवण एषां द्वन्द्वे एतदुडुषु किम्भूतेष्वेषु सुरवर्द्धकिर्देवसूत्रधारस्तस्य भं चित्रा तेन सह वर्तते यानि तानि ससुरवर्द्धकिभानि तेषु 'विषं जले क्ष्वेडे' इति हैमः।।३२।।

वैदिक कार्यों के निमित्त वटु का ऋचाविधान (वेदव्रत), यज्ञोपवीत, ऋग्वेदारम्भ विष (पूर्वाषाढा), विषाभरण (आर्द्रा), आश्लेषा, पूर्वाफल्गुनि, हस्त, मूल, स्वाती, (लक्ष्मीपति का नक्षत्र) श्रवण तथा चित्रा नक्षत्रों में प्रशस्त होता है ।।३२।।

यजुर्वेदव्रतनक्षत्राणि—

अलमलोललघुत्रिदशेन्द्रसूर्भगहिमांशुहिमांशुमृगीदृशः।
ननु वटोर्यजुषो व्रतबन्धने मुनिवरैरुदिताः श्रुतिपारगैः।।३३।।

अथ यजुर्वेदव्रतनक्षत्राण्याह—अलमिति ।। ननु निश्चितमलमित्यवधारणे श्रुतिपारगैः वेदपारप्राप्तैर्मुनिवरैर्वटोर्यजुषो व्रतबन्धनेऽलोलादितारा उदिताः प्रोक्ताः। अलोलानि स्थिरसंज्ञानि लघुभानि त्रिदशेन्द्रसूः सुरपतिमाताऽदिति पुनर्वसुः भगः पूर्वाफाल्गुनी हिमांशुश्चन्द्रो मृगशीर्ष एषां द्वन्द्वे एषां हिमांशुमृगिदृशश्चन्द्रभार्यास्तारा इत्यर्थः।।३३।।

वटु के यजुर्वेदीय व्रतबन्ध में वेदों के मर्मज्ञ मुनियों ने निश्चयपूर्वक स्थिर संज्ञक (तीनों उत्तरा, रोहिणी), लघुसंज्ञक (हस्त, अश्विनी, पुष्य), देवमाता अदिति के नक्षत्र पुनर्वसु, पूर्वाफाल्गुनि तथा मृगशिरा नक्षत्रों को प्रशस्त बतलाया है।।३३।।

सामवेदव्रतनक्षत्राणि—

प्रथमभासुरवैरिविभूतिभृद्धिषणभोत्तरभेनवसूडुषु।
ननु समेत्य हि सामवटुर्व्रतं श्रुतिरसं श्रुतिसम्भवमश्नुते।।३४।।

अथ सामवेदव्रतनक्षत्राण्याह—प्रथमेति।। हि युक्तं सामवटुः सामवेदाध्ययनार्थी वटुः प्रथमभादिभेषु व्रतमेत्य प्राप्य सततं निरन्तरं श्रुतिरसं कर्णपुटस्वादमश्नुते प्राप्नोति।।

प्रथमभं अश्विनी असुरवैरीविष्णुः श्रवणः विभूति भस्म बिभर्ति इति विभूतिभृत् शिव आर्द्रा धिषणो गुरुस्तद्भं पुष्यः उत्तरभानि उत्तरात्रयं इनः सूर्यो हस्तः बसवो धनिष्ठा एषां द्वन्द्वे उडुषु। किम्भूतं श्रुतिरसं श्रुतिसम्भवं वेदघोषसञ्जातम्।।३४।।

सामवेदीय वटु का वेदव्रत (वेदारम्भ, व्रतबन्ध) अश्विनी, श्रवण, आर्द्रा, पुष्य, तीनों उत्तरा, हस्त एवं धनिष्ठा नक्षत्रों में करने से वेद पाठ से उत्पन्न ध्वनि वटु के कानों को आनन्द प्रदान करती हैं, अर्थात् उक्त नक्षत्रों में उपनीत वटु रुचि से वेदाध्ययन करता है।।३४।।

अथर्ववेदव्रतनक्षत्राणि—

बलनिषूदनजिद्रथकाश्यपी-
श्वसनमित्रसवित्रिनवैद्यभैः।
सवसुभामरवर्द्धकिभैः स्मृतं
व्रतमथर्ववटौ पटुबुद्धिभिः।।३५।।

अथाथर्ववेदव्रते नक्षत्राण्याह—बलेति। पदुबुद्धिभिरथर्ववटौ अथर्ववेदमाणवके व्रतं स्मृतं कथितं कैः बलनिषूदनः इन्द्रस्तं जितवान् इति तज्जिद्गरुडः 'वज्रिजिद्व्रजतुण्ड, इत्यभिधानचिन्तामणिवचनात् ।। स एव रथो यस्य तेन रमते वा इति बलनिषूदनजिद्रथो विष्णुस्तस्य भं श्रवणः काश्यपी अदितिः पुनर्वसुः श्वसनोऽनिलः स्वाती मित्रोऽनुराधा सविता सूर्यो हस्तः इन वैद्यौ इनः सूर्यस्तस्यापि देवत्वात्तद् वैद्यो अश्विनी एषां द्वन्द्वे एभिः किम्भूतैः सवाश्विति। वसुभं धनिष्ठा अमरवर्द्धकिभं चित्रा आभ्यां सह वर्तते यानि तानि तैः।।३५।।

विद्वान् आचार्यों ने सामवेदीय वटु के वेदव्रत हेतु (बलनिषूदन इन्द्र को जीतने वाले गरुड हैं रथ जिसके अर्थात् विष्णु का नक्षत्र) श्रवण, पुनर्वसु, स्वाती, अनुराधा, हस्त, अश्विनी, धनिष्ठा तथा चित्रा नक्षत्रों को बतलाया है।।३५।।

वेदव्रते मतान्तराणि—

मुक्त्वादिभं क्वचिदिहादृतमान्त्यमैत्रे-
ऽथो वादृते व्रतविधौ यजुषां च साम्नाम्।
नाङ्गीकृतं त्रिदशदोषविदृक्षमान्त्यो-
पान्त्यर्क्षमादृतमृचामसदस्त्यपीति।।३६।।

अथ बसन्ततिलकेन मतान्तरमाह—मुक्त्वेति। अपि निश्चितमिति असत् अस्ति इतीति किं तदाह यजुषां साम्नां च वेदानां व्रतविधौ इह नक्षत्रेषु क्वचिदान्त्यमैत्रे रेवत्यनुराधे मुक्त्वा आदिभमश्विनी आदृतं क्वचिदादिभं मुक्त्वा आन्त्यमैत्रे आदृते। अथो वा ऋचां वेदानां व्रतविधौ त्रिदशदोषविदृक्षं देवदोषज्ञनक्षत्रमश्विनी नाङ्गीकृतं क्वचित् आन्त्योपान्त्यर्क्षं उत्तराभाद्रपदाऽङ्गीकृतामिति। आन्त्यमैत्रेऽथो वा इत्यत्र एकारान्तद्विवचनान्ते सन्धिकार्यं केषाञ्चिन्मताश्रितत्वाद्भवत्येव। यतो बृहद्धतौ केचिन्मणी वेत्यादौ असन्धिप्रतिषेधं वर्णयन्ति तदयुक्तं वशब्देनोपमार्थेन सिद्धत्वात्। मणि इवोद्भिन्नमनोहरत्विषावित्यादावसन्धिदर्शनाच्च।

अन्ये तु यथादर्शनं सन्धिमसन्धिं वेच्छन्ति मणि इव दम्पतीव रोदसीव मणीवेति हेमसूरिभिः स्वयं नाङ्गीकृतं मताश्रितं तु दर्शितं च सन्धिकार्यम् अतो वक्ष्यमाणाधिकारेऽपि ज्ञेयम्।।३६।।

यजुर्वेदीय और सामवेदीय वेदव्रत में कहीं-कहीं अश्विनी नक्षत्र को छोड़कर रेवती और अनुराधा का ग्रहण किया है तथा कहीं-कहीं रेवती और अनुराधा को छोड़कर अश्विनी का ग्रहण किया गया है। (ऋग्वेदीय) वेदव्रत में कहीं-कहीं अश्विनी नक्षत्र को ग्रहण न कर रेवती और उत्तराभाद्र का ग्रहण किया गया है जो अनुचित है।।३६।।

पुनः मतान्तरम्—

पौष्णेन्दिरारमणकैरविणीशगन्ध-
वाहाख्यवस्वमरवर्द्धकिभेषु केचित्।
आहुर्व्रतं सकलवेदविभेदगानां
ब्रध्नेज्यभादिभयुतेषु धरामराणाम्।।३७।।

पुनर्मतान्तरमाह—पौष्णेति। केचिद्बुधाः सकलवेदविभेदगानां सर्ववेदभेदानुगामीनां धरामराणां विप्राणां पौष्णादिभेषु व्रतमाहुः। पौष्णं रेवती इन्दिरा लक्ष्मीस्तस्या रमणो विष्णुः श्रवणः कैरविणीशश्चन्द्रो मृगशीर्षः गन्धवहाख्यो वायुः स्वाती वसवो धनिष्ठाऽमरवर्द्धकिभं चित्रा एषां द्वन्द्वे। एषु किम्भूतेषु ब्रध्नो रविर्हस्तः ईज्यभं पुष्यः आदिभमश्विनी एषां द्वन्द्वे एभिर्युतेषु।।३७।।

कुछ आचार्यों के मत से सभी वेदविभागों (चारों वेदों) के अनुयायी ब्राह्मणों के वेदव्रत हेतु रेवती, श्रवण, मृगशीर्ष, स्वाती, धनिष्ठा, चित्रा, हस्त, पुष्य और अश्विनी नक्षत्र प्रशस्त हैं।।३७।।

वेदाधिपस्यास्तंगते व्रतबन्धनिषेधः—

सनिजवेदविभुन्यथ न व्रतं
भधवमण्डलखण्डनमण्डले।
पणफरालयतत्परभावगे
धनगृहान्निजवेदविभौ भवेत्।।३८।।

अथ द्रुतविलम्बितेनास्तंगते वेदविभौ तनुभावादिगते च व्रतं निषेधति स निजेति।। भधवो नक्षत्रस्वामी चन्द्रस्तस्य मण्डलस्य खण्डनः सूर्यस्तस्य मण्डले भधवमण्डलखण्डन-मण्डले सूर्यमण्डले किम्भूते सनिजवेदविभूनि जिन निजवेदस्वामिना सह वर्तते यत्र तस्मिन् स्ववेदविभौ अस्तंगते सति व्रतं न स्यादित्यर्थः। वेदविभावथेति पाठोऽपि त्रिलिङ्गत्वाद्युक्तः।। अथ पुनर्धनगृहात्तनुभवनतः पणफरालयतत्परभावगे निजवेदविभौ सति व्रतं न भवेत्।। द्वितीय २ पञ्चम ५ अष्टमे ८ कादश ११ भावानां पणफरालयसंज्ञा इति तत्पर-भावस्तेभ्यः पणफरालयेभ्यः परा अग्रेतना भावास्तृतीय ३ षष्ठ ६ नवम ९ द्वादशा १२ आपो-क्लिमसंज्ञा इति बृहज्जातके प्रोक्तम्।। पणफरालयाश्च तत्पर भावाश्च ते तेषु गते इति।।३८।।

नक्षत्र मण्डल को खण्डित (निस्तेज) करने वाले सूर्य के मण्डल में अपने वेद के स्वामी ग्रह के प्रविष्ट होने पर (अर्थात् अस्तंगत होने पर) तथा लग्न से पणफर (२, ५, ८, ११) भावों में स्थित होने पर व्रतबन्ध नहीं करना चाहिये।।३८।।

लग्नादिभावगतवेदेशफलम्—

सपुरपुष्करकर्ममदैकभः
श्रुतिपतिः कुरुते व्रतकामिनम्।
व्रतविलब्धकलं च निजस्तनोः
सुमतिलब्धभुजं मतिलब्धिगः।।३९।।

अथ तनुभावादिगतवेदपतेः फलं वर्णयति—सपुरेति। निजः श्रुतिपतिर्वेदस्वामी व्रतकामिनं व्रतेच्छुं वटुं व्रतविलब्धकलं व्रतात् विशेषेण लब्धाः प्राप्ताः कला ज्ञानरूपा येन स तं एवं विधं कुरुते। विलब्धफलमिति पाठः विभूषफलमित्यपि पाठः। किं विशिष्टः श्रुतिपतिः तनोः प्रथमभवनात् सपुरपुष्करकर्ममदैकभः पुरं शरीरं प्रथम १ पुष्करं जलपर्यायत्वाच्चतुर्थ ४ कर्म दशमं १० मदः सप्तमं ७ एषां मध्ये एकभेन एकतरतात्कालिकमलग्नराशिना सह वर्तते यः स च पुनर्मतिलब्धिगः पञ्चमभवनतो निजः श्रुतिपतिः सुमतिलब्धभुजं नरं कुरुते शुभमत्या लब्धं यद्व्रतादि तद् भुनक्तीति सुमतिलब्धभुक् तम्।।३९।।

अपने वेद के स्वामी यदि लग्न से प्रथम, चतुर्थ, दशम और सप्तम भावों में से किसी एक में हों तो व्रतेच्छु वटु को व्रतजन्य विशेष ज्ञान की प्राप्ति होती है। यदि पञ्चम भाव में गया हो तो सद्बुद्धि का उपभोग करने वाला (अत्यन्त बुद्धिमान) होता है।।३९।।

व्रते गुरुशुक्रादीनां फलम्—

अनिमिषानिमिषद्विषदर्चितौ
द्विषदगारगतौ विरतिप्रदौ।
श्रुतिपवर्णविभू च निजौ तु वा
विरतिगावपि तौ विरतिप्रदौ।।४०।।

अथ व्रते गुरुशुक्रयोर्वेदवर्णस्वामिनोश्च फलमाह—अनिमिषेति।। द्विषदगारगतौ षष्ठभावस्थितौ अनिमिषा देवाः अनिमिषद्विषन्तो दैत्याः अनयोर्द्वन्द्वे एभिरर्चितौ पूजितौ गुरुशुक्रौ विरतिप्रदौ मृत्युदायकौ भवेताम्। वा तु पुनः निजौ श्रुतिवर्णविभू वेदस्वामिवर्ण-स्वामिनो विरतिगौ अष्टमभावस्थितौ तदा विरतिप्रदौ मृत्युदायकौ स्तः।। तु पुनस्तावपि गुरुशुक्रावपि विरतिगौ मृत्युदौ स्तः।।४०।।

देवगुरु बृहस्पति और दैत्य गुरु शुक्र दोनों शत्रु (६) भाव में स्थित हों तो मृत्युदायक होते हैं। अपने वेद एवं वर्ण के स्वामी ग्रह यदि अष्टम भाव में गये हों तो वे भी मृत्युकारक होते हैं।।४०।।

गुरु-शुक्र-चन्द्राणां फलम्—

कुलिशभृत्सचिवे घनगे सिते मतितपोऽनुगते भधवेऽथवा।
कविलवेऽखिलतर्कचरो भवेच्छ्रुतिपथि द्रुहिणाद्यनुगे व्रती।।४१।।

अथ व्रते गुरुशुक्रचन्द्राणां शुभफलमाह—कुलिशेति।। व्रते मौञ्ज्यादिधारक: श्रुतिपथि वेदमार्गेऽखिलतर्कचर: समस्तवेदविचारगामी भवेत् । किम्भूते श्रुतिपथि द्रुहिणाद्यनुगे ब्रह्मादिदेववानुगामिनि कस्मिन् कुलिशभृदिन्द्रस्तस्य सचिवे गुरौ घनगे तनुभावगे सति पुन: सिते शुक्रे मतितपोनुगते पञ्चमनवमभावगे भधवे चन्द्रे अथवा कविलवे शुक्रनवांशे सति।।४१।।

इन्द्रमन्त्री गुरु लग्न में तथा शुक्र पञ्चम या नवम भाव में चन्द्रमा अथवा शुक्र के नवमांश में हो तो वटु (उपनीत ब्रह्मचारी) वैदिक मार्ग का अनुसरण करने वाला समस्त आगम और तर्कशास्त्र का ज्ञाता होता है।।४१।।

सूर्यादीनां नवमांशफलम्—

भगलवेऽथ कृशोऽब्जलवे जड:
कुजलवे कुमना ज्ञलवे बुध:।
धिषणधिष्ण्यलवेऽध्वरकृद्वटु-
र्भवति मातृमुखो हरिजांशके।।४२।।

अथ व्रते सूर्याद्यंशानां फलमाह—भगेति।। वटुर्भगलवे सूर्यनवांशे कृशो दुर्बलो भवति। एवमब्जलवे चन्द्रांशे जडो मूर्ख: कुजलवे भौमांशे कुमना विमनस्क: ज्ञलवे बुधनवांशे बुध: पण्डित: धिषणधिष्ण्यलवे गुरुशुक्रनवांशेऽध्वरकृत् यज्ञकर्ता हरि: सूर्यस्तस्माज्जायते इति तज्ज: शनिस्तस्य नवांशे मातृमुखो मूर्ख इति ।।४२।।

सूर्य के नवमांश में व्रतबन्ध हो तो वटु कृश (दुर्बल), चन्द्रमा के नवमांश में हो तो मूर्ख, मंगल के नवमांश में कुत्सित विचारों वाला (अन्यमनस्क), बुध के नवमांश में बुद्धिमान, बृहस्पति और शुक्र के नवमांश में वटु यज्ञ करने वाला तथा शनि के नवमांश में यज्ञोपवीत हो तो मूर्ख होता है ।।४२।।

क्रूरग्रहयुतगुरुचन्द्राणां फलम्—

प्रथमदेवपुरोधसि वा गुरौ
द्विजविभावसदन्वितमण्डले।
अहितकालकुले कुलकालकृ-
द्भवति दण्डयसदंशगतेऽपि च।।४३।।

अथ व्रते क्रूरग्रहयुक्तशुक्रगुरुचन्द्राणां फलमाह—प्रथमेति । दण्डी व्रती कुलकालकृत् अन्वयनाशको भवति कस्मिन् प्रथमदेवा दैत्यास्तेषां पुरोधसि शुक्रे वा गुरौ वा द्विजविभौ चन्द्रे वाऽसदन्वितमण्डले दुष्टग्रहयुक्तमण्डले सति पुनरहितकालकुले षष्ठाष्टमगते चैतत्त्रये असदंशगते पापग्रहनवांशगते सति।।४३।।

शुक्र, गुरु और चन्द्रमा यदि पापग्रहों के मण्डल में हों तथा लग्न से छठें, आठवें भाव में स्थित हों अथवा पापग्रहों के अंश में हों तो ऐसे योग में उपनीत वटु कुल का नाश करने वाला होता है।।४३।।

केन्द्रस्थग्रहाणां फलम्—

खरघृणावनुजीव्यचलाभृतः शशिनि कण्टकगे कृषिको वटुः।
कुभुवि शस्त्र्यतिविद्य इहैन्दवेऽमरपुरोधसि भूरिगुणार्थभुक्।।४४।।

अथ काव्यद्वयेन व्रते केन्द्रगतसूर्यादीनां फलमाह—खरेति।। इह लग्ने वटुः खरघृणौ सूर्ये कण्टकगे १।४।७।१० सति अचलाभृतो नृपस्यानुजीवी सेवको भवति। एवं शशिनि चन्द्रे कण्टकरो कृषिको हलकर्मकारकः पुनःकुभुवि भौमे कण्टकगे शस्त्री शस्त्रायुधः पुनरैन्दवे बुधे कण्टकगेऽतिविद्यो बहुविद्यायुक्तः पुनरमरपुरोधसि गुरौ कण्टकगे भूरिगुणार्थभुक् बहुकीर्तिद्रव्यभोक्ता भवतीति।।४४।।

तीक्ष्णांशु सूर्य यदि केन्द्र में हो तो राज सेवा से युक्त होता है, चन्द्रमा केन्द्र में हो तो कृषक, मंगल केन्द्र में हो तो शस्त्रधारण करने वाला सैनिक, बुध हो तो अत्यन्त विद्वान् तथा गुरु केन्द्र में हो तो विविध गुणों से युक्त होता है।।४४।।

दितिजबुद्धिसहायनभश्चरे चरति तत्र वटुर्व्रतलब्धितः।
वृषमखादिकमेति न किं शुभं तरणिजे च जनङ्गमसङ्गकृत्।।४५।।

दितिजेति ।। व्रतलब्धितो व्रतप्राप्तकालात् वटुर्वृषमखादिकं धर्मज्ञादिकं शुभं किं न एति प्राप्नोति। कस्मिन् तत्र कण्टके दितिजबुद्धिसहायनभश्चरे शुक्रग्रहे चरम् तस्मिन् चरति गच्छति सति च पुनर्वटुर्जनङ्गमसङ्गकृत् चाण्डालसङ्गकारी भवेत् कस्मिन् तरणिजे शनौ कण्टकगे सति।। दिवाकीर्तिजनङ्गमा' इति हैमः ।।४५।।

दैत्यमन्त्री शुक्र ग्रह यदि केन्द्र में हो तो उपनीत वटु धर्मकृत्य यज्ञ आदि करने वाला होता है। यदि केन्द्र में सूर्य पुत्र शनि हो तो वटु कुसङ्गति करने वाला होता है।।४५।।

उपचयगतग्रहाणां फलम्—

सदितराम्बरपान्थचतुष्टयं खलु विखोपचयर्क्षकृताश्रयम्।
सदुपकारफलं व्रतबन्धने किल करोत्यथ वर्णिनि सूदयम्।।४६।।

अथ व्रते उपचयगतदुष्टग्रहाणां फलमाह—सदितरेति।। सदितराम्बरपान्थचतुष्टयं सद्भ्यः शुभग्रहेभ्य इतरे अन्येऽम्बरपान्था दुष्टग्रहा रविभौमशनिक्षीणचन्द्राः एषां चतुष्टयं कर्तृपदं वर्णिनि ब्रह्मचारिणि व्रतबन्धने सदुपकारफलं सज्जनानामुपकारफलं करोति किंविशिष्टं चतुष्टयं विखोपचयर्क्षकृताश्रयं विगतं खं दशमं येभ्यस्तानि एवं विधानि उपचयर्क्षाणि तृतीय ३ षष्ठे ३ एकादश ११ भवनानि तेषु कृत आश्रयो येन तत्।। पुनः किंविशिष्टं सूदयं शुभोदयम्।।४६।।

व्रतबन्ध के समय चारो शुभेतर (अर्थात् चार पापग्रह, सूर्य, क्षीणचन्द्र, मंगल और शनि) दशम भाव को छोड़कर शेष उपचय (३, ६, ११) भावों में स्थित हों तो बटु को सदुपकार रूपी फल प्रदान करने वाले तथा शुभकर्मों का उदय करने वाले होते हैं।।४६।।

यज्ञोपवीतधारणे दिनविभागफलम्—

ब्रह्मसूत्रधृतिरुत्तमोदयादुष्मगोः क्षणचतुष्टये वटोः।
मध्यमा च तदहर्दलावधि स्यादतः क्षणचतुष्टयेऽधमा।।४७।।

अथ रथोद्धताछन्दसा यज्ञसूत्रधारणे दिनविभागफलं काव्यद्वयेनाह— ब्रह्मेति। उष्णगोः सूर्यस्योदयात्प्रभातात् क्षणचतुष्टये मुहूर्तचतुष्के वटोर्ब्रह्मसूत्रधृतिर्यज्ञसूत्रधारणमुत्तमा श्रेष्ठा च पुनरेवं तदहर्दलावधि तस्मात् क्षणचतुष्टयात्परमहर्दलावधि मध्याह्नपर्यन्तं ब्रह्मसूत्रधृतिर्मध्यमा पुनरतो मध्याह्नतः परं क्षणचतुष्टयेऽधमा॥४७॥

सूर्योदय से ४ मुहूर्त पर्यन्त वटु द्वारा यज्ञोपवीत (ब्रह्मसूत्र) धारण करना उत्तम, ४ मुहूर्त के अनन्तर मध्याह्न पर्यन्त मध्यम, मध्याह्नोत्तर ४ मुहूर्त पर्यन्त अधम फल दायक होता है।।४७।।

व्रतबन्धे विशेषः—

सेतशेषदिवसाधमाधमा गर्हिता व्रतविधौ तु वर्णिनः।
उत्तमावनिसुरस्य वा हिता मध्यमाऽवनिभुजोऽधमा विशः।।४८।।

सेतेति॥ सा ब्रह्मसूत्रधृतिः इतः प्राप्तः शेषदिवसौ यया सा इतशेषदिवसा एवं विधाऽधमा उक्ता सा तु पुनर्वर्णिनो ब्रह्मचारिणो व्रतविधौ गर्हिता वाऽथवा अवनिसुरस्य विप्रस्य उत्तमा हिता हितकारिणी पुनरवनिभुजः क्षत्रियस्य मध्यगा श्रेष्ठा पुनर्विशो वैश्यस्याऽधमा श्रेष्ठा 'उपवीतं यज्ञसूत्रम्' इति हैमः॥४८॥

उक्त ४-४ मुहूर्त्तों में यज्ञोपवीत धारण के लिये जो अधम मुहूर्त्त बताये गये हैं, उनमें ब्रह्मचारी का व्रतबन्ध निन्दित होता है अथवा ब्राह्मणों के लिए उत्तम मुहूर्त्त में (सूर्योदय से ४ मुहूर्त पर्यन्त), क्षत्रियों को मध्यम मुहूर्त्त में (मध्याह्न पर्यन्त) तथा वैश्यों को अधम मुहूर्त में (मध्याह्नोत्तर) यज्ञोपवीत धारण कराना हितकर होता है।।४८।।

मतान्तरम्—

कश्चिदाह दिवसावसानगं याममुज्झ्य दिनपत्रयं कृती।
ईरितोपनयनाभिलाषकं मुक्तसन्ध्यमखिलं द्विजातिषु।।४९।।

अथात्र मतान्तरमाह—कश्चिदिति। कश्चित् कृती पण्डितः दिनपत्रयं दिवसस्य चरणत्रयमाह कथयति॥ किंकृत्वा दिवसावसानगं दिनान्तगतं यामं चरमप्रहरं विहाय किं विशिष्टं दिनपत्रयं ईरितोपनयनाभिलाषकं ईरितः कथित उपनयनाभिलाषो यस्मिंस्तत्।

पुन: किंभूतं दिनपत्रयं मुक्तसन्ध्यं त्रिसन्ध्यारहितं केषु अखिलद्विजातिषु 'याममुज्झ्य' इति सूत्रपाठे सूत्रलेखकदोषौ दृश्यते। याममुज्झ्येत्येतद्युक्तं तत उज्झत्यागे त्रिवर्णात्मकोऽखण्डितो दकारोपान्त्यो यो धातुस्तत: समासं विनाल्यपाप्रवृत्तिस्तेन प्रोज्झ्येत्यादि युक्तं अत आङा सह समासे कृते उज्झ्येति जायते परन्तु सुशाब्दिको उशन्ति तत्प्रमाणम्।।४९।।

किसी विद्वान् के मतानुसार दिवस के अन्तिम प्रहर को छोड़कर शेष तीन दिवसचरणों में तीनों सन्ध्याकालों को छोड़कर शेष समय में व्रतबन्ध की अभिलाषा रखने वाले समस्त द्विजातियों का व्रतबन्ध करना चाहिये।।४९।।

व्रतबन्धकालस्य महत्त्वम्—

स्वोक्तकालगवयोवतामलं स्वोक्तकालसमये द्विजन्मनाम्।
अन्यथा हि रशनानिबन्धनं बन्धनाय भवति स्वकर्मणाम्।।५०।।

अथोपसंहारेण व्रते पूर्वोक्तकालं द्रढयति—स्वोक्तेति। अलमित्यवधारणे द्विजन्मनां विप्राणां स्वोक्तकालसमये पूर्वोक्तनिजकालप्राप्तौ रशनानिबन्धनं भवति किंभूतानां द्विजन्मनां स्वोक्तकालगवयोवताम् निजकालप्राप्तवयोयुक्तानां हि युक्तार्थेऽन्यथा पूर्वोक्तकालाद्यभावे रशनानिबन्धनं स्वकर्मणां बन्धनाय पापकर्मणे भवतीत्यर्थ:।।५०।।

समस्त द्विजातियों के लिए (पूर्वोक्त) विहित समय में अपने-अपने वर्ण के अनुरूप-आयुवाले वटु का ही यज्ञोपवीत शुद्ध (श्रेष्ठ) होता है। अन्यथा काल का अतिक्रमण होने पर यज्ञोपवीत अपने (यज्ञानुष्ठानादि) कार्यों में बाधक (पाप फल दायक) होता है।।५०।।

कालातिक्रान्ते व्रतबन्धनिषेध:—

नैव कर्म विदधीत सोमप: षोडशाब्दसमयादनन्तरम्।
भूभुजां द्वियमतुल्यहायनान्न व्रतस्य जिनवर्षतो विशाम्।।५१।।

अथ व्यतीते काले विप्रादीनां व्रतं प्रतिषेधति—नैवेति। सोमपो यज्ञकर्तृविशेष: षोडशाब्दसमयात् षोडशवर्षकालादनन्तरं व्रतस्य कर्म व्रतकार्यं नैव विदधीत न कुर्यात्। अत्र विध्यर्थ:।। तु पुनर्भूभुजां क्षत्रियाणां द्वियमतुल्यहायनाद् द्वाविंशतिवर्षादूर्ध्वं व्रतस्य कर्म न स्यात्पुनर्विशां वैश्यानां जिनवर्षतश्चतुर्विंशतिवर्षत ऊर्ध्वं व्रतकर्म न स्यात्।।५१।।

सोलह वर्ष के अनन्तर ब्राह्मणों का, बाइस वर्ष के अनन्तर क्षत्रियों तथा चौबीस वर्ष के अनन्तर वैश्यों का यज्ञोपवीत संस्कार नहीं करना चाहिए।।५१।।

कालशुद्धे: प्रामाण्यम्—

कालशुद्धिरुदिता मया सदा
सैव यास्ति रशनानिबन्धने।
मेखलाव्रतविमोक्षणे हिता
चागमव्रतविधौ द्विजातिनाम्।।५२।।

अथोक्तकालशुद्धेर्ग्राह्यस्थानमाह—कालेति। आगमव्रतविधौ वेदव्रतकर्मणि द्विजन्मनां या मया कालिदासेन कालशुद्धिरुदिता प्रोक्ता एव निश्चितं सा रशनानिबन्धने मौञ्जीबन्धे सदाऽस्ति च पुनः सा मेखला व्रतविमोक्षणे मौञ्जीबन्धविमोचने हितकारिणी॥५२॥

द्विजातियों के वेदव्रत कर्म सम्पादनार्थ व्रतबन्ध हेतु जो कालशुद्धि मैंने पहले कह दी है वही समय शुद्धि (मुहूर्त) सदैव मान्य है तथा पूर्वोक्त कालशुद्धि में ही मेखला व्रतविमोक्षण (यज्ञोपवीत त्याग) भी हितकास्क होता है।।५२।।

वनगमने कालशुद्धिः—

ब्रह्मचारिणमधीरभोदये यो दधाति निजकर्मधर्मगम्।
साधुना प्रवसनं ह्यधिष्ठिते प्रोक्तकालवदगारतो निजात्।।५३।।

अथोपनयनान्तरं वटोर्वनगमनशुद्धिमाह—ब्रह्मेति। अथो अनन्तरं हि युक्तार्थे निजादागारतः स्वगृहात् प्रवसनं वने गमनं कर्तृपदं ब्रह्मचारिणं निजकर्मधर्मगं स्वकृत्यधर्मसंगतं दधाति पुष्णाति किंविशिष्टं प्रसवनं प्रोक्तकालवत् उपवीतकालशुद्धियुक्तं कस्मिन् अधीरभोदये चरराश्युदये किं विशिष्टे अधीरभोदये साधुना शुभग्रहेणाधिष्ठिते आश्रिते यत उपवीतं धृत्वाधुनापि वनं प्रतिधावति। प्रवसनमिति पुञ् षू गतौ इति धातोः प्रयोगः॥५३॥

अपने धार्मिक कार्यों के सम्पादनार्थ ब्रह्मचारी को अपने गृह से वनगमन (प्रवास), यज्ञोपवीत हेतु बताये गये मुहूर्त में तथा शुभग्रहों से युक्त चर लग्नों में ही करना चाहिये।।५३।।

वनाद् गृहागमनम्—

आनकाननसुवाद्यजस्वनैर्मातुलेन पुनरागमः पुरः।
छान्दसास्यनिगमोक्तिरञ्जितो गोमतिस्वशकसिद्धये वटोः।।५४।।

इति श्रीकविकालिदासोदिते ज्योतिर्विदाभरणे व्रताध्यायोऽष्टमः॥८॥

अथ वटोर्वनात् पुनर्गृहानयने मातुलकृतगौरवं दर्शयति—आनकेति! मातुलेन कृत्वा वटोर्माणवकस्य पुनरागमः पुनर्गृहे आगमनं भवेत्। कस्यै गोमतिस्वशकसिद्धये गोर्वाणी मतिर्बुद्धिः स्वं धनं शं सुखं कं ज्ञानं एषां निष्पत्तये। किंभूत आगमः पुरोऽग्रे छान्दसास्यनिगमोक्तिरञ्जितः छान्दसानां श्रोत्रियाणामास्येषु ये निगमा वेदास्तेषामुक्तिभिरुद्घोषणै रञ्जितो रागीकृतः शोभां प्राप्त इत्यर्थः॥ पुनः किंभूत आगमः आनकाननसुवाद्यजस्वनैरुपलक्षितः उपलक्षणार्थे तृतीया आनकाननं भेरीप्रमुखं यत्सुवाद्यं शुभवादित्रं तस्माज्जातैः स्वनैः शब्दैरिति। यतोऽधुनापि मातुलः किंचिद्दानं विधानं विधाय वटुं गृहे आकारयति॥५४॥

अथात्र सुबोधार्थ नामतः सर्वे संस्कारा लिख्यन्ते—

गर्भाधानं १ पुंसवनं २ सीमन्तोन्नयनं ३ तथा।
जातकर्म ४ तथा नाम ५ चन्द्रदर्शन ६ मेवच॥१॥

अन्नस्य प्राशनं ७ चूडा ८ नवमं ९ चोपवीतकम्।
गोदानं १० व्रातिकं ११ चैव आदित्यव्रतमेव १२ च॥२॥
उपनिष १३ द्विवाहश्च १४ देवयज्ञ १ स्तथैव च।
भूतयज्ञः २ पितृयज्ञो ३ ब्रह्मयज्ञ ४ स्तथैव च ॥३॥

नृयज्ञो ५ दार्शिकं १ श्राद्धं पक्षादि २ श्रावणी ३ तथा।
आश्वयुज्यां ४ तु यत्कर्म आग्रहायणकं ५ तथा ॥४॥

सत्र्यष्टका ६ तथा चैत्री ७ स्मार्तकर्मणि योजिताः।
अग्न्योधेय १ मग्निहोत्रं २ दर्शेष्टिः ३ पौर्णमासिकी ४॥५॥

चातुर्मास्यानि सर्वाणि ५ पशुबन्ध ६ स्तथैव च।
सौत्रामण्याग्रयणानि ७ प्रोक्ताश्चैते हविर्मखाः॥६॥

अग्निष्टोमो १ त्यग्निष्टोम २ उक्थ्य ३ श्चैव तु षोडशी ४।
अतिरात्रो ५ वाजपेय ६ आप्तोर्याम ७ स्तथैव च॥७॥

सोमसंस्था तु विज्ञेया सर्वशाखासुताः स्मृताः।
शमो १ दमो २ यम ३ श्चैव नियमश्च ४ चतुर्थकः॥८॥

प्राणायामः ५ प्रत्याहारो ६ ध्यानं ७ धारण ८ मेव च।
योगशास्त्रातु विज्ञेया अष्टौ चैवात्मनो गुणाः॥९॥

अष्टाचत्वारिंशत् ख्याताः संस्कारा गौतमेन तु।
एभिस्तु संस्कृतो यो वै स नरः पुरुषोत्तमः ॥१०॥

अथैतान् प्रकारान्तरेणाह ।

गर्भाधान १ मथापि पुंसवनकं २ सीमन्त ३ जातक्रिया ४।
नामा ५ न्नादन ६ चौलको ७ पनयनं ८ श्रोतव्रतान्यप्यथ॥
चत्वारि स्नपनं ९ विवाहकरणं १० पञ्चाभियज्ञा अपि।
संस्थाः सप्त च सप्त सप्त इति ते संस्कारजा अप्यमी॥११॥

अस्य व्याख्या॥

नामादिसंस्कारा दश १० श्रौतकर्माणि चत्वारि शुक्रियं १ शाक्वरं २ व्रातिका ३ उपनिषद् ४ पञ्चयज्ञाः ५ पाकयज्ञसंस्थाः सप्त ७ हविर्यज्ञसंस्थाः सप्त ७ सोमसंस्थाः सप्त सर्वमिलनेऽत्र काव्ये ४० चत्वारिंशत्संस्काराः॥ अत्रानुक्ता अप्यष्टौ ग्राह्याः दमः १ क्षान्तिः २ अनसूया ३ इशौ च ४ अनायासः ५ मङ्गलं ६ अकार्पण्यं ७ अस्पृहा ८॥४८॥ इति पाठान्तरम्॥ इत्यष्टाचत्वारिंशत्संस्काराः॥ नन्वत्र केचित्स्वसमय-परसमयानभिज्ञा लुम्भकप्राया जैनानां संस्कारा न सन्तीति वदन्त्यतस्तेषां नेत्रोद्घाटनाय सज्जनानां ज्ञानाय च जैनमतसंस्कारा अपि नामतो लिख्यन्ते॥ यदाहुराचारदिनकरे

वर्द्धमानसूर्याः।। इह हि केचिद्दर्शनमोहान्धधिया आर्हत १ सौगत २ वैशेषिक ३ नैयायिक ४ सांख्य ५ चार्वाक ६ तत्वालोकनामानुसारिण एव अदृष्टतत्परमार्थाः सहृदयोपात्त-प्रमातृप्रमेयप्रमाणप्रभावा आचारमेव तिरस्कुर्वन्ति न तेषां वचः सद्भिः प्रमाणपदमुन्नेयं यतो भगवानृषभादिः अर्हन्नपि विदितसमस्तोपमार्थ आगर्भाद्राज्याभिषेकपर्यन्तं संस्काराङ्गीकारात्स्वदेहेप्याविश्चकार।। यत उक्तमागमे समणरसणं उमहावीरस्स अस्मापि उरेपिठमे हिवसे ठिईपडिकन्ति तई दिवसे चन्द्रसूरदंसणं कुणन्ति इत्यादौ।। अत आदौ गृहधर्मकथने षोडशसंस्कारश्लोकाः—

गर्भाधानं १ पुँसवनं २ जन्म ३ चन्द्रार्कदर्शनम् ४।
क्षीराशनं ५ चैव षष्ठी ६ तथा निष्क्रमणं स्मृतम् ७।।१।।
तथाच नामकरण ८ मन्नाप्राशनमेव च ९ ।
कर्णविधो १० मुण्डनं च ११ तथोपनयनं परम् १२।।२।।
पाठालम्भो १३ विवाहश्च १४ व्रतारोपो १५ न्तकर्म च १६।
अमी षोडशसंस्कारा गृहीणां परिकीर्तिताः।।३।।

ब्रह्मचर्यं १ क्षुल्लकत्वं २ प्रव्रज्या ३ स्थापना ४ तथा।
तथा च योगोद्वहनं ५ वाचनाग्रहणं तथा ६ ।।४।।
ततश्च वाचनानुज्ञा ७ सोपाध्यायपदस्थितिः ८।
आचार्यपदयुक्तिश्च ९ प्रतिमोद्वहनं तथा १० ।।५।।

व्रतिनि व्रतदानं च ११ प्रवर्तिनीपदक्रमः १२।
महत्तरापदाचारो १३ दिनरात्रिस्थितिर्द्वयोः १४।।६।।

ऋतुस्थितिश्च सव्याख्या १५ मरणस्य विधिः पुनः १६।
द्वाराणि षोडशैतानि यत्याचारे प्रदर्शयेत्।।७।।

प्रतिष्ठा बिम्बचैत्यादेः १ शान्तिकं २ पौष्टिकं ३ बलिः ४।
प्रायश्चित्तविधिश्चैव ५ आवश्यकविधिस्तथा ६।।८।।

तपोविधि ७ स्त्रिविधोऽपि पदारोपणमेव च।
गृहिसाध्वोः समानानि द्वाराण्यष्ट प्रकीर्तयेत्।।९।।

उपनयनविधिस्तु इक्ष्वाकुवंशयादववंशप्राच्योदीच्यवंशादीनां जैनब्राह्मणानाम् उपनयनं यज्ञोपवीतधारणं च तथा क्षत्रियवंशोत्पन्नानां जिनचक्रिबलदेववासुदेवानां श्रेयांसदशार्णभद्रप्रभृतीनां नृपाणामपि हरिवंशविद्याधरवंशसम्भवानां न जिनोपवीतधारणविधिः।। यतस्तेषामन्तकुलादिषूत्पत्त्यभावात्पुनः कदाचिदुत्पत्तौ उग्रकुलादिषु संक्रमणत्वात्।। वैश्यानां कार्तिकश्रेष्ठिकामदेवादीनामप्युपनयनजिनोपवीतधारणं शूद्राणामपि आनन्दादीनाम् उत्तरीयधारणं शेषाणां वणिगादीनामुत्तरासङ्गानुज्ञा जिनोपवीतं हि भगवतो जिनस्य गार्हस्थ्यमुद्रा यतीनां हि निर्ग्रन्थानां सर्वबाह्याभ्यन्तरकर्मविमुक्तानां नव ब्रह्मगुप्तिगुप्तानां ज्ञानदर्शनचारित्ररत्नत्रयी

हृद्गतैवाभूद्भावनाभाविता हि सर्वसामुदयो नव हि सूत्ररूपा नव ब्रह्मगुप्तियुतां रत्नत्रयीं वहन्ति तन्मयत्वान्न समुद्रो जलपात्रं करे करोति न सूर्यो दीपं विभर्ति। यत उक्तं—

अग्नौ देवोस्ति विप्राणां हृदि देवोऽस्ति योगिनाम्।
प्रतिमास्वल्पबुद्धीनां सर्वत्र विदितात्मनाम्।।१।।

अत: शिखासूत्रविवर्जिता यतयो ब्रह्मगुप्तिरत्नत्रयकरणाकारणानुमतिषु सदैवादृता। इति जैनमते आचारदिनकरतश्चत्वारिंशत्संस्कारा लिखिता:। एषां मन्त्रादिविधिस्तु तस्मादेव सविस्तरेण ज्ञेय:।। उक्तं च भगवत्यामपि।। एकादशशतस्यैकादशोद्देशे बलाधिकारे संस्कारविधानं ततेणं तस्स महब्बलस्य दारगतस्स अस्मापितरो अणुपुव्वेणं द्वितिपडियं वाचं दसूरदं सावणियं वा जागरियं बाणामकरण वा परं गामणं पयचं कामणं वा जेमावणं वा पिण्डवद्वाणं वा पल्लं पामणं वा कणवेहणं वा संवच्छर पडिलेहणं वा चोलोयणं वा उवणयणं वा आणाणियबहूनि गब्भाद्वणजन्मणमादोयाईं कोनूयाईं करेति इति सूत्रपाठ:।। अथास्य वृत्ति: परं गामन्ति भूमौ सप्पणं पयचं कामणन्ति पादाभ्यां सञ्चारणं जेमामणन्ति भोजनकारणं पिण्डवद्वणन्ति कवलवृद्धिकारणं पक्जपामति प्रजल्पनकारणं कणवेहणन्ति प्रतीतं संवच्छरपडिलेपहणन्ति वर्षग्रन्थकारिणं चोलोपणगन्ति चूडाधरणं उवणयणन्ति कलाग्रहानं गब्भादाण्जम्मणमाइयाइको उगाइकरोतीति गर्भादानादिषु यानि कौतुकानि रक्षाविधानादीनि तानि गर्भादानादीन्येवोच्यन्ते।। इत्यभयदेवसूरय:।। इत्यादि व्यवहारकर्म भवद्भिरप्याचीर्णमागमे विनिर्दिष्टं च यत: व्यवहारो विबहुबलवं जम्बं देदेइकेवलीविथउमत्थमित्यादिगाथा।।१।। लोकेप्येवम्—

चतुर्णामपि वेदानां धारको यदि पारग:।
तथापि लौकिकाचारं मनसापि न लङ्घयेत्।।१।।

इति जैनमतावतरणं सम्पूर्णम्।

इति श्रीपौर्णिमीयगच्छाधिराजभट्टारकपुरन्दरश्रीमहिमाप्रभसूरीश्वरचरण-
सरोरुहचञ्चरीकायमान शिष्यभावरत्नविरचितायां श्रीकवि-
कालिदासकृतज्योतिर्विदाभरणस्य सुख-
बोधिकायां व्रताध्यायोऽष्टम:।।८।।

(वन गमन के अनन्तर तथा समावर्तन के बाद) भेरी आदि वाद्यों के साथ वैदिकों द्वारा मन्त्रोच्चार से गुञ्जित वातावरण में बटु का मामा उसकी बुद्धि, धन, सुख एवं ज्ञान की वृद्धि के लिए उसे पुन: गृह में ले आता है।।५४।।

श्रीकालिदासविरचित ज्योतिर्विदाभरण के उपवीतप्रकरण का
प्रो. रामचन्द्रपाण्डेयकृत हिन्दी भाषानुवाद सम्पूर्ण।।८।।

●

विद्यारम्भविवेकप्रकरणम् – ९

प्रयोजनम्—

विहितेऽथागमारम्भे विद्यारम्भो मयोच्यते।
आगमाङ्गागमाशेषशास्त्रविद्यार्थसिद्धये ।।१।।

अथ वटुकरणानन्तरमध्ययनं करोत्यतोऽनुष्टभा विद्यारम्भाध्यायसन्धानमाह— विहित इति।। अथानन्तरमारम्भे वेदपठनारम्भे विहिते सति मया कालिदासेन विद्यारम्भ उच्यते, किमर्थ आगमेति आगमाङ्गानि षडङ्गानि आगमाश्च अशेषशास्त्राणि चैता विद्याश्चतुर्दश आसामर्थसिद्धयेऽभिधेयप्राप्तये।।१।।

वेदारम्भ (उपनयन) सम्पन्न होने के बाद अब मैं (कालिदास) वेदाङ्गों (६ वेदाङ्गों), समस्त शास्त्रों तथा चतुर्दश विद्याओं की अर्थ सिद्धि के लिए विद्यारम्भ का विवेचन कर रहा हूँ।।१।।

विद्यारम्भे कालशुद्धिः—

शाखापरिवृढपूज्योशनसा-
मुदये ह्युपलब्ध्यै सततं स्यात्।
वागर्थिन इह भाषायशसे
विद्यारम्भोऽमरवरदिवसे ।।२।।

अथ उपचित्रा पादत्रयमात्रासमैकैकपादरचितेन पादाकुलकेन साधारण-विद्यारम्भशुद्धिमाह— शाखेति।। हि निश्चितं सततं निरन्तरं वागर्थिनः शिष्यस्य विद्यारम्भ इह लोके उपलब्ध्यै ज्ञानाय स्यात्।। किम्भूतायै उपलब्ध्यै भाषायशसे भाषायां सरस्वत्यां यशो यस्यां सा तस्यै वक्तृत्वकवित्वगुणायेत्यर्थः।। कस्मिन् अमरवरदिवसेऽमराणां देवानां मध्ये वरः श्रेष्ठ इन्द्रस्तस्य दिवसे उत्तरायणे इत्यर्थः, पुनः कस्मिन् शाखापरिवृढो वेदशाखास्वामी पूज्यो गुरुश्च उशनाः शुक्रश्चैषां द्वन्द्वे उदये उद्गमे सति ।। 'वाणी भाषा सरस्वती' इति हैमः।।२।।

इन्द्रादि देवों के दिवस (उत्तरायण) काल में, वेद-शाखाओं के स्वामी ग्रहों, पूज्य (देवगुरु) बृहस्पति और शुक्र के उदय रहने पर विद्याभिलाषी (विद्यार्थी) द्वारा विद्यारम्भ भाषा, यश और ज्ञान की सदैव उपलब्धि कराने वाला होता है।।२।।

मतान्तरम्—

कश्चिदुपक्रममाह महर्षिर्देवशयनवत्कालमपास्य।
विद्यायाः क्षितिसुरविभुवर्षे काव्यगुरूदयकालसमेते।।३।।

अथात्र मतान्तरमाह— कश्चिदिति।। कश्चिन्महर्षिर्विद्यायाम् उपक्रममारम्भमाह कस्मिन् क्षितिसुरा विप्रास्तेषां विभुश्चन्द्रस्तस्य वर्षे किंविशिष्टे क्षितिसुरविभुवर्षे काव्यगुरूदयकालसमेते शुक्रगुरूदयसमकालप्राप्ते किंकृत्वा देवशयनवत्कालमपास्य विष्णुसुप्तकालं विहाय आषाढशुक्लैकादशीमारभ्य कार्तिकशुक्लैकादशीं यावदिति।।३।।

विद्या उपक्रम के आरम्भ में कुछ महर्षियों ने चान्द्रवर्ष में विष्णुशयन (आषाढ़ शुक्ल एकादशी से कार्तिक शुक्ल एकादशी पर्यन्त) काल को छोड़कर शेष समय में गुरु और शुक्र के उदय रहने पर विद्या का आरम्भ शुभ बतलाया है।।३।।

विद्यारम्भादिनानि—

पक्षद्वितयगताखिलघस्त्रैर्विष्टिकुयोगगलग्रहमुक्तैः।
सन्ततमिह किल विद्यारम्भः सर्वागमकृतसिद्धिप्रदः स्यात्।।४।।

अथ साधारणविद्यारम्भदिनान्याह—पक्षेति।। किलेति प्रसिद्धौ इह विद्यारम्भः सततं निरन्तरं सर्वागमकृतसिद्धिप्रदः स्यात्। सर्वागमेषु सर्वशास्त्रेषु कृतं सिद्धिपदं व्युत्पत्तिस्थानं येन स इति कैः पक्षेति पक्षद्वितयं शुक्लकृष्णपक्षद्वयं तस्मिन् गमो गमनं येषां ते एवंविधा येऽखिलाः समस्ता घस्त्रा दिवसास्तैः किम्भूतैः पक्षद्वितयगताखिलघस्त्रैः विष्टिकुयोगगलग्रहमुक्तैः स्पष्टम्।।४।।

भद्रा, अशुभ योगों एवं गलग्रह नामक दोष से रहित दोनों पक्षों के सभी दिनों में विद्यारम्भ करना सभी शास्त्रों में किये गये श्रम की निरन्तर सिद्धि देने वाला होता है।।४।।

विद्यारम्भनक्षत्राणि—

नक्तञ्चरपुष्करविधुशर्क्षैस्त्वष्ट्रजपत्पन्नगभगभाढ्यैः।
लोललघूडुसमेतैरखिलो विद्यारम्भः सुमतिभिरुदितः।।५।।

अथ साधारणविद्यारम्भनक्षत्राण्याह—नक्तमिति।। नक्तञ्चरादिनक्षत्रैः कृत्वा सुमतिभिः पण्डितैरखिलो विद्यारम्भ उदितः प्रोक्तः। नक्तञ्चरो रक्षो मूलं पुष्करं जलपर्यायत्वात्पूर्वाषाढा रविर्हस्तः विधुर्मृगशीर्षं शः शम्भुस्तस्य ऋक्षमार्द्रा एषां द्वन्द्वे एभिः किम्भूतैः त्वष्टा चित्रा अजपत् पूर्वाभाद्रपदा पन्नगोऽश्लेषा भगस्तस्य भं पूर्वाफल्गुनी एभिराढ्यैर्युक्तैः पुनः किम्भूतैः लोललघूडुसमेतैः चरलघुनक्षत्रयुक्तैः।।५।।

मूल, पूर्वाषाढा, हस्त, मृगशीर्ष, आर्द्रा, चित्रा, पूर्वाभाद्रपद, आश्लेषा और पूर्वाफल्गुनि नक्षत्रों में तथा चर संज्ञक, लघुसंज्ञक (स्वाति, पुनर्वसु, श्रवण, धनिष्ठा, शतभिष, हस्त, अश्विनी, पुष्य, और अभिजित्) नक्षत्रों में विद्वानों ने सभी प्रकार के विद्यारम्भ को शुभ बतलाया है।।५।।

सामान्यविद्यारम्भे वाराः—

पर्जन्यार्चितपद्विदुशनसा-
माहुरहानि वराण्यभिरूपाः।

विद्याया विधुमिहिरदिने वा-
रम्भे क्वचिदनसौम्यफलेऽस्मिन्।।६।।

अथ साधारणविद्यारम्भे वारानाह—पर्जन्येति। अभिरूपा: पण्डिता विद्याया आरम्भे पर्जन्येनेन्द्रेणार्चितौ पदौ यस्य स गुरु: विद् बुध: उशना: शुक्र: एषामहानि दिनानि वराण्याहु: कथयन्ति।। क्वचिदस्मिन् विद्यारम्भे विधुमिहिरदिने चन्द्रसूर्यदिने अत्र नपुंसके प्रथमाद्विवचनं कर्तृपदं अनसौम्यफले अनसौम्यं शुभं फलं ययोस्ते भवेताम्। फलेऽस्मिन्नित्यत्र सन्धिकार्यं मणीवादिवर्ज्जामित्यादिवत्।। वा इति पक्षान्तरम्।।६।।

इन्द्र से पूजित चरण वाले अर्थात् गुरु, बुध और शुक्र के वारों में पण्डितों ने विद्यारम्भ शुभ कहा है। कुछ आचार्यों के अनुसार सोमवार और रविवार को भी विद्यारम्भ शुभ फलदायक होता है।।६।।

अयनादिसन्धौ विद्यारम्भनिषेध:—

सन्धावमरतमिस्त्रादिनयो: सन्धौ मनुजतमिस्त्रादिनयो:।
विद्यारम्भोऽमरगुरुशरदो: सन्धावृत्वोरपि न हि वरद:।।७।।

अथ विद्यारम्भेऽयनादिसन्धि निषेधति—सन्धाविति। अतिनिश्चितं विद्यारम्भो वरद: शुभदायको नहि स्यात्। कस्मिन् अमरतमिस्त्रादिनयो: देवरात्रिदिवसयोरुत्तरायणदक्षिणायनयो: सन्धावित्यर्थ:।। पुनर्मनुजतमिस्त्रादिनयोर्मनुष्याणां रात्रिदिनयो: सन्धौ पुन: सुरगुरुशरदो: बृहस्पते: संवत्सरयो: सन्धौ पुन: ऋत्वो: सन्धौ।।७।।

देवताओं के दिन-रात्रि की सन्धि अर्थात् उत्तरायण और दक्षिणायन की सन्धि में, मनुष्यों की दिनरात्रि की सन्धि अर्थात् प्रात:-सायं काल, देवगुरु बृहस्पति के वर्ष की सन्धि अर्थात् संवत्सर की सन्धि तथा ऋतुओं की सन्धि में भी विद्यारम्भ नहीं करना चाहिये।।७।।

समवर्षे विद्यारम्भनिषेध:—

संसमशरदितविद्यारम्भो विद्यार्थिनि तनुतेऽखिलदम्भान्।
मासत्रयमवसानादिगतं समयशरद: कुरुते गोसिद्धिम्।।८।।

अथ विद्यारम्भे समवर्षं निषेधति—संसमेति।। संसमा: सम्यक् अविषमा: शरदो वर्षाणि इतानि प्राप्तानि येन सचासौ विद्यारम्भश्चेति समास:। समवर्षगतविद्यारम्भो विद्यार्थिनि शिष्येऽखिलदम्भान् समस्त कैतवानि तनुते विस्तारयति विद्यारम्भे समवर्षनिषेध इत्यर्थ:।। पुन: समशरद: समवर्षस्य अवसानादिगतं आदिस्थितं अन्तस्थितं च मासत्रयं गोसिद्धिं वाणीनिष्पत्तिं कुरुते समवर्षस्याद्यन्त्यमासत्रयं शुभमिति।।८।।

जन्म समय से समवर्षों में विद्यारम्भ करने से विद्यार्थियों में अहंकार की वृद्धि होती है। समवर्षों के आरम्भ और अन्त में ३-३ मास वाणी की सिद्धि अर्थात् विद्या का विस्तार करने वाले होते हैं। (अत: समवर्ष के आदि के ३ मास और अन्त के ३ मास विद्यारम्भ में शुभ होते हैं)।।८।।

विद्यारम्भे लग्नशुद्धिः—

संक्रन्दनसचिवे विदि धिष्ण्ये संहननाय नभो वृषधीस्थे।
चञ्चलराश्युदये स तु शस्तोऽथासृजि वांशुभुवि त्र्यहितस्थे।।९।।

अथ विद्यारम्भे लग्नशुद्धिमाह—संक्रन्दनेति।। विद्यारम्भ: शस्त: शुभ: स्यात्।। कस्मिन् संहननं वपु: प्रथमं १ आय एकादशं ११ नभो दशमं १० वृषो नवमं ९ धी: पञ्चमं ५ एषां द्वन्द्वे एतद्भवनस्थे संक्रन्दन इन्द्रस्तस्य सचिवे गुरौ वा विदि बुधे वा धिष्ण्ये शुक्रे वा सति तु पुनश्चञ्चलराश्युदये चरराशिलग्ने पुन: अहितस्थे त्रिस्तृतीयं ३ अहित: षष्ठं ६ एतद्गतेऽसृजि भौमे अंशुभुवि शनौ वा।।९।।

विद्यारम्भ लग्न कालिक लग्न से वपु (लग्न), आय (११), नभ (१०), वृष (९) और धी (५) भावों में इन्द्र मन्त्री बृहस्पति, बुध और शुक्र स्थित हों, चर लग्न हो तथा मंगल और शनि ३, ६ भावों में स्थित हों तो विद्यारम्भ शुभ होता है।।९।।

विस्तृतमुहूर्त्तानां उपक्रमः—

वाडवनृपविट्पद्यजनानां विद्यास्वयमखिलासु मयोक्तः।
विद्यापृथुलविभेदारम्भविनिर्णयमत्र विशेष वदामि।।१०।।

अथ साधारणविद्यारम्भोपसंहारमाह—वाडवेति।। मया कालिदासेनायं विद्यारम्भ उक्त: कासु वाडवा विप्रा: नृपा: क्षत्रिया: विशो वैश्या: पद्यजना: शूद्रा एषां द्वन्द्वे एषां विद्यासु किम्भूतासु अखिलासु समस्तासु।। अथात्राध्यायेऽहं विद्यापृथुलादिनिर्णयं वदामि ब्रवीमि विद्याया: पृथुलो विस्तीर्णो विशेष: समान्येतरो विभेदो नानाप्रकार: एषामारम्भ उपक्रमस्तन्निर्णयस्तमिति।। इति पादाकुलकच्छन्दोजाति: छन्दोनुशासनतो ज्ञेय:।।१०।।

ब्राह्मण, क्षत्रिय, वैश्य, शूद्र सभी वर्णों के लिए सभी प्रकार की विद्याओं के आरम्भ का मुहूर्त मैंने बतलाया। अब विद्याओं के विभिन्न भेदों के अनुसार विस्तारपूर्वक विद्यारम्भ के मुहूर्त का निर्णय कर रहा हूँ।।१०।।

गणितशास्त्रारम्भमुहूर्तः—

द्युनेतुर्दिनेऽत्रीतजन्माङ्गजाह्नि
प्रबुद्धा विदोषे च गाणित्यमूचुः।
सदारम्भमुग्रर्क्षरक्षोनलर्क्षैः-
सनासत्यशेज्र्येन्दुभार्कान्त्यलोलैः।।११।।

अथ भुजङ्गप्रयातेन गणितशास्त्रारम्भमाह—द्युनेतुरिति।। सदा प्रबुद्धा: पण्डिता: गाणित्यं गणितशास्त्रस्यायं गाणित्यस्यमारम्भमूचु: कथयामासु:। द्युनेतुर्दिने सूर्यदिने च पुनरत्रीतजनमांगजाह्नि अत्रेऋषे: सकाशात् इतं प्राप्तं जन्म येन स चन्द्रस्तस्याङ्गजो बुधस्तस्याह्नि दिवसे किम्भूते विदोषे दोषरहिते रात्रिवर्जिते वा।। च पुन: कै: उग्रर्क्षाणि क्रूरसंज्ञभानि रक्षो मूलं अनलर्क्षं कृत्तिका एषां द्वन्द्वे एभि: किम्भूतै: नासत्यौ अश्विनी

ईश: रुद्र आर्द्रा ईज्य: पुष्य: इन्दुभं मृगशीर्षं अर्को हस्त: अन्त्यं रेवती लोलानि चरसंज्ञोडूनि एभि: सह वर्तमानै:।।११।।

दिन के स्वामी सूर्य और अत्रिपुत्र चन्द्रमा के पुत्र बुध के वासरों में अर्थात् रविवार और बुधवार को रात्रि रहित काल (केवल दिन में), उग्र संज्ञक (तीनों पूर्वा, भरणी, मघा), मूल, कृत्तिका, अश्विनी, आर्द्रा, पुष्य, मृगशीर्ष, हस्त, रेवती तथा चरसंज्ञक (स्वाती, पुनर्वसु, श्रवण, धनिष्ठा, शतभिष) नक्षत्रों में विद्वानों ने सदैव गणितशास्त्र के आरम्भ के लिए शुभ बतलाया है।।११।।

विशेष:—

गलग्राहभर्गाङ्गजापर्वघस्रा-
नशेषेष्वपास्यैतदारम्भ इष्ट:।
तथारम्भका वक्ष्यमाणा: समस्ता
विशस्ता भवेदेषु घस्रेषु शश्वत्।।१२।।

अथात्र गलग्रहादीन्निषेधति—गलग्राहेति।। शश्वन्निरन्तरं एतदारम्भो गाणित्योपक्रमे इष्ट: शुभो भवेत्। केषु अशेषेषु घस्रेषु किंकृत्वा गलग्रह: प्रतीत: भर्ग ईश्वरस्तस्याङ्गजा विष्टि: पर्वाणि एषां घस्रान् दिवसान् अपास्य त्यक्त्वा तथा पुनरेषु घस्रेषु वक्ष्यमाणा आरम्भका विशस्ता प्रशस्ता: स्यु:।।१२।।

गलग्रह[1], शिव के शरीर से उत्पन्न भद्रा तथा पर्व दिन (अमा पूर्णिमा) इन दोषों को छोड़कर शेष सभी दिनों में गणित विद्या का तथा आगे कही जाने वाली विद्याओं का आरम्भ सदैव शुभ होता है।।१२।।

वेदव्याकरणादिशास्त्राणां मूहूर्त्त:—

नयेच्छब्दशास्त्रागमारम्भकालं
कृती शेमुषीशोशनोविद्दिनेषु।
चलक्षिप्रमैत्रोडुशैवाश्रितेषु
त्वितो धर्मशास्त्रादिकारब्धिकालम्।।१३।।

अथ व्याकरणप्रारम्भशुद्धिमाह—नयेदिति।। कृती पण्डित: शब्दशास्त्रागमारम्भकालं नयेत् कुर्वीतेत्यर्थ:।। शब्दशास्त्रं व्याकरणं तदेव आगम: शास्त्रं व्याकरणशास्त्रमित्यर्थ:।। अथवा आगमो वेदो विद्या शास्त्रं वा एतयोरारम्भ उपक्रमस्तमिति केषु शेमुषीशो गीष्पति: उशना: शुक्र: विद् बुध: एषां दिनेषु किम्भूतेषु चलसंज्ञानि क्षिप्रसंज्ञानि मैत्रसंज्ञानि भानि शैवमार्द्रा एभिर्नक्षत्रैराश्रितेषु युक्तेषु तु पुनरत एषु उक्तमुहूर्तेषु कृती धर्मशास्त्रादिकारब्धिकालं नयेदिति प्रतीतं धर्मशास्त्रं स्यात्।। 'स्मृतिर्धर्मसंहिता' इतिहैम:।।१३।।

---

१. कृष्ण पक्ष की ४ तथा दोनों पक्षों की १३, १४, १५ (३०), १, ७, ८ एवं ९ तिथियाँ गलग्रह संज्ञक होती है :—

"कृष्णपक्षे चतुर्थी च सप्तम्यादि दिनत्रयम्। त्रयोदशी चतुष्कं च अष्टावेते गलग्रहा:"।। वसिष्ठ:

शब्दशास्त्र (व्याकरण) और आगम (वेद) का शुभारम्भ बृहस्पति, शुक्र और बुध के वासरों में चलसंज्ञक, क्षिप्रसंज्ञक, मैत्र संज्ञक (स्वाती, पुनर्वसु, श्रवण, धनिष्ठा, शतभिष, हस्त, अश्विनी, पुष्य, अभिजित्, मृगशिरा, रेवती, चित्रा, अनुराधा) तथा आर्द्रा नक्षत्रों में विद्वानों ने बतलाया है। इन्हीं मुहूर्तों में धर्मशास्त्र का भी आरम्भ करना चाहिये।।३।।

दर्शनशास्त्रस्य मुहूर्तः—

त्रियुग्मीश्रवोयुग्मभैः सद्ग्रहाणां
समारम्भितं सांख्यशास्त्रादिशास्त्रम्।
मृदुक्षिप्रशम्भूडुशम्भूडुयुक्तै-
र्दिनेष्वेव तद्बोधसिद्धिं तनोति।।१४।।

अथ सांख्यशास्त्रादिप्रारम्भशुद्धिमाह— त्रियुग्मीति।। सांख्यशास्त्रादिशास्त्रं कर्तृ पदं वेदान्तादिशास्त्रं तद्बोधसिद्धिं तनोति। विस्तारयति तस्य शिष्यस्य बोधसिद्धिर्ज्ञान-निष्पत्तिस्ताम्। किम्भूतं सांख्यशास्त्रं सद्ग्रहाणां दिनेषु समारम्भितं प्रारब्धं कैः त्रयाणां युग्मयोः समाहारस्त्रियुग्मी पूर्वात्रयमुत्तरात्रयमित्यर्थः। श्रवोयुग्मं श्रवणधनिष्ठा एषां द्वन्द्वे एभिर्नक्षत्रैः किम्भूतैः मृदुसंज्ञानि क्षिप्रसंज्ञानि शम्भूडु आर्द्रा द्वितीयं शम्भूडुपदं शम्भुः ब्रह्मा तस्योडु रोहिणी एभिर्युक्तै।।१४।।

तीनों पूर्वा, तीनों उत्तरा, श्रवण, धनिष्ठा, मृदुसंज्ञक (मृगशीर्ष, रेवती, चित्रा, अनुराधा), क्षिप्रसंज्ञक (हस्त, अश्विनी, पुष्य, अभिजित्), आर्द्रा तथा रोहिणी नक्षत्रों से युक्त शुभ ग्रहों के वासरों (सोम, बुध, गुरु, शुक्र) में सांख्य आदि दर्शन शास्त्रों का शुभारम्भ शिष्यों के ज्ञान को बढ़ाने वाला होता है।।१४।।

धनुर्वेदविद्यामुहूर्त्तः—

सशर्वाभगाश्वीन्दुजेज्याम्बुपर्क्षं
शयादिन्दुसारङ्गदृक्सप्तकञ्च।
कवीनारवारानभिज्ञा वदेयु-
र्धनुर्वेदविद्यासमारम्भकाले।।१५।।

अथ धनुर्वेदविद्यामुहूर्तमाह—सशर्वेति।। अभिज्ञाः पण्डिताः धनुर्वेदविद्यासमारम्भकाले शयादिभानि काव्यादिवारान् वदेषुः कथयेयुस्तानाह।। शयात् हस्तनक्षत्रात् इन्दुसारङ्गदृशां तारकाणां सप्तकं नक्षत्रसप्तकं हस्त१ चित्रा २ स्वाती ३ विशाखा ४ अनुराधा ५ ज्येष्ठा ६ मूलमिति किम्भूतं सप्तकं सशर्वेति शः रुद्र आर्द्रा अः विष्णुः श्रवणः वाः जलं पूर्वाषाढा भगः पूर्वाफाल्गुनी अश्विनौ अश्विनी इन्दुर्मृगशीर्षं अजो ब्रह्मा रोहिणी ईज्यः पुष्यः अम्बुपो वरुणस्तस्य भं शतभिषक् एभिः सहवर्तते यत्तत्। यमुनः कविः

शुक्रः इनः सूर्यः आरो भौमः एषां वारान्।।१५।।

आर्द्रा, श्रवण, पूर्वाषाढा, पूर्वाफल्गुनि, अश्विनी, मृगशीर्ष, रोहिणी, पुष्य, शतभिष तथा हस्त से सात नक्षत्रों में अर्थात् हस्त, चित्रा, स्वाती, विशाखा, अनुराधा ज्येष्ठा और मूल नक्षत्रों में शुक्र, रवि और भौम वासरों में विद्वानों ने धनुर्विद्या का आरम्भ बतलाया है।।१५।।

परिष्कारः– **इस श्लोक में 'सशर्वा' का विवेचन दुरूह है "शः = शिवः = आर्द्रा, अः = विष्णुः = श्रवणम्, वाः = जलम् = पूर्वाषाढ़ा एभिः सशर्वाः" इस प्रकार अर्थ किया गया है।**

चिकित्साशास्त्रमुहूर्तः—

मृदुक्षिप्रतीक्ष्णाख्यलोलोडुवर्गे
तमिस्राभियातीन्दुसृग्वासरेषु।
सदा दोषविच्छास्त्रविद्या निरैन्द्रे
तथारम्भयेद् गारुडं कर्म सर्वम्।।१६।।

अथ वैद्यकशास्त्रमुहूर्तमाह—मृद्विति।। सदा शिष्यः दोषविच्छास्त्रविद्याः वैद्यकशास्त्रविद्या आरम्भयेत्। तथा सर्वं गारुडकर्मापि नागदमनादिकं आरम्भयेत् पठेत्। कस्मिन् मृदुसंज्ञानि क्षिप्रसंज्ञानि तीक्ष्णाख्यानि लोलसंज्ञानि उडूनि एषां वर्गे किम्भूते निरैन्द्रे निर्गतं ऐन्द्रं ज्येष्ठा यस्मात्तत्तस्मिन्। च पुनः केषु तमिस्रा तामसी तस्या अभियातिर्वैरी सूर्यः इन्दुः असृग् भौमः एषां वासरेषु। तमिस्रातमिस्रं सदन्त्याविति शब्दप्रभेदे साधुसुन्दरगणयः।।१६।।

मृदुसंज्ञक, क्षिप्रसंज्ञक, ज्येष्ठा रहित तीक्ष्णसंज्ञक तथा चरसंज्ञक (मृगशिरा, रेवती, चित्रा, अनुराधा, हस्त, अश्विनी, पुष्य, अभिजित्, मूल, आर्द्रा, आश्लेषा, स्वाती, पुनर्वसु, श्रवण, धनिष्ठा, शतभिष) नक्षत्रों में, रात्रि के शत्रु अर्थात सूर्य, चन्द्र और भौमवासरों में दोषों का ज्ञान कराने वाली विद्या अर्थात् शरीरविज्ञान (चिकित्साविज्ञान) सम्बन्धी शिक्षा तथा सभी प्रकार के गारुड कर्म (सर्पविद्या) का सदैव आरम्भ करना चाहिये।।१६।।

नाट्यसंगीतशास्त्रमुहूर्तः—

हरेर्भे च तिष्ये भगर्क्षे हरेर्भे
हरेर्भे च मैत्रे च वैश्वे हरेर्भे।
हरेर्भे श्रविष्ठाद्वयेऽन्त्ये सदह्नि
किलारम्भयेन्नाट्यसंगीतशास्त्रम्।।१७।।

अथ नाट्यसंगीतशास्त्रमुहूर्तमाह—हरेरिति।। सदा शिष्यः नाट्यसङ्गीत-शास्त्रमारम्भयेत् पठनोद्यमं कुर्यात्। कस्मिन् हरेः सूर्यस्य भे हस्तनक्षत्रे च पुनः तिष्ये

पुष्ये पुनर्भगर्क्षे पूर्वाफल्गुन्यां पुनर्हरिश्चन्द्रस्य भे मृगशीर्षे पुनर्हरेरिन्द्रस्य भे ज्येष्ठायां पुनर्मैत्रेऽनुराधायां पुनर्वैश्वे उत्तराषाढायां पुनर्हरेर्विष्णोर्भे श्रवणे पुनर्हरेर्वायोर्भे स्वातौ श्रविष्ठाद्वये धनिष्ठायां शतभिषजि पुनरन्त्ये रेवत्यां सदह्नि शुभग्रहवासरे च॥१७॥

हस्त, पुष्य, पूर्वाफल्गुनि, मृगशीर्ष, ज्येष्ठा, अनुराधा, उत्तराषाढा, श्रवण, स्वाती, धनिष्ठा, शतभिष एवं रेवती नक्षत्रों में तथा शुभ ग्रहों (चं. बु. गु. शु.) के वासरों में नाट्य संगीत का शुभारम्भ करना चाहिए।।१७।।

परिष्कार— यहाँ 'हरि' शब्द का प्रयोग ५ बार भिन्न-भिन्न अर्थों में किया गया है। प्रथम बार हरि का प्रयोग सूर्य के लिए किया गया है; अतः सूर्य का नक्षत्र हस्त का ग्रहण किया गया। इसी प्रकार दूसरे हरि का अर्थ चन्द्रमा है; अतः मृगशीर्ष का ग्रहण किया गया, तीसरे हरि का प्रयोग इन्द्र के लिए है; अतः ज्येष्ठा का, चतुर्थ हरि विष्णु के लिए है; अतः श्रवण का तथा पञ्चम हरि वायु के लिए प्रयुक्त हुआ है; अतः स्वाती नक्षत्र का ग्रहण किया गया है।

जैनविद्यामुहूर्तः—

योगवद्भिस्तरण्यास्फुजिद्वारयो-
र्वारवारस्य यादोर्यदिक्नम्रगे।
जैनविद्योग्रलोलाद्यमिश्रान्त्यभै-
र्हंस आरम्भिता नन्दतायै भवेत्।।१८।।

अथ स्रग्विण्या जैनविद्यापठनमूहुर्तमाह— योगवद्भिरिति॥ जैनविद्या नन्दतायै वृद्धिभावाय भवेत्। किम्भूता जैनविद्या आरम्भिता सती कस्मिन् हंसे सूर्ये यादोर्यदिग्नम्रगे यादसां जलजन्तूनामर्यः स्वामी वरुणस्तस्य दिक् पश्चिमा तस्यां नमनशीलप्राप्तेऽपराह्ने इत्यर्थः॥ पुनः कैः उग्रसंज्ञानि आद्यमश्विनी मिश्रसंज्ञे द्वे अन्त्यं रेवती एभिर्नक्षत्रैः कृत्वा किम्भूतैरेतद्भैः तरणिः सूर्यः आस्फुजित् शुक्रः एतयोर्वारयोर्वाऽथवा आरवारस्य योगवद्भिः संयोगयुक्तः॥१८॥

उग्रसंज्ञक, चरसंज्ञक (तीनों पूर्वा, भरणी, मघा) अश्विनी, मिश्रसंज्ञक (विशाखा, कृत्तिका) तथा रेवती नक्षत्रों से युक्त रविवार, शुक्रवार अथवा भौमवासरों में सूर्य के पश्चिम दिशा में झुकने पर अर्थात् मध्याह्नोत्तर काल में आरम्भ की गई जैन विद्या (जैनधर्म दर्शन सम्बन्धी शिक्षा) वृद्धिंगत होती है।।१८।।

यवन (उर्दू-फारसी) विद्यामुहूर्तः—

यावनीयुक्तिभाषादिकारम्भके
दारुणं क्रूरभद्वीशपाथोर्यभैः।
विश्वकृद्वीतिहोत्रान्त्यभैर्वाचिते
वीज्यवारे सदारम्भिते शं भवेत्।।१९।।

अथ यवनविद्यामुहूर्तमाह—यावनीति।। सदा यावनी यवनसम्बन्धिनी या युक्तिभाषादिका क्रूरा या पारसी इत्यादिका विद्या तस्या आरम्भके उद्यमे आरम्भिके उद्यमे आरम्भिते प्रारब्धे सति शं सुखं भवेत्। कस्मिन् वीज्यवारे विगतो नष्ट ईज्यो गुरुर्यस्मात् गुरुं विनान्यवारे किम्भूते आचिते युक्तेऽन्विते इत्यपि पाठः।। कैः दारुणसंज्ञानि क्रूरभानि द्वीशं विशाखा पायसा जलानामर्यः स्वामी वरुणस्तस्य भं शतभिषक् एभिः वाऽथवा विश्वकृच्चित्रा वीतिहोत्रोऽग्निः कृत्तिका अन्त्यभं रेवती एभिर्युक्ते।।१९।।

दारुण एवं क्रूरसंज्ञक (मूल, ज्येष्ठा, आर्द्रा, आश्लेषा, तीनों पूर्वा, भरणी, मघा विशाखा, शतभिष, कृत्तिका और रेवती नक्षत्रों में गुरुवार को छोड़कर शेष वारों में यावनी (उर्दू-फारसी) विद्या का आरम्भ सुखदायक होता है।।१९।।

यावन्यां मतान्तरम्—

कश्चिदाहोशनोहोत्रभार्य्योदयाद्-
द्व्येक वेदेष्विनाशेश घस्त्रैरथ।
विंशतीन्द्राकृतीलेश तत्वैरभि-
न्नानि भाहानि तद्विद्भिरुक्तानि च।।२०।।

अथ यावन्यां मतान्तरमाह—कश्चिदिति।। कश्चित् इति आह। इतीति किं तदाह अत्र यावनीविद्यारम्भे उशनोऽहः शुक्रवारो भवेत्। अथ पुनस्तद्विद्भिर्यवनविद्यावदिभिः भाहानि भस्य चन्द्रस्याहानि चान्द्रदिनानि उक्तानि। तारीख इति म्लेच्छभाषायाम्।। किम्भूतानिभाहानि तुल्यानि कैः भार्योदयाद्भानां नक्षत्राणामर्यः स्वामी चन्द्रस्तस्योदयात् द्वौ २ एकः १ वेदाः ४ इषवः ५ इनाः १२ आशाः १० ईशाः ११ इतत्संख्याघस्त्रैःच पुनर्विंशति २० इन्द्राः १४ आकृतयः २२ इलेशाः भूपाः १६ तत्वानि २५ एतत् संख्याघस्त्रैः। कोऽर्थः दृष्टचन्द्र द्वितीयातिथितो ह्येकादिसंख्यामिततारीखदिनानि शुभानीति।। भाहानीति। 'भः प्रागुक्तोऽथ भः सोमो भा कान्तिमन्दिरेन्दिरा' इत्येकाक्षरकोषे सौभरिः।।२०।।

कुछ विद्वानों ने यावनी विद्या का आरम्भ शुक्रवार को बतलाया है। यावनी विद्या के विशेषज्ञों ने चन्द्रोदय से (शुक्ल पक्ष की द्वितीया से) २,१,५,४,१२,१०, ११,२०,१४,२२ तथा २५ वाँ चान्द्र दिन विद्यारम्भ में प्रशस्त बतलाया है।।२०।।

शिल्पशास्त्रमुहूर्तः—

धीरधीरेतरक्षिप्रचान्द्रैशव-
द्धिष्ण्यवागीशविद्भेलिराजद्युगम्।
शिल्पशास्त्रादिविद्यासमारम्भणं
स्यादनध्यायघस्त्रान्यघस्त्रेष्वलम्।।२१।।

अथ शिल्पशास्त्रमुहूर्तमाह—धीरेति।। अलमित्यवधारणे शिल्पशास्त्रादिवास्तुकादिशास्त्रं तस्य विद्यासमारम्भणं स्यात्। केषु अनध्यायघस्त्रान्यघस्त्रेषु अनध्यायदिनानि हित्वान्यदिनेषु किम्भूतं तत् धीराणि स्थिरसंज्ञानि धीरेतराणि चरसंज्ञानि चान्द्रं मृगशीर्ष

अनध्याय दिनों को छोड़कर शेष दिनों में धीर (स्थिर) संज्ञक, धीरेतर (चर) संज्ञक, क्षिप्रसंज्ञक (तीनों उत्तरा, रोहिणी, स्वाती, पुनर्वसु, श्रवण, धनिष्ठा, शततारका, हस्त, अश्विनी, पुष्य और अभिजित्), मृगशीर्ष, आर्द्रा नक्षत्रों में शुक्रवार, गुरुवार, बुधवार, रविवार तथा चन्द्रवासरों में शिल्प विद्या का आरम्भ करना चाहिये।।२१।।

विद्यारम्भे विशेषः—

मातृकारम्भकालोऽस्ति पूर्वं मया
कीर्तितश्चागमारम्भकालो व्रते।
तत्र ये शेषयोगाः स्मृतास्ते सदैवो-
क्षितुं सर्वविद्यासमारम्भणे।।२२।।

अथोपसंहारेण मुहूर्तानाह—मातृकेति।। मया पूर्वं मातृकारम्भकालः कीर्तितोऽस्ति च पुनर्व्रते आगमारम्भकालो वेदारम्भसमयः कीर्तितोऽस्ति तत्र आगमादौ ये शेषयोगाः स्मृताः ते योगाः सदैव सर्वविद्यासमारम्भणे ईक्षितुं विलोकनाय योग्या भवेयुः।।२२।।

अक्षरारम्भ मुहूर्त पहले ही बतला दिया गया है तथा व्रतबन्ध के प्रसङ्ग में वेदारम्भ का भी मुहूर्त कहा गया है। वेदादि के आरम्भ में जो अन्य मुहूर्त बतलाये गये हैं। उनका उपयोग सभी प्रकार की विद्याओं के आरम्भ में किया जा सकता है।।२२।।

मातृकाचक्रम्—

षड्दलाम्भोजचक्रे लिखेन्मध्यगं
भद्रवर्णं तदाद्येऽर्द्धमात्रात्मकम्।
वर्णमोङ्कारपूर्वानभिज्ञो दले-
ऽतोपसव्यान्नमः सिद्धवर्णान् भ्रमात्।।२३।।

अथ काव्यत्रयेण मातृकाचक्रमाह—षडिति।। अभिज्ञः पण्डितः षड्दलाम्भोजचक्रं षट्पर्ण कमलचक्रं भद्रवर्णं लिखेत्तच्चक्रे भाले इत्यक्षरं मध्यगं मध्यभागे लिखेदित्यर्थः।। पुनस्तदाद्ये तस्य चक्रस्याद्ये दले प्रथमे पर्णेऽर्द्धमात्रात्मकं पूर्णमग्रे रेखाद्वयं।। वर्णं लिखेत्। अतः प्रथमदालात् अपसव्यं वामं सव्यं विदुः प्राज्ञाः "अपसव्यं तु दक्षिणं" इति कोषात्।। भ्रमात् दक्षिणभ्रमणेन ॐ कारपूर्वान् ॐ नमः सिद्धिमिति लिखेत्।।२३।।

एक षड्दल (छः पंखुडियों वाला) कमल बनाकर उसके मध्यभाग में भद्रवर्ण (भाल) लिखकर प्रथम पंखुड़ी में अर्धमात्रा का संकेत शून्य और २ रेखाओं द्वारा करे। द्वितीय पंखुड़ी से आरम्भ कर दक्षिणावर्तक्रम से सभी पंखुड़ियों में ॐ नमः सिद्धम् लिखें। इस प्रकार मातृका चक्र का निर्माण होता है।।२३।।

चक्रे नक्षत्रस्थापनम्—

भत्रयं भास्वदध्याश्रितर्क्षान्न्यसे-
द्भद्रवर्णेऽथ दारा हिमांशोरतः।

शेषतारागणाभिन्नषड् भागगाः
खण्डमात्रादिवर्णेषु देयाः क्रमात्।।२४।।

अथात्र चक्रे भानि स्थापयति—भत्रयमिति। पण्डितो भास्वदध्याश्रितक्षात् सूर्यनक्षत्रात् भद्रवर्णे भाले स्थितकोष्टके भत्रयं नक्षत्रयं न्यसेत् स्थापयेत्।। अथातः परं पण्डितेन हिमांशोश्चन्द्रस्य दाराः नक्षत्राणि क्रमात्क्रमेण खण्डमात्रादिवर्णेषु पूर्णरेखाद्वयादिवर्णेषु देयाः स्थाप्याः। किम्भूता दाराः शेषेति शेषतारागणेन भत्रयवर्जितशेषचतुर्विंशति-नक्षत्रगणेनाभिन्नस्तुल्यः षड्भागः चतुभिर्नक्षत्रैरेको भागः षड्भागास्तेषु गता इत्यर्थः।।२४।।

सूर्याक्रान्त नक्षत्र से तीन नक्षत्र षड्दल कमल के भाल (भद्रवर्ण) में स्थापित कर शेष २४ नक्षत्रों को तुल्यभाग में विभक्त कर खण्ड मात्रात्मक ६ वर्णों में (अर्धमात्रादि वर्णाङ्कित ६ पंखुड़ियों में) स्थापित करना चाहिये। यथा २७-३=२४, २४/६=४। अतः ४-४ नक्षत्रों की क्रम से ६ दलों में स्थापना करने से मातृका चक्रपूर्ण होता है।।२४।।

मातृकाचक्रम्

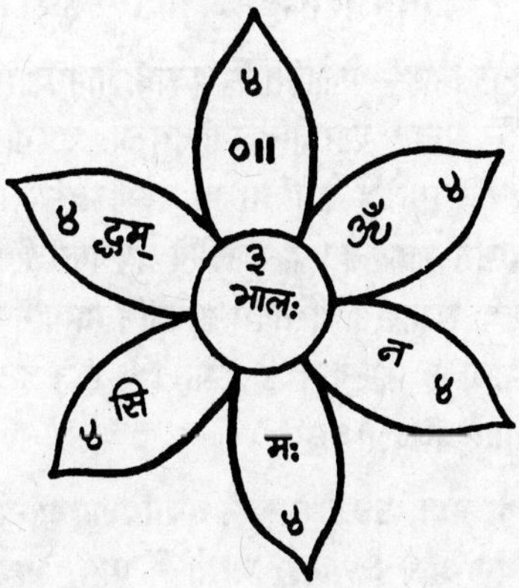

(सूर्याधिष्ठित नक्षत्र से तीन नक्षत्र मध्य (भाल) में स्थापित कर उससे आगे के चार-चार नक्षत्रों को क्रम से अर्धमात्रा (०॥) पंखुड़ी से आरम्भ कर दक्षिण की ओर से सभी पंखुड़ियों में स्थापित करना चाहिये।)

नक्षत्राणां फलानि—

चक्रमन्तर्भमत्रेऽत्र भाषार्थिन-
श्चार्द्धमात्राक्षरर्भे भवेद्धीतये।
शेषभानीति सिद्ध्यै विलोक्यं सदा
सर्वविद्यासमारम्भसिद्धावदः।।२५।।

अथैच्चक्रकोष्टगतफलमाह—चक्रेति।। अत्र चक्रेन्तर्भं मध्यगतवर्त्तमानचन्द्रनक्षत्रं कर्तृपदं भाषार्थिनोऽत्रे मरणाय भवेत्। च पुनरर्द्धमात्राक्षरर्क्षे कर्तृपदम् अर्द्धमात्रे पूर्णरेखाद्वयस्थाने

ऋक्षं वर्तमानर्क्षं नकारस्थाने वर्तमाननक्षत्रञ्च अनयोर्द्वे द्वे नक्षत्रे भीतये भयाय भवेताम्। शेषभानि आभ्यां व्यतिरिक्तानि शेषस्थानस्थितनक्षत्राणि सिद्ध्यै सिद्धकार्याय भवेयु:।। इत्यदश्चक्रं सदा विलोक्यं सुधीभिरिति शेष: कस्यां सर्वविद्यासमारम्भसिद्धौ स्पष्टम्।।२५।।

चक्र के मध्यगत कोष्ठ (भाल) में स्थित नक्षत्रों में यदि वर्तमान (चान्द्र) नक्षत्र हो तो उसमें विद्यारम्भ करने वाले की मृत्यु होती है। अर्धमात्रा और नकार वर्णवाले दल में यदि वर्तमान नक्षत्र हो तो भाषार्थी (शिक्षा की अभिलाषा रखने वाले) के लिए भय कारक होते हैं। शेष स्थानों में स्थित नक्षत्रों में सभी प्रकार की विद्याओं का शुभारम्भ सिद्धिदायक होता है।।२५।।

यन्त्रमन्त्रादिसाधने विहितमासा:—

मेशातारेशपित्रर्यमद्वीश्वर-
ज्योतिराख्येननामेन्दुमासेष्वथ।
यन्त्रमन्त्रोपचारक्रियारम्भणं
ह्यागमज्ञा विदु:केचिदार्या इषे।।२६।।

अथ यन्त्रमन्त्रादिमुहूर्तमाह—मेशेति।। हि युक्तार्थे आगमज्ञा: शारदातिलकादिशास्त्रज्ञा: यन्त्राणि सूर्यप्रतापादीनि मन्त्रा: शारदातिलकाद्युक्ता: उपचारो भूतादिसाधनम् एषां क्रियारम्भणं विदु: कथयन्ति।। केषु मेशेति।। मा लक्ष्मीस्तस्या ईशो विष्णु: तारेशश्चन्द्र: पितर: प्रतीता: अर्यमा द्वीश्वरौ शक्राग्नी एषां ज्योतींषि श्रवणमृगशीर्षमघोत्तराफल्गुनीविशाखा-नक्षत्राणि एषां या आख्या संज्ञास्ताभिरितानि प्राप्तानि नामानि येषां ते च यथा श्रावण: १ एवं मार्गशीर्ष: २ माघ: ३ फाल्गुन: ४ वैशाख ५ इति इन्दुमासाश्च तेषु केचिदार्या आचार्या इषे आश्विने मासे विदु:।।२६।।

श्रवण, मृगशीर्ष, मघा, उत्तराफल्गुनि एवं विशाखा नक्षत्रों के नामों से प्रसिद्ध (श्रावण, माघ, फाल्गुन और वैशाख) मासों में यन्त्र, मन्त्र एवं उपचार सम्बन्धी क्रियाओं का शुभारम्भ वेदज्ञ विद्वानों ने बतलाया है। कुछ आचार्यों ने आश्विन मास में भी उक्त क्रियाओं का शुभारम्भ बतलाया है।।२६।।

वेदमन्त्रमुहूर्त्ता:—

श्रौतमन्त्राननध्यायतिथ्युज्झितै-
रंशुमत्सावनाहोभिरारम्भयेत्।
व्याप्तपक्षद्वयेष्वागमोक्तानमा-
पक्षति: प्रोज्झिताशेषघस्त्रेष्वपि।।२७।।

अथ वेदमन्त्रमुहूर्तमाह—श्रौतेति मन्त्रवित् आगमोक्तान् श्रौतमन्त्रान् वेदसम्बन्धिमन्त्रान् आरम्भयेत्। कै: केषु अंशुमत्सावनाहोभि: सौरसावनदिनै: किम्भूतै: अनध्यायतिथ्युज्झितै:

स्पष्टम्। अपि पुनः अमावास्या पक्षतिः प्रतिपत् आभ्यां प्रोज्झितास्त्यक्ता येऽशेषाः समरता: घस्रास्तेषु किम्भूतेषु व्यासपक्षद्वयेषु आश्विनशुक्लकृष्णपक्षेषु।।२७।।

अनध्याय (अध्ययन में वर्जित) तिथियों को छोड़कर शेष तिथियों में सौर एवं सावन दिवसों में तथा अमावस्या और प्रतिपदा को छोड़कर आश्विन शुक्ल एवं कृष्ण दोनों पक्षों की समस्त तिथियों में मन्त्रवेत्ता विद्वानों ने वेदमन्त्रों का शुभारम्भ बतलाया है।।२७।।

मन्त्रसाधने विशेषः—

यस्य येनास्ति मन्त्राद्यमारभ्यते
तद्धितं तस्य वारम्भितं तारके।
तस्य देवस्य घस्त्रेऽथ वारेऽसतो
दारुणे यक्षमन्त्रादिकं साधयेत्।।२८।।

अथमन्त्रादिव्रतारम्भशुद्धिमाह—यस्येति।।येन पुरुषेण यस्य देवस्य मन्त्राद्यमारभ्यते तस्य पुरुषस्य तन्मन्त्राद्यं आरम्भितं हितं हितकारि अस्ति। कस्मिन् तस्य देवस्य तारके वाऽथवा तस्य देवस्य घस्रे दिने। अथ मन्त्रवित् यक्षमन्त्रादिकं साधयेत् कस्मिन् असतोऽशुभग्रहस्य वारे दारुणे तीक्ष्णनक्षत्रे।।२८।।

जिस देव के मन्त्र की साधना अभीष्ट हो, उसी देव के वार और नक्षत्र में साधना का आरम्भ हितकारक होता है। मन्त्र वेत्ताओं ने यक्षादि की मन्त्र साधना अशुभ ग्रहों के वासरों में तथा दारुण संज्ञक (मूल, ज्येष्ठा, आर्द्रा और आश्लेषा) नक्षत्रों में बतलायी है।।२८।।

मन्त्रयन्त्रारम्भमुहूर्त्तः—

स्कन्दमारद्युपूर्णाख्य भद्रासु वा
मन्त्रयन्त्रव्रतारम्भमाद्या विदुः।
सानिलेन्द्राबलर्क्षध्रुवर्क्षेष्वमूं
धूर्जटीज्येन्द्रदस्राच्युतर्क्षेषु च।।२९।।

अथ मन्त्रादिस्वामिनं वर्णयति—स्कन्देति। आद्याः पुरातनाचार्या अमुं मन्त्रयन्त्रव्रतारम्भं विदुः जानति कार्तिकेयस्तस्य द्युः षष्ठीदिनं मारः कन्दर्पस्तस्य द्युस्त्रयोदशी पूर्णाख्यभद्रासंज्ञाः प्रतीताः आसां द्वन्द्वे आसु च पुनः केषु धूर्जटिः शम्भुः आर्द्रा ईज्यः पुष्यः इन्द्रो ज्येष्ठा दस्रौ अश्विनी अच्युतः श्रवण एषु ऋक्षेषु किम्भूतेषु सानिलेति अनिलः स्वाती इन्द्रानलौ शक्राग्नी तयो ऋक्षं विशाखा ध्रुवर्क्षाणि स्थिरसंज्ञानि एषां द्वन्द्वे एभिः सह वर्तते यानि तानि तेषु।।२९।।

स्कन्द (कार्तिकेय) की तिथि षष्ठी, कामदेव की तिथि त्रयोदशी, पूर्णासंज्ञक (५, १०,१५) तथा भद्रासंज्ञक (२, ७, १२) तिथियों में, स्वाती, विशाखा, ध्रुवसंज्ञक (तीनों उत्तरा, रोहिणी), आर्द्रा, पुष्य, ज्येष्ठा, अश्विनी तथा श्रवण नक्षत्रों में मन्त्र-यन्त्र और व्रतों का शुभारम्भ करना चाहिये।।२९।।

मन्त्रोपचारमुहूर्त्तः—

भैमिकाकालमुक्तं दिनं मन्त्रिणः
सोमसूनोरशीतद्युतेः कव्यहः।
आह चाशेषमन्त्रोपचारे सदा
सद्गणोऽहः क्वचिच्चान्द्रमप्यादृतम्।।३०।।

अथ समस्तमन्त्रोपचारमुहूर्तमाह—भैमकेति।। सदा सद्गणः पण्डितवर्गः अशेषमन्त्रोपचारेण मन्त्रिणो गुरोः सोमसूनोर्बुधस्य शीतद्युतेः सूर्यस्य च एषां दिनमाह कथयति। च पुनः कव्यहःकवे शुक्रस्य अहः दिनमाह। अपि पुनः क्वचित् चान्द्रमहश्चन्द्रदिनमादृतमङ्गीकृतं किं विशिष्टं दिनं भैमिकाकालमुक्तं विष्टिसमयवर्जितम्।।३०।।

भद्रा से रहित गुरुवार, बुधवार, रविवार तथा शुक्रवार को सदैव सभी प्रकार के मन्त्रोपचार में विद्वानों ने ग्रहण किया है। कुछ विद्वानों ने सोमवार को भी उक्त कार्य हेतु शुभ बतलाया है।।३०।।

मन्त्रोपचारे मीनार्कदोषः—

पुष्करागारराशौ च रोपासने
पूष्णि धिष्ण्येंऽशुलुप्तच्छवौ मन्त्रिणि।
मन्त्रयन्त्रव्रतोपासनोद्यापने
नोचुरत्र्यादयोऽभीष्टये सूरयः।।३१।।

अथ मन्त्रादीनामाराधनादौ मीनार्कादीन्निषेधति—पुष्करेति।। अत्र्यादयः सूरयः पण्डिताः मन्त्रयन्त्रव्रतानाम् उपासनाम् आराधनां च उद्यापनं पूर्णे बलिकृत्यं च अनयोर्द्वन्द्वे एतत्कर्मपदम् अभीष्टये? प्रति नोचुः नजगदुः। कस्मिन् पुष्करे जले अगारं गेहं यस्य स मीनस्तस्य राशौ रोपासने रोपो बाणस्तस्यासनं धनुस्तमिंश्च पूष्णि सूर्ये मीनार्के धनुष्यर्के सति इत्यर्थः।। पुनर्मन्त्रिणि गुरौ धिष्ण्ये शुक्रे चांशुलुप्तच्छवौ सूर्येण गाहतकान्तौ अस्तंगते सति इत्यर्थः।।३१।।

अत्रि आदि ऋषियों ने मीन और धनुराशि में सूर्य के रहने पर तथा सूर्य किरणों द्वारा गुरु और शुक्र की कान्ति लुप्त होने पर अर्थात् गुरु-शुक्र के अस्त होने पर मन्त्र-यन्त्र-व्रत और उद्यापन आदि कार्यों को नहीं बतलाया है। अर्थात् उक्त समय में मन्त्रोपचारादि कार्य नहीं करने चाहिये।।३१।।

स्त्रीणां व्रते निषेधः—

वर्णिनीनां व्रतोपासनं नो हितं
कुम्भतीर्थोदये वर्णिनीस्थे हरौ।
देवतासुप्तिकालेऽथ मासेऽधिके
पूर्वदेवेज्यदेवेज्ययोरस्तके।।३२।।

अथ कन्यासंक्रान्त्यादौ स्त्रीणां व्रतं निषेधति—वर्णिनीनामिति।। वर्णिनीनां स्त्रीणां व्रतोपासनं व्रताराधनं नो हितं हितकारि न स्यात्। कस्मिन् कुम्भतीर्थोदये कुम्भे घटे तीर्थे योनिरुत्पत्तिर्यस्य स कुम्भतीर्थोऽगस्तिस्तस्योदये। यदुक्तं हेमचन्द्रपादैः। 'योनौ पात्रे दर्शनेषु तीर्थशब्दस्त्रयोदशार्थेषु तत्रोक्तः पुनर्हरौ सूर्ये वर्णिनीस्थे कन्याराशिगते पुनर्देवतासुप्तिकाले चातुर्मासके अथ पुनरधिके मासे पुनः पूर्वदेवेज्यः शुक्रः देवेज्यो गुरुस्तयोरस्तकेऽस्तमने सति।।३२।।

अगस्त्य तारा के उदय होने पर, कन्याराशि में सूर्य के स्थित रहने पर तथा गुरु शुक्र के अस्तंगत होने पर स्त्रियों द्वारा किया गया व्रत उपवास हितकारी नहीं होता है।।३२।।

देवाराधने कालविचारः—

स्यादभद्राय भद्रा न शम्भोर्जपे
मीनराशीनयोगस्तथाप्यर्चने।
होमकाले शिवायास्तमी तद्भुवः
साधने सर्वकालोऽथ मेशेनयोः।।३३।।

अथ महादेवादीनां पूजादौ विष्टिप्रमुखाणामनिन्द्यतामाह—स्यादिति।। भद्रा विष्टिरभद्राय दुःखाय न स्यात्। तथा मीनराशीनयोगो मीनार्कोऽभद्राय न स्यात्। कस्मिन् शम्भोर्महादेवस्य जपेर्च्चनेऽपि पुनः शिवाया भवान्याहोमकाले तद्भवस्तस्या भावान्या भवतीति तद्भूर्गणेशस्तस्य तमी रात्रिरभद्राय न स्यात्। अथ पुनर्मेशेनयोः मेशो रमापतिश्च इनश्च तयोर्विष्णुसूर्ययोः साधने सर्वकालोऽभद्राय न स्यात्।।३३।।

भद्रा दोष और मीनार्क (खरमास) दोष शम्भु (शिव) के जप और पूजन में अनिष्टकारी नहीं होता। इसी प्रकार भवानी (दुर्गा) और भवानी पुत्र गणेश के हवन में रात्रि काल अभद्र (अनिष्टकर) नहीं होता तथा लक्ष्मीपति विष्णु और सूर्य के साधन (पूजन) में सभी काल ग्राह्य हैं, कोई भी काल अनिष्टकर नहीं होता।।३३।।

शुभाशुभकालग्रहणे ग्रन्थकारमतम्—

निन्द्यकालोऽप्यनिन्द्यो मया कीर्तितोऽ-
निन्द्यकालोऽथ निन्द्योऽखिले साधने।
अन्यदेवव्रतानां स यः सूरिभि-
स्तत्र सत्यादिभिः प्राक्तनैरादृतः।।३४।।

अथ शुभाशुभकालग्रहणे निजमतं द्रढयति—निन्द्येति।। मया कालिदासेन योऽनिन्द्यः कालोऽपि निन्द्यः कालः कीर्तितः। यो निन्द्य कालोऽनिन्द्य उक्तः कस्मिन् अन्यदेवव्रतानां साधने प्राक्तनैः सत्यादिभिः सत्यनामाचार्यादिभिः सूरभिः पण्डितैस्तत्र स मन्त्रदेवस्य शरीरे अखिलः काल आदृतोऽङ्गीकृतः।।३४।।

अन्य देवों के व्रत एवं पूजन में जिन त्याज्य (निन्दित) कालों को अनिन्दित (ग्राह्य) तथा ग्राह्य कालों को निन्दित काल मैंने (कालिदास ने) बतलाया है, वे सत्याचार्य आदि पूर्ववर्त्ती विद्वानों द्वारा समादृत हैं।।३४।।

मन्त्रदेवस्य शरीरवर्णनम्—

कास्यकण्ठाशयोरांसि गर्भः कटिः
पदद्वयं मन्त्रदेवस्य सेनर्क्षतः।
त्र्यग्निरामाब्धिवेदाग्निरामागमै-
रोषधीशाबलास्तुल्यमानाः क्रमात्।।३५।।

अथ मन्त्रदेवस्य शरीरमाह—कास्येति ओषधीशश्चन्द्रस्तस्याबला नार्यो नक्षत्राणि सेनर्क्षतः सूर्यनक्षत्रात् क्रमात् त्र्यग्न्यादिभिस्तुल्यमाना मन्त्रदेवस्य कास्यादिकानि स्युः।। त्रयः ३ अग्नयस्त्रयः रामास्त्रयः ३ अब्धयश्चत्वारः ४ वेदाश्चत्वारः ४ अग्नयस्त्रयः ३ रामा ३ स्त्रयः ३ आगामाश्चत्वारः ४ एषां द्वन्द्वे एभिः। कोऽर्थः सूर्यनक्षत्रात् नक्षत्रत्रयेण मन्त्रदेवस्य कं मस्तकं स्यात्। एवं पुनर्नक्षत्रयेणास्यं मुखं पुनर्नक्षत्रत्रयेण कण्ठः पुनर्नक्षत्रचतुष्केण शयौ हस्तौ पुनर्नक्षत्रत्रचतुष्केण उरो हृदयं एषां द्वन्द्वे हस्तयुग्मेन उरसां च शयोरांसि इति बहुवचनं सिद्धं पुनर्नक्षत्रत्रयेण गर्भ उदरं पुनर्नक्षत्रत्रयेण कटिः पुनर्नक्षत्रचतुष्केण पदद्वयं चरणद्वयं स्यात्।। प्राण्यंगानां द्वन्द्वे नित्यमेकत्वं अत्र तदनित्यत्वादथबहुवचनं सिद्धं यतः 'राजहंसास्त्वमी चञ्चुचरणैरतिलोहितैः' इत्यभिधानचिन्तामणिः। एवं सर्वत्र ज्ञेयम्।।३५।।

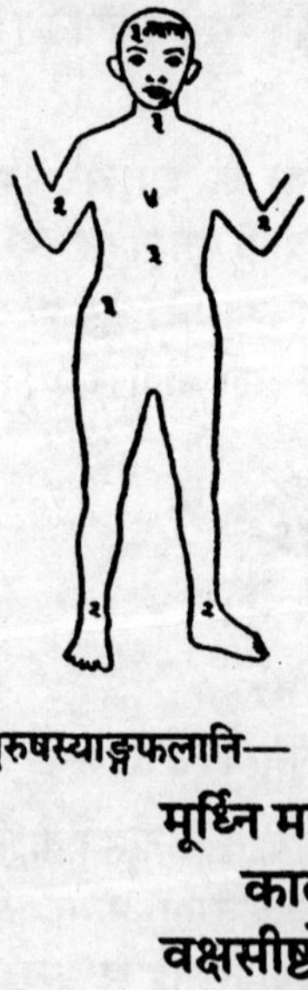

सूर्याधिष्ठित नक्षत्र से ३, ३, ३, ४, ४, ३, ३, ४ चान्द्र नक्षत्रों को मन्त्र पुरुष के सिर, मुख, कण्ठ, हस्त (दोनों हाथ), हृदय, उदर, कटि तथा दोनों पैरों में क्रम से स्थापित करना चाहिये। अर्थात् सूर्य नक्षत्र से तीन नक्षत्र सिर पर, ३ मुख, ३ कण्ठ, ४ हाथ, ४ हृदय, ३ उदर, ३ कटि तथा ४ नक्षत्र दोनों पैरों पर स्थापित करना चाहिये। इसे मन्त्रदेव का शरीर कहा जाता है।।३५।।

मन्त्रपुरुषस्याङ्गफलानि—

मूर्ध्नि मन्त्रो विसिद्धिर्मुखे सिद्धिदः
कालकृत्कन्धरायां च दोषो रिपुः।
वक्षसीष्टोऽपि गर्भे भवेदर्थहा
साधनादर्थदायी तु कट्याङ्घ्रिषु।।३६।।

अथ मन्त्रशरीरावयवफलमाह—मूर्ध्निइति।। यदि मन्त्रपुरुषस्य मूर्ध्नि मस्तके वर्तमान-चन्द्रनक्षत्रं स्यात्तदा साधनान्मन्त्रो विसिद्धिर्गतसिद्धिर्भवेत्साधकस्येति शेषः।। एवं मुखे।। सिद्धिदः च पुनः कन्धरायां ग्रीवायां कालकृत् मृत्युदायकः। दोषो हस्तयो रिपुर्वैरी वक्षसि हृदये इष्टो वल्लभः गर्भे उदरेऽर्थहा द्रव्यघातकः कट्याङ्घ्रिषु कटौ चरणयोश्चार्थदायी द्रव्यदायकः।।३६।।

यदि मन्त्र पुरुष के मस्तक में स्थित तीन नक्षत्रों में वर्तमान (चान्द्र) नक्षत्र हो तो साधक की मन्त्र साधना असिद्ध होती है। यदि वर्तमान नक्षत्र मुख में हो तो सिद्धि, कण्ठ में स्थित हो तो मृत्यु कारक, हाथों में हो तो शत्रुभय कारक, हृदय में इष्ट फलदायक, उदर में धननाशक, कटि और चरणों में वर्तमान नक्षत्र हो तो धन दायक होता है।।३६।।

मन्त्रोद्यापने कालशुद्धिः—

स्वस्वयन्त्रादिकारम्भशुद्धौ तदु-
द्यापनं तत्र वा पुण्यकाले हितम्।
मन्त्रजाप्यांशहोमं च कुर्यात्सदा
चेदपांपित्तचक्रे भशुद्धिर्भवेत्।।३७।।

अथ मन्त्रोद्यापनकालशुद्धिमाह—स्वस्वेति। तदुद्यापनं तस्य मन्त्रस्योद्यापनं तत्र स्वस्वमन्त्रादिकारम्भशुद्धौ वाथवा पुण्यकाले हितं हितकारी स्यात्। च पुनश्चेद्यदि अपांपित्तचक्रे भशुद्धिर्नक्षत्रशुद्धिर्भवेत्।। अपांपित्तधूमध्वजौकृष्मवर्त्मा इति हैमः।। तदा सदा मन्त्रजाप्यांशहोमं कुर्यात्साधक इति शेषः। मन्त्रजाप्यस्यांशो दशेशः स चासौ होमस्य तं यथा शेषसंख्यमन्त्रे दश आहुतय इति।।३७।।

जिन मन्त्रों के आरम्भ के लिए जो काल (मुहूर्त) बतलाये गये हैं। उन्हीं समयों (मुहूर्तो) में उन मन्त्रों का उद्यापन भी करना चाहिये। अथवा किसी भी पुण्य काल (शुभ समय) में अग्नि चक्र की शुद्धि देखकर उद्यापन करना चाहिये। उद्यापन में मन्त्र जाप (जप संख्या) के दशांशतुल्य आहुतिपूर्वक हवन किया जाता है।।३७।।

अग्निचक्रम्—

अथाग्निचक्रं विलिखेन्नवास्त्रं
क्रमेण धाराधरभिद्दिगस्त्रात्।
रवीन्दुजेन्द्वैनिसितारजीवा-
गुकेतवस्तत्र नियोजनीयाः।।३८।।

अथोपेन्द्रवज्रयाग्निचक्रमाह—अथेति।। सुधीरग्निचक्रं लिखेत्।। किम्भूतं नवास्त्रं नवकोष्ठकमितं पुनः सुधिया तत्राग्निचक्रे क्रमेण धाराधराः पर्वतास्तान् भिनत्तीति तद्भिद् इन्द्रस्तस्य दिक् पूर्वा तस्यास्त्र्यस्त्रात् कोष्टात् रवीन्द्वादयो योजनीयाः। रविः सूर्यः इन्दुजो बुधः इन्दुश्चन्द्रः ऐनिः शनिः सितः शुक्रः आरो भौमः जीवो गुरुः अगुः राहुः केतुश्चैषां द्वन्द्वे इति।।३८।।

नव कोष्ठकों वाला एक चक्र बनाकर मध्य कोष्ठ में रवि का स्थापन कर इन्द्र की दिशा पूर्व में बुध को तथा सूर्य से दक्षिण स्थित ३ कोष्ठकों में क्रम से चन्द्र, शनि और शुक्र को स्थापित करें। पश्चिम में भौम तथा उत्तर में क्रम से बृहस्पति, राहु और केतु का स्थापन करने से अग्निचक्र बनता है।।३८।।

चक्रे नक्षत्रस्थापनम्—

भपञ्जरं हंससमाश्रितर्क्षाद्-
यथाक्रमं चक्रगतग्रहेषु।
होमे विदध्यान्नवधा विभक्तं
खलायगं सिद्धिनुदस्ति यत्तत्।।३९।।

अथास्मिंश्चक्रे भानि स्थापयति— भपञ्जरमिति।। सुधा: हंससमाश्रितर्क्षात्सूर्यनक्षत्रात् यथाक्रममनुक्रमेण होमे होमकुण्डे चक्रगतग्रहेषुभपञ्जरं सप्तविंशतिनक्षत्रसमूहं नवधा विभक्तं नवभिर्भागै: कृत्वा विदध्यात् न्यसेदित्यर्थ:।। तत्र यद्भं खलास्यगं क्रूरग्रहमुखगतं तद्भं सिद्धिनुत् सिद्धिनाशकमस्ति।।३९।।

सूर्याश्रित (जिस नक्षत्र पर सूर्य हो उस) नक्षत्र से उक्त चक्र में बताये गये क्रम से (२७) नक्षत्र समूह को नव भागों में विभक्त कर स्थापित करें। अर्थात् सूर्य नक्षत्र से ३-३ नक्षत्र उक्त ग्रहों के क्रम से चक्र में रक्खें। वर्तमान नक्षत्र यदि पाप ग्रह के कोष्ठ में हो तो उसमें दी गई आहुति पापग्रह के मुख में जाती है तथा सिद्धि की नाशक होती है।।३९।।

अग्निचक्र

उत्तर

	बृ. १९-२१	रा. २२-२४	के. २५-२७	
पश्चिम	मं. १६-१८	सू. १-३	बु. ४-६	पूर्व
	चं. १३-१५	श. १०-१२	शु. ७-९	

दक्षिण

सूर्य स्थित नक्षत्र से आरम्भ कर तीन-तीन नक्षत्र सूर्यादि ग्रहों के कोष्ठकों में रखना है। ग्रहों का क्रम दक्षिणावर्त क्रमश: सू., बु., शु., श., चं., मं., बृ., रा., के. के कोष्ठकों के अनुसार होगा।

विशेष :— अग्नि चक्र यहाँ चतुर्दिक् नव कोष्ठक में जिस प्रकार बतलाया गया है, वह दुरूह प्रक्रिया है, मुहूर्त्तचिन्तामणि २.३५ में अत्यन्त सरल ढंग से बतलाया गया है। सूर्य नक्षत्र से ३-३ नक्षत्र क्रम से सूर्य, बुध, शुक्र, शनि, चन्द्र, मंगल, बृहस्पति, राहु और क़ेतु के मुख में होते हैं। पाप ग्रहों के मुख में दी गई आहुति फल नाशक तथा शुभ ग्रहों के मुख में दी गई आहुति शुभफल दायक होती है। स्पष्टार्थ चक्र देखें—

ग्रह	सूर्य	बुध	शुक्र	शनि	चन्द्र	भौम	गुरु	राहु	केतु
सूर्य नं०	३	३	३	३	३	३	३	३	३
योग	३	६	९	१२	१५	१८	२१	२४	२७
फल	अशुभ	शुभ	शुभ	अशुभ	शुभ	अशुभ	शुभ	अशुभ	अशुभ

मतान्तरम्—

कवेःक्वचित्कल्पित ओषधीशे
भपञ्जरांशश्च विधोः सितेऽस्तु।
तथैव शेषत्रिकलेन्दुभाग-
स्थितं तदृक्षत्रयमर्थहृत्स्यात्।।४०।।

अथ मतान्तरमाह—कवेरिति।। क्वचित् कवेः शुक्रात् भपञ्जरांशो नक्षत्रसमूहभागः ओषधीशे चन्द्रे कल्पितः च पुनः क्वचित् विधोश्चन्द्रात् भपञ्जरांशः सिते शुक्रेऽस्तु। तथैव पुनः शेषत्रिकलेन्दुभागस्थितं शेषकलात्रयं चन्द्रांशस्थितं तदृक्षत्रयं तद्धत्रयमर्थहृत् द्रव्यनाशकं स्यात्।।४०।।

मतान्तर– कहीं-कहीं पर शुक्र के नक्षत्र से चान्द्र नक्षत्र पर्यन्त तथा कहीं-कहीं पर चान्द्र नक्षत्र से शुक्र के नक्षत्र पर्यन्त नक्षत्र समूह को विभक्त करने के लिए बतलाया गया है। इस प्रकार चन्द्राश्रित तीन नक्षत्रों में किया गया हवन अर्थनाश करने वाला होता है।।४०।।

परिहारः—

जन्यादिसंस्कारविधानहोमे
होमेन्दिरायाश्च हरेःक्रतौ स्यात्।
नित्ये ग्रहेष्टौ च हुताशचक्रं
नैमित्तिके दोषवहं न शश्वत्।।४१।।

अथ जन्मादिविधानहोमेऽदश्चक्रं निर्दूषणमाह—जन्येति।। शश्वत् निरन्तरं हुताशचक्रमग्निचक्रं दोषवहं दूषणधारकं न स्यात्।। जन्यादिसंस्कारविधानहोमे जातकर्मादिविधिहोमे च पुनरिन्दिराया लक्ष्म्या होमे पुनर्हरेः कृष्णस्य होमे पुनर्नित्ययज्ञे पुनर्ग्रहेष्टो ग्रहस्य इष्टिर्यज्ञस्तस्यां पुनर्नैमित्तिके वैश्व देवे। होमेन्दिराया इत्यत्र

सप्तम्यैकवचनेऽयादेशे कृते यकारलोपे पुन: सैषादिसहिता। यदुक्तं लौकिकायेह तद्वदेव बहुलं भवेत् सेमाभ्याददे सैषा नित्यादीनामदुष्टता इति मार्गमाश्रित्य महाकविना सन्धि: कृत:।।४१।।

जातकर्मादि संस्कारों के विधान में होने वाले हवन, लक्ष्मी और विष्णु के निमित्त किये जाने वाले हवन, नित्यहवन (अग्नि होत्र आदि), ग्रहयज्ञ तथा नैमित्तिक हवनों में अग्निचक्र का विचार नहीं किया जाता। इस प्रकार अग्नि चक्र सदैव दोष कारक नहीं होता।।४१।।

उपसंहार:—

यस्या मयारम्भणशुद्धिरुक्ता
तच्छुद्धिकालेऽथ तदीरितार्थम्।
न संशयोऽत्र व्यवहारकर्म
विधेयमादेशिभिरप्यशेषम् ।।४२।।

इति श्रीकालिदासोदिते ज्योतिर्विदाभरणे विद्यारम्भविवेकाध्याय: नवम:।।९।।

अथोपसंहारमाह—यस्येति।। निश्चितं यस्या मया कालिदासेन आरम्भणशुद्धिर्विद्यारम्भशुद्धिरुक्ता कस्मिंस्तस्या विद्याया: शुद्धिकालस्तस्मिन्। अथ पुनरादेशिभिर्गणकैरशेषं व्यवहारकर्म विधेयं कर्त्तव्यं किम्भूतं तदीरितार्थं तया शुद्ध्या ईरित: प्रेरितोऽर्थो यस्मिंस्तत्। अत्र निर्णये संशय: सन्देहो नास्ति।।४२।।

मैंने (कवि कालिदास ने) जो विद्यारम्भ हेतु कालशुद्धि बतलाई है, उसमें सभी विद्याओं से सम्बन्धित कार्यों के लिए गणकों (दैवज्ञों) को आदेश करना चाहिये। अर्थात् पूर्वोक्त विद्यारम्भ मुहूर्त में विद्या से सम्बन्धित सभी कार्य किये जा सकते हैं, इनमें सन्देह नहीं।।४२।।

श्रीकालिदासविरचित ज्योतिर्विदाभरण के विद्यारम्भविवेक प्रकरण का प्रो० रामचन्द्रपाण्डेयकृत हिन्दी भाषानुवाद सम्पूर्ण।।९।।

राजसत्ताध्यायः – १०

राज्याभिषेककालः—

अथार्थपाशायनकेऽचलाभृता-
मुक्तोऽभिषेको नृपवंशजन्मना।
पुष्पन्धये तौलिगते त्वलं हरौ
केचित्सहस्याहुरिषेऽभिषेचनम्।।१।।

अथ पठितान्तरं नृवंशजानां राज्याभिषेको भवत्यतो राजसत्ताध्यायसन्धानमाह—अथेति।। अलमित्यवधारणेऽथानन्तरं अचलाभृतां महीपतीनां नृपवंशजन्मनां राजवंशजातानामभिषेकः षट्टाभिषेक उक्तः। कस्मिन्नर्थपाशायनकेऽर्थपो धनपतिः कुबेरस्तस्य आशा उत्तरा तस्या अयनके सति तु पुनर्हरौ सूर्ये पुष्पन्धयति आस्वादयतीति पुष्पन्धयो भ्रमरः भ्रमरशब्दपर्यायस्य ज्योतिषे वृश्चिकपर्यायार्थत्वात् वृश्चिकस्तस्मिन् वृश्चिक-संक्रान्तावित्यर्थः।। पुनस्तौलिमते तुलाराशिस्थे रवौ केचिदाचार्याः सहसि मार्गशीर्षे इषे आश्विने चाभिषेचनमाहुः।।१।।

सूर्य के उत्तरायण रहने पर (मकर संक्रान्ति से मिथुनान्त तक) राजवंशोत्पन्न राजाओं का राज्याभिषेक बतलाया गया है। कुछ विद्वानों ने वृश्चिक और तुला राशिगत सूर्य के रहने पर मार्गशीर्ष और आश्विन मास को भी राज्याभिषेक के लिए प्रशस्त कहा है।।१।।

चक्रवर्त्यभिषेचनमुहूर्तः—

स्फुरद्घने निर्जरवन्दिते च
धिष्ण्येऽभिषिञ्चेदिह सारवीर्यम् ।
सिंहासनस्थं किल सार्वभौम-
मितातपत्रधृतिमीशमुर्व्याः ।।२।।

अथ गुरुशुक्रशुद्धौ चक्रवर्त्यभिषेचनमाह—स्फुरद्घनेति।। किलेत्यवधारणे जन इह उर्व्या ईशं भूपं सार्वभौमं मान्धातृप्रमुखषट्चक्रवर्तिसमानं जैनमते तु भरतादिसमानं चक्रवर्तिनमभिषिञ्चेत्।। कस्मिन् निर्जरवन्दिते गुरौ धिष्ण्ये शुक्रे च किम्भूते स्फुरद्घने दिव्यशरीरेऽनस्तंगते इत्यर्थः। किम्भूतं भूपं सारवीर्यं आरस्य वीर्येण बलेन सह वर्तते यः स तं पुनः किम्भूतं सिंहासनस्थं पुनः किम्भूतं इतातपत्रधृतिं इता प्राप्ता आतपत्रस्य छत्रस्य धृतिर्धारणं येन स तम्।।२।।

गुरु और शुक्र के उदित रहने पर तथा भौम के बलवान रहने पर सिंहासनारूढ और छत्र को धारण करने वाले राजा का सार्वभौम पद पर (चक्रवर्ती राजा के रूप में) अभिषेक करना चाहिये।।२।।

मण्डलाधिपाभिषेके कालशुद्धिः—

सौरं सदा मण्डलनेतुरब्दममादृताषाढनभो नभस्यम्।
किलाभिषेके व्यधिकेन्दुमास महीभुजः पेशलमाहुरार्याः।।३।।

अथ देशस्वामिनोऽभिषेकशुद्धिमाह—सौरमिति।। किलेति सत्ये सदा आर्याः मण्डलनेतुर्देशस्वामिनो महीभुजो भूपतेरभिषेके सौरमब्दं सौरवर्ष मनोहरमाहुः कथयन्ति।। किम्भूतमब्दं अनादृतास्त्यक्ता आषाढः नभः श्रावणः नभस्यो भाद्रपदश्च एते मासा यस्मिंस्तत् अनादृताषाढनभो नभस्यं पुनः किम्भूतं व्यधिकेन्दुमासं अधिकचान्द्रमासवर्जितम्। मध्यममण्डलाधीशः मध्यमोग्रेतन्सम्राजापेक्षया सामान्यः।। मण्डलस्य द्वादशराज-मण्डलमध्यात् मण्डलमात्रस्य स्वामी इति हैमः।। 'नृपोऽन्यो मण्डलेश्वरः' इत्यमरः।। आन्यो भूम्येकदेशे यो नृप इति तट्टीका।। 'मध्यमो मण्डलेश्वरः' इति हलायुधः।। भूम्ये देशे द्वौ इति तट्टीका।।३।।

राजाओं के अभिषेक में सौर मासों को ही आचार्यों ने उत्तम बतलाया है। आषाढ़, श्रावण, भाद्रपद तथा अधिक चान्द्रमास (अधिमास) को छोड़ कर शेष मास मण्डलेश (लघु राज्य के स्वामी) के अभिषेक में श्रेष्ठ होते हैं।।३।।

दुर्गाधिपाभिषेके कालशुद्धिः—

दुर्गाधिपं मण्डलपालवत्स्यात्सदाभिषिञ्चेदथ शासनेशम्।
प्रजापतेः प्राग्गदिताभिषेककालः कवीज्योदयभागपीष्टः।।४।।

अथ दुर्गस्वामिनोऽभिषेकशुद्धिमाह—दुर्गेति।। सदा जनो दुर्गाधिपं वप्रस्वामिनं शासनेशं निर्देशाधिपं मण्डलपालवत् देशनेतृवत् अभिषिञ्चेत्।। अथ प्रजापतेर्नृपस्य प्राग्गदिताभिषेककालोऽपि इष्टः स्यात्। किम्भूतः कवीज्योदयभाग् शुक्रगुरूदययुक्तः। प्रजापतेरिति।। सामान्य राजशब्दवाची भूप्रजा नृप इति हेमवचनात्।।४।।

दुर्ग (किला) के स्वामी का अभिषेक मण्डलेश के अभिषेक की तरह (उन्हीं मासों में) करना चाहिये तथा प्रजापति (राजा) का अभिषेक पूर्वकथित मुहूर्तों में गुरु और शुक्र के उदय काल में शुभ होता है।।४।।

राजाभिषेके पक्षशुद्धिः—

रिक्तातिथिं विष्टिमपास्य भूभृतोऽ-
भिषेचनेऽक्षीणविभावरीश्वरम्।
पक्षावुभौ चानु कुयोगवर्जितौ
हितौ भवेतामपि भूषणाचितौ।।५।।

अथ भूपाभिषेके पक्षशुद्धिमाह-रिक्तेति।। भूभृतो महीपस्याभिषेचने उभौ पक्षौ हितौ हितकारिणौ भवेतां किंकृत्वा रिक्तातिथिं विष्टिं क्षीणचन्द्रं चापास्य हित्वा किम्भूतौ पक्षौ कुयोगवर्जितौ अनु पश्चात् किम्भूतौ भूषणाचितौ सुयोगान्वितौ।।५।।

रिक्ता (४, ९, १४) तिथि, भद्रा तथा क्षीण चन्द्रमा को छोड़कर कुयोगों से रहित एवं शुभ योगों से युक्त दोनों (कृष्ण और शुक्ल) पक्ष राजाभिषेक में शुभ होते हैं।।५।।

अभिषेके दिनशुद्धिः—

गुर्वौषधीशास्फुजिदंशुमद्विदा-
मतिस्फुरद्बिम्बकलाविभावनाम्।
तमीशशुद्ध्याश्रितभस्य गोविभो-
रहानि शस्तान्यभिषेककर्मणि।।६।।

अथाभिषेके दिनशुद्धिमाह—गुर्विति।। गोविभोर्महीपतेरभिषेकर्कमणि गुरुः बृहस्पति ओषधीशश्चन्द्रः आस्फुजिच्छुक्रः अंशुमान् सूर्यः विद् बुधः एषां द्वन्द्वे अहानि दिनानि शस्तानि प्रोक्तानि। किम्भूतानां अतिस्फुरद्बिम्बकलाविभावतां अधिकदेदीप्यमान-मण्डलकलाप्रभायुक्तानां अस्तरहितानामित्यर्थः।। किम्भूतस्य गोविभोः तमीशस्य चन्द्रस्य शुद्ध्या दोषवर्जनेन आश्रितं भं नक्षत्रं राशिर्वा येन सः तस्य तमीशशुद्ध्याश्रितभस्य।।६।।

अतिशय प्रभासम्पन्न (अर्थात् अस्तादिदोष से रहित) गुरु, चद्र, शुक्र, सूर्य और बुध ग्रहों के वार तथा चन्द्रशुद्धि से युक्त नक्षत्र राजा के अभिषेक कर्म में शुभ होते हैं। (अर्थात् जो ग्रह अस्तगत हों उनके वासरों में राजा का अभिषेक नहीं करना चाहिये)।।६।।

दिनशुद्धौ मतान्तरम्—

राजा भवेद्बाहुजवंशभूर्यदा-
भिषेचने भूमिभुवोऽप्यहः स्मृतम्।
तस्यासुरो याम्यमहोऽत्र वा विदो
दिनं न सर्वत्र जगाद देवलः।।७।।

अथाभिषेके दिनशुद्धौ ऋषिमतमाह—राजेति।। यदा बाहुजवंशभूः क्षत्रियो राजा भवेत्तदा तस्याभिषेचने भूमिभुवो भौमस्याप्यहर्दिनं स्मृतम्। अत्र देवलऋषिः सर्वत्र वारेषु पट्टाभिषेकं न जगाद उवाच कतिपयवारे जगादेत्यर्थः। अहोऽत्र इत्यत्र रत्वविधिमपास्य कस्यचिन्मतमाश्रित्य कविना उत्वविधिरङ्गीकृतः।।७।।

यदि क्षत्रिय कुल में उत्पन्न राजा का अभिषेक हो तो भूमिपुत्र का दिन अर्थात् मंगलवार भी ग्राह्य है। देवल ऋषि के मतानुसार शुक्रवार, शनिवार अथवा बुधवार को राज्याभिषेक करना चाहिये अन्य सभी दिनों में नहीं।।७।।

अभिषेके विहितनक्षत्राणि—

राज्ञामलोलैणकलङ्कभेन्द्रभक्षिप्रेन्दिरानायकतारकासु च।
मैत्रान्त्यचित्रास्वभिषेचनक्रियामुशन्त्यविद्धासु शुभेतरैर्बुधाः।।८।।

अथात्राभिषेके नक्षत्राणि दर्शयति—राज्ञेति।। बुधा: राज्ञामभिषेचनक्रियामुशान्ति वाञ्छन्ति कासु अलोलानि धीरसंज्ञानि एणकलङ्कश्चन्द्रस्तस्य भं मृगशीर्ष इन्द्रभं ज्येष्ठा क्षिप्रसंज्ञानि इन्दिरानायक: कमलापतिर्विष्णु: श्रवण: आसां द्वन्द्वे आसु तारकासु भेषु च पुनर्मैत्रमनुराधा अन्त्यं रेवती चित्रा आसु किम्भूतासु शुभेतरै: पापग्रहैरविद्धासु।।८।।

अशुभ ग्रहों के वेध से रहित स्थिर संज्ञक (तीनों उत्तरा, रोहिणी), मृगशिरा, क्षिप्र संज्ञक (हस्त, अश्विनी, पुष्य), श्रवण, अनुराधा, रेवती और चित्रा नक्षत्रों में विद्वानों ने राजा का अभिषेक शुभ बतलाया है।।८।।

राजाभिषेके गोचरशुद्धिः—

अनिर्बलैर्निर्मलमण्डलांशुभि-
र्जनीशलग्नेशविपाकपांशुभिः।
भतश्च लग्नादपिसद् गृहोपगै-
र्नृपाभिषेको नृपशक्तिभाग्भवेत्।।९।।

अथाभिषेके गोचरशुद्धिमाह—अनिर्बलैरिति।। नृपाभिषेको राज्याभिषेको नृपशक्तिभाग राज्ञ: शक्तयस्तिस्र: प्रभुत्वोत्साहमन्त्रजा इति ताभिरन्वितो भवेदित्यर्थ:।। कै: भतो गोचरराशेर्लग्नाच्च जनीशो जन्मराशिस्वामी लग्नेशो जन्मलग्नस्वामी विपाकपो दशास्वामी अंशु: सूर्य एषां द्वन्द्वे एभि: किम्भूतैरनिर्बलैर्बलिष्ठै: पुन: किम्भूतै: निर्मला: विशदा: मण्डलांशवो विम्बकिरणा एषां ते तैरस्तरहितैरित्यर्थ:।। पुन: किम्भूतै: सद्गृहोपगै: शुभग्रहान्वितै:।।९।।

बलवान् एवं प्रभासम्पन्न (उदित) होकर राशीश, जन्मलग्न का स्वामी, दशमेश और सूर्य यदि लग्न या राशि से शुभ स्थानों में स्थित हो तो उस समय राजाभिषेक करने से राजा अपनी तीनों शक्तियों से युक्त होता है।।९।।

विशेष :— राजा की तीन शक्तियाँ प्रमुख मानी जाती है १. प्रभुत्व २. उत्साह और ३. मन्त्र। तीनों शक्तियों से युक्त राजा ही वास्तविक शक्तिशाली माना जाता है। प्रभुत्व सम्पन्न होते हुये भी उचित मन्त्रणा के अभाव में शक्तिहीन एवं सत्ताच्युत हो जाता है। अत: राजा के सहयोगियों एवं मन्त्रियों का भी महत्त्व होता है।

अभिषेके लग्नशुद्धिः—

शस्तस्तिमिस्त्रीजितुमादिहोरा-
स्थिरांशगुर्वंशवतीह लग्ने।
चरेतरेग्वंशुमदंशुजारै-
स्त्र्यायारिगैर्भूमिभुजोऽभिषेकः।।१०।।

अथाभिषेके लग्नशुद्धिमाह—शस्त इति।। भूमिभुजो महीपतेरभिषेक: शस्त: प्रोक्त: तस्मिन् इह चरेतरे स्थिरे लग्ने किम्भूते लग्ने तिमिर्मीन: स्त्री कन्या जितुमं

मिथुनः आदिर्मेषः एतेषां होरा लग्नार्द्धं तिमिस्त्रीजितुमादिहोरा स्थिरांशो नवांशश्च गुर्वंशो गुरुनवांशश्च एषां द्वन्द्वे एते अस्यास्तीति वतुप्रत्यये एतद्वत् तस्मिन्। पुनः कैः अगुः राहुः अंशुमान् सूर्यः अंशुजः शनिः आरो भौमः एषां द्वन्द्वे एभिः अग्वंशुमन्शुजारैः किम्भूतैः त्रयस्तृतीयं ३ आय एकादशं ११ अरिः षष्ठं एषु गतैः त्र्यायारिगैः॥१०॥

चर लग्न से इतर अर्थात् स्थिर लग्नों में, स्थिर लग्नों के नवांश में, गुरु (धनु-मीन) के नवमांश में, मीन, कन्या, मिथुन और मेष के होरा (आधे भाग, केवल १५ अशों) में तथा राहु, सूर्य, शनि और मंगल के ३, ११, ६, भावों में स्थिर रहने पर राजा का अभिषेक शुभ होता है।।१०।।

अभिषेके विशेषः—

सौम्यैरमित्रान्त्यलयान्यभावगै-
रसाधुदृष्ट्युज्झितमूर्तिभिर्ग्रहैः।
स यो विभुत्वं विभुरेति वै भवे-
द्रसेशमत्तेभकदम्बकेसरी।।११।।

अथोचितभावगतग्रहैरभिषेकफलमाह—सौम्यैरिति॥ यो विभुः सौम्यैर्ग्रहैर्विभुत्वं यदाभिषेकमेति प्राप्नोति किम्भूतैर्ग्रहैरमित्रः षष्ठं ६ अन्त्यो द्वादशं १२ लयो अष्टमं ८ एभ्यैरन्यभावगैरितिरभावप्राप्तैः पुनः किम्भूतैः सौम्यैर्ग्रहैरसाधुदृष्ट्युज्झितमूर्तिभिः क्रूरग्रहदृष्टिवर्जितमण्डलैः वै इति हेतौ स विभुः रसेशमत्तेभकदम्बकेसरी भवेत् रसा भूमिस्तस्या ईशा राजानस्त एव मत्तेभाः प्रमत्तगजास्तेषां कदम्बःसमूहस्तस्मिन् केसरीव केसरी सिंह इति॥११॥

अशुभ ग्रहों की दृष्टि से रहित, षष्ठ, द्वादश और अष्टम भावों से इतर भावों में शुभग्रहों के रहने पर जिस राजा का राज्याभिषेक होता है, वह उन्मत गजराज के समान शक्तिसम्पन्न राजाओं के समूह के लिए सिंह के समान होता है। अर्थात् राजाधिराज होता है।।११।।

शीर्षोदयलग्नेऽभिषेकफलम्—

शीर्षोदयैश्चोपचयाश्रितैः कुजे
निजोच्चगे चोपचयेऽचरोदये।
पट्टाभिषेकादचलाभृतो दरो
रिपोः पदं नैव दधाति मण्डले।।१२।।

अथ भौमशीर्षोदयैरभिषेकफलमाह—शीर्षोदयैरिति। अचलाभृतो महीपते पट्टाभिषेकात् रिपोः शत्रोर्दरो भयं मण्डले देशे पदं नैव दधाति तत्र रिपुभयं न स्यादित्यर्थः॥ कैः उपचयाश्रितैः त्रि ३ षट् ६ दशमै १० कादश ११ भावगतैः शीर्षोदयैर्मिथुनसिंहकन्यातुला-वृश्चिककुम्भैः पुनः कस्मिन् उपचये त्रिषड्दशमैकादशभवनेऽचरोदये स्थिरलग्ने च निजोच्चगे स्वोच्चभावगते कुजे भौमे सति॥१२॥

राजाभिषेक लग्न से उपचय (३,६,१०,११) भावों में शीर्षोदय (३,५,६,७,८,११) राशियों एवं स्थिर लग्नों के रहने पर तथा भौम के अपनी उच्च (१०) राशि में स्थिर रहने पर राजाभिषेक हो तो उस राज्य में शत्रुओं का चरण नहीं पड़ता है। (अर्थात् उपचय भावों में वृष, मिथुन, सिंह, कन्या, तुला, वृश्चिक और कुम्भ लग्नों के रहने पर तथा मकर के २८ अंशों तक भौम के रहने पर राजाभिषेक हो तो राज्य में शत्रुभय नहीं होता)।।१२।।

राजमुद्राचक्रम्—

अथातपत्रं विलिखेद्विदिग्ध्वजं
भद्रासनं तत्तललग्नपूर्वगम्।
सव्यापसव्यांसगचामरद्वयं
तद्राज्यमुद्रावलयं च कीर्तितम्।।१३।।

अथ राजमुद्राचक्रमाह—अथेति।। सुधीः आतपत्रं छत्रं विलिखेत्। पुनरेवं विदिक्विदिशेध्वजो यस्मिंस्तत् विदिग्ध्वजं एवंविधं तत्तललग्नपूर्वगं भद्रासनं पुनः सव्यापसव्यांसगचामरद्वयं वामदक्षिणस्कन्धकाप्तचामरयुग्मं लिखेत्। बुधैस्तदा राज्यमुद्रावलयं राज्यचिह्नचक्रं प्रकीर्तितम्।।१३।।

सर्वोपरि एक छत्र बनाकर उसके विदिशाओं (दोनों भागों) में दो पताका अङ्कितकर सिंहासन के तल पर पूर्व भाग में भद्रासन (गद्दी) बनाना चाहिये। अनन्तर आसन के दक्षिण और वाम भाग में दो चामर अङ्कित करने से राजमुद्रावलय चक्र बनता है।।१३।।

चक्रे नक्षत्रस्थापनम्—

विरोचनाधिष्ठितभाद्भमण्डलं
सिंहासनाधस्तलमध्यतो न्यसेत्।
सव्यापसव्योभयपार्श्वकोदितं
तावत्तलस्थं भयगं बलार्थहृत्।।१४।।

अथात्र चक्रे नक्षत्राणि स्थापयति— विरोचनेति।। विरोचनाधिष्ठितभात् सूर्यनक्षत्रात् सिंहासनाधस्तलमध्यतोऽत्र मण्डलं न्यसेत्स्थापयेद्दैवज्ञ इति शेषः। किंभूतं भमण्डलं सव्यापसव्योभयपार्श्वकोदितं वामदक्षिणोभयपार्श्वस्थितं इति नक्षत्रस्थापनम्।। अथैषां फलमाह।। तावत्तलस्थं सिंहासनाधस्तलमध्यभागस्थितं भयुगं विभोः स्वामिनो बलार्थहृत् सैन्यपदार्थनाशकं स्यात्।।१४।।

सूर्याधिष्ठित नक्षत्र से दो नक्षत्र सिंहासन के निचले भाग के मध्य में, अनन्तर दोनों पार्श्व में स्थित अङ्गों में दो-दो नक्षत्रों का स्थापन करना चाहिये। तल में स्थित दोनों नक्षत्र राजा की सेनाओं का नाश करने वाले होते हैं। (अतः अधः स्थित नक्षत्रों में राजाभिषेक नहीं करना चाहिये)।।१४।।

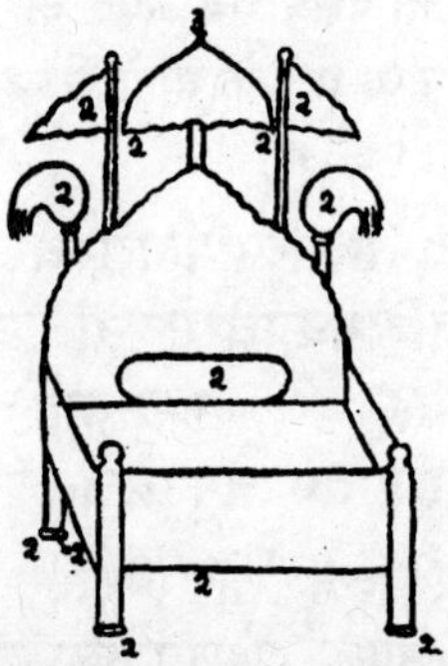

परिष्कार— राजमुद्रा चक्र में सूर्याधिष्ठित नक्षत्र से २ नक्षत्र सिंहासन के नीचे मध्य में तदनन्तर क्रम से दो दो नक्षत्र चारों पादों, सिंहासन की गद्दी-चामर-पताका तथा छत्र के दो किनारों पर स्थापित कर तीन नक्षत्र छत्र के ऊपर स्थापित करना चाहिये।

नक्षत्रफलानि—

> **अधोंऽसयुग्मे भचतुष्टयं वरं**
> **पश्चाद्विदिक्केतुयुगे प्रमापणम्।**
> **ताराचतुष्के भचतुष्कमिन्द्रदि-**
> **ग्ध्वजाश्रितं मण्डलकीर्तिवर्द्धनम्।।१५।।**

अधोंऽसेति।। अधोंऽसयुग्मे भद्रासनाधस्तलस्कन्धयुग्मे भचतुष्टयं नक्षत्रचतुष्कं वरं श्रेष्ठं स्यात्। पश्चाद्विदिक्केतुयुगे ताराचतुष्के विदिशोर्गतं भयुग्मं प्रमापणं विशरणं (प्रमयं प्रमापणमिति हैमं मापणं) व्यापादनं स्यात्। इन्द्रदिक्ध्वजाश्रितं पूर्वदिग्ध्वजयोर्गतं भचतुष्कं उभयतो नक्षत्रस्य युग्मं मण्डलकीर्तिवर्द्धनं नीवृद्यशोवृद्धिकारकं स्यात्।।१५।।

सिंहासन के दोनों अग्रस्तम्भों (पैरों) में स्थित चार नक्षत्र श्रेष्ठ (शुभ फलदायक), पिछले दोनों स्तम्भों में स्थित चारों नक्षत्र विनाश करने वाले अर्थात् अशुभ होते हैं। दोनों पूर्वाभिमुख ध्वजों के आश्रित चारों नक्षत्र राजा के राज्य एवं यश को बढ़ाने वाले होते हैं।।१५।।

> **ततो भवेदासनपीठमध्यगं**
> **ताराद्वयं भीतिकरं प्रकीर्णयोः।**
> **ज्योतिश्चतुष्कं जनयेद्धितं विभो-**
> **च्छत्रश्रवोंसर्क्षचतुष्टयं लयम्।।१६।।**

तत् इति।। ततस्तदनन्तरं आसनपीठमध्यगं भद्रासनमध्यभागगतं ताराद्वयं भीतिकरं भयानकं स्यात्। प्रकीर्णयोश्चामरयोर्ज्योतिश्चतुष्कं हितं जनयेत्।। छत्रश्रवोंसर्क्षचतुष्टयं छत्रकर्णस्कन्धनक्षत्रचतुष्कं लयं मृत्युं जनयेत्। विभोः स्वामिन इति सर्वत्र योज्यम्। यत्र नक्षत्रचतुष्कं प्रोक्तं तत्र उभयपार्श्वे भद्वयं स्थाप्यम्।।१६।।

आसन पीठ पर स्थित दो नक्षत्र भय उत्पन्न करने वाले, दोनों चामरों में स्थित ४ नक्षत्र हितकारक (शुभ) तथा छत्र के दोनों स्कन्धों में स्थित ४ नक्षत्र राजा के लिए विनाशकारक होते हैं।।१६।।

तारात्रये छत्रविमौलिसंस्थे
पट्टाभिषेकान्नरदेवता स्यात्।
सम्राडतश्चेदिह चक्रवर्ती
स्वराडपापे ननु छत्रयुक्स्थे।।१७।।

तारेति।। छत्रविमौलिसंस्थे छत्रशिखोपरिस्थिते तारात्रये इह पट्टाभिषेकात् स्वराड् निजराजा नरदेवता नरपतिः सम्राड् द्वादशराजचक्रस्य स्वामी स्यात्। यतः 'येनेष्टं राजसूयेन मण्डलस्येश्वरश्च यः। शास्ति यश्चाज्ञया राज्ञः स सम्राड्' इत्यमरः।। इति राजमुद्राचक्रम्।। ननु निश्चितं यदि चेत् इह भद्रासने छत्रयुकस्थेऽपापत्रययोगे स्थिते शुभग्रहे सति अतोऽभिषेकात् स्वराट् चक्रवर्ती स्यात्।। ननु छत्र इत्यत्र लघुप्रयत्नत्वं संभाव्येन्यथा छन्दोभङ्गचिन्तयच्छकारस्यद्विर्भावत्वादेवं केवलछत्रमण्डले इत्यादिपदेष्वपि ज्ञेयम्।।१७।।

छत्र की शिखा में स्थित तीन नक्षत्रों में यदि राजाभिषेक हो तो अभिषिक्त राजा सम्राट् होता है। यदि उक्त छत्र स्थित तीनों नक्षत्र पापग्रहों से रहित हों तो चक्रवर्ती राजा होता है।।१७।।

छत्रयोगे ग्रहशुद्धिः—

भाग्यं भगे भूषणभाज्यविद्धं
विधौ कभं भूभुवि मूलमोड्डु।
विदि त्वहिर्बुध्न्यभमिन्द्रवन्द्ये
शौच्यं कवौ छत्रयुगार्किसूड्डु।।१८।।

अथ छत्रयोगे ग्रहनक्षत्रशुद्धिं दर्शयति—भाग्यमिति।। भगे सूर्ये भाग्यं पूर्वाफल्गुनी अविद्धं वेधवर्जितं एवं विधौ चन्द्रे कभं को वायुस्तस्य भं स्वाती पुनर्भूभुवि भौमे मूलं पुनर्विदि बुधे ओडु अत्र पदच्छेदः कर्तव्यः अ उडु अः विष्णुस्तस्य उडु सन्धौ कृते त्रयोदशमस्वरो जातः श्रवणः तु पुनरिन्द्रवन्द्ये गुरौ अहिर्बुध्न्यभं उत्तराभाद्रपदा पुनः कवौ शुक्रे शौच्यमग्निभं कृत्तिका पुनरार्किसूड्डु कोऽर्थः अर्कस्वर्कसूड्डु अत्रार्थभेदेऽपि सरूपाणामेकशेष इत्याश्रित्य प्रथमार्कसूशब्दस्य लोपः अर्कसूः शनिस्तस्मिन्नर्कसूः सूर्यस्य देवपर्यायत्वाददितिस्तस्या उडु पुनर्वसू किंभूते भगादिग्रहे भूषणभाजि सुयोगयुक्ते इति छत्रयुक् छत्रयोगः स्यात्।।१८।।

वेधरहित पूर्वाफल्गुनि में सूर्य, स्वाती में चन्द्र, मूल में मंगल, श्रवण में बुध, उत्तरा भाद्रपदा में गुरु, कृत्तिका में शुक्र तथा पुनर्वसु में शनि शुभ योगों से युक्त हो तो छत्र योग होता है।।१८।।

इहाभिषेकादितिचादृते भे
सच्छत्रयुग्भाजि महारथो राट्।
अनेकशालेशनतीरितौजा
यथा विधोऽन्यत्र तथाविधः स्यात्।।१९।।

इहेति।। इति पूर्वोक्तप्रकारेण इह आसने च पुनः सच्छत्रयुगभानि शुभछत्रयोगाश्रिते आदृतेऽङ्गीकृते भे नक्षत्रे सति अभिषेकात् राट् राजा महारथः सहस्रयोद्धा स्यात्। किंभूतो राट् अनेकेषां शालेशानां प्राकारस्वमिनां नतिभिर्नमनैरितम् प्राप्तमोजौ बलं यस्य स इति। अन्यत्र यथाविधो नक्षत्रादियोगस्तथाविधस्तादृक् राजा स्यादित्यर्थः।।१९।।

इस प्रकार शुभ छत्र योगों में तथा अभिषेक हेतु विहित नक्षत्रों में राजभिषेक करने से अभिषिक्त राजा महारथी सम्राट् होता है। अन्य राजाओं द्वारा निरन्तर अभिवन्दित होने से उसके तेज में वृद्धि होती है। उक्त नक्षत्र योगों से भिन्न योगों में अभिषेक करने से उसी के अनुरूप परिणाम भी होते हैं।।१९।।

आकस्मिकराज्याभिषेकः—

तपोधनोपासितराज्यलब्धौ तत्कालमार्यास्त्वाभिषेकमूचुः।
स्ववंशराज्ञोऽन्यविभोरिते वा राज्यावसाने नरदेवतायाः।।२०।।

अथाकस्माद्राज्यप्राप्तनरस्य तत्कालाभिषेकं दर्शयति—तपोधनेति।। तपोधनस्य महर्षेरुपासितात् सेवनात् राज्यप्राप्तौ सत्यां आर्याः नरदेवताया नृपस्य तत्कालमभिषेकमूचुः कथयामासुः। तु पुनरार्याः स्ववंशराज्ञो निजवंशनृपस्य वाऽथवाऽन्यविभोरन्यस्वामिनो राज्यावसाने पित्रादिमरणावसाने इते प्राप्ते सति नृपाभिषेकं तत्कालमूचुरिति।।२०।।

तपस्वियों (महर्षियों) की सेवा करने से राज्य प्राप्त होने पर, अपने कुल के राजा (पिता आदि) के अथवा अन्य किसी राजा के अकस्मात् निधन होने पर, विद्वानों ने तत्काल (उक्त मुहूर्तों के अभाव में भी) नवीन नृप का राज्याभिषेक करने के लिए कहा है।।२०।।

नीचकुलोत्पन्ननृपस्याभिषेकविधिः—

अहेलिभिः पञ्चभिरुच्चगैर्ग्रहै-
र्नरोभवेन्नीचकुलेऽपि पार्थिवः।
तस्याभिषेको जनितोऽधिकैरत-
स्तज्जातकर्मैव न चात्र विभ्रमः।।२१।।

अथ नीचकुलोत्पन्ननृपाभिषेकविधिमाह—अहेलिभिरिति।। अहेलिभिः सूर्यरहितैः पञ्चभिरुच्चैर्ग्रहैः कृत्वा नीचकुले जनितो जन्मप्राप्तोऽपि नरः पार्थिवो भूपतिर्भवेत्। अतः पञ्चग्रहतोऽधिकैर्ग्रहैस्तस्याभिषेकोऽभिधीयते। तज्जातकर्म एव तस्य सोऽभिषेक एव जातकर्म प्रोक्तं नीचकुलत्वेन पूर्वं संस्काराभावात्। अत्र विभ्रमः संशयो नास्ति।।२१।।

जन्म समय में सूर्य रहित अन्य पाँच ग्रहों के उच्च राशिगत होने पर नीच कुल में उत्पन्न व्यक्ति भी राजा होता है। अतः पाँच ग्रहों से अधिक ग्रहों द्वारा ही उसका राजाभिषेक बतलाया गया है। अतः इस योग में उत्पन्न व्यक्ति का जातकर्म संस्कार ही राजाभिषेक माना जाता है। इसमें किसी प्रकार का सन्देह नहीं।।२१।।

विमर्श— यदि नीच कुल में उत्पन्न व्यक्ति ही राजसिंहासन का अधिकारी होता है तो उसका जातकर्म संस्कार करना आवश्यक हो जाता है; क्योंकि इससे पूर्व उसका कोई भी संस्कार नहीं हुआ होता।

छत्रसिंहासनचामरशुद्धिः—

भशुद्धिमाहाथ कुमारहारितो
महीभुजः केवलछत्रमण्डले।
सिंहासने सत्यमुखा विदुर्ध्वजे
वत्सोऽभिषेकेऽपि च चामरेऽपरे।।२२।।

अथाभिषेके छत्रासनध्वजचामरशुद्धौ मतान्तरमाह—भेति। अथ कुमारहारितो लघुहारितऋषिर्महीभुजो महीपतेरभिषेके केवलछत्रमण्डले भशुद्धिनक्षत्रशुद्धिमाह। पुनः सत्यमुखाः सत्याचार्यप्रमुखाः पण्डिताः केवले सिंहासने भशुद्धि विदुः। पुनर्वत्सो मुनिर्ध्वजे पताकायां भशुद्धिमाह पुनरप्यपरे ऋषयः केवले चामरे भशुद्धिमाहुः। इति छत्रभशुद्धिश्चामरभशुद्धिश्चाभिषेके दर्शिता।।२२।।

कुमार हारीत ऋषि ने राजाओं के राजाभिषेक में केवल छत्र मण्डल की शुद्धि बतलाया है। सत्याचार्य आदि आचार्यों ने सिंहासन की शुद्धि, वत्सऋषि ने ध्वज की तथा अन्य आचार्यों ने अभिषेक में चामर की शुद्धि को ही प्रमुख बतलाया है।।२२।।

उपसंहार—

वसिष्ठरैभ्यात्रिपराशरादिभि-
श्चक्रं समग्रागमजैकभावगैः ।
अदोविरुद्धं विशदं सदोदितं
राज्ञोऽभिषेकेऽपि मयोदितं ततः।।२३।।

अथ राज्यमुद्रावलयस्योपसंहारमाह—वसिष्ठेति। वसिष्ठरैभ्यात्रिपराशरादिभिर्ऋषिभिः सदाऽदश्चक्रमुदितं प्रोक्तं किंभूतमविरुद्धं सर्वेषां मान्यमित्यर्थः। पुनः किंभूतं विशदं दोषरहितं कस्मिन् राज्ञो नृपस्याभिषेके किंभूतैर्वसिष्ठादिभिः समग्रागमजैकभावगैः समस्तशास्त्रोत्पन्नभावप्राप्तैः ततस्तस्मात् कारणान्मयाप्यदश्चक्रमुदितम्।।२३।।

वसिष्ठ, रैभ्य, अत्रि, पराशर आदि ऋषियों ने समस्त शास्त्रों के आधार पर राजाओं के अभिषेक हेतु जिन सर्वमान्य एवं विस्तृत सिद्धान्तों को कहा है उन्हीं का प्रतिपादन मैंने भी यहाँ किया है।।२३।।

विमर्श – राजाओं के अभिषेक हेतु शुभ समय के साथ-साथ सिंहासन शुद्धि का भी विचार किया जाता है। जैसा कि श्लोक १३-१६ द्वारा प्रतिपादित है। केवल सिंहासन चक्र में ही आसन, छत्र, ध्वज, चामर एवं पताका की शुद्धि समाहित है। अत: पृथक्-पृथक् छत्र-चामरादि की शुद्धि की आवश्यकता नहीं होती। इस ग्रन्थ में सिंहासन चक्र का विस्तृत विवेचन किया गया है। उक्त श्लोक की संस्कृत टीका में जो सिंहासन चक्र प्रदर्शित किया गया है, उसमें पताका का निर्देश नहीं है। परन्तु मूल पाठ में पताका का उल्लेख है। अत: दोनों व्याख्या में मैंने सिंहासन चक्र को पूर्ण रूप से प्रदर्शित करने का प्रयास किया है। मुकुन्दविजय में भी सिंहासन चक्र पताका के साथ ही दर्शाया गया है।

सभारचनानिरूपणम्—

सतीति कीर्णा नृपगौरवोचिता
निष्णातवीरैर्विदधीत मन्त्रिणा।
नरैरनूचानरसामरैः सभा
चापाकृतिर्न्यस्तनृपासनोदरा ।।२४।।

अथ सभारचनामाह—सतीति। सभा इति एवं विदधीत तदाह किंभूता सभा सती समीचीना पुन: किंभूता निष्णातवीरैरुद्भटै: मन्त्रिणाऽनूचानरसामरै: समग्राधीतागमविप्रैश्च नरैश्च कीर्णा व्याप्ता पुन: किंभूता नृपगौरवोचिता राज्ञो गौरवाय योग्यापुन: किम्भूता चापाकृतिर्धनुराकारमयी पुन: किंभूता न्यस्तनृपासनोदरा न्यस्तं स्थापितं नृपासनं यस्मिस्तत् एवं विधं उदरं मध्यं यस्या: सा। अत्र काव्ये इति पूर्वोक्तभद्रासनादौ सति मन्त्रिणा सभा विदधीत क्रियत इत्यन्वयोऽत्र कर्म्मणि सम्भाव्यते यतो वक्ष्यमाणाध्यायेऽपि वधूप्रवेशो विदधीत धीमता पुनरेकोनविंशतितमेऽध्याये ८७ काव्ये कुविंदकृत्यं विदधीत धीमता २० अध्याये ३५ काव्ये विदधीत नात्र इत्यादौ विदधीत इति कर्मोक्तिप्रयोगो विबुधैश्चिन्त्य:।।२४।।

राजा के सम्मान के अनुरूप युद्ध आदि कलाओं में निपुण मन्त्रियों से युक्त वेद वेदाङ्गादि शास्त्रों के उद्भट विद्वानों से पूर्ण धनुषाकार सभा का स्वरूप बतलाया गया है जिसके मध्य में राजा का सिंहासन होता है।।२४।।

विमर्श — राजा की सभा का स्वरूप भी महत्त्वपूर्ण होता है। सभा की योजना ऐसी होनी चाहिये जिससे राजा सभी प्रकार के सहयोगियों से एक स्थान पर बैठे हुये सरलता से परामर्श कर सके तथा राजा, सभा एवं सभासदों की मर्यादा भी भङ्ग न हो। इसलिए धनुषाकार (अर्द्धवृत्ताकार) रेखा में सभासदों के बैठने का स्थान तथा वृत्त के मध्य में राजा का आसन होता है। इस व्यवस्था में राजा की सभी सभासदों से समान दूरी होती है।

सभाप्रवेशविधि:—

तदासनस्याभिमुखे गजव्रजे
सकेतने सप्तिशताङ्गमध्यगे।

क्षत्तारमर्योऽथविशेत्सदः पुरो
विधाय पार्श्वेऽधिजनाश्च मागधान्।।२५।।

अथ सभाप्रवेशविधिमाह—तदेति। अथ अर्यः स्वामी नृपः सभां विशेत् सभायां प्रवेशं कुर्यादित्यर्थः। सदःशब्दो हसान्त स्त्रीक्लीबलिङ्गः किंकृत्वा क्षत्तारं द्वारपालकं पुरोऽग्रे विधाय पुनरधिजनान् अधिकारिमनुष्यान् पुनर्मागधान् मङ्गलपाठकान् पार्श्वे विधाय कस्मिन् सति तदासनभ्याभिमुखे गजव्रजे किम्भूते सकेतने ध्वजान्विते पुनः किम्भूते सप्तिशताङ्गमध्यगे सप्तयस्तुरङ्गाः शताङ्गा रथा एषां मध्यभागप्राप्ते।।२५।।

राजा को अपनी राज्य सभा में प्रवेश करते समय द्वारपाल को आगे, अधिकारी गण (दुर्ग रक्षक मन्त्री आदि) एवं चारणों (मंगल पाठ करने वालों) को पार्श्व में (अपने दोनों तरफ) कर हाथी-घोड़ों के समूह और ध्वज के साथ रथ में स्थित होकर जाना चाहिए।।२५।।

सिंहासनारोहणविधानम्—

स्तम्बेरमास्यं च हरिं हरं हरिं
देवीमथाभ्यर्च्य दिगीश्वरान् ग्रहान्।
स्मरन्प्रणम्यादिभवोऽवनीश्वरो
राज्यासनं दत्तवरानियादिह।।२६।।

अथ भद्रासने समारोहणविधिमाह—स्तम्बेरमिति। अवनीश्वरो महीपतिरिह सभायां राज्यासनं भद्रासनं इयादधितिष्ठेत्। किंकृत्वा स्तम्बेरमास्यं गजाननं गणेशं च हरिं विष्णुं च हरं शिवं च हरिं सूर्यं च देवीं लक्ष्मीं चाभ्यर्च्य सम्पूज्य पुनः किंकृत्वा आदिभुवो विप्रान्प्रणम्य पुनः किंकुर्वन् दिगीश्वरान् लोकपालान् ग्रहांश्च स्मरन् किम्भूतान् इमान् दत्तवरान् दत्तो वर आशिर्वादोऽभीप्सितं वा यैस्ते तान् 'वरो वृतौ विटे जामातरि श्रेष्ठे देवतादेरभीप्सिते' इति हैमः।।२६।।

गजानन (गणपति), शिव, सूर्य और देवी (महालक्ष्मी) का पूजन कर दिग्पालों एवं ग्रहों का स्मरण कर, ब्राह्मणों को प्रणाम कर तथा उनका आशीर्वाद ग्रहण कर राजा को राजसिंहासन पर बैठना चाहिए।।२६।।

सिंहासनारूढस्य कर्त्तव्यताम्—

भद्रासनं दैवविदे च तार्क्ष्यं
पुरं समारुह्य भुवं द्विजेभ्यः।
शस्त्राणि विक्रान्तजनाय दद्या-
दर्थो परेभ्यः स्वपुरोधसेऽश्वम्।।२७।।

अथ काव्यद्वयेन सिंहासनाधिरूढनृपस्य दानकर्तव्यतामाह—भद्रेति। स भूपतिर्भद्रासनं समारुह्य उपविश्य दैवविदे गणकाय तार्क्ष्यं तुरङ्गमं दद्यात्। एवं द्विजेभ्यः पुरं ग्रामं भुवं महीं च दद्यात्। विक्रान्तजनाय सुभटजनाय शस्त्राणि प्रहरणानि पुरोधसे

पुरोहितायाश्वं घोटकं अपरेभ्यो याचकेभ्योऽर्थं द्रव्यं दद्यात्। 'शूरश्चारुभटो वीरो विक्रान्तश्चाप्यकातरः' इति हैमः॥२७॥

राजसिंहासन पर आसीन होने के पश्चात् दैवज्ञ (ज्योतिषी) को घोड़ा, ब्राह्मण को ग्राम एवं भूमि, योद्धा शूर वीर पुरुषों (सैनिकों) को अस्त्र-शस्त्र, अन्य लोगों को धन तथा अपने पुरोहित को घोड़े का दान राजा को करना चाहिए।।२७।।

प्रबोधकेभ्यो नवचीवराणि
विशांपतिः स्वासनगोऽथ दद्यात्।
स्ववेदभेदोक्तविधानमित्थं
सर्वं विधेयं क्षितिदेवताभिः।।२८।।

प्रबोधकेति। अथ पुनः विशांपतिः स्वासनगो निजासनस्थितः सन् प्रबोधकेभ्यो वैतालिकेभ्यो नवचीवराणि नवीनवस्त्राणि दद्यात्। इत्थममुना प्रकारेण क्षितिदेवताभिर्विप्रैः स्ववेदभेदोक्तविधानं निजशाखाभेदस्य उक्तकार्यं सर्वं विधेयं कर्तव्यम्॥२८॥

राजासन पर बैठने के उपरान्त राजा को चारणों (बन्दीजनों) के लिए नवीन वस्त्र प्रदान करना चाहिये। उक्त सभी विधि ब्राह्मण (पुरोहित) द्वारा अपने (राजा के) वेद एवं शाखा-सूत्रों के अनुसार विधि पूर्वक सम्पन्न करानी चाहिए।।२८।।

राज्याङ्गशुद्धिः—

राज्ञामनेकैरनिशं यतोऽङ्गै-
रतोऽस्ति राज्यव्यवहारसिद्धिः।
अनोगजाश्वायुधमण्डलाद्यै-
र्वदाम्यहं तद् व्यवहारशुद्धिम्।।२९।।

अथ गजादिराज्याङ्गानां सन्धानमाह—राज्ञामिति॥ यतो यस्मात्कारणात् अनिशं निरन्तरं राज्ञां नृपाणां राज्यव्यहारसिद्धिरस्ति कैरनेकैरंगैः किम्भूतैः अनोगजाश्वायुधमण्डलाद्यैः अनांसि शकटाः गजाः अश्वा आयुधानि मण्डलानि देशा आदयो येषां तानि तैः। मुख्याङ्गानि सप्त 'स्वाम्यमात्यसुहृत्कोशराष्ट्रदुर्गबलानि च॥ राज्यांगानि प्रकृतयः पौराणां श्रेणयोऽपि च॥१॥ इति हेमसूरयः॥ अतोऽस्मात्कारणादहं तद्व्यवहारशुद्धिं तेषामङ्गानां व्यवहारशुद्धिं वदामि॥२९॥

राजाओं के शकट (गाड़ी), हाथी, घोड़ा, अस्त्र-शस्त्र, मण्डल (उपराज्य) आदि जिन अंगों से राज व्यवहार की निरन्तर सिद्धि होती है, उन व्यवहारों की शुद्धि को बतला रहा हूँ।।२९।।

दामबन्धनशुद्धिः—

अथ प्रजामण्डलके च पत्तने
देशे पुरे चाधिगते निकेतने।

तत्रोदितं वन्दनमालबन्धनं
नृपाभिषेके द्युभलग्नशुद्धिषु।।३०।।

अथ ग्रामादिषु दामबन्धनशुद्धिमाह—अथेति।। अथ नृपाभिषेकस्य द्यूनि दिनानि भानि नक्षत्राणि लग्नानि एषां द्वन्द्वे एषां शुद्धिषु वन्दनमालबन्धनं उदितं कथितं "दामबन्धनमालिका" इति हैमः। केषु तत्र तेषु तान्येवाह। प्रजामण्डलके जनपदे पत्तने नगरे च पुरे ग्रामे वा निकेतने गृहे चाधिगतेऽधिकारप्राप्ते चेति।।३०।।

जनपद, नगर, देश, ग्राम और गृह का स्वामित्व प्राप्त होने पर राजाभिषेक हेतु बतलाये गये शुभ दिन, नक्षत्र एवं लग्नों से उक्त जनपदादि में दामबन्धन (बन्दनवार) बाँधनी चाहिये।।३०।।

विमर्श– मङ्गलकामना से गृह नगर आदि में विहित आचार के अनन्तर बन्दनवार (आम्रपल्लव युक्त रस्सी) का पूजन कर उसे चतुर्दिक बाँधा जाता है।

गुरुशुक्रयोरस्तंगते निषेधः—

अस्ते च जीवोशनसोरिने झषे
शुचौ नभस्ये कुजमन्दवासरे।
राज्याङ्गकर्माण्यथ कोविदा विदु-
र्न वक्ष्यमाणान्यसदिन्दुवासरे।।३१।।

अथ गुरुशुक्रास्तादिदोषे राज्याङ्गकर्माणि प्रतिषेधति—अस्ते चेति।। अथ कोविदाः पण्डिताः राज्याङ्गकर्माणि वक्ष्यमाणानि न विदुः न कथयन्ति।। कस्मिन् जीवोशनसोर्गुरु-शुक्रयोरस्तेऽस्तङ्गते सति पुनर्झषे मीने इने सूर्ये सति पुनः शुचौ आषाढे नभस्ये भाद्रपदे कुजमन्दवासरे भौमशन्योर्दिने पुनरसदिन्दुवासरे पापचन्द्रदिने।।३१।।

गुरु और शुक्र के अस्त होने पर, सूर्य के मीन राशि में स्थित होने पर, आषाढ और भाद्रपद मासों में, भौम और शनि वासरों में तथा अशुभ चन्द्र रहने पर (जिस दिन राजा के नाम से चन्द्र अशुभ स्थानों में हो उस दिन) राज्य के अङ्गों से सम्बन्धित कार्यों को नहीं करना चाहिये।।३१।।

गजकर्ममुहूर्तः–

लघूडुचित्रादितिमातरिश्वभै-
रशेषकर्माणि गदन्ति कुम्भिनः।
चराचरर्क्षेशपुरोहितोडुभि-
र्ध्वजक्रिया वारणधिष्ण्यकर्म च।।३२।।

अथ गजकर्मसु मुहूर्तमाह—लघ्विति।। कोविदाः कुम्भिनो गजस्याशेषकर्माणि समस्तकृत्यानि ध्वजक्रिया पताकाद्यारोपणं च वारणधिष्ण्यकर्म च 'अम्बारी' इति भाषायां गदन्ति। कैः लघूडूनि लघुसंज्ञभानि चित्रा अदितिः पुनर्वसू मातरिश्वा वायुस्तस्य

भं स्वाती एषां द्वन्द्वे अभिः पुनः चरसंज्ञानि अचरसंज्ञानि ईश आर्द्रा पुरोहितो गुरुः पुष्यः एषां द्वन्द्वे एभिर्नक्षत्रैः।।३२।।

विद्वानों ने ध्वजारोपण, हौदा (अम्बारी) की स्थापना आदि समस्त गजकृत्य के लिए लघु संज्ञक (हस्त, अश्विनी, पुष्य), चित्रा, पुनर्वसु, स्वाती, चर संज्ञक (श्रवण, धनिष्ठा, शतभिष), स्थिर संज्ञक (तीनों उत्तरा, रोहिणी) तथा देवपुरोहित गुरु के नक्षत्र पुष्य को शुभ बतलाया है।।३२।।

विशेष— इस श्लोक में कालिदास का प्रमाद लक्षित होता है। क्योंकि चर संज्ञक नक्षत्र कहने के साथ-साथ स्वाती और पुनर्वसु का पृथक् उल्लेख करना तथा लघु संज्ञक नक्षत्र बतलाकर पुनः पुष्य का पृथक् उल्लेख करना मात्र पुनरुक्ति ही है।

गजचक्रम्—

सामोद्भवस्येनयुतोडुतो लिखे-
द्द्रान्यन्तरे त्रीण्यनुमूर्धपिण्डयोः।
तत्सन्धिनीदण्डगतं च भत्रयं
भानां द्वयं तुण्डगतं हृदि त्रयम्।।३३।।

ताराचतुष्कं तु ततोऽग्रपादयोः
सदा पराङ्घ्र्योर्भचतुष्टयं लिखेत्।
चतुष्टयं लूनलतागतं गजे
चतुष्टयं पृष्ठगमिन्दुयोषिताम्।।३४।।

अथ काव्यद्वयेन गजचक्रमाह—सामेति।। सुधीः इनयुतोडुतः सूर्यभात् सामोद्भवस्य गजस्य मूर्द्धपिण्डयोः कुम्भयोरन्तरे विचाले विदौ त्रीणि भानि लिखेत् निवेशयेत् कुम्भौ तु पिण्डौ शिरसः कुम्भयोरन्तरं विदुः' इति हैमः।। एवं च तत्सन्धिनीदण्डगतं शुण्डादण्डप्राप्तं भत्रयं पुनर्द्वयं तुण्डगतं नक्षत्रयुग्मं मुखप्राप्तं पुनर्भानां त्रयं हृदि हृदये लिखेत्।।३३।।

तारेति।। सदा सुधीस्ततस्तस्मादग्रपादयोस्ताराचतुष्कं लिखेत्। च पुनरपराङ्घ्र्योः पश्चाच्चरणयोर्भचतुष्टयं पुनर्लूनलतागतं पुच्छलताप्राप्तं इन्दुयोषितां नक्षत्राणां चतुष्टयं करे कुर्यात् न्यसेत् इत्यर्थः।। करोतेस्तनादिगणमपास्य भ्वादिगणे उकारविकल्पार्थं पाठ उक्तस्तेन शावपि करति करतः करन्तीत्यादिरूपाणि हेममते भवन्ति पाणिनियास्त्वेनं पृथगधातुं मन्यन्ते।। पुनः पृष्ठगं वंशव्याप्तं नक्षत्राणां चतुष्टयं लिखेत्।।३४।।

गजचक्र में सूर्याधिष्ठित नक्षत्र से तीन नक्षत्र गज के मस्तक स्थित कुम्भों के बीच में, तीन नक्षत्र शुण्ड पर, दो नक्षत्र मुख पर तथा तीन नक्षत्र हृदय में स्थापित करना चाहिये। अनन्तर ४ नक्षत्र (२+२) अग्रिम दोनों पैरों पर, ४ नक्षत्र (२+२) पिछले पैरों पर, ४ नक्षत्र पुच्छ भाग पर, तथा ४ नक्षत्र गज के पृष्ठ भाग पर स्थापित करना चाहिये।।३३,३४।।

गजचक्रम्

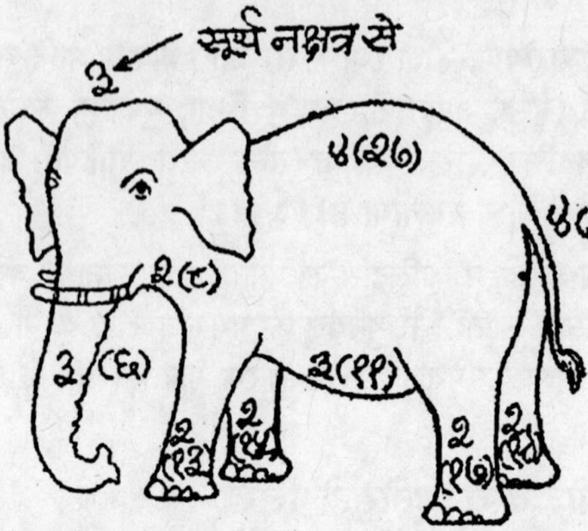

(सूर्य नक्षत्र से नक्षत्र संख्या बाह्य अंकों में तथा क्रमागत अन्तिम संख्या कोष्ठक में है)

गजचक्रफलम्—

> **शुण्डादण्डे कुम्भयोराविलोक्यं**
> **वक्त्रेऽत्ता स्याच्छं हृदि व्याधिरङ्घ्र्योः।**
> **पश्चादङ्घ्र्योर्भीतिरत्तेति लूने**
> **व्याधिः पृष्ठे कुम्भिनोऽशेषकृत्ये।।३५।।**

अथ शालिनीछन्दसैतच्चक्रगतनक्षत्रफलमाह—शुण्डेति। गजस्य शुण्डादण्डे कुम्भयोश्च वर्तमानं चन्द्रनक्षत्रं स्यात्तदाराजोराज्यद्रव्यं अथवा लक्ष्मीः स्यात्।। एवं वक्त्रे मुखेऽत्ता मरणं स्यात्। हृदि हृदये शं सुखं पुनरङ्घ्र्योरग्रचरणयोर्व्याधिर्गदः पश्चादङ्घ्र्योर्भीतिर्भयं लूने पुच्छेऽत्ता मरणं पृष्ठे व्याधिः इत्यमुना प्रकारेण कुम्भिनो गजस्याशेषकृत्ये समस्तकार्ये गजचक्रं विलोक्यम्। शुण्ढा शुण्डा इति शब्दप्रभेदो दृश्यते।।३५।।

गजचक्र में गज के कुम्भ और शुण्ड पर स्थित नक्षत्रों में यदि वर्तमान चान्द्र नक्षत्र हो तो राज्य लक्ष्मी (धन) का लाभ, मुख पर स्थित नक्षत्रों में हो तो मृत्यु, हृदय में हो तो सुख, अग्रिम दोनों चरणों में हो तो रोग, पिछले पैरों में हो तो भय, पुच्छ भाग में हो तो मृत्यु तथा पृष्ठ स्थित नक्षत्रों में हो तो व्याधि होती है। इस प्रकार गज सम्बन्धी समस्त कार्यों में गजचक्र से नक्षत्र शुद्धि का विचार करना चाहिये।।३५।।

गजबन्धमुहूर्त्तः—

> **तिर्यग्वक्त्रैर्भैरिनैनीज्यविद्भिः**
> **कुम्भिज्योतिःशुद्धिगैर्वेह शस्तः।**
> **धीरे लग्ने शुद्धकेन्द्रत्रिकोणे**
> **सन्नाह्यः व्यालोपवाह्यादिबन्धः।।३६।।**

अथ गजबन्धमुहूर्तमाह—तिर्यगिति। इह सन्नाह्य: समरोचित: व्यालो मदोन्मत्तो गज उपवाह्योऽरण्यहस्ती एषां द्वन्द्वे एषां बन्ध: शस्त: प्रोक्त: कै: तिर्यग्वक्त्रैर्भैस्तिर्यङ्मुखनक्षत्रैर्वा इन: सूर्य: ऐनि: ईज्यो गुरु: विद् बुध: एषां द्वन्द्वे एतै: किम्भूतै: कुम्भिज्योति: शुद्धिगै-र्गजनक्षत्रशुद्धिप्राप्तै:। पुन: कस्मिन् शुद्धकेन्द्रत्रिकोणे धीरे लग्ने सति। १।४।७।१०।९।५ व्यालो 'दुष्टगजो गम्भीरवेद्येवमताङ्कुश: राजबाह्य: समरोचित इति हैम:।।३६।।

तिर्यङ्मुख संज्ञक (मृगशीर्ष, रेवती, चित्रा, अनुराधा, हस्त, स्वाती, पुनर्वसु, ज्येष्ठा) नक्षत्रों में; सूर्य, शनि, गुरु और बुध वासरों में गजचक्र की शुद्धि प्राप्त होने पर स्थिर लग्न में तथा केन्द्र-त्रिकोण शुद्ध रहने पर गजबन्धन (हाथी पकड़ने का कार्य) शुभ होता है।।३६।।

अश्वचक्रम्—

दाक्षायण्यर्येन्द्रसूवातभान्त्य-
क्षिप्रार्णोर्योडुश्रविष्ठासु धीरा:।
लग्नाल्लोलात्त्र्यायकेन्द्रेषु सौम्यै
राजनेयाद्यश्वकर्माण्यथाहु:।।३७।।

अथाश्वकर्म्मशुद्धिमाह—दाक्षायणीति। धीरा: पण्डिता: आजानेया: कुम्भीनाश्वा इत्या-दयोऽश्वा: एषां कर्म्माणि आहु: कै:लग्नात् लोलाच्चरराशेस्त्रय: ३ आय: ११ केन्द्राणि १।४।७।१० एषु भावेषु स्थितै: सौम्यै: शुभग्रहै: पुन: कासु दाक्षायणीनां नक्षत्राणामर्य: स्वामी चन्द्रो मृगशीर्षं इन्द्रसूरिन्द्रमाताऽदिति: पुनर्वसू वातभं स्वाती अन्त्यं रेवती क्षिप्रसंज्ञा इति अर्णोर्यो जलस्वामी वरुणस्तस्योडु शतभिषक् श्रविष्ठा धनिष्ठा आसां ताराणां द्वन्द्वे आसु।।३७।।

चरलग्न में, लग्न से तृतीय, एकादश तथा केन्द्र भावों में शुभ ग्रहों के रहने पर मृगशीर्ष, पुनर्वसु, स्वाती, रेवती, क्षिप्रसंज्ञक नक्षत्र (हस्त, अश्विनी, पुष्य), शतभिष तथा धनिष्ठा नक्षत्रों में विद्वानों ने समस्त अश्व सम्बन्धी कार्यों को शुभ बतलाया है।

अश्वचक्रम्—

वाहे मौलिस्तम्भतो भत्रयं स्यात्
तेनादर्थायास्यगा लब्धकामा:।
तारास्तिस्त्र:पञ्च हृत्स्था वरिष्ठा
दुष्टाश्चांग्रांघ्र्योश्चतस्त्र: प्रदिष्टा:।।३८।।

अथाश्वचक्रे भानि स्थापयति—वाहे इति। सेनात् सह इनेन सूर्येण वर्तते यत्तस्मात् सूर्यनक्षत्रात् वाहेऽश्वे मौलिस्तम्भतो मस्तकस्थूणातो भत्रयं नक्षत्रत्रयमर्थाय द्रव्याय स्यात्। अर्थात् वर्तमानचन्द्रभं यदाऽत्र भवेत्तदेति। एवं आस्यगा मुखगतास्तिस्त्रस्तारा लब्धकामा प्राप्तकामा: प्रदिष्टा: प्रोक्ता:। पुनर्हृत्स्था: हृदयस्थिता: पञ्चतारा: वरिष्ठा: श्रेष्ठा: पुनरग्राङ्घ्र्योरग्रपादयोश्चतस्त्रस्तारा दुष्टा: प्रदिष्टा:।।३८।।

सूर्याक्रान्त नक्षत्र से तीन नक्षत्र मस्तक पर धन लाभ कराने वाले, मुख में स्थित ३ नक्षत्र इष्ट सिद्धि दायक, हृदय में स्थित ५ नक्षत्र श्रेष्ठ, अनन्तर अग्रिम दोनों पैरों में स्थित ४ नक्षत्र अशुभ होते हैं।।३८।।

तारा: पश्चात्पादयोर्मान्द्यदा: स्यु-
र्वेदाभिन्ना: पृष्ठदेशे चतस्त्र:।
व्यर्था लूने भानि चत्वारि हान्यै
कर्मण्याश्वे चेत्यदश्चिन्तनीयम्।।३९।।

तारा इति। पश्चात्पादयोर्वेदाभिन्नाश्चतस्त्रस्तारा मान्द्यदा: रोगदा: स्यु:। एवं पृष्ठदेशे वंशे चतस्त्रस्तारा: व्यर्था निष्फला: स्यु:। लूने पुच्छे चत्वारि भानि हान्यै विनाशाय स्यु:। इति प्रकारेण अश्वस्य इदं आश्वं तस्मिन् आश्वेऽश्वसम्बन्धिनि कर्मणि अदश्चक्रं चिन्तनीयं विबुधै:।।३९।।

अश्वचक्र में पिछले दोनों पैरों में स्थित चार नक्षत्र रोग उत्पन्न करने वाले, पृष्ठभाग में स्थित ४ नक्षत्र निष्फल तथा पुच्छ भाग में स्थित चार नक्षत्र हानि प्रद होते हैं। इस प्रकार अश्व सम्बन्धि कार्यों में अश्वचक्र का विचार करना चाहिये।।३९।।

अश्वचक्रम्

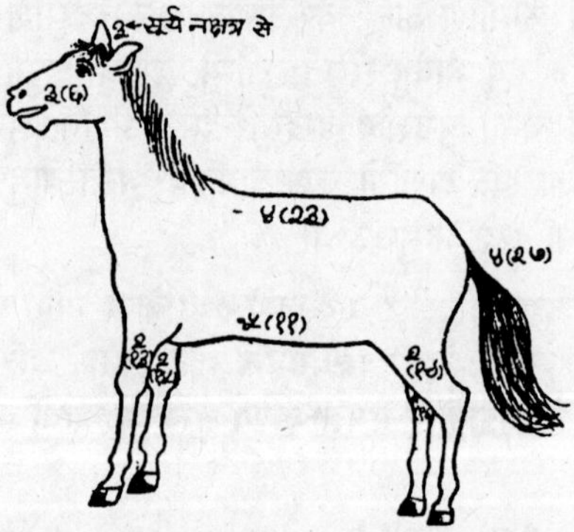

(सूर्य नक्षत्र से नक्षत्र संख्या बाह्य अंकों में तथा क्रमागत अन्तिम संख्या कोष्ठक में है)।

रथकर्म—

लोलमैत्रलघुजिष्णुकभेषु
स्यन्दनाखिलविधानमथाहु:।
सेनसद्युषु वशाम्बुतपस्थै:
साधुराशिवति साधुभिरङ्गे।।४०।।

अथ स्वागताछन्दसा रथकर्माह—लोलेति। अथानन्तरं धीरा: स्यन्दनाखिलविधानं रथानां समस्तकार्यमाहु:। केषु लोलसंज्ञानि मैत्रसंज्ञानि लघुसंज्ञानि जिष्णुरिन्द्रो ज्येष्ठा

को ब्रह्मा रोहिणीभं एषां द्वन्द्वे एषु किम्भूतेषु सेनसद्युषु सूर्यशुभग्रहदिनैः सह वर्तमानेषु पुनः कस्मिन् साधुराशियुक्तेऽङ्गे लग्ने सति पुनर्वशा स्त्रीभवनं पुनः अम्बु चतुर्थं तपो नवमं एतद्भवनस्थैः साधुभिः शुभग्रहैः॥४०॥

चर संज्ञक (स्वाति, पुनर्वसु, श्रवण, धनिष्ठा, शतभिष), मैत्र संज्ञक (मृगशीर्ष, रेवती, चित्रा, अनुराधा), लघु संज्ञक (हस्त, अश्विनी, पुष्य), ज्येष्ठा एवं रोहिणी नक्षत्रों में रविवार के साथ शुभ दिनों (सोम, बुध, गुरु, शुक्र) में, शुभ लग्नों में तथा सप्तम, चतुर्थ एवं नवम भावों के शुभ ग्रहों से युक्त होने पर रथ सम्बन्धी समस्त कार्य करने चाहिए।।४०।।

रथचक्रे नक्षत्रस्थापनम्—

ऊष्मवृष्णिकरकीर्णपुरर्क्षाद्-
देयमृक्षवलयं वलयस्य।
सव्यभागनिचितभ्रममग्रा-
दाविमध्यमनसो नवभागम्।।४१।।

अथ रथचक्रे भानि स्थापयति— ऊष्मेति। ऊष्मवृष्णिः सूर्यस्तस्य करैः कीर्णं व्याप्तं पुरं यस्य तच्च ऋक्षं च तस्मात्सूर्यभात् सुधिया ऋक्षवलयं भचक्रं देयं न्यासीकर्त्तव्यम्। कस्मात् अनसः शकटस्य वलयस्य चक्रस्याग्रादग्रभागात् आविमध्यं मध्यभागपर्यन्तं किम्भूतं ऋक्षवलयं नवभागं नवभिर्भागैः स्थितं पुनः किम्भूतं सव्यभागनिचितभ्रमं वामभागभरितभ्रमणं वृष्णिरिति प्रष्मिः वृष्मिः शब्दप्रभेदोक्तोऽयं शब्दः दन्त्यौष्मवर्णस्त्व-जादिपाठे सम्भाव्यते॥४१॥

ऊष्णरश्मि सूर्य की रश्मियों से व्याप्त अर्थात् सूर्याक्रान्त नक्षत्र से तीन-तीन नक्षत्र रथचक्र के अग्रभाग से मध्य भाग पर्यन्त वामावर्त क्रम से नव भागों में स्थापित करना चाहिये।।४१।।

विमर्श— रथ चक्र का जो स्वरूप पूर्व संस्करण में संस्कृत टीकाकार द्वारा प्रस्तुत किया गया है उसकी संगति मूल श्लोक के साथ तथा अन्य ग्रन्थों में वर्णित रथ चक्र के साथ नहीं है। यहाँ रथ चक्र में केवल दो अङ्ग (चक्का) ही दिखलाया गया है। जब कि सर्वत्र रथ के चार अङ्गों का निर्देश है। दूसरा अन्तर यह है कि ज्योतिर्विदाभरण में एक बाह्य सन्धि तथा एक अन्तर सन्धि का उल्लेख है। जो अन्यत्र नहीं है। नरपतिजयाचर्या[1], मुकुन्दविजय आदि ग्रन्थों में नक्षत्रों का नव भागों में इस प्रकार विभाजन किया गया है। ३ नक्षत्र अग्रभाग में, ३-३ नक्षत्र स्थूणा के अग्रभागों में, ३ नक्षत्र सन्धि में, ३ गर्भ में तथा ३-३ नक्षत्र चारों अङ्गों (चक्कों) में।

ज्योतिर्विदाभरण के ४१वें श्लोक के आशय के अनुसार रथ चक्र का स्वरूप इस प्रकार होगा।

१. द्र. नरपतिजयाचर्या "रथचक्र" पृष्ठ-२५८

रथचक्र

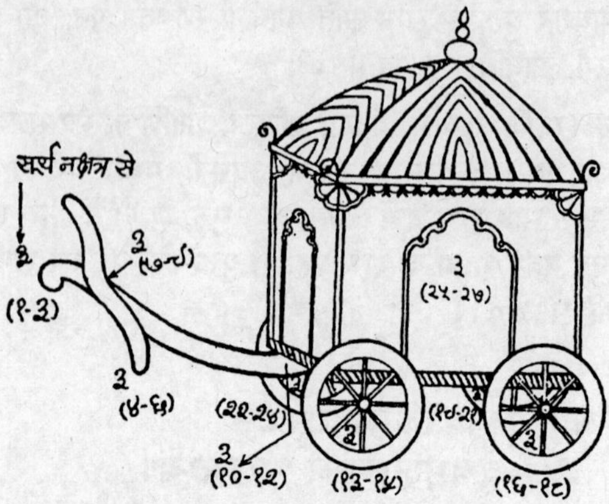

रथचक्रस्थितनक्षत्रफलानि—

अग्रभे भवति सङ्कलिरत्ता
कूबरोडुनि जयोऽथ रथाङ्गे।
सन्धिभेऽर्थहृतिरन्तरसन्धौ
भीतिरिष्टमनसो ननु गर्भे।।४२।।

अथैच्चक्रगतभफलमाह—अग्रेति। अनस: शकटस्य अग्रभेऽग्रत वर्तमानचन्द्रभे सकलिर्युद्धं भवति। एवं कूबरोडुनि कूबरे युगन्धरे 'कांगरा इति भाषायां।' उडुनि वर्तमानचन्द्रनक्षत्रेऽत्ता मरणं भवति। रथाङ्गे रथपादे चक्रयुग्मे जय: स्यात्। सन्धिभे सन्धिगतनक्षत्रेऽर्थहृतिर्द्रव्यहरणं अन्तरसन्धौ मध्यसन्धानगतैर्भैर्भीतिर्भयं गर्भे मध्यभागभे इष्टं शुभं ननु निश्चितम्।।४२।।

रथचक्र के अग्रभाग में स्थित नक्षत्रों में यदि वर्तमान (चान्द्र) नक्षत्र हो तो युद्ध, कूबर (स्कन्ध) में हो तो मृत्यु, अंगों चारों रथ चक्रों में विजय, बाह्य सन्धि में अर्थ हानि, आभ्यन्तर सन्धि में भय तथा गर्भस्थित नक्षत्रों में चान्द्र नक्षत्र हो तो इष्टसिद्धि होती है।।४२।।

वृषभकर्म—

आन्त्ययातुभचलाचलमैत्र
द्व्यर्यदास्त्रलघुभैर्निचितेषु।
सद्भिरुक्तमृषभाखिलकार्यं
व्यारविद्यमसमग्रदिनेषु।।४३।।

अथ वृषभसमस्तकर्माह—आन्त्येति। सद्भि: पण्डितै: वृषभाखिलकार्यं सौरभेयानां समस्तकृत्यमुक्तं प्रोक्तं केषु व्यारविद्यमसमग्रदिनेषु भौमबुधशनिवर्जितेषु सर्वदिनेषु किम्भूतेषु

निचितेषु व्याप्तेषु कैः आन्त्यं रेवती यातुभं मूलं चलसंज्ञानि अचलसंज्ञानि मैत्रं अनुराधा द्व्यर्यं द्विस्वामिकं विशाखा दास्रमश्विनी लघुसंज्ञानि एभिर्भैः।।४३।।

रेवती, मूल, चलसंज्ञक (स्वाती, पुनर्वसु, श्रवण, धनिष्ठा, शतभिष), स्थिर संज्ञक (तीनों उत्तरा, रोहिणी), अनुराधा, विशाखा, अश्विनी तथा लघुसंज्ञक (हस्त, पुष्य, अभिजित्) नक्षत्रों में मंगल, बुध और शनि वासरों को छोड़ कर शेष दिवसों में वृष (बैल) सम्बन्धी सभी प्रकार के कार्यों को विद्वानों ने शुभ बतलाया है।।४३।।

शिविकाकर्म—

याप्ययाननिखिलव्यवहाराः
सद्युसत्तिथिषु सत्सु वराः स्युः।
उत्तरेन्द्रलघुमैत्रचलर्क्षैः
कण्टके ह्युपचयेऽथ खलेषु।।४४।।

अथ शिविकासमस्तकर्माह—याप्येति। हि युक्तार्थे याप्ययानं शिविका तस्या निखिलव्यवहाराः वराः श्रेष्ठाः स्युः। केषु सद्युसत्तिथिषु शुभदिनशुभवासरेषु सत्सु पुनः कण्टके १.४.७.१० उपचये ३.६.१०.११ खलेषु खलग्रहेषु पुनः कः उत्तरात्रयं इन्द्रो ज्येष्ठा लघुसंज्ञानि मैत्रसंज्ञानि चलसंज्ञभानि एभिः।।४४।।

शुभ ग्रहों के वासरों में शुभ तिथियों में, तीनों उत्तरा, ज्येष्ठा, लघु संज्ञक (हस्त, अश्विनी, पुष्य, अभिजित्), मैत्र संज्ञक (मृगशीर्ष, रेवती, चित्रा, अनुराधा) चलसंज्ञक, (स्वाती, पुनर्वसु, श्रवण, धनिष्ठा, शतभिषा) नक्षत्रों में, केन्द्र (१,४,७,१०) तथा उपचय (३,६,११) भावों में पापग्रहों के स्थित होने पर शिविका सम्बन्धी सभी कार्य शुभ होते हैं।।४४।।

शिविकाचक्रे नक्षत्रस्थापनम्—

पेटके हरिदिशोंऽशुयुतर्क्षा-
त्पञ्च पञ्च हरितः शिविकायाः।
मध्यगा गुणमिताश्च चतस्रो
दण्डगा विधुवशा ननु देयाः।।४५।।

अथ शिविकाचक्रे नक्षत्राणि स्थापयति—पेटकेति। अंशुयुतर्क्षात् सूर्यभात् शिविकायाः पेटके हरिदिशः पूर्वतो हरितश्चतुर्दिक्षु पञ्च पञ्च विधुवशाः नक्षत्राणि देयाः। हरित इति सार्वविभक्तिकस्तस् इत्येके इतिबहुवचनम्। च पुनर्मौलिगा मस्तकगताः गुणमितास्त्रि-संख्यास्तारा देयाः पुनर्दण्डगाः वेणुप्रान्ते द्वे द्वे इत्यर्थः। ताश्चतस्रस्तारा देयाः। ननु निश्चितं दैवज्ञैरिति शेषः।।४५।।

शिविका (पालकी) चक्र में पूर्व दिशा से आरम्भ कर सूर्याधिष्ठित नक्षत्र से पाँच-पाँच नक्षत्र चारों दिशाओं में स्थापित करना चाहिये। अनन्तर तीन नक्षत्र शीर्ष

पर तथा अन्तिम चार नक्षत्रों का स्थापन दण्ड पर (दो-दो नक्षत्र दोनों पार्श्व में) करना चाहिये।।४५।।

शिविका चक्र

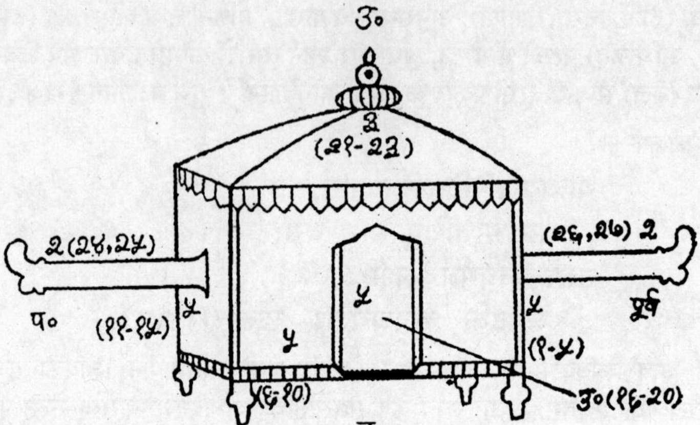

शिविकास्थितनक्षत्रफलानि—

जिष्णुदिश्यपि कमन्तकदिग्गं
भं गदाय दरदं वनपाशम्।
वित्तपाशमतिवेदनमृक्षं
मध्यवेणुगमभीष्टमिह स्यात्।।४६।।

अथ शिविकाचक्रगतनक्षत्रफलमाह—जिष्णुरिति। इह चक्रे जिष्णुदिशि पूर्वस्यां यदा भं वर्तमानचन्द्रनक्षत्रं स्यात्तदापि निश्चितं कं सुखं स्यात्। एवं अन्तकदिग्गं दक्षिणदिक्स्थितं भं नक्षत्रं गदाय रोगाय स्यात्। पुनः वनपो जलस्वामी वरुणस्तमश्नुते प्राप्नोति इति वनपाशं वारुणदिग्गतं भं दरदं भयदं स्यात्। वित्तपाशं धनददिग्गतं उत्तरस्यां अतिवेदनं बहु पीडाकृत्। मध्यश्चवेणुश्च तौ गच्छतीति तन्मध्यवेणुगमिति मध्यगं मौलिगतं वेणुगं उभयपार्श्वे शंशप्रान्तप्राप्तमभीष्टं शुभं स्यात्।।४६।।

शिविका चक्र के पूर्व भाग में स्थित नक्षत्रों में यदि वर्तमान चान्द्र नक्षत्र हो तो सुख प्राप्ति, दक्षिण दिशा में हो तो रोग, पश्चिम दिशा में हो तो भय, उत्तर दिशा में पीड़ा, वंशस्थित चार नक्षत्रों में तथा मौलिस्थित तीन नक्षत्रों में अभीष्ट लाभ होता है।।४६।।

राजसेवामुहूर्त्तः—

पुष्पवन्तकविजीववदिनेषु
क्षिप्रधीरमृदुशौरिभशाक्रैः।

सेवनाद्यखिलविम्बशशाङ्के
सर्वकर्म गदितं ह्यनुगानाम्।।४७।।

अथ राजेसवामुहूर्तमाह—पुष्येति। हिं युक्तार्थे अनुगानां सेवकानां सेवनादि भूपसेवादि सर्वकर्म गदितं प्रोक्तं। कस्मिन् अखिलविम्बशशाङ्केऽक्षीणचन्द्रे पुनः केषु पुष्पवन्तौ शशिभास्करौ कविः शुक्रः जीवो गुरुरेषां दिनेषु पुनः कैः क्षिप्रसंज्ञानि धीरसंज्ञानि मृदुसंज्ञानि शौरिर्विष्णुः श्रवणः शाक्रं ज्येष्ठा एषां द्वन्द्वे एभिः कृत्वा।।४७।।

रविवार, सोमवार, शुक्रवार तथा गुरुवासरों में, क्षिप्र संज्ञक (हस्त, अश्विनी, पुष्य, अभिजित्), धीर (स्थिर) संज्ञक (तीनों उत्तरा, रोहिणी), मृदुसंज्ञक (मृगशिरा, रेवती, चित्रा, अनुराधा), श्रवण और ज्येष्ठा नक्षत्रों में बलवान् चन्द्रमा के रहने पर सेवक-सेवन (नौकर रखने आदि) सम्बन्धी समस्त कार्य करना चाहिए।।४७।।

सेवायां लग्नशुद्धिविचारः—

मारवर्तिनि　　गुरावसितेऽरा-
वारहंसवति तेजसि वाये।
के सितेऽब्जवति वाथ विलग्ने
सेवनं　मुनिवरा　वरमाहुः।।४८।।

अथ सेवायां लग्नशुद्धिमाह—मारेति। मुनिवराः सेवनं राजसेवां वरमाहुः। कस्मिन् मारवर्तिनि कन्दर्पभाजि सप्तमभावे गुरौ सति। अथ पुनररौ शत्रौ षष्ठभावेऽसिते शनौ सति पुनरारहंसवति भौमसूर्ययुक्ते तेजसि पराक्रमभावे तृतीये वाऽथवा आये एकादशभावे सति पुनः के सुखे चतुर्थभावे सिते शुक्रे सति वाथवाऽब्जवति चन्द्रयुक्ते विलग्ने लग्ने सति।।४८।।

लग्न से सप्तम भाव में गुरु, षष्ठभाव में शनि, भौमयुक्त सूर्य तृतीय भाव में अथवा एकादश भाव में, चतुर्थ भाव में शुक्र तथा लग्न में चन्द्रमा हो तो सेवक सम्बन्धी कार्य को (राजकीय सेवा कार्य को) मुनियों ने श्रेष्ठ बतलाया है।।४८।।

महिषोष्ट्रादीनां कर्म—

कासराख्यकरभाविमुखाना-
मुक्तपार्श्वलपनोडुषु सर्वम्।
वारुपेन्द्रवसुवारिनभेषु
कर्म सद्भिरिनसद्युष वैनौ।।४९।।

अथ माहिषोष्ट्रादीनां कर्माह—कासरेति। सद्भिः पण्डितैः कासराख्यो महिषः करभ उष्ट्र अविमेषः मुखं आदिर्येषां तेषां महिषादीनां सर्वं कर्म कथितम्। केषु उक्तपार्श्वलपनोडुपु प्रोक्ततिर्यङ्मुखनक्षत्रेषु। पुनः केषु वारुपेति। वार्जलं पूर्वाषाढा उपेन्द्रो विष्णुः श्रवणो वसु धनिष्ठा वारि जलं तस्य इनः स्वामी वरुणस्तस्य भं शतभिषक्

एषां द्वन्द्वे एषु भेषु पुन: इन: सूर्य: सद्दिव: शुभग्रहवासरा: एषां द्वन्द्वे एषु वाऽथवा ऐनौ शनौ।।४९।।

तिर्यङ्मुख संज्ञक (अनुराधा, मृगशिरा, रेवती, चित्रा, हस्त, स्वाती, पुनर्वसु ज्येष्ठा, अश्विनी), पूर्वाषाढा, श्रवण, धनिष्ठा एवं शतभिष नक्षत्रों में रविवार तथा शुभ वासरों (सोम, बुध, गुरु, शुक्र) वासरों में अथवा शनिवार को भैंस, हाथी, ऊँट, भेड़ आदि पशुओं से सम्बन्धित कार्य शुभ कारक होते हैं।।४९।।

विमर्श— पशु कर्म में दिन का कोई प्रतिबन्ध नहीं है। रवि से शनि पर्यन्त सभी वारों को प्रशस्त माना गया है।

सिंहादीनां पालनमुहूर्त्तः—

स्याद्यमोष्णघृणिमन्त्र्यरुणाना-
मन्हि मैत्रलघुभर्गकभेन्द्रैः।
कर्म पालनमुखं हि सपूर्वैः
पुण्डरीकमुखहेतिनखानाम्।।५०।।

अथ सिंहादीनां पालनमुहूर्तमाह—स्याद्यमेति। हि युक्तार्थे पुण्डरीकमुखा: चित्रकायप्रमुखा: हेतिवत् प्रहरणवत् नखा: एषां ते तेषां व्याघ्रप्रमुखनखरायुधानां पालनमुखं कर्म स्यात्। कस्मिन् यमोष्णघृणिमन्त्र्यरुणानां शनिसूर्यगुरुभौमानामह्नि दिने पुन: कै: मैत्रसंज्ञानि लघुसंज्ञानि भर्ग: शिव आर्द्रा को ब्रह्मा रोहिणी ऐन्द्रं ज्येष्ठा एषां द्वन्द्वे एभि: किंभूतै: सपूर्वै: पूर्वात्रययुक्तै:।।५०।।

शनिवार, रविवार, गुरुवार एवं भौमवार को, मैत्र संज्ञक (मृगशिरा, रेवती, चित्रा, अनुराधा), लघु संज्ञक (हस्त, अश्विनी, पुष्य, अभिजित्), आर्द्रा, रोहिणी, ज्येष्ठा तथा तीनों पूर्वा नक्षत्रों में नख आयुध वाले सिंह, व्याघ्र आदि हिंसक पशुओं का पालन शुभ होता है।।५०।।

वानरादीनां पालनमुहूर्त्तः—

स्याद्वलीमुखरुरुप्रमुखानामैशधीरलघुलोलमृगर्क्षैः।
खेलतोऽहनि सतो नरनेतुः कर्मभिः शमटवीशरणानाम्।।५१।।

अथ वानरप्रमुखानां खेलनादिकर्ममुहूर्तमाह—स्याद्वेति। अटवीशरणानां वलीमुखा वानरा:। रुरवो मृगभेदा: प्रमुखा एषां वलीमुखरुरुप्रमुखानां खेलत: खेलनात् कर्मभि: नरनेतुर्नृपस्य शं सुखं स्यात्। कस्मिन् सत: शुभग्रहस्याहनि दिने पुन: कै: ऐशमार्द्रा धीरसंज्ञानि लघुसंज्ञानि मृगशीर्ष एषां द्वन्द्वे एभि:।।५१।।

आर्द्रा, स्थिर संज्ञक (तीनों उत्तरा, रोहिणी), लघु संज्ञक (हस्त, अश्विनी, पुष्य, अभिजित्) तथा मृगशिरा नक्षत्रों में, शुभ ग्रहों के वासरों में राजा के मनोरंजन हेतु वलीमुख (वानरों) एवं रुरु आदि मृगों का पालन शुभ होता है।।५१।।

कुक्कुटानां पालनमुहूर्त्तः—

चीरताम्रमुकुटादिशकुन्ता-
स्तिर्यगाननतमीशवशासु।
शश्वदुद्वदनभेषु　　भजेद्रा-
डास्फुजिद्विदिनजीवभपान्हि।।५२।।

अथ कुक्कुटादीनां, सेवनमुहूर्तमाह—चीरेति। शश्वन्निरन्तरं राट् नृपः चीरताम्रमुकुटादिशकुन्तान् चीरः पक्षिविशेषः ताम्रमुकुटः कुक्कुट इत्यादयः शकुन्ताः पक्षिणस्तान् भजेत्। तेषां अभिनवग्रहणादिकं कारयेदित्यर्थः। कस्मिन् आस्फुजिच्छुक्रः विद् बुधः इनो रविः जीवो गुरुः भपो भेशश्चन्द्र एषा द्वन्द्वे एषामन्हि दिने पुनः कासु तिर्यगाननतमीशवशासु तिर्यङ्मुखतारासु पुनः उद्वदनभेषु ऊर्ध्वमुखनक्षत्रेषु।।५२।।

चीर, कुक्कुट (मुर्गा) आदि पक्षियों का पालन तिर्यङ्मुख (अनुराधा, मृगशिरा, रेवती, चित्रा, हस्त, स्वाती, पुनर्वसु, ज्येष्ठा, अश्विनी) तथा ऊर्ध्वमुख (आर्द्रा, पुष्य, श्रवण, धनिष्ठा, तीनों उत्तरा, रोहिणी) नक्षत्रों में शुक्र-बुध-सूर्य-गुरु और सोमवासरों में शुभ होता है।।५२।।

मत्स्यग्रहणमुहूर्त्तः—

कार्यकत्रयभदारुणदण्डी-
शेनभेष्वभिनवं हि कुवेण्याः।
सिध्यति ग्रहणमारकवीनै-
र्यादसामनिमिषाख्यमुखानाम्।।५३।।

अथ मत्स्यग्रहणमुहूर्तमाह—कार्येति। हि युक्तार्थे कुवेण्या मत्स्यबन्धत्यक्तत्वादनिमिषाख्यमुखानां मत्स्यप्रमुखानां यादसां जलजन्तूनामभिनवं नवीनं ग्रहणं सिद्ध्यति। अथवा कुवेण्या अभिनवग्रहणामिति सम्बन्धे षष्ठी ग्राह्या। नवीनकुवेण्यां मत्स्यानां प्रथमस्थापनमित्यर्थः। यतः 'मत्स्याधानी कुवेणी स्यात् इत्यमरः। मत्स्या धीयेत स्थाप्यतेऽस्यां मत्स्याधानीति क्षीरस्वामी। कैः आरो भौमः कविः शुक्रः इनो रविः एषां द्वन्द्वे एभिः। पुनः केषु। कार्येति। कस्य जलस्य अर्यः स्वामी कार्यो वरुणः शतभिषक् कत्रयं को वायुः स्वाती को ब्रह्मा रोहिणी कं जलं पूर्वाषाढेति ककारत्रयभानि दारुणसंज्ञानि दण्डीशो यमो भरणी इनभं हस्तः एषां द्वन्द्वे एषु।।५३।।

शतभिष, ('क' संज्ञक तीनों अर्थात् वायु, ब्रह्मा और जल के नक्षत्र) स्वाती, रोहिणी और पूर्वाषाढा नक्षत्रों में; मंगल, शुक्र एवं सूर्य वासरों में मत्स्य आदि जल जन्तुओं को पकड़ना अथवा किसी पात्र या जलाशय में नवीन मछलियों को पालना शुभ कारक होता है।।५३।।

शिविरस्थापनमुहूर्त्तः—

साध्वहानि निचितानि विरिक्तै-
र्धीरभैर्मृदुभिराज्ययुगान्त्यैः।

वाञ्छसीह शिविराखिलकृत्ये
मर्त्यदेववरमाश्रयचेत्वम्।।५४।।

अथ पटमण्डपादिसैन्यरचनामुहूर्तमाह—साध्वेति। हे मर्त्यदेव हे नृदेव चेद्यदि त्वं वरं शुभं वांछसि तदा त्वं इह शिविराखिलकृत्ये सैन्यरचनासमस्तकार्ये पटमण्डपादिनिवेशे साध्वहानि साधुग्रहदिनानि आश्रय अङ्गीकुरु। 'निवेश शिविरं' इत्यमर:। निवेश शिविकोद्वाहविन्यासेषु प्रकाशित: १ इति महेश्वर:। 'निवेश: सैन्यावास' इति क्षीरस्वामी। किंभूतानि साध्वहानि धीरभै: स्थिरसंज्ञानक्षत्रैर्मृदुभिर्मैत्रसंज्ञै: अजस्य विष्णोरिदं आज्यं युगं द्वयं श्रवण धनिष्ठे अन्त्यं रेवती एषां द्वन्द्वे एभिश्च भैर्निचितानि व्याप्तानि किंभूतैरेभिर्भै: विरिक्तै: रिक्तातिथिवर्जितै:।।५४।।

हे नृप! यदि सेनाओं के शिविर (कैम्प) सम्बन्धी समस्त कार्यों में शुभ की अभिलाषा रखते हो तो शुभ ग्रहों के वासरों में, रिक्ता (४,९,१४) तिथियों को छोड़कर शेष तिथियों में, स्थिरसंज्ञक (तीनों उत्तरा, रोहिणी), मृदुसंज्ञक (मृगशिरा, रेवती, चित्रा, अनुराधा), श्रवण, धनिष्ठा और रेवती नक्षत्रों में सैन्य शिविर की स्थापना या तत्सम्बन्धी कार्यों को करें।।५४।।

विमर्श— यहाँ रेवती का दुबारा उल्लेख निरर्थक है क्योंकि मृदुसंज्ञक नक्षत्रों में रेवती की गणना हो जाती है। इसी प्रकार 'अज' का अर्थ विष्णु किया गया है। विष्णु सम्बन्धी (आज्य) नक्षत्र श्रवण अत: श्रवण से दो नक्षत्र श्रवण-धनिष्ठा अर्थ किया गया है।

वितानमुहूर्त्त:—

काव्यजीवविधुहेलिदिनेषु-
स्यादुदास्यविधुभीरुषु बन्धात्।
शं वितानरथकावरणानां
सद्युताचलभकण्टककाले।।५५।।

अथ चन्द्रोदयादीनां बन्धनमुहूर्तमाह—काव्येति। वितानरथकावरणानां चन्द्रोदयस्यन्दनाच्छादनानां बन्धात् शं सुखं स्यात्। केषु काव्य: शुक्र: जीवो गुरु: विधु: हेलि: सूर्य: एषां द्वन्द्वे एषां दिनेषु पुन: कासु उदास्यविधुभीरुषु उर्ध्वमुखचन्द्रभार्यासु ऊर्ध्वमुखभेषु इत्यर्थ:। भीरु कातरयोषितो: इतिकोष:। पुन: कस्मिन् सद्भि: शुभग्रहैर्युतानि अचलभानि स्थिरराशयो यस्मिन् सकण्टकस्तस्य काले लग्ने तस्मिन् सद्युताचलभकण्टककाले।।५५।।

शुक्र, गुरु, चन्द्र, सूर्य वासरों में, ऊर्ध्वमुख संज्ञक (आर्द्रा, पुष्य, श्रवण, धनिष्ठा, तीनों उत्तरा, रोहिणी) नक्षत्रों में, स्थिर लग्न में, केन्द्र (१,४,७,१०) भावों में शुभ ग्रहों के स्थित रहने पर वितान (चन्दोवा) बाधना शुभ होता है।।५५।।

राजसेवामुहूर्त्त:—

क्षिप्रवासवमृदुध्रुवकर्णान्-
सज्जनो व्यसृगशेषदिनेषु।

सेवितुं वसुमतीशमरिक्ते-
ष्विच्छतीन्दुसितवत्युदयेऽपि।।५६।।

अथ राजसेवामुहूर्तमाह—क्षिप्रेति। सज्जनः वसुमतीशं महीपं सेवितुं क्षिप्रादीन् इच्छति ऊरीकरोतीत्यर्थः। इयं सेवा राजद्वारगमनं परदासभावो नास्ति। क्षिप्रेति क्षिप्रसंज्ञानि वासवं धनिष्ठा मृदुसंज्ञानि ध्रुवसंज्ञानि कर्णः श्रवणः एषां द्वन्द्वे इमान् केषु व्यसृगशेषदिनेषु पुनः कस्मिन् इन्दुसितवति चन्द्रशुक्रयुक्ते उदये लग्ने सति किंभूतेषु समस्तदिनेषु अरिक्तेषु रिक्तातिथिवर्जितेषु।।५६।।

क्षिप्र संज्ञक (हस्त, अश्विनी, पुष्य, अभिजित्,) धनिष्ठा, मृदु संज्ञक (मृगशीर्ष, रेवती, चित्रा अनुराधा), ध्रुव संज्ञक (तीनों उत्तरा, रोहिणी), श्रवण नक्षत्रों में भौमवार को छोड़कर शेष दिनों में, रिक्ता (४,९,१४) तिथियों को छोड़कर शेष तिथियों में तथा चन्द्र-शुक्र से युक्त लग्न में सज्जन पुरुष को राजसेवा (राजकीय नौकरी) का शुभारम्भ करना चाहिये।।५६।।

कवचधारणमुहूर्तः—

विश्वकृत्सुरसवित्र्यजमित्र-
स्तोमनष्टरदभद्वयधीरैः ।
सन्त इज्यमुखवारचतुष्के
नव्यवर्मफलकाधृतिमाहुः।।५७।।

अथ नुन्नसन्नाहखेटकधारणमुहूर्तमाह—विश्वेति। सन्तः पण्डिताः नव्यवर्मफलकाधृति नुन्नसन्नाहखेटकयोः आधारणमाहुः। फलं 'कण्टाल' इति भाषा। कस्मिन् इज्यो गुरुः सन्मुखे यस्य तत् वारचतुष्कं गुरुशुक्रशनिसूर्यानां चतुष्के इत्यर्थः। पुनः कैः विश्वेति। विश्वकृच्चित्रा सुरसवित्री अदितिः पुनर्वसुः अजो विष्णुः श्रवणः मित्रोऽनुराधा स्तोमेन यज्ञेन नष्टाः रदा दन्ताः यस्य स पूषा तस्माद्भद्वयं रेवत्यश्विन्यौ धीरसंज्ञानि एषां द्वन्द्वे एभिर्भैः।।५७।।

चित्रा, पुनर्वसु, श्रवण, अनुराधा, रेवती, अश्विनी, तथा स्थिर संज्ञक (तीनों उत्तरा, रोहिणी) नक्षत्रों में, गुरु वारादि ४ दिनों में अर्थात् गुरु, शुक्र, शनि और रविवासरों में नवीन कवच धारण करने के लिये विद्वानों ने शुभ बतलाया है।।५७।।

वर्मधारणे लग्नशुद्धिः—

साधुभिर्निशिथिनीशवदंगान्-
मारधामगगनोपगतैर्वा ।
वर्मितोऽरि-भंवगैरनपापैः
स्यात् क्षमोऽहितगणानथ जेतुम्।।५८।।

अथ सन्नाहधारणे लग्नशुद्धिमाह—साध्विति। ना पुरुषोऽहितगणान् रिपुसमूहान् विजेतुमधरीकर्तुं क्षमः स्यात्। किंभूतः साधुभिः पुनरनपापैः पापग्रहैः कृत्वा वर्मितोधृतसन्नाहः

किंभूतैः साधुभिः निशिथिनीशवदंगात् चन्द्रराशियुक्तलग्नात् मारधामगगनोपगतैः सप्तमचतुर्थदशमभावोपगतैः किंभूतैरनपापैररि ६ भव ११ गैः षष्ठैकादशगतैः।।५८।।

चन्द्रराशि (चन्द्रमा जिस राशि में हो उस) से सप्तम, चतुर्थ और दशम भावों में शुभग्रहों तथा षष्ठ, एकादश भावों में पापग्रहों के स्थित रहने पर कवच धारण करने वाला पुरुष शत्रु-समूह पर विजय पाने में सक्षम होता है।।५८।।

खड्गतोमरधारणमुहूर्त्तः—

आन्त्यवात्यबृहदैज्यशयैन्द्र-
त्वाष्ट्रभाग्यवसुभान्यगदश्च।
रिष्टितोमरधृतौ धरणेऽस्याः
कव्यसद्युभरितानि वराणि।।५९।।

अथ खड्गतोमरधारणमुहूर्तमाह—आन्त्येति। अथ बुधाः रिष्टितोमरधृतौ खड्गसर्वलाधारणेऽस्त्र्याः कटारिकाया धारणे च अन्त्यादीनि भानि वराणि अगदन् 'क्षुर्यस्त्रिको शशायिका' इति हैमशेषकोषः। अन्त्यं रेवती वात्यं स्वाती बृहत्संज्ञानि ऐज्यं पुष्य शयः करो हस्तः ऐन्द्रे ज्येष्ठा त्वाष्ट्रं चित्रा भाग्यं पूर्वाफल्गुनी वसुभं धनिष्ठा एषां द्वन्द्वे इमानि किंभूतानि काव्यसद्द्युभयुतानि कविःशुक्रः असन्तोऽशुभग्रहास्तेषां घस्रा दिनाः भानि राशयश्चैषां द्वन्द्वे एभिर्युतानि।।५९।।

रेवती, स्वाती, बृहत् संज्ञक (तीनों उत्तरा, रोहिणी), पुष्य, हस्त, ज्येष्ठा, चित्रा पूर्वाफल्गुनि तथा धनिष्ठा नक्षत्रों में, शुक्रवार तथा अशुभ ग्रहों के दिनों (मंगल-शनि-रवि) में रिष्टि, तोमर (तलवार, भाला) धारण करना शुभ कहा गया है।।५९।।

अस्त्रधारणमुहूर्त्तः—

एनशेन्द्रकभनिष्कभधीरा-
चार्यवासवभहारिविशाखाः।
कङ्कपत्रधनुरादिकधृत्यै
भिन्दिपालधृतयेऽपि च धीरा।।६०।।

अथ बाणधनुर्भिन्दिपालादिधारणे शुद्धिमाह—ऐनेति। वीराः ऐनशेत्यादि अकथयन् जगदुः। कस्मै कङ्कपत्राः बाणाः धनुश्चापः इत्यादिकानां धृत्यै धारणाय च पुनर्भिन्दिपालधारणाय भिंदिपाल इति शब्दे भेदः 'बरछी' इति भाषा। ऐनशेति। अः विष्णुः इनः सूर्यश्च शः शंभुश्च कः ब्रह्मा च द्वन्द्वे एषां भानि श्रवणहस्तार्द्राज्येष्ठारोहिण्यः निष्कं जलं तस्य भे पूर्वाषाढा धीरसंज्ञानि आचार्यो गुरुः पुष्यः वासवं धनिष्ठाभं हारिणि मृदुसंज्ञानि विशाखा आसां द्वन्द्वे श्रवणादोः एतास्ताराः मतिनिष्कमिति कं जलं निःसंयोगेऽपि तदेवार्थः।।६०।।

श्रवण, हस्त, आर्द्रा, ज्येष्ठा, रोहिणी, पूर्वाषाढ़ा, स्थिर संज्ञक (तीनों उत्तरा, रोहिणी), पुष्य, धनिष्ठा, मृदुसंज्ञक (मृगशिरा, रेवती, चित्रा, अनुराधा) तथा

विशाखा नक्षत्रों में बाण-धनुष आदि के लिए तथा भिन्दिपाल प्रभृति (बर्छा आदि फेंक कर मारने वाले) अस्त्रों को धारण करना शुभ होता है।।६०।।

अस्त्रधारणे समयशुद्धिः—

लोहिताङ्गहरिहंसदिनाढ्यै-
र्भद्रपूर्णजयवद्विधुवारैः।
क्षेपणीयधनुषेषु गदास्यो
ध्रीयतेऽस्त्रविसरः सति लग्ने।।६१।।

अथ बाणादिधारणे तिथिवारशुद्धिमाह—लोहितेति। अस्त्रविसरः शस्त्रसमूहो ध्रीयते भटैरिति शेषः। कैः। भद्रेति। भद्रास्तिथयः पूर्णाः जयाश्च वतुप्रत्यये भद्रवतीभद्रा पूर्णवती पूर्णा इत्यर्थः। एताभिर्युक्ताः विधुवाराश्चान्द्रदिनास्तैः किंभूतैः लोहिताङ्गो भौमः हरिर्यमः शनिः हंसो रविः एषां दिनैराढ्यैर्युक्तैः पुनः कस्मिन् सति शुभग्रहे शुभे वा लग्ने सति किंभूतोऽस्त्रविसरः। क्षेपेति। क्षेपणीयं गोफणिकादि धनुः समासे धनुषमिति इषुर्बाणः गदा अतीता एता आस्यं मुखं यस्य स इत्यादियुक्त इत्यर्थः। ध्रीयते इत्यत्र ऋकारस्य रिज्यादेशत्वाद् दीर्घत्वाभावो घटते परमत्र कस्यचिन्मताश्रितं ज्ञातेऽन्यथा धीयते इति डुधाञः प्रयोगो वरमिति।।६१।।

भौम, शनि, रवि और चन्द्र वासरों में, भद्रा (२,७,१२), पूर्णा (५,१०,१५), जया (३,८,१३) तिथियों में, धनुष-बाण-गदा आदि प्रक्षेपणास्त्रों को धारण करना चाहिये।।६१।।

आग्नेयास्त्रमुहूर्त्तः—

उग्रदारुणमहाबलभान्त्य-
त्वाष्ट्रतिष्यकरकार्ष्णभमिश्रैः।
आश्रितान्यसदहानि जगुस्ते
ऽनेकभेदनलिकास्त्रविधाने।।६२।।

अथ नलिकादिशस्त्रविधाने भवारशुद्धिमाह—उग्रेति। ते प्रसिद्धाः धीराः अनेकभेदे नलिकाशस्त्रविधाने लघुबृहदनेकभेदः बहुषं नलिं जम्बूग इत्यादि वह्निशक्तिविधाने असदहानि पापग्रहदिवसानि जगुः कथयामासुः। किंभूतानि असदहानि आश्रितानि युक्तानि कैः। उग्रेति। उग्रसंज्ञानि दारुणसंज्ञानि महाबलौ वायुस्तद्भं स्वाती आन्त्यं रेवती त्वाष्ट्रं चित्रा तिष्यः पुष्यः करो हस्तः कृष्णस्येदं कार्ष्ण्यभं श्रवणं मिश्रसंज्ञे द्वे एषां द्वन्द्वे एतैः।।६२।।

उग्र संज्ञक (तीनों पूर्वा, भरणी, मघा), दारुण संज्ञक (मूल, ज्येष्ठा, आर्द्रा, आश्लेषा), स्वाती, रेवती, चित्रा, पुष्य, हस्त, श्रवण तथा मिश्रसंज्ञक (विशाखा, कृत्तिका) नक्षत्रों से युक्त अशुभ ग्रहों के (रवि-भौम-शनि) वासरों में विभिन्न प्रकार के नलिका अस्त्रों (बन्दूक आदि आग्नेयास्त्रों) को व्यवहार हेतु उपयुक्त कहा गया है।।६२।।

आग्नेयास्त्रधारणे लग्नशुद्धिः—

स्याज्जयाय सजयं च सरिक्तं
वह्निमुक्तपरमास्त्रविधानम्।
चञ्चरीकहरितावुरिकुम्भै-
रायगैरुपचयेष्वनदुष्टैः।।६३।।

अथ वह्निमुक्तास्त्रे तिथिलग्नशुद्धिमाह—स्याज्जयायेति। वह्निमुक्तपरमास्त्रविधानं कर्तृपदं अग्निना प्रेरितलोहगोलकबृहन्नलिकास्त्रं कोकबाणादिकं वा जयाय वैरिपराभवाय स्यात्। किंभूतं सजयं जयातिथियुक्तः पुनः किंभूतं सरिक्तं रिक्तायुक्तं कैः कृत्वा अनदुष्टैः पापग्रहैः किंभूतैः आयगैः एकादशभावगैः उपचयेषु विषये ३,६,१०,११ चञ्चरीको वृश्चिकराशिः हरिः सिंहः ताउरिर्वृषः कुम्भ एभिः॥६३॥

जया संज्ञक (३,८,१३) एवं रिक्तासंज्ञक (४,९,१४) तिथियों में आयभाव में वृश्चिक, सिंह, वृष, कुम्भ राशियों के स्थित रहने तथा पापग्रहों के उपचय (३,६,१०,११) भावों में जाने पर धारण किये गये अग्नि सञ्चालित (बन्दूक, तोप आदि) अस्त्र अवश्य ही विजय देने वाले होते हैं।।६३।।

नव्यदुन्दुभिवादनमुहूर्त्तः—

नव्यदुन्दुभिजवादनमन्य-
द्वाद्यवादनमविद्युगमिष्टम्।
भूभुजोऽस्ति सजयाभिधपूर्ण
मैत्रलोललघुभैरितकोणम्।।६४।।

अथ नवीनभेर्यादिवादने तिथिवारनक्षत्रशुद्धिमाह—नव्येति। नव्यदुन्दुभिजवादनं अन्यद्वाद्यवादनं च कर्तृपदं भूभुजो भूपस्येष्टं श्रेष्ठमस्ति कैः नेत्रलोललघुभैः स्पष्टं। किंभूतं नव्यदुन्दुभिजवादनं अविद्युगं बुधवर्जितान्यग्रहदिनगतं पुनः किंभूतं सजयाभिधपूर्णं जयातिथिपूर्णातिथियुक्तं पुनः किंभूतं इतकोणं इतः प्राप्त अर्थशक्त्या आस्फालितः कोणो वीणादिवादनं यस्मिंस्तत् कोणास्तु वादित्र वग्राडवानाडाण्डीयादिकइतिभाषायां 'भेरी दुन्दुभिरानकः' इति हैमः। भेरीशब्दस्यायं विवेकः। भेरी दण्डयोगिनी भेरी 'दमामा' इति भाषा इति तार्किकाः। अपरा यतः 'सार्द्धहस्तत्रयमानं भेरीणां समुदाहृतं। पिण्डे षड्ङ्गुला प्रोक्ता वादयेन्मुखफुंकयोः'॥१॥ इति रंगोदये परन्तु दुन्दुभिस्तु भेर्याकारा संकटमुखी 'नफेरोति' भाषा। अपरं अग्रेतनकाव्ये काहल इत्यत्र ढक्काकारा काहला मदनभेरी 'बरघू' इत्यादिभाषा इति। प्राप्तकोणं इत्यत्र दण्डादिघातकरणं अन्यत्र मुखफुंकसंयोगकरणम्॥६४॥

बुधवार के अतिरिक्त अन्य सभी वारों में, जया संज्ञक एवं पूर्णा संज्ञक (३,८,१३, ५,१०,१५) तिथियों में मैत्रसंज्ञक (मृगशिरा, रेवती, चित्रा, अनुराधा), चलसंज्ञक (स्वाती, पुनर्वसु, श्रवण, धनिष्ठा, शतभिष) लघुसंज्ञक (हस्त, अश्विनी,

पुष्य, अभिजित्) नक्षत्रों में दुन्दुभि आदि दण्डप्रहार से बजने वाले वाद्यों को बजाना राजा के लिए हितकर होता है।।६४।।

भेरी (काहल) धारणे समयशुद्धिः—

रिक्तयाहनि युतेऽहितसङ्घं
भीषयत्यहिभयातुभशाक्रैः।
नव्यकाहलधृतेरपि पापे
तद्रवः समिति वा विमघोग्रैः।।६५।।

अथ भेरीधारणे कालशुद्धिमाह—रिक्तेति। काहलधृतेरपि भेरीधारणादपि तद्रवस्तस्य काहलस्य रवः शब्दः समिति संग्रामेऽहितसङ्घं शत्रुसमूहं भीषयति भीषयते कस्मिन् पापे पापग्रहेऽहनि दिने किंभूते रिक्तया युते वाऽथवाऽहिभमश्लेषा यातुभं मूलं शाक्रं ज्येष्ठा एभिर्युक्ते किंभूतैरेभिः विमघोग्रैर्मघावर्जितानि उग्रसंज्ञानि येषु तानि तैः॥६५॥

रिक्ता संज्ञक (४, ९, १४) तिथियों से युक्त पाप ग्रहों के वासरों में, आश्लेषा, मूल, ज्येष्ठा तथा मघा को छोड़ कर शेष उग्र संज्ञक (तीनों पूर्वा, भरणी) नक्षत्रों में काहल (भेरी) का वादन संग्राम में शत्रुसमूह को भयभीत करने वाला होता है।।६५।।

सर्ववाद्यधारणे समयशुद्धिः—

सिद्धियुज्यमृतसिद्धियुगास्येऽ-
शेषवाद्यगणकर्म विभद्रे।
वाद्यधर्तुरनसद्वति राशौ
प्राक्कुजे लगति शब्दवतीते।।६६।।

अथ वादित्राणां सर्वेषां कर्मशुद्धिमाह—सिद्धीति। अलमित्यवधारणे वाद्यधर्तुर्नरस्य अशेषवाद्यगणकर्म स्यात्। कस्मिन् सिद्धियुजि निष्पत्तिभाजि अमृतसिद्धियुगास्ये अमृतसिद्धियोगप्रमुखे किंभूते विभद्रे विष्टिरहिते पुनः कस्मिन् अनसद्वति शुभग्रहयुतेऽतिशब्दवति कोऽर्थः मेषवृषभमिथुनसिंहधनुषां गणोऽतिशब्दवान् कथ्यते तस्मिन्निते प्राप्ते प्राक् कुजे लग्ने सति इत्यर्थः। प्राक् पूर्वस्यां कुर्भूमिस्तस्यां जायते इति उदयाचलार्कोदयस्थानं प्राक्कुजं लग्नसंज्ञमित्यर्थः। कथं कन्याराशिरतिशब्दवान् न स्यात् सत्यं कन्याराशिः शब्दवान् स्यात् परं अतिशब्दवान् न स्यात् स्त्रीणां मधुरस्वरत्वात्॥६६॥

अमृत-सिद्धि आदि सिद्ध योगों में भद्रा (विष्टि) काल को छोड़कर शेष समय में शुभ ग्रहों से युक्त शब्दवान् राशियों के (मेष, वृष, मिथुन, सिंह और धनु) लग्नों में सभी प्रकार के वाद्यों से सम्बन्धित कार्य वादक के लिए शुभ कारक होते हैं।।६६।।

उक्तधस्त्रमुखनिर्णयकालं
नोक्तराज्यभवकर्म करोति।

अन्यथैत्यथ समुज्झ्य स योऽर्थं
वच्मि दिग्विजयकालमिदानीम्।।६७।।

अथोपसंहारेण पूर्वोक्तकालशुद्धिं दृढयति—उक्तेति। यो राजा उक्तघस्रनिर्णयकालं पूर्वकथितदिनादिनिश्चयसमयं उज्झ्य विहाय उक्तराज्यभवकर्म कथितराज्योत्पन्नविधानं करोति सोऽन्यथा वैपरीत्यं न एति इति न अपितु प्राप्नोतीत्यर्थ:। अथानन्तरं अहं इदानीं साम्प्रतं दिग्विजयकालं वच्मि कथयामि समुज्झ्येत्ययं कस्यचिन्मताश्रितत्वात्प्रयोग: समासंविना दृश्यतेऽन्यथा प्रोक्तेत्यादि स्यात्।।६७।।

पूर्वोक्त मुहूर्त्तों का परित्याग कर जो राजा राजकीय कार्यों का सम्पादन करता है उसका विपरीत परिणाम होता है। इसके अनन्तर दिग्विजय हेतु मुहूर्त्तों को बतला रहा हूँ।।६७।।

सैन्यरचनामुहूर्त्त:—

जेतुमिच्छति परावनिपालं तावदप्युपकुलै: सजयैर्य:।
भैरनीककघटाघटनं राट् क्षत्रियद्युनिचितैर्विदधीत।।६८।।

अथ नक्षत्रवारशुद्धौ सैन्यरचनामाह—जेतुमिति। यो राट् परावनिपालं रिपुभूपं जेतुं हन्तुमिच्छतीति स राट् तावत्प्रथममनीकं घटाघटनं सैन्यसमूहरचनासैन्यरचनाकरणं वा विदधीत। कै: उपकुलै: उपकुलसंज्ञैर्भैर्नक्षत्रै: किम्भूतै: सजयै: जयातिथिसहितै: पुन: किम्भूतै: क्षत्रियद्युनिचितै: रविभौमौ क्षत्रियसंज्ञौ अनयोर्दिनयुक्तै:।।६८।।

शत्रुओं के ऊपर विजय की अभिलाषा रखने वाले राजा को उपकुल (अकुल) संज्ञक (भरणी, रोहिणी, पुष्य, आश्लेषा, उ.फ., हस्त, स्वाती, अनुराधा, उ.षा., धनिष्ठा, उ.भा., रेवती) नक्षत्रों में जया तिथियों (३,८,१३) में तथा क्षत्रिय संज्ञक रवि और भौम वासरों में अपनी सेना के समूह की रचना करनी चाहिए।।६८।।[1]

विजययात्रामुहूर्त्त:—

वासवान्त्यलघुमित्रजनित्रीमित्रशीतलभमानुगभेषु।
तं प्रतीष्टमविधेष्वनुयानं तस्य वाडवखगद्युयुतेषु।।६९।।

---

१. नक्षत्रों, तिथियों और वासरों को तीन भागों में विभक्त कर एक भाग को कुलाकुल, द्वितीय भाग को कुल तथा तृतीय भाग को अकुल संज्ञक कहा जाता है। कुलाकुल गण के नक्षत्र युद्ध में सन्धि कराने वाले तथा कुल गण वाले नक्षत्रों में युद्ध हो तो आक्रामक की पराजय तथा स्थायी की (जिस पर आक्रमण होता है उसकी) विजय होती है। तथा अकुल गण संज्ञक नक्षत्रों में आक्रामक राजा विजयी होता है। कुलाकुल आदि गणों में नक्षत्रों के साथ-साथ तिथि एवं वासरों का भी उल्लेख है।
मूलाद्र्राभिजिदम्बुपोडुदशमी षष्ठी द्वितीयाबुधो राज्ञो सन्धिकर: कुलाकुलकण:, स्थास्नोर्जयार्थं कुल: मासाख्या स्थितभानि शेषतिथियो युग्मा कुजो भार्गव: संघोऽन्योऽकुलसंज्ञको विजयते तस्मिन् प्रयातो ध्रुवम्।। समरसार: ९

अथ भवारशुद्धौ नृपप्रयाणमाह—वास्वेति। अनु पश्चात् तस्य राज्ञो यानं प्रयाणं तत् सैन्यं प्रति इष्टं शुभं स्यात्। केषु व।सवं धनिष्ठा अन्त्यं रेवती लघुसंज्ञानि मित्रजनित्री सूर्यमाता अदिति: पुनर्वसु: मित्रोऽनुराधा शीतलभो हिमांशुश्चन्द्रो मृगशीर्षं मा लक्ष्मीस्तस्या अनुग: स्वामी मानुगो विष्णुस्तद्धं श्रवण: एषां द्वन्द्वे एषु किम्भूतेषु वाडवखगयोर्गुरुशुक्रयोर्विप्रसंज्ञा अनयोर्दिनयुतेषु पुन: किम्भूतेषु अविधेषु कुयोगैरविद्धेषु विधं विद्धमिति शब्दप्रभेद:। जनित्रीति जनयत्री इति शब्दप्रभेद:।।६९।।

धनिष्ठा, रेवती, लघुसंज्ञक (हस्त, अश्विनी, पुष्य) पुनर्वसु, अनुराधा, मृगशिरा, तथा श्रवण नक्षत्रों में गुरु-शुक्र-वासरों में अशुभ योगों से अविद्ध समय में (अशुभ योगों से युक्त न रहने पर) राजा का प्रयाण उसके पीछे गमन करने वाली सेना के लिए हित कर होता है। अर्थात् विजय होती है।।६९।।

विजययात्रायां पर्वनिषेध:—

पर्वपक्षतियुगाखिलरिक्ता-
द्वादशीचित्रचरणाख्यकुयोगान्।
प्रोज्झ्य दिग्विजययानमुशन्ति
योगिनीमुखगणाभिमुखांश्च ।।७०।।

अथ दिग्विजयगमने पर्वादीन् निषेधति—पर्वति। बुधा: दिग्विजयप्रयाणं उशन्ति वाञ्छन्ति किंकृत्वा पर्वेति पर्वाणि पक्षतियुगं प्रतिपद्द्वितीये अखिला रिक्ता द्वादशी त्रिचरणाख्यकुयोग: त्रिपुष्करनामकुयोग एषां द्वन्द्वे एतान् प्रोज्झ्य हित्वा च पुनर्योगिनिमुखगणाभिमुखान् योगिनीमुखयोगगणसम्मुखान् हित्वा।।७०।।

पर्व (अमावस्या, पूर्णिमा), प्रतिपदा, द्वितीया, समस्त रिक्ता (४,९,१४) तिथियो, द्वादशी तथा त्रिपुष्कर योगों को छोड़कर सम्मुख योगिनी वास न रहने पर दिग्विजय की अभिलाषा से प्रयाण करना चाहिए।।७०।।

निघ्नकालचक्रम्—

निघ्नकालवलयं फलकाभं
संलिखेद्धुतभुजस्तु दिशोंशो:।
यद्द्युवद्विदिशि तस्य कमिज्या-
द्वासरानिह समस्तविदिक्षु।।७१।।

अथ निघ्नकालचक्रमाह—निघ्नेति। सुधी: फलकाभं दारुपट्टकसदृशं निघ्नकाल-वलयं हननकालचक्रं लिखेत्। इह चक्रे सुधी: हुतभुजोऽग्नेर्दिशोऽग्निकोष्टत: समस्तविदिक्षु अंशो: सूर्यात् तु पुनरिज्यात् गुरुतो वारान् दिनान् लिखेत्। विदिशि यद् द्युवत् यत् उदप्राप्तग्रहदिनयुक्तकोष्टकं तत् कोष्टकं तस्य निघ्नकालस्य कं मुखं स्थानं स्यादित्यर्थ:।।७१।।

फलक सदृश चतुष्कोणाकृति निघ्नकालचक्र को बनाकर अग्निकोण से आरम्भ कर चारों कोणों में रव्यादिवारों को लिखकर पुन: गुरु आदि वारों की

स्थापना करने से निघ्नकालचक्र होता है। उदयकालिक (अभीष्ट) वार जिस कोण में होगा, उसी दिशा में निघ्नकालमुख भी होगा।।७१।।

निघ्नकालचक्रफलम्—

निघ्नकालमनुगैरनुगं यः
किं विधाय कुरुते मृधमग्रे।
सव्यसाच्यनुगशात्रवसङ्घै-
स्तस्य संयति रणङ्गणसंस्थैः।।७२।।

अथ सन्मुखं निघ्नकालमुखं परिहरन् युद्धजयं दर्शयन्नाह—निघ्नेति। यो राड् अनुगैः पदातिभिः सह निघ्नकालमनुगं पृष्ठगं विधाय कृत्वा मृधं युद्धं कुरुते तस्य भूपतेरग्ने संयति संग्रामे सव्यसाच्यनुगशात्रवसङ्घैः किं स्यात्तस्य किमप्यनिष्टं न कुर्युरित्यर्थः। सव्यसाचिनमर्जुनमगच्छन्ति अनकुर्वन्तीति सव्यसाच्यनुगाः अर्जुनाख्यपाण्डवसदृशा ये शत्रवाः रिपवस्तेषां सङ्घाः समूहास्तैः संयतौ रणाङ्गणे संस्थैः युद्धभूमिव्याप्तैः 'सव्यसाची धनञ्जयः इति हैमः।।७२।।

जो राजा निघ्नकालमुख (अनिष्ट दिशा) को पृष्ठभाग (विपरीत दिशा) में छोड़कर युद्ध करता है उसका संग्राम में स्थित अर्जुन जैसे महान् पराक्रमी से सञ्चालित सेना भी किसी प्रकार का अनिष्ट नहीं कर सकती।।७२।।

निघ्नकालचक्र

भौमवार शनिवार	**उत्तर**	**बुधवार ×**
पश्चिम		**पूर्व**
सोमवार शुक्रवार	**दक्षिण**	**रविवार गुरुवार**

परिष्कार– निघ्नकालचक्र में वारक्रम से निषिद्ध दिशाओं का उल्लेख किया गया है। यथा रविवार और गुरुवार को अग्नि कोण में निघ्नकाल चक्र का मुख होता है। अतः रविवार और गुरुवार को अग्नि कोण में अपना तथा सेना का मुख कर युद्ध करने से पराजय तथा निघ्न काल मुख को पीछे कर अर्थात रविवार और गुरुवार को अग्नि से विपरीत वायव्य कोण में मुख कर युद्ध करने में अवश्य विजय होगी। इसी प्रकार अन्य दिशाओं में निघ्नकाल-मुख का ज्ञान करना चाहिए।

दिक्षु ज्वालादीनां स्थापनम्–

द्युनिशेन दिशोंऽशुमानथैन्द्र्या
निखिला भुञ्जति दक्षिणभ्रमेण।

स च तिष्ठति यत्र तत्र कीला-
स्त्वनुगाग्रस्थदिशोः स्फुलिङ्गधूमौ।।७३।।

अथ मालभारिणीछन्दसास्मिन्नेव निघ्नकालचक्रे ज्वालादिसंज्ञात्रयं स्थापयति— द्युनिशनेति।। अंशुमान् सूर्यो द्युनिशेनाहोरात्रेण ऐन्द्र्याः पूर्वदिक्तो निखिलाः समस्ताः दिशो भुञ्जति भुनक्ति केन दक्षिणभ्रमेण सूर्यो यत्र तिष्ठति तत्र स्थाने कीलाग्निज्वाला अस्ति। अनुगाग्रस्थदिशोः स्फुलिंगधूमौ स्तः।। कोऽर्थः सूर्याधिष्ठितस्थानात् पृष्ठगतदिशि स्फुलिंगा अग्निकणा भवन्ति अग्रगतदिशि धूमो भवतीत्यर्थः।। मालभारिणीछन्दस इदं लक्षणं ओजे ससजजगाः समे पादे सभरयाः।।ऽ।।ऽऽ।।ऽऽऽप्रथमपादः ।।ऽऽ।।ऽ।ऽ।ऽ।ऽ।ऽऽ द्वितीयपादः यथा 'इह वासकसज्जिकाविलासं नहते शारदशर्वरीवरेण्यः।। अवतंसितकैर-वोज्ज्वलश्रीविकसत्तारकमालभारिणीयम्'।।१।। इति छन्दोऽनुशासने हेमसूरयः। भुञ्जतिप्रयोगो महाकविगम्यः।।७३।।

सूर्य एक अहोरात्र (२४ घण्टे) में पूर्वादि समस्त दिशाओं का दक्षिणावर्त क्रम से उपभोग (भ्रमण) करता है। सूर्य जिस समय जिस दिशा में स्थित होता है उस समय उस दिशा में कील (संज्ञक) अग्नि ज्वाला, सूर्य के पृष्ठ भाग में स्फुलिङ्ग तथा अग्रिम दिशा में धूम होता है।।७३।।

परिष्कार— २४ घण्टा या ६० घटी का एक अहोरात्र होता है। इस अवधि में सूर्य ४ दिशाओं और ४ विदिशाओं (समस्त आठ दिशाओं में) दक्षिणावर्त क्रम से भ्रमण करता है। अतः ६०÷८=७।३० अर्थात् ७ घटी ३० पल (=३ घण्टा) तक सूर्य एक दिशा में रहता है। सूर्योदय काल से ३ घण्टे तक सूर्य पूर्व दिशा में अनन्तर ३ घण्टे तक अग्नि कोण में, तदनन्तर ३ घण्टे तक दक्षिण दिशा में सूर्य रहता है इसी प्रकार सभी दिशाओं में सूर्य का ज्ञान करना चाहिए। स्पष्टता हेतु सूर्योदय काल ५।३० भान कर चक्र दिया गया है—

चक्र

समय (घण्टा में)		सूर्य दिशा	कीलाग्नि	स्फुलिङ्ग	धूम
(से)	तक				
५.३०	८.३०	पूर्व	पूर्व	पश्चिम	अग्नि
८.३०	११.३०	अग्निकोण	अग्नि	वायव्य	दक्षिण
११.३०	१४.३०	दक्षिण	दक्षिण	उत्तर	नैर्ऋत्य
१४.३०	१७.३०	नैर्ऋत्य	नैर्ऋत्य	ईशान	पश्चिम
१७.३०	२०.३०	पश्चिम	पश्चिम	पूर्व	वायव्य
२०.३०	२३.३०	वायव्य	वायव्य	अग्नि	उत्तर
२३.३०	२.३०	उत्तर	उत्तर	दक्षिण	ईशान
२.३०	५.३०	ईशान	ईशान	नैर्ऋत्य	पूर्व

कीलादीनां फलम्—

हरिदग्निशिखावतीति यातु-
र्दहतीष्टं शितिपद्धतीतदाहा।

सृजति भ्रममग्रगात्तधूमा न च
हंसाभिमुखं हि यानमुक्तम्।।७४।।

अथ ज्वालादियुक्तदिशां फलमाह—हरिदिति।। अग्निशिखावती हरित् वह्निज्वालायुक्ता दिग् यातुर्नरस्य प्रयाणकारकस्य इष्टं वाञ्छितं दहति। पुनः शितिपद्धतीतदाहा शितिपद्धतिः कृष्णवर्त्मा वह्निस्तेन इतः प्राप्तो दाहो यथा साऽग्निकणयुक्ता पृष्ठगदिग् यातुरिष्टं दहति। पुनरग्रगात्तधूमा आत्तः प्राप्तो धूमो यथा साऽग्रगा दिग् भ्रमं संशयं सृजति करोति इति हेतोर्हि युक्तार्थे हंसाभिमुखं यानं प्रयाणं नोक्तं।। इति निघ्नकालचक्रम्।७४।

अग्नि ज्वाला (कीलाग्नि) की दिशा में यात्रा करने से अभीष्ट का नाश, अग्नि से दग्ध अर्थात् स्फुलिङ्ग की दिशा में यात्रा करने से इष्ट कार्य की हानि तथा धूम की दिशा में यात्रा करने से कार्य सिद्धि में सन्देह उत्पन्न होता है। सूर्याभिमुख यात्रा का अवश्य परित्याग करना चाहिए।।७४।।

मृतजीवपक्षयोर्विवेचनम्—

शिखिनस्तमसश्च भुक्तभेषु
क्रमतस्तौ मृतजीविताख्यपक्षौ।
दहनेन्दु मितेष्विति स्वरज्ञा
दहनेन्दुप्रतिमौ विदुर्मृधे तौ।।७५।।

अथ स्वरोदयोक्तमृतजीविताख्यपक्षौ स्तः भवतः इति स्वरज्ञाः स्वरोदयवेदिनः।। तौ मृतजीवितपक्षौ मृधे संग्रामे दहनेन्दुप्रतिमौ विदुः। मृतपक्षोऽग्निसदृशो जीवितपक्षश्चन्द्रसदृश इत्यर्थः।।

यतः—

'यत्र ऋक्षे स्थितो राहुर्वदनं तद्विनिर्दिशेत्।
मुखात्पञ्चदशं ऋक्षं तस्य पुच्छे व्यवस्थितम्।।१।।
राहुभुक्तानि ऋक्षाणि जीवपक्षे त्रयोदश।
त्रयोदशैव भोग्यानि मृतपक्षः प्रकीर्तितः।।२।।
जीवपक्षे क्षपानाथे मृतपक्षे रवौ स्थिते।
तस्मिन् काले शुभा यात्रा विपरीते तु हानिदा।।३।।
चन्द्रादित्यौ यदा युक्तौ जीवपक्षे व्यवस्थितौ।
तत्र क्षेमं जयं लाभं यात्राकाले विनिर्दिशेत्।।४।।
मृतपक्षे यदा काले संस्थितौ चन्द्रभास्करौ।
तदा हानिभयं भङ्गो मृत्युर्यात्राफलं मतम्।।५।।
जीवपक्षे स्थिते चन्द्रे कार्यं स्यादमृतोपमम्।
मृतपक्षे मृतं शेषं यत्र चन्द्रबलाबलम्।।६।।

न तिथिर्न च नक्षत्रं न वारो न च चन्द्रमा:।
लग्नमेकं प्रशंसन्ति त्रिषडेकादशे रवौ।।७।।

इति जीवपक्षमृतपक्षराहुविचारचक्रम्।।७५।।

स्वर शास्त्र के विद्वानों ने केतु द्वारा भुक्त १३ नक्षत्रों को मृतपक्ष तथा राहु द्वारा भुक्त १३ नक्षत्रों को जीवपक्ष बतलाया है। इनका विचार युद्ध में किया जाता है।।७५।।

विशेष— राहु और केतु दोनों ही वक्र गामी तथा एक दूसरे से १८०° (६ राशि) की दूरी पर रहते हैं। अत: राहु जिस नक्षत्र पर स्थित रहता है। उनसे विपरीत क्रम से १३ नक्षत्र भोग्य तथा अनुक्रम से १३ नक्षत्र भुक्त होते हैं। राहु से १८० अंश की दूरी पर अर्थात् राहु से १३वें नक्षत्र पर केतु की स्थिति होती है। अत: केतु द्वारा व्युत्क्रम से १३ नक्षत्र भुक्त तथा क्रम से १३ नक्षत्र भोग्य होते हैं। इस प्रकार राहु द्वारा भोग्य (केतु द्वारा भुक्त) नक्षत्र मृत संज्ञक तथा राहु द्वारा भुक्त (केतु द्वारा भोग्य) १३ नक्षत्र जीव पक्ष संज्ञक होते हैं।

जिस नक्षत्र पर राहु होता है उसे राहु मुख तथा उससे १५वाँ नक्षत्र राहु पुच्छ कहलाता है। मृत पक्ष स्थित नक्षत्र अग्नि संज्ञक तथा जीवपक्ष स्थित नक्षत्र चन्द्र संज्ञक होते हैं। यात्रा काल में जीवपक्ष में चन्द्रमा तथा मृत पक्ष में सूर्य हो तो यात्रा शुभ अन्यथा अशुभ होती है। यदि सूर्य और चन्द्र दोनों जीवपक्ष में हों तो युद्ध में विजय एवं लाभ तथा यदि दोनों मृतपक्ष में हो तो पराजय एवं हानि होती है।

उदाहरण— यदि राहु पुष्य नक्षत्र में स्थित हो तो पुष्य नक्षत्र राहु का मुख तथा पुनर्वसु से श्रवण नक्षत्र पर्यन्त १३ नक्षत्र राहु द्वारा भोग्य एवं केतु द्वारा भुक्त होंगे इनकी संज्ञा मृत पक्ष है। तथा उ०षा० आश्लेषा पर्यन्त १३ नक्षत्र राहु से भुक्त एवं केतु से भोग्य होने के कारण 'जीव पक्ष' संज्ञक होंगे। स्वरशास्त्र के अनुसार राहु स्थित नक्षत्र से १५वाँ नक्षत्र राहु पुच्छ अर्थात् केतु का स्थान होता है। यहाँ पुष्य से पन्द्रहवाँ नक्षत्र श्रवण राहु पुच्छ अथवा केतु का स्थान है।

जीवपक्षे दक्षिणार्कफलम्—

अहितैरपसव्यभागगं तै:
पदिकं युध्यति जीवपक्षलब्धौ।
प्रविधाय निहन्तुमेकमग्रे
युधि शक्यन्त इनं न योऽपि तस्य।।७६।।

अथ जीवितपक्षे दक्षिणार्कफलं दर्शयति— अहितैरिति।। यो राट् तै: अहितै: शात्रवै: समं पदिकं पादचारि यथा स्यात्तथा इति क्रियाविशेषणं युध्यति किंकृत्वा जीवपक्षलब्धौ जीवितकालप्राप्तावपि एकं केवलं इनं सूर्य अपसव्यभागगं दक्षिणभागस्थितं प्रविधाय ते शत्रवस्तस्य राज्ञो निहन्तुं हननाय न शक्यन्ते समर्था न भवन्ति कस्मिन्

१. द्र० नरपतिजयचर्या पृष्ठ ११८-११९ ।

उग्रे उत्कटे युधि संग्रामे। अयं धातुर्दिवादिगणीयस्तेन कर्तु:क्ति:। यत: 'प्राणप्रवेशे वहनाडिपादं कृत्वा पुरो दक्षिणमर्कविम्बम्।। गछेच्छुभायारिवधाय' इत्यादि।।७६।।

जो राजा जीवपक्षगत नक्षत्रों में स्थित केवल रवि को दक्षिण भाग में कर शत्रुओं से युद्ध करता है उसका वध करने में शत्रु समर्थ नहीं होता। अर्थात् शत्रु पराजित हो जाता है।।७६।।

नक्षत्रवारशुद्धौ युद्धफलम्—

कुरुतेऽपि कलिं स्पृहास्ति राजन्-
मिहिराराहनि नागरेण कर्तुम्।
यदि जीवितपक्षगासु धीरैः
सजयासूपकुलेन्दुवासिनीषु।।७७।।

अथ जीवितपक्षे भवारशुद्धौ युद्धमाह—कुरुत इति।। हे राजन् यदि ते तत् नागरेण नगरसम्बन्धिशत्रुजनेन सह कलिं कर्तुं स्पृहा वाञ्छाऽस्ति तदा त्वं धीरै: सुभटै: कृत्वा कलिं कुरु कस्मिन् मिहिराराहनि मिहिर: सूर्य: आरो भौमस्तयोरहनि दिने पुन: कासु उपकुलेन्दुवासिनीषु उपकुलसंज्ञा: इन्दोश्चन्द्रस्य वासिन्य: कलत्राणीत्यर्थ:। किम्भूतासु उपकुलतारासु सनयातिथियुक्तासु पुन: किम्भूतासुजीवितपक्षगासु जीवितपक्षसंश्रितासु 'वासिनी-वर्णिनी स्त्री' इति हलायुध:।। 'सुवासिनी बधूटी स्यात्' इति हैम:।।७७।।

हे राजन्! यदि नागर शत्रुओं (अपने ही नगर के शत्रुओं असामाजिक तत्त्वों) के साथ युद्ध की अभिलाषा हो तो रविवार एवं भौमवार को जीवपक्षगत उपकुल (अकुल) संज्ञक (भरणी, रोहिणी, पुनर्वसु, अश्लेषा, उ० फ०, हस्त, स्वाती, अनुराधा, उ० षा०, धनिष्ठा, उ० भा०, रेवती) नक्षत्रों में तथा जया संज्ञक (३, ८, १३) तिथियों में कुशल योद्धाओं सहित युद्ध करें।।७७।।

जीवपक्षगतकुलादिनक्षत्राणां फलम्—

कुलभेऽभिभवः सतीति युद्धा-
न्नृपतेः स्यादनु नागरस्य सिद्धिः।
उभयोरपि सन्धिरन्यधिष्ण्ये गुरुधिष्ण्ये
गुरुधिष्म्याहनि पूर्णयाश्रितेऽतः।।७८।।

अथ जीवितपक्षे कुलभाभिवारफलमाह—कुलेति।। इति सति जीवितपक्षे कुलसंज्ञनक्षत्रे युद्धात् नृपते: राज्ञोऽभिभव: पराभव: स्यात्। अनुपश्चात् नागरस्य शात्रवस्य सिद्धि: स्यात्।। अतोऽस्मादन्यधिष्ण्येऽन्यनक्षत्रे उभयो: सन्धि: सन्धानं स्यात्।। कस्मिन् गुरुधिष्म्याहानि गुरुशुक्रदिने किम्भूते पूर्णया पूर्णासंज्ञतिथ्याश्रिते।।७८।।

जीवपक्षगत कुलसंज्ञक (चित्रा, विशाखा, ज्येष्ठा, पू०षा० श्रवण, पू० भा०, अश्विनी, कृत्तिका, मृगशीर्ष, पुष्य, मघा, पू०फ०) नक्षत्रों में युद्ध करने से

राजा की पराजय तथा नागर शत्रु की विजय होती है। अन्य नक्षत्रों अर्थात् कुलाकुल संज्ञक (मूल, आर्द्रा, अभिजित्, शतभिष) नक्षत्रों में, गुरु-शुक्र वासरों में तथा पूर्णासंज्ञक (५, १०, १५) तिथियों में युद्ध करने से दोनों की परस्पर सन्धि होती है।।७८।।

कोटचक्रस्य प्रयोजनम्—

यदि　　शालमसह्यराजधानीं
नृपतेर्नेतुमरं　　तदीश्वरं　　चेत्।
धिषणास्ति　　सदन्यखायनैर्वा
नय मध्ये निचितेऽथ तस्य जित्वा।।७९।।

अथ युद्धे जयाय कोटचक्रसन्धानमाह—यदीति।। अथ यदि चेत् अरं शीघ्रं तदीश्वरं शालस्वामिनं जित्वा शालं प्राकारमसह्यराजधानीं उत्कटस्कन्धावारं वा नेतुं गृहीतुं नृपतेर्भूपस्य धिषणास्ति तदा त्वमेतद्वक्ष्यमाणं नय कुरु।। अथवा नृपते इत्यत्र सम्बोधनान्तपाठे हे नृपते! हे राजन्! यदि तदीश्वरं जित्वाऽसह्यराजधानीं नेतुं तव धिषणा बुद्धिः इच्छाऽस्ति तदा त्वं शालं नय गृहाण इत्यप्यन्वयः। कस्मिन् सदन्याखायनैः पापग्रहैस्तस्य मध्ये शालचक्रमध्ये निचिते व्याप्ते सति 'स्कन्धावारो राजधानी' राजाश्रितमूलनगरमित्यर्थः।। इति हैमः।।७९।।

यदि शीघ्र ही दुर्ग के स्वामी को छोड़कर राजधानी पर अधिकार करने की राजा की अभिलाषा हो तो कोटचक्र के मध्य में समस्त पापग्रहों के स्थित होने पर उसे युद्ध करना चाहिये।।७९।।

कोटचक्रनिर्माणम्—

चतुरस्त्रमुदीरितं　　त्रिकोष्ठं
वलयं यत्स्वरशास्त्रभेदविद्भिः।
तदथोच्यत एव चक्रसंज्ञं
शदिशो न्यस्तकृशानुभादि चक्रम्।।८०।।

अथ कोटचक्रस्थापनां दर्शयति—चतुरस्त्रमिति।। हे राजन् स्वरशास्त्रभेदविद्भिश्चतुरस्त्रं चतुष्कोणं त्रिकोष्ठं त्रयः कोष्ठा यस्य तत् यद् वलयं चक्रमुच्यते कथ्यते।। किम्भूतं तत् चक्राभिधं दुर्गचक्राभिधं दुर्गचक्रमित्यर्थः।। पुनः किम्भूतं शदिशः शस्य ईश्वरस्य दिग् तस्या ईशानदिक्तो न्यस्तकृशानुभादि न्यस्तानि स्थापितानि कृत्तिकादि भानि यस्मिंस्तत्।८०।

स्वरशास्त्र के रहस्य को जानने वाले विद्वानों ने त्रिकोष्ठ (१. दुर्गपतिगृह, २. परकोटा, ३. सैन्यगृह तीन कोष्ठों) से युक्त चतुर्भुजाकार जिस कोटचक्र को बतलाया है उसे मैं कह रहा हूँ। इस चक्र में ईशान कोण से आरम्भ कर कृत्तिकादि नक्षत्रों का स्थापन किया जाता है।।८०।।

कोटचक्रे नक्षत्रस्थापनम्—

इह शौच्यभमैज्यमाह्यपित्र्ये-
ऽनिलभं द्वीशभमित्रभे च भैम्याः।
अभिजित्त्रयमाद्यमान्तकर्क्षं
ककुभोऽयं परिधौ गणोऽस्ति बाह्ये।।८१।।

अथ कोटचक्रस्य प्रथममुपरितनकोष्टके कृत्तिकादिभानां स्थापनां दर्शयति—इहेति।। हे राजन् इह चक्रे शौच्यभं कृत्तिका ऐज्यं पुष्यः आह्यं च पित्र्यं च अनयोर्द्वन्द्वे आह्यपित्र्ये आश्लेषामघे द्वे अनिलभं स्वाती द्वीशभमित्रभे विशाखाऽनुराधे द्वे अभिजित् श्रवण धनिष्ठा आद्यमश्विनी आन्तकर्क्षं भरणी च समुच्चये एषां द्वादशभानां गणोऽयं भीमस्य ईश्वरस्य इयं भैमी दिक् तस्या भैम्याः ईशानकोणतो बाह्ये परिधौ परिवेषे उपरितनकोष्टकेऽस्ति तिष्ठति।। आह्यपित्र्येऽनिलभमित्यत्र द्विवचनं मणीवादिवर्ज्जमितिवत् सन्धिः।।८१।।

बाह्य कोष्ठक में ईशान कोण से आरम्भ कर क्रम से कृत्तिका, पुष्य, आश्लेषा, मघा, स्वाती, विशाखा, अनुराधा, अभिजित् से तीन नक्षत्र (अर्थात् अभिजित्, श्रवण, धनिष्ठा,) अश्विनी और भरणी नक्षत्रों का स्थापन होता है।।८१।।

कभकश्यपभीरुभे च भाग्यं
सततं विश्वकृद्दक्षमैन्द्रविश्वे।
शततारकमन्त्यभं च दुर्गे
गदितोऽसावुडुसञ्चयः स्वरज्ञैः।।८२।।

अथ चक्रस्य द्वितीयेऽन्तरालके रोहिण्याद्यष्टभानि दर्शयति—कमेति।। हे राजन् सततं सदा कस्य ब्रह्मणो कभं रोहिणी कश्यपस्य भीरुः कश्यपर्षेः स्त्री अदितिस्तद्भं पुनर्वसु अनयोर्द्वन्द्वे इमे भाग्यं पूर्वाफल्गुनी विश्वकृद्दक्षं चित्रा ऐन्द्रविश्वे ज्येष्ठोत्तराषाढे शततारकं शतभिषक् अन्त्यभं रेवती च समुच्चये इत्यसावुडुसञ्चयो भवर्गो दुर्गविचाले स्वरज्ञैर्गदितः प्रोक्तः।।८२।।

स्वरशास्त्र के ज्ञाता विद्वानों ने रोहिणी, पुनर्वसु, पूर्वाफल्गुनि, चित्रा, ज्येष्ठा, उत्तराषाढ़ा, शततारका तथा रेवती नक्षत्रों का स्थापन ईशानादि क्रम से द्वितीय कोष्ठक में बतलाया है।।८२।।

रुरुकार्यमयातुधिष्ण्ययुग्मं
त्रिकमन्त्यानुगभद्वयं च मध्ये।
इह मध्यगभाष्टकेऽङ्ग वार्तं
ससमस्ताम्बरगैः सदैव विद्धि।।८३।।

अथ चक्रस्य तृतीये मध्यभागकोष्टकेऽष्टमृगशीर्षादिस्थापनां दर्शयति—रुर्विति तु पुनः स्वरज्ञैः रुरु मृगशीर्षं शः रुद्रः आर्द्रा अर्यमयातुधिष्ण्ययुग्ममिति। कोऽर्थः अर्थमयुग्मं

उत्तराफल्गुनी हस्त इति द्वयं यातुयुग्मं मूलं पूर्वाषाढा इति द्वयं अजपत् पूर्वभाद्रपदा अन्त्यानुगमं अन्त्यस्य रेवतीनक्षत्रस्यानुपश्चात् गच्छतीति तत् उत्तराभद्रापदाभमित्यर्थः।। एषां द्वन्द्वे समग्रपदं।। इत्ययं भानां गणो मध्ये शालमध्यकोष्टके गदितः प्रोक्तः। अङ्ग इति कोमलामन्त्रणे हे राजन् समग्रग्रहैः सह वर्तमाने इह मध्यमाष्टके मध्यप्राप्तनक्षत्राणामष्टके त्वं सदैव वार्तं कल्याणं विद्धि जानीहि 'स्वास्थ्ये वातमनामयम्' इतिहैमः।।८३।।

मृगशीर्ष, आर्द्रा, उत्तराफल्गुनि, हस्त, मूल, पूर्वाषाढ़ा, पूर्वभाद्रपदा तथा उत्तराभाद्रपदा नक्षत्रों का स्थापन तृतीय कोष्ठक में करना चाहिये। सभी कोष्ठकों के मध्यवर्ती (तृतीय) कोष्ठक स्थित नक्षत्रों में समस्त ग्रहों के रहने पर ही राजा का सदैव कल्याण समझना चाहिये।।८३।।

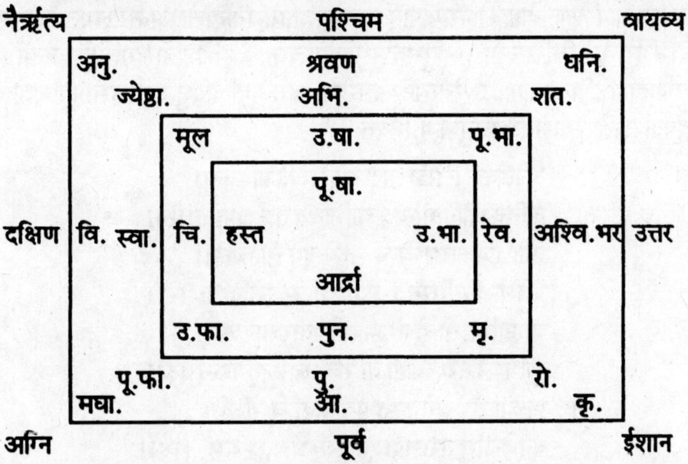

कोटचक्र

विमर्श :— कोटचक्र निर्माण हेतु सरल विधि— एक बृहद् चतुर्भुज के अन्दर उसी के समानान्तर दो लघु चतुर्भुज बनाने से तीन कोष्ठकों वाला कोट (किला) चक्र बन जायेगा। इसमें ईशान कोण से आरम्भ कर कृत्तिकादि नक्षत्रों का न्यास करें। ऊपर से नीचे की ओर तीनों चतुर्भुजों के ईशान कोण में क्रम से कृत्तिका, रोहिणी और मृगशिरा नक्षत्रों का स्थापन कर नीचे से ऊपर की ओर पूर्व दिशा में आर्द्रा, पुनर्वसु, पुष्य और अश्लेषा नक्षत्रों का स्थापन करें इसी प्रकार प्रत्येक कोण में तीन-तीन तथा दिशाओं में चार-चार नक्षत्रों का स्थापन करने से कोटचक्र बनता है।

समरसार आदि ग्रन्थों में लिखा है कि कृत्तिकादि गणना केवल क्रम समझाने के लिए बतलाई गई है। वास्तविक विधि इस प्रकार है—

दुर्ग के नाम नक्षत्र को ईशान कोण में स्थापित कर उक्त क्रम में तीन-तीन नक्षत्र कोणों में तथा चार-चार नक्षत्रों को दिशाओं में स्थापित कर जो ग्रह जिस नक्षत्र पर स्थित हों उन नक्षत्रों में ग्रहों की स्थापना करने से कोट चक्र बनता है।

कोटचक्रे प्रवेशनिर्गमद्वाराणि—

विदिगंशुसमानभैः प्रवेशो
कदितस्तम्भ इहानुबाह्यकोणम्।
भचतुष्टयमन्तरस्थतारा
निखिला निर्गमगा बुधैर्विचिन्त्याः।।८४।।

अथ भैः प्रवेशनिर्गमस्तम्भस्थानानि दर्शयति—विदिगमिति।। इह शालचक्रे विदिगंशुसमानभैः विदिक्षु चतसृषु अंशुभिः सूर्यैर्मानं प्रमाणं येषां तानि तैर्भैर्द्वादशनक्षत्रैः कृत्वा बुधैः प्रवेशो गदितः।। कृत्तिकारोहिणीमृगशीर्षाणि १ मघापूर्वाफल्गुन्युत्तरफल्गुन्यः २ अनुराधाज्येष्ठामूलानि ३ धनिष्ठाशतभिषक्पूर्वाभाद्रपदा ४ इति प्रवेशे द्वादश। पुनः अनुबाह्यकोणं शालबाह्यकोणसमीपात् अन्त्यस्थतारा निखिला अन्तरालगतद्वादशभानि बुधैर्निर्गमगा विचिन्त्याः।। पुनर्वसुपुष्याश्लेषाः १ चित्रास्वातीविशाखाः २ उत्तराषाढाऽभिजिच्छ्रवणाः ३ रेवत्यश्विनीभरण्यः ४।। पूर्वादिदिक्षु आर्द्राहस्तपूर्वाषाढोत्तराभाद्रपदा इति स्तम्भनक्षत्रचतुष्कम्।। यतः

'कोटचक्रं लिखेच्चादौ चतुरस्रं त्रिनाडिकम्।
कृत्तिकादीनि भान्यत्र चाभिजित् तत्र दापयेत्।।१।।
बहिः प्राकारमध्ये च मध्ये दुर्गे बहिर्बहिः।
प्रवेशो निर्गमस्तत्र ज्ञातव्यः स्वरवेदिभिः।।२।।
बहिर्द्वारिशभान्येवं प्राकारे तारकाष्टकम्।
दुर्गमध्ये तथा चाष्टौ तन्मध्ये स्तम्भतुर्यकम्।।३।।
प्राच्यां रौद्रं यमे हस्तं पूर्वाषाढा च पश्चिमे।
कौबेर्यामुत्तराभद्राएतत्स्तम्भचतुष्टयम् ।।४।।
कृत्तिकाद्यं मघाद्यं च मैत्राद्यं वासवादिकम्।
त्रीणि त्रीणि प्रवेशे च द्वादशान्यानि निर्गमे।।५।।
चतुरस्रं तथा दीर्घं त्रिकोणं वृत्तदीर्घकम्।
अर्द्धचन्द्रं तथा ज्ञेयं गोस्तनं धनुराकृतिः।।६।।
चतुरस्रे यथा न्यासो भूमिभागक्रमेण च।
प्रवेशनिर्गमस्तम्भास्तथा वृत्तादिसप्तके।।७।।

इत्यादि नरपतिजयचर्यादिशास्त्रतो ज्ञेयम् ।।८४।।

कोटचक्र में चारों कोणों में स्थित बारह नक्षत्रों को प्रवेशद्वार (अर्थात् कृत्तिका, रोहिणी, मृगशिरा, मघा, पू०फ०, उ०फ०, अनुराधा, ज्येष्ठा, मूल, धनिष्ठा, शतभिषा, पू० भा० ये बारह नक्षत्र कोट चक्र में प्रवेश द्वार होते हैं।) पूर्वादि दिशाओं के मध्य स्थित आर्द्रा, हस्त, पूर्वाषाढा, उत्तराभाद्रपद ये चार नक्षत्र स्तम्भ संज्ञक तथा शेष पूर्वादि दिशाओं में स्थित पुनर्वसु, पुष्य, आश्लेषा, चित्रा, स्वाती, विशाखा,

उ०षा०, अभिजित्, श्रवण, रेवती, अश्विनी और भरणी ये १२ नक्षत्रों निर्गम द्वार कहे गये हैं। विद्वानों को इनका विचार करना चाहिए।।८४।।

कोटचक्रे द्वाराणि

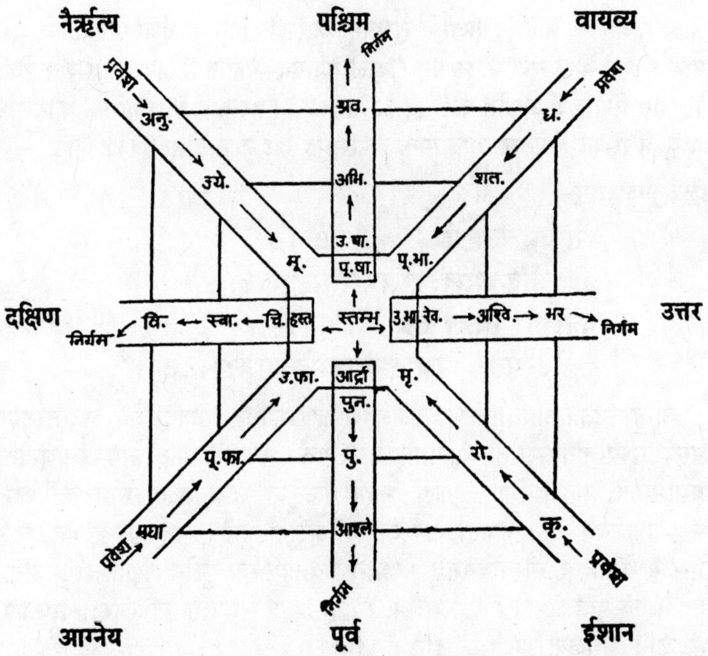

विमर्श— उक्त दोनों कोट चक्र एक ही हैं। दोनों में ग्रहनक्षत्र स्थापन की विधि भी एक ही है। द्वितीय में केवल प्रवेश-निर्गम द्वारों तथा चारों दिशाओं के चार स्तम्भ नक्षत्रों का दिग्दर्शन कराया गया है। इन चक्रों का अभिप्राय यह है कि जो कोण स्थित नक्षत्र हैं उन्हीं नक्षत्रों में कोण मार्ग से ही दुर्ग में प्रवेश तथा पूर्वादि दिशाओं से दुर्ग से बाहर निकलना चाहिये।

कोटचक्रे ग्रहस्थापनम्—

विदधत्यनसाधवो बहिस्था
द्युसदो वप्रविभङ्गमप्यसन्तः।
इह मध्यगता विलोमगा वा
कलिना वेष्टकवाहिनीलयं ते।।८५।।

अथ शालचक्रे ग्रहस्थानफलमाह—विदधतीति।। इह शालेऽनसाधवः शुभा द्युसदो ग्रहाः बहिस्था वप्रविभङ्गं प्राकारभङ्गं विदधति कुर्वति। अपि पुनः असन्तः

पापग्रहा मध्यगता वप्रभङ्गं विदधति केन कलिना सङ्ग्रामेण। वेति पक्षान्तरे। इह ते एते विलोमगा: मध्यगत्रा: सौम्या: ग्रहा: बहिस्था: पापाश्च आवेष्टकवाहिनीलयं आयातसेनाक्षयं विदधति।। यत: 'क्रूरा गर्भे शुभा बाह्ये गृह्यते निश्चितं पुरम्। सौम्या मध्ये बहि: क्रूरा असाध्यं दुर्गमुच्यते'।।८५।।

कोटचक्र के बहिर्गतशाला में शुभग्रहों के स्थित होने पर तथा पापग्रहों के दुर्ग के मध्य गत होने पर युद्ध में दुर्गभङ्ग (किले का पतन) होता है अर्थात् पराजय होती है। विलोम स्थिति में अर्थात् पापग्रहों के बाहर रहने पर तथा शुभग्रहों के कोटचक्र के मध्य में स्थित होने पर आक्रामक सेनासमूह का नाश होता है।।८५।।

क्रूरग्रहचतुष्कफलम्—

इतपापचतुष्टयं तदन्त-
र्यदि शालः ससमस्तसाधुखेटः।
कलिना किल तत्र भेदभङ्गो-
ऽरमृते स्यादमुनान्यथेतभङ्गः।।८६।।

अथान्तर्गतक्रूरग्रहचतुष्केण कोटग्रहणमाह—इतेति।। यदि चेत् तदन्तस्तस्य शालस्य मध्ये इतपापचतुष्टयं गतक्रूरग्रहचतुष्कं भवति।। यदि समस्तसाधुखेट: समग्रसौम्यग्रहै: सह वर्तमान: शालो भवति किलेति सत्ये तदारं शीघ्रं तत्र शाले भेदभङ्ग उपजायते भङ्ग: स्यात्। केन अमुना कलिना युद्धेन कृतेन बिना यत: 'क्रूरं चतुष्टयं मध्ये प्राकारे सौम्यखेचरा:। भेदभङ्गो भवेत्तत्र बिना युद्धेन गृह्यते'।।१।। इति।। अन्यथेति एवं पूर्वोक्ताभावे भङ्ग: पराजय: स्यात्। आगतस्य पलायनमित्यर्थ:।। उपजाप: पुनर्भेद इति 'पराजयो रणे भङ्ग' इति हैम:।।८६।।

कोटचक्र के मध्यभाग में चार क्रूरग्रहों तथा बहिर्गत शाला में समस्त शुभग्रहों के स्थित रहने पर शीघ्र ही सेना में (आन्तरिक) विद्रोह उत्पन्न होने से युद्ध किये बिना ही दुर्ग भङ्ग हो जाता है। इससे विपरीत स्थिति में आक्रामक सेना का ही भङ्ग (पराजय) होता है।।८६।।

बाह्यमध्यगतयोर्ग्रहयोर्फलम्—

यदि शालकमध्यगाः सदन्ये
त्वसदन्ये गगनायता बहिस्थाः।
अतिकृच्छ्रवताहवेन दुर्गन्न-
धिभूर्भज्यति तत्र नास्य वेशः।।८७।।

अथ मध्यबाह्ययो: पापसौम्यै: समयुद्धमाह—यदीति।। यदि चेत् शालमध्यगता: प्राकारमध्यगता: सदऽन्ये पापग्रहा: तु पुनर्बहिस्था असदन्ये शुभा गगनायना ग्रहा: सन्ति सदानधिभूर्नृपतिर्भज्यति भनक्ति केनातिकृच्छ्रवता महत्कष्टयुक्तेन आहवेन सङ्ग्रामेण

कृत्वा पुनरस्य आयातनृपस्य वेशः प्रवेशो नास्ति। भज्यते इति भज्यः इव आचरतीति भज्यति अन्यथार्थे प्रयोगो महाकविगम्यः॥८७॥

यदि शाला के मध्य में पापग्रह हों तथा शुभग्रह बाहरी शाला में स्थित हों तो घोर संग्राम होने पर भी आक्रामक राजा का दुर्ग में प्रवेश नहीं हो पाता।।८७।।

दुर्गस्याभङ्गत्वम्—

कृतशालकबाह्यवासखेटा-
स्त्वसदन्यग्रहयुक्तगर्भदुर्गः।
यदि तत्र न जायतेऽपि भङ्गः
प्रबले द्वेषिणि चास्तु खण्डिपातः।।८८।।

अथवा स्वमध्ययोः पापसौम्यैः पुरोऽभङ्गतामाह—कृतेति॥ यदि कृतो बाह्यकशाले वासो यैस्ते च खेटाश्च प्राकारबाह्यस्थिताः पापखेटाः सन्ति तु पुनरसदन्यग्रहयुक्तगर्भदुर्गः दुर्गमध्यगतशुभग्रहाः सन्ति तदा तत्र शाले भङ्गो न जायते कस्मिन्प्रबले द्वेषिणि सति अपि च पुनः खण्डिपातः किञ्चित् कोटपतनमस्तु॥ यतः 'प्राकारे बाह्यगाः क्रूराः सौम्या मध्यगता यदि॥ युद्धं प्राकारखण्डिश्च पुरभङ्गो न जायते'॥१॥ इति ॥८८॥

दुर्गचक्र में बाह्य शाला में पापग्रहों के निवास करने तथा चक्र के मध्य में शुभग्रहों के रहने पर दुर्गभङ्ग नहीं होता। यदि प्रबल शत्रु हो तो आंशिक रूप से दुर्ग का पतन होता है।।८८।।

पापसौम्ययोर्मिश्रफलम्—

बहिरन्तरगाः खलाः खपान्थाः
स्युरपापा यदि शालधिष्ण्यसंस्थाः।
उभयोश्च चमूक्षयोऽतियुद्धा-
न्नियतं भूमिभुजोस्तयोर्निवृत्तिः।।८९।।

अथ बाह्यमध्ये पापसौम्यभमिश्रे फलमाह—बहिरिति॥ यदि खलाः क्रूराः खपान्थाः ग्रहाः बहिरन्तरगाः स्युः अपापाः शुभा ग्रहाः शालधिष्ण्ये संस्थाः प्राकारनक्षत्रे स्थिताः स्युस्तदा नियतं निश्चितं तयोरुभयोर्भूमिभुजोश्चमूक्षयः सेनाविनाशः स्यात्॥ कस्मादतियुद्धात् च पुनरुभयोर्भूभिभुजोर्निवृत्तिः कल्याणं स्यात्॥ यतः 'सौम्यमध्ये च कोटे च बाह्ये पापग्रहा यदि। देवैर्ब्रह्मादिभिर्दुर्गं रणारम्भे न गृह्यते'॥८९॥

यदि क्रूर (पाप) ग्रह बाह्य तथा आभ्यन्तर भाग में स्थित हों तथा शुभग्रह शाला (स्थित) नक्षत्रों में हों तो दोनों की सेनाओं का विनाश होता है तथा घोर युद्ध के अनन्तर दोनों राजा युद्ध से विरत हो जाते हैं।।८९।।

विपरीतस्थितौ फलम्—

सखलग्रहशालतारका चे-
द्बहिरन्तर्गतशोभनग्रहेन्द्राः।

समसङ्गरमामनन्ति सन्तः
प्रतिवारं च पतत्यपीह खण्डिः।।९०।।

अथोक्तवैपरीत्ये फलं दर्शयति—सखलेति।। चेद् यदि सखलग्रहशालतारका खलग्रहयुक्तप्राकारनक्षत्रं स्यात् बहिरन्तर्गतशोभनग्रहेन्द्राः सन्तः पण्डिताः समसङ्गरं समानसंग्रामं आमनन्ति कथयन्ति च पुनरिह प्रतिवारमष्टमवारपर्यन्तं वर्तमानवारतोऽग्रवार इति प्रतिवारं खण्डिरपि पतति किञ्चित् किञ्चित् कोटयोद्धादिक्षयः।। यतः 'प्राकारस्था ग्रहाः क्रूरा बहिर्मध्ये शुभाः स्थिताः। समयुद्धं भवेत्तत्र खंडिपातो दिने दिने'।।९०।।

यदि शाला (प्राकार) स्थित नक्षत्रों में पापग्रह स्थित हों तथा बाह्य और आभ्यन्तर भाग में शुभग्रह हों तो विद्वानों ने समान संग्राम बतलाया है। अर्थात् दोनों पक्ष समान होते हैं। बार-बार आक्रमण होने पर आंशिक क्षति होती है।।९०।।

क्रूराक्रूरयोः सहैव स्थितिफलम्—

युगपत्सदसद्वियच्चरेन्द्रा
यदि मध्यस्थलदुर्गबाह्यगाः स्युः।
युधि घोरतरेऽन्तकास्ययानं
भवतीलातलपालयोर्द्वयोर्वा।।९१।।

अथ मध्यबाह्ये युगपच्छुभाशुभग्रहैः सर्वक्षयं दर्शयति—युगपदिति। यदि चेत् यत् समकालं सदसद्वियच्चरेन्द्राः शुभाशुभग्रहाः मध्यस्थलदुर्गबाह्यगाः स्युस्तदा घोरतरे उग्रे युधि संग्रामे द्वयोः इलातलपालयोर्भूतलस्वामिनोरन्तकास्यमानं प्रयाणं मृत्युर्भवतीत्यर्थः।। यतः 'क्रूराक्रूरग्रहाश्चाष्टौ प्राकारे मध्यबाह्यतः। एकस्था यत्र कुर्वन्ति संग्रामं तत्र दारुणम्।। न कश्चित् विजयं युद्धे द्वयं याति यमालयं' इति।।९१।।

यदि क्रूर और शुभग्रह दोनों ही मिश्रित रूप से दुर्ग के बाह्य, आभ्यन्तर और शालास्थित नक्षत्रों में हों तो दोनों पक्ष के भूमिपालों (राजाओं) की घोर संग्राम में मृत्यु हो जाती है।।९१।।

सन्धियोगः–

सममानतया शुभाशुभाश्चेत्-
सहिता बाह्यविमध्ययोर्नभोगाः।
परिवेष्टकशालपालराज्ञो-
रिह सन्धिं कथयन्ति कोविदा वा।।९२।।

अथवा स्वमध्ये समभागस्थितशुभाशुभग्रहैः फलमाह—समेति।। चेद् यदि शुभाऽशुभाः सममानतया तुल्यप्रमाणेन सहिताः युक्ताः नभोगाः ग्रहाः बाह्यमध्ययोः बाह्यमध्यगाः स्युः वेति पक्षान्तरे इह तदा कोविदाः पण्डिताः परिवेष्टकशालपालराज्ञो वेष्टकभूपतेः शालभूपतेश्चान्योन्यं सन्धिं कथयन्ति।। यतः 'समसंख्याः शुभाः क्रूरा बहिर्मध्ये च संस्थिताः।। तदा सन्धिविजानीयात्सैन्ययोसमयोरपि'।।९२।।

यदि समसंख्यक पापग्रह और शुभग्रह दुर्ग के बाह्य और अन्तर दोनों भागों में स्थित हों तो आक्रामक और दुर्ग के अधिपति दोनों राजाओं में सन्धि हो जाती है।।९२।।

पुररोधः—

चरतोरवनीतजन्मचान्द्र्यो-
रहनि स्ताम्भ्य उत प्रवेशभे भे।
पुररोधमवेहि जीवपक्षे
त्वकुलर्क्षे हिमभासि भूरिकालम्।।९३।।

अथ भौमबुधचन्द्रनक्षत्रसंयोगे पुररोधं दर्शयति—चरति इति।। हे राजन्! स्वं पुररोधमवेहि जानीहि कस्मिन् अवनीतजन्मचान्द्र्योः अवनिर्भूमिस्तस्या इतं प्राप्तं जन्म येन स अवनीतजन्मा चन्द्रस्यापत्यं चान्द्रिर्बुधः अनयोर्द्वन्द्वे एतयोरहनि दिने किम्भूतयोर्भौमबुधयोः स्तम्भे भवं स्ताम्भ्यं तस्मिन् स्तम्भसम्बन्धिनि भे नक्षत्रे उत अथवा प्रवेशनक्षत्रे चरतोर्गच्छतोः तु पुनरकुलर्क्षे कुलसंज्ञकवर्जितनक्षत्रे जीवपक्षे हिमभासि चन्द्रे भूरिकालं पुररोधं जानीहि।।९३।।

भौम-बुध वासरों में स्तम्भ स्थित नक्षत्रों में अथवा प्रवेश मार्ग स्थित नक्षत्रों में, कुलसंज्ञक नक्षत्रों को छोड़कर शेषनक्षत्रों में तथा जीवपक्ष में चन्द्रमा के स्थित रहने पर युद्ध यात्रा करने से अधिक समय तक नगर प्रवेश में अवरोध बना रहता है। अर्थात् युद्ध बहुत दिनों तक चलता है।।९३।।

दिगनुरोधेन भौमबुधगुरुशुक्राणां फलानि—

दिशि मन्त्रिणि संस्थिते मघोनः
क्षितिजे दण्डभृतः सिते परस्याम्।
विदि वित्तविभोश्च जिह्मभावे
नु मिथः शैविरशालभेदभङ्गः।।९४।।

अथात्र पूर्वादिदिक्षु स्थितगुरुभौमशुक्रबुधानां फलमाह—दिशीति।। नु वितर्के मिथः परस्परं शैविरशालभेदभङ्गः सैन्यरचनापटमण्डपादिः शालः प्राकारभेदः उपजाप एषां भङ्गः स्यात् कस्मिन् मघोन इन्द्रस्य दिशि पूर्वस्यां मन्त्रिणि गुरौ सति पुनः क्षितिजे भौमे दण्डभृतो यमस्य दिशि दक्षिणस्यां संस्थिते सति पुनः सिते शुक्रे परस्यां पश्चिमायां दिशि संस्थिते सति पुनर्विदि बुधे वित्तविभोर्धनदस्य दिशि उत्तरस्यां संस्थिते सति किम्भूते गुरुप्रमुखे जिह्मभावे वक्रगतिं प्राप्ते।।९४।।

वक्री होकर गुरु पूर्व दिशा में, भौम दक्षिण में, शुक्र पश्चिम में तथा बुध उत्तर दिशा में स्थित हों तो सेना का शिवर एवं सैन्य व्यूह आदि का भङ्ग हो जाता है।।९४।।

क्रूरग्रहदृष्टिफलम्—

ससदन्यनिरीक्षितद्विजेशो
द्युसदोऽसन्त उतास्ति यत्र तत्र।
खलु खण्डिनिपात ईक्षितास्तैः
पुरवेशो विशतोऽसतोऽयनेन।।९५।।

क्रूरग्रहविलोकितस्थाने फलं दर्शयति—ससेति।। उत वितर्के यत्रासन्तः क्रूरा द्युसदो ग्रहाः सन्ति किम्भूताः ससदन्यनिरीक्षितद्विजेशः क्रूरग्रहविलोकितचन्द्रसहिताः द्विजेट् द्विजेशौ द्विजेशः इति बहुवचनं खलु निश्चितं तत्र खण्डिपातो वप्रभङ्गोऽस्ति पुनर्यत्र तैः पापैरीक्षिताः क्रूरग्रहाः सन्ति तत्र विशन् तस्य विशतः प्रवेशकरस्य राज्ञः पुरवेशो नगरप्रवेशः स्यात् शत्रुः पुरं गृह्णातीत्यर्थः। केनासतः पापस्यायनेन मार्गेण दारुणयुद्धे बहुजनयुद्धे क्षयत्वात्।।९५।।

अशुभ (क्रूर) ग्रहों से दृष्ट चन्द्रमा हो तो दुर्ग का पतन होता है। यदि क्रूरग्रह से दृष्ट क्रूरग्रह ही हो तो घोर संग्राम के बाद शत्रु सेना पुर में प्रवेश कर जाती है।

वक्रग्रहस्थितिफलानि—

इह निर्गमभे निहन्ति पापः
कुटिली बाह्यविशालशालभित्तिम्।
स तु शालगतो हि मध्यभागं
जठराद्वाममिदं भवेत्प्रवेशे।।९६।।

अथ वक्रिग्रहाश्रितस्थाने फलमाह—इहेति।। हि युक्तार्थे इह निर्गमभे कुटिली वक्री सन् पापो ग्रहो बाह्यविशालशालभितिं बाह्यवृहत्प्राकारकुड्यं निहन्ति तु पुनः स वक्री पापग्रहः शालगतः सन् मध्यभागं हन्ति पुनरिदं फलं जठरान्मध्यभागात् वामं विलोमं प्रवेशे भवेदित्यर्थः।।९६।।

निर्गममार्गाश्रित नक्षत्रों में पापग्रह वक्री होकर स्थित हों तो दुर्ग की बाहरी विशाल भित्ति को नष्ट करते हैं। यदि शाल (प्राकार) में वक्री पापग्रह हों तो दुर्ग के मध्यभाग को नष्ट करते हैं। प्रवेश मार्ग में वक्री पाप ग्रह हों तो मध्यभाग से विपरीत समझना चाहिये। अर्थात् प्रवेश मार्ग स्थित नक्षत्रों में हो तो मध्य भाग को तथा मध्य भाग में स्थित हों तो बाह्य शाल (प्राकार) को नष्ट करते हैं।।९६।।

स्तम्भनक्षत्राश्रितफलम्—

यदि दुर्गविभुः खला विमध्ये
निखिलास्तम्भभवर्तिनो भवन्ति।
पुरुहूतपराक्रमोऽपि शालं वत
मुक्त्वा विपलायते खपान्थाः।।९७।।

अथ स्तम्भनक्षत्राश्रितक्रूरग्रहाणां फलमाह—यदीति।। यदि विमध्ये शालपेटके निखिलाः समस्ताः खलाः पापाः खपान्थाः ग्रहाः स्तम्भवर्तिनः स्तम्भनक्षत्रेषु वर्त्तमाना भवन्ति तदा वतेति खेटे दुर्गविभुः प्राकारस्वामी शालं मुक्त्वा विपलायते गृहीतदिग् भवति। किम्भूतः पुरुहूतपराक्रमोऽपि इन्द्रसमानवीर्योऽपि।।९७।।

कोटचक्र के मध्य गत स्तम्भाश्रित नक्षत्रों में यदि सभी पापग्रह स्थित हों तो दुर्ग स्वामी इन्द्रतुल्य पराक्रमी होने पर भी दुर्ग छोड़कर भाग (पलायन कर) जाता है।।९७।।

कोटचक्रोपसंहारः—

इह शालवदेव देशचक्रे
कथितस्तारकखेचरादिभेदः।
पुरनामभपञ्चभागधिष्ण्यात्-
पुरचक्रे च सदोदितः प्रबुद्धैः।।९८।।

अथ कोटचक्रोपसंहारणान्यदपि दर्शयति—इहेति।। इह चक्राधिकारे सदा प्रबुद्धैः पण्डितैः तारकखेचरादिभेदः नक्षत्रग्रहादिस्थापनाभेदः शालवत् प्राकारवत् एवं कथितः। कस्मिन् देशचक्रे जनपदसाधनचक्रे च पुनः पुरचक्रे नगरचक्रे पुरनामभपञ्चभागधिष्ण्यात् नगरनामनक्षत्रात् पञ्चभागस्थानात् तारकखेचरादिभेद उदितः प्रोक्तः चतुर्दिक्षु मध्यभागे चेति पञ्चभागेन स्थापना इति शालादिचक्राधिकारः सम्पूर्णः।। सालो दन्त्यस्तालव्यश्च।।९८।।

दुर्गचक्र में प्रदर्शित शाला (प्राकार) की तरह देशचक्र एवं पुरचक्र में देश और पुर के नाम नक्षत्र से पाँच भागों (चारों दिशाओं और मध्य) में नक्षत्रों और ग्रहों की स्थापना का भेद (रहस्य) सदैव पण्डितों ने बतलाया है।।९८।।

नगरादिप्रवेशे तिथिवारशुद्धिः—

समिताजपदृक्षवैश्वमिश्रैर्द्विनगेनैन्दवघस्त्रवर्तमानैः।
रविमन्दरयद्युगद्युभी राट् पुरवेशी बहुदेशवेशकः स्यात्।।९९।।

अथ युद्धे नगरपुरादिप्रवेशे तिथिवारशुद्धिमाह—समितेति।। राट् राजा समिता संग्रामेण पुरवेशी नगरप्रवेशको बहुदेशवेशको भूरिजनप्रवेशकारकः स्यात्।। कैः अजपदृक्षवैश्वमिश्रैः पूर्वाभाद्रपदा उत्तराषाढा मिश्रे कृतिकाविशाखे एषां द्वन्द्वे एभिः किम्भूतैः द्विनगेति। द्वौ द्वितीया २ नगाः सप्तमी ७ इनाः द्वादशी १२ भद्रास्तिथयः एते चैन्दवघस्त्राश्चान्द्रदिनाश्चेषु वर्तमानैः पुनः किम्भूतैः रविमन्देति। रविः सूर्यः मन्दो रयो वेगो गमनं यस्य स मन्दरयः शनिः इमौ च द्युगौ खगौ च रविमन्दरयद्युगौ तयोर्द्यू दिनौ एषु तानि तैः द्युभी राट् इत्यत्र पुरतो विसर्गस्य रत्वे तस्य लोपे च कृते पूर्वस्वरस्य दीर्घे द्युभीराट् इति जातम्।।९९।।

पूर्वाभाद्रपदा, उत्तराषाढा, मिश्रसंज्ञक (विशाखा, कृत्तिका) नक्षत्रों में, द्वितीया, सप्तमी, द्वादशी तिथियों (चान्द्रदिनों) में तथा शनि-रविवासरों में जो राजा युद्धादि से

नगर में प्रवेश करता है वह विभिन्न लोगों को नगर में प्रवेश कराने वाला होता है। अर्थात् वह राजा विजयी होता है तथा परिजनों एवं सैनिकों सहित नगर में प्रवेश करता है।।९९।।

पुरप्रवेशे शुभाशुभवाराः—

सुखवृत्तिभृतः पुरादिवेशेऽ-
धिभुवो मैत्रलघुध्रुवैरवार्तम्।
भगभार्गवभाग्यजीववारा
ददतीन्द्वीरितकैः सुयोगलग्नाः।।१००।।

अथ प्रवेशे शुभशुभवारान् दर्शयन्नाह—सुखेति।। अधिभुवो नृपस्य पुरादिवेशे नगरादिप्रवेशे भगभार्गवभाग्यजीववाराः सूर्यः शुक्रः भगस्य सूर्यस्यापत्यं भाग्यः शनिः गुरुः एषां द्वन्द्वे एते वारा अवार्तमभद्रं ददति कैः कृत्वा मित्रलघुध्रुवैर्मित्रमनुराधा लघुसंज्ञानि ध्रुवसंज्ञानि एभिर्नक्षत्रैः किम्भूतैरिन्द्वीरितकैः चन्द्रेण प्रेरितैश्चन्द्रेण युक्तैरित्यर्थः। किम्भूता सुष्ठु योगो यस्मिन् तत्सुयोगं एवं विधं लग्नं एषु ते। किम्भूतस्य अधिभुवः सुखवृत्तिभृतः सुखवर्तनधारकस्य।।१००।।

सुख की अभिलाषा रखनेवाले राजा का अनुराधा, लघुसंज्ञक (हस्त, अश्विनी, पुष्य) एवं ध्रुवसंज्ञक (तीनों उत्तरा, रोहिणी) चान्द्र नक्षत्रों में सूर्य, शुक्र, शनि और गुरुवासरों में शुभ योगों एवं लग्नों में पुरप्रवेश अमङ्गल देने वाला होता है।।१००।।

स्थिरलग्नादौ प्रवेशः–

स्थिरभोदयभाज्यनेहसीज्ये
सुखधाम्नोः सखवर्त्मनोश्च दुष्टैः।
अरिलब्धिगतैर्हितः प्रवेशः
पुरि संक्रीडितसुस्थिरेन्द्ववस्थैः।।१०१।।

अथ स्थिरलग्नादौ प्रवेशं दर्शयति— स्थिरेति।। पुरि नगर्यां राज्ञः प्रवेशो हितो हितकारी स्यात्। कस्मिन् स्थिरभोदयभाजि स्थिरराशिलग्नयुक्ते अनेहसि काले इज्ये गुरौ सति च पुनः सखवर्त्मनोः ग्रहैः सह वर्तमानयोः सुख ४ धाम्नोः १० चतुर्थदशमभावयोः सतोः पुनः कैः अरिलब्धगतैः तृतीयषष्ठैकादशभावगैः पापग्रहैः किम्भूतैर्दुष्टैः संक्रीडितसुस्थिरैन्द्ववस्थैः संक्रीडिता १ सुस्थिरा २ इमे चन्द्रावस्थे द्वे एषु ते तैः।।१०१।।

गुरु से युक्त स्थिर लग्न के उदयकाल में लग्न से चतुर्थ दशम भावों से (शुभ) ग्रहों के रहने षष्ठ एवं एकादश भावों में पापग्रहों के रहने पर तथा चन्द्रमा की क्रीडित एवं स्थिर अवस्थाओ में राजा का पुरप्रवेश हितकारक होता है।।१०१।।

चन्द्रस्य द्वादशावस्था नामानि—

प्रवासा विनष्टा मृताख्या जया च
प्राहास्या रतिः क्रीडिता सुप्तभुक्ते।

ज्वरा कम्पिता सुस्थिरैवानुभं स्युः
क्रमेण क्रियादर्कमा इन्द्ववस्थाः।।१०२।।

अथ भुजङ्गप्रयातेन चन्द्रस्य द्वादशावस्था आह—प्रवासेति।। क्रियात् मेषात् क्रमेणानुभं राशि राशिं प्रवासादय इन्द्ववस्थाश्चन्द्रावस्था अर्कमा अर्कैर्मीयन्ते इत्यर्कमा द्वादशसंख्याः स्युः।। मेषराशिस्थचन्द्रात् प्रवासादयः १२ वृषराशिस्थचन्द्रात् विनष्टादयः १२ एवं सर्वा अपि। सुप्ता च भुक्ता च अनयोर्द्वन्द्वे सुप्तभुक्ते एव निश्चितम्।।१०२।।

प्रवास, नष्ट, मृत, जय, हसित, रति, क्रीडित, सुप्त, भुक्त, ज्वर, कम्पित तथा सुस्थिर- ये चन्द्रमा की १२ अवस्थायें मेषादि राशियों में क्रम से होती हैं।।१०२।।

विमर्श :— चन्द्रमा की द्वादश अवस्था का विचार दो प्रकार से किया जाता है। (१) प्रवासादि १२ अवस्था। (२) शयनादि द्वादश अवस्था। (१) प्रवासादि १२ अवस्थाओं का आनयन कालिदासने मेषादि क्रम से बतलाया है। यथा मेष राशिगत चन्द्रमा में प्रथम अवस्था प्रवास, द्वितीय विनाश, तृतीय मृत्यु इत्यादि। वृष राशिगत चन्द्रमा में प्रथम अवस्था विनाश, द्वितीय मृत्यु, तृतीय जय इत्यादि क्रम से होती है। परन्तु किस प्रकार इनका विचार करना चाहिये, यह उक्त श्लोक से स्पष्ट नहीं होता अतः पाठकों के सौविध्य के लिए अवस्था ज्ञान-विधि प्रदर्शित है—

३० का द्वादशांश २ अंश ३० कला होता है। अतः प्रत्येक अवस्था २°।३०' तक रहती है विशेष चक्र द्वारा स्पष्ट है।

(२) शयनादि द्वादश अवस्थाओं के नाम इस प्रकार हैं— १. शयन, २. उपवेशन, ३. नेत्रपाणि, ४. प्रकाश, ५. गमन, ६. आगमन, ७. सभा, ८. आगम ९. भोजन, १०. नृत्यलिप्सा, ११. कौतुक, १२. निद्रा।

वस्तुतः इन अवस्थाओं का विचार केवल चन्द्रमा के लिए ही नहीं अपितु सभी ग्रहों के लिए किया जाता है। इन अवस्थाओं की आनयन विधि इस प्रकार है—

उदाहरण :— [(ग्रहाधिष्ठित नक्षत्रसंख्या × ग्रहसंख्या) + ग्रहअंश] + इष्ट घटी + जन्म नक्षत्रसंख्या + जन्मलग्नसंख्या = योगफल ÷ १२ = शेषसंख्यक अवस्था।

चन्द्रावस्थानां फलानि-

प्रवासे श्रमो वा प्रवासोदयोऽब्जे
विनष्टश्रुतिः　　स्याद्विनष्टानुयाते।
मृतायां　कलिर्वा　रुगर्तिर्जयायां
जयः　सर्वतःस्मैतयोगः　स्मितायाम्।।१०३।।

अथासां फलमाह काव्यत्रयेण—प्रवास इति। प्रवासोदये प्रवासावस्थायामब्जे चन्द्रे सति प्रवासे वहिर्गमने श्रमः स्यान्नरस्येति शेषः।। एवं विनष्टानुयातेऽब्जे विनष्टश्रुतिः

द्वादश अवस्था बोधक चक्र

अंश	२.३०	५.००	७.३०	१०.००	१२.३०	१५.००	१७.३०	२०.००	२२.३०	२५.००	२७.३०	३०.००
राशि	१	२	३	४	५	६	७	८	९	१०	११	१२
मेष	प्रवास	नाश	मृत्यु	जय	हास्य	रति	क्रीडित	सुप्त	मुक्त	ज्वर	कम्प	स्थिर
वृष	नाश	मृत्यु	जय	हास्य	रति	क्रीडित	सुप्त	मुक्त	ज्वर	कम्प	स्थिर	प्रवास
मिथुन	मृत्यु	जय	हास्य	रति	क्रीडित	सुप्त	मुक्त	ज्वर	कम्प	स्थिर	प्रवास	नाश
कर्क	जय	हास्य	रति	क्रीडित	सुप्त	मुक्त	ज्वर	कम्प	स्थिर	प्रवास	नाश	मृत्यु
सिंह	हास्य	रति	क्रीडित	सुप्त	मुक्त	ज्वर	कम्प	स्थिर	प्रवास	नाश	मृत्यु	जय
कन्या	रति	क्रीडित	सुप्त	मुक्त	ज्वर	कम्प	स्थिर	प्रवास	नाश	मृत्यु	जय	हास्य
तुला	क्रीडित	सुप्त	मुक्त	ज्वर	कम्प	स्थिर	प्रवास	नाश	मृत्यु	जय	हास्य	रति
वृश्चिक	सुप्त	मुक्त	ज्वर	कम्प	स्थिर	प्रवास	नाश	मृत्यु	जय	हास्य	रति	क्रीडित
धनु	मुक्त	ज्वर	कम्प	स्थिर	प्रवास	नाश	मृत्यु	जय	हास्य	रति	क्रीडित	सुप्त
मकर	ज्वर	कम्प	स्थिर	प्रवास	नाश	मृत्यु	जय	हास्य	रति	क्रीडित	सुप्त	मुक्त
कुम्भ	कम्प	स्थिर	प्रवास	नाश	मृत्यु	जय	हास्य	रति	क्रीडित	सुप्त	मुक्त	ज्वर
मीन	स्थिर	प्रवास	नाश	मृत्यु	जय	हास्य	रति	क्रीडित	सुप्त	मुक्त	ज्वर	कम्प

विनाशस्य श्रवणं पुनर्मृतायामब्जे कलिर्वाथवा रुगर्तिः रोगपीडा पुनर्जयायामब्जे सर्वतो जयः पुनः स्मितायामब्जे स्मैतयोगः हास्यसंयोगः स्यात्।।१०३।।

चन्द्रमा के प्रवास अवस्था में स्थित रहने पर यात्रा करने से मनुष्य को अधिक श्रम करना पड़ता है। विनष्टावस्था में यात्रा से किसी प्रकार के अनिष्ट की सूचना मिलती है। मृत अवस्था में कलह या रोग, जय में सर्वत्र विजय तथा हास्य अवस्था में प्रयाण करने से हास्य (प्रसन्नता) युक्त वातावरण मिलता है।।१०३।।

रतौ राज्यधीशे रतीशे रतिर्वा
जनैः क्रीडितायां वशाभिर्विलासः।
मदालस्यमोहः प्रसुप्तानुगे स्या-
त्सुभुक्तिश्च भुक्ताश्रितेऽर्तिर्ज्वरायाम्।।१०४।।

रताविति।। रतौ राज्यधीशे रत्यवस्थायां चन्द्रे सति रतीशे कामविषये रतिः स्यात्। वा पुनः क्रीडितायां चन्द्रे वशाभिर्वन्ध्यास्त्रीजनैः सह विलासः। पुनः प्रसुप्तानुगे चन्द्रे मदालस्यमोहः मदतन्द्राभ्यां मौढ्यं स्यात्। पुनःर्भुक्तामिश्रिते चन्द्रे भुक्तिः पुनर्ज्वरायां चन्द्रेऽर्त्तिः पीडा स्यात्।।१०४।।

रति अवस्था में चन्द्रमा के रहने पर कामवासना में आसक्ति, क्रीडित अवस्था में बन्ध्या स्त्रियों के साथ विलास, सुप्तावस्था में मद-आलस्य और मोह (मूढता), भुक्त अवस्था में भोग तथा ज्वर अवस्था में क्लेश होता है।।१०४।।

दरो वेपथुः कम्पितायामितीन्दौ
स्थितिःस्थायिनी जायते सुस्थिरायाम्।
समामासघस्त्रप्रवेशे च याने
दरे पूःप्रवेशे कलौ चिन्त्यमेतत्।।१०५।।

दर इति।। कम्पितायामिन्दौ चन्द्रे दरो भयं वेपथुः कम्पश्च जायते। पुनः सुस्थिरायामिन्दौ स्थायिनी तिष्ठच्छीला स्थितिर्जायते इति एवमेतच्चिन्त्यम्। कस्मिन् समादिप्रवेशे समा वर्षं मासः घस्त्रः एषां प्रवेशे च पुनर्याने प्रयाणे पुनर्दरे भये पुनः पूःप्रवेशे नगरीप्रवेशे पुनः कलौ संग्रामे।।१०५।।

चन्द्रमा की कम्पित अवस्था में भय और कम्पन तथा सुस्थिर अवस्था में स्थिरता प्राप्त होती है। चन्द्रमा की इन अवस्थाओं का विचार वर्षप्रवेश, मासप्रवेश, दिनप्रवेश, यात्रा, भय, नगरप्रवेश तथा युद्ध के समय करना चाहिये।।१०५।।

भण्डारभरणमुहूर्त्तः—

विपक्षं विजित्वा तदर्थं च नीत्वा
समापूरयत्यात्मकोशालयं यः।

स जीवे शुभे भोदयेऽब्जे स्थिरे स्वे
सपूर्णे शनीज्याह्नि यात्यर्थवृद्धिम्।।१०६।।

अथ भण्डारभरणशुद्धिमाह—विपक्षमिति।। यो नृपः आत्मकोशालयं निजभण्डारगृहं समापूरयति किं कृत्वा विपक्षं शात्रवं विजित्वा च पुनस्तदर्थं शत्रुधनं नीत्वा गृहीत्वा कस्मिन् स्वे धनभावे स्थिरे भोदये धनभावस्थस्थिरराशिलग्ने पुनरब्जे चन्द्रे जीवे गुरौ च शुभे सपूर्णे पूर्णतिथिसहिते शनी ज्याह्नि शनिगुरुदिने सति सो नृपोऽर्थवृद्धिं याति प्राप्नोति।।१०६।।

जो राजा विपक्ष (शत्रु पक्ष) को जीतकर उसके धन को लेकर गुरु और चन्द्र से युक्त शुभ लग्न में धनाभाव में स्थिर राशि के रहने पर, पूर्णा (५,१०,१५) तिथियों तथा गुरु और शनिवासरों में अपने कोषागार को पूर्ण करता है उसके कोष की वृद्धि होती है।।१०६।।

कलौ युगे राजाभिषेकः—

कलौ भविष्यन्त्यथ भारतावनौ
महीभुजो बाहुभुवोऽप्यनेकशः।
शकास्तथैषामभिषेचनादिकं
हितं सदोदीरितकालसाधितम्।।१०७।।

अथ वंशस्थेन कलौ राजाभिषेकं पूर्ववद्दर्शयति—कलाविति।। अथानन्तरं कलौ युगे भारतावनौ भरतक्षेत्रेऽनेकशो बहवो बाहुभुवः क्षत्रियाः महीभुजो राजानो भविष्यन्ति तथा शकाः म्लेच्छा अपि राजानो भविष्यन्ति सदा तेषामभिषेचनादिकं हितं स्यात्। किम्भूतमभिषेचनादिकं उदीरितकालसाधितं पूर्वोक्तकालसाधितम्।।१०७।।

कलियुग में भारतभूमि पर शक आदि अनेक राजाओं का शासन होगा। उनके राजाभिषेक आदि के लिए भी पूर्वोक्त कालसाधन (मुहूर्त) ही हितकारी होंगे। अर्थात् पूर्वोक्त राजाभिषेक आदि मुहूर्त्तों में ही शकादि अन्य राजाओं का भी अभिषेक करना चाहिये।।१०७।।

भिल्लादीनामभिषेकमुहूर्त्तः—

धराधिभूर्भिल्लशकादिजातिज-
स्तदासनस्थोऽभिजनैर्नमस्कृतः।
स्तुतः स राजाधिजनैः प्रतिष्ठितो
न मन्त्रभेदाद्यभिषेचनोचितः।।१०८।।

अथ भिल्लादिजातिनृपाणामभिषेकादिकं निषेधति—धरेति।। भिल्लशकादिजातिजो धराधिभूः राजा मन्त्रभेदाद्यभिषेचनोचितो न स्यात्। किम्भूतो धरादिभूः तदासनस्थः पूर्वोक्तासनस्थितः पुनः किम्भूतः अभिजनैः योधृजनैर्नमस्कृतश्च पुनः किम्भूतः स्तुतः।।

अथवाभिजना पूर्वबान्धवा इति काशिकायां तैरिति।। पुनः किम्भूतो राजाधिजनै राज्ञोऽधिकारप्राप्तैर्विप्रैः प्रतिष्ठितः।।१०८।।

भिल्ल आदि जातियों में उत्पन्न राजा (व्यक्ति) का राज्याभिषेक, उस स्थान में स्थित कुलीन एवं सम्मानित तथा अधिकारी व्यक्तियों द्वारा अभिवादन एवं गुणगान के साथ करना चाहिये। इनका अभिषेक मन्त्रोपचारादि से ब्राह्मणादि द्वारा करना उचित नहीं होता।।१०८।।

निहन्ति यो भूतलमण्डले शकान्
सपञ्चकोट्यब्जदलप्रमान् कलौ।
स राजपुत्रः शककारको भवेन्-
नृपाधिराजो ह्युत शाककर्तृहा।।१०९।।

अथ शाककर्तृत्वमाह—निहन्तीति।। यो भूतलमण्डले शकान् म्लेच्छान् निहन्ति कस्मिन् कलौ कलियुगे किम्भूतान् शकान् सपञ्चेति।। अब्जं शतकोटिस्तस्य दलमर्द्धं पञ्चाशत्कोटि अब्जदलसहपञ्चकोट्या वर्तते यत्तत्सपञ्चकोटि तच्चाब्जदलं च तेन प्रमीयन्ते इति प्रमाः स्युः।। अङ्कतोऽप्यत्र ५५०००००००० स राजपुत्रः शककारको नृपाधिराजश्चक्रवर्त्ती भवेत्। हि युक्तार्थे उत पुनःशकानां म्लेच्छानां नाशकालः शाककर्तॄन् हन्तीति शाककर्तृहा सोऽपि शाककर्त्ता चक्रवर्ती भवेत्। यथा जैनमते वासुदेवं प्रति वासुदेववत्।।१०९।।

जो राजा भूमण्डल पर ५५ करोड़ शकों (म्लेच्छों) का वध करता है तथा जो शाककर्त्तृकों का नाश करता है वही राजपुत्र शाककर्त्ता एवं राजाओं का राजा (चक्रवर्ती राजा) होता है।।१०९।।

शककारकनामानि—

युधिष्ठिरो विक्रमशालिवाहनो
नराधिनाथो विजयाभिनन्दनः।
इमेऽनु नागार्जुनमेदिनीविभु-
र्बली क्रमात् षट् शककारकाः कलौ।।११०।।

अथ कलौ षट् शककारकनामान्याह—युधिष्ठिर इति।। कलौ क्रमात् इमे युधिष्ठिरादयः षट् शककारकाः स्युः। अनु पश्चादर्थे स्पष्टम्।।११०।।

युधिष्ठिर, विक्रमादित्य, शालिवाहन, विजयाभिनन्दन, नागार्जुन तथा बली क्रम से ये छः राजा कलियुग में शककारक कहे गये हैं।।११०।।

शककारकाणां कालः—

युधिष्ठिराद्वेदयुगाम्बराग्नयः
कलम्बविश्वेऽभ्रखखाष्टभूमयः।

ततोऽयुतं लक्षचतुष्टयं क्रमा-
द्धरादृगष्टाविति शाकवत्सरा:।।१११।।

अथ युधिष्ठिरादीनामन्तरालवर्षाण्याह—युधिष्ठिरादिति।। युधिष्ठिरात् कलिसंक्रमणकाल: स्यात्।। वेदयुगाम्बराग्नय: ३०४४ चतुश्चत्वारिंशदधिकसहस्त्रत्रयं शाकवत्सरा भवन्ति एतावत्कालं युधिष्ठिरशाक:।। तत: कलम्बविश्वे कलम्बा बाणा: ५ विश्वे त्रयोदश १३५ पञ्चत्रिंशदधिकशतं एतावत्काले विक्रमशाक:।। 'रोप: कलम्बशरमार्गणचित्रपुंखा' इति हैम:।। ततोऽभ्रखखाष्टभूमय: १८००० अष्टादसहस्रा एतावत्कालं शालिवाहनशाक:।। ततोऽयुतं १०००० दशसहस्रा एतावत्कालं विजयाभिनन्दनशाक:।। ततो लक्षचतुष्टयं ४००००० एतावत्कालं नागार्जुनशाक:।। ततो धरादृगष्टौ धरादृक्अष्टौ ८२१ 'महीद्विनागा:' इत्यपिपाठ:।। एकविंशत्यधिकाष्टशतं एतावत्कालं बलिशाक:।। इति इह कलौ क्रमात् शाकवत्सरा: स्यु:।।१११।।

युधिष्ठिर के काल से ३०४४ वर्षों तक युधिष्ठिर शककाल था तदन्तर १३५ वर्षों तक विक्रमशककाल, तत्पश्चात् १८००० वर्षों तक शालिवाहन शककाल, अनन्तर १०००० वर्षों तक विजयाभिनन्दनशककाल, तदनन्तर ४००००० वर्षों तक नागार्जुनशककाल तथा अन्त में ८२१ वर्षों तक बलिनामक शककाल का प्रमाण बतलाया गया है।।१११।।

विमर्श :— युधिष्ठिरादि ६ शाकों का कालमान कलियुग को ६ भागों में विभक्त करता है। कलियुग का आरम्भ युधिष्ठिर शककाल से तथा अन्त बलि नामक शककाल में होता है। वर्तमान कलि के आरम्भ से अब (सं० २०४३ सन् १९८६) तक युधिष्ठिर और विक्रमनामक दो शक काल बीत चुके हैं। वर्तमान समय में शालिवाहन नामक शक चल रहा है। जो आगामी १६०९२ वर्षों तक (कलि के आरम्भ से २११७९ वर्षों तक) रहेगा। तदनन्तर क्रम से विजयाभिनन्दन, नागार्जुन और बलि नामक शक काल आयेंगे। सभी शाकों के कालमानों का योग कलियुगमान के तुल्य होता है।

यथा-	युधिष्ठिरशक	३०४४
	विक्रम	१३५
	शालिवाहन	१८०००
	विजयाभिनन्दन	१००००
	नागार्जुन	४०००००
	बलि	८२१
		४३२०००

सन्ध्यासन्ध्यांश सहित कलियुग का मान भी ४३२००० सौर वर्ष होता है।

शककारकानां जन्मस्थानानि-

युधिष्ठिरोऽभूद्भुवि हस्तिनापुरे
तथोज्जयिन्यां पुरि विक्रमाह्वय:।

शालेयधाराभृति शालिवाहनः
सुचित्रकूटे विजयाभिनन्दनः।।

अथोपजात्येषां जन्मभूमिमाह—युधिष्ठिरादिति। स्पष्टं नगरं शालेयधाराभृति शालेरमोलेरनाम्नि गिरौ।।११२।।

इस भूमण्डल पर हस्तिनापुर में युधिष्ठिर, उज्जैन में विक्रमादितय, शालेय पर्वत पर शालिवाहन तथा चित्रकूट में जियाभिनन्दन नामक राजा हुये थे।।११२।।

नागार्जुनो रोहितके क्षितौ बलि-
र्भविष्यतीन्द्रो भृगुकच्छपत्तने।
कृतप्रवृत्तिस्तदनन्तरं भवे-
त्तदाभविष्यन्त्यवनीभृतोऽर्कतः।।११३।।

नागेति।। पूर्वार्द्धं स्पष्टं। नगरं रोहितके क्षितौ रोहितासभूमौ।। अनुक्तान्यप्यत्र ग्रन्थान्तरादेषां वंशनामान्याह।। यत: 'युधिष्ठिरोभूत्किल राजवंशज; स राजपुत्रः परमारवंशभूः।। श्रीविक्रमार्को ननु शालिवाहनो गोहिल्लभूर्वै विजयाभिनन्दनः।।१।। शिशोदरान्वयभवो भविष्यततोऽत्र नागार्जुनसंज्ञको नृपः।। राजाधिराजः किल कल्किरात्मभूतस्तत्स्थापितो राट्बलिरत्र दीक्षकः।।२।। इति।। अथ उत्तरार्द्धमाह।। तदनन्तरं कृतप्रवृत्तिः सत्ययुगप्रवर्तनं भवेत्तदार्कतः सूर्यतोऽवनीभृतो राजानः सूर्यवंश्या भविष्यन्ति।।११३।।

(भारत) भूमिपर रोहतक (पञ्जाब) में नागार्जुन तथा भृगुकच्छ (कच्छ) में बलि नामक राजा उत्पन्न होंगे। अनन्तर अर्थात् बलि के काल के पश्चात् कृत (सत्य) युग का आरम्भ होगा। तथा सत्ययुग में सूर्य से उत्पन्न राजा होंगे अर्थात् सूर्यवंशी राजाओं का शासनकाल आरम्भ होगा।।११३।।

यात्रा मुहूर्त्तप्रयोजनम्—

समस्तकाष्ठाचरतामिलाभृता-
मेषामृतं दिग्विजयोऽनिशं भवेत्।
इति प्रयत्नाद् गणकैरुदीरितं
यानं सदा कालगमेषु कामदम्।।११४।।

अथैषां तदाकालप्रयाणमाह— समस्तेति।। अनिशं निरन्तरं इलाभृतां महीपतीनां समस्तकाष्ठाचरतां सर्वदिक्षु गच्छतां सतां अनेकभूपदेशेषु गमनशीलानां एषां चक्रवर्तिनां दिग्विजयो भवेदिति हेतोः ऋतं सत्यं गणकैर्यत्नादुद्यमात् सदाकालगं सर्वकालप्राप्तं यानं प्रयाणं कामदमभीष्टदायकमुदीरितं प्रोक्तं केषु एषु चक्रवर्तिषु।।११४।।

सभी दिशाओं में भ्रमण करनेवाले इन चक्रवर्ती राजाओं की दिग्विजय होती रहे इस दृष्टि से गणकों (दैवज्ञों) ने सभी काल में सुलभ एवं अभीष्ट सिद्धि देने वाले मुहूर्त्तों को प्रयत्नपूर्वक बतलाया है।।११४।।

बलवर्णनम्—

गजपतिरधिमत्तो वान्तरं योऽधिदेशो
हयपतिरचलेशः सोऽपि साधारणः स्यात्।
नरपतिरिह मन्दो लेशदेशावनीशो
निजबलवशतोऽमी दिग्जये सत्त्वभाजः।।११५।।

इति श्रीकविकालिदासोदिते ज्योतिर्विदाभरणे
राजसत्ताध्यायो दशमः।।१०।।

अथ मालिन्यैषां सर्वेषां बलं वर्णयति।। गजपतिर्वाधिमत्तोऽधिकारयुक्तो वाऽधिदेशोऽधिकदेशवान् वा हयपतिर्वाचलेशः पर्वतेशो भूमीशो वा नरपतिर्वा लेशदेशावनीशः स्वल्पदेशवान् स्वल्पभूमीशो वा यः स्यात्सोऽपि मन्दः सन् साधारणः सामान्यः स्यात्। कस्मिन्निह दिग्विजयेऽनन्तरं पश्चात् अमी षट् चक्रवर्तिनो दिग्जये सत्वभाजोऽभग्नशक्तियुक्ताः स्युः कस्मान्निजबलवशत इति।।११५।।

इति श्रीपौर्णिमीयगच्छाधिराजभट्टारकपुरन्दरश्रीमहिमाप्रभसूरीश्वर-
चरणसरोरुहचञ्चरीकायमानशिष्यभावरत्नविरचितायां
श्रीकविकालिदासकृतज्योतिर्विदाभरणस्य सुख-
बोधिकायां राजसत्ताध्यायो दशमः।।१०।।

हाथियों के समूह का स्वामी हो या अधिकार युक्त पुरुष हो या बृहत् राज्य का स्वामी हो, अश्वपति हो, पर्वतभूमि का स्वामी हो अथवा स्वल्पराज्य का स्वामी हो जो भी हो वह निस्तेज होने से (दिग्विजय हेतु) साधारण ही होता है। परन्तु ये छः चक्रवर्ती राजा अपनी शक्ति से दिग्विजय हेतु समर्थ होते हैं।।११५।।

श्रीकालिदासविरचितज्योतिर्विदाभरण के राजसत्ताध्याय का
प्रो० रामचन्द्रपाण्डेयकृत हिन्दी भाषानुवाद सम्पूर्ण।।१०।।

●

त्रिविधयात्राध्यायप्रकरणम् –११

यात्राभेदः—

अथ प्रयाणं त्रिविधं बृहत्समं
मितं भवेदेतदपि त्रिभेदकृत्।
कलिक्रियं तीर्थफलं च पण्यवत्
किलेति तत्कालनयं ब्रवीम्यहम्।।१।।

अथ राजसत्तामाश्रित्य प्रयाणं स्यादतो वंशस्थेन प्रयाणाध्यायसन्धानमाह— अथेति।। अथानन्तरं किलेत्यवधारणे बृहत् प्रौढं १ समं तुल्यं न्यूनाधिकविकलमित्यर्थः २ मितं लघु ३ इति त्रिविधं प्रयाणं भवेत्।। अपि पुनरेतद्बृहत्समलघुत्रिविधमपि प्रयाणमेकैकं त्रिभेदवत्त्रिभेदयुक्तं स्यात्तदाह।। कलिक्रियं कलेर्युद्धस्य क्रिया यस्मिंस्तत् पुनः किंभूतं तीर्थस्य फलं लाभो यस्मात्तत् 'फलं शस्त्राग्रेव्युष्टिलाभयोः' इत्यनेकार्थः।। पुनः किंभूतं पण्यवत् पणितव्ययुक्तं 'पणितव्यं तु विक्रेयपण्यमिति' हैमः।। यथा बृहत्प्रयाणं कलिक्रियं तीर्थफलं पण्यवत् इति त्रिधा तथा बृहत् समं लघु च त्रिधा योज्यमिति।। अहं तत्कालनयं तेषां प्रयाणानां समयनीतिम् समयनिर्णयं वा ब्रवीमि कथयामि।।१।।

अनन्तर (राजसत्ताध्याय निरूपण के पश्चात्) तीन प्रकार की यात्रा का विवेचन मैं कर रहा हूँ। बृहत् (अत्यधिक लम्बी विदेश यात्रा या अधिक दिनों के लिए प्रवास सम्बन्धी) यात्रा, सम (मध्यम दूरी तथा मध्यमकाल हेतु) यात्रा, मित (अल्पकालिक तथा लघु) यात्रा, इस प्रकार यात्रा के तीन भेद बतलाये गये हैं। इन तीनों भेदों में भी कार्य एवं उद्देश्य के अनुसार प्रत्येक के तीन-तीन भेद होते हैं।

विमर्श- कलिक्रिया (युद्ध, विवाद, मुकदमा), २— तीर्थफल (तीर्थयात्रा, यज्ञानुष्ठान की दृष्टि से), ३ पण्य (व्यापार की दृष्टि से) ।।१।।

अर्थात् यात्रा के कुल नव भेद होते हैं यथा—

१. बृहद् युद्ध यात्रा २. बृहत् तीर्थ यात्रा ३. बृहद् व्यापार यात्रा	१
४. सम युद्ध यात्रा ५. सम तीर्थ यात्रा ६. सम व्यापारयात्रा	२
७. मित शुद्ध यात्रा ८. मित तीर्थ यात्रा ९. मित व्यापार यात्रा	३

बृहत्प्रयाणे मासफलम्—

शुचे शुचिः स्याच्च नभो नभोगकृ-
न्नभस्य मासो नुरभस्य संगदः।
बृहद्गमस्योशनसश्च गीष्पते-
रनुद्गमो ह्युद्गमनं सृजत्यरम्।।२।।

अथ बृहत्प्रयाणे आषाढादीन् दूषयति— शुचे इति।। नुर्नरस्य शुचिराषाढः शुचे शुक् तस्यै शोकाय स्यात्। किंभूतस्य नुः बृहद्गमस्य बृहद्गमो गमनं यस्य स तस्य अर्थादन्यप्रयाणे निषेधो न । च पुनरेवं नभः श्रावणो भोगकृन्न स्यात्। अयं नभःशब्दोऽकारान्तः शब्दप्रभेदे दृश्यतेऽपरस्तु नभाःसकारान्तः पुंसि सुवचः शब्दवत्। पुनर्नभस्य मासो भाद्रपदमासो नरस्याभस्य सङ्गदो मृत्युदायकः स्यात्।। भातीति भा नास्ति भा कान्तिर्यस्य स अभो यमः कालः अदृश्यरूपत्वादभ इति पदं युक्तं तस्याभस्येति।। च पुनरुशनसः शुक्रस्य गीष्पतेर्गुरोश्चानुद्गमोऽस्तकालोऽरं शीघ्रं नरस्योद्गमनं मरणं सृजति करोति हि युक्तार्थे।।२।।

आषाढ़ (शुचिः) मास में बृहत्प्रयाण (बृहद्यात्रा) करने से शोक, नभ (श्रावण) मास में सुख-भोग का अभाव, नभस्य (भाद्रपद) मास में यात्रा करने से मृत्यु एवं रोग का भय होता है। बृहद् यात्रा काल में शुक्र और बृहस्पति उदय न हो (अर्थात् अस्त हो) तो शीघ्र ही मनुष्य की मृत्यु होती है (या घोर कष्ट होता है) ।।२।।

शुक्रादीनां शुद्धिः—

सिते समांशावुदयानुगे सदा-
नुकूलवर्तिन्यधिवृत्तिकृद्गमः।
भवत्यसौ च त्रिविधो जनुर्विभा-
वनस्तगे न्यस्तफलस्तमीश्वरे।।३।।

अथ शुक्रादिशुद्धौ प्रयाणमाह— सित इति।। सदाऽसौ त्रिविधो गमो गमनमधिवृत्तिकृत् अधिकां वृतिं करोतीति तथा भवति। कस्मिन् सिते शुक्रे सति किंभूते शुक्रे समांशौ कोऽर्थः ग्रहयुतौ अन्यग्रहेण विजितो न स्यात्स समांशुः पूर्णवीर्यस्तस्मिन्। पुनः किंभूते शुक्रे उदयानुगे उदयप्राप्ते पुनः किंभूते अनुकूलवर्तिनि पुनः कस्मिन् सति अनस्तगे उदयप्राप्ते जनुर्विभौ जन्मलग्नस्वामिनि किंभूतो गमः तमीश्वरे चन्द्रे न्यस्तफलः आरोपितफलः गृहीतशुभचन्द्र इत्यर्थः।।३।।

बृहद् यात्रा काल में पूर्णबलवान् शुक्र उदित हो तथा यात्रा दिशा के अनुसार अनुकूल हो तो यात्रा के उद्देश्य को पूर्ण करता है। जन्म लग्न का अधिपति भी उदय हो तथा चन्द्रमा शुभकारक हो तो त्रिविध यात्रा शुभकारक होती है।।३।।

तीर्थयात्रायां गुरुविचारः—

न तीर्थकामः सति पाणिजाद्बुधेऽ-
नृजौ शिशौ वृद्धधने च नीचगे।

नरोऽमरार्च्ये गमनं प्रकारये-
द्विनैव कुम्भस्थलगौतमीगया:।।४।।

अथानिष्टगुरौ तीर्थप्रयाणं निषेधति— न तीर्थेति।। तीर्थकामस्तीर्थगमनेच्छुर्नरो गमनं न कारयेत्। कस्मिन् पाणिजायुधे पाणिजा नखास्त एवायुधं यस्य स सिंहस्तस्मिन् सिंहराशौ अमरार्च्ये गुरौ सति किंभूते गुरौ अनृजौ वक्रिणि पुन: किंभूते शिशौ बाल्यावस्थां गते पुन: किंभूते वृद्धधने वृद्धावस्थां गते पुन: किंभूते नीचगे स्पष्टं किंविना कुम्भस्थलगौतमीगया: विनायोगे द्वितीया अत्र कुम्भस्थलादिष्वेव गमनं कुर्यादित्यर्थ:।। यत: कुम्भराशिगे गुरौ कुम्भस्थलं हरिद्वारं गच्छेत्। सिंहगुरौ गोदावरीं गच्छेत्सर्वकाले गयां गच्छेदित्यादि।। यत: 'हरिद्वारे प्रयागे च गंगासागरसङ्गमे।। सर्वत्र दुर्लभा गंगा त्रिषु स्थाने विशेषत:'।।१।। वासिष्ठ्यां गोमती तद्वत् गोतमी स्यादिति शब्दप्रभेद:।।४।।

जब गुरु सिंह राशि में स्थित हों, वक्री हों, बाल अथवा वृद्ध अवस्था में हों तथा नीच राशिगत हों तो तीर्थ की अभिलाषा से मनुष्य को यात्रा नहीं करनी चाहिये। परन्तु उक्त अवस्थाओं में गुरु के रहने पर कुम्भस्थल (हरिद्वार), गौतमी तीर्थ (गोदावरी) तथा गया तीर्थ में जाने का निषेध नहीं है।।४।।

अनिष्टे गुरौ यात्राफलम्—

स्वधामतो द्वादशयोजनावधि
प्रयाणमाद्यैरिह तीर्थमानिभि:।
नोदीरितं तैर्थ्यमशेषधर्मदं
परैरुदन्वद्युतिनिम्नगावधि ।।५।।

अथानिष्टे गुरौ निष्फलतीर्थप्रयाणमाह— स्वधामेति।। तीर्थमानिभिस्तीर्थफलवेदिभिराद्यै: पुरातनैर्बुधैरिह पूर्वोक्तगुरावनिष्टे सति तैर्थ्यं तीर्थे भवं प्रयाणमशेषधर्मदं नोदीरितं न कथितं।। किंभूतं प्रयाणं स्वधामतो निजगृहात् द्वादशयोजनावधि अष्टचत्वारिंशक्रोशपर्यन्तं पुन: परैरपरैरुदन्वद्युतिनिम्नगावधि न कथितं उदन्वान् समुद्रस्तस्मिन् युतिर्मिलितं यस्या: साऽसौ च निम्नगा नदी च तस्या अवधिर्मर्यादा यस्मिंस्तदिति गङ्गासागरसङ्गमपर्यन्तमिति।।५।।

तीर्थ यात्रा के फल को जानने वाले पूर्वाचार्यों के मतानुसार गुरु के उक्त अशुभ परिस्थितियों में रहने पर अपने गृह से बारह योजन (९६ मील) पर्यन्त तीर्थयात्रा निष्फल (पूर्णफल न देनेवाली) होती है। अन्य आचार्यों के मतानुसार नदी और सागर संगम (यथा गंगासागर) पर्यन्त तीर्थयात्रा निष्फल होती है।।५।।

यात्रायां ऋतुशुद्धि:—

गतिर्नृणामृत्वनुकूलगामिनी
मुदिप्रधानेव सदैव भामिनी।
सुशुद्धिगाशाश्रयसिद्धिकारिणी
समस्तयानोत्सवकार्यचेतसाम्।।६।।

अथ गमने सामान्येन ऋतुशुद्धिमाह— गतिरिति।। समस्तयानोत्सवकामे चेतो येषां ते तेषां नृणां गतिर्गमनं ऋत्वनुकूलगामिनी सदैव मुदि हर्षनिमित्तं प्रधाना वरा स्यात् षड्ऋतूनामनुकूलं योग्यतां गच्छतीत्येवंशीला यादृक् ऋतुस्तादृक् प्रयाणं शुभमित्यर्थः।। किंभूता गतिः सुशुद्धिगा अतिशयशुद्धिं प्राप्ता पुनः किंभूता गतिः आशाश्रयसिद्धिकारिणी इच्छाधारकस्य सिद्धिकरणशीला अथवा समस्तं पदं अतिशुद्धिं प्राप्ता चासौ आशा दिक् च तस्यामाश्रयो निवासो यस्य स तस्य नरस्य सिद्धिकारिणी केव भामिनीव वधूरप्येवंविधा भवति किंभूता भामिनी ऋत्वनुकूलगामिनी ऋतुकालानुगमनशीला सती प्रधाना पुनः किंभूता सुशुद्धिगा ऋतुस्नानानन्तरं शुद्धिं प्राप्ता पुनराशाश्रयस्य इच्छाधारकस्य भर्तुः सिद्धिकारिणी।।६।।

उत्सव और कार्यों की सिद्धि की अभिलाषा से ऋतु के अनुकूल तथा दिशाओं की शुद्धि (दिक्शूल, योगिनी आदि विचारो से) के अनुसार की गई सभी प्रकार की यात्रा मनुष्य की प्रसन्नता को बढ़ाने वाली तथा कार्य सिद्ध करने वाली होती है। जैसे ऋतुकाल में शुद्धि के अनन्तर गमन (स्त्री-सहवास) करने से स्त्री प्रसन्न तथा पति के मनोरथ को सिद्ध करने वाली होती है।।६।।

वर्षासु यात्रानिषेधः—

ईषत्तडिद्वासवतीमधिक्रियां
घनाम्बरामिन्द्रधनुःकटाक्षिणीम्।
शिखिस्वनां वृत्तपयोधरां सुधीः
प्रावृड्वशामेत्य न यानमिच्छति।।७।।

अथ काव्यद्वयेन वर्षासु वर्णनद्वारेण प्रयाणं निषेधति— ईषदिति।। सुधीः प्रावृड्वशा वर्षाऋतुरेव स्त्री तामेत्य प्राप्य ईषत् स्तोकमपि यानं प्रयाणं न इच्छति किंभूतां प्रावृड्वशां तडिद्वासवतीं तडितां विद्युतां वासोऽवस्थानमस्यास्तीति सा तां विद्युत्स्थितिमतीं यथा 'सरस्वती वासवती मुखे' इति नैषधद्वितीयसर्गे।। अथवा ईषच्छब्दोऽत्रापि योज्यः।। ईषत् वारं वारं तडितामिति तथैव।। पुनः किंभूतां प्रावृड्वशां अधिक्रियां अधिका क्रिया कर्षणादिका बहूत्पन्नजन्तुहिंसादिरूपा वा यस्यां सा तां पुनः किंभूतां प्रावृड्वशां घनाम्बरां घना मेघा एव अम्बराणि वस्त्राणि यस्याः सा तां पुनः किंभूतां इन्द्रधनुःकटाक्षिणीं इन्द्रधनुरेव कटाक्षोऽक्षिविकूणितमस्यास्तीति तां पुनः किंभूतां शिखिनां मयूराणां स्वनाः शब्दा यस्या सा तां पुनः किंभूतां वृत्तपयोधरां वृत्ताः सर्वत्र प्रसरणशीलाः पयोधरा मेघा यस्यां सा तां।। अथ स्त्रीपक्षं दर्शयति।। किंभूतां वशां तडिद्वत् वासवती स्थितिमतो तडिदुपमानेन चञ्चलत्वौजसादिस्वभावः प्रोक्तः।। अथवा तडिद्वत् वासवती वाराङ्गना यस्याः सा तां पुनः किंभूता अधिका क्रिया षोडशालङ्काररूपा यस्याः।। पुनः किंभूता घनानि सूक्ष्माणि वस्त्राणि यस्याः सा तां पुनः किंभूता इन्द्रधनुर्वत् कटाक्षा यस्याः सा। पुनः किंभूता शिखिनः स्वन इव स्वनो यस्याः सा पुनः किंभूता वृत्तौ मण्डलाकारौ पयोधरौ स्तनौ यस्याः सा तामिति रूपकालङ्कारः।। यतः 'रूपकं यत्र

साधर्म्यादर्थयोरभिधा भवेत्।।' समस्तं वासमस्तं वाखण्डं वा खण्डमेव वा।।१।। कीर्णान्धकारा कलशालमाना निबद्धताराऽस्थिमणिः कुतोऽपि।। निशापिशाची व्यचरद्दधाना महान्त्युलूकध्वनिफेत्कृतानि।।२।। इति वाग्भट्टालङ्कारे।।७।।

विद्युत्कान्ति से युक्तकृषिकार्य (हलप्रवहण-बीजवपन आदि क्रियाओं) में समर्थ, मेघरूपी वस्त्रों से आच्छन्न, इन्द्र धनुष से कटाक्ष करने वाली, मयूरों के मधुर स्वरों से युक्त, चारों तरफ भ्रमणशील बादलों से व्याप्त वर्षाकाल रूपी स्त्री को प्राप्त कर विद्वान् पुरुष छोटी-मोटी भी यात्रा की इच्छा नहीं रखते। अर्थात् वर्षाकाल आजाने पर यात्रा नहीं करनी चाहिये। कवि ने यहाँ वर्षा ऋतु को स्त्री (कामिनी) के रूप में प्रदर्शित कर रूपक के माध्यम से वर्षाकाल का यात्रा में निषेध किया है। स्त्री पक्ष में– विद्युत् के समान चञ्चल स्वभाववाली, सोलह शृंगारों से युक्त, सूक्ष्म वस्त्रों को धारण की हुई, इन्द्रधनुष के समान कटाक्ष करने वाली, मयूर के समान मधुर स्वर से युक्त, वृत्ताकार (गोल) स्तनों वाली स्त्री (वरांगना) को प्राप्तकर बुद्धिमान् पुरुष यात्रा की इच्छा नहीं रखता।।७।।

इयं लसच्छाड्वलकार्द्रचीवरा
धुनीभुजाबन्धितपान्थपद्धतिः।
नवाम्बुदासिंचितपर्वतस्तना-
वनीव वर्षासु चरद्वधूसखी।।८।।

इयमिति— इयमवनी भूमिरेवंविधा स्यात् किंभूतावनी लसदिति।। लसन्तो देदीप्यमाना ये शाद्वलका बालतृणयुक्तस्थानानि त एवं आर्द्राणि चीवराणि यस्याः सा।। पुनः किंभूता धुन्यो नद्यस्ता एवं भुजौ हस्तौ ताभ्यां बन्धिता रुद्धा पान्थस्य पथिकजनस्य पद्धतिर्मार्गोऽथवा पान्थश्रेणिर्यया सा। पुनः किंभूता नवाम्बुदैर्नवीनमेघैः सिञ्चिताः पर्वताः शैला एव स्तनौ यस्याः सा। अवनी केव चरद्वधूसखी इव यथा चरतो देशान्तरं गच्छतो नरस्य बधूर्वधूटी तस्याः सखी अथवा वधूरेव सखी सध्रीची एवंविधा भवेत्।। किंभूता चरद्वधूसखी लसच्छाड्वलकवत् आर्द्राणि क्लिन्नानि चीवराणि यस्याः सा। पुनः किंभूता धुनीवत् भुजौ दीर्घबाहू ताभ्यां बन्धिता पान्थस्य गच्छद्भर्तुः पद्धतिर्यया सा। पुनः किंभूता नवाम्बुदैः सिञ्चितौ पर्वतवत् स्तनौ यस्याः सा इति वर्षासु गमनं निषिद्धमित्यर्थः।।८।।

वर्षाकाल में देशान्तर में जानेवाले (पथिक) की वधू (स्त्री) की सखी (सहेली) की तरह पृथ्वी रूपी नायिका भीगे हुये घासरूपी वस्त्रों से तथा नवीन मेघों द्वारा सिंचित पर्वतरूपी स्तनों से सुशोभित जल से भरी हुई नदी रूपी अपनी भुजाओं से पथिक के मार्ग को रोकती हैं। अर्थात् सहेली के पति को वर्षा काल में घर से बाहर नहीं जाने देती। तात्पर्य यह है कि वर्षाकाल में यात्रा नहीं करनी चाहिये।।८।।

शरदि यात्रावर्णनम्—

शरद्गते मुक्तपयःपयोधरे
पयोनिधौ वर्षति शौक्तिकेयता।

तद्विन्दवो वाथ विभूषयन्त्यतो जगत्
शरत्स्याद्गमनोचिता गुणात्।।९।।

अथ काव्यद्वयेन वर्णनद्वारेण शरदृतौ प्रयाणं दर्शयति— शरदिति।। शरद्गते शरत्कालप्राप्ते मुक्तपयःपयोधरे मुक्तजले मेघे पयोनिधौ समुद्रे वर्षति सति तद्विन्दवोऽपि तस्य मेघस्य जलकणा अपि जगद् विभूषयन्ति आधाराधेयोपचारात् जगज्जनानलङ्कुर्वन्ति किंकृत्वा शौक्तिकेयतां मुक्ताफलत्वमवाप्य प्राप्य समुद्रे अतो हेतोर्गुणात् शरद् गमनोचिता प्रयाणाय योग्या स्यात्।।९।।

शरद्‌ऋतु में बादल जल से रहित हो जाते हैं तथा जल की बूदें समुद्र में मुक्ता की वर्षा करती हैं जिससे संसार विभूषित होता है। अतः अपने गुणों के कारण शरद् ऋतु यात्रा के लिए प्रशस्त है।।९।।

विशेष— स्वातीनक्षत्र में जल की बूंदें जब सीप में पड़ती हैं तब सीप का कीड़ा गर्भधारण कर शरद ऋतु में मोती उत्पन्न करता है। इसी प्रकार स्वाती की बूँदों के लिए कथा प्रचलित है कि इन बूंदों के वंश (बाँस) में पड़ने से वंशलोचन तथा केले में पड़ने से कर्पूर की उत्पत्ति होती है।

केदारपात्रधृतशालिभिरिष्टगन्धैः
शुद्धाम्बरा विकचदम्बुजमञ्जुनेत्राः।
सिद्धेः पुरः शरदि हीवनु लक्ष्मेत-
त्तद्यायिनो दिगबलाः समवाकिरन्ति।।१०।।

अथ वसन्ततिलकेनाह— केदारेति।। शरदि ऋतौ दिगबला दिग्वध्वस्तद्यायिनस्तासु दिक्षु गमनशीलान्नरान् समवाकिरन्ति वर्द्धापयन्ति कैः केदारेति। केदाराः क्षेत्राणि त एव पात्राणि तेषु धृताः शालयो ब्रीहयस्तैः कृत्वा किंभूतैः इष्टगन्धैर्मनोहरगन्धैः किंभूता दिगबलाः शुद्धानि निर्मलानि अम्बराणि नभांसि यासु ताः। पुनः किंभूताः विकचन्ति विकस्वराणि च तानि अम्बुजानि कमलानि च तान्येव मञ्जूनि मनोहराणि नेत्राणि यासां ताः। यथा स्त्रियोऽपि दिग्यायिनं वर्द्धयन्ति केदारवत् वा पात्रे रौप्यादिभाजने धृतशालिभिः मनोहरगन्धैः किंभूताः स्त्रियः शुद्धाम्बराः पवित्रवस्त्राः पुनः किंभूताः स्त्रियः विकचदम्बुजवत् मञ्जूनि नेत्राणि यासां ता इत्युक्तिलेशः।। हि युक्तार्थे नु वितर्के पुरोऽग्रे सिद्धेः सिद्धिकार्यस्यैतल्लक्ष्मं चिह्नमिव यतोऽग्रतः शुभशकुनं कार्यसिद्धिं कथयति।।१०।।

क्षेत्र (खेत) रूपी पात्रों में मनोहर गन्ध से परिपूर्ण धान को रखकर निर्मल आकाशरूपी वस्त्र को धारण कर खिले हुये कमल के समान नेत्रों वाली दिग्वधू (दिशा रूपी वधू) शरद् ऋतु में यात्रियों का स्वागत करती हुई शुभकामनायें देती है। यह पथिक की कार्य सिद्धि का लक्षण है। (अर्थात् शरद् ऋतु में खेतों में धान की फसल लहलहाती है जिसकी भीनीं भीनीं मधुर गन्ध दिशाओं में फैलती रहती है।

आकाश निर्मल हो जाता है तथा कमल खिले रहते हैं ऐसी स्थिति में सभी दिशायें शुभ लक्षणों एवं शकुनों से युक्त होती हैं अतः शरद् ऋतु में यात्रा शुभ कारक होती है) ।।१०।।

हेमन्ते यात्रावर्णम्—

मन्दं महोऽन्तकदिशं व्रजतोऽङ्गभाजो
हेमन्तमत्तहिमसम्पदसह्यवृत्ताम्।
युक्तं भवेत्तिमिरनाशविधेरिवैनां
प्रोज्झ्येति यानमतिमानपरम्पराशाम्।।११।।

अथ वर्णनद्वारेण हेमन्ततौं लब्धेऽपि प्रयाणमनिष्टदं दर्शयति— मन्दमिति। प्राणिनो महस्तेजो मन्दं क्षीणं भवेत्। किंभूतस्याङ्गभाजः एनां अन्तकदिशं समीपकाष्ठां व्रजतो गच्छतः किंभूतामन्तकदशं हेमन्तेन शीतकालेन मता पुष्टा चासौ हिमसम्पच्च तथाऽसह्यं सोढुमशक्यं वृत्तं शीलं यस्याः सा तां कस्येव तिमिरनाशविधेः सूर्यस्येव यथा अन्तकदिशं दक्षिणाशां व्रजतस्तिमिरनाशविधेर्महो मन्दं भवति तथैव हे नर त्वं यानं प्रयाण जहि। किंभूतं यानं अतिमानपरम्पराशं अतिक्रान्तमाना परम्पराशा दिग् यस्मिस्तत्।। यथा सूर्योऽपि दक्षिणायने बृहत्पन्थानं त्यजति इति युक्तोऽयमर्थः। लघुप्रयाणेऽपि शीतपराभवत्वात् बृहत्प्रयाणं सर्वथा निषिद्धमित्यर्थः।।११।।

हेमन्त ऋतु में असह्य मत्तहिमसम्पद् (प्रचण्ड शीत) के कारण अन्धकार को नष्ट करने वाले सूर्य का तेज भी मन्द हो जाता है। इस प्रकार सूर्य के दक्षिण दिशा में जाने (दक्षिणायन होने) पर प्राणियों (मनुष्यों) को भी अपनी लम्बी यात्रा का परित्याग करना चाहिये। सूर्य भी दक्षिणायन में लघु यात्रा करते हैं। (दिन छोटा होने से सूर्य की दिवसीय यात्रा शीघ्र समाप्त हो जाती है) ।।११।।

शिशिरे यात्रावर्णनम्—

आशाविनीतगमने शिशिरेऽभ्युपेया-
न्नीहारपेलवकलास्यसरोजशोभाः।
सर्वा वशा इव नरो गमनाभिलाषी
भाक्षीणभानुतनतापपराः प्रियाशाः।।१२।।

अर्थ वर्णनद्वारेण शिशिरतौं प्रयाणमाह— आशेति।। आशया काष्ठया इच्छया वा विनीतं प्राप्तं गमनं यस्मिन् स तस्मिन् आशाविनीतगमने शिशिरे ऋतौ नरः गमनाभिलाषी सन् सर्वाः प्रियाशा ईप्सितकाष्ठा अभ्युपेयात् गच्छेत्। किंभूतः प्रियाशाः नीहारेति। नीहारेण हिमेन पेलवं श्लक्ष्णं कृशं कं जलं तस्मिंल्लास्यानि देदीप्यमानानि सरोजानि कमलानि तेषां शोभा यासु ताः। अथवा नीहारपेलवेन हिमस्तोकेन कलानि मनोहराणि आस्यानि मुखानि तद्वत् सरोजानि तेषां शोभा यासु ताः। अथवा नीहारेण पेलवानि स्तोकानि कलानि आस्यवत्सरोजानि शेषं तथैव। पुनः किंभूताः प्रियाशाः

भाक्षीणेति। भाभिः प्रभाभिः क्षीणश्चासौ भानुः सूर्यश्च तस्य तनुः सूक्ष्मश्चासौ तापश्च तेन परा उत्कृष्टाः का इव वशा इव यथा नरः सर्वाः वशा इयात् किंभूताः वशाः प्रिया श्रेष्ठा आशा इच्छा यासां ताः अथवा प्रियेषु भर्तृषु आशा यासां ताः। पुनः किंभूताः आस्यान्येव सरोजानि शेषं सर्वमपि पूर्ववत्॥१२॥

अपनी इच्छानुसार यात्रा का अवसर प्राप्त होने पर इच्छानुकूल दिशा में शिशिर ऋतु में यात्रा करनी चाहिए। क्योंकि शिशिर में तुषार की चमकती हुई बूंदों से सुशोभित कमलों तथा तापरहित सूर्य की किरणों से सभी दिशायें यात्रा के लिए उत्सुक व्यक्ति के लिए अनुकूल एवं मनोहर (स्त्री के समान) होती हैं ।।१२।।

वसन्ते यात्रावर्णनम्—

प्रेत्यानिलो मलयमद्रिमृतौ विधत्ते
पान्थश्रमं त्रिगुणभावमपोहितुं किम्।
कर्तुं मधाविति पराभवमन्यसत्त्वं
शक्यं यियासुरखिलासु ककुप्सु तस्मिन्।।१३।।

अथ वर्णनद्वारा वसन्तर्तौ सर्वदिक्षु प्रयाणमाह— प्रेत्येति॥ अनिलो वायुर्मलयमद्रिं मलयाचलं प्रेत्य प्राप्य मधौ वसन्ते तस्मिन् ऋतौ त्रिगुणभावं शीतभन्दसौरभाख्यं विधत्ते बिभर्ति किंकर्तुं उत्प्रेक्ष्यते। पान्थश्रमं पथिकजनश्रममपोहितुं निरसितुं किंभूतोऽनिल इति अखिलासु ककुप्सु दिक्षु यियासुर्गमनेच्छुः किंकर्तुं शक्यं समर्थमपि अन्यसत्त्वं विरहिजनं पराभवं कर्तुं किं यदाह हर्षकविः 'विषमो मलयाहिमण्डलीविषफूत्कारमयो मयोदितः॥ खगकालकलत्रदिग्भवः पवनस्तद्विरहानलैधसा'॥१॥१३॥

वसन्तऋतु में वायु मलयपर्वत को स्पर्श कर शीतल, मन्द, सुगन्ध इन तीनों गुणों से युक्त होकर सभी दिशाओं में यात्रा करने वाले पथिक के मार्गश्रम को दूर करने में समर्थ होती है तथा अन्य प्रकार के प्राणियों (विरही जनों) के लिए पराभव का कारण होती है। आशय यह है कि वसन्त ऋतु में सभी दिशाओं में यात्रा करनी चाहिये।।१३।।

ग्रीष्मे यात्रावर्णनम्—

अवकीर्णरसासु दिक्षु कामं
गमनं मानव वामलोचनासु।
दवथुव्यथितासु घर्मकाले
स्वशिवं वाञ्छसि चेदिव त्यज त्वम्।।१४।।

अथ मालभारिण्या वर्णनद्वारेणोष्मकाले प्रयाणं निषेधति—अवकीर्णेति॥ हे मानव चेद्यदि त्वं स्वशिवमात्मनि भद्रं वाञ्छसि तदा त्वं घर्मकाले ग्रीष्मकाले काममत्यर्थं गमनं प्रयाणं त्यज मुञ्च कासु दिक्षु किंभूतासु अवकीर्णरसासु अवकीर्णो विध्वस्तो विसंस्थुलप्रायो रसो यासु ताः अथवाऽवध्वस्ता रसा भूमिर्यासु तासु

'अवकीर्णेत्ववध्वस्तम्' इति हैम:।। पुन: किंभूतासु दिक्षु दवथुना दाहेन व्यथितासु पीडितासु कासु इव वामलोचनासु इव ग्रीष्मे एवंविधासु स्त्रीषु यथा गाढं गमनं त्याज्यमिति।।१४।।

हे नर! यदि तुम अपने कल्याण की अभिलाषा रखते हो तो ग्रीष्म में इच्छानुकूल यात्रा का परित्याग करो। दाह से पीड़ित कामिनी के साथ गमन जिस प्रकार वर्जित होता है उसी प्रकार ग्रीष्मऋतु में शुष्क एवं ऊष्ण (दाहयुक्त) दिशाओं में भी गमन (यात्रा) त्याज्य है।।१४।।

समेऽयने शीतलगूष्मरश्म्योर्गमोऽथ सर्वत्र भवेदतुल्ये।
तस्मिन् द्युनेतुर्द्युनि रात्रिनेतू रात्रौ प्रयाणे त्वयनेऽन्यथा न।।१५।।

अथोपजात्यायनदिक्शूलचक्रमाह— सम इति।। शीतलगूष्मरश्म्यो: चन्द्रसूर्ययो: समेऽयने एकस्मिन्नयने सति गम: प्रयाणं सर्वत्र सर्वस्मिन् काले भवेत्। कोऽर्थ: यदि चन्द्रार्कावुत्तरायणगतौ स्यातां तदा उत्तरस्यां प्राचीं वा व्रजेत्। यदि रविचन्द्रौ दक्षिणायनगतौ स्यातां तदा प्रतीचीं दक्षिणां वा व्रजेत्तद्दिङ्मुखा यात्रा शुभेति।। अथ पुनर्द्युनेतु: सूर्यस्यातुल्ये भिन्नेऽयने चन्द्रात्पृथगयने द्युनि दिवसे प्रयाणं भवेत्।। द्युशब्दो नपुंसक: यत: 'द्युरस्त्र्यव्ययमप्यह:' इति शब्दप्रभेदे साधुसुन्दरगणय:।। तु पुन: रात्रिनेतुश्चन्द्रस्यातुल्ये सूर्याद्भिन्नेऽयने रात्रौ प्रयाणं भवेत्। कोऽर्थ: यस्मिन्नयने रवि: स्यात्तदयनस्य दिशि दिवा प्रयाणं स्यादेवं चन्द्रस्य रात्राविति।। उत्तरस्यां पूर्वस्या अन्तर्भाव: दक्षिणस्यां पश्चिमाया अन्तर्भाव इति। अन्यथेति पूर्वोक्तरीत्या अभावे प्रयाणं न भवेत् ।।१५।।

सूर्य और चन्द्र यदि एक ही अयन में स्थित हों तो सदैव सर्वत्र यात्रा के लिए शुभ होते हैं। अर्थात् सूर्य-चन्द्र दोनों उत्तरायण या दोनों एक साथ दक्षिणायन में हों तो यात्रा के लिए शुभ हैं। यदि दोनों भिन्न-भिन्न अयन में हों तो दिन में सूर्य के अयन के अनुसार (सूर्य उत्तरायण हो तो दिन में उत्तर-पूर्व, दक्षिणायन हो तो दक्षिण-पश्चिम दिशाओं में) यात्रा करनी चाहिए। रात्रि में चन्द्रमा के अयन के अनुसार (जिस अयन में चन्द्रमा हों उस दिशा मे) यात्रा करनी चाहिए ।।१५।।

विशेष— यहाँ यात्रा प्रसङ्ग में यह भी भाव ग्रहण किया जाता है कि उत्तरायण सूर्य और चन्द्र होने पर पूर्व और उत्तर दिशा में तथा दक्षिणायन सूर्य-चन्द्र होने पर दक्षिण-पश्चिम दिशा में सदैव यात्रा करनी चाहिए। परन्तु मूल श्लोक का भाव यह है कि सूर्य-चन्द्रमा यदि एक ही अयनगत हों तो किसी भी दिशा में यात्रा की जा सकती है।

अयन— सूर्य एक वर्ष में बारह राशियों में भ्रमण पूर्ण कर लेता है। अर्थात् लगभग १ मास तक सूर्य एक राशि में होता है। इस प्रकार राशि चक्र में भ्रमण करते हुए सूर्य जब कर्क राशि पर पहुँचता है तब वह दक्षिण दिशा की तरफ हटने लगता है तथा धनु राशि तक सूर्य का भ्रमण मार्ग दक्षिणाभिमुख रहता है अत: कर्क से धनु पर्यन्त सूर्य दक्षिणायन तथा मकर से मिथुन तक उत्तराभिमुख होने से उत्तरायण कहलाता है।

चतुर्मासेषु यात्रानिषेधः—

न देवसुप्तौ गमनं गृणन्ति प्रभूतमार्गं च समं प्रबुद्धाः।
होलान्तपक्षे न समस्तयानं दोषस्तदीयो नहि नित्ययाने।।१६।।

अथ चतुर्मासकादौ प्रयाणं निषेधति— न देवेति। प्रबुद्धाः पण्डिताः प्रभूतमार्गं बृहत्प्रयाणं च पुनः समं मध्यगमनं प्रयाणं न गृणन्ति न कथयन्ति कस्यां देवसुप्तौ चातुर्मासिके च पुनर्होलान्तपक्षे फाल्गुनशुक्लप्रतिपदमारभ्य पूर्णिमान्तं समस्तयानं न गृणन्ति पुनर्नित्ययाने तदीयो दोषो देवसुप्तिहोलान्तपक्षयोर्दोषो नहि स्यात्।। गृणन्तीति गृनिगरणे धातुः ।।१६।।

हरिशयन काल में (आषाढ़ शुक्ल एकादशी से कार्तिक शुक्ल एकादशी पर्यन्त) लम्बी यात्रा का विद्वानों ने निषेध किया है। होलान्त पक्ष में (फाल्गुन शुक्ल पक्ष में) सभी प्रकार की (छोटी तथा लम्बी) यात्राओं का निषेध है। परन्तु नित्य प्रति यात्रा करने वालों को उक्त दोष नहीं होते ।।१६।।

अनिष्टग्रहे त्रिविधयात्रानिषेधः—

बृहद्गमो नो विषमैर्वियच्चरै-
रुत्पातवर्तिन्ययने च मङ्गिनीम्।
यानं तु नारुह्य तरङ्गिणीश्वरे
समीककामस्त्रिविधो गमो विशाम्।।१७।।

अथ विषमग्रहैः प्रयाणं निषेधति— बृहद्गमेति ।। बृहद्गमो वृद्धप्रयाणं १ च पुनस्तरङ्गिणीश्वरे समुद्रे मङ्गिनीं नावं समारुह्य यानं प्रयाणं २ पुनः समीककामो युद्धकामो गमः ३ इति त्रिविधो गमः प्रयाणं विशां नृणां न स्यात् । कस्मिन् विषमैर्वियच्चरैः सूर्यमङ्गलशनैश्चरग्रहैः कृत्वा उत्पातवर्तिनि उपरागादिदोषयुक्तेऽयने मासषट्कलक्षणे सति।।१७।।

जिस अयन (उत्तरायण-दक्षिणायन) में पाप ग्रह (सूर्य, मङ्गल, शनि, राहु, केतु) उत्पात ग्रस्त (ग्रहण, युद्ध आदि) हों उस अयन में त्रिविध यात्रा, नाव (समुद्री जहाज) द्वारा समुद्र यात्रा लम्बी स्थल यात्रा तथा युद्ध की अभिलाषा से यात्रा मनुष्य को नहीं करनी चाहिए।।१७।।

सूर्यराशिवशाद् यात्रानिषेधः—

महोनिधौ द्विप्रकृतिं प्रयाते प्रयातुरत्तावनिदूरयाने।
तथा भवेत्तावुरिलेयकौर्प्यानधिष्ठिते नारपथप्रयाणे।।१८।।

अथ द्विस्वभावराशिगते महोनिधौ सूर्ये महसां तेजसां निधिस्तस्मिन् सति प्रयातुः प्रयाणकारकस्य नरस्यात्ता मरणं भवेत्। कस्मिन्नवनिदूरयाने भूम्यां दीर्घप्रयाणे तथा पुनस्तावुरिः वृषराशिः लेयः सिंहराशिः कौर्प्यो वृश्चिकराशिरेषां द्वन्द्वः तान् राशीन्

अधिष्ठिते आश्रिते सूर्ये सति नारपथप्रयाणे जलपथगमने प्रयातुर्मरणं स्यात् ।। नारं यथा नारे जलेऽयनं गृहं यस्य स नारायणो विष्णुः नारमिति शब्दप्रभेदः।।१८।।

द्विस्वभाव (३,६,९,१२) राशियों में सूर्य के स्थित होने घर लम्बी स्थल यात्रा करने वाले व्यक्ति की मृत्यु (मृत्यु तुल्य कष्ट की प्राप्ति) होती है तथा वृष, सिंह और वृश्चिक राशियों में सूर्य के स्थित रहने पर जलमार्ग से यात्रा करने वाले व्यक्ति की मृत्यु होती है ।।१८।।

भाद्रपदाश्विनयोर्यात्रानिषेधः—

जनो गमं भाद्रपदे प्रयातोऽखिलासु नो भद्रपदं प्रयाति।
मितेतरं दिक्षु तथाऽश्विनेऽस्मिन्निजस्थितिं तीर्थमियाददोषे।।१९।।

अथ भाद्रपदादौ वृद्धप्रयाणादि निषेधति— जन इति।। जनो भाद्रपदे मासेऽखिलासु दिक्षु मितेतरे मितात् इतरे बृहन्मध्यप्रयाणे द्वे यस्मिन् स तं गमं गमनं प्रयातः प्राप्तः सन् भद्रपदं कल्याणं न प्रयाति न प्राप्नोति। तथास्मिन्नशेषे आश्विने मासे निजस्थितितीर्थं निजकुलागततीर्थं प्रयातः सन् भद्रपदं न इयात्र प्राप्नुयात् ।।१९।।

भाद्रपद मास में किसी भी दिशा में लम्बी यात्रा करने वाला व्यक्ति कल्याण नहीं प्राप्त करता। आश्विन मास में अपने कुल-परम्परागत तीर्थ स्थानों की यात्रा करना भी दोषप्रद होता है। अर्थात् भाद्रपद और आश्विन दोनों मासों में लम्बी यात्रा एवं तीर्थ यात्रा दोनों का निषेध है।।१९।।

पक्षद्वये यात्रामुहूर्त्तः—

पक्षद्वयेऽसद्ग्रहवाररिक्तापक्षादिमध्यान्ततिथीरपास्य।
विष्टिं कुयोगं क्वचिदप्यजाहः षष्ठीमशेषं गमनं च हारि।।२०।।

अथ कुयोगं हित्वा पक्षद्वयेऽपि प्रयाणमाह— पक्षेति।। पक्षद्वयशेषं त्रिविधमपि गमनं हारि शुभं स्यात्।। किंकृत्वा असदिति।। असद्ग्रहवारान् क्रूरग्रहवारान् रिक्तास्तिथीः पक्षयोरादितिथिं प्रतिपदं मध्यतिथिमष्टमीं अन्ततिथिं पञ्चदश्यौ च अपास्य विहाय च पुनर्विष्टिं कुयोगं च क्वचित् अजाहं अजस्य विष्णोर्दिनं द्वादशीं षष्ठीं चापास्येति।।२०।।

दो (शुक्ल और कृष्ण) पक्षों में अशुभ ग्रहों के दिनों (रवि, मंगल और शनि) को रिक्ता (४, ९, १४) तिथियों को, पक्ष के आदि, मध्य और अन्तिम तिथियों (अर्थात् प्रतिपदा, अष्टमी, अमावस्या और पूर्णिमा) को, भद्रा और अशुभ योगों को छोड़कर शेष दिनों में सभी प्रकार की यात्रा करना शुभकारक होता है। कुछ विद्वानों के मतानुसार द्वादशी और षष्ठी का भी त्रिविध यात्रा में निषेध करना चाहिए।।२०।।

क्षीणचन्द्रे यात्रानिषेधः—

विकर्तनेलामरराजमध्ये द्विराशिमानाधिकमण्डलं चेत्।
महागमश्चाहवकामयानं भवेदलुप्ताधिककालमाने।।२१।।

अथार्केन्दुद्विराशिमानविचालं त्यजन्प्रयाणमाह— विकर्तनेति।। चेद्यदि विकर्तन: सूर्य: इलामरराजो द्विजराजश्चन्द्र: अनयोर्मध्येऽन्तरं विचालं द्विराशिमानाधिकं भवेत्।। कोऽर्थ: कृष्णदशमीमारभ्य शुक्लपञ्चमीं यावत् सूर्यचन्द्रयोर्द्विराशिमानं विचालं स्यात्।। तद्विचालं क्षीणचन्द्रकालत्वात्त्याज्यमित्यर्थ:।। तदा महागमो वृहत्प्रयाणं च पुनराहवकामयानं संग्रामकार्यप्रयाणं न भवेत्। कस्मिन्नलुप्ताधिककालमाने क्षीणाधिकवर्षमासदिन-वर्जितेकाले।।२१।।

विकर्त्तन (सूर्य), इलामरराज (चन्द्र) के मध्य में दो राशि के अन्तर तुल्य काल में अर्थात् कृष्णपक्ष की दशमी से अमावास्या तक तथा अमावास्या से पञ्चमी पर्यन्त, क्षयमास और अधिमास में लम्बी यात्रा, युद्ध यात्रा तथा अभीष्ट कामना की पूर्ति हेतु यात्रा नहीं करनी चाहिए।।२१।।

विशेष— अमावास्या को सूर्य और चन्द्रमा की युति एक राशि में होती है। अमावस्या से पूर्व ४।। दिन अर्थात् १० दशमी तिथि को चन्द्रमा सूर्य से २ राशि पीछे रहता है। अमावास्या के बाद ४।। दिन अर्थात् पञ्चमी तिथि को चन्द्रमा सूर्य से दो राशि आगे चला जाता है। अत: सूर्य और चन्द्र के मध्य २-२ राशियों का अन्तर अमावास्या से पूर्व दशमी को तथा अमावास्या के बाद पञ्चमी को रहता है। इसीलिए कृष्णदशमी से शुक्ल पञ्चमी तक का काल क्षीण चन्द्र होने से निषिद्ध है।।२१।।

वारक्रमेण शुभाशुभयात्रा—

सुरासुराचार्यगमोऽतिमान्यो मध्यो विदब्जांशुगमोऽपि निन्द्य:।
पतङ्गजारद्युगमो यियासोरात्मीयनामानुगुणोऽयमुक्त:।।२२।।

अथ गुरुप्रमुखवारेषु शुभसमाशुभप्रयाणमाह—सुरेति।। सुरश्चासुराश्चानयोराचार्यौ गुरुशुक्रौ एतयोर्दिने गमो गमनं यियासो: नरस्यातिमान्यो भृशमङ्गीकार्य: श्रेष्ठतम इत्यर्थ:। विदब्जांशुगमो बुधचन्द्ररविदिने गमो मध्य: सम: पतङ्गज: शनिरारो भौमोऽनयोर्द्युनि दिने गमोऽतिनिन्द्य: स्यात्।। अयं गुण आत्मीयनामानुसदृश उक्त:। शुभनामा ग्रह: शुभोऽशुभनामाऽशुभ इति।।२२।।

गुरु और शुक्रवार को यात्रा करना शुभकारक, बुध, सोम और रविवार को मध्यम तथा शनि, मंगलवार को यात्रा करना अतिनिन्दित है। यात्रा काल में ग्रहों के नाम और गुण के अनुरूप ही यात्रा का फल होता है। शुभ ग्रहों के दिन में शुभ, अशुभ ग्रहों के दिन में अशुभ होता है।।२२।।

सिद्धियोगे वैशिष्ट्यम्—

संसिद्धियोगे समिति प्रयाणं प्रभाकराराह्व्यपि वाग्र्यमाहु:।
तथा स्वपूर्वेशमितप्रयाणं शनौ च नौयानमरौद्रकेतौ।।२३।।

अथ सिद्धियोगादौ प्रयाणमभिष्टौति—संसिद्धीति।। पण्डिता: समिति संग्रामे प्रयाणमग्र्यं श्रेष्ठमाहु: वदन्ति कस्मिन् संसिद्धियोगे सम्यक्सिद्धियोगे च पुन: प्रभाकर:

सूर्यः आरो भौमोऽनयोरह्नि तथा पुनः स्वपूरिति। स्वपूः निजनगरी तस्याः वेशाय प्रवेशाय मितं लघुप्रयाणमग्र्यमाहुः।। कस्मिन् शनौ शनिवारे च पुनर्नौयानं नौकायां प्रयाणमग्र्यमाहुः। कस्मिन्नरौद्रकेतौ अरौद्राः सौम्याः केतवः किरणा यस्य स चन्द्रस्तद्दिने ।।२३।।

सिद्धियोग में रविवार और मंगलवार को युद्ध यात्रा, शनिवार को अपने नगर में प्रवेश और लघु यात्रा तथा सोमवार को नौका यात्रा शुभकारक होती है।।२३।।

यात्रायां शुभाशुभनक्षत्राणि—

लघुश्रवोऽचित्रमृदुश्रविष्ठादित्यानि भान्याहुरशेषयाने।
शुभानि साजेन्द्रवतेशतारां साधारणां गाणितिकास्त्रियुग्मीम्।।२४।।

अथ काव्यद्वयेन प्रयाणे उत्तममध्यमशुभभान्याह— लघ्विति।। गाणितिकाः दैवज्ञाः अशेषयाने समस्तप्रयाणे लघ्वादीनि भानि शुभानि आहुः वदन्ति। लघ्विति। लघुसंज्ञानि अश्विनीपुष्यहस्ताः श्रवः श्रवणः अचित्रमृदूनि चित्रावर्जितमृदुसंज्ञानि अनुराधा रेवती मृगशीर्षाणि श्रविष्ठा धनिष्ठा आदित्यं पुनर्वसु एषां द्वन्द्वे इमानि नव भानि शुभयात्रेयाणि। पुनर्गाणितिकास्त्रियुग्मीं साधारणां मध्ययात्रेयाण्याहुः। व्याख्यामाहुः त्रयाणां पूर्वाभाद्रपदाउत्तराभाद्रपदा इति युग्मं १ पूर्वाषाढा उत्तराषाढा इति युग्मं २ पूर्वाफल्गुनीउत्तराफल्गुनी इति युग्मं ३ इति एषां युग्मानां समाहारस्त्रियुग्मी तां किंभूतां त्रियुग्मीं साजेति। अजो ब्रह्मा रोहिणी इन्द्रो ज्येष्ठा वनेशः जलेशो वरुणस्तस्य तारा शतभिषक् आभिः सह वर्तमानां इति नवभानि मध्ययात्रेयाणि ।।२४।।

लघुसंज्ञक (अश्विनी, हस्त, पुष्य, अभिजित्), चित्रा को छोड़कर शेष मृदुसंज्ञक (मृगशिरा, रेवती, अनुराधा), धनिष्ठा और पुनर्वसु नक्षत्र सभी प्रकार की यात्राओं में प्रशस्त हैं। (अज) रोहिणी, (इन्द्र) ज्येष्ठा, (वनेश) शतभिष, तथा त्रियुग्मी (पूर्वाफाल्गुनी, उत्तराफाल्गुनी, पूर्वाषाढा-उत्तराषाढा, पूर्वाभाद्रपदा-उत्तराभाद्रपदा) नक्षत्रों को गणितज्ञों (दैवज्ञों) ने यात्रा के लिए मध्यम बतलाया है।।२४।।

मिते समे वापि विमिश्रभावास्तरावराह्यत्र सदापकामाः।
निरैन्द्रतीक्ष्णान्तकमिश्रचित्राप्राभञ्जनादिप्रभवेन्दुवामाः।।२५।।

मितेऽतिमिते लघुनि समे वा प्रयाणे हि युक्तार्थे विमिश्रभावास्ताराः रोहिण्यादि नव मध्ययात्रेयतारा वराः स्युः। पुनरत्र त्रिविधे प्रयाणे सदा निरैन्द्रतीक्ष्णादितारा अपकामाः निर्गतकामा नेष्टा इत्यर्थः। निरैन्द्रतीक्ष्णानि ज्येष्ठावर्जिततीक्ष्णसंज्ञानि आर्द्राश्लेषामूलं अन्तको भरणी मिश्रे द्वे विशाखा कृत्तिकाश्चेति चित्रा प्राभञ्जनं प्रभञ्जनस्य इदं स्वाति आदिप्रभवाः अग्रजाः पितरः मघा एता इन्दुवामाः नक्षत्राणि इति नव भानि अयात्रेयाणि।।२५।।

लघु एवं मध्यम यात्रा में विमिश्र (मध्यम नव नक्षत्र) शुभ कहे गये हैं। बृहद् यात्रा में ज्येष्ठा को छोड़कर शेष तीक्ष्ण संज्ञक (आर्द्रा, श्लेषा, मूल), भरणी, मिश्रसंज्ञक (कृत्तिका और विशाखा), चित्रा, स्वाती तथा आदिप्रभव (मघा) नक्षत्र अशुभ माने गये हैं।।२५।।

तारायोगेन नक्षत्रनिषेधः—

प्रयाणभं क्ष्माद्रिगुणेषु तारं
वारगमेहस्य किमङ्गिनश्चेत् ।
जाताडलं तच्च हि यामघण्टं
घटं स्वमुज्झ्यासव उत्पतन्ति ।।२६।।

अथ प्रथमतारादियुक्तं प्रयाणनक्षत्रं नेष्टमाह—प्रयाणेति।। चेद्यदि अङ्गिनः प्रयाणभं यात्रानक्षत्रमेवंविधं स्यात्तदा गमेहस्य गमे गमने ईहा इच्छा यस्य स तस्य इच्छावतो नरस्य किं गमने इच्छा व्यर्थेत्यर्थः।। किंशब्दो निषेधार्थस्तेन साभिप्रायविशेषणं निषिद्धं तदाह। किंभूतं प्रयाणं क्ष्मा १ द्रि ७ गुणे ३ षु ५ तारं प्रथमा सप्तमी तृतीया पञ्चमी च वा तारा यस्मिंस्तत्। पुनः किंभूतं प्रयाणं जाताडलं उत्पन्न आडलो यस्मिंस्तत्। पुनस्तत्प्रयाणभं यामघण्टं यमघण्टे भवमिति हि यस्मात्कारणात् अरं शीघ्रं अङ्गिनोऽसवः प्राणाः स्वं घटं निजं शरीरं उज्झ्य विहाय उत्पतन्ति उर्ध्वं गच्छन्ति यात्रिकनरो मृत्युमेतीत्यर्थः।। यतः 'यमघण्टे गते मृत्युः कुलच्छेदः करग्रहे' इत्यादि उक्तप्रयोगश्चिन्त्यः।।२६।।

यात्रा नक्षत्र यदि प्रथम (जन्म), सप्तम (वध), तृतीय (विपत्) तथा पञ्चम (प्रत्यरि) ताराओं के साथ युक्त हो तो उस समय प्राणियों (व्यक्तियों) की यात्रा से क्या लाभ? अर्थात् इन तारों से युक्त नक्षत्र में यात्रा करने से विघ्न उपस्थित होता है। तथा यमघण्ट में यात्रा करने से मनुष्य का प्राण शीघ्र ही शरीर छोड़कर ऊपर चला जाता है अर्थात् मृत्यु हो जाती है।।२६।।

विशेष— तारा का सम्बन्ध नक्षत्रों से ही होता है। यात्री के जन्मनक्षत्र से यात्रा नक्षत्र पर्यन्त गिनकर नक्षत्र संख्या को नव से भाग देने (नव से अधिक होने) पर शेष संख्या तुल्य तारा होता है। तारों के नाम इस प्रकार क्रम से हैं— १. जन्म २. सम्पत्, ३. विपत्, ४. क्षेम, ५. प्रत्यरि, ६. साधक, ७. वध, ८. मैत्र, ९. अतिमैत्र।

उदाहरण— अर्जुन का जन्म नक्षत्र उत्तरफल्गुनि यात्रा नक्षत्र अनुराधा। उ०फ० से अनुराधा पर्यन्त संख्या ६ नव से अल्प है अतः छठा तारा "साधक" हुआ। यह यात्रा के लिए शुभ है।

यात्रायां दिक्शुद्धिः—

सभूषणे दूषणवर्जिते भे
स्फुरत्प्रभादीपितमण्डलेऽस्मिन्।
यात्रागमित्राणसहायिनी स्याद्-
गोशुद्धिता चेद्दिनभादिभूता।।२७।।

अथ दिगादिशुद्धौ प्रयाणमाह— सभूषण इति।। चेद्यदि दिनभादिभूता दिननक्षत्रादिना गोशुद्धिता गोशब्दोऽत्र दिग्वाची दिक्शुद्धिता स्यात्तदास्मिन् दूषणवर्जिते भे नक्षत्रे यात्रा

प्रयाणं गमित्राणसहायिनी यात्रिकनरस्य रक्षणाय सहचारिणी स्यात् ।। किंभूते भे सभूषणे सुयोगान्विते पुनः किंभूते स्फुरत्प्रभादीपितमण्डले रव्याद्याक्रमणरहिते इत्यर्थः।।२७।।

सुयोगों (शुभयोगों) से युक्त, दोषरहित तथा अपनी कान्ति से युक्त (अशुभ ग्रहों के संयोग से रहित) नक्षत्रों में, दिन और नक्षत्र जन्य दिक् शुद्धि (दिक्शूल, नक्षत्र शूल आदि दोषों से रहित) में यात्रा करना यात्री के लिए हितकारक होता है। (मुहूर्त्त यात्री का सहयोगी होता है) ।।२७।।

योगिनीविचारः—

कुनन्दमेत्रीशम अक्षविश्वमे
युगेनमेङ्गेन्द्रमितेऽचलद्युमे ।
द्विदिक्समे त्रिंशदहिप्रमे क्रमा-
दैन्द्र्यास्तिथी स्तो नु च योगिनीवहे ।।२८।।

अथ योगिनीचक्रमाह— कुनन्देति।। नु वितर्के च समुच्चये ऐन्द्र्याः पूर्वदिशातः क्रमात् योगिनीवहे योगिनीधारिण्यौ तिथी स्तः द्वन्द्वे तिथी भवत इत्यर्थः।। विशेषणद्वारेणाह। किंभूते तिथी कुनन्दमे कु१ नन्दा ९ भ्यां प्रतिपन्नवमीभ्यां मिमिते इति मा स्त्रीलिङ्गे प्रथमाद्विवचने मे इति सर्वत्रैवं ज्ञेयं। प्रतिपदि नवम्यां च पूर्वस्यां योगिनीत्यर्थः।। एवं किंभूते तिथी त्री ३ शमे ११ त्रयश्च ईषाश्चेति तृतीयायामेकादश्यामाग्नेय्यां योगिनी। पुनः किंभूते तिथी अक्ष ९ विश्व १३ मे पञ्चम्यां त्रयोदश्यां याम्यां योगिनी। पुनः किंभूते तिथी युगे ४ न १२ में युगानि च इनाः सूर्याश्च चतुर्थ्यां द्वादश्यां च नैर्ऋत्यां योगिनी। पुनः किंभूते तिथी अङ्गे ६ द्र १४ मिते षष्ठ्यां चतुर्दश्यां च वारुण्यां योगिनी। पुनः किंभूते तिथी अचल ७ द्यु १५ में अचलाः पर्वताश्च द्यूनि तिथयश्चेति सप्तम्यां पूर्णियायां च वायव्यां योगिनी। पुनः किंभूते तिथी द्वि २ दिक् १० समे द्वितीयायां दशम्यां च उत्तरस्यां योगिनी। पुनः किंभूते तिथी त्रिंशद् ३० हि ८ प्रमे अमावास्यामष्टम्यां ऐशान्यां योगिनी तिष्ठति। अत्र काव्ये एकारान्तद्विवचने सन्धिकार्थं मतान्तराश्रितं ज्ञेयम्।।२८।।

कु (१) प्रतिपदा, नन्द (९) नवमी तिथियों में पूर्वदिशा में, नेत्र (२) द्वितीया, ईश (११) एकादशी तिथियों में अग्नि कोण में, अक्ष ५ पञ्चमी, विश्व (१३) त्रयोदशी तिथियों में दक्षिण दिशा में, युग (४) चतुर्थी, इन (१२) द्वादशी तिथियों में नैर्ऋत्य कोण में अङ्ग (६) षष्ठी, इन्द्र (१४) चतुर्दशी तिथियों में पश्चिम दिशा में अचल (७) सप्तमी, (द्युः तिथयः=१५)= पूर्णिमा तिथियों में वायव्य कोण में, द्वि (२) द्वितीया, (दिक् १०) दशमी तिथियों में उत्तर दिशा में तथा त्रिंशद् (३०) अमावास्या, अहि (८)= अष्टमी तिथियों में ईशान कोण में योगिनी का सञ्चार होता है।।२८।।

विशेष— यात्रा में योगिनी विचार का विशेष महत्व है। प्रायः पर्वतीय क्षेत्रों में योगिनी का विशेष विचार देखा जाता है। लोक में योगिनी का प्रचार अधिक होने से सर्वजन सुलभ विधि लोक भाषा में संकेत द्वारा बताई गई है।

''पुउअनदपवाई फिर योगिनी पूरब आई।''

अर्थात् प्रतिपदादि तिथियों में क्रम से योगिनी पूर्व, उत्तर, अग्नि कोण, नैऋत्य, दक्षिण, पश्चिम, वायव्य तथा ईशान कोणों में विचरण करती हुई पुन: पूर्व दिशा में आती है।

वारदिक्शूलविचार:—

मन्दो हि राजा च हरेरिहाशा-
माशामहेरङ्गभुवो गुरु: स्यात्।
शूर: कवि: पाशकरस्य शूली
भौमौ बुधश्चैलविलस्य यातु:।।२९।।

अथ वारदिक्शूलमाह— मन्द इति।। हीत्यवधारणे हरेन्द्रिस्य आशां पूर्वां प्रति इह गमने यातुर्यात्रिकनरस्य मन्द: शनि: राजा चन्द्रश्च शूली शूलयुक्त: स्यात् ।। एवमहे: सूर्यस्याङ्गभुवो यमस्याशां दक्षिणां प्रति गुरु: शूली स्यात्।। पुन: पाशकर: पाश: करे यस्य स पाशपाणिर्वरुणस्तस्याशां पश्चिमां सूर्य: कविश्च शूली स्यात्।। एलविलस्य धनदस्याशामुत्तरां प्रति भौमो बुधश्च शूली स्यात्।। 'अहिर्दैत्यविशेष: स्यात् सूर्योऽहिरहिरध्वग' इत्यनेकार्थध्वनिमञ्जर्य्याम्।।२९।।

(हरि:=इन्द्र) पूर्वदिशा में शनिवार एवं (राजा चन्द्र) सोमवार को, (अहेरङ्गभुव:=सूर्य पुत्र) यम की दिशा दक्षिण में गुरुवार को, पाशकर (वरुण) की दिशा पश्चिम में रविवार एवं शुक्रवार को, इलविला के पुत्र (कुबेर) की दिशा उत्तर में मंगल और बुधवार को दिक्शूल होता है। दिक्शूल में यात्रा नहीं करनी चाहिए।।२९।।

शूलफलम्—

वरोपलब्धिर्यदि यानयोगिनी
न योगिनी सन्मुखचारिणी तदा।
तच्छूलिकाष्ठं गमनं शरीरिण:
सशूलिकाङ्गं गमिनं सृजत्यरम्।।३०।।

अथ योगिनीशूलं सन्मुखं त्यजन्नाह— वर इति।। यदि सम्मुखचारिणी योगिनी यानयोगिनी न स्यात्तदा शरीरिण: उपलब्धिर्मति: शुद्धिर्वा वरा प्रधाना स्यात्। अरं शीघ्रं शूलिकाष्ठं मन्दादिवारशूलिन: काष्ठा दिग् यस्मिंस्तदेवंविधं गमनं कर्तृपदं गमिनं यात्रिकनरं सशूलिकांगं शूलरोगयुक्तदेहं सृजति करोति।। यथा शूलिकाष्ठं शूलिदारु चौरादिदेहं प्रपीडां करोति इत्यत्रेव श्लिष्टार्थेन प्रोक्तम्।।३०।।

सम्मुखचारिणी (जिस दिशा में यात्रा करनी हो उसी दिशा में स्थित) योगिनी हो तो वह यात्रा योग्य नहीं होती। ऐसी स्थिति में यात्रा करने से इष्ट सिद्धि नहीं होती। शूल (अशुभ योगिनी तथा दिक्शूल) युक्त दिशाओं में यात्रा करने से मनुष्य को अतिशीघ्र शूल (पीडा) होती है।।३०।।

विशेष— योगिनी के सम्बन्ध में उक्त श्लोक से स्पष्ट ज्ञान नहीं होता है। अत: योगिनी विचार इस प्रकार करना चाहिए। यात्रा के समय सम्मुख और वाम भाग में योगिनी अशुभ तथा पृष्ठभाग और दक्षिण भाग में शुभ होती है। यथा—

"योगिनी सम्मुखवामगा न शस्ता।"

मतान्तर से— "योगिनी सुखदा वामे पृष्ठे वाञ्छितदायिनी।
दक्षिणे धनहन्त्री च सम्मुखे मरणप्रदा॥"

योगिनी का प्रभाव चन्द्रमा से विपरीत होता है।

कालपाशयोर्विचार:—

द्युदिनादिदिनानि पूर्वतो
निखिलाशासु सदेहकालवान्।
हरिभूः कलितस्तु पाशवान्
विधुभूस्तावहितौ हि सन्मुखौ।।३१।।

अथ वैतालीयेन शनिबुधौ कालपाशवन्तौ दर्शयति— द्युदिनेति॥ द्युदिनादिदिनानि द्युशब्देन य: उदयप्राप्तवारस्तस्य दिनमादौ एषां तानि एवंविधानि दिनानि पूर्वतो निखिलाशासु सर्वदिक्षु न्यसेत्। यत्र हरिभू: शनि: कलित: संख्याप्राप्तस्तत्र शनि: कालवान् स्यात्। यत: 'जेऊगइते पूरविदी जइ सृष्टिबन्दिसंहारगणी जइ सातवार इंणी परिसम्भालि: जिहां शन तिहां निश्चयकाल:'॥१॥ च पुनरेवं विधुभूर्बुध: पाशवान् स्यात्॥ तु इत्यवधारणे हि युक्तार्थे तौ शनिबुधौ सन्मुखावहितावनिष्टकारकौ स्याताम्॥३१॥

जिस दिन काल एवं पाश का विचार करना हो उस दिन से आरम्भ कर सभी वारों को पूर्वादि दिशाओं में क्रम से स्थापित करने से जिस दिशा में शनि की स्थिति हो उस दिशा में 'काल' तथा जिस दिशा में बुध की स्थिति हो उस दिशा में 'पाश' की स्थिति होती है। ये दोनों काल और पाश सम्मुख हो तो यात्रा करना अनिष्टकारक होता है ।।३१।।

स्पष्ट ज्ञान हेतु कोष्ठक का अवलोकन करें—

दिन	**पूर्व**	**अग्नि**	**दक्षिण**	**नैर्ऋत्य**	**पश्चिम**	**वायव्य**	**उत्तर**	**ईशान**
रविवार	रवि	सोम	भौम	बुध	गुरु	शुक्र	शनि	?
सोमवार	सोम	मंगल	बुध	गुरु	शुक्र	शनि	रवि	—
मंगलवार	भौम	बुध	गुरु	शुक्र	शनि	सूर्य	सोम	—
बुधवार	बुध	गुरु	शुक्र	शनि	रवि	सोम	भौम	—
गुरुवार	गुरु	शुक्र	शनि	रवि	सोम	भौम	बुध	—
शुक्रवार	शुक्र	शनि	सूर्य	चन्द्र	भौम	बुध	गुरु	—
शनिवार	शनि	रवि	सोम	भौम	बुध	गुरु	शुक्र	—

अर्थात् रविवार को शनि की स्थिति उत्तर दिशा में तथा बुध की स्थिति नैर्ऋत्य कोण में है। अत: रविवार के दिन उत्तर दिशा में काल एवं नैर्ऋत्य कोण में पाश होता है। रविवार को उत्तर और नैर्ऋत्य कोण में यात्रा नहीं करनी चाहिए। सभी वारों में निषिद्ध दिशायें इस प्रकार हैं—

दिन	**कालदिक्**	**पाशदिक्**
रविवार	उत्तर	नैर्ऋत्य
सोमवार	वायव्य	दक्षिण
भौमवार	पश्चिम	अग्नि
बुधवार	नैर्ऋत्य	पूर्व
गुरुवार	दक्षिण	उत्तर
शुक्रवार	अग्नि	वायव्य
शनिवार	पूर्व	पश्चिम

राशीनां दिग्ज्ञानम्—

अविगोजितुमाब्धिराशिभिः
शरमैर्भैर्नवमैस्तु संयुतैः।
हरिदिङ्मुखदिक्चतुष्टये
क्रमतः कल्पितमिंदुमण्डलम्।।३२।।

अथ पूर्वादिदिक्षु मेषादिराशिस्थचन्द्रगृहाणि कल्पयति— अवीति।। बुधैः हरिदिङ्मुखदिक्चतुष्टये पूर्वादिदिक्चतुष्के क्रमत इन्दुमण्डलं कथितं कैः कृत्वाऽविर्मेषराशिः गोर्वृषः जितुमो मिथुनं अब्धिराशिः कर्कः एषां द्वन्द्वे एभिः किंभूतैरेभिः शरमैः शरैर्बाणैर्मातीति शरमा तैः पञ्चमेन पञ्चमेन राशिना संयुतैः। यथा मेषात् पञ्चमो राशिः सिंहः एवं वृषमिथुनकर्केभ्यः। तु पुनः किंभूतैरेभिर्नवमैर्नवमप्रमाणैर्नवमेन नवमेन संयुतैः यथा मेषान्नवमो धनुराशिरेवं वृषमिथुनकर्केभ्यः कोऽर्थः मेषे वृषे धनुषि च चन्द्रगृहं पूर्वस्यां एवं वृषकन्यामकरेषु याम्यां मिथुनतुलाकुम्भेषु पश्चिमायां कर्कवृश्चिकमीनेषु उत्तरस्याम्।। यथा 'मेषे च सिंहे' इत्यादि।।३२।।

मेष, वृष, मिथुन, कर्क राशियाँ अपने-अपने पञ्चम और नवम राशियों सहित क्रम से पूर्वादि दिशाओं में मानी गई हैं। राशियों का वास जिस दिशा में होता है उसी दिशा में चन्द्रमा का भी वास होता है। अर्थात् मेष, सिंह और धनु राशि एवं इन राशियों का चन्द्रमा पूर्व दिशा में इसी प्रकार वृष, कन्या, मकर का चन्द्रमा दक्षिण में, मिथुन, तुला, कुम्भ का चन्द्रमा पश्चिम दिशा में तथा कर्क, वृश्चिक, और मीन राशियों का चन्द्रमा उत्तर दिशा में होता है।।३२।।

चन्द्रवासफलम्—

वनिनावदनेन्दुमण्डलं
विदुरभ्याननमिन्दुमण्डलम्।

गमनार्थिनि दत्तवाञ्छितं
गमनेऽपीव च दक्षिणाशगम्।।३३।।

अथ सम्मुखदक्षिणगं चन्द्रग्रहं लाभदं विशिनष्टि— वनितेति ।। बुधा अभ्याननं सम्मुखमिन्दुमण्डलमिव कर्मपदं वनितावदनेन्दुमण्डलं स्त्रीमुखं गमनार्थिनि यातरि नरि दत्तावाञ्छितं विदु:। च पुनर्गमनेऽपि दक्षिणाशगं दक्षिणदिग्गतं चन्द्रमण्डलमिव स्त्रीमुखं दत्तवाञ्छितं विदु:।।३३।।

सम्मुख एवं दक्षिण भाग (यात्री जिस दिशा में जाना चाहता हो उस दिशा में तथा उससे दाहिने भाग में स्थित दिशा) में चन्द्रमा हो तो स्त्री के सुन्दर मुखमण्डल की तरह अभीष्ट सिद्धि को देने वाला होता है। अर्थात् सम्मुख एवं दाहिने चन्द्रमा यात्रा में शुभकारक होता है।।३३।।

तिथिपाशघातकालनिपातनयोगा:

गतचान्द्रदिने चतु:स्थिते
खयमाब्ध्यङ्गयुते हृते गजै:।
स्वदिशि त्यज पाशघातके-
ऽभिमुखे कालनिपातने गमिन् ।।३४।।

अथ तिथिपाशघातकालनिपातान्सम्मुखांस्त्यजन्नाह— गतेति।। गतचान्द्रदिने किंभूते चतु:स्थिते पृथक् चतु:स्थानस्थापिते पुन: किंभूते स्वयमाब्ध्यङ्गयुते शून्यद्विचतुष्षड्युक्ते ०।२।४।६ पुन: किंभूते गजैरष्टाभिर्हृते भाजिते सति हे गमिन् हे यायिंस्त्वं स्वदिशि निजगमनकाष्ठायां पाशघातने कालनिपातने अभिमुखे त्यज विजहीहि। पाशघातने इत्यत्र द्वितीयाद्विवचनमेवमन्यदपि। स्वदिशीति। शेषाङ्कप्रमितपूर्वादिदिग्गणनया क्रमेण तिथिपाशघातनकालनिपातनानि भवन्तीत्यर्थ:।।३४।।

गतचान्द्रदिन (गततिथि) को चार स्थानों में रखकर क्रम से ०।२।४।६ जोड़कर ८ से भाग देने पर शेष संख्यक दिशा में क्रम से तिथिपाश, घात, काल, निपातन योग होता है। उक्त योग सम्मुख होने पर यात्रा नहीं करनी चाहिए ।।३४।।

परिष्कार :- $\frac{\text{गत तिथि} + ०}{८}$ = शेष संख्यक (पूर्वादि दिशा में) तिथिपाश

$\frac{\text{गत तिथि} + २}{८}$ = शेष संख्यक पूर्वादि दिशाओं में घात योग

$\frac{\text{गत तिथि} + ४}{८}$ = शेष संख्यक पूर्वादि दिशाओं में काल योग

$\frac{\text{गत तिथि} + ६}{८}$ = शेष संख्यक पूर्वादि दिशाओं में निपातन योग

यथा— अष्टमी में यात्रा करनी है। अत: गततिथि ७ को ४ चारस्थानों में रखकर उक्त विधि से ०।२।४।६ जोड़कर ८ से भाग देने से—

$\frac{७ + ०}{८} = \frac{७}{८} =$ शेष ७, पूर्वादि क्रम से ७ वीं उत्तर दिशा में तिथिपाश योग है।

$\frac{७ + २}{८} = \frac{९}{८} =$ शेष १, पूर्व दिशा में घात योग।

$\frac{७ + ४}{८} = \frac{११}{८} =$ शेष ३, दक्षिण दिशा में काल योग।

$\frac{७ + ६}{८} = \frac{१३}{८} =$ शेष ५, पश्चिम दिशा में निपातन योग।

अर्थात् अष्टमी तिथि को उत्तर, पूर्व, दक्षिण और पश्चिम दिशाओं को छोड़कर शेष अग्नि, नैऋत्य, वायव्य और ईशान कोणों में यात्रा की जा सकती है।

सम्मुखस्थग्रहविचारः—

बहुलादिभचक्रपद्धतीष्विह
काष्ठासु विचिन्तयेद्ग्रहान्।
उत यानविलग्नदिक्स्थितीन्
उदयाशास्थितिगांश्च सम्मुखान्।।३५।।

अथकृत्तिकादिषु स्थितान् ग्रहान् सन्मुखांस्तर्कयति— बहुलेति ॥ सुधीर्ग्रहान् सम्मुखान् विचिन्तयेत्। कासु इह काष्ठासु दिक्षु किंभूतासु बहुलादिभचक्रपद्धतीषु कृत्तिकादिनक्षत्रश्रेणीषु किंभूतान् ग्रहान् उत यानविलग्नदिक्स्थितीन् प्रयाणलग्नस्य दिशि स्थितिर्येषां ते तान् उत पुनः किंभूतान् उदयाशास्थितिगान् पूर्वदिक्स्थानगतान् वामविलग्नदिक्स्थितानिति। कोऽर्थः प्राच्याद्यष्टदिक्षु क्रमेण विलग्नसदनदिनेषु भावेषु सूर्यादिग्रहाः स्थिताः लालाटिकाः स्युः। यथा लग्नस्थः सूर्यः प्राच्यां गन्तृनरस्य लालाटिकः स्यात्। एवं लाभ ११ व्यय १२ स्थः शुक्र आग्नेय्यां कर्मस्थो १० भौमो दक्षिणस्यां नवा ९ ष्टा ८ भावस्थो राहुनैर्ऋत्यां सप्तमभावस्थः शनिः पश्चिमायां षष्ठपञ्चम ६।५ भावस्थश्चन्द्रो वायव्यां चतुर्थभावस्थो बुध उत्तरस्यां द्वितीयतृतीयभावगो गुरुरीशान्याम्। अत्र ललाटव्यतिरिक्ते कण्टके स्थाने यदि दिगधीशस्तिष्ठति तदा यात्रा शुभान्यथाऽशोभनेति तत्वमिति।।३५।।

दिशा क्रम से कृत्तिकादि नक्षत्रों में स्थित सम्मुख ग्रहों का, अथवा यात्रा कालिक लग्न की दिशा में स्थित ग्रहों का, अथवा पूर्वादि (उदय दिशा) आठों दिशाओं में स्थित सम्मुख ग्रहों का विचार करना चाहिए।।३५।।

परिष्कार :— ग्रहों की दिशायें निश्चित हैं। जो ग्रह जिस दिशा का स्वामी है, उसी दिशा मे यदि यात्राकालिक लग्न के अनुसार भी हो तो लालाटिक योग होता है। यथा पूर्व दिशा का स्वामी सूर्य है। लग्नचक्र में लग्न का स्थान पूर्व दिशा का सूचक है। अतः सूर्य यात्राकालिक लग्न में हो तो पूर्व दिशा में लालाटिक योग होता है। पूर्वदिशा में यात्रा करते समय सूर्य सम्मुख होगा, जो शुभ नहीं है।

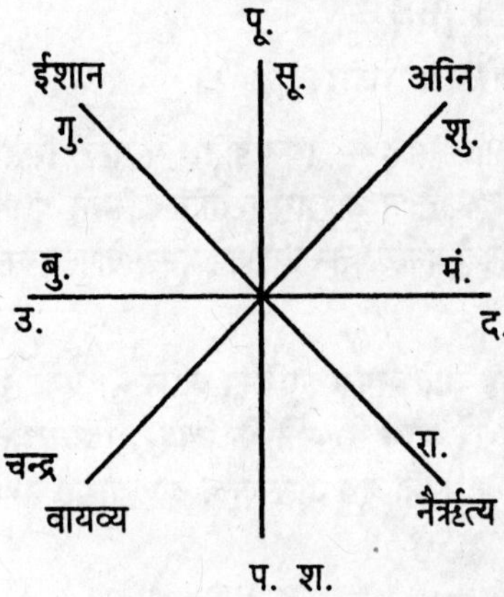

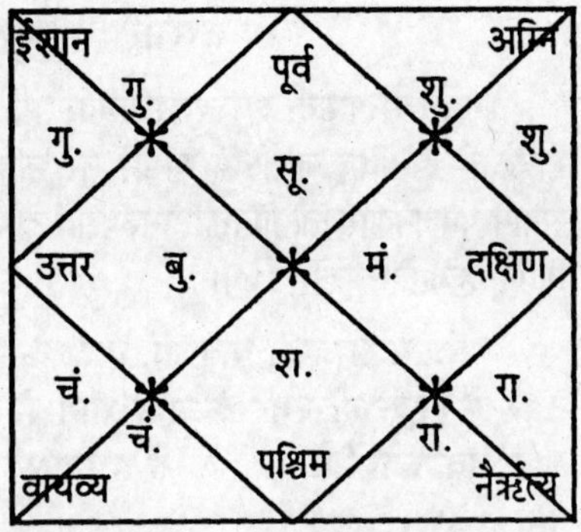

दूसरी विधि — केवल यात्रा लग्न के अनुसार भिन्न-भिन्न दिशाओं में स्थित ग्रह तत्तद् दिशाओं के लिए सम्मुख होने से निषिद्ध होते हैं। लग्नचक्र में लग्न पूर्व दिशा, दशम भाव दक्षिण, सप्तम भाव पश्चिम तथा चतुर्थ भाव उत्तर दिशा के सूचक हैं। इन भावों के मध्य में स्थित दो-दो भाव कोणों के सूचक हैं। लग्न से दिशा ज्ञान हेतु चक्र देखें।

सामान्य रूप से अभिप्राय यह है कि यदि यात्रा कालिक लग्न में सूर्य हो तो पूर्व दिशा में यात्रा करने वाले को सूर्य सम्मुख होगा, यदि लग्न से दशम भाव में मंगल हो तो दक्षिण दिशा में मंगल सम्मुख होगा, ग्यारह तथा बारहवें भाव में शुक्र अग्नि कोण के लिए, ९,८ में राहु नैर्ऋत्य कोण के लिए, सप्तमस्थ शनि पश्चिम के लिए, ५,६ में स्थित चन्द्र वायव्य कोण के लिए, चतुर्थस्थ बुध उत्तर दिशा के लिए तथा ३,२ भावस्थ गुरु ईशान कोण के लिए सम्मुख होगा। अतः उक्त ग्रह स्थिति में यात्रा नहीं करनी चाहिए।

सम्मुखस्थ रविबुधशुक्रफलम्—

न सितेऽभिमुखे समागते रुचिरं यानमलङ्घ्यपत्तनम्।
वनितामिथुनालये तथा खरदीप्तावपि बोभवीति हि।।३६।।

अथ काव्यद्वारेण तदेव विस्तारयति— न सित इति।। हि निश्चितं अलङ्घ्यपत्तनमेक-नगरान्तरगतं यानं प्रयाणं रुचिरं मनोहरं न बोभवीतितरां कस्मिन् सिते शुक्रेऽभिमुखे समागते सति अपि पुनः कस्मिन् तथा वनितामिथुनालये कन्यामिथुने आलयौ गृहे यस्य स बुधस्तस्मिन् बुधे सन्मुखे सति तथा पुनः खरदीप्तौ सूर्ये सन्मुखे सति।।३६।।

शुक्र, कन्या और मिथुन राशियों के स्वामी बुध तथा सूर्य यदि यात्राकाल में सम्मुख हों तो एक नगर से दूसरे नगर में यात्रा करना शुभकारक नहीं होता।।३६।।

सम्मुखबुधशुक्रयोः परिहारः—

प्रधने जनकस्थितौ
सितस्तुपसर्गे नरमेकपत्तने।
न हि दोर्ग्रहपूर्वमङ्गले गमिनं
दुष्यति सन्मुखोऽपि वित्।।३७।।

अथ संग्रामादौ शुक्रबुधसन्मुखत्वानवलोकनमाह— प्रधन इति।। सन्मुखः सितः शुक्रोऽपि पुनर्विद् बुधोऽपि गमिनं नरं नहि दुष्यति न दुःखाय करोति कस्मिन् प्रधने संग्रामे पुनर्जनकस्थितौ पितृगृहे पुनरुपसर्गे दुर्भिक्षादौ पुनरेकपत्तने एकग्रामे पुनर्दोर्ग्रहपूर्वमङ्गले पाणिग्रहणादिमङ्गले।।३७।।

संग्राम सम्बन्धी यात्रा में, पिता के गृह जाते समय, दुर्भिक्ष काल में, एक ही नगर में (एक ही नगर के एक भाग से दूसरे भाग में जाने के लिए), विवाहादि माङ्गलिक कार्यों में यात्रा करते समय सम्मुख स्थित बुध और शुक्र दोषकारक नहीं होते।।३७।।

अन्यश्च परिहारः—

भृगुवत्सवसिष्ठकश्यपात्रि-
भरद्वाजकुला जना भृगुम्।
गणयन्ति न सन्मुखं त्वमी
विदमप्याङ्गिरसान्वयान्विताः।।३८।।

अथ भृग्वादिगोत्रोत्पन्नजनानां मते शुक्रादिसन्मुखत्वमवगणयति— भृग्विति। अमी जनाः भृगुं शुक्रं सन्मुखं न गणयन्ति न मन्यन्ते किंभूता जनाः भृगुवत्सादि भृग्वादीनां कुलानि गोत्राणि येषां ते तु पुनराङ्गिरसान्वयान्विताः आङ्गिरसवंशयुक्ताः जना विदं बुधमपि सन्मुखं न गणयन्ति।।३८।।

भृगु, वत्स, वसिष्ठ, कश्यप, अत्रि, भारद्वाज तथा अंगिरा ऋषियों के कुल (गोत्र) में उत्पन्न व्यक्ति बुध और शुक्र के सम्मुख रहने की चिन्ता नहीं करते। अर्थात् इन गोत्रवाले व्यक्तियों को सम्मुख शुक्र और बुध का दोष नहीं होता।।३८।।

देशविशेषेण परिहारः—

कुरुभोजकटान्ध्रहूणकान-
रिमीणद्रविडाङ्गनान्वितान्।
न च दुष्यति सन्मुखोशनाः
सुमुखोऽर्को विदतोऽन्यनीवृतः।।३९।।

अथ देशविशेषेण शुक्रादिसन्मुखत्वमवगणयति— कुर्विति।। सन्मुखोशना: सन्मुखशुक्र: कुर्वादीन् देशान् न दुष्यति किंभूतान् अरिमीणाद्यन्वितान् तत्राङ्गनान्वित: स्त्रीराज्यदेशविशेष: प्रतीत:। पुन: सन्मुखोऽर्कोप्येवं पुनर्विद् बुधोऽन्तराभ्योन्यनीवृतोऽन्यदेशान् दुष्यति।।३९।।

कुरु, भोजकट, आन्ध्र, हूण, अरिमीड, द्रविड़ तथा स्त्रीबहुलराज्यों में सम्मुख स्थित सूर्य, बुध तथा शुक्र का दोष नहीं होता। अन्य देशों में इनका दोष होता है।।३९।।

शुक्रान्धत्वविचार:—

बृहतीहमिते समे गमे
न समीयात्प्रतिशुक्रमङ्गभृत्।
हिमरोचिषि पौष्णमेषभेऽभिमुखा-
ऽन्धोऽस्ति कविर्न दोषकृत्।।४०।।

बृहतीति।। इह बृहति १ मिते २ समे ३ त्रिविधे गमे प्रयाणेऽङ्गभृत् पुरुष: प्रतिशुक्रं सन्मुखं शुक्रं न समीयात् नो गच्छेत्। पुनर्हिमरोचिषि चन्द्रे पौष्णमेषभे रेवतिमेषराशिस्थिते सति तदा कवि: शुक्रोऽन्धोऽस्ति अन्ध: सन् दोषकृन्न भवेत्।।४०।।

बृहद् (लम्बी यात्रा), मित (लघु यात्रा), सम (मध्यम यात्रा) पूर्वोक्त तीनों प्रकार की यात्रायें सम्मुख शुक्र के रहने पर मनुष्य को नहीं करनी चाहिए। चन्द्रमा यदि रेवती नक्षत्र और मेष राशि (अश्विनी, भरणी तथा कृत्तिका के प्रथम चरण पर्यन्त) में स्थित हो तो शुक्र अन्धा होता है। इस (अन्धत्व) में यात्रा करने से सम्मुख शुक्र का दोष नहीं होता।।४०।।

परिष्कार :— यहाँ रेवती से कृत्तिका प्रथमचरण तक ही शुक्रान्ध बतलाया गया है जब कि कुछ ग्रन्थों में (रेवत्यादि मृगान्तं) रेवती से मृगशिरा पर्यन्त शुक्रान्ध बतलाया गया है।

नक्षत्रशूलविचार:—

पविपाणिदिशं त्यजेन्द्रभे-
ऽजपदृक्षे दिशमान्तिकीं जन:।
वननेतुरिहाजभे गमिन्
फलबुद्धेऽर्यमभे च गौह्यकीम्।।४१।।

अथ सन्मुखां नक्षत्रकीलां त्यजन्नाह— पवीति।। हे गमिन् जन हे फलबुद्धे फले फलाय बुद्धिर्यस्य स तत्सम्बुद्धौ त्वं इन्द्रभे ज्येष्ठायां पविपाणिरिन्द्रस्तस्य दिशं पूर्वां त्यज। एवमजपदृक्षे पूर्वभाद्रपदायामान्तिकीं दिशं दक्षिणां त्यज। पुनरजभे रोहिण्यां वननेतुर्वरुणस्य दिशं पश्चिमां त्यज। पुनरर्यमभे उत्तरफाल्गुन्यां गौह्यकीं कौबेरीम् उत्तरां त्यज।।४१।।

ज्येष्ठा नक्षत्र में पूर्वदिशा, पूर्वाभाद्रपदा में दक्षिण दिशा, रोहिणी में जलाधिप वरुण की (पश्चिम) दिशा तथा उत्तरा फल्गुनि में (गुह्यक) कुबेर की (उत्तर) दिशा में यात्रा नहीं करनी चाहिए।।४१।।

यात्रायां निषिद्धः ललाटयोगः—

दिनकृत्सितमङ्गलागवो
यमशीतच्छविसौम्यमन्त्रिणः।
हरितामधिपाश्च दिग्विभौ
गमलग्ने न ललाटगे गमः।।४२।।

अथ ललाटयोगे प्रयाणं निषेधति— दिनकृदिति।। सूर्यशुक्रभौमराहवः शनिचन्द्रबुधगुरवश्चैते हरितां काष्ठनामधिपाः स्वामिनः सन्ति तत्र गमलग्ने गमनलग्नविषये ललाटगे ललाटगते दिग्विभौ सति गमो न स्यान्नेष्टत्वाल्ललाटगतसूर्यादीनाम्। स्पष्टार्थस्तु पूर्वं दिग्द्वारकाव्ये प्रोक्तोऽस्ति।।४२।।

सूर्य, शुक्र, मंगल, राहु, शनि, चन्द्र, बुध और गुरु क्रम से पूर्वादि आठ दिशाओं के अधिपति होते हैं। यात्राकालिक लग्न में यदि सूर्यादि ग्रह ललाटगत हो (अर्थात् जिस दिशा में यात्रा करनी हो उस दिशा से सम्बन्धित लग्न में दिशा का स्वामी ग्रह स्थित हो) तो यात्रा नहीं करनी चाहिए। यह ललाट योग कहा जाता है।।४२।।

विमर्श :— इसी प्रकरण के ३५ वें श्लोक में दिशाओं में सम्मुख ग्रह रहने का निषेध किया गया है। यहाँ भी भाव वही है। मात्र योग का लालाटिक नाम निर्दिष्ट है। पूर्वादि दिशाओं के स्वामी ग्रह यदि यात्राकालिक लग्न में स्थित हों तथा ग्रह की दिशा में ही यात्रा करनी हो तो वह ग्रह ललाटगत (सिर के ऊपर) माना जाता है। यथा उत्तर दिशा में यात्रा करनी है। यात्राकालिक लग्न कर्क है। तुला में बुध है। अतः उत्तर दिशा में यात्रा करते समय बुध ललाटगत होगा। यात्रा शुभकारक नहीं होगी।

परिघचक्रम्—

कृपीटयोनेरुडतः कुमण्डले
भचक्रवेदांशसमेतदिङ्मुखे ।
जनो हुताशश्वसनाशमत्र तत्
सूत्रं समुल्लङ्घ्य न पारिघं व्रजेत् ।।४३।।

अथोपजात्या परिघयोगचक्रमाह— कृपीटेति ।। कृपीटयोनेरुडुतः कृत्तिकानक्षत्रात् कुमण्डले भूमितले भचक्रस्य नक्षत्रगणस्य वेदाशाश्चतुर्भागाः सप्तानां चतुष्केणाष्टाविंशतिनक्षत्राणि तेषां समेतानि सहितानि दिङ्मुखानि यस्मिंस्तस्मिन् विषयेऽत्र तत् पारिघं परिघभवं सूत्रमुल्लङ्घ्य जनो हुताशश्वसनाशमग्निवायुदिशं न व्रजेत्।। यतः प्राच्यादिदिक्चतुष्केषु क्रमाच्छुभोऽग्न्यादिसप्तकचतुष्के प्रागुत्तरयोः प्रत्यग्याम्योर्मध्ये मध्योऽन्यथा परिघः 'अग्निमारुतयोर्मध्ये परिघस्तिष्ठते महीम्।' देवा अपि न लङ्घन्ति न दैत्या न च मानवाः'।।४३।।

कृत्तिका नक्षत्र से आरम्भकर नक्षत्र मण्डल के चतुर्थांश तुल्य (२८÷४=७) नक्षत्रों को पूर्वादि चारों दिशाओं में स्थापित करने से भूमण्डल पर परिघचक्र होता है। इसमें अग्नि कोण से वायव्य कोण पर्यन्त परिघ नामक सूत्र होता है। इस परिघ सूत्र का उल्लंघन कर यात्रा नहीं करनी चाहिए।।४३।।

विमर्श :— परिघचक्र स्थित परिघ सूत्र के एक पार्श्व में स्थित नक्षत्रों में उसी पार्श्व की दिशा में यात्रा करनी चाहिए। एक पार्श्वस्थित नक्षत्र में सूत्र के अपर पार्श्व में स्थित दिशा में यात्रा करना परिघसूत्र का उल्लंघन होता है जो अशुभ माना गया है। भूमि पर एक चतुर्भुज बनाकर पूर्वादि दिशाओं में कृत्तिका से ७-७ नक्षत्रों का स्थापन करने से परिघचक्र बनता है। यथा—

परिघदण्डचक्र

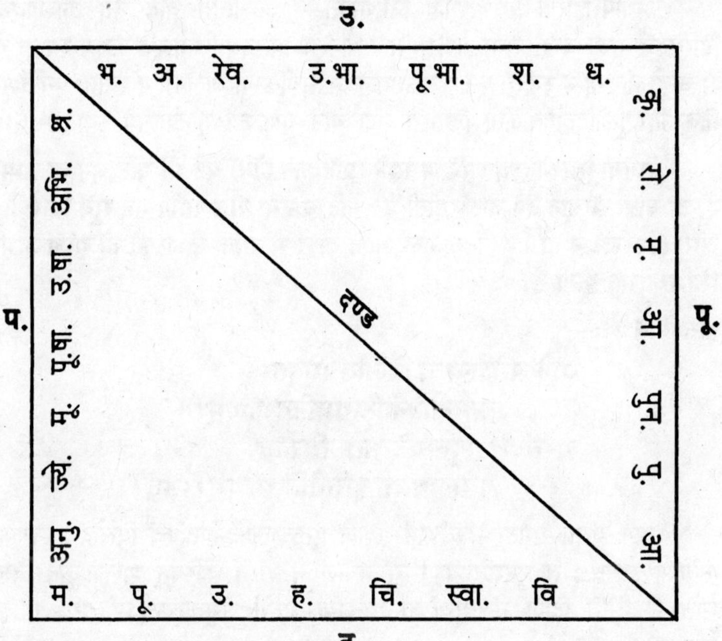

परिहारः—

अयोगिनीशूलककालपाशां नाशां यदा पारिघसूत्रमस्मिन्।
तदापि यायादुपसर्गलब्धावियात्तदुल्लङ्घ्य तु शुद्धकाष्ठाम्।।४४।।

अथावश्यके परिघोल्लङ्घनमाह— अयोगिनीति।। यदा योगिनीशूलककालपाशरहिता आशाः सन्ति पुनरस्मिन् दिग्विभागे पारिघसूत्रमस्ति तदापि जनो न यायान्नो गच्छेत्। पुनरुपसर्गलब्धौ आवश्यके तु तदुल्लङ्घ्य पारिघं भित्त्वा शुद्धकाष्ठां दूषणरहितां दिशमियाद् व्रजेत्।।४४।।

यदि योगिनी, दिक्शूल और कालपाश से रहित शुद्ध दिशा हो परन्तु उस दिशा में परिघसूत्र का उल्लंघन होता हो तो यात्रा नहीं करनी चाहिए। अत्यावश्यक होने पर सर्वशुद्ध दिशा में परिघ का उल्लंघन कर यात्रा की जा सकती है। (अर्थात् सामान्य रूप से परिघसूत्र का उल्लंघन नहीं करना चाहिए। अपरिहार्य स्थिति में योगिन्यादि दोषों से रहित सर्वशुद्ध दिशा में परिघ का उल्लंघन भी ग्राह्य है)।।४४।।

प्रयाणे दिक्शुद्धिः—

आशाविरुद्धे यदि सन्मुखःस्या-
द्राजा तदा मानफलाय यानम्।
स नीचगो हीनकरावलब्धो
न चेद्विशूलादिकुदिग्गुणाप्त्यै।।४५।।

अथोपसंहारेण प्रयाणशुद्धिं निश्चिनोति— आशेति।। यदि चेत् आशाविरुद्धे दिग्विरुद्धे राजा चन्द्रः सन्मुखोऽस्ति तदा यानं मानफलाय चित्तोन्नतिफलाय स्यात्। चेत् स चन्द्रो नीचगो न स्यात्। पुनः इनकरावलब्धः सूर्यकिरणव्यालुप्तो न स्यात्। पुनर्विशूला दिक् दिग्शूलादिदोषवर्जिता दिगस्ति तदा यानं गुणाप्त्यै गुणप्राप्तये स्यात्।।४५।।

समयानुसार दिशा शुद्धि न रहने (प्रतिकूल होने) पर भी यदि चन्द्रमा सम्मुख हो तो यात्रा सम्मान देने वाली होती है। यदि चन्द्रमा नीच राशि गत सूर्य किरणों से लुप्त (निर्बल) न हो तथा दिक्शूल आदि दोषों से रहित दिशा हो तो यात्रा अभीष्ट सिद्धिकारक होती है।।४५।।

परिहारे विशेषः—

याने समेऽल्पे च विलोक्यमेतत-
च्छूलादिनीतित्वमतिप्रयाणम्।
शस्तं तु शूलादिकृते विरुद्धे
न राजवत्यां हरितीति सत्यम्।।४६।।

यान इति।। समेऽल्पे च याने प्रयाणे एतच्छूलादिनीति त्वं विलोक्य निभञ्जना कर्तव्या इत्यर्थः। तु पुनरतिप्रयाणं बृहत्प्रयाणं न शस्तं कस्मिन् शूलादिकृते विरुद्धे सति पुनर्हरिति दिशि राजवत्यां चन्द्रयुक्तायां सत्यां सम्मुखचन्द्रेऽपीत्यर्थः ।। इति सत्यम्।।४६।।

सम संज्ञक और अल्प (मित) संज्ञक यात्रा में उक्त दिक्शूल आदि परिहारों का विचार करना चाहिए। बृहत् संज्ञक यात्रा में चन्द्रयुक्तदिशा (सम्मुख चन्द्र) रहने पर भी दिक्शूलादि दोषों में यात्रा शुभकारक नहीं होती।।४६।।

त्रिविधयात्रायां शुद्धिविचारः—

व्यवहृतिफलयानं मञ्जु पञ्चाङ्गशुद्ध्या
समुदयजययानं लग्नदिक्शुद्धिवामम्।

त्रिविधमलमनेहःशुद्धिमत्तीर्थयानं
त्वखिलगमनभेदः शाकुनोत्साहदृष्टः।।४७।।

अथ मालिन्या त्रिविधप्रयाणे व्यवहारादित्रिविधफलशुद्धिं दर्शयति— व्यवेति ॥ पञ्चाङ्गशुद्ध्या कृत्वा व्यवहृतेर्व्यवहारस्य फलाय यानं व्यवहृतिफलयानं मञ्जु श्रेष्ठं स्यात्।। पुनः समुदयस्य शत्रुग्रामस्य जयस्तस्मै यानं प्रयाणं लग्नदिक्शुद्धिवामं लग्नस्य दिशश्च शुद्ध्या मनोहरं स्यात्।। पुनस्तीर्थयानमनेहः शुद्धिमत् कालशुद्धियुक्तं मनोहरं स्यात्।। इति त्रिविधं प्रयाणं अलमित्यवधारणे।। अथ तु पुनः अखिलगमनभेदः शाकुनोत्साहेन दृष्टः विलोकितः शाकुनोत्साहदृष्टः। अखिलगमनभेदे शाकुनोत्साह इष्ट इत्यपि पाठः। एतेन शकुनविचारोऽपि भृशं चिन्त्यः।।४७।।

व्यवहार यात्रा (व्यापार आदि सम्बन्धी यात्रा) केवल पञ्चाङ्ग शुद्धि, जय एवं शुद्ध यात्रा में दिक्शुद्धि एवं लग्नशुद्धि तथा तीर्थयात्रा में कालशुद्धि ही श्रेष्ठ होती है। इस प्रकार त्रिविध (तीनों प्रकार की) यात्राओं में मुहूर्त विचार करना चाहिए। सभी प्रकार की यात्राओं में शकुन का शुभाशुभ विचार भी करना चाहिए।।४७।।

विप्रादीनां प्रमुखशुद्धिविचारः—

भवति तदनु मुख्या सोमपां भद्युशुद्धिः
खचरयुतिविशुद्धिर्भूभुजां च क्षणाद्या।
इतरजनगणानां शुद्धिरातस्कराणां
शकुननयभवातः शेषशुद्धिर्विचिन्त्या।।४८।।

अथ विप्रादीनां मुख्यामुख्यप्रयाणशुद्धिं दर्शयति— भवतीति ॥ सोमपां ब्राह्मणानां भद्युशुद्धिर्नक्षत्रदिनशुद्धिर्मुख्या भवति। तदनु पश्चात् भूभुजां क्षत्रियाणां खचरयुतिविशुद्धिर्मुख्या भवति। इतरजनगणानां शूद्राणां क्षणाद्या मुहूर्त्ताद्या शुद्धिर्मुख्या भवति। आतस्कराणां नीचचौरपर्यन्तानां शकुननयभवा शुद्धिर्मुख्या भवति। तदनु तस्या मुख्यायाः पश्चाच्छेषशुद्धिर्गौणी चिन्त्या इति।।४८।।

ब्राह्मणों के लिए यात्रा में नक्षत्र और दिन की शुद्धि, क्षत्रियों के लिए ग्रहयुति की शुद्धि, इतर जनों (वैश्य और शूद्रों) के लिए क्षण (मुहूर्त्त) की शुद्धि तथा अन्य निम्न वर्ग से चोरों तक के लिए केवल शकुन की शुद्धि ही प्रधान होती है। इसके अतिरिक्त अन्य शुद्धि सामान्य समझनी चाहिए ।।४८।।

राशीशफलम्—

जनीशराशीशदशेशलग्नपाः
स्फुरत्प्रभाः सारभृतो गमे नृणाम्।
ददत्यलं चारुफलं तु दिक्पतिः
सकण्टको भूरिमहा महार्थकृत्।।४९।।

अथ प्रयाणे जन्मादिस्वामिनो वर्णयति— जनीशेति ।। जनीशो जन्मेश: राशीशो राशिस्वामी दशेशो दशास्वामी लग्नपो लग्नस्वामी एषां द्वन्द्वे एते नृणां गमे गमनेऽकमत्यर्थं चारु मनोहरं फलं ददति। किंभूता एते स्फुरत्प्रभा: अस्तरहिता इत्यर्थ:।। पुन: किंभूता सारभृतो बलयुक्ता: तु पुन: सकण्टक: केन्द्रसहित: भूरि बहु महस्तेजो यस्य स एवंविधे दिक्पतिर्महार्थकृत्स्यात् ।।४९।।

जन्मलग्नेश, राशीश (राशि का स्वामी), दशा का स्वामी, लग्नपति (यात्रा लग्न का स्वामी) यदि प्रभासम्पन्न (अस्तंगत न हो) एवं बलवान् हो तो मनुष्य को यात्रा में अत्यन्त शुभ फल देते हैं। यदि यात्रा दिशा का स्वामी बलवान् होकर केन्द्र (१, ४, ७, १०) भावों में स्थित हो तो अपार धन देनेवाला होता है।।४९।।

यात्रायां लग्नशुद्धि:—

चरे चरांशे च गमं गुरुं विदो
विदु: स तद्विप्रकृतौ समं वरम्।
मितं समस्तेषु गृहेषु लग्नगै-
र्गमत्रयं नालिकुलीरशक्लिभि:।।५०।।

अथात्र लग्नशुद्धिमाह— चर इति।। विद: पण्डिता: गुरुं गमं बृहत्प्रयाणं वरं विदु: कस्मिन् चरे चरलग्ने चरांशे चरनवांशे च पुनरेवं सतद् द्विप्रकृतौ द्विस्वभावराश्यंश-युक्तद्विस्वभावराशौ समं प्रयाणं वरं विदु:। पुन: समस्तेऽपि उदये लग्ने मितं प्रयाणं वरं विदु:। पुनरलिकुलीरशक्लिभि: वृश्चिककर्कमीनराशिभिर्लग्नगै: कृत्वा गमत्रयं न विदुरिति।।५०।।

चरराशियों में चरराशि के नवमांशों में बृहद् यात्रा, द्वि:स्वभाव राशियों एवं द्वि:स्वभाव राशियों के नवमांश में समसंज्ञक तथा सभी लग्नों में मित संज्ञक यात्रा करने के लिये विद्वानों ने बतलाया है। वृश्चिक, कर्क और मीन राशियों में तीनों प्रकार की यात्रायें नहीं करनी चाहिये।।५०।।

स्वोदीरितै राशिभिरङ्गगैर्गमे
शीर्षोदयो यातुरभीष्टसिद्धिकृत्।
पृष्ठोदयो यानफलापकृद्यथा
तथा क्वचिच्चायमलोलभोदय:।।५१।।

स्वोदीरितैरिति ।। शीर्षोदयो मिथुनसिंहकन्यातुलावृश्चिककुम्भ इति गमे गमने यातुर्नरस्याभीष्टसिद्धिकृत् स्यात्। कै: स्वोदीरितैर्जन्मोद्भवै राशिभि: किंभूतैरङ्गगै: प्रथमभावगतै: कृत्वा पुन: पृष्ठोदयो मेषवृषधनु: कर्कमकरमीना इति पृष्ठोदयसंज्ञो यथा यातुर्यानफलापकृत् प्रयाणफलनाशकृत्स्यात् ।। तथाच पुन: क्वचिदलोलभोदय: स्थिरलग्नोदयोऽयं तथा यानफलापकृत्स्यात्।।५१।।

अपनी जन्म राशि के प्रथम भाव में होने पर (अर्थात् अपनी जन्म राशि के लग्न मे) एवं शीर्षोदय (मिथुन, सिंह, कन्या, तुला, वृश्चिक, कुम्भ) लग्नों में यात्रा

करने से अभीष्ट की सिद्धि होती है। पृष्ठोदय (मेष, वृष, कर्क, धनु, मकर) राशियों में यात्रा करने से यात्राफल का नाश होता है। अर्थात् कार्य सिद्धि नहीं होती। कुछ आचार्यों के मतानुसार स्थिर लग्न (२,५,८,११) में यात्रा करना भी अभीष्ट का नाश करने वाला होता है।।५१।।

विमर्श :— संस्कृत टीकाकार ने पृष्ठोदय राशियों में ही 'मीन' की गणना की है जबकि आचार्य वराहमिहिर ने मीन राशि को उभयोदय राशि माना है।

"पृष्ठोदया विमिथुना शिरसान्ये ह्युभयतो मीनः।" ल.जा.

यात्रायां निषिद्धलग्नानि—

यदाष्टमं सम्भवराशिलग्नतो
गमाङ्गमङ्गापकरं तु यायिनः।
तच्छासितारावनगौ तदातृदौ
षष्ठं समिष्टापदमातनोति।।५२।।

अथ प्रयाणे निषिद्धलग्नं दर्शयति— यदेति।। यदा सम्भवराशिलग्नतो गमाङ्गं गमनलग्नमष्टमं स्यात्तदा यायिनो नरस्याङ्गापकरं शरीरनाशकरं स्यात्।। तु पुनस्तच्छासितारौ जन्मलग्नगमनलग्नस्वामिनौ इनगौ सूर्यमण्डलगतौ तदाऽतृदौ मरणदायकौ स्याताम्। पुनर्वाथवा जन्मलग्नतो गमनलग्ने षष्ठं तत् समिष्टापदं सम्यक् वाञ्छितपदार्थेषु व्यापदं तनोति।।५२।।

जन्म राशि एवं जन्मलग्न से अष्टम भाव में यदि यात्राकालिक लग्न हो तो यात्री के शरीर के लिए अनिष्टकारक होता है। यदि जन्मलग्न और यात्रालग्न दोनों के स्वामी ग्रह सूर्य से युक्त हों (अस्तंगत हों) तो मृत्युकारक होते हैं। तथा जन्म लग्न से यात्रालग्न यदि षष्ठ भाव में स्थित हो तो अभीष्ट कार्य में विघ्न उपस्थित होता है।।५२।।

जन्मराजयोगः—

समुद्यतो जेतुमरिव्रजं व्रजेल्-
लग्ने जनुष्पार्थिवयोगयोजिते।
जनेश्वरो यः स हि सर्वसम्पदो
जित्वांहितव्रातमुपैत्यसंशयम्।।५३।।

अथात्र जन्मराजयोगान्वर्णयति— समुद्यत इति ।। यो जनेश्वरो नृपतिररिव्रजं रिपुसमूहं जेतुं समुद्यतः सन् व्रजेत् गच्छेत् कस्मिन् जनुष्पार्थिवयोगयोजिते जन्मराजयोगयुक्ते एवंविधे लग्ने हि युक्तार्थे स नृपोऽसंशयं निश्चितं अहितव्रातं रिपुसमूहं जित्वा सर्वसम्पदः कर्मपदं उपैति प्राप्नोति। अथवा स नृपोऽहितव्रातं जित्वा सर्वाः सम्पदो यस्य स सर्वसम्पदः सन् उपैति स्वस्थानं समायाति ।।५३।।

जो राजा जन्मराजयोग युक्त लग्न में शत्रु समूह पर विजय पाने की अभिलाषा से यात्रा करता है वह निश्चय ही शत्रु समूह को जीतकर समस्त सम्पत्ति के साथ वापस आता है।।५३।।

यदा हि ते राशितनूनिमीलने
प्रयाणलग्नेऽरिजनेररावुत।
उत प्रयाणोदयगैस्तदीश्वरै-
र्यायीजनो याति यमालयं तदा।।५४।।

यदेति।। हीत्यवधारणे यदा ते राशितनू जन्मराशिर्जन्मलग्नं च ताभ्यां निमीलनेऽष्टमराशी उत वितर्के अरिजने: शत्रोर्जन्मराशिजन्मलग्नाभ्यामरौ षष्ठराशौ प्रयाणलग्ने चेद्यायी जनो यमालयं मृत्युं याति। उत यदा तदीश्वरैर्जन्मराशिजन्मलग्नादष्टम-राशिस्वामिभि: शत्रोर्जन्मलग्नराशिभ्यां षष्ठावनस्वामिभिर्वा प्रयाणोदयगै: प्रयाणलग्नगतै: प्रयाणं भवति तदा यायी गमनशीलो जनो यमालयं मृत्युं याति प्राप्नोति ।।५४।।

अपनी जन्मराशि और जन्मलग्न से अष्टम भाव में यात्रा लग्न हो अथवा शत्रु की जन्मराशि एवं लग्न से षष्ठ भाव में यात्रालग्न हो तो यायी (आक्रामक) राजा की मृत्यु होती है। यदि जन्मलग्न या राशि से अष्टम भाव का स्वामी तथा शत्रु के जन्मलग्न या राशि से षष्ठ भाव का स्वामी यात्राकालिक लग्न में हों तो यायी (आक्रामक) राजा की मृत्यु होती है ।।५४।।

सारी सूतौ व्योमचारी सलग्नो
राशिर्योऽसौ वेशराशिश्च राशे:।
स्वस्यादोष: पर्यवस्थातुरुच्चै:
कालो यातु: सम्पदं सन्दधाति।।५५।।

अथ मालिन्याह— सारीति।। सूतौ जन्मलग्ने सारी बलयुक्तो व्योमचारी ग्रह: सलग्न: प्रयाणलग्नमूर्तिस्थ: च पुन: स्वस्य राशे: सकाशात् योऽसौ वेशिराशि: स निर्दोषो भवति तदा उच्चैरत्यर्थं पर्यवस्थातु: शत्रो: काल: स्यात् । यातुर्गमिन: सम्पदं दधाति पुष्णाति।।५५।।

जन्मकाल में जो ग्रह बलवान् हो वही यात्राकालिक लग्न में हो तथा अपनी राशि से वेशि (बारहवी) राशि शुभ हो तो उस समय की गई युद्धयात्रा शत्रु के लिए काल के समान होती है तथा यायी (आक्रामक) राजा को सम्पत्ति प्रदान करने वाली होती है।।५५।।

देहकामबलगेहवैरिगै:
काव्यजीवयमराजमङ्गलै:।
यो जनो व्रजति योजनायुतं
याति सोऽपि खलु तज्जयश्रियम्।।५६।।

अथ रथोद्धतया प्रयाणलग्ने ग्रहभावशुद्धिमाह—देहेति।। यो जनो योजनायुतं योजनानां दशसहस्रं व्रजति गच्छति कैः कृत्वा काव्येति शुक्रगुरुचन्द्रभौमैः किंभूतैरेभिः देहस्तनुभवनं १ कामः सप्तमं ७ बलं तृतीयं ३ गेहं चतुर्थं ४ वैरिः षष्ठ ६ एषु गतैः खलु निश्चितं सोऽपि जनस्तज्जयश्रियं रिपुजयलक्ष्मीं याति प्राप्नोति।।५६।।

शुक्र, गुरु, शनि चन्द्र और मङ्गल के लग्न, सप्तम, तृतीय, चतुर्थ और षष्ठ भावों में स्थित रहने पर जो राजा यात्रा आरम्भ करता है। वह दश हजार योजन दूर जाकर भी शत्रु की सेना एवं सम्पत्ति पर विजय प्राप्त करता है।।५६।।

शूराहितच्छिद्रविदार्यविग्रहो-
गमोदयोऽसौ प्रतिपक्षहा भवेत्।
अनीककामस्य हि नुस्तथोदयो
विमानभावोपचयैनिमङ्गलः।।५७।।

अथोपजात्याह— शूरेति।। तदा नुः पुरुषस्य असौ गमः प्रयाणं प्रतिपक्षहा वैरिघातको भवेद्यदा गमोदयः प्रयाणलग्नमस्ति किंभूतोऽसौ गमोदयः शूरः सूर्योऽहिते षष्ठे यस्मिन् स शूराहितः पुनः किंभूतश्छिद्रेऽष्टमे विद्बुधो यस्मिन् स छिद्रवित् पुनः किंभूतः आर्यो गुरुर्विग्रहे तनुभावे यस्य स आर्यविग्रहः तथा पुनः किंभूतः विमानभावेषु दशमभावरहितेषु उपचयेषु त्रिषडेकादशमभावेषु ३।६।११। ऐनिः शनिर्मङ्गलश्च यस्य स इति। किंभूतस्य नुः अनीककामस्य संग्रामाभिलाषिणः हि युक्तार्थे।।५७।।

यात्राकालिक लग्न से छठे भाव में सूर्य, अष्टम में बुध, लग्न में गुरु, दशम भाव को छोड़कर शेष उपचय (३,६,११) भावों में शनि और मंगल हो तो उस लग्न में युद्ध की अभिलाषा से यात्रा करने वाला मनुष्य शत्रुपक्ष का नाश करने वाला होता है। अर्थात् उक्त योग में की गई यात्रा विजय प्रदान करने वाली होती है।।५७।।

घनारिमानानि हरीनजेन्दवो
घनारिमानानि समेत्य यायिनः।
ददत्युतेज्येऽङ्गगतेऽर्थलाभगाः
परे यियासोरलमर्थलाभदाः।।५८।।

घनेति।। हरिः सूर्यः इनजः शनिः इन्दुश्चन्द्र एषां द्वन्द्वे रविशनिचन्द्राः यायिनो नरस्य घनारिमानानि दृढरिपुसन्मानानि ददति सर्वेऽपि दृढशत्रवो नमन्तीत्यर्थः।। किंकृत्वा घनारिमानानि घनं प्रथमं भवनं १. अरिः षष्ठं ६ मानं दशम १० एतानि समेत्य प्राप्य एते गताः सन्त इत्यर्थः।। उताथवा इज्ये गुरौ अङ्गगते लग्नगते सति अपरे ग्रहा अर्थ २ लाभ ११ गाः सन्तोऽलमत्यर्थमर्थलाभदाः स्युः कस्य यियासोर्गमनाभिलाषिणः।।५८।।

सूर्य, शनि और चन्द्र यदि यात्राकालिक लग्न से प्रथम, षष्ठ और दशम भाव में क्रम से स्थित हों तो उस समय यात्रा करने वाले मनुष्य को प्रबल शत्रुओं द्वारा

सम्मान प्राप्त होता है। यदि गुरु लग्न में तथा अन्य ग्रह द्वितीय एवं ग्यारहवें भाव में स्थित हो तो यात्री पुरुष को धनलाभ होता है।।५८।।

कौशे भवेत्कमलिनीपरिणायकश्चेत्-
स्मारः सवित्कविरिहाहवयानकाले।
यो ना प्रयात्यरिचमूभटकुम्भिकुम्भ-
कण्ठीरवो भवति भूतलगीतकीर्तिः।।५९।।

अथ वसन्ततिलकेनाह— कौशेति।। चेद्यदि कमलिनीपरिणायकः अब्जिनीपतिः सूर्यः कुशं जलं तत्र भवः कौशस्तस्मिश्चतुर्थभावे भवेत्। पुनः सवित्कविः बुधयुक्तशुक्रः स्मारः सप्तमभावगतो भवेत्तदा इहास्मिन् आहवयानकाले संग्रामप्रयाणकाले यो ना पुमान् प्रयाति गच्छति स पुमान् अरिचमूभटा रिपुसैन्यसुभटा एव कुम्भिनो गजास्तेषां कुम्भेषु कण्ठीरवः सिंहसमो भवति। किंभूतः स भूतले गीता प्रसिद्धा कीर्तिर्यशो यस्य सः।।५९।।

युद्धयात्रा काल में यदि सूर्य चतुर्थ भाव में तथा बुध और शुक्र सप्तम भाव में स्थित हो तो इस योग में यात्रा करने वाला मनुष्य शत्रु सेना रूपी हाथी के मस्तक पर सिंह के समान होता है। तथा भूमण्डल पर उस व्यक्ति का यशोगान होता है। अर्थात् शत्रु का दमन करने वाला एवं यशस्वी व्यक्ति होता है।।५९।।

मित्रोदयं राजमदं स्वराज्यं
राज्यं रिपोरिच्छति यो जनेशः।
नेतुं समेत्योदयमेवमीयात्-
तमादराद्वैरिजनेरितार्थः ।।६०।।

अथोपजात्याह— मित्रेति ।। यो जनेशो नृपो रिपोः शात्रवस्य राज्यं नेतुं गृहीतुमिच्छति स नृपो मित्रोदयं लग्नस्थसूर्यं पुना राजमदं सप्तमभावस्थचन्द्रं पुनः स्वराज्यं स्वे धनभावे राज्यो बुधो यस्मिन् स तं एवंविधमुदयं लग्नं समेत्य प्राप्य ईयाद् गच्छेत्। वृषः किंभूतः आदरात् वैरिजनेन ईरिता अर्पिता अर्था यस्मै सः।।६०।।

जिस राजा को अपने शत्रु के राज्य को ग्रहण करने की अभिलाषा हो उसे उस लग्न में यात्रा करनी चाहिए जिसमें सूर्य स्थित हो तथा उससे सप्तम भाव में चन्द्रमा एवं धन भाव में बुध हो। इस योग में यात्रा करने वाले व्यक्ति को शत्रु पक्ष सम्मानपूर्वक धन प्रदान करता है।।६०।।

क्ष्मापत्यपूर्वैरपि पञ्चभिर्ग्रहै-
रमित्रवार्मारघनोद्यमानुगैः।
नृपः स यो दिग्विजयोद्यमं चरेत्
सर्वंसहानायकनीतमो भवेत्।।६१।।

क्ष्मापत्येति।। यो नृपो दिग्विजयोद्यमं चरेत् गच्छेत् कैः क्ष्माया भूमेरपत्यं मङ्गलः क्ष्मापत्यपूर्वैर्भौमादिभिः पञ्चभिर्ग्रहैः कृत्वा किंभूतैर्भौमादिभिः अमित्रं षष्ठं ६ वार्जलं चतुर्थं मारः कन्दर्प सप्तमं ७ घनः शरीरं प्रथमं १ उद्यमस्तृतीयं ३ एषु गतैः स नृप इह लोके सर्वसहा भूमिस्तस्या नायका राजानस्तेभ्यो नीता गृहीता मा लक्ष्म्यो येन स एवंविधो भवेत्।।६१।।

भौमादि पाँच (भौम, बुध, गुरु, शुक्र, शनि) ग्रहों के षष्ठ, चतुर्थ, सप्तम, लग्न एवं तृतीय भावों में स्थित रहने पर जो राजा दिग्विजय हेतु प्रयास करता है वह राजाओं से गृहीत लक्ष्मी से युक्त होता है। अर्थात् ऐसे योगों में विजय यात्रा सफल होती है।।६१।।

सराजमन्त्रिमङ्गलक्रियोदयो जयाय वा।
ग्रहत्रयं यियासतः सकण्टका गमे शुभम्।।६२।।

अथ प्रमाणिकाछन्दसाह—सराजेति ।। यियासतो गमनाभिलाषिणो नरस्य सहराजमन्त्रिमङ्गलैश्चन्द्रगुरुभौमैर्वर्तते यः स एवंविधः क्रियोदयो मेषलग्नं जयाय भवेत्। वा पुनर्ग्रहत्रयं चन्द्रगुरुभौमत्रयं सह कण्टकेन प्रथमचतुर्थसप्तमदशमभावेन वर्तते यः स चासौ आगमो लाभ एकादशभावश्च तस्मिन् शुभं शुभकारकं स्यात्।।६२।।

चन्द्र, गुरु और भौम से युक्त मेष लग्न यात्राभिलाषी पुरुष को विजय प्रदान करने वाला होता है। उक्त तीनों ग्रह केन्द्र (१, ४, ७, १०) भावों में एवं आय (११) भाव में हों तो शुभकारक होते हैं।।६२।।

भवन्ति जातकोदिता महीशयोगसञ्चयाः।
त एव यानलग्नगा यियासतां जयप्रदाः।।६३।।

अथ राजयोगानभिष्टौति— भवन्तीति।। त एव महीशयोगसञ्चयाः राजयोगसमूहा यियासतां गमनाभिलाषिनराणां जयप्रदा विजयदायकाः स्युः।। किंभूता जातके जन्मजातकशास्त्रे उदिता उक्ताः। पुनः किंभूताः यानलग्नगाः प्रयाणलग्ने आयाताः।।६३।।

जातकशास्त्र में कहे गये राजयोग समूह यदि यात्राकालिक लग्न में भी उपस्थित हों तो यात्राभिलाषी पुरुष को विजय प्रदान करने वाले होते हैं।।६३।।

यथाबलं महीशयुक् तथा बलं धराधवे।
प्रयच्छति प्रयाणगं तदेव दर्शयाम्यहम्।।६४।।

यथेति ।। यथा महीशयुग् राजयोगो यद् बलं धराधवे नृपे प्रयच्छति ददाति तथाहं तदेव प्रयाणगं प्रयाणबेलाप्राप्तं बलं दर्शयामि प्रकटीकरोमि।।६४।।

जिस प्रकार राजयोग राजाओं को बल प्रदान करते हैं । उसी प्रकार यात्राकालिक लग्न से प्राप्त बल को मैं प्रदर्शित कर रहा हूँ।।६४।।

यात्राकालिकाः राजयोगाः—

शशिनि मन्दवति स्मरगेऽस्त्रभेऽ-
मरपुरोधसि पूष्ण्यजभे भवेत्।
उदयगे जनितोऽवनिपो गमे
निखिलनिर्जितभूतलभूमिपः।।६५।।

अथ द्रुतविलम्बितेन राजयोगानाह— शशिनीति।। अवनिपो भूपः निखिलनिर्जितभूतलभूमिपः समस्तविजितभूमण्डलनृपो भवेत्। कस्मिन् सति गमे प्रयाणे जनितो जन्मनः स्मरगे सप्तमभावे शशिनि चन्द्रे मन्दवति शनियुक्ते पुनः कस्मिन् अस्त्रभे धनूराशौ अमरपुरोधसि गुरौ सति पुनः क्व अजभे मेषराशौ पूष्णि सूर्ये उदयगे मूर्तिस्थे सति।।६५।।

जन्म लग्न से अथवा यात्राकालिक लग्न से सप्तम भाव में शनि से युक्त चन्द्रमा, धनुराशि में गुरु तथा लग्न में मेष राशिगत सूर्य हो तो समस्त भूमण्डल पर विजय प्राप्त करने वाला राजा होता है।।६५।।

विमर्श :— इस योग का आशय यही है कि मेष लग्न हो तथा मेष में ही सूर्य स्थित हो, सप्तम भाव में तुला राशि में चन्द्रमा और शनि हो एवं भाग्य भाव में धनु राशि का गुरु हो तो प्रबल राजयोग होता है। सूर्य और शनि अपनी उच्च राशि में गुरु अपने क्षेत्र एवं मूल त्रिकोण में तथा सूर्य से सप्तम मित्रक्षेत्रीय चन्द्रमा हो तो पराक्रमी योग होता है।

मकरमङ्गलमङ्गलसच्छ्रियं
रविजभाजमुपेत्य न नेति ना।
धनुषि राजविकर्तनयोः स वै
नरपतित्वमुपैत्यखिलेन्दिरम्।।६६।।

मकरेति।। वै इति हैतौ स ना पुमान्नरपतित्वं भूपत्वं न उपैति इति न द्वौ नकारौ प्रकृत्यर्थं सूचयतः प्राप्नोतीत्यर्थः। किंकृत्वा मकरमङ्गलं मकरराशिस्थमङ्गलं उपेत्य प्राप्य किंभूतं मकरमङ्गलं रविजभाजं शनियुक्तं पुनः किंभूतं अङ्गे लसन्ती श्रीर्यस्य स तं अङ्गलसच्छ्रियं पुनः कयोः सतोः धनुषि धनूराशौ राजविकर्तनयोः चन्द्रार्कयोः सतोः 'द्युपतिर्विकर्तन' इति हैमः।। किंभूतं नरपतित्वं अखिला समस्ता इन्दिरा लक्ष्मीर्यस्मिंस्तत् अखिलेन्दिरम्।।६६।।

मंगल और शनि से युक्त मकर लग्न हो तथा धनुराशि में चन्द्र और सूर्य हों तो इस योग में (युद्ध यात्रा करने वाला) सभी प्रकार की लक्ष्मी (सम्पत्तियों) से सम्पन्न राजा होता है।।६६।।

धवलभासि मृगोदयशालिनि
श्रितरसाभुवि भूविभुरस्त्रभे।

भवति भास्वति पौरुषपावक-
ज्वलितवैरिकुलोऽरिकुलो नरः।।६७।।

धवलेति।। नरो भूविभुर्भूपो भवति गमे प्रयाणे इति शेषः।। कस्मिन् मृगोदयशालिनि मकरलग्नशोभायुक्ते धवलभासि चन्द्रे किम्भूते धवलभासि श्रितरसाभुवि आश्रितभौमे पुनः क्व सति अस्त्रभे धनुराशौ भास्वति सूर्ये सति किंभूतो नरः पौरुषे प्रतापे एवं पावके ज्वलितानि दग्धानि वैरिकुलानि रिपुसमूहा येन सः। पुनः किंभूतो नरः अरीणाम् शात्रवानाम् कुम्भूमिं लाति गृह्णाति इति डप्रत्ययेऽरिकुल इति।।६७।।

यात्रा काल में मकर लग्न में श्वेतरश्मि चन्द्रमा भौम से युक्त हो तथा धनुराशि में सूर्य हो तो इस योग में युद्ध यात्रा करने वाला राजा अपनी प्रतापाग्नि से शत्रु कुल को भस्म कर उसकी भूमि का अधिपति हो जाता है।।६७।।

यदि समेत्य विनेतुमरिश्रियं
सविधुतावुरिभोदयमीहते।
गुरुमदं हरिशं हरिजाम्बरं
वसुमतीपतिराशु समाव्रजेत्।।६८।।

यदीति। यदि चेत् वसुमतीपतिर्भूपोऽरिश्रियं विनेतुं विनाशीकर्तुं गृहीतुं वा ईहते इच्छति तदा आशु शीघ्रं समाव्रजेत् गच्छेत्। किंकृत्वा सविधुतावुरिभोदयं चन्द्रसहितवृषलग्नमेत्य प्राप्य किंभूतं तावुरिभोदयं गुरुर्मदे सप्तमे यस्य स तं गुरुमदं पुनः किम्भूतं हरिः सूर्यः शे चतुर्थे भावे यस्य स तं हरिशं पुनः किम्भूतं हरिजः शनिरम्बरे दशमभावे यस्य स तं हरिजाम्बरम्।।६८।।

शत्रुओं का विनाश कर शत्रु की राज्यलक्ष्मी को ग्रहण करने की अभिलाषा से वृष लग्न के उदय होने पर लग्न में चन्द्रमा, चतुर्थ भाव में सूर्य, सप्तम भाव में गुरु तथा दशम भाव में शनि के स्थित रहने पर राजा को अतिशीघ्र यात्रा करनी चाहिए।।६८।।

मिहिरजन्मनि ना मकरोदये
व्रजति राजगुरुज्ञरसाभवैः।
सहजरिःफनभोऽहितचारिभि-
र्नयति योऽर्जुनवीर्यविरोधिगाम्।।६९।।

मिहिरेति। मिहिरजन्मनि शनौ मकरोदये मकरलग्नविषये सति यो ना पुमान् व्रजति गच्छेत् कैः कृत्वा राजा चन्द्रः गुरुः ज्ञो बुधः रसाभवो भौमः एषां द्वन्द्वं तैः किम्भूतैः तैः सहजस्तृतीयं रिःफं द्वादशं नभो दशमं अहितः षष्ठं एषु भावेषु चारिभिर्गमनशीलैः स जनः अर्जुनवीर्यविरोधिगां नयति प्राप्नोति अर्जुनस्य पार्थस्य वीर्यं पराक्रम इव पराक्रमो येषां ते च ते विरोधिनो रिपवश्च तेषां गां भूमिं नयति। योऽर्जुनवीर्यविरोधिनामित्यपि

पाठे स्पष्टम्। यथा कश्चित् बलिष्ठोऽर्जुनवीर्येण पराक्रमेण विरोधिनीं रोधशीलां गां सौरभेयीं वा नयति इत्युक्तिलेशः॥६९॥

मकर लग्न के उदय काल में, लग्न में शनि, तृतीय में चन्द्र, द्वादश में गुरु, दशम में बुध तथा षष्ठ भाव में मङ्गल के स्थित रहने पर जो राजा युद्ध यात्रा करता है वह अर्जुन के समान पराक्रमी विरोधियों की गौ (भूमि, राज्य) ग्रहण करने में समर्थ होता है।।६९।।

झषविशेषभुजा सयमासृजा
धिषणधिष्ण्यमृगाङ्कवहं धनुः।
विदि वशोदयभाजि यदा गमे
हरिबलारिबलापकरो नरः।।७०।।

झषेति। यदा गमे प्रयाणे धिषणो गुरुः धिष्ण्यः शुक्रः मृगाङ्कश्चन्द्र एषां द्वन्द्वे एतान् वहति बिभर्ति एतद्ग्रहयुक्तं धनुः स्यात्। किम्भूतं धनुः यमेन शनिना सह वर्तते यः स सयमः स चासौ असृग् भौमश्च तेन उपलक्षितं। किम्भूतेन समयासृजा झषेषु मीनेषु विशेषः श्रेष्ठः झषविशेषो मकरस्तं भुनक्ति इति भुक् तेन भुजा मकरराशियुक्तेन तदा नरः पुमान् हरिबलारिबलापकरो भवेत् हरेः सिंहस्य बलमिव बलं एषां ते च तेऽरयश्च तेषां बलं वीर्यं बलां लक्ष्मीं वाऽपकरोति हरतीति कस्मिन् सति वशोदयभाजि कन्यालग्नयुक्ते विदि बुधे सति॥७०॥

यात्रा काल में मकर लग्न में शनि और मङ्गल हो, धनुलग्न में गुरु, शुक्र और चन्द्रमा स्थित हो तथा कन्या लग्न में बुध हो तो ऐसे योग में यात्रा करने वाला राजा सिंह के समान बलवान् राजा का बल एवं धन हरण करने में समर्थ होता है।।७०।।

विमर्श — उक्त योग में कन्या राशि में बुध और धनु राशि में शुक्र की स्थिति बतलाई गई है। यह स्थिति तभी सम्भव है जब बुध कन्या में सूर्य तुला में स्थित हों। अन्यथा दो स्थिति मानी जा सकती है। १. कन्या लग्न हो लग्न में बुध तथा मकर में शनि और मङ्गल हो। २. कन्या लग्न हो तथा धनुराशि में गुरु-शुक्र और चन्द्र स्थित हो तो इस योग में यात्रा करने वाला व्यक्ति बलवान् शत्रु का बल और धन अपहरण करने में (अर्थात् शत्रु को पराजित) करने में समर्थ होता है।

अनिमिषोदयगेऽमृतदीधितौ
करिकरेऽसृजि पूष्णि सलेयभे।
कलशवर्तिनि योंऽशुभुविव्रजेद्
अखिलमैलविलस्वमिहानयेत्।।७१।।

अनिमिषेति। यः पुमान् व्रजेत् कस्मिन् सति अमृतदीधितौ चन्द्रेऽनिमिषोदयगे मीनलग्नगते पुनः क्व असृजि भौमे करिकरे मकरे सति पुनः क्व पूष्णि सूर्ये लेयभे

सिंहराशौ सति पुनः क्व अंशुभुवि शनौ कलशवर्तिनि कुम्भराशियुक्ते सति स इह जगति अखिलं सम्पूर्णम् ऐलविलस्य कुबेरस्य स्वं धनमिव धनं नयेत् प्राप्नुयात्॥७१॥

मीन लग्न में चन्द्रमा, मकर में मङ्गल, सिंह में सूर्य तथा कुम्भ राशि में शनि हो तो इस योग में यात्रा करने वाला मनुष्य कुबेर के समान धन अर्जित करने वाला होता है।।७१।।

मतिसखाश्रिततुङ्गपदोऽङ्गगो
गविकवीन्दुविदो मिहिरोऽजगः।
यदि गमी लभते परसंपदं
नरवरो रवरोधितशात्रवः।।७२।।

मतिसखेति। यदि अङ्गगो लग्नगतः श्रिततुङ्गपदः उच्चस्थानगतः एवंविधो मतिसखा गुरुः स्यात्। पुनः कवीन्दुविदः गवि शुक्रचन्द्रबुधाः वृषराशौ स्युः। पुनरजगो मेषराशिगतो मिहिरः सूर्यः स्यात्तदा गमी पुमान् परसंपदं शत्रुलक्ष्मीं लभते प्राप्नोति। किम्भूतो गमी नरवरः पुरुषश्रेष्ठः पुनः किम्भूतः रवेण शब्देन रोधिताः क्षुभिताः शात्रवा येन स रवरोधितशात्रवः॥७२॥

उच्चराशि (कर्क राशि) गत गुरु लग्न में, वृषराशि में शुक्र, चन्द्र और बुध तथा मेष राशि में सूर्य स्थित हो तो इस योग में यात्रा करने से नृप श्रेष्ठ अपने जयघोष से शत्रु सेना को अवरुद्ध करने वाला तथा शत्रु की सम्पत्ति को अधिकृत करने वाला होता है।।७२।।

अविकुलीरतुलाजितुमानि चेद्
विभुयुतानि समन्दमृगोदये।
शयगतैव गतस्य नुरिन्दरा
क्षितिभुजोऽतिभुजोत्कटतावतः।।७३।।

अवीति। चेद्यदि समदमृगोदये शनियुक्तमकरलग्ने विभुयुतानि निजस्वामिभिर्युक्तानि अविकुलीरतुलाजितुमानि मेषकर्कतुलामिथुनानि स्युस्तदा गतस्य प्रयाणकारकस्य नुः पुंसः शयगता एव हस्तगता एव इन्दिरा लक्ष्मीर्भवति। किम्भूतस्य नुः क्षितिभुजो भूमिभोक्तुः पुनः किम्भूतस्य अतिभुजोत्कटतावतः प्रलम्बभुजयोरुत्कटता तद्वतस्तद्युक्तस्य॥७३॥

शनि से युक्त मकर लग्न हो तथा मेष, कर्क, तुला और मिथुन राशियाँ अपने अपने स्वामियों से युक्त हों तो उस काल में यात्रा करने वाला अपने बाहुबल से लक्ष्मी (राज्य एवं धन) को हस्तगत करने वाला होता है।।७३।।

सविदि भीरुघने कविमानभेऽ-
नुमदराजगुरौ मतिमङ्गले।

गमनमाशु विधाय मतीनजे
वृणु नृवीर विरोधिजयश्रियम्।।७४।।

सविदीति। हे नृवीर नृणां मध्ये शूर त्वं विरोधिजयश्रियं शत्रुजलक्ष्मीं वृणु प्राप्नुया: किंकृत्वा आशु शीघ्रं गमनं विधाय कस्मिन् भीरुघने कन्यालग्ने सविदि बुधयुक्ते पुन: किम्भूते कविमानभे दशमभावे शुक्रे पुन: किम्भूते अनु पश्चात् मदराजगुरौ सप्तमभावे चन्द्रे गुरौ च पुन: मतिमङ्गले पञ्चमभावे भौमे पुन: मतीनजे पञ्चमभावे शनौ सति सर्वाणि भीरुघनेत्यस्य विशेषणानि।।७४।।

कन्या लग्न बुध से युक्त रहने पर अथवा दशमभाव में शुक्र के स्थित रहने पर, सप्तम भाव में चन्द्र और गुरु के रहने पर अथवा पञ्चमभाव में मङ्गल के रहने पर हे राजाओं में शूर-वीर तुम शीघ्र प्रस्थान कर शत्रु की राज्य लक्ष्मी का वरण करो। अर्थात् उक्त योगों में युद्ध यात्रा विजय एवं धन दोनों ही देनेवाली होती है।।७४।।

विमर्श— इस पद्य में कन्या लग्न के साथ ५ योग बतलाये गये हैं—

१. लग्न कन्या, लग्न में बुध।

२. लग्न कन्या, दशम भाव (मिथुन राशि) में शुक्र।

३. लग्न कन्या, सप्तम भाव (मीन राशि) में चन्द्र और गुरु।

४. लग्न कन्या, पञ्चम भाव (मकर राशि) में मंगल।

५. लग्न कन्या, पञ्चम भाव (मकर राशि) में शनि।

इन पाँचों योगों में की गई यात्रा विजय एवं धन को देने वाली होती है।

सुखमगोगतय: क्रतुकेन्द्रगा:
श्रितिविखोपचयर्क्षखला ग्रहा:।
यदि भवन्ति तदा गमकृज्जनोऽ-
सहनसंचितरायमिहाश्नुते।।७५।।

सुखेति। यदि सुखेन मीयन्ते इति सुखमा: 'सुखमा: सुखमानि शोभनं' इति हैम:। अथवा सुखमा: सौम्याश्च ते गोगतयो ग्रहाश्च ते सौम्यग्रहा: क्रतुर्नवमं केन्द्राणि एषु गता भवन्ति च पुन: खला ग्रहा: श्रितविखोपचयर्क्षा: दशमवर्जितेषु उपचयेषु गता भवन्ति विगतं खं दशमं येभ्य इति तदा गमकृत् गमनकारको जन: पुमान् इह जगति असहनै: शत्रुभि: संचितां मीलितां रायं लक्ष्मीं अश्नुते प्राप्नोति।।७६।।

प्रस्थान काल में शुभ ग्रह नवम भाव तथा केन्द्रभाव (१,४,७,१०) में गये हों तथा पापग्रह दशम भाव को छोड़कर शेष उपचय (३,६,११) भावों में स्थित हों तो इस योग में यात्रा करने वाला पुरुष शत्रु द्वारा सञ्चित की गई राज्य लक्ष्मी को प्राप्त करता है।।७५।।

योगाः कियन्तो नृपनामभूताः
प्रकीर्तिता ये भुवि हौरिकेयैः।
मयोदितास्ते त्वपरे विलोक्या
जयाय यातुः खलु जातकोक्ताः।।७६।।

योगा इति। हौरिकेयैः होराज्ञानविद्भिर्भुवि पृथ्व्यां ये नृपनामभूता राजसंज्ञका योगाः प्रकीर्तिताः मया ते कियन्तो योगाः खलु निश्चितं यातुः प्रयाणकारकस्य जयाय उदिता उक्ताः तु पुनरपरे योगा जातकोक्ता विलोक्याः।।७६।।

होराशास्त्र के विद्वानों ने संसार में जिन 'राज' संज्ञक राजयोगों का उल्लेख किया है, उनमें से यात्री को विजय प्रदान करने वाले कुछ योगों को मैंने भी यहाँ बतलाया है। इनके अतिरिक्त अन्य योगों को जातक शास्त्र से देखना चाहिए।।७६।।

राजयोगानामुपसंहारः—

महत्प्रयाणेऽखिलवर्णलोकै-
रमी प्रदृश्याः पृथुराजयोगाः।
तथा त्रिधाभ्यागमयानकाले
सर्वत्र भावस्थितिखेटयोगाः।।७७।।

अथ राजयोगानामुपसंहारमाह—महदिति। अखिलवर्णलोकैः चतुर्वर्णजनैरमी एते पृथुराजयोगाः महत्प्रयाणे प्रदृश्या विलोकनीयाः। तथा त्रिधाभ्यागमयानकाले त्रिविधसंग्रामप्रयाणसमये भावस्थितिखेटयोगाः द्वादशभावस्थग्रहयोगाः सर्वत्र विलोक्याः।।७७।।

बृहद् यात्रा में सभी वर्गों के लिए ये विशिष्ट राजयोग विचारणीय होते हैं। त्रिविध यात्रा में सर्वत्र द्वादशभावगत ग्रह स्थिति का भी विचार करना चाहिए।।७७।।

यात्रालग्ने द्वादशभावानां नामानि—

कलेवरं कोशभमस्त्रवाहने
मन्त्रोऽहितः पद्धतिरायुमानसे।
व्यापारभं लब्धिरलब्धिरित्यमी
भावा विचिन्त्या विबुधैर्गमोदयात्।।७८।।

अथ प्रयाणलग्ने द्वादशभावनामान्याह—कलेवरमिति। विबुधैरिति। अमी गमोदयाः प्रयाणोदया भावाः विचिन्त्या इति किं— तानाह। कलेवरं शरीरं कोशभं— भाण्डारगेहं धनभवनं अस्त्रं धानुष्कं वाहनं अनयोर्द्वन्द्वः— मन्त्र आलोडनं अहितः शत्रुः पद्धतिर्मार्गः आयुः मानसं चित्तम् अनयोर्द्वन्द्वः व्यापारः लब्धिः अलब्धिर्व्ययः।।७८।।

१. कलेवर (शरीर), २. धन, ३. अस्त्र, ४. वाहन, ५. मन्त्र (सम्मति), ६. शत्रु, ७. पद्धति (मार्ग), ८. आयु, ९. मनोवृत्ति (मन), १०. व्यापार, ११.

लाभ, १२. व्यय। इन बारह भावों का विचार विद्वानों को यात्राकालिक लग्न से करना चाहिए।।७८।।

यात्राकाले प्रथमभावफलम् —

सराजराजग्रहमन्दराहवो
गमोदयस्था विसृजन्ति चापदम्।
विराजसन्तोऽखिलसंपदं नृणा-
मशेषयाने सततं यियासताम्।।७९।।

अथ द्वादशभावेषु प्रयाणलग्ने प्रथमभावफलमाह—सराजेति। सह राज्ञा चन्द्रेण वर्तेते सराजौ च ते राजग्रहौ रविभौमो च मन्दः शनिश्चरः राहुश्च द्वन्द्वे चन्द्रयुक्तरविभौमशनिराहवो गमोदयस्थाः सततं निरन्तरं यियासतां गमनाभिलाषिणां नृपाणामापदं विसृजन्ति कुर्वन्ति कस्मिन्नशेषयाने समस्तप्रयाणे च पुनर्विराजः सन्तः शुभग्रहाः अखिलसम्पदं विसृजन्ति शेषं योज्यं इति प्रयाणलग्नप्रथमभावफलम्॥७९॥

यदि यात्राकालिक लग्न में चन्द्रमा के साथ राजग्रह (सूर्य और मंगल), शनि तथा राहु स्थित हों तो यात्रा करने वाले व्यक्ति के लिए आपत्तियाँ उत्पन्न करते हैं। यदि लग्न में शुभग्रह स्थित हों तो सभी प्रकार की सम्पत्तियों की उपलब्धि होती है।।७९।।

द्वितीयतृतीयभावयोर्फलम्—

शुभा गमर्द्धिं ददतीह सारगाः
सारं हरन्त्यन्यखगामिनो गमे।
सहोत्थगाः सर्वसमृद्धिदायिनोऽ-
निलाध्ववेगा निखिला उदीरिताः।।८०।।

अथ द्वितीयभावफलमाह—शुभेति॥ सारगाः धनभावस्थाः शुभाः शुभग्रहाः गमर्द्धिं प्रयाणलक्ष्मीं ददति कस्मिन्निह गमे प्रयाणे पुनरन्यखगामिनः पापग्रहाः धनस्थाः सारं द्रव्यं हरन्ति॥ अथ प्रयाणे तृतीयभावफलमाह। निश्चितं निखिलाः सर्वे अनिलाध्वनि मरुत्पथे आकाशे वेगो गमनं एषां ते ग्रहाः सहोत्थगाः सहजभावस्थाः सर्वसमृद्धिदायिन उदीरिता उक्ताः॥८०॥

द्वितीय (धन) भाव में यदि शुभग्रह स्थित हों तो यात्रा में धन का लाभ होता है तथा यदि पापग्रह धन भाव में हों तो यात्री के धन का अपहरण करने वाले होते हैं। तृतीय भाव में सभी (पाप एवं शुभ) ग्रह सभी प्रकार की समृद्धि देने वाले कहे गये हैं। अर्थात् तृतीय भाव में सभी ग्रह शुभ होते हैं।।८०।।

चतुर्थ-पञ्चम-षष्ठभावफलानि—

सन्तो वने शं वितरन्त्यशं परेऽ-
परेकवीज्येन्दुजतोऽपसिद्धये।

भवन्त्यपत्ये गमिनोऽभ्रगामिनो
विरोहिणीशा निखिला रिपौ हिताः।।८१।।

अथ प्रयाणे चतुर्थभावफलमाह—सन्त इति।। वने जले चतुर्थभावे सन्तः शुभग्रहाः शं सुखं वितरन्ति ददति परे अपरेऽशुभग्रहाः अशं दुःखं वितरन्ति।। अथ प्रयाणे पञ्चमभावफलमाह।। अपत्ये पञ्चमभावे कवीज्येन्दुजतः शुक्रगुरुबुधेभ्यः सकाशात् अपरेऽन्ये रविचन्द्रभौमशनयोऽपगता सिद्धिर्येभ्यस्तेऽपसिद्धयो निष्फला भवन्ति। अर्थात् शुक्रगुरुबुधा सिद्धिकारकाः भवन्ति।। अथ प्रयाणे षष्ठभावफलमाह।। रिपौ षष्ठभावे विरोहिणीशाश्चन्द्ररहिता अखिला अभ्रगामिनो ग्रहाः हितकारिणो भवन्ति गमिनः पुंस इति सर्वत्रापि योज्यम्।।८१।।

चतुर्थभाव में शुभग्रह सुख प्रदान करने वाले तथा अशुभग्रह कष्टदायक होते हैं। पञ्चम भाव में शुक्र-गुरु और बुध के अतिरिक्त सभी ग्रह अशुभ एवं कार्यनाशक होते हैं। अर्थात् पञ्चम भाव में केवल शुक्र, गुरु और बुध का ही रहना शुभकारक होता है। शेष सूर्य-चन्द्र-भौम-शनि-राहु और केतु की उपस्थिति हानिकर होती है। षष्ठभाव में चन्द्रमा को छोड़कर शेष सभी ग्रह हितकारक होते हैं।।८१।।

सप्तमाष्टमभावयोर्फलम्—

जयं दधत्यार्यविदिन्दवो मदे
मदं परे पालयितुं सुशक्तयः।
न यानजं चात्तरिवित्सितोऽङ्गिरा
गिराप्तये चात्तृकृतोऽपरे ग्रहाः।।८२।।

अथ प्रयाणलग्ने सप्तमभावफलमाह—जयमिति। मदे सप्तमभावे आर्यविदिन्दवो गुरुबुधचन्द्राः जयं दधति पुष्णन्ति पुनर्मदे सप्तमेऽपरे रविभौमशुक्रशनयो यानजं प्रयाणप्राप्तं पुमांसं पालयितुं रक्षणाय न सुशक्तयो न समर्था भवन्ति गन्ता नरः क्षयं यातीत्यर्थः। अथ प्रयाणेऽष्टमभावफलमाह।। अत्तरि मृत्यौ अष्टमभावे विद् बुधः सितः शुक्रः च पुनरङ्गिरा गुरुश्चैते गिराप्तये वाणीप्राप्तये देशलब्धये वा भवन्ति 'गीस्तु वाचि सरस्वत्यां दुर्गायां ककुभि स्मृता' इति महीपः।। च पुनरष्टमे भावेऽपरे ग्रहा अतृकृतो मृत्युकारकाः स्युः।।८२।।

सप्तम भाव में गुरु-बुध और चन्द्र यात्रा में विजय प्रदान करने वाले होते हैं, शेष सूर्य-भौम-शुक्र और शनि यदि सप्तम भाव में हों तो यात्रा में संलग्न व्यक्ति की सुरक्षा में वे समर्थ नहीं होते। अर्थात् यात्रा में अनिष्टकर होते हैं। यात्राकालिक लग्न से अष्टमभाव में बुध-शुक्र और गुरु अभीष्ट दिशा में पहुँचाने वाले होते हैं इनके अतिरिक्त शेष सूर्य-चन्द्र-भौम और शनि अष्टम भाव में हों तो यात्री के लिए मृत्यु (कष्ट) कारक होते हैं।।८२।।

नवमदशमयोर्फलम्—

नेनैनिराजारतमांसि भाग्यं
भाग्याश्रितानीह दिशन्ति यातुः।
सिद्ध्यै परेऽर्कारयमा नभःस्था-
स्त्वपाटवायागुशुभाः शुभाः स्युः।।८३।।

अथ प्रयाणे नवमभावफलमाह—नेनैनीति। इनः सूर्यः ऐनिः शनिः राजा चन्द्रः आरो भौमः तमो राहुः एषां द्वन्द्वे एतानि तमःशब्दस्य राहो पुंनपुंसकत्वादत्र नपुंसकत्वमिति। एते ग्रहा यातुर्नरस्य इह गमने भाग्यं पुण्योदयं न दिशन्ति न ददतीत्यर्थः। किम्भूतानि इनैनिराजार तमांसि भाग्याश्रितानि नवमभावगतानि।। अपरे बुधगुरुशुक्राः सिद्ध्यै स्युः। अथ प्रयाणे दशमभावफलमाह।। नभस्थाः दशमभावस्था अर्कारयमा रविभौमशनयोऽपाटवाय रोगाय स्युः 'मान्द्यं व्याधिरपाटवम्' इति हैमः।। तु पुनः अगुश्च शुभाश्चेति द्वन्द्वेऽगुशुभाः राहुशुभग्रहाः शुभाः समीचीनाः स्युः।।८३।।

सूर्य-शनि-चन्द्र-भौम और तमो ग्रह (राहु-केतु) यदि यात्राकालिक लग्न से नवम भाव में स्थित हों तो यात्री का भाग्योदय नहीं करते अर्थात् अशुभ फलकारक होते हैं। इनके अतिरिक्त शेष बुध-गुरु और शुक्र नवमभाव में अभीष्ट सिद्धि देने वाले होते हैं। दशम भाव में स्थित सूर्य-भौम और शनि रोगकारक होते हैं। राहु, केतु तथा समस्त शुभग्रह दशम भाव में शुभकारक होते हैं।।८३।।

आयव्ययभावयोर्फलम्—

सर्वे समीरायनचारिणो गमे
फलागमध्यै च फलागमाश्रयाः।
व्ययाश्रयाराजखलाः खलव्ययं
तन्वन्ति गामार्यकवीन्दुजा नृणाम्।।८४।।

अथ प्रयाणे एकादशभावफलमाह—सर्व इति। इति समीरायने आकाशे चारिणो ग्रहाः सर्वे नृणां फलागमध्यै फललाभसम्पदे स्युः।। किम्भूता ग्रहाः फलागमाश्रया एकादशभावस्थिताः कस्मिन् गमे प्रयाणे। अथ प्रयाणे द्वादशभावफलमाह।। खल निश्चितं व्ययाश्रयाः व्ययभवनगता राजखलाश्चन्द्रपापग्रहा व्ययं तन्वन्ति पुनर्व्ययगता आर्यकवीन्दुजाः गुरुशुक्रबुधाः गां दीप्तिं सुखं वा तन्वन्ति।।८४।।

यात्राकालिक लग्न से एकादश (लाभ) भाव में सभी आकाशचारी ग्रह यात्री के लिए लाभप्रद होते हैं। व्यय (द्वादश) भागवत चन्द्रमा एवं समस्त पापग्रह यात्री के व्यय में वृद्धि करने वाले तथा गुरु-शुक्र और बुध द्वादशभाव में हों तो तेज और सुख को बढ़ाने वाले होते हैं।।८४।।

ग्रहानुकूलं न्यूनाधिकफलम्—

त्रिकोणकेन्द्रेद्युसितज्ञमन्त्रिणा-
मेकेनयोगोऽल्पफलोऽधियोगकः ।
द्वाभ्यां तथा मध्यफलत्रिभिर्भवेद्-
योगाधियोगोऽतिफलो यियासताम्।।८५।।

अथ न्यूनाधिकयोगे न्यूनाधिकफलमाह—त्रिकोणेति। त्रिकोण ९,५ केन्द्रेषु १,४,७,१० सितज्ञमन्त्रिणां शुक्रबुधगुरूणां मध्ये एकेन सह योग उच्यते सोऽल्पफलोऽल्पं फलं यस्मात् स तथा द्वाभ्यामधियोगकोऽधिकयोगो मध्यफलो भवेत्तथा त्रिभिर्योगाधियोगो योगाधिकयोगोऽधिफलोऽधिकफलदायको भवेत्। यियासतां गमनाभिलाषिणाम्।।८५।।

यात्रालग्न से त्रिकोण (५,९) तथा केन्द्र (१,४,७,१०) भावों में शुक्र-बुध और गुरु इनमें से किसी एक ग्रह का योग हो तो अल्प फल, किन्हीं दो ग्रहों की युति हो तो अधियोग होता है जो मध्यम फलकारक है। यदि तीनों ग्रहों की युति हो तो उत्तम फलकारक योगाधियोग होता है।।८५।।

शकुनविचारः—

उदीरितानेहसि योगयात्रा
यात्रा विधेयोक्तमुहूर्तकाला ।
सैवोत्तमा स्याच्छकुनैरतोऽहं
ब्रुवे मुहूर्ताञ्छकुनाननेकान् ।।८६।।

अथ शकुनसन्धानमाह—उदीरितेति।। उदीरितानेहसि कथितकाले यात्रा प्रयाणं विधेया पुम्भिरिति शेषः।। किम्भूता यात्रा योगयात्रा शुभगान्विता पुनः किम्भूता उक्तमुहूर्तकाला उक्तो मुहूर्तकालो यस्याः सेति सा यात्रा शकुनैरुत्तमा श्रेष्ठा स्यादतः कारणादहमनेकाञ्छकुनान् ब्रुवे कथयामि।।८६।।

पूर्वोक्त कालों (मुहुर्त्तों) एवं शुभ योगों से युक्त समयों में (त्रिविध) यात्रा करनी चाहिए। पूर्व बतलाये गये मुहूर्त्त (शुभ कारक) भी शकुनों से युक्त होकर विशेष फलदायी एवं उत्तम हो जाते हैं। अतः विविध प्रकार के शकुनों का भी वर्णन यहाँ कर रहा हूँ।।८६।।

वारक्रमेण यामार्द्धाः—

अहीन्दुबाणद्विभवानुमं
हरेर्हरेरिभद्वीन्दुदिनाङ्कमं दिने।

रामागमाभूधरनन्दभानुदिक्-
नृपप्रमं यामदलं वरं कुजे।।८७।।

अथात्र काव्यद्वयेन सप्तवाराणां यामार्द्धान्याह—अहीति।। हरेः सूर्यस्य दिनेऽहिरष्टमं ८ इन्दुः प्रथमं १ बाणः पञ्चमं ५ द्वौ द्वितीयं २ भव एकादशं ११ एषां द्वन्द्वे एभिरनुमीयते तत् एतत्प्रमाणं यामार्द्धं वरं शुभं स्यात्।। एवं हरेश्चन्द्रस्य दिने इभोऽष्टमं ८ द्वौ द्वितीयं २ इन्दुः प्रथमं १ दिनः पञ्चदश १५ अङ्को नवमं ९ एभिर्माः प्रमाणं यस्य तत् एतद्यामार्द्धं वरं स्यात्। कुजे भौमवारे रामास्तृतीयं ३ आगमाश्चतुर्थं ४ भूधराः सप्तमं ७ नन्दाः नवमं ९ मानवो द्वादशं १२ दिग् दशमं १० नृपाः षोडशं १६ एभिः प्रमा प्रमाणं यस्या तद्यामार्द्धं वरं स्यात्।।८७।।

रविवार को अष्टम, प्रथम, पञ्चम, द्वितीय और एकादश (ग्यारहवाँ) यामार्द्ध शुभ होता है। सोमवार को आठवाँ, दूसरा, पहला, पन्द्रहवाँ तथा नवम यामार्द्ध शुभ होता है। भौमवार को तीसरा, चौथा, सातवाँ, नवाँ, बारहवाँ, दशवाँ तथा १६वाँ यामार्द्ध शुभ होता है।।८७।।

दृगङ्गदिङ्मं विदि गोऽष्टदृग्द्युदिक्-
बाणानुमं मन्त्रिणि वोशनोऽहनि।
तिथीन्द्रविश्वाहिदिगक्षतर्कमं
यमेऽक्षगोरुद्रदिगिन्द्रभूपमम्।।८८।।

दृगमिति।। विदि बुधवारे दृग् द्वितीयं २ अङ्गानि षष्ठं ६ दिग् दशमं १० एतत्प्रमं यामार्द्धं वरं स्यात्।। मन्त्रिणि गुरुवारे गौर्नवमं ९ अष्टौ अष्टमं ८ दृग् द्वितीयं २ द्यु पञ्चदशं १५ दिग् दशमं १० बाणाः पञ्चमं एभिरनुमीयते तदनुमं यामार्द्धं वरं स्यात्। उशनोऽहनि शुक्रवारे तिथिः पञ्चदशं १५ इन्द्रश्चतुर्दशं १४ विश्वे त्रयोदशं १३ अहिरष्टमं ८ दिग् दशमं १० अक्षाणि पञ्चमं ५ तर्काः षष्ठं ६ एभिर्मा प्रमाणं यस्य तत् यामार्द्धं वरं स्यात्।। यमे शनिवारे अक्षाणि पञ्च ५ गौर्नवमं ९ रुद्र एकादशं ११ दिग् दशमं १० इन्द्रश्चतुर्दशं १४ भूपः षोडशं १६ एभिः प्रमं यामार्द्धं वरं स्यात्।।८८।।

बुधवार को दूसरा, छठा एवं दशवाँ यामार्द्ध शुभ होता है। गुरुवार को नवाँ, आठवाँ, दूसरा, पन्द्रहवाँ, दशवाँ तथा पाँचवाँ यामार्द्ध शुभ होता है। शुक्रवार को पन्द्रहवाँ, चौदहवाँ, आठवाँ, दशवाँ, पाँचवाँ तथा छठा यामार्द्ध शुभ होता है। शनिवार को पाँचवाँ, नवम, ग्यारहवाँ, दशवाँ, चौदहवाँ तथा सोलहवाँ यामार्द्ध शुभ होता है।।८८।।

विमर्श :— एक अहोरात्र में १६ यामार्द्ध होते हैं। ४ याम (प्रहर) दिन में तथा ४ याम रात्रि में इस प्रकार कुल आठ याम और इनके आधे तुल्य १६ यामार्द्ध होते हैं। प्रत्येक वारों में शुभाशुभ यामार्द्धों के सरलता पूर्वक ज्ञान के लिए चक्र देखें।

यामार्द्धचक्र

यामार्द्ध	रवि	सोम	भौम	बुध	गुरु	शुक्र	शनि
१	शुभ	शुभ	×	×	×	×	×
२	शुभ	शुभ	×	शुभ	शुभ	×	×
३	×	×	शुभ	×	×	×	×
४	×	×	शुभ	×	×	×	×
५	शुभ	×	×	×	शुभ	शुभ	शुभ
६	×	×	×	शुभ	×	शुभ	×
७	×	×	शुभ	×	×	×	×
८	शुभ	शुभ	×	×	शुभ	शुभ	×
९	×	शुभ	शुभ	×	शुभ	×	शुभ
१०	×	×	शुभ	शुभ	शुभ	शुभ	शुभ
११	शुभ	×	×	×	×	×	शुभ
१२	×	×	शुभ	×	×	×	×
१३	×	×	×	×	×	शुभ	×
१४	×	×	×	×	×	शुभ	शुभ
१५	×	शुभ	×	×	शुभ	शुभ	×
१६	×	×	शुभ	×	×	×	शुभ

पञ्चस्वरा में अर्धयामेश साधन की विधि इससे भिन्न बतलाई गई है। यथा—

दिवाषट्कक्रमेणैव रात्रौ पञ्चक्रमेण च।
वारेशादर्धयामानां पतयः कीर्तिता बुधैः।। १.५४

दिवा पञ्चदशमुहूर्त्ताधिपाः—

भवाहिमित्रादिभुवो वसूदके
विश्वे विधिः को हरिरिन्द्रपावकौ।
रक्षोऽम्बुपालार्यमयोनयो दिने
भवन्त्यमी पञ्चदशक्षणाधिपाः।।८९।।

अथैकस्मिन्नेव दिने पञ्चदशमुहूर्ताधिपानाह—भवेति।। भव ईशः आर्द्रा १ भुजगः सर्पोऽश्लेषा २ मित्रः सूर्योऽनुराधा ३ आदिभुवः पूर्वजा मघा ४ एषां द्वन्द्वे बहुवचनं वसवो धनिष्ठा ५ उदकं जलं पूर्वाषाढा अनयोर्द्वन्द्वे द्विवचनं विश्वे उत्तराषाढा ७ विधिरभिजित् ८ को ब्रह्मा रोहिणी ९ हरिरिन्द्रो ज्येष्ठा १० इन्द्रपावकौ शक्राग्नी विशाखा ११ रक्षो मूलं १२ अम्बुपालो वरुणः शतभिषक् १३ अर्यमा उत्तराफाल्गुनी १४ योनिः पूर्वाफल्गुनी १५ अमी पञ्चदश क्षणाधिपा मुहूर्तनायकाः दिने वासरे भवन्ति। स्वामित्वसम्बन्धात् नक्षत्राणि लिखितानि तानि च मुहूर्तसंज्ञानि अग्रे कार्यत्वात्।।८९।।

१. शिव (आर्द्रा), २. सर्प (आश्लेषा), ३. मित्र (अनुराधा), ४. पितृ (मघा), ५. वसु (धनिष्ठा), ६. जल (पूर्वाषाढा), ७. विश्वेदेव (उत्तराषाढ़ा), ८. विधि (अभिजित्), ९. ब्रह्मा (रोहिणी), १०. इन्द्र (ज्येष्ठा), ११. इन्द्राग्नी (विशाखा), १२ राक्षस (मूल), १३. वरुण (शतभिषक्), १४. अर्यमा (उत्तराफल्गुनि) तथा १५. भग (पूर्वाफल्गुनि), ये क्रम से दिन में १६. मुहूर्त्तों के अधिपति होते हैं।।८९।।

रात्रौ पञ्चदशमुहूर्त्ताधिपाः—

शाजाङ्घ्र्यहिर्बुध्न्यकपूषदस्रा-
यमानलाजेन्द्वदितीन्द्रवन्द्याः।
जिनो रविस्त्वष्टमहाबलाख्या
निशि क्षणेशास्तिथिमाःसदा स्युः।।९०।।

अथ शार्दूलविक्रीडितेन रात्रौ पञ्चदशमुहूर्ताधिपानाह—शाजेति। शः शिवः १ अजाङ्घ्रिरजपादः २ अहिर्बुध्न्यकः ३ पूषा ४ दस्रो ५ यमः ६ अनलोऽग्निः ७ अजो ब्रह्मा ८ इन्दुः ९ अदितिः १० इन्द्रवन्द्यो गुरुः ११ जिनो विष्णुः १२ रविः १३ त्वष्टा १४ महाबलाख्यो वायुः १५ 'पृषदश्वो महाबलः' इति हैमः। एषां द्वन्द्वे बहुवचनं सदा निशि रात्रौ एते क्षणेशाः मुहूर्तनायकास्तिथिमा पञ्चदशसंख्याः स्युरत्रापि नक्षत्राणि ग्राह्याणि।।९०।।

१. शिव (आर्द्रा), २. अजपाद् (पूर्वाभाद्रपदा), ३. अहिर्बुध्न्य (उत्तराभाद्रपदा), ४. पूषा (रेवती), ५. दस्र (अश्विनी), ६. यम (भरणी), ७. अग्नि (कृत्तिका), ८. ब्रह्मा (रोहिणी), ९. चन्द्र (मृगशिरा), १०. अदिति (पुनर्वसु), ११. गुरु (पुष्य), १२. विष्णु (श्रवण), १३. रवि (हस्त), १४. त्वष्टा (चित्रा) तथा १५. वायु (स्वाती) ये क्रम से रात्रि में १५ मुहूर्त्तों के अधिपति बतलाये गये हैं।।९०।।

रव्यादिवारेषु त्याज्यमुहूर्त्ताः—

आर्यम्णस्तरणौ विधौ विधिलवो रक्षो लवः क्ष्माजनौ
पैत्र्यो धौमनिकेतनः क्षण इमेऽसद्रौहिणेयेऽष्टमः।
जीवे यातुजलक्षणावुशनसि ब्राह्मयाग्रजो भास्करौ
शार्वो वैषधरो गमे बुधवरैर्हेयास्तथा मङ्गले।।९१।।

अथ रव्यादिवारेषु त्याज्यमुहूर्त्तानाह—आर्येति। तरणौ रविवारे अर्यम्णः सूर्यस्यायं आर्यम्णो लवो मुहूर्तो हेयस्त्याज्य एवं विधौ चन्द्रवारे विधिलवो रक्षोलवश्च द्वौ पुनः क्ष्माजनौ भौमवारे पैत्र्यः पूर्वजलवः १ धौमनिकेतनोऽग्निसम्बन्धिलव इमौ द्वौ पुना रौहिणेये बुधवारेऽष्टमभिजिदसद्दुष्टं पुनर्जीवे गुरुदिने यातु राक्षसो जलं च तौ क्षणौ लवौ पुनरुशनसि शुक्रवारे ब्राह्म्याग्रजौ ब्रह्मपूर्वजसम्बन्धिलवौ पुनर्भास्करौ शनिवारे शार्वो रुद्रसम्बन्धिलवश्च बुधवरैरिमे लवा गमे प्रयाणे तथा मङ्गले विवाहादौ हेयास्त्याज्याः॥९१॥

रविवार को अर्यमा का (चौदहवाँ) मुहूर्त्त, सोमवार को विधि (आठवाँ) एवं राक्षस (बारहवाँ) मुहूर्त्त, भौमवार को पितृ (चौथा) एवं अग्नि (रात्रि में सातवाँ) मुहूर्त्त, बुधवार को आठवाँ (अभिजित्) मुहूर्त्त, गुरुवार को राक्षस (बारहवाँ) एवं जल (छठा) मुहूर्त्त, शुक्रवार को ब्रह्मा (नवाँ) एवं पितृ (चौथा) मुहूर्त्त तथा शनिवार को शिव (पहला) एवं सर्प (दूसरा) मुहूर्त्त का विद्वानों ने यात्रा एवं मङ्गल कार्यों में निषेध किया है। अर्थात् ये मुहूर्त्त वारक्रम से त्याज्य हैं।।९१।।

मुहूर्त्तानामुपयोगः—

यद्धिष्ण्यं हि यथा गतौ विकलितं तस्मिंस्तदीये क्षणे।
यानं मानपरं गमे भवति नो मध्ये क्षणे दक्षिणम्।।
यायाच्चापरदिक्षु तत्र गमनं सिद्ध्यै सदा या क्रिया।
यस्मिन्भे गदिता तदृक्षविरहे स्यात्तत्क्षणेऽपीष्टदा।।९२।।

अथैषां व्यवहारमाह—यद्धिष्ण्यमिति। हि निश्चितं यद्धिष्ण्यं नक्षत्रं यथा गतौ गमने निगदितं तथा तस्मिन् नक्षत्रे तदीये क्षणे तस्य नक्षत्रस्य लवे यानं प्रयाणं मानपरं श्रेष्ठं भवेत्। कस्मिन् गमे पुनः पुमान् मध्ये क्षणेऽभिजिन्मुहूर्ते दक्षिणां दिशं नो यायात्। च पुनस्तत्राभिजिन्मुहूर्तेऽपरदिक्षु दक्षिणावर्जितदिक्षु गमनं सिद्ध्यै स्यात्। पुनर्यस्मिन् भे नक्षत्रे सदा या क्रिया गदिता प्रोक्ता पुनस्तदृक्षविरहे तत्क्रियोक्तनक्षत्राभावे तत्क्षणे तस्य नक्षत्रस्य मुहूर्तेऽपि सा क्रिया इष्टदा स्यात्॥९२॥

जिस नक्षत्र में यात्रा प्रशस्त बतलाई गई है। उसी नक्षत्र के मुहूर्त्त में यात्रा करना श्रेष्ठ होता है। मध्यक्षण अर्थात् अभिजित् मुहूर्त्त में दक्षिण दिशा में यात्रा नहीं करनी चाहिए। दक्षिण दिशा के अतिरिक्त अन्य सभी दिशाओं में यात्रा सिद्धिदायक होती है। (यात्रा के अतिरिक्त) अन्य जिस कार्य के लिए जो नक्षत्र प्रशस्त कहे गये हैं, उन नक्षत्रों के अभाव में उन नक्षत्रों के मुहूर्त्त में कार्य करना इष्ट साधक होता है।।९२।।

मुहूर्त्तानां कालनिर्णयः—

मिश्रैरलोलः प्रथमाह्नि भैः क्षणै-
र्न दारुणैर्मध्यदिनेऽपराह्णके।
क्षिप्रैः प्रदोषे मृदुभिस्तमीदले
क्रूरैर्निशान्ते च चलैर्गमो भवेत्।।९३।।

अथोपजात्या प्रयाणे क्षणनक्षत्रैः कालनिर्णयमाह—मिश्रैरिति।। प्रथमाह्नि पूर्वाह्नकाले मिश्रैरलोलैः स्थिरैर्भैर्नक्षत्रैर्गमो गमनं न मध्यदिने दारुणैः क्षणैर्भैर्गमो न पुनरपराह्नके क्षिप्रैः क्षणैर्भैर्गमो न पुनः प्रदोषे यामिनीमुखे मृदुभिर्गमो न स्यात्। च पुनस्तमोदलेऽर्द्धरात्रे क्रूरैर्गमो न पुनर्निशान्ते चरैर्गमो न भवेत्।।९३।।

दिन के पूर्व भाग (पूर्वाह्न) में मिश्र संज्ञक एवं स्थिर संज्ञक नक्षत्रों के मुहूर्त्त में, मध्यदिन (मध्याह्न) में दारुण संज्ञक नक्षत्रों के मुहूर्त्त में, अपराह्न में क्षिप्रसंज्ञक नक्षत्रों के मुहूर्त्त में, प्रदोषकाल (सन्ध्या समय मृदुसंज्ञक) नक्षत्रों के मुहूर्त्त में, अर्धरात्रि में क्रूरसंज्ञक नक्षत्रों के मुहूर्त्त में तथा निशान्त (उषाकाल) में चर संज्ञक नक्षत्रों के मुहूर्त्त में यात्रा नहीं करनी चाहिए।।९३।।

मतान्तरम्—

इति प्रसन्नास्तु विशेषकालत-
स्तारा:समस्ता गमने बभाण यः।
अतोऽन्यकालानुगतास्तदन्वया-
न्मतं तदीयं यदनुद्धतं बत।।९४।।

अथात्र कस्यचिन्मतमाह इति प्रसन्नेति।। यः कश्चित् गमने प्रयाणे तुरित्यवधारणे विशेषकालतः समस्तास्तारा नक्षत्राणि बभाण जगौ किम्भूतास्तारा इति प्रकारेण प्रसन्ना निर्दोषाः अतः कारणात् पुनः किम्भूतास्तारास्तदन्वयात्तत्सद्भावात् अन्यकालानुगता अन्यसमयप्राप्ताः बत वितर्के यतः कारणात्त्वदीयं मतमनुद्धतं नीतिगतम्।।९४।।

यात्रा में जिन दोषरहित नक्षत्रों का कालविशेष के अनुसार उल्लेख किया गया है। उन समस्त नक्षत्रों का अन्य काल में अभाव होने पर आचार्योक्त उक्तमत सर्वथा समीचीन है। अर्थात् अभीष्ट नक्षत्र के अभाव में उस नक्षत्र के मुहूर्त्त में कार्य करना भी उचित पक्ष है।।९४।।

दक्षिणे शुभशकुनानि-

दधिघृतफलमीनक्षौद्रगोरोचनाब्ज-
ध्वजमुकुरपयोन्नोष्णीषभृङ्गारवीणाः।
कुसुमधवलधान्यच्छत्रशङ्खाञ्जनास्त्र-
ज्वलदनलनृयानेभाश्वशुक्लोऽक्षकन्याः।।९५।।

अथ मालिन्या काव्यत्रयेण दक्षिणगान् शुभसूचकशकुनानाह—दधीति।। दधि घृतं फलानि मीनो मत्स्यः क्षौद्रं मधु गोरोचना गोपित्तं औषधिश्च अब्जं कमलं ध्वजः पताका मुकुरो दर्पणः पयो दुग्धं अन्नं उष्णीषं मुकुटः 'भृङ्गारः कनकालुका' इति हैमः।। शुक्लकुम्भ इति रत्नमाला।। वीणा घोषवती कुसुमानि पुष्पाणि धवलधान्यं छत्रं शङ्खः अञ्जनं कज्जलं अस्त्रं धनुरादि ज्वलदनलो निर्धूमोऽग्निः नृयानं शिविका इभो हस्ती अनुन्मत्तः अश्वो घोटकः शुक्लोऽक्षः श्वेतवृषभः अबद्धः कन्या कुमारी एषां द्वन्द्वे।।९५।।

दधि, घृत, फल, मछली, मधु, गोरोचन, कमल, पताका, दर्पण, दुग्ध, अन्न, पगड़ी, भृङ्गार (कलश), वीणा, पुष्प, श्वेत अन्न, छत्र, शङ्ख, अञ्जन, अस्त्र, प्रज्वलित अग्नि, पालकी, हाथी, अश्व, श्वेतवृषभ एवं कन्या यात्रा के समय दक्षिण भाग में शुभ होते हैं।।९५।।

फलकुशवसुसिद्धार्थाक्षतच्छागमृत्सनाः
सजलकलशवेश्यारत्नभद्रासनानि।
नकुलसुरभिभूषाव्यालभक्ष्याखुविप्राः
सतनयवनिता व्याघ्राटकीरेक्षुभूपाः।।९६।।

फलेति।। फलानि मदनफलानि कुशो दर्भः वसु द्रव्यं सिद्धार्थः श्वेतसर्षपः अक्षता लाजाः छागोऽजः मृत्स्ना शुभमृत्तिका सजलकलशो जलपूर्णकुम्भः वेश्या गणिका रत्नानि भद्रासनं सिंहासनं नकुलः सुरभिर्धेनुः भूषालङ्कारः व्यालभक्ष्या मयूराः आखुः मूषकः विप्रौ द्वौ वहवो वा नत्वेकः सतनयवनिता पुत्रसहितस्त्री व्याघ्राटो भारद्वाजपक्षी कीरः शुकः इक्षुः अखण्डितदण्डः भूपो राजा एषां द्वन्द्वे।।९६।।

फल, कुश, द्रव्य, पीली सरसों, अक्षत (चावल या लाजा), बकरी, शुद्ध मिट्टी, जलपूर्ण कलश, वेश्या, रत्न, सिंहासन, नेवला, गौ, आभूषण, सर्पभक्षक (मयूर), मूषक, विप्र, पुत्र के साथ स्त्री, भारद्वाज पक्षी, शुक्र, ईख तथा राजा दक्षिण में यात्राकाल में शुभ होते हैं।।९६।।

दूर्वाकरीषाङ्कुशदीपकौषधीः
समिच्च धौताम्बरवर्धमानकौ।
दृष्ट्वेह वद्धैकपशुर्गमे नये-
देतान्यभीष्टान्यपसव्यगानि तु।।९७।।

अथोपजात्याह—दूर्वेति। दूर्वा करीषः गोमयं अंकुशः औषधिः आसां समाहारद्वन्द्वे एकत्वं च पुनः समित् एधः तु पुनः धौताम्बरः प्रक्षालितवस्त्रो रजकः वर्द्धमानकः शरावः। यदुक्तं श्रीहर्षकविना 'भ्रमयत्यमितं विदर्भजाननीराजनवर्द्धमानकं' इति।। अथवा बहुपुत्रादिपरिवारयुतः पुरुषः बद्धैकपशुः रज्ज्वादिना बद्धएकादिश्छागः इह गमे प्रयाणे पुमान् एतानि शकुनानि अभीष्टानि दृष्ट्वापसव्यगानि दक्षिणगतानि नयेत् कुर्यात्।।९७।।

दूर्वा, शुष्कगोमय (कण्डी), अंकुश, दीपक, औषधि, समिधा, धुला हुआ वस्त्र, बर्द्धमानक (थाली) तथा बँधा हुआ एक पशु, इन यात्राकालिक अभीष्ट शकुनों को देखकर इन्हें दक्षिण भाग में कर के यात्रा करना चाहिए अर्थात् शकुन दाहिने हो तो शुभ होते हैं।।९७।।

अन्यशकुनानि—

मृदङ्गभेरीमृदुशङ्खनादा-
न्वेदध्वनिं मङ्गलगीतघोषान्।

श्रीवाद्यवीणानकवेणुशब्दान्
श्रुत्वा च याता लभते गमर्द्धिम्।।९८।।

अथ वाद्यशकुनान्याह—मृदङ्गेति। याता पुमान् गमर्द्धिं प्रयाणलक्ष्मीं लभते प्राप्नोति किंकृत्वा मृदङ्गः मुरजः भेरी दुन्दुभिः मृदुर्मर्दलमृत्यादिवादित्रं शङ्खः कम्बुः एषां द्वन्द्वे एषां शब्दान् च पुनर्वेदध्वनिं पुनर्मङ्गलगीतघोषान् पुनः श्रीवाद्यं वीणा घोषवती आनकः पटहः वेणुर्वंशः एषां द्वन्द्वे एषां शब्दान् श्रुत्वा। वाद्यभेदो बहुधा यतो मृदङ्गो मृण्मयः काष्ठमयश्चेत्यादौ तेन सुधिया विचार्य पुनरुक्तदूषणा एका शंका हेया॥९८॥

मृदङ्ग, भेरी, मर्दल (ढोल), शङ्ख इन वाद्यों की ध्वनि, वेदमन्त्रोचार, माङ्गलिक गीतध्वनि, श्रीवाद्य (शङ्ख), वीणा, आनक (नगाड़ा) तथा बाँसुरी के शब्दों को सुनकर यात्रा करने से लक्ष्मी (धन) की प्राप्ति होती है।।९८।।

वामभागस्थशुभशकुनानि—

रलाबला शूकरिका शिवा पिका
कपोतकी क्रौञ्च्यनुगन्धमूषिका।
स्यात्पिङ्गला वासकगोधिका सदा
यियासतां वामविभागगा वरा।।९९।।

अथ वामभागगतशकुनान्याह—रलेति। रलाबला आरे काशंकाषी लोडी अथवा जन्तुविशेषः शूकरिका 'सूकरी' इति भाषा। शिवा शृगाली पिका कोकिला कपोतकी पारावती क्रौंची अनु पश्चात् गन्धमूषिका 'छुछुन्दरी गन्धमुख्या' इति हैमः। पिंगला भैरवी चीवरी भाषा आवासकगोधिका गृहगोधिका यियासतां पुंसां वामविभागगा एषा सदा वरा स्यात्॥९९॥

रलाबला (विशेष पक्षी), सूकरी, शृगाली, कोकिला, कबूतरी, क्रौञ्ची (मादा क्रौञ्चपक्षी), छुछुन्दरी, पिंगला, (भैरवी पक्षी) तथा छिपकली सदैव यात्राभिलाषी (यात्री) के वाम भाग में शुभ होती हैं।।९९।।

पुनः दक्षिणभागस्थशुभशकुनानि—

भासो मृगश्छिक्करपिप्पलाख्याः
श्रीकण्ठशाखामृगपुष्कराख्याः।
शुभा यियासोरपसव्यगाः स्यु-
र्वशाभिधा ये पतगास्तथा ते।।१००।।

अथ दक्षिणगतशुभशकुनान्याह—भासेति। भासः शकुन्तपक्षिविशेषः 'भासे शकुन्तको यष्टौ' इति हैमः। मृगः छिक्करो मृगविशेषः पिप्पलश्चटकविशेषः ऋक्षो भल्लूकः श्रीकण्ठः चाषः शाखामृगो वानरः पुष्कराख्यः कुरंकर इति हैमः। यियासोर्गमिष्यतः पुंस एते अपसव्यगा दक्षिणगताः शुभाः स्युः। तथा पुनर्ये वशाभिधाः स्त्रीसंज्ञकाः पतङ्गाः पक्षिणस्तेऽपि दक्षिणगाः शुभाः॥१००॥

भास पक्षी, मृग, छिक्कर (मृगजाति का पशु), पिप्पल (नीलकण्ठ की जाति का पक्षी), नीलकण्ठ, बन्दर तथा सारसपक्षी यात्री के दक्षिण भाग में शुभ होते हैं। इनमें स्त्री संज्ञक पशुपक्षी भी दक्षिण भाग में ही शुभ होते हैं।।१००।।

प्रवेशनिर्गमकालयोः शकुनम्—

निशाटनारिष्टकपोतदुर्गा-
गोमायवाध्रीणसरासभाख्याः ।
विनिर्गमे वामगता वराः स्यु
प्रवेशने दक्षिणभागसंस्थाः ।।१०१।।

अथ निर्गमे प्रवेशे च शकुनविवेकतामाह—निशेति। निशाटो घूकः अरिष्टः काकः कपोतो रक्तलोचनः दुर्गा देवसंज्ञिका गोमायुः सृगालः वाध्रीणसः खड्गी रासभाख्य एते विनिर्गमे वामगता वराः स्युः। पुनः प्रवेशने दक्षिणभागसंस्था वराः स्युः।।१०१।।

उल्लू, कौवा, कबूतर, दुर्गा (देव संज्ञकपक्षी), शृगाल, गैंडा एवं गधा, निर्गम के समय (घर से निकलते समय) वाम भाग में तथा (अभीष्ट स्थान में) प्रवेश के समय दक्षिण भाग में शुभ होते हैं।।१०१।।

शस्ता यदा यान्ति वनौकसो मृगा-
स्तदौजसंख्यानुमिताः प्रदक्षिणम्।
गमे गमो यानकृतामुताङ्गिना-
मशेषयानाखिलभेदसिद्धये ।।१०२।।

अथ विषमसंख्यया शकुनान्याह—शस्तेति। यदा वनौकसो वानरा मृगाश्च ओजसंख्याप्रमाणा यानकृतां नराणां गमे प्रयाणे दक्षिणभागं यान्ति तदा शस्ताः स्युः। उत वितर्के यानकृतामङ्गिनां गमोऽशेषयानाखिलभेदसिद्धये स्यात्।।१०२।।

विषम संख्यक वन्य प्राणी (बन्दर आदि) एवं मृग यदि यात्रा के समय दक्षिण भाग में जाते हुए दिखलाई पड़ें तो यात्रा करने वाले व्यक्ति यात्रा सम्बन्धी समस्त क्रियाओं की सिद्धि करने वाले होते हैं।।१०२।।

अशुभशकुनानि—

असिद्धये यानकृतां गुडौषधि-
क्लीबाहितैलास्थिवसोपलाहिताः ।
पिचव्यजम्बालतुषामयिश्रमि-
प्रभ्रष्टचर्मप्रतिरूपभूतयः ।।१०३।।

अथ काव्यद्वयेनाशुभशकुनान्याह—असिद्धेति। यानकृतां पुंसामसिद्धये निष्फलाय एते स्युस्तानाह। गुडः इक्षुरसः औषधं क्लीबो नपुंसको अहिः सर्पः तैलं अस्थिवसा मेदः 'तेजोजे गौतमं वसा' इति हैमः।। उपलः पाषाणः अहितः शत्रुः एषां द्वन्द्वः

पिचव्यः कार्पासः 'कार्पासस्तु वादरः स्यात्पिचव्यः' इति हैमः जम्बालः पङ्कः तुषो धान्यकोशः 'तुषो बुधासे कडङ्गर' इति हैमः। आमयी रोगी श्रमी क्लमयुक्तः प्रभ्रष्टो विकलः चर्मप्रतिरूपभूतिः चर्मकारः॥१०३॥

गुड़, औषधि, नपुंसक, सर्प, तैल, अस्थि, चर्बी, पाषाण-खण्ड, कपास, पङ्क (कीचड़), भूसी, रोगी, श्रमिक (थका मजदूर), विकलाङ्ग तथा चर्मकार यात्रा के समय यात्री के कार्य को असिद्ध करने वाले होते हैं। अर्थात् ये यात्रा में अशुभ शकुन हैं।।१०३।।

आम्लं कटुक्षारतृणान्धभस्मभृ-
त्प्ररोषिनग्नाङ्गविमुक्तकेशिनः ।
क्षुधालुवन्ध्यारजका रजस्वला
विण्मूत्रगोधाशशदारुजाहकाः ।।१०४।।

आम्लमिति। आम्लं कटु क्षारः तृणानि घासः अन्धो गताक्षः भस्मभृत् भस्मधारी प्ररोषी क्रोधी प्ररोधी इति पाठान्तरं नग्नाङ्गो वस्त्ररहितः विमुक्तकेशिनोऽसंयतकेशाः क्षुधालुः क्षुधितः वन्ध्या रजको निर्णेजकः रजस्वला ऋतुयुक्तास्त्री विट् विष्टा मूत्रं गोधा निहाका गोधिका शशः दारु काष्ठं जाहको गात्रसंकोची॥१०४॥

अम्ल (खट्टा पदार्थ), कटु, क्षार (नमकीन), घास, अन्धा व्यक्ति, भस्मधारी, क्रोधी व्यक्ति, नग्न (वस्त्रहीन), बिखरे बालों वाला, क्षुधा से पीड़ित, बन्ध्या स्त्री, धोबी की स्त्री, रजस्वला स्त्री, विष्ठा, मूत्र, गोधा, खरगोश, लकड़ी तथा जाहक (संकोची पशु, साही) यात्रा के समय अशुभ होते हैं।।१०४।।

इहासितान्नं जिनलोहतस्करा
विनासिकाङ्गारखरोष्ट्रवाहनाः।
कुजस्त्वयोजीवनफाण्टमाहिषा
मुण्डो भुगेतानि भवन्त्यसम्पदे।।१०५।।

इहेति। असितान्नं कृष्णधान्यं अजिनं चर्म लोहं तस्कराः विनासिकः छिन्ननासिकः अङ्गाराः अग्निनार्द्धदग्धाः खरवाहनः उष्ट्रवाहनः कुब्जो हीनाङ्गः तु पुनरयोजीवनो लोहकारः फाण्टं तक्रं माहिषः कासारः महिषारूढो वा मुण्डः केशरहितः भुक् भक्षकः एतानि शकुनानि व्यसम्पदे दुःखाय भवन्ति॥१०५॥

काला अन्न, चर्म, लोहा, चोर, नासिकारहित पुरुष, अङ्गार (अग्निपिण्ड), गधे और ऊँट पर सवार व्यक्ति, कुबड़ा, लोहार, तक्र (मट्ठा), भैंस पर सवार व्यक्ति, मुण्डित (सिरमुडाया) व्यक्ति तथा अधिक भोजन करने वाला व्यक्ति ये सब यात्रा के समय असम्पत्तिकारक होते हैं। अर्थात् ये सभी अशुभ एवं कष्टप्रद होते हैं।।१०५।।

आवासदाहं स्खलितं च रोषतां
कुटुम्बवादं धनहानिमार्तवम्।

भुगाहवं कासरसङ्गरं गमे
ह्यवाप्यकष्टं नखिदष्टमेति ना।।१०६।।

अथाशुभसूचकशकुनान्याह—आवासेति। ना पुमान् गमे प्रयाणे कष्टमेति प्राप्नोति किंकृत्वा आवासदाहं गृहज्वलनं स्खलितं वाहनादीनां स्खलनं रोषतां क्रोधत्वं कुटुम्बवादं कुटुम्बे परस्परकलहं धनहानिं आर्तवं स्त्रीधर्म भुगाहवं भक्षकयुद्धं कासरसङ्गरं महिषयुद्धं नखिदष्टं सारमेयादिदंष्ट्राविदीर्णं चावाप्य प्राप्य हीत्यवधारणे।।१०६।।

आवास दाह (गृह का जलना), गिरना (वाहन या ऊँचाई से गिरना), क्रोध, पारिवारिक कलह, धनहानि, स्त्री का रजोधर्म, भोजन प्रेमियों का युद्ध, भैसों का परस्पर युद्ध तथा कुत्ते आदि पशु द्वारा किसी वस्तु का विदारण यात्रा के समय दिखलाई पड़े तो यात्रा में कष्ट होता है।।१०६।।

नखिध्वनिं च क्षुतमत्र रोदनं
भस्त्रास्वनं दारुविदारणस्वनम्।
अय:शिलाताडनमोतुकृद्रवं
श्रुत्वैति याता परिपन्थिविग्रहम्।।१०७।।

अथाशुभशकुनान्याह—नखीति। अत्र याता पुमान् परिपन्थिविग्रहं शत्रुकलहमेति 'दुर्हृत् परिपन्थिकपन्थिनौ' इति हैमः। किं कृत्वा नखिध्वनिं नखरायुधानां शब्दं च पुनः क्षुतं छिक्कां रोदनं भस्त्रास्वनं चर्मप्रसेविकायाः शब्दं दारुविदारणस्वनं भिद्यमानकाष्ठशब्दमयः शिलाताडनं लोहशिलाकुट्टनं ओतुकृद्रवं बिडालविहितशब्दं च श्रुत्वा।।१०७।।

नख से प्रहार करने वाले (व्याघ्र आदि हिंसक) पशुओं की ध्वनि, छींक, रोने का शब्द, चमड़े की भाथी का शब्द, लकड़ी काटने की आवाज, लोहे से पत्थर पीटने की ध्वनि (चक्की आदि कूटने का स्वर) तथा बिल्ली का शब्द सुनकर यात्रा करने वाले व्यक्ति के साथ शत्रुओं से कलह (युद्ध) होता है।।१०७।।

समुद्यते गन्तुमरं नरे स्यात्-
स्वप्नोविरुद्धो यदि दुष्टभाषणम्।
गुरोरनाज्ञान्यविरोधवार्ता
तदा गमो नागमहेतुरङ्गिनः।।१०८।।

अथ विरुद्धस्वप्नादीनशुभशकुनान्याह—समुद्यत इति। अरं शीघ्रं यदि चेत् नरे पुंसि गन्तुं समुद्यतेऽत्युद्यमवति विरुद्धो दुष्टः स्वप्नः स्यादथवा दुष्टभाषणं वा गुरोः पित्रादेरनाज्ञा मा व्रज इति लक्षणा वा अन्यविरोधवार्ताऽन्यैः सह विद्वेषवार्ता स्यात्तदा गमः प्रयाणमङ्गिनः पुंसोऽनागमहेतुः पुनरनावर्तनहेतुः अलाभहेतुर्वा स्यात्।।१०८।।

अतिशीघ्र यात्रा के लिए उद्यत व्यक्ति के सम्बन्ध में कोई दुष्टस्वप्न दिखलाई दिया हो, अथवा किसी से कटु सम्भाषण हो गया हो, गुरूजन (माता-पिता-गुरु

आदि श्रेष्ठ व्यक्ति) से यात्रा हेतु आज्ञा न प्राप्त हो (निषेध किया जाय), किसी अन्य व्यक्ति से विरुद्ध वार्ता (कलह) हो जाय तो ऐसी स्थिति में यात्रा निष्फल होती है।।१०८।।

अशुभस्थानगतशकुनानि—

याङ्गारगाशा ज्वलिता च धूमिता
तदाश्रिता ये शकुनाः शकुन्तजाः।
कुर्युस्तदाशाभ्रमवारवर्णतो
विवर्णभावं गमनं यियासुषु।।१०९।।

अथाङ्गारादिदिगाश्रितान् शकुनान्निष्फलान् दर्शयति—याङ्गारेति। या आशा दिग् अङ्गारगा ज्वलिता धूमिता चास्ति तदाश्रिताः तया दिशा आश्रिता ये शकुनाः शकुन्तजाः पक्षिजाता भवेयुस्ते शकुना यियासुषु पुंसु गमनं विवर्णभावं कुर्युः। कस्मात्तदाशाभ्रमवारवर्णतः सा च आशातदाशा तस्यां भ्रमो यस्य स चासौ वारश्च तस्य वर्णतो रागात् 'वैवर्ण्यं कालिकाथाश्रु' इति हैमः। पुनरमुनैवोक्तं रघुवंशे 'विवर्णभावं स स भूमिपालः' इति। अथ ग्रन्थान्तरादङ्गारादिलक्षणानि लिख्यन्ते।

राजन्यन्तार्द्धयामादि यावद्यामार्द्धर्क दिने।
एवं यामोदयो भानुः पूर्वाद्यष्टदिशो भ्रमेत्।।१।।

दिनरात्रिप्रमाणेन याममानं तु तद्भवेत्।
तन्मानेन भ्रमेद्भानुर्दिशोऽष्टौ प्रहराष्टके।।२।।

स्याज्ज्वालिनी सूर्ययुक्ता दग्धा च रविणोज्झिता।
गम्या धूमवती ज्ञेया तिस्रो दीप्ता इमा दिशः।।३।।

ताभ्यः पञ्चमिका यास्ताः शान्तास्तिस्रः प्रकीर्तिताः।
शेषं दिशाद्वयं मिश्रं यथासन्नस्वभावकम्।।४।।

विषुवत्संस्थिते सूर्ये ज्वालिनी वासवी दिशा।
दग्धाशा शांकरी ज्ञेया धूमिता पावकी मता।।५।।

कर्काद्यंशगते सूर्ये ज्वालिनी वासवी दिशा।
दग्धा सोमदिशा ज्ञेया शक्राशा धूमिता तदा।।६।।

मकराद्यंशके सूर्ये पावकी ज्वालिनी भवेत्।
सहस्राक्षदिशा दग्धा यमाशा धूमिता भवेत्।।७।।

वासरान्ताष्टभागे च निशाद्यप्रहरार्द्धके।
ज्वलत्यपि गता गम्या दग्धा धूमवती दिशा।।८।।

अशुभाः स्युर्दिशो दीप्ताः शुभाः शान्ताः प्रकीर्तिताः।
यद्दिशां द्वितयं मिश्रं यथासन्नफलं च यत्।।९।।

ज्वलिताद्यष्टकाष्ठानां प्रमाणार्थं भणाम्यहम्।
सूर्यवारवशाच्चक्रं दिग्विशेषकदम्बकम्॥१०॥

चतुरस्रं भवेच्चक्रं मध्येऽष्टदिग्विभेदनम्।
सप्त सप्त लिखेद्रेखास्तद्बाह्ये दिक्चतुष्टये॥११॥

चक्रे बाह्ये भवत्येवं समास्तत्र समन्विता:।
भागा रेखान्तरालस्थाश्चतुर्विंशतिसंख्यका:॥१२॥

दिक्प्राच्यां सप्तरेखासु स्थाप्या द्वादश राशय:।
कर्कादिमिथुनान्तास्ता दक्षिणोत्तरमार्गगा:॥१३॥

विषु: स्यान्मध्यरेखायां तुलामेषाद्यवासरे।
भवेदीशानरेखात: कर्काद्यं दक्षिणायनम्॥१४॥

भवत्याग्नेयरेखातो मकराद्युत्तरायणम्।
एवं तच्छेषरेखासु राशीनां स्याद्द्विकं द्विकम्॥१५॥

रेखारेखान्तराले च त्रिंशद्भागान् प्रकल्पयेत्।
राशित्रिंशद्विभागास्ते चक्रदिशाङ्कभोजका:॥१६॥

भागैर्नवतिसंख्यैस्तैर्दिगेकैका भवेदिह।
तदर्द्धांशैर्दिशार्द्धं स्यात्त्रिभागं त्रिंशदंशकै:॥१७॥

कुम्भार्द्धं पश्चिमं मीनमेषवृषादिमण्डलम्।
एवं प्राची नवत्यंशैर्भानावुत्तरचारिणि॥१८॥

वृषार्द्धं पश्चिमं कामकर्क्कसिंहादिमण्डलम्।
एतैर्नवतिसंख्यांशैर्जायते शाङ्करी दिशा॥१९॥

सिहार्द्धं पश्चिमं कन्या तुले वृश्चिकप्राग्दिशम्।
पुन: प्राची भवत्येतै: सूर्ये दक्षिणचारिणि॥२०॥

वृश्चिकान्त्यदले चाथ मृगे कुम्भादिमण्डलम्।
दिगाग्नेयी भवत्येतैर्भागैर्नवतिसंख्यकै:॥२१॥

एवं राशिवशाद्भानुर्यत्र स्यात् त्रिंशदंशकै:।
तत: पूर्वांशपृष्ठांशान् दहेत् पञ्चाब्धिसंख्यया॥२२॥

ज्वलत्षष्ठांशापृष्ठथा दग्धाशा: खाङ्कसंख्यया।
ज्वलत्पूर्वांशकाग्रस्था नवत्यंशाश्च धूमिता:॥२३॥

यद्दिने यत्र राश्यंशे विषुवादौ स्थितो भवेत्।
उदयायि तदंशादि याति सव्येन भास्कर:॥२४॥

घुरश्मिना तथा वाम: कृत्वा पलमयं च तत्।
नवत्याप्तपलैर्भुक्तिरेकैकांशस्य जायते॥२५॥

एवं यामवशाद् भानुर्यत्र काष्ठांशके स्थितः।
तत्रोक्तांशकमानेन दिग् ज्वाला दग्धधूमिता॥२६॥

चक्रमध्ये भवेन्मेरुः सूर्यस्तस्य प्रदक्षिणम्।
भूमावहर्निशं भुङ्क्ते दिशोऽष्टौ प्रहराष्टके॥२७॥

अन्योन्यमार्गचारेण भानुर्याति दिने दिने।
एवं भवति मार्गाणामशीत्या संयुतं युतम्॥२८॥

तद्दिने मार्गतो गत्वा रविर्यस्यां दिशि स्थितः।
ततः प्रभृति नामानि विज्ञेयानि दिशाष्टके॥२९॥

ज्वलिता धूमिता छाया जला कर्दमिता धरा।
भस्माङ्गारवती ज्ञेया सूर्ययुक्ता दिशा क्रमात्॥३०॥

वधो बन्धः सुखं राज्यं लाभः क्षेमं भयं रुजः।
ज्वलिताद्यासु काष्ठासु फलं स्याच्छकुनोदये॥३१॥

ज्वलितादिदिशैकैका त्रिधा ज्ञेया क्रमेण तु।
तासां नामानि वक्ष्येऽहं चतुर्विंशतिसंख्यया॥३२॥

ज्वलिता ज्वालिनी ज्वाला चैवं प्रज्वालिनी त्रिधा।
संधुक्षिता च धूमान्धा धूमिनी च त्रिधा परा॥३३॥

छाया मिश्रा च शुभ्रा च त्रिधा छाया दिशा मता।
शीतला हैमकी चैत्र तुषारी च जला त्रिधा॥३४॥

गडुला च कला पङ्का चेति कर्दमितात्रयम्।
सस्नेहा शाद्वला शेषा चैवं च त्रिविधा धरा॥३५॥

रेणुश्च भस्म तापः स्यादिति भस्मान्वितात्रिकम्।
दग्धा दाहा निदाघी च चैवमङ्गारिणी त्रिधा॥३७॥

चतुर्विंशति नामानि प्रोक्तानि च क्रमेण तु।
पृथक् पृथक् फलं चासां वक्ष्यते शकुनोदये॥३७॥

घातं मृत्युं रुजं चैव बन्धनं हानिविभ्रमौ।
मोहं चैव सुखं लोभं धनार्तिं राज्यमुन्नतिम्॥३८॥

अभिषेकं तथा राजप्रसादं पुत्रसम्पदम्।
स्त्रीलाभं भोगवृद्धिं च विदेशं निग्रहं तथा॥३९॥

भगं चैव तथा काष्ठं सन्तापं शोकमेव च।
प्राप्नुवन्ति क्रमादेवं शकुनान्मानवाः फलम्॥४०॥

प्रोक्तं यत्प्रहराष्टके रविदशादग्धादिकाकाष्ठकं
तस्यैकैकदशास्त्रिधा क्रमवशाद्भेदाश्चतुर्विंशतिः।

तेषां नामनिदानभावजफलं विन्दन्ति ये शाकुने
ते जानन्ति फलस्य तस्य विवरं हालाहलं चामृतम्॥४१॥

इति दिशाप्रकरणं ग्रन्थान्तरादवधेयम्।।९।।

जो दिशा अङ्गार से युक्त, ज्वलित एवं धूमित हो (अर्थात् जिस दिशा में अङ्गार, प्रज्वलित अग्नि और धूम दिखलाई पड़ता हो) उस दिशा में पक्षियों से उत्पन्न शकुन लक्षित हों तो वे दिशा एवं यात्राकालिकवार के साथ अपने गुणों के विरुद्ध यात्राभिलाषी व्यक्ति के लिए विवर्णभाव (निराशा) उत्पन्न करने वाले होते हैं अर्थात् शकुन भी निष्फल होते हैं।।१०९।।

शुभस्थानगतशकुनानि—

छायोरजध्वजसुभूरुहतोरणेषु
क्षीरद्रुमाम्बुनिकटेषु मनोहरोर्व्यां।
प्राप्ताः प्रसन्नकलशाः शकुना यियासो-
रारामशालसुरभूकुलशान्तदिक्षु ।।११ ।।

अथ वसन्ततिलकेन शुभस्थानेषु प्राप्तशकुनान् दर्शयति—छायेति॥ छायाऽनातपः उरजं गृहं ध्वजः पताका सुभूरुहः शुभवृक्षः तोरणं एषां द्वन्द्वे एषु पुनः क्षीरद्रुमो राजादनादिः अम्बु जलं निकटं समीपदेशः एषु पुनर्मनोहरोर्व्यां शुभभूमौ पुनः आराम उपवनं शालो वृक्षः प्राकारश्च सुरकुलं चैत्यं भूकुलं नद्यादितटं शान्तदिशो ज्वलितादित्रयात् अन्यदिशः शान्ता आसां द्वन्द्वे तासु एतत्स्थानेषु प्राप्ता लब्धाः शकुना यियासोर्नरस्य प्रसन्नेन हर्षेण कलेन मनोहरशब्देन शं सुखं येभ्यस्ते प्रसन्नकलशाः स्युः॥११०॥

छाया, गृह, ध्वज, शुभ वृक्ष, तोरण, क्षीरद्रुम (दूध वाले वृक्ष) तथा जल के समीप, मनोहर (शुभ) भूमि में, उद्यान में, शालवृक्ष, चैत्य (चतुष्पथ स्थित विशाल पिप्पल वृक्ष) नदी तट एवं शान्त दिशाओं में दिखाई पड़ने वाले शकुन यात्राभिलाषी पुरुष के लिए प्रसन्नता एवं सुख प्रदान करने वाले होते हैं।।११०।।

अशुभस्थानगतलक्षणानि—

भस्मास्थिशुष्कपतितद्रुमदग्धभिन्न-
क्षोणीरुहावकरकण्टकिविड्रसासु।
आहुः सदा शकुनमार्यवरा निरर्थं
व्यर्थं तथाप्यशकुना गमनं प्रकुर्युः।।१११।।

अथाशुभस्थानेषु लब्धशकुनं व्यर्थं दर्शयति—भस्मेति॥ आर्यवराः शाकुनिका बुधाः सदा शाकुनं निरर्थं निष्फलमाहुः कासु भस्म रक्षा अस्थि शुष्कः पतितश्च द्रुमः दग्धो भिन्नो विदारितश्च क्षोणीरुहो वृक्षः अवकरः कण्टकी बदर्यादिवृक्षः विड् विष्ठा रसा भूमिः एतासु तथाऽशकुना अपि गमनं व्यर्थं प्रकुर्युः॥१११॥

भस्म, अस्थि (हड्डी), सूखा एवं गिरा हुआ वृक्ष, जला हुआ या कटा हुआ वृक्ष, अवकर, कटीले (बेर आदि के) वृक्ष तथा विष्ठा से युक्त भूमि पर देखे गये शकुनों को सदैव श्रेष्ठ विद्वानों ने निरर्थक ही बतलाया है। अपशकुन एवं अशुभ स्थानों में दृष्ट शुभशकुन भी यात्रा को निष्फल ही करते हैं।।१११।।

पोतकीशकुनम्—

शान्ताश्रयो मिथुनताण्डवभक्ष्य चञ्चु-
तारप्रयाणयमदिग्रववार्विलासा: ।
वामस्वनच्छदविलाससुशालरोहा:
श्यामाविचेष्टितमिहाभिमुखीति रम्यम् ।।११२।।

अथ पोतकीशकुनमाह—शान्तेति।। इह प्रयाणेऽभिमुखी श्यामा पोतकी दुर्गादेवी इति नामान्तराणि इति विचेष्टितं रम्यं सिद्धं कार्यं गमिन इति शेष:। किम्भूता श्यामा शान्ताश्रया शान्ता: शुभा आश्रया: स्थानानि यस्या: सा। यथोक्तं ग्रन्थान्तरे 'प्रासाद: पर्वतो हर्म्यं प्राकारो मन्दिरं मठ:। यन्त्रिकाघलकं यन्त्रं प्रतोली विद्यावेश्मकी।। सत्रागारं प्रपा गोष्ठं गोगृहं नवगोमयम्।। कोष्ठागारं गृहं कोशं टंकशाला घटीगृहं।' इत्यादि श्लोकैरष्टाविंशत्यधिकशतं मितानि शान्तस्थानानि उक्तानि। शुभस्थानमिता इत्यर्थ:। अथवा शान्तदिगाश्रिता श्लिष्टार्थेनेत्यपिशब्दार्थ:। पुन: किम्भूतं श्यामाविचेष्टितं मिथुनेति मिथुनं दम्पत्योर्द्वन्द्वं ताण्डवं नर्तनं भक्ष्ये चञ्चुर्भक्ष्यचञ्चु: तार: शुभनाद: 'तारोत्युच्चैर्ध्वनि:' इति हैम:। प्रयाणमदिग्रव: प्रयाणात् दक्षिणदिशि शब्द: वार्षु जलेषु विलास: क्रीडनं एता: चेष्टा: यस्या: सा समासे समग्रपदं पुन: किम्भूतं। श्यामाचेष्टितं वामेति वामे भागे स्वन: अथवा वामो मनोहर: स्वन: शब्द: यस्या: छदेषु पर्णेषु विलास: क्रीडा यस्या: सा सुशाले शुभवृक्षे रोह: आरोहणं यस्या: सा समासे समग्रपदम्। अथवा इति श्यामाचेष्टितं शुभमितीति किं शान्ताक्षयमित्यादि शान्ताश्रयो मिथुनेति वामस्वन इति च पाठोपि शुभ:। यत: 'उत्साहसन्मुखत्वं च सम्मुखं शुभवीक्षणम्। उत्फुल्लास्यप्रसन्नत्वं रोमाञ्चोत्नर्तनं धृति:।।१।। औदार्यं स्थिरता धैर्यं प्रकटत्वं सकामता। उद्यम: खेलनं प्रीतिरुच्चाश्रयसुनादता।।२।। एभिरष्टादशैर्भेदैर्भाव: शान्तोऽभिधीयते इति ग्रन्थान्तरेप्युक्तम्।।११२।।

यात्रा के समय सम्मुख शान्त (शुभ) स्थान में स्थित पोतकी का मिथुन, नृत्य, वेग से परस्पर चोंचों का भक्षण, शब्द करते हुए दक्षिण (दाहिने) दिशा में प्रस्थान, जलक्रीडा, वाम भाग में शब्द करते हुए पत्तों में क्रीडा, सुन्दर शालवृक्ष पर आरोहण, ये समस्त चेष्टायें अत्यन्त शुभ होती हैं।।११२।।

अतोऽन्यथा चेष्टितमीप्सितापहं
दुर्गाकृतं यायिनि पुंसि सन्ततम्।
समस्तयानेष्वपि शाकुनं नयं
प्रद्रष्टुमर्हं गमकामसिद्धये।।११३।।

अथ श्यामादुश्चेष्टितमशुभं दर्शयति— अत इति।। उक्तचेष्टितात् अन्यथा विपरीतचेष्टितं दुर्गाकृतं सततं सदा ईप्सितापहमभिलषितघातकं भवति कस्मिन् यायिनि गमनशीले पुंसि यत: 'पराङ्मुखत्वं संकोचो मुखबन्धोऽध ईक्षणम्। वैकल्यं सैन्यता निद्रानाशश्वासौ विचेष्टिता।।१।। वियोगो विस्वरत्वं च नीचस्थानाश्रमस्थिता। अध: पातोऽङ्गभङ्गश्च कम्पनं धूननं त्रयम्।।२।। एभिरष्टादशैर्भेदैर्भावो दीप्तोऽभिधीयते। दुष्टोऽसौ शोभने कार्ये दीप्ते दीप्तविनाशक:।।३।। इति शकुननिर्णयं शाकुनं नयं समस्तयाने सर्वप्रयाणे प्रद्रष्टुमर्ह योग्यं स्यात्। किमर्थं गमकामसिद्धये गमनकार्यफलाप्तये।।११३।।

पोतकी की उक्त चेष्टाओं से भिन्न चेष्टायें यात्रा करने वाले पुरुष की अभिलाषाओं का नाश करने वाली होती हैं। सभी प्रकार की यात्राओं में यात्रा के उद्देश्य की पूर्ति के लिए शकुनविधान का अवश्य विचार करना चाहिए।।११३।।

यात्राकाले दुष्टशकुनानां परिहार:—

प्राणायामानत्र पञ्चस्मरन्ना
यायादाप्ते शाकुने वै विरुद्धे।
दिङ्मान्कृत्वैवं द्वितीये तृतीये
घस्त्रप्रख्यान्नो चतुर्थे गम: स्यात्।।११४।।

अथ शालिन्या गमनसमये दुष्टे शकुने जाते यत्कर्तव्यं तदाह—प्राणेति।। वै पादपूर्तौ तत्र गमने ना पुमान् विरुद्धे दुष्टे शाकुने आप्ते जाते सति पञ्चप्राणायामान् श्वासोच्छ्वासरोधनानि स्मरन् यायात् गच्छेत्। प्राणायामस्तु यत: 'दक्षिणे रेचयेद् वायुं वामेन पूरितोदरम्। कुम्भेन धारयेन्नित्यं प्राणायामं विदुर्बुधा:'।।१।।इति।। अन्तर्गतेष्टदेवभावना इत्यर्थ:।। एवं द्वितीये वारे गमने विरुद्धे शकुने सति दिङ्मान दशसंख्यान् प्राणायामान् कृत्वा गच्छेत्। एवं तृतीये वारे घस्त्रप्रख्यान् पञ्चदशसंख्यान् कृत्वा गच्छेत्। एवं चतुर्थे वारे विरुद्धे शकुने गम: प्रयाणं न स्यात्।।११४।।

यात्राकाल में विपरीत (अशुभ) शकुन उपस्थित हो जाने पर तीन बार प्राणायाम कर यात्रा करनी चाहिए। यदि द्वितीय बार भी अपशकुन दीख जाय तो १० बार तथा तीसरी बार भी अपशकुन दीखे तो १५ बार प्राणायाम कर यात्रा करनी चाहिये। यदि चौथी बार भी अपशकुन दिखाई पड़ जाय तो यात्रा नहीं करनी चाहिए।।११४।।

उत्पादर्शने परिहार:—

उल्कापातोपप्लवस्फूर्जथुस्त्वे
धराकम्पे गर्जितेऽकालजेऽब्दे।
शम्पापाते वैकृतेऽगादिभूते
पक्षं हित्वाऽतो महद्यानमाहु:।।११५।।

अथोत्पातादौ प्रयाणविलम्बं दर्शयति— उल्केति।। आर्या: अत उत्पातात् पक्षं हित्वा त्यक्त्वा महद्यानं वृद्धप्रयाणमाहु: कथयन्ति। कस्मिन् सति उल्कापात आकाशात् ज्वालापतनम् उपप्लव उपराग: स्फूर्जथुर्वज्रनिर्घोष: 'अतिभी: स्फूर्जथुर्ध्वनि:' इति हैम:।। अकस्मात् खे महाशब्दो जायते स स्फूर्जथु: स्मृत: एषां भावे त्वप्रत्ययस्तस्मिन् पुनर्धाराकम्पे भूकम्पने पुनरकालजेऽब्दे मेघे गर्जिते सति पुन: शम्पापाते विद्युत्पाते 'चलाशम्पाऽचिरप्रभा' इति हैम:। पुनरगादिभूते वृक्षादिभूते वैकृते विकृतिभावं प्राप्ते सति।।११५।।

उल्कापात (आकाश से ज्वालापिण्ड का पतन), ग्रहण, आकस्मिक आकाश में निर्घोष (बादलों के गर्जन सदृश ध्वनि), भूकम्प, अकालवृष्टि, विद्युत् पतन (आकाश से बिजली गिरना) तथा वृक्षादि स्थिर पदार्थों में विकार उत्पन्न होने पर (आकस्मिक विकृति दीखने पर) १ पक्ष (१५ दिन) छोड़कर बृहद् यात्रा करने के लिए आचार्यों ने कहा है।।११५।।

मङ्गलादिकार्ये यात्रानिषेध:—

गमो विवाहाननमङ्गलागमे
नस्यात्समाशोचनकालसम्भवे ।
समागतै: श्रोत्रियमित्रराजभि-
र्वा तन्निवृत्तौ क्रियते गमोद्यत: ।।११६।।

अथोपजात्या इष्टादिवस्तुनि समागते प्रयाणविलम्बं दर्शयति—गम इति। गम: प्रयाणं न स्यात् कस्मिन् विवाहाननमङ्गलागमे उद्वाहमुखमङ्गलकार्ये समागते पुन: समाशोचनकालसम्भवे मृतकसमये प्राप्ते सति पुन: कै: श्रोत्रियमित्रराजभि: छान्दसमित्रनृपै: समागतैरायातैर्वा कृत्वेति तन्निवृत्तौ मङ्गलादिसम्पूर्णे श्रोत्रियादिस्वस्थानगते गमोद्यम: क्रियते पुंसेनि शेष:।।११६।।

विवाहादि मङ्गलकार्यों के उपस्थित होने पर, सूतक में, वैदिक मित्र एवं राजा के आगमन पर तब तक बृहद् यात्रा का निषेध किया गया है जब तक ये सभी कार्य निवृत्त नहीं हो जाते।।११६।।

केतुदर्शने यात्रानिषेध:—

हरित्यमौ केतुरुदेति यस्या
मियादिलार्योऽरिजयाय तस्याम्।
न तूदयाद्वादशधिष्ण्यकाले
पुच्छभ्रमाशं गमनं तथैव।।११७।।

अथोदितकेतुदिशि प्रयाणविलम्बं दर्शयति—हरितीति।। यस्यां हरिति दिशि असौ केतुरुदेति तस्यां दिशि असौ इलार्यो भूपो न इयात्र गच्छेत्। कस्मै अरिजयाय कस्मिन् सति उदयद्वादशधिष्ण्यकाले केतोरुदयादारभ्य द्वादशधिष्ण्यकाल: द्वादशराशिकाल:

कोऽर्थः केतूडुगमराशितः सप्तविंशतिनक्षत्रचक्रे चन्द्रपरिवर्तनं यावत्तस्मिन् तु पुनः पुच्छभ्रमाशं पुच्छभ्रमणदिग्गतं गमनं तथैव तावत्कालं न स्यात्॥११७॥

जिस दिशा में केतु (पुच्छल तारा) उदय हो उस दिशा में शत्रु पर विजय की अभिलाषा से राजा को १२ राशि के भोगकाल तक अर्थात् १ मास पर्यन्त यात्रा नहीं करनी चाहिए। इसी प्रकार की केतु की पुच्छ की दिशा में भी १ मास पर्यन्त यात्रा नहीं करनी चाहिए।।११७।।

प्रस्थानविधानम्—

सुशुद्धिलब्धिर्गमवासरे यदा
गन्तुं न शक्नोति यथा दशावशात् ।
प्रस्थानयानं प्रवसेद्विधाय राड्
समध्यभद्रं फलसिद्धिहेतुमत् ॥११८॥

अथ प्रस्थानमोचनं दर्शयति—सुशुद्धीति॥ यदा स राट् नृपः शुद्धिलब्धौ सत्यां गमवासरे प्रयाणदिने गन्तुं न शक्नोति कस्मात् यथादशावशात् यथावस्थावशात्तदा नृपः प्रस्थानस्य यानं प्रयाणं विधाय प्रस्थानं कृत्वा प्रवसेत् पथिकभावेन गृहे तिष्ठेदित्यर्थः। किम्भूतं प्रस्थानयानं मध्यभद्रं मध्ये भद्रं कल्याणं यस्य तत् पुनः किम्भूतं फलसिद्धिहेतुमत् वतुप्प्रत्ययः॥११८॥

यात्रा हेतु शुद्ध समय प्राप्त होते हुए (अर्थात् नियत मुहूर्त्त में) यदि किसी कारण विशेष से यात्रा सम्भव न हो तो, पूर्व निश्चित समय में प्रस्थान रखकर (यात्रा निमित्त किसी वस्तु का मार्ग में स्थापन कर) राजा को यात्री के भाव से अपने गृह में निवास करना चाहिए। प्रस्थान भी यात्रा में कल्याणकारी एवं फलसिद्धिकारक होता है।।११८।।

प्रस्थानस्थापने मर्यादा—

बृहद्गमे चापशतावधेर्विदु-
र्धनुःशतार्धात्तु समे निजस्थितेः।
प्रस्थानमूर्ध्वं विबुधा वरं मितेऽ-
स्त्रेपञ्चविंशत्यवधेःस्वयं कृतम्।।११९।।

अथ प्रस्थानमोचने मर्यादामाह—बृहद्गम इति॥ विबुधाः पण्डिताः बृहद्गमे चापशतावधेः धनुःशतादूर्ध्वमग्रे प्रस्थानं वरं विदुः। एवं तु पुनः समे प्रयाणे शतार्द्धात् पञ्चाशद्धनुःपदाद् ऊर्ध्वं पुनर्मिते लघुप्रयाणेऽस्त्रपञ्चविंशत्यवधेः पञ्चविंशतिधनुषोऽग्रे किम्भूतं प्रस्थानं स्वयं कृतं आत्मना विहितं कस्याः सकाशात् निजस्थितेर्निजस्थानाद् गृहादित्यर्थः॥११९॥

बृहद् यात्रा में अपने गृह (आवास) से १०० धनुष से अधिक दूरी पर, सम यात्रा में शतार्ध (५०) धनुष से अधिक तथा लघु यात्रा में २५ धनुष से अधिक दूरी पर स्वयं जाकर प्रस्थान रखने का विधान विद्वानों ने बतलाया है।।११९।।

विमर्श— धनुष प्राचीन काल में दूरी मापने की एक इकाई होती थी। एक धनुष चार हाथ के तुल्य माना जाता था। विशेष विवरण इस प्रकार है—

८ यवोदर = १ अंगुल
२४ अंगुल = १ हाथ
४ हाथ = १ धनुष

नृपादीनां प्रस्थाने विशेषः—

प्रस्थानयेद्वाहमिलाधिपोऽथवा
हेतिं सपूगाम्बरपुस्तकं द्विजः।
विडर्थयुक्ताम्बरमन्यविट् सदा
सशालिचैलं त्वपरेम्बरादिकम्।।१२०।।

अथ नृपादीनां भिन्नप्रस्थानविधिं दर्शयति—प्रस्थानेति।। सदा इलाधिपो भूपो वाहं घोटकमथवा हेतिं शस्त्रं प्रस्थानमेतत् प्रस्थानं कुर्यात्। करणे भिप्रत्ययान्तः। द्विजो विप्रः सपूगाम्बरपुस्तके पूगफलयुक्तवस्त्रं पुस्तकं च प्रस्थानयेत्। विड् वैश्यः अर्थयुक्ताम्बरं द्रव्ययुक्तं वस्त्रं प्रस्थानयेत्। अन्यविट् शूद्रः सशालियुक्तवस्त्रं प्रस्थानयेत्। तु पुनरपरे कारुकादयोऽम्बरादिकं वस्त्रादिकं प्रस्थानयेत्।।१२०।।

राजा को घोड़ा अथवा शस्त्र, ब्राह्मण को पुंगीफल (सुपारी) के साथ वस्त्र एवं पुस्तक, वैश्य को द्रव्य युक्त वस्त्र, शूद्र को चावल के साथ वस्त्र तथा अन्य लोगों को केवल वस्त्र प्रस्थान के रूप में रखना चाहिए।।१२०।।

राज्ञः प्रस्थानविधानम्—

प्रभूतभूपालकिरीटघृष्टप-
द्धराधिभूरश्वगजौ तु शैबिरौ।
शालाधिपालः शिविरं बहिर्नये-
द्यात्राद्युपादावधिगा शुभा स्थितिः।।१२१।।

अथ नृपादीनां प्रयाणविधिमाह—प्रभूतेति।। प्रभूतानां बहूनां भूपालानां किरीटैर्मुकुटैर्घृष्टौ उत्तेजितौ पूजितौ पादौ यस्य स चासौ धराधिभूश्चक्रवर्ती अश्वगजौ बहिर्नयेत् किम्भूतौ अश्वगजौ शैबिरौ शिविरे पटमण्डपादौ भवौ तु पुनः शालाधिपाले दुर्गाधिपः शिविरं पटमण्डपादिकं बहिर्नयेत्।। यात्रायाः प्रयाणस्य द्युदिनं तस्य पादश्चतुर्थांशस्तदवधिगा तत्प्रमाणा स्थितिः शुभा स्यात् एकप्रहरमात्रमित्यर्थः।।१२१।।

बहुत से राजाओं द्वारा वन्दित चरणवाले राजाधिराज (चक्रवर्ती राजा) को दुर्ग के अधिपति और शिविर विशेषज्ञों के साथ तम्बू-कनात, घोड़े एवं हाथियों के साथ दिन के चतुर्थांश भाग (१ प्रहर या ३ घण्टा) में प्रस्थान करना शुभकारक होता है।।१२१।।

दिक्षु प्रयाणवेला—

याता यायादालकाशां पुरोऽह्नि
मध्याह्ने कामर्द्धये पौरुहूतीम्।
कैनाशीमत्रापराह्ने निशीथे
पाथोनाथाशामिवाशाधिनाथः।।१२२।।

अथ शालिन्योत्तरादिषु प्रयाणवेलां दर्शयति—यातेति।। यत्र प्रयाणे याता पुमान् पुरोऽह्नि पूर्वाह्ने कामर्द्धये कार्यसिद्धये अलकाशां उत्तरां यायात्।। एवं मध्याह्ने पौरुहूतीं पुरुहूतस्येन्द्रस्येयं तां दिशं पुनरपराह्ने कैनाशीं कीनाशस्य यमस्येयं दिक् तां पुनर्निशीथे पाथोनाथो जलपतिर्वरुणस्तस्याशां पश्चिमां क इव आशाधिनाथ इव यथा निजनिजाशाधिनाथो निजां दिशं कार्यसिद्धये व्रजति।।१२२।।

जिस प्रकार दिशाओं के स्वामी अपनी-अपनी दिशा में भ्रमण करते हैं उसी प्रकार यात्री (राजा) को पूर्वाह्न में (मध्याह्न के पूर्व) उत्तर दिशा में, मध्याह्न में पूर्व दिशा में, अपराह्न (दोपहर बाद) में दक्षिण दिशा में तथा रात्रि में पश्चिम दिशा में कार्य सिद्धि की अभिलाषा से यात्रा करनी चाहिए।।१२२।।

यात्राकाले नाक्षत्रप्राश्यनिषेध—

याने येन प्राश्यमुक्तं न युक्तं
तारावाराशोदितं यत्तदुग्रः।
तत्तत्प्राश्याशागते नुर्विरोध-
स्तस्मात्सम्यग्वारदिक् प्राश्यमर्हम्।।१२३।।

अथ प्रयाणे नक्षत्रप्राश्यं दूषयन् वारदिक्प्राश्यं द्रढयति—यान इति।। याने प्रयाणे येनाचार्येण यत् तारावाराशोदितं नक्षत्रवारकाष्ठासु कथितं प्राश्यं भक्ष्ययुक्तं प्रोक्तं तत् न युक्तं यतो नुः पुरुषस्य उग्रो महान् विरोधः स्यात्। किम्भूतस्य नुः तत्तन्नक्षत्रोक्तं वारादिप्रोक्तं च प्राश्य भुक्त्वा आशायां गतिर्गमनं यस्य स तस्येति। कथं विरोध उच्यते यतो नक्षत्रप्राश्यमन्यदिति तस्मात् कारणात् सम्यग् वारदिक् प्राश्यमर्हं योग्यं स्यात्।।१२३।।

यात्रा काल में नक्षत्रों के अनुसार कहे गये प्राश्य (भक्ष्य) पदार्थ उग्र होने के कारण उपयुक्त नहीं होते। नक्षत्रानुसार पदार्थों का भक्षण कर तत् तद् दिशाओं में यात्रा करने से यात्री पुरुष का विरोध होता है। अतः वारों के अनुसार विहित पदार्थों का भक्षण करना श्रेयस्कर होता है।।१२३।।

वारक्रमेण प्राश्य पदार्थाः—

मज्जिकाधारभुक् पायसं काञ्जिकं
संभृतक्षीरमुस्त्राभवं सद्दधि।
द्रागपक्वं पयः प्राश्य तैलोदनं
गम्यतेऽर्कादिवारेषु धाराभृता।।१२४।।

अथ स्रग्विण्यार्क्कादिवारेषु प्राश्यमाह—मज्जिकेति।। धाराभृता भूपेन द्राक् शीघ्रं गम्यते गमनं क्रियते किंकृत्वाऽर्कादिवारेषु मज्जिकाद्यं प्राश्य भुक्त्वा यथा रविवारे मज्जिकां शिखरिणीं 'शर्करादधिमरीचकर्पूरैलामिश्रितां रसालायां तु मार्ज्जिता' इति हैम:।। मर्जिता इति शब्दप्रभेद:। मज्जिका तु वैद्यामरश्चेति।। सोमवारे आघारयुक् पायसं घृतयुक्तपरमात्रं एषां समाहारैकत्वं भौमवारे काञ्जिकामारनालं बुधवारे संश्रृतक्षीरं पक्वं पय: श्रृतशब्दोऽत्र श्राक् पाके इति धातोरदादे:। किम्भूतं पय: उस्राभवं गव्यं 'उस्राध्मारोहिणी' हैम:। गुरुद्वारे सद्दधि गव्यं शुक्रवारेऽपक्वं पय: शनिवारे तैलोदनं तिलान्नम्।।१२४।।

रविवार को मज्जिका (चीनी, दधि एवं जीरकादि मिश्रित पेय), सोमवार को घृतयुक्त खीर, भौमवार को काँजी, बुधवार को गाय का परिपक्व दूध, गुरुवार को सुन्दर दधि, शुक्रवार को कच्चा दूध, तथा शनिवार को तिल का प्राशन (भक्षण) कर शीघ्र यात्रा करनी चाहिए।।१२४।।

दिगनुरोधेन प्राश्यपदार्था:—

कौशिकाशागमे प्राश्यमाज्यं भवे-
न्मञ्जु तैलोदनं शामिनीदिश्यनु।
मीनविस्रं पय:पालकाष्ठागमे
सौरभेयीपयो राजराजस्य हि।।१२५।।

अथ दिक्प्राश्यमाह—कौशिकेति।। कौशिक इन्द्र: कौशिकाशागमे पूर्वस्यां गमने आज्यं घृतं प्राश्यं भक्ष्यं मञ्जु भवेत्। अनु पश्चात् शमनस्य यमस्येयं दिक् शामनी तस्यां दक्षिणस्यां तैलोदनं प्राश्यं पुन: पय:पालो जलपतिर्वरुणस्तस्य काष्ठा तद्गमने मीनविस्रं तस्य रुधिरं प्राश्यं पुना राजा गुह्यक: 'यक्ष: पुण्यजनो राजा' इति हैम:।। तस्य राजा स्वामी कुबेरस्तस्य दिशि उत्तरस्यां सौरभेयीपयो गोक्षीरं प्राश्यं भवेदिति हि युक्तार्थ:।।१२५।।

पूर्व दिशा में यात्रा करनी हो तो घृत, दक्षिण दिशा में तिल, पश्चिम दिशा में मछली का रक्त तथा उत्तर दिशा में यात्रा करनी हो तो गोदुग्ध का प्राशन करना शुभकारक होता है।।१२५।।

दिक्षु शुभवाहनानि—

ऐन्द्रीं समारुह्य गजं नराधिभू-
रियादरं स्यन्दनमान्तिकीमिह।
तुरङ्गमं दिग्विजयाय वारुणीं
नृयानकं हि प्रति नारवाहिनीम्।।१२६।।

अथोपजात्या दिग्योग्यानि वाहनान्याह—ऐन्द्रीमिति।। अरं शीघ्रमिह गमे नराधिभूर्नृपो गजं समारुह्य ऐन्द्रीं दिशं पूर्वामियात् गच्छेत्। एवं स्यन्दनं रथं समारुह्य आन्तिकीं दिशं

दक्षिणां गच्छेत्। तुरङ्गममश्वं समारुह्य वारुणीं पश्चिमां दिशं गच्छेत्। नृयानकं शिविकां समारुह्य नरवाहनस्य कुबेरस्य इयं दिग् नारवाहिनी तामुत्तरां प्रति गच्छेत्॥१२६॥

हाथी पर आरुढ होकर पूर्व दिशा में, रथ पर चढ़ कर दक्षिण दिशा में, घोड़े पर सवार होकर पश्चिम दिशा में तथा नरवाहन (शिविका पालकी) में बैठकर उत्तर दिशा में की गई शीघ्र यात्रा राजा के लिए दिग्विजयकारक होती है। अर्थात् पूर्वादि दिशाओं में क्रम से हाथी, रथ, घोड़े और पालकी से ही राजा को यात्रा करनी चाहिए।।१२६।।

जलयात्रामुहूर्त्तः—

बृहद्गमोक्ते समयेऽम्बुभोदये
सितेन्दुमन्त्र्यह्नि विदूषणे भवेत्।
यानोत्तमर्क्षैश्च सवातवारुणै-
र्ग्रहैरभीष्टैर्जलयानमुत्तमम् ।।१२७।।

अथ जलयात्राशुद्धिमाह—बृहदिति॥ बृहद्गमोक्ते समये बृहत्प्रयाणोक्तकाले जलयानं जलप्रयाणमुत्तमं भवेत्। क्व अम्बुभोदये जलराशिलग्ने पुनः सितः शुक्रः इन्दुः मन्त्री गुरुरेषामह्नि दिने किंभूते विदूषणे दूषणरहिते च पुनः कैर्यानोत्तमर्क्षैः प्रयाणश्रेष्ठनक्षत्रैः किंभूतैः यानोत्तमर्क्षैः वातः स्वाती वरुणस्येदं शतभिषक् आभ्यां सहवर्तमानैः पुनः कैरभीष्टैर्ग्रहैर्जलस्येदं यानं उत्तमं श्रेष्ठं भवेत्॥१२७॥

बृहत्संज्ञक यात्रा हेतु बतलाये गये मुहूर्त्त में, जलराशिवाले लग्नों में, दोषरहित शुक्र, चन्द्र और गुरु वासरों में, स्वाति, शतभिष नक्षत्रों के साथ यात्रा में विहित उत्तम नक्षत्रों में तथा ग्रहों की अनुकूल स्थिति में जल यात्रा उत्तम होती है।।१२७।।

यात्राकाले मनःस्थितिफलम्—

राजा नरः प्राकृतकोऽपि वा यो
मानानुगो हृष्टमनाः प्रयायात्।
शुभाम्बरो भूषितभूषणाङ्गो
नयेदसौ याननयेन लक्ष्मीम्।।१२८।।

अथ प्रयाणौत्सुक्येन सफलतां दर्शयति—राजेति॥ यो राजा नगे वा प्राकृतकोऽपि हृष्टमनाः प्रमोदितचित्तो मानानुगः सन्मानप्राप्तः सन् प्रयायाद् गच्छेत् सोऽसौ राजा याननयेन प्रयाणकरणेन नीत्या वा लक्ष्मीं सम्पदं नयेत् प्राप्नुयात्। किंभूतो राजा शुभाम्बरः पुनः किंभूतो राजा भूषणभूषिताङ्गः॥१२८॥

जो राजा अथवा व्यक्ति प्राकृतिक (स्वाभाविक) प्रसन्नता से युक्त एवं सम्मानपूर्वक सुन्दर वस्त्र एवं आभूषणों से सुसज्जित होकर यात्रा करता है वह यात्रा में लक्ष्मी को प्राप्त करता है। अर्थात् यात्रा काल में मन की स्वाभाविक प्रसन्नता सफलता की सूचक होती है।।१२८।।

यात्राकालिकीं कर्त्तव्यतां दर्शयति—

गमं विमृश्येति करोति यो नरो
दिगीश्वरानिष्टसुरान्नभश्चरान् ।
स्मरन्प्रणम्यादिभुवो वरीकृता
नुपैतिराजाखिलयानसम्पदम् ।।१२९।।

अथोपसंहारेण गमनसमयव्यवहारमाह—गममिति।। यो राजा इति पूर्वोक्तप्रयाणनीत्या विमृश्य विचार्य गमं गमनं करोति किं कुर्वन् दिगीश्वरान् दिक्पालान् इष्टसुरान् निजेष्ट-देवान् नभश्चरान् ग्रहांश्च स्मरन् किंकृत्वा आदिभुवो विप्रान् वरीकृतान् दत्तदक्षिणान् प्रणम्य स राजाऽखिलयानसम्पदमुपैति प्राप्नोति।।१२९।।

जो राजा यात्राकालिक मुहूर्त का विचार कर दिग्पाल, इष्टदेवता एवं ग्रहों का स्मरण कर तथा विप्रों का सत्कार कर यात्रा करता है वह यात्रा से सम्बन्धित समस्त सम्पदाओं को प्राप्त करता है।।१२९।।

अभीष्टस्थाने प्रवेशमुहूर्त्तः—

गुरूशनोज्ञेन्दुदिनेषु वारुणा-
निलश्रविष्ठेज्यमृदुस्थिरोडुभिः ।
याता विरिक्तान्यकुयोगविष्टि-
र्नृभाजि लग्ने गमनस्थलं विशेत्।।१३०।।

अथ प्रथमप्रयाणवासस्थानसंज्ञकमाह—गुर्विति।। गुरुः उशनाः शुक्रः ज्ञो बुधः इन्दुः एषां दिनेषु याता पुमान् नृभाजलग्ने नरराशौ गमनस्थलं स्थेयस्थानं विशेत् प्रविशेत्। कैः कृत्वा वारुणं शतभिषक् अनिलं स्वाती श्रविष्ठा धनिष्ठा इज्यः पुष्यः मृदुसंज्ञभानि स्थिरसंज्ञोडूनि एषां द्वन्द्वे एतैः किंभूतैर्विरिक्तास्तिथयः अन्यकुयोगाः विष्टिः अमावासी विगता येभ्यस्तानि तैः।।१३०।।

गुरु-शुक्र-बुध और सोम वासरों में, शतभिष, स्वाति, धनिष्ठा, पुष्य, मृदुसंज्ञक (मृगशिरा, रेवती, चित्रा, अनुराधा) एवं स्थिर संज्ञक (तीनों उत्तरा, रोहिणी) नक्षत्रों में, रिक्ता रहित अन्यतिथियों में, भद्रा आदि कुयोगों (अशुभयोगों) को छोड़कर शेष शुभयोगों में तथा पुरुष संज्ञक राशियों में अभीष्ट स्थान में प्रवेश करना चाहिए।।१३०।।

विशेष— इस मुहूर्त्त का उपयोग बृहद् यात्रा में मार्ग स्थित विश्रामस्थल में प्रवेश करते समय किया जाता है।

स्थानं प्रविश्य क्रियते प्रवासिना
ततोऽन्ययानं च चरोदये वरम्।
सदह्नि चेद्दिक्समयेन्दुभीरुगे
प्रवेकदिग्राशितमीशमण्डले।।१३१।।

अथ गमनस्थलादग्रे अन्यप्रयाणशुद्धिमाह—स्थानमिति।। प्रवासिना पथिकेन पुंसा स्थानं प्रविश्य ततः स्थानादवरं श्रेष्ठमन्ययानं इतरप्रयाणं क्रियते कस्मिश्चेद्यदि चरोदये चरलग्ने च पुनः सदह्नि शुभग्रहदिने किंभूते सदह्नि दिक् च समयश्च इन्दुभीरुर्नक्षत्रं च एतानि गच्छतीति डप्रत्यये तस्मिन् पुनः किंभूते सदह्नि प्रवेकं प्रधानं दिग्राशिभ्यां तमीशमण्डलं चन्द्रविम्बं यस्मिंस्तत् सम्मुखोऽर्थलाभायेत्यादि 'अनुत्तरं प्राग्रहरं प्रवेकं' इति हैमः।।१३१।।

अभीष्ट स्थान में प्रवेश कर (विश्राम के अनन्तर) चर लग्न में, शुभ दिन, दिशा के अनुकूल शुभ समय एवं नक्षत्र में तथा (यात्रा की) प्रधान दिशा में चन्द्रमा के रहने पर (अर्थात् सम्मुख चन्द्रमा के रहने पर) प्रवासी को पुनः अन्य (अग्रिम) यात्रा करनी चाहिए।।१३१।।

निजपुरप्रवेशमुहूर्तः—

निजं पुरं याननिवर्तितो नरो
जीवादिपञ्चद्युषु संविशेदसौ।
सवासवक्षिप्रमृदुध्रुवेष्वथ
स्थिरोदये शुद्धलयान्त्यकण्टके।।१३२।।

अथ पुनरायाते निजपुरप्रवेशमुहूर्तमाह—निजमिति।। याननिवर्तितः प्रयाणं कृत्वा आयातो नरोऽसौ निजं पुरं संविशेत् प्रविशेत्। केषु जीवादिपञ्चद्युषु गुरुशुक्रशनिरविचन्द्रवारेषु किंभूतेषु सवासवेत्यादि वासवं धनिष्ठा क्षिप्रमृदुध्रुवसंज्ञानि एभिः सहितेषु पुनः स्थिरोदये स्थिरलग्ने किंभूते स्थिरोदये शुद्धलयान्त्यकण्टके दूषणरहिता अष्टम ८ द्वादश १२ कण्टकभावा १.४.७.१० यस्मिन् स तस्मिन्।।१३२।।

गुरु आदि पाँच दिवसों (गुरु-शुक्र-शनि-रवि-सोम दिनों) में धनिष्ठा, क्षिप्रसंज्ञक (हस्त, अश्विनी, पुष्य, अभिजित्), मृदु संज्ञक (मृगशिरा, रेवती, चित्रा, अनुराधा) तथा ध्रुवसंज्ञक (तीनों उत्तरा, रोहिणी) नक्षत्रों में स्थिर (२,५,८,११) लग्नों में यात्राकालिक लग्न से ८,१२ एवं केन्द्र (१,४,७,१०) भावों के शुद्ध रहने पर यात्रा से निवृत्त पुरुष को अपने नगर में प्रवेश करना चाहिए।।१३२।।

पुरप्रवेशे निषिद्धतिथ्यादयः—

न द्वादशी पक्षतिदर्शसप्तमी-
रिक्तातिरिक्ताब्जदिनेष्वतन्त्रकृत्।
विविष्टियोगेषु पुरप्रवेशनं
त्ववामवामैः शकुनैर्विलोमगैः।।१३३।।

अथ पुरप्रवेशे दुष्टतिथ्यादीन् वर्ज्जयन्नाह—न द्वादशीति।। पुरप्रवेशनं अतन्त्रकृत् दुःखकृन्न स्यात् शुभकृदित्यर्थः।। केषु द्वादशी पक्षतिः प्रतिपत् दर्शोऽमावासी सप्तमी

रिक्तास्तिथयः एताभ्योऽतिरिक्तेषु वर्जितेषु अब्जदिनेषु चान्द्रदिनेषु किंभूतेष्वब्जदिनेषु विविष्टियोगेषु विष्टिवर्जितयोगेषु तु पुनरवामवामैरपसव्यसव्यैः शकुनैर्विलोमगैः कृत्वा अथवा वामे दक्षिणभागे वामैः शुभैर्विलोमगैः शकुनैः 'तन्त्रं शास्त्रं कुलं तन्त्रं तन्त्रं सिद्धौषधक्रिया। तन्त्रं सुखं बलं तन्त्रं तन्त्रं पवनसाधनम्'॥१॥ इत्यनेकार्थः॥१३३॥

द्वादशी, प्रतिपदा, अमावास्या, सप्तमी, रिक्ता (४,९,१४) तिथियों को छोड़कर शेष तिथियों में, भद्रा आदि दोषों से रहित योगों में तथा दक्षिण एवं वाम भाग गत विलोम शकुनों में अपने पुर में प्रवेश करना अशुभ नहीं होता अर्थात् शुभ होता है।।१३३।।

विमर्श— "अवामवामैः शकुनैर्विलोमगैः'। का अभिप्राय स्पष्ट नहीं है। यहाँ अवाम=अशुभ शकुन तथा वामशुभ शकुन के सूचक प्रतीत होते हैं। यात्रा में जिन परिस्थितियों में शुभ और अशुभ शकुनों का विचार किया है। उनसे विपरीत शकुन यात्रा की निवृत्ति में शुभ होते हैं यही अभिप्राय आचार्य को अभिमत है।

सूर्यवंशीयानां प्रवेशविधानम्—

विधाय वामं द्युमणिं निवेशये-
दवाममिन्दुं हरिदाननर्क्षम्।
उतोदयर्क्षभ्रमगं तथा गमी -
सूर्यान्वयोऽस्तोदयशैलगं पुरा।।१३४।।

अथ सूर्यवंशोद्भवनृपस्य प्रवेशविधानमाह—विधायेति। उत चेत् गमी सूर्यान्वयः सूर्यवंशो राजाऽस्ति तदासौ पुरं निवेशयेत् प्रविशेत्। किं कृत्वा वामं द्युमणिं सूर्यं विधाय तथाऽवामं दक्षिणभागगमिन्दुं विधाय। किंभूतं सूर्यं हरिदाननर्क्षं पूर्वादिदिक्षु राशिगं तथा उदयर्क्षभ्रमगं उदयो लग्नराशिस्तस्य भ्रमणगतं कोऽर्थोऽष्टमराशित आरभ्य पञ्चसु राशिषु वर्तमानोऽर्कः पूर्वाभिमुखगृहे प्रविशतां वामो भवति। एवं पञ्चमराशित आरभ्य पञ्चसु राशिषु गतोऽर्को दक्षिणाभिमुखे गृहे प्रविशतां वामो भवति। द्वितीयात् पञ्चसु गतः पश्चिमाभिमुखे गृहे वामो भवति। एकादशात् पञ्चसु गत उत्तराभिमुखे गृहे वामो भवतीत्यर्थः। तथास्तोदयशैलगममस्ताचलोदयाचलगतं पुरमपि प्रविधाय प्रविशेदित्यर्थः॥१३४॥

यात्रा से निवृत्त होकर सूर्यवंश में उत्पन्न राजा को सूर्य के उदयकाल या अस्तकाल में (प्रातः या सायं) वाम भाग में सूर्य तथा दक्षिण भाग में चन्द्रमा के स्थित रहने पर अपने गृह में प्रवेश करना चाहिए। वाम रवि का विचार उदयकालिक लग्न के अनुसार पूर्वादि दिशाओं में स्थित राशियों के आधार पर किया जाता है।।१३४।।

विमर्श— वाम रवि का विचार गृह में प्रवेश के समय जनसाधारण के लिए भी बतलाया गया है। मुहूर्तचिन्तामणिकार रामदैवज्ञ ने लिखा है—

वामो रविर्मृत्युसुतार्थलाभतोऽर्के पञ्चमे प्राग्वदनादि मन्दिरे।
पूर्णे तिथौ प्राग्वदने गृहे शुभो नन्दादिके याम्यजलोत्तरानने॥१३.५॥

प्रवेश कालिक लग्न से ८,९,१०,११,१२ भावों में रवि हो तो पूर्वाभिमुख गृह में प्रवेश हेतु रवि वाम होता है। इसी प्रकार लग्न से ५,६,७,८,९ भावों में रवि हो तो दक्षिणाभिमुख गृह में, २,३,४,५,६ में रवि हो तो पश्चिमाभिमुख गृह में तथा ११,१२,१,२,३ भावों में रवि हो तो उत्तराभिमुख गृह में प्रवेश करते समय रवि वाम होता है।

चन्द्रवंशोद्भवानां प्रवेशविधानम्—

भवत्यसौ चेदिति चन्द्रवंशजः
पुरस्तदावेशनकेऽन्यथोदितम्।
दिने दिनेशान्वयभूरुपैति राड्
निशीन्दुवंशी च निवेशनाद्वरम्॥१३५॥

अथ चन्द्रवंशोद्भवनृपस्य प्रवेशविधिमाह—भवतीति॥ चेद्यदि असौ चन्द्रवंशजो राड् भवति तदासौ राजा पुरो नगर्या आवेशनके प्रवेशेऽन्यथोदितं पूर्वोक्तविपरीतेन विशेत्। द्युमणिं दक्षिणगं विधायेत्यादि॥ अथ दिनेशान्वयभूः सूर्यवंशजातो राड् दिने निवेशनाद्वरं शुभमुपैति च पुनरिन्दुवंशी राड् निशि रात्रौ निवेशनात्प्रवेशात् वरमुपैति॥१३५॥

यदि चन्द्रवंशी राजा हो तो उसे अपने पुर में प्रवेश के लिए पूर्वोक्त (सूर्यवंशोद्भव राजा के) विधान के विपरीत आचरण करना चाहिए। [अर्थात् प्रवेश के समय सूर्य दक्षिण तथा चन्द्रमा वाम भाग में शुभ होता है]। सूर्यवंशी राजा को दिन में तथा चन्द्रवंशी राजा को रात्रि में गृह प्रवेश करना शुभ होता है॥१३५॥

सामान्यप्रवेशविधानम्—

विशालसाधारणयानतो नरे
समागते प्राकृतके निवेशनम्।
उदीरितं यत्तदतीष्टदं नृपे
विलोकनीयं त्वखिलप्रयाणतः॥१३६॥

अथ सामान्यविशेषपुरुषयोः सामान्यविशेषप्रवेशविधिमाह—विशालेति॥ विशालसाधारणयानतो महन्मध्यप्रयाणात् समागते आयाते नरे प्राकृते सामान्ये माण्डलिकादौ यन्निवेशनमभीष्टमुदितं प्रोक्तं तत्त्वखिलप्रयाणतस्त्रिविधप्रयाणत आयाते नृपे विलोकनीयम्॥१३६॥

बृहद्, मध्यम एवं सामान्य यात्राओं से निवृत्त (सामान्य एवं विशिष्ट) पुरुषों के लिए पुनः गृह में प्रवेश हेतु जो सामान्य नियम बताये गये हैं, उन्हीं मुहूर्तों में सभी प्रकार की यात्राओं से निवृत्त पुरुषों के प्रवेश का विचार करना चाहिए॥१३६॥

त्रिविधानां यात्राणां प्रमाणानि—

यानं मितं द्वादशयोजनैः समं
तदूर्ध्वगैस्तत्त्वमयोजनैर्बृहत्।
ततस्तु खण्डावधि दूरयानव-
ज्जलप्रयाणं मृधयानमादृतम्।।१३७।।

अथ त्रिविधप्रयाणानां प्रमाणमाह—यानमिति।। द्वादशयोजनैर्मितं लघुयानं प्रयाणं १ तदूर्ध्वगैर्द्वादश्योजनादग्रगतैस्तत्वमयोजनैः पञ्चविंशतिप्रमितयोजनैर्मितं समं मध्यं प्रयाणं ततस्तु पुनः खण्डावधि समुद्रान्तं बृहत्ततो जलप्रयाणं मृधयानं संग्रामप्रयाणं च दूरयानवत् बृहत्प्रयाणवत् आदृतं कथितं विबुधैरिति शेषः।।१३७।।

बाहर योजन (९६ मील) पर्यन्त यात्रा लघुसंज्ञक, इससे अधिक २५ योजन (२०० मील) पर्यन्त सम (मध्य) संज्ञक तथा २५ योजन से अधिक समुद्र के अन्त पर्यन्त यात्रा बृहत् संज्ञक होती है। जल यात्रा और युद्ध यात्रा बृहद् यात्रा में ही मानी जाती है।।१३७।।

उपसंहारः—

स्वकालशुद्ध्येति गमं करोति यो
वरोत्तमो वर्णविशेषनीतिगम्।
तथा यथाकालदशावशानुगं
लभेदशेषामपि यानसम्पदम्।।१३८।।

इति श्रीकविकालिदासोदिते ज्योतिर्विदाभरणे त्रिविधयात्राध्यायः।।११।।

अथ प्रयाणाध्यायोपसंहारमाह—स्वकालेति।। यो नरोत्तमो भूपः इति पूर्वोक्तप्रकारेण स्वकालशुद्ध्या गमं गमनं करोति किंभूतं गमं वर्णविशेषनीतिगं क्षत्रियादिवर्णविशेष-नीतिप्राप्तं पुनः किंभूतं यथाकालदशावशानुगतं यादृगवस्थं वशानुगतं तथा स नृपोऽशेषमपि यानसम्पदं लभेत् समस्तप्रयाणलक्ष्मीं प्राप्नुयात्।।१३८।।

इति श्री पौर्णिमीयगच्छाधिराजभट्टारकपुरन्दरश्रीमहिमाप्रभसूरीश्वरचरणसरोरुहचञ्चरी-
कायमानशिष्यभावरत्नविरचितायां श्रीकालिदासकृतज्योतिर्विदाभरणस्य
सुखबोधिकायां त्रिविधयात्रावर्णननामाध्याय एकादशः।।११।।

जो राजा वर्ण विशेष के अनुसार बताये गये अपने अनुकूल समय शुद्धि (मुहूर्त) में तथा यथासमय कालदशा के अनुसार यात्रा करता है वह राजा प्रयाण सम्बन्धी समस्त सम्पदाओं को प्राप्त करता है। अर्थात् उचित मुहूर्त में यात्रा करना शुभ होता है।।१३८।।

श्रीकालिदासविरचित ज्योतिर्विदाभरण के त्रिविधयात्राध्याय का
प्रो० रामचन्द्रपाण्डेयकृत हिन्दी भाषानुवाद सम्पूर्ण।।११।।

●

विवाहप्रकरणम् - १२

अथ वदामि विवाहविनिर्णयं
गृहिपदं व्यवहारवृषप्रियम्।
सकलवर्णविवर्णितविग्रहा-
मिह विनम्य हि वागधिदेवताम्।।१।।

गच्छे श्रीमहिमाप्रभाख्यसुगुरोः श्रीपौर्णिमीयाभिधः
शिष्यः सूरिवरस्य मंडणसुतो यो भावरत्नाह्वयः।
बाल्हां कुक्षिसमुद्भवः स कृतवान् श्रीवाणिगोत्रान्वित-
श्छन्दोव्याकरणाभिधास्मरणतोऽलङ्कारयुक्तामिमाम्।।१।।

अथ दिग्विजयानन्तरं विवाहः क्रियतेऽतो द्रुतविलम्बितेन विवाहाध्यायसन्धानमाह— अथेति।। अथानन्तरमहं श्रीकालिदासो विवाहविनिर्णयं पाणिपीडननिश्चयं वदामि कथयामि। कस्मिन्निह द्वादशाध्याये किंभूतं विवाहम्? गृहिपदं गृहस्थाश्रमस्तस्य पदं स्थानं पुनः किंभूतं व्यवहारवृषो व्यवहारधर्मस्तस्य प्रिय इष्टस्तम्। किंकृत्वा वागधिदेवतां वागीश्वरीं विनम्य प्रणम्य किंभूतां वागधिदेवतां सकलवर्णैर्द्विजादिभिरक्षरैर्वा स्तुतिभिर्वा विवर्णितः संस्तुतो विग्रहः शरीरं यस्याः सा तां हीति विशेषार्थः।।१।।

समस्तवर्णों (अक्षरों) से वर्णित (वन्दित) शरीर वाली वाग्देवता सरस्वती को प्रणाम कर व्यवहारधर्म के निर्वाह हेतु तथा गृहस्थाश्रम के आधारभूत विवाह सम्बन्धी निर्णय (विवेचन) कर रहा हूँ।।१।।

विमर्श— वाग्देवता सरस्वती को शब्द रूप भी माना जाता है। कहा भी है "सकलशब्दमयी किल ते तनुः"। अतः यहाँ वर्ण का अर्थ जाति न लेकर अक्षर लेना ही संगत लगता है।

प्रयोजनम्—

परिणतिं निखिलाश्रमचारिणा-
मखिलसाधनसिद्धिरुरुर्गृही।
श्रितशयाम्बुजसद्ग्रहसंग्रहो-
ऽहमिति वर्णयितुं हि समुद्यतः।।२।।

अथ गृहधर्मप्राधान्यकथनेन विवाहवर्णनमङ्गीकरोति— परिणतिमिति।। हीत्यवधारणेऽहं हेतोः परिणतिं विवाहं वर्णयितुं समुद्यतः उद्यतोऽस्मि इतीति किं

निखिलाश्रमचारिणां च पुनराश्रमसेविनां मनुष्याणां मध्ये गृही गृहस्थ उरु: श्रेष्ठ: किंभूतो गृही अखिलसाधनसिद्धि: धर्मार्थकाममोक्षाणां सिद्धिर्निष्पत्तिर्यस्मात्स पुन: किंभूतो गृही आश्रित: शयाम्बुजसद्ग्रह:करपीडनसत्प्रसादो येन स इति॥२॥

धर्म-अर्थ-काम-मोक्ष चारों पुरुषार्थों का साधक होने से सभी आश्रमों में गृहस्थ आश्रम ही श्रेष्ठ होता है, जो शुभ पाणिग्रहण संस्कार पर ही आश्रित है। अत: मैं विवाह प्रकरण के विवेचन हेतु उद्यत हूँ (अर्थात् विवाह प्रकरण का वर्णन कर रहा हूँ)।।२।।

युगानुसारं वरवरणम्—

कृतमुखैस्त्रियुगैर्निजवर्णजं
वरमहीनकवर्णजमादरात् ।
वरयितुं तु मतिं कुरु कन्यके
वृणु कलौ निजजातिजमेव हि ।।३।।

अथ कृतादियुगेषु विवाहयोग्यवरमाह—कृतेति॥ हे कन्यके त्वं वरं पतिं वरयितुमादरादादरेण मतिमिच्छाम् कुरु 'मतिर्बुद्धिरिच्छयो:' इति हैम:। कै: कृतमुखैस्त्रियुगै: कृतादियुगत्रये किम्भूतं निजवर्णजं चतुर्षु वर्णेषु निजनिजवर्णजातम् पुन: किम्भूतं वरं अहीनकवर्णजमुत्तमवर्णजातम् तु पुन: हीति युक्तार्थे हे कन्यके त्वं कलियुगे निजजातिजं स्वज्ञातिजातमेव वरं वृणु अङ्गीकुरु॥३॥

हे कन्या तुम सत्ययुगादि (सत्य, त्रेता और द्वापर) तीन युगों में अपने वर्ण (जाति) में उत्पन्न अथवा अपनी जाति से उत्तम जाति में उत्पन्न वर का वरण करो तथा कलियुग में अपनी जाति में ही उत्पन्न वर का आदरपूर्वक वरण करो।।३।।

परिणयेत्प्रमदादिमपूरुषा-
त्सपदि पञ्चनरापरपुम्भवा।
अगमपञ्चजनापरजं नरं
प्रवरगोत्रविभिन्नकुलं तथा।।४।।

अथ विवाहे षष्ठाष्टमपुरुषोत्पन्नवधूवरयोर्योग्यतामाह—परिणयेदिति॥ प्रमदा सुन्दरी नरं परिणयेत् उद्वहेत् सपदि शीघ्रं किम्भूता प्रमदा आदिमपुरुषात् प्रथमपुरुषत: पञ्चनरापरपुंभवा पञ्चनरेभ्योऽपरे षष्ठे पुंसि जाता किंभूतं नरं अगमपञ्चजनापरजम् अगम: सप्तमश्चासौ पञ्चजनो मनुष्यश्च तस्मादन्यपुरुषजातम् अष्टमपुरुषजातमित्यर्थ:। 'पञ्चजनो भूस्पृक्' इति हैम:। तथा पुन: किम्भूतं नरं प्रवरगोत्रविभिन्नकुलम् आर्षेयप्रवरगोत्रर्षिभ्यां पृथक् कुलम् यस्य स तं यत: 'पञ्चमात्सप्तमादूर्ध्वं मातृत: पितृतस्तथा' इति मातृपक्षे पञ्चमात्पितृपक्षे सप्तमात्पुरुषादूर्ध्वं सापिण्ड्यं निवर्तत इति याज्ञवल्क्य:॥ अत्र विस्तर: स्मृत्यन्तराज्ज्ञेय: ग्रन्थभूयस्त्वभयात्र विस्तर: कृत:॥४॥

आदिम पुरुष से ५ पाँच (५) पुरुष के अनन्तर पुरुष से अर्थात् षष्ठ पुरुष से उत्पन्न कन्या का, सप्तम-पुरुष के अनन्तर अन्यपुरुष अर्थात् अष्टमपुरुष से उत्पन्न वर से भिन्न-भिन्न गोत्र, प्रवर एवं ऋषि होने पर विवाह करना चाहिए।।४।।

त्रिविधवरप्रमाणम्—

वृणु वरं नृवरं वयसस्तु ते
द्विगुणवर्षवयोऽनधिकं ततः।
दशसमावधिमप्यनु मध्यमं
तदधिकं हि जहीहि वराधमम्।।५।।

अथ वयसा त्रिविधवरमाह—वृण्विति।। हे कन्यके त्वं वरं पतिं वृणु किम्भूतं वरं ते तव वयसः सकाशात् द्विगुणवर्षवयोऽनधिकं द्विगुणवर्षवयः पर्यन्तं नृवरमुत्तमं तु पुनरनु पश्चात् उत्तमवराभावे त्वं मध्यममपि वरं वृणु किम्भूतं वरं ततो द्विगुणवर्षवयसः सकाशात् दशसमावधिम् दशवर्षपर्यन्तम् पुनर्हे कन्यके त्वं हीति युक्तार्थे तदधिकं मध्यमवरप्रमाणादधिकं वराधमं जहीहि त्यज। यतः 'अन्धो मूकः क्रियाहीनश्चापस्मारी नपुंसकः। दूरस्थः। पतितः कुष्ठी दीर्घरोगी वरो न सत्।। मूर्खनिर्धनदूरस्थशूरमोक्षाभिलाषिणां। त्रिगुणाधिकवर्षाणां तेषां कन्या न दीयते'।।५।।

हे कन्या! तुम अपनी आयु से द्विगुणित आयु वाले उत्तम वर का वरण करो। उत्तम वर के अभाव में अपनी आयु से द्विगुणित वर्ष से दस वर्ष अधिक आयुपर्यन्त मध्यम वर का वरण करो। इससे (कन्या की आयु × २ + १०) अधिक आयु वाले अधम वर का अवश्य परित्याग करो। अर्थात् कन्या की आयु से द्विगुणित उत्तम, द्विगुणित आयु से १० वर्ष पर्यन्त मध्यम तथा इससे अधिक आयु वाला अधम वर होता है।।५।।

त्याज्यकन्यालक्षणम्—

विभुभवार्च्यभवानुचराङ्गजाऽ-
परिचितान्वयजा किल याऽबला।
पतिततन्त्रवती कुलटोदया
त्वनवरा न वराय वरस्य सा।।६।।

अथ विवाहे त्याज्यकन्यामाह—विभ्विति।। सा अबला कन्या वरस्य धवस्य वराय शुभाय न स्यात्। सा का या विभुभवा स्वामिपुत्री तु पुनरर्च्यभवा पूज्यपुत्री पुनः अनुचराङ्गजा सेवकपुत्री पुनरपरिचितान्वयजा अज्ञातकुलपुत्री पुनः पतितस्य भ्रष्टस्य पुत्री पुनस्तन्त्रवती शाकिन्यादिदोषसहिता कामर्णसंवननादिज्ञा वा तस्याः पुत्री कुलटोदया पुनः अनवरा दुर्भगा किलेत्यवधृतौ।।६।।

स्वामी की पुत्री, पूज्य (गुरु आदि) की पुत्री, सेवक पुत्री, अपरिचित कुल की कन्या, पतित कुलोत्पन्न, तन्त्रयुक्ता (प्रेत दोष युक्ता), कुलटा स्त्री की कन्या तथा दुःशीला कन्या पति के लिए शुभकारक नहीं होती।।६।।

वधूवरयोः शुभः संयोगः—

जननचारुमहाबलवर्त्मगौ
धिषणभाषितलक्षणलक्षितौ।
समकुलद्रविणौ सुवयोभुजौ
परिणतौ यशसे भवतोऽपि तौ।।७।।

अथ शुभवधूवरसंयोगं कीर्तयति—जननेति।। तौ वधूवरौ परिणतौ विवाहितौ यशसे कीर्तये भवतः स्तः। किम्भूतौ जनने जन्मकाले चारव-उत्तमाः महाबलवर्त्मगाः मरुत्पथचारिणो ग्रहा ययोस्तौ पुनः किम्भूतौ धिषणेन गुरुणा भाषितलक्षणैः सामुद्रिकैर्लक्षितौ युक्तौ तौ पुनः किम्भूतौ समकुलद्रविणौ सदृशवंशजौ ईभ्यौ पुनः किम्भूतौ सुवयोभुजौ शुभवयोभाजौ।।७।।

वर एवं वधू दोनों की जन्मकालिक ग्रहस्थिति उत्तम (अनुकूल) हो, बृहस्पति द्वारा बतलाये गये अङ्गलक्षण आदि शुभलक्षणों से युक्त हो, दोनों कुल समान सम्पन्न हों तथा वर-वधू की अनुकूल (उपयुक्त) वय (अवस्था) हो तो विवाह शुभ एवं यश-वृद्धि करने वाला होता है।।७।।

कन्यायाः समविषमवर्षयोः दूषणम्—

समासमाया वरलोचनाया
वरं कराब्जग्रहणान्न नैति।
समासमाया वरलोचनाया
वरं कराब्जग्रहणान्न नैति।।८।।

अथ विवाहे गर्भाधानकालग्रहणाय कन्यायाः समविषमवर्षं दूषयति—समेति।। ना पुमान् वरं शुभं नैति न प्राप्नोति कस्मात् वरे श्रेष्ठे लोचने यस्याः सा तस्याः कराब्जग्रहणात् पाणिपीडनात् किम्भूताया वरलोचनायाः समभिर्वर्षैः समा समसंख्यवर्षवयोमिता तस्याः समासमायाः। पुनरुत्तरार्द्धमाह ना पुमान् वरं श्रेष्ठं नैति प्राप्नोति कस्माद् वरलोचनायाः कराब्जग्रहणात् किम्भूताया वरलोचनायाः समाभिर्वर्षैरसमा विषमसंख्यवर्षवयोमिता तस्याः। यदुक्तं 'अयुग्मे दुर्भगा नारी युग्मे तु विधवा भवेत्। तस्माद्गर्भान्विते युग्मे विवाहे सा पतिव्रता।।१।। मासत्रयादूर्ध्वमयुग्मवर्षे युग्मेऽपि मासत्रयमेव यावत्। विवाहशुद्धिं प्रवदन्ति सन्त' इत्यग्रे वक्ष्यति।।८।।

सम संख्यक वर्षों वाली सुनयना कन्या का पाणिग्रहण (विवाह) पुरुष के लिए शुभकारक नहीं होता। इसी प्रकार विषम वर्षों से युक्त आयुवाली कन्या का भी

पाणिग्रहण संस्कार वर के लिए शुभ नहीं होता। अतः गर्भकाल से युक्त सम वर्षों में अथवा सम वर्षों में तीन मास तक तथा विषम वर्षों में तीन मास के बाद विवाह शुभ होता है।।८।।

मतान्तरम्—

भूतप्रमाणे समये कलभुवो
भूतप्रमाणो नु भुजाम्बुजग्रहः।
श्रुतिप्रमाणः श्रुतिमे तृतीयके
षष्ठे च नाभीष्टफलाप्तिकृत्स्मृतः।।९।।

अथ मतान्तरम् दर्शयन्निषेधयति—भूतेति।। नु इति वितर्के भूतप्रमाणे समये पञ्चवर्षमिते काले कलभुवः कन्याया भुजाम्बुजग्रह उद्वाहो भूतप्रमाणो व्यन्तरादयः। प्रमाणं च पुनः श्रुतिमे चतुर्वर्षमिते काले कन्यायाः पाणिग्रहः श्रुतिप्रमाणो वेदाः प्रमाणं यस्य स इति सर्वत्र विवाहविशेषणम् ज्ञेयं तु मनुष्ये प्रमाणमिति। पुनस्तृतीये षष्ठे च वर्षे कन्याया उद्वाहोऽभीष्टफलाप्तिकृत् न स्मृतः दुःखकृदित्यर्थः।।९।।

पाँच वर्ष की आयु में सुभ्रू कन्या के विवाह में मनुष्य ही प्रमाण है। परन्तु ४ वर्ष की आयुवाली कन्या के पाणिग्रहण में वेद प्रमाण है। अर्थात् ४ वर्ष की आयु में विवाह श्रेष्ठ होता है। तीसरे और छठें वर्ष में कन्या का विवाह अभीष्ट फलदायक नहीं होता अर्थात् अशुभ होता है।।९।।

ना दीर्घनिद्रामरमेति हायने
पुरोऽष्टमे पाणिविषोदयग्रहात्।
ना दीर्घनिद्रामरमेति हायने
पुरोऽष्टमे पाणिविषोदयग्रहात्।।१०।।

अथ विवाहे कन्यायां सप्तमाष्टमवर्षं निषेधति—नेति।। अरं शीघ्रं ना पुरुषो दीर्घनिद्रां मरणमेति प्राप्नोति कस्मात् पुरोऽष्टमे पुरोऽग्रेऽष्टमं यस्य स सप्तमस्तस्मिन् हायने सप्तमे वर्षे पाणिविषोदयग्रहात् विषं जलं तस्मादुदयो जन्म यस्य तत् कमलम् पाणिरेव विषोदयं तस्य ग्रहणादित्यर्थः।। अथोत्तरार्धमाह। अरं शीघ्रं ना पुमान् दीर्घनिद्रामेति मृत्युं प्राप्नोति कस्मिन् पाणिविषोदयग्रहात् विवाहात् पुरोग्रेऽष्टमे हायने वर्षे हस्तन्यस्तक्ष्वेडोत्पन्नग्रस्तात् इवेत्युक्तिलेशः अष्टमे वर्षे विवाहात् मृत्युमेति पुरोऽग्रे इत्यत्राष्टममपि वर्षं निषिद्धमिति।।१०।।

कन्या का आठवाँ वर्ष आरम्भ होने के पूर्व अर्थात् सातवें वर्ष में पाणिग्रहण करने से पुरुष की शीघ्र ही मृत्यु हो जाती है। आठवें वर्ष में भी किया गया विवाह पुरुष के लिए शीघ्र ही मृत्युकारक होता है। (यहाँ पर पुरोऽष्टमे का अर्थ एक स्थान पर आठवें से पूर्व अर्थात् सातवाँ वर्ष तथा एक स्थान पर आठवाँ वर्ष ही लिया गया है)।।१०।।

चन्द्रादीनां भोगकालः—

सुधांशुगन्धर्वकृपीटयोनिभिः
सखण्डसप्ताब्दवयोवतीमिमाम्।
भुक्त्वेति मुक्तां नियतं पतिंवरां
जगाद वेदो जगदेकसन्नयः।।११।।

अथ चन्द्रादिभिर्भुक्तकन्याकालमाह—सुधेति।। वेदो वेदव्यासः इति जगाद कथयामास किम्भूतो वेदः जगदेकसन्नयः जगति एको मुख्यः सन्नयी यस्य स इतीति किं तदाह नियतं निश्चितं सुधांशुश्चन्द्रः गन्धर्वो व्यन्तरः कृपीटयोनिर्हुताशन एषां द्वन्द्वे एभिरिमां कन्यां भुक्त्वा त्यक्तां किंभूतां सखण्डसप्ताब्दयोवतीं सार्द्धसप्तवर्ष प्रमितवयोयुक्तां उक्तं च 'षडष्टमध्ये नोद्वाह्या कन्या वर्षद्वयं यतः। सोमो भुङ्क्ते ततस्तद्वद्गंधर्वश्चतथानलः पाठांतरेप्युक्तं 'भुनक्ति सोमः प्रथमं समाद्वयं कन्यां च गन्धर्वपतिर्द्वितीयं, अग्निस्तृतीयं मनुजश्चतुर्थं विवाह इष्टो न षडष्टमध्ये'॥११॥

वेदव्यास के मतानुसार चन्द्रमा, गन्धर्व और अग्नि के भोगकाल को छोड़ कर साढ़े सात वर्ष की आयु के अनन्तर कन्या का विवाह करना चाहिए। यही संसार में वेदोक्त रीति है।।११।।

विमर्श— प्राचीन आचार्यों के मतानुसार प्रथम २ वर्षों तक कन्या का भोग चन्द्रमा, अनन्तर २ वर्षों तक गन्धर्व तदनन्तर २ वर्षों तक अग्नि उपभोग करते हैं। इन तीनों के अनन्तर मनुष्य कन्या का भोग करता है।

सर्वत्र शश्वन्नवमित्रवर्षं
वामावयो वामतरं विवाहे।
वाहेषुमाब्दानुवहं कलौ स्यात्
कलं विहायोऽयनशुद्धिवच्चेत्।।१२।।

अथ कृतादियुगे विवाहयोग्यं कन्याया वय आह—सर्वत्रेति।। शश्वन्निरन्तरं सर्वत्र कृतप्रमुखयुगेषु वामावयः कन्यावयो विवाहे करपीडने वामतरं चारुतरं स्यात्। किम्भूतं वामावयः नवमत्रिवर्षं नवमात् त्रीणि वर्षाणि यस्मिंस्तत्। पुनः कलौ युगे वामावयः कलं मनोहरं स्यात् किम्भूतं वामावयः वाहेषुमाब्दानुवहं सप्तमपञ्चमवर्षयुक्तं चेद्यदि विहाय आकाशं तस्मिन्नयनं— एषां ते इति विहायोयनशुद्धिवत् ग्रहशुद्धियुक्तं वामावयः स्यात्तदेति॥१२॥

कृतयुगादि (सत्य-त्रेता-द्वापर) तीन युगों में नवम वर्ष से ३ वर्ष (अर्थात् ९,१०,११ वर्ष) सदैव कन्या के विवाह के लिए शुभ कहे गये है। कलियुग में सातवें और पाँचवें वर्ष में ग्रहों की शुद्धि रहने पर कन्या का विवाह उत्तम (शुभ) होता है।।१२।।

अष्टमवर्षे विवाहविधानम्—

धिषणधिष्ण्यपधिष्ण्यबलाचितं
जनिभमेणदृशो यदि हायने ।
शयकुशेशयमर्दनमष्टमे
जगदुरत्रिपराशरदेवलाः ।।१३।।

अथ द्रुतविलम्बितेनाष्टमवर्षकन्याविवाहे ऋषिमतमाह—धिषणेति।। यदि अष्टमे हायने वर्षे एणदृशो मृगाक्ष्याः जनिभं जन्मनक्षत्रं धिषण्याादिबलयुक्तं भवेत्। धिषणो गुरुः धिष्ण्यपश्चन्द्रः धिष्ण्य शुक्रश्चैषां बलेनाचितं व्याप्तमिति तदाष्टमे वर्षेऽत्रिपराशरदेवला ऋषय शयकुशेशयमर्दनम् पाणिपीडनम् जगदुरूचुः। शयः कर एव कुशेशयम् तस्य मर्दनम् पीडनमिति निरुक्तिः।।१३।।

यदि आठवें वर्ष में मृगाक्षी (कन्या) का जन्म नक्षत्र गुरु, चन्द्र और शुक्र के बल से युक्त हो तो, अत्रि,पराशर, देवल ऋषियों के मतानुसार पाणिग्रहण संस्कार कर देना चाहिए।।१३।।

ग्रहबलाभावे विवाहनिषेधः—

जनिभमम्बरपान्थबलोज्झितं
कलदृशः करवारिजसंग्रहे।
यदि च पञ्चममष्टममद्रिमं
समयमाह कलौ नहि पेशलम्।।१४।।

अथ विवाहे हीनबलग्रहैः कन्यायाः पञ्चमादिवर्ष निषेधति— जनिभेति।। यदि करवारिजसंग्रहे करकमलपीडने कलदृशः सुलोचनाया जनिभं जन्मनक्षत्रमम्बरपान्थानां ग्रहाणां बलैरुज्झितं त्यक्तं स्यात्तदा कलौ युगे पञ्चमं पुनरष्टम पुनरद्रिमं सप्तमं समयं वर्षं पेशलं मनोरमं न आह न कथयति बुध इति शेषः।।१४।।

यदि पाणिग्रहण संस्कार में कन्या का जन्म नक्षत्र ग्रहों के बल से रहित हो तो पाँचवें, आठवें और सातवें वर्ष में कलियुग में विवाह शुभ कारक नहीं होता है।।१४।।

विवाहे ग्राह्यवर्षाणि—

नवमपूर्वसपादशरत्त्रये-
ऽखिलयुगेषु खगैस्तु यथा बलैः।
शरसमेऽष्टमसप्तमयोःकलौ
बलिभिरिष्टकरश्च करग्रहः।।१५।।

अथोद्वाहे ग्राह्यवर्षविवेकतामाह—नवमेति।। तुरवधारणम् अखिलयुगेषु यथाप्राप्त-बलैर्बलयुक्तैः खगैः कृत्वा करग्रह उद्वाह इष्टकरः सुखकृत् स्यात्। कस्मिन् नवमपूर्वेति

नवमं पूर्वं आदौ यस्य तत् तच्च सपादं मासत्रयसहितम् तच्च शरत्रयं वर्षत्रयं च तस्मिन् सत्रययुक्तनवमदशमैकादशवर्षेष्विति च पुनः कलौ युगे बलिभिर्ग्रहैः करग्रह इष्टकरः स्यात्। कस्मिन् शरसमे पञ्चमवर्षेऽष्टमसप्तमवर्षयोश्च।।१५।।

नवम आदि (९,१०,११) वर्षों में ग्रहों के यथा सम्भव बल प्राप्त होने पर चतुर्थांश सहित उक्त तीन वर्षों में सभी युगों में विवाह शुभ होता है। अर्थात् ९ वर्ष ३ मास, १० वर्ष ३ मास, ११ वर्ष ३ मास पर्यन्त सभी युगों में विवाह किया जा सकता है। कलियुग में ग्रहों के बलवान रहने पर पाँचवें, आठवें और सातवें वर्षों में पाणिग्रहण संस्कार शुभ कारक होता है।।१५।।

चान्द्रमानग्रहणे निर्देशः—

विषमवर्षपदूर्ध्वसमादिप-
न्नियममादृतमत्र तु हायनम्।
परिणतावृषिभिर्विधुमानतो
न परतोऽपरतोऽपरतोषकृत्।।१६।।

अथ चान्द्रमानात् वर्षग्रहणविवेकमाह—विषमेति।। तु पुनरत्र परिणतौ विवाहे ऋषिभिर्हायनं पुत्रपुंसकम्' वर्षमादृतमङ्गीकृतम् किम्भूतं विषमवर्षस्य यः पादश्चतुर्थभागस्तस्मादूर्ध्वमग्रे समवर्षस्य आदिर्यः प्रथमचतुर्थभागस्तेन नियमो निश्चयो यस्मिंस्तत् समासे समग्रपदं। कोऽर्थः। विषमे वर्षे मासत्रयपर्यन्तमिति कस्मात् परतः अग्रतः अपरतः अहितो विधुमानतश्चन्द्रमानात् अपरस्मिंस्तोषकृत् अपरतोषकृत् न उक्तकालतोऽन्यकाले दुःखकृदित्यर्थः।।१६।।

विषम वर्षों के अनन्तर अर्थात् समवर्षों के प्रारम्भिक ३ मासों में पाणिग्रहण संस्कार का नियम ऋषियों द्वारा आदृत है। विषमवर्षों के अनन्तर ३ मास चान्द्रमान से ग्रहण करना चाहिए। इससे भिन्नमास असन्तोष कारक होते हैं अर्थात् अशुभ होते हैं।।१६।।

विवाहे त्याज्यवयः प्रमाणम्—

भवति साङ्घ्रिमहेशसमाधिका
सपदि या सततं हि कुमारिका।
गलितदानफलानु यथागुणे
न तदनेहसि तामिति नोद्वहेत्।।१७।।

अथ गलितदानफलां कन्यां परिहरन्नाह—भवतीति।। हि युक्तार्थे सपदि शीघ्रं या कुमारिका साङ्घ्रिमहेश ११ समाधिका मासत्रयाधिकैकादशवर्षमिता सती अनु पश्चात् सततं गलितदानफलां गलितं दानफलं यस्याः सकाशात् सा कस्मिन् तदनेहसि स एव अनेहा तदनेहा तस्मिन् यथागुणे सति इति हेतोर्ना पुमान् तां कुमारिकां नोद्वहेत्।।१७।।

यदि कन्या की आयु चतुर्थांश सहित ११ वर्ष (११ वर्ष ३ मास) हो गई हो तो वह कन्या गलितदानफला होती है अर्थात् उसका कन्या दान धार्मिक दृष्टि से फलीभूत नही होता। अतः गुण के अभाव में उस कन्या से विवाह नहीं करना चाहिये।।१७।।

इति नयोऽस्ति बलामरराड्विशो-
मनुजपज्जननेऽपि युगत्रये।
अनिशमेषु सुधर्मवतां कलौ
मनुभुवामपरेषु यथातथा ।।१८।।

अथ प्रादिषूक्तकालनयं द्रढयति—इति नय इति।। अनिशं सदा युगत्रये बलामराड्विशां 'बला लक्ष्मीर्वला मही' इत्यनेकार्थोक्तेः।। बलामराः भूदेवाः राजः क्षत्रियाः विशो वैश्या एषां अपि पुनः अनुजपज्जनने अनुजः कनिष्ठश्चासौ पज्जननः शूद्रश्च तस्मिन्नपि इति नयोऽस्ति कलौ एषु मनुष्येषु सुधर्मवताम् शुभधर्मयुक्तानाम् मनुभुवां मानवानामिति नयोऽस्ति अपरेषु मानवेषु यथातथास्ति सामान्यमित्यर्थः।।१८।।

कृत युगादि तीनों युगों में ब्राह्मण, क्षत्रिय, वैश्य और शूद्र सभी वर्णों के लिए विवाहार्थ सदैव यही नियम है। कलियुग में सुन्दर धर्म का आचरण करने वाले (मनु की सन्तानों) मनुष्यों में यही नियम है। इनसे भिन्न (धर्म विरुद्ध) प्राणियों के लिए यथारुचि विवाह का विधान है।।१८।।

भरतादीनां विवाहे समयशुद्धिः—

भरतबल्लवधीवरचर्मकृ-
च्छ्वपचनाहलसङ्करजातिषु।
पतितकारुकुविन्दजने यथा
समयशुद्धिरियं च तथेष्यते।।१९।।

अथ शैलूषादिजातिषु सामान्यशुद्धि दर्शयति—भरतेति।। यथा समयशुद्धिरियमस्ति तथा इष्यते कथ्यते केषु भरतेति भरतः शैलूषः बल्लवो गोपः धीवरः कैवर्तः चर्मकृत् पादुकावत् श्वपचश्चाण्डालः नाहलः पुलिन्दः संकरजातिर्वर्णसङ्करः एषु पुनः कस्मिन् कस्मिन् पतितो जातिभ्रष्टः कारुः शिल्पी कुविन्दजनस्तन्तुवायः पतितादीनाम समाहारैकत्वमिति लोकेऽपि। यतः 'गाढं उढीपुनइ लोहारः मोचीचर्मकरइव्यवहारविदुन्यातिकुपरि जाणउसई-पञ्चन्यागति एकारुकही।।१।। कन्दोईकाढीउकुम्भारभोईसाईतमर्दनीउसूत्रधारमालीतंवोली-पणिसारत्रुमुनारुसुणी सोनार'।।२।।१९।।

भरत (मनोरञ्जन करने वाली जाति), ग्वाला, धीवर (मल्लाह), चर्मकार, चाण्डाल, नाहल (जातिच्युत), वर्ण संकर जातियों में पतित, शिल्पी (बढ़ई आदि) तथा कुविन्द (बुनकर) आदि जातियों में केवल सामान्य शुद्धि ही विवाह के लिए कही गई है।।१९।।

देशभेदेन ग्रहशुद्धिविचारः—

परिमनन्त्यरिमीणकगौडगा-
स्तदनुगोचरशुद्धमहस्करम् ।
द्रविडमालवदक्षिणकान्ध्रगा
बलिसुराज्यकुजा मनुजा गुरुम् ।।२०।।

अथ सूर्यादिग्रहशुद्धौ बहुदेशमतान्तरमाह—परिमनन्तीति।। अरिमीणकगौडेषु गच्छन्तीति एतद्देशगा मनुजा मनुष्या अहस्करं गोचरशुद्धम् परिमनन्ति कथयन्ति तदनु पश्चात् द्रविणमालवदक्षिणकांध्रगाः बलिः सुराज्यः सुराष्ट्रदेशः एतत्कुजाः एतद्भूमिभवा मनुजा गुरुं गोचरशुद्धम् कथयन्ति।।२०।।

अरिमीड, गौड देशवासी गोचर शुद्ध सूर्य का विचार करते हैं। द्रविड, मालवा एवं दक्षिण स्थित राज्यों के तथा बलि और सौराष्ट्र के निवासी मनुष्य गुरु की शुद्धि का विचार करते हैं।।२०।।

मगधसिन्धुमरुत्प्रतिगोचरेऽ-
सुरसुरार्चितशुद्धिमति ग्रहः।
करतलस्य हिमाद्रितटाश्रयान्
खशमुखान्रुचिरः सितसम्पदि।।२१।।

मगधेति।। मगधादिदेशान् प्रति असुरसुरार्चितशुद्धिमति शुक्रगुरुशुद्धियुक्ते गोचरे सति करतलस्य ग्रहो रुचिर उद्वाहः शुभः स्यात्। पुनर्हिमाद्रितटाश्रयान् खशमुखान् देशान् प्रति सितस्य शुक्रस्य सम्पद् शुद्धिर्यस्मिंस्तस्मिन् एवंविधे गोचरे उद्वाहः शुभः स्यात्।।२१।।

मगध, सिन्धु, मरुत देशों में गुरु और शुक्र की गोचर शुद्धि, हिमालय की तलहटी में स्थित खश आदि देशों में शुक्र की शुद्धि विवाह में शुभ मानी गई है।।२१।।

जनपदेष्वपरेषु रवीज्ययोः
कुरुमुखेषु च गोचरचारिणोः।
सकलदेशरसासु तुषारगोः
करनिपीडनशुद्धिरितीक्ष्यते ।।२२।।

जनपदेष्विति।। अपरेषु कुरुमुखेषु जनपदेषु देशेषु रवीज्ययोर्गोचरचारिणोः करनिपीडनशुद्धिरीक्ष्यते कथ्यते पुनः सकलदेशरसासु समस्तदेशभूमिषु तुषारगोश्चन्द्रस्य गोचरचारिणः करनिपीडनशुद्धिरीक्ष्यते।।२२।।

कुरु आदि अन्य समस्त जनपदों में सूर्य और गुरु की गोचर शुद्धि का विचार किया जाता है तथा समस्त देशों में विवाह के समय चन्द्रमा की शुद्धि अपेक्षित होती

है। अर्थात् देशानुसार विहित ग्रहों की शुद्धि के साथ-साथ चन्द्रमा की शुद्धि का अवश्य विचार करना चाहिए।।२२।।

कन्यायाः गोचरफलम्—

ध्वनिगुणायनगामिनि गोचरे
वरतरे वरमेति पतिंवरा।
समयसम्पदि वै विषमेऽधमं
समफलं समलं समलक्षिते।।२३।।

अथ ग्रहगोचरशुद्धौ कन्यायाः शुभफलं दर्शयति—ध्वनीति।। वै इति हेतौ ध्वनिगुणं शब्दगुणमाकाशमिति तार्किकाः तत्रायनगामिनि ग्रहे गोचरे वरतरे शुभतरे सति पतिंवरा स्वयंवरा कन्या वरमुत्तमम् फलमेति प्राप्नोति कस्याम् समयसम्पदि कालशुद्धौ सत्यां। एवं विषमे क्रूरे ग्रहे गोचरेऽधमं फलम् एवं समलक्षिते समाश्चन्द्रबुधशुक्रास्तैर्लक्षिते युक्ते गोचरे सति समफलम् किम्भूतं समलं सह मलेन वर्तते यत्तत् मध्यफलमित्यर्थः।।२३।।

आकाशचारी ग्रहों की गोचर शुद्धि एवं समय शुद्धि रहने पर विवाह करने से कन्या उत्तम वर तथा अशुभ गोचर में अधम पति को प्राप्त करती है। समग्रहों से युक्त गोचर में मध्यम फल होता है। अर्थात् कन्या मध्यम गुण युक्त पति को प्राप्त करती है।।२३।।

अशुभग्रहाणां परिहारः—

समबलो विषमो ग्रहगोचरो
विमलयत्यमुमत्र तदर्चयाः।
समयमेव तथापि यथार्हया-
नशिवकृद्व्ययबन्धुलयेङ्गिरा।।२४।।

अथानिष्टग्रहे पूर्वं दर्शयति—समेति।। समबलो मध्यमफलो विषमोऽधमफलो ग्रहगोचरोऽत्र विवाहे तदर्चया तस्य ग्रहस्य पूजयामुं विवाहसमयमेव विमलयति निर्मलम् करोति। अङ्गिरा गुरुर्यथार्हया यथायोग्यपूजयापि तथा न शिवकृत् कस्मिन् व्यय १२ बन्धु ४ लये ८ द्वादश चतुर्थाष्टमभावे इति।।२४।।

गोचर में सम एवं विषम (अशुभ) ग्रह हों तो उनकी पूजा (ग्रहशान्ति) करने से वे शुभफलदायक हो जाते हैं। परन्तु गोचर में १२वें, चौथे और आठवें भाव में स्थित गुरु पूजा से भी शुभ नहीं होते। अर्थात् ४,८,१२ भावगत गुरु सर्वथा त्याज्य होते हैं।।२४।।

ग्रहशुद्धिफलम्—

निजपदायनहायनजा शुभा
भवति शुद्धिरिहैकभवा समा।

उभयतो न यदा त्वधमोढयोः
शुभसमाधमवत्फलदा इमाः।।२५।।

अथ यादृशी ग्रहशुद्धिस्तादृक् फलं दर्शयति—जिनेति।। इह विवाहे शुद्धिर्जिन-पदायनहायनजा शुभा भवति जिनपदं विष्णुपदं गगनं 'जिनौ कुमोदक इति विष्णुपदम् वियन्नभ' इति च हैमः तत्रायनं मार्गो एषां ते ग्रहा हायनम् च आभ्यां जातेति तु पुनस्तत्रैकभवा ग्रहजाता वर्षजाता वा शुद्धिः समा पुनरुभयतो ग्रहगोचरवशाभ्याम् जाता शुद्धिर्यदा न भवति तदाधमा भवति। इमा उत्तमसममध्यमाः शुद्धयः क्रमेण ऊढयोः परिणतयोर्दम्पत्योः शुभसमाधमवत्फलदाः स्युः।।२५।।

विवाह में आकाशचारी ग्रहों की शुद्धि और वर्ष शुद्धि दोनों हो तो उत्तम, इनमें से केवल एक से सम्बन्धित शुद्धि हो अर्थात् केवल वर्ष शुद्धि हो या केवल ग्रह शुद्धि हो तो सम (मध्यम) तथा दोनों में से कोई भी (ग्रह शुद्धि, वर्ष शुद्धि) न हो तो अधम होता है। शुद्धि के अनुसार ही विवाह का भी उत्तम, मध्यम एवं अधम फल होता है।।२५।।

उत्तरायणप्रशंसा—

नगमपास्य यमाशमनुष्णगो
रविरुषागतिजक्लमथुव्यथः।
किमिव कारयितुं भुवि मङ्गलं
वसुपदिग्गतिमान्विनिवर्तते।।२६।।

अथोद्वाहे उत्तरायणम् विशिनष्टि—नगमिति।। रविः सूर्य इति हेतौ वसुपो धनदस्तस्य दिग् उत्तरा तस्याम् गतिवान् वर्तते किंकृत्वा यमाशं नगमपास्य दक्षिणोदयाचलं हित्वा किं भूतो रविरनुष्णं शीतलम् मन्दम् वा गच्छति प्राप्नोतीति अनुष्णगः शीतकालत्वात् अत एव पुनः किम्भूतोः रविः उषेति उषायां रात्रौ गतिर्गमनम् तस्याः जाता क्लमथुव्यथा परिश्रमपीडा यस्य स देवानाम् दक्षिणायनरात्रित्वात् इति किं किमिति वितर्क्के रवावुत्प्रेक्ष्यते भुवि भूमौ मङ्गलम् विवाहादिकार्य कारयितुमिव यतोऽहं कष्टात् निर्गतो यूयं मङ्गलं कुरुत यथान्योऽपि यो विषमस्थानात्कष्टेनागच्छति तस्य वर्द्धापनादिमङ्गलं क्रियते इत्युक्तिलेशः। उत्तरायणे विवाहः शुभ इति हार्दम्।।२६।।

शीतरश्मि होकर (उष्णता को त्यागकर) सम्पूर्ण रात्रि यात्रा करने से थके हुए सूर्य दक्षिणाचल को छोड़कर पृथ्वी पर सभी प्रकार के मङ्गल कार्यों को सम्पन्न कराने के लिए कुबेर की दिशा उत्तर में परावर्तित होते हैं। अर्थात् सूर्य के उत्तरायण होने पर ही समस्त मङ्गल कार्य सम्पन्न होते हैं।।२६।।

विमर्श— कर्कादि छः राशियों में सूर्य दक्षिणायन तथा मकरादि ६ राशियों में सूर्य उत्तरायण होते है। उत्तरायण के ६ मास देवताओं के एक दिन तथा दक्षिणायन के ६ मास एक रात्रि के तुल्य होते हैं। दक्षिणायन की ६ राशियों की यात्रा देवताओं की रात्रि में ही होती है। इसी लिए कालिदास ने लिखा है कि रात्रि में यात्रा करने से थके हुये सूर्य उत्तरायण में प्रवेश करते हैं।

गुरुशुक्रयोरुदये विशेषः—

इति विवस्वदुदग्गतिबोधवा-
न्मुनिगणोऽकलयन्नवमङ्गलम्।
स्फुरदनेकविलासविलासिनी-
रतिकलोदयमार्यसितोदयम्।।२७।।

अथ गुरुशुक्रोदये विवाहं दर्शयति— इति विवस्वतः सूर्यस्य उदग्गतिरुत्तरायणं तस्य बोधनान् ज्ञानज्ञश्चासौ मुनिगणो ऋषिसमूहश्चायं नवमङ्गलं नवीनोद्वाहमकलयत् कथयामासेत्यर्थः।। किम्भूतं नवमङ्गलम् स्फुरन्तो दीप्यमाना अनेकविलासा अस्य सन्तीति स्फुरदनेकविलासी पुरुषो विलासिनी स्त्री च तयो रतिकलायाः कामक्रीडाया उदयः प्रादुर्भावो यस्मिंस्तत् पुनः किम्भूतं आर्यसितोदयं गुरुशुक्रयोरुदयो यस्मिंस्तत्।।२७।।

सूर्य के उत्तरगमन काल का ज्ञान रखने वाले मुनिगणों ने कहा है कि गुरु और शुक्र के उदय होने पर विवाह आदि मंगल कार्य अनेक प्रकार की क्रीडाओं से युक्त पुरुषों एवं स्त्रियों की काम क्रीडा को बढ़ाने वाले होते हैं। अर्थात् उत्तरायण सूर्य एवं गुरु-शुक्र का उदय मंगल कार्यों में शुभ होता है।।२७।।

वरवरणे कालशुद्धिः—

नुरविसारदिनैर्मुनिसंहतिः
स्फुटतरामरवासरवासरैः।
वरणमाह पतिंवरया पुरा
सुतिथियोगशुभाहरिनावहैः।।२८।।

अथ वस्त्रभूषणादिमोचनकालशुद्धिमाह—नुरिति।। पुरा प्रथमं मुनिसंहतिर्ऋषिगणो नुःपुंसः पतिंवरया कन्यया सह वरणं विवाहसंयोजनतः पश्चात् वस्त्रभूषणादिमोचनं वरणसंज्ञमाह ब्रूते। वरणं इति लोकभाषा। कैः कृत्वा स्फुटेति स्फुटतरा अयनांशसहिता अमरवासरवासरा उत्तरायणदिवसास्तैः किम्भूतैः अविसारदिनैः विसारो मीनसंक्रान्तिस्तस्य दिनरहितैरित्यर्थः। 'विसारः शकुली शुक्लो' इति हैमः।। पुनः किम्भूतैः सुतिथिगाः शुभतिथयः सुयोगाः शुभाहः शुभदिनम् इनः सूर्यवार एतान् आवहन्ति दधतीति तैरेभिर्युक्तैरित्यर्थः।।२८।।

मुनिगणों (ऋषियों) के मतानुसार स्पष्ट उत्तरायण काल में (मकरसंक्रान्ति से मिथुनान्त पर्यन्त) मीन संक्रान्ति के (लगभग ३०) दिनों को छोड़कर शेष दिनों में शुभ तिथि-वार एवं शुभयोगों में तथा रविवार को कन्या द्वारा पति का वरण करना चाहिए।।२८।।

विशेष :— वरवरण का अर्थ लोक में वर का विवाहार्थ चयन कर वस्त्र-आभूषणादि से सत्कृत करना ही होता है। संस्कृत टीकाकार के मत से विवाह निर्धारण के अनन्तर जिस दिन वस्त्र-आभूषण को उतार कर वैवाहिक क्रियाओं का आरम्भ करते हैं उसी को वरण कहते हैं।

वरवरणे मतान्तरम्—

त्रिदशसुप्तिदिनापरवासरै-
र्व्ययनभागदिनास्त्रतिमिद्युभिः।
क्वचिददो वरणं समुदीरितं
यदि न सम्पदमर्त्यदिनस्य च।।२९।।

अथात्र मतमाह—त्रिदशेति।। वा इति पक्षान्तरे यदि अमर्त्यदिनस्य अमरदिनस्योत्तरायणस्य सम्पद् शुद्धकालप्राप्तिर्न स्यात्तथाप्यदो वरणं पाणिपीडनमुदीरितम् कथितं कैः कृत्वा त्रिदशसुप्तिर्देवशयनम् चातुर्मासकम् तस्याः दिनानि तेभ्योऽपरवासरैरन्यदिनैः किंभूतैरन्यवासरैः विगतानि अयनभागदिनानि अयनांशवासराणि एभ्य एवंविधानि अस्त्रतिमिघ्नि धनुर्मीनसंक्रांतिदिनानि एषु तानि तैः धनुर्मीनयोरयनांशदिनवर्जितैरित्यर्थः।।२९।।

देवताओं के दिन में (उत्तरायण में) शुद्ध समय न मिलने पर देवशयन (आषाढ़ शुक्ल एकादशी से कार्तिक शुक्ल एकादशी पर्यन्त), धनु और मीन के संक्रान्ति दिनों में अयन दिनों को छोड़कर शेष दिनों में वरवरण कर लेना चाहिए ऐसा कुछ आचार्यों का मत है।।२९।।

वरवरणे नक्षत्रशुद्धिः—

वसुभजैनशयानिलपूर्विका-
नलमृगान्त्यशिफाध्रुवपैत्रभैः।
सुरचिकित्सकवार्द्धकिभान्वित-
स्त्र्यपिभराजबला वृणुते वरम्।।३०।।

अथात्र भशुद्धिं दर्शयति—वसुभेति।। स्त्री अपि वरं पतिं वृणुते किम्भूता भराजबला भानां नक्षत्राणां राजा चन्द्रस्तस्य बलं यस्याः सा कैः कृत्वा वसुभादिनक्षत्रैः वसु धनिष्ठा जिनो विष्णुर्देवतास्य जैनम् श्रवणः शयो हस्तः अनिलः स्वाती पूर्विकाः पूर्वात्रयं अनलः कृत्तिका मघा अन्त्यं रेवती शिफा मूलम् ध्रुवसंज्ञानि मित्रभमनुराधा एतैः किम्भूतैः सुरचिकित्सकोऽश्विनी वर्द्धकिभम् चित्रा एतैरन्वितैर्युक्तैः शिफा मातरि मांस्याम् च जटायाम् च सरित्यपि' इति हैमः।।३०।।

धनिष्ठा, श्रवण, हस्त, स्वाती, तीनों पूर्वा, कृत्तिका, मृगशीर्ष, रेवती, मूल, ध्रुव संज्ञक (तीनों उत्तरा, रोहिणी) नक्षत्र, अनुराधा, अश्विनी एवं चित्रा नक्षत्रों में कन्या को वर का वरण करना चाहिए।।३०।।

वरवरणे लग्नशुद्धिः—

व्यशुभकण्टकरन्ध्रनृभोदये
वरणमातनुते हि वनश्रियम्।
त्र्युपचयेतदिनं च विवाहतोऽ-
ङ्कृतिमादिममाशु निकृन्तति।।३१।।

अथात्र भावशुद्धिं दर्शयति—व्यशुभेति।। हि युक्तार्थे वरणं कर्तृभवं वरश्रियं श्रेष्ठलक्ष्मीं भर्तुः श्रियं वा आतनुते विस्तारयति कस्मिन् व्यशुभेति विगता अशुभाः क्रूरग्रहा येभ्यस्ते एवंविधेषु कंटक १।४।७।१० रन्ध्र ८ भावेषु नृभोदयो नरराश्युदयमस्मिन् च पूर्ववैवाहिकमादिमं पूर्वं त्र्युपचयेतदिनम् त्रयाणां उपचयो वृद्धिस्तेन इतं प्राप्तम् दिनम् यत्तत् कर्तृपदमाशु शीघ्रमङ्गकृतिं विवाहोपयोगि कण्डनादिकार्यं निकृन्तति छिनत्ति विनाशयतीत्यर्थः। कोऽर्थो विवाहात् पूर्वं तृतीयं षष्ठं नवमं च दिनं त्याज्यमित्यर्थः।। यतः 'दलनं कण्डनं चैव व्यञ्जनं मोदकानि च। यवारमण्डपौ वेदी कुङ्कुमं वर्णकं तथा' इति।।३१।।

पुरुषलग्न के उदयकाल में पापग्रहों से रहित केन्द्र (१, ४, ७, १०) एवं अष्टमभाव के रहने पर वरवरण शुभकारक होता है। विवाह दिन से ३ एवं ३ के उपचय दिन (३+३=६, ६+३=९) अर्थात् ३, ६, ९, दिन पूर्व की गई वैवाहिक (हरिद्रालेपनादि) क्रिया शीघ्र ही विनाश करने वाली होती है। अर्थात् विवाह से ३, ६, ९ दिन पूर्व हरिद्रालेपन आदि क्रिया नहीं करनी चाहिए।।३१।।

विशेष :— लोक व्यवहार में सर्वाधिक हरिद्रालेपन आदि का कार्य विवाह से तीन दिन पूर्व ही किया जाता है। 'त्र्युपचय' से यदि तीन उपचय स्थानों का ग्रहण किया जाय तो ३, ६, १० संख्या आती है। इनमें ३ का निषेध लोक में नहीं है। ६, १० का व्यवहार लोक में भी नहीं होता।

विवाहात् प्राक् क्रियामुहूर्त्तः—

प्रथममन्यदपि व्रतचौलजं
परिणतेर्विदधीत विधानकम्।
वरणभद्युषु मण्डपवर्णका-
भरणगीतयवारककर्म च।।३२।।

अथ विवाहात्प्रथमं कृत्यं दर्शयति—प्रथममिति।। पुरुष इति शेषः। अन्यदपि व्रतचौलजं विधानकं मौञ्जीबन्धनादिकार्यं परिणतेर्विवाहात् प्रथमं विदधीत कुर्यात् च पुनः पुरुषो मण्डपेति मण्डपकर्म मण्डपरचना वर्णकाकर्म खण्डिकादिना गृहस्य धवलीकरणं आभरणकर्म गीतकर्म यावरककर्म 'जवारा' इति भाषा। एनलदेवीस्थापनं तदुपरि सर्वतो यवारकवपनमिति लोकप्रसिद्धिः एषां द्वन्द्वे एषां कर्म करोति केषु वरणभद्युषु विवाहपूर्वकृत्यनक्षत्रदिनेषु।।३२।।

व्रतबन्ध, मुण्डन आदि से सम्बन्धित कार्य विवाह से पूर्व सम्पन्न कर लेना चाहिए। विवाह के अङ्गभूत हरिद्रा, मण्डपाच्छादन, आभूषण, गीत, यवार प्रभृति कार्यों को वरवरण हेतु बताये गये नक्षत्रों एवं दिनों में करना चाहिए।।३२।।

वेदिकामण्डपयोर्विधानम्—

रमणिका सवितानकमण्डपा
भवति तिर्यगुडुष्वपि वा यमे।

अवटमाहुरधोलपनैः क्षणै-
र्बलिविरोपणमेवमुदाननैः।।३३।।

अथ वेदिकादिरचनां दर्शयति—रमणिकेति।। तिर्यगुडुषु वाथवा यमे शनिवारेऽपि रमणिका वेदी एवंविधा भवति 'महिला रमणी ज्ञेया रमणी वेदिका मता' इत्यनेकार्थध्वनिमञ्जरी। किंभूता रमणिका सवितानकमण्डपा चन्द्रोदयमण्डपयुक्ता पुनर्बुधा अवटं खातकरणमाहुः कैरधोलपनै (रधोमुखनक्षत्रैः) क्षणैस्तत्रक्षत्रमुहूर्तैर्वा पुनर्बुधाः बलिविरोपणं माणवकस्तम्भरोपणमाहुः कैरुदाननैरूर्ध्वमुखनक्षत्रैः खातं कृत्वा तत्र खातविषये पूगफलाक्षतान्मण्डपसंस्कारपूर्वान् निधाय ततस्तत्र स्तम्भारोपणमिति।।३३।।

तिर्यक् संज्ञक (अनुराधा, मृगशिरा, रेवती, चित्रा, हस्त, स्वाती, पुनर्वसु, ज्येष्ठा तथा अश्विनी) नक्षत्रों में अथवा शनिवार को चन्दोवा आदि से आच्छादित मण्डप में विवाह-वेदिका का निर्माण करना चाहिए। अधोमुखसंज्ञक नक्षत्रों में (मूल, आश्लेषा, विशाखा, कृत्तिका, तीनों पूर्वा, भरणी तथा मघा नक्षत्रों में) वेदी के चारों तरफ खात खोद कर ऊर्ध्वमुख संज्ञक (आर्द्रा, पुष्य, श्रवण, धनिष्ठा, तीनों उत्तरा एवं रोहिणी) नक्षत्रों में स्तम्भारोपण करना चाहिए।।३३।।

त्याज्यं खातकोणतलम्—

अवटकोणमहीततलं त्यजे-
च्छरणमण्डपवेद्यनुगं सदा।
स्फुरदलङ्कृतिचीवरधारणे-
ऽनुदितमप्युपयामदिनं श्रियै।।३४।।

अथ गृहादिप्राप्तं खातकोणतलं त्यजति—अवटेति।। सदा विचक्षणोऽवटकोणमहीततलं अवटो गर्तकोणोऽतस्तस्य मही भूमिं इतं प्राप्तं एवं यत् जलं स्थानं त्यजेत् किंभूतं तलं शरणं गृहं मण्डपः वेदी एता अनुगं प्राप्तं खाते वेधस्त्याज्य इत्यर्थः। अथात्र प्रस्तावात् भूषणचीवरधारणशुद्धिमाह उपयामदिनं विवाहदिवसमनुदितमपि अनुक्तमपि श्रियै लक्ष्म्यै स्यात् कस्मिन् स्फुरदलंकृतिचीवरधारणे दीप्यमानभूषणवस्त्रधृतौ।।३४।।

यदि खात के कोणों के अन्दर गृह, वेदी आदि की भूमि हो तो उसका परित्याग करना चाहिए। उस स्थान पर स्तम्भ स्थापन नहीं करना चाहिये। विहित दिन न मिलने पर भी विवाह के समय नवीन वस्त्र एवं आभूषण आदि धारण करना शुभकारक ही होता है।।३४।।

मेलापकोपकरणानि—

वर्णराशिगणखेटतारका-
नाडिकाभभगवर्गवश्यता।
दूरमेभिरुदितं विशारदै-
र्मित्रपत्रदशभिश्च युवक् क्वचित्।।३५।।

अथ रथोद्धतया दशधा मेलापकदायि काव्यमाह—वर्णेति।। वर्णो विप्रादिः राशिर्मेषादिः गणो देवगणादिः खेटो रव्यादिः तारकाश्विन्यादिः नाडिका फणिचक्रस्थाः भभगो नक्षत्रयोनिः वर्गाः अकचटतपादयोऽष्टौ वश्यता राशिवश्यता यथा नृराशीनां सर्वे वश्या सिंहं विनेति समासे समग्रपदं दूरं विशारदैः पण्डितैरत्रोद्वाहे एभिर्वर्णादिभिर्दशभिः कृत्वा। मित्रं मेलापकं उदितं प्रोक्तं च पनः क्वचित् युग्युजिरपि।।३५।।

वर्ण, राशि, गण, ग्रह, तारा, नाडी, योनि, वर्ग, वश्य तथा नृदूर इन दशों की मित्रता का विचार कर इनके योग (गुणैक्य) से विद्वानों ने मेलापक बतलाया है।।३५।।

वर्णविचारः—

पञ्चमांकमितभैर्युताः क्रमा-
न्मीनमेषवृषवैणिका गृहाः।
सोमपावनिपवैश्यपद्भुवां
नोच्चजां परिणयेद्दशां नरः।।३६।।

अथैषु प्रथमं वर्णविवेकं प्रथयति—पञ्चमांकेति।। सोमपा विप्रा अवनिपाः क्षत्रियाः वैश्याः पद्भुवः शूद्रा एषां द्वन्द्वे एषां क्रमात् क्रमेण मीनादिराशयः स्युः किंभूता मीनादिराशयः पञ्चमांकमितभैर्युताः पञ्चमनवमराशियुक्ताः। विप्राणां मीनराशिस्तस्मात् पंचमः कर्कश्च वृश्चिकश्च एवं क्षत्रियाणां मेषः सिंहो धनुश्च वैश्यानां वृषः कन्या मकरश्च शूद्राणां वैणिको मिथुनराशिस्तुला कुम्भश्च 'वीणावादस्तु वैणिक' इति हैमः।। मीनादयो गृहा राशयश्चेति समासः अन्योन्यसम्बन्धात् मीनकर्कवृश्चिका विप्रवर्ण इत्यादि ज्ञेयं। वरो दशां स्त्रीं न परिणयेत् किंभूतां स्त्रीं उच्चजां वर्णाधिकजातां। यतः कर्कटालिझषा विप्रा मेषसिंहधनुर्नृपाः। मृगगोकन्यका वैश्याः शूद्रा द्वन्द्वतुलाघटाः।।१।। एकवर्गो भवेच्छ्रेष्ठो मध्यनो विप्रक्षत्रियौ। अधमौ विप्रवैश्यौ च विप्रशूद्रं विवर्जयेत्।।२।। वर्णाधिका यदा नारी तस्या भर्ता न जीवति। अथवा जीवते तस्या अपुत्रो धनवर्जितः।।३।।३६।।

मीन, मेष, वृष और मिथुन राशियाँ अपने से पञ्चम और नवम राशियों के साथ क्रम से विप्र, क्षत्रिय, वैश्य और शूद्र वर्ण संज्ञक होती है। अर्थात् मीन-कर्क और वृश्चिक राशियाँ विप्रवर्ण, मेष, सिंह, धनु, क्षत्रिय, वृष, कन्या, मकर, वैश्य तथा मिथुन-तुला, कुम्भ शूद्रवर्ण संज्ञक होती है। अपने (वर) से उच्च वर्ण वाली कन्या से विवाह नहीं करना चाहिए।।३६।।

वर्णचक्र

वर्ण	विप्र	क्षत्रिय	वैश्य	शूद्र
रा	मीन	मेष	वृष	मिथुन
शि	कर्क	सिंह	कन्या	तुला
याँ	वृश्चिक	धनु	मकर	कुम्भ

राशि (भकूट) विचार:—

यौ परस्परमदानुगौ सदा
बन्धुराज्यसमितौ बलाप्तिगौ।
एकभौ यदि हि जम्पती स्मृतौ
विराजितकुलौ न चान्यगौ।।३७।।

अथ काव्यद्वयेन राशिविवेकं दर्शयति— याविति।। यदि चेत् यौ दम्पती वधूवरौ एवंविधौ भवतस्तदाह किंभूतौ परस्परमदानुगौ उभयत: सप्तमराशिगतौ पुन: बन्धुराज्यसमितौ चतुर्थदशमराशिगतौ पुनर्बलाप्तिगौ तृतीयैकादशराशिगतौ पुनरेकभौ एकं भं राशिर्ययोस्तौ एकराशिगतौ च पुनरन्यराशिगतौ न स्तस्तदा तौ जम्पती सदा विराजितकुलौ विराजितं अलंकृतं कुलं याभ्यां तौ कुलोद्योतकृतौ स्मृतौ कथितौ।।३७।।

जिन स्त्री-पुरुषों की राशियाँ परस्पर (एक-दूसरे से) सप्तम, चतुर्थ-दशम, तृतीय-एकादश हों अथवा दोनों की एक ही राशि हो तथा इनसे भिन्न राशियाँ न हों तो ऐसे दम्पती (पति-पत्नी) का कुल सम्पन्न एवं प्रतिष्ठित होता है।।३७।।

शत्रुमारपरिबर्हगं नरं
प्राप्य पुण्यमतिगं हि कन्यका।
शत्रुनाशगमिह स्वभात्तु किं
खेटसख्यविधिना शमश्नुते।।३८।।

शत्र्विति।। तुरवधारणे इह राशिमैत्र्या कन्यका नरं प्राप्य किं यदि खेटसख्यविधिनान्योन्यग्रहमैत्रीविधिना शं सुखमश्नुते प्राप्नोति किंभूतं नरं स्वभात् निजराशित: शत्रुमारपरिबर्हगं शत्रो: सकाशात् मार: सप्तम: कोऽर्थ: षष्ठसंख्यामारभ्य सप्तमितसंख्यागणनया द्वादशो राशिरायात: परिबर्हो परिच्छदो धनभाव: द्वितीयो राशिरिति तौ गच्छतीति तं द्विर्द्वादशराशिगतमित्यर्थ:। पुन: किंभूतं नरं पुण्यमतिगं नवमपञ्चमराशिगतं पुन: किंभूतं नरं शत्रुनाशगं षष्ठाष्टमराशिगतं। यत: शत्रुषष्ठाष्टके मृत्यु: कलहो नवपञ्चमे। द्विर्द्वादशे तु दारिद्र्यं शेषेषु प्रीतिरुत्तमा'।।१।।३८।।

षष्ठ (शत्रु) भाव और काम (सप्तम) भाव एक दूसरे से द्वितीय-द्वादश स्थान होते हैं अत: अपनी राशि से द्वितीय-द्वादश, पञ्चम-नवम एवं षष्ठ-अष्टम भावगत राशिवाले वर (पुरुष) को प्राप्त कर कन्या ग्रह-मैत्री के अनुसार ही सुख-भोग अथवा कल्याण प्राप्त करती है (अर्थात् मैत्री के अभाव में सुख नहीं प्राप्त करती है)।।३८।।

परिष्कार— कन्या की राशि से वर की राशि ६-८, ५-९ तथा २-१२ हो तो वैवाहिक सम्बन्ध की दृष्टि से हानिकारक होती है। परन्तु आचार्यों का कथन है कि दुष्ट भकूट (राशियों के उक्त ६-८ आदि सम्बन्ध) होने पर यदि दोनों के राशीश ग्रहों की

मित्रता हो तो भकूट का दोष नहीं होता। प्रस्तुत पद्य का भी आशय है कि उक्त भकूट में ग्रह मैत्री होने पर ही शुभ होता है।

गणविचार:—

पावनैन्दवपुनर्वसुश्रवक्षिप्र-
पौष्णमनुराधयान्वितम् ।
दैवमाह गणमैशपूर्विकाशामनं
स्थिरमिमं नरे विधिः ।।३९।।

अथकाव्यद्वयेन गणविवेकं दर्शयति—पावनेति।। विधिर्ब्रह्मसिद्धांतकर्ता दैवज्ञः पावनादिनक्षत्रं दैवं गणं देवगणमाह पवनस्येदं पावनं स्वाती ऐन्दवं मृगशिरः पुनर्वसु श्रवः श्रवणः क्षिप्रसंज्ञानि पौष्णं रेवती एषां समाहारैकत्वं किंभूतं अनुराधयान्वितमनुराधायुक्तं इति देवगणः। पुनः ऐशमार्द्रा पूर्विका पूर्वात्रयं शामनं भरणी स्थिरसंज्ञमिमं गणं नरे आह मनुष्यगण इत्यर्थः।।३९।।

स्वाति, मृगशिरा, पुनर्वसु, श्रवण, क्षिप्रसंज्ञक (हस्त, अश्विनी, पुष्य), रेवती और अनुराधा नक्षत्रों को देवगण तथा आर्द्रा, तीनों पूर्वा, भरणी एवं स्थिरसंज्ञक (तीनों उत्तरा, रोहिणी) नक्षत्रों को मनुष्यगण कहा गया है।।३९।।

व्यैशदारुणसमानवासवत्वाष्ट्र-
वारुणमघा गणोऽपरः।
मञ्जुलैकगणयो रतिस्तयोर्मध्यमा
न्रमरयोः पराधमा।।४०।।

व्यैशेति। विगतं ऐशं यस्मात् आर्द्रारहितं दारुणसंज्ञं समानं साधारणसंज्ञं वासवं धनिष्ठा त्वाष्ट्रं चित्रा वारुणं शतभिषक् मघा एषामपरो राक्षसो गणः। तयोर्वर-वध्वोरेकगणयोर्मञ्जुला उत्तमा रतिः प्रीतिः तयोर्न्रमरयोर्नरदेवगणयोर्मध्यमो रतिः तयोर्नरराक्षसगणयोः पराधमा रतिः।।४०।।

आर्द्रा रहित दारुणसंज्ञक अर्थात् मूल, ज्येष्ठा, आश्लेषा, साधारण (मिश्र) संज्ञक (विशाखा, कृत्तिका), धनिष्ठा, चित्रा, शतभिष तथा मघानक्षत्रों को अपर 'राक्षस' गण कहा गया है। वर-वधू का एक ही गण हो तो उत्तम प्रीति होती है। यदि दोनों का मनुष्य और और देवगण हो तो मध्यम तथा इससे भिन्न अर्थात् देव-राक्षस एवं मनुष्य-राक्षस गण हो तो तो अधम प्रीति होती है अर्थात् शुभ नहीं होता।।४०।।

ग्रहमैत्रीविचार:—

जीवराजमिहिरावनीभुवो
मित्रभावनिरता मिथस्त्विह।

क्रोडकाव्यविधुजागतस्तथा
वैरिणोऽनिशममी परस्परम्।।४१।।

अथ खेटमध्यविवेकं दर्शयति—जीवेति।। इह मेलके जीवो गुरु: राजा चन्द्र: मिहिरो रवि: अवनीभूर्मङ्गल एषां द्वन्द्वे एते ग्रहा मित्रभावे मित्रतायां निरता:, अतिशयेन रक्ता: मिथ: परस्परप्रीतियुक्ता इत्यर्थ:। तु पुन: क्रोड: शनि: काव्य: शुक्र: विधुजो बुध: अगु: राहु: एते तथा परस्परं मैत्रीयुक्ता: पुनरनिशं निरन्तरमेते परस्परं वैरिण: सन्ति यदाह—राहुरव्यो: परं वैरं गुरुभार्गवयोरपि। हिमांशुबुधयोर्वैरं विवस्वन्मन्दयोरपि। इति।।४१।।

गुरु, चन्द्र, सूर्य, भौम ये परस्पर मित्र भाव में रहते हैं। इसी प्रकार शनि, शुक्र, बुध और राहु की परस्पर मित्रता है। परन्तु इनका एक दूसरे से निरन्तर वैर रहता है। अर्थात् गुरु, चन्द्र सूर्य, भौम एक मित्रवर्ग के ग्रहों का दूसरे मित्र वर्ग शनि, शुक्र, बुध और राहु के साथ परस्पर शत्रु भाव होता है।।४१।।

भौम (माङ्गलिक) विचार: —

अङ्गमारमृतिमङ्गलं तथा
बान्धवव्ययकमङ्गलं जनु:।
नाधिगम्य सुदृशोऽबलाविशो
वै तदेव फलमातनोत्यनु।।४२।।

अथ जन्मभावे भौमफलं दर्शयति—अङ्गमेति।। वै इति विशेषार्थे अबला च विट्पुमांश्चानयो: समाहारे एकत्वमबलाविश: स्त्रीपुरुषस्य जनुर्जन्मलग्नं कर्तृपदमनुविवाहात् पश्चात् तदेव फलमातनोति विस्तारयति जनु: किंकृत्वा अङ्ग १ मार ७ मृति ८ मङ्गल अङ्गे प्रथमे मारे सप्तमे मृतौ अष्टमे भावे भौममधिगम्य प्राप्य तथा पुनर्बान्धवे ४ व्ययके च १२ भावे मङ्गलं भौममधिगम्य किंभूतस्याबलाविश: सुदृश: सुनेत्रस्य तदेव फलमिति कोऽर्थ यथा उक्तं तन्वादिभावे १।४।७।८।१२। मंगलो भौम: प्राप्तोऽस्ति तथा तेषु भावेषु मङ्गलं निरुपद्रवं न करोति अर्थात्तान् हन्तीत्यर्थ:।। यत: 'लग्ने व्यये च पाताले जामित्रे चाष्टमे कुजे। भर्ता भार्याविनाशाय भार्या भर्तृविनाशिनी' इन्यत्र ग्रहसख्यं न विलोक्यम्।।४२।।

स्त्री या पुरुष के जन्म लग्न से प्रथम, सप्तम, अष्टम, चतुर्थ एवं द्वादश भाव में मंगल स्थित हो तो यह विवाह के अनन्तर शुभफलदायक नहीं होता अपितु स्त्री-पुरुष के जातकोक्त अशुभ फल को बढ़ाता है।।४२।।

परिष्कार— कन्या के जन्म लग्न से या राशि से १, ४, ७, ८, १२ भावों में स्थित मंगल पति के लिए घातक तथा पति के जन्मलग्न और राशि से उक्त भावगत मंगल पत्नी के लिए घातक होता है। इसे मांगलिक दोष कहते हैं। यदि दोनों की कुण्डली में उक्त भावों में मंगल हो तो दोष का परिहार हो जाता है।

सप्तमभावस्थग्रहफलम्—

कामवर्तिनि विकर्तने भवे-
च्चेटिकेनभुवि निष्कलाबला।
एतदेव युगिलाजयुग्मिथो
बाधते न तु तयोर्गुरोर्दृशा।।४३।।

अथ सप्तमभावे रव्यादिसंयोगफलं दर्शयति—कामेति।। कामवर्तिनि सप्तमभावे विकर्तने रवौ सति अबला स्त्री चेटिका स्त्रिरंगना? श्चेटीवद्भवेत्। पुनः सप्तमे इनभुवि शनौ सती अबला निष्कला भवेत् 'पुष्पहोना तु निष्कला' इति हैमः।। पुनरेतावेव युक् सप्तमभावे रविशनियुग्मं ..पदं तयोर्वधूवरयोर्मिथः परस्परं बाधते पीडयति किंभूतमेनदेव युग् इलाजयुगभौमयुक्तं यदि गुरुर्दृशा दृष्ट्या युक् युक्तं न तु तदेति खेटसंख्यविवेकः।।४३।।

यदि कन्या के जन्मलग्न से सप्तम भाव में सूर्य हो तो कन्या दासी होती है, शनि हो तो निष्कला (रज से रहित वण्ढा) होती है। यदि इन दोनों सूर्य और शनि का योग सप्तम में हो तो पति-पत्नी दोनों को पीड़ा होती है। तथा इनमें भौम युक्त हो और गुरु की दृष्टि इन पर न हो तो भी कष्ट कारक होते हैं। (अर्थात् यदि गुरु की सप्तम भाव पर दृष्टि हो तो उक्त दोषों का शमन होता है।)।।४३।।

ताराविचारः—

भीरुजन्मभनृभाववधेर्गणा-
ज्ज्योतिषा नवविताष्टतारकाः।
देवभावचलरामबाणमाः
पातयन्त्यपि वशावरौ हिताः।।४४।।

अथ तारकामेलापकमाह—भीरुजेति।। भीरुजन्मभं कन्याजन्मनक्षत्रं तस्मान्नृभं नरनक्षत्रं तस्यावधिर्मर्यादा यस्य स तस्मादेवं विधात् ज्योतिषां नक्षत्राणां गणात् नवविताष्टतारका नवभिर्भागैस्तष्टाः हतास्तारकास्ताः शेषास्ताराः कर्तृपदं हि निश्चितं वशावरौ स्त्रीनरौ पातयन्ति घ्नन्तीत्यर्थः। किंभूतौ वशात्रिशौ देवभौ सुरसदृशावपि किंभूताः शेषास्ताराः अचलरामबाणैर्भीयन्ते इति एतस्माः सप्तमी तृतीया पञ्चमी पक्षान्तरेण रलयोर्डलयोश्चैक्यमित्यन्योन्यसम्बन्धात् रकारत्यागात् डकारनिक्षेपात् ताडकानामराक्षसी यथा देवान् पातयतिस्म तथा इमास्तिस्र इति छायार्थः।।४४।।

कन्या के जन्म नक्षत्र से पति के जन्म नक्षत्र पर्यन्त गणना करने से जो नक्षत्र संख्या हो उसे ९ से विभक्त करने पर शेष संख्या तुल्य तारा होता है। (इसी प्रकार वर के नक्षत्र से कन्या के नक्षत्र पर्यन्त नक्षत्र संख्या को नव से भाग देने पर शेष संख्यक तारा होता है।) यदि दोनों के तारा ७, ३, ५ संख्यक हों तो वर-कन्या देवतुल्य हों तो भी उनका नाश करते हैं।

परिष्कार— तारा ९ होते हैं जिनके नाम क्रम से इस प्रकार हैं— १. जन्म, २. सम्पत्, ३. विपत्, ४. क्षेम, ५. प्रत्यरि, ६. साधक, ७. वध, ८. मैत्र, ९. अतिमैत्र। इनमें तीसरा विपत्, पाँचवाँ प्रत्यरि तथा ७वाँ वध तारा अशुभ होता है।

उदाहरण— कन्या का जन्म नक्षत्र पुष्य, वर का हस्त। कन्या के नक्षत्र से वर की नक्षत्र संख्या ६ नव से अल्प है। अत: कन्या का ६ठाँ तारा 'साधक' तथा वर के नक्षत्र से कन्या की नक्षत्र संख्या २३ को नव (९) से विभक्त करने पर शेष ५ रहता है। अत: वर की तारा प्रत्यरि (अशुभ) है।

नाड़ीबोधकफणिचक्र—

दीर्घपृष्ठवलये त्रिनाडिके
न्यस्तधिष्ण्यपटले विचिन्तयेत्।
आहिनाडिकमुडु प्रियापहं
माध्यमर्थनुदुभापदे परम्।।४५।।

अथ नाडीवेधे फणिचक्रं दर्शयति—दीर्घेति।। सुधीस्त्रिनाडिके दीर्घपृष्ठवलये फणिचक्रे इति चिन्तयेत् विचारं कुर्यात् किंभूते दीर्घपृष्ठवलये न्यस्तधिष्ण्यपटले स्थापितनक्षत्रसमूहे तत्रादिनाडिकं प्रथमनाडीस्थम्। प्रियापहं भर्तृघातकं स्यात्। माध्यं मध्यनाडीस्थं नक्षत्रमर्थनुत् द्रव्यविनाशकं स्यात्। अपरमन्त्यनाडीस्थं भं नक्षत्रमुभापदे उभयोर्वधूवरयो: कष्टाय स्यात्। अथात्र ग्रन्थान्तराल्लिख्यते।।

अश्विन्यादि लिखेच्चक्रं सर्पाकारं त्रिनाडिकं।
तत्र वेधवशाज्ज्ञेयं विवाहादिशुभाशुभम्।।१।।

हन्नाडीवेधनक्षत्रमश्विरौद्रपुनर्वसू ।
उत्तराहस्तेन्द्रमूलवारुण्यपूर्वभाद्रपदा नव।।२।।
इत्यादिनाडिका।।

याम्यं सौम्यं गुरुर्योनिचित्रामैत्रजलाह्वयम्।
धनिष्ठा चोत्तराभद्रा मध्यनाडी व्यवस्थिता।।३।।
इति मध्यनाडी।।

कृत्तिकारोहिणीसार्पमघास्वातीविशाखिका:।
उषा च श्रवण: पौष्णं पृष्ठा नाडीव्यवस्थिता:।।४।।
इत्यन्तनाडी।।

अख्यादिनाडीवेधर्क्ष षष्ठं द्वितीयकं क्रमात्।
याम्यादितुर्यं तुर्यं च कृत्तिकादिद्विसप्तकम्।।५।।

एवं निरीक्षयेद्वेधं कन्यामित्रे गुरौ सुरे।
पुण्यं स्यात्स्वामिमित्रेषु देशे ग्रामे पुरे गृहे।।६।।

एकनाडीस्थितर्क्षाणि यदा स्युर्वरकन्ययोः।
तदा वेधं विजानीयाद्गुर्वादिषु तथैव च॥७॥

प्रकटं यस्य जन्मर्क्ष तस्य जन्मर्क्षतो व्यधः।
प्रनष्टं जन्मभं यस्य तस्य नामर्क्षतो व्यधः॥८॥

द्वयोर्जन्मभयोर्वेधो द्वयोर्नामभयोस्तथा।
जन्मनामर्क्षयोर्वेधो न कर्तव्यः कदाचन॥९॥

एकनाडीस्थिता दुष्टा भर्तुश्चैव कुलांगना।
तस्मान्नाडीव्यधो वीक्ष्यो विवाहे शुभमिच्छता॥१०॥

हन्नाडीवेधतो भर्ता मध्यनाडी व्यधे द्वयोः।
पृष्ठनाडीव्यधे कन्या म्रियते नात्र संशयः॥११॥

समासन्ने व्यधे शीघ्रं दूरवेधाच्चिरेण तु।
वेधान्तरभमानेन वर्षे दुष्टं प्रजायते॥१२॥

एकराशौ धनापत्यसौभागयजननं स्मृतम्।
एकर्क्षद्वितयैकांशैर्विवाहं नैव कारयेत्॥१३॥

एकनक्षत्रजातानां परेषां प्रीतिरुत्तमा।
दम्पत्योः कलहो ज्ञेयः पुत्रो जातो रिपुर्भवेत्॥१४॥

ग्रामे वा नगरे वापि राजसेवकयोस्तथा।
एकत्रर्क्षे भवेत् प्रीतिर्विवाहे दुःखमादिशेत्॥१५॥

इति॥४५॥

दीर्घ पृष्ठवलय (किसी विस्तृत पटल) पर नक्षत्रों से अंकित सर्पाकार त्रिनाडी चक्र बनाकर 'नाडी' का विचार करना चाहिए। यदि वर-वधू के नक्षत्र आदि नाडी स्थित हों तो प्रिय (अभीष्ट) का नाश करने वाले, मध्यनाडी गत हों तो अर्थ हानि करने वाले तथा अन्त्य नाडी स्थित हों तो दोनों के लिए कष्टकर होते हैं।।४५।।

परिष्कार— नाडी तीन प्रकार की होती है— १. आदि, २. मध्य, ३. अन्त्य। एक नाडी स्थित वधू-वर के नक्षत्र हों तो विवाह नहीं करना चाहिये। यहाँ मध्य नाडी को धननाशक कहा गया है किन्तु अन्य ग्रन्थों में वर-वधू की मध्यम नाडी दोनों की नाशक कही गयी है। नाडी ज्ञान हेतु त्रिनाडी फणिचक्र देखें—

फणिचक्र

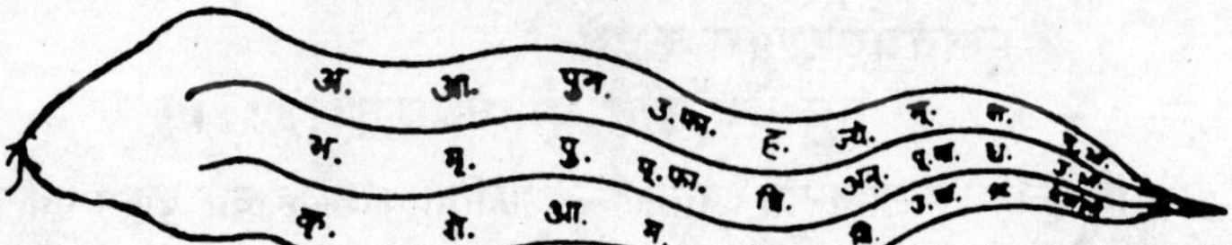

आदि नाड़ी— अश्विनी, आर्द्रा, पुनर्वसु, उ.फ., हस्त, ज्येष्ठा, मूल, शतभिषा, पूर्वभाद्रपदा।

मध्य नाड़ी— भरणी, मृगशिरा, पुष्य, पू. फ., चित्रा, अनुराधा, पू. षा., धनिष्ठा, उ० भाद्रपदा।

अन्त्य नाड़ी— कृत्तिका, रोहिणी, . . . मघा, स्वाती, विशाखा, उ०षा०, श्रवण, रेवती।

एकराशिजातस्य नाड़ीविचार: --

एकराशिरुभयोर्हि भिन्नभं
चेदभिन्नभसुतान्यराशिता।
पुंस्त्रियो रतिरतीव नो यदा
रोहिणीशुचिभनाडिकोडुवत्।।४६।।

अथ राशिनक्षत्रयोर्भिन्नाभिन्ने फलमाह—एकेति। हि निश्चितं चेत् उभयो: पुंस्त्रियोरेकराशिर्भिन्नभं पृथक् नक्षत्रं स्यात्। उत अभिन्नभं एकनक्षत्रं अन्यराशिता भिन्नराशित्वं स्यात्तदा वरवध्वो रति: प्रीति: स्यात्। यदा रोहिणी शुचिभं कृत्तिका तयोर्नाडिकोडुवत् नाडिकानक्षत्रेण युक्तं न स्यात्तदेति। यत: एकनक्षत्रजातानां नाडीवेधो न विद्यते। 'भिन्नांशश्चैकराशीनां दम्पत्यो: प्रीतिहेतवे' इति।।४६।।

यदि स्त्री-पुरुष दोनों की एक ही राशि और भिन्न-भिन्न नक्षत्र हों अथवा एक ही नक्षत्र हो और भिन्न, भिन्न राशि हो तो स्त्री-पुरुष में परस्पर अत्यधिक प्रीति होती है। यदि रोहिणी और कृत्तिका की तरह नाडी और नक्षत्र का योग न हो तो एक नाडी प्रीति कारक नहीं होती है।।४६।।

परिष्कार— यदि कृत्तिका नक्षत्र प्रथम चरण में कन्या तथा द्वितीयादि चरणों मे वर का जन्म हो तो दोनों का नक्षत्र एक तथा दोनों की नाडी अन्त्य होगी। परन्तु कन्या की राशि मेष तथा वर की राशि वृष होने से नाडी दोष नहीं होगा। इसी प्रकार कृत्तिका के द्वितीयादि चरण में वर-वधू में से किसी एक का जन्म हो तथा दूसरे का रोहिणी नक्षत्र मे जन्म हो तो दोनों की राशि वृष होगी, परन्तु दोनों के नक्षत्र भिन्न-भिन्न होंगे। ऐसी स्थिति में एक नाडी होने का दोष नहीं होता, अपितु सम्बन्ध शुभ होता है।

मतान्तरम्—

आह कश्चिदिह नैकभे व्यधं
मूलवेधविधिबोधमन्दधी:।
मूलवेधघटशक्तिवद्भवे-
न्मूलवेध इति पुंनिषेधकृत्।।४७।।

अथ मूलवेधे कस्यचिन्मतं दूषयन्नाह—आहेति।। कश्चिदिह चक्रे एकभे एकनक्षत्रे यत एकभे वेध: कथं एकेन इतरस्य ताडनं वेध इत्यत्राभावात् व्यधं वेधं नाह न वदति

इति हेतोः समूलवेधविधेर्बोधे ज्ञाने मन्दा धीर्यस्य स एवंविधोऽस्ति इति किं मूलवेधः मूलवेधघटशक्तिवत् पुंनिषेधकृद्भवेत् कोऽर्थः एकनाडौ उत्तरोत्तरनक्षत्रवेधापेक्षया एकस्मिन् नक्षत्रेऽयं मूलवेधः पाति रक्षतीति पुमान् रक्षक इत्यस्यान्वर्थस्य निषेधकृत् रक्षको न भवेदित्यर्थः॥ दृष्टान्तमाह यथा मूलेऽधस्तले वेधो यस्य स चासौ घटश्च तस्य शक्तिः भग्नतलघटत्वं पाति जलाद्याधेयवस्तूनि रक्षतीति पुमान् घट इत्यस्य फलितार्थस्तु निषेधकृत् जलादिरक्षको न स्यात् विनाशकृदित्यर्थः॥ अथो मूलवेधभं शक्तिहीनत्वात् दूषणाय यथा लोकोक्तिः 'रंकस्य कद्व्यारोपणं पुराषायेति॥ उक्तं 'एकर्क्षं जायते यत्र विवाहे वरकन्ययोः। मूलवेधो भवेत्तत्र महद्दुष्टफलप्रदः॥४॥इति॥४७॥

किसी आचार्य के मत से एक नक्षत्र में वेध नहीं होता। वस्तुतः मूलवेध की विधि से अनभिज्ञ किसी मन्द बुद्धि वाले व्यक्ति का ही यह मत है। 'एक नक्षत्र जन्य मूलवेध विद्धघट की तरह होता है। अतः यह मूलवेध रक्षक (कल्याण कर) नहीं होता।।४७।।

परिष्कार— एक ही नक्षत्र में वर-कन्या दोनों का जन्म हो तो एक नाडी होने के साथ-साथ वह मूलविद्ध भी कहा जाता है। इसे आचार्यों ने अत्यधिक अशुभ बतलाया है। इसीलिए पूर्व श्लोक में एक नक्षत्र होने पर भिन्न राशियों का और एक राशि होने पर भिन्न नक्षत्रों को ग्रहण किया है। जहाँ पर एक नक्षत्र और राशि भी एक हो वहीं पर एक नाडी गत मूलवेध होता है॥४७॥

नाड्या पादवेधः—

पादवेधमहिमण्डले त्यजे-
दादिमान्त्यचरणं हि दारुणम्।
दृग्गुणाङ्घ्रिगतमङ्गना-
विशोर्वर्णपूर्वगणसम्पदत्र चेत्।।४८।।

अथ पादवेधं दर्शयति—पादेति॥ हि युक्तार्थे सुधीरहिमण्डले फणिचक्रे पादवेधं त्यजेत् किंभूतं पादवेधमादिमान्त्यचरणं प्रथमं चतुर्थं यस्मिंस्तत् किंभूतं दारुणं क्रूरं पुनः किंभूतं दृग्गुणाङ्घ्रिगतं द्वितीयतृतीयपादप्राप्तं चेद्यदि अङ्गनाविशोः स्त्रीनरयोर्वर्ण-पूर्वगुणसंपद् वर्णप्रमुखगुणशुद्धिरत्र मेलापकेऽस्ति तथापीति। उक्तं च। एतच्चक्रं समालेख्यमश्विन्याद्यंघ्रिपंक्तितः॥ वेधो द्वादशनाडीभिः कर्त्तव्यः पत्रगाकृतिः॥१॥ आद्यांशेन चतुर्थांशं चतुर्थांशेन चादिमम्॥ द्वितीयेन तृतीयं तु तृतीयेन द्वितीयकम्॥२॥ एवमंशव्यधो यत्र जायते वरकन्ययोः॥ तेषां मृत्युर्न सन्देहः शेषांशाः स्वल्पदोषजाः॥३॥ इति॥४८॥

फणिचक्र में नक्षत्र के प्रथम चरण का चतुर्थ चरण से तथा द्वितीय चरण का तृतीय चरण से वेध होता है। स्त्री-पुरुष के वर्ण आदि अन्य कूटों के गुण प्राप्त होने पर भी इस दारुण (कष्टकर) वेध का परित्याग करना चाहिए।।४८।।

चरणवेधे मतान्तरम्—

अङ्घ्रिभद्विचरणोडुसम्भवा
कन्यका गदितपक्षरोधिनी ।
स्याद्यदागमसमीरनाडिका
पक्ष एव किल लक्षणं त्विति ।।४९।।

अथ कलौ पक्षं दर्शयति—अङ्घ्रीति।। तु अवधृतौ यदा आगम ४ समीर ५ नाडिका पक्षे चतुर्थपञ्चमी नाडिका पक्षे द्व्यंघ्रिभत्रिचरणोडुसम्भवा द्विचरणके त्रिचरणकभे च जाता कन्या स्यात्तदा गदितपक्षरोधिनी उक्तपक्षनिवारिणी स्यात्।। इति कलिलक्षणमेवेति।।४९।।

चतुर्नाडी और पञ्चनाडी के विचार प्रसङ्ग में द्वितीय और तृतीय चरण में उत्पन्न कन्या पूर्वोक्त (द्वितीय और तृतीय चरण के परस्पर वेध) मत की अवरोधक होती है। उसे उक्त चरण वेध का दोष नहीं होता ऐसा कलियुग का लक्षण बतलाया गया है।।४९।।

नाडीवेधे विशेषः—

देवराजगुरुमन्त्रभामिनी-
वस्तुदेशपुरमन्दिराण्यपि ।
ना विहाय फणिभृद्विनाडिको-
वेधमर्थधिषणः समाश्रयेत् ।।५०।।

अथ येषु नाडीवेधो न द्रष्टव्यस्तानाह—देवेति।। ना पुमान् फणभृद्विनाडिकावेधं फणिचक्रवेधं विहाय परिवर्ज्य देवादिपदार्थान् समाश्रयेत्। देवः सुरः राजा नृपः गुरुर्धर्मोपदेशकः मन्त्रः भामिनी वस्तु देशः पुरं मन्दिरं एतानि किंभूतो ना पुमान् अर्थेन तत्त्वविचारेण धिषणो गुरुतुल्यः।।५०।।

अर्थ (तत्त्व) ज्ञान में बृहस्पति समान (बुद्धिमान्) पुरुष को फणिचक्र स्थित नाडी वेध का परित्याग कर देवता, राजा, गुरु, मन्त्र, कामिनी, वस्तु, देश, नगर, मन्दिर आदि का आश्रय लेना चाहिए। अर्थात् इन देव आदि से सम्बन्धित कार्यों में नाडी वेध का विचार नहीं करना चाहिए।।५०।।

योनिविचारः—

वाहकुम्भ्यजभुजङ्गमाहयः
श्वोतुजौतुखनकोन्दुराश्च गौः।
सैरिभी हरिणहानु कासरी
पुण्डरीकहरिणैणकुक्कुराः।।५१।।

कीशबभ्रुयुगकीशनागहाः
सप्तिसिंहपशुसिन्धुराः क्रमात्।
योनयोऽमरचिकित्सकोड्डुतो
ज्योतिषामृषिवरैरुदाहृताः ।।५२।।

अथ भानां योनीराह—वाहेति।। अश्विन्याः वाहोऽश्वः १ भ. कुम्भी हस्ती २ कृ. अजः ३ रो. भुजंगमः ४ मृ. अहिः ५ आ. श्वा, ६ पु. ओतुर्बिडालः ७ पु. अजः ८ आ. ओतुः ९ म. खनक उंदुरः १० पू. उंदुरः ११ उ. गोर्धेनुः १२ ह. सैरिभी महिषी १३ चि. हरिणहा व्याघ्रः १४ स्वा. कासरी महिषी १५ वि. पुण्डरीको व्याघ्रः १६ अ. हरिणो मृगः १७ ज्ये एणो मृगः १८ मू. कुक्कुरः श्वा १९ पु. कीशः कपिः २० उ. वभ्रुर्नकुलः २१ अभिजित् नकुलः २२ श्र. वानरः २३ ध. नागहा इभारिः सिंहः २४ श. सप्तिरश्वः २५ पू. सिंहः २६ उ. पशुःगौर्धेनुः २७ रे. सिंधुरो हस्ती २८ मतिवरै सुधीभिर्ज्योतिषां भानां योनय उदाहृता उक्ताः कस्मात् क्रमात् अमरचिकित्सकोड्डुतोऽश्विनीनक्षत्रात्।।५२।।

अश्व, हाथी, मेष (भेड़ा), सर्प, सर्प, श्वान, विडाल, मेष, विडाल, मूषक, मूषक, गौ, महिषी, व्याघ्र, महिषी, व्याघ्र, मृग, श्वान, वानर, नकुल, (नेवला), नकुल, वानर, सिंह, अश्व, सिंह, गौ तथा हाथी ये क्रम से अश्विनी आदि २८ नक्षत्रों की योनियाँ महर्षियों ने बतलाई हैं।।५१-५२।।

योनि चक्र

नक्षत्र	योनि	नक्षत्र	योनि	नक्षत्र	योनि
१. अश्विनी	अश्व	१०. मघा	मूषक	१९. मूल	श्वान
२. भरणी	हस्ती	११. पू. फा.	मूषक	२०. पू. षा.	वानर
३. कृत्तिका	मेष	१२. उ. फा.	गौ	२१. उ. षा.	नकुल
४. रोहिणी	सर्प	१३. हस्त	महिष	२२. अभिजित्	नकुल
५. मृगशीर्ष	सर्प	१४. चित्रा	व्याघ्र	२३. श्रवण	वानर
६. आर्द्रा	श्वान	१५. स्वाती	महिषी	२४. धनिष्ठा	सिंह
७. पुनर्वसु	विडाल	१६. विशाखा	व्याघ्र	२५. शतभिष	अश्व
८. पुष्य	मेष	१७. अनुराधा	मृग	२६. पू. भा.	सिंह
९. आश्लेषा	विडाल	१८. ज्येष्ठा	मृग	२७. उ. भा.	गौ
				२८. रेवती	हस्ती

योनिवैरम्—

नागसिंहमजकीशमाहितं
वाहकासरजमुन्दिरौतुजम्।
व्यालवभ्रुरुकुक्कुरं त्यज-
न्मेलकर्मणि मृगारिगोभवम्।।५३।।

अथ योनिवैरमाह—नागेति।। सुधीर्मेलकर्म्मणि स्त्रीनरमेलककार्ये आहितं अहितयोर्वैरिणोर्जातवैरं त्यजेत्तदाह। नागसिंहं नागसिंहयोर्वैरं हस्तिसिंहं नित्यवैरे समाहारैकत्वमिति हेमवृहद्वृत्तौ। अजकीशं मेषवानरं वाहकासरजं अश्वमहिषं उंदिरौतुजं उंदिरविडालं व्यालबभ्रु सर्पनकुलं रुरुकुक्कुरं मृगसारमेयं मृगारिगोभवं सिंहगवम्।।५३।।

हाथी और सिंह का, मेष और वानर का, अश्व और महिष का, मूषक और विडाल का, सर्प और नेवले का, मृग और श्वान का तथा व्याघ्र और गौ का परस्पर वैर होता है। मेलापक में योनि वैर का परित्याग करना चाहिए। (अर्थात् वर-कन्या की योनियों में परस्पर वैर नहीं रहना चाहिए।)

योनि वैरचक्र

योनि	शत्रु योनि	योनि	शत्रु योनि
हाथी	सिंह	मूषक	विडाल
मेष	वानर	सर्प	नकुल
अश्व	महिष	मृग	श्वान
		व्याघ्र	गौ

वर्गविचारः—

अवीश्वरः कौ वृषदंशकश्चौ
नखायुधस्तावहिरुन्दुरः पौ।
टावेणदंशः कलितो मृगोय्या-
मुरभ्रकः श्यामिह वर्गभावः।।५४।।

अशोपजात्या वर्गाधिपावाह— अवीति।। अआरभ्य अंयावत् चतुर्दश स्वरा अ इत्यत्र लुप्तसप्तमी अ इत्यस्मिन् वर्गे वीनां पक्षिणामीश्वरो गरुडः १ कौ इति कवर्गे वृषदंशको बिडालः २ चौ इति चवर्गे नखायुधः सिंहः ३ तौ इति तवर्गेऽहिः सर्पः ४ पौ इति पवर्गे उन्दुरः ५ टौ इति टवर्गे एणदंशः श्वानः ६ 'शालावृको मृगदंश' इति हैमः। य्यां इति यी अत्र यूकारमध्ये चतुर्थस्वरग्रहणं यकारादिचतुर्वर्णपरिहरणार्थं कुचुटुतुपुवर्णा इत्यादिवत् 'स्यादीदूदेकस्वरं कृत' इति लिङ्गानुशासनोक्त्या ईकारान्तं उकारान्तं च एकस्वरं नाम स्त्रीलिंगं स्यात्तेन नदीवद्रूपसिद्धिः तस्यां य्यां इति यरलवेषु मृगः ७ शीर्यावत् तस्यां श्यां शषसहेषु उरभ्रको मेषः ८ इति इह मेलके वर्गभावो वर्गाधिपः कलितः कथितः कविभिरिति शेषः।। इति अकचटतपयशवर्गाः स्वामिनश्च।।५४।।

अवर्ग (अ, आ, इ, ई, उ, ऊ, ऋ, लृ, ए, ऐ, ओ, औ, अं, अः) का स्वामी पक्षिराज गरुड, कवर्ग (क, ख, ग, घ, ङ) का स्वामी मार्जार (विडाल), चवर्ग (च, छ, ज, झ, ञ) का स्वामी सिंह, तवर्ग (त, थ, द, ध, न) का सर्प, पवर्ग (प, फ, ब, भ, म) का मूषक, टवर्ग (ट, ठ, ड, ढ, ण) का श्वान, यवर्ग

(य, र, ल, व) का मृग तथा शवर्ग (श, ष, स, ह) का स्वामी मेष होता है।।५४।।

वर्गवैरः—

कुरङ्गसिंहावहिवैनतेयौ
कौलेयकावी खनकौतुकौ स्तः।
विरोधिनो ताविह दम्पतीत-
त्कृतोपयामौ व्यवहारवाहौ ।।५५।।

अथैषां परस्परं वैरत्वमाह—कुरङ्गेति।। कुरङ्गसिंहौ हरिणव्याघ्रौ अहिवैनतेयौ सर्पगरुडौ कौलेयकावी श्वानमेषौ "सारमेयः कौलेयकः शुन" इति हैमः। खनकौतुकौ उन्दिरविडालौ विरोधिनौ परस्परवैरकारकौ स्तः।। तत्कृतोपयामौ वर्गवैरविषये विहितोद्वाहौ दम्पती स्त्रीनरौ व्यवहारवाहौ विरोधकारकौ भवतः काविव ताविव वर्गविरोधिवत्। अत्र दृष्टान्तविवक्षारूपेण कुरङ्गसिंहाविति समाहारैकत्वेन यदुक्तं बृहद्वृत्तौ अन्ये तु वैर एवाभिधेये समाहारमिच्छन्ति श्ववराहं वैरमिति वैरिषु यथाप्राप्तं दक्षिणाद्वामगमनं प्रशस्तं शवशृगालयोर्विद्यते लोके आत्यन्तिको विरोधे यथा मार्जारमूषिकयोरिति गाथा। गरुडे बिडाले सिंहे माणे सष्येयमुमगमिगणमीडेयअठवभापञ्चमठाणेरिउहोइ।।१।।५५।।

मृग और सिंह का, सर्प और गरुड का, श्वान और मेष का, मूषक और विडाल का परस्पर वैर भाव होता है। वैरी वर्ग में विवाह करने से (पति-पत्नी के वर्गों में वैर होने पर) दम्पत्ति में भी परस्पर वैर (कलह) होता है।।५५।।

वर्ग चक्र

वर्ग	अ वर्ग	क वर्ग	च वर्ग	ट वर्ग
वर्ग स्वामी	गरुड	मार्जार	सिंह	श्वान
वर्ग शत्रु	त वर्ग	प वर्ग	य वर्ग	श वर्ग
वर्ग स्वामी	सर्प	मूषक	मृग	मेष

वश्यविचारः—

सास्त्रादिखण्डा मिथुनाऽबला तुला
नृराशयो गोऽजगजाऽरिशस्त्रिणः।
सैणादिखण्डाश्चतुरङ्घ्रयः सदा
कीटोऽस्ति कीटो भ्रमरः सरीसृपः।।५६।।

अथ राशिस्वरूपवश्यावश्यमाह—सास्त्रेति।। मिथुनाऽचलातुला इति सार्द्धत्रयो नृराशयः सन्ति किम्भूताः मिथुनावलातुलाः अस्त्रस्य धनुराशेरादिखण्डेन पूर्वार्द्धेन सह वर्त्तमानाः सास्त्रादिखण्डाः पुनः गोजगजारिशस्त्रिणः गौर्वृषः अजो मेषः गजारिः सिंहः

शस्त्री उत्तरार्धधनुदिति चत्वारश्चतुरङ्घ्रयश्चतुष्पदः स्मृताः किम्भूताः एणस्य मृगस्य आदिखण्डं पूर्वाह्नं तेन सह वर्तमानाः इति कीटः कर्कः कीटः कीटस्वरूपोस्ति भ्रमरो वृश्चिकः सरीसृपस्सर्परूपोऽस्ति॥५६॥

धनुराशि के पूर्वार्द्ध के साथ मिथुन, कन्या और तुला ये नर राशियाँ है अर्थात् नर (मनुष्य) वश्य है। वृष, मेष, सिंह, धनु का उत्तरार्ध और मकर का पूर्वार्ध चतुष्पदसंज्ञक है। कर्क राशि कीट संज्ञक तथा वृश्चिक सरीसृप संज्ञक होती है।।५६।।

सैणावशेषौ घटनीरचारिणौ
नृराशयोऽदन्ति हि नीरचारिणौ।
तौ स्तोऽपरान्घ्नन्ति विना द्विपाहितं
त्वलिं विना भीषयति द्विपाहितम्।।५७।।

सैणेति॥ घटनीरचारिणौ कुम्भमीनौ नीरचारिणौ जलराशिकौ स्तो भवतः किम्भूतौ सैणावशेषी मृगस्योत्तरार्द्धसहितौ इति नृराशयस्तौ जलचारिणौ राशी अदन्ति भक्षन्ति तु पुनर्नृराशयो द्विपाहितं सिंह विनाऽपरान् सर्वान् घ्नन्ति निःकृन्तन्ति। पुनर्द्विपाहितः सिंहोऽलिं विना वृश्चिकं हित्वा सर्वान् भीषयति त्रासयति। स्पष्टार्थः। सुमनुष्यस्य जलजा भक्ष्याः सिंहं विना सर्वे वशाश्च सिंहस्य वृश्चिकं विना सर्वे वशा इति सिंहस्य वृश्चिको वैरी मनुष्यस्य जलचरसिंहा नेष्टा मेलनं न कर्तव्यमित्यर्थः॥५७॥

मकर राशि का उत्तरार्ध, कुम्भ और मीन जलचर राशियाँ होती हैं। नर राशियाँ (मनुष्य संज्ञक राशियाँ) जलचर राशियों का भक्षण करती है। सिंह राशि को छोड़कर शेष राशियों का भी दमन नर संज्ञक राशियाँ करती हैं तथा वृश्चिक राशि को छोड़ कर शेष राशियों को सिंह राशि भयभीत करती है। भावार्थ यह है कि मनुष्य के लिये जानवर राशियाँ भक्ष्य हैं तथा सिंह के लिए वृश्चिक राशि शत्रु है। अतः इनका परस्पर मेलापक शुभ नहीं होता।।५७।।

नृदूरलक्षणम्—

नराददूरे यदि धिष्ण्यमण्डले
स्थिरा पुरन्ध्री किमु धिष्ण्यमण्डले।
दूरे हि सा सीदति संस्थितान्यथा
स्यादेतदुक्तेर्नययुक्तितान्यथा ।।५८।।

अथ नृदूरलक्षणमाह नरादिति॥ यदि चेत् नरात् नरनक्षत्रात् धिष्ण्यमण्डले नक्षत्रबिम्बेऽदूरे समीपे पुरन्ध्री स्त्री स्थिता स्त्रीनक्षत्रं स्थितं स्यात्तदा सा स्त्री धिष्ण्यमण्डले गेहभूमौ संस्थिता किमु सीदति अपितु न सीदति सुखं प्राप्नोतीत्यर्थः॥ यदा नरात् दूरे स्थिता पुरन्ध्री स्यात्तदा सा सीदति दुःखं प्राप्नोति हीत्यवधारणे एतदुक्तेरन्यथा स्यात्तदा नययुक्तितोऽन्यथा स्यात्। कोऽर्थः नरात् समीपदूरयोरभावे सामान्यफले वाच्यमित्यर्थः॥५८॥

नक्षत्र मण्डल में यदि पुरुष के जन्मनक्षत्र के समीप में ही स्त्री का जन्म नक्षत्र हो तो वह कष्ट नहीं पाती अर्थात् सुखी रहती है। परन्तु पति के नक्षत्र से स्त्री का जन्मनक्षत्र दूर स्थित हो तो कष्ट प्राप्त करती है। इससे भिन्न स्थिति में विपरीत फल होता है। अर्थात् स्त्री के जन्म नक्षत्र से पतिका जन्म नक्षत्र समीप में हो तो अशुभ तथा दूर हो तो शुभ होता है।।५८।।

विमर्श— रामदैवज्ञ ने नृदूर विचार में समीपस्थ और दूरस्थ नक्षत्रों का निर्देश नहीं किया है अपितु स्पष्ट लिखा है कि पत्नी के नक्षत्र से पति का जन्म नक्षत्र दूसरा हो तो वह पति के लिए या स्वयं के लिए अशुभ होता है।

"भामिनी जन्मनक्षत्रात् द्वितीयं पतिजन्मभम्" - मु. चि।

युञ्जाविचारः—

षडन्त्यभाद्द्वादश वामदेवभात्
पूर्वान्तरन्त्या नव देवदेवभात्।
योगाः स्युराद्ये दयितप्रियाला
मध्ये रतिर्नुश्चरमे प्रियाबलाम्।।५९।।

अथ युजिमाह—षडिति।। पूर्वश्चान्तश्चान्त्यश्च पूर्वान्तरन्त्याः पूर्वमध्यान्त्यभागाः योगाः युजयः स्युः कस्मात् अन्त्यभात् रेवतीनक्षत्रात् षड् नक्षत्राणि पूर्वभागयुजिः पुनर्वामदेवभात् 'वामदेवो वृषाङ्क' इति हैमः। आर्द्रातो द्वादश भानि मध्यभागयुजिः पुनर्देवस्य देव इन्द्रस्तस्य भात् ज्येष्ठातो नव भानि अन्त्यभागयुजिरिति। एतत्फलमाह। आद्ये प्रथमभागे दयितः पतिः प्रियो यस्याः सा एवं विधा अबला स्यात्। मध्ये मध्यभागे स्त्रीपुंसयोः परस्परं रतिः प्रीतिः। च पुनश्चरमेऽन्त्यभागे नुः पतेरबला प्रिया वल्लभा स्यात्। यतः 'पूर्वभागयुजिभे पतिः प्रियो योषितामपरभागवर्तिनि।। सा प्रिया भवति मध्ययोगिनि प्रेम नूनभुभयोः परस्परम्'।।५९।।

रेवती से ६ नक्षत्र अर्थात् रेवती, अश्विनी, भरणी, कृत्तिका, रोहिणी और मृगशिरा पूर्वभाग युजि (युञ्जा), आर्द्रा से १२ नक्षत्र अर्थात् आर्द्रा, पुनर्वसु, पुष्य, आश्लेषा, मघा, पूर्वाफल्गुनि, उत्तराफल्गुनि, हस्त, चित्रा, स्वाती, विशाखा, अनुराधा मध्यभाग युञ्जा तथा ज्येष्ठा से ९ नक्षत्र अर्थात् ज्येष्ठा, मूल, पू० षा०, उ०षा०, श्रवण, धनिष्ठा, शतभिष, पू०भा०, उ०भा० अन्त्य भाग युञ्जा संज्ञक होते हैं। पूर्वभाग युञ्जा हो तो स्त्री को पति प्रिय होता है, मध्यभाग युञ्जा हो तो दोनों में परस्पर प्रीति होती है तथा अन्त्य भाग युञ्जा हो तो पत्नी प्रिय होती है।।५९।।

गुणप्रमाणम्—

चतुर्गुणोऽयं गण एव नाडिका
गुणत्रिकैकैकगुणे सतारके।
वशित्वदूरे द्विगुणाः परे गुणा
गुणैरशेषै रतिरुत्तमोदिता।।६०।।

अथ गणादीनां गुणैक्यं करोति—चतुरिति।। अयं गणो देवगणादिश्चतुर्गुणः कोऽर्थः यदा गणमेलनमस्ति तदा गणस्य चत्वारो गुणाः इति। एवं गुणत्रिका नाडिकाया गुणत्रयं पुनर्वशित्वदूरे, कर्तृपदं सतारके तारकासहिते एकैकगुण एक एको गुणो ययोस्ते भवतः। वशित्वस्यैको गुणः नृदूरस्यैको गुणः पुनः परे गुणाः द्विगुणाः गणादिव्यतिरिक्तानां परेषां द्वौ द्वौ गुणौ भवत इत्यर्थः। अशेषैः समग्रैर्गुणै रतिः प्रीतिरुत्तमा श्रेष्ठा उदिता प्रोक्ता।।६०।।

मेलापक में गण का ४ गुण, नाडी का तीन गुण, वश्य, नृदूर और तारा का एक-एक गुण तथा इनमें भिन्न योनि आदि के दो-दो गुण होते हैं। समग्र गुण प्राप्त होने पर पति-पत्नी में उत्तम प्रीति होती है।।६०।।

परिष्कार— अष्टकूट और नृदूर में उक्त गुणों के पूर्ण अङ्क प्राप्त होने पर ही विवाह शुभ होता है। यथा— अष्ट कूट में गण के ४ गुण, नाड़ी के ३ गुण, वश्य, तारा और नृदूर के १-१ गुण तथा शेष वर्ण, योनि, ग्रह मैत्री एवं भकूट के २-२ गुण बताये गये हैं। इन सबका योग = वर्ण = २+ वश्य = १+ तारा = १+ योनि = २+ मैत्री = २+ गण = ४+ भकूट = २+ नाडी = ३ + नृदूर = १ = (२+१+१+२+२+४+२+३+१) = १८ अर्थात् १८ गुण प्राप्त होने पर ही विवाह करना चाहिये, इससे न्यून होने पर नहीं।

न्यूनाधिकगुणानां फलम्—

उक्तैर्गुणैर्निःशकलैरपीष्टता
समानसख्यं दशभिस्त्वनिष्टता।
दशावरार्ध्यैरिह मुख्यमादिजा-
न्मित्रं च ताराग्रहपुञ्जनाडिका।।६१।।

अथ गुणानां न्यूनाधिकत्वे तादृक्फलं दर्शयति—उक्तैरिति।। इह मेलके निःशकलैः समग्रैरुक्तैरिष्टता उत्तमा प्रीतिः। एवं दशभिर्गुणैः समानसख्यं समप्रीतिः तु पुनर्दशावरार्ध्यैर्दशभ्योऽवरार्द्ध हीनं न्यूनं येषु तैर्गुणैरनिष्टता दुःखत्वं च पुनः ताराग्रहपुञ्जनाडिकाः आदिजात् विप्रात् मुख्यं प्रकृष्टं मित्रं सख्यं यथा विप्राणां तारामैत्री मुख्या क्षत्रियाणां ग्रहमैत्री मुख्या वैश्यानां पुञ्जस्य गणस्य मैत्री मुख्या शूद्राणां नाडिकामैत्री मुख्या।।६१।।

पूर्वोक्त गण आदि के सभी गुण प्राप्त होने पर दम्पत्ति में उत्तम प्यार होता है। गुणों का योग १० होने पर दोनों में समान मित्रता (सौहार्द) होती है तथा इससे (१० से) कम हो तो सम्बन्ध अनिष्टकर होता है। ब्राह्मणों के लिए तारा मैत्री, क्षत्रियों के लिए ग्रह मैत्री, वैश्यों के लिए गण मैत्री, तथा शूद्रों के लिए नाडी मैत्री प्रधान होती है।।६१।।

विमर्श— आचार्य राम दैवज्ञ तथा केशव दैवज्ञ आदि आचार्यों ने वर्ण, वश्य, तारा, योनि, ग्रहमैत्री, गण, भकूट और नाडी ये आठ कूट मेलापक हेतु बतलाये हैं। इनमें क्रम से एकोत्तर वृद्धि से इनकी गुण संख्या बतलाई गई है। यथा- वर्ण =१, वश्य=२, तारा=३,

योनि=४, ग्रहमैत्री=५, गण=६, भकूट=७, नाडी=८। सभी का गुणैक्य ३६ होता है। १६ गुणों से अल्प होने पर निन्दित, १६ से २० तक मध्यम, २० से ३० तक उत्तम तथा ३० से ऊपर होने पर अति उत्तम मेलापक होता है। प्राय: प्रचलित मत भी यही है।

मतान्तरम्—

गणस्य नाड्या द्युसदो विरोधिता
वयस्यभावेऽन्यगुणैर्विरोधिता ।
यदीति तैश्चाह कवि: पराशरो
दशाधिकै: सौहृदता पराशर:।।६२।।

अथात्र ऋषिमतमाह—गणस्येति।। यदि गणस्य देवगणादेर्नाड्या द्युसदो ग्रहस्याविरोधिता एषां परस्परं विरोधो नास्ति अन्यगुणैर्वयस्यभावे मित्रभावे विरोधितास्ति तदा कवि: प्राचेतस: 'वल्मीककुशिकौ कवि:' इति हैम:। पराशरश्चेति आह इति किं दशाधिकैर्गुणै: सौहृदता मैत्री किम्भूत: कवि: पराशरश्च पराशर: परेषु कर्मादिषु आशर: राक्षसतुल्य:।।६२।।

वर और कन्या के गण, नाडी और ग्रह मैत्री में परस्पर विरोध न हो तथा अन्य गुणों (योनि आदि) के मैत्री भाव में परस्पर विरोध हो तो कवि (वाल्मीकि) एवं पराशर ऋषि के मतानुसार १० से अधिक गुणैक्य होने पर भी दम्पत्ति में परस्पर सौहार्द भाव होता है। अर्थात् गण-नाडी और ग्रह मैत्री शुद्ध होने पर १० गुण से अधिक गुणैक्य पर विवाह किया जा सकता है।।६२।।

विवाहकालनिर्णय:—

कलशगोजितुमाजमृगास्यगे
कुरु कराम्बुरुहग्रहणं भगे।
भधवधिष्ण्यगुरूज्झितमण्डले
नरवराखिलवर्गगुणोदयम्।।६३।।

अथ द्रुतविलम्बितेन कुम्भसंक्रान्त्यादौ विवाहं दर्शयति—कलशेति।। हे नरवर त्वं कराम्बुरुहग्रहणं करकमलपीडनं कुरु विधेहि कस्मिन् भगे सूर्ये कलश: कुम्भराशि: गौर्वृष: जितुमं मिथुनं अजो मेष: मृगो मकर एषामास्यगे मुखगते सति किंभूते भगे भधवश्चन्द्र: धिष्ण्य: शुक्र: गुरु: एभिर्ग्रहैरुज्झितं त्यक्तं मण्डलं येन स तस्मिन् किम्भूतं कराम्बुरुहग्रहणं अखिलवर्गगुणानामुदय: प्राप्तिर्यस्मिस्तत्।।६३।।

कुम्भ, वृष, मिथुन, मेष और मकर राशियों में सूर्य के स्थित रहने पर हे पुरुष- श्रेष्ठ! तुम पाणिग्रहण संस्कार करो। चन्द्र, शुक्र और गुरु से त्यक्त (मुक्त) नक्षत्रों में पाणिग्रहण संस्कार करने से सभी वर्गों से सम्बन्धित गुणों का उदय होता है।।६३।।

विवाहे क्षयाधिमासानां निषेधः—

समयमन्वधिकं क्षयमेणपं
सधिषणं धिषणं सजरं शिशुम्।
भृगुभुवं च विहाय विवाहये-
च्छकशताध्वमिहैव कुमारिकाम्।।६४।।

अथाधिककालादिकं त्यजन् विवाहमाह—समयेति।। पुमान् कन्यां विवाहयेत् किंकृत्वाधिकक्षयसमयं कालं विहाय अनु पश्चात् सधिषणं गुरुसहितमेणपं सिंहराशिं सिंहस्थं गुरुं विहायेति च पुनः सजरं वृद्धं शिशुं बालं एवंविधं धिषणं गुरुं विहाय पुनर्वृद्धं शिशुं भृगुभुवं शुक्रं विहाय पुनः शकशताब्दं संवत्सरस्य शततमं वर्षं विहाय इहैव शुद्धौ इति।।६४।।

अधिकमास, क्षयमास, सिंहस्थगुरु (सिंह राशि में गुरु के स्थित रहने पर), गुरु और शुक्र के वृद्धत्व और बालत्व काल को छोड़कर तथा शकाब्द की शताब्दी काल (१०० वर्ष पूर्ण होने पर) को छोड़कर अन्य समय में कन्या का विवाह करना चाहिए।।६४।।

विवाहे जन्मनक्षत्रनिषेधः—

उडुनि मासि दिने ह्युदये प्रिया-
परिणतिं परिताम्यति जन्मनः।
तिथितमीद्युविपर्ययके क्वचि-
न्ननु भवेदिति पक्षविपर्यये।।६५।।

अथ जन्मनक्षत्रादौ विवाहं सापवादमाह— उडुनि इति।। हि अवधारणे प्रियापरिणतिं विवाहं परिताम्यति ग्लानितां प्राप्नोति कस्मिन् जन्मनि उडुनि मासि दिने उदये लग्ने सति क्वचित् पाणिपीडनं तिथितमीद्युविपर्ययके तिथिरात्रिदिनानां विपर्ययात् कृष्णात् शुक्ले शुक्लात् कृष्णे पक्षे न स्यात्। तु पुनः क्वचित् पक्षविपर्यये पाणिपीडनं स्यात् जन्मनक्षत्रादौ सति।।६५।।

जन्मनक्षत्र, जन्ममास, जन्मदिन और जन्मलग्न में पाणिग्रहण संस्कार करने से दम्पति को क्लेश (ग्लानि) प्राप्ति होती है। कुछ आचार्यों के मतानुसार तिथि-दिन-रात्रि आदि के विपर्यय से तथा पक्ष के विपर्यय से विवाह करना हितकारक होता है। अर्थात् दिन में जन्म हो तो रात्रि में, कृष्ण पक्ष में जन्म हो तो शुक्ल पक्ष में विवाह शुभ होता है।।६५।।

ज्येष्ठपञ्चकनिषेधः—

यदाद्यगर्भप्रभवौ सवौ तयो-
र्ज्येष्ठे विवाहस्त्विति शुक्रपञ्चता।

वशानरौ तत्समभावतः शुभं
तदोजभावेन तदूढपञ्चता।।६६।।

अथोपजात्या ज्येष्ठपञ्चके विवाहविवेकमाह—यदेति।। यदा वशानरौ वधूवरौ आद्यगर्भप्रभवौ प्रथमगर्भजातौ भवतः तु पुनः तथा ज्येष्ठे मासे सवौ जातौ स्तः तथा तयोर्वधूवरयोर्ज्येष्ठे मासे विवाह इति शुक्रपञ्चता ज्येष्ठपञ्चकं स्यात्। स्पष्टार्थस्त्वयं ज्येष्टमासजातो भर्ता १ ज्येष्ठमासजाता कन्या २ तथा ज्येष्ठगर्भजातो भर्ता ३ ज्येष्ठगर्भजाता कन्या ४ ज्येष्ठमासे विवाह ५ इति तदा तत्समभावतः तयोर्ज्येष्ठजातभर्तुर्ज्येष्ठजातकन्यायाः साम्यं शुभं तदोजभावेन तयोर्मध्य एकतरज्येष्ठत्वाभावेन तदूढपञ्चता तस्मिन् विवाहे मरणं स्यात्।।६६।।

प्रथम गर्भ उत्पन्न कन्या एवं प्रथम गर्भ से उत्पन्न वर, ज्येष्ठमास में उत्पन्न कन्या एवं वर तथा ज्येष्ठमास में दोनों का विवाह ये पाँच ज्येष्ठपञ्चक (शुक्र पञ्चक) होते हैं। इनसे सम भाव (२ ज्येष्ठ या ४ ज्येष्ठ) हो तो विवाह शुभ अन्यथा अशुभ (मृत्यु कारक) होता है।।६६।।

एकस्मिन् वर्षे सहोदरभगिनीभ्रात्रोर्विवाहनिषेधाः—

एकाम्बया सम्भवयोर्वशाविशोः
समैकतायामशुभः शयग्रहः।
क्वचिच्छुभोऽसौ नरयोर्द्वयोः कलौ
सदैव भिन्नोदरजन्मनोः शुभः।।६७।।

अथैकवर्षे एकोदरोत्पन्नभगिनीभ्रात्रोर्विवाहविवेकं दर्शयति—एकाम्बेति।। वशाविशोर्भगिनीभ्रात्रोः समैकतायां एकस्मिन्नेव वर्षे शयग्रहः पाणिग्रहोऽशुभः स्यात्। किम्भूतयोरेकाम्बया सम्भवयोरेकमात्रा जातयोः क्वचित् कलौ नरयोर्द्वयोरसौ पाणिग्रहः शुभः स्यात् सदैव सर्वस्मिन् काले भिन्नोदरजन्मनोः पृथक्मातृजातयोर्भ्रात्रोः पाणिग्रहः शुभः स्यात्।।६७।।

एक ही माँ से उत्पन्न (सहोदर) भाई-बहनों का विवाह एक ही वर्ष में शुभ नहीं होता। कुछ आचार्यों के मत से कलियुग में दो सहोदर भाइयों का विवाह एक ही वर्ष में शुभ होता है। सदैव भिन्न-भिन्न माताओं से उत्पन्न बालकों का ही एक वर्ष में विवाह शुभ होता है।।६७।।

भगिनिद्वयविवाहनिषेधः—

द्विजामिपाणिग्रहणं द्विजन्मनां
सदैव नो भूमिभुजां कृतद्वये।
विशां कृते नेति विदुः पुराविदः
सर्वत्र नो पज्जजने निषेधति।।६८।।

अथ विप्रादीनां भगिनीयुग्मोद्वाहविवेकमाह—द्विजामीति।। द्विजन्मनां विप्राणां सदैव काले द्विजामिपाणिग्रहणं 'जामिस्तु भगिनी स्वसा' इति हैमः। भगिनीद्वयपाणिपीडनं न स्यात्। भूमिभुजां क्षत्रियाणां भगिनीद्वयवरणं कृतद्वये न स्यात्। विशां वैश्यानां कृते युगे भगिनीद्वयवरणं न स्यात्। सर्वत्र सर्वयुगे पज्जजने शूद्रजने निषेधता नास्ति इति पुराविदो विदुः।।६८।।

ब्राह्मण, क्षत्रिय और वैश्यवर्णों में सहोदर दो कन्याओं (सगी दो बहनों) का विवाह एक साथ नहीं करना चाहिए। शूद्रों के लिए दो बहनों का विवाह निषिद्ध नहीं है।।६८।।

मण्डपभेदेन विवाहविधिः—

अथेक्षते दैवदशाद्विशा कलौ
द्वित्रादिजामीरितदोर्ग्रहक्रिया।
एकाह्नि चेन्मण्डपभेदवेदिका-
प्रतिक्रियापक्षविवाहलक्षणा।।६९।।

अथ भिन्नवेदिकायां द्वित्रादिजामिविवाहं दर्शयति—अपेक्षत इति।। कलौ देववशात् विशा नरेण कर्तृपदं द्वित्रादिजामीरितदोर्ग्रहक्रिया द्वे च तिस्रश्च द्वित्रा आदयो जामयो भगिन्यश्च ताभिरीरिता प्रेरिता दोर्ग्रहक्रिया पाणिपीडनाविधिरपेक्षते इच्छा क्रियते कस्मिन् एकाह्नि एकदिने किम्भूता मण्डपेति मण्डपभेदवेदिकायां पृथग् मण्डपवेदिकायाः प्रतिक्रियया पक्षविवाहस्य भिन्नविवाहस्य लक्षणं यस्यां सा यदुक्तं 'अभिन्ने वत्सरेऽपि स्यात्तदहस्तत्र भेदयेत्। अभेदे दिवसस्यापि न कुर्यादेकमण्डपे'।।१।। अन्यच्च 'एकोदरयोर्द्वयोरेकदिनोद्वहने भवेन्नाशः।। नद्यंतर एकदिनेप्याहुः संकटे चेच्छुभं न प्रतिषिद्धं लग्नं सम्प्राप्ते संकटे महति एकोदरसम्भवयोरेकाहे भिन्नमण्डपे' इति।।६९।।

यदि कलियुग में विशेष स्थिति में राजा को दो, तीन या इससे भी अधिक सहोदर कन्याओं का विवाह एक ही दिन करना हो तो सभी के विवाह भिन्न-भिन्न मण्डप में करें। विवाह वेदिका से पृथक्-पृथक् विवाह के लक्षण प्रतीत होने चाहिए अर्थात भिन्न-भिन्न वेदिका और मण्डप के निर्माण एवं व्यवस्था में भी अन्तर (भेद) रखना चाहिये। ताकि देखने में भी भिन्न-भिन्न विवाह प्रतीत हो।।६९।।

विवाहद्वये कालमर्यादा—

षण्मासमर्यादमिहोपयामं
भ्रातुर्विवाहात्परतस्तु नान्यं।
बुधाः स्वसुर्भ्रातृविवाहमूचुः
करग्रहादूर्ध्वमशेषपत्सु ।।७०।।

अथ कृतविवाहादन्यविवाहकरणविवेकमाह—षण्मासेति।। बुधाः भ्रातुर्विवाहात् परतः षण्मासमर्यादं यावत् अन्यमुपयामं विवाहं न ऊचुः। तु पुनर्बुधाः स्वसुर्भगिन्याः

करग्रहात् ऊर्ध्वं भ्रातृविवाहमूचुः कथयामासुः। केषु इह अशेषपत्सु सर्वयुगेषु।।७०।।

भाई के विवाह के अनन्तर ६ मास पर्यन्त बहन का विवाह विद्वानों ने निषिद्ध किया है। परन्तु बहन के विवाह के अनन्तर किसी भी समय में भाई का विवाह किया जा सकता है।।७०।।

ज्येष्ठकनिष्ठयोर्विवाहक्रमः—

ज्येष्ठं विवाहं प्रविधाय शश्व-
च्छंसन्ति सन्तोऽवरजोपयामं।
भ्रात्रोर्भगिन्योश्च कलौ विवाहं
कश्चिज्जगादांशुसमान्तरेण।।७१।।

अथ ज्येष्ठकनिष्ठयोर्विवाहविवेकमाह—ज्येष्ठमिति।। शश्वन्निरन्तरं सन्त उत्तमाः ज्येष्ठं विवाहं प्रविधाय अवरजोपयामं कनिष्ठविवाहं शंसन्ति कथयन्ति। कश्चित् अंशुसमान्तरेण सूर्यवर्षान्तरेण अग्रेतनकाव्योक्तलक्षणप्रकारेण भ्रात्रोर्भगिन्योश्च विवाहं जगाद उवाच कस्मिन् कलाविति। अन्योक्तिर्यथा 'न चैकजन्मनोः पुंसोरेकजन्मे तु कन्यके। नूनं कदाचिदुद्वाह्यो नैकदा मण्डनद्वयं'।।१।। अन्यश्च 'न पुत्रीद्वयमेकस्मै प्रदद्यात्तु कदाचन' इति।।७१।।

ज्येष्ठ (बड़ी) सन्तान (भाई-बहन) का विवाह करने के पश्चात् कनिष्ठ (छोटी) सन्तान का विवाह सदैव करना चाहिए। कुछ विद्वानों का मत है कि सौर वर्ष के परिवर्तन पर विवाह किया जा सकता है। (अर्थात् एक विवाह करने के बाद दूसरे सहोदर का विवाह सौर वर्ष परिवर्तित (मेष संक्रान्ति) होने पर कर सकते हैं।।७१।।

जगत्प्रवृत्तिकालः—

मधोः सितादावुदये दिनेंऽशो-
स्त्वजानने व्योमचरैरशेषैः।
कालप्रकृत्येति जगत्प्रवृत्ति-
र्बभूव मासाब्दयुगादिका हि।।७२।।

अथ जगत्प्रवृत्तिकालं स्पष्टयति—मधोरिति।। इति कालप्रकृत्या समयस्वभावेन जगत्प्रवृत्तिर्बभूव जगत्सृष्टिर्जातेत्यर्थः। कस्मिन् मधोश्चैत्रस्य सितादौ शुक्लप्रतिपदायामंशोः सूर्यस्योदये प्रभातकाले तु पुनरंशोर्दिने रविवारेऽशेषैः समस्तैर्ग्रहैर्व्योमचरैरजानने मेषसंक्रान्तिमुखे सति किम्भूता जगत्प्रवृत्तिः मासाब्दयुगादिका मासः वर्ष कृतयुगादय एषां आदिर्यस्यां सा इति।।७२।।

सभी ग्रहों के मेषादि बिन्दु पर स्थित रहने पर चैत्र शुक्ल प्रतिपदा रविवार को सूर्योदय काल से जगत् की एवं काल की प्रकृति के अनुसार मास-वर्ष-युग आदि विभिन्न कालमानों की प्रवृत्ति हुई।।७२।।

वर्षप्रमाणम्—

समान्तरं चैत्रसितादितोऽतो
ज्ञेयं सदा सृष्टिसवाख्यमासः।
लोके मधुश्चायममावधि स्या-
न्मासे प्रमाणं रविराजमध्यात्।।७३।।

अथ सूर्यवर्षान्तरं स्पष्टयति— समान्तरमिति।। च पुनर्लोकेऽतः कारणात् जगत्प्रवृत्तिकारणात् अयं जगत्प्रसवाख्यमासो मधुश्चैत्रश्चैत्रसितादितश्चैत्रशुक्लप्रतिपद्दिनात् अमामधिरमावास्यामितः स्यात्। कस्मिन् समान्तरे वर्षविचाले गतागामिनोर्मध्ये इत्यर्थः। तस्य मासस्य किं प्रमाणं तदाह रविराजमध्यात् सूर्यचन्द्रसाम्यात् मासे प्रमाणं ज्ञेयं रविचन्द्रयोर्दर्शान्तश्चान्द्रमासः प्राप्यते इति।।७३।।

सृष्ट्यारम्भ काल से मासों की उत्पत्ति होती है। चैत्र शुक्ल प्रतिपदा से चैत्र कृष्ण अमावास्या पर्यन्त एक वर्ष होता है। तथा सूर्य-चन्द्रमा की युति के मध्य का काल अर्थात् अमान्त से अमान्त पर्यन्त काल को सदैव मास समझना चाहिए।।७३।।

गुरुदोषविचारः—

सौराज्यके मालवभेददेशे
वक्रातिचारावशुभौ विवाहे।
न स्तो गुरोः सिन्धु मरुव्रजेषु
नीवृत्स्वतोऽन्येषु च वर्जनीयौ।।७४।।

अथ सौराष्ट्रादिदेशेषु वर्ज्यावर्ज्यगुरुदोषमाह—सौरेति।। गुरोर्गीष्पतेर्वक्रातिचारौ विवाहेऽशुभौ न स्तः कस्मिन् सौराज्यके सौराष्ट्रदेशे मालवभेददेशे विक्रमार्कविभक्तो मालवभेददेशो गुर्जरः प्रसिद्धोऽयमिति पुराणे इति पुनःसिंधुमरुव्रजेषु नीवृत्सु देशेषु अतोऽन्येषु देशेषु तौ वर्जनीयौ।।७४।।

सौराष्ट्र, मालवा से संलग्न राज्य अर्थात् गुजरात, सिन्धु, मरु (कच्छ) आदि नीवृत (स्वजन्म) देशों में वक्री एवं अतिचारी गुरु विवाह में अशुभ नहीं होते। परन्तु अन्य देशों में गुरु के वक्री एवं अतिचारी होने पर विवाह वर्जित किया गया है।।७४।।

मतान्तरम्—

इष्टातिचाराऽनृजुजा विवाहे
विवाहतोऽन्येषु न मङ्गलेषु।
गरोरुवाचेत्यनु मालवोऽस-
त्सर्वत्र जीवोद्गतवैकृतं स्यात्।।७५।।

अथ ऋषिमतं दूषयति—इष्टेति।। विवाहे गुरोर्गीष्पतेरतिचारानृजुता अतिचारवक्रता इष्टा शुभा स्यात्। विवाहतोऽन्येषु मङ्गलेषु सा इष्टा न स्यात् इति गालवऋषिरुवाच तदसत् यतः सर्वत्र शुभकार्येषु जीवोद्गतवैकृतं गुरोरुत्पन्नविकारःस्यात्।।७५।।

गालव ऋषि के मतानुसार वक्री और अतिचारी गुरु विवाह में शुभ होते हैं तथा विवाहातिरिक्त अन्य-मङ्गल कार्यों में शुभ नहीं होते। परन्तु यह सर्वमान्य नहीं है। क्योंकि गुरु से उत्पन्न सभी विकार सर्वत्र अशुभ माने गये हैं।।७५।।

सिंहस्थगुरोर्विचारः—

गोदावरीसौम्यतटप्रदेशा-
द्भागीरथीयाम्यतटं च यावत्।
सिन्धुप्रपातं सचिवे सलेये
नोद्वाहमाहुः परतो मघायाम्।।७६।।

अथ मघाक्रान्तगुरौ गोदावर्यादिस्थले विवाहं निषेधति—गोदेति।। गोदावर्याः सौम्यतटप्रदेशात् उत्तरदिक्तटप्रदेशादारम्य भागीरथ्या गङ्गाया याम्यतटं दक्षिणदिक्तटम् सिंधुप्रपातम् सिंधुनदीतटम् च यावत् पर्यन्तं सलेये सिंहराशिगते सचिवे गुरौ सति बुधा उद्वाहं नाहुः न कथयन्ति। कस्यां परतोऽग्रे मघायां सत्यां कोऽर्थः सिंहराशौ मघानक्षत्रं यावन्नोद्वाहः अग्रे सिंहराशौ विवाहः शुभः स्यात्। उक्तं च 'मघां त्यक्त्वा यदा गच्छेत् फाल्गुनीं च बृहस्पतिः। पुत्रिणी धनिनी कन्या सौभाग्य सुखमश्नुते'।।१।। अन्यच्च 'सिंहराशौ तु सिंहांशे यदा भवति वाक्पतिः। सर्वदेशेष्वयं त्याज्यो दम्पत्योर्निधनप्रदः १ इति राजमार्तण्डोक्तेः।।७६।।

गोदावरी के उत्तरी तट से भागीरथी के दक्षिणी तटतक तथा सिन्धु नदी पर्यन्त (सभी प्रदेशों में) सिंह राशि गत गुरु में विवाह का निषेध किया गया है। मघा नक्षत्र के अनन्तर पूर्वा फल्गुनि तथा उ० फल्गुनि के प्रथम चरण में स्थित गुरु का विवाहादि शुभ कार्यों में दोष नहीं होता। अर्थात् सिंहस्थ गुरु का दोष केवल मघा नक्षत्र में गुरु के स्थित रहने तक ही होता है अन्य नक्षत्रों में नहीं।।७६।।

देशभेदेन गुरुशुक्रदोषः—

विहाय गौडं किल गौर्जरं च
कलिङ्गसौराष्ट्रककच्छदेशान्।
सरिद्वरागौतमिकान्तरेऽपि
हेलावजेलेयगुरुर्न दुष्टः।।७७।।

घटोक्षयोरिन्द्रगुरौ समत्ता
विवाहकर्तुर्भृगुजप्रदेशे।
चापे झषे वास्फुजिति प्रदेशे
गुरौस्तथैवं न परत्र देशे।।७८।।

अथ देशविशेषे गुरुशुक्रदोषमाह—घटेति।। विवाहकर्तुः पाणिग्रहणकारकस्य सम् अत्ता समत्ता मरणं स्यात्। कस्मिन् घटोक्षयोस्तुलावृषयोरिन्द्रगुरौ गीष्पतौ सति कस्मिन् भृगुजप्रदेशे शुक्रजन्मत्वात् सुभोजनाम्नि देशे तथा पुनश्चापे झषे धनुषि मीने वा आस्फुजिति शुक्रे सति विवाहकर्तुर्मृत्युः स्यात् कस्मिन् गुरोर्बृहस्पतेः प्रदेशे सौराज्यनाम्नि देशे गीष्पतेस्तत्र जन्मत्वात् एवं परत्र देशेऽन्यदेशे न।।७७,७८।।

गौड़, गुजरात, कलिङ्ग, सौराष्ट्र, कच्छ देशों में गंगा और गोमती नदियों के मध्यवर्ती प्रदेशों को छोड़कर अन्य देशों में मेषस्थ सूर्य रहने पर सिंहस्थ गुरु का दोष नहीं होता। (यह श्लोक प्रक्षिप्त माना जाता है)।।७७।।

देशभेद से गुरु-शुक्र का दोष—

तुला और वृष राशिगत गुरु हो तो शुक्र के जन्म स्थान अर्थात् सुभोज नामक राज्य में तथा धनु और मीन राशिगत शुक्र हो तो गुरु के जन्म स्थान अर्थात् सौराज्य नामक प्रदेश में विवाह करने वाले की मृत्यु होती है। अन्य देशों में यह दोष नहीं होता।।७८।।

विदर्भादिदेशेषु मीनार्कदोषनिषेधः—

तिमाविने फाल्गुननाम्नि शुद्धे
विदर्भकम्बूकुरुकार्णवेषु।
न मङ्गलं निन्द्यफलं परेषु
नीवृत्स्वशेषेषु भवेदरम्यम्।।७९।।

अथ विदर्भादिदेशेषु फाल्गुनादिगतरविदोषं निषेधति—तिमाविति। फाल्गुननाम्नि शुद्धे शुक्लपक्षे इने सूर्ये सति तिमौ मीने सति मङ्गलं शुभकार्यं निन्द्यफलं न स्यात् शुभफलं स्यादित्यर्थः। केषु विदर्भकम्बूकुरुकार्णवेषु देशेषु अथापरेषु नीवृत्सु देशेषु अरम्यं दुष्टं भवेत्। नीवृच्छब्दः पुंस्त्रीलिङ्गत्वादत्र पुल्लिंगविषयः पुंस्त्रिया नीवृदिति शब्दप्रभेदे साधुसुन्दरगणयः।।७९।।

फाल्गुन मास के शुक्ल पक्ष में सूर्य यदि मीन राशि में स्थित हो तो विदर्भ, कम्बु, कुरु, कार्णव आदि देशों में विवाहादि मङ्गल कार्यों में दोषकारक नहीं होता। इनके अतिरिक्त नीवृत (स्वजन्म स्थान, कलिंग) आदि अन्य देशों में मीनार्क दोष मंगल कार्यों में शुभ नहीं होता।।७९।।

उदन्वतो रोधसि कापिलाख्यं
भूमण्डलं योजनषट्कमानं।
रेवामहीमध्यगमार्यराश्यो-
रर्के विवाहो विहितोऽतिभद्रः।।८०।।

अथ कापिलक्षेत्रे धनुर्मीनार्कदोषं निषेधति—उदन्वत इति।। उदन्वतो रोधसि समुद्रतटे कापिलाख्यं कापिलसंज्ञं भूमण्डलं क्षेत्रं योजनषट्कमानं तत्पर्यंतं विवाहो

विदितं प्रसिद्धमतिभद्रं यस्मिन्स विदितातिभद्रः स्यात्। किम्भूतं भूमण्डलं रेवामहीमध्यगं रेवामहीसंज्ञे नद्यौ तयोर्मध्यगं कस्मिन् आर्यराश्योः बृहस्पतेर्धनुमीनगृहेऽर्के सूर्ये सति॥८०॥

रेवा और मही नामक नदियों के मध्यवर्ती क्षेत्र में तथा समुद्रतट से ६ योजन विस्तृत कापिल नामक क्षेत्र में धनु और मीन राशि गत सूर्य का विवाहादि मङ्गलकार्यों में दोष नहीं होता।।८०।।

पर्जन्यपूज्ये शुभमङ्गलं नो
मृगानने विश्वमभागसंस्थे ।
क्ष्मामध्यसूत्रादपरप्रदेशे
प्राच्यां च पञ्चांशगते तथा स्यात् ।।८१।।

अथ भूमध्यादपरदेशे मकरसंक्रान्तिमुखगतगीष्पतिदोषमाह— पर्जन्तेति।। क्ष्मामध्यसूत्रात् यतः 'लङ्का चावन्तिका कन्या पर्यली हिमभूधरः। कान्तिर्वत्सं च गुल्मं च मध्यरेखा भुवः स्मृता'॥१॥ इति पृथिवीमध्यरेखातोऽपरप्रदेशेषु शुभं मङ्गलम् न स्यात् कस्मिन् विश्वमभागसंस्थे अभिजिद्वर्जिते उत्तराषाढाया द्वितीयतृतीयपादसंस्थे ६।४० एतावत्प्रमाणकाले एवंविधे मृगानने मकरसङ्क्रान्तिमुखे पर्जन्यपूज्ये गीष्पतौ सति तथा च प्राच्यां पूर्वदिशि पञ्चांशगते किञ्चिन्न्यूनतृतीयपादस्थे पञ्चांशप्रमिते एवंविधे मकरसङ्क्रान्तिमुखे गुरौ सति शुभमङ्गलं नो स्यात्॥८१॥

देवगुरु बृहस्पति के मकर राशि के आरम्भ में १३वें अंश से रहित अर्थात् उससे पूर्व भाग में (उत्तराषाढा के द्वितीय-तृतीय चरण में) स्थित रहने पर मध्य रेखा स्थित देशों को छोड़ कर शेष देशों में विवाहादि मंगल कार्य शुभ नहीं होते। इसी प्रकार पूर्व देशों में (मध्य रेखा से पूर्व दिशा में स्थित प्रदेशों में) मकर के पञ्चमांश अर्थात् ६ अंशों तक बृहस्पति शुभ नहीं होता।।८१।।

विमर्श— रेखा देश से अभिप्राय है दक्षिणोत्तर भूमध्य रेखा अर्थात् '०' देशान्तर। भारतीय ज्योतिषियों ने '०' देशान्तर को सुमेरु (उ. ध्रुव), कुरुक्षेत्र, उज्जैन, लंका और कुमेरु (दक्षिण ध्रुव) को स्पर्श करने वाली रेखा को माना है।

गौडादिदेशेषु मकरस्थगुरुदोषः—

नक्रोत्तरार्द्धेमरराडमात्ये
गौडारिमीणार्बुदसिन्धुदेशान्।
शयग्रहो दुष्यति चापरेषु
न दोषकृन्नीचलवान्यभागे।।८२।।

अथ गौडादिदेशेषु मकरार्द्धस्थितगुरुदोषमाह—नक्रोत्तरेति। नक्रोत्तरार्द्धे मकरस्योत्तरार्द्धेऽमरराडमात्ये गुरौ सति शयग्रहः पाणिग्रहो गौडादिदेशान् दुष्यति गौडः अरिमीणः अर्बुदः सिन्धुदेश इत्यादि च पुनरपरेषु देशेषु शयग्रहो दोषकृत् न स्यात् कस्मिन् नीचलवान्यभागे मकरस्य नीचांशाः पञ्च तेभ्योऽन्यांशस्थिते गुरौ सति॥८२॥

मकर राशि के उत्तरार्ध में (अर्थात् १५° अंश से अधिक अंशों मे) गुरु स्थित हो तो गौड, अरिमीड, अरब, सिन्धु देशों में पाणिग्रहण संस्कार शुभ नहीं होता। इनसे अतिरिक्त देशों में अपने नीचांश (५° परमनीच) के अतिरिक्त अन्य अंशों में स्थित गुरु दोषकारक नहीं होता। अर्थात् मकर के ५° अंशों तक गुरु सर्वत्र निन्दित है।।८२।।

मिथिलादिदेशे मीनार्कदोषः—

मिथिले मलयाचलक्ष्मायां
शकली शर्महरो न हंसयुक्तः।
उपयामविधेर्नुरंशुकूर्प्यो
युजि मार्गे च तथान्ध्रमागधोर्व्याम् ।।८३।।

अथ मालभारिण्या मलयाचलादिभूमौ मीनार्कादिदोषं निषेधति—मिथिल इति।। मिथिले नाम्नि देशे मलयाचलक्ष्मायां मलयाचलभूमौ हंसयुक्तः सूर्यान्वितः शकली मीनो मीनार्कः शर्महरः सुखहर्ता न स्यात् कस्य नुः पुरुषस्य किंभूतस्य नुः उपयामविधेः कृतोपयामस्य तथाच पुनः आंध्रमागधोर्व्यां आन्ध्रदेशमागधदेशभूमौ अंशुकूर्प्यो वृश्चिकार्कः शर्महरो न स्यात् कस्मिन् मार्गे युजि मार्गसमासयोगे।।८३।।

मिथिला और मलय पर्वत के भूखण्डों में मीन राशिगत सूर्य सुख का हरण करने वाला नहीं होता अर्थात् शुभ होता है। आन्ध्र और मगध देश की भूमि में वृश्चिक राशिगत सूर्य मार्गशीर्ष मास से संयुक्त होने पर विवाहादि कार्यों में दोषकारक नहीं होता। अर्थात् मार्गशीर्ष मास में यदि वृश्चिक राशि का सूर्य हो तो वह विवाहादि में शुभ होता है।।८३।।

विवाहेऽशुभमासाः—

समिषे नृमिषाबला विवाहेऽनु
नभोगे हि न भोगमेति धिष्ण्यं।
शुचिगे शुचमूर्जहानिमूर्जे
मधुपा सा च मधौ सहस्य सस्या।।८४।।

अथ विवाहेऽशुभमासानाह—समिष इति।। समिषे सम्यग् इषो मासो यस्मिन् स तस्मिन्नेवंविधे विवाहे इषमासकृतविवाहेऽबला स्त्री भोगे न एति न प्राप्नोति किंभूताऽबला नृमिषा नरि नरे मिषं कैतवं यस्याः सा अनु विवाहात् पश्चादिति नभोगे श्रावणगते विवाहेऽबला धिष्ण्यं गृहं न एति। पुनः शुचिगे आषाढ़गते विवाहे सा शुचं शोकमेति पुनरूर्जे कार्त्तिके विवाहे सा ऊर्ज्जहानिं बलनाशमेति पुनर्मधौ चैत्रे विवाहे सा मधुपा मद्यपाना स्यात्। पुनः सहसि मार्गशीर्षे विवाहे साऽसस्या न विद्यते सस्यं धान्यं यस्याः सकाशात् एतादृशि स्यात्।।८४।।

आश्विन मास में विवाहिता स्त्री सुख-भोग को नहीं प्राप्त करती है। श्रावण मास में विवाह करने से स्त्री को गृह सुख का अभाव, आषाढ़ में विवाह करने से शोक, कार्तिक में तेज एवं शक्ति का ह्रास, चैत्र मास में विवाहिता मद्यपान में आसक्त रहने वाली तथा मार्गशीर्ष में विवाहिता असस्या (अन्न के अभाव से युक्त) होती है।।८४।।

इति भाद्रपदोपयाममासा
न वशा भद्रपदं भजेदपाशा।
अपहस्तिततदोर्ग्रहाः सहस्यः
श्यति शंभोक्तुरमी स्युरेव मासाः।।८५।।

इतीति।। भाद्रपद उपयाममासो यस्याः सा वशा स्त्री भद्रपदं सुखस्थानं न भजेत् न प्राप्नुयात्। किंभूता वशा अपाशा अपगता आशा इच्छा यस्याः सकाशात्। पुनः सहस्यः पौषमासो विवाहे भोक्तुर्वरस्य शं सुखं श्यति तनूकरोति इति अमी मासाः अपहस्तिततदोर्ग्रहा एव स्युः अपहस्तितोऽनादृतोऽनङ्गीकृतो दोर्ग्रहो विवाहो येषु ते।।८५।।

भाद्रपद मास में विवाहिता स्त्री सुख का उपभोग नहीं कर पाती तथा उसकी अभिलाषायें नष्ट हो जाती हैं। पौष मास में विवाहिता स्त्री अपने पति के सुखों को क्षीण करती है। इस प्रकार विवाह में इन मासों के परिणाम बतलाये गये हैं।।८५।।

मासफले विशेषः—

इति सत्यपि सन्मधूत्तरार्द्धं
मिहिरेऽजे च सहस्यकृष्णपक्षः।
मकरे जितुमे दशद्युकालः
शुचिगः सर्वजनेषु पूर्व इष्टः।।८६।।

अथात्र विशेषमाह—इतीति।। इति पूर्वोक्ते सत्यपि मधूत्तरार्द्धं चैत्रस्योत्तरार्द्धं सत् शुभं स्यात्। कस्मिन् मिहिरेऽजे मेषे रवौ सति च पुनर्मकरे रवौ सति सहस्यस्य पौषस्य कृष्णपक्षः शुभः स्यात्। पुनर्जितुमे मिथुने रवौ सति पूर्व आद्यो दशद्युकालः शुचिग इष्टः। कोऽर्थः आषाढमासस्य दशदिनानि शुक्लपक्षगतानि इष्टानि स्युः सर्वजनेषु इति।।८६।।

सूर्य के मेष राशिगत होने पर चैत्र का उत्तरार्ध अर्थात् शुक्ल पक्ष शुभ होता है। मकर राशि में सूर्य के रहने पर पौष का कृष्ण पक्ष शुभ होता है तथा मिथुन राशि में सूर्य के स्थित रहने पर आषाढ़ मास के आरम्भ के १० दिन सर्व साधारण के लिए शुभ होते हैं।।८६।।

भृग्वादिगोत्रोत्पन्नानां विशेषः—

भृगुकच्छगमत्स्यदेशगानां
दशमी भाद्रपदस्य भार्गवानाम्।

शयसंग्रहसंशया सिता सा
मरु भेदेऽङ्घ्रिभुवामिषस्य च स्यात्।।८७।।

अथात्र भृग्वादिगोत्राणाम् विशेषमाह—भृग्विति।। भार्गवाणाम् भृगुगोत्रोत्पन्नानाम् भृग्वादिदेशगानां मनुष्याणाम् भाद्रपदस्य सिता शुक्ला दशमी शयसंग्रहसंशया विवाहकथका स्यात्। च पुनरिषस्याश्विनमासस्य सा शुक्लदशमी अङ्घ्रिभुवां शूद्राणां विवाहकथका स्यात् कस्मिन्मरुभेदे मरुदेशे।।८७।।

भृगु (भार्गव) गोत्रोत्पन्न एवं भृगुकच्छ और मत्स्यदेश वासियों के लिए भाद्रपद शुक्ल दशमी पाणिग्रहण संस्कार के लिए ग्राह्य कही गई है। इसी प्रकार मरु देशवासी शूद्रों के लिए आश्विन शुक्ल दशमी पाणिग्रहण में शुभ होती है।।८७।।

कार्तिकमासे दिनदशकं ग्राह्यम्—

सितपञ्चदशीद्युमध्यमौर्जे
कृतिनोऽहर्दशकं विदुर्विवाहे।
रुरुराजगुरुं गुरोः प्रतिष्ठा-
मपहायोशनसश्च लग्नमिष्टम्।।८८।।

अथ विवाहे कार्तिकदिनदशकं दर्शयति—सितेति।। कृतिनः पण्डिता ऊर्ज्जे कार्तिकमासेऽहर्दशकं विवाहे विदुः कथयन्ति किंभूतमहर्दशकं सितपञ्चदशीमध्यं शुक्लपञ्चदशी पूर्णिमा तस्या अग्रतः पञ्चदिनानि पश्चाच्च पञ्चदिनानि एवं दशद्युमध्यं यस्मिंस्तत् पुनर्लग्नमिष्टमिष्टकालघटिकालग्नं शुभं स्यात् किंकृत्वा रुरुराजो मृगाधिपः सिंहस्तस्मिन् गुरुं विहाय पुनर्गुरो र्गीष्पतेः प्रतिष्ठामस्तं विहाय पुनरुशनसः शुक्रास्तम् विहाय।।८८।।

कुछ विद्वानों ने कार्तिक शुक्ल पूर्णिमा को मध्य में कर दश दिनों को अर्थात् कार्तिक शुक्ल पूर्णिमा से ५ दिन पूर्व और ५ दिन पश्चात् (कार्तिक शुक्ल एकादशी से मार्गशीर्ष कृष्ण पञ्चमी तक) विवाह में शुभ बतलाया है। किन्तु सिंहस्थ गुरु और शुक्रास्त दोषों को छोड़कर शुभ लग्न में ही करना चाहिए।।८८।।

परिपन्थितनूलयस्थमिन्दुं
परिहायाङ्ग! विवाहकामभद्राम् ।
उपरागमुखान्यदोषजालं
कुरु पाणिग्रहणं च कार्तिकीतम् ।।८९।।

परीति।। अङ्ग इति सम्बोधने हेविवाहकाम् हेविवाहाभिलाषिन् त्वं भद्रं शुभं पाणिग्रहणम् कुरु किंभूतम् पाणिग्रहणम् कार्तिक्या भवदशदिनात्मकमिति कस्मिन् उपरागमुखे सन्ध्यायाम् किंभूते उपरागमुखे अन्य दोषजाले इतरदोषयुक्तेऽपि किंकृत्वा परिपंथो षष्ठं ६ तनुः प्रथमम् १ लयोऽष्टमं ८ अत्र स्थितमिन्दुं चन्द्रं विहाय त्यक्त्वा हि अवधारणे।।८९।।

हे विवाह की अभिलाषा रखने वाले भद्रपुरुष! तुम षष्ठ, लग्न और अष्टम चन्द्रमा एवं ग्रहण आदि दोष समूहों को छोड़कर शुभ पाणिग्रहण संस्कार को करो।।८९।।

कार्तिके दशदिवसान्तप्रशंसा—

इति कृष्टिगणैर्विशेषनीति-
र्गदिता या परिणत्यनेहसीष्टा।
उदितान्प्रति देशकालभेदान-
खिलोर्व्यामुदितानु कार्तिकीता।।९०।।

अथोपसंहारेण कार्तिक्या दिनदशकं सर्वत्र प्रमाणयति—इतीति।। पूर्वोक्तप्रकारेण परिणत्यनेहसि विवाहकाले कृष्टिगणैः पण्डितगणैर्या नीतिर्गदिता प्रोक्ता कान्प्रति उदितान् कथितान् देशकालभेदान् प्रति अनुलक्षीकृत्य तु पुनः सा नीतिरखिलोर्व्यां सर्वत्र देशे इष्टा शुभा उदिता प्रोक्ता किंभूता कार्तिकीता कार्तिकमासभवा भावार्थे इन्प्रत्ययः पूर्वोक्तदिनदशके इति।।९०।।

कार्तिक मास के उक्त दश दिनों में विद्वानों ने देश काल के अनुसार विवाह का जो विशेष विधान बतलाया है, वह समस्त पृथ्वी पर ग्राह्य है।।९०।।

विवाहे त्याज्योत्पाता—

शिशिरे च मधौ पतन्ति मेघात्
करका वा वनबिन्दवः सशम्पाः।
कलिशम्बरधौ तदा विवाही
विपदम्भोऽतिविलासमेति लोके।।९१।।

अथ विवाहे त्याज्यवैकृतमाह—शिशिर इति।। शिशिरे मधौ चैत्रे च यदा मेघात् करका पतन्ति वाऽथवा वनानां जलानां बिन्दवः पतन्ति किंभूता बिन्दवः सशम्पाः विद्युद्युक्तास्तदा लोके विषये विवाही विवाहवान् पुमान् कलिः क्लेशः स एव शम्बराणि जलानि धीयन्तेऽस्मिन्निति कलिशम्बरधौ क्लेशसमुद्रे विपदम्भोतिविलासमेति प्राप्नोति विपद् एव अम्भो जलं तस्यातिविलासमिति।।९१।।

शिशिर ऋतु एवं चैत्र मास में उपल वृष्टि, जल वृष्टि, अथवा विद्युत्पात हो तो उस समय विवाह करने वाले कष्ट रूपी समुद्र में डूब कर अनेक विपत्तियों से युक्त होते हैं।।९१।।

समुदेति शिखी समीरमार्गे
दलयन्मङ्गलकर्म भीष्मभासाम्।
यदि तच्चरदङ्घ्रिमानकालं
परिहायाखिलमङ्गलं सुसिद्ध्यै।।९२।।

समुदेतीति।। यदि शिखी केतुः समीरमार्गे व्योम्नि समुदेति उदयं प्राप्नोति किं कुर्वन् भीष्मभासा भयानककान्त्या मङ्गलकर्म शुभकार्यं दलयन् खण्डयन् तदा तच्छरदङ्घ्रिमानकालं तस्य वर्षस्याङ्घ्रिमानकालं मासत्रयं विहायाखिलमङ्गलं सुसिद्ध्यै स्यात्।।९२।।

यदि आकाश में धूमकेतु उदित हो तो वह अपने भीषण तेज से समस्त मङ्गल कार्यों का विनाश कर देता है। वर्ष के चतुर्थांश अर्थात् ३ मास को छोड़कर शेष मास शुभ कार्यों में शुभ होते हैं।।९२।।

सहसावनिकम्पनं खदाह-
स्त्वनृतौ स्फूर्जथुरौपयामतोऽर्वाक्।
विदधीत न मङ्गलं तदा वा
तलमुल्कापतनं खतोऽवनेः स्यात्।।९३।।

सहसेति।। यदा सहसा झटिति औपयामतो विवाहदिनादर्वाक् अवनिकम्पनम् भूकम्पनम् खदाहो व्योमज्वलनं अनृतौ अकाले स्फूर्जथुर्वज्रनिर्घोषः तथा खत आकाशादवनेर्भूमेः आतलपर्यन्तमुल्कापतनं ज्वालापतनं स्यात्तदा सुधीर्मङ्गलम् न विदधीत।।९३।।

विवाहादि मङ्गल कार्यों के पूर्व अकस्मात् भूकम्प व्योमदाह (आकाश में अग्नि ज्वाला का दीखना), असमय के बादलों में विद्युत् का गर्जन तथा आकाश से भूमि पर उल्का पात हो तो विद्वान् पुरुष को मङ्गल कार्यों का सम्पादन नहीं करना चाहिए।।९३।।

इतराण्युदितानि यानि यावत्-
त्रिविधोत्पातदिनानि तैरुपेतम् ।
भमनर्हमशेषमङ्गलेषु
द्विजराजेन तदुज्झितं न भुक्त्वा ।।९४।।

इतराणीति।। उदितानि प्रोक्तानि इतराणि यानि त्रिविधोत्पातदिनानि सन्ति तावत्तैरुत्पातैरुपेतम् युक्तम् तत् भं नक्षत्रमशेषमङ्गलेषु अनर्हं दुष्टं स्याद्यावत् यत् भं द्विजराजेन चन्द्रेण भुक्त्वा न उज्झितम् स्यात्।।९४।।

इन उत्पातों के अतिरिक्त जितने उत्पात बतलाये गये हैं उन उत्पातों से युक्त जो नक्षत्र हो इस नक्षत्र का तब तक समस्त मङ्गल कार्यों में परित्याग करना चाहिए जब तक चन्द्रमा उसका उपभोग कर उसका त्याग न कर दें।।९४।।

विवाहे अष्टादशदोषाः—

एकार्गलापक्रमसाम्यलत्ता
भवेधविष्टी कुलिकास्त्रपातौ ।
पापार्दितोडुग्रहजन्मतारा-
गण्डान्तयामार्धकपापहोराः।।९५।।

दिनर्क्षयोगान्तकुयोगभागा
द्युपर्वदग्धं यमघण्टयोगः ।
इहाशनिः स्युर्गदिता ग्रहज्ञै-
रमीसदाष्टादशदोषयोगाः ।।९६।।

अथ विवाहेऽष्टादशदोषान्दर्शयति—एकेति।। एकार्गलः १ अपक्रमसाम्यं क्रान्तिसाम्यं २ लत्ता २ भवेधो नक्षत्रवेधः ४ विष्टिर्भद्रा ५ कुलिकः ६ अस्त्रपातः ७ पापार्दितं पापग्रहैः पीडितमुडु नक्षत्रं ८ एवं ग्रहश्च ९ जन्मतारा च १० गण्डान्तः ११ यामार्द्धकं १२ पापहोरा १३।।९५।।

दिनेति।। दिनर्क्षयोगानामन्तोऽवसानं १४ कुयोगभागाः दुष्टयोगनवांशाः १५ पर्वदग्धं द्यु दिनं १६ यमघण्टयोगः १७ अशनिः १८ इह विवाहेऽमी सदाष्टादशदोषयोगाः किंभूताः ग्रहज्ञैरुदिताः प्रोक्ताः।।९६।।

एकार्गल, क्रान्तिसाम्य, लत्ता, नक्षत्र वेध, भद्रा, कुलिक, अश्मपात, पापाक्रान्त नक्षत्र, ग्रह, जन्मतारा, गण्डान्त, यामार्ध, पाप होरा, दिन, योग और नक्षत्रों का अन्तिम काल, दुष्टयोगों के अंश, पर्वदग्ध दिन, यमघण्ट योग तथा अशनि (वज्र) योग ज्योतिष शास्त्र के मर्मज्ञों ने इन अष्टादश दोषोत्पन्न योगों को बतलाया है। ।।९५-९६।।

अशुभयामार्द्धाः—

पूर्वोदिता येऽत्र ततो वियोगा
ज्ञेयास्त्वनुक्तानधुनाभिधास्ये।
युगागदोरक्षगजाग्नितर्कै-
र्मितान्यसद्यामदलानि सूरात्।।९७।।

अथैष्वनुक्तं चिन्तयन्नाह-पूर्वोदिता इति।। ये वियोगाः पूर्वोदिताः प्राक् प्रोक्तास्तेऽत्र ज्ञेयाः गण्डान्तविष्टियमघण्टपातैकार्गलपापपीडितर्क्षपर्वदग्धक्रान्तिसाम्यवियोगाः पूर्व पूर्वाध्याये प्रोक्ताः तस्मात् कारणादहमधुनाऽनुक्तान् योगानभिधास्ये कथयिष्ये ततः प्रथमं शुभयामार्द्धमाह। सूरात् सूर्यात् युगादिभिर्मितानि असद्यामदलानि स्युः सूर्यस्य युगानि चतुर्थं यामार्द्धं दुष्टं एवं सोमस्यागाः सप्तमं ७ भौमस्य दोर्द्वितीयं २ बुधस्याक्षाणि पञ्चमं ५ गुरोर्गजा अष्टमं ८ भृगोरग्निस्तृतीयं ३ शनेस्तर्काः षष्ठं ६ इति।।९७।।

जिन कुयोगों का उल्लेख किया जा चुका है। उनका भी विचार करना चाहिए। यहाँ अनुक्त (जो पिछले प्रकरणों में नहीं कहे गये हैं उन्ही) योगों को कह रहा हूँ। रवि आदि वासरों में क्रम से ४, ७, २, ५, ८, ३, ६, यामार्ध अशुभ होते हैं। अर्थात् रविवार को चौथा, सोमवार को सातवाँ, मंगलवार को दूसरा, बुधवार को पाँचवाँ, गुरुवार को आठवाँ, शुक्रवार को तीसरा तथा शनिवार को छठा यामार्ध अशुभ होता है।।९७।।

कुलिकदोषः—

ऋणेन मित्राद्द्विचयेन भूपतो
दिवाक्षणा ये निशि तैरपक्षमैः।
क्षणैरशंसत्कुलिकानिदं क्रमा-
दमङ्गलायोभयमेव मङ्गले।।९८।।

यामार्द्धकुलिकचक्रम्

सू.	चं.	मं.	बु.	गु.	शु.	श.	वाराः
४	७	२	५	८	३	६	यामदलं
१४	१२	१०	८	६	४	२	कुलिकः दिवा
१३	११	९	७	५	३	१	कुलिकः रात्रौ

अथ कुलिकानाह-ऋणेनेति।। भूपतः षोडशतो द्विचयेन ऋणेन द्वाभ्यां चयनं पुष्टिर्यस्मिंस्तदेवंविधेन ऋणेन षोडशसंख्यातो द्वयेन द्वयेन हानने कृत्वा मैत्रात् सूर्यसम्बन्धितो ये दिवाक्षणाः स्युः कोऽर्थः रवेश्चतुर्दशः क्षणः एवं चन्द्रस्य १२ भौमस्य १० बुधस्य ८ गुरोः ६ शुक्रस्य ४ शनेः २ अथ तैर्दिवाक्षणैरपक्षमैरपगताक्षमा येभ्यस्ते तैरेकैकहीनैर्निशि रात्रौ क्षणाः स्युः। यथा रविरात्रौ त्रयोदशः क्षणः १३ एवं चन्द्ररात्रौ ११ मंगलरात्रौ ९ बुधरात्रौ ७ गुरुरात्रौ ५ शुक्ररात्रौ ३ शनिरात्रौ १ पण्डितः बुधस्तैर्दिवाक्षणैः रात्रिक्षणैरेव कुलिकान् अशंसत् कथयामास ते क्षणा एव कुलिकसंज्ञा इति क्रमात् ज्ञेयं। इदमुभयं दिवारात्रिक्षणस्वरूपं मङ्गले विवाहादिकार्येऽमङ्गलाय दुःखायैव स्यात्।।९८।।

सोलह संख्या से क्रम से २-२ संख्या घटाने (न्यून करने) से रव्यादि वासरों में कुलिक संज्ञक मुहूर्त होते हैं। दिवा मुहूर्त्तों से १-१ हीन करने से रात्रि में कुलिक संज्ञक मुहूर्त्त होते हैं। यथा १६-२=१४वाँ मुहूर्त्त रविवार को दिन तथा १४-१=१३वाँ मुहूर्त्त रात्रि में कुलिक संज्ञक होता है। इसी प्रकार सोमवार को दिन में १२वाँ, रात्रि में ११वाँ, मंगलवार को दिन में १०वाँ रात्रि में ९वाँ, बुधवार को दिन में ८ रात्रि में ७, गुरुवार को दिन में ६ रात्रि में ५, शुक्रवार को दिन में ४ रात्रि में ३ तथा शनिवार को दिन में २ तथा रात्रि में १ मुहूर्त्त कुलिक संज्ञक होता है। ये मुहूर्त्त समस्त मंगल कार्यों में अमङ्गल कारक होते हैं।।९८।।

लत्तादोष—

इनागरामाकृतिदर्शनैर्जिनै-
र्भुजङ्गमैरभ्रयमैरुपेतभात् ।
समेषु भेष्वर्कमुखा नभःसदः
संलत्तयन्त्यादिविरामपल्लवात् ।।९९।।

अथ लत्तालक्षणाह—इनेति।। अर्कमुखा: नभ:सदोऽर्कप्रमुखा ग्रहा: उपेतभात् निजाक्रान्तनक्षत्रात् इनादिभि: संख्याभि: समेषु तुल्येषु संलत्तयन्ति पादप्रसारेण लत्तया घातं ददति कस्मात् आदिविरामपल्लवात् आद्यन्तभागात् स्पष्टार्थस्त्वयं सूर्य: स्वाक्रान्तनक्षत्त्रात् द्वादशं नक्षत्रमग्रतो लत्तयति। एवं स्वाक्रान्तभात् पूर्णिमासम्बन्धिचन्द्रोऽग: सप्तमं भं स्वपृष्ठतो लत्तयति। एवं भौमो रामास्तृतीयं भमग्रतो लत्तयति।। बुध: आकृतिर्द्वाविंशं भं पृष्ठतो लत्तयति। गुरुर्दर्शनानि षष्ठं भमग्रतो लत्तयति। शुक्रो जिनाश्चतुर्विंशं भं पृष्ठतो लत्तयति। शनिर्भुजङ्गमा अष्टमं भमग्रतो लत्तयति। राहुरभ्रयमा विंशतितमं भं पृष्ठतो लत्तयति। आदिविरामपल्लवादिति कोऽर्थ: ग्रहो यन्नक्षत्रं सन्मुखं लत्तयति तन्नक्षत्रं प्रथमचरणतो लत्तां प्राप्नोति। ग्रहो यन्नक्षत्रं पश्चाल्लत्तयति तन्नक्षत्रमन्त्यचरणतो लत्तां प्राप्नोति। उक्तं च 'ऋक्षं द्वादशमुष्णरश्मिरवनीसूनुस्तृतीयं गुरु: षष्ठं चाष्टममर्कजश्च पुरतो हन्ति स्फुटं लत्तया। पश्चात्सप्तममिन्दुजश्च नवमं राहु: सित: पञ्चमं द्वाविंशं परिपूर्णमूर्तिरुडुप: सन्ताडयेन्नेतर:'।।१।।९९।।

सूर्यादि ग्रह अपनी आक्रान्त राशि से १२,७,३,२२,६,२४,८ और २०वें नक्षत्र को क्रम से प्रथम चरण एवं अन्तिम चरण से लत्तित करते हैं। (पैर से आघात करते हैं)। अर्थात् एक ग्रह प्रथम चरण में दूसरा अन्तिम चरण से लत्तित करता है। यहाँ प्रथम चरण का अभिप्राय आगे तथा चतुर्थ चरण का अभिप्राय पीछे के नक्षत्रों से है। यथा— सूर्य अपने नक्षत्र से आगे के १२वें नक्षत्र को, चन्द्र अपने नक्षत्र से पीछे के ७वें नक्षत्र को, मंगल अपने नक्षत्र से आगे के तीसरे नक्षत्र को, बुध पीछे के २२वें नक्षत्र को, गुरु आगे के ६ठें नक्षत्र को, शुक्र पिछले २४वें नक्षत्र को, शनि आगे के ८वें नक्षत्र को तथा राहु पिछले २२वें नक्षत्र को ललित्त (पादप्रहार) करता है।।९९।।

लत्ताफलम्—

उदग्रमाग्र्यं पदमन्त्यमन्त्यगं
तल्लत्तनं मङ्गलकर्मणि स्मृतम्।
सपापलत्तं भमशेषमिष्टहृत्
ससाधुलत्तं चरणं त्यजेदुडो:।।१००।।

अथैवं ग्रहाणामभिलत्तने सति अनुलत्तनमुक्तं तदूडो: पश्चिमपूर्वविभागयोरनधिकाधिकदोषज्ञानार्थमाह—उदग्रमिति।। यद् आग्र्यं अग्रे भवं लत्तनं उदग्रं क्रूरं स्मृतं कस्मिन् मङ्गलकर्मणि यत् अन्त्यं अन्त्यप्राप्तलत्तनं उदग्रं क्रूरं स्मृतं कस्मिन् मङ्गलकर्मणि यत् अन्त्यगं अन्त्यप्राप्तं लत्तनं तल्लत्तनभमतन्मङ्गलकर्मणि स्मृतं। यत्र पूर्वविभागे लत्तनं तस्य नक्षत्रस्य पूर्वविभागे महान् दोष: यत्र पश्चाद्भागे लत्तनं तस्य नक्षत्रस्य पश्चिमविभागे महान् दोष: पूर्वविभागेऽल्पदोष इति तात्पर्यं। पुन: सपापलत्तं पापग्रहलत्तान्तर्हितं भं नक्षत्रमशेषं समग्रमिष्टहृत् ईप्सितहरं स्यात्। उडोर्नक्षत्रस्य ससाधुलत्तं शुभग्रहलत्तासहितं चरणं त्यजेत् मङ्गलकर्मणि सुधीरिति शेष:।१००।।

अग्रिम चरण में एवं अन्त्य चरण, दोनों चरणों की लत्ता शुभ कार्यों में अनिष्ट कर होती है। पाप ग्रहों से लत्तित नक्षत्र हो तो सम्पूर्ण नक्षत्र का परित्याग करना चाहिए। यदि शुभ ग्रहों की लत्ता हो तो लत्तित चरण का ही परित्याग करना चाहिए।।१००।

लत्तादीनां परिहारः—

लत्तावहं भं च सुराज्यकच्छयो-
र्निपातवत् कच्छरवशाङ्ककावनौ।
दुष्टं तदेकार्गलभं समालवे
मरौ प्रतानेऽनिशमादिजैः स्मृतम्।।१०१।।

अथ देशविशेषे क्रमेण लत्तादिदुष्टभं सापवादं दर्शयति—लत्तेति।। आदिजैः पुरातनैस्तल्लत्तावहं लत्तायुक्तं भं च पुर्नर्निपातवत् निपातयुक्तनक्षत्रं दुष्टं स्मृतं अनिशं सदा कस्मिन् सुराज्यकच्छयोर्देशयोः कच्छखशाङ्कावनौ कच्छादिदेशभूमौ पुनः समालवे मालवदेशे युक्ते मरौ प्रताने देशे सुराज्यादौ लत्ताभं कच्छादौ निपातभं मालवादौ एकार्गलभं दुष्टमिति।।१०१।।

लत्ता दोष युक्त नक्षत्र सुराज्य (सौराष्ट्र) और कच्छ देशों में, निपातन नामक योग कच्छ, खश और अंग देशों में तथा एकार्गल नामक दोष मालवा और मरु देशों में दोष कारक होते हैं। ऐसा प्राचीन आचार्यों ने बतलाया है।।१०१।।

पञ्चशलाकाचक्रम्—

आशायताः पञ्च च पञ्च रेखा
द्वे द्वे च रेखे विलिखेद्विदिग्गे।
प्राङ्मध्यसूत्रादभिजित्समेतं
रौद्राद्यमार्क्षं वलयं विदध्यात्।।१०२।।

अथ पञ्चशलाकाचक्रमाह—आशेति। आशायताः आशासु दिक्षु आयता दीर्घाः पञ्च पञ्च रेखाः पञ्च पूर्वतः पञ्च दक्षिणतश्च कार्याः। च पुनः सुधीर्द्वे द्वे रेखे विदिग्गे विदिग्गते लिखेत्। सुधीः प्राङ्मध्यसूत्रात् पूर्वदिग्गतमध्यरेखातो रौद्राद्यं आर्द्रादिकमार्क्षं नक्षत्रयुक्तं वलयं विदध्यात् भ्रमेण विलिखेदित्यर्थः।। किंभूतं आर्क्षं अभिजित्समेतम्।।१०२।।

पञ्चशलाकाचक्र—चारों दिशाओं में जाने वाली पाँच-पाँच रेखाओं तथा विदिशाओं (कोणों) में गई दो दो रेखाओं से पञ्चशलाका चक्र बनता है। अर्थात् पूर्व से पश्चिम की ओर ५ रेखायें खींचकर उनको काटती हुई ५ रेखायें उत्तर से दक्षिण की ओर तथा दो-दो रेखायें चारों कोणों में जाने वाली बनाना चाहिये। पूर्व दिशा में स्थित मध्य रेखा के शीर्ष पर आर्द्रा नक्षत्र को रखकर अभिजित् सहित आर्द्रा आदि २८ नक्षत्रों को रेखाग्रों पर स्थापित करना चाहिये।।१०२।।

पञ्चशलाका चक्र

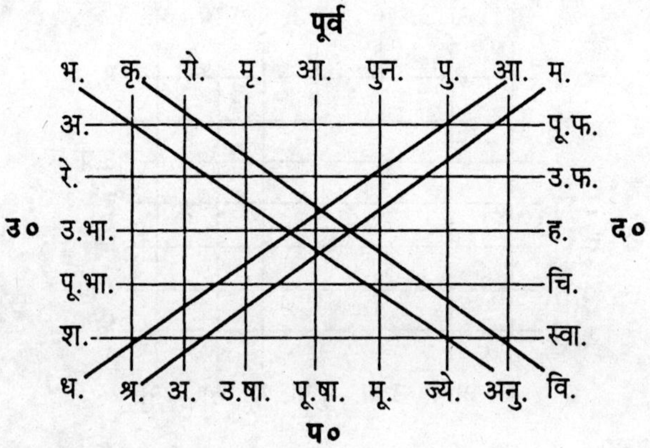

सप्तशलाकाचक्रम्—

> **सखेटरेखाग्रगतं भमस्मि-**
> **न्विद्धं विवाहेऽर्थविरोधि विद्धि।**
> **अदः सदा सप्तशलाकमित्थं**
> **चौलव्रताद्याखिलमङ्गलेषु।।१०३।।**

अथ चरणत्रयेणास्य फलमाह—सखेटेति।। हे सुधीस्त्वं अदो भं नक्षत्रं सदा विवाहेऽर्थविरोधि ईप्सितार्थविरोधकरं विद्धि जानीहि किंभूतं अदो भं अस्मिश्चक्रखेटरेखाग्रगतं ग्रहयुक्तरेखाग्रभागस्थितं अतएव किंभूतमदो भं विद्धं वेधितं।। अथ सप्तशलाकाचक्रमाह।। हे सुधीस्त्वमित्थमनुना प्रकारेण सप्तशलाकं चक्रं विद्धि केषु चौलव्रताद्याखिलमङ्गलेषु। यतः 'तिर्यगूर्ध्वगता रेखाः सप्तसंख्या लिखेद्बुधः।। कृत्तिकादीनि भान्यत्र अभिजित्तत्र दापयेत्।।७।। भुक्तं क्रान्तं तथा भोग्यं विद्धं पापग्रहेण भं।। शुभाशुभेषु कार्येषु वर्जनीयं प्रयत्नतः।।२।। यस्याभिधाननक्षत्रं विद्धं क्रूरग्रहेण चेत्।। देशो ग्रामः पुरं सैन्यं नरो नारी विनश्यति।।१०३।।

सप्तशलाकाचक्र के रेखाग्र बिन्दु में स्थित ग्रह से विद्ध नक्षत्र विवाह में अभीष्ट का विरोधी अर्थात् अमङ्गलकारक होता है। इसी प्रकार, चौल (मुण्डन), व्रतबन्ध आदि समस्त मङ्गल कार्यों में सप्तशलाका चक्रानुसार ग्रहों से विद्ध नक्षत्र का परित्याग करना चाहिए।।१०३।।

परिष्कार— यहाँ पञ्चशलाका चक्र की भाँति सप्तशलाका चक्र की निर्माण विधि नहीं बतलाई गई है। केवल विद्ध नक्षत्र का परिणाम ही दर्शाया है। चक्र का निर्माण निम्न प्रकार से होता है— सात पूर्वापर तथा ७ दक्षिणोत्तर रेखायें खींचकर प्रथम पूर्वापर रेखा के अग्र बिन्दु पर कृत्तिका नक्षत्र का स्थापन कर दक्षिणावर्त क्रम से अग्रिम नक्षत्रों का न्यास करने से सप्तशलाका चक्र बनता है। जिस नक्षत्र पर ग्रह होगा उससे सम्बन्धित रेखा के दूसरे भाग में स्थित नक्षत्र उस ग्रह से विद्ध होता है।

सप्तशलाका चक्र

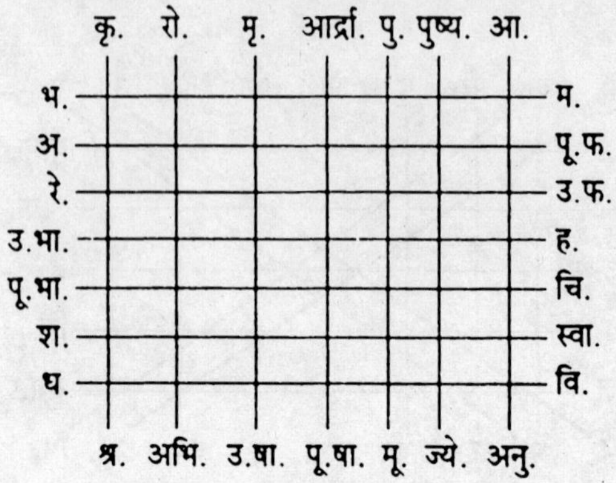

पादवेधज्ञानम्—

असाधुविद्धं भमसिद्धमत्रा-
शेषं च सद्वेधितमङ्घ्रिगं स्यात्।
चतुर्गुणैस्तद्वलयोत्थरेखं
चक्रं भपादाङ्कितमङ्घ्रिवेधे ।।१०४।।

अथ सप्तशलाकाचक्रतोऽष्टाविंशतिशलाकाचक्रपादवेधमाह—असाध्विति।। अत्र विवाहेऽसाधुविद्धं पापग्रहवेधितं भं नक्षत्रमशेषं समस्तमसिद्धं स्यात्। च पुनः सद्वेधितं शुभग्रहविद्धं भं अङ्घ्रिगं चरणगतमसिद्धं स्यात्। अङ्घ्रिवेधे भपादाङ्कितं नक्षत्रचरणाङ्कितं चक्रं स्यात्। किंभूतं चक्रं चतुर्गुणैरिति। एतदेव पञ्चशलाकमेव वलयं एतद्वलयं चतुर्गुणं च तस्मिन्नुत्था जाता रेखा यस्य तत् कोर्थोष्टाविंशतिरेखा दिगायतास्तिर्यग्गाश्च रौद्रादिपादान्तमपादा देया इति। यतः 'अष्टाविंशोर्ध्वगा रेखा अष्टाविंशति तिर्यगाः।। अंशचक्रं भवत्येवं यदुक्तमादियामले।।१।। कृत्तिकादीनि भान्यत्र पादाक्षरणक्रमेण च। साभिजिन्ति न्येसत्सर्वाण्यष्टाविंशतिसंख्यया।।२।। यो ग्रहो यत्र ऋक्षांशे तं तत्र विन्यसेद् बुधः।। वेधयेत्सन्मुखं ज्ञर्णं क्रूरो वाप्यशुभोऽपि वा।।३।। आद्यशेन चतुर्थांशं चतुर्थांशेन चादिमं।। द्वितीयेन तृतीयं तु तृतीयेन द्वितीयकं।।४।। यस्य नामाक्षरं विद्धमंशचक्रे ग्रहेण तु। क्रूरे रिष्टं शुभे हानिर्द्व्यादौ मृत्युर्न संशयः।।५।। क्रूरोभयस्थिते वेधे मृत्युर्विघ्नं शुभाशुभैः। शुभोभयस्थिते वेधे व्याधिपीडा च बन्धनं।।६।। इति अंशवेधचक्रम्।।१०४।।

अशुभ ग्रहों से विद्ध होने पर सम्पूर्ण नक्षत्र अशुभ होता है अतः विद्ध नक्षत्र का परित्याग ही करना चाहिए। यदि शुभ ग्रहों से विद्ध नक्षत्र हो तो केवल विद्धचरण का ही परित्याग करना चाहिए। चरणवेध के ज्ञान के लिए पञ्चशलाका और सप्तशलाका चक्रों के चतुर्गुणित रेखाओं द्वारा चक्र बनाकर चरणों सहित नक्षत्रों का न्यास करना चाहिए। चक्रों का स्वरूप सरलता हेतु दर्शाया गया है।।१०४।।

पञ्चशलाका पादवेध चक्र

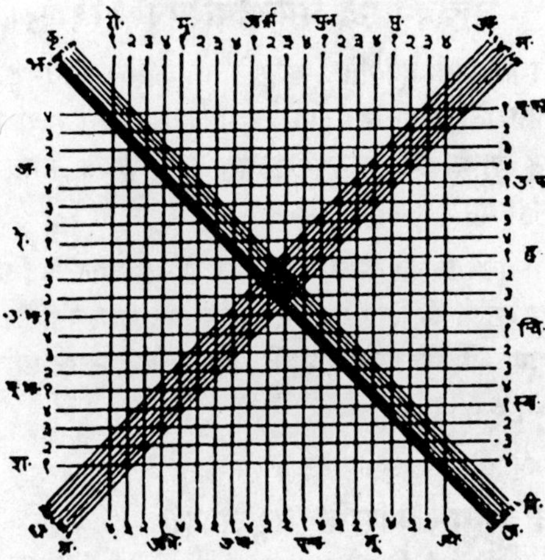

सप्तशलाका पादवेध चक्र

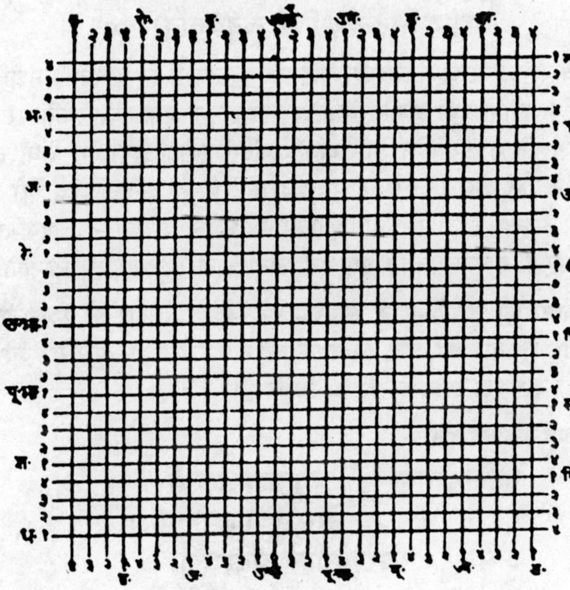

मतान्तरदूषणम्—

कश्चित्कविर्मंगलकामबुद्धिः
सदङ्घ्रिवेधर्क्षमसत्तदाह ।

ऋतं न तद्वीक्षणभूषणत्वा-
त्सर्वत्र विद्धं भमनर्हमस्मिन् ।।१०५।।

अथात्र कस्यचिन्मतं दूषयति—कश्चिदिति। कश्चित् कविर्मङ्गलकामबुद्धिः सन् सदङ्घ्रिवेधर्क्षं शुभग्रहविद्धभपादं समग्रमसदशुभमाह तद् ऋतं सत्यं न स्यात्। कस्मात् तद्वीक्षणभूषणत्वात् शुभग्रहविलोकनभूषणत्वात् ततः सर्वत्र समग्रं विद्धं भमस्मिन् मङ्गलकर्मणि अनर्हमयोग्यं स्यात्।।१०५।।

मङ्गल कामना से किसी कवि ने शुभग्रह से नक्षत्रपाद के विद्ध होने पर समग्र नक्षत्र का परित्याग करने के लिए कहा है। परन्तु यह सत्य नहीं है। क्योंकि शुभग्रह से दृष्ट होने का गुण भी उसे प्राप्त होता है। समग्र विद्ध नक्षत्र मङ्गलकार्यों में सर्वत्र निषिद्ध होते हैं।।१०५।।

वारक्रमेण त्याज्यनक्षत्राणि—

न शामनं शंसति मङ्गलेंऽशौ
चित्रां विधौ वानमसृज्यनु ज्ञे।
वसूडु जीवे शयमान्त्यमैनौ
शुद्धं सितैन्द्रं कृतिनो जनुस्त्वात्।।१०६।।

अथ सूर्यादीनां जन्मनक्षत्राणि दर्शयन् मङ्गलकार्ये निषेधयति—नशेति। मङ्गलं मङ्गलकर्मणि कृतिनो बुधा अंशौ सूर्यवारे शामनं शमनो यमो देवतास्येति भरणीभं शुद्धं निर्दोषं न शंसति न कथयन्ति शास्तेर्धातोर्यक्षादिगणत्वादन्तेरन्। एवं विधौ चन्द्रे चित्रां असृजि भौमे वानं वनस्य जलस्येदं पूर्वाषाढां बुधे वसूडु धनिष्ठां जीवे गुरो शयं हस्तं ऐनौ शनौ आन्त्यं रेवती सितैन्द्रं शुक्रवारे ज्येष्ठां न शंसति न कथयन्ति कस्मात् जनुस्त्वात् एषां जन्मनक्षत्रत्वात् एषु एते जाता अतो निजवारे त्याज्यानीति।।१०६।।

रविवार को भरणी नक्षत्र, सोमवार को चित्रा, भौमवार को पूर्वाषाढा, बुधवार को धनिष्ठा, गुरुवार को हस्त, शनिवार को रेवती तथा शुक्रवार को ज्येष्ठा नक्षत्र का विद्वानों ने मङ्गल कार्यों में निषेध किया है।।१०६।।

सूर्यादिग्रहाणां जन्मस्थानानि—

कलिङ्गनामा यमुनांशमालवौ
न मागधः सिंधुसुभोजसौनृपाः।
अमी स्युरंशोर्ग्रहजन्मदेशकाः
स्वसूतिभं मङ्गलकृत् स्वनीवृति।।१०७।।

अथ सूर्यादिग्रहाणां जन्मदेशानाह—कलिङ्गेति।। क्रमेणांशोः सूर्यात् अमी देशा ग्रहजन्मदेशकाः स्युः। यथा सूर्यस्य कलिङ्गनामा देशो जन्मदेशस्तत्र सूर्यजन्मत्वात् एवं सोमस्य यमुनांशो यमुनातटः भौमस्य मालवः बुधस्य मागधः गुरोः सिंधुदेशः शुक्रस्य

सुभोजः शनेः सौनृपः सौराज्यदेशः इति स्वनीवृति स्वकीयदेशे स्वसूतिभं स्वकीयजन्मनक्षत्रं मङ्गलकृन्न स्यात्। यथा सूर्यस्य कलिङ्गो जन्मदेशस्तत्र सदैव सूर्यस्य जन्मभं भरणीभं त्याज्यमिति सर्वेषामपि ज्ञेयं।।१०७।।

कलिंग, यमुनातट, मालव, मगध, सिन्धु, सुभोज और सौराष्ट्र देश क्रम से सूर्यादि ग्रहों के जन्म स्थान कहे गये हैं। अर्थात् सूर्य का कलिङ्ग, चन्द्र का यमुनातट, मङ्गल का मालव, बुध का मगध, गुरु का सिन्ध, शुक्र का सुभोज तथा शनि का सौराष्ट्र जन्म स्थान है। अपने-अपने जन्म स्थान में अपने-अपने जन्म नक्षत्र को मङ्गल कार्यों में शुभ नहीं माना गया है। अर्थात् कलिङ्ग में भरणी, यमुना तट पर चित्रा, मालव देश में पूर्वाषाढा, मगध में धनिष्ठा, सिन्धु में हस्त, सुभोज में ज्येष्ठा तथा सौराष्ट्र में रेवती नक्षत्र शुभ कर्मों में सदैव त्याज्य है।।१०७।।

देशान्तरसाधनम्—

लङ्कोज्जयिन्यचलराजविलम्बि सूत्रं
याम्योत्तरं विपदतत्स्वपुरान्तरं यत्।
देशान्तरं पलमुखं स्वमृणं क्रमात् स्या-
त्प्राक्पश्चिमे चरमहर्द्युदलावशिष्टम्।।१०८।।

अथ देशान्तरं साधयति—लङ्केति।। लङ्कोज्जयिन्यचलराजविलम्बि लङ्का उज्जयिनी अचलराजो मरुरेषु विलम्बितं याम्योत्तरं दक्षिणोत्तरस्थं विपदतश्चतुर्थांशवर्जनेन स्वपुरान्तरं निजनगरान्तरं एवं विधं यत् सूत्रं स्यात्तत् देशान्तरमिति। संज्ञा स्यात्। किम्भूतं देशान्तरं पलमुखं पुनः किम्भूतं क्रमात् प्राकपश्चिमे स्वमृणं प्राक् धनं पश्चिमे ऋणमिति। अथ चरं साधयति। अहर्द्युदलावशिष्टमह्नोर्दिवसस्य द्युभिः पञ्चदशघटिकाभिर्दलावशिष्टं दिनार्द्धावशेषं पञ्चदशघटिकाभिः कृतदिनार्द्धान्तरं ततोऽवशेषं चर इति संज्ञा स्यात्।।१०८।।

लङ्का, उज्जैन और मेरु पर्वत तक दक्षिण से उत्तर की ओर जाने वाली रेखा (० देशान्तर या रेखादेश) से चतुर्थांश रहित अपने नगर की दूरी अपने नगर का देशान्तर होता है। यह देशान्तर पलात्मक होता है। इसका संस्कार पूर्व में धन तथा पश्चिम में ऋण होता है। दिनार्ध का १५ घटी से अन्तर करने पर शेष चर होता है।।१०८।।

वारप्रवृत्तिः—

अर्कोदयादूर्ध्वमधः प्रवृत्ति-
र्वारस्य देशान्तरनाडिकाभिः।
प्राक्पश्चिमे तच्चरनाडिकाभिः
क्रमेण सौम्यान्तकगोलगेऽर्के।।१०९।।

अथ वारप्रवृत्तिमाह—अर्कोदयादिति। क्रमेण सौम्यान्तकगोलगेऽर्के हंसोदयादूर्ध्वमधो वारस्य प्रवृत्तिः स्यात्। उत्तरगोलेऽर्के सूर्योदयादूर्ध्वं वारप्रर्वतनं दक्षिणगोलेऽर्के सूर्योदयादर्वाग्

वारप्रवर्तनं स्यात्। तस्मिन् प्राक् धने पश्चिमे ऋणे सति काभिः देशान्तरनाडिकाभिस्तच्चर-नाडिकाभिः॥१०९॥

उत्तरायण और दक्षिणायन सूर्य के रहने पर क्रम से सूर्योदय से पश्चात् और पूर्व वारप्रवृत्ति होती है। अर्थात् सूर्य यदि मकर आदि ६ राशियों (उत्तरायण) में स्थित हो तो सूर्योदय के अनन्तर वार प्रवृत्ति होती है। कर्कादि ६ राशियों में (दक्षिणायन में) हो तो सूर्योदय के पूर्व वारप्रवृत्ति होती है। सूर्योदय और वारप्रवृत्ति का अन्तराल देशान्तरनाडी और चर नाडी के संस्कार तुल्य होगा।।१०९।।

कालहोराः—

वारादितः स्युर्घटिका द्विनिघ्नाः
शिलीमुखाप्ता ननु कालहोरा।
दिनेश्वराद्यांशुसितैन्दवेन्दु-
क्रोडाङ्गिरोभूमिभुवां क्रमेण।।११०।।

अथ कालहोरा आह—वारेति॥ वारादितो वारप्रवृत्तित आरभ्य यावत्संख्या घटिका गताः यमघ्नाः द्विगुणीकृताताः पुनस्ताः शिलीमुखाप्ताः पञ्चभिर्हता यावत्संख्या लब्धास्ता गतहोराः स्युः। ननु वितर्केण ताः कालहोराः स्युरित्यर्थः॥ क्रमेण दिनेश्वराद्य यस्मिन् दिने यो वारः सूर्यादिरुदितस्तस्य वारस्य प्रथमा होरा तदनन्तरं अंशोः सूर्यस्य सितस्य शुक्रस्य ऐन्दवस्य इन्दोश्चन्द्रस्य क्रोडस्य शनेः अङ्गिरसो गुरोः भूमिभुवो भौमस्य प्रत्येकं होरा योज्या समासे समग्रपदम्॥११०॥

वार प्रवृत्ति काल से अभीष्ट समय तक ही घटी को दो से गुणाकर ५ से भाग देने पर लब्धि गत होरा तथा शेष वर्तमान कालहोरा होती है। प्रथम होरा वारेश (जिस दिन जो वार हो ठसके स्वामी) की होती है अनन्तर क्रम से सूर्य, शुक्र, बुध, चन्द्र, गुरु और भौम की होरा होती है।।११०।।

होराफलम्—

सन्मङ्गले मङ्गलहन्त्र्यसाध्वी
साध्वी सदा कर्मसहायिनी स्यात्।
होरा यथा क्षीणपुरस्य राज्ञो-
ऽहो रा तथाऽक्षीणपुरस्य राज्ञः।।१११।।

अथ होरायाः फलमाह—सन्मङ्गलेति। यथा असाध्वी पापग्रहसम्बन्धिनी होरा सदा मङ्गलहन्त्री स्याद् कस्मिन् सन्मङ्गले उद्वाहादिकार्ये एवं तथा साध्वी शुभग्रहसम्बन्धिनी होरा कर्मसहायिनी कार्यसाहाय्यकारिणी स्यात्। यथा दृष्टान्तेन द्रढयति अहो इति आश्चर्ये क्षीणपुरस्य क्षीणं पुरं शरीरं वप्रादिना भग्ननगरं वा यस्य स तस्य राज्ञो भूपस्य रा लक्ष्मीर्मङ्गलहन्त्री स्यात्। पुनर्यथा अक्षीणपुरस्य बलिष्ठदेहस्य समृद्धनगरस्य वा राज्ञो रा लक्ष्मीः कर्मसहायिनी स्यात्॥१११॥

अशुभ ग्रहों की होरा विवाहादि मङ्गल कार्यों में मङ्गल का हनन करने वाली अर्थात् अशुभ होती है तथा शुभग्रहों की होरा शुभकार्यों में सहायक होती है। जैसे राजा के नगर के क्षीण (ध्वस्त) होने पर राज लक्ष्मी भी क्षीण (नष्ट) हो जाती है। तथा सम्पन्न नगर होने से राजा की लक्ष्मी भी पुष्ट होती है।।१११।।

तिथ्यादीनां वर्ज्यपलानि—

आदिस्तथान्तो हि तिथिर्वियत्कृतैः
पलैर्मितो भस्य तुरङ्गवह्निभिः।
युजोऽब्धिरामैश्च झषालिकर्किणा-
मक्षैः परेषां सदलद्विमैरिह।।११२।।

अथ तिथ्यादीनां किञ्चिदाद्यन्तौ वर्जयति—आदिरिति।। हि अवधारणे तिथेरादिस्तथान्त इति वर्ज्यः किंभूत आदिरन्तश्च वियत्कृतैश्चत्वारिंशत्पलैर्मित इति। एवं भस्य नक्षत्रस्य तुरङ्गवह्निभिः सप्तत्रिंशत्पलैर्मित आदिरन्तश्चेति। युजो योगस्यादिरन्तोऽब्धिरामैश्चतुस्त्रिंशत्-पलैर्मित इति। झषालिकर्किणां मीनवृश्चिककर्काणामादिरन्तोऽक्षैः पञ्चभिः पलैर्मितः इति परेषामपरराशीनामादिरन्तः सदलद्विमैः सार्द्धद्वयेन मित इति।।११२।।

तिथियों के आदि अन्त के ४०-४० पल, नक्षत्रों के आदि एवं अन्त के ३७ पल, योगों के ३४ पल, मीन, वृश्चिक, कर्क राशियों के आदि एवं अन्त के २/३० ढाई पल का परित्याग करना चाहिए।।११२।।

आद्यन्तयोः फलम्—

अत्ता नुरन्ते नु तिथेरपप्रजा
बधूरुडोंशेऽकुलनायका युजः।
अतो विलग्नस्य कुलान्तकृद्भवे-
दादौ तथा पाणिपयोजपीडने।।११३।।

अथाद्यन्तयोः फलमाह—अत्तेति।। नु वितर्के तिथेरन्ते पाणिपयोजपीडने विवाहे कृते सति नुः पतेरत्ता मरणं स्यात्। एवं उडोर्भस्यांते वधूः स्त्री अपप्रजा सन्तानरहिता स्यात्। युजो योगस्यान्ते अकुलनायका व्यग्रचित्ता स्त्री स्यात्। विलग्नस्य मेषादेरन्ते स्त्री कुलान्तकृत् भवेत्तथादौ विषयेऽपि एतदेव फलं स्यात्।।११३।।

तिथि के आदि और अन्त में विवाह करने से पति की मृत्यु, नक्षत्र के आद्यन्त भाग में विवाह करने से स्त्री सन्तानहीन, योग के आद्यन्त भाग में विवाह करने से चञ्चल स्वभाववाली तथा राशियों के आद्यन्त में विवाह करने से स्त्री कुल का नाश करने वाली होती है।।११३।।

अशनियोगः—

अधिष्ठिताद्भाच्च सहस्त्ररश्मिना
भमिन्द्रभं स्यादशनिर्दशप्रभं।

तदाश्रितं मङ्गलमङ्गधारिणो
न मङ्गलायाखिलखण्डमण्डले ।।११४।।

अथाशनियोगमाह—अधिष्ठितादिति।। सहस्ररश्मिना सूर्येणाधिष्ठिताद्भात् इन्द्रभं चतुर्दशं नक्षत्रं च पुनर्दशप्रभं दशमं नक्षत्रमशनिरिति संज्ञा स्यात्। तदाश्रितं चतुर्दश दशमभाश्रितं च मङ्गलं विवाहेऽङ्गधारिणो नरस्य मङ्गलाय न स्यात् कस्मिन् अखिलखण्डमण्डले समस्तदेशे।।११४।।

सूर्य जिस नक्षत्र पर स्थित हो उस नक्षत्र से चौदहवाँ और दसवाँ नक्षत्र अशनि संज्ञक होता है। अशनि संज्ञक नक्षत्र पर यदि मंगल हो तो वह मनुष्य के समस्त मङ्गलकार्यों को नष्ट कर देता है। यह दोष सभी देशों में वर्जित होता है।।११४।।

उपसंहारः—

समस्तवर्णैः स्युरमी विरोधिनो
योगा विवाहे विषयानुवर्तिनः।
गोधूलिके चेष्टघटीप्रतिष्ठिते
तुरुष्ककैवर्तमुखैर्जनैर्न तु।।११५।।

इति श्रीकविकालिदासोदिते ज्योतिर्विदाभरणे विवाहकर्मणि
वर्णगोत्राब्दग्रहचरणमेलापकाद्यष्टादशदोषान्तयोगकथनाध्यायः।।१२।।

अथोपसंहारमाह—समस्तेति।। अमी विरोधिनो योगा विवाहे समस्तवर्णैः सह विषयानुवर्तिनः पदार्थानुयायिनः स्युः कस्मिन् गोधूलिके लग्ने च पुनरिष्टघटीप्रतिष्ठिते तु पुनस्तुरुष्ककैवर्त्तमुखैर्म्लेच्छधीवरप्रभृतिभिर्जनैः सह एते योगा न सन्ति।।११५।।

इति श्रीपौर्णिमीयशिष्यभावरत्नविरचितायां श्रीकालिदासकृतज्योतिर्विदा-
भरणस्य सुखबोधिकायां विवाहकर्मणि वर्णगोत्राब्दग्रहवर्णमेलाप-
काद्यष्टादशदोषान्तयोगकथनाध्यायो द्वादशः।।१२।।

उक्त सभी विरुद्धयोग (अशुभ योग) सभी वर्णों के लिए विवाह में निषिद्ध किये गये हैं। इष्ट घटी में प्राप्त गोधूलि लग्न भी उक्त सभी वर्णों में समान रूप से ग्राह्य है, परन्तु तुरुष्क (यवन), कैवर्त्त (केवट) आदि म्लेच्छ जातियों के विवाह में उक्त दोष बाधक नहीं होते।।११५।।

श्रीकालिदासविरचित ज्योतिर्विदाभरण के विवाह प्रकरण का
प्रो० रामचन्द्रपाण्डेय कृत हिन्दी भाषा अनुवाद सम्पूर्ण।।१२।।

विवाहप्रकरणोत्तरार्धम् -१३

प्रयोजनम्—

यतस्तदष्टादशदोषवर्जितं पञ्चाङ्गशुद्ध्यादि समीरितं यदि ।
लग्नं विवाहोत्सवसिद्धिकृद्भवे दतो मयैतद्भविशुद्धिरुच्यते ।।१।।

श्रीपाटवंशभवसाहिशिरोमणिश्री वेलाभिधानविशदव्यवहारिसूनुः।
नीयात्सदा प्रविनयप्रभपत्रपद्मालङ्कारपूज्यमहिमाप्रभसूरिराजः।।

अथ विवाहकालनिर्णयाध्यायानन्तरं लग्नशुद्धिर्घटतेऽतः पञ्चाङ्गशुद्धलग्नादिपदार्थाध्यायसंधानमाह—यत इति।। यदि चेत् वतो यस्मात्कारणात्तल्लग्नं विवाहोत्सवसिद्धिकृद् भवेत् किंभूतं लग्नं अष्टादशदोषवर्जितं पुनः किंभूतं लग्नं पञ्चाङ्गशुद्ध्यादिसमीरितं तिथिवारनक्षत्रयोगकरणप्रमुखैरीरितं प्रोक्तं अतः कारणात् मया एतद्भविशुद्धिः एतस्माल्लग्नाज्जाता शुद्धिरुच्यते।।१।।

अष्टादश दोषों से रहित पञ्चाङ्ग (तिथि, वार, नक्षत्र, योग, करण) शुद्धि से युक्त लग्न विवाह आदि शुभ कार्यों में सिद्धिदायक होती है। अतः मैं लग्न शद्धि का विवेचन कर रहा हूँ।।१।।

विवाहे वर्ज्यावर्ज्यतिथयः—

अमातिथिः सोभयपार्श्वघस्रा
घस्रानुमानर्हविवाहकृत्या ।
विवाहसारा निखिलास्तु वारा
नक्तन्दिवा साधुगुणा गुणाढ्याः ।।२।।

अथ विवाहे वर्ज्यावर्ज्यदिनानि दर्शयति—अमेति।। अमातिथिः अमावास्या अनर्हमयोग्यं विवाहकृत्यं यस्यां सा एवंविधा स्यात्। किंभूता अमातिथिः सोभयपार्श्वघस्रा उभयतश्चतुर्दशीप्रतिपद्भ्यां युक्ता। वर्ज्येति पुनः घस्रानुमा घस्रैर्दिनैर्मिता पूर्णिमासी इत्यर्थः सापि अनर्हा तु पुनर्नक्तन्दिवा रात्रौ दिने च निखिलाः समस्ता वाराः विवाहसारा उद्वाहे बलिष्ठा स्युः किंभूता वाराः साधवो गुणा येषां ते साधुगुणाः सद्गुणयुक्ता इति पुनः किंभूता गुणाढ्याः गुणान्विताः।।२।।

अमावस्या तिथि अपने दोनों पार्श्व में स्थित तिथियों के साथ अर्थात् चतुर्दशी, अमावस्या और प्रतिपदा तथा (दिन संज्ञक १५) पूर्णिमा तिथियाँ विवाह सम्बन्धी कार्यों में अशुभ मानी गई हैं। शेष समस्त तिथियाँ गुणों से युक्त (शुभ योगों से युक्त) होने पर दिन एवं रात्रि दोनों में शुभ होती है।।२।।

गोधूलिकादिलग्नशुद्धिः—

तमस्विनीलग्नसमद्यु-लग्नं
वरं वराणीह विकर्तनास्ते ।
सर्वत्र लग्नान्यनुसन्न लग्नं
क्वचिद्विभातद्युदलान्तरस्थम् ।।३।।

अथ गोधूलिकादिलग्नशुद्धिं तर्कयन्नाह—तमस्विनीति।। तमस्विनीलग्नं रात्रिसङ्गतं एवंविधं समद्यु लग्नं साधुवारलग्नं वरं स्यात् 'समं साध्वखिलं सदृग्' इति हैमोनेकार्थः। अनु पश्चात् विकर्तनास्तेऽस्तङ्गते सूर्ये सति सर्वत्र लग्नानि वराणि श्रेष्ठानि स्युः कस्मिन् इह विवाहे क्वचित् विभातद्युदलान्तरस्थं सूर्योदयादारभ्य मध्याह्नपर्यन्तं लग्नं न सत् न शुभं स्यात् क्वचिदिति मतान्तरमुक्तम्।।३।।

रात्रिकालीन लग्न एवं शुभवार युक्त (दिवा) लग्न विवाह में शुभ होते हैं। सूर्य के अस्तंगत होने के समय (अर्थात् गोधूलि में) विवाह सर्वत्र शुभ माना गया है। कहीं-कहीं पर सूर्योदय से मध्याह्न पर्यन्त लग्न शुभ नहीं माने जाते।।३।।

कार्तिकीपूर्णिमायां विशेषः—

समाहता पञ्चदशी च पक्षतिः
सितासिता केनचिदप्यसद्युतिः।
तिथिद्युजाते न समीक्ष्य कार्तिकी-
मुक्तोपयामामिति तत्र सन्मतम्।।४।।

अथ कार्तिकीमाश्रयन् ऋषिमतं दूषयति-समेति।। केनचित् तिथिद्युजाते तिथिदिनसमूहे सितासिता शुक्लकृष्णा पञ्चदशी पूर्णिमा अमा इत्यर्थः पुनः पक्षतिः प्रतिपत् समाहता सम्यक्प्रकारेणाहता ताडिता निषेधिता इत्यर्थः। किंभूता एषा असद्युतिः असती अशुभा युतिः संयोगो यस्याः सा किंकृत्वा निषेधिता कार्तिकीं कार्तिकसम्बन्धिपूर्णिमां न समीक्ष्य अनालोक्येत्यर्थः। किंभूतां कार्तिकीं उक्त उपयामो यस्यां सा पूर्वं विवाहे कार्तिकी उक्तास्ति इति हेतोस्तन्मतं न सत् अशुभमित्यर्थः।।४।।

तिथ्यात्मक दिन समूहों में कृष्ण और शुक्ल दोनों पक्षों की पन्द्रहवीं तिथि (अर्थात् अमावस्या और पूर्णिमा) एवं प्रतिपदा तिथियों को कुछ आचार्यों ने विवाह में निषिद्ध किया है। परन्तु कार्तिक पूर्णिमा को दृष्टिगत रखते हुए यह नहीं कहा गया है। क्योंकि कार्तिकी पूर्णिमा का ग्रहण विवाह में किया गया है अतः उक्त मत सर्वथा समीचीन नहीं है।।४।।

अशुभवाराणां ग्रहणे दूषणम्—

केचिद्यमाहोऽसृगहो हरेरहो
वरं वदन्तीति न युक्तिमन्मतम्।

तत्कालहोराकृतदूषणं कथं
चेद्वारकृद्भूषणमेकशक्तितः।।५।।

अथ शन्यादिवारांस्त्यजन् केषांचिन्मतं दूषयति—केचिदिति।। केचित् यमाहः शनिदिनं असृगहो भौमदिनं हरेः सूर्यस्याहो दिनं वरं श्रेष्ठं वदन्ति इति मतं न युक्तिमत् चेत्तर्हि तत्कालहोराकृतदूषणं तेषां ग्रहाणां कालहोराभिः कृतदूषणं कथं स्यात्। यतः क्रूरग्रहाणां कालहोरा दुष्टा इति। यत एकशक्तितो मुख्यबलात् वारकृद्दूषणमस्ति वारस्याष्टगुणं प्रोक्त फलमिति वचनात्।।५।।

कुछ आचार्यों ने शनि, भौम और रविवारों को भी श्रेष्ठ बतलाया है जो मेरे विचार से उचित नहीं है। क्योंकि इन ग्रहों की होरा को दूषित कहा गया है। अतः होरा की अपेक्षा दिन अधिक बलवान होने से दिन का दोष भी अधिक प्रबल होता है।।५।।

अतो द्विजातिर्न तु दोर्ग्रहं चरे-
दसद्दिनेऽहर्मितिगे कथञ्चन।
असद्युदोषायुजिनेत्यहो मया
महद्विरोधातिभयादृतं स्मृतम्।।६।।

अत इति।। अतः कारणात् द्विजातिर्विप्रो दोर्ग्रहं पाणिग्रहणं नाचरेत् नो कुर्यात् कस्मिन् अहर्मितिगे दिनप्रमाणगतेऽसद्दिनेऽशुभवारविषये तु पुनः कथंचन महता कष्टेनापि असद्द्युदोषायुंजि पापवाररात्रियोगे दोर्ग्रहं नाचरेत्। इति हेतोरहो इति आश्चर्ये मया ऋतं सत्यं स्मृतं कथितं कस्मात् महद्विरोधातिभयात् प्रौढविरोधभीतेः।।६।।

इन्हीं (उक्त) कारणों से ब्राह्मण लोग अशुभवारों में दिन प्रमाण व्यतीत हो जाने पर भी किसी भी परिस्थिति में अशुभ योगों से युक्त दिन एवं रात्रि में विवाह सम्बन्धी कार्य नहीं करते। महान् पुरुषों (ऋषियों) के विरोध के भय से मैंने जो सत्य था वही कहा है। अर्थात् ऋषियों के मतों के अनुसार ही सत्य सिद्धान्तों का प्रतिपादन किया है।।६।।

विवाहनक्षत्राणि—

मघाशिफासौम्यशयानुराधा-
वातोत्तराद्रौहिणपौष्णताराः।
सारा विवाहे स्फुरदंशुजालाः
खलद्युगावेधितमण्डलाः स्युः।।७।।

अथोद्वाहनक्षत्राण्याह—मघेति।। मघादितारा विवाहे साराः श्रेष्ठाः स्युः मघा शिफा मूलं सौम्यं मृगशिरः शयो हस्तः अनुराधा वातः स्वाती उत्तरात्रयं द्रुहिणस्य ब्रह्मण इदं द्रोहिणं रोहिणो पौष्णतारा रेवती किंभूता इमास्ताराः स्फुरदंशुजालाः

उत्कटकांतियुक्ताः सूर्यसंक्रमणरहिता इत्यर्थः। पुनः किंभूतास्तारा खलेति खलाभ्रगैः क्रूरग्रहैरवेधितमभिन्नं मण्डलं स्ववपुर्यासां ताः॥७॥

मघा, मूल, मृगशिरा, हस्त, अनुराधा, स्वाती, तीनों उत्तरा, रोहिणी तथा रेवती नक्षत्र, पूर्ण प्रभा सम्पन्न (सूर्य युति से रहित) हों तथा अशुभ ग्रहों के वेध से रहित हों तो विवाह में उत्तम होते हैं।।७।।

उत्तरात्रयग्रहणे मतान्तरम्—

काचिज्जगाद श्रुतिरुत्तराद्यै-
र्विवाहमृक्षैस्त्रिभिरत्र लोके।
तदक्षसिद्धिव्यतिरेकभावा-
त्तदङ्गिकारो नहि लोकमान्यः।।८।।

अथोद्वाहे कलियुगे उत्तरात्रयं श्रयन् काचिच्छ्रुतिं दूषयति—काचिदिति। काचित् श्रुतिः शास्त्रमत्र कलौ लोके त्रिभिरुत्तराद्यैर्ऋक्षैर्विवाहं जगाद तदृक्षसिद्धिव्यतिरेकभावात् उत्तरात्रयेषु सिद्धेरभावात् इति हेतोर्निष्फलं जगाद इत्यर्थः। हि यस्मात् कारणात्तदङ्गिकारस्तच्छ्रु-त्यभ्युपगमो लोकमान्यो न स्यात्॥८॥

कुछ श्रुतियों में तीनों उत्तरा (उ०फ०, उ०षा०, उ०भा०) नक्षत्रों का सिद्धि के अभाव (कार्यसिद्धि के उपयुक्त न होने) के कारण विवाहादि कार्यों में निषेध किया गया है। परन्तु यह सिद्धान्त सर्वमान्य नहीं है।।८।।

विवाहे पुष्यनिषेधः—

समस्तकर्मोचितकालपुष्यो
दुष्यो विवाहे मदमूर्छितत्वात्।
सहस्रपत्रप्रसवेन तस्मा-
दिहापि मुक्तो भुवि लोकसंघैः।।९।।

अथोद्वाहे पुष्यं निषेधति—समस्तेति॥ सहस्रपत्रप्रसवेन कमलोद्भवेन ब्रह्मणा विवाहे एवंविधः पुष्यो दुष्यः दोषीकृतः कस्मात् मदमूर्छितत्वात् सर्वत्र सिद्धिकार्योत्पन्नमदेन मोहितत्वात्। समस्तकर्मणि उचितो योग्यः कालः समयो यस्य स चासौ इति समासः॥ तस्मात् कारणात् भुवि भूमौ लोकसङ्घैर्जनगणैरिहापि विवाहे पुष्यो मुक्तो वर्जितः॥९॥

ब्रह्मा द्वारा विवाह में मद मूर्च्छित होने के कारण सभी कार्यों में प्रशस्त पुष्य नक्षत्र विवाह में घृणित हो गया। इसी कारण पृथ्वी पर भी विवाहादि कार्यों में पुष्य वर्जित है।।९।।

पूर्वाफल्गुनि-अभिजिन्नक्षत्रयोर्निषेधः—

भगोडु वाल्मीकिरिहाह सौम्यं
सीता सिषेवे न सुखं तदूढा।

भैमी तथैवाभिजिदृक्षमत्रि-
स्तच्छापमायोडु तदीयमस्मात्।।१०।।

अथोद्वाहे भद्वयं शापेन सापवादमाह—भागोडु इति।। इह विवाहे वाल्मीकिऋषिर्भगोडुं पूर्वाफाल्गुनी सौम्यं शुभमाह व्रवीति तदूढा पूर्वाफाल्गुनीकृतोद्वाहा सीता वैदेही सुखं न सिषेवे न भजतिस्म अस्मात् कारणादप्राप्तसुखत्वात्तदुडु पूर्वाफाल्गुनी कर्तृपदं तदीयं शापं जनकपुत्रीसम्बन्धिनं शापमाप प्राप। तथैवात्रिर्ऋषिरभिजिदृक्षं विवाहेऽशुभमाह तदूढाभिजित्रक्षत्रे कृतोद्वाहा भैमी दमयन्ती सुखं न सिषेवे अस्मात् कारणात्तदुडु अभिजित्तदीयं शापं भीमसुतासम्बन्धिनं शापमाप।।१०।।

वाल्मीकि ऋषि ने कहा है कि पूर्वाफल्गुनि नक्षत्र में सीता का विवाह हुआ जो सुख प्राप्त नहीं कर सकी। इसी प्रकार अत्रि ऋषि ने अभिजित् नक्षत्र को शुभ नहीं कहा है क्योंकि अभिजित् में विवाहिता दयमन्ती ने भी सुख प्राप्त नहीं किया था। इसीलिए आज भी पूर्वाफल्गुनी और अभिजित् अभिशप्त होने के कारण विवाह में वर्जित है।।१०।।

अश्विन्यादीनां निषेध:—

सविश्वकृच्छौरिवसूडुदास्त्रं
बभाण कश्चित्त्विह वेदभेद:।
फलान्यभावादपरागमज्ञै-
र्भुक्तं तदृक्षं ह्यनु सर्वलोकै:।।११।।

अथाश्विन्यादिभानि फलशून्यत्वादूर्जयत्राह— सविश्वकृदिति।। कश्चित् वेदभेद इहोद्वाहे दास्त्रमश्विनीं बभाण जगौ किंभूतं दास्त्रं सविश्वेति विश्वकृत् चित्रा शौरि: श्रवण: वसूडु धनिष्ठा एभि: सह वर्तमानं अनु पश्चात् हि यस्मात्कारणात् अपरागमज्ञैर्वेदभेदा-दन्यशास्त्रमद्भि: सर्वलौकैस्तदृक्षमश्विन्यादिचतुष्कं मुक्तं वर्जितं कस्मात् फलान्यभावात् फलरहितत्वात्।।११।।

अश्विनी, चित्रा, श्रवण, धनिष्ठा, नक्षत्रों को वेद भेद से विवाह में ग्रहण किया गया है। किन्तु वेदातिरिक्त अन्य शास्त्रों के ज्ञाता विद्वानों ने फल के अभाव में विवाहादि कार्यों में वर्जित किया है।।११।।

मूले विशेष:—

न हारि रक्षोभमभूदुदीरितं
यद्देवकी तत्र च वासुदेवसू:।
ऊढा जगन्मङ्गलकारिणी तत:
प्रगर्हितं मूलमिहोचितं स्मृतम्।।१२।।

अथ पूर्वं निषिद्धमपि मूलमधुनात्रोचितं दर्शयति— न हारीति।। इह विवाहे यत् रक्षोभं मूलं हारि श्रेष्ठं न ईरितं न प्रोक्तं च पुनस्तत्र मूलं ऊढा उद्वाहिता देवकी

जगन्मङ्गलकारिणी अभूज्जाता किंभूता देवकी वासुदेवं विष्णुं सूते इति वासुदेवसूः कृष्णप्रसूत्या जगत्सनाथं कृतमित्यर्थः। ततस्तत्समयादारभ्य तस्मात्कारणाद्वा पूर्वं गर्हितमपि मूलमिह विवाहे उचितं योग्यं स्मृतं प्रोक्तम्॥१२॥

मूल नक्षत्र को पहले विवाह में शुभ नहीं माना गया था। परन्तु मूल में विवाहिता देवकी ने श्रीकृष्ण को जन्म दिया जिससे देवकी जगन्मङ्गलकारिणी हो गई। तदनन्तर मूलको भी विवाह में शुभ मान लिया गया।।१२।।

मघानक्षत्रे विशेषः—

करग्रहे चेत्पितृकर्म गर्हितं
कथं तदृक्षं कथितं कलं बुधैः।
दाक्षायणी कश्यपलब्धमङ्गला
दृष्टेति सद्वर्गफलादृता मघा।।१३।।

अथोद्वाहे मघां फलदायिनीं दर्शयति—करोति॥ चेदिति वितर्के करग्रहे पितृकर्म पूर्वेषां कार्यं गर्हितं निन्दितं चेत् कथं तर्हि बुधैस्तदृक्षं पितृणां नक्षत्रं मघा कलं मनोहरं कथितं सत्यं तदाह दाक्षायणी दक्षप्रजापतिसुता सद्वर्गफला शुभवर्गफला दृष्टा विलोकिता किंभूता दाक्षायणी कश्यपलब्धमङ्गला कश्यपेन ऋषिणा सह लब्धं प्राप्तं मङ्गलं विवाहरूपं यया सा इति हेतोर्मघा विवाहे आदृता अङ्गीकृता॥१३॥

विवाह सम्बन्धी शुभकार्यों में पितृकर्म (श्राद्ध आदि कर्म) निन्दित कहे गये हैं। ऐसी स्थिति में पितृनक्षत्र मघा को विवाहादि कार्यों में क्यों ग्रहण किया गया? इसलिए कि दक्षप्रजापति की पुत्रियों का विवाह कश्यप ऋषि के साथ मघा नक्षत्र में ही हुआ था जो मङ्गल कारक ही रहा अतः सुन्दर फल के प्रभाव में मघा को भी विवाह में आदरपूर्वक ग्रहण किया गया।।१३।।

उत्पातनक्षत्राणां त्याज्यकालः—

सोत्पातदक्षदुहिता न हिता विवाहे
यावत्समार्द्धमपि तावदुदीरितेयम्।
लग्नेन्दुभोगसमया च तथान्यकृत्ये
भुक्त्वा सदैव रजनीरमणेन मुक्ता।।१४।।

अथ वसन्ततिलकेनोद्वाहे कियत्कालं सोत्पातभं त्यजन्नाह—सोत्पातेति॥ तावत्कालं सदैव विवाहे सोत्पातयुक्ततारा न हिता न श्रेष्ठा उदीरिता प्रोक्ता अपि निश्चितं किंभूता तारा लग्नेन्दुभोगसमया लग्नप्राप्त इन्दुभोगस्य चन्द्रराशिभोगस्य समयो यस्याः सा यावत् समार्द्धं वर्षार्द्धं षण्मासं रजनीरमणेन चन्द्रेण तारा भुक्त्वा च पुनर्न मुक्ता कस्मिन् अन्यकृत्येऽन्यमङ्गले॥१४॥

उत्पात युक्त नक्षत्र विवाह में ६ मास पर्यन्त निषिद्ध होता है। चन्द्रमा उस नक्षत्र का छः मास तक भोग कर जब तक किसी अन्य कर्म के लिए मुक्त नहीं कर देता

तब तक अशुभ होता है। अर्थात् छ मास बाद चन्द्र से भुक्त नक्षत्र होने पर तथा उस नक्षत्र में अन्य कार्य हो जाने पर विवाह हेतु प्रशस्त हो जाता है।।१४।।

लोकप्रतीतिकरमुद्धततर्कमेकं
दृष्टिप्रमाणमिह कालविधानशास्त्रम्।
स्यात्तत्प्रमाणमनुशाब्दिकतार्किकार्था
नैवान्यथा विघटयन्ति सदुक्तिपक्षाः।।१५।।

अथात्र मूलादिनक्षत्रं पूर्वं निषिद्धं ततः फलावलोकनत्वादादृतमित्यादिप्रत्यक्षप्रमाणत्वादतः काव्यत्रयेण सर्वशास्त्रेभ्यो ज्योतिःशास्त्रं श्रेष्ठमिति दर्शयति—लोकेति।। इह कलौ एकमद्वितीयमुद्धततर्कमुत्कटविचारं दृष्टिप्रमाणं लोकप्रतीतिकरं लोकानां विश्वासकारकमेवंविधं कालविधानशास्त्रं ज्योतिःशास्त्रमस्ति तज्ज्योतिषं प्रमाणं स्यादन्यथेति चेद्यदा ज्योतिषं प्रत्यक्षप्रमाणं न स्यात्तदा सतां उक्तिपक्षाः सुदक्तिपक्षा एवंविधा अनुशाब्दिकतार्किकार्थाः वैयाकरणतार्किकाणां पदार्था नैव विघटयन्ति निश्चितं विघटनां न प्राप्नुवन्ति एतेन कलौ प्रत्यक्षप्रमाणज्योतिषत्वात्तार्किकादिपदार्थाः खलतां यान्तीत्यर्थः। लोके यादृक् ज्योतिषं चमत्कारकरमस्ति तादृगन्यत्रास्तीति भावार्थः।।१५।।

लोक में विश्वास उत्पन्न करने वाला, अद्वितीय, अकाट्य तर्कों (सिद्धान्तों) से युक्त प्रत्यक्ष प्रमाण-स्वरूप ज्योतिष शास्त्र न होता तो शाब्दिक (वैयाकरण) और नैयायिक लोगों की सदुक्तियों एवं पदार्थों की सिद्धि नहीं हो पाती।।१५।।

लोकोत्कराः परिणमन्ति कलौ कलाज्ञाः
कालप्रियं व्यवहृताविति तत्प्रकृत्या।
सर्वागमो भवति किं ननु शब्दसिद्धाः
सप्तर्तवोऽत्र निजभङ्गिवहाः प्रदृष्टाः।।१६।।

लोकेति।। लोकोत्कराः जनगणाः कलौ युगे व्यवहृतौ व्यवहारे कालप्रियं दैवज्ञं परिणमन्ति नमस्कुर्वन्ति इति हेतोरिति किं तत्प्रकृत्या कालस्वभावेन सर्वागमो नाम सर्वतः प्रमाणो धर्मो भवति यत् काले यत् प्रोक्तं तत्काले तत् क्रियते तदा सफलमिति। पुनरुष्णकाले उष्णकालानुयायि वस्तु प्रादुःस्यात् प्रकटीभवेत् परं शीतकालानुयायि न स्यात् नेत्याद्यप्यर्थः। अत्र दृष्टान्तमाह ननु वितर्के शब्दे सिद्धाः सप्तर्त्तवो निजभङ्गिवहाः स्वरचनाभृतः किं प्रदृष्टा अपि तु नो दृष्टाः कोर्थः सप्तर्तवो वन्ध्यापुत्रवत् शब्दोच्चारणभूताः सन्ति परं वस्तुस्वभावभूता न सन्तीत्यर्थः। षड्ऋतुरेव कालप्रकृतिरिति।।१६।।

कलियुग में कलाओं के ज्ञाता लोग सामान्य व्यवहार में दैवज्ञ (काल के ज्ञाता) को प्रणाम करते हैं (सम्मान देते है), क्योंकि दैवज्ञों के कालज्ञान की प्रकृति से ही सभी आगमों (वेदविहित धर्मानुष्ठानो) की सिद्धि होती है। अर्थात् जिस कार्य के लिए जो समय दैवज्ञ निर्धारित करता है उसी समय में उस कार्य की प्रवृत्ति होती है, इससे

विपरीत नहीं। यथा सप्तऋतु शब्द व्याकरण से तो सिद्ध हो जायेगा किन्तु प्रत्यक्ष रूप में सात ऋतुओं का दर्शन न होने से वह असिद्ध ही है।।१६।।

वेदप्रवृत्तवृषपद्धतिगामिनोऽमी
तज्ज्योतिषाम्बकनिभालनकालशुद्ध्या।
लोकाश्चरन्ति यदिहैव परावराद्या-
स्तस्मादतो गणितशास्त्रफलानुषङ्गः।।१७।।

वेदेति।। यदि चेत् अमी लोका इह जगति चरन्ति गच्छन्ति कया कृत्वा तज्ज्योतिषमेवाम्बकं लोचनं तेन निभालनमवलोकनं तेन या कालशुद्धिस्तया किंभूता लोकाः वेदेति वेदात् प्रवृत्ता प्रवृर्तिता वृषपद्धतिधर्ममार्गस्तां गच्छन्तीत्येवंशीलास्ते पुनः किंभूताः लोकाः परावराद्याः परब्रह्मादयः अवरेऽस्मदादयस्ते आद्या येषां ते तस्मात् कारणात् गणितशास्त्रफलानुषङ्गो गणितशास्त्रस्य फलसंयोग ऋतः सत्यः।।१७।।

वेदोक्त धर्ममार्ग का अनुगमन करने वाले लोग, ब्रह्मचारी एवं सामान्य लोग भी ज्योतिष के नेत्र से ही काल शुद्धि का अवलोकन कर आचरण करते हैं। अतः गणित शास्त्र का अङ्ग होने के कारण फलित शास्त्र भी सत्य है।।१७।।

ये वारतारकभवाः सदसत्प्रयोगा-
श्चौलादिसंस्कृतविधौ नहि दर्शनीयाः।
यानादिसद्व्यवहृतौ किल चिन्तनीयाः
सर्वत्र नामफलदाश्च शिलोच्चयोर्व्याम्।।१८।।

अथ चौलादिकार्ये शुभाशुभयोगांस्तर्कयन्नाह—ये वारेति। ये वारतारकभवाः वारनक्षत्रजाताः सदसत्प्रयोगाः शुभाशुभयोगाः सन्ति ते चौलादिसंस्कृतविधौ चौलादिसंस्कारकार्ये नहि विलोकनीयाः न विलोक्याः किलेत्यवधारणे ते योगाः यानादिव्यवहृतौ प्रयाणादिव्यवहारे चिन्तनीयाः विचार्याः केषुः सर्वत्र देशेषु च पुनः शिलोच्चयोर्व्यां पर्वतभूमौ किंभूतास्ते नामफलदाः ये शुभास्ते शुभफलदाः येऽशुभनामानस्तेऽशुभफलदा इति।।१८।।

जो दैनिक चान्द्र नक्षत्रों के आधार पर शुभाशुभ योग बतलाये गये हैं उन्हें चौल (मुण्डन) आदि संस्कार विधियों में विचार नहीं करना चाहिए। उन योगों का व्यवहार केवल यात्रा आदि कार्यों में करना चाहिए। सर्वत्र एवं पर्वतीय क्षेत्रों में अपने-अपने नाम के अनुसार ही योग फलदायक होते हैं। अर्थात् अशुभनाम वाले अशुभ तथा शुभ नाम वाले शुभ होते हैं।।१८।।

अशुभयोगानां परिहारः—

नो दुष्टयोगमुखदुष्टविभागकाले
वामं कुलव्रतविवाहविधानमाहुः।

सन्तोऽन्यसत्कृतिकृतिश्च भवेदशेषैः
सर्वत्र गर्हितफलौ व्यतिपातकान्त्यौ।।१९।।

अथोद्वाहादौ विष्कुम्भादीनां दुष्टविभागं त्यजन्नाह—नो दुष्टेति।। सन्तः पण्डिताः कुलेति कुलं ग्रहं व्रतं मौञ्ज्यादि विवाह एषां कार्यं वामं मनोहरं नाहुः न कथयन्ति कस्मिन् दुष्टयोगमुखस्य विष्कुम्भादियोगमुखस्य यो दुष्टविभागकालः दुष्टपरिच्छेद-कालस्तस्मिन्। यतः 'विष्कुंभे घटिका पञ्च शूले सप्त प्रकीर्तिताः। षड् गण्डे चातिगण्डे च भव व्याघातवज्रयोः' इति।।१।। पुनर्व्यतिपातकान्त्यौ व्यतीपातकः अन्त्यो वैधृतश्च इमौ अशेषौ समस्तौ सर्वत्र गर्हितफलौ दुष्टफलकारकौ भवतः। च पुनरत्राशुभयोगकालेऽन्य-सत्कृतिदानपुण्यसत्कारे कृतिः कार्यं भवेत्।।१९।।

विद्वानों ने अशुभ योगों के आरम्भ में तथा उन योगों के अशुभकाल में गृहारम्भ गृहप्रवेश, व्रतबन्ध, विवाहादि शुभकार्यों को कल्याणकारी नहीं बतलाया है। इनसे भिन्न अन्य सत्कार्य (दान आदि) किये जाते हैं। व्यतिपात और अन्तिमयोग वैधृति दोनों ही सर्वत्र निन्दित (अशुभ फलदायक) हैं अतः इन दोनों का सर्वत्र परित्याग करना चाहिए।।१९।।

विमर्श :— यहाँ अशुभ योगों में निन्दित काल का उल्लेख नहीं किया गया है। अतः संक्षेप में उसका उल्लेख किया जा रहा है। रामदैवज्ञ ने लिखा है—

विष्कुम्भ की आरम्भ से	५ घटी
अतिगण्ड की आरम्भ से	७ घटी
शूल की आरम्भ से	७ घटी
व्याघात की आरम्भ से	९ घटी
वज्र की आरम्भ से	९ घटी
परिघ का आरम्भ से	आधा भाग
और व्यतिपात वैधृति की	समस्त घटी त्याज्य है

निरुद्धयोगः—

ज्योतिर्युगैक्य इह तारक मानगे च
योगो भवेत्तिथियुगन्तरके निरुद्धः।
सर्वेषु कर्मसु विवाहविधौ विशेषा-
दुत्सृष्टमङ्गलफलोऽयमशेषलोके।।२०।।

अथ निरुद्धनामयोगमाह—ज्योतिरिति निरुद्धनामा योगो भवेत् कस्मिन् ज्योतिर्युगैक्यै नक्षत्रविष्कुम्भादियोगानां घटिकानामैक्ये च पुनस्तिथियुगन्तरके तिथीनां योगानां च घटिकानामन्तरे चेद्यदा तारकमानगे सप्तविंशतिघटिकाप्रमाणशेषे तदा इह निरुद्ध इति अयमनिरुद्धो योगोऽशेषलोके उत्सृष्टमङ्गलफलस्त्यक्तशुभफलः स्यात् केषु सर्वेषु कर्मसु विशेषाद्विवाहविधौ।।२०।।

वर्तमान नक्षत्र और वर्तमान योग की घटियों का योग अथवा तिथि एवं योग की घटियों का अन्तर यदि २७ घटी के तुल्य हो तो निरुद्ध नामक योग होता है। यह योग सभी कार्यों में विशेषकर विवाह में निषिद्ध है।।२०।।

बवादीनां दूषणम्—

भवेदसद्वा करणं बवाख्यं
दुष्टक्षणो दुष्टतमो विवाहे।
भाभावतो नार्हतमस्तदंश-
स्तारामुहूर्ताख्यफलैक्यतोऽपि ।।२१।।

अथोद्वाहे बवादिकं दूषयन्नाह—भवेदिति।। विवाहे बवाख्यं करणमसद् दुष्टं भवेत् वा पुनर्दुष्टनक्षत्रमुहूर्तो दुष्टतमो भवेत्। पुनर्भाऽभावतो वैवाह्यनक्षत्राभावात्तदंशो वैवाह्यनक्षत्रक्षणोऽर्हतमः शुभतमो न भवेदपि चेत्तारामुहूर्त्ताख्यफलैक्यतात्र हेतौ पञ्चमी, यत्तारायाः फलं तत्तस्य क्षणस्यापि फलमित्येवं पूर्वं प्रोक्तमपि अत्र विवाहे न स्यादित्यर्थः।।२१।।

विवाह में बव करण अशुभ होता है। इसी प्रकार अशुभ नक्षत्रों का मुहूर्त्त भी अशुभ होता है। वैवाहिक नक्षत्रों के अभाव में उनके अंश (अभीष्ट नक्षत्रों के मुहूर्त्त) भी शुभ न हों तथा तारा भी शुभ न हो तो विवाह शुभ नहीं होता।।२१।।

विवाहे लग्नशद्धिः—

शस्तः समस्तैरुदयैः शयग्रहः
सजूककन्याजितुमांशकैरिह।
सास्त्रादिखण्डैश्च चरोदये चरं
लवं विनैतद्धि नयप्रमाणता।।२२।।

अथोद्वाहे लग्नशुद्धिमाह शस्त इति।। इह शयग्रहो विवाहः शस्तः शुभः स्यात् कैः समस्तैरुदयैर्लग्नैः किंभूतैरुदयैः सजूक इति जूकस्तुला कन्या जितुमं मिथुनं एषामंशकैर्नवांशैः सह वर्तमानैः पुनः किंभूतैः सास्त्रादिखण्डैर्धनुरादिखण्डयुक्तैश्च पुनश्चरोदये चरलग्ने चरं लवं चरांशं विना विवाहः शुभः स्यात् हि युक्तार्थे एतन्नयप्रमाणतास्ति अयं नयः शुभ इत्यर्थः।।२२।।

तुला, कन्या, मिथुन के नवमांशों के साथ सभी लग्नों में, धनु लग्न के पूर्वार्ध में तथा चरनवांशों को छोड़कर चरलग्नों में पाणिग्रहण संस्कार शुभ होता है यही सिद्धान्त प्रमाण है।।२२।।

अकीटसद्राश्युदयेषु हारि यद्
दिवाभुजाऽब्जग्रहणं विशारदैः।
समग्रलग्नेषु समीरितं निशि
प्रमाणमत्रेत्यखिलाङ्घ्रियुक्ष्वपि।।२३।।

अथोद्वाहे दिवारात्रिलग्नान्याह—अकीटेति।। विशारदैः पण्डितैर्यद्यतो दिवा दिने भुजाब्जग्रहणं करकमलपीडनं हारि शुभमीरितं प्रोक्तं केषु अकीटसद्राश्युदयेषु कर्कं विना शुभलग्नोदयेषु उक्तं च 'कर्कलग्नेऽथवा मेषे घटांशो यदि दीयते। तुलायां मकरे चैव वैधव्यं निश्चितं भवेत्' वर्गोत्तमं विनान्त्यांशो न ग्राह्य इति। पुनर्विशारदैर्निशि रात्रौ समग्रलग्नेषु भुजाब्जग्रहणं शुभमीरितं अत्र लग्नेष अखिलाङ्घ्रियुक्षु सर्वचरणयुगेषु कृतादिष्वपि प्रमाणमिति।।२३।।

कर्क लग्न को छोड़ कर सभी शुभ लग्नों को विद्वानों ने दिन में विवाह हेतु शुभ बतलाया है। रात्रि में सभी लग्नों में तथा सभी चरणों में विवाह शुभ होता है।।२३।।

विमर्श:– यहाँ शुभ लग्न का अभिप्राय शुद्ध लग्न से है। लग्न पापयुक्त न हो तथा अभीष्ट लग्न में विवाह के समय निषिद्ध नवमांश भी न हो।

विशेषः—

विसारयुग्मोदयवत्यहर्मितिः
प्रियाप्रवेष्टोत्पलसंग्रहे क्वचित् ।
सौराज्यवन्मालवमागधक्षितौ
तमीमितिश्चापरभोदयोदिता ।।२४।।

अथात्र देशविशेषे किंचित् विशेषयति—विसारेति।। क्वचित् प्रवेष्टोत्पलसंग्रहे करकमलसंग्रहेऽहर्मितिः प्रिया दिनप्रमाणं श्रेष्ठं स्यात्। किंभूताहर्मितिः विसारो मीनः युग्मं मिथुनं एतदुदयवती मीनमिथुनलग्नयुक्ता विसारयुग्ममेव क्वचिन्मीनो वा मीनमिथुने वा मीनादयुग्मराशयो वा। अत्र लोकोक्तिसंमतसमीक्षणत्वान्मीनमिथुनप्रमाणमिति शङ्का निरस्ता 'भुजो बाहुः प्रवेष्टो दोः' इति हैमः। च पुनः तमीमितिः प्रिया रात्रिप्रमाणं वरं स्यात्। किंभूता तमीमितिः अपरभोदयोदिता अन्यलग्नोदयप्राप्ता कस्यां सुराज्यवत् कावेरीतीरं मालवमागधौ प्रतीतौ एषां क्षितौ भूमौ 'तमी तमा विभावरी' इति हैमः।।२४।।

पाणिग्रहण संस्कार में मीन और मिथुन लग्न का उदय काल दिन में श्रेष्ठ माना गया है। सौराष्ट्र की तरह मालव एवं मगध देशों की भूमि में भी रात्रि के समय अन्य सभी लग्नों के उदय में पाणिग्रहण शुभ कहा गया है।।२४।।

चन्द्रेण सह शुभाशुभयोगाः—

सूरः कवी राजविराजमानौ
नरं जयत्येव वरं वरास्ये।
मन्दःकुजन्मा च तमोगुणोऽपि
यदाङ्गिरा विद्धि नु विद्धि शं स्यात्।।२५।।

अथात्र चन्द्रेण ग्रहयोगमशुभं शुभं च दर्शयति—सूर इति। हि युक्तार्थे नु वितर्के हे वरास्ये हे शुभानने दन्तस्तालव्यश्च सूरः सूर्यः कविः शुक्रः मन्दः शनिः कुजन्मा भौमः

तमोगुणो राहुश्च प्रत्येकं किंभूतो राज्ञा चन्द्रेण सह विराजतेऽसौ इति विराजमानः चन्द्रयुक्तः सन् वरं भर्तारं रञ्जयति न रागीकरोति चन्द्रेण युक्ता विवाहलग्ने एतेऽशुभा इत्यर्थः। यदाङ्गिरा गुरुः विद् बुधश्चन्द्रयुक्तः स्यात्तदा हे सुमुखि त्वं शं सुखं विद्धि जानीहि॥२५॥

सूर्य, शुक्र, शनि, मङ्गल तथा तमोग्रह (राहु-केतु) ये सभी चन्द्रमा के साथ स्थित हों तो पत्नी पुरुष (वर) पर विजय प्राप्त करती है अर्थात् पति के लिए सुखद नहीं होती। यदि बृहस्पति चन्द्रमा के साथ हो तो विवाह कल्याण कारक होता है।।२५।।

दृष्टिसम्बन्धेन लग्नफलम्--

लवाङ्गमङ्गं च मदंशको मदो
जिनाति सा सत्कमितुस्तनुश्रियम्।
करार्दने तत्स च बोधनार्थयुक्
तदा तदीयः प्रथयत्यधीश्वरः।।२६।।

अथात्र निजस्वामीदृष्टिहीनाहीनं लग्नादिफलमाह—लवाङ्गमिति॥ करार्दने विवाहे यदा लवाङ्गं नवांशलग्नं लग्नं च मदांशकः मदः सप्तमभावश्च अर्थवशाद्विभक्तिपरिणामस्तेन लवाङ्गं निजस्वामिदृष्टमित्यादि निजस्वामिदृष्टिहीनं स्यात्तदा विवाहे सा स्त्री सत्कमितुः शुभदयितस्य तनुश्रियं शरीरलक्ष्मीं जिनाति विनाशयति। ज्या वयोहानौ इति धातो रूपं तुरित्यवधारणे। यदि तत् नवांशलग्नादि स च मदश्च एष बोधनार्थयुग् बुध्यते ज्ञायतेऽर्थो येनेति बोधनं नयनं तदेवार्थः पदार्थस्तेन युग् निजस्वामिदृष्टियुक्तः स्यात्तदा तदीयस्तेषां लवग्रहमदांशमदानामयमधीश्वरः स्वामी धवस्यायुर्जीवितं प्रथयति विस्तारयति॥२६॥

नवांश लग्न, लग्न एवं सप्तमभाव अपने-अपने स्वामियों से दृष्ट न हो तो ऐसी स्थिति में विवाहिता स्त्री अपने पति की श्रीः को नष्ट करती है। यदि तत्तद् भाव अपने-अपने स्वामियों से दृष्ट हों तो विवाहिता स्त्री अपने पति की आयु को बढ़ाने वाली होती है।।२६।।

वरे तनौ गूढपयोधरेन्दिरे
यमाच्चतुष्कं त्यज राजपञ्चकम्।
लये रिपौ चाङ्गपराजभागवा-
नस्ते त्वशेषाननिषिद्धविद् गुरून्।।२७।।

अथ तन्वादिभावे शन्यादियोगांस्त्यजति—वर इति॥ हे वरे श्रेष्ठे हे गूढपयोधरेन्दिरे गूढपयोधराभ्यां गुप्तस्तनाभ्यां इन्दिरा इव इन्दिरा या सा लक्ष्मीतुल्या तस्याः सम्बोधने त्वं तनौ लग्ने यमात् शनैश्चरात् चतुष्कं त्यज शनिरविचन्द्रभौमान् विजहीहि पुनस्त्वं लयेऽष्टमभावे राजपञ्चकं चन्द्रभौमबुधगुरुशुक्रान् जहीहि पुनस्त्वं रिपौ षष्ठेऽङ्गपराजभार्गवान् लग्नपतिचन्द्रशुक्रान् त्यज। पुनस्त्वं अस्ते सप्तमेऽशेषान् ग्रहान् त्यज किंभूतान् अशेषग्रहान् अनिषिद्धविद्गुरून् बुधगुरुवर्जितान् हि निश्चितं सदा निरन्तरम्॥२७॥

हे गूढ स्तनों वाली लक्ष्मी सदृश श्रेष्ठ कन्या तुम लग्न भाव में शनि से चार ग्रहों का अर्थात् शनि-रवि-चन्द्र-मङ्गल ग्रहों का, अष्टम भाव में राजपञ्चक अर्थात् चन्द्र-मंगल-बुध-गुरु और शुक्र का, षष्ठ भाव में लग्नेश, चन्द्रमा और शुक्र का त्याग करो तथा सप्तम भाव में बुध और गुरु को छोड़कर अन्य समस्त ग्रहों का परित्याग करो।।२७।।

भावस्थग्रहफलानि—

आयानुगा विष्णुपदायना रतिं
पुष्णान्त्यशेषाः कलिमन्त्यवर्तिनः।
विवाहलग्ने वरवामनेत्रयोः
क्वचित्समो रिःफगतः खलूशना।।२८।।

अथ चतुश्चत्वारिंशत्काव्यपर्यन्तं भावगतग्रहफलानि तर्कयति—आयेति।। विष्णुपदे आकाशेऽयनं मार्गो येषां ते ग्रहा अशेषाः समग्रा आयानुगा एकादशभावगता विवाहे वरवामनेत्रयोः वरवध्वो रतिं प्रीतिं पुष्णन्ति दधति।। पुनरन्त्यवर्तिनो द्वादशभावगाः ग्रहाः कलिं क्लेशं पुष्णन्ति। क्वचित् खलु निश्चितं उशनाः शुक्रो रिःफगतो द्वादशभावगतः समः साधारणफलदायकः स्यात्।।२८।।

विवाह लग्न से ग्यारहवें भाव में स्थित ग्रह वर-वधू में परस्पर प्रीति उत्पन्न करने वाले तथा द्वादश भावगत ग्रह आपस में कलह पैदा करने वाले होते हैं। कुछ आचार्यों के अनुसार शुक्र द्वादश भाव में सामान्य फलदायक होता है। अर्थात् अशुभ नहीं होता।२८।।

द्वेषिविक्रमविनाशगो हरि-
र्द्वेषिविक्रमविनाशकृद्भवेत्।
आत्रिभस्थितिरभीष्टदोऽत्रिजा
मङ्गलोऽरिबलगोऽतिमङ्गलः।।२९।।

अथ रथोद्धतयाह—द्वेषीइति।। द्वेषी षष्ठः ६ विक्रमस्तृतीयः ३ विनाशोऽष्टमः ८ एतद्भावेषु गतो हरिः सूर्यो द्वेषिविक्रमविनाशकृत् शत्रुपराक्रमक्षयकारको भवेत्।। आत्रिभशब्दोऽत्र राशिवाचित्वात् भावः भात् त्रिभावं मर्यादीकृत्य इति प्रथमद्वित्रिभावेषु स्थितिः स्थानं यस्य स एवंविधोऽत्रिजश्चन्द्रोऽभीष्टदः स्यात्। 'विधुरत्रिदृग्ज' इति हैमः अरि६बल ३गः षष्ठत्रिभावस्थो मङ्गलो भौमोऽतिमङ्गलो मङ्गलकारकः स्यात्।।२९।।

उद्वाहकालिक लग्न से छठे, तीसरे और आठवें भाव में यदि सूर्य हो तो वह क्रम से तीनों भावों से सम्बन्धित फलों का नाश करता है अर्थात् शत्रु पराक्रम एवं अनिष्ट का नाशक होता है। तीन भाव पर्यन्त अर्थात् प्रथम, द्वितीय, तृतीय भावों में स्थिति अत्रिज चन्द्रमा अभीष्ट सिद्धि देने वाला होता है। तथा ६, ३ भावों में गया हुआ मंगल शुभकारक होता है।।२९।।

आसुताध्वरखगो विदङ्गिरा
मञ्जुलश्च कलितोऽङ्गतः क्वचित्।
बन्धुगो धवलवृष्णिरस्तवित्
प्रत्यनीकधिषणोऽपसिद्धिकृत्।।३०।।

आसुतेति।। क्वचित् सुतभवनं मर्यादीकृत्य आसुतात् प्रथम १ द्वि २ त्रि ३ चतुः ४ पञ्चमं ५ भावाः अध्वरो नवमः ९ खं दशमः १० एतद्भावेषु गतो विद् बुधश्च पुनरङ्गिरा गुरुर्मञ्जुलः शुभः कलितः प्रोक्तः कस्मादङ्गतो लग्नात् इति। बन्धुगश्चतुर्थभावगतो धवलवृष्णिश्चन्द्रोऽपसिद्धिकृत् दोषकृत् प्रत्यनीकधिषणः षष्ठभावस्थो गुरुर्दोषकृत् स्यात्।।३०।।

लग्न (प्रथम) भाव से पञ्चम भाव पर्यन्त किसी भी भाव में बुध और गुरु स्थित हों तो शुभकारक होते हैं। चतुर्थ भावगत चन्द्रमा और सप्तम भावगत बुध तथा षष्ठ भावगत गुरु अशुभ होते हैं।।३०।।

स्वाङ्गधाममतिपुण्यमानगः
स्वाङ्गधाममतिपुण्यमानदः।
आस्फुजिद्व्ययसहनत्रिकालगौ
कालदौ नुरिह राहुमन्दगू।।३१।।

स्वाङ्गेति।। स्वं धनं द्वितीयं २ अङ्गं प्रथमं १ धाम गृहं चतुर्थं ४ मतिः ५ पञ्चमं पुण्यं नवमं ९ मानो दशमं १० एषु भवनेषु गतः आस्फुजित् शुक्रः स्वाङ्गधाममतिपुण्यमानदः निजाङ्गे तेजोबुद्धिपुण्यसन्मानानां दायकः स्यात्। हि निश्चितं राहुमन्दगू राहुशनैश्चरौ नुः पुरुषस्य कालदौ मृत्युक्षयकृतौ भवतः कालं मृत्युं द्यतः खण्डयत इति तौ कालदौ दोऽवखण्डने ड प्रत्यये सिद्धं किंभूतौ राहुमन्दगू असहनः षष्ठः ६ तृतीयः ३ कालोऽष्टम ८ एतेषु भावेषु गतौ इह विवाहे।।३१।।

विवाह लग्न से द्वितीय, प्रथम, चतुर्थ, पञ्चम, नवम, एवं दशम भावों में गया हुआ शुक्र पुरुष के शरीर-गृह-बुद्धि-पुण्य और सम्मान को पुष्ट करने वाला होता है। षष्ठ, तृतीय तथा अष्टम भावगत राहु और शनि पुरुष के काल को नष्ट करने वाले (अर्थात् शुभ) होते हैं।।३१।।

साङ्गमाररविजार्कराहवो
मङ्गलेन हितदायिनोऽहितौ।
साङ्गमारमृतिभूजभार्गवा-
विन्दुरङ्गरिपुरन्ध्रगोऽशुभः।।३२।।

साङ्गेति।। सह अङ्गमाराभ्यां प्रथमसप्तमभावाभ्यां वर्तते ते च रविजश्चार्कश्च राहुश्चैते मङ्गले विवाहादौ हितदायिनः शुभकारका न सन्ति। सह अङ्गमारमृतिभिः प्रथमसप्तमाष्टमभावैर्वर्तेते ते च भूजभार्गवौ भौमशुक्रौ अहितौ दुष्टौ भवतः। अङ्गः प्रथमः १ रिपुः षष्ठः ६ रन्ध्रः अष्टमः ८ एतद्भावगत इन्दुरशुभः स्यात्।।३२।।

लग्न और सप्तम भावों में स्थित शनि, सूर्य एवं राहु विवाह आदि मङ्गल कार्यों में शुभकारक नहीं होते। प्रथम-सप्तम और अष्टम भावों में मंगल एवं शुक्र की स्थिति शुभ नहीं होती तथा प्रथम, षष्ठ, अष्टम भावों में चन्द्रमा की स्थिति शुभ नहीं होती।।३२।।

सौम्यजीवविरतौ करग्रहे
सौम्यजीवविरतिः करग्रहः।
सूतिराश्युदयभाष्टमोदये
तल्लवाङ्गवति वाङ्गनुत्तयोः।।३३।।

सौम्येति।। सौम्यजीवयोर्बुधगुर्वोर्विरतिरष्टमभावो यस्मिन् स तस्मिन् एवंविधे करग्रहे विवाहे सौम्यजीवविरतिर्मनोहरजीवनाशः स्यात् कयोस्तयोर्वरवध्वोः। सूतिराश्युदयभाष्टमोदयो जन्मराशिलग्नाभ्यामष्टमलग्ने तल्लवाङ्गवति तल्लग्ननवांशयुक्ते वा करग्रह उद्वाहस्तयोरङ्गनुत् वधूवरयोरङ्गक्षयकारकः स्यात्।।३३।।

पाणिग्रहण संस्कार में लग्न से अष्टम भाव में बुध और गुरु स्थित हों तो वर-वधू के प्रिय जीव (पुत्र) का नाश होता है। जन्मराशि एवं लग्न के अष्टम भाव में जाने पर अथवा जन्मराशि या जन्मराशि के नवांश का अष्टम में जाने पर वधू या वर के शरीर का क्षय होता है।।३३।।

देवरेण विलसत्यलं बले
पूर्वदेवसचिवे बलासवे।
खे परैरनविकर्तनात्मजे
रिःफगे भवति शक्तिरङ्गना।।३४।।

देवरेणेति।। अलं निश्चितं पूर्वदेवसचिवे शुक्रे बले तृतीयभावस्थे सति अङ्गना स्त्री देवरेण सह विलसति रमते। अनु विवाहात् पश्चात् बलासवे बला भूमिस्तस्याः सवः प्रसवो यस्य स भौमस्तस्मिन् खे दशमस्थे स्त्री अपरैर्लोकैः सह विलसति 'बला लक्ष्मीर्बला मही' इत्यनेकार्थः। विकर्तनात्मजे शनौ रिःफगे द्वादशगे सति स्त्री शक्तिः शाकिनी भवति।।३४।।

शुक्र यदि विवाह लग्न से तृतीय भाव में हो तो स्त्री देवर के साथ विलास करती है। दशम भाव में मंगल हो तो अन्य लोगों के साथ विलास करती है। यदि १२ द्वादश में शनि हो तो स्त्री शक्ति (प्रेत-बाधा) से युक्त होती है।।३४।।

यत्र सत्फलकरा ग्रहा मया
कीर्तिता विगतसत्फलाश्च ये।
ज्ञेज्यभावयुतिवर्तिनोऽथ ते
दोर्ग्रह समफला न निन्दिताः।।३५।।

यत्रेति।। यत्र विवाहे मया ये ग्रहाः सत्फलकराः विगतसत्फलाः गलितशुभफलाश्च कीर्तिताः प्रोक्ता तेऽपि ग्रहा अन्यभावयुतिवर्तिनोऽन्यभावयोगयुक्ताः सन्तोऽतः कारणात् दोर्ग्रहे समफला सन्ति परं न निन्दिताः न निषेधिताः।।३५।।

जिन ग्रहों को मैंने शुभफलकारक तथा जिन्हें अशुभ फलकारक बतलाया है यदि वे बुध और गुरु से युक्त हों तो, समफलकारक ही कहे जायेंगे उन्हें निन्दित नहीं कहा जायेगा।।३५।।

मन्मथेऽङ्गपवतीह नुर्मृति-
र्मन्मथेऽस्तपवति स्त्रियास्तथा।
लग्नकामलवराशिपालकौ
पालकौ न भवतो नृयोषितोः।।३६।।

मन्मथ इति।। अङ्गपवति लग्नस्वामियुक्ते मन्मथे सप्तमभावे सति नुः नरस्य मृतिः स्यात्। तथास्तपवति सप्तमभावाधिपतियुक्ते मन्मथे सप्तमभावे सति स्त्रियः स्त्रियाः मृत्युः स्यात्। स्त्रीशब्दस्यापि क्वचिदडागमवैकल्यं प्रोक्तमस्ति तेन षष्ठ्यैकवचनेऽपि स्त्रिय इति रूपं इति धातुरत्नाकरे प्रोक्तम्। तथा लग्नकामलवराशिपालकौ सप्तमलग्नस्वामी सप्तमलवस्वामी च तौ सप्तमभावगतौ नृयोषितोर्वरवध्वोः पालकौ रक्षाकरौ न भवतः।।३६।।

विवाह लग्न का स्वामी सप्तम भाव से युक्त हो अर्थात् सप्तम भाव में स्थित हो तो पुरुष की मृत्यु होती है। यदि सप्तमेश ही सप्तम भाव में स्थित हो तो स्त्री की ही मृत्यु होती है। यदि लग्न और सप्तम भाव के स्वामी या लग्न और सप्तम भाव के नवमांश स्वामी सप्तम भाव में हो तो स्त्री-पुरुष दोनों के पालक (रक्षक) नहीं होते अर्थात् दोनों के लिए अशुभ होते हैं।।३६।।

लग्नपोदयलवेश्वरौ द्विष-
च्छिद्रगौ तनुत एवमापदम्।
मारनायकमदांशपौ नरे
लग्नतश्च मदगस्त्रिभागपः।।३७।।

लग्नेति।। लग्नतो लग्नात् द्विषच्छिद्रगौ षष्ठाष्टमगतौ लग्नपोदयलवेश्वरौ लग्नस्वामिलग्ननवांशनायकौ नरे आपदं तनुतो विस्तारतः। एवममुना प्रकारेण मारनायकमदांशपौ सप्तमभावपतिसप्तमनवांशनायकौ नरे आपदं तनुतः। च पुनर्मदगः सप्तमभावगतस्त्रिभागपो द्रेष्काणपतिनरि आपदं तनुते।।६७।।

विवाह लग्न का स्वामी तथा लग्न नवमांश का स्वामी दोनों ही छठे और आठवें भाव में गये हों तो विपत्तियों के बढ़ाने वाले होते हैं। इस प्रकार सप्तमेश एवं सप्तम नवांशेश यदि ६,८ भावों में हों तो भी कष्ट बढ़ाने वाले होते हैं। सप्तम भावगत द्रेष्काण का स्वामी भी यदि ६,८ भावों में हो तो वह भी कष्टदायक ही होता है।।३७।।

अमङ्गले राजनि नो पुरेशे
करग्रहः स्यादिति न प्ररूढे।
प्रत्यर्थिरन्ध्रानुगते नवांश-
त्रिभागराशौ हि न याति नाशम्।।३८।।

अमङ्गल इति।। प्ररूढे पूर्णवीर्यदृष्टियुक्ते अमङ्गले भौमरहिते पुरेशे लग्नाधिपे एवंविधे राजनि चन्द्रे सति करग्रहो विवाहो नो स्यादिति न द्वौ नकारौ प्रकृत्यर्थं सूचयतः स्यादेवेत्यर्थः। पूर्वं कर्कलग्नं वर्जितमस्ति तेन एवंविधमादृतमप्यस्ति। हि अवधारणे नवांशत्रिभागराशौ नवांशे द्रेष्काणे च प्रत्यर्थिरन्ध्रानुगते षष्ठाष्टमभावगते सति ना पुमान् शं सुखं न याति न प्राप्नोति।।३८।।

लग्नेश पापग्रहों से युक्त हो तथा चन्द्रमा पाप युक्त हो अथवा क्षीण हो तो विवाह संस्कार शुभ नहीं होता। यदि नवांश और द्रेष्काण राशियाँ लग्न से छठें, आठवें भाव में स्थित हों तो मनुष्य सुख प्राप्त नहीं करता। अर्थात् विवाह शुभ नहीं होता।।३८।।

राज्ञोऽङ्गतस्तल्लवतोऽसदाढ्यः
पञ्चेषुभावो न शुभो विवाहे।
उत क्वचित्तारकराजभागा-
द्भार्द्धान्त्यभागेन शुभास्त्वसन्तः।।३९।।

राज्ञ इति।। विवाहे राज्ञश्चन्द्रस्य अङ्गतो लग्नात् तल्लवतस्तन्नवांशकात् असदाढ्यः पापग्रहयुक्तः पञ्चेषुभावः सप्तमभावो न शुभः स्यात्। पञ्च इषवो बाणा यस्य स काम इति। तु पुनः उत वितर्के क्वचित् असन्तः पापग्रहाः शुभा न स्युः कस्मिन् तारकराजभागात् चन्द्रनवांशात् भार्द्धं षट्राशयस्तस्यान्त्यभागे चतुःपञ्चाशत्तमे ५४ पादे इत्यर्थः।।३९।।

चन्द्र राशि से तथा चन्द्रमा के नवमांश राशि से सप्तम भाव यदि पापग्रहों से युक्त हो तो विवाह के लिए शुभ नहीं होता। चन्द्रमा के नवमांश से ६ राशि के अन्तिम नवमांश अर्थात् चान्द्र नवमांश से (६×९) = ५४वें नवमांश में स्थित पाप ग्रह विवाह में शुभ नहीं होते।।३९।।

पुराधिपः कालगतः पुरान्तकृत्
पुरानुगः कालपतिः पुरान्तकृत्।
रन्ध्रादमित्रे लवपोऽङ्गपो हि चे-
दिहाङ्गतो वारिहतच्छविर्नरः।।४०।।

पुरेति। कालगतोऽष्टमभावगतः पुराधिपो लग्नस्वामी पुरान्तकृद्देहनाशकृत् मृत्युकृत् स्यादित्यर्थः। पुरागतो लग्नगतः कालपतिरष्टमभावस्वामी पुरान्तकृत् मृत्युकृत् स्यात्। हि अवधारणे चेत् वितर्केऽङ्गतो लग्नात् अङ्गपो लग्नस्वामी वाथवा लवपो नवांशस्वामी रन्ध्रादष्टमभावात् अमित्रे षष्ठे स्यात्तदा इह विवाहेनरोऽरिहतच्छविः शात्रवेण हतकान्तिरेवंविधः स्यात्।।४०।।

लग्न का स्वामी अष्टम भाव में गया हो अथवा अष्टम भाव का स्वामी लग्न में स्थित हो तो वह शरीर का नाश करने वाला होता है। लग्नेश अथवा नवांशेश लग्न से छठें भाव में हो या अष्टम भाव से छठें भाव में हो तो विवाह में शत्रु द्वारा तेज (यश) की हानि होती है।।४०।।

तनूविभौ स्याद्व्ययगे नरव्ययो
लवप्रभो वा ललनाव्ययोऽङ्गतः।
तत्कर्तरीयुक् फलमेतदेव चेत्-
फलान्यता तत्कुटिलद्युचारिणः।।४१।।

अथ कर्तरीयोगमाह—तन्विति।। अङ्गतो लग्नात् व्ययगे द्वादशभावगे तनूविभौ लग्नस्वामिनि सति नरव्ययो भर्तृनाशः स्यात्। वाथवा द्वादशगे लवप्रभौ नवांशनायके सति ललनाव्ययः स्त्रीक्षयः स्यात्। तत्कर्त्तरीयुक् कर्तरीनामा योग एतदेव फलं स्यात्। चेत् वितर्के तत्कुटिलद्युचारिणस्तस्मिन् व्ययभावे वक्रग्रहस्य फलान्यता पूर्वोक्तफलस्य वैपरीत्यं स्यात्।।४१।।

लग्न के द्वादश भाव में लग्नेश स्थित हो तो पति का नाश तथा नवांश लग्न का स्वामी यदि द्वादश भाव में स्थित हो तो स्त्री का नाश होता है। यदि लग्नेश कर्त्तरी योग युक्त हो तो उसका भी फल उसी प्रकार होता है। यदि द्वादश भावगत ग्रह वक्री हों तो उक्त निर्दिष्ट फलों से विपरीत फल होता है अर्थात् अशुभ नहीं होते।।४१।।

असद्युगान्तस्थितिरग्रजाधिपः
करोत्यनाचारमलं हि मङ्गलम्।
तथात्मभूसंहनने खलान्तरे
तदंशकौ शं तनुतो न चेदिह।।४२।।

अथ खलान्तरगतचन्द्रादिफलमाह—असद्युगेति।। हि अवधारणे अग्रजाधिपश्चन्द्रोऽनाचरेण मलं दोषेण दुष्टं मङ्गलं पाणिपीडनं करोति किंभूतोऽग्रजाधिपः असद्युगं पापग्रहयुग्मं तस्यान्ते मध्ये स्थितिः स्थानं यस्यासौ पापग्रहयोर्मध्ये स्थित इत्यर्थः। अत्रैव श्लेषोक्त्या दृष्टान्तमाह यथा असद्युगस्य कलियुगस्यान्ते मध्ये स्थितिः स्थानं यस्य स एवंविधोऽग्रजाधिपोऽनाचारमलं भ्रष्टाचारेण मलीमसं मङ्गलं शुभकृत्यं दोषयुक्तं करोति इत्युक्तिलेशः। तथा चेत् वितर्के खलान्तरे पापग्रहविचाले आत्मभूसंहनने कर्तृपदं सप्तमभावप्रथमभावौ तदंशकौ सप्तमप्रथमभावांशकौ च शं सुखं न तनुत इह विवाहे 'आत्मयोनिः सुहृन्मधु' इति हैमः।।४२।।

पाप ग्रहों के मध्य में स्थित चन्द्रमा अपने दुष्प्रभाव से विवाह को दूषित कर देता है। सप्तम भाव और प्रथम भाव अथवा सप्तम और प्रथम नवांश यदि पाप ग्रहों के मध्य में हों तो विवाह में कल्याणकारक नहीं होते।।४२।।

राशेः प्रसूतेरुदयस्य वा सदा
लयानुगात्रीश्वरराशिभागकाः।
भवन्ति ये मङ्ग्लकार्यवर्तिन-
स्तन्वन्ति ते भर्तरि पञ्चतामरम्।।४३।।

राशेरिति।। सदा प्रसूतेर्जन्मनो राशेरुदयस्य लग्नस्य वा लयानुगस्याष्टमभावस्थस्य अत्रीश्वरस्य अतृ मरणं तस्याष्टमभावस्य स्वामिनो राशिभागकाश्चान्द्रांशका ये मङ्गलकार्यवर्तिन उद्वाहलग्नस्थायिनो भवन्ति अरं झटिति ते एवंविधाश्चान्द्रांशकाः भर्तरि वरे पञ्चतां मृत्यु तन्वन्ति।।४३।।

जन्म राशि या जन्म लग्न से अष्टम भाव स्थित अष्टमेश का नवमांश यदि विवाह कालिक लग्न में हो तो वर (पति) के लिए मृत्युकारक होता है।।४३।।

सवाङ्गराश्यत्ययभावलग्ने
तदीशयोरास्फुजिदारयोर्वा।
तन्नायकैक्येन तदीयदोष-
स्तदन्यभावेन तदीयभूषा।।४४।।

सवेति।। सवस्य प्रसवस्याङ्गं लग्नं राशिश्च तयोरत्ययभावलग्नेऽष्टमप्रथमभावे तदीशयोर्जन्मलग्नराशिस्वामिनोर्वाऽथवा आस्फुजिदारयोः शुक्रभौमयोः सतोर्वा तन्नायकैक्येन जन्मलग्नराशिस्वामिनोरैक्येन कृत्वा तदीयदोषः स्यात्। तदन्यभावेन तदीयभूषा तस्य विवाहस्यालङ्कारः।।४४।।

जन्म लग्न अथवा जन्म राशि से अष्टम भाव में या लग्न (प्रथम भाव) में उनके (लग्न और अष्टम के) स्वामी ग्रह स्थित हों अथवा मंगल और शुक्र ही लग्नेश और अष्टमेश हों तो एकाधिपत्य के कारण उनके दोष अन्य भाव से (दूसरी दृष्टि से) विवाह में अलंकार स्वरूप हो जाते हैं। अर्थात् लग्नेश और अष्टमेश के स्वामी एक ही ग्रह (भौम या शुक्र) हों तो अष्टमेश दोष नहीं होता।।४४।।

परिष्कार— यहाँ पर कवि ने सरल विषय को कठिन बनाकर प्रस्तुत किया है। लग्नेश ही अष्टमेश हो तो अष्टम में रहने का दोष नहीं होता। महर्षि पराशर ने स्पष्ट लिखा है— भाग्यव्ययाधिपत्येन रन्ध्रेशो न शुभप्रदः। स एवं शुभसन्धाता लग्नाधीशोऽपि चेत् स्वयम्।

ऐसी स्थिति मंगल और शुक्र के साथ ही घटित होती है। यदि लग्न मेष हो तो अष्टम में वृश्चिक राशि होगी दोनों का स्वामी भौम है। इसी प्रकार तुला लग्न होने पर अष्टम में वृष राशि आयेगी अतः शुक्र ही लग्न और अष्टम दोनों का अधिपति होगा। ऐसी स्थिति में दोष नहीं होता। भिन्न-भिन्न ग्रह लग्नेश और अष्टमेश होकर युक्त हों तो दोषकारक होगा।

ग्रहाणां दृष्टिविचारः—

त्रिखे त्रिकोणे शमृती शनिर्गुरुः
क्ष्माभूरलं पश्यति चापरे क्रमात्।
सदङ्घ्रिवृद्ध्या त्वखिला नभःसदः
पश्यन्ति पूर्णं स्मरभे तदीक्षणम्।।४५।।

अथ ग्रहाणां दृष्टिविलोकनमाह—त्रिख इति। क्रमात् क्रमेण शनिस्त्रिखे तृतीये दशमेऽलं सम्पूर्णं पश्यति एवं गुरुस्त्रिकोणे नवपञ्चमे पूर्णं पश्यति क्ष्माभूर्भौमः शमृती शं सुखं च मृतिश्चेति चतुरष्टमे पूर्णं पश्यति तु पुनरपरेऽखिला नभःसदो ग्रहा सदङ्घ्रिवृद्ध्या एकैकचरणवृद्ध्या कृत्वा पश्यन्ति। पुनस्तदीक्षणं तेषां समग्रग्रहाणामवलोकने स्मरभे सप्तमे पूर्णं सम्पूर्णा दृष्टिः स्यात्। यतः 'पादैकदृष्टिर्दशमे तृतीये द्विपाददृष्टिर्नवपञ्चमे च। त्रिपाददृष्टिश्चतुरष्टमे च समग्रदृष्टिः समसप्तमे च' इति।।४५।।

शनि तृतीय और दशम भाव को, गुरु पञ्चम और नवम भाव को, मंगल चतुर्थ और अष्टम भाव को पूर्ण दृष्टि से देखते हैं। शेष सभी ग्रह क्रम से एक-एक चरण वृद्धि के अनुसार उक्त भावों को देखते हैं तथा सप्तम भाव को सभी ग्रह पूर्ण दृष्टि से देखते हैं।।४५।।

परिष्कार :— शनि,गुरु और भौम के अतिरिक्त सभी ग्रहों की पाद दृष्टि एवं पूर्ण दृष्टि होती है। सभी ग्रह अपने स्थान से ३, १० को एक पाद दृष्टि से, ५, ९ को दो पाद दृष्टि से, ४, ८ भाव को तीन पाद दृष्टि से तथा ७वें भाव को ४ पाद (पूर्ण) दृष्टि से देखते हैं। शनि ३, १०, ७ भावों को, गुरु, ५, ७, ९ भावों को तथा भौम ४, ७, ८ भावों को भी पूर्ण दृष्टि से देखते हैं।

दृष्टौ विशेषः—

विलोकनं व्योमसदामृतं सदा
वदन्त्यदो जातकशास्त्रभाषितम्।
दैवं हि सर्वत्र तु ताजिकोदितं
यदासुरं तन्निजदर्शनप्रमम्।।४६।।

अथ दृष्टौ जातकताजिकयोर्विशेषाविशेषमाह—विलोकनमिति।। हि अवधारणे विदः पण्डिता व्योमसदां ग्रहाणामदो विलोकनं जातकशास्त्रभाषितं देवसम्बन्धि दैवं सदा सर्वत्र ऋतं सत्यं पूजितं वा वदन्ति 'ऋतं शिलोञ्छे पानीये पूजिते दीप्तसत्ययोः' इति हैमः। यत्ताजिकोदितं तदासुरं स्यात्। किम्भूतं आसुरं निजदर्शनप्रमं असुरदर्शनतुल्यत्वात्सर्वत्र कार्ये नेष्टमिति देवपक्षे देवदर्शनतुल्यत्वाच्छुभम्।।४६।।

ग्रहों की जातक शास्त्रोक्त दृष्टि दैवी (देवोक्त) होने के कारण सत्य कही गई है तथा ताजिक शास्त्रोक्त दृष्टि आसुरी होने से निज दर्शन तुल्य (अर्थात् उन्हीं के

अनुरूप) है। अतः सर्वत्र व्यवहार योग्य नहीं होती। (सर्वत्र उक्त जातक शास्त्रोक्त दृष्टि का ही व्यवहार करना चाहिए)।।४६।।

पुरभागमुपैति भागनेता
यदि वा पश्यति चारुलोचनैवम्।
नरभद्रमनङ्गभावभागं
महिला भद्रमलं नरः समेति।।४७।।

अथ मालभारिण्या भावे ग्रहविलोकनफलं विस्तारयति—पुरेति।। यदि भागनेता नवांशस्वामी पुरभागं लग्नांशं पश्यति तदा चारुलोचना स्त्री नरभद्रं भर्तृसुखमुपैति प्राप्नोति। यदि कल्याणे सुखे च इति धात्वर्थत्वात् पुनर्यदेवं भागनेता अनङ्गभावभागं सप्तमभावलग्नांशं पश्यति तदा नरो महिलाभद्रं स्त्रीसुखं समेति प्राप्नोति अलमित्यर्थः।।४७।।

यदि नवमांश (विवाह लग्न के नवांश) का स्वामी लग्न स्थित नवमांश को देखता हो तो स्त्री पति सुख को प्राप्त करती है यदि लग्न नवमांश का स्वामी सप्तम भावगत नवमांश को देखता हो तो पुरुष स्त्री सुख को प्राप्त करता है।।४७।।

घनभागपतीक्षणं मदांशके चे-
न्मदभावांशपतीक्षणं घनांशके वा।
वरवामदृशौ यतो मिथः शं
तनुतन्व्योरिति वै तदीक्षणे स्तः।।४८।।

घनेति।। यतश्चेत् मदांशके सप्तमभावनवांशके घनभागपतीक्षणं लग्ननवांशस्वामिविलोकनं स्यादथवा घनांशके लग्ननवांशके मदभावांशपतीक्षणं सप्तमभावनवांशस्वामिविलोकनं स्याद्वा पुनस्तनुतन्व्योर्लग्नसप्तमभावयोस्तदीक्षणे लग्नांशसप्तमांशस्वामिविलोकने कर्तृपदं स्तः भवतः वै इति हेतौ तदा वरवामदृशौ वरवध्वौ मिथः परस्परं शं सुखं लभेयातां प्राप्नुयाताम्।।४८।।

यदि लग्न का नवांशपति सप्तमभाव के नवांशपति को देखता हो अथवा सप्तमनवमांशपति लग्ननवांशपति को देखता हो अथवा लग्नेश-सप्तमेश की परस्पर दृष्टि हो तो वर वधू का परस्पर सम्बन्ध कल्याण कारक होता है।।४८।।

यमदृष्टिरेणनयनाङ्गविभागे
यदि बोभवीति कुसुतेक्षणमस्मिन्।
यमदृष्टितः कुसुतदर्शनतो वा
वृजिनं विनोदयति किं न पुरन्ध्री।।४९।।

यमेति। यदि एणनयना स्त्री तस्या अङ्गलग्नं सप्तमभवनं तस्यांशके नवांशे यमदृष्टिः शनिदृष्टिर्बोभवीति सम्पूर्णदृष्टिर्भवति भृशार्थे यङ्लुगन्तत्वात् वाथवा कुसुतेक्षणं

भौमविलोकनं बोभवीति किमिति पुरन्ध्रो स्त्री वृजिनं वक्रमर्थशक्त्या कष्टं न विनोदयति दुःखमेतीत्यर्थः कस्मादस्मिन् विवाहलग्ने यमदृष्टितः शनिविलोकनात् कुसुतदर्शनतो भौम-दृष्टितो वा॥४९॥

स्त्री लग्न (भाव) के नवमांश (अर्थात् सप्तम भाव के नवमांश) को शनि और भौम पूर्ण दृष्टि से देख रहे हों तो क्या स्त्री कष्ट का अनुभव नहीं करती? अर्थात् स्त्री को अधिक कष्ट होता है।।४९।।

गुरुबुधशुक्राणां युतिफलम्—

गुरुराजपुत्रकविकण्टकयोगो
बत दोषदोऽप्युदितदोषद एव।
गुरुबोधनेक्षणमिहाङ्गनिवृत्त्यो-
र्यदि दुष्टदृष्टियुतिदोषनिवृत्तिः।।५०।।

अथ केन्द्रयोगमाह—गुरुराजेति॥ बत आश्चर्ये इह विवाहलग्ने दोषदोऽपि दूषणकारकोपि गुरुराजपुत्रकविकण्टक १।४।७।१० योगः गुरुबुधशुक्राणां केन्द्रयोग उदितदोषद एव पूर्वमुदिताः प्रोक्ता ये ग्रहयोगदोषास्तान् द्यति खण्डयति इति स्यात्। यदि चेत् अङ्गनिवृत्त्योः प्रथमाष्टमभावयोर्गुरुबोधनेक्षणं गुरुर्गीष्पतिः बोधनो बुधोऽनयोरवलोकनं स्यात्तदा दुष्टदृष्टियुतिदोषनिवृत्तिः क्रूरग्रहदृष्टियोगा (दोषा) भावः स्यात्॥५०॥

दोषकारक होते हुए भी गुरु, बुध और शुक्र का योग केन्द्र (१, ४, ७, १०) भावों में हों तो पूर्वोक्त दोषों का नाश करने वाले होते हैं। यदि लग्न और अष्टम भाव पर गुरु और बुध की दृष्टि हो तो अशुभग्रहों की दृष्टियों के दोष भी नष्ट हो जाते हैं।।५०।।

विमदे सितेऽमरपुरोधसि केन्द्रे
धिषणाध्वराश्रयिणि वोदयदोषैः।
बहुभिर्भुजाम्बुजनिपीडनमिष्टं
विदुरिष्टनाडिकमलं त्विति केचित्।।५१।।

विमद इति—अलमित्यर्थः भुजाम्बुजनिपीडनं करकमलग्रहणमिष्टं शुभं स्यात् कस्मिन् विमदे सप्तमभावरहिते केन्द्रे १।४।७।१० ऽमरपुरोधसि गुरौ सति वाऽथवा धिषणा५ऽध्वरा९श्रयिणि पञ्चमनवमभावभाजि शुक्रे गुरौ सति पुनः कैःकृत्वा बहुभिरुदयदोषैरपि लग्नग्रहयोगजदोषैरपि पाणिपीडनं शुभं स्यान्न तु नवांशजयोगदोषैः तु पुनरिष्टनाडिकं घटिकालग्नं शुभ स्यादिति केचिद् बुधाः विदुः॥५१॥

सप्तम भाव को छोड़कर शेष १, ४, १० केन्द्र भावों में शुक्र तथा गुरु अथवा ५, ९, भावों में गुरु और शुक्र हों तो समस्त उदयदोषों (लग्न से सम्बन्धित दोषों) से युक्त होने पर भी पाणिग्रहण शुभ होता है। कुछ आचार्यों के अनुसार उक्तस्थिति में नवांश जन्य दोषों से युक्त घटिका लग्न ही शुभ होता है।।५१।।

इति शुद्धिरिष्टघटिकोदयकाले
कलिताखिलाखिलयुगेषु सुधीभिः।
मनुजन्मनां जगति चानु विलग्नं
बहुलारजः कलियुगे हि समूह्यम्।।५२।।

अथ भावगतग्रहफलतद्दृष्टिफलघटिकालग्नोपसंहारेण गोधूलिकलग्नं संदधाति— इतीति।। सुधीभिरिति पूर्वोक्तप्रकारेण अखिलयुगेषु कृतादिषु जगति लोके मनुजन्मनां मनुष्याणामिष्टघटिकोदयकाले इष्टघटीलग्नसमयेऽखिला समग्रा शुद्धिः कलिता प्रोक्ता वा पुनर्नु वितर्के कलियुगे बहुलारजो बहुलाशब्देन धेनवस्ताभिरुपलक्षितं रजः गोधूलिकं विलग्नं समूह्यं सम्यक् प्रकारेण विचारणीयम्।।५२।।

समस्त युगों में मनुष्यों के लिए इष्टकालिक लग्न (अभीष्ट लग्न) के अनुसार उक्त शुद्धि का विचार लोक में विद्वानों ने बतलाया है। कलियुग में बहुलारज (गोधूलि) लग्न का भी अच्छी तरह विचार कर लेना चाहिये।।५२।।

गोधूलिप्रशंसा—

कमलाजिनौ सुरभिपादरजोभि-
र्निचितेऽम्बरे यदि पराचलमूढौ।
रविरेति लोकजननीजनकौ स्या-
दिति तत्प्रजासु न हि तज्जविरोधः।।५३।।

अथात्र कमलाकेशवोद्वाहेन गोधूलिकं प्रमाणयति—कमलेति।। यदि रविः पराचलमस्ताचलमेति प्राप्नोति सुरभिपादरजोभिर्धेनुचरणरजोभिर्निचिते व्याप्तेऽम्बरे व्योम्नि सति कमलाजिनौ लक्ष्मीकेशवौ ऊढौ परिणीतौ किम्भूतौ लोकजननीजनकौ जनानां मातापितरौ हि युक्तार्थे इति हेतोस्तज्जविरोधो गोधूलिकजातविरोधोऽपराह्ने लग्ननिन्द्यत्वात्तत्प्रजासु विष्णुप्रजासु नहि स्यात्। यतो जनकजननीभ्यां गोधूलिकमादृतं ततस्तत्सन्तानैरप्यादृतं गोधूलिकलग्नोद्वाहित्वात् लोकजननीजनकौ भवत इति फलविलोकनत्वादपि।।५३।।

जिस समय सूर्य अस्ताचल पर चले गये तथा आकाश गौओं की चरण रज से व्याप्त हो गया उसी समय लक्ष्मी और नारायण का विवाह हुआ। लक्ष्मी-नारायण लोक के जननी और जनक कहे गये। अतः गोधूलि लग्न का विरोध उनकी (लक्ष्मी नारायण की) प्रजा को नहीं है। अर्थात् लक्ष्मी नारायण का विवाह होने से गोधूलि लग्न को लोक में शुभ माना गया है।।५३।।

गोधूलिलक्षणम्—

आदेशी वांशुमाली चरमगिरि-
शिरोऽध्यस्त एतच्च द्रष्टुं

हारिद्रारक्तवेषा निखिल-
दिगबलास्तारकापुष्पमालः।
उस्राङ्घ्र्युत्खातधूलिस्फुर-
दतिपटलैर्मण्डपीभूतमभ्रं
राजोषायोषिता किं परिणयन-
मिषाच्छिक्षितुं चैव लोकान्।।५४।।

अथ स्रग्धरया गोधूलिकलग्नसमयस्वरूपवर्णनेन कविरुत्प्रेक्षते—आदेशीति।। अंशुमाली सूर्य एव आदेशी गणकः। अत्र वाशब्द एवार्थे। चरमगिरिशिरोऽस्ताचलशिखरमध्यास्तेऽधितिष्ठति गिरिशिर इत्यत्राधियोगादाधारकर्म किं कर्त्तुं एतद् गोधूलिकं द्रष्टुं विलोकयितुं। तद्गोधूलिकस्वरूपमाह निखिलदिगबलाः सर्वा दिश एव स्त्रियो हारिद्राः पीता आरक्ता वेषाः नेपथ्यानि यासां ता एवंविधा दृष्टाः सन्ति च पुनरुस्राणां धेनूनामङ्घ्रिभिरुत्खातधूलय उत्कीर्णरिणवस्तासां स्फुरदतिपटलैः संचलद्गणैरेव मण्डपैरभ्रं व्योम भूतं जातं मण्डपीभूतमित्यपि पाठः। इति द्रष्टुं च पुनः किमिति उत्प्रेक्षते राजा चन्द्र उषायोषिता रात्रिरमण्या सह परिणयनमिषात् करपीडनकैतवात् लोकानन्यजनान् शिक्षितुं यथाऽहं परिणयामि तथा यूयमपि कुरुत इति शिक्षां दातुमेव निश्चितं वर्तते किंभूतो राजा तारका एव पुष्पमाला यस्य स इति दृष्टः दिगबला यदस्यापि तारकेति विशेषणं स्यात्।। य एवंविधः सन्ध्यासमयस्तद्गोधूलिकमिति हृदयं। यथात्रोत्प्रेक्षा दर्शिता तथान्योऽपि य उद्वाहं करोति स गणकेन गोधूलिकसमयं साधयति पुष्पाद्यलङ्कारयुक्तः स्यात्। वस्त्रमयमण्डपं करोति विवाहोचितवेषाः सुवासिन्यो भवन्ति इत्युक्तिलेशेन कर्त्तव्यं दर्शितम्।।५४।।

काल गणना के नियामक (दैवज्ञ) भगवान् सूर्य गोधूलि को देखने के लिए जब अस्ताचल के उन्नत शिखर पर बैठ जाते हैं तथा समस्त दिशा रूपी बालायें हरिद्रा एवं रक्त वर्ण के वेष से सुसज्जित हो जाती हैं। तारे पुष्पमाला की तरह दीखने लगते हैं। गौओं के चरण के आघात से उड़ी हुई धूल से व्याप्त आकाश मण्डल जब एक मण्डप सदृश हो जाता है तथा जिस समय चन्द्रमा उषा (रात्रि) रूपी नायिका के साथ विवाह की अभिलाषा से लोक को भी विवाह की शिक्षा देते हुए प्रतीत होते हैं वही गोधूलि का समय होता है।।५४।।

विमर्श :— गोधूलि का लग्न विवाहादि कार्यों में अति प्रशस्त माना गया है। यहाँ तक कि लग्न की शुद्धि न रहने पर भी गोधूलि लग्न में विवाह की अनुमति शास्त्रकारों ने दी है। रामदैवज्ञ ने गोधूलि काल का निर्णय ऋतुओं के अनुसार बतलाया है। यथा—

पिण्डीभूते दिनकृति हेमन्तर्तौ स्यादर्धास्ते तपन समये गोधूलिः।
सम्पूर्णास्ते जलधरमालाकाले त्रेधा योज्या सकलशुभे कार्यादौ।६।१०१

अर्थात् हेमन्त ऋतु (शीत काल) में सूर्य का निस्तेज होकर पिण्ड के समान दिखलाई देना गोधूलि काल का सूचक होता है। इसी प्रकार ग्रीष्म ऋतु (गर्मी) में सूर्य के आधे पिण्ड के अस्त हो जाने पर तथा वर्षाकाल में सम्पूर्ण विम्ब के अस्त होने पर गोधूलि काल होता है।

गोधूलिग्रहणे विशेषः—

जिष्णुवज्रहतपक्षवासिना-
मङ्घ्रियोनिमुखलोकसंहतेः।
अस्तलग्नमुदितं कलौ बुधै-
रादिभूनृपविशामलं न च।।५५।।

अथ गोधूलिकग्रहणे विशेषमाह—जिष्विति।। जिष्णुना इन्द्रेण हताः पक्षाः वाजा एषां ते गिरयस्तेषु वसन्तीत्येवंशीलास्तेषां पर्वतवासिजनानां अङ्घ्रियोनयः पादजाताः शूद्रास्त एव मुखलोकास्तेषां संहतेः समूहस्यास्तलग्नं गोधूलिकमुदितं प्रोक्तं बुधैः सुधीभिः कलौ युगे च पुनरादिभूनृपविशां विप्रक्षत्रियवैश्यानामलमत्यर्थं न प्रोक्तमिति साधारणवचनम्।।५५।।

विष्णु (इन्द्र) के वज्र से छिन्न पक्षों वाले अर्थात् पर्वतों के निवासी (जंगली जातियों) तथा शूद्रों के लिए अस्तकालिक लग्न को ही गोधूलि लग्न कलियुग के लिए विद्वानों ने कहा है। परन्तु ब्राह्मण, क्षत्रिय और वैश्यों के लिए यह वचन नहीं है अर्थात् विप्रादि के लिए पूर्वोक्त समयानुसार गोधूलि होती है।।५५।।

गोधूलिलग्ने विशेषः—

सर्वदेष्टघटिकाप्रतिष्ठितं
लग्नमाहुरिह सर्वजातिषु।
कोविदाः कलियुगेऽपि वा
वरं धेनुधूलिपटलोचितं हि तत्।।५६।।

अथ घटिकागोधूलिकयोर्विवेकमाह—सर्वदेति।। कोविदाः सुधियः सर्वदा सर्वयोगेषु इष्टघटिकाप्रतिष्ठितं लग्नमाहुर्वदन्ति केषु इह विवाहे सर्वजातिषु विप्रादिसर्ववर्णेषु वा पुनः कलियुगे तत् पूर्वोक्तं धेनुधूलिपटलोचितं गोधूलिकमपि लग्नं वरमाहुः।।५६।।

विद्वानों ने सभी वर्णों के लिए सभी काल में इष्ट घटी के आधार पर साधित लग्न को ही (गोधूलि लग्न) स्वीकार किया है। परन्तु कलियुग में धेनुधूलि से व्याप्त काल (गोधूलि लग्न) को ही शुभ माना गया है।।५६।।

मासक्रमेण गोधूलिलग्ननिर्णयः—

नोर्जमार्गकनभस्यवासरैः
कृष्टयो जगुरभीष्टनाडिकम्।

लग्नमास्त्यमिह भग्नमङ्गलं
नोक्तदेशसमयांशजातिषु।।५७।।

अथ कार्तिकादौ घटिकालग्नं त्यजन्नाह—नोर्जेति।। कृष्टय: पण्डिता: ऊर्जमार्गकनभस्यवासरै: कार्त्तिकमार्गशीर्षभाद्रपदानां दिनैरभीष्टनाडिकं घटिकालग्नं न जगृर्नोचु: इह मासेषु अस्ते भवमास्त्यं गोधूलिकलग्नं भग्नमङ्गलं भग्नं मङ्गलकार्यं यस्मात्तत् एवंविधं न स्यात् शुभं स्यादित्यर्थ:। क्व उक्तदेशसमयांशजातिषु पूर्वोक्तदेशकालांशवर्णेषु।।५७।।

कार्तिक, मार्गशीर्ष, भाद्रपद मासों के दिनों में इष्टघटी के आधार पर साधित लग्न को विद्वानों ने (गोधूलि लग्न) नहीं बतलाया है। अस्तकालिक (सूर्यास्त कालिक) लग्न को ही गोधूलि लग्न माना है। यह गोधूलि लग्न उक्त सभी देश, समय और जाति के लिए प्रशस्त है। गोधूलि मंगल कार्यों को भङ्ग नहीं करती अर्थात् गोधूलि सदैव सुख एवं कल्याण देने वाली होती है।।५७।।

वारानुरोधेन गोधूलिनिर्णय:-

रोहिणीखुररजोभि रञ्जिते
लग्नमंशुमति खण्डमण्डले।
स्यात्सदाखिलतनौ बृहस्पते-
र्वासरे रविभुवस्त्वदर्शिते।।५८।।

अथ वारविशेषे गोधूलिकलग्नशुद्धिविवेकतामाह—रोहिणीति।। सदा अंशुमति सूर्ये खण्डमण्डलेऽर्द्धबिम्बे सति लग्नं स्यात् किंभूते अंशुमति रोहिणीखुररजोभि: रञ्जिते तु पुनरवधारणे वा बृहस्पतेर्वासरे सूर्येऽदर्शितेऽस्तङ्गते सति लग्नं स्यात्। बृहस्पतिवारे हि सन्ध्यायां सूर्ययुक्तायां दुष्टाष्टमयामार्द्धनिषेधत्वात् रविभुव: शनेर्वासरेऽखिलतनौ समग्रेऽर्के दृश्ये सति लग्नं स्यात् शनेवरि हि सूर्यास्तमने प्रथमयामिनीमुखे कुलिकनिषेधत्वात्।।५८।।

सभी वारों में सूर्य विम्ब का अर्धभाग अस्त हो जाने पर गौओं के खुर से उद्भूत धूलि से रञ्जित आकाश हो जाने पर गोधूलि लग्न होता है। परन्तु बृहस्पतिवार को सन्ध्याकाल में सूर्य विम्ब के दृश्य रहने पर तथा शनिवार को सम्पूर्ण विम्ब अस्त हो जाने पर गोधूलि लग्न होता है।।५८।।

परिष्कार— बृहस्पतिवार और शनिवार को क्रमश: सूर्य के दृश्य और अदृश्य होने पर गोधूलि लग्न कहा गया है। संस्कृत टीकाकार ने विपरीत अर्थ किया है यथा— बृहस्पतिवार को सूर्यास्त के बाद तथा शनिवार को सूर्यास्त से पूर्व गोधूलि लग्न होता है। परन्तु यह असंगत प्रतीत होता है। क्योंकि बृहस्पतिवार को सूर्यास्त के समय अष्टम यामार्धेश बृहस्पति होता है। तथा शनिवार को अष्टम अर्ध यामेश शनि होता है। अत: शनि के कारण अन्तिम यामार्ध शुभ नहीं होता।

दोषयुक्तगोधूलिः—

अपमोऽपमसाम्यवान्विवाहः
कुलिकाढ्यः कुलिकापदस्त्वकाले।
खलवेधितधिष्ण्यवानधिष्ण्योऽ-
पयमो यामदलार्द्धवाननृद्धिः।।५९।।

अथ मालभारिण्या दोषयुक्तं गोधूलिकं सापवादमाह—अपमोपमेति।। अस्तकाले गोधूलिकलग्नेऽपमसाम्यवान् क्रान्तिसाम्ययुक्तो विवाहोऽपमोऽपगता मा लक्ष्मीर्यस्मात् स एवंविधः स्यात्। कुलिकाढ्यः कुलिकयोगयुक्त उद्वाहः कुलिकापदः कुलिके गृहे कुलिकेषु स्वकुटुम्बजनेषु वा आपत् कष्टं यस्मात्स एवंविधः स्यात्। खलवेधितधिष्ण्यवान् पापग्रहनक्षत्रयुक्त उद्वाहोऽधिष्ण्यो न विद्यते धिष्ण्यं गृहं बलं वा यस्मात्स एवंविधः स्यात्। यामदलार्द्धवान् दुष्टयामदलार्द्धयुक्त उद्वाहोऽपयमोऽपगतो नियमधर्मो यस्मात्स एवंविधः स्यात् किंभूत उद्वाहः अनृद्धिर्न विद्यते ऋद्धिर्यस्मात् स इति।।५९।।

यदि क्रान्तिसाम्य युक्त गोधूलि हो तो विवाह करने से लक्ष्मी (धन) का ह्रास होता है। कुलिक योग युक्त गोधूलि में विवाह हो तो कुल (कुटुम्ब) में कष्ट, पापविद्ध नक्षत्र युक्त गोधूलि में हो तो गृह एवं बल का अभाव तथा दुष्ट यामार्द्ध युक्त गोधूलि में विवाह हो तो धर्म का ह्रास एवं धन सम्पत्ति की हानि होती है।।५९।।

गोधूलिलग्ने पापचन्द्रफलम्—

अहितविग्रहगो हितगोलयो
विलयगो लयिगोत्रजनो यदा।
धवलदीधितिरप्यवरो भवे-
द्दिनकरोनकरो हि विशेषतः।।६०।।

अथ द्रुतविलम्बितेन गोधूलिके ग्रहगतदोषान् दर्शयति—अहितेति।। यदात्र गोधूलिके धवलदीधितिश्चन्द्रोऽहितविग्रहगः स्यात्तदा हितगोलयः हिताहितकारिणी चासौ गौर्बुद्धिश्च तस्या लयो नाशः स्यात्। यदा चन्द्रो विलयगोऽष्टमभावगः स्यात्तदा लयिगोत्रजनः लयो नाशोऽस्यास्तीति लयी स चासौ गोत्रजनो स्वकुटुम्बजनश्च स्वकुटुम्बनाशः स्यात्। अपि पुनर्दिनकरोनकरो दिनकरेण सूर्येण ऊना हीनाः कराः किरणा यस्य स एवंविधश्चन्द्रो विशेषतोऽवरोऽनिष्टो भवेत्। एषोऽवरस्थानगतः एतावता चतुर्दश्यमावास्याप्रतिपद्दिनत्रयं क्षीणशशी विशेषतस्त्याज्यः।।६०।।

गोधूलि लग्न से प्रथम, षष्ठ भावों में चन्द्रमा स्थित हो तो बुद्धि का नाश, अष्टम भाव में हो तो कुल का नाश तथा चन्द्रमा यदि सूर्य की किरणों से लुप्त हो अर्थात् कृष्ण चतुर्दशी, अमावास्या एवं शुक्ल प्रतिपत् का समय हो तो सभी प्रकार से अनिष्टकारक होता है।।६०।।

गोधूलिके क्रूरग्रहनिषेधः—

खलपुरं त्यज मञ्जुजलोचने
हतिदुरोदरविद्गुरुमुद्गमम्।
विरतिमङ्गलमर्जुनिकागमे
विगतशुक्रमशुक्रतपोमतिम्।।६१।।

अथ गोधूलिके क्रूरग्रहलग्नादि निषेधति—खलेति[१]।। अर्जुनिकागमे धेनुसमागमनकाले गोधूलिके लग्ने हे! मञ्जुललोचने सुनेत्रे! त्वं खलपुरं पापग्रहलग्नं त्यज जहिहि एवं उद्गमं प्राप्तोदयं हति८दुरोदर६विद्गुरुं अष्टमषष्ठभावस्थबुधगुरुं एवंविधं खलपुरं त्यज पुरशब्दस्यात्र पुल्लिंगवाचित्वाद् गुरुमितियुक्तम्। एवं विरति८मङ्गलं अष्टमस्थभौमं त्यज विगतशुक्रं अष्टमभावस्थशुक्रं त्यज। अशुक्रतपो९मतिं५नवपञ्चमभावस्थशनिं त्यज न शुक्रः श्वेतोऽशुक्रः कृष्णवर्णशनित्वात् 'शुक्रस्तु शुक्ले ज्येष्ठमासेऽग्निकाव्ययोः' इति हैमः।।६१।।

हे सुनयने! गोधूलि काल आने पर पाप ग्रहों के लग्नों का परित्याग करो। लग्न से आठवें, छठें भाव में स्थित बुध, गुरु; अष्टम भावगत मंगल और शुक्र तथा पञ्चम-नवम भावगत शनि का भी परित्याग करो। अर्थात् विवाह में उक्त ग्रहस्थिति को ग्रहण नहीं करना चाहिए।।६१।।

अयनवशात् गोधूलिफलम्—

गोधूलिकं गोपतिरुत्तराशा-
माशंसितं कीर्तितशुद्धिशुद्धम्।
चरन्नपागुक्तशशाङ्कधिष्ण्यै-
र्यथागतं चास्तु तथा नभस्ये।।६२।।

अथ गोधूलिके उत्तरायणादिकालमाह—गोधूलिकमिति।। गोपतिः सूर्य उत्तराशां चरन् स्यात्तदा गोधूलिकमाशंसितं प्रोक्तं किंभूतं गोधूलिकं कीर्त्तिता पूर्वं प्रोक्ता या शुद्धिस्तया शुद्धं निर्दोषं यदाऽपाग् दक्षिणां रविश्चरन् स्यात् अपागिति अव्ययं तदा उक्तशशाङ्कधिष्ण्यैः प्रोक्तः षष्ठाष्टमेतरलग्नगः शशी गोचरशुद्धिः विवाहनक्षत्राणि तैर्यथागतं यथाकालप्राप्तं गोधूलिकमस्तु भवतु तथा च नभस्यमासे यथागतमस्तु।।६२।।

---

१. अन्यपुस्तके हे मंजुलोचने अर्जुनिकागमे धेनुसमागमनकाले गोधूलिलग्ने खलपुरं पापग्रहणलग्नं त्यज। हतिदुरोदरविद्गुरुं अष्टमषष्ठभावस्थबुधगुरुं उद्गमं लग्नं त्यज। विरतिमङ्गलं विरतावष्टमभावे मङ्गलो भौमो यस्मिन् स तं उद्गमं त्यज। विगतशुक्रं विगतं शुक्रं बलं यस्य पुनः अशुक्रतपोमतिं नास्तिशुक्रः तपोमत्योः यस्मिन् स तं उद्गमं त्यज इत्यर्थः कृतोस्ति।।

सूर्य के उत्तरायण रहने पर पूर्वोक्त शुद्धि के अनुसार निर्दोष गोधूलि की प्रशंसा की गई है। सूर्य के दक्षिणायन रहने पर चान्द्र नक्षत्रों अर्थात् गोचर शुद्धि के अनुसार उसी समय गोधूलि होती है, जिस समय भाद्रपद मास में हुआ करती है।।६२।।

गुरुशुक्रयोः अस्तादिर्विवेकः—

ससिन्धुजे सिन्धुरवैरिराशौ
सितेंऽशुलीने च गुरौ विवाहम्।
नाभस्यमौर्जं न सहोगमाहु-
स्तथोत्तराशार्कगतीरितं तु।।६३।।

अथ सिंहराशगतगुर्वादिषु विवाहं निषेधति—ससिन्धुज इति। पण्डिताः विवाहं न आहुः कस्मिन् ससिन्धुजे गुरुसहिते सिन्धुरवैरिराशौ सिन्धुदेशे जन्मत्वात् सिन्धुजो बृहस्पतिः पुनः सिते शुक्रे गुरौ च अंशुलीने सूर्यमण्डलगतेऽस्तङ्गते सति किंभूतं विवाहं नाभस्यं नभस्ये भाद्रपदे भवं पुनः किभूतं और्जं कार्तिके भवं पुनः किंभूतं सहोगं सहसि मार्गशीर्षे गतं एतेषु मासेषु कृतोद्वाहो नेष्ट इत्यर्थः। तु पुनरेषु सत्सु कश्चिन्मतमाह तथा उत्तराशार्कगतीरितं सौम्यायने प्रोक्तो विवाह इत्यर्थः।।६३।।

हाथियों के शत्रु की राशि अर्थात् सिंह राशि पर गुरु के स्थित रहने पर, गुरु और शुक्र के किरणों में लुप्त होने पर अर्थात् गुरु और शुक्र के अस्त हो जाने पर विवाह नहीं करना चाहिए। भाद्रपद मास, कार्तिक मास तथा मार्गशीर्ष मास में किया गया विवाह सुखद नहीं होता। सूर्य के उत्तरायण रहने पर विवाह सुखद होता है।।६३।।

मतान्तरम्—

ससिंहजीवो धिषणोशनोस्तोऽ-
प्यूर्जे नभस्ये च शयग्रहार्हः।
इत्याह कश्चिन्मतमुद्धतं नो
तदीयमित्यासुरदर्शनोक्तम् ।।६४।।

अथैतस्य मतं दूषयति—ससिंहेति।। ऊर्जे कार्तिके नभस्ये भाद्रपदे च ससिंहजीवः सिंहे गुरुः च पुनर्धिषणोशनोऽस्तः गुरुशुक्रयोरस्तः शयग्रहार्हः उद्वाहयोग्यः स्यादिति कश्चिदाह एतदीयं मतं उद्धतं श्रेष्ठं न स्यात् किंभूतं मतं आसुरदर्शनोक्तं इति हेतोरथवा एतदीयं मतं सत्यं म्लेच्छेषु नतु विप्रादिषु।।६४।।

कुछ आचार्यों के मतानुसार सिंहस्थ गुरु में तथा गुरु और शुक्र के अस्त होने पर कार्तिक मास और भाद्रपद मास विवाह करने योग्य होते हैं। परन्तु यह मत उत्तम एवं ग्राह्य नहीं है। आसुरी दर्शनोक्त होने से निम्न वर्ग (म्लेच्छ आदि) के लिए ग्राह्य हो सकता है।।६४।।

अष्टधा विवाह—

प्रजापतिब्रह्मसुरर्षिनीतिभि-
स्तन्नामसिद्धोऽतिशुभः करग्रहः।
गान्धर्वसंज्ञो विहितश्च मध्यमः
पिशाचरक्षोऽसुरकर्मणाधमः।।६५।।

अथाष्टधाविवाहमाह—प्रजेति।। प्रजापतिः ब्रह्मा सुरः ऋषिः एषां नीतिभिस्तन्नामसिद्धः स्वनामतुल्योऽतिशुभः करग्रहः स्यात्। च पुनर्गान्धर्वविवाहो मध्यमः स्यात्। पिशाचः रक्षः असुरः एषां कर्मणा कार्येण विहितस्तत उद्वाहोऽधमः स्यात्। यत उक्तं 'तथालङ्कृत्य कन्यादानं ब्राह्मो विवाहः १ विभवविनियोगेन कन्यादानं प्राजापत्यं २ गोमिथुनदानपूर्वकमार्षः ३ यत्र यज्ञार्थमृत्विजः कन्यादानमेव दक्षिणा स दैवः ४ एते चत्वारो धर्म्या मातुः पितुर्बन्धूनां प्रामाण्यात्। परस्परानुरागेण मिथः समवायात् गान्धर्वः ५ पणबन्धेन कन्याप्रदानमासुरः ६ प्रसह्य कन्याग्रहणाद् राक्षसः ७ सुप्तप्रमत्तकन्याग्रहणात् पैशाचः ८ एते चत्वारोऽधर्म्याः यदि वधूवरयोः परस्परं रुचिरस्ति तदाऽधर्म्या अपि धर्म्या इति'।।६५।।

प्रजापति, ब्रह्म, सुर, ऋषि इनके नामों से प्रसिद्ध (अर्थात् प्राजापत्य, ब्राह्म, सुर और ऋषि संज्ञक) विवाह अतीव शुभ, गान्धर्व संज्ञक मध्यम तथा पिशाच, राक्षस और असुर संज्ञक विवाह अधम (निकृष्ट) होते हैं।।६५।।

विवाहे शुद्धिविचारः—

उदीरिता शुद्धिरियं शुभेऽखिला
भुजाभ्रपुष्पप्रसवग्रहे सदा।
मध्ये तदर्धापि विलोकनोचिताधमो
विवाहस्तदसंभवेऽपि सन्।।६६।।

अथोत्तममध्यमाधमपाणिग्रहे तादृक्शुद्धिं दर्शयति—उदीरितेति।। सदा शुभे भुजो बाहुः स एव अभ्रं मेघस्तस्य पुष्पं जलं तस्मिन् प्रसवो यस्य तत्कमलं तस्य ग्रहस्तस्मिन् करकमलग्रहे प्राजापत्यादौ इयमखिला समग्रा शुद्धिरुदीरिता प्रोक्ता अपि पुनर्मध्ये मध्यमविवाहे तदर्द्धा उत्तमविवाहे तस्याः सकाशादर्द्धा शुद्धिर्विलोकनोचिता दर्शनाय योग्या। अथाधमो विवाहः पैशाचादिः सन् शुभः स्यात् कस्मिन् तदसम्भवेऽपि शुद्ध्या अभावेऽपि।।६६।।

प्राजापत्य आदि उत्तम (कर-कमल ग्रहण) विवाह में ही पूर्वोक्त शुद्धियों का विचार करना चाहिए। मध्यम (गान्धर्व) विवाह में पूर्वोक्त शुद्धियों की आधी शुद्धि का विचार करना चाहिए तथा अधम विवाह में उक्त शुद्धियों का विचार नहीं होता। मुहूर्त के अभाव में भी विवाह किया जा सकता है।।६६।।

लोकाचार महत्त्वम्—

शास्त्रभाषितनयेरितधर्मा-
दुद्धतोऽस्ति जनसंचयमान्यः।
देशकालकुललौकिकधर्मो-
दृश्य इत्यनु तथा हि सुधीभिः।।६७।।

अथ स्वागतया शास्त्रनीतितो लौकिकधर्मं बलवत्तरं दर्शयति—शास्त्रेति। शास्त्रभाषितनयेरितधर्मात् शास्त्रोक्तनीतिप्रेरितधर्मात् जनसंचयमान्यो जनसमूहमान्यो धर्म उद्धत उत्कटोऽस्ति वारयितुं न शक्यत इत्यर्थः। इति हेतोरनुशास्त्रधर्मतः पश्चात् सुधीभिर्देशकालकुललौकिकधर्मो दृश्यो विलोकनीयः तथाहि तद्दर्शयति।।६७।।

शास्त्रोक्त धार्मिक नियमों की अपेक्षा जनसमूह का मत (लोकाचार) अधिक प्रबल होता है। अतः देश-काल-कुल और लोक की परम्पराओं का भी अवलोकन विद्वानों को कर लेना चाहिए।।६७।।

देशधर्माः—

कुमारिकामण्डलवासिमाथुरा
नयन्ति पाणिग्रहमुत्तमं नराः।
मध्यं जनस्थानमुखान्ध्रमालवाः
परेऽधमं दुष्टकलौ निसर्गतः।।६८।।

अथ प्रथमं देशधर्मानाह—कुमारिकेति।। कुमारिकामण्डलवासिमाथुरा नराः उत्तमं श्रेष्ठं पाणिग्रहणं नयन्ति कुर्वन्ति।। यतः "तापिन्याश्चोत्तरं कूलं सरस्वत्यास्तु दक्षिणं। शान्तना नगरी प्राच्याः पश्चाद्भोगावती नदी।।१।। एतदन्तरगा भूमिः क्षेत्रं कौमारिकं स्मृतं' इति जनस्थानमुखा गोदावरीतीरप्रवेशमुखा महाराष्ट्रद्रविडादय आन्ध्रमालवाः एषां जना मध्यं विवाहं नयन्ति परदेशजना अधमं विवाहं नयन्ति कस्माद्दुष्टकलौ निसर्गतः स्वभावत्।।६८।।

कुमारिका मण्डल (पश्चिम में वर्तमान हरियाणा दक्षिण में मध्यप्रदेश का भाग, पूर्व उ.प्र.) एवं मथुरा के निवासी उत्तम विवाह करते हैं। जनस्थान (गोदावरी तीर स्थान), आन्ध्र-मालवा देशवासी मध्यम विवाह तथा अन्य स्थानों के लोग कलियुग में स्वभाव से ही अधम विवाह करते हैं।।६८।।

देशभेदेन स्त्रियः स्वभाववर्णनम्—

अदन्ति गौडाः पललं च पञ्चमा-
न्पाञ्चालकन्या कुरुते धवानपि।
कर्णाटके गोगमनं च धर्षिणी
सिन्धौ वशा वाडवहाद्रिखण्डविद्।।६९।।

अन्दन्तीति।। गौडा जनाः पललं मांसमदन्ति भक्षन्ति। पाञ्चालकन्या मलवारकुमारिका पञ्चमान् पञ्चप्रतिमान् धवान् भर्तॄन् कुरुते च पुनः कर्णाटके गोगमनं कुरुते धेनुमुपविश्य गच्छति। पुनः सिन्धौ देशे वशा स्त्री धर्षणी असती स्यात्। 'चर्षणी धर्षणी' इति शब्दप्रभेदे 'पुंश्चली चर्षणी' इति हैमः। द्वितीयवर्गप्रथमादिः चतुर्थवर्गचतुर्थादिः धर्षणं स्यात् 'परिभवेऽस्तेऽसत्यां तु धर्षणी' इत्यनेकार्थे हैमः।। पुनरद्रिखण्डविट् झाडखण्डनरो वाडवहा विप्रघातकः स्यात् 'अद्रिः पर्वते वृक्षे' इत्यनेकार्थः।।६९।।

गौड देशवासी कन्यायें माँस भक्षण करती हैं। पाञ्चाल देश की कन्यायें पाँच पतियों का वरण करती हैं। कर्णाटक में वृषभ की सवारी करती है, सिन्धु देश में कन्यायें स्वैरिणी होती हैं एवं अद्रिखण्डविद् (वनवासी) कन्यायें ब्रह्मघाती (हिंसक) होती हैं।।६९।।

मृतासुपा देवरचारिणी मरौ
सौराज्यके च प्रमदा रजोवती।
अदोषमान्या मरुकच्छमानवैः
कन्यार्थभुग्गुर्जरदेशगो जनः।।७०।।

मृतेति।। मरौ देशे मृतासुपा मृतोऽसुपो भर्ता यस्याः सा स्त्री देवरचारिणी स्यात्। च पुनः सौराज्यके देशे तथैव पुनर्मरुकच्छमानवैः प्रमदा रजोवती अदोषमान्या आर्तवयुक्ता स्त्री दूषणाय न स्यात्। गुर्जरदेशगो जनः कन्यार्थभुक् कन्याया द्रव्यभोक्ता स्यात्।।७०।।

मरु (कच्छ) देश में स्त्रियाँ पति के मरने पर देवर के साथ हो जाती है। सौराष्ट्र एवं मरु कच्छ देश में रजस्वला स्त्री को भी दोषयुक्त नहीं समझा जाता तथा गुर्जर देशवासी लोग कन्या के धन का भी उपभोग करते हैं।।७०।।[1]

एकागमे दक्षिणवासिनो जना
विवाहमिच्छन्ति कुरौ च शस्त्रिणः।
सद्राविडाङ्ध्राः श्रुतिधर्मचारिणः
स्वजामिपुत्रादृतमङ्गलाः बुधैः।।७१।।

एकेति।। दक्षिणवासिनो जना एकागमे एकवेदे विवाहमिच्छन्ति च पुन; कुरौ देशे शस्त्रिण आयुधयुक्ता विवाहमिच्छन्ति। सद्राविडान्ध्रा जनाः श्रुतिधर्मचारिणः स्युः क्वचित् स्वजामिपुत्रादृतमङ्गलाः निजभगिनीपुत्रेण सह अङ्गीकृतविवाहाः स्युः।।७१।।

दक्षिण भाग में स्थित देशवासी एक वेद में ही विवाह करना चाहते हैं। अर्थात् वर एवं कन्या दोनों का एक ही वेद हो तो विवाह सम्बन्ध होता है। कुरु देशों में दोनों शस्त्रधारियों से विवाह करना चाहते हैं। द्रविड़ और आन्ध्रवासी वैदिक

---

१. कदाचित् देशानुसार उक्त श्लोकों में वर्णित स्थिति रही होगी। किन्तु आज श्लोकोक्त स्थिति कहीं भी दिखाई नहीं देती।

धर्मानुयायी वर कन्या से विवाह करना चाहते हैं तथा विद्वानों ने द्रविण देश में अपनी सगी बहिन के पुत्र से ही कन्या के विवाह को मङ्गल कारक माना है।।७१।।

लोकधर्मप्रशस्तिः—

पुराणवेदस्मृतिधर्मतो बहि-
र्धर्मोऽयमत्र प्रतिपादनीयः।
शास्त्रप्रमाणादपि लोकधर्म-
प्रमाणमेतद्बलवत्तदादरात्।।७२।।

अथ वेदादिधर्मतो बहिर्लोकधर्मं दर्शयति—पुराणेति। पुराणवेदस्मृतिधर्मतोऽयं धर्मो बहिर्बाह्योऽत्र लोके प्रतिपादनीयः कथनीयः शास्त्रप्रमाणादप्येतल्लोकधर्मप्रमाणं बलवत् स्यात्तदादरात्तेषां लोकानां तेषां धर्माणामादरात्।।७२।।

पुराण, वेद और स्मृतियों से भिन्न यह धर्म है। तथापि इसका पालन करना है। क्योंकि लोक का आदर प्राप्त होने से शास्त्र प्रमाण से लोक प्रमाण अधिक बलवान् होता है।।७२।।

अविवाहिते ज्येष्ठपुत्रे लघुपुत्रविवाहनिषेधः—

ज्येष्ठेऽप्यनूढेऽवरजोपयामो
दहत्यपत्ये कुलधर्ममस्मात्।
दुष्टः समुल्लङ्घ्य वरं सदासौ
स्याद्वारणं चान्यनरोपयामः।।७३।।

अथविवाहिते ज्येष्ठपुत्रे लघुपुत्रोद्वाहं निषेधयति—ज्येष्ठं इति।। अपि अनूढेऽविवाहिते ज्येष्ठेऽपत्ये ज्येष्ठपुत्रे सति अवरजोपयामो लघुपुत्रविवाहः कुलधर्मं दहति भस्मीकरोति च पुनरस्मात्कारणात् सदा वारणं वरणे भयं कृतवसन्तं वरं ज्येष्ठपुत्रं समुल्लङ्घ्य असौ अन्यनरोपयामो दुष्टः स्यात्।।७३।।

ज्येष्ठ पुत्र के अविवाहित रहने पर लघु-पुत्र का विवाह कुल धर्म को भस्म कर देता है। अतः ज्येष्ठ वर का उल्लङ्घन कर अन्य (लघु) वर का विवाह अनुचित होता है।।७३।।

युग्मप्रसवे विशेषः—

यदा नु युग्मप्रसवो विवाहितेऽ-
पत्ये कनिष्ठेऽग्रजदोर्ग्रहोऽपरः।
न दोषदोऽन्वायवृषे तदा सदास्या-
त्र्याद्यपत्येकसवेऽप्ययं नयः।।७४।।

अथ यमलादिप्रसवे उद्वाहविवेकमाह—यदेति।। सदा सर्वदा नु वितर्के यदा युग्मप्रसवः स्यात्तदा कनिष्ठे लघुनि अपत्ये विवाहिते सति अयरोऽग्रजदोर्ग्रहो ज्येष्ठविवाहो

दोषदो न स्यात् कस्मिन्नन्वायवृषे स्वकुलधर्मे अपि पुनस्त्र्याद्यपत्यप्रसवे त्रय आदिर्येषां ते त्र्यादिसन्तानानां युगपत्प्रसवेऽपि अयं नयो नीतिः स्यात्।।७४।।

यदि यमल सन्तान हो तो कनिष्ठ सन्तान के विवाह के बाद ज्येष्ठ सन्तान का विवाह अपने कुल धर्म के अनुसार दोषकारक नहीं होता। एक गर्भ से उत्पन्न तीन या तीन से अधिक सन्तानों में भी यही नियम व्यवहृत होता है। (अर्थात् कनिष्ठ के विवाहोपरान्त ज्येष्ठ का विवाह हो सकता है)।।७४।।

अदत्तकुमारिकाविवाहे दोषः—

पित्रा सवित्र्याप्तजनैरदत्तया
नरः कुमार्याः कुरुते करग्रहम्।
सवेदनामत्र परत्र वा सिता
प्रयाति लोके तु कुमारिकेव सा।।७५।।

अथादत्तकुमार्युद्वाहे दोषमाह—पित्रेति।। यो नरः पुमान् कुमार्या सह करग्रहं कुरुते किंभूतया कुमार्या पित्रा जनकेन सवित्र्या जनन्या वा आप्तजनैर्बान्धवादिजनैर्वाऽदत्तया असमर्पितया स पुमान् वेदनां दुःखापवादं प्रयाति प्राप्नोति कस्मिन्नत्र लोकेऽपरत्र वा तु पुनः सा लोके कुमारिकैव तिष्ठति किंभूता सा सिता स्वधर्मप्रधानयुक्ता सिता स्त्री कथ्यते कुमारीत्वं न त्यजतीत्यर्थः।।७५।।

जो व्यक्ति पिता-माता या बान्धवों द्वारा असमर्पित (अर्थात् जिसका कन्यादान न किया गया हो ऐसी) कन्या से विवाह करता है। वह लोक-परलोक दोनों में अपवाद का पात्र होता है। तथा वह स्त्री लोक में विवाहोपरान्त भी कुमारी ही होती है।।७५।।

वरं यथाकालदशावशं कलौ
करग्रहं निर्ग्रहणं त्रिदुर्विदः।
तथा हि राजादृतखण्डमङ्गलं
पट्टादिवृद्धापनमङ्गलं क्वचित्।।७६।।

अथ कालधर्मं दर्शयति—वरमिति।। विदः पण्डिताः कलौ यथाकालदशावशं करग्रहं वरं विदुः। अथ कुलधर्मं दर्शयति। तथा बुधाः निर्ग्रहणं खण्डमङ्गलादिकं वरं विदुः तथाहि तदेव दर्शयति राजादृतखण्डमङ्गलं राज्ञाङ्गीकृतं खण्डमङ्गलं 'षांडुपरण' इति भाषा पुनः क्वचित् पट्टादिवृद्धापनमङ्गलं मृतभर्तृकादिस्त्रीपटवृद्धापनविवाहो 'घर्घरणं' खण्डनमङ्गलं घर्घरणं च निग्रहणं कथ्यते कोऽर्थः निर्गतः करस्य ग्रहणं यस्मात् कृतनिर्जीवखड्गत्वात् घर्घरणे वेदिकाभावात्।।७६।।

विद्वानों ने समय (परिस्थिति) और दशा (ग्रह भुक्ति) के अनुसार पूर्वोक्त करग्रह (कन्यादान के बिना विवाह) को भी श्रेष्ठ बतलाया है। उसी प्रकार राजा द्वारा

अङ्गीकृत (मान्यता प्राप्त) खण्ड मङ्गल (विधवा विवाह) भी, जिसे कहीं-कहीं पर पट्ट वृद्धापन कहते हैं, श्रेष्ठ माना है।।७६।।

विमर्श :— एक बार विधिपूर्वक किया गया विवाह पति की मृत्यु के कारण खण्डित हो जाता है। पुन: उस स्त्री का विवाह खण्ड मङ्गल कहा जाता है। द्वितीय विवाह में तलवार या वस्त्र कन्या को दे दिया जाता है। स्थान भेद से पट्ट वृद्धापन तथा घर्घरण भी कहा जाता है।

षट्कर्मणामुक्तविधिः शयग्रहः
सर्वत्र राज्ञां च कृतत्रये विशां।
कलौ स्वसत्त्वादयमङ्घ्रिजन्मनां-
मेषामतोऽन्यत्र यथारुचिस्तथा।।७७।।

अथ कृतादिषु विप्रादीनां विधीन् दर्शयति—षट्केति।। सर्वत्र चतुर्युगेषु षट्कर्मणां विप्राणामुक्तविधिः पूर्वोक्तो विधिर्यस्मिन् स एवंविधः शयग्रह उद्वाहः स्यात्। च पुनः कृतत्रये युगे राज्ञां क्षत्रियाणां विशां वैश्यानामुक्तविधिः शयग्रहः स्यात्। कलौ एषामङ्घ्रिजन्मनां सर्वजातीनां शूद्राणामुक्तविधिः शयग्रहः स्यात् स्वसत्त्वात् स्वधर्मप्रधानाचारत्वात् अत एभ्योऽन्यत्र सङ्करजातिषु यथारुचि तथा स्यात्।।७७।।

सभी युगों में (सत्य, त्रेता, द्वापर और कलि चारों युगों मे) ब्राह्मणों के लिए पूर्वोक्त विवाह विधि कही गई है। कृत आदि तीन युगों (सत्य, त्रेता, द्वापर) में क्षत्रिय और वैश्यों के लिए उक्त विधि है। कलियुग में शूद्रों एवं सभी जातियों के लिए अपने-अपने धर्म के अनुसार उक्त विधि बतलाई गई है। इनसे भिन्न जातियों के लिए यथा रुचि (स्वेच्छया) विवाह की विधि कही गई है।।७७।।

विवाहभेदेन कालनिर्णयः—

ब्रह्मप्रजापत्यमरर्षिसंज्ञका
धीरैर्विधेया भुजवारिजग्रहाः।
उदीरितेऽनेहसि सर्वकालतो
गान्धर्वपैशाचकराक्षसासुराः।।७८।।

अथोचितकाले उचितविवाहमाह—ब्रह्मेति।। धीरैः पण्डितैर्भुजवारिजग्रहाः करकमलोद्वाहाः ब्रह्मप्रजापत्यमरर्षिसंज्ञका विधेयाः कर्तव्याः कस्मिन्नुदीरितेऽनेहसि पूर्वोक्तकाले पुनर्गान्धर्वपैशाचकराक्षसासुरा कर्तव्याः कस्मात् सर्वकालतः सर्वस्मिन् काले इति।।७८।।

ब्राह्म, प्राजापत्य, दैव एवं ऋषि संज्ञक विवाहों को पूर्वोक्त मुहूर्त्तों में करना चाहिए। गान्धर्व, पैशाच, राक्षस एवं असुर संज्ञक विवाहों को सभी कालों में (सदैव) करना चाहिए, ऐसा विद्वानों का मत है।।७८।।

वर्णभेदेन विशेषः—

कृत्स्नेषु वर्णेषु युगेषु चामुना
नयेन पाणिग्रहणं प्रशस्यते।
पूर्वं यदान्यत्क्रियते तु तत्कलौ
तथैव विप्रेऽन्यजने विकल्पवत्।।७९।।

अथ देशधर्माद्युपसंहारेण नीतिं दर्शयति—कृत्स्नेष्विति।। पूर्वं कृत्स्नेषु समग्रेषु वर्णेषु च पुनः सर्वेषु युगेषु अमुना पूर्वोक्तेन नयेन पाणिग्रहणं प्रशस्यते शुभमिति यदान्यग्रहीनं पाणिग्रहणं क्रियते तत्तु पाणिग्रहणं कलौ युगे विप्रे तथैव स्यात् अन्यजने विकल्पवत् भजना कर्तव्या।।७९।।

समस्त (चारों) वर्णों के लिए चारों युगों में पूर्वोक्त (ब्राह्म) विधि ही प्रशस्त कही गई है। पहले (पूर्व युगों में) उक्त विधि से भिन्न रीति से किया गया पाणिग्रहण कलियुग में भी ब्राह्मणों के लिए उसी प्रकार है अर्थात् अप्रशस्त (अनुचित) है किन्तु अन्य वर्णों के लिए विकल्प रूप में है। अर्थात् अन्य लोगों के लिए अप्रशस्त नहीं है।।७९।।

खड्गविवाहविधानम्—

उक्तेऽयने खड्गविधानमङ्गलं
धराधिभूर्वा चरमाङ्घ्र्यनेहसि।
पञ्चाङ्गचन्द्रोदयशुद्धिवद्दिने
वैवाह्यभे नक्तमुखे समाचरेत्।।८०।।

अथ खड्गमङ्गलं खड्गचक्रं चाह—उक्त इति।। धराधिभूर्भूपतिः खड्गविधानमङ्गलं खड्गविवाहं समाचरेत् कुर्यात् कस्मिन् चरमाङ्घ्र्यऽनेहसि कलियुगे उक्तेऽयने सौम्यायने वा पञ्चाङ्गचन्द्रोदयशुद्धिवद्दिने तिथिवारनक्षत्रयोगकरणचन्द्रलग्नशुद्धियुक्तदिने पुनर्वैवाह्यभे उद्वाहनक्षत्रे पुनर्नक्तमुखे यामिनीमुखे अत्र नक्तशब्दः स्त्रीक्लीबलिंगत्वान्नक्तानक्तमिति नक्तं मान्तमव्ययमत्र न।।८०।।

कलियुग में राजाओं को उक्त अयन (उत्तरायण) में पञ्चाङ्ग शुद्धि रहने पर चन्द्र एवं लग्न शुद्धि से युक्त विवाह नक्षत्रों में रात्रि के आरम्भ में खड्ग (तलवार) का विवाह करना चाहिए।।८०।।

खड्गचक्रम्—

खड्गे स्वजन्मर्क्षमुखं भमण्डलं
नवांशगं तद्यवचक्रमुष्टिगम्।
द्व्यंसानुपाशान्तरकाग्रगं क्रमात्
सिद्ध्यै तदंशावधिगं व्यसदग्रहम्।।८१।।

अथ खड्गमङ्गले कालशुद्धिमाह—खड्ग इति। खड्गे कृपाणे स्वजन्मर्क्षमुखं निजजन्मनक्षत्रपूर्वं भमण्डलं नक्षत्रचक्रं नवांशगं नवभागप्रमितं त्रयं त्रयं देयमित्यर्थः। क्रमात्क्रमेण किंभूतं भमण्डलं यवचक्रमुष्टिगतं खड्गस्य यवस्थाने स्थितं नक्षत्रत्रयं एवं चक्रे त्रयं मुष्टौ त्रयं पुनः किंभूतं द्व्यंसेति द्व्यंसयोः द्विस्कन्धयोस्त्रयं त्रयं अनुपाशयोर्द्विपाशयोस्त्रयं त्रयं अन्तरके मध्ये त्रयं अग्रे त्रयमिति नवत्रिकं सप्तविंशतिमितं देयं यत्रक्षत्रमंसाधिगं यवस्थानादारभ्य स्कन्धपर्यन्तगतं तत्सिद्ध्यै शुभाय स्यात्। यव३चक्र३मुष्टि३स्कन्धेषु३गतं शुभमित्यर्थः। किंभूतं व्यसद्ग्रहं पापग्रहरहितमिति इतरत् पाशमध्याग्रेषु गतं दुष्टम्।।८१।।

खड्ग चक्र में अपने जन्म नक्षत्र से क्रम से ३-३ नक्षत्रों को यव, चक्र, मुष्टि, अंस (दोनों), अनुपाश (दोनों किनारे) मध्य और अग्र भाग में स्थापित करना चाहिए। इस प्रकार नव भागों में विभक्त खड्ग चक्र में स्थापित नक्षत्र मण्डल से शुभाशुभ का ज्ञान होता है। तब ये अंश पर्यन्त १५ नक्षत्र पापग्रहों से रहित हों तो शुभ तथा शेष १२ नक्षत्र अशुभ होते हैं।।८१।।

खड्ग चक्र

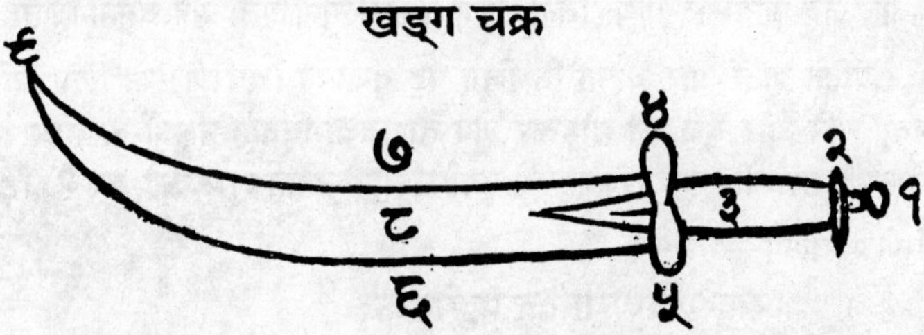

परिष्कार— उक्त खड्ग चक्र के नव भाग क्रम से इस प्रकार हैं— १. यव, २. चक्र, ३. मुष्टि, ४-५. दोनों स्कन्ध, ६-७. दोनों पार्श्व, ८. मध्य, ९. अग्र।

नक्षत्र स्थापन— यदि राजा का जन्मनक्षत्र हस्त है तो हस्त से तीन-तीन नक्षत्र क्रम से नव भागों में स्थापित करेंगे यथा—

नक्षत्र	स्थान	फल
हस्त, चित्रा, स्वाती	(१) यव	शुभ
विशाखा, अनुराधा, ज्येष्ठा	(२) चक्र	शुभ
मूल, पूर्वाषाढा, उत्तराषाढा	(३) मुष्टि	शुभ
श्रवण, धनिष्ठा, शतभिष	(४) स्कन्ध	शुभ
पूर्वाभाद्रपद, उत्तराभाद्रपद, रेवती	(५) स्कन्ध	शुभ
अश्विनी, भरणी, कृत्तिका	(६) पार्श्व	अशुभ
रोहिणी, मृगशीर्ष, आर्द्रा	(७) पार्श्व	अशुभ
पुनर्वसु, पुष्य, आश्लेषा	(८) मध्य	अशुभ
मघा, पूर्वाफल्गुनि, उत्तराफल्गुनि	(९) अग्र	अशुभ

मुकुन्दविजय आदि ग्रन्थों में यव, वज्र, मुष्टि, पालिक, बन्ध, धार २, तीक्ष्ण, अग्र तीक्ष्ण ये नव भाग बतलाये गये हैं। इनमें नक्षत्र स्थापन की विधि समान है। परन्तु फलादेश भिन्न है। इस प्रकार के खड्‌गचक्र का उपयोग युद्ध के समय भी किया जाता है।

घर्घरण मुहूर्त्तः—

विवाहताराश्रुतिवासवाद्यभैः
सजैवचित्राभगभैरविद्यमाः ।
निशीह वाराः पतिताङ्घ्रिभूविशां
वा पट्टवृद्धापनमङ्गले हिताः ।।८२।।

अथ घर्घरणे वारादिशुद्धिमाह—विवाहेति।। पतिताङ्घ्रिभूविशां भ्रष्टशूद्रनराणामिह पट्टवृद्धापनमङ्गले घर्घरणं 'नातरु' इति करणे निशि रात्रौ वारा रव्यादयो हिताः शुभाः किंभूता वाराः अविद्यमाः न विद्येते विद्यमौ बुधशनी येषां ते कैः सह हिताः विवाहेति विवाहतारा उद्वाहभानि श्रुतिः श्रवणः वासवं धनिष्ठा आद्यं अश्विनीभं एतैः किंभूतैरेतैः सजैवेति जैवं जीवस्येदं पुष्यः चित्रा भगभं पूर्वाफाल्गुनी एतैः सह वर्तमानैर्वेति।।८२।।

पतित शूद्रों और वैश्यों के लिए पट्ट वृद्धापन (घर्घरण) के लिए रात्रि का समय, शनि और बुध को छोड़कर शेष वार तथा विवाह नक्षत्रों के साथ श्रवण, धनिष्ठा, अश्विनी, पुष्य, चित्रा एवं पूर्वाफाल्गुनी नक्षत्र शुभ कहे गये हैं।।८२।।

घर्घरणे पट्टचक्रम्—

सहंसधिष्ण्यादिह पट्टपेटके
त्रयं त्रयं चान्तरतो दिशो हरेः।
क्रमेण भानामपसव्यतो न्यसे-
न्नृयानयात्विन्द्रभवाशमर्थकृत्।।८३।।

अर्थ घर्घरणे पट्टकचक्रं दर्शयति—सहंसेति।। सुधीः हरेर्दिशः पूर्वतः क्रमेण इह पट्टपेटके चक्रेऽन्तरतो मध्यतश्च सहंसधिष्ण्यात् सूर्याक्रान्तभात् भानां त्रयं त्रयं न्यसेत् कस्मादपसव्यतो दक्षिणमार्गेण इह पट्टचक्रे नृयानः कुबेरः यातु राक्षसः इन्द्रः भव ईशानः एषां काष्ठाप्राप्तं भमर्थकृत् शुभं स्यात् उत्तरनैर्ऋतपूर्वेशानदिक्षु शुभमिति अन्यगतमशुभम्।।८३।।

सूर्याक्रान्त नक्षत्र से तीन नक्षत्र पट्टचक्र के अन्दर स्थापित कर पुनः पूर्व दिशा से आरम्भ कर दक्षिण क्रम से तीन-तीन नक्षत्रों को सभी दिशाओं में स्थापित करना चाहिये। कुबेर, राक्षस, इन्द्र एवं ईश (शिव) की दिशा में स्थित अर्थात् उत्तर, नैर्ऋत्य, पूर्व और ईशान दिशाओं में स्थित नक्षत्र शुभ (इष्ट सिद्धि कारक) होते हैं।।८३।।

परिष्कार-पट्टचक्र-निर्माण— सूर्य को मृगशीर्ष नक्षत्र पर कल्पित कर पट्टचक्र का निर्माण इस प्रकार होगा। मृगशीर्ष से तीन-तीन नक्षत्र मृगशीर्ष, आर्द्रा, पुनर्वसु चक्र

के मध्य में अग्रिम ३-३ नक्षत्र पूर्वादि दिशाओं में यथा—पुष्य, आश्लेषा, मघा पूर्व में; पू.फ.उ.फ. हस्त अग्नि कोण में; चित्रा, स्वाती, विशाखा दक्षिण में; अनुराधा, ज्येष्ठा, मूल नैर्ऋत्य कोण में; पू. षा., उ.षा., श्रवण पश्चिम दिशा में; धनिष्ठा, शतभिष, पू.भा. वायव्य कोण में; उ.भा. रेवती, अश्विनी उत्तर दिशा में तथा भरणी, कृत्तिका, रोहिणी ईशान कोण में। इनमें उत्तर, नैर्ऋत्य, पूर्व और ईशान कोण में स्थित नक्षत्र शुभ होते हैं। अन्य सभी अशुभ। स्पष्टार्थ पट्टचक्र—

पट्ट-चक्र

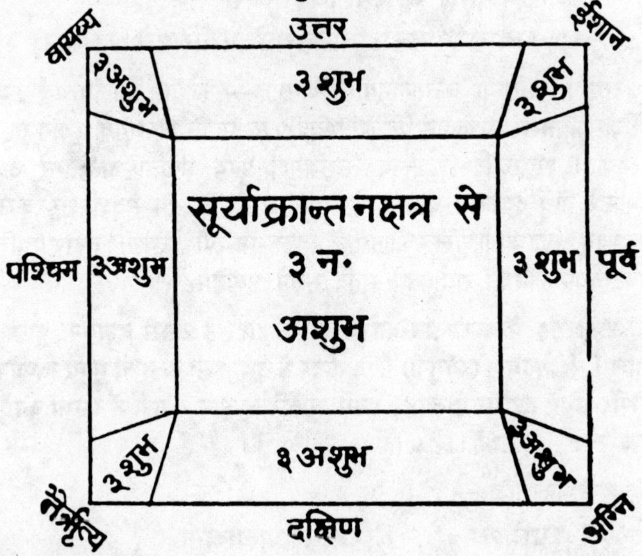

घर्घरणे त्याज्यदिनानि—

> **इषाद्यपक्षस्य नभोनभस्ययो-**
> **रीज्यो शनोस्तस्य झषास्त्रभास्वताम्।**
> **यजोऽभिरूपैरपहाय वासरा-**
> **नुदीरितं घर्घरणं क्वचित्कलौ।।८४।।**

अथ घर्घरणे त्याज्यदिनादीनाह—इषाद्येति।। अभिरूपैः पण्डितैः क्वचित् कलौ घर्घरणमुदीरितं प्रोक्तं किं कृत्वा वासरान् दिनानि अपहाय त्यक्त्वा कस्य तदाह इषाद्यपक्षस्य आश्विनकृष्णपक्षदिनानि पुनर्नभोनभस्ययोः श्रावणभाद्रपदयोः समग्रदिनानि पुनरिज्योशनोस्तस्य गुरुशुक्रास्तदिनानि पुनर्झषाऽस्त्रभास्वतां युजो योगस्य धनुर्मीनार्कदिनानि।।८४।।

कुछ विद्वानों ने कलियुग में घर्घरण हेतु आश्विन मास के कृष्ण पक्ष, श्रावण और भाद्रपद मास (दोनों पक्षों), गुरु और शुक्र के अस्त दिन तथा मीन और धनु

राशि पर सूर्य के स्थित रहने पर अर्थात् मीनार्क और धनुरर्क (खर मास) के दिनों का निषेध किया है। अर्थात् इनका परित्याग कर शेष दिनों में घर्घरण करना चाहिए।।८४।।

कन्यादानयोग्यस्थानम्—

निजागारे कन्यावितरणमलं यद्दशगुणं
पवित्रं गोष्ठे तच्छतगुणमतः शङ्करकुले।
अजारामे तीर्थे घनरसनिधे रोधसि समं
भवत्यस्मादन्यद्युवतिनयनं सर्वविषये।।८५।।

अथ शिखरिण्या कन्यादानयोग्यस्थानमाह—निजेति।। अलमत्यर्थं निजागारे स्वगृहे कन्यावितरणं कन्यादानं यद्गुणं पवित्रं पुण्यं भवति गोष्ठे गवां स्थाने तद्दशगुणं पुण्यं स्यात्। शङ्करकुले शिवालये तच्छतगुणं पुण्यं भवति। अतः परं अजारामे विष्णुमन्दिरे तीर्थे देवस्थाने घनरसनिधेः समुद्रस्य रोधसि समं सदृशं शङ्करकुलसदृशं अस्मादन्यत् घटिकागोधूलिककालरहितमङ्गले घर्घरणे इत्यर्थः तदा युवतिनयनं खण्डपटविवाहस्त्रीनयनं सर्वविषये सर्वत्र स्थाने भवति॥८५॥

अपने गृह में कन्यादान का जो पुण्य होता है उससे दशगुना पुण्य गोष्ठ (गोशाला) में, शतगुण (सौगुना) शिवमन्दिर में तथा इसी के तुल्य पुण्य विष्णुमन्दिर, तीर्थ और समुद्र तट पर होता है। इनसे अतिरिक्त अन्य स्थानों में कन्या का विवाह सामान्य रूप से होता है।।८५।।

गृहे वधूप्रवेशे कालशुद्धिः—

प्रविश्य धामाग्रमथैणलोचना
पूर्णाजयानन्दवतीयुते नरे।
कवीन्दुजीवैनिदिनेऽखिलाः कलाः
पुष्णाति चेन्दाविव षोडशीकलाः।।८६।।

अथ गृहे वधूप्रवेशे वारशुद्धिमाह—प्रविश्येति।। अथ माङ्गल्ये एणलोचना मृगाक्षी नरे भर्तरि अखिलाः समग्राः कलाः पुष्णाति पुष्टीकरोति किंकृत्वा कवीन्दुजीवैनिदिने शुक्रचन्द्रगुरुशनिदिनेऽग्रं प्रथमं धाम गृहं प्रविश्य किंभूते कवीन्दुजीवैनिदिने। पूर्णाजयानन्दवतीयुते पञ्चमीदशमीतृतीयाष्टमीत्रयोदशीप्रतिपत्षष्ठ्येकादशीयुक्ते का इव षोडशीकला इव यथा षोडशी इन्दौ चन्द्रेऽखिलकलाः पुष्णाति पूर्णाति इत्यपि पाठः॥८६॥

पूर्णा (५,१०,१५), जया (३,८,१३) एवं नन्दा (१,६,११) तिथियों से युक्त शुक्र, चन्द्र, गुरु और शनि वासरों में मृगाक्षी (नववधू) पतिगृह में प्रथम प्रवेश कर पति को उसी प्रकार पुष्ट करती है जैसे १६वीं कला चन्द्रमा को पुष्ट करती है।।८६।।

विमर्श— चन्द्रमा की १६ कलायें होती हैं। कृष्ण प्रतिपदा से अमावास्या पर्यन्त पितृगण चन्द्रमा की एक-एक कलाओं का पान करते हैं। इस प्रकार अमावास्या तक १५ कलाओं का पान कर जाते हैं जिससे चन्द्रमा क्षीण हो जाता है। १६वीं कला शेष रह जाती है वही शुक्ल पक्ष में चन्द्रमा को पुनः पुष्ट करती है।

वधूप्रवेशनक्षत्राणि—

श्रवः शिफापौर्वजवासवानिलै-
र्मृदुध्रुवक्षिप्रयुतैरविष्टयमैः।
सराजसत्वे नरि सुस्थिरोदये
वधूप्रवेशो विदधीत धीमता।।८७।।

अथ गृहे वधूप्रवेशनक्षत्राण्याह—श्रव इति।। धीमता पण्डितेन वधूप्रवेशो विदधीत कैः श्रवः श्रवणः शिफा मूलं पौर्वजं मघा वासवं धनिष्ठा आनिलं स्वाती एषां द्वन्द्वे एतैः किंभूतैः मृदुध्रुवक्षिप्रयुतैः पुनः किंभूतैरविष्टयमैः भद्रामावास्यारहितैः कस्मिन् सुस्थिरोदये स्थिरलग्ने पुनः कस्मिन् नरि सराजसत्वे चन्द्रबलसहिते सति विदधीतेत्यत्र उक्तिश्चिन्त्या।।८७।।

श्रवण, मूल, मघा, धनिष्ठा, स्वाती, मृदु संज्ञक (मृगशीर्ष, रेवती, चित्रा, अनुराधा), ध्रुव संज्ञक (तीनों उत्तरा, रोहिणी) क्षिप्र संज्ञक (हस्त, अश्विनी, पुष्य) नक्षत्रों में, भद्रा और अमावास्या को छोड़कर, स्थिर लग्न में पुरुष (पति) को चन्द्र बल से युक्त रहने पर बुद्धिमान (पण्डित) व्यक्ति को वधू प्रवेश कराना चाहिए।।८७।।

वधूप्रवेशे निषिद्धः कालः—

अगोपती गोपतिवन्द्यराशी
विवाहमासे भवतोऽयनांशैः।
अगोपती गोपतिवन्द्यशुक्रौ
यदा तदा नव्यवधूप्रवेशः।।८८।।

अथ वधूप्रवेशे धनुरर्कादीन्निषेधति—अगोपतीति।। यदायनांशैः सह गोपतिवन्द्यराशी गोपतिरिन्द्रस्तस्य वन्द्यो गुरुस्तस्य राशी धनुर्मीनौ किंभूतौ अगोपती नाम्नि गोपतिः सूर्योः ययोस्तौ सूर्याक्रमणरहितौ भवतः धनुषि मीने च सूर्यो न भवतीत्यर्थः। पुनर्यदा गोपतिवन्द्यो गुरुः शुक्रश्च तौ किंभूतौ अगोपती नास्ति। सूर्यो ययोस्तौ अस्तरहितौ भवतस्तदा विवाहमासे नव्यवधूप्रवेशः स्यात्।।८८।।

गोपतिवन्द्य (गुरु) की राशि धनु और मीन अयनांश युक्त अगोपति (सूर्य) से आक्रान्त न हो अर्थात् सायन सूर्य धनु और मीन राशि पर न हो। सूर्य से गुरु और शुक्र आक्रान्त न हों अर्थात् गुरु और शुक्र अस्तंगत न हों तो विवाह में विहित मासों में नववधू प्रवेश कराना चाहिए।।८८।।

विवाहमण्डपोत्थापने समयशुद्धिः—

विवाहघस्रात्तिथिमातिथिः शुभाः
स्यान्मण्डपोद्वर्धनमङ्गले स्त्रियः।
त्रिंशन्मिताः पञ्चजनस्य च क्षणै-
रुदाननैः पार्श्वमखैस्तमीमुखे।।८९।।

अथ विवाहमण्डपोत्थानशुद्धिमाह—विवाहेति।। स्त्रियो नार्याः मण्डपोद्वर्द्धनमङ्गले मण्डपोत्थाने तिथिः शुभा स्यात् किंभूता तिथिः विवाहघस्रात् करपीडनदिनात्तिथिमा पञ्चदशदिनमिता च पुनः पञ्चजनस्य भर्तुस्त्रिशन्मिता तिथिः ३० शुभा स्यात् कैः कृत्वा उदाननैरूर्ध्वमुखैः पार्श्वमुखैर्भैः क्षणैर्वा पुनः क्व तमीमुखे अस्तमध्यघटीषट्कं प्रदोषो रजनीमुखमिति।।८९।।

विवाह दिन से १५ दिनों तक कन्याओं के विवाह मण्डप का तथा विवाह दिन से ३० दिन पर्यन्त वर (पति) के विवाह मण्डप का उत्थापन ऊर्ध्वमुख (आर्द्रा, पुष्य, श्रवण, धनिष्ठा, तीनों उत्तरा, रोहिणी) एवं पार्श्वमुख (अनुराधा, मृगशिरा, रेवती, चित्रा, हस्त, स्वाती, पुनर्वसु, ज्येष्ठा, अश्विनी) नक्षत्रों में तथा रात्रि के आरम्भ काल में करना चाहिए।।८९।।

भर्तृगृहात् पितृगृहगमने कालशुद्धिः—

भर्त्रोकसः पितृकुले नवोढा-
गमो वरो भैरपदारुणोग्रैः।
असद्द्युमुक्तैरयुगुज्झितैः स्या-
दित्थं पुरन्ध्र्यानयनं समग्रम्।।९०।।

अथ भर्तृगृहात् नवोढायाः पितृगृहानयनशुद्धिमाह—भर्त्रोकस इति।। भर्त्रोकसो धवधामतः सकाशात् पितृगृहे नवोढागमो वरस्तात्कालिकवधूप्रवेशात्पुनः पितृगृहानयनं शुभं स्यात् कैः अपदारुणोग्रैर्भैः अपगतानि दारुणानि उग्राणि भानि येभ्यस्तानि तैः किंभूतैरसद्द्युमुक्तैः पापग्रहदिनरहितैः पुनः किंभूतैः अयुगुज्झितैर्दुष्टयोगरहितैः इत्थममुना प्रकारेण पुरन्ध्र्यानयनं समग्रं स्यात्।।९०।।

पति के गृह से पिता के गृह में नववधू को आने के लिए दारुण (मूल, ज्येष्ठा, आर्द्रा, आश्लेषा) एवं उग्र (तीनों पूर्वा, भरणी और मघा) नक्षत्रों को छोड़कर शेष नक्षत्र, अशुभ ग्रहों के दिनों एवं अशुभ योगों को छोड़कर शेष वार एवं योग श्रेष्ठ कहे गये हैं। इस प्रकार स्त्रियों का आनयन सर्वत्र किया जाता है।।९०।।

दीपवृद्धापनम्—

कृतोपयामोऽथ पुमान् गृहित्वं
वृद्धापनाद्दीपदिने समेति।

यथाप्ततारायुति राजवीर्यं
तमीमुखानन्दितमेषलग्ने।।९१।।

अथ दीपवृद्धापनमाह—कृत इति।। इथ कृतोपयामो विहितविवाहः पुमान् वृद्धापनात् दीपदिने दीपमालिकायां गृहित्वं गृहस्थाश्रमभावं समेति प्राप्नोति कस्मिन् यथाप्ततारायुति राजवीर्ये यथायोगप्राप्तनक्षत्रयोगचन्द्रबले तमीमुखानन्दितमेषलग्ने रजनीमुखसमृद्धमेषलग्ने प्रमाणाश्विनान्तदर्शः दीपोत्सव इति भावः।।९१।।

विवाहित पुरुष दीपावली के दिन यथा सम्भव नक्षत्र, योग और चन्द्र को प्राप्त कर रात्रि के आरम्भ से सुशोभित मेष लग्न में यदि दीप वर्द्धापन करता है तो गृहस्थ आश्रम में प्रवेश करता है। (गृहस्थाश्रम के अधिकार को प्राप्त करता है)।।९१।।

दीपोत्सवे वधूप्रवेशे विशेषः—

आदित्यदैत्यार्चितपादपुष्करौ
हितौ तु नैत्यादिह हंसलीनगू।
खगोपरागो हरिगो हरिप्रियो
दीपोत्सवस्त्रीगृहवेशने हितः।।९२।।

अथ दीपोत्सवस्त्रीगृहप्रवशने गुर्वस्तादिकं निर्दोषमाह—आदित्येति।। तुरित्यवधारणे आदित्या देवाः दैत्या असुराः एभिरर्चितं पादपुष्करं पूजितं पादपङ्कजं ययोस्तौ गुरु-शुक्रौ नैत्यान्नित्यत्वादिह दीपदिने हंसलीनगू हंसे सूर्ये लीना गावः किरणा ययौस्तौ अस्तगतावपि हितौ शुभौ स्याताम्। खगोपरागः चन्द्रसूर्यग्रहणं हरेरिन्द्रस्य प्रियो गुरुर्हरिगः सिंहराशिगो हितः शुभः स्यात् कस्मिन् दीपोत्सवस्त्रीगृहवेशने स्पष्टम्।।९२।।

देवताओं और दैत्यों से पूजित चरण कमल वाले गुरु और शुक्र की किरणें सूर्य द्वारा लुप्त हो गई हों (अर्थात् गुरु और शुक्र अस्त हो गये हों) सूर्य और चन्द्रमा का ग्रहण लगा हो अथवा हरिप्रिय बृहस्पति सिंह राशि पर स्थित हो तो भी दीपावली के दिन पुत्रवधू का प्रवेश शुभ होता है।।९२।।

दीपवृद्धापनाभावे विशेषः—

दीपद्युवृद्धापनकृत्यसम्भवो
दैवाद्यदा स्याद्विषमे विवाहतः।
उक्तक्षणाद्याखिलकालभूषिते
गोधूलिलग्ने समयेऽपि तद्धितम्।।९३।।

इति श्रीकविकालिदासोदिते ज्योतिर्विदाभरणे विवाहाध्यायस्त्रयोदशः।।१३।।

दैवाद्दीपवृद्धापनाभावे वधूप्रवेशे विवेकमाह—दीपेति।। यदा दैवात् दीपद्युवृद्धापन-कृत्यसंभवो दीपने वृद्धापनकृतेरसंभवः स्यात्तदा विवाहतो विषमे समये वर्षे तत् वधू-

प्रवेशनं हितं शुभं स्यात् कस्मिन् उक्तक्षणाद्याखिलकालभूषिते एतादृशे गोधूलिकलग्ने सति कोऽर्थः षोडशदिनानन्तरं विषमवर्षे विषममासे विषमदिने च वधूप्रवेशः कार्यः पञ्चवर्षानन्तरं विषमवर्षादिनियमो नास्ति किंतु दोषरहिते काले वधूप्रवेशो विधेय इति॥९३॥

इति श्रीपौर्णिमीयशिष्यभावरत्नविरचितायां श्रीकालिदासकृतज्योतिर्विदाभरणस्य सुखबोधिकायां विवाहाध्यायस्त्रयोदशः॥१३॥

यदि दैववश दीपमालिका को वर-वधू द्वारा दीपवृद्धापन सम्भव न हो सके तो विवाह दिन से विषम समय में अर्थात् विवाह से विषम वर्ष, विषम मासों में उक्त सभी मुहूर्त्तों के अनुसार शुद्ध समय से विभूषित गोधूलि लग्न में वधू प्रवेश एवं दीप वृद्धापन हितकारी होता है।।९३।।

श्रीकालिदासविरचित ज्योतिर्विदाभरण के विवाहप्रकरणोत्तरार्द्ध का
प्रो० रामचन्द्रपाण्डेय कृत हिन्दी भाषानुवाद सम्पूर्ण॥१३॥

वस्त्रालङ्कारधारणाध्यायः - १४

प्रयोजनम्—

अथोपयामादनयोरनन्तरं
कालेंऽशुकालङ्कृतिधारणं ब्रुवे।
सदूषणे भूषणधारिणी प्रिया
नृभूषणे दूषणदायिनी यतः।।१।।

अथ विवाहकरणानन्तरं वस्त्रादिधारणशुद्धिर्घटतेऽतोऽलङ्काराध्यायसंधानमाह— अथो इति।। अथानन्तरं उपयामाद् विवाहादनन्तरमनयोर्वरवध्वोरंशुकालङ्कृतिधारणं वस्त्रभूषणधारणं ब्रुवे कथयामि यतो हेतोः सूदषणे दोषयुक्ते काले समये भूषणधारिणी धृतभूषणा सती प्रिया स्त्री दूषणदायिनी स्यात् कस्मिन् नृभूषणे नररत्ने पतौ।।१।।

विवाह के अनन्तर वर-वधू दोनों के लिए वस्त्र एवं अलंकार धारण करने का मुहूर्त्त कह रहा हूँ। क्योंकि दोषयुक्त काल में आभूषण धारण करने वाली प्रिया (अनुकूल पत्नी) भी अपने भूषणस्वरूप पति के लिए दूषण दायिनी (अशुभ) हो जाती है।।१।।

भूषणधारणे चन्द्रबलम्—

नृयोषितोर्भूषणचीरधारणे
विचारणीयं धवलच्छवेर्बलम्।
नरस्य राशौ नियतं च जन्मनो
विजन्मबोधस्य हि नामवर्णभे।।२।।

अथ वस्त्रभूषणधारणे चद्रबलं वर्णयति—नृयोषितोरिति।। नृयोषितोर्वधूवरयोः धवलच्छवेश्चन्द्रस्य बलं विचारणीयं चिन्त्यं कस्मिन् भूषणचीरधारणेऽलङ्काराणां वस्त्राणां धारणे च पुनर्नरस्य जन्मनो राशौ नियतं निश्चितं बलं विचारणीयं विजन्मबोधस्याज्ञातजन्मनो नरस्य नामवर्णभे नामाक्षरराशौ बलं नियतम्।।२।।

वर-वधू को वस्त्र-अलङ्कारधारण करने के लिए श्वेतकान्ति चन्द्रमा के बल का विचार करना चाहिये। पुरुष के जन्म राशि से चन्द्रबल देखा जाता है। जन्म राशि ज्ञान के अभाव में नाम राशि से ही बल का निर्णय करना चाहिए।।२।।

वस्त्रधारणे अशुभयोगाः—

सर्वत्र भद्राखिलपातवैधृता
विरुद्धयोगास्तिथिवारधिष्ण्यजाः।

सदर्शरिक्तास्तिथयस्तथोचिता
न चीरनेपथ्यधृतौ चरोदयाः।।३।।

अथ वस्त्रधृतौ भद्रादियोगांस्त्यजति—सर्वत्रेति।। सर्वत्र सर्वदेशेषु भद्रा अखिलपाताः क्रान्तिपातः ग्रहपातः वैधृतः एषां द्वन्द्वे तथा तिथिवारधिष्ण्यजास्तिथिवारनक्षत्रजाता एवंविधा विरुद्धयोगाः तथा सदर्शरिक्तायुक्तास्तिथयस्तथा चरोदयाश्चरलग्नानि एते समस्ताश्चीरनेपथ्यधृतौ वस्त्रवेषधारणे नोचिता न योग्याः स्युः यतः 'नेपथ्यं स्याद्यवनिका रङ्गभूमिप्रसाधनम्। रामादिव्यञ्जको वेषो नटनेपथ्यमिष्यते।।३।।

सभी देशों में भद्रा, सभी प्रकार के पात, वैधृति, तिथि-वार और नक्षत्र से उत्पन्न विरुद्ध (अशुभ) योग, अमावस्या एवं रिक्ता (४, ९, १४) तिथियाँ तथा चर लग्न (१, ५, ७, १०) ये सभी स्त्रियों के लिए वस्त्र धारण एवं प्रसाधन की दृष्टि से शुभ नहीं होते।।३।।

नववस्त्रनिर्माणमुहूर्त्तः—

सितेज्यसोमेनदिनेषु नूतनं
स्याच्चीरनिर्माणमलं सुलग्ने।
कुविन्दवेमाख्यतुरीयसंप-
ल्लघ्वानलादित्यमृदुस्वरर्यभैः ।।४।।

अथ प्रथमं वस्त्रोत्पादनशुद्धिमाह—सितेति।। अलमित्यवधारणे नूतनं नवीनं चीरनिर्माणं वस्त्रोत्पादनकर्म स्यात् कस्मिन् सितेज्यसोमेनदिनेषु पुनः सुलग्ने पुनः कैः कृत्वा लघ्विति लघुनक्षत्राणि आनलं कृत्तिका आदित्यं पुनर्वसु मृदुसंज्ञभानि स्वः स्वर्गस्तस्यार्यः स्वामी इन्द्रस्तस्य भं ज्येष्ठा एभिर्नक्षत्रैः किंभूतं चीरनिर्माणं कुकविन्दस्तन्तुवायः वेमाख्यो वायदण्डः तुरी ताम्यः माता कुविन्दवेमाख्यतुरीया तथाभूता सम्पत् समृद्धिर्यस्य तत् तुरीयेति भवार्थेष्वीयः।।४।।

शुक्र, गुरु, सोम और रविवार को शुभ लग्न में लघु संज्ञक (हस्त, अश्विनी, पुष्य) कृत्तिका, पुनर्वसु, मृदुसंज्ञक (मृगशिरा, रेवती, चित्रा, अनुराधा) तथा ज्येष्ठा नक्षत्रों में कुविन्द (बुनकर), वेमा (करघा) तथा तुरी (नली, ढरकी) आदि का उपयोग करने वालों की समृद्धि की वृद्धि होती है ।।४।।

परिधानयोग्यं वस्त्रम्—

कुविन्दमुक्तक्रियमम्बरं सकृत्
धौतं यदर्हं किल कृत्स्नमङ्गले।
धर्तुं तदेवाहतमादिकोविदै-
र्ज्ञेयं कुयोगोत्करदोषभूषितम् ।।५।।

अथोद्वाहादौ सकृद्धौतवस्त्रं परिधानयोग्यमाह—कुविन्देति।। किलेत्यवधारणे यदम्बरं वस्त्रं कुविन्दमुक्तक्रियं कुविन्देन मुक्ता क्रिया यस्मिंस्तत् सकृद्धौतमेकवारप्रक्षालितं

स्यात् 'निंषासु' इति भाषा तत् वस्त्रं कृत्स्नमङ्गले समग्रमङ्गलकार्ये धर्तुं परिधानाय अर्हं योग्यं स्यात् आदिकोविदैस्तदेव वस्त्रमाहतं द्वितीयादिवारप्रक्षालितं छेदभोगाप्तं वा कुयोगोत्करदोषभूषितं ज्ञेयम्।।५।।

बुनकर की क्रियाओं से मुक्त होने पर एक बार का धुला हुआ वस्त्र ही विवाहादि समस्त मङ्गल कार्यों में धारण करने योग्य होता है। उसी को पूर्वाचार्यों ने आहत वस्त्र कहा है। प्रथम बार के अतिरिक्त (दूसरी बार) जब वह वस्त्र धुलने में भूस्पर्श कर लेता है तब उत्कर दोष से युक्त हो जाता है। अर्थात् वह मंगल कार्यों में धारण करने योग्य नहीं रह जाता।।५।।

श्वेतवस्त्रधारणमुहूर्त्तः—

नरेण सद्वा हरिणीदृशा भवेत्
सिताङ्गिरोविद्द्युषु सर्वसिद्धिदम्।
लघुध्रुवत्वाष्ट्रचतुष्कवासवा-
दितेयपौष्णैर्धवलांशुकं धृतम्।।६।।

अथ श्वेतवस्त्रधारणशुद्धिमाह—नरेणेति।। नरेण भर्त्रा हरिणीदृशा स्त्रिया वा धवलांशुकं श्वेतवस्त्रं सत् शुभं धृतं सर्वसिद्धिदं भवेत् केषु सितांगिरोविद्द्युषु शुक्रगुरुबुधदिनेषु पुनः कैः कृत्वा लघ्विति लघुभानि ध्रुवभानि त्वाष्ट्रचतुष्कं चित्रास्वातीविशाखानुराधाः वासवं धनिष्ठा आदितेयं पुनर्वसु पौष्णं रेवती एभिर्भैरिति।।६।।

शुक्र-गुरु-बुध वासरों में, लघुसंज्ञक (हस्त, अश्विनी, पुष्य), ध्रुवसंज्ञक (तीनों उत्तरा, रोहिणी), चित्रा, स्वाती, विशाखा, अनुराधा, धनिष्ठा, पुनर्वसु तथा रेवती नक्षत्रों में पुरुष अथवा स्त्री द्वारा (शुभ कार्यों में) धारण किया गया श्वेत वस्त्र सभी प्रकार की सिद्धियों को देने वाला होता है।।६।।

रक्तवस्त्रधारणमुहूर्त्तः—

त्रिदशदोषविदृक्षधनिष्ठयो-
रिनभपञ्चभनष्टरदोडुषु ।
भवति शोणनिभाम्बरधारणं
शुभतरं द्विजराजखगद्युषु।।७।।

अथ रक्तवस्त्रधारणशुद्धिमाह—त्रिदशेति।। शोणनिभाम्बरधारणम् रक्तवस्त्रधारणम् शुभतरं भवति केषु द्विजेति द्विजौ गुरुशुक्रौ राजानौ रविभौमो ते च ते खगा ग्रहाश्च तेषां द्युषु दिनेषु पुनः केषु त्रिदशानां दोषविदौ वैद्यौ अश्विनीकुमारौ तयोः ऋक्षमश्विनी धनिष्ठा च तयोः पुनरिनभपञ्चकं हस्तपञ्चकं नष्टरदः पूषा रेवती एषु उडुषु।।७।।

देवताओं के वैद्य अश्विनी कुमार के नक्षत्र अर्थात् अश्विनी, धनिष्ठा, हस्त से पाँच नक्षत्रों (अर्थात् हस्त, चित्रा, स्वाती, विशाखा, अनुराधा) में, गुरु-शुक्र, रवि और भौम ग्रहों के वासरों में रक्त वस्त्र धारण करना शुभ होता है।।७।।

पीतरक्तवस्त्रधारणमुहूर्त्तः—

ध्रुवलघुद्व्यसुरद्वयरेवती-
वसुभनिर्जरबार्द्धकिमन्त्रिभिः।
विदिनजीवदिनैः परिधानतः
कपिलपीतपटस्य शमश्नुते।।८।।

अथ पीतरक्तपीतवस्त्रधारणशुद्धिमाह—ध्रुवेति।। मानवः कपिलपीतपटस्य पीतरक्तवस्त्रस्य वा परिधानतो धारणात् शं सुखमश्नुते प्राप्नोति कैः कृत्वा ध्रुवेति ध्रुवानि लघूनि द्वे असुरभे इति द्व्यसुरं मूलं पूर्वाषाढा 'द्विसुर' मिति पाठे विशाखा इति द्वयं रेवती वसुभं धनिष्ठा निर्जरवार्द्धकिश्चित्रा मन्त्री पुष्यः एभिः विद् बुधः इनः सूर्यः जीवो गुरुः एषां दिनैः।।८।।

ध्रुवसंज्ञक (तीनों उत्तरा, रोहिणी), लघुसंज्ञक (हस्त, अश्विनी, पुष्य), द्व्यसुर विशाखा से दो (अर्थात् विशाखा, अनुराधा), रेवती, धनिष्ठा, चित्रा तथा पुष्य नक्षत्रों में बुध, सूर्य, गुरु वासरों में पीत-रक्त एवं पीत वस्त्र धारण करने से मनुष्य सुख का भोग करता है।।८।।

नीलश्यामवस्त्रधारणमुहूर्त्तः—

त्रियमलीवसुभैनचतुष्टया-
दितिभदस्त्रयुगोडुषु धारयेत्।
अनुपलाशशितिद्युतिचीवरं
तरणिजे तरणौ तरुणी नरः।।९।।

अथ नीलश्यामवस्त्रधारणे शुद्धिमाह—त्रियमलीति।। तरुणी युवतिर्नरः पुमान् वा अनुपलाशशितिद्युतिचीवरं नीलं श्यामम् च वस्त्रम् धारयेत् केषु त्रियमली त्रयाणां यमलानां समाहारे उत्तरात्रयम् पूर्वात्रयमिति वसुभम् धनिष्ठा ऐनचतुष्कम् हस्तः चित्रा स्वाती विशाखेति अदितिभम् पुनर्वसु दस्त्रयुगं अश्विनी भरणी एतेषु पुनस्तरणिजे शनौ तरणौ सूर्ये च वारे।।९।।

तीनों युग्म नक्षत्रों (पूर्वाफल्गुनी, उत्तराफल्गुनी, पूर्वाषाढा, उत्तराषाढ़ा, पूर्वाभाद्रपदा, उत्तराभाद्रपद), धनिष्ठा, हस्त से चार नक्षत्र (हस्त, चित्रा, स्वाती, विशाखा), पुनर्वसु, अश्विनी तथा भरणी नक्षत्रों में शनि और रवि वासरों में स्त्री और पुरुष को नीले रंग का वस्त्र धारण करना चाहिए।।९।।

पट्टकूलधारणमुहूर्त्तः—

धवलचीवरधारणभेन्द्वजो-
डुषुशशीनकवीज्यविदां दिनैः।
नयति पट्टकुलस्य कृतिव्रजो
धृतिमपापवति स्थिरभोदये।।१०।।

अथ पट्टकूलधारणशुद्धिमाह—धवलेति।। कृतिव्रजो बुधसमूह: पट्टकुलस्य धृतिं धारणम् नयति करोति केषु धवलेति श्वेतवस्त्रधारणनक्षत्राणि इन्दुर्मृगशीर्ष: अजो विभु: एषां दिनै: पुन: कस्मिन् अपापवति पापग्रहरहिते स्थिरभोदये स्थिरलग्ने।।१०।।

श्वेतवस्त्र धारण करने वाले नक्षत्रों (श्लोक ६) तथा मृगशिरा, श्रवण नक्षत्रों में, चन्द्र, सूर्य, शुक्र, गुरु और बुध वासरों में, स्थिर (२, ५, ८, ११) लग्नों में विद्वानों ने पट्ट वस्त्र (रेशमी उत्तरीय) धारण करने का मुहूर्त्त बतलाया है।।१०।।

कौशेयवस्त्रधारणमुहूर्त:—

क्वचिददारुणभोग्रभमिश्रभै-
रुडुभिरेव पट: कृमिजो धृत:।
दिनमणीज्यतमीशदिनेषु शं
मनुभुवानुभुवामनुलभ्यते।।११।।

अथ कौशेयवस्त्रधारणशुद्धिमाह—क्वचिदिति।। नु वितर्के मनुभुवा नरेण कृमिज: कृमिकोशोत्थपटो धृतोऽनु पश्चात् भुवां भूमीनां शं सुखं अनुलभ्यते प्राप्यते कैरुडुभिर्नक्षत्रै: किम्भूतैरदारुणेति दारुणसंज्ञानि उग्रभानि मिश्रभे द्वे एभिर्भै: रहितै: पुन: केषु दिनमणि: सूर्य: इज्यो गुरु: तमीशचन्द्र एषां दिने।।११।।

कुछ विद्वानों के अनुसार दारुणसंज्ञक (मूल, ज्येष्ठा, आर्द्रा, आश्लेषा), उग्रसंज्ञक (तीनों पूर्वा, भरणी, मघा), मिश्रसंज्ञक (विशाखा, कृत्तिका) नक्षत्रों को छोड़कर शेष नक्षत्रों में सूर्य, गुरु और चन्द्र वासरों में कृमि से उत्पन्न वस्त्र (रेशमी वस्त्र) धारण करना कल्याणकारक होता है।।११।।

कम्बलादिधारणमुहूर्त:—

शयचतुष्कवसूडुयुगत्रयी-
त्रिदशसूडुयुगाश्विनभान्त्यभै:।
खरकरास्फुजिदैनिदिनेषु वै
भवति लोमपटस्य धृति: श्रियै।।१२।।

अथ कम्बलादिलोमपट्टधारणशुद्धिमाह—शयेति।। वै पादपूर्तौ लोमपटस्य धृति: कम्बलधारणम् स्थिरमाधारणं वा श्रियै भवति कै: शयचतुष्कं वसूडु धनिष्ठा युगत्रयी पूर्वोत्तरात्रयम् त्रिदशसूडुयुग्मं देवमातृयुगं पुनर्वसु: पुष्य: अश्विनीभम् अन्त्यभं रेवती एषां द्वन्द्वे एभि: पुन: केषु खरकर: सूर्य: आस्फुजिच्छुक्र: ऐनि: शनि: एषां दिने।।१२।।

हस्त से चार (अर्थात् हस्त, चित्रा, स्वाती, विशाखा), धनिष्ठा , पूर्वाफल्गुनि-उत्तराफल्गुनि, पूर्वाषाढ़ा-उत्तराषाढ़ा, पूर्वाभाद्रपदा-उत्तराभाद्रपदा, पुनर्वसु, पुष्य, अश्विनी और रेवती नक्षत्रों में रवि, शुक्र और शनि वासरों में रोम से बने (ऊनी) वस्त्रों को धारण करना श्रेयस्कर होता है।।१२।।

दन्तादिचूडाधारणे निषेधः—

क्षयाधिऽकेऽनेहसि भार्गवेज्ययो-
रस्तेंऽशुगुर्वोस्तु मिथस्तदोकसोः।
दधाति योषिच्छयने तथामरे
करे न दन्तोद्भवकौर्मचूडकम्।।१३।।

अथ क्षयाधिकादिकाले स्त्रीणां दन्तादिचूडकधारणम् निषेधति—क्षयेति।। योषित् स्त्री करे पाणौ दन्तोद्भवकौर्मचूडकं दन्तसम्बन्धिचूडकं कच्छपसम्बन्धिचूडकं न दधाति नो बिभर्ति कस्मिन् क्षयाधिकेऽनेहसि काले तथा भार्गवेज्ययोः शुक्रगुर्वोरस्तेऽस्तं गते तु पुनस्तथांशुगुर्वोः सूर्यगीष्पत्योर्मिथः परस्परं तदोकसोः सतोः धनुर्मीनस्थे सूर्ये सिंहस्थे गुरौ तथा अमरस्येदम् आमरम् तस्मिन् शयने देवशयने चातुर्मास्ये इत्यर्थः।।१३।।

क्षयमास और अधिमास के दिनों में, शुक्र और गुरु के अस्त रहने पर, सूर्य और बृहस्पति के परस्पर एक दूसरे के गृह में स्थित रहने पर अर्थात् धनु और मीन में सूर्य तथा सिंह में गुरु के स्थित रहने पर, देवशयन अर्थात् आषाढ़ शुक्लैकादशी से कार्तिक शुक्ल एकादशी पर्यन्त दाँतों से बना हुआ अथवा कूर्म से सम्बन्धित चूड़ा स्त्रियों को नहीं धारण करना चाहिए।।१३।।

सुवर्णादिभूषणधारणे कालशुद्धिः—

अकुप्यभूषांशुमदश्मशम्बुका
मुक्ताकिकृद्विद्रुमदन्तचूडकाः
द्विजातिराजद्युषु पाणिपञ्चके
सवासवान्त्याश्विनभे श्रियै धृताः।।१४।।

अथ सुवर्णादिभूषणानां धारणशुद्धिमाह—अकुप्येति।। अकुप्यभूषादयो धृताः श्रियै स्युः अकुप्यं हेमरूपाख्यं सौवर्णं रूप्यं तन्मिश्रितं भूषणं अंशुमदश्मा सूर्यकान्तमणिः 'सूर्यकान्तः सूर्यमणिः सूर्याश्मा दहनोपल' इति। शम्बुकाः 'शम्बुकास्त्वम्बुमात्रजा' इति हैमः। शङ्खुला इति। मुक्ता मुक्ताफलम् अकिकृत् अकीक इति भाषा रक्तमणिः विद्रुमः प्रवालम् दन्तचूडक एषां द्वन्द्वे एते केषु द्विजाती गुरुशुक्रौ राजानौ रविभौमौ एषां दिनेषु पुनः पाणिपञ्चके हस्तपञ्चके किंभूते पाणिपञ्चके वासवं धनिष्ठा अन्त्यम् रेवती अश्विनिभम् एषां द्वन्द्वे एभिः सह वर्तमाने।।१४।।

स्वर्णनिर्मित आभूषण, सूर्यकान्त मणि (रत्न), शम्बूक (सीप या शंख से निर्मित आभूषण), मुक्ता (मोती), अकीक (हकीक), मूँगा एवं दन्तचूड़ा (हाथी दाँत से निर्मित चूड़ा) को गुरु, शुक्र, रवि और भौमवार को, हस्तपञ्चक (हस्त से पाँच नक्षत्र हस्त, चित्रा स्वाती, विशाखा और अनुराधा), धनिष्ठा, रेवती तथा अश्विनी नक्षत्रों में धारण करने से श्रीवृद्धि होती है।।१४।।

कूर्मसम्बन्धिचूडाधारणमुहूर्त:—

मघैशमैशेनमृदुद्विनायका-
निलाम्बुनाथाद्यभगर्क्षवासवैः।
गुरुद्वयेनद्वयवासरे करे
दध्याद्वशा कौर्ममणेरलङ्कृतिम्।।१५।।

अथ कौर्मचूडकधारणशुद्धिमाह—मघैशेति।। वशा स्त्री करे पाणौ कौर्ममणेः कच्छपसम्बन्धिरत्नचूडकस्यालंकृतिं भूषणं दध्यात् विभृयात् कैः कृत्वा मघा ऐशं आर्द्रामैशं माया लक्ष्म्या ईशो मेशस्तस्येदं श्रवणः इनो हस्तः मृदुभानि द्विनायकं विशाखा अनिलं स्वाती अम्बुनाथो वरुणः शततारा आद्यमश्विनी भगर्क्षं पूर्वाफल्गुनी वासवं धनिष्ठा एषां द्वन्द्वे एतैः पुनः कस्मिन् गुरुद्वयेनद्वयवासरे गुरुद्वयं इनद्वयं चेति गुरुशुक्रसूर्यसोमदिने।।१५।।

मघा, (ईश) आर्द्रा, मैश (श्रवण), हस्त, मृदुसंज्ञक (मृगशीर्ष, रेवती, चित्रा, अनुराधा), विशाखा, स्वाती, शतभिष, अश्विनी, पूर्वाफल्गुनि, धनिष्ठा नक्षत्रों में, गुरु-शुक्र, रवि तथा चन्द्र वासरों में कूर्म मणि से युक्त आभूषण स्त्रियों को धारण करना चाहिए।।१५।।

खड्गपाल (म्यान-ढाल) निर्माणमुहूर्त:—

वाध्रीणसं पारशवं च माधुकं
धीरैरुदाहारि विधानमादरात्।
वैडूर्यकं कौर्ममणिक्रियोदिते
धिष्ण्ये दिने वा क्वचिदंशुसम्भवे।।१६।।

अथ खड्गपात्रादिकार्यशुद्धिमाह—वाध्रीणसमिति।। धीरैः पण्डितैर्वाध्रीणसं खड्गपात्रादिकं पारशवं लोहं पिण्डं 'पारशवं घन' मिति हैमः। माधुकं त्रपुसम्बन्धि 'मधुकं त्रपु यष्टिश्चेति' हैमोनेकार्थः। वैडूर्यकं च विधानं कृत्यं वाध्रीणसस्येदं विधानं कर्म इत्यण् एवं पारशवं माधुकं च ज्ञेयं उदाहारि कथितमित्यर्थः। कस्मात् आदरात् कस्मिन् धिष्ण्ये नक्षत्रे दिने च किंभूते धिष्ण्ये दिने च कौर्ममणिक्रियोदिते कच्छपसम्बन्धि-वलयरत्नक्रियासु प्रोक्ते पुनः क्वचिदंशुसम्भवे शनौ दिने वा इति मतान्तरम्।।१६।।

पूर्वोक्त कूर्मसम्बन्धी आभूषण धारण करने हेतु बतलाये गये नक्षत्रों एवं वासरों में ही गैंडा के चर्म, लौह, त्रपु (राँगा) और वैडूर्य से बनने वाले ढाल सम्बन्धी समस्त कार्यों को विद्वानों ने प्रशस्त बतलाया है। कहीं-कहीं पर शनिवार को भी शुभ कहा गया है।।१६।।

ताम्रकर्ममुहूर्त:—

अदारुणोग्रैरुडुभिस्त्वमिश्रै-
रार्येनराजद्युषु संगतेषु।

ससीसशुल्बादि च कर्म वामं
सपद्मरागादि सिते क्वचित्स्यात्।।१७।।

अथ ताम्रादिकर्माह—अदारुणेति।। ससीसशुल्बादि सीसपत्रकसहितं ताम्रादिकर्म च पुन: सपद्मरागादि रक्तमणिप्रमुखसहितं कर्म वामं श्रेष्ठं स्यात् कैरुडुभि: किंभूतै: अदारुणोग्रैस्तीक्ष्णक्रूरनक्षत्ररहितै: पुन: किंभूतैरमिश्रै: साधारणनक्षत्ररहितै: पुन: केषु आर्येनराजद्युषु गुरुरविचन्द्रदिनेषु सङ्गतेषु संयुक्तेषु तु पुन: क्वचित् सिते शुक्रे दिनेऽपि स्यात्।।१७।।

दारुणसंज्ञक (मूल, ज्येष्ठा, आर्द्रा, आश्लेषा), उग्रसंज्ञक, (तीनों पूर्वा, भरणी, मघा) तथा मिश्रसंज्ञक (विशाखा, कृत्तिका) नक्षत्रों को छोड़कर शेष नक्षत्रों में बृहस्पति, सूर्य, चन्द्र वासरों में, कुछ आचार्यों के मत से शुक्रवार को भी सीसा, ताँबा और पद्मराग आदि रक्त वर्ण की मणियों से सम्बन्धित कार्य श्रेष्ठ होते हैं।।१७।।

वस्त्रनूपुरधारणे लग्नशुद्धि:—

सशुभे स्त्र्यचरोदयेऽपि केन्द्रे
वसनं धारितमातनोति धाम।
चरचापिवशाविसारलग्ने
धृतमञ्जीरवशा विसारमेति।।१८।।

अथ मालभारिण्या वस्त्रनूपुरधारणे लग्नशुद्धिं दर्शयति—सशुभ इति।। धारितं परिहतं वस्त्रं कर्तृपदं धाम तेज आतनोति विस्तारयति कस्मिन् सशुभे शुभग्रहयुक्ते स्त्र्यचरोदये कन्यास्थिरलग्ने सशुभे केन्द्रेऽपि धृतमञ्जीरवशा चरणधृतनूपुरा स्त्री विसारं शभतरमेति प्राप्नोति कस्मिन् चरेति चरलग्ने चापिनि धनुषि वशायां कन्यालग्ने विसारे मीनलग्ने।।१८।।

शुभ ग्रहों से युक्त स्त्री संज्ञक स्थिर लग्नों में (वृष, वृश्चिक में) केन्द्र (१,४,७,१०) भावों के शुभग्रहों से युक्त रहने पर, नवीन वस्त्र धारण करने वाली स्त्री अपने तेज का विस्तार करती है। अर्थात् उसकी कान्ति बढ़ती है। तथा चरलग्न (१,४,७,१०), धनु, कन्या और मीन लग्नों में नूपुर धारण करने वाली स्त्री शुभ (कल्याण) प्राप्त करती है।।१८।।

कटकादि-आभूषणधारणमुहूर्त:—

कटकाङ्गदकर्णिकादिभूषा-
रशनाहारभराद्यलङ्कृति: स्यात्।
हरिगोलिवशास्त्रियुग्मलग्ने
सति के खे च विषे श्रुतौ धृतेष्टा।।१९।।

अथ कटकाद्यलंकृतिधारणशुद्धिमाह—कटेति।। कटकाद्यलंकृतिर्धृता इष्टा स्यात् कटको वलयं अङ्गदं केयूरं कर्णिका कर्णभूषणं इत्यादि भूषालङ्कार: रशना मेखला

हारभरा मुक्ताफलादीनां हारभेदा इत्याद्यलंकृतिरिति। कस्मिन् हरिः सिंहः गौर्वृषः अलिर्वृश्चिकः वशा कन्या अस्त्रि धनुः युग्मं मिथुनं एषां लग्ने च पुनः के प्रथमभावे खे दशमे विषे जले चतुर्थे श्रुतौ कर्णे तृतीये एकादशे सन् शुभग्रहः तस्मिन् सति शुभग्रहयुक्तप्रथमादिभावे इत्यर्थः॥१९॥

कटक (वलय), अंगद (केयूर), कर्णिका (कर्णभूषण), रशना (करधनी), हारभरा (विशेष प्रकार के रत्नजटित हार) आदि अलङ्कारों को सिंह, वृष, वृश्चिक, कन्या, धनु और मिथुन लग्नों में प्रथम, दशम और चतुर्थ, तृतीय तथा एकादश भावों में शुभ ग्रहों के रहने पर धारण करना शुभ (इष्टदायक) होता है।।१९।।

मुकुटधारणमुहूर्तः—

गुरुभश्रुतिधीरवासवैशै-
रधिदोरैन्द्रापयोर्यधिष्ण्यपौष्णैः।
रविसत्सु विवित्सु पापमुक्ते
मुकुटं मस्तकभोदये विदध्यात्।।२०।।

अथ मुकुटधारणमुहूर्तमाह—गुरुभेति॥ सुधीर्मुकुटं विदध्यात् बिभृयात् कैः गुरुभेति गुरुभं पुष्यः श्रुतिः श्रवणः धीरभानि ध्रुवभानि वासवं धनिष्ठा ऐशमार्द्रा एभिः पुनः कैः अधिदोर्हस्तः ऐन्द्रं ज्येष्ठा पयोर्यो वरुणस्तस्य धिष्ण्यं शततारा पौष्णं रेवती एभिः पुनः केषु रविसत्सु सूर्यशुभग्रहदिनेषु किंभूतेषु विवित्सु बुधरहितेषु पुनः कस्मिन् पापमुक्ते पापग्रहरहिते मस्तकभोदये शीर्षोदयलग्ने॥२०॥

पुष्य, श्रवण, ध्रुवसंज्ञक (तीनों उत्तरा, रोहिणी), धनिष्ठा, आर्द्रा, हस्त, ज्येष्ठा, शतभिष, रेवती नक्षत्रों में रविवार तथा बुधवार को छोड़कर शेष शुभ ग्रहों के दिनों में (सोम, गुरु, शुक्र वासरों) में तथा पापग्रहों से रहित शीर्षोदय लग्नों में मुकुट धारण करना चाहिए।।२०।।

कर्पूरादिकर्ममुहूर्त्तः—

लघुलोलमृदूग्रधन्ववाभै-
रलपन्सद्घुषु लग्नपुंविलग्नैः।
घनसारकुरङ्गनाभिवर्णा-
गुरुगोरोचनमालयादिकृत्यम् ।।२१।।

अथ घनसारादिकृत्यशुद्धिमाह—लघ्विति॥ सुधियो घनसारादिकृत्यमलपन् अकथयन् घनसारः कर्पूरः कुरङ्गनाभिः कस्तूरी वर्णो हिंगुलादिः कुङ्कुमादिर्वा अगुरुः कृष्णागुरुर्गोरोचनम् प्रतीतं मलये भवं मालयं चन्दनं इत्यादीनां कृत्यं मण्डनमिति कैर्लघु इति लघूनि लोलानि च भानि मृदूनि उग्रधन्वा इन्द्रो ज्येष्ठा 'पृतनाषाडुग्रधन्वा' इति हैमः। वाः जलं तद्भं पूर्वाषाढा एतैः किंभूतैर्लग्नपुंविलग्नैः आश्रितनरलग्नैः पुनः केषु सद्घुषु शुभग्रहदिनेषु॥२१॥

लघुसंज्ञक (हस्त, अश्विनी, पुष्य), चरसंज्ञक (स्वाती, पुनर्वसु, श्रवण, धनिष्ठा, शतभिष) मृदुसंज्ञक (मृगशिरा, रेवती, चित्रा, अनुराधा), ज्येष्ठा एवं पूर्वाषाढा नक्षत्रों में पुरुषसंज्ञक (१,३,५,७,९,११) लग्नों में तथा शुभ ग्रहों के वासरों में घनसार (कर्पूर), कस्तूरी, कुङ्कुम, अगुरु, गोरोचन एवं चन्दन आदि सुगन्धित द्रव्यों से सम्बन्धित कार्य शुभ होते हैं।।२१।।

पुष्पसम्बन्धिकार्यमुहूर्त्ताः—

सचिवे दितिजन्मनां मघोनोऽमृत-
मालिन्यनु च प्रसूनकार्यम्।
मृदुतिष्यमुरारिभत्रये स्या-
च्छ्वसनर्क्षे नृदये च चन्द्रदृष्टे।।२२।।

अथ कुसुमकार्यशुद्धिमाह—सचिवेति।। प्रसूनकार्यं पुष्पकार्यं स्यात् दितिजन्मना दैत्यानां सचिवे शुक्रदिने च पुनर्मघोन इन्द्रस्य सचिवे गुरुदिनेऽनु पश्चाच्चामृतमालिनि अमृतम् मालयति धरति इति मलधारणे धातोः प्रयोगत्वात् तस्मिन् अमृतधारिणि चन्द्रे दिने पुनर्मृदूनि तिष्यः मुरारिर्विष्णुस्तद्भत्रयं श्रवणत्रयं पुनः श्वसनर्क्षे स्वातीभे तु पुनश्चन्द्रदृष्टे चन्द्रेण विलोकिते नृदये नरलग्ने।।२२।।

मृदुसंज्ञक (मृगशीर्ष, रेवती, चित्रा, अनुराधा), पुष्य, श्रवण से तीन (श्रवण, धनिष्ठा, शतभिषा) तथा स्वाती नक्षत्रों में, चन्द्रमा से दृष्ट पुरुष लग्न में, दैत्य मन्त्री-शुक्र तथा इन्द्रगुरु-बृहस्पति एवं अमृतरश्मि चन्द्रमा के दिनों (चन्द्र, गुरु, शुक्र वासरो) में पुष्पों से सम्बन्धित कार्य करने चाहिए।।२२।।

कवचादियारणमुहूर्त्तः—

लघुधीरवसूडुपुष्यपौष्णैः
सुरवर्द्धक्यनिलोडुदास्रमैत्रैः।
सदहस्सु विधित्सु देहदुर्गः
परिधेयोऽचरभोदये सुकेन्द्रे।।२३।।

अथ कवचादिधारणशुद्धिमाह—लघुधीरेति।। देहदुर्गः सन्नाहः परिधेयः परिचार्यः सुभटैरिति शेषः। कैर्लघूनि धीराणि वसूडु धनिष्ठा पुष्यः पौष्णं रेवती एषां द्वन्द्वे एभिः पुनः कैः सुरवर्द्धकिश्चित्रा अनिलोडु स्वाती दास्रमश्विनी मैत्रमनुराधा एषां द्वन्द्वे एभिः पुनः केषु सदहस्सु शुभग्रहवासरेषु विवित्सु किंभूतेषु बुधरहितेषु पुनः कस्मिन् अचरभोदये स्थिरलग्नोदये किंभूते अचरभोदये सुकेन्द्रे शुभग्रहयुक्तकेन्द्रे।।२३।।

लघुसंज्ञक (हस्त, अश्विनी, पुष्य), ध्रुवसंज्ञक (तीनों उत्तरा रोहिणी), धनिष्ठा, पुष्य, रेवती, चित्रा, स्वाती, अश्विनी, अनुराधा नक्षत्रों में बुधवार को छोड़कर शेष

शुभ वासरों में, स्थिर लग्नों के उदय काल में तथा लग्न से केन्द्र (१,४,७,१०) भावों में शुभ ग्रहों के स्थित रहने पर देहदुर्ग (कवच) धारण करना चाहिए।।२३।।

काचसम्बन्धिकार्यमुहूर्त्तः—

काचकाचमणिकज्जलक्रिया
भानुभानुजभृगुप्रसूतिषु।
वातवासवमृदुद्विदैवतै-
रादितारकयुतैः प्रशस्यते।।२४।।

अथ काचादिकार्यशुद्धिमाह—काचेति।। काचः काचमणयः काचमणिकाः कज्जलम् एषां क्रिया प्रशस्यते प्रशंसनीया केषु स्यात् भानुः भानुजः शनिः भृगुप्रसूतिः शुक्रः एषां दिनेषु पुनः कैः वातः स्वाती वासवं धनिष्ठा मृदूनि द्विदैवतं विशाखा एषां द्वन्द्वे एतैः किंभूतैः आदितारकयुतैः स्पष्टम्।।२४।।

स्वाती, धनिष्ठा, मृदुसंज्ञक (मृगशीर्ष, रेवती, चित्रा, अनुराधा), विशाखा एवं अश्विनी नक्षत्रों में, रवि, शनि और शुक्र वासरों में काच (शीशा), काचमणि तथा काजल से सम्बन्धित कार्य प्रशस्त होते हैं।।२४।।

चर्मकर्ममुहूर्त्तः—

व्यान्तकोग्रमृदुमिश्रदारुणै-
र्भास्करीन्दुभवभास्करद्युभिः।
चर्मकर्म कलितं ह्युपानहौ
धारिते विदधतोऽतिशं विशाम्।।२५।।

अथ चर्मकर्मशुद्धिमाह—व्यान्तेति।। हि अवधारणे चर्मकर्म विदधतः कुर्वतः चर्मकारस्य अथवा विदधतः कुर्वाणात् तु पुनः धारिते उपानहौ विशां मनुष्याणाम् अतिशं महत्सुखम् कलितं प्रोक्तं कैर्व्यान्तकानि भरणीरहितानि उग्रभानि मृदूनि मिश्रे द्वे दारुणानि एषां द्वन्द्वे एतैः पुनः कैः भास्करिः शनिः इन्दुभवो बुधः भास्करः सूर्यः एषां दिनैः।।२५।।

भरणी को छोड़कर शेष उग्रसंज्ञक (तीनों पूर्वा, मघा) मृदुसंज्ञक (मृगशीर्ष, रेवती, चित्रा, अनुराधा), मिश्रसंज्ञक (विशाखा, कृत्तिका), तथा दारुणसंज्ञक (मूल, ज्येष्ठा, आर्द्रा, आश्लेषा) नक्षत्रों में, शनि, बुध एवं रवि वासरों में चर्म सम्बन्धी कार्य करना तथा उपानह धारण करना मनुष्यों के लिए हितकर होता है।।२५।।

वस्त्रादिधारणे विशेषः—

भूपदत्तमुपयामवासरे
स्नेहिलब्धमचलामराज्ञया।

सिद्धवाक्यवशतः शमम्बरं
धारितं तु तनुतेऽस्त्रभूषणम्।।२६।।

इति श्रीकविकालिदासोदिते ज्योतिर्विदाभरणे
वस्त्रालङ्करणपरिधानाध्यायश्चतुर्दश:।।१४।।

अथ भूपादिभ्यो लब्धवस्त्रादीनां तत्कालधारणमाह–भूपेति।। हि अवधारणं अम्बरं वस्त्रं तु पुनरस्त्रभूषणं शस्त्रं भूषणं च कर्तृपदं शं सुखं तनुते किंभूतं अम्बरादिकं अचलामराज्ञया विप्रादेशेन सिद्धवाक्यवशत महस्यादेशात् धारितं कस्मिन् अभे नक्षत्रादियोगरहितेऽपि सति पुनः किंभूतं अम्बरं भूपदत्तम् राज्ञा प्रदत्तम् पुनः उपयामवासरे लब्धं स्वजनेनार्पितम् स्नेहिलब्धमित्यपि पाठः स्नेहितः प्राप्तम्।।२६।।

इति श्रीपौर्णिमीयशिष्यभावरत्नविरचितायां श्रीकालिदासकृतज्योतिर्विदाभरणस्य
सुखबोधिकायां वस्त्रालङ्करणपरिधानाध्यायश्चतुर्दश:।।१४।।

राजा द्वारा प्रदत्त, विवाह के अवसर पर, प्रियजनों से प्राप्त, विप्र की आज्ञा एवं महान् पुरुषों के आदेश से मुहूर्त्त के अभाव में भी धारण किया गया वस्त्र, शस्त्र एवं आभूषण कल्याणकारक होता है।।२६।।

श्रीकालिदासविरचितज्योतिर्विदाभरण के वस्त्रालङ्करणपरिधानाध्याय का
प्रो० रामचन्द्रपाण्डेयकृत हिन्दी भाषानुवाद सम्पूर्ण।।१४।।

प्राकाराध्याय: - १५

दुर्गं विना नैव हि निर्भयं पुरं
पुरे स्वराशिस्थलगं गृहं वरम्।
क्रमादहं शालपुरौकसामतो
वक्ष्यामि तावत् घटनाभिनिर्णयम्।।१।।

अथालङ्काराध्यायकथनानन्तरं भूषाणादि सुस्थानम् विना विनश्यति अत: प्राकाराध्यायसन्धानमाह—दुर्गमिति।। युक्तार्थे दुर्गं कोटं विना दुर्गमं शत्रुभिर्दुष्प्राप्यं पुरम् नैव स्यात्।। यत:

'यस्याश्रयबलेनैव राज्यं कुर्वन्ति भूतले।
विग्रहं चतुराशायां सीमान्तै: शत्रुभि: सह।।१।।
विषमं दुर्गमं घोरं वक्रं भीरुभयावहम्।
कपिशीर्षैश्च शोभाढ्यं रौद्रदालकमण्डितम्।।२।।
प्रतोली पत्रकालास्यां परिखा कालरूपिणी।
रणमण्डपकृताटोपं दिकुलीयन्त्रयन्त्रितम्।।३।।
मुशलैर्मुद्गरै: पाशै: कुन्तखड्गैर्धनु:शरै:।
संयुक्तं सुभटै: शूरैरिति दुर्गं निवेशयेत्।।४।।
प्रथमं मृण्मयं कोटं जलकोटं द्वितीयकम्।
तृतीयं ग्रामकोटं च चतुर्थं गिरिगह्वरम्।।५।।
पञ्चमं पर्वतारोहं षष्ठं कोटं च डाम्बरम्।
सप्तमं वक्रभूमिस्थं विषयाख्यं तथापरम्।।६।।

इति पुरे नगरे स्वराशिस्थलगम् निजराश्युचितस्थानमितं गृहं वरं स्यात्। अतो हेतोस्तावत्प्रथमं क्रमक्रमेणाह शालपुरौकसां प्राकारनगरगृहाणां घटनया रचनया अभिनिर्णयं वक्ष्यामि कथयिष्यामि।।१।।

दुर्ग (किला) के विना नगर भी सुरक्षित नहीं है। अर्थात् निर्भय होकर अपने नगर में भी नहीं रहा जा सकता। अपनी-अपनी राशि के अनुसार स्थित स्थान ही शुभ कहे गये हैं। अत: मैं क्रम से प्राकार, नगर और गृह सम्बन्धी विवेचन को प्रस्तुत कर रहा हूँ।।१।।

स्थानभेदेन शालभेदा:—

नगेन्द्रशालोऽस्त्यनुवारिशालो
भूशालको गह्वरशाल एषाम्।

नगाम्बुशालावतिदुर्गमौ स्तो
मध्याधमौ गह्वरभूमिशालौ।।२।।

अथ प्रथमं पर्वतादिस्थानगतशालभेदानाह—नगेति।। नगेन्द्रशाल: पर्वतोपरि वप्रोऽस्ति अनुवारिशालो जलमध्यगतोऽस्ति पुनर्भूशालो भूमिप्रतिष्ठितोऽस्ति पुनर्गह्वरशालो बिलप्रतिष्ठित: कुञ्जप्रतिष्ठितो वा 'बिले तु गह्वरं गुहा' इति हैम:।। स्यादिति चतुर्द्धा एषां वप्राणाम् मध्ये नगाम्बुशालौ पर्वतजलस्थौ वप्रौ अतिदुर्गमौ गृहीतुमशक्यौ स्त: भवत: गह्वरभूमिशालौ क्रमेण मध्याधमौ भवत: गह्वरशालो गृहीतुं शक्याशक्य: भूमिशालो गृहीतुं शक्य इत्यर्थ:।।२।।

पर्वत पर स्थित, जल के मध्य में निर्मित, भूस्थित तथा गुफा में स्थित ये चार प्रकार की शालायें होती हैं। इसमें पर्वत पर और जल में स्थित शालाओं को दुर्गम (श्रेष्ठ) कहा गया है तथा गुफा और भूमि पर स्थित शालाओं को क्रम से मध्यम और अधम कहा गया है। अर्थात् गुफा में स्थित शाला मध्यम तथा भूस्थित शाला अधम होती है।।२।।

प्रस्तरादिनिर्मितदुर्गमहत्त्वम्—

शिलामयश्चोत्तम इष्टिकामयो
मध्योऽधमो मृद्रचितोऽत्र दारव:।
शाल: सुधीभिस्त्वधमाधमाभिध:
प्रभाषित: सन् विबलोप्यसौ बली।।३।।

अथैतानेव पाषाणादिनिर्मितानुत्तममध्यमाधमानाह—शिलेति।। सुधीभि: शिलामयो दृषद्भिर्निर्मितो वप्र उत्तम: श्रेष्ठ: प्रभाषित:। च पुनरिष्टिकामयो मध्यो मध्यम: पुनर्मृद्रचितो मृत्तिकामयोऽधमो नेष्ट: पुनर्दारव: काष्ठमयस्त्वधमाधमोऽधमतम इति असौ दारवो विबलोऽपि असमर्थोऽपि सन् बली बलिष्ठ: स्यात्तत्कारणमाह।।३।।

पत्थर से बनी शाला (दुर्ग) उत्तम, ईंट से बनी मध्यम, मिट्टी से बनी अधम तथा लकड़ी से बनी शाला अधमाधम होती है। काष्ठनिर्मित दुर्ग के लिए बलरहित (दुर्बल) राजा भी बलवान् हो जाता है।।३।।

अनेकयन्त्रास्त्रनिकायसज्जितो
भटाचितो धान्यरसादिपूरित:।
स दुर्गमस्तुच्छबलोऽपि शालको
भवेदसौ मण्डलरक्षणक्षम:।।४।।

अनेकेति।। सोऽसौ तुच्छबलोऽपि स्तोकसैन्योऽपि शालको दुर्गम: सन् मण्डलरक्षणक्षमो देशरक्षणाय समर्थो भवेत् किंभूतोऽनेकेति अनेकयन्त्रास्त्रनिकायो नानाविधलोहादियन्त्रप्रहरणासमहस्तेन सज्जित: उद्भटीकृत: पुन: किंभूत: शाल: भटाचित: सुभटैर्व्याप्त: पुन: किंभूत: शाल: धान्यरसादिपूरित: धान्यघृततैलतृणकाष्ठादिभि: पूर्ण:।।४।।

विविध प्रकार के यन्त्रों (उपकरणों) एवं अस्त्र समूहों से सुसज्जित योद्धा सैनिकों से युक्त, अन्न (खाद्य), रस (पेय) पदार्थों से सम्पन्न, शत्रु से घिरा हुआ दुर्गपति अल्प बली होने पर भी दुर्गम (कठिनाई से प्राप्य) होकर मण्डल (राज्य) की रक्षा करने में सक्षम हो जाता है।।४।।

दुर्गनिर्माणकालः—

नृवाहनाशायनवर्तिनीने
शालो विधेयोऽश्मभिरिष्टकाभिः।
इहैव मार्गे त्विषकोर्जयोर्वा
मृत्स्नामयोऽन्योऽनु च सर्वकाले।।५।।

अथ कोटकरणकालमाह—नृवाहनेति।। अश्मभिः पाषाणैः शालो विधेयः कर्तव्यः वाऽथवा इष्टकाभिः शालो विधेयो वा मृत्स्नामयः शालो विधेयः कस्मिन् इह नृवाहनो धनदस्तस्याशा उत्तरा तस्यामयनवर्तिनि उत्तरायणयुक्ते इने सूर्ये सति पुनः कस्मिन् मार्गशीर्षे तु पुनः कयोरिषकोर्जयोः आश्विनकार्तिकयोः अनु पश्चाच्च पुनरन्यो दार्वादिमयः शालः सर्वकाले विधेयः।।५।।

सूर्य के उत्तरायण होने पर पत्थर और ईंट से शाला का निर्माण करना चाहिए। मृत्तिका (मिट्टी) से शाला का निर्माण उत्तरायण अथवा मार्गशीर्ष, आश्विन और कार्तिक मासों में करना चाहिए। अन्य (काष्ठ, लौह आदि) वस्तुओं से शाला-निर्माण सार्वकालिक (सदैव) होता है।।५।।

निषिद्धकालः—

न द्विस्वभावे तरणौ प्रतिष्ठा-
मितेंऽगिरस्यास्फुजितीन्दुबिम्बे।
दौर्ग्यं समारम्भणमाहुरार्या
दुष्टैश्च पाकेशकुजांशुसोमैः।।६।।

अथ द्विस्वभावराश्यादौ शालप्रारम्भणं निषेधति—न द्विस्वभावेति।। आर्या आचार्या दौर्ग्य दुर्गस्य शालस्येदम् समारम्भणम् उपक्रमणं नाहुः नोचुः कस्मिन् द्विस्वभावे द्विस्वभावराशौ ३।६।९।१२ तरणौ सूर्ये सति पुनः अङ्गिरसि गुरौ आस्फुजिति शुक्रे चन्द्रबिम्बे प्रतिष्ठामस्ततामिते गुरुशुक्रचन्द्रास्ते सति च पुनः पाकेशो महादशास्वामी कुजो भौमः अंशुः सूर्यः सोम इन्दुः एषां द्वन्द्वे एतैः किंभूतैर्दुष्टैः दुष्टभावप्राप्तैः।।६।।

द्विःस्वभाव (३, ६, ९, १२) राशियों में सूर्य के स्थित रहने पर, गुरु-शुक्र और चन्द्रमा के बिम्ब अस्तंगत होने पर तथा दशाधीश (दुर्गस्वामी की वर्तमान दशा का स्वामी) मंगल-सूर्य-चन्द्र के पाप ग्रहों से युक्त होने पर आचार्यों ने दुर्ग के शुभारम्भ का निषेध किया है।।६।।

राहुनिवासज्ञानम्—

मार्गात्तमः शक्रदिशि त्रयेऽतिमा-
याम्या परस्यामनुशुक्रतोऽस्त्यदिक्।
नभस्यतःशालविधानकादरो
रथ्याभिवक्रे न विधुन्तुदे भवेत्।।७।।

अथ मार्गादीनां त्रये राहुनिवासस्थानं वदन् सन्मुखं निषेधति—मार्गादिति।। मार्गात् मार्गशीर्षात् त्रये मार्गादिमासत्रये शक्रदिशि पूर्वस्यां तमो राहुर्भवति। पुनरन्तिमात् फाल्गुनात् त्रये याम्यां दक्षिणस्यां तमो भवति। अनु पश्चात् शक्रतो ज्येष्ठमासात् त्रये परस्यां पश्चिमायां तमो भवति। पुनर्नभस्यतो भाद्रपदात् त्रये उदक् उत्तरस्यां तमोऽस्ति। एतत्कारणमाह शालविधानकादरो वप्रकार्योद्यमो न भवेत् कस्मिन् रथ्याभिवक्रे प्रतोलीसन्मुखे विधुन्तुदे राहौ सति।।७।।

मार्गशीर्ष से तीन मास (मार्गशीर्ष, पौष, माघ) तक राहु पूर्व दिशा में, अन्तिम (फाल्गुन) मास से तीन मासों तक राहु दक्षिण दिशा में, ज्येष्ठ आदि (ज्येष्ठ, आषाढ़, श्रावण) तीन मासों में राहु पश्चिम दिशा में तथा भाद्रपदादि (भाद्रपद, आश्विन, कार्तिक) तीन मासों में राहु उत्तर दिशा में होता है। द्वार के सम्मुख राहु के रहने पर गृह निर्माण नहीं करना चाहिए।।७।।

दुर्गारम्भे निषिद्धतिथ्यादयः—

भद्रा त्वभद्रातिभयाय रिक्ता
दर्शःसमारम्भितदुर्गकाले।
सौम्यारवारौ विडलाडलाद्या
कुयोगताऽसद्धतशालतारा।।८।।

अथ शालप्रारम्भे कुतिथिवारयोगान्निषेधति—भद्रेति।। समारम्भितशालकाले प्रारम्भितवरणसमये भद्रा भद्रासंज्ञा तिथिः च पुनर्भद्रा विष्टिः पुनः रिक्तातिथिः दर्शोऽमावासी पुनः सौम्यारवारौ बुधभौमवारौ पुनर्विडलाडलाद्या कुयोगता पुनरसद्धतशालतारा: असद्भिः पापग्रहैर्हता विद्धभुक्तभोग्ययुक्ता शालतारा प्राकारप्रारम्भनक्षत्रमतिभयाय स्यात्। एते नेष्टा इत्यर्थः।।८।।

दुर्ग के निर्माणारम्भ के समय, भद्रा, (विष्टि) अशुभ होती है तथा रिक्ता (४, ९, १४) एवं अमावास्या तिथियाँ, बुध और मंगलवार, विडल, आडल आदि अशुभ योग तथा पाप ग्रहों से विद्ध तारा (नक्षत्र) अत्यन्त भयकारक होते है। अर्थात् दुर्गारम्भ में अशुभ होते हैं।।८।।

प्राकारारम्भमुहूर्त्तः—

औमेशमेशेनमृदुध्रुवेज्यप्राभञ्जनाम्भोर्यमवासवेषु।
नृभोदये पापरिपौ सुकेन्द्रे प्राकारकोपक्रममाहुरार्याः।।९।।

अथ नक्षत्रादिशुद्धौ प्राकारप्रारम्भणमाह—औमेति।। आर्याः प्राकारस्य वरणस्य उपक्रमं प्रारम्भमाहुः केषु उमायाः पार्वत्या ईश उमेशस्तस्येदमार्द्रा, माया ईशो मेशस्तस्येदम् श्रवण इनो हस्तः मृदूनि ध्रुवाणि इज्यः पुष्यः प्राभञ्जनमानिलम् स्वाती अम्भोर्यमं जलस्वामिनक्षत्रं शततारा वासवं धनिष्ठा एषां द्वन्द्वे एषु पुनः कस्मिन् नृभोदये मिथुनतुलाकन्याधनुराद्यखण्डानामन्यतमलग्ने पापरिपौ षष्ठभावस्थपापग्रहे सुकेन्द्रे सति।।९।।

आर्द्रा, श्रवण, हस्त, मृदुसंज्ञक (मृगशीर्ष, रेवती, चित्रा, अनुराधा), ध्रुवसंज्ञक (तीनों उत्तरा, रोहिणी), पुष्य, स्वाती, शतभिष एवं धनिष्ठा नक्षत्रों में नर राशियों (मेष, मिथुन, सिंह, तुला, धनु, कुम्भ) के उदयकाल (लग्न) में पापग्रहों के छठे भाव में तथा शुभग्रहों के केन्द्र भावों में स्थित रहने पर प्राकार (गृह) का आरम्भ करने के लिए आचार्यों ने कहा है।।९।।

दुर्गचक्रे नक्षत्रस्थापनम्—

अथ त्रिरेखे वलये चतुर्भुजे कार्शानवादीशदिशो भपञ्जरम्।
कोणांशवेशं दिशि निर्गमं यथा न्यसेत्तथा दुर्गविधानसिद्धये।।१०।।

अथ दुर्गचक्रे कृत्तिकादिनक्षत्राणि स्थापयति—अथेति।। अथ वप्रप्रारम्भे चत्वारो भुजा यस्य स चतुर्भुजः चतुरस्र इत्यर्थः तस्मिन् त्रिरेखेति तिस्रो रेखा यस्य स तस्मिन्नेवं विधे वलये वप्रचक्रे सुधीर्भपञ्जरम् तथा तेन प्रकारेण कृशानोरिदम् कार्शानवं तस्मात् कृत्तिकानक्षत्रात् ईशादिशः ईशानदिशातो न्यसेत् स्थापयेत् यथा येन प्रकारेण कोणांशवेशं चतुष्कोणे वेशः प्रवेशो यस्य तत् स्यात्। पुनर्निर्गमदिशि चतुर्दिक्षु बहिर्गमनं स्यात्तदा दुर्गविधानसिद्धये कोटसाधननिष्पत्त्यै स्यात्।। उक्तं च 'कृत्तिकाद्यं मघाद्यं च मैत्राद्यं वासवादिकम्।। त्रीणि त्रीणि प्रवेशे च द्वादशान्यानि निर्गमे' इति।।१०।।

दुर्ग विधान (दुर्ग सम्बन्धी कार्यों) की सिद्धि के लिए तीन-तीन रेखाओं से निर्मित चतुर्भुज क्षेत्र में कृत्तिकादि नक्षत्रों का ईशानादि कोणों के प्रवेश के लिए तथा पूर्वादि दिशाओं में निर्गमन के लिए क्रम से न्यास करना चाहिए।।१०।।

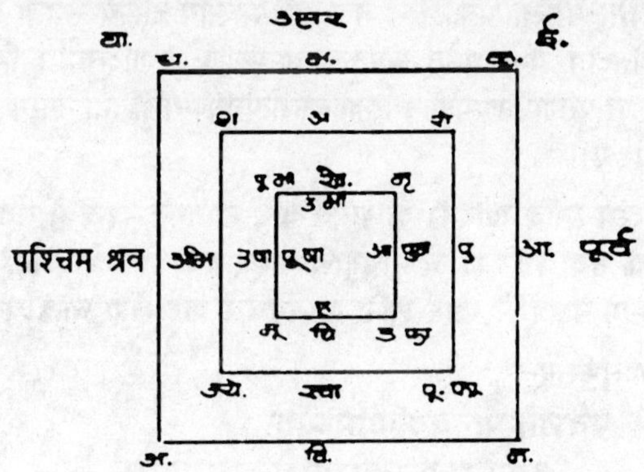

परिष्कार— **एक बृहत् चतुर्भुज के अन्दर दो लघु चतुर्भुजों का निर्माण कर ईशानादि कोणों में क्रम से कृत्तिका से तीन-तीन नक्षत्र तथा दिशाओं में चार-चार नक्षत्रों को स्थापित करने से दुर्ग चक्र का निर्माण होता है।**

दुर्गचक्रगतनक्षत्रफलम्—

शालोदितं शालनिवेशगं वरं
भमुक्तमाद्यैरहिता बहिः खलाः।
आरम्भणे मङ्गलमन्दमध्ययु-
ग्दुर्गस्य भङ्गाय विचिन्त्यमित्यनु।।११।।

अथ शालचक्रगतनक्षत्रादिफलं दर्शयति—शालोदितमिति।। आर्यैराचार्यैः शालोदितं वप्रयोग्यकथितं शालनिवेशगं प्राकारप्रवेशगतभं नक्षत्रं वरं श्रेष्ठमुक्तं प्रोक्तं पुनर्बहिः खला बाह्यस्थाः क्रूराः ग्रहा अहिता नेष्टाः आरम्भणे वप्रारम्भे पुनर्मङ्गलमन्दमध्ययुक् भौमशनियुक्तमध्यदुर्गभं दुर्गस्य वप्रस्य भङ्गाय विचिन्त्यं ज्ञातव्यं अनुपश्चादिति।।११।।

पूर्वाचार्यों ने दुर्ग निर्माण हेतु विहित नक्षत्रों को दुर्ग के प्रवेश द्वार में स्थित होने पर श्रेष्ठ बतलाया है। वप्र के बाह्य भाग में स्थित नक्षत्रों पर पाप ग्रह हों तो अनिष्टकारक होते हैं तथा दुर्ग निर्माण के समय मध्य में यदि मंगल और शनि हों तो दुर्गभङ्ग होता है, ऐसा समझना चाहिए।।११।।

खातशुद्धिः—

आरम्भखाते यदि मङ्गलो यमो
ह्यमङ्गलायेह यमो भवेदयम्।
एवं पुरे स्यात्पुरनामधिष्ण्यतो
विलोकनीया पुरधिष्ण्यशुद्धिता।।१२।।

अथात्र खातगतभौमादिफलं दर्शयति—आरम्भेति।। खाते आरम्भ इति आरम्भखात तस्मिन् यदि चेत् मङ्गलो भौमोऽस्ति तदा सोऽमङ्गलाय दोषाय स्यात्। इह खाते यदि यमः शनिर्भवेत्तदायं यमो भवेत् यमतुल्यत्वान्मृत्युदः स्यादित्यर्थः। हि युक्तार्थे एवं पूर्वोक्तप्रकारेण पुरे पुरनामधिष्ण्यतो नगरनामनक्षत्रात्पुरधिष्ण्यशुद्धिता नगरनक्षत्रस्य निर्दोषता विलोकनीया।।१२।।

खातारम्भ (नींव खोदने) के समय यदि खातगत नक्षत्र में मंगल हो तो वह अमङ्गलकारक तथा शनि हो तो मृत्युतुल्य कष्टदायक होता है। अतः पूर्वोक्त विधि से नगर के नाम नक्षत्र से खात शुद्धि का विचार कर लेना चाहिए।।१२।।

नक्षत्रवशात् शालफलम्—

प्रवेशने मानवकीर्णमध्यकं
दुर्गं सदा स्तम्भितभे च दुर्गमम्।

शून्यं तदारम्भविधौ विनिर्गमे
निवृत्तिवृत्तं नृनिविष्टनस्थले।।१३।।

अथ प्रवेशादिगतभेषु शालफलमाह—प्रवेशन इति।। तदारम्भविधौ दुर्गप्रारम्भणकार्ये प्रवेशने प्रवेशस्थाने भे सति मानवकीर्णमध्यकम् मनुष्यपूर्णमध्यभागमेवंविधं सदा दुर्गं स्यात्। च पुन: स्तम्भितभे स्तम्भनक्षत्रे दुर्गं स्यात्। पुनर्विनिर्गमे भे दुर्गं शून्यं स्यात्।। पुनर्नृनिविष्टनस्थले दुर्गं निवृत्तिवृत्तमुपरामवृत्तं स्यात् सुखयुक्तमित्यर्थ:।।१३।।

प्रवेश मार्ग स्थित नक्षत्र में दुर्ग का आरम्भ हो तो दुर्ग का मध्य सदैव मनुष्यों से भरा रहता है। स्तम्भ भाग में स्थित नक्षत्रों में शुभारम्भ हो तो दुर्ग शत्रु के लिए दुर्गम (अजेय) होता है। निर्गमन मार्ग स्थित नक्षत्र में आरम्भ हो तो दुर्ग प्राय: शून्य रहता है। मनुष्य के निविष्टनस्थल में दुर्ग का निर्माण सुखद होता है।।१३।।

सर्पपरिभ्रमणकाल:—

परिभ्रमोऽसौ समयैकयैक:
फणीश्वरस्यापि रसातले स्यात्।
लाङ्गूलगत्या परिवाममार्गे
रौद्र्या दिशो गोमुखभत्रयेंऽशौ।।१४।।

अथात्र सर्पपरिभ्रमणमाह—परिभ्रमेति।। रसातले भूतले परिवाममार्गे फणीश्वरस्य शेषनागस्यापि असौ एकया समया एकवर्षेण एक: सम्पूर्ण: परिभ्रम: स्यादित्यर्थ:।। कुतो लाङ्गूलगत्या पुच्छगमनेन रौद्र्या दिश ईशानकोणात् गोमुखभत्रये वृषादिराशित्रयेंऽशौ सूर्ये सति।।१४।।

भूतल पर शेषनाग का एक वर्ष में एक परिभ्रमण होता है। वृषादि तीन-तीन राशियों में सूर्य के रहने पर ईशान कोण से वामावर्त पुच्छ की गति होती है। अर्थात् वृष, मिथुन, कर्क में सूर्य हो तो सर्प पुच्छ ईशान कोण में, सिंह-कन्या-तुला में वायव्य, वृश्चिक धनु-मकर में नैर्ऋत्य तथा कुम्भ-मीन और मेष में सूर्य हो तो अग्नि कोण में सर्प पुच्छ रहता है।।१४।।

अहिचक्रे खातनिर्माणम्—

यदा फणैश्यामुदरं च वाय्व्यां
लूनं तदा यातुहरित्यहे: स्यात्।
पृदाकुशून्याग्निककुप् च खातं
गदन्ति दर्वीकरशून्यकोणे।।१५।।

अथाहिचक्रे खातं दर्शयति—यदेति।। यदा ऐश्यामीशानकोणेऽहे: सर्पस्य फणा स्यात् फणाशब्द: पुंस्त्रीलिङ्ग: च पुनर्यदा वाय्व्यां वायुकोणेऽहेरुदरं स्यात् पुनर्यदा यातुहरिति नैर्ऋत्यकोणेऽहेर्लूनं पुच्छं स्यात्तदा पृदाकुशून्या सर्परहिताऽग्निककुप् अग्निदिक्

स्यात्। 'काकोदरो विषधरः फणभृत्पृदाकुदृक्कर्णकुण्डलिविलेशयदन्दशूकाः' इति हैमः। च पुनस्तदा सुधियो दर्वीकरशून्यकोणे सर्पवर्जितकोणे खातं गदन्ति वदन्ति॥१५॥

जब ईशान कोण में सर्प का फण हो, वायव्य कोण में सर्प का उदर तथा नैऋत्य कोण में सर्प का पुच्छ हो तो अग्नि कोण सर्प से रहित होता है। विद्वानों के मतानुसार सर्प रहित दिशा में ही खात का निर्माण करना उत्तम होता है।।१५।।

अहिचक्रम्

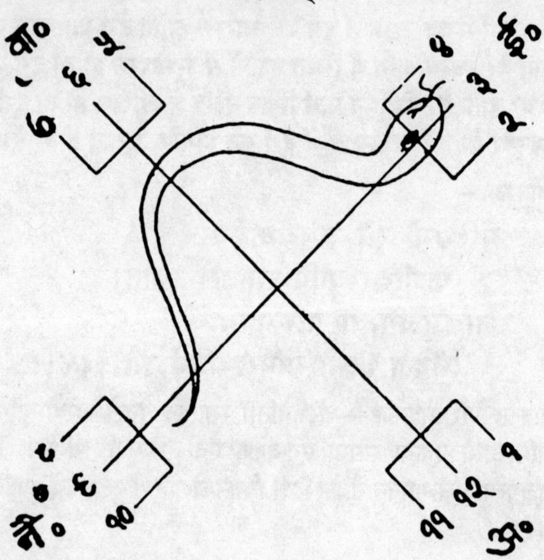

अहिभ्रमे जैनमतम् —

एवं भचक्रभ्रमरीतिगत्या
भ्रमोऽयमुक्तो मुनिभिः प्रधानैः।
ईशानतो दक्षिणभागगत्या
संतर्कयन्ति भ्रममस्य जैनाः।।१६।।

अथाहिभ्रमे जैनमतम् दर्शयति—एवमिति॥ पुराणैः पुरातनैर्मुनिभिर्ऋषिभिरयं भ्रम उक्तः कथं एवममुना प्रकारेणाग्निकोणतो वाममार्गेण भचक्रभ्रमरीतिगत्या नक्षत्रचक्रभ्रमरीतिगमनेनेति पुनर्जैनाः श्वेताऽम्बरादयोऽस्य सर्पस्य भ्रमं सन्तर्कयन्ति कथयन्तीत्यर्थः कया ईशानतो दक्षिणभागगत्या॥१६॥

इस प्रकार भचक्र के भ्रमण क्रम से वामावर्त सर्प का भ्रमण प्राचीन प्रधान मुनियों ने बतलाया है। परन्तु जैन मुनियों ने इस सर्प भ्रमण को ईशान कोण से दक्षिणावर्त बतलाया है।।१६।।

जैन मत से अहिचक्र

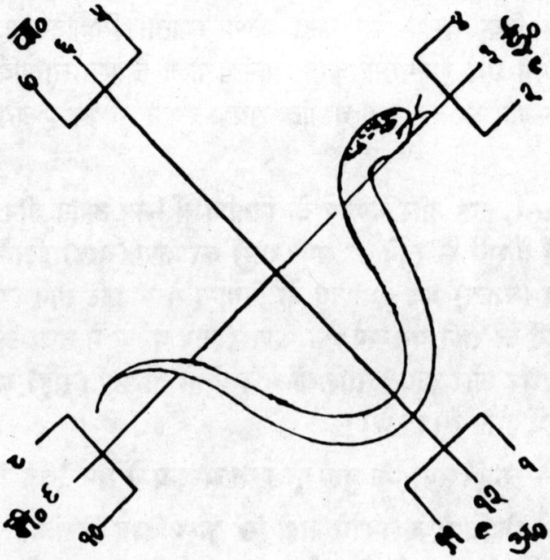

अहिभ्रमे जैनमतविवेकः—

दुर्गे पुरे चौकसि मण्डपे हरेः
प्रपामरागारकयोः शदिक्तिमेः।
वेद्यादि सर्वत्र फटेति गोत्रयं
जगाद वादाय तु जैनदर्शनम्।।१७।।

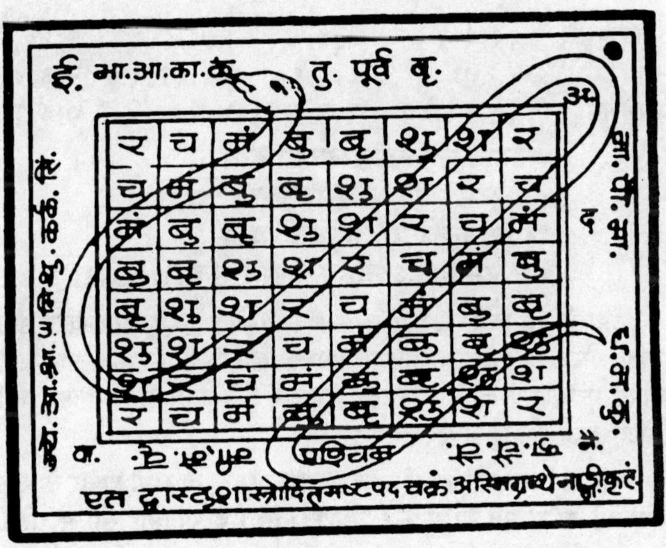

अथहिभ्रमे जैनमतविवेकं दर्शयति—दुर्ग इति।। नु वितर्के जैनदर्शनमिति वादाय जगाद इतीति किं दुर्गे वप्रे पुरे नगरे ओकसि गृहे मण्डपे च हरे: सिंहराशितस्त्रयं शदिक् शस्य ईश्वरस्य दिक् यस्या: सा फटा फणा स्यात्।। सिंहादिराशित्रये ईशानकोणे सर्पमुखमित्यर्थ:।। एवं प्रपामरागारकयो: पानीयशाला देवालयस्तयोर्विषये तिमेर्मीनात् त्रयं शदिक् फणा स्यात्। एवं वेद्यादि सर्वत्र स्थाने गोर्वृषात् त्रयं शदिक् फणा स्यात्।।१७।।

दुर्ग, नगर, गृह और मण्डप के निर्माण में सिंह आदि तीन (सिंह, कन्या, तुला) राशियों में सूर्य के रहने पर सर्प (राहु) का फण (मुख) ईशान कोण में होता है। जलशाला (प्याऊ) एवं देवालय के निर्माण में मीनादि तीन (मीन, मेष, वृष) राशियों में सूर्य के रहने पर सर्प का फण ईशान कोण में तथा अन्यत्र वृष आदि तीन (वृष, मिथुन और कर्क) राशियों में सूर्य हों तो सर्प (राहु) का मुख (फण) ईशान कोण में होता है।।१७।।

विमर्श— **राहु (सर्प) के मुख पुच्छ के सम्बन्ध में राम दैवज्ञ ने लिखा है कि-**

देवालये गेहविधौ जलाशये राहोर्मुखं शम्भुदिशो विलोमत:।
मीनार्कसिंहार्कमृगार्कतस्त्रिभे खाते मुखात् पृष्ठविदिक् शुभा भवेत् ।।१२।१९।

अर्थात् देवालय, गृह और जलाशय के निर्माण के समय क्रम से मीन, सिंह और मकर राशियों से आरम्भ कर तीन-तीन राशियों पर सूर्य के रहने पर ईशान कोण में राहु का मुख होता है। शेष राशियों में विपरीत क्रम से वायव्यादि कोणों में राहु का मुख होता है। यथा—

स्थान	**ईशान**	**वायव्य**	**नैऋत्य**	**अग्नि**
देवालय	१२,१,२	३,४,५	६,७,८	९,१०,११
गृह	५,६,७	८,९,१०	११,१२,१	२,३,४
जलाशय	१०,११,१२	१,२,३	४,५,६	७,८,९

यदैककाले निखिलावटक्रिया
स्याद्दन्दशूकभ्रमणैकता तदा।
भुजङ्गशून्यं घटतेऽघटं सदा
प्रमाणतोऽत्रेति न सन्मतं धृतम्।।१८।।

अथ जैनमतं स्वयं नाङ्गीकरोति—यदैकेति।। यदा दन्दशूकभ्रमणैकता सर्पभ्रमैक्यं स्यात्तदा एककाले निखिलावटक्रिया समस्ता खातक्रिया स्यात्।। अत्र खाते सदा प्रमाणतो भुजङ्गशून्यं खातं वरं घटते हि युक्तार्थे इति हेतोस्तन्मतं जैनमतं ऋतं सत्यं न स्यात् स्वयं नाङ्गीकृतमित्यर्थ:।।१८।।

यदि सर्प भ्रमण दिशा में एकता (समानता) हो तो सभी प्रकार के खातों की खुदाई की जा सकती है। पूर्वोक्त प्रमाण (विधि) के अनुसार सर्प से रहित दिशा

(कोण) में ही खात खोदना श्रेष्ठ होता है। यहाँ पर जैनमत प्रामाणिक नहीं है इसलिए इसका ग्रहण नहीं किया गया।।१८।।

मतान्तरदूषणम्—

भोगानुगं मन्दिरखातमादृतं
कुतार्किकः कश्चिदुवाच वेत्यपि ।
निर्ग्रन्थपक्षादृतदम्भवानसौ
वदत्यवेक्ष्येति कुलादिकं हरेः ।।१९।।

अथ पुनः कस्यचिन्मतं दूषयति— भोगेति।। वा इति पक्षान्तरे भोगानुगं सर्पकायगतं मन्दिरखातमादृतं श्रेष्ठं स्यादित्यपि कश्चित् कुतार्किको दुष्टविचारी उवाच असौ कुतार्किक इति पूर्वोक्तं हरेः सिंहराशितः कुलादिकं गृहादिकमवेक्ष्य विलोक्य वदति किंभूतोऽसौ निर्ग्रन्थपक्षादृतदम्भवान् वेषधारितोऽङ्गीकृतकपटवान् 'निर्ग्रन्थो निःस्वमूर्खयोः श्रवणे' इति हैमः।।१९।।

सर्प से आक्रान्त कोण में भी देवालय का खात कुछ कुतार्किक विद्वानों ने श्रेष्ठ बतलाया है। सिंह राशि से आरम्भ कर गृह के खातारम्भ को देखकर ही किसी अज्ञानी व्यक्ति ने ही इस मत को व्यक्त किया है।।१९।।

सर्पभ्रमणे मतान्तरम्—

समीरमार्गाष्टपदांशपेटके
चरत्यहिर्वासनयारमन्दगः।
इत्याह कश्चित्किल वास्तुशास्त्रविन्-
न तेन दृष्टं भ्रमणं तु दृक्श्रुतेः।।२०।।

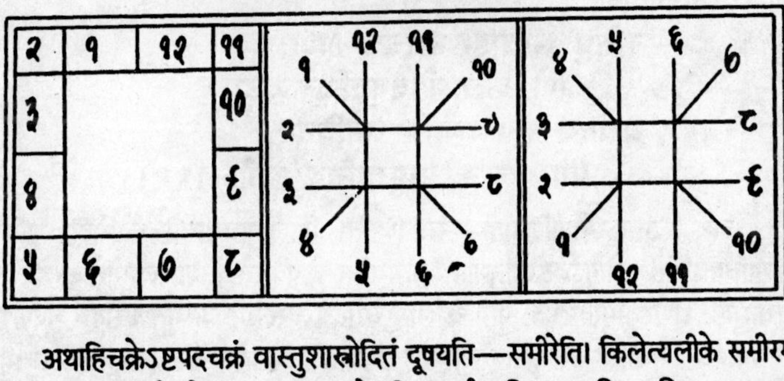

अथाहिचक्रेऽष्टपदचक्रं वास्तुशास्त्रोदितं दूषयति—समीरेति। किलेत्यलीके समीरमार्गे व्योम्नि अष्टपदांशपेटकेऽष्टचरणभागचक्रेऽहिः सर्पश्चरति गच्छति कस्मिन् खलान्तरे पापग्रहविचाले कया वासनया निषेधान्वये वासनयेति पदप्रयोगः 'वसना भावना संस्कार' इति हैमः। इति कश्चिदाह ब्रूते किंभूतः कश्चित् वास्तुशास्त्रवित् गेहभूशास्त्रज्ञः तेन केनचित् दृक्श्रुतेः सर्पस्य भ्रमणम् न दृष्टम्।।२०।।

किसी वास्तुशास्त्र ने कहा है कि सर्प (राहु) आकाश में अष्ट पद चक्र में (आठ दिशाओं) में भौम और शनि के मध्यगत होकर भ्रमण करता है। ऐसा कहने वाले ने लगता है दृक्श्रुति (सर्प) का भ्रमण देखा ही नहीं है।।२०।।

चतुर्भुजाङ्घ्रिस्तु चतुर्भुजेषु
रौद्र्यादिकेष्वत्र फणास्थितिः स्यात्।
इति प्रमाणं प्रकटं प्रवीणै-
रुदीरितं वासनया पुराणैः ।।२१।।

अथ ऋषिमतचक्रमाश्रित्य स्वमतं द्रढयति—चतुर्भुजेति।। अत्र व्योम्नि चतुर्भुजाङ्घ्रिः चत्वारो भुजा हस्ता अङ्घ्रयः पादाश्च यस्याः सा एवंविधा स्थितिः स्यात्। केषु रौद्र्यादिषु ईशानकोणादिषु च पुनश्चतुर्भुजेषु त्रिराशिप्रमिते भचक्रे चत्वारो भुजा एषु तेषु इत्यर्थः। इति प्रकारेण पुराणैः पुरातनैः प्रवीणैः पण्डितैः प्रकटं प्रमाणमुदीरितं प्रोक्तम्।।२१।।

आकाश में चतुर्भुज की (ईशानादि क्रम से) चार भुजायें हस्त और चार भुजायें पैर के समान हैं। ईशानादि कोणों में सर्प फण (राहु मुख) की स्थिति होती है। इस प्रकार का अभिप्राय प्राचीनाचार्यों के आधार पर विद्वानों ने प्रकट किया है।।२१।।

परिष्कार— **चतुर्भुज की चार भुजायें ४ दिशाओं की तथा ४ विदिशाओं की सूचक हैं। यदि किसी वृत्त के लम्ब रूप दो व्यास पूर्वापर और याम्योत्तर क्रम से स्थापित कर दिये जायँ तो रेखाओं के शीर्ष बिन्दु चारो दिशाओं में होंगे। तथा दो रेखाओं के मध्य की रेखा कोणों की सूचक होंगी। दो व्यास रेखाओं के लम्ब रूप में रहने से वृत्त के चार तुल्य भाग होते हैं। जिन्हें पद कहा जाता है। प्रत्येक पद तीन-तीन राशियों का होता है। अतः दो दिशाओं या दो विदिशाओं के मध्य का अन्तर तीन राशियों के तुल्य होता है।**

खातारम्भे समयशुद्धिः—

उक्तेषु भेष्वाहुरधोमुखैः क्षणैः
कोणे किलाशीविषवर्जितेऽवटम्।
चरोदये भूषणभाजि कोविद-
स्तारानुदास्यैस्तनुयादिह क्षणैः।।२२।।

अथ खातकरणशुद्धिमाह—सक्तेष्विति। किलेत्यवधारणे कोविदाः पण्डिता आशीविषवर्जिते कोणेऽवटखातमाहुः कथयन्ति केषु उक्तेषु शालकर्मोक्तेषु भेषु पुनः कैरधोमुखैः क्षणैरधोमुखनक्षत्रैः पुनः कस्मिन् चरोदये चरलग्ने किम्भूते चरोदये भूषणभाजि शुभयोगाश्रिते सुधीरिह उक्तेषु भेषु स्तम्भान् तनुयात् आरोपयेत् कैरुदास्यैः क्षणैरूर्ध्वमुख-नक्षत्रमुहूर्तैः।।२२।।

खात खोदने हेतु विद्वानों ने पूर्वोक्त (शाल-दुर्ग निर्माण हेतु कहे गये) नक्षत्रों को अधोमुख (मूल, आश्लेषा, विशाखा, कृत्तिका, तीनों पूर्वा, भरणी, मघा) नक्षत्रों

को तथा शुभ योगों से युक्त चर लग्न को श्रेष्ठ बतलाया है। स्तम्भरोपण पूर्वोक्त नक्षत्रों एवं ऊर्ध्वमुख (आर्द्रा, पुष्य, श्रवण, धनिष्ठा, शतभिष, तीनों उत्तरा, रोहिणी) नक्षत्रों तथा इन्हीं नक्षत्रों के मुहूर्तों में श्रेष्ठ बतलाया है।।२२।।

आयव्ययादीनां महत्त्वम्—

आयव्ययांशादिबले बलेन्दिरा
दुर्गे पुरे सद्मनि वेदिकादिषु।
भवोदतोऽयं तदुपक्रमोऽधुना
यद्वास्तुशास्त्रोदितरीतिरुच्यते।।२३।।

अथायव्ययांशादिबलं वर्णयन् वास्तुशास्त्रोदितं संदधाति—आयेति। दुर्गे पुरे सद्मनि वेदिकादिषु विषये आयव्ययांशादिबले सति इन्दिरा लक्ष्मीर्बला बलिष्ठा भवेत्। तत्तस्मात्मात्कारणादयमुपक्रम: प्रारम्भ: क्रियते यद्वास्तुशास्त्रोदितरीतिरुच्यते स्पष्टम्।।२३।।

दुर्ग, पुर, गृह और वेदिका के निर्माण में आय-व्यय आदि का बल प्राप्त होने से लक्ष्मी पुष्ट होती है। अत: वास्तुशास्त्रोक्त रीति से आयादि की विधि को व्यक्त कर रहा हूँ।।२३।।

क्षेत्रफलसाधनम्—

क्षेत्रे भवेत्क्षेत्रफलं चतुर्भुजे
तत्कोटिदोराहतिरेवमायते ।
त्र्यस्रेऽपि दो:कोटिहतेर्दलं फलं
दो:कोटिलम्बैर्विषमे च कल्पितम्।।२४।।

अथ क्षेत्रफलं साधयति—क्षेत्रे इति। चतुर्भुजे चतुरस्रे क्षेत्रफलं क्षेत्रमानं भवेत्। आयते दीर्घे क्षेत्रे कोटिदोषयो: कोटिभुजयोराहतिर्हननं गुणनमेव क्षेत्रफलं स्यात्। अपि पुनस्त्र्यस्रे त्रिकोणे क्षेत्रे दो:कोटिहतेर्भुजकोट्योर्हतिर्गुणना तस्या दलमर्धं तत् फलं क्षेत्रमानं स्यात्। पुनर्विषमे क्षेत्रे दो:कोटिलम्बैर्भुजकोटिलम्बनै: क्षेत्रफलं कल्पितम्।।२४।।

आयत चतुर्भुज क्षेत्र में भुज और कोटि का गुणनफल क्षेत्रफल होता है। त्रिकाण क्षेत्र में भुज और कोटि के गुणनफल का आधा तथा विषम क्षेत्र में भुज कोटि और लम्ब घात (गुणन) फल क्षेत्रफल होता है।।२४।।

परिष्कार— आयत चतुर्भुज क्षेत्रफल = लम्बाई × चौड़ाई

वर्ग चतुर्भुज क्षेत्रफल = भुज^{२} = (भुज × भुज)

त्रिभुज क्षेत्रफल = $\frac{\text{भुज} \times \text{लम्ब}}{२}$

विषमभुज क्षेत्रफल = कोटि × भुज × लम्ब

विष्कम्भपादे परिणाहनिघ्ने
वृत्ते सदा क्षेत्रफलं च चापे।
वृत्तार्द्धवत्स्यादिह वृत्तमध्यं
वृत्तत्रिभागोऽनियतं यदन्यत्।।२५।।

विष्कम्भेति—वृत्ते वर्तुलक्षेत्रे परिणाहनिघ्ने परिधिगुणिते सति विष्कम्भपादे विस्तृतितुर्यांशे क्षेत्रफलं स्यात्। यदुक्तं लीलावत्यां 'वृत्तक्षेत्रे परिधिगुणितव्यासपादः फलं स्यात्' इति। च पुनश्चापे धनुराकारक्षेत्रे वृत्तार्द्धवत् वर्तुलक्षेत्रार्धतुल्यप्रमाणं स्यात्। वृत्तविभागः वर्तुलत्र्यंशो वृत्तमध्यं स्यात्। यदन्यदुक्तक्षेत्रेभ्यो विपरीतमस्ति तत्क्षेत्रमनियतं नियामकरहितं स्यात्। इह दुर्गादिके सर्वत्र योज्यम्॥२५॥

परिधि मान को व्यास के चतुर्थांश से गुणा करने से गुणनफल वृत्तक्षेत्र का क्षेत्रफल होता है। चापक्षेत्र का क्षेत्रफल वृत्तार्थ (वृत्त के क्षेत्रफल के आधे के) तुल्य होता है। वृत्त के तृतीयांश को वृत्तमध्य कहा जाता है। इनसे भिन्न क्षेत्रों में क्षेत्रफल ज्ञान के लिए भिन्न-भिन्न नियम है।।२५।।

परिष्कार— $\frac{\text{परिध} \times \text{व्यास}}{४} = \text{वृत्त क्षेत्रफल}$

$$\frac{\text{परिधि} \times \text{व्यास}}{४ \times २} = \text{वृत्तार्ध क्षेत्रफल}$$

$$\frac{\text{परिधि} \times \text{व्यास}}{१२} = \text{वृत्तमध्य फल} = \frac{\text{वृत्तक्षेत्रफल}}{३}$$

ब्रह्मादीनामङ्गुलप्रमाणम्—

षडक्षतैराजमिहाङ्गुलं भवे-
त्सप्ताक्षतैर्वैष्णवमैशमङ्गुलम्।
यवोदरैष्टभिरत्र तत्करो
जिनाङ्गुलैस्तैश्च धनुश्चतुःकरम्।।२६।।

अथ ब्रह्मादीनामङ्गुलादिमानं दर्शयति—षडक्षतैरिति॥ इह प्रासादादिमाने षडक्षतैः षड्यवैः आजं अजस्येदं ब्राह्ममङ्गुलं भवेत्। सप्ताक्षतैः सप्तयवैर्वैष्णवं विष्णोरिदं कार्ष्ण्यमङ्गुलं भवेत्। अष्टभिर्यवोदरैः ऐशं शिवस्याङ्गुलं भवेत् अत्र प्रमाणे तैर्जिनाङ्गुलैश्चतुर्विंशतिमितैस्तत्करस्तेषां करः कोऽर्थः अजाङ्गुलैरजकरः कृष्णाङ्गुलैः कृष्णकर ईशाङ्गुलैरीशकरः स्यात् च पुनश्चतुःकरं धनुः स्यात्॥२६॥

छः अक्षत (छिलका रहित पूर्ण) यव का एक ब्राह्म अङ्गुल, ७ अक्षत यवोदर का १ वैष्णव अङ्गुल तथा आठ अक्षत यवोदर का शैव अङ्गुल होता है। अपने-अपने अंगुल प्रमाण से २४ अंगुल का एक हाथ तथा चार हाथ का एक धनुष होता है।।२६।।

ब्राह्मादीनामङ्गुलानां प्रयोगः—

प्रासादकुण्डादिकपीठवेदिका-
द्विजालयेषु स्मृतमाजमङ्गुलम्।
जलाशयारामविधौ नृपालये
निधौ हितं वैष्णवमन्यदन्यगम्।।२७।।

अथाजाङ्गुलादीनां ग्राह्यस्थानानि दर्शयति—प्रासादेति।। प्रासादो देवालयः कुण्डादिकं वेदिका द्विजालयो विप्रगृहं एषां द्वन्द्वे एषु आजं ब्रह्मसम्बन्धि अङ्गुलं हितं शुभं स्यात्। जलाशयस्तटाकादिः आराम अनयोर्विधौ कार्ये नृपालये राजगृहे निधौ निधाने वैष्णवं विष्णुसम्बन्धि अङ्गुलं हितं स्यात्। अन्यत् रौद्राङ्गुलं अन्यगं क्षेत्रकोशादिके हितं स्यात्।।२७।।

गृह, देवालय, कुण्ड, वेदी और विप्रगृह के निर्माण में ब्राह्म अंगुल, जलाशय, उद्यान, राजगृह, दुर्ग आदि के निर्माण में वैष्णव अङ्गुल तथा अन्य कार्यों (राजमार्ग आदि के निर्माण) में रौद्र अङ्गुल का प्रयोग करना चाहिए।।२७।।

आयनामानि—

ध्वजधूम्रहरिश्वगोखरा
द्विरदोध्वांक्ष इहायकाः क्रमात्।
ननु चापकराङ्गुलोन्मिता
गदिता मण्डलशालधामसु।।२८।।

अथ वैतालीयेनात्राष्टौ आयकानाह—ध्वजेति।। ननु निश्चितं मण्डलशालधामसु वसुधेशविप्रगृहेषु इह क्रमात् ध्वजादय आयका गदिताः प्रोक्ताः। ध्वजः १ धूम्रः २ हरिः सिंहः ३ श्वा श्वानः ४ गो वृषः ५ खरो रासभः ६ द्विरदो गजः ७ ध्वांक्षः काकः ८ इति किम्भूता एते चापकराङ्गुलोन्मिताः धनुर्हस्ताङ्गुलप्रमिताः।।२८।।

ध्वज, धूम्र, सिंह, श्वान, वृष (गो), गर्दभ, गज और ध्वांक्ष ये आठ आय मंडल, दुर्ग और गृह के निर्माण हेतु कहे गये हैं। इनका ज्ञान धनु (४ हाथ) और अंगुलों के आधार पर अर्थात् गृह के दैर्घ्य-विस्तार के अनुसार होता है।।२८।।

आयानां शुभाशुभत्वविचारः—

ध्वजपूर्व इहायुरष्टभि-
र्विहृतेक्षेत्रफले समोऽशुभः।
निखिलासु हरिस्त्वलं ध्वजो
व्यपराशासु च केसरी वरः।।२९।।

अथायानां ग्राह्यस्थानान्याह—ध्वज इति।। इह शालादौ अष्टभिर्विहृते क्षेत्रफले सति ध्वजपूर्वो ध्वजप्रमुखआयः समः समसंख्याक अशुभः स्यात्। अलमित्यवधृतौ

निखिलासु हरित्सु दिक्षु ध्वज आयो वरः श्रेष्ठः स्यात्। च पुनर्व्यपराशासु पश्चिमदिशं विना सर्वदिक्षु केसरी सिंहो वरः श्रेष्ठः स्यात् ॥२९॥

शाला गृह आदि के पिण्ड को आठ से भाग देने पर शेष तुल्य ध्वज आदि आय होते हैं। सम संख्यक आय, (२ धूम्र, ४ श्वान, ६ रासभ, ८ ध्वांक्ष) अशुभ होते हैं। सभी दिशाओं में ध्वज आय तथा पश्चिम दिशा को छोड़कर शेष सभी दिशाओं में सिंह आय श्रेष्ठ होते हैं।।२९।।

वर्णक्रमेण आयानां शुभाशुभत्वम्—

करिजोऽन्तकदिङ्मुखे
शुभोऽनु च सुत्रामदिगानने वृषः।
ध्वजसिंहगजर्षभा हिताः
क्षितिदेवाननजातिषु क्रमात्।।३०।।

करिज इति॥ अन्तकदिङ्मुखे करिजो गजायः शुभः स्यात्। अनु पश्चाच्च पुनः सुत्रामदिगानने इद्रदिङ्मुखे वृषः शुभः स्यात्। क्षितिदेवाननजातिषु विप्रप्रमुखजातिषु ध्वजसिंहगजर्षभा हिताः शुभाः स्युः क्रमात् क्रमेण॥३०॥

दक्षिण दिशा में गज आय एवं पूर्व दिशा में वृष आय शुभ होती है। ब्राह्मणादि वर्णों में क्रम से ध्वज, सिंह, गज और वृष आय श्रेष्ठ मानी गई है। अर्थात् ब्राह्मण के लिए ध्वज, क्षत्रिय के लिए सिंह, वैश्य के लिए गज तथा शूद्र के लिए वृष आय श्रेष्ठ होती है ।।३०।।

विमर्श— आय का सम्बन्ध दिशाओं में द्वार की स्थापना से है। जिस दिशा में द्वार रखना हो उसी प्रकार की आय शुभ होती है यथा ध्वज आय हो तो चारों दिशाओं में अथवा किसी भी दिशा में द्वार शुभ है। सिंह आय हो तो पश्चिम में द्वार नहीं रखना चाहिए।

इह ये खलसत्वजीविनो
मनुजास्तच्छरणादि कर्मणि।
खलसत्वगमायुरुत्तमं
गदितं गाणितिकैरसंशयम् ।।३१।।

इहेति—ये खलसत्वजीविनः क्रूरप्राणिजीविनो मनुजा अन्त्यजाः सन्ति असंशयं निश्चितं तच्छरणादिकर्मणि तेषां चाण्डालानां गृहादिकार्ये गाणितिकैर्ज्योतिर्विद्भिः खलसत्वगमायुः क्रूरजीवाभिधानम् आयुः उत्तमं गदितं प्रोक्तम्। अत्र आयशब्दस्य आयुष इति पर्यायोऽभिहितः॥३१॥

जो खल प्राणियों (जीवों) पर आश्रित रहने वाले हैं उन (चाण्डाल) जातियों के गृह निर्माण के समय ज्योतिषियों को खल प्राणियों की आय (श्वान, रासभ, ध्वांक्ष) का ही निःसंदेह निर्देश करना चाहिए।।३१।।

नक्षत्रव्यययोः साधनम्—

द्विरदैर्गुणिते फले हृते
त्रिघनेनोर्वरितं भमुच्यते।
भगणेऽष्टहृते व्ययस्थलं
व्ययहीनं त्वधिकायमुत्तमम्।।३२।।

अथ वास्तुनक्षत्रादिज्ञानं साधयति—द्विरदैरिति। फले क्षेत्रफले द्विरदैरष्टभिर्गुणिते पुनस्त्रिघनेन हृते सप्तविंशतिभाजिते यत् उर्वरितं शेषं तत् भं वास्तुनक्षत्रमुच्यते। सप्तविंशतिभाजितं यच्छेषं तत् व्ययः व्ययसंज्ञं स्यात्। तु पुनर्यत्र वास्तुनि व्ययहीनं व्ययस्वल्पता अधिकायं आयाधिकं एवं यत् स्थलं तदुत्तमम्।।३२।।

गृह के क्षेत्रफल (पिण्ड) को ८ से गुणा कर गुणनफल में २७ का भाग देने से शेष नक्षत्र होता है। तथा लब्धि (नक्षत्र) भगण होता है। भगण को ३ के घन अर्थात् २७ से भाग देने पर जो शेष होगा उसे व्यय कहते हैं। व्यय अल्प और आय अधिक होनी चाहिए।।३२।।

अंशानयम्—

व्ययान्विते क्षेत्रफले समन्विते
ध्रुवादिवर्णैस्त्रिहृतेंऽशका गृहे।
हर्यन्तकोर्वीपतयो यमोऽशुभः
स्वनामवर्णैस्तु परत्र कीर्तिताः।।३३।।

अथ क्षेत्रफलादिभिरंशकान् साधयति—व्ययान्वित इति।। क्षेत्रफले व्ययान्विते व्यययुक्ते पुनः क्षेत्रफले ध्रुवादिवर्णैर्ध्रुवादिषोडशगृहनामाक्षरैश्च समन्विते युक्ते पुनः क्षेत्रफले त्रिहृते त्रिभिर्भाजिते सति गृहे हर्यन्तकोर्वीपतयः इन्द्रः यमः राजा अंशका इति संज्ञाः कीर्तिताः एषु यमोंऽशकोऽशुभः स्यात्। तु पुनः स्वनामवर्णैर्निजनामतुल्यैरेते कीर्तिताः कस्मिन् परत्र परस्मिन् कोऽर्थः सर्वे स्वनामतुल्यफलदा इत्यर्थः।।३३।।

गृह के क्षेत्रफल (पिण्ड) में व्यय की संख्या जोड़कर ध्रुव आदि गृहों की नामाक्षर संख्या जोड़कर योग फल में ३ का भाग देने से शेष तुल्य गृह के अंश क्रम से इन्द्र, यम और नृप होते हैं। अर्थात् १ शेष हो तो इन्द्र, २ शेष हो तो यम और तीन शेष हो तो नृप अंश होता है। सभी अंश अपने नाम के अनुसार फल दायक होते हैं। यथा-इन्द्र और नृप अंश शुभ और यम अशुभ होता है।।३३।।

स्थानभेदेन आयानामौचित्यम्—

सिंहायुरिष्टोऽचलमौलिशाले
शाले गजायोऽम्बुवृतौ व्ययोने।
ककुद्मदायोऽवनिगह्वरस्थे
ध्वजो हि सर्वत्र यथा व्ययः स्यात्।।३४।।

अथ पर्वतप्राकारादिषु आययोग्यतामाह—सिंहायुरिति।। व्ययेन ऊने हीने व्ययोने व्ययस्वल्पतायां सत्यामिति सर्वत्र योज्यं अचलमौलिशाले पर्वतमूर्ध्नि प्राकारे सिंहायु इष्टः स्यात्। आयु शब्द उकारान्तोऽपि शब्दप्रभेदे।। अम्बुवृत्तौ जलवेष्टितशाले गजाय इष्टः शुभः स्यात्। अवनिगह्वरस्थे भूमिस्थे शाले ककुद्मदायो वृषभाय इष्टः स्यात् 'उक्षानड्वान् ककुद्मान् गौः' इति हैमः। हि युक्तार्थे सर्वत्र ध्वज इष्टः स्यात् किम्भूतो यथाव्ययः व्ययस्वल्पतेत्यर्थः।।३४।।

व्यय के स्वल्प रहने पर पर्वत के ऊपर स्थित गृह में सिंह आय, जल से वेष्टित स्थान अथवा टापू पर स्थित गृह में गज आय, पृथ्वी के निचले भाग में अथवा भूगर्भ में स्थित गृह में वृष आय तथा सभी स्थानों में स्थित गृहों के लिए ध्वज आय श्रेष्ठ होती है। किन्तु व्यय की स्वल्पता सर्वत्र अपेक्षित है।।३४।।

प्राकारपूर्गेहभकर्तृतारयोः
सभाजनं दोर्ग्रहवद्विलोकयेत्।
निजोदितेऽनेहसि शस्त्रयन्त्रकैः
प्रपूरितः पूरितशो हि शालकः।।३५।।

अथ वप्रादिनक्षत्रकर्तृनक्षत्रमेलापकेन शालपूरणमाह—प्राकारेति।। सुधीः प्राकारो वप्रः पूः नगरो गेहं एषां भं नक्षत्रं कर्तृ तारा तत्कारकपुरुषस्य नक्षत्रं एतयोः सभाजनं परस्परं सख्यलक्षणं विलोकयेत् किंवत् दोर्गृहवत् पाणिग्रहणतुल्या मैत्री कस्मिन् निजोदिते प्राकारादिषु उक्तेऽनेहसि काले हि युक्तार्थे शस्त्रयन्त्रकैः खड्गादिपाषाणादियन्त्रकैः प्रपूरितः सन् शालकः प्राकारः पूरितशः स्यात पूरिता शा लक्ष्मीर्यस्मिन्निति लक्ष्मीपूर्णदुर्गं इत्यर्थः।।३५।।

नगर, दुर्ग और गृह के नक्षत्र तथा इनके स्वामी के नक्षत्र से उसी प्रकार मेलापक का विचार करना चाहिए जिस प्रकार विवाह में करते हैं।[1] गृह प्राकारादि हेतु कहे गये समय (मुहूर्त) में गृह दुर्ग आदि का निर्माण हो तो दुर्ग अस्त्र-शस्त्र और धन सम्पत्ति से पूर्ण हो जाता है।।३५।।

प्रतोलिकानिर्माणमुहूर्तः—

समीरसुत्रामभदेवसूड्डुभि
र्मृदूडुभिः क्षिप्रयुतैः सुकण्टके।
विदारमन्दान्यदिनेषु सत्तिथौ
स्थिरोदये संघटयेत्प्रतोलिकाम्।।३६।।

अथ प्रतोलिकाकरणशुद्धिमाह—समीरेति।। सुधीः प्रतोलिकां संघटयेत् कारयेत् कैः समीरः स्वाती सुत्रामभं ज्येष्ठा देवसूड् पुनर्वसु एषां द्वन्द्वे एभिः पुनः कैर्मृदूडुभिः

१. समस्त मेलापक विवाहवत् होता है केवल नाड़ी मेलापक में भेद है। गृह मेलापक में एक ही नाडी प्रशस्त मानी गई है।

किम्भूतै: क्षिप्रयुतै: चरनक्षत्रयुक्तै: पुन: कस्मिन् स्थिरोदये स्थिरलग्ने किम्भूते सुकण्टके शुभग्रहयुक्तकेन्द्रे पुन: केषु विदारमन्दान्यदिनेषु बुधो भौम: शनिरेतान् विहाय अन्यग्रहदिनेषु पुन: कस्मिन् सत्तिथौ।।३६।।

स्वाती, ज्येष्ठा, पुनर्वसु, मृदुसंज्ञक (मृगशिरा, रेवती, चित्रा, अनुराधा), क्षिप्रसंज्ञक (हस्त, अश्विनी, पुष्य) नक्षत्रों में, बुध, भौम, शनि वासरों को छोड़कर शेष अन्य दिनों में, शुभ तिथियों में, स्थिर लग्न में तथा लग्न से केन्द्र (१,४,७,१०) स्थानों में शुभग्रहों के स्थित रहने पर प्रतोलिका का निर्माण करना चाहिए।।३६।।

प्रतोलिकाचक्रे नक्षत्रस्थापनम्—

विकर्तनाक्रान्तभतो द्विपार्श्वगं
तन्मौलितो दिक्षु चतुष्टयं न्यसेत्।
द्वयं विदिक्षु त्रयमन्तरे क्रमा-
दधोविदिक्स्थं न शुभं भमण्डलम्।।३७।।

प्रतोलिकाचक्रे नक्षत्रस्थापनं तत्फलं च दर्शयति—विकर्तनेति।। सुधीर्विकर्तनाक्रान्तभत: सूर्यसंक्रमणनक्षत्रात्तन्मौलित: प्रतोलीमस्तकात् द्विपार्श्वगं दिक्षु चतुष्टयं विदिक्षु द्वयं अन्तरे विचाले त्रयं क्रमात् न्यसेत् स्थापयेत्। कोऽर्थ: प्रतोलीमस्तकात् सव्यापसव्याद्विमार्गतश्चतुर्षु दिक्षु चत्वारि नक्षत्राणि इति षोडश देयानि चतुर्षु विदिक्षु द्वयं द्वयं अष्टौ इति देयानि मध्ये त्रयं देयमिति सप्तविंशतिभानि देयानि। प्रतोल्या अधो विदिक्स्थं अधोगतं विदिक्स्थितं भमण्डलं न शुभं स्यात्।।३७।।

सूर्याक्रान्त नक्षत्र से चार-चार नक्षत्र प्रतोली के मस्तक से आरम्भ कर दोनों पार्श्व में स्थित दिशाओं में, दो-दो नक्षत्र कोणों में तथा तीन नक्षत्र प्रतोली के मध्य में स्थापित करने से प्रतोली चक्र होता है। प्रतोली के अधोभाग में स्थित कोणों के नक्षत्र शुभ नहीं होते।।३७।।

प्रतोली चक्र

२ शुभ	सू.न.से ४ शुभ	२ शुभ
४ शुभ	३ नक्षत्र शुभ	४ शुभ
२ अशुभ	४ शुभ	२ अशुभ

भचक्रभेद:—

प्राकारदेवायतनाननेऽसौ
क्रमो भचक्रभ्रमणस्य चिन्त्य:।

सदैव पार्श्वभ्रमरीतिभेदो
गृहादिकद्वार्युदितैश्च भागैः।।३८।।

अथ भचक्रस्य भेदं दर्शयति—प्राकारेति।। प्राकारदेवायतनानने दुर्गदिवालयद्वारेऽसौ भचक्रभ्रमणस्य क्रमश्चिन्त्यः स्यात् कैरुदितैर्भागैः प्रोक्तभागैश्च पुनर्गृहादिकद्वारि पार्श्वतो भचक्रभ्रमणेन भेदश्चिन्त्यः स्यात्स निरन्तरम्।।३८।।

प्राकार (दुर्ग) और देवालय में उक्तरीति से भचक्र (नक्षत्र चक्र) का भ्रमण होता है। गृह और देवालय के निर्माण में पाश्र्व भ्रम (अर्थात् पाश्र्व भाग से नक्षत्रों का स्थापन) होता है। इस क्रम में सदैव विचार करना चाहिए।।३८।।

दिग्वत्सचक्रम्—

वशादिभाज्जिष्णुदिशोंऽशुमालिनि
त्रये त्रये दिक्ष्वपि वत्ससंस्थितिः।
वत्से पुरोगे विशिखा च पृष्ठगे
ज्वालानिवेशे न हिता भवेदिह।।३९।।

अथ दिग्वत्सचक्रं दर्शयति—वशेति।। वशादिभात् कन्यादिराशितस्त्रये त्रये राशित्रिके त्रिकेंऽशुमालिनि सूर्ये सति विष्णुदिशः पूर्वतो दिक्षु अपि निश्चितं वत्ससंस्थितिः स्यात्। इह दुर्गे विशिखा प्रतोलिका हिता शुभा न भवेत् कस्मिन् पुरोगेऽग्रगे च वत्से सति किम्भूते वत्से ज्वालायाः ज्वालासंज्ञादिशस्तस्या निवेशः प्रवेशो यस्मिन् सः।।३९।।

कन्या राशि से आरम्भ कर तीन-तीन राशियों में सूर्य के रहने पर क्रम से पूर्वादि दिशाओं में वत्स की स्थिति होती है। दुर्ग और प्रतोलिका में प्रवेश के समय सम्मुख और पृष्ठ भाग में स्थित वत्स ज्वाला संज्ञक होने से अशुभ होता है।।३९।।

दिग्वत्स चक्र

वा.	**उत्तर ३,४,५**	**ई.**
पश्चिम १२,१,२		**पूर्व ६,७,८**
नै.	**९,१०,११ दक्षिण**	**अ.**

प्रतोलीनिर्माणे नक्षत्र-राहुचन्द्रशुद्धिः—

विधुन्तुदे नैव विधौ च सम्मुखे
रथ्याकृतिर्वैकृतिदायिनी भवेत्।

अदुर्गपुर्यां भतमोऽब्जवत्सजां
शुद्धिं विना निस्सरणं समादृतम्।।४०।।

अथ प्रतोलीकरणे सन्मुखं राहुं चन्द्रं च त्यजन्नाह—विधुन्तुद इति।। अत्रैव दुर्गे विधुन्तुदे राहौ विधौ चन्द्रे च सन्मुखे सति रथ्याकृतिः प्रतोलीकर्म विकृतिदायिनी विरूपकारिणी भवेत् 'रथ्या प्रतोली विशिखा समा' इति हैमः। अदुर्गपुर्यां दुर्गरहितस्य नगरस्य निस्सरणं मुखं समादृतमङ्गीकृतं कां विना भं नक्षत्रं तमो राहुः अब्जश्चन्द्रः वत्स एभ्यो जातां शुद्धिं विना निस्सरणं 'मृतौ उपाये गेहादिमुखे' इति हैमः। येन गृहादिषु प्रविश्यते निर्गम्यते तन्निस्सरणम्।।४०।।

प्रतोली (लघुमार्ग, गलियारा) के निर्माण में सम्मुख राहु और चन्द्र हों तो उसमें विकृति उत्पन्न करते हैं। अतः सम्मुख राहु एवं चन्द्र होने पर प्रतोली का निर्माण नहीं करना चाहिए। दुर्ग रहित नगर (साधारण नगर) में मुख्य द्वार (आने जाने के प्रमुख मार्ग) के निर्माण में नक्षत्र, चक्र और वत्स चक्र की शुद्धि की आवश्यकता नहीं होती।।४०।।

निर्दुष्टशालवर्णनम्—

उदीरितायव्ययतारकाबलो
नभोगशुद्धिः स्मृतिनीतिसज्जितः।
समुक्तकालादृतसर्वसत्क्रियो
विराजते मण्डलशासिता स यः।।४१।।

अथ निर्दोषकृतं शालं वर्णयति—उदीरितेति।। यः शालो वर्तते किंभूतः शालो उदीरिताः प्रोक्ता आयव्ययतारकास्तासां बलं यस्मिन्सः पुनः किंभूतः शालः नभोगानां ग्रहाणां शुद्धिर्निर्दोषता यस्मिन्सः पुनः किंभूतः शालः स्मृता प्रोक्ता या नीतिस्तया सज्जितो निर्मितः पुनः किंभूतः शालः समुक्तः सम्यक् प्रकारेण प्रोक्तो यः कालस्तेन आदृता अङ्गीकृता सर्वा सत्क्रिया यस्मिन् स इति स शालो मण्डलशासिता देश-रक्षाकरः सन् विराजते।।४१।।

पूर्वोक्त आय-व्यय और तारा के बलों (गुणों) से एवं ग्रहशुद्धि से युक्त, निर्दिष्ट नीतियों से सुसज्जित तथा सम्यक् प्रकार से विचार कर कहे गये मुहूर्त (उत्तम काल) में निर्मित शाला (दुर्ग) देश की रक्षा करने में सक्षम होती है।।४१।।

पर्वतस्थितदुर्गस्य स्वरूपम्—

अरातिमत्तेभनिकायकुम्भदो
निराग्रहः शस्त्रनखोपघातकृत्।
निःशाणनादोऽचलमौलिशालको
दधात्यसौ केसरिपौरुषश्रियम्।।४२।।

अथ शैलस्थशालस्य सिंहोपमानं दर्शयति—अरातीति।। असौ अचलमौलिशालकः पर्वतशृङ्गदुर्गः केसरिपौरुषश्रियं सिंहविक्रमशोभाम् दधाति बिभर्ति किंभूतोऽसौ अरातयः शात्रवा एव मत्तेभा मदगर्जितकुम्भिनस्तेषां निकायः समूहस्तस्य कुम्भं कुम्भस्थलं द्यति खण्डयति इति पुनः किंभूतो निराग्रहः निर्गत आग्रहो ग्रहणं यस्य सः पुनः किंभूतः शस्त्राण्येव नखास्तैरुपघातकृत् विनाशकारकः पुनः किंभूतो निःशाणानां नादाः शब्दा यस्मिन्सः सिंहोऽप्येवं विधः स्यात्।।४२।।

पर्वत शिखर पर स्थित दुर्ग शत्रु रूपी मत्त गज समूह के कुम्भस्थल (मस्तक) का विदारण करने वाले, अजेय, शस्त्र रूपी नखों से आघात करने वाले गंभीर घोष से युक्त सिंह के बल एवं तेज को धारण करने वाला होता है।।४२।।

जलवेष्टितशालस्य स्वरूपम्—

विरोधिवीरद्रुमसङ्गभङ्गो
गम्भीरभेरीध्वनिघोरघोषः।
असह्यपार्श्वः परिवारिशालो
वहत्यसौ मत्तगजेन्द्रलीलाम्।।४३।।

अथ जलवेष्टितशालं हस्तितुल्यं वर्णयति—विरोधीति।। असौ परिवारिशालः सर्वतो जलवेष्टितदुर्गो मत्तगजेन्द्रलीलां वहति दधाति किंभूतोऽसौ विरोधिवीराः शत्रुसुभटा एवं द्रुमा वृक्षास्तेषां सङ्गः सङ्गमस्तस्य भङ्ग उन्मूलनं यस्मात् सः पुनः किंभूतो गम्भीरभेरीध्वनिभिर्घोर उत्कटो घोषो यस्मिन् सः पुनः किंभूतः असह्य सोढुमशक्यं पार्श्वं सामीप्यं यस्य स इत्येवंविधः स्यात्।।४३।।

जल से वेष्टित दुर्ग, प्रबल शत्रु रूपी वृक्षसमूह को ध्वस्त करने वाले, गम्भीर घोष से युक्त अपनी समानता को न सहन करने वाले उन्मत्त गजराज की शोभा को धारण करने वाला होता है।।४३।।

भूमिशालस्वरूपम्—

दूराभियातीन्प्रति संक्षतक्षमः
पलायनं वाञ्छति वेष्टितोऽवनौ।
मुखग्रहाधूतपुरोऽतिगर्जितो
दुर्गो वशी स्यात्सगुणो गुणग्रहः।।४४।।

अथ भूमिशालं श्वानतुल्यं वर्णयति—दूरेति।। अवनौ दुर्गोऽतिगर्जितः शब्दायमानः श्वगुणः शुनः श्वानस्य गुण इव गुणो यस्य स श्वानतुल्यः स्यात्। किंभूतो दूराभियातीन् दूररिपून् प्रति संक्षतक्षमः सम्यक् प्रकारेण घाताय क्षमः समर्थः। पुनः किंभूतो वेष्टितः सन् दुर्गः पलायनं वाञ्छति आधारे आधेयोपचारात् तत्रत्यजनः। पुनः किंभूतो मुखग्रहधूतपुरः मुखस्य निस्सरणस्य ग्रहो ग्रहणं कम्पितं तेन आधूतं पुरं नगरं अग्रभागो वा यस्य सः।

पुन: किंभूत: गुणग्रह: गुणेन भेदेन ग्रहो ग्रहणं यस्य स: 'कार्योद्देशे गुणो भेदे' इत्यनेकार्थ्यां हैम:। अतएव किंभूतो वशी स्वायत्त: श्वाप्येवंविधो गुणेन रज्ज्वा बद्ध: सन् वशी स्यात् ॥४४॥

समतल भूमि में स्थित दुर्ग, दूरस्थ शत्रुओं पर आघात करने में सक्षम वेष्टित होने पर (घिर जाने पर) पलायन की चेष्टा करने वाले तथा मुख्य द्वार पर अधिकार कर लेने से रस्सी से बँधे एवं वशीभूत हो जाने वाले श्वान की तरह होता है।।४४।।

अन्यदुर्गस्वरूपम्—

पार्श्वश्रितामित्रविघातसत्वो
भीमानन: काहलवाद्यनाद:।
अन्तर्वहिर्धावनवल्गनौजा:
स्यात्पुण्डरीकप्रतिमोऽन्यदुर्ग:।।४५।।

अथ गह्वरशालं व्याघ्रतुल्यं वर्णयति—पार्श्वेति॥ अन्यदुर्गो गह्वरशाल: पुण्डरीकप्रतिमो व्याघ्रसदृश: स्यात् 'व्याघ्रो द्वीपी पुंडरीक:' इति हलायुध:॥ पार्श्वाश्रिता: समीपस्था येऽमित्रा: शत्रवस्तेषां विघाताय हननाय सत्वं बलं यस्य स:। पुन: किंभूतो भीमानन: भयानकमुख: पुन: किंभूत:। काहलवाद्यनाद: स्पष्टं पुन: किंभूत: अन्तर्बहिर्मध्ये बाह्ये धावने शीघ्रगमने वल्गने उत्पतने ओजो बलं यस्य स: अन्तर्बहिर्धावनवल्गनौजा इति॥४५॥

अन्य दुर्ग (विशेषत: गह्वर में स्थित दुर्ग), अपने समीप में स्थित शत्रुओं के संहार में सक्षम, भयानक मुख एवं काहल (वाद्य विशेष) के समान शब्दवाले भीतर बाहर सर्वत्र दौड़ने और कूदने में सक्षम व्याघ्र के समान होता है।।४५।।

श्रीविक्रमार्कशौर्यवर्णनम्—

अनेकशाला भुवि सन्ति दुर्गमा
ये भूरिवीरा: स्फुरदस्त्रसङ्कुला: ।
स्वार्यप्रतापोज्ज्वलिता नतीकृता:
श्रीविक्रमार्कक्षितिपेन पालिता: ।।४६।।

अथ दुर्गग्रहणेन श्रीविक्रमार्के बलं वर्णयति—अनेकेति॥ येऽनेकदुर्गा दुर्गमा गृहीतुमशक्या भुवि पृथिव्यां सन्ति किंभूता ये भूरिवीरैर्बहुसुभटै: स्फुरदस्त्रैरुत्तेजितशस्त्रै: सङ्कुला व्याप्ता: श्रीविक्रमार्कक्षितिपेन ते दुर्गा: पूर्वं नतीकृता नम्रीकृता: पश्चात् पालिता: सेवकभावेन रक्षिता: किंभूतास्ते स्वार्य: स्वस्य अर्य: स्वामी श्रीविक्रमार्कस्तस्य शुभ: प्रतापस्तेन उज्ज्वलिता मानमलरहितीकृता:॥४६॥

पृथ्वी पर अनेक दुर्ग हैं जो अत्यन्त दुर्गम हैं तथा अनेक वीरों से व्याप्त हैं उन दुर्गों को श्री विक्रमार्क ने अपने प्रताप से नम्र (वशीभूत) कर लिया तथा उनका पालन-पोषण भी किया।।४६।।

उपसंहारः—

दुर्गारम्भस्य योऽनेहाः प्रोदितोऽसौ मयाधुना।
दुर्गमध्यपुरारम्भे ग्राह्यो भूमिभुजादरात्।।४७।।

अथ शालशुद्ध्युपसंहारमाह—दुर्गेति। मया योऽसौ दुर्गारम्भस्यानेहाः कालः प्रोदितः गदितः सोऽधुना कालो भूमिभुजाऽऽदरात् आग्रहात् ग्राह्यः कस्मिन् दुर्गमध्यपुरारम्भे वा मध्यनगरारम्भणे।।४७।।

दुर्गारम्भ हेतु जो काल मैने बतलाया है उस काल (मुहूर्त) को आदर पूर्वक दुर्ग के भीतर, पुर (गृह आदि) के निर्माण में राजा को ग्रहण करना चाहिए।।४७।।

अशालनगरारम्भे गदितः कालनिर्णयः।
विशेषो यस्तमेवाहं ब्रवीमि सदृषीरितम्।।४८।।

अथ स्वागतया पुरेऽनुक्तशुद्धिं दर्शयन्नाह—अशालेति।। अशालनगरारम्भे प्राकार-रहितनगरप्रारम्भणे कालनिर्णयो गदितः प्रोक्तः पुनर्यः कालो विशेषोऽस्ति अहं तमेव कालं किंभूतं सदृषीरितं शुभऋषिप्रोक्तम्।।४८।।

प्राकार रहित नगर के निर्माणहेतु काल (मुहूर्त्त) निर्णय बताया जा चुका है। जो विशेष विचारणीय है उसे मैं विशिष्ट ऋषियों के मतानुसार कह रहा हूँ।।४८।।

जित्मगोमृगघटाजभसंस्थे
वासयेत्पुरमशीतलकेतौ।
पौषषट्कवति वाश्विनमार्गा-
दित्यजूकभशिलीमुखयोगे।।४९।।

अथ संक्रान्त्यादिशुद्धौ पुरवासमाह—जित्मेति।। सुधीः पुरं वासयेत् कस्मिन् जित्मं मिथुनं गौर्वृषः मृगो मकरः घटः कुम्भः अजो मेषः एषु राशिषु संस्थेऽशीतलकेतौ उष्णधाम्नि सूर्ये किंभूते सूर्ये पौषषट्कवति पौषादिषण्मासयुक्ते वाऽथवा आश्विनेति आश्विने मासे मार्गमासे आदित्यजकमशिलीमुखयोगे सूर्यतुलासंक्रमणवृश्चिकसंक्रमण-योगे।।४९।।

मिथुन, वृष, मृग, मकर, कुम्भ, मेष राशियों में सूर्य हों तो पौष आदि ६ मासों में (पौष, माघ, फाल्गुन, चैत्र, वैशाख, ज्येष्ठ) अथवा आश्विन, मार्गशीर्ष मासों में तथा तुला और वृश्चिक संक्रान्तियों में पुर में निवास करना चाहिए।।४९।।

गुर्वादिदोषे पुरारम्भनिषेधः—

लेयगेऽमरपुरोधसि मौढ्ये
वक्रगे पतितमास्यधिके वा।
हारिपूरचनमास्फुजितोऽस्ते
क्षीणचन्द्रमसि नो पुरकर्तुः।।५०।।

अथ गुर्वादिदोषे पुरारम्भं निषेधयति—लेयेति।। पुरकर्तुः नगरकारकस्य पूरचनं नगरकरणं हारि शुभं नो स्यात् कस्मिन् लेयगे सिंहराशौ अमरपुरोधसि गुरौ पुनर्मौढ्येऽस्तंगते वक्रगते सति च पुनः पतितमासि क्षीणमासेऽधिकमासे च पुनरास्फुजितोऽस्ते शुक्रास्ते पुनः क्षीणचन्द्रमसि क्षीणचन्द्रे।।५०।।

गुरु के सिंह राशि में स्थित होने पर, वक्री एवं पात होने पर क्षय मास और अधिमास में, शुक्रास्त तथा चन्द्रमा के क्षीण रहने पर नगर का निर्माण शुभकारक नहीं होता है।।५०।।

ग्रामनिर्माणे शुद्धिः—

दुष्टयोगहरहृज्जनिरिक्ता-
मन्दमङ्गलबुधाः स्युरभीष्टाः।
उग्रमिश्रकभदारुणतारा
नैव संवसथसाधनकाले ।।५१।।

अथ ग्रामकरणशुद्धिमाह—दुष्टेति।। संवसथसाधनकाले ग्रामकरणकाले एते नैवाभीष्टा नो शुभाः स्युस्तानाह दुष्टयोगा हरस्य हृदि हृदये जनिर्जन्म यस्याः सा विष्टिः रिक्तास्तिथयः ४।९।१४ मन्दः शनिः मङ्गलः बुधः एषां द्वन्द्वे उग्रभानि मिश्रे द्वे को वायुस्तस्य भे स्वाती दारुणताराः क्रूरभानि आसां द्वन्द्वे।।५१।।

अशुभ योग, भद्रा, रिक्ता तिथि (४,९,१४), शनि, भौम एवं बुधवार, उग्रसंज्ञक (तीनों पूर्वा, मघा, भरणी), मिश्रसंज्ञक (विशाखा, कृत्तिका), स्वाती तथा दारुण संज्ञक (मूल, ज्येष्ठा, आश्लेषा, आर्द्रा) नक्षत्रों में ग्राम निर्माण शुभ नहीं होता।।५१।।

ग्रामवत्सचक्रे नक्षत्रस्थापनम्—

रामवेदयुगपावकागमा-
म्भोधिरामयमभैस्तु तारकैः।
ग्रामवत्स इनभाच्छमुद्वसं
स्थैर्यमादरकभीलयाः क्रमात्।।५२।।

ग्रामवत्सचक्रम्

अथ रथोद्धतया ग्रामवत्सचक्रे भानि स्थापयति—रामेति।। ग्रामवत्से रविभात् सूर्याक्रान्तभात् रामादिमितैस्तारकैः क्रमात् शादयः स्युः। कोऽर्थः ग्रामवत्से सूर्यनक्षत्रात् रामैस्त्रिभिस्तारकैः शं सुखम् स्यात्। एवं वेदैश्चतुर्भिर्भैरुद्वसम् जनशून्यं पुनर्युगैश्चतुर्भिर्भैः स्थैर्यम् स्थिरता पुनः पावकैस्त्रिभिर्भैर्मा लक्ष्मीः स्यात्।। आगमैश्चतुर्भिर्भैर्दरो भयं स्यात् अम्भोधिभिश्चतुर्भिर्भैः कं धनं स्यात्। रामैस्त्रिभिर्भैर्भीर्भयं स्यात्। यमभैर्द्विप्रमितैर्भैर्लयो मृत्युः स्यात्। एषां द्वन्द्वः एवं सप्तविंशतिनक्षत्राणि देयानि। यतः—

'यस्मिन्नृक्षे भवेद्भानुस्तदादौ त्रीणि मस्तके।
द्वे द्वे च पादयोर्न्यस्य स्थापयेत्त्रीणि पृष्ठतः।।१।।

चत्वारि वामकुक्षौ च याम्यां चत्वारि एव च।
पुच्छे त्रीणि च संस्थाप्य नासिकां द्वे नियोजयेत्।।२।।

नासिका स्वामिनं भक्षेदुद्वासमग्रपादयोः।
शिरः पृष्ठे भवेल्लक्ष्मीः स्थिरं पश्चिमपादयोः।।३।।

वामकुक्षौ च दारिद्र्यं याम्यां चैव धनागमः।
पुच्छे च जायते हानिर्वृषचक्रमुदाहृतम्।।४।। इति।।५२।।

सूर्याक्रान्त नक्षत्र से ३,४,४,३,४,४,३,२ नक्षत्रों में क्रम से सुख, उद्वास, स्थिरता, लक्ष्मी, भय, धन, भय तथा मृत्यु होती है। अर्थात् जिस नक्षत्र पर सूर्य स्थित हो उससे आरम्भ कर तीन नक्षत्रों में सुख, चार में उद्वास (उच्चाटन), चार में स्थिरता, तीन में लक्ष्मी, चार में भय, चार में धन, तीन में भय तथा २ नक्षत्रों में मृत्यु होती है।।५२।।

विमर्श– **उक्त श्लोक में वर्णित ग्रामवत्सचक्र में नक्षत्र स्थापन क्रम बतलाया गया किन्तु अङ्गों का नामोल्लेख नहीं किया गया। अतः अङ्गों के क्रमानुसार नक्षत्र स्थापन एवं परिणाम बोधक ग्रामवत्सचक्र इस प्रकार है–**

अङ्ग	नक्षत्र संख्या एवं क्रम	परिणाम
मस्तक	३ (१-३)	सुख (शुभ)
अग्रिम दोनों पैर	४ (४-७)	उद्वास (अशुभ)
पिछले दोनों पैर	४ (८-११)	स्थिरता (शुभ)
पृष्ठ	३ (१२-१४)	लक्ष्मी (शुभ)
वाम कुक्षि	४ (१५-१८)	भय (अशुभ)
दक्षिण कुक्षि	४ (१९-२२)	धन (शुभ)
पुच्छ	३ (२३-२५)	भय (अशुभ)
नासिका	२ (२६-२७)	मृत्यु (अशुभ)

वत्सशुद्धिवति भे विपश्चितः
प्रोक्तपूर्वलयभादिसम्पदि।

नव्यपूरचनमाहुरैन्दवं
पाकपस्य च बलं समीक्ष्य भे।।५३।।

अथ वत्सादिभशुद्धो पुररचनमाह—वत्सेति।। विपश्चित: पण्डिता: नव्यपूरचनं नूतनपुरीकरणमाहु: कथयन्ति कस्मिन् वत्सशुद्धिवति वत्सशुद्धियुक्ते भे नक्षत्रे पुन: कस्यां प्रोक्तपूर्वलयभादिसम्पदि कथितनगरचक्रनक्षत्रादिशुद्धिप्राप्तौ सत्यां पुन: किंकृत्वा भे नगरराशौ ऐन्दवं बलं चन्द्रबलम् च पुन: पाकपस्य नगरदशापतेर्बलम् समीक्ष्य विलोक्य।।५३।।

वत्स चक्र से नक्षत्र शुद्धि प्राप्त होने पर तथा पूर्वोक्त 'लयभादि' के अनुसार नगर चक्र की शुद्धि रहने पर तथा चन्द्रमा और नगर के दशापति के बल को देख कर विद्वानों को नवीन नगर का निर्माण करना चाहिए।।५३।।

पुरप्रतोलीनिर्माणे शुद्धि:—

विधीयते चेद्विशिखा तदास्या-
त्तद्वत्समीक्ष्याखिलशुद्धिरस्मिन्।
यदा पुरे नि:सरणप्रपञ्चो
विनैव तच्छुद्धिमयं विधेय:।।५४।।

अथ पुरप्रतोलीकरणशुद्धिमाह—विधीयत इति।। चेत् यदा सुधिया विशिखा प्रतोली विधीयते तदास्यां प्रतोल्याम् तद्वत् पूर्वोक्तपुरशुद्धितुल्याखिलशुद्धि: समीक्ष्या विलोकनीया।। पुनरस्मिन् पुरेऽयं नि:सरणप्रपञ्चो गृहादीनां मुखविस्तारो विधेय: कर्तव्य: कां विना तच्छुद्धिं तस्या: शुद्धिं विना एव निश्चितम्।।५४।।

यदि नगर में प्रतोली का निर्माण करना हो तो पूर्वोक्त सभी शुद्धियों का विचार करना चाहिए। यदि नगर में नि:सरण (मुख्य द्वार) का विचार हो तो उसे शुद्धि देखे विना ही कर लेना चाहिए।।५४।।

पुरनिर्माणे लग्नशुद्धि:—

अमीनकीटद्वितनूचरोदये
सत्कण्टके संकरणं पुरस्य तत्।
असाधुभिर्वोपचयानुगैरुता-
ङ्गिरोविधू चेद्वनमानगौ तथा।।५५।।

अथ लग्नशुद्धौ पुरकरणमाह—अमीनेति। पुरस्य नगरस्य तत् सङ्करणं सम्यक् प्रकारेण करणीयं स्यात् कस्मिन् अमीनेति मीन: कीट: कर्को द्वितनू द्विस्वभावलग्नं चरोदयश्चरलग्नं विद्यन्ते एते यस्मिन्स तस्मिन् मीनादिरहिते उदये सति किंभूते उदये सत्कण्टके सन्त: शुभग्रहा: कण्टके यस्य तस्मिन् उत वितर्के च पुन: चेत् यदि उपचयानुगै: त्रिषड्दशमैकादशभावगैरसाधुभि: खलग्रहै: कृत्वाङ्गिरो विधू गुरुचन्द्रौ वनमानगौ चतुर्थदशमभावगौ भवतस्तदा तथा पुरस्य करणं स्यात्।।५५।।

मीन और कर्क सहित द्विःस्वभाव (३,६,९,१२) तथा चरलग्न (१,४,७,१०) को छोड़कर अर्थात् स्थिर लग्नों (२,५,८,११) में, शुभ ग्रहों के केन्द्र स्थानों में एवं अशुभ ग्रहों के उपचय भावों (३,६,१०,११) में स्थित रहने पर तथा गुरु और चन्द्रमा यदि चतुर्थ और दशम भाव में स्थित हों तो नवीन पुर का निर्माण करना चाहिए।।५५।।

पुरप्रवेशे शुद्धिः—

विशेदधिष्ठानमथायने नवं
सौम्येऽवकीर्णांशुविसारवासरे।
सहोनभोहेल्यलिसिंहसंगमे
दीपोत्सवद्यूदरमासि वा क्वचित्।।५६।।

अथ पुरप्रवेशस्य शुद्धिमाह—विशेदिति।। अथ पुरकरणानन्तरम् सुधीरधिष्ठानं पुरं विशेत् प्रविशेत् 'निवेशनमधिष्ठानम्' इति हैमः।। कस्मिन् सौम्येऽयने उत्तरायणे किंभूतेऽयनेऽवकीर्णांशुविसारवासरे मीनार्कदिनरहिते वा पक्षान्तरे सहो मार्गशीर्षः नभः श्रावणः हेलिः सूर्यः अलिर्वृश्चिकः सिंह एषां सङ्गमे संयोगे सति क्वचित् दीपोत्सवस्य द्यु दिनम् उदरे मध्ये यस्य स एवं विधो मा मासस्तस्मिन् कार्तिकमासे इत्यर्थः।।५६।।

उत्तरायण में मीन राशिस्थ सूर्य (खरमास) को छोड़कर शेष दिनों में, मार्गशीर्ष एवं श्रावण मासों में वृश्चिक एवं सिंह राशि में सूर्य के रहने पर तथा दीपमालिका जिस मास के उदर में हो अर्थात् कार्तिक मास में पुर (नगर) प्रवेश करना चाहिए।।५६।।

पुरादिप्रवेशे भवारशुद्धिः—

प्राचेतसश्वासनतिष्यवासव-
स्थिरश्रवोदोर्मृदुभिर्नवं विशेत्।
शालं पुरं चाशुभयोगवर्जितै-
रनारवारेषु सदैन्दवद्युषु।।५७।।

अथ पुरादिप्रवेशे भवारशुद्धिमाह—प्राचेतसेति।। सुधीः नवं नवीनं शालं वा पुरं वा गृहं वा विशेत् प्रविशेत् कैः प्राचेतसं शततारा श्वासनं स्वाती तिष्यः पुष्यः वासवं धनिष्ठा स्थिरसंज्ञानि श्रवः श्रवणः दोर्हस्तः मृदूनि एषां द्वन्द्वे एभिर्नक्षत्रैः किंभूतैर्नक्षत्रैः अशुभयोगवर्जितैः पुनः केषु सदैन्दवद्युषु शुभचान्द्रदिनेषु किंभूतेषु अनारवारेषु भौमरहित-दिनेषु।।५७।।

शतभिष, स्वाती, पुष्य, धनिष्ठा, स्थिरसंज्ञक (तीनों उत्तरा, रोहिणी), श्रवण, हस्त, मृदुसंज्ञक (मृगशिरा, रेवती, चित्रा, अनुराधा) नक्षत्र में, अशुभ योगों को छोड़कर (शुभ योगों मे), भौमवार को छोड़कर शेष वारों में तथा शुभ तिथियों में नवीन शाला या पुर (नगर) में प्रवेश करना चाहिए।।५७।।

पुरप्रवेशे लग्नशुद्धिः—

स्थिरोदयेऽदूषितकेन्द्रधीशुभे
सपत्नवीर्यायखले भवेन्नवः।
पुरप्रवेशोऽधिकले विधौ हितो
बलैर्दशाजन्मपराजमन्त्रिणाम्।।५८।।

अथात्र प्रवेशे लग्नशुद्धिमाह—स्थिरेति।। नवो नूतनः पुरप्रवेशो हितः शुभो भवेत् कस्मिन् स्थिरोदये स्थिरलग्ने किंभूते स्थिरोदये अदूषिताः दूषणरहिताः केन्द्रभावाः १।४।७।१० पञ्चमभावः ५ शुभः पुण्यो नवमभावश्च यस्मिन् स तस्मिन् पुनः किंभूते सपत्ने षष्ठे वीर्ये तृतीये ३ आये एकादशे ११ खलाः क्रूरग्रहा यस्य तस्मिन् पुनः कस्मिन् अधिकले अधि अधिकाः पूर्णाः कला यस्य स तस्मिन् एवंविधे विधौ चन्द्रे 'अधिबले' इत्यपि पाठः पुनः कैः दशाजन्मपराजमन्त्रिणां दशापतेः जन्मपतेः राज्ञश्चन्द्रस्य मन्त्रिणो गुरोश्च एषां बलैः।।५८।।

स्थिर (२,५,८,११) लग्न में, दोष रहित केन्द्र (१,४,७,१०) भावों में अर्थात् पाप ग्रह रहित केन्द्रभाव होने पर, पञ्चम और नवम भाव शुभ रहने पर ; षष्ठ, तृतीय और एकादश भावों में पापग्रहों के स्थित होने पर, चन्द्रमा के अधिक कलाओं से युक्त होने पर तथा दशापति, जन्मराशिपति, चन्द्र और गुरु के बलवान् होने पर नवीन पुर में प्रवेश शुभ होता है।।५८।।

पुरप्रवेशे विशेषः—

प्रयाणदिक्खेचरयोगशुद्ध्या
जीवे कवौ दर्शितमण्डले स्यात्।
छन्दोध्वनौ वाद्यसुगीतघोषे
पुरं समावेशितमर्थसिद्ध्यै।।५९।।

अथ पुरप्रवेशे शेषशुद्धिं प्रयाणशुद्धिवत् दर्शयति—प्रयाणेति।। समावेशितं प्रवेशीकृतं पुरं नगरमर्थसिद्ध्यै कार्यनिष्पत्तये स्यात् कया प्रयाणादिक्खेचरयोगशुद्ध्या यात्रायां यथा दिग्ग्रहयोगानां शुद्धिस्तथात्रैव विलोकनीया इत्यर्थः। पुनः कस्मिन् जीवे गुरौ कवौ शुक्रे दर्शितमण्डलेऽस्तवर्जिते पुनः कस्मिन् छन्दोध्वनौ वेदघोषे सति।।५९।।

यात्रा दिशा में ग्रह शुद्धि रहने पर, गुरु और शुक्र के मण्डल दृश्य होने अर्थात् गुरु और शुक्र के उदय रहने पर वेद ध्वनि और गीतवाद्य के घोषों के साथ पुर में प्रवेश करना सभी प्रकार से अर्थ (अभीष्ट) सिद्धि करने वाला होता है।।५९।।

पुरप्रवेशितस्य नृपस्येतिकर्तव्यतामाह—

दद्याद्धयं दैवविदे पुरोधसे
वसुन्धरामर्थचयं द्विजव्रतं।

संतोषयेच्चैलधनैश्च मागधान्
दीनानिहान्नैरुपवेशितो नृपः।।६०।।

इति श्री कविकालिदासोदिते ज्योतिर्विदाभरणे
प्राकारपुरसाधनप्रवेशाध्यायः।।१५।।

अथ प्रवेशितस्य भूपस्य वदान्यतामाह—दद्यादिति।। नृपो भूप इह उपवेशितः पुरोपवेशितः सन् दैवविदे दैवज्ञाय हयमश्वं दद्यात् पुनः पुरोधसे पुरोहिताय वसुन्धरां भुवं दद्यात् पुनर्द्विजव्रजे विप्रेऽर्थचयं धनसमूहदद्यात् पुनर्मागधान् मङ्गलपाठकान् चैलधनैर्वस्त्रद्रव्यैः सन्तोषयेत् पुनर्दीनान् दीनजनान् अन्नैः सन्तोषयेत्।।६०।।

इति श्रीपौर्णिमीयशिष्यभावरत्नविरचितायां श्रीकालिदासकृत-
ज्योतिर्विदाभरणस्य सुखबोधिकायां प्राकारपुरसाधन-
प्रवेशो नाम पञ्चदशोऽध्यायः।।१५।।

राजा को नगर में प्रवेश करने के अनन्तर दैवज्ञों के लिए अश्व, पुरोहितों के लिए भूमि, विप्रसमूह के लिए धन, मङ्गल पाठ करने वाले चारणों के लिए वस्त्र और धन तथा निर्धनों के लिए अन्नदान कर सन्तुष्ट करना चाहिए।।६०।।

श्रीकालिदासविरचित ज्योतिर्विदाभरण के प्राकारप्रकरण का
प्रो. रामचन्द्रपाण्डेयकृत हिन्दीभाषानुवाद सम्पूर्ण।।१५।।

गृहप्रवेशदेवताप्रतिष्ठाप्रकरणम् – १६

गृहारम्भनिर्णय:—

गार्हस्थो विपुलयशा यदाश्रमाणां
धर्मो वेदवचनकर्मसारधर्म:।
तद्देवादिजमनुजाखिलाप्तकामो
वक्ष्येऽहं कुलकरणस्य कालनीतिम्।।१।।

अथ प्राकारपुरसाधनानन्तरं तत्र गृहसाधनं घटतेऽत: प्रहर्षिण्या गृहारम्भनिर्णयं सन्दधाति गार्हस्थ इति।। यत् यस्मात् कारणात् आश्रमाणां चतुर्णां मध्ये गार्हस्थो गृहस्थसम्बन्धी धर्मो गृहस्थाचारो विपुलयशा: विस्तीर्णकीर्ति: स्यात्। किंभूतो गार्हस्था वेदवचनेन यत् कर्म कृत्यं तेन सार: शुभो धर्मो न्यासो नीतिर्यस्मिन् स:। यदुक्तं 'धर्मोयमोपमापुण्यस्वभावाचारधन्वसु। सत्सङ्गेऽर्हत्यहिंसादौ न्यायोपनिषदोरपि।।१।। धर्म दानादिके' इति हैम:।। पुन: किंभूतो: गार्हस्थो देवा हरिहरादय: आदिना विप्रा: मनुजा: क्षत्रियादयस्तैरखिल: समस्त आप्त: प्राप्त: काम ईप्सितं यस्मात्स इति तत् तस्मात्कारणात् अहं कुलकरणस्य गृहविधानस्य कालनीतिं समयनिर्णयं वक्ष्ये कथयिष्यामि।।१।।

सभी (चारों) आश्रमों में विपुल कीर्ति वाला गृहस्थ धर्म, वेदोक्त कर्मों का सार ही जिसका धर्म है तथा जिस गृहस्थ धर्म से देवता-ब्राह्मण और मनुष्य (क्षत्रियादि) आप्तकाम होते हैं (अभीष्ट सिद्धि करते हैं) उसी के लिए गृह निर्माण हेतु काल निर्णय कर रहा हूँ।।१।।

वृत्रारिस्वपतिवनेश्वरान्तकानां
दिक्षु स्याद्भवनमिहादिजादिकानाम्।
वर्णानां विदिशि शुभं च संकरस्य
प्रासादे हरिशिवयक्षदिग्विमध्यम्।।२।।

अथ गृहकरणे दिग्योग्यतामाह—वृत्रेति।। आदिजादिकानां विप्रादीनां वर्णानां भवनं गृहं शुभम् स्यात् वृत्रादीनां दिक्षु वृत्रारिरिन्द्रस्तस्य दिशि विप्राणां गृहं शुभम् स्यात् स्वपतिर्धनदस्तस्य दिशि क्षत्रियाणां गृहं शुभं वनेश्वरो वरुणस्तस्य दिशि वैश्यानां गृहं शुभं अन्तको यमस्तस्य दिशि शूद्राणां गृहं शुभं च पुन: संकरस्य सङ्करजातीनां विदिशि गृहं शुभं स्यात् पुनरिह प्रासादे हरिदिग् शिवदिग् आसां विमध्यं यस्मिंस्तत् मध्यभागे गृहं वरम्।।२।।

पूर्व, उत्तर, पश्चिम एवं दक्षिण दिशाओं में क्रम से ब्राह्मण, क्षत्रिय, वैश्य, शूद्र वर्णों के लिए गृह शुभ होते हैं। अर्थात् पूर्व में ब्राह्मण के लिए, उत्तर में क्षत्रिय के लिए, पश्चिम में वैश्य के लिए तथा दक्षिण में शूद्रों के लिए गृह शुभ होता है। संकर जातियों के लिए कोणों में, शुभ होता है। हरि, शिव और यक्ष इनकी दिशाओं में कोई मध्य गत गृह हो तो शुभ होता है।।२।।

राशिवशाद् दिक्शुद्धि—

नागाङ्गनयुगनवागभूग्रधिष्ण्यै-
र्नागारं हरिहरितो वरं ककुप्सु।
जन्मोत्थैरनु परभैः पुरस्य मध्ये
स्यादेवं यमवति भस्थले नराणाम्।।३।।

अथ दिग्राश्योरमेलने दूषणमाह—नागाङ्ग इति। नराणां मनुष्याणामगारं गृहं वरं न स्यात् कासु हरिहरितः पूर्वदिशातः ककुप्सु कैर्जन्मोत्थैर्नागादिमितधिष्ण्यै राशिभिः अनु पश्चात् परभैः वृषमिथनसिंहमकरराशिभिः कोऽर्थः पूर्वदिशि नरस्य नागराशिनाऽगारं वरं न स्यात् वृश्चिकराशिमान् पुरुषः पूर्वस्यां न वसेदित्यर्थः। एवं नरस्य अङ्गेन कन्याराशिना अग्निदिशि, पुनरिनेन मीनराशिना दक्षिणस्यां, पुनर्युगेन कर्कराशिना नैऋत्यां पुनर्नवभिर्धनूराशिना पश्चिमाथां, पुनरगेन सप्तमराशिना वायव्यां, पुनर्भुवा मेषराशिना उत्तरस्यां. पुनरुग्रेण ईश्वरेण कुम्भराशिना ईशान्यामिति पुनः कस्मिन् यमवति शनियुक्ते भस्थले नक्षत्रचक्रे ग्रामचक्रे यत्र शनियुक्तं भं राशिस्थानं स्यात्तदा तत्स्थाने गृहं वरं न स्यात् इत्यर्थः।।३।।

पूर्वादि दिशाओं में क्रम से ८,६,१२,४,९,७,१,११ राशियों के गृह शुभ नहीं होते। अर्थात् पूर्व में वृश्चिक राशि वालों को, अग्निकोण में कन्या राशि वालों को, दक्षिण में मीन, नैऋत्य में कर्क, पश्चिम में धनु, वायव्य में तुला, उत्तर में मेष तथा ईशान कोण में कुम्भ राशि वालों का गृह शुभ नहीं होता। उक्त विचार जन्म राशि के आधार पर करना चाहिए। ग्राम चक्र में शनि युक्त राशि जिस स्थान पर हो उस स्थान पर गृह निर्माण नहीं करना चाहिए।।३।।

राशिवशेन गृहमुखविचारः—

मीनालीभरिपुभवन्नुरिष्टमोकः
प्रागास्यं मकरवशाकुलीरभस्य।
याम्यास्यं जितुमतुलास्त्रभस्य पुंसः
पश्चात् द्वारपरभवन्नुरुत्तरास्यम्।।४।।

अथ दिङ्नरराश्योर्मेलने गृहसन्मुखं शुभमाह—मीनेति।। मीनः अलिर्वृश्चिकः इभरिपुभं सिंहराशिः अरत्यर्थे वतुः तेन एभिर्युक्तस्य नुः पुरुषस्य प्रागास्यं पूर्वदिङ्मुखं

ओको गृहमिष्टं शुभं स्यात्। पुनर्मकरवशाकुलीरभस्य मकरकन्याकर्कराशिर्यस्य स तस्य पुंसो याम्यास्यं दक्षिणदिङ्मुखं ओको वरं पुनर्जितुमतुलास्यभस्य मिथुनतुलाधनूराशिर्यस्य स तस्य शुभः पश्चाद् द्वाः पश्चिमदिङ्मुखं ओको वरं द्वाःशब्दो हि सान्तः पुनरपरभवन्नुः उक्तेभ्योऽन्यराशियुक्तपुरुषस्य उत्तरास्यं ओको वरम्।।४।।

मीन, वृश्चिक, सिंह राशियों में उत्पन्न पुरुषों के लिए पूर्व दिशा में गृह का मुख (द्वार) शुभ होता है। मकर, कन्या, कर्क राशि वालों के लिए दक्षिणाभिमुख गृह, मिथुन, तुला, धनु राशि वालों के लिए पश्चिमाभिमुख तथा शेष मेष, वृष और मीन राशि वालों के लिए उत्तराभिमुख गृह शुभ होते हैं।।४।।

गृहारम्भे मासादिशुद्धिः—

फाल्गुने नभसि सहस्ये
वैशाखे शरणमशेषशं विधत्ते।
आरब्धं द्वितनुभभानुयोगयुक्ते
निर्लेयामरसचिवादिभूखगस्ते।।५।।

अथ गृहारम्भे मासादिशुद्धिमाह—फाल्गुन इति।। अदः शरणं गृहं कर्तृपदं आरब्धं प्रारम्भितं सत् अशेषशं समस्तसुखं विधत्ते करोति कस्मिन् आरब्धं फाल्गुने मासे अत्र दीर्घ ऊकारः शब्दप्रभेदाद् दृश्यते। नभसि श्रावणे सहसि मार्गशीर्षे सहस्ये पौषे वैशाखे किंभूते एतन्मासे द्वितनुपभानुयोगयुक्ते द्विस्वभावराशौ सूर्ये योगयुक्ते सति पुनः किंभूते निः निर्गतः लेयामरसचिवः सिंहगुरुश्च आदिभुवौ खगौ विप्रग्रहौ गुरुशुक्रौ तयोरस्तश्च यस्मात्सः सिंहगुरुरहिते गुरुशुक्रास्तरहिते इत्यर्थः।।५।।

फाल्गुन, श्रावण, मार्गशीर्ष, पौष, वैशाख मासों में, द्विःस्वभाव (३, ६, ९, १२) राशियों में सूर्य के न रहने पर, सिंहस्थ गुरु में तथा गुरु और शुक्र के अस्त काल को छोड़कर शेष समय में गृह निर्माण कल्याण कारक होता है।।५।।

गृहारम्भे अयनशुद्धि—

मासेऽपागयनगतेऽपि चौकसःस्या-
दारम्भोऽतिवरफलोऽत्रवेशनं न।
भेदत्वाद्घटननिवेशदेवतानां
रिक्तामा शुभयुतिविष्टिमुक्तपक्षः।।६।।

अथ गृहारम्भे अयनादिशुद्धिमाह—मास इति।। ओकसो गेहस्यारम्भोऽतिवरफलो भृशं फलकृत् स्यात्।। कस्मिन् अपागयनगते दक्षिणायनगते मासेऽपि पुनरत्र दक्षिणायनगते मासे वेशनं गृहप्रवेशो न स्यात् घटननिवेशदेवतानां भेदत्वात् घटनमुहूर्तस्य भिन्नदेवाः प्रवेशनमुहूर्तस्य भिन्नदेवास्तेनेति किंभूत आरम्भः रिक्तास्तिथयः अशुभयुतिर्दुष्टयोगः विष्टिर्भद्रा एताभिर्मुक्तस्त्यक्तः पक्षोऽङ्गीकारो यस्य सः।।६।।

निर्माण एवं प्रवेश सम्बन्धी देवताओं के भेद के कारण दक्षिणायन मासों में भी गृहारम्भ अत्यन्त श्रेष्ठ फलदायक होता है। परन्तु दक्षिणायन में गृह प्रवेश शुभ नहीं होता। रिक्ता तिथियों, अशुभ योगों तथा भद्रादि दोषों से रहित पक्ष (मत) ही निर्माण एवं प्रवेश में ग्राह्य होते हैं।।६।।

संक्रान्तिवशाद् गृहद्वारनिर्णयः—

भानौ केसरिणि मृगे च कुम्भकर्क्यो-
रिन्द्राशापरवदनं निशान्तमुक्तम्।
गोजूकभ्रमरपशूष्णदृष्टियोगे
कीनाशस्वपतिदिगाननं प्रवेकम्।।७।।

अथोचितदिशि गृहसन्मुखत्वमाह—भानाविति।। केसरिणि भानौ सिंहसंक्रान्तौ मृगे मकरसंक्रान्तौ च कुम्भकर्क्योः कुम्भसंक्रान्तौ कर्कसंक्रान्तौ च इन्द्राशापरवदनं पूर्वपश्चिमदिङ्मुखं निशान्तं गेहं प्रवेकं श्रेष्ठमुक्तं प्रोक्तं पुनर्गौर्वृषः जूकस्तुला भ्रमरो वृश्चिकः पशुर्मेषः एतद्राशिषु उष्णवृष्णियोगे सूर्यसंक्रमे कीनाशस्वपतिदिगाननं दक्षिणोत्तरमुखं सिद्धान्तं श्रेष्ठं प्रोक्तम्।।७।।

सिंह, मकर, कुम्भ और कर्क राशियों में सूर्य हों तो पूर्व और पश्चिम दिशा में गृह का द्वार, वृष, तुला, वृश्चिक और मेष राशियों में सूर्य हों तो उत्तर तथा दक्षिण दिशा में गृह का द्वार शुभ होता है।।७।।

गृहनिर्माणे मासप्रमाणम्—

मासोदर्शयुगकालमो यथा यो
ग्राह्योऽसौ निलयकृतौ प्रमाणसिद्धः।
सर्वत्रैव सुरधुनी कलिन्दजान्त-
र्देशे स्यादपविधुघस्त्रमध्यवर्ती।।८।।

अथ गृहकरणे मासप्रमाणतामाह—मास इति।। यथा योऽसौ मासो दर्शयुगलकालेन अमावास्यायुग्मकालेन मीयते इति दर्शयुग्मकालप्रमाणो दार्शिको मासः स्यात् इत्यर्थः।। असौ मासौ निलयकृतौ गृहकरणे प्रमाणसिद्धोऽधिकक्षयकालमुक्तः सर्वत्र सर्वदेशे ग्राह्यः स्यात्। तथा सुरधुनी गङ्गा कलिन्दजा यमुना एतयोरन्तर्देशे विचालेऽपविधुघ्रस्त्रमध्यवर्ती अपगुतो विधुश्चन्द्रो यस्याः सकाशात् सा अपविधुः अमावास्या तस्या घस्रं यस्य मध्ये वर्तते इत्येवं शीलं यस्य स पौर्णिमासिको मासो ग्राह्यः स्यादित्यर्थः।।८।।

दो अमावस्याओं के मध्यवर्ती मास (अर्थात् अमान्त मास) को ही गृह निर्माण में सर्वत्र (सभी देशों में) प्रमाण माना गया है। गङ्गा और यमुना नदियों के मध्यवर्ती भागों में अमावस्या मास के मध्यगत होती है। अर्थात् इन प्रदेशों में पूर्णिमान्त मास माने जाते हैं। अतः इस क्षेत्र में पूर्णान्त मास ही ग्रहण करना चाहिए।।८।।

गृहारम्भे वारनक्षत्रशुद्धिः—

सद्वारे करणमुतोरजस्य भानौ
तिष्यश्वासनमृदुवासवैनधीरैः।
आधत्ते सुषमफलं सवारुणर्क्षै-
रुत्सृष्टाशुभखगयोगविद्धबिम्बैः।।९।।

अथ गृहकरणे वारनक्षत्रशुद्धिमाह—सद्वारऽति।। उत वितर्के उरजस्य गृहस्य करणं सुषमफलं मनोहरफलं 'वामरुच्यसुषमाणि शोभनं' इति हैमः।। अथवा कवर्गीयखकारोऽपि 'खं सुखं ज्ञानमित्यपि' इति एकाक्षरे। सुअतिशयेन खं सुखं तेन मीयते इति तत् च फलं च इत्यपि शब्दार्थः। आधत्ते विभृतात् कस्मिन् सद्वारे शुभग्रहदिने पुनर्भानौ सूर्यवारे पुनः कैः तिष्यः श्वासनं स्वाती मृदूनि वासवं धनिष्ठा ऐनं हस्तः धीराणि एतैर्नक्षत्रैः किंभूतैः सवारुणर्क्षैः शततारासहितैः पुनः किंभूतैर्नक्षत्रैः उत्सृष्टानि त्यक्तानि अशुभखगयोगेन पापग्रहयोगेन विद्धानि बिम्बानि यैस्तानि तैः पापग्रहयोगविद्ध मण्डलरहितैः।।९।।

शुभ ग्रहों के दिन और रविवार अर्थात् शनि और भौमवार को छोड़कर शेष सभी वारों में, अशुभ ग्रहों के योग और बेध से रहित पुष्य, स्वाती, मृदुसंज्ञक (मृगशिरा, रेवती, चित्रा, अनुराधा), धनिष्ठा, हस्त, धीरसंज्ञक (तीनों उत्तरा, रोहिणी) तथा शतभिष नक्षत्रों में गृह निर्माण अत्यधिक सुख प्रदान करने वाला होता है।।९।।

वत्सचक्रे मतान्तरम्—

पूर्वत्से क्रमरविधिष्ण्यचक्रभेदै-
स्त्रिद्व्यब्धित्रियगुणमाश्विवेददृग्मैः।
दृग्माग्रैः शवृजिनकायरुक्शधैर्यं
दारिद्र्यं दरमरणे क्रमेण कर्तुम्।।१०।।

अथ मतभेदेनेह वत्सचक्रमाह—पूर्वत्स इति।। पूर्वत्से नगरचक्रे क्रमरविधिष्ण्यचक्रभेदैः सूर्याक्रान्तनक्षत्रचक्रभेदैः किंभूतैः त्रिद्व्यादिमितैः दृग्माग्रैश्च क्रमेण कर्तुः शालादिकारकस्य शवृजनादिकं स्यात्। कोऽर्थः सूर्याक्रान्तनक्षत्रचक्रे वत्सस्य शीर्षादिषु त्रिभिर्नक्षत्रैः कर्तु सुखं स्यात् एवं द्वाभ्यां वृजिनं पापं अर्थसामर्थ्यात्कष्टं अब्धिभिश्चतुर्भिर्भैः कं सुखं धनं वा स्यात्। त्रिभिर्भैरायो लाभः स्यात्। गुणैस्त्रिभिर्भै रुक् रोगः स्यात्। यमैर्द्वाभ्यां भाभ्यां शं सुखं स्यात्।। अश्विभ्यां द्वाभ्यां भाभ्यां धैर्य स्यात्। वेदै[illegible]भिर्दारिद्र्यं स्यात्।। दृग्मैर्द्विमानाभ्यां भाभ्यां दरो भयं स्यात्। दृग्माग्रैः द्विमितसंख्या[illegible] भाभ्यां मरणं स्यात्। दरमरणे इति द्वन्द्वे प्रथमाद्विवचनं दृग्मं द्विप्रमितं अग्रं संख्या येषां ते तैः अत्राग्रशब्दः संख्यावाची शवृजिनादीनां द्वन्द्वैकत्वं नगरवत्सचक्रात् इदं मतभेदात् ज्ञेयमिति।।१०।।

पूर्वोक्त नगरवत्सचक्र की अपेक्षा गृहवत्स चक्र में नक्षत्रों की स्थिति भिन्न है। यथा-सूर्य जिस नक्षत्र पर हो उससे तीन नक्षत्र गृह निर्माता के लिए शुभकारक, अनन्तर २ नक्षत्र पाप (अशुभ), चार नक्षत्र सुख (धन), तीन नक्षत्र आय (लाभ), तीन नक्षत्र रोग, २ नक्षत्र सुख, दो नक्षत्र धैर्य, चार नक्षत्र दारिद्र्य, दो नक्षत्र भय तथा अन्तिम दो नक्षत्र मृत्यु फलदायक होते हैं।।१०।।

विमर्श– मुहूर्त्तचिन्तामणि और वास्तु सम्बन्धी ग्रन्थों में जो वास्तु-वृष चक्र दिया है उसमें वृष के अङ्गों में स्थित नक्षत्र संख्या एवं उसके परिणाम इस प्रकार हैं–

शीर्ष (सूर्य नक्षत्र से)	३	अग्निदाह
अग्रपाद (सूर्य नक्षत्र से)	४	शून्य
पृष्ठपाद	४	स्थिरता
पृष्ठ	३	लक्ष्मीप्राप्ति
दक्षकुक्षि	४	लाभ
पुच्छ	३	स्वामिनाश
वामकुक्षि	४	निःस्व (निर्धन)
मुख	३	पीड़ा

मतान्तर से वत्सचक्र

अङ्ग	**नक्षत्र**	**परिणाम**
मस्तक	३	सुख
नासिका	२	पाप
कण्ठ	४	सुख
पृष्ठ	३	लाभ
वामकुक्षि	३	रोग
दक्षिणकुक्षि	२	सुख
पुच्छ	२	धैर्य
पृष्ठपाद	४	दारिद्र्य
अग्रपाद	{ २	भय
	२	मृत्यु

शालादीनां विभागभेदाः—

शाले पुरे चाष्टविभागभेदो
दिग्भागभेदो मठमन्दिरादौ।
भेदाः षडत्रामरधाम्नि धीरै-
रन्यत्र वा द्वादश वत्सचक्रे।।११।।

अथ वत्सचक्रे शालादीनां विभागभेदानाह—शाल इति। अत्र वत्सचक्रे शाले पुरे वा धीरैर्बुधैरष्टविभागभेद: अष्टौ भागा भेदा: स्थाप्या:। पुनर्मठमन्दिरादौ दिग्-भागभेद: दशभागा: स्थाप्या:। पुनरमरधाम्नि देवगृहे षड्भेदा: अन्यत्र द्वादशभेदा: स्थाप्या:।।११।।

शाल और पुर के निर्माण में वत्सचक्र के आठ भेदों (भागो) को स्थापित करना चाहिए। मठ और मन्दिर आदि के निर्माण में दशभाग, देवताओं के गृह मन्दिर के निर्माण में वत्सचक्र के छ: भागों को तथा इनके अतिरिक्त अन्य स्थानों के निर्माण में १२ भेदों (भागो) को स्थापित करना चाहिए।।११।।

दिग्द्वारभचक्रम्—

स्यु: सप्तसप्तानलभादुडूनि
प्राच्याश्चतुर्दिक्षु निशान्तचक्रे।
पुरोगपृष्ठस्थमिहौषधीशं
त्यक्त्वा तदारम्भणमिष्टमुक्तम्।।१२।।

अथ गृहे दिग्द्वारभचक्रमाह—स्युरिति।। इह निशान्तचक्रे गेहचक्रे प्राच्या: पूर्वात-श्चतुर्दिक्षु अनलभात् कृत्तिकात: सप्त सप्त उडूनि स्यु:। तदारम्भणं तस्य गेहस्य प्रारम्भणमिष्टं शुभमुक्तं प्रोक्तं किंकृत्वा पुरोगपृष्ठस्थं अग्रगतं पश्चाद्भागस्थम् ओषधीशं चन्द्रं त्यक्त्वा।।१२।।

गृहचक्र में पूर्वदिशा से आरम्भ कर चारों दिशाओं में सात-सात नक्षत्रों को स्थापित करने से गृह चक्र होता है। सम्मुख और पृष्ठ भाग स्थित नक्षत्रों में चन्द्रमा को छोड़कर शेष नक्षत्रों में स्थित रहने पर गृह निर्माण करना सिद्धिदायक होता है।।१२।।

दिगृद्वारचक्र

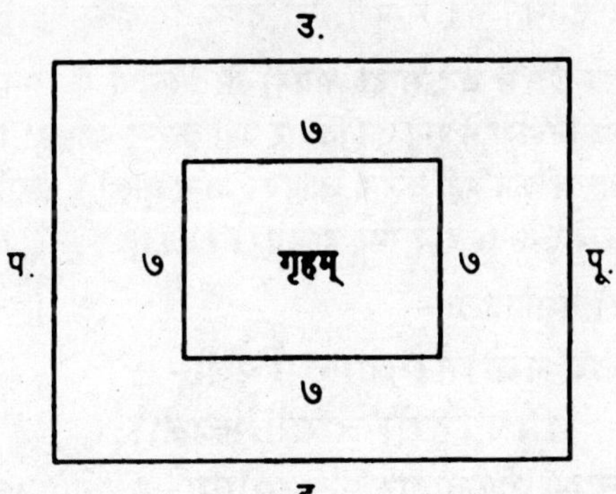

त्रिविधा: गृहा:—

निकेतनं स्यात्त्रिविधं हि मृण्मयं
हर्म्यं सदा पर्णकुटं बुधै: स्मृतम्।

एको नयस्तत्करणस्य चोच्यते
तथापि तत्प्रोक्तविशेषतन्नय:।।१३।।

अथ त्रिविधं गृहमाह—निकेतनमिति।। निकेतन गृहं त्रिविधं त्रिधा स्यात् हि अवधारणे एकं मृण्मयं मृत्तिकापिंडबद्धं १ द्वितीयं हर्म्यं 'यदिष्टिकाद्यै रचितं तद्गेहं हर्म्यमादिशेत्' इति यादव:।। 'हर्म्यं तु धनिनां गृहं' इति हैम:।। सदा इति बुधै:स्मृतं तत्करणस्य तेषां मृण्मयादिगृहाणामेको नयोऽस्ति वा पक्षान्तरे तथापि तत्प्रोक्त: तेषु गृहेषु प्रोक्तश्चासौ विशेषश्चासौ तन्नय: स एव नश्य च इति तथापि विशेषनयोऽस्ति इत्यर्थ:।।१३।।

विद्वानों ने मृण्मय (मिट्टी से बना हुआ), हर्म्य (ईट और पत्थर से निर्मित) तथा पर्णकुटी (घास, फूस से बनी झोपड़ी) ये तीन प्रकार के गृहों को बतलाया है। इन तीनों के निर्माण की एक ही विधि है। फिर भी कुछ विशेष नियमों को बतलाया जा रहा है।।१३।।

त्रिविधगृहे विशेष:—

न हारि हर्म्येऽभिमुखं तम: स्यात्
दृश्यं न तत्पर्णकुटादिगेहे।
क्षपाकर: पर्णकुटेऽभिवक्त्रो
न दर्शनीयोऽन्यकुले स दृश्य:।।१४।।

अथ हर्म्यादीनां दर्शनीयदोषमाह—न हारीति।। हर्म्ये गृहविशेषेऽभिमुखं सन्मुखं तमो राहुर्हारि श्रेष्ठं न स्यात्। पर्णकुटादिगेहे तत्तमो राहुर्न दृश्यं न विलोकनीयं स्यात्। क्षपाकरश्चन्द्र: पर्णकुटेऽभिवक्त्र: सन्मुखो न दर्शनीय: स्यात्। अन्यकुले इष्टिकादिमृत्पिण्डादिरचिते गेहे सन्मुखश्चन्द्रो दृश्यो विलोकनीय:।।१४।।

हर्म्य (इष्टकादि से बने सुन्दर भवन) के निर्माण में सम्मुख राहु शुभ नहीं होता। पर्णकुटी के निर्माण में राहु का विचार नहीं करना चाहिए। पर्णकुटी में सम्मुख चन्द्रमा का भी अवलोकन नहीं करना चाहिए। अन्य कुलों में इनमें विभिन्न स्थितियों में चन्द्रमा का विचार अवश्य करना चाहिए।।१४।।

गृहे इष्टिकादिचयने नक्षत्रशुद्धि:—

लघुश्रवोधीरमृगान्त्यचित्रा-
मित्राङ्गिरोमैत्रसिताख्यवारै:।
न्यासं शिलादारुकृतं सुधाया:
कुर्वन्ति लेपं निविडं च धिष्ण्ये।।१५।।

अथ गृहे इष्टिकादिचयनसुधालेपशुद्धिमाह— लघ्विति।। सुधिया धिष्ण्ये एकभूमिद्विभूम्यादिगेहे शिलादारुकृतं पाषाणकाष्ठकृतं न्यासं प्रथमं इष्टिकादिचयनं च

पुनः सुधाया लेपं कुर्वन्ति किंभूतं निबिडं दृढं कैः कृत्वा लघूनि श्रवः श्रवणः धीराणि मृगो ्रगशीर्ष अन्त्यं रेवती चित्रा मित्रोऽनुराधाऽङ्गिरा गुरुः मैत्रः शनिवारः सितः शुक्रवारः एषां द्वन्द्वे एभिः॥१५॥

लघुसंज्ञक (हस्त, अश्विनी, पुष्य), श्रवण, धीरसंज्ञक (तीनों उत्तरा, रोहिणी) मृगशिरा, रेवती, चित्रा, अनुराधा नक्षत्रों में, गुरु, शनि और शुक्रवासरों में शिला (पत्थर, ईंट) एवं लकड़ी का न्यास (गृहारम्भ में ईंट आदि की चुनाई) तथा गाढ़ा-चूना का लेप करना चाहिए।।१५।।

पर्णकुटकार्यशुद्धिः—

नभस्यमासं परिहाय पक्षं
त्विषोर्जयोरादिममन्त्यमाहुः।
शुचेर्बुधाः पर्णकुटक्रियां वा
समस्तवारेषु सिताङ्गिरोऽस्तम्।।१६।।

अथ पर्णकुटकार्यशुद्धिमाह—नभस्येति॥ बुधाः पण्डिताः पर्णकुटक्रियामाहुः कथयन्ति किंकृत्वा नभस्य मासं भाद्रपदं परिहाय त्यक्त्वा च पुनः इषोर्जयोः आश्विनकार्तिकयोरादिमं पक्षं विहाय पुनः शुचेराषाढस्यान्त्यं पक्षं विहाय वा पुनः सिताङ्गिरोऽस्तं शुक्रगुर्वोरस्तं परिहाय केषु समस्तवारेषु॥१६॥

पर्णकुटी के निर्माण में विद्वानों ने भाद्रपद मास, आश्विन और कार्तिक के प्रथम पक्ष एवं आषाढ़ के अन्तिम (द्वितीय) पक्ष को छोड़कर तथा गुरु और शुक्र के अस्तकालिक दिवसों को छोड़कर शेष समस्त वारों को शुभ बतलाया है।।१६।।

ऊर्ध्वभूम्यारम्भः—

कर्णत्रयं हारमृदुध्रुवाख्यै-
र्युतं सतिष्यानलमूर्ध्वभूमेः।
आरम्भकृत्ये कृतिनो नयन्ति
ज्ञादित्रये भूषणभाजि वारे।।१७।।

अथोर्ध्वभूम्यारम्भमाह—कर्णेति॥ कृतिनो बुधाः ऊर्ध्वभूमेरारम्भकृत्ये कर्णत्रयं श्रवणत्रयं नयन्ति कथयन्तीत्यर्थः प्राप्नुवन्ति वा किंभूतं कर्णत्रयं हरस्येदं हारं आर्द्रा मृदूनि ध्रुवाख्यानि एभिर्युतं युक्तं पुनः किंभूतं सतिष्यानलं पुष्यकृत्तिकासहितं कस्मिन् ज्ञादित्रये बुधगुरुशुक्रवारे किंभूते भूषणभाजि कुयोगविष्टिरिक्तापर्वभ्योऽन्यसुयोग-भूषणयुक्ते॥१७॥

ऊर्ध्वभूमि (ऊपरीमञ्ज़िल) के निर्माण के लिए विद्वानों ने श्रवण से तीन अर्थात् श्रवण, धनिष्ठा, शततारका, हस्त, आर्द्रा, मृदुसंज्ञक (मृगशिरा, रेवती, चित्रा, अनुराधा), ध्रुवसंज्ञक (तीनों उत्तरा, रोहिणी), पुष्य, स्वाती और कृत्तिका नक्षत्रों को शुभयोगों से युक्त बुध से तीन अर्थात् बुध, गुरु, शुक्र वारों को ग्रहण किया है।।१७।।

गृहारम्भे लग्नशुद्धिः-

स्याद् द्विप्रकृत्यचरराश्युदये सकेन्द्रैः
सद्भिः सदोपचयवद्भिरसद्भिरोकः।
सर्वर्द्धये ह्युत विदाङ्गिरसा खगेना-
गारानुगेन नरराश्युदये च सिद्ध्यै।।१८।।

अथ वसन्ततिलकेन गृहकरणे लग्नशुद्धिमाह— स्याद्विप्रेति।। सदा हि अवधारणे उत वितर्के ओको गेहं सर्वर्द्धये समस्तसमृद्ध्यै स्यात्। कस्मिन् द्विप्रकृत्यचरराश्युदये द्विस्वभावलग्ने स्थिरलग्ने च पुनः कैः सकेन्द्रैः केन्द्रसहितैः सद्भिः शुभग्रहैः पुनः कै उपचयवद्भिः ३।६।१०।११ उपचयभवनयुक्तैरसद्भिः पापग्रहैः च पुनः नरराश्युदये खगेन दशमभावगेनारानुगेन चतुर्थभावगतेन विदा बुधेन अङ्गिरसा गुरुणा च ओकः सिद्ध्यै स्यात्॥१८॥

द्विस्वभाव (३,६,९,१२) एवं स्थिर (२,५,८,११) लग्नों में, लग्न से केन्द्र भावों में शुभग्रहों के रहने पर, उपचय भावों (३,६,१०,११) में पापग्रहों के रहने पर तथा पुरुषसंज्ञक लग्नों के उदयकाल में, लग्न, चतुर्थ और दशम भावों में बुध एवं गुरु के रहने पर गृह का निर्माण सभी प्रकार की सिद्धियों को देने वाला होता है।।१८।।

गृहारम्भलग्ने विशेषः—

दुष्टारिनाश उदयोऽपि कुले सुखाप्त्यै
दुष्टारिनाश उदयो न कुले सुखाप्त्यै।
आरम्भकालवति दुष्टमदोदयश्चे-
दारम्भकालवति दुष्टमदोदयः स्यात्।।१९।।

दुष्टारीति ॥ दुष्टानामरीणां शत्रूणां नाशो यस्मिन् स एवंविध उदयो भाग्योदयः कुले गोत्रे सुखाप्त्यै सुखलाभाय स्यात्। अपि सम्भावनायां कुले गेहे दुष्टारिनाश उदयः दुष्टौ क्रूरग्रहदूषितौ षष्ठाष्टमभावौ यस्मिन् स एवंविध उदयो लग्नं सुखलाभाय न स्यात्। चेद्यदि आरम्भकालवति कुले गृहकरणप्रारम्भणे दुष्टमदोदयो दूषितसप्तमभावः स्यात्तदा आरम्भकालवति प्रारम्भिते कर्मणि दुष्टमदोदयः दुष्टानां दायादादीनां मदोऽहङ्कारस्तयोस्तत्रान्योन्यं कलिः स्यादित्यर्थः। 'मदो रेतस्यहंकारे मद्ये हर्षेभदानयोः। कस्तूरिकायां क्षैव्यै च' इति हैमः॥१९॥

दुष्टों और शत्रुओं के नाश के साथ उदय (अभ्युदय) कुल में सुख प्रदान करता है परन्तु दुष्ट ग्रहों के साथ षष्ठ और अष्टम भाव से युक्त उदय (लग्न) गृह में सुखदायक नहीं होता। अर्थात् कष्टकर होता है। यदि गृहारम्भ के समय सप्तम भाव दुष्ट ग्रह से युक्त हो तो अहंकार के अभ्युदय से गृह कलह होता है।।१९।।

गुरौ धने राजसुते निवृत्तौ
मैत्रे बले मातुलभाजि मित्रे।
कवौ कुले भूभुवि विद्धि लाभे
क्षयं समारम्भितमक्षयं हि।।२०।।

गुराविति।। हि युक्तार्थे हे गृहकर्त: त्वं क्षयं गृहं समारम्भितं प्रारम्भितमक्षयमविनाशि विद्धि जानीहि कस्मिन् धने लग्ने गुरौ सति निवृत्तौ सप्तमभावे राजसुते बुधे सति बले तृतीयभावे मैत्रे शनौ सति मातुलभाजि मित्रे षष्ठभावे सूर्ये सति एतावता एको योगो ज्ञेयोऽथवा पुन: कुले गेहे चतुर्थे भावे कवौ शुक्रे पुनर्लाभे एकादशे भूभुवि भौमे सति।।२०।।

गृहारम्भ के समय यदि लग्न में बृहस्पति, सप्तम में बुध, तृतीय में शनि, षष्ठ भाव में सूर्य, चतुर्थभाव में शुक्र तथा एकादश भाव में मङ्गल हो तो आरम्भ होने वाला गृह चिर स्थायी होता है। अर्थात् उक्त सभी ग्रह स्थिति गृहारम्भ के समय शुभ होती है।।२०।।

सराजमन्त्री कुलमानवर्ती
सहंसभूमङ्गललाभभाव:।
निशान्तकर्तुश्चिरधामसौख्यं
यदोत जम्बालचरोदयेऽब्ज:।।२१।।

सरोजेति।। यदा उत वितर्के कुलमानवर्ती चतुर्थदशमभावस्थ: सराजमन्त्री चन्द्रयुक्तगुरु: स्यात्। पुन: सहंसभूमङ्गललाभभाव: लाभभावगतशनियुक्तभौम: पुन: जम्बालचरोदये जम्बाले पङ्के चरति गच्छतीति कर्कस्तस्योदये कर्कलग्नेऽब्जश्चन्द्र: स्यात्तदा निशान्तकर्तुर्गृहकारकस्य चिरधामसौख्यं दीर्घकालं गृहसुखं स्यात्।।२१।।

चन्द्रमा के साथ बृहस्पति चतुर्थ भाव या दशम भाव में हो शनि के साथ मङ्गल लाभ (एकादश) भाव में हो अथवा कर्क लग्न में चन्द्रमा हो तो गृहकर्ता को चिर काल तक गृह सुख प्राप्त होता है।।२१।।

विशेष- यदि उक्त योगों से एक या दो योग उपलब्ध हों तो भी सुखकारक ही होता है।

ग्रहेश्वरे नष्टबले गृहेश्वरो
विधौ वधू मन्त्रिणि शं च रा:सिते।
क्षयं समेति क्षयसाधनेऽथवा
नीचाश्रयिण्यंशुविलुप्तमण्डले।।२२।।

ग्रहेश्वर इति।। हि अवधारणे क्षयसाधने गृहकरणे ग्रहेश्वरे सूर्ये नष्टबले सति गृहेश्वरो गृहस्वामी पुमान् क्षयं समेति प्राप्नोति पुनर्विधौ चन्द्रे नष्टबले सति वधू: स्त्री

क्षयं समेति पुनर्मन्त्रिणि गुरौ नष्टबले सति शं सुखं कर्तृ पदं क्षयं समेति च पुनः सिते शुक्रे नष्टबले सति रा लक्ष्मीः क्षयं समेति वाऽथवा नीचाश्रयिणि नीचराशिगते ग्रहे सति अंशुविलुप्तमण्डलेऽस्तग्रहे एवं फलम्॥२२॥

ग्रहाधिप सूर्य के बलहीन होने पर गृहपति का क्षय (नाश) होता है। चन्द्रमा के निर्बल होने पर गृहस्वामी की पत्नी का, बृहस्पति के निर्बल होने पर सुख का तथा शुक्र के निर्बल होने पर लक्ष्मी का नाश होता है। ग्रहों के नीचराशिगत होने तथा विलुप्त मण्डल (अस्तंगत) होने पर भी उक्त प्रकार से अशुभ होता है।।२२।।

ससौम्यराज्यश्च सभास्वदायः
सपूज्यकेन्द्रः ससितोदयश्चेत्।
विनिर्मितं यच्छरणं शरण्यं
भवेच्चिरं कर्तुरुदारसम्पत्।।२३।।

ससौम्येति। चेत् यदि ससौम्यराज्यः बुधयुक्तदशमभावः स्याच्च पुनः सभास्वदायः सूर्यसहितैकादशो भावः स्यात्। पुनः सपूज्यकेन्द्रः गुरुयुक्तकेन्द्रं स्यात्। पुनः ससितोदयः शुक्रयुक्तलग्नं स्यात्तदा यच्छरणं गृहं विनिर्मितं कृतं तद् गृहं कर्तुः पुंसश्चिरं दीर्घकालं शरण्यं शरणे रक्षणे साधु भवेत् किंभूतं गृहं उदारा प्रधाना सम्पत् समृद्धिर्यस्मिंस्तत्॥२३॥

गृहारम्भ के समय यदि लग्न से दशम भाव में बुध हो, एकादश भाव में सूर्य, केन्द्र (१,४,७,१०) भावों में गुरु तथा लग्न में शुक्र हो तो चिर काल तक गृहस्वामी की धन सम्पत्ति के साथ रक्षा करने में गृह सक्षम होता है। अर्थात् उक्त योग में गृह निर्माणारम्भ होने से गृहपति चिरकाल तक सम्पन्न और सुखी रहता है।।२३।।

समङ्गलं मातुलवर्गमादरा-
त्सविक्रमं सूरमगारसाधने।
गुरुं कविं सोदयमिच्छसि स्थितिं
गृहाण चेदब्दशतद्वयं गृहिन्।।२४।।

समङ्गलमिति। चेद् यदि हे गृहिन् त्वं अब्दशतद्वयं द्विशतवर्षमितां स्थितिं इच्छसि गेहस्येति शेषस्तदा स्वमगारसाधने गृहकरणे आदरात् मातुलवर्गं षष्ठभावं समङ्गलं भौमयुक्तं गृहाण पुनरेवं सविक्रमं तृतीयभावयुक्तं सूरं सूर्यं गृहाण पुनर्गुरुं कविं च सोदयं लग्नसहितं गृहाण॥२४॥

हे गृहस्वामी! यदि तुम अपने गृह की दो सौ वर्षों तक स्थिति चाहते हो तो गृहारम्भ काल में मङ्गल से युक्त षष्ठ भाव, सूर्य से युक्त तृतीय भाव, गुरु और शुक्र से युक्त लग्न भाव को ग्रहण करो। अर्थात् गृहारम्भकालिक लग्न में गुरु या शुक्र हो, तृतीय भाव में सूर्य और षष्ठ भाव में मंगल हो तो गृह दो सौ वर्ष तक स्थिर सुख सम्पदा के साथ विद्यमान रहता है।।२४।।

कुलमानगौ यदि च राजगुरू स्तः
कुलमानदौ यदि निकेतनकर्तुः।
कुसुते च मन्दवति वैभवभावे
कुसुतेऽपि सम्भवति वैभवभावः।।२५।।

अथ कुटजनामच्छन्दसाह—कुलेति। यदि राजगुरू चन्द्रगीष्पती कुलमानगौ चतुर्थदशमभावगौ स्तस्तदा तौ चन्द्रगुरू निकेतनकर्तुः कुलमानदौ गोत्रसन्मानदायकौ स्यातां च पुनर्वै निश्चितं भवभावे एकादशभावगते कुसुते भौमे मन्दवति शनियुक्ते सति निकेतन्र्तुर्वैभवभावः समृद्धिभावः सम्भवति सञ्जायते कस्मिन् कुसुतेऽपि दुष्टपुत्रेऽपि सति इति भ्रमर इत्यन्यः इति छन्दोऽनुशासने हैमः॥२५॥

यदि गृहारम्भकालिक लग्न से चतुर्थ या दशम भाव में चन्द्र और गुरु स्थित हो तो गृहकर्त्ता के कुल और सम्मान की वृद्धि करते हैं। मंगल और शनि यदि एकादश भाव में हों तो कुपुत्र के रहते हुए भी धन-सम्पत्ति का विस्तार होता है।।२५।।

उदये कविर्भवति सोच्चपद-
श्रीरमृतानार्चितपदो वनवर्ती।
कुरुते कुलक्रमवृषं कुलकर्तु-
र्यदि वा यमो घटगतिर्भवशाली।।२६।।

उदय इति। यदि सोच्चपदश्रीरुच्चस्थानश्रीसहित उच्चगतो मीनस्थ इत्यर्थः एवंविधः कविरुदये लग्ने भवति वाथवा अमृतादना अमृतभोजिनो देवास्तैरर्चितो पादौ यस्य स गुरुर्वनवर्ती चतुर्थभावस्थः कर्कस्थो भवति। अथवा यमः शनिर्घटगतिस्तुलास्थो भवशाली एकादशभावस्थो भवति तदा एवंविधः शुक्रो गुरुः शनिश्च कुलकर्तुर्गृहकारकस्य कुलक्रमवृषं स्वगोत्रधर्मं कुरुते॥२६॥

गृहारम्भकालिक लग्न में शुक्र अपनी उच्च राशि मीन में स्थित हो, देवपूज्य गुरु कर्क राशिगत चतुर्थभाव में हो तथा शनि तुला राशि में स्थित हो कर एकादश भाव में हो तो गृहकर्त्ता के कुल की वृद्धि करने वाले होते हैं।।२६।।

स्वगृहोच्चसुहृत्कुलांशयातै-
रनिलाध्वानुचरैः प्रभूतकालम्।
परितिष्ठति पस्त्यमर्थयुक्तं
कृतनिर्माणमतोऽन्यगैरनर्थम्।।२७।।

अथ मालभारिण्याह—स्वगृहेति॥ अनिलाध्वा मरुन्मार्गो व्योम तस्मिन्ननुचरन्ति गच्छन्तीति ग्रहास्तैः कृतनिर्माणं कृतसाधनं पस्त्यं गृहं कर्तृपदं प्रभूतकालं प्रचुरकालं यावत् परितिष्टति किंभूतं पस्त्यम् अर्थयुक्तं धनभृतं किंभूतैरनिलाध्वानुचरैः स्वगृहम् उच्चस्थानं सुहृत्कुलं मित्रगृहं अंशः स्वगृहादिनवांशः एषु स्थानेषु यातैः गतैः 'पस्त्यं

संस्त्याय आश्रयः' इति हैमः।। एभ्यः स्थानेभ्योऽन्यगैरन्यस्थानगतैर्ग्रहैः कृतं गृहमनर्थ दारिद्र्याढ्यं भवति।।२७।।

स्वराशि (गृह), अपनी उच्च राशि, मित्र गृह की राशि तथा अपने नवांश में ग्रहों के स्थित रहने पर गृह निर्माण करने से धन सम्पत्ति के साथ गृह चिर स्थायी होता है। अन्यथा (इससे भिन्न स्थिति में) अनिष्टकारी होता है।।२७।।

अशुभयोगः—

द्युचरः परभागगो यदैको
मदगो वापबलोऽपि वर्णनाथः।
रचितं सदनं समेति सत्यं
समया तच्छयमेकया परस्य।।२८।।

द्युचरेति—यदा एको द्युचरो ग्रहः परभागगः शत्रुनवांशगतो भवेत् वाथवा एको मदगः सप्तमभावगतो वाथवा वर्णनाथः यथा विप्राणां गुरुशुक्रौ स्वामिनौ क्षत्रियाणाम् सूर्यभौमौ इत्यादिवर्णपतिर्ग्रहोऽपबलो निर्गतबलोऽपि भवेत्तदा सत्यं निश्चितं रचितं तत् सदनं गृहं कर्तृपदं एकया समया एकवर्षेण परस्य शत्रोः शयं हस्तं समेति प्राप्नोति परहस्तगतं भवेदित्यर्थः।।२८।।

गृह के आरम्भ काल में यदि एक भी ग्रह शत्रु ग्रह की राशि के नवमांश में स्थित हो या सप्तम भाव में गया हो अथवा ब्राह्मणादि वर्णों के अधिपति ग्रहों में से अपने वर्ण (गृहपति के वर्ण) का स्वामी ग्रह निर्बल हो तो इस योग में निर्मित गृह एक वर्ष के अन्दर शत्रु के हाथों में चला जाता है।।२८।।

दैवज्ञस्यादेशेन गृहनिर्माणे दैवज्ञलक्षणम्—

गणकं बहुशास्त्रभेददक्षं
कृतहस्तं सदयक्षमं सुशीलम्।
परिपृच्छ्य समारभेदगारं
गतलोभं प्रतिघाभिमानमुक्तम्।।२९।।

अथ गणकादेशेन गृहारम्भमाह—गणकमिति।। सुधीरगारं गृहं समारभेत् प्रारभेत् किंकृत्वा गणकं ज्योतिर्विदं परिपृच्छ्य संकथ्य किंभूतं गणकं बहुशास्त्रभेददक्षं अनेकशास्त्रभेदे कुशलं पुनः किंभूतं गणकं कृतहस्तं शिक्षितं 'कर्म हस्तमुखाः कृताः' इति हैमः। पुनः किंभूतं सदयक्षमं दयाक्षमायुक्तं पुनः किंभूतं सुशीलं शोभनाचारं पुनः किंभूतं गतलोभं पुनः किंभूतं प्रतिघः क्रोधः अभिमानोऽहंकारस्ताभ्यां मुक्तं रहितम्।।२९।।

अनेक शास्त्रों में निपुण, सुशिक्षित (अभ्यस्त), दयालु, क्षमाशील, सुशील, क्रोध एवं अभिमान से रहित दैवज्ञ (ज्योतिषी) से पूछ कर गृह निर्माण करना चाहिए।।२९।।

गृहकरणे विशेषः—

तदुदीरितकालनीतिशुद्धौ
खलु तेनैव सुसूत्रधारयुक्त्या।
घटयेदुरजं यथोपसारो
नृवरोनिर्मलमानसः सुदेशे।।३०।।

अथ सूत्रधारैर्गृहकरणमाह—तदुदीरितेति। खलु निश्चितं नृवरो नरश्रेष्ठस्तथा तत् उरजं गृहं घटयेत् कस्यां तेनैव गणकेनैव उदीरितकालनीतिशुद्धौ कथितकालनिर्णयशुद्धौ कया कृत्वा सुसूत्रधारण्युक्त्या सुशिल्पियुक्त्या किंभूतो नृवरः यथोपसारः यथा उप समीपे सारो द्रव्यं यस्य स पुनः किंभूतो निर्मलमानसः स्वच्छचित्तः पुनः कस्मिन् सति सुदेशे उत्तमदेशे सर्वा शुद्धिर्ग्राह्या इत्यर्थः अन्यत्र यथाप्तशुद्धौ वा॥३०॥

कुशल सूत्रधार (शिल्पी) से गणक द्वारा बलताये गये शुभ समय एवं उत्तम भूमि में द्रव्य से युक्त होकर निर्मल हृदय से श्रेष्ठ पुरुष को गृह का निर्माण करना चाहिए।।३०।।

आसन्ना ये कण्टकक्षीरशाला
ह्यावासे स्युः पर्यवस्थातृकामाः।
अभ्यर्णोऽद्रिर्योऽवकेशो स
शश्वत्तत्कर्तारं नष्टसूतिं विधत्ते।।३१।।

अथ शालिन्या समीपदुष्टवृक्षगृहं सापवादमाह—आसन्नेति। हि अवधारणे ये आसन्ना गृहसमीपस्थाः कंटकीबदर्यादिक्षीरशालाः क्षीरवृक्षा राजादनादयः शालाः साधारणा वृक्षा 'शालः सर्जतरुः स्मृतः' इति वैजयन्ती। आवासे गृहे पर्यवस्थातृकामाः पर्यवं गृहं तत्र तिष्ठतीति पुमान् तस्यातृकामो मरणकामो येषां ते मरणदायका इत्यर्थः। पुनरभ्यर्णो गृहसमीपस्थो योऽद्रिर्वृक्षोऽवकेशी 'वन्ध्यवृक्षोऽवकेशी स्यात्' शश्वन्निरन्तरं स वन्ध्यवृक्षस्तत्कर्तारं गृहकर्तारं नष्टा मृता सूतिः सन्ततिर्यस्य स तं विधत्ते करोति॥३१॥

गृह के समीप जो कँटीले (बदरी, बबूल आदि), दुग्ध वाले एवं शाल वृक्ष होते हैं वे सदैव गृह में रहने वाले व्यक्तियों के लिए मृत्युदायक होते हैं। यदि गृह के समीप वन्ध्या (बंझा युक्त) वृक्ष हो तो वे गृहवासी की सन्तान को नष्ट करते हैं।।३१।।

अर्कोन्मत्तः स्नुह्यरिष्टाख्ययासाः
शाकव्याध ग्रन्थ्यपामार्गमुख्याः।
उद्धर्तव्यास्ते समूला मनुष्यै-
र्धामोत्थानक्षोणिगा धामकृत्ये।।३२।।

अथ धामस्थानस्थानार्कादिवृक्षानुच्छेदनीयानाह—अर्कोन्मत्त इति। ये अर्कः प्रतीतः उन्मत्तो धत्तूरः स्नुहिः थोहरिः 'स्नुहिर्वज्रो महातरुः' इति हेमः। अरिष्टाख्यः फेनिलः निम्बो यियासः 'यवासक' इति निघण्टुः। द्वन्द्वे बहुवचनं शाकः सागः व्याधः 'कर्णिकारे

परिव्याधश्च व्याधवत्' इति शब्दप्रभेद:। ग्रन्थिस्तरुभेद: अपामार्ग: अघाडो इति भाषा इति मुख्या: प्रमुखा: सन्ति मनुष्यैस्तैऽर्कादयो वृक्षा: समूला उद्धर्त्तव्या उत्पाटनीया: कस्मिन् धामकृत्ये गृहनिर्माणे किंभूतास्ते धामोन्मानक्षोणिगा गृहप्रमाणभूमिगता:॥३२॥

अर्क (मदार), उन्मत्त (धतूर), पीपल, रीठा एवं निर्यास (पलास-लाक्षा) वृक्ष, शाक, कर्णिकार, ग्रन्थि (वृक्ष-विशेष), अपामार्ग (चिचिड़ी) के वृक्ष यदि अपने गृह- निर्माण भूमि (पिण्ड) में हो तो गृहारम्भ के समय उन्हें समूल (जड़ सहित) उखाड़ फेंकना चाहिए।।३२।।

अग्र्यो बोधि: पृष्ठगाश्चेदवास:
स्यादावासे निर्मितोऽनन्तरस्थ:।
शस्ता धिष्ण्ये पूजिताश्चाङ्घ्रिपा ये
नैकट्यास्तद्योगस्तेऽपि शस्ता:।।३३।।

अथ गृसमीपबोधिवृक्षादिफलमाह—अग्र्य इति। चेद्यदि अग्र्य आवासस्याग्रगत: च पुन: पृष्ठग: आवासपृष्ठगतो बोधिरश्वत्थ: स्यात्। अनन्तरस्थोऽन्तररहितो निर्मित आवास: अवास: न विद्यते वासो वसनं यस्मिन् स शून्य: स्यात् इत्यर्थ:। च पुन: ये अङ्घ्रिपा वृक्षा: पूजिता: पूजां प्राप्तास्ते धिष्ण्ये गृहे शस्ता: शोभना: स्युस्तद्योगत: पूजितवृक्षसंयोगात् ये नैकट्या: समीपभवास्तेऽपि वृक्षा गृहे शस्ता:॥३३॥

गृह के आगे या पीछे बरगद वृक्ष हो या पीछे अन्तर रहित अर्थात् गृह से सटा हुआ शून्य गृह हो (जिसमें कोई रहता न हो) वह शुभ होता है। गृह के समीप यदि पूज्य वृक्ष हों तो उनके संसर्ग से अन्य वृक्ष भी शुभ हो जाते हैं।।३३।।

निन्दिता: वृक्षा:—

शाखी निन्द्यो नीरसो निम्बुशाल-
स्ताल: कालो द्वारि वाराशयश्च।
प्रासादो नो मञ्जुल: पृष्ठदेशे
वानस्पत्यं दारु नेयं न गेहे।।३४।।

अथ गृहमाश्रित्य शुष्कवृक्षादिदूषणमाह—शाखी इति॥ द्वारि गृहद्वारे नीरस: शुष्क: शाखी वृक्षो निन्द्य: स्यात्। काल: कृष्णस्तालो निंद्य: स्यात्। च पुनर्वाराशयो जलाशय: कूपादि निंद्य: स्यात्। पुन: पृष्ठदेशे गृहपृष्ठे प्रासादो देवगृहं मञ्जुल: शोभनो न स्यात्। पुनर्गेहे वानस्पत्यं दारु काष्ठं न देयं न नेयं 'फलन्ति ये विना पुष्पं वनस्पतीन् विदुर्बुधा:' इति हलायुध:॥३४॥

गृह के द्वार पर नीरस वृक्ष, शाल, काले रंग का ताड़ तथा कूपादि जलाशय निन्दित कहे गये हैं। गृह के पीछे देवालय शुभ नहीं होता है। वानस्पत्य (जिस वृक्ष में फूल के बिना फल लगते हों ऐसे वृक्षों के) काष्ठ का गृह में प्रयोग नहीं करना चाहिए।।३४।।

गृहारम्भे अग्निज्वालादिदर्शनफलम्—

शालारम्भे चेदपाम्पित्तकीला
दृष्टासन्नावासदाहादिपीडा ।
ओतुर्वाहिस्तत्र दृष्टोऽरिपुष्टि-
र्वादो मान्द्यं रोदनं संश्रुतं स्यात् ।।३५।।

अथ गृहारम्भेऽग्निज्वालादिदूषणं दर्शयति—शालारम्भेति।। चेद्यदि शालारम्भे गृहारम्भे अपाम्पित्तकीलाऽग्निज्वाला दृष्टा स्यात्तदा आसन्ना समीपभूता आवासदाहादिपीडा भवेत् स्वल्पकालेन गृहं भस्मसाद्भवेदित्यर्थः। पुनस्तत्र गृहारम्भे ओतुर्मार्जारोऽहिः सर्पो वा दृष्टः तदाऽरिपुष्टिः शत्रुवृद्धिः स्यात्। यदा रोदनं मार्जारादीनां संश्रुतं स्यात्तदा वादो मांद्यं वा स्यात्।।३५।।

गृहारम्भ के समय गृह के समीप में अग्निज्वाला दिखलाई पड़े तो गृह में शीघ्र ही अग्नि पीड़ा होती है। अर्थात् अग्नि से गृहदाह होता है। यदि बिल्ली या सर्प दिखलाई पड़े तो शत्रुओं की वृद्धि होती है। यदि (मार्जार आदि का) रोदन सुनाई पड़े तो गृहकलह अथवा रोग की वृद्धि होती है।।३५।।

गृहारम्भे सूत्रादिछेदनफलम्—

शालादोष्णां साधने सूत्रपाते
छेदोऽर्त्यै चेद्ग्रन्थिरार्त्यै च कर्तुः।
कैलोभङ्गः स्याद्रुजे क्ष्मानिमग्नः
कीलः शून्यं विस्मयः खातदेशे।।३६।।

अथ गृहारम्भे सूत्रकीलच्छेदे दोषमाह—शालेति। चेद्यदि शालादोष्णां गृहभुजानां सूत्रपाते सूत्रन्यासकरणे छेदस्त्रोटनं ग्रन्थिर्वा भवेत्तदा कर्तुर्गृहकारकस्य आर्त्यै एव पीडायै भवेत्। खाते देशे कैलोभङ्गः कीलभग्नता रुजे रोगाय स्यात्। यदा क्ष्मानिमग्नः कीलस्तदा शून्यं विस्मयं आश्चर्यं स्यात्।।३६।।

गृह की भुजाओं का न्यास करते समय यदि सूत्र टूट जाय अथवा उलझ कर उसमें गाँठ पड़ जाय तो गृह स्वामी को कष्ट होता है। खात में यदि कील गाड़ते समय टूट जाय तो रोग होता है तथा यदि कील गाड़ते समय कील भूमि के अन्दर पूर्ण रूप से घुस जाय (कील भूमिगत हो जाय) तो गृह शून्य, धन-जन से रहित होता है तथा आश्चर्यकारी घटनाएँ होती हैं।।३६।।

खाते दृष्टवस्तुफलम्—

खाते तावत् खन्यमाने प्रपश्येद्-
ग्रावाणं वा केशमङ्गारमस्थि।
चर्मायश्चेदापदो राजभीतेः
सत्सिद्धिं सद्वस्तु दृष्टं तनोति।।३७।।

अथ खाते दृष्टवस्तुफलमाह—खात इति।। चेद्यदि खन्यमाने खाते सुधीस्तावत् प्रथमं ग्रावाणं वा केशं वाऽगारं वाऽस्थि वा चर्म वाऽयो लोहं वा प्रपश्येत्तदा राजभीतेः राजभयात् आपदः स्युः। सद्वस्तु शुभवस्तु दृष्टं सत् सत्सिद्धिं शुभसमृद्धिं तनोति विस्तारयति।।३७।।

यदि खोदे जाने वाले खात के आरम्भ में पत्थर, केश (बाल), अङ्गार, हड्डी, चर्म अथवा लोहा दिखलाई पड़े तो राजभय से आपदा प्राप्त होती है। शुभ वस्तुओं का दिखलाई पड़ना समृद्धि का विस्तार कराता है।।३७।।

गृहारम्भे उत्तरायणादिशुद्धिः—

सौम्येऽनेहस्यादृते साधयित्वा
खातं तावत्स्वायग्युग्गेहपीठम्।
दृश्यं प्रोक्तं तद्व्ययाद्यं हि सर्वं
मित्रं पश्चादुत्तराद्यं विधेयम्।।३८।।

अथ गृहारम्भे उत्तरायणादिशुद्धिमाह—सौम्य इति।। सौम्ये उत्तरायणेऽनेहसि काले आदृतेऽङ्गीकृते तावत् प्रथमं खातं साधयित्वा स्वायग्युग् शुभायग्युक्तं गेहपीटं दृश्यं विलोकनीयं च पुनस्तद्व्ययाद्यं सर्वं मित्रं च प्रोक्तम् पूर्वोक्तं दृश्यं विलोकनीयं पश्चात उत्तराद्यं उत्तरादिग्गतं गृहं विधेयं कर्तव्यम्।।३८।।

उत्तरायण सूर्य होने पर (मकर से मिथुन पर्यन्त) सर्वप्रथम खात का साधन कर अनन्तर शुभ आय (ध्वज आदि) से युक्त गृह पीठ (नीव) का निर्माण करना चाहिए। तदनन्तर व्ययादि जो मित्रवत् कहे गये हैं उनका अवलोकन कर उत्तर दिशा में (अथवा उत्तराभिमुख) गृह का निर्माण करना चाहिए।।३८।।

शुभायस्य ग्राह्यस्थानम्—

धारामण्डलशालपत्तनकुलप्रासादवापीप्रपा-
कासारान्धुषुपीठमण्डपदरीपट्टासनद्वार्षु च।
संसत्पीठनृयानवारणगृहानोमङ्गिनीखारिका-
मञ्जूषाशयनादिचीवरगणे ग्राह्यः सदायो बुधैः।।३९।।

अथ शुभायस्य ग्राह्यस्थानमाह—धरेति।। बुधैः सदायः शुभायः ग्राह्यः केषु धरामण्डलं पृथिवीपीठं शालः प्राकारः पत्तनं नगरं कुलं गृहं प्रासादो देवालयः वापी प्रपा पानीयशाला कासारः सरः अंधुः कूपः एषां द्वन्द्वे एषु पुनः आसु पीठं मण्डपः जलाश्रयः दरो कन्दरा पट्टासनं द्वारं आसु पुनः कस्मिन् संसत्पीठं सभापीठं नृयानं याप्ययानं वारणगृहं अंबारी अनः शकटः रथादिः मङ्गिनी नौका खारिका मञ्जूषा शयनादिमंञ्चकादि चीवरं एषां गण समूहे।।३९।।

धरामण्डल (पृथ्वी पीठ), दुर्ग, नगर, गृह, देवालय, वापी, प्रपा (प्याऊ), सरोवर, कूप, पीठमण्डप (बारादरी), गुफा, पट्टासन (द्वार), सभाभवन, नृयान

(पालकी), हाथी का हौदा (अम्बारी), शकट (बैलगाड़ी, घोड़ा गाड़ी), नौका, खारी (अन्न नापने का पात्र), पेटी, चारपाई तथा वस्त्र निर्माण में सदैव विद्वानों को शुभ आय का ग्रहण करना चाहिए।।३९।।

शुभ आयानां ग्राह्यस्थानानि—

वेदीपीठसमस्तकुण्डरचनापट्टातपत्रध्वज-
क्षेत्रारामसुखास्त्रतुर्यशिबिरासन्दीवितानेष्वपि।
सौम्यायोर्हतमो भवेदिति सति क्ष्मादेवतायाध्वजो
राजन्ये नखरायुधो विशि गजो गौःपत्सवेऽन्येऽन्यगः।।४०।।

अथाक्रूरायस्य ग्राह्यस्थानमाह—वेदीति।। वेदी पीठं समस्तकुण्डरचना पट्टः आतपत्रं छत्रं ध्वजः क्षेत्रं आरामो वाटिकादिः सुखाः प्रमुखाः अस्त्रं शस्त्रं तुर्यं वाद्यं शिविरं पटमण्डपादि आसंदी वेत्रवृक्षघटितासनं 'स्याद्वेत्रासनमासन्दी' इति हैमः।। वितानं उल्लोच एषां द्वन्द्वे एषु सौम्य आयोऽर्हतमः शुभतमो भवेत् इति सत्यपि क्ष्मादेवतायां विप्रे ध्वज आयः शुभतमः स्यात्। राजन्ये क्षत्रिये नखरायुधः सिंहायः शुभतमो भवेत् 'राजन्यो बाहुसम्भवः' इति हैमः। पुनः विशि वैश्ये गज आयः शुभतमो भवेत्। पत्सवे पादजाते शूद्रे गौरायः शुभतमो भवेत्। अन्ये खला आया अन्यगाः कुविंदचर्मकारादिवर्णप्राप्ताः शुभतमाः स्युः।।४०।।

वेदी पीठ (यज्ञ पीठ), सभी प्रकार के कुण्डों की रचना में, पट्ट, छत्र, ध्वज, खेत, उद्यान आदि, अस्त्र, शस्त्र, तूर्य आदि वाद्य, शिविर, आसन्दी (वेत्रासन, कुर्सी), वितान (चँदवा) इन सब में शुभ आय श्रेष्ठ होती है। तथापि ब्राह्मणों के लिए ध्वज आय, क्षत्रिय के लिए सिंह, वैश्यों के लिए गज, शूद्रों के लिए गौ तथा अन्य जातियों के लिए अन्य अवशिष्ट आय शुभ होती है।।४०।।

आयव्ययोः फलम्—

करणे व्ययहीने स्यात्सिद्धिरायाधिके सदा।
विपरीतेऽन्यथा प्राग्वद्भगैर्मित्रं सदत्र चेत्।।४१।।

अथ व्यये आये न्यूनाधिके फलमाह—करण इति। 'करणं करणं विद्या कारणं क्षेत्रमुत्तमं।। करणो जातिभेदश्च करणानीन्द्रियाण्यपि'।।१।। इत्यनेकार्थध्वनिमञ्जर्याम्। करणे क्षेत्रे गृहे सदा व्ययहीने आयाधिके सति अत्र गृहे सिद्धिः स्यात् विपरीतो व्ययाधिक आयहीनोन्यथाऽसिद्धिः स्यात्। चेत् यदि प्राग्वत् पूर्ववत् भाद्यै राश्यादिभिर्मित्रं स्यात्तदात्र गृहं सत् शुभं स्यात्।।४१।।

गृह में व्यय अल्प और आय अधिक हो तो सदैव सिद्धिकारक गृह होता है। इससे विपरीत स्थिति में अर्थात् आय अल्प और व्यय अधिक हो तो अशुभ होता है। पूर्वोक्त रीति से गृह और गृहस्वामी के राशियों की मित्रता सदैव शुभ कारक होती है।।४१।।

गृहाणां भेदाः—

गेहं षोडशभेदमुक्तमाद्यैः
प्रस्तारैर्दिगलिन्दभेदभूतैः ।
वक्ष्ये तानहमेभिरन्यभेदा-
स्त्वन्यत्रापि सदेति साधनीयाः ।।४२।।

अथ ग्रहाणां षोडशभेदानाह—गेहमिति।। आद्यैराचार्यैः षोडषभेदं गृहमुक्तं प्रोक्तं कैः दिग् दिशालिन्दः 'प्रघाणः प्रघणोऽलिन्द' इति हैमः।। एतयोर्भेदभूतैर्भेदोत्पन्नैः प्रस्तारैरन्धभेदाः साधनीया इति हेतोरहं तान् प्रस्तारान् वक्ष्ये।।४२।।

दिशा और अलिन्द के भेद से प्रस्तार द्वारा सोलह प्रकार के गृहों को प्राचीन आचार्यों ने बतलाया है। इन भेदों से उत्पन्न अन्य भेदों को प्रस्तार विधि द्वारा साधन करना चाहिए। अतः मैं उन भेदों को कह रहा हूँ।।४२।।

प्रस्तारविधिः—

विलिखेत्करणानुमान् गुरू-
न्प्रथमाधो लघुमाग्र्यरूपकान्।
लघुपृष्ठगुरुस्ततोऽखिला
लघवो यावदयं विधिर्भवेत्।।४३।।

अथात्र प्रस्तारं दर्शयति—विलिखेदिति।। सुधीराग्र्यरूपकान् प्रथमरूपकान् करणानुमान् क्षेत्रप्रतिमान् गुरून् विलिखेत्। 'करणं क्षेत्रगात्रयोः' इत्यादि हेमानेकार्थः।। ततः प्रथमाधो लघुं न्यसेत् लघुपृष्टगुरून् लिखेत् यावद् अखिला लघवो भवन्ति तावदयं विधिर्भवेत्।। यतः 'पादे सर्वगुरावाद्ये लघुं न्यस्य गुरोरधः। यथोपरि तथा शेषं भूयः कुर्यादमुं विधिम्' १ अन्यच्च 'पुदमं गुरुहिद्वाणे लहुया पिठविअप्यबुद्धि एसरि सासरि सापन्ती उवरिया पछिमे देहि'२।।४३।।

सर्व प्रथम क्षेत्रतुल्य गुरु का न्यास कर उसके नीचे क्रम से लघु का न्यास तब तक करते जाना चाहिए जब तक सभी लघु न हो जायें। यही प्रस्तार की विधि है।।४३।।

षोडशगृहभेदाः

ऽऽऽऽ१	।ऽऽऽ२	ऽ।ऽऽ३	।।ऽऽ४	ऽऽ।ऽ५	।ऽ।ऽ६	ऽ।।ऽ७	।।।ऽ८

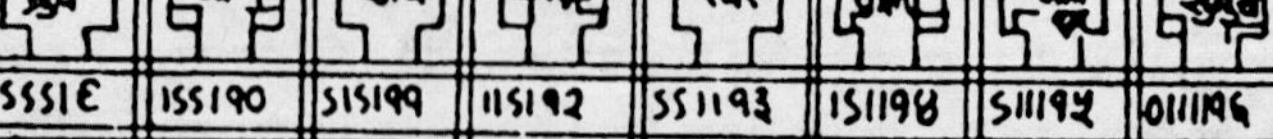

ऽऽऽ।९	।ऽऽ।१०	ऽ।ऽ।११	।।ऽ।१२	ऽऽ।।१३	।ऽ।।१४	ऽ।।।१५	।।।।१६

विमर्श— यहाँ जो प्रस्तार के माध्यम से १६ गृहों के भेद बतलाये गये हैं वे सङ्गत प्रतीत नहीं होते। क्योंकि श्लोक संख्या ४२ में कहा गया है कि दिक् और अलिन्द के भेद से गृह षोडश प्रकार के होते हैं। यदि चार दिशाओं में अलिन्द को मानकर हम प्रस्तार करते हैं तो २४ भेद होते हैं। यथा—

'स्थानान्तमेकादि चयाङ्कघात: संख्या विभेदा नियतै स्युरङ्कैः।' इत्यादि लीलावती के सूत्रानुसार चार दिशाओं के प्रस्तार १×२×३×४=२४ होंगे। यदि चारों दिशाओं के भिन्न-भिन्न प्रस्तार बनाये तो १३ भेद होंगे। अत: किसी भी रीति से चार या आठ दिशाओं के १६ प्रस्तार नहीं बनेंगे। केवल चारों दिशाओं में द्वार के आधार पर चार-चार भेद बनाकर १६ भेद दर्शाये जा सकते हैं। सम्भवत: ग्रन्थकार को भी यही अभीष्ट है। यथा—

क्र.सं.	प्रस्तार	गृहनाम	क्र.सं.	प्रस्तार	गृहनाम
१.	ऽऽऽऽ	ध्रुव	९.	ऽऽऽ।	दुर्मुख
२.	।ऽऽऽ	धान्य	१०.	।ऽऽ।	क्रूर
३.	ऽ।ऽऽ	जय	११.	ऽ।ऽ।	विपक्ष
४.	।।ऽऽ	नन्द	१२.	।।ऽ।	धनद
५.	ऽऽ।ऽ	खर	१३.	ऽऽ।।	क्षय
६.	।ऽ।ऽ	कान्त	१४.	।ऽ।।	आक्रन्द
७.	ऽ।।ऽ	मनोरम	१५.	ऽ।।।	विपुल
८.	।।।ऽ	सुमुख	१६.	।।।।	विजय

अलिन्दज्ञानम्—

सदनाभिमुखादिहभ्रमा-
दपसव्यान्यदिशो लघुस्थले।
स्युरलिन्दमुदीरितं बुधै-
रितिषोडशभेदजा गृहाः।।४४।।

अथ लघुप्रयाणस्थानं दर्शयति—सदनेति।। बुधैरिह लघुस्थलेऽलिन्दमुदीरितं प्रघाण: प्रोक्त: कस्मात् सदनाभिमुखात् गृहसम्मुखात् भ्रमात् अपसव्यान्यदिश: वामकाष्ठात: वै निश्चितं इति षोडशभेदजा गृहा स्यु:।।४४।।

गृह का मुख्य द्वार जिस दिशा में हो उस दिशा से आरम्भकर वामावर्त क्रम से अन्य सभी दिशाओं में लघु स्थानों के अनुसार विद्वानों ने अलिन्द बतलाया है। अर्थात् जहाँ-जहाँ प्रस्तार में लघु चिह्न होंगे उन्हीं दिशाओं में अलिन्द होंगे। इस प्रकार सोलह भेदों से उत्पन्न गृह होते हैं।।४४।।

षोडशगृहाणां नामानि—

ध्रुवधान्ये जयनन्दौ खर-
कान्तमनोरमं सुमुखम्।

कुमुखं क्रूरविपक्षे
धनक्षयाक्रन्दविपुलानि।।४५।।
विजयं षोडशभेदैर-
भिरूपैरुदीरितानि नामानि।
नाम्ना फलमिति सदृशं
कलितं च वास्तुविभोरनिशम्।।४६।।

अथ षोडशगेहनामान्याह—ध्रुवेति।। विजयेति।। युग्मं अभिरूपैः पण्डितैः सदृशरूपैर्मनोरमैर्वा षोडशभेदैर्ध्रुवादीनि नामानि उदितानि प्रोक्तानि च पुनरनिशं निरन्तरं वास्तुविभोर्गृहस्वामिनो नाम्ना ध्रुवादिनाम्ना सदृशं फलं कलितं कथितम्।।४५-४६।।

१. ध्रुव, २. धान्य, ३. जय, ४. नन्द, ५. खर, ६. कान्त, ७. मनोरम, ८. सुमुख, ९. कुमुख (दुर्मुख), १०. क्रूर, ११. विपक्ष, १२. धन, १३. क्षय, १४. आक्रन्द, १५. विपुल, १६. विजय, विद्वानों ने गृहों के ये सोलह नाम बतलाये हैं। ये गृह अपने नाम के अनुसार गृह स्वामी को फल प्रदान करते हैं।।४५-४६।।

वर्णभेदेन गृहफलम्—

परे वदन्तीति बुधा
दुष्टाख्यं तत्सदन्त्यजातीनाम्।
शुभवर्णानां सौम्यं-
केचित्सर्वाणि सर्ववर्णेषु।।४७।।

अथ वर्णभेदेऽत्र मतमाह—पर इति।। परे बुधा इति वदन्ति इतीति किं अन्त्यजातीनां तत् ध्रुवादि गृहं दुष्टाख्यं दुष्टनाम सत् शुभं स्यात्। शुभवर्णानां द्विजातीनां सौम्यं सौम्यसंज्ञं गृहं वरं स्यात्। केचिदिति वदन्तीति किं सर्ववर्णेषु सर्वाणि शोभनानि स्युः।।

कुछ विद्वानों का मत है कि अन्त्यज एवं निम्न वर्ण वालों को अशुभ नाम वाले गृह तथा उच्च वर्णों के लिए शुभ नाम वाले होते हैं। परन्तु कुछ विद्वानों ने कहा है कि सभी वर्णों के लिए सभी गृह शुभ होते हैं।।४७।।

अनेकगृहभेदाः—

एवं द्वित्र्यादि कुभिर्भवन्ति
धामन्यनेकधा भेदाः।
एभिश्च खण्डमेरोर्ज्ञानाय
जायतेऽत्र किल सिद्धिः।।४८।।

अथानेकधा गृहभेदान् दर्शयति—एवमिति।। एवं धामनि गृहेऽनेकधा भेदा भवन्ति काभिर्द्वित्र्यादिकुभिर्द्वित्र्यादिभूमिभिः च पुनः सत्येऽत्र खण्डमेरोर्ज्ञानाय सिद्धिर्जायते कैरेभिः।।४८।।

एक, दो, तीन, चार आदि भूमि (खण्ड, मञ्जिल) के अनुसार गृहों के अनेक भेद होते हैं। इन खण्डों एवं भेदों के द्वारा खण्ड मेरु का ज्ञान किया जाता है।।४८।।

भित्तिमूलफलम्—

मूलं भित्तेर्धर्मराजाशमुक्तं
वारुण्याशं वा तदग्राशमग्रम्।
कल्प्या भागा मूलतो व्योमगाना-
मर्कादीनां द्वारमिष्टं सदंशे।।४९।।

अथ दिगाश्रितभित्तिमूलफलमाह—मूलमिति।। धर्मराजाशं दक्षिणदिग्गतं भित्तेर्मूलमग्र्यां श्रेष्ठं स्यात् वाऽथवा वारुण्या पश्चिमदिग्गतं वा तदग्राशं उत्तरदिग्गतं भित्तेर्मूलं श्रेष्ठं स्यात्। पुनरर्कादीनां व्योमगानां ग्रहाणां मूलतो भागाः कल्प्याः पुनः सदंशे शुभग्रहाणा-मंशैर्द्वारमिष्टं श्रेष्ठं स्यात्।।४९।।

धर्मराज (यमराज) की दिशा (दक्षिण दिशा) में भित्ति का मूल अथवा वरुण दिशा (पश्चिम दिशा) में अथवा उत्तर दिशा में भित्तिमूल श्रेष्ठ होता है। भित्तिमूल से आरम्भ कर (भित्ति के नव भागों में) सूर्यादि ग्रहों के नवमांश की कल्पना करनी चाहिये। जहाँ पर शुभ ग्रहों का नवमांश हो वहीं पर द्वार की स्थापना शुभ होती है।।४९।।

द्वारे नवमांशशुद्धिः—

**शालाल्पत्वान्नावकाशः सदंशे
द्वारो वान्यागारकोणादिवेधात् ।
पापांशे तद्वामशाखा न दुष्या
शेषं नेयं तत्तदा सौम्यभागे।।५०।।**

अथ द्वारे नवांशादिशुद्धिमाह—शालेति।। सदंशे शुभग्रहनवांशे द्वारोद्धारस्य अवकाशो न स्यात् कस्मात् शालाल्पत्वात् पट्टशालास्तोकत्वात् वाऽथवाऽन्यागार-कोणादिवेधात् पुनः पापांशे दुष्टग्रहांशे तद्वामशाखा तस्य गृहस्य वामशाखा न दुष्या स्यात्तदा सौम्यभागे तद् द्वारमशेषं नेयं कर्तव्यम्।।५०।।

भित्ति की अल्पता अथवा प्रकोष्ठों से कोण से विद्ध होने के कारण यदि सौम्य ग्रहों के अंश में द्वार के लिए स्थान न मिलता हो तो पापग्रहों के अंश में वाम शाखा (उपद्वार) की स्थापना दूषित नहीं होती। परन्तु मुख्य द्वार जिस-जिस दिशा की भित्ति में शुभग्रह के अंश में प्राप्त हो उसी दिशा में बनाना चाहिये।।५०।।

द्वारद्वारिकयोः स्थापनम्—

**दुष्टांशे तत्सम्भवश्चेत्तदा स्याद्
द्वारे तत्र द्वारिकान्यत्र साध्वी।**

कार्या केचित्सव्यगं तत्त्रिभागं
मुक्त्वा द्वारं ज्ञाङ्गिरोंऽशस्थमाहुः।।५१।।

अथ द्वारद्वारिकामोचनविवेकमाह—दुष्टांश इति।। चेद्यदि दुष्टांशे तत्सम्भवो द्वारसम्भवः स्यात् तदा तत्र द्वारं स्यात्। पुनरन्यत्र अग्रभित्तौ वा यथावकाशस्थाने साध्वी शोभना द्वारिका कार्या ह्रस्वं द्वारमिति द्वारिका इति विग्रहः कर्तव्यः। केचित् बुधाः ज्ञोंगिरोंऽशस्थं बुधगुरुनवांशगतं द्वारमाहुः किंकृत्वा तत्त्रिभागं तस्य गेहस्य त्रिभागं सव्यगं वामगतं त्यक्त्वा।।५१।।

यदि पापग्रहों के अंशों में ही द्वार के लिए स्थान मिलता हो तो वह द्वार स्थापित कर पुनः अन्यत्र शुभग्रह के अंश में द्वारिका (छोटा दरवाजा) स्थापित करना चाहिए। कुछ विद्वानों का मत है कि वाम भाग से भित्ति के ३ भाग को छोड़कर बुध और गुरु के अंश में मुख्य द्वार की स्थापना करना चाहिए।।५१।।

विमर्शः— प्रायः लोक में बांये से तीन भाग छोड़कर चतुर्थ भाग में ही मुख्य गृह द्वार की स्थापना की विधि प्रचलित है। यथा—

नवभागं गृहं कार्यं पञ्चभागं तु दक्षिणे।
त्रिभागमुत्तरे कार्यं शेषे द्वारं विनिर्दिशेत्।।

अर्थात् गृह भित्ति का नव भाग कर तीन भाग बायें तथा ५ भाग दाहिने छोड़कर शेष बीच वाले अंश में मुख्य द्वार स्थापित करना चाहिये।

दुर्गादिद्वारे वेधस्त्याज्यः—

एवं दुर्गे पूर्वतो द्वारशुद्धि-
र्ज्ञेया द्वारे स्तम्भकूपाद्रिमार्गैः।
नीचोच्चोर्वीदेवताभिश्च वेध-
स्त्याज्यश्चोर्ध्वद्वारि नैवं गवाक्षे।।५२।।

अथ दुर्गादिद्वारे वेधं त्यज्यन्नाह—एवं दुर्ग इति।। सुधीभिरेवं दुर्गे कृते सति द्वारशुद्धिर्ज्ञेया च पुनर्द्वारि वेधस्त्याज्यो वर्जनीयः कैः स्तम्भकूपाद्रिमार्गैः स्थूणाकूपवृक्षमार्गैश्च पुनर्नीचोच्चोर्वीदेवताभिः उच्चनीचभूमीभिः देवतामूर्तिभिश्च पुनरूर्ध्वद्वारि गवाक्षे एवंविधो वेधस्त्याज्यो न स्यात्।।५२।।

इस प्रकार (उक्त नियमानुसार) दुर्ग निर्माण के अनन्तर द्वार शुद्धि का विचार करना चाहिये। स्तम्भ, कूप, पर्वत, मार्ग, नीची-ऊँची-भूमि, देवता (मन्दिर) का वेध द्वार में त्याज्य होता है। ऊर्ध्वद्वार और गवाक्ष (खिड़की) में वेध का विचार नहीं किया जाता।।५२।।

वेधे सत्यप्यत्र वेधो न
दृश्योऽतश्चेत्तदद्विघ्नैकसूत्रेण दूरे।

स स्यात्सर्वत्रैव वेधप्रबोधो
ज्ञेयो विद्धज्ञानिभिर्नित्यवेध्ये।।५३।।

अथ दूरवेधे निर्दोषतामाह—वेध इति। चेत् यदि अतो द्वारतस्तद्द्विघ्नैकसूत्रेण गृहात् द्विगुणसूत्रेण दूरवेधे सति अत्र द्वारवेधो न दृश्यो विलोकनीयो न स्यात्। अपि निश्चितं स वेधप्रबोधो वेधज्ञानं सर्वत्रैव विद्धज्ञानिभिर्वेधज्ञैर्ज्ञेयः स्यात् कस्मिन् नित्यवेध्ये निरन्तरवेधत्वप्राप्तदेशे यथा शरेण वेध्यं तत् शराख्यकं अन्यथा न।।५३।।

गृहद्वार से गृह प्रमाण से द्विगुण सूत्र की दूरी पर स्थित दुर्गादि से वेध हो रहा हो तो उसका विचार नहीं करना चाहिये। सर्वत्र वेध का ज्ञान वेध के विशेषज्ञ विद्वानों द्वारा कराना चाहिये। विशेषतः उन स्थानों में जहाँ निरन्तर वेध की प्राप्ति सम्भव रहती है।।५३।।

द्वारस्थापने नक्षत्रशुद्धिः—

**मृदुलघुपुरूहूतर्क्षादितेयानिलेषु
त्रिदशसचिवसोमज्ञोशनोवासरैश्च।
वलजकृतिरभीष्टा दुष्टयोगाद्यदुष्टै-
र्युवति जितुमधीरर्क्षोदये साधुकेन्द्रे।।५४।।**

अथ द्वारकरणे नक्षत्रशुद्धिमाह—मृद्विति।। वलजस्य द्वारस्य कृतिः करणमभीष्टा शुभा स्यात् केषु मृदूनि लघूनि पुरुहूतो ज्येष्ठा आदितेयं पुनर्वसू आनिलं स्वाती एषु च पुनः कैः त्रिदशसचिवो गुरुः सोमः ज्ञो बुधः उशनाः शुक्रः एषां वासरैर्दिनैः किम्भूतैः दुष्टयोगादिभिरजुष्टैरमिश्रैः पुनः कस्मिन् युवतिः कन्या जितुमं मिथुनं धीरर्क्षाणि स्थिरराशयः एषाम् उदये लग्ने किंभूते साधुकेन्द्रे।।५४।।

मृदुसंज्ञक (मृगशिरा, रेवती, चित्रा, अनुराधा), लघु संज्ञक (हस्त, अश्विनी, पुष्य), ज्येष्ठा, पुनर्वसु, स्वाती नक्षत्रों में देव मन्त्री बृहस्पति, चन्द्र, बुध और शुक्र वासरों में अशुभ योगों के न रहने पर कन्या, मिथुन और स्थिर लग्नों में शुभ ग्रहों के केन्द्र (१, ४,७,१०) भागों में स्थित रहने पर द्वार का निर्माण (स्थापन) शुभकारक होता है।।५४।।

द्वारचक्रे नक्षत्रस्थापनम्—

दिनकरकिरणाक्रान्तर्क्षतो द्वारचक्रे
युगयमयुगदृग्वेदद्विवेदद्विरामैः ।
मितमुडुगणभागं विन्यसेदूर्ध्वतोऽन्त-
र्नियममखिलदिग्गं नाप्यधःकोणभं सत्।।५५।।

अथ द्वारचक्रे भानि न्यस्यति—दिनेति।। सुधीरूर्ध्वतोऽन्तरनियमं मध्यपर्यन्तं उडुगणभागं न्यसेत् कस्मिन् द्वारचक्रे कस्मात् दिनकरकिरणाक्रान्तर्क्षतः सूर्याक्रान्तनक्षत्रात् किंभूतं उडुगणभागं युगं चत्वारः यमः द्वौ युगानि चत्वारः दृग् द्वौ वेदाः चत्वारः द्वौ

वेदाः चत्वारः द्वौ रामास्त्रयः एभिर्मितम् अपि निश्चितं अखिलदिग्गं मध्ये समस्तदिग्गतं। अथ फलं। अधः कोणभम् अधोदिग्गतं चतुष्कोणगतं च नक्षत्रं सत् शुभं न स्यात्॥५५॥

सूर्याक्रान्त नक्षत्र से ४, २, ४, २, ४, २, ४, २, ३ नक्षत्र क्रम से ऊर्ध्व (चक्र के पूर्व) भाग से मध्य पर्यन्त स्थापित करना चाहिये। अर्थात् जिस राशि पर सूर्य हो उससे चार नक्षत्र पूर्व में, २ नक्षत्र अग्नि कोण में, ४ दक्षिण में, २ नैर्ऋत्य कोण में, ४ पश्चिम में, २ वायव्य में, ४ उत्तर में, २ ईशान कोण में तथा अन्तिम ३ नक्षत्र मध्य में स्थापित करने से द्वार चक्र होता है। कोणों में और मध्य भाग में स्थित नक्षत्रों में द्वार शुभ नहीं होता।।५५।।

ईशान	पूर्व	अग्नि
२ न. अशुभ	सूर्याक्रान्त नक्षत्र से ४ न. शुभ	२ न. अशुभ
उत्तर: ४ न. शुभ	३ न. अशुभ	४ न. शुभ :दक्षिण
२ न. अशुभ	४ न. शुभ	२ न. अशुभ
वायव्य	पश्चिम	नैर्ऋत्य

मौलिदारुस्थापनम्—

ध्रुवधिषणभमेषादित्यदोर्मैत्रचित्रा-
रुरुकवसुभपौष्णैर्मौलिदारुं प्रदद्यात्।
तरणिधिषणकाव्याहःसुधीरत्र लग्ने
विकुयुतिषु च ताराराजवीर्ये सुघस्त्रे।।५६।।

अथ मोभदारुमोचने नक्षत्रादिशुद्धिमाह—ध्रुवेति॥ सुधीः मौलिदारुपदकं प्रदद्यात् मोभ भारवद् इति भाषा स्थापयेत् कैः ध्रुवाणि धिषणभं पुष्यःमैशं श्रवणः आदित्यं पुनर्वसु दोर्हस्तः मैत्रमनुराधा चित्रा रुरु मृगशीर्षं को वायुः स्वाती वसुभं धनिष्ठा पौष्णं रेवती एतद्भैः पुनः केषु तरणिः सूर्यः धिषणो गुरुः काव्यः शुक्रः एषामहस्सु दिनेषु किम्भूतेषु विकुयुतिषु कुयोगरहितेषु च पुनः कस्मिन् धीरे स्थिरे लग्ने पुनस्ताराराजवीर्ये चन्द्रबले सुघस्त्रे सत्तिथौ॥५६॥

ध्रुवसंज्ञक (तीनों उत्तरा, रोहिणी), पुष्य, श्रवण, पुनर्वसु, हस्त, अनुराधा, चित्रा, मृगशीर्ष, स्वाती, धनिष्ठा, रेवती नक्षत्रों में, दुष्ट योगों से रहित रवि, गुरु, शुक्र वासरों में, स्थिर (२,५,८,११) लग्नों में चन्द्रमा के बलवान् रहने पर तथा शुभ तिथियों में मौलिदारु (धरन) का स्थापन करना चाहिये।।५६।।

काष्ठस्थापने विशेषः—

शालास्वशेषास्वयमादृतो विधिः
प्रपाश्रमाद्यापणमन्दुराहिषु ।
गीर्वाणगेहे वलजोर्ध्वदारुजा
दृश्या न शुद्धिः क्वचिदित्युदीरितम्।।५७।।

अथोपसंहारेणाह—शालेति।। बुधैरयं विधिरादृतोऽङ्गीकृतः क्व अशेषासु शालासु अथ पुनः प्रपा जलपर्व आश्रमादिः आश्रमस्तु मुनिस्थानं आपणः हट्टः मन्दुरा 'वाजिशाला तु मन्दुरा' इति हैमः। पुनर्गीर्वाणगेहे देवगृहे वलजोर्ध्वरारुजद्वारोर्ध्व काष्ठजाता शुद्धिर्न दृश्या नो विलोकनीया इति क्वचित्स्थाने उदीरितम्।।५७।।

सभी प्रकार की शालाओं में प्रपा (प्याऊ), आश्रम (सन्त निवास), दुकान, अश्वशाला, देवालय आदि में द्वार के ऊपर स्थापित होने वाले काष्ठ में उक्त (द्वार चक्र की) शुद्धि का विचार नहीं करना चाहिये ऐसा कुछ विद्वानों ने कहा है।।५७।।

गृहे चित्रस्थापननियमः—

गृहे न रामायणभारतावहं
चित्रं कृपाणाहवमिंद्रजालवत्।
शिलोच्चयारण्यमयं सदासुरं
भीष्मं कृताक्रन्दनरं त्वनम्बरम्।।५८।।

अथ गृहे दुष्टलेख्यानि निषेधति—गृह इति।। गृहे एतच्चित्रं आलेख्यं न सत् श्रेष्ठं न स्यात्तदाह रामायणभारताहवं रामायणभारतयुद्धयुक्तमालेख्यं कृपाणाहवं खड्गयुक्तं चित्रं इन्द्रजालवत् इन्द्रजालयुक्तं चित्रं शिलोच्चयारण्यमयं पर्वतवनस्वरूपं चित्रम् आसुरं असुरसम्बन्धि चित्रम् भीष्मं भयानकं चित्रं कृताक्रन्दनरं दीनरोदनकृत्नरचित्रम् अनम्बरं दिगम्बरचित्रम्।।५८।।

रामायण और महाभारत के युद्ध का चित्र, तलवार से युद्ध (खड्ग युद्ध) का चित्र, इन्द्रजाल से सम्बन्धित चित्र, जंगलों से युक्त पर्वतों, असुरों, भयानक, दीनता प्रकट करने वाले, रुदन करते हुए तथा नग्न चित्रों को गृह में चित्रित या स्थापित नहीं करना चाहिये। ये शुभ नहीं होते।।५८।।

अन्यच्च—

वराहशार्दूलशिवापृदाकवो
गृध्राभिधोलूककपोतवायसाः ।
शशैणगोधादिबकादिपत्रिणो
विचित्रिता नो शरणे शुभावहाः ।।५९।।

अथात्र दुष्टपशुपक्षिचित्रं निषेधति—वराहेति।। एते विचित्रिता: शरणे गृहे शुभावहा: सुखकारका न स्यु:। तानाह वराह: सूकर: शार्दूलो द्वीपी शिवा फेरव: पृदाकु: सर्प: गृध्राभिध: सिंचाणक: उलूको घूक: कपोत: वायस: शश: एणो मृग: गोधादि: वकादि: पत्री पक्षी एषां द्वन्द्वे एते।।५९।।

वराह (सूअर), व्याघ्र, शृगाल, सर्प, गृध्र, उल्लू, कबूतर, कौवा, शशक (खरगोश), मृग, गोधा, वक (बगुला) आदि पशु पक्षियों का चित्रण गृह में शुभ नहीं होता।।५९।।

एतत्तु रामायणभारतादिकं चित्रं
गृहाग्राह्यमगर्हितं ग्रहे।
तदेव यच्चादरतो विचित्रितं
मठप्रसादादिषु पुण्यसारदम्।।६०।।

अथ चित्रोपसंहारेण ग्रासादिष्वनिषेधतामाह—एतदिति।। एतत् रामायणभारतादिकं चित्रं गृहाग्राह्यं गेहे न स्यात्। तु पुनर्ग्रहे नवग्रहग्रासादिषु अगर्हितं श्रेष्ठं स्यात्। च पुनर्यत् तदेव आदरत: सादरेण मठप्रसादादिषु विचित्रितं पुण्यसारदं धर्मबलकरं भवेत्।।६०।।

रामायण और महाभारत के चित्र गृह में शुभ नहीं होते परन्तु ग्रहग्रास (ग्रहण) काल में इनका अवलोकन शुभ होता है। राजप्रासाद और मठों में ये चित्र धर्म की वृद्धि करने वाले होते हैं।।६०।।

इष्टिकाचयनमुहूर्त्त:—

सुधावलेपश्च चितेरुपक्रम:
स्यादिष्टकानामिनजेनवारयो:।
लघुध्रुवैन्द्रान्त्यमृगश्रवस्वलं
स्थिरोदये वेन्द्रसुवस्तिकाहनि।।६१।।

अथेष्टकाचयनादिकृत्यमाह—सुधेति।। अलमित्यवधारणे इष्टकानां चितेरुपक्रम: चयनक्रिया च पुन: सुधावलेप: छोलेप: स्यात्। क्व इनज: शनि इन: सूर्य: एतद्वारयो: पुन: केषु लघूनि ध्रुवाणि ऐन्द्रं ज्येष्ठा आन्त्यं रेवती मृगो मृगशीर्ष श्रव: श्रवण: एषु च पुन: स्थिरोदये स्थिरलग्ने वा इति पक्षान्तरे इन्द्रस्य सुवस्तिक: पुरोहितो गुरुस्तस्याहनि 'पुरोधास्तु पुरोहित: सुवस्तिक' इति हैम:।।६१।।

शनि, रवि वासरों में लघुसंज्ञक (हस्त, अश्विनी, पुष्य), ध्रुवसंज्ञक (तीनों उत्तरा, रोहिणी), ज्येष्ठा, रेवती, मृगशीर्ष, श्रवण, धनिष्ठा नक्षत्रों में, स्थिर लग्नों में ईंट की चुनाई और सुधा लेप (सफेदी) शुभ होता है। उक्त कार्य हेतु गुरुवार भी प्रशस्त है।।६१।।

अनारमन्दारुणसूतवासरा
वैरञ्चनैरैनचलाद्यधैषणैः ।
समैत्रवर्गैरुदिता नृभोदये
सौधे कुलेऽन्यत्र च चित्रकर्मणि ।।६२।।

अथ सौधादौ चित्रकर्मशुद्धिमाह—अनारेति।। सौधे कुले सौधं तु नृपमन्दिरं सुधावलेपगृहेऽन्यत्र च चित्रकर्मणि अनारमन्दारुणसूतवासरा उदिताः प्रोक्ताः आरो भौमः मन्दः शनिः अरुणसूतः अरुणः सूतः सारथिर्यस्य स सूर्यः एभ्योऽन्यवासराः सौम्यवारा इति कैः वैरंचं रोहिणो नैरं पूर्वाषाढ़ा ऐनं हस्तः चलसंज्ञानि आद्यं अश्विनी धैषणं पुष्यः एषां द्वन्द्वे एभिः किंभूतैः समैत्रवर्गैः मैत्रसंज्ञनक्षत्रयुक्तैः पुनः कस्मिन् नृभोदये नृलग्ने सति।।६२।।

सौध (राजप्रासाद) में अथवा किसी अन्य स्थान में चित्र निर्माण हेतु मंगल, शनि और रविवारों को छोड़कर शेष वार, रोहिणी, पूर्वाषाढ़ा, हस्त, चरसंज्ञक (स्वाती, पुनर्वसु, श्रवण, धनिष्ठा, शतभिषा), अश्विनी, पुष्य, मैत्र संज्ञक (मृगशिरा, रेवती, चित्रा, अनुराधा) नक्षत्रों में तथा पुरुष संज्ञक लग्नों में शुभ कहा गया है।।६२।।

दिशिकोवादि गृहस्थाननिर्धारणम्—

स्वस्थानमैन्द्र्यां च महानसः शुचे
दिश्यर्णसोंऽसमवर्तिनोऽस्त्रगौः।
क्रव्यादकोणेशनगोरपौर्यगा
सस्यस्थलं सद्दिशि मातरिश्वनः।।६३।।

कुलकं। अथ पूर्वादौ धनन्यासादिगृहाणि दर्शयति—स्वस्थेति।। ऐन्द्र्यां दिशि स्वस्थानं धनगृहं सत् शुभं स्यात्। च पुनः शुचेर्दिशि अग्निदिशि महानसः पाकस्थानं सत्। पुनः समवर्तिनो यमस्य दिशि अर्णसो जलस्यांशो जलस्थानं सत् शुभः। 'समवर्तिकालौ' इति हैमः। पुनः क्रव्यादकोणे नैर्ऋत्यां अस्त्रस्य आयुधस्य गौर्भूमिरायुधगृहं सदित्यर्थः। पुनः अपोर्यगा अपशब्दः सकारान्तोपि क्लीबलिंग इति शब्दप्रभेदस्तेन अपौर्यगा इति वाक्यसिद्धिः। जलस्वामिदिग्गताऽशनगौर्भोजनभूः शुभा पुनः सस्यस्य धान्यस्य स्थलं गृहं मातरिश्वनो वायोर्दिशि सत् इति।।६३।।

पूर्व दिशा में धनगृह (कोषागार), अग्नि कोण में पाकशाला (भोजनालय), दक्षिण दिशा में जल का स्थान, नैर्ऋत्य कोण में अस्त्र-शस्त्र (शस्त्रागार), पश्चिम दिशा में भोजन का स्थान तथा वायुकोण में धान्यगृह (अन्न का भण्डार) शुभ होता है।।६३।।

स्थलं भवेदोकसि शायनं शुभं
स्वपालदिग्गं च सुरार्चनस्थलम्।

शिवाशमाद्यैरिति भाषितं बुधै-
स्तत्पार्श्वगं मध्यमतोऽन्यथाधमम्।।६४।।

इति श्रीकविकालिदासोदिते ज्योतिर्विदाभरणे
गृहारम्भाध्यायः षोडशः।।१६।।

स्थलमिति।। ओकसि गृहे स्वपालदिग्गं धनददिग्गगं शायनं शयने भवं स्थलं शुभं भवेत्। शिवाशं ईशानकोणगतं सुरार्चनस्थलं देवार्चनगृहं शुभं भवेत्। च पुनस्तत्पार्श्वगं मध्यं मध्यमं अतोऽन्यथाधमं शायनस्थलं देवगृहं च स्यात् इति आद्यैर्बुधैर्भाषितम्।।६४।।

इति श्रीपौर्णिमीय गच्छाधिराजभट्टारकपुरंदरश्रीमहिमाप्रभसूरीश्वरचरणसरोरुह-चञ्चरीकायमानशिष्यभावरत्नविरचितायां श्रीकालिदासकृतज्योतिर्विदा-भरणस्य सुखबोधिकायां गृहारम्भाध्यायः षोडशः।।१६।।

उत्तर दिशा में शयनगृह, ईशान कोण में देवार्चन गृह (पूजा गृह) शुभ होता है। ईशान कोण के पार्श्व में भी पूजन गृह मध्यम होता है। इससे भिन्न स्थानों में शयनस्थल और पूजागृह अशुभ होता है ऐसा प्राचीन आचार्यों ने कहा है।।६४।।

श्री कालिदासविरचित ज्योतिर्विदाभरण के गृहारम्भ देवप्रतिष्ठा प्रकरण का
प्रो० रामचन्द्रपाण्डेयकृत हिन्दी भाषानुवाद सम्पूर्ण।।१६।।

गृहप्रवेशप्रकरणम् - १७

अथेह शालारचनादनन्तरं
ब्रुवेऽहमावेशविनिर्णयं तथा।
यथा चतुर्वर्गफलं श्रियं कुलं
प्रविश्य गेही लभतेऽपसंशयम्।।१।।

अथ शालादीनां करणानन्तरं प्रवेशो घटतेऽतः प्रवेशाध्यायसंधानमाह—अथ इति। अथानन्तरम् इहाध्याये शालारचनान्तरं गृहकरणानन्तरं तथा तेन प्रकारेणाहमावेशनिर्णयं गृहप्रवेशनिश्चयं ब्रुवे यथा येन प्रकारेणापसंशयं निश्चयेन गेही गृहस्थश्चतुर्वर्गफलश्रियं चतुर्वर्गाणां फललक्ष्मीं लभते प्राप्नोति किंकृत्वा कुलं गेहं प्रविश्य॥१॥

गृह निर्माण के अनन्तर गृह प्रवेश का निर्णय (गृह प्रवेश हेतु उत्तम काल का निर्णय) बतला रहा हूँ। जिसके अनुसार गृहपति अपने गृह में प्रवेश कर संशय रहित होकर चतुर्वर्ग के फल रूपी लक्ष्मी को प्राप्त करता है। अर्थात् धर्म, अर्थ, काम और मोक्ष (चतुर्वर्ग) की सिद्धि करता है।।१।।

गृहप्रवेशेऽयन मासशुद्धिः—

निकेतनावेशविधेरहर्पते-
रमीनसौम्यायनमातनोति शम्।
शुक्रान्त्यवैशातपःसहस्यगं
सुरासुराचार्यसुदर्शनावहम्।।२।।

अथ गृहप्रवेशेऽयनादिशुद्धिमाह—निकेतेति॥ अहर्पतेः सूर्यस्य अमीनसौम्यायनं कर्तृपदं शं सुखमातनोति विस्तारयति कस्य निकेतनस्य गेहस्य आवेशविधिः प्रवेशविधिर्यस्य स तस्य पुरुषस्य किम्भूतममीनसौम्यायनं शुक्रो ज्येष्ठः आन्त्यः फाल्गुनः वैशाखः तपो माघः सहस्यः पौषः एषां द्वन्द्वे एषु गतं पुनः किम्भूतं सुरासुराणां देवदैत्यानाम् आचार्यौ गुरुशुक्रौ तयोः सुदर्शनावहं शुभदर्शनधारकम्॥२॥

मीन राशिगत सूर्य को छोड़कर शेष उत्तरायण राशियों में (मकर, कुम्भ, मेष, वृष, मिथुन, राशिगत) सूर्य के रहने पर, ज्येष्ठ, फाल्गुन, वैशाख, माघ एवं पौष मासों में गुरु और शुक्र के उदय रहने पर गृह प्रवेश की विधि कल्याण कारक होती है।।२।।

बलहीने चन्द्रे प्रवेशनिषेधः—

रिक्ताकलाचारिणि राजनि प्रियो
गृहप्रवेशो न च पर्वगामिनि।

कुयोगभद्रापमसाम्यवह्निने
दुष्टैर्दशासूतिभलग्नपेन्दुभिः।।३।।

अथ बलहीनचन्द्रादिदोषे प्रवेशं निषेधति—रिक्तेति।। गृहप्रवेशः प्रियो न हितो नो स्यात् कस्मिन् रिक्ताकलाचारिणि रिक्ताकलाः रिक्तास्तिथयः ४,९,१४ तासु गामिनि पर्वगामिनि च राजनि चन्द्रे सति पुनः कस्मिन् कुयोगः भद्रा अपसाम्यं क्रान्तिसाम्यम् एतानि सन्ति अस्येति एतद्युक्तदिने पुनः दशापः सूतिभपः जन्मनक्षत्रस्वामी लग्नपो लग्नस्वामी इन्दुः एषां द्वन्द्वे एभिः किंभूतैः दुष्टैर्दुष्टस्वभावप्राप्तैः।।३।।

रिक्ता संज्ञक कलाओं में चन्द्रमा का सञ्चार होने पर (अर्थात् रिक्ता ४,९,१४ तिथियों में), पर्व (अमा, पूर्णिमा, ग्रहण) में, अशुभ योगों भद्रा, क्रान्तिसाम्य आदि दोषों से युक्त दिनों में दशाधीश, जन्म नक्षत्र स्वामी, जन्म लग्न स्वामी तथा चन्द्रमा के अशुभ ग्रहों से युक्त होने पर गृह प्रवेश शुभ नहीं होता।।३।।

वारशुद्धिः—

दैत्यादितेयार्चितपादविद्यमा
वारा वरा वस्तुनिवेशने भृशम्।
साधारणोऽत्र द्विजराजवासरे
विगर्हितो राजनभोगवासरौ।।४।।

अथ गृहप्रवेशे वारशुद्धिमाह—दैत्यादीति।। भृशमत्यर्थं दैत्यादितेयौ असुरसुरौ ताभ्यामर्चितौ पादौ ययोस्तौ शुक्रगुरू विद्बुधः शनिः एषां द्वन्द्वे एते वारा वराः श्रेष्ठाः स्युः कस्मिन् वास्तुनिवेशने गृहप्रवेशे पुनरत्र प्रवेशे द्विजराजवासरश्चन्द्रदिनं साधारणः स्यात्। पुनरत्र राजनभोगवासरौ क्षत्रियग्रहवासरौ रविभौमो विगर्हितौ सक्तौ स्तः।।४।।

देव गुरु एवं दैत्य गुरु के वासर (गुरुवार, शुक्रवार), बुध और शनि गृह प्रवेश में शुभ (श्रेष्ठ), चन्द्रवार (सोमवार) मध्यम तथा भौम और रविवार (क्षत्रिय वार) अशुभ कहे गये हैं।।४।।

नक्षत्रशुद्धिः—

मरुदाङ्गिरसोडुवासवध्रुवयादोऽर्यभमैत्रवर्गभैः।
प्रविशेन्नवमालयं नरो गतदोषैरपि भूषणार्चितैः।।५।।

अथ वैतालीयेन गृहप्रवेशे भशुद्धिमाह—मरुदिति।। नरः पुमान् नवमालयं नूतनगेहं प्रविशेत स्फुरन्ति सूर्याक्रमणरहितानि आङ्गिरसोडु पुष्यं वासवं धनिष्ठा ध्रुवाणि यादोर्यभं यादसां जलजन्तूनामर्यः स्वामी वरुणस्तस्य भं शततारा मैत्रवर्गभानि मित्रसंज्ञानि एषां द्वन्द्वः एतैः किंभूतैर्गतदोषैर्दोषवर्जितैरपि पुनर्भूषणार्चितैः सुयोगाढ्यैः।।५।।

दोषों से रहित एवं गुणों से युक्त स्वाती, पुष्य, धनिष्ठा, ध्रुव संज्ञक (तीनों उत्तरा, रोहिणी), शतभिषा एवं मैत्र संज्ञक (मृगशिरा, रेवती, चित्रा, अनुराधा) नक्षत्रों में मनुष्य को नवीन गृह में प्रवेश करना चाहिये।।५।।

गृहप्रवेशे जैनमतम्—

भरवीन्दुषु यैर्निवेशनं
कलितं द्वित्वमिहापि जीवकैः।
इदमादृतमेभिरोकसो-
ऽभिजिदं शुद्युसहोनभोनुगम्।।६।।

अथात्र जैनमतेन स्वमतं द्रढयति—भरवीति। यैर्जीवकैः क्षपणैर्दिगम्बरैरिति शब्दपर्यायाः श्वेताम्बरैरपि इह लोके भरवीन्दुषु राशिसूर्यचन्द्रेषु द्वित्वं द्वौ द्वौ कलितं प्रोक्तं 'द्वौ द्वौ रवीन्दू भगणौ'' इति शिरोमणौ। 'दोशशिदोरविपेटमे' इति जैनदर्शनोक्तेः। 'जीवको वृद्धिजीविनि। क्षपणे प्राणके पीतसालसेवकयोर्द्रुमे।।१।। व्यालग्नाहे' इति हैमः।। 'जीवको जैन इति हलायुधः' तैरेभिर्जीवकैरपि ओकसो गेहस्य निवेशनं प्रवेशनमादृतमङ्गीकृतं किंभूतं निवेशनं अभिजिन्नक्षत्रं अंशुद्यु सूर्यदिनं सहो मार्गशीर्षो नभः श्रावणः एषु अनुगं प्राप्तं अतो मयापि एषां मतमङ्गीकृतमित्यर्थः।।६।।

जिन जीवकों (जैन मतावलम्बियों) ने दो-दो सूर्य, चन्द्र एवं राशि चक्र को स्वीकार किया है उन लोगों ने भी गृह प्रवेश में अभिजित् नक्षत्र, रविवार, मार्गशीर्ष एवं श्रावण को ग्रहण किया है। अतः मैं भी इन नक्षत्र वार एवं मासों को स्वीकार करता हूँ।।६।।

गृहप्रवेशे कलशचक्रम्—

कलशेंऽशुभचक्रसम्भ्रमे
कुकृतापञ्चकरामरामभे।
कदिगन्तरकण्ठपायुगे
तलकण्ठापरसौम्यभैर्वरम्।।७।।

अथ कलशचक्रे तानि स्थापयति—कलश इति।। कलशे कुम्भे किंभूते अंशुभचक्रसंभ्रमे सूर्यनक्षत्रात् चक्रभ्रमणे पुनः किंभूते कुः एकः १ कृतानां चतुर्णां मानपञ्चकं मर्यादीकृत्य रामास्त्रीणि ३ रामास्त्रीणि भानि यस्मिन्स तस्मिन् पुनः किंभूते के मूर्द्धनि १ दिक्षु चतुर्दिक्षु १६ अन्तरे मध्ये ४ कण्ठे ३ पायौ गुदे ३ एतात्स्थानगते इति 'पानं पायुर्गुदं च्युतिः' इतिहैमः।। एवं सप्तविंशतिभानि स्थाप्यानि।। अथ फलमाह प्रवेशने कलशःस्थापनं वरं स्यात्। कैः गुदे तले ३ कण्ठे ३ अपरे पश्चिमे ४ सौम्ये उत्तरस्यां ४ एषु गतभैर्नक्षत्रैः कृत्वा।।७।।

सूर्य के नक्षत्र चक्र में भ्रमण के अनुसार कलश चक्र में सूर्याधिष्ठित नक्षत्र से १,४,४,४,४,४,३,३ नक्षत्रों को क्रम से सिर, चारों दिशाओं में, मध्य (उदर), कण्ठ और गुह्य भाग में स्थापित करने से कुम्भ चक्र होता है। अर्थात् सूर्याक्रान्त नक्षत्र से कलश चक्र के सिर पर १, चारों दिशाओं में चार-चार (४×४ = १६) मध्य में ४, कण्ठ में ३ तथा गुह्य में ३ नक्षत्र होते हैं। गुह्य (तल), कण्ठ, पश्चिम एवं उत्तर दिशाओं में स्थित नक्षत्रों में गृह प्रवेश शुभ होता है।।७।।

कुम्भ चक्र

सिर	१ (१)	अशुभ
पूर्व	४ (२-५)	शुभ
दक्षिण	४ (६-९)	अशुभ
पश्चिम	४ (१०-१३)	शुभ
उत्तर	४ (१४-१७)	शुभ
उदर	४ (१८-२१)	अशुभ
तल (गुह्य)	३ (२२-२४)	शुभ
कण्ठ	३ (२५-२७)	शुभ

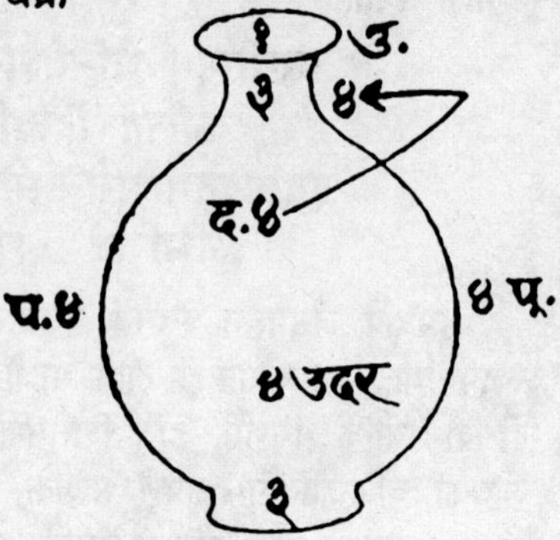

विमर्श— वास्तु सम्बन्धी सभी प्रकरणों में दक्षिण, पश्चिम दिशाओं में स्थित नक्षत्रों में गृह प्रवेश शुभ बतलाया है किन्तु प्रस्तुत ग्रन्थ में उत्तर और पश्चिम दिशा में शुभ बतलाया गया है यह विसंगति है।

गृहप्रवेशे विशेषः—

अमृतादनवैद्यभं क्वचिद्गदितं
धामनिवेशने शुभम्।
शरणं ह्युत यद्दिगाननं नृवर-
स्तद्धरिदास्यभे विशेत्।।८।।

अथात्र किंचिद्विशेषं दर्शयति—अमृतेति।। क्वचित्स्थाने अमृतादनाः सुधाभुजो देवास्तेषां वैद्यो तयोर्भमश्विनी धामनिवेशने गेहप्रवेशने शुभं गदितं प्रोक्तं। हि अवधारणे उत वितर्के यद्दिगाननं दिङ्मुखगतं शरणं गेहं भवेत् नृवरो नृपस्तत् गेहं विशेत् कस्मिन् हरिदास्यभे दिनमुखनक्षत्रे।।८।।

देवताओं के वैद्य (अश्विनी कुमार) ने नक्षत्र अश्विनी को भी कहीं-कहीं पर गृह प्रवेश में शुभ कहा गया है। जिस दिशा में गृह का मुख हो उसी दिशा के नक्षत्रों में राजा को गृह में प्रवेश करना चाहिये।।८।।

गृहप्रवेशे लग्नशुद्धिः—

अतिमिद्विशरीरभस्थिरा-
नुदयानाहुरगारवेशने।
चरमत्स्यलवान्यभागगा-
नभिरूपाः शुभयोगवीक्षणात्।।९।।

अथ गृहप्रवेशे लग्नशुद्धिमाह—अतिमीति।। अभिरूपाः पण्डिता अगारवेशने गेहप्रवेशने उदयान् लग्नानि आहुः कस्मात् समयोगवीक्षणात् शुभयोगविलोकनेन

किंभूतान् उदयान् अतिमिद्विशरीरमस्थिरान् मीनवर्जितद्विस्वभावस्थिरलग्नानि पुनः किंभूतान् उदयान् चरमत्स्यलवान्यभागगान् चरमीननवांशेभ्योऽन्यनवांशगतान्।।९।।

विद्वानों ने गृह प्रवेश हेतु शुभ समय का अन्वेषण कर मीन राशि को छोड़कर शेष द्विस्वभाव लग्नों एवं स्थिर लग्नों (३,६,९,२,५,८,११) को तथा चर राशियों एवं मीन के नवांश को छोड़कर शेष राशियों को शुभ बतलाया है।।९।।

मतान्तरम्—

स्थिरराश्युदये प्रवेशनं
विदधीतेति जगाद गालवः।
अपजूकनरादये क्वचि-
त्सदितीहोभयमादृतं मया।।१०।।

अथात्रान्यमतेन स्वमतं द्रढयति—स्थिरेति।। गालवऋषिरिति जगाद इति किं सुधीः स्थिरराश्युदये प्रवेशनं विदधीत पुनः क्वचित्स्थानेऽपजूकनरोदये तुलारहिते नृराश्युदये प्रवेशनं सत् शुभं इति हेतोरिह प्रवेशे मया उभयमादृतमङ्गीकृतम्।।१०।।

गालव ऋषि ने स्थिर लग्नों में गृह प्रवेश शुभ बतलाया है। कुछ विद्वानों ने तुला को छोड़कर शेष पुरुष संज्ञक राशियों में गृह प्रवेश शुभ बतलया है। अतएव मैने यहाँ दोनों को अङ्गीकार किया है।।१०।।

गृहप्रवेशे भावगतग्रहफलम्—

प्रतिभाध्वरकेन्द्रगैः शुभै-
रशुभैः केन्द्रलयान्त्यभान्यगैः।
प्रविधाय निवेशमौकसं
विविधं धामपदे शमश्नुते।।११।।

अथ गृहप्रवेशे भावगतग्रहफलमाह—प्रतिभेति।। गेही धामपदे गेहास्पदे विविधं शं सुखमश्नुते प्राप्नोति किंकृत्वा औकसं गृहसम्बन्धिनं निवेशं प्रविधाय कैः प्रतिभा पञ्चमभावः ५ अध्वरः नवमः ९ केन्द्राणि १,४,७,१० एषु गतैः शुभैर्ग्रहैः पुनः कैः केन्द्राणि १,४,७,१० लयोऽष्टमः ८ आन्त्यं भं द्वादशस्थानं एभ्योऽन्यगतैरशुभैर्ग्रहैः।।१०।।

गृह प्रवेश कालिक लग्न से पञ्चम, नवम, केन्द्र (१,४,७,१०) भावों में शुभ ग्रहों के रहने पर तथा केन्द्र (१,४,७,१०), ८ और १२ भावों के अतिरिक्त अन्य भावों में पापग्रहों के रहने पर गृह प्रवेश करने से मनुष्य विविध प्रकार के सुखों को प्राप्त करता है।।११।।

जनिभादुत जन्मलग्नतः
पृथुसारोऽत्र स राशिरौद्गमः।

चरराशिमपास्य तत्र वै
कुलमावेशितमेति शं कुलात्।।१२।।

जनिभेति।। उत वितर्के जनिभात् जन्मराशितो जन्मलग्नतः पृथुसारो बहुवीर्य उपचयभवनगत इत्यर्थः। उद्‌गमे भव एवंविधः स राशिः स्थिरद्विस्वभावराशिः स्यात्तदा तत्र समये चरराशिमपास्य विहाय गेहिना कुलं गेहमावेशितं प्रवेशितं सत गेही शं सुखमेति प्राप्नोति कस्मात् कुलात् गृहात्।।१२।।

जन्म राशि से अथवा जन्म लग्न से बलवान ग्रह उपचय (३,६,१०,११) भावों में स्थित हो तथा औदयिक लग्न स्थिर राशि या द्विस्वभाव राशि का हो तो उस समय चर लग्न को छोड़कर (अन्य लग्नों में) प्रवेश करने से मनुष्य उस गृह से सुख प्राप्त करता है।।१२।।

सघनः कविसूनुरुद्‌गमे
समदो राजसुतो यदा तदा।
ससुखो गुरुरालयाश्रया-
दनिशं शंसितशं तदालयम्।।१३।।

सघन इति।। यदा उद्‌गमे लग्ने सघनस्तनुभावस्थः कविसूनुः शुक्रः स्यात्। समदः सप्तमभावस्थो राजसुतो बुधः स्यात्।। ससुखश्चतुर्थभावगतो गुरुः स्यात्तदालयाश्रयात् गृहप्रवेशात् अनिशं सदा तत् गृहं शंसितशं कथितसुखं स्यात्। किंभूतं गृहं आ लक्ष्मीस्तस्या आलयः स्थानं यस्मिंस्तत्।।१३।।

प्रवेश कालिक लग्न में शुक्र, सप्तम में बुध तथा चतुर्थ में गुरु हो तो उस समय गृह प्रवेश करने से गृह निरन्तर इच्छित सुख को प्रदान करता है।।१३।।

उदये च रसातले शुभै-
रतितेजोभिरगारवेशनम्।
निखिलश्रियमावहत्यदोऽ-
पखलातर्यचरे पुरोदये।।१४।।

उदय इति।। अदोऽगारवेशनं कर्तृपदं निखिलश्रियं सम्पूर्णलक्ष्मीमावहति विभर्ति कैरुदये लग्ने रसातले चतुर्थभावे चातितेजोभिर्बहुबलयुक्तैः शुभैर्ग्रहैश्च पुनः पुरोदये तनुलग्नेऽचरे स्थिरलग्ने किंभूतेऽपखलातरि अपगताः खलाः क्रूरा अतरि मृत्यौ भावे यस्मिन् स तस्मिन्।।१४।।

प्रवेश कालिक लग्न में और चतुर्थ भाव में यदि अत्यन्त बलवान शुभग्रह स्थित हों एवं पापग्रह अष्टम भाव में स्थित हों तथा उदय कालिक लग्न चर संज्ञक न हो तो उक्त योग में प्रवेश करने से गृह स्वामी लक्ष्मी (धन-धान्य) से युक्त होता है।।१४।।

सूतिकागृहकर्मशुद्धिः–

उदितं सुरसूड्डु सूतिका-
वसथस्याद्यबुधैर्विनिर्मितौ।
चतुराननशौरिभान्तरे
स्मृतभे हारि च तत्प्रवेशनम्।।१५।।

अथ सूतिकागृहकर्मशुद्धिमाह—उदितमिति।। सूतिकावसथस्य 'अरिष्टं सूतिकागृहं' इति हैमः। तस्य विनिर्मितौ निर्माणकर्मणि आद्यबुधैः पुराणपण्डितैः सुरसूड्डु देवमातृनक्षत्रं पुनर्वसु उदितं प्रोक्तं च पुनस्तत्प्रवेशनं तस्य सूतिकागृहस्य प्रवेशनं हारि शुभं स्यात् कस्मिन् चतुराननो ब्रह्मा रोहिणी शौरिभं श्रवणः एते अन्तरे मध्ये यस्मिंस्तत्तस्मिन्नेवंविधे स्मृतभे प्रोक्तनक्षत्रे।।१५।।

प्राचीन आचार्यों ने सूतिका गृह निर्माण के लिए देवमाता अदिति के नक्षत्र पुनर्वसु को श्रेष्ठ बतलाया है। सूतिका गृह के प्रवेश हेतु रोहिणी, श्रवण तथा प्रवेश सम्बन्धी नक्षत्रों को शुभ बतलाया है।।१५।।

पशूनां गृहकर्ममुहूर्त्तः—

शयाश्विने शाङ्करसप्तिवास्तुनः
सुत्रामभं सिन्धुरबन्धसद्मनः।
कोशौकसोऽन्तर्भसुपर्णकेतुभे
प्रवेशनिर्माणविधौ विगृह्यते।।१६।।

अथ वृषभतुरङ्गमादीनां शालाकर्माह—शयेति।। शाङ्करा वृषभाः सप्तयस्तुरङ्गमा एषां वास्तुनो गेहस्य प्रवेशनिर्माणविधौ सुधीभिः शयाश्विने शयो हस्तः आश्विनं अश्विनी अनयोर्द्वन्द्वे प्रथमाद्विवचनेन पदं विगृह्यते अर्थवशात् विभक्तिपरिणामः पुनरेवं सिन्धुरबन्धसद्मनो हस्तिबन्धनगेहस्य प्रवेशनिर्माणविधौ सुत्रामभं ज्येष्ठा विगृह्यते पुनः। कोशौकसो भण्डारगेहस्य प्रवेशनिर्माणविधौ अन्तर्भमभिजित् नक्षत्रान्तर्गतत्वात् सुपर्णकेतुर्गरुडध्वजो विष्णुस्तस्यभं श्रवणः इमे द्वे कर्मपदे विगृह्येते संगृह्येते।।१६।।

वृष और अश्व शाला हेतु हस्त और अश्विनी, गजशाला के लिए ज्येष्ठा, कोषागार के लिए अभिजित् और श्रवण नक्षत्रों का ग्रहण प्रवेश एवं निर्माण दोनों के लिए किया गया है।।१६।।

देवगृहादिकर्मशुद्धिः—

आवासनिर्माणमृगाङ्कभीरवः
सादित्यनासत्यशयर्क्षशौरिभाः।
आरम्भणे देवकुलस्य मञ्जुला
मुक्तादितेयाश्विनभाद्रभा मठे।।१७।।

अथ देवगृहादिकर्मशुद्धिमाह—आवासेति।। देवकुलस्यारम्भणे देवगृहारम्भे आवासनिर्माणमृगाङ्कभीरवः गृहप्रारम्भनक्षत्राणि मञ्जुलाः शोभनाः स्युः किंभूताः आदित्यं पुनर्वसु नासत्यमश्विनी शयर्क्ष हस्तः शौरिभं श्रवणः एतैः सह वर्तमानाः पुनरिमास्तारा मठे छात्रव्रतिनां गेहे मञ्जुलाः किंभूताः मुक्ते त्यक्ते आदितेयं पुनर्वसु आश्विनभं इमे द्वे याभिस्ताः।।१७।।

आवास (गृह) निर्माण हेतु कहे गये नक्षत्रों में तथा पुनर्वसु, अश्विनी, हस्त और श्रवण नक्षत्रों में देवालय का निर्माण शुभ कहा गया है। पुनर्वसु और अश्विनी नक्षत्रों को छोड़कर शेष नक्षत्रों में मठ का निर्माण शुभ होता है।।१७।।

जलगृहकर्ममुहूर्त्तः—

सदोचितं पुष्करभं प्रपाकृता-
वदृश्यवेशो घटनं च तारयोः।
भगाजयोः क्षुद्रगणाश्रमक्रिया-
पूर्वात्रयैशेष्वति नैव गर्हिताः।।१८।।

अथ जलगृहादिकर्मशुद्धिमाह—सदोचितमिति।। प्रपाकृतौ पानीयशालाकरणे सदा पुष्करभं जलभं पूर्वाषाढा उचितं योग्यम्। अदृश्य आपणस्य वेशः प्रवेशो घटनं मूर्त्यादिकृत्यं च भगाजयोस्तारयोः पूर्वाफल्गुनीरोहिण्योर्विषये शुभं स्यात्। क्षुद्रगणाश्रमक्रिया तुद्यदेवस्थानानि इत्यर्थः लघुदेवगणानां देहरी इत्यादि गृहकर्मणि नैव गर्हिता शुभा इत्यर्थः। केषु पूर्वात्रयैशेष्वपि पूर्वात्रिकं ऐशमार्द्रा एषु।।१८।।

प्रपा (प्याऊ) अथवा जल संग्रह करने हेतु निर्माण सम्बन्धी कार्य पूर्वाषाढा नक्षत्र में उचित होते हैं। आपण (दुकान) सम्बन्धी कार्य तथा किसी वस्तु का निर्माण कार्य (शिल्प कार्य) पूर्वा फल्गुनि और रोहिणी में शुभ होते हैं। लघुदेव गणों से सम्बन्धित गृह कर्म (देवालय निर्माण) तीनों पूर्वा (पूर्वा फल्गुनि, पूर्वाषाढा, पूर्वा भाद्रपदा) नक्षत्रों में भी गर्हित नहीं होते अर्थात् इन नक्षत्रों में भी किये जा सकते हैं।।१८।।

असुरगृहकर्ममुहूर्त्तः—

विशेष एषोऽत्र मयोदितः पृथक्
शेषं द्युभाद्यं निखिलं गृहोदितम्।
ग्राह्यं प्रवेशे च तथा विनिर्मितौ
तथैव तत्क्षुद्रवदासुरोरजम्।।१९।।

अथोपसंहारेणाह—विशेषेति।। यथात्राध्याये एष विशेषः पृथक् उदितः प्रोक्तः। यथा प्रवेशे निर्मितौ च शेषं निखिलं भाद्यं नक्षत्रादिकं गृहोदितं गृहेषु प्रोक्तं ग्राह्यं स्यात्। तथैव तत्क्षुद्रवत् लघुदेवगणवत् देहल्याद्या तुल्यं आसुरोरजं असुरगेहं न गर्हितम्।।१९।।

गृह प्रवेश सम्बन्धी नक्षत्रादि का विवेचन मैंने पहले ही कर दिया है। कुछ विशेष विचार यहाँ पर पृथक् रूप से किये गये हैं। जिन नक्षत्रादिकों को क्षुद्र देवों

के गृह निर्माण में विहित किया गया है उन्हीं नक्षत्रादिकों में असुरों के भी गृहों का निर्माण किया जाता है।।१९।।

गृहप्रवेशे उग्रादिनक्षत्राणामपवादः—

उग्रे नृपोत्तारमुपैति तीक्ष्णे
राज्ञः कुमारः किल राजपत्नी।
मिश्रे क्वचित्कृत्तिकयाग्निदाहः
समस्तभेदोरजसन्निवेशात् ।।२०।।

अथ गृहप्रवेशे उग्रादिभानि सापवादान्याह—उग्रइति।। उग्रे उग्रसंज्ञे भे समस्तभेदोरजसन्निवेशात् ग्रहान् सम्पूज्य प्रवेशात् समग्रग्रहवास्तुपूजनात् नृपोऽत्तारं मृत्युमुपैति। एवं तीक्ष्णे नक्षत्रे राज्ञः कुमारो नृपसुतो मृत्युमुपैति मिश्रे नक्षत्रे राजपत्नी मृत्युमुपैति क्वचित् कृत्तिकया सहाग्निदाहः स्यात्।।२०।।

उग्रसंज्ञक (तीनों पूर्वा, भरणी, मघा) नक्षत्रों में समस्त वास्तु पूजनादि विधियों के सम्पादन से अर्थात् गृह प्रवेश करने से राजा की, तीक्ष्णसंज्ञक (मूल, ज्येष्ठा, आश्लेषा, आर्द्रा) नक्षत्रों में गृह प्रवेश करने से राजकुमार की तथा मिश्रसंज्ञक (विशाखा, कृत्तिका) नक्षत्रों में गृह प्रवेश करने से राजा की पत्नी (रानी) की मृत्यु होती है। कहीं-कहीं पर कृत्तिका नक्षत्र में गृह प्रवेश से अग्निदाह भी बतलाया गया है।।२०।।

गृहप्रवेशेऽन्तारिक्षदोषाः—

नोल्कानिपातावनिकम्पवासरे
काले निवेशोऽत्र वरो न दुर्दिने।
यानोदिताः सच्छकुना विलोमगा
यच्छन्ति शं धामनिवेशकारिणः।।२१।।

अथोल्कादिदोषप्रवेशमाह—नोल्केति।। अत्र गृहे निवेशः प्रवेशो न वरः श्रेष्ठो नो स्यात् कस्मिन् उल्कानिपातोऽवनिकम्पो यस्मिन् दिने इमौ जातौ तद्दिने इत्यर्थः। अनयोर्वासरे वारे पुनरकाले कुदिनेऽकालजातमेघजाततमसि न वरः।। अथ विलोमगा यानोदिताः प्रयाणोदिताः सच्छकुनाः शं सुखं यच्छन्ति ददति कस्य धामनिवेश-कारिणः।।२१।।

जिस दिन उल्कापात, भूकम्प हो या दुर्दिन (अकाल वृष्टि), उस दिन गृह प्रवेश शुभ नहीं होता। यात्रा प्रसङ्ग में बताये गये शुभ शकुन यदि विपरीत दिशा में हों तो गृह प्रवेश करने वाले के लिए शुभ होते हैं।।२१।।

योगिन्यादि दोषविचारः—

न योगिनी मन्दिरपृष्ठयोगिनी
वियोजिनी वेश्मनिवेशिनो वशा।

भवेद्यदा शूलमगारपृष्ठगं
त्वगारशूलो निलयप्रवेशकृत्।।२२।।

अथ गृहप्रवेशे योगिन्यादिदोषं त्यजन्नाह—न योगिनीति।। यदा योगिनी मन्दिरपृष्ठयोगिनी गृहपृष्ठानुगामिनी न भवेत्तदा वेश्मनिवेशिनो गृहे प्रवेशकर्तुर्वशा स्त्री वियोजिनी विशेषेण योजिनी संयोगयुक्ता भवेत्। तु पुनर्यदागारपृष्ठगं शूलं भवेत्तदा निलयप्रवेशकृत् गृहप्रवेशकर्ताऽगारशूलो गृहात् शूलं रोगो यस्य स अथवा काष्ठकीलक प्रायग्रहो भवेत् शूलं रुगस्त्रयोः।। योगे शूला तु पण्यस्त्री वधहेतुश्च कोलकः' इति हैमः।।२२।।

यदि गृह के पृष्ठ भाग में योगिनी स्थित न हो तो गृह प्रवेश कर्त्ता (गृहस्वामी) की पत्नी सदैव साथ देने वाली होती है। अर्थात् गृह के पीछे योगिनी अशुभ होती है। यदि गृह के पृष्ठ भाग में शूल हो तो प्रवेश कर्ता को रोगों से कष्ट होता है।।२२।।

काल-पाश-दोषौ—

काले निकाय्यानुगते निवेशिन
काले निकाय्यानगतिस्त्वरं भवेत्।
पाशेऽपशोभे हि सराजमण्डले
स्वमण्डले मण्डलतामुपैति ना।।२३।।

कालइति—आदित्ये उत्तरे काल इत्यनुसारेण निकाय्यानुगते गृहपृष्ठगते काले सति निवेशिनः प्रवेशकर्तुर्नरस्य अरं शीघ्रं निकाय्यानुगतिः प्रेतगतिर्मृत्युर्भवेत्।। तु पुनः पाशे भे पाशनक्षत्रे निकाय्यानुगते सति अपगता शा लक्ष्मीः शं सुखं वा यस्मात्स अपश एवंविधो ना पुमान् भवेत्। हि युक्तार्थे राजमण्डले निकाय्यानुगते स ना पुमान् स्वमण्डले स्वजनवर्गे मण्डलतां प्रभुत्वमुपैति।।२३।।

प्रवेश के समय गृह के पृष्ठ भाग में यदि काल हो तो प्रवेश कर्त्ता की शीघ्र मृत्यु होती है। यदि पाश (संज्ञक नक्षत्र) गृह के पृष्ठ भाग में हो तो लक्ष्मी का ह्रास होता है। यदि राजमण्डल योग गृह के पृष्ठ भाग में हो तो प्रवेश कर्त्ता अपने कुल में श्रेष्ठ प्रभुता सम्पन्न होता है।।२३।।

गृहप्रवेशविधिः—

विधाय वामं द्युमणिं पुरोग्रजां
सनीरकुम्भं विमलाङ्गमानसः।
नरश्च वेदध्वनिभिः सुमङ्गलैः
सतोरणद्वारमगारमाविशेत्।।२४।।

अथ गृहप्रवेशविधिमाह—विधायेति।। नरः पुमान् सतोरणद्वारं तोरणयुक्तद्वारमगारं गेहमाविशेत् किंकृत्वा वामं द्युमणिं सूर्यं विधाय पुनरग्रजान् विप्रान् सनीरकुम्भं जलभृतघटं च पुरोऽग्रे विधाय कैर्वेदध्वनिभिः सुमङ्गलैश्च किंभूतो नरो विमलाङ्गमानसः निर्मलकायचित्तः।।२४।।

सूर्य को वाम भाग में कर, जलपूर्ण कलश एवं ब्राह्मणों को आगे कर मांगलिक गीत-वाद्यों एवं वेदध्वनि के साथ तोरण युक्त गृह में मनुष्य को प्रवेश करना चाहिये।।२४।।

प्रवेशानन्तरं कर्त्तव्यम्—

प्रविश्य पस्त्यं किल कालवेदिनं
गुरुं च गोचीरधनैः समर्चयेत्।
विद्वांसमाप्तं गृहपस्तु शिल्पिनं
दीनांस्तथा धान्यचयैश्च मागधान्।।२५।।

अथ गृहप्रवेशानन्तरं कृत्यमाह—प्रविश्येति।। किलेति युक्तं गृहपो गृहस्वामी पस्त्यं गेहं प्रविश्य कालवेदिनं दैवज्ञं गुरुं च गोचीरधनैः सुरभिवस्त्रधनैः समर्चयेत् पूजयेत्तु पुनर्विद्वांसं कोविदम् आप्तं प्रधानं स्वजनादिकं वा तु पुनः शिल्पिनं कारुं समर्चयेत् तथा दीनान् मागधान् मङ्गलपाठकान् धान्यचयैर्धान्यसमूहैश्च समर्चयेत्।।२५।।

गृह में प्रवेश के अनन्तर गृहस्वामी गौ, वस्त्र एवं धन प्रदान कर दैवज्ञ (ज्योतिषी) और गुरु का सत्कार करे। तदनन्तर विद्वानों (आत्मीय जनों में) श्रेष्ठ व्यक्तियों तथा शिल्पियों का सम्मान करे। इसके बाद दीन (निर्धन) एवं चारणों को धन-धान्य प्रदान करना चाहिये।।२५।।

गृहोपस्करस्थापनामुहूर्तः—

तिष्येशनासत्यशयश्रवस्थिरै-
रलिञ्जरालीं च वितानमालये।
कोष्ठादिकं तल्पमहानसस्थितिं
सदह्न्यशेषं तदुपस्करं न्यसेत्।।२६।।

अथ गृहे भाण्डादिनिवेशशुद्धिमाह—तिष्येशति।। पुमान् सदह्नि शुभदिने आलये गेहेऽशेषं समस्तं तदुपस्करं न्यसेत् स्थापयेत्। तान्याह अलिञ्जरालीं 'उत्रेवडि' इति भाषा।। चितानं चन्द्रोदयं कोष्ठादिकं धान्यकोष्ठादिकं तल्पमहानसस्थितिं शय्यास्थानं चुल्लिस्थानमिति कैः तिष्यः पुष्यः ईश आर्द्रा नासत्यमश्विनी शयो हस्तः श्रवणः स्थिरसंज्ञानि तैः।।२६।।

पुष्य, आर्द्रा, आश्विनी, हस्त, श्रवण एवं स्थिर संज्ञक (तीनों उत्तरा, रोहिणी) नक्षत्रों में तथा शुभ वासरों में अलिञ्जराली (जलपात्र का स्थान), वितान (चाँदनी),

कोष्ठ (अन्न रखने का पात्र 'कोठिला'), चारपाई, चुल्ही (रसोई बनाने की भट्ठी) और शेष गृह के सामानों की स्थापना नवीन गृह में करनी चाहिए।।२६।।

गृहोपस्करशुद्धिः—

न दर्शरिक्ताकुयुगीश्वराङ्गजाः
कृत्स्नक्षयोपस्करसाधने हिताः ।।
खट्वाङ्गमृद्दारुतृणादिचुल्हिका
नयेन्न वा वासवपञ्चके कुलम् ।।२७।।

अथ गृहोपस्करसाधनशुद्धिमाह—न दर्शेति।। कृत्स्नक्षयोपस्करसाधने समस्तगृहसामग्रीसाधने दर्शरिक्ताकुयुगीश्वराङ्गजा हिता न स्युः। दर्शोऽमा रिक्तास्थितयः कुयुग् दुष्टयोगः ईश्वराङ्गजा भद्रा अथवा पक्षान्तरे गृही वासवपञ्चके धनिष्ठापञ्चके खट्वाङ्गमृद्दारुतृणादिचुल्हिकाः कुलं गृहं न नयेत्। द्विकर्मकधातुत्वात् कुलमिति अधिकरणे कर्म।। खट्वाङ्गानि शस्यादीनि मृत्कार्य तृणकाष्ठादिसंग्रह इति कोऽर्थः श्रविष्ठोत्तरर्द्धादिपाणिपर्यन्तमेषु पूर्वमन्त्रगर्हितमिदमपि वा पक्षान्तरेण धनिष्ठादिपञ्चके इति विशेषः।।२७।।

अमावस्या एवं रिक्तासंज्ञक (४,९,१४) तिथियों, अशुभ योगों तथा भद्रा में सभी प्रकार के गृह सम्बन्धी उपकरणों का स्थापन शुभ नहीं होता। चारपाई, मिट्टी के बर्तन, काष्ठादि तथा चूल्हा धनिष्ठा पञ्चक में गृह के अन्दर नहीं लाना चाहिये।।२७।।

गृहे जलपात्रस्थापनमुहूर्त्तः—

मघामृगैनेज्यकुशर्क्षधीरभा-
दितेयमैत्रेषु च वासवद्वये।
कवीज्यसोमेष्वुदकुम्भ्यधिक्रिया
भद्राख्यरिक्तान्यतिथौ जलोदये।।२८।।

अथ गृहे जलस्थापनमाह—मघेति।। उदकुम्भ्यधिक्रिया जलकुम्भाधिकरणं पानीयाधारणं स्थापनं स्यात् केषु मघा मृगो मृगशिरः ऐनं हस्तः ऐज्यं पुष्यः कुशर्क्ष जलभं पूर्वाषाढा धीराणि ध्रुवाणि आदितेयं पुनर्वसु मैत्रमनुराधा एषां द्वन्द्वे एषु च पुनर्वासवद्वये धनिष्ठायुग्मे पुनः कस्मिन् कविः शुक्रः इज्यो गुरुः सोमः एषां वारे पुनर्भद्राख्यरिक्तातिथिभ्योऽन्यतिथौ पुनर्जलोदये जलराशिलग्ने।।२८।।

मघा, मृगशिरा, हस्त, पुष्य, पूर्वाषाढा, ध्रुवसंज्ञक (तीनों उत्तरा, रोहिणी), पुनर्वसु, अनुराधा, धनिष्ठा और शतभिष नक्षत्रों में शुक्र, गुरु, सोम वासरों में भद्रासंज्ञक एवं रिक्तासंज्ञक (२,७,१२,४,९,१४) तिथियों को छोड़कर अन्य तिथियों में जलराशियों के लग्न में कुम्भ (घड़ा) आदि जल पात्रों की स्थापना करनी चाहिए।।२८।।

गृहे देवमूर्तिस्थापनमुहूर्त्तः—

नवेऽमरस्थापनमामरे दिनेऽथो
मन्दिरे दृष्टसितार्यमण्डले।
उत्सृष्टविश्वर्क्षमघार्यवासरे
समाचरेद्राजबले दले सिते।।२९।।

अथ गृहे देवमूर्तिस्थापनशुद्धिमाह—नव इति। अथानन्तरं नवे नूतने मन्दिरे सुधीरमरस्थापनं समाचरेत् कुर्यात्। कस्मिन् आमरे दिने उत्तरायणे पुनर्दृष्टसितार्यमण्डले शुक्रगुरूदये सति पुनः उत्सृष्टं त्यक्तं विश्वर्क्षमुत्तराषाढा मघा च आर्यवासरश्च येन स तस्मिन् उत्तराषाढामघागुरुदिनवर्जिते सिते दले शुक्लपक्षे राजबले चन्द्रबले सति।।२९।।

देवताओं के दिन अर्थात् उत्तरायण में, गुरु और शुक्र के उदित रहने पर उत्तराषाढा, मघा नक्षत्रों एवं गुरुवार को छोड़कर शेष नक्षत्रों एवं वारों में चन्द्रबल प्राप्त रहने पर शुक्ल पक्ष में नवीन गृह में देवता की प्रतिमा का स्थापन करना चाहिये।।२९।।

कृष्णमूर्तिस्थापनम्—

रिक्ताशिवापक्षतिदर्शमुक्तै-
र्लघुध्रुवादित्यमृगान्त्यमैत्रैः।
सकर्णयुग्मैर्गुरुसौम्यवारे
नरोदये स्थापनमिष्टमस्य।।३०।।

अथ कृष्णमूर्तिस्थापनमाह—रिक्तेति।। अः कृष्णस्तस्य स्थापनमिष्टं शुभं अथवा इष्टा मा लक्ष्मीर्यस्य स इष्टमो नारायणस्तस्य स्थापनं कर्तव्यमिति कैः रिक्तास्तिथयः शिवा विष्टिः पक्षतिः प्रतिपत् दर्शोऽमा एषां द्वन्द्वे एभिर्मुक्तैर्लघूनि ध्रुवाणि आदित्यं पुनर्वसु मृगो मृगशिरः अन्त्यं रेवती मैत्रमनुराधा एषां द्वन्द्वे एतैः किंभूतैः सकर्णयुग्मैः श्रवणधनिष्ठायुक्तैः पुनः कस्मिन् गुरुसौम्यवासरे पुनर्नरोदये नृराश्युदये।।२९।।

रिक्ता (४,९,१४), प्रतिपत्, अमावास्या एवं भद्रा (विष्टि) से रहित तिथियों में, लघुसंज्ञक (हस्त, अश्विनी, पुष्य), ध्रुवसंज्ञक (तीनों उत्तरा, रोहिणी) पुनर्वसु, मृगशिरा, रेवती, अनुराधा, श्रवण और धनिष्ठा नक्षत्रों में, गुरु और बुध वासरों में पुरुष संज्ञक लग्नों में गृह में कृष्ण (विष्णु) की प्रतिमा का स्थापन करना चाहिए।।३०।।

शिवलिङ्गस्थापनमुहूर्त्तः—

संस्थापयेत्स्थाणुमिहाभिजिच्छ्रुवो-
भूतेशभाचार्यहिमांशुभीरुभिः।
ऐनीनजीवद्युषु भूभुवि क्वचि-
द्व्यमाकुयोगैर्जितुमोदयेऽनिशम्।।३१।।

अथात्र शिवलिङ्गस्थापनमाह—संस्थापयेदिति।। अनिशं सदा सुधीरिह गृहे स्थाणुं शिवं संस्थापयेत्।। काभिः अभिजित् श्रवणः भूतेश ईश्वरस्तस्य भमार्द्रा आचार्यः पुष्यः हिमांशुभीरवस्तारा इत्यर्थः ताभिः पुनः केषु ऐनिः शनिः इनः सूर्यः जीवो गुरुः एषां द्युषु पुनः कैर्व्यमाकुयोगैः अमाकुयोगरहितैः पुनर्जितुमोदये मिथुनलग्ने क्वचित्स्थाने भूभुवि भौमवारे स्थाणुस्थापनमुक्तम्।।३१।।

अभिजित्, श्रवण, आर्द्रा, पुष्य, नक्षत्रों में शनि, रवि, गुरु वासरों में मतान्तर से भौमवासर में, अमावास्या और अशुभ योगों को छोड़कर शुभ समय में मिथुन लग्न के उदय काल में सदैव गृह में शिव की प्रतिमा (शिव लिंग) की स्थापना करनी चाहिए।।३१।।

ब्रह्मस्थापनम्—

तिष्याभिजित्तामरसोदयाजभै-
र्विकर्तनाचार्यविदामहर्गतैः।
संस्थापितोऽजस्तनुते चतुर्विधं
निपोदये वर्गफलं व्ययोगकैः।।३२।।

अथ ब्रह्मस्थापनमाह—तिष्येति।। अजो ब्रह्मा चतुर्विधं वर्गफलं धर्मार्थकाममोक्ष-सम्बन्धि तनुते विस्तारयति किंभूतः संस्थापितः कैः तिष्यः पुष्यः अभिजित् तामरसोदयः कमलजो ब्रह्मा रोहिणी अजभं श्रवणः द्वन्द्वे एतैः किंभूतैर्विकर्तनः सूर्यः आचार्यो गुरुः विद् बुधः एषां अहर्गतैर्दिनप्राप्तैः पुनः किंभूतैर्व्ययोगकैः कुयोगरहितैः पुनः कस्मिन् निपोदये 'कलशः कलसो निपः' इति हैमः। कुम्भोदये।।३२।।

पुष्य, अभिजित्, रोहिणी, श्रवण, नक्षत्रों में अशुभ योगों से रहित सूर्य, गुरु और बुध वासरों में तथा कुम्भ लग्न में स्थापित ब्रह्मा की मूर्ति चतुर्वर्ग (धर्म, अर्थ, काम और मोक्ष) को प्रदान करती है।।३२।।

भवान्या गणस्थापनामुहूर्तः—

रुरूत्तमाङ्गे शिवभे शिफायां
श्रुतौ शये शक्तिगणप्रतिष्ठा।
शस्ता रवावाङ्गिरसेऽर्यमे वा
शस्र्यङ्गनाजित्मविसारलग्ने।।३३।।

अथवा भवान्या गणस्थापनामाह—रुरूत्तमेति।। शक्तिगणप्रतिष्ठा देवीगणस्थापना शस्ता शुभा स्यात् कस्मिन् रुरूत्तमांगे मृगशीर्षे शिवभे आर्द्रायां पुनः शिफायां मूले पुनः श्रुतौ श्रवणे शये हस्ते पुना रवौ वारे आङ्गिरसे गुरौ यमे शनौ वा पुनः शस्री धनुः अङ्गना कन्या जित्मं मिथुनं विसारो मीन एषां लग्ने।।३३।।

मृगशीर्ष, आर्द्रा, मूल, श्रवण, हस्त, नक्षत्रों में ; रवि, गुरु और शनि वासरों में, धनु, कन्या, मिथुन और मीन लग्नों में भवानी (जगदम्बा) के गणों की स्थापना शुभ होती है।।३३।।

रामकृष्णादीनां गणस्थापनम्—

नृभोदये पाण्यजिच्छ्रवत्सु
बलाननोपेन्द्रगणान्प्रतिष्ठयेत् ।
शुभे दिनेऽथैषु च भाग्यरेवती-
मित्रार्यमर्क्षेषु रविं रवौ हरौ ।।३४।।

अथ रामकृष्णादिगणस्थापनामाह—नृभोदय इति।। सुधीर्बलाननोपेन्द्रगणान् बलभद्रप्रमुखकृष्णगणान् प्रतिष्ठयेत् कस्मिन् नृभोदये नृराश्युदये वा पाणिर्हस्तः अभिजित् श्रवः श्रवणः एषु पुनः शुभे दिने। अथ सुधी रविं सूर्यं स्थापयेत् केषु एषु विष्णुगण-प्रतिष्ठावारभेषु पुनः भाग्यं पूर्वाफल्गुनी रेवती मित्रोऽनुराधा अर्यमा उत्तराफल्गुनी एतेषु पुना रवौ सूर्यदिने हरौ सिंहलग्ने॥३४॥

पुरुषसंज्ञक लग्नों में उदय काल में, हस्त, अभिजित, श्रवण नक्षत्रों में हलधर आदि विष्णु के प्रमुख गणों की स्थापना करनी चाहिए। इन्हीं (विष्णुगणोक्त) नक्षत्रों और पूर्वाफल्गुनि, रेवती, अनुराधा, उत्तरा फल्गुनि, नक्षत्रों में रविवार तथा सिंह लग्न में सूर्य की प्रतिष्ठा करनी चाहिए।।३४।।

स्कन्दादीनां रुद्रगणानां प्रतिष्ठामुहूर्तः—

पौष्णार्द्रयोरंशुसितांशुजन्मनां
वारेषु वाजाङ्घ्रियुगेऽसृजि क्वचित्।
गुहाखुयानादिपिनाकभृद्गणा-
नास्थापयेद्युग्ममरन्दभोदये ।।३५।।

अथ स्कन्दगणेशशिवगणस्थापनामाह—पौष्णेति।। सुधीर्गुहाखुयानादि-पिनाकभृद्गणान् आस्थापयेत् कयोः पौष्णार्द्रयो रेवत्यार्द्रयोः पुनः केषु अंशुः सूर्यः सितः अंशुजन्मा शनिरेषां वारेषु वा पुनः क्वचित्स्थाने आजाङ्घ्रियुगे अजपादयुगे पूर्वाभाद्रपदा उत्तराभाद्रपदा एतयोः असृजि भौमवारे पुनर्युग्मं मिथुनं मरन्दो भ्रमरो वृश्चिकः अनयोरुदये लग्ने॥३५॥

रेवती, आर्द्रा नक्षत्रों में, रवि, शुक्र एवं शनि वासरों में, स्कन्द (कार्तिकेय), मूषक वाहन गणेश आदि रुद्रगणों की प्रतिमा का स्थापन करना चाहिए। कुछ आचार्यों के मत से पूर्वाभाद्रपदा नक्षत्रों में भौमवार तथा मिथुन लग्न और वृश्चिक लग्न के उदय काल में भी करना चाहिए।।३५।।

हनूमत्प्रतिष्ठामुहूर्त्तः—

महाबलर्क्षश्रुतिशैवदोर्भगं
संस्थापनं हृद्यतरं हनूमतः।
प्रभाकरादित्रिदिनेषु वा गुरौ
स्थिरोदयेऽत्रैव मरुद्गणस्य च।।३६।।

अथ हनूमत्स्थापनमाह—महेति।। हनूमतो वज्रकंकटस्य संस्थापनं हृद्यतरं श्रेष्ठतरं स्यात्। किंभूतं संस्थापनं महाबलर्क्षं वायुभं स्वाती श्रुतिः श्रवणः शैवमार्द्रा दोर्हस्तः एषु गतं पुनः केषु प्रभाकरादित्रिदिनेषु सूर्यादित्रयाणां वारेषु वा पक्षान्तरे च पुनर्मरुद्गणस्य देवगणस्य संस्थापनं शुभं स्यात्। कस्मिन् अत्र हनूमत्स्थापनमुहूर्ते पुनर्गुरौ वारे स्थिरोदये।।३६।।

स्वाती, श्रवण, आर्द्रा, हस्त, पूर्वाफल्गुनि, नक्षत्रों में रविवार से तीन दिनों (रवि, सोम, भौम वासरों) में अथवा गुरुवार को स्थिर लग्न में हनुमान् की प्रतिमा का स्थापन करना चाहिये। इन्हीं मुहूर्त्तों में मरुद्गणों की भी स्थापना करनी चाहिए।।३६।।

ऋषिगणप्रतिष्ठामुहूर्त्तः—

सप्तर्षिसंस्थोडुषु संप्रतिष्ठा-
मृषिव्रजस्याहुरजेज्यभे वा ।
जीवाह्नि वा जीवगृहोदये स-
त्केन्द्रे क्वचित्सोमदिनेऽपि सन्तः।।३७।।

अथ ऋषिगणप्रतिष्ठामाह—सप्तर्षीति।। सन्तः सज्जनाः ऋषिव्रजस्य संप्रतिष्ठामाहुः कथयन्ति केषु सप्तर्षिसंस्थोडुषु सप्तर्षीणां संस्था प्रतिष्ठा तस्यां यानि उडूनि तेषु वा पुनरजेज्यभे अजः कृष्णस्तस्य भं श्रवणः इज्यभं पुष्यः पुनर्वा जीवाह्नि गुरुदिने वा पुनर्जीवस्य गुरोर्गृहं धनुर्मीनश्च तयोरुदये किंभूते सत्केन्द्रे क्वचित्स्थाने सोमदिनेऽपि।।३७।।

जिस नक्षत्र पर सप्तर्षि स्थित हों उस नक्षत्र में अथवा श्रवण और पुष्य नक्षत्रों में गुरुवार को तथा बृहस्पति की गृहराशि धनु और मीन (राशि) के उदय काल अर्थात् धनु और मीन लग्न में विद्वानों ने ऋषिगणों की प्रतिष्ठा का मुहूर्त्त बतलाया है। कहीं-कहीं पर सोमवार का भी ग्रहण किया गया है।।३७।।

लोकपालस्थापनमुहूर्त्तः—

सरौहिणेयाहनि वासवर्क्षे
संस्थापयेद्योषिति लोकपालान् ।
सितत्र्यहः शैवशिफासु शस्ता
चरे च यक्षादिगणप्रतिष्ठा ।।३८।।

अथ लोकपालस्थापनामाह—सरौहिणेयेति। सुधीर्लोकपालान् संस्थापयेत् कस्मिन् वासवर्क्षे किंभूते वासवर्क्षे सरौहिणेयाहनि बुधयुक्तदिने पुनः कस्यां योषिति कन्यालग्ने।। पुनर्यक्षादिगणप्रतिष्ठा शस्ता शुभा स्यात् कासु सितात् शुक्रात् त्रयः शनिः आदित्यः एषामहर्दिनं शैवमार्द्रा शिफा मूलं एषां द्वन्द्वे आसु च पुनश्चरे लग्ने।।३८।।

बुधवार को धनिष्ठा नक्षत्र में तथा कन्या लग्न में लोकपालों की प्रतिष्ठा करनी चाहिये। शुक्रवार से तीन दिनों में शुक्र-शनि और रवि वासरों में आर्द्रा और मूल नक्षत्रों में चर लग्नों के उदय काल में यक्षगणों की प्रतिष्ठा शुभ कारक होती है।।३८।।

समुच्चयदेवप्रतिष्ठामुहूर्त्तः—

न्यङ्कूत्तमाङ्गश्रुतितिष्यहस्तै-
रब्जार्ययोः सर्वसुरप्रतिष्ठा।
अर्हा सभूषैरपदोषदोषै-
र्जीवेक्षिते वारणवैरिलग्ने।।३९।।

अथ समुच्चयदेवप्रतिष्ठामाह—न्यङ्कूत्तमेति। सर्वसुरप्रतिष्ठा अर्हा शुभा स्यात् कैः न्यङ्कूत्तमाङ्गं 'मृगशीर्ष मृगभेदा रुरु न्यङ्कु' इति हैमः।। श्रुतिः श्रवणः तिष्यः पुष्यः हस्तः एषां द्वन्द्वे एभिः किंभूतैः सभूषैः सुयोगसहितैः पुनः किंभूतैरपगता दोषाः कुयोगा एव दोषा रात्रिर्येभ्यस्तानि तैः पुनः कयोरब्जार्ययोश्चन्द्रगुरुदिनयोः पुनर्वारणवैरिलग्ने किंभूते जीवेक्षिते गुरुणा दृष्टे।।३९।।

मृगशिरा, श्रवण, पुष्य, हस्त नक्षत्रों में चन्द्र, गुरु वासरों में शुभ योगों में, अशुभ योगों से रहित रात्रि काल में, गुरु से दृष्ट सिंह लग्न में सभी देवताओं की प्रतिष्ठा करनी चाहिए।।३९।।

पितृगणानां प्रतिष्ठामुहूर्त्तः—

मघाशतानन्दभसौम्यशार्ङ्गिभैः
संस्थापितः पितृगणः प्रजाश्रियै।
शूरौषधीशामरवन्द्यवासरै
रिक्ताविमुक्तैर्व्यालिधीरभोदये।।४०।।

अथ पूर्वजगणस्थाएनमाह—मघेति।। पितृगणः पूर्वजगणः संस्थापितः प्रजाश्रियै सन्तानलक्ष्म्यै स्यात्। कैः मघा शतानन्दो ब्रह्मा रोहिणी 'स्थविरः शतानन्दपितामहौ' इति हैमः।। सौम्यं मृगशीर्षं शार्ङ्गी श्रवणः एषां द्वन्द्वे एभिः पुनः कैः सूरः सूर्यः ओषधीशश्चन्द्रः अमरवन्द्यो गुरुः एषां वासरैः किंभूतै रिक्ताविमुक्तैः रिक्तातिथिरहितैः पुनः कस्मिन् व्यलिधीरभोदये वृश्चिकरहितस्थिरलग्नोदये।।४०।।

मघा, रोहिणी, मृगशीर्ष, श्रवण नक्षत्रों में, रवि, चन्द्र, गुरु वासरों में रिक्ता तिथियों को छोड़कर शेष तिथियों में, वृश्चिक को छोड़कर शेष स्थिर लग्नों में पितृगणों की स्थापना प्रजा (सन्तान) की श्री-वृद्धि करने वाली होती है।।४०।।

जैनप्रतिमास्थापनमुहूर्त्तः—

चैत्येऽथ जैनप्रतिमास्थलं न्यसे-
च्चरे चरर्क्षोदयवत्यनेहसि।
जयासु पूर्णासु बुधे सिते विधौ
क्वचिच्च चित्राश्विनभेपि वा रवौ।।४१।।

अथ जैनबिम्बप्रतिष्ठाशुद्धिमाह—चैत्य इति।। सुधीः चैत्ये जिनसद्मनि जैनप्रतिमास्थालं जिनप्रतिमायाः स्थलं यवासणादिग्रासादिकं न्यसेत्। कस्मिन् चरे चरलग्ने चरर्क्षोदये चरराश्युदययुक्तेऽनेहसि काले पुनः कासु जयासु पूर्णासु तिथिषु पुनः कस्मिन् बुधे सिते शुक्रे विधौ वा च पुनश्चित्राश्विनभे वा पक्षान्तरे क्वचित् स्थाने रवौ सूर्यवारेऽपि।।४१।।

चर लग्नों के उदय काल में, जयासंज्ञक (३,८,१३), पूर्णासंज्ञक (५,१०,१५) तिथियों में बुध, शुक्र और चन्द्र वासरों में किसी मत से रविवार को भी, चित्रा और अश्विनी नक्षत्रों में चैत्य (जैन-मन्दिर) में जैन प्रतिमा स्थल का निर्माण करना चाहिये।।४१।।

प्रतिमास्थापने विशेषः—

यस्यामरस्य क्रियते प्रतिष्ठा
वारे तिथौ भे च भवेत्तदीये।
सुयोगलग्ने शुभराशिलग्ने
लग्ने सुशुद्ध्योदितमासकालके।।४२।।

अथ यस्य प्रतिष्ठा क्रियते तस्य देवस्य वारादिग्राह्यतामाह—यस्येति।। यस्यामरस्य देवस्य प्रतिष्ठा क्रियते तदीये तस्य देवस्य सम्बन्धिनि वारे तिथौ भे नक्षत्रे च पुनः कस्मिन् सुयोगलग्ने शुभयोगप्राप्ते पुनः शुभराशिप्राप्ते एवंविधे लग्ने पुनः सुशुद्ध्योदितमासकालके शुद्ध्या निर्दोषेण प्रोक्तमासकाले।।४२।।

जिस देवता की प्रतिमा स्थापित करनी हो उस देवता के ही दिन, तिथि एवं नक्षत्र में शुभ योगों में, शुभ राशि वाली लग्न में तथा पूर्वोक्त शुद्धियों से युक्त मास में ही करनी चाहिए।।४२।।

देवालये देवस्थापनम्—

स्वाम्नायभेदोदितहोमकर्मणा
दानैरिभाघ्न्याश्वतुलारसाननैः।

शास्त्रागमज्ञो ननु कालवेदिनः
संतोष्य विप्रानिह देवतां न्यसेत्।।४३।।

अथ देवगृहे देवस्थापनमाह—स्वाम्नायेति।। ननु निश्चितं शास्त्रागमज्ञ इह देवगृहं देवतां न्यसेत्। केन स्वाम्नायभेदः स्वसंप्रदायभेदस्तेन उदितं प्रोक्तं होमकर्म तेन किंकृत्वा कालवेदिनो दैवज्ञान् विप्रान् च सन्तोष्य कैरिभा हस्तिनः आघ्न्या गावः अश्वाः तुला रसा भूमि प्रमुखानि येषु तैर्दानैः।।४३।।

अपने सम्प्रदाय (अपनी शाखा) के अनुसार हवन कर्म सम्पादित कर हाथी, घोड़ा, गाय का दान, तुलादान और भूमिदान कर दैवज्ञ और विप्रों को सन्तुष्ट कर शास्त्रज्ञ पुरुष को देवालय में प्रतिमा की स्थापना करनी चाहिए।।४३।।

उपसंहारः—

अनेकदेवायतनानि भारते
कृतानि येनाप्तशकोऽधिदैवतः।
संस्थापिता वेदविधानदानतः
श्रीविक्रमार्कोऽवनिपो विराजताम्।।४४।।

इति श्रीकविकालिदासोदिते ज्योतिर्विदाभरणे
नवगृहप्रवेशदेवताप्रतिष्ठाध्यायः सप्तदशः।।

अथोपसंहारेण विक्रमनृपं वर्णयति—अनेकेति।। येन विक्रमार्केण भारते भरतक्षेत्रेऽनेकदेवायतनानि देवगृहाणि कृतानि पुनर्येनाधिदेवता देवेश्वराः संस्थापिताः प्रतिष्ठापिताः स विक्रमार्कोऽवनिपो भूमिपतिर्विराजतां भातु। किंभूतः आप्तशकः प्राप्तशकः अपशक इति पाठे अपगताः शका म्लेच्छा यस्मात्स क्षयीकृतम्लेच्छ इत्यर्थः। अथवागपतः शको यस्मात् पूर्वशकनिवृत्तिकृत् निजशकप्रवृत्तिकृत् इत्यर्थः।।४४।।

इति श्रीपौर्णिमीयगच्छाधिराजभट्टारकपुरन्दरश्रीमहिमाप्रभसूरीश्वरचरण-
सरोरुहचञ्चरीकायमानशिष्यभावरत्नविरचितायां श्रीकालिदासकृत-
ज्योतिर्विदाभरणस्य सुखबोधिकायां नवगृहप्रवेशामर-
प्रतिष्ठाध्यायः सप्तदशः।।१७।।

भारत में शकों को परास्त कर अनेक देवालयों का निर्माण कर उनमें दान पूर्वक वेद सहित विधि से देवताओं की प्रतिष्ठा करने वाले भूपाल श्री विक्रमार्क सुशोभित होते रहें।।४४।।

श्री कालिदासविरचित ज्योतिर्विदाभरण के नवगृहप्रवेशामरप्रतिष्ठाध्याय का
प्रो. रामचन्द्रपाण्डेयकृत हिन्दी भाषानुवाद सम्पूर्ण।।१७।।

अग्न्याधानादिविशेषसंस्कारप्रकरणम् - १८

प्रयोजनम्—

भूत्वा गृही वह्निपरिग्रहं चरे-
त्स दारकालेंऽशुमदुत्तरायणे।
दायाद्यकालेऽप्युत सोमपग्रहा-
वनस्तगौ स्तो ननु चेदृजुर्गुरुः।।१।।

अथ गृहप्रवेशानन्तरं अग्निसेवनं घटतेऽतोऽग्न्याधानाध्यायसंधानमाह—भूत्वेति।। गृही भूत्वा गृहस्थतां प्राप्य स नरो वह्निपरिग्रहमग्न्याधानं चरेत् कुर्यात् कस्मिन् दारकाले विवाहकाले पुनरंशुमदुत्तरायणे उत्तरायणगते सूर्ये पुनर्दायादे भवो दायाद्यो भ्रातृणां धनविभागस्तस्य काले समयेऽपि उत चेत् सोमपग्रहौ द्विजग्रहौ गुरुशुक्रौ अनस्तगौ स्तो भवतः अस्तरहितौ इत्यर्थः। ननु निश्चितं चेत् गुरुः ऋजुरवक्रः स्यात्तदा।।१।।

गृहस्थाश्रम में प्रविष्ट होकर, विवाह के समय अथवा दायाद काल में (सम्पत्ति के बँटवारे के समय) उत्तरायण सूर्य में, गुरु-शुक्र के अस्त न रहने पर अर्थात् उदय काल में गुरु के मार्गी होने पर अग्निपरिग्रह (अग्न्याधान) करना चाहिए।।१।।

अग्न्याधानकालः—

स्ववेदशाखोदितकर्मकालो
मुख्योऽथ दक्षैरिह मानितः स्यात् ।
तच्छाखिनोऽसौ क्वचिदन्तकाशेऽ-
यनेऽपि वा तद्विषयानुकूलः ।।२।।

अथाग्न्याधाने समय दर्शयति—स्ववेदेति।। अथेह अग्न्याधानविधौ दक्षैर्निपुणैः स्ववेदशाखोदितकर्मकालो निजवेदशाखाप्रोक्तकृत्यसमयोऽसौ मुख्यो मानिनोऽङ्गीकृतः स्यात्। कस्य तच्छाखिनस्तस्य वेदस्य शाखिनो नरस्य क्वचित्स्थाने वा पक्षान्तरेऽन्तकाशेऽयने दक्षिणायनेऽपि तद्विषयानुकूलस्तस्य कालस्य गोचरानुकूलः स्यात्।।२।।

अपने वेद एवं शाखोक्त कर्म से सम्बन्धित काल ही विद्वानों ने स्वीकार किया है। वेद की कुछ शाखाओं के अनुयायी पुरुषों के लिए दक्षिणायन सूर्य रहने पर ही गोचर की अनुकूलता होने पर अग्न्याधान (करना) विहित है।।२।।

दारादिकाले अग्न्याधानम्—

सदारकालोऽभिहितश्चतुर्थी-
कर्मोत्तरस्तत्र परिग्रहोऽग्नेः।
दायाद्यकः सोदरसारभाग-
स्त्वुपासिताग्नौ जनकेऽग्रजे च।।३।।

अथ दारादिकालेऽग्न्याधानमाह—सदारेति।। चतुर्थीकर्मोत्तरो विवाहतश्चतुर्थदिने होमविधानादूर्ध्वः सदारकालः शुभदारकालो विवाहकालोऽभिहितः प्रोक्तः। तु पुनः सोदराणां भ्रातृणां सारभागो द्रव्यविभागो दायाद्यकेऽभिहितः प्रोक्तस्तत्र सदारकाले दायाद्यकाले वाऽग्नेः परिग्रहोऽग्न्याधानं स्यात्। कस्मिन् उपासिताग्नौ सेविताग्न्याधाने जनके पितरि अग्रजे भ्रातरि च सति।।३।।

विवाह में चतुर्थी कर्म के अनन्तर दारकाल (स्त्री परिग्रह काल) कहा गया है तथा भाई-बन्धुओं के बीच उनकी सम्पत्ति का विभाजन काल दायाद्यकाल कहा जाता है। उसी समय (विवाह काल या विभाजन काल में) पिता अथवा अग्रज (बड़े भाई) द्वारा उपासित (गृहीत) अग्नि का आधान (परिग्रह) करना चाहिए।।३।।

अग्न्याधानकाले विशेषः—

तदाज्ञया वाग्निपरिग्रहोऽस्मिन्-
सौम्यायने भूषणभाजि काले।
कलौ स्वशाखादृतकर्मरिद्धौ
यथावकाशे तदसंभवत्वात्।।४।।

अथ आज्ञयाग्निपरिग्रहं दर्शयति—तदेति।। वा पक्षान्तरे कलौ अस्मिन् दारकाले वा दायाद्यकाले तदाज्ञया पितृभ्रात्राज्ञयाग्निपरिग्रहः स्यात्। कस्मिन् भूषणभाजि निर्दोषे गुरुसितविकृतचाररहिते काले।। अथ तदसम्भवत्वात्तयोर्जनकज्येष्ठभ्रात्रादेरभावत्वाद्यथावकाशे यथाप्राप्तकाले स्वशाखाभिर्निजशाखाभिरादृतं कर्म तेन सिद्धो निष्पक्षोऽग्निपरिग्रहः स्यात्।।४।।

इस कलियुग में पिता या अग्रज की आज्ञा से ही शुभ योगों से युक्त काल में अग्नि परिग्रह करना चाहिए। यदि पिता या अग्रज का अभाव हो तो यथा समय अपनी शाखा के अनुसार सम्पन्न होने वाले कार्यों के अवसर प्राप्त होने पर अग्न्याधान करना चाहिए।।४।।

अग्न्याधाने कुयोगनिषेधः—

रिक्तारिरिक्ते रविसूनुमुक्ते
भद्रोज्झिते पक्षयुगे व्ययोगे।
धूमध्वजाधानमुशन्ति सन्तः
सन्तोषभूषाः सति सोमवीर्ये।।५।।

अथाग्निपरिग्रहे कुयोगान्निषेधति—रिक्तेति।। सन्तोषभूषाः सन्तोषभूषणाः सन्तो धूमध्वजाधानमग्निपरिग्रहमुशन्ति वाञ्छन्ति कस्मिन् रिक्तातिरिक्ते रिक्तातिथिवर्जिते रविसूनुमुक्ते शनिवर्जिते भद्रोज्झिते विष्टिवर्जिते व्ययोगे कुयोगवर्जिते एवंविधे पक्षयुगे पुनः कस्मिन् सति शुभग्रहे सोमवीर्ये सति।।५।।

रिक्ता (४,९,१४) तिथि एवं शनिवार को छोड़कर भद्रा तथा कुयोगों से रहित दोनों पक्षों में, चन्द्रबल प्राप्त होने पर सज्जनों को, जिनका सन्तोष ही भूषण है उन्हें, अग्न्याधान करना चाहिए।।५।।

अग्निपरिग्रहे नक्षत्रशुद्धिः—

वृद्धश्रवोवह्निभधीरभेषु
वृद्धश्रवोवह्निभजीवभेषु ।
कुरङ्गमूर्द्धान्त्यभयोरशंस-
न्धनञ्जयाधानविधानमार्याः ।।६।।

अथाग्निपरिग्रहे भशुद्धिमाह—वृद्धेति।। आर्या आचार्या धनञ्जयाधानविधानकर्म अशंसन् अकथयन् केषु वृद्धश्रवा इन्द्रो ज्येष्ठा वह्निभं कृत्तिका जीवभं पुष्यः एषां द्वन्द्वे एषु पुनः कयोः कुरङ्गमूर्द्धा मृगशीर्षं अन्त्यभं रेवती तयोः।।६।।

विशाखा (वृद्धश्रवोवह्निभ), ध्रुवसंज्ञक (तीनों उत्तरा, रोहिणी), ज्येष्ठा, कृत्तिका, पुष्य, मृगशिरा एवं रेवती नक्षत्रों में अग्न्याधान का विधान आचार्यों ने बतलाया है।।६।।

विशेषः—

वैरोचनादित्यभविश्वकर्मभै-
र्जगाद कश्चिद्धुतभुक्परिग्रहम्।
एतेषु युक्तेष्वपि सर्वशाखिनां
नासौ क्षये मास्यधिके च हायने।।७।।

वैरोचनेति।। कश्चित् हुतभुक्परिग्रहं जगाद केषु वैरोचनं रोहिणी आदित्यभं पुनर्वसु विश्वकर्मभं चित्रा एषां द्वन्द्वे एभिर्युक्तेषु एतेषु पूर्वोक्तयोगेषु केषां सर्वशाखिनां सर्ववेदशाखिनां विप्राणां। अथासौ वह्निपरिग्रहो न स्यात् कस्मिन् क्षये मासि अधिके मासि च हायने वर्षे।।७।।

रोहिणी, पुनर्वसु, चित्रा, इन नक्षत्रों से युक्त समय में सभी शाखाओं वाले व्यक्तियों के लिए अग्न्याधान कुछ आचार्यों ने शुभ बतलाया है। जिस वर्ष में क्षय मास या अधिमास हो उस वर्ष अग्न्याधान नहीं करना चाहिए।।७।।

अग्निपरिग्रहे लग्नशुद्धिः—

निपे कुलीरे शकलिन्युतोदये
मृगे तदंशेऽपि विभावरीविभौ।

निर्मन्थदारुप्रभवस्तनूनपा
च्छमं समीयादिति कोविदा विदुः।।८।।

अथ कुम्भादिलग्ने नूतनाग्निपरिग्रहं निषधति—निप इति। निर्मन्थदारुप्रभवो मन्थनकाष्ठसम्भवस्तनूनपात् अग्निः शममुपशान्तिं क्षयमित्यर्थः समीयात् प्राप्नुयात्। कदाग्निसम्भवस्तदाह-उत वितर्के कस्मिन् निपे घटे कुलीरे कर्के शकलिनि मीने मृगे मकरे उदये लग्ने तदंशे तेषां घटादीनां नवांशेऽपि विभावरीविभौ चन्द्रे सति इति कोविदाः पण्डिता विदुः।।८।।

कुम्भ, कर्क, मीन और मकर लग्नों में अथवा इन लग्नों के नवमांश में रात्रिपति चन्द्रमा के रहने पर अग्न्याधान करने से अग्नि का क्षय होता है (अग्नि शान्त हो जाती है)। अतः उक्त योग में अग्न्याधान नहीं करना चाहिए। ऐसा विद्वानों ने कहा है।।८।।

अग्न्याधाने वारादिशुद्धिः—

तपोमनीषाबललब्धिकेन्द्रगौ
मित्रत्रयार्यौ तनुतोऽग्निसंग्रहे।
स्तोमश्रियं वा द्रविणायमानधी-
बन्धूपगस्तारकराजनन्दनः ।।९।।

अथाग्निपरिग्रहे वारादिशुद्धिमाह—तप इति।। मित्रत्रयार्यौ मित्रात् सूर्यात् त्रयं रविः सोमो भौमश्चेति त्रयं आर्यो गुरुः इमौ अग्निसंग्रहे स्तोमश्रियं यज्ञे शोभां बहुश्रियं वा तनुतो विस्तारयतः किंभूतो मित्रत्रयार्यौ तपो नवमं ९ मनीषा पञ्चमं ५ बलं तृतीयं ३ केन्द्राणि एषु गतौ।। वा पुनस्तारकराजनन्दनो बुधः स्तोमश्रियं तनोति किंभूतो द्रविणं द्वितीयं २ आय एकादशं ११ मासो दशमं १० धीः पञ्चमं ५ बन्धुश्चतुर्थं ४ एतद्भवनोपगताः।।९।।

रवि से तीन अर्थात् रवि, सोम, मंगल तथा गुरुवासरों में, रवि, चन्द्र, भौम और गुरु के तप (९), बुद्धि (२), बल (३), लाभ (११) और केन्द्र (१,४,७,१०) भावों में स्थित रहने पर अथवा २,११,१०,५ और ४ भावों में बुध के स्थित रहने पर अग्न्याधान करने से अग्निदेव यज्ञ की शोभा का विस्तार करते हैं।।९।।

अग्न्याधाने ग्रहस्थितिफलम्—

यज्वा गुरौ शरुर्युदयेऽग्निसंग्रहे
क्रियेसृजि व्योम्नि मदे च सत्फलम्।
मित्रे विमानोपचये त्रिनेत्रजे
तथैव मन्दे च विधुन्तुदे भवेत्।।१०।।

यज्वेति।। यज्वा यज्ञकृत् अग्निसंग्रही सत्फलः प्राप्तशुभफलो भवेत् कस्मिन् शरुर्युदये धनुर्लग्नस्थे गुरौ पुनः क्रिये मेषराशौ वा व्योम्नि दशमे वा मदे सप्तमभावेऽसृजि

भौमे सति पुनर्विमानोपचये दशमभाववर्जिते उपचये मित्रे सूर्ये सति तथैव मन्दे शनौ सति च पुनर्विधुन्तुदे राहौ सति।।१०।।

गुरु धनु लग्न में, भौम मेष राशि में या दशम अथवा सप्तम भाव में, सूर्य दशम भाव को छोड़कर शेष उपचय (३,६,११), भावों में हों तथा शनि और राहु भी इन्हीं (३,६,११) भावों में हों तो अग्न्याधान करने वाला शुभफल प्राप्त करता है।।१०।।

वशा लयं याति लये विधौ खले
नरश्च साधावुभयोरिहामयः।
नीचे जितेऽसाधुभिरुद्गमप्रभा-
वधोगतिं याति कृशानुकोपतः।।११।।

वशेति।। लयेऽष्टमभावे विधौ चन्द्रे सति वशा स्त्री लयं क्षयं याति च पुनर्लये खले ग्रहे सति नरो लयं याति पुनरिह लग्नेऽष्टमभावस्थे साधौ सौम्यग्रहे सति उभयोर्दम्पत्योरामयो रोगः स्यात्। पुनर्नीचे नीचभावस्थेऽसाधुभिः खलग्रहैर्जिते वा एवंविधे उद्गमप्रभौ लग्नस्वामिनि सति नरोऽधोगतिं नरकगतिं याति कस्मात् कृशानुकोपतः आहिताग्निकोपप्रभावात्।।११।।

अग्न्याधान काल में यदि अष्टम भाव में चन्द्रमा हो तो स्त्री का नाश, अष्टम में पापग्रह हो तो पति का नाश होता है। यदि शुभग्रह अष्टमभाव में हो तो दोनों (पति-पत्नी) को रोग होता है। लग्नेश (आधानकालिक लग्न का स्वामी) यदि नीच राशिगत हो और पाप ग्रहों से विजित हो तो अग्निदेव के कोप से नर (मनुष्य) अधोगति को प्राप्त होता है।।११।।

स्वनीचगैरंशुमदंशुसंकुलैः
सुत्राममन्त्रीद्विजराजमङ्गलैः ।
स्वपर्यवस्थातृगृहोपवर्तिभि-
नैंवानलाधानमिने मधावजे ।।१२।।

स्वनीचेति।। अनलाधानं अग्न्याधानं नैव स्यात् कैः सुत्राममन्त्री इन्द्रगुरुः द्विजराजश्चन्द्रः भौमः एषां द्वन्द्वे तैः किंभूतैः स्वनीचगैर्निजनीचराशिगतैः पुनः किंभूतैः अंशुमदंशुसंकुलैः सूर्यकिरणलुप्तैः पुनः किंभूतैः स्वपर्यवस्थो निजरिपुः अताष्टमभावः अनयोर्गृहोपवर्तिभिः स्वशत्रुगृहमृत्युगृहगतैः पुनः कस्मिन् मधौ चैत्रेऽजे मेषस्थे इने सूर्ये सति।।१२।।

गुरु, चन्द्र और भौम यदि अपनी अपनी नीच राशियों में स्थित हों, सूर्य किरणों से लुप्त (अस्तंगत) हो अथवा शत्रु (६) भाव या मृत्यु (८) भाव में स्थित हो तथा चैत्र मास में मेष राशिगत सूर्य हो तो अग्न्याधान नहीं करना चाहिए।।१२।।

अग्न्याधाने कालशुद्धिः—

दिनावसानप्रहरोदयोदयां
द्यति द्विजस्याहितकृष्णवर्त्मनः।

तमी तदाधानविधौ मरुत्तमी
तदा समस्तागमतात्रदायता।।१३।।

अथाग्निपरिग्रहे कालशुद्धिमाह—दिनेति।। दिवावसानप्रहरोदयश्चतुर्थप्रहरलग्नं द्विजस्य दयां द्यति खण्डयति किंभूतस्य द्विजस्य आहितकृष्णवर्त्मनः स्थापिताग्नेः तथा तदाधानविधौ मरुत्तमी देवरात्रिर्दक्षिणायनं तमी दक्षिणायनरजनी अत्ता नाशस्तस्यादायता अत्रदायता आयुर्दायका इत्यर्थः। समस्तागमता सर्वशास्त्रप्रमाणता स्यात्।।१३।।

दिवस के अन्तिम अर्थात् चतुर्थ प्रहर से उदय होने वाली लग्नों में अग्न्याधान करने से उस ब्राह्मण की दया का नाश होता है। अग्न्याधान की विधि देवताओं की रात्रि में अर्थात् दक्षिणायन सूर्य रहने पर आयुवर्धक कही गई है, इसमें सभी आगम प्रमाण हैं।।१३।।

मतान्तरम्—

हुताशनोपासनकालवत् क्वचि-
द्याम्यायनं सत्समुदीरितं हि तत् ।
श्रुतिप्रमाणान्यतया न तद्वचः
प्रमाणमस्मादृतमुत्तरायणम् ।।१४।।

अथात्र कस्यचिन्मतं दूषयति—हुताशनेति।। क्वचित्स्थाने हि यस्मात् तत् याम्यायनं सत् शुभं समुदीरितं प्रोक्तं किंभूतं याम्यायनं हुताशनोपासनकालवत् अग्न्याधानसेवनकालयुक्तं तद्वचः प्रमाणं न स्यात् कथं श्रुतिप्रमाणान्यतया वेदप्रमाणतो वैपरीत्येन अस्मात् कारणात् उत्तरायणं ऋतं सत्यं स्यात्।।१४।।

अग्निपूजन काल की तरह ही कहीं-कहीं दक्षिणायन काल को भी अग्न्याधान में शुभ कह दिया गया है परन्तु वेद-प्रमाण से विरुद्ध होने के कारण यह वचन प्रामाणिक (ग्राह्य) नहीं है। अतः उत्तरायण काल ही शुभ मानना चाहिए।।१४।।

कृतावसथ्यावनिदेवताभिः
स्ववेदभेदोदितकालसाध्याः ।
तत्पाकयज्ञाश्च हविष्यसंस्थाः
सप्तैव सप्तानु च सोमसंस्थाः ।।१५।।

अथ संस्थानां त्रिकं सेव्यमाह—कृतेति।। कृतावसथ्यावनिदेवताभिर्विहिताग्न्याधान-स्थानविप्रैस्तत्पाकयज्ञास्तस्यावसथ्यस्य पाकयज्ञाः सप्त च पुनर्हविष्यसंस्था घृतयज्ञसंस्थाः सप्त अनु पश्चाच्च सोमसंस्थाः संस्कारविशेषयज्ञाः सप्त एवं स्ववेदवेदोदितकालसाध्या निजनिजवेदशाखावेदोक्तकालेन साधनीयाः।। यतः।। अग्न्याधेयः १ अग्निहोत्रं २ दर्शपूर्णमास्यौ ३ चातुर्मास्यानि वैश्वदेवपर्व वरुणप्रघासपर्व शाकमेधापर्व शुनासीरीयपर्व ४ पशुबन्धः ५ सौत्रामणी ६ पाकयज्ञ ७ इति सप्त हविर्यज्ञसंस्थाः।।१।। श्रावणीकर्म १ आश्वयुजीकर्म २ आग्रहायणी ३ अपूपाष्टका ४ मांसाष्टका ५ शाकाष्टका ६

वर्षाष्टका ७ इति पाकयज्ञसंस्था: सप्त।। अग्निष्टोम: १ अत्यग्निष्टोम: २ उक्थ्य: ३ षोडशी ४ अतिरात्र: ५ वाजपेय: ६ आप्तोर्याम: ७ इति सोमसंस्था: सप्त।। अथ आवसथ्यप्रसङ्गाद्वेदिकामानं लिख्यते।

षडरत्निर्द्विपाशा च मध्ये पञ्चसु चिह्निता।
द्विहस्तेऽङ्गुलषट्के च त्रिष्वष्टादशकेषु च।।१।।
सार्द्धहस्ते च पाश: स्याद् वेदी स्यात्पौर्णिमासिकी।
एवं रज्जुं विनिर्माय वेदिं कुर्यात् प्रयत्नत:।।२।।

तत्प्रकारस्तु—

सूत्रे प्राचित्र्यरत्न्यन्तशङ्को पाशौ प्रमुच्य तौ।
षडङ्गुलगतं चिह्नमाकर्षेन्नैर्ऋतीं दिशं।।
एवं कृते द्विहस्तांके शङ्कुमारोपयेत्तत:।
षडङ्गुलगतं चिह्नमाकर्षेद्वायुगां दिशं।।३।।
तत्रापि द्विकरे चिह्ने शङ्कुमारोप्य तं त्यजेत्।
कृत्वैवं पश्चिमे श्रोणिं अंशौ पूर्वे प्रसाधयेत्।।४।।
तस्या रज्जोश्चतुर्थाङ्कमाकर्षेदग्निगां दिशं।
आकृष्य रज्जुगे चिह्ने पञ्चमे शङ्कुमावहेत्।।५।।
एवमेवोत्तरे भागे आकर्षेदीशगां दिशं।
पञ्चाङ्के शङ्कुरत्रापि तेषु सूत्राणि वेष्टयेत्।।६।।

मध्ये संग्रहप्रकारोऽपि तत्रैव।

आनीय रज्जुं पूर्वार्द्धात् पश्चार्द्धं यावदेव तु।
द्विगुणीकृत्य तां रज्जुमन्ते तस्यास्तु शङ्कुकौ।।७।।
भ्रामयेत्तेन मानेन तया रज्ज्वाष्टभागया।
वा पृथुत्वतुरीयेण मध्येनालिख्य संग्रहौ।।८।। अथवा।।
वेदिश्रोण्यंशयोर्मध्ये तया रज्ज्वाष्टभागया।
विलिखेन्मध्यतो वेदौ स ज्ञेयो मध्यसंग्रह:।।९।।

अपरमितां वा वेदिं कुर्यात्।। त्रिचतुष्टादिमान उत्सृज्य गार्हपत्याहवनीययोरन्तरालं षोढा सप्तधा वा गन्तुसमं त्रेधा विभज्यापरवितृतीयलक्षणेन दक्षिणायम्य तस्मिन्नग्निर्विपर्यास्योत्तरांस उत्कर:।। अरत्निश्चतुरस्रस्तु पूर्वस्याग्ने: खरो भवेत्।। रथचक्राकृति: पश्चाचन्द्रार्द्ध इव दक्षिण:।।१।। अग्नेरुदक सार्द्धनवांगुले मध्यं ततो लिखेद्वृत्तमेकोनविंशत्या प्राची यामध्यगा भवेत्।। उदगर्द्ध विपर्वाक् स्यात् रेवरो दक्षिणस्य तु।। गार्हपत्यमण्डलं सार्द्धत्रयोदशाङ्गुलमितसूत्रप्रमेण निष्पादनीयं। गार्हपत्यस्य पुरस्ताद्दृष्टसुप्तक्रमेष्वेकादशसु द्वादशसु मत्यावाहवनीय इत्यलम्।।१५।।

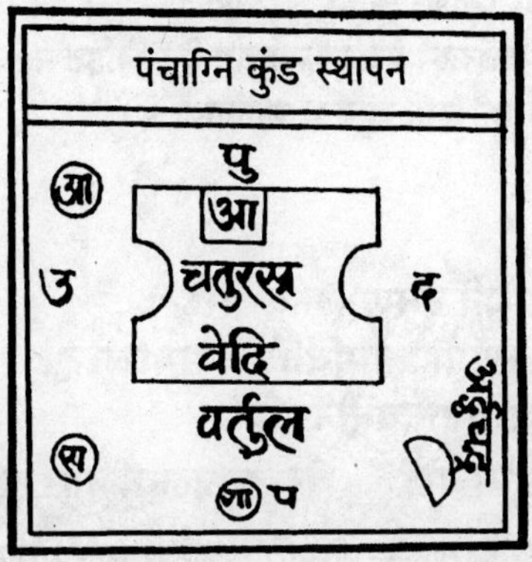

विधिपूर्वक अग्न्याधान किये हुए (आहिताग्नि) विप्र द्वारा अपने-अपने वेदशाखाओं में विहित कालपूर्वक ७ पाक यज्ञों, ७ हविष्य यज्ञों तथा ७ सोम संस्थाओं का साधन (सञ्चालन) यथाविधि करना चाहिए।।१५।।

पाकयज्ञेषु निषिद्धकाल:—

दैत्यादितेयार्चितमौढ्यकाल-
स्तथोपरागक्षयवृद्ध्यनेहा:।
संक्रान्तिरादुष्यति पाकयज्ञा-
नेष्वन्यदोषप्रकरो न दुष्ट:।।१६।।

अथ शुक्रास्तादिदुष्टकाले पाकयज्ञानाह—दैत्येति।। दैत्यादितेयार्चितमौढ्यकाल: शुक्रगुर्वोरस्तकालस्तथा उपरागो ग्रहणं तथा क्षयवृद्ध्यनेहा: क्षयाधिकमासादिस्तथा संक्रान्ति: पाकयज्ञान् दुष्यति पुनरेषु पाकयज्ञेषु अन्यदोषप्रकरो न दुष्ट: स्यात्।।१६।।

शुक्र और गुरु का अस्तकाल, ग्रहण का समय, क्षय और वृद्धि काल (क्षय तिथि वृद्धि, क्षयाधिमास), संक्रान्ति काल ये सभी पाक यज्ञों को दूषित करते हैं। इनके अतिरिक्त अन्य दोषों के समूह दोषकारक नहीं होते।।१६।।

मधौ निदाघे शिशिरे च मेनिरे
बुधा हवि:सोमविधानमादरात्।
श्रितानलाधानदिनोडुयुग्गणं
स्फुरत्तनौ वेदविभौ द्विजगृहे।।१७।।

मधाविति।। बुधा आदरात् सोमविधानं मेनिरे बुबुधिरे कस्मिन् मधौ वसन्ते निदाघे उष्णकाले शिशिरे च सति पुनर्द्विजौ गुरुशुक्रौ तयोर्गृहं धनुर्मीनौ वृषतुलौ जातित्वादेकवचनं तस्मिन् द्विजगृहे वेदविभौ वेदस्वामिनि किंभूतं वेदविभौ स्फुरत्तनौ अस्तरहिते किंभूतं सोमविधानं श्रितानलाधानदिनोडुयुग्गणं प्राप्ताग्न्याधानदिननक्षत्रयोगगणम्।।१७।।

वसन्त, ग्रीष्म और शिशिर ऋतु में बृहस्पति और शुक्र की राशियों (९, १२, २, ७) में बलवान वेद स्वामी के रहने पर अग्न्याधान हेतु विहित नक्षत्रों, वारों एवं योगों में विद्वानों ने सोमविधान को आदरपूर्वक बतलाया है। अर्थात् उक्त मुहूर्त्त में हविर्यज्ञ करना चाहिए।।१७।।

होमविधाने शुद्धिः—

सौम्यायने दूषणमुक्तवासरेऽ-
निशंमहाहोमविधिं समाचरेत्।
पूर्णाजयानन्दवतीनसद्दिनैः
सुगोचरे वैकृतकालवर्जिते।।१८।।

अथ होमविधानशुद्धिमाह—सौम्येति।। अनिशं सदा सुधीर्महाहोमविधिं समाचरेत् कुर्यात् कस्मिन् सौम्यायने उत्तरायणे किंभूते दूषणमुक्तवासरे दोषवर्जितदिने पुनः किंभूते सुगोचरे शुभग्रहगोचरे पुनः किंभूते विकृतौ भवो वैकृतः कालस्तेन वर्जिते पुनः कैः पूर्णास्तिथयः जयास्तिथयः नन्दवत्यो नन्दास्तिथयः इनसद्दिनानि सूर्यशुभग्रहदिनानि एषां द्वन्द्वे एतैः।।१८।।

उत्तरायण में, दोषों से रहित काल में, पूर्णासंज्ञक (५, १०, १५), जयासंज्ञक (३, ८, १३), नन्दासंज्ञक (१, ६, ११) तिथियों में सूर्यवार तथा शुभवासरों में ग्रहों की शुभस्थानों में स्थिति रहने पर विकृत काल से रहित (शुभ) समय में महाहोमविधि का सम्पादन करना चाहिए।।१८।।

होमे नक्षत्रशुद्धिः—

हुताशनाधानहितर्क्षवर्गे
शैवश्रवोऽजाङ्घ्रिशयान्वितेऽस्मिन्।
विदुर्महारुद्रमुखाननेकान्
होमानभिज्ञा हि सुयोगयोगे।।१९।।

अथ होमे भशुद्धिमाह—हुताशेति।। हि अवधारणे अभिज्ञाः पण्डिताः अनेकान् महारुद्रमुखान् होमान् विदुः कस्मिन् अस्मिन् हुताशनाधानहितर्क्षवर्गे अग्न्याधानशुभकारकनक्षत्रसमूहे किंभूते शैवमार्द्रा श्रवः श्रवणः अजो रोहिणी अङ्घ्रिः पूर्वाभाद्रपदा शयो हस्तः एषां द्वन्द्वे एभिरन्विते युक्ते पुनः किंभूते सुयोगयोगे शुभयोगे शुभयोगप्राप्ते।।१९।।

अग्न्याधान हेतु विहित नक्षत्रों में तथा आर्द्रा, श्रवण, रोहिणी, पूर्वाभाद्रपदा एवं हस्त नक्षत्रों में सुयोगों से युक्त समय में विद्वानों ने अनेक महारुद्र आदि हवनों को शुभ बतलाया है।।१९।।

यज्ञान्तस्नानमुहूर्त्तः—

पूर्णाहुतिः पुण्यतमा सदाहुतौ
पूर्णातिथौ पुण्यधिया प्रशस्यते।

नन्दाजयास्वावभृथं निमज्जनं
पूर्णासु वा सन्नुदये सदह्न्यपि।।२०।।

अथ कृताहुतौ यज्ञान्तस्नानशुद्धिमाह—पूर्णेति।। पुण्यधिया पवित्रबुद्धिना नरेण पुर्णाहुतिः पुण्यतमा अतिशयेन पुण्या प्रशस्यते कस्यां सतां शुभग्रहाणां आहुतिर्यस्यां पूर्णातिथौ। नरेणावभृथो यज्ञान्तस्तस्मिन् भवमावभृथं निमज्जनं स्नानं प्रशस्यते कासु नन्दाजयासु तिथिषु वा पूर्णासु तिथिषु सदह्न्यपि शुभग्रहदिनेऽपि किंभूतं निमज्जनं सतां नृणां शुभनरराशीनामुदयो लग्नं यस्मिंस्तत्।।२०।।

पवित्र बुद्धि से पूर्णा तिथि में दी गई पूर्णाहुति अत्यन्त पुण्यदायिनी एवं प्रशस्त होती है। नन्दा (१,६,११), जया (३,८,१३) तिथियों में अथवा पूर्णासंज्ञक (५,१०,१५) तिथियों में, नर राशियों (लग्नों) के उदयकाल में तथा शुभग्रहों के वासरों में अवभृथ स्नान करना शुभ होता है।।२०।।

यज्ञान्तस्नाने राजमुद्राचक्रम्—

उदीरितं चावभृथाभिषेचने
नृपाभिषेके वलयत्रयं क्रमात्।
विराजि सम्राजि च राज्यदस्तथा
हयाधिपे सिन्धुरपे नराधिपे।।२१।।

अथ यज्ञान्तस्नाने राजमुद्राचक्रं दर्शयति—उदीरितमिति।। अवभृथाभिषेचने नृपाभिषेके च वलयत्रयं कलशचक्रत्रयमुदीरितं प्रोक्तं कस्मिन् विराजि विशेषेण राजते इति विराट् तस्मिन् तथा सम्यक्प्रकारेण राजते इति सम्राट् तस्मिन् राजते इति राट् तस्मिंश्च कमात् क्रमेण हयाधिपेऽश्वपतौ सिन्धुरपे गजाधिपतौ नराधिपे चादश्चक्रत्रयं प्रोक्तम्।। यतः 'अग्निहोत्रादिकर्ता यो ब्राह्मणो राट् प्रकीर्तितः। सम्राट् वै वाजपेयेन विराट् तत्पूर्वयज्ञतः'।।१।। इति यज्ञांते विप्राणां भूपानामभिषेके चेदं चक्रत्रयं ज्ञेयमिति हार्दम्।।२१।।

राज्याभिषेक के समय अवभृथ स्नान हेतु विराज (विशिष्ट राज्य), सम्राट तथा राजपद देने वाले क्रम से हयाधिप, गजाधिप और नराधिप तीन वलय (कलश) चक्र कहे गये हैं। इसे राजमुद्राचक्र भी कहते हैं।।२१।।

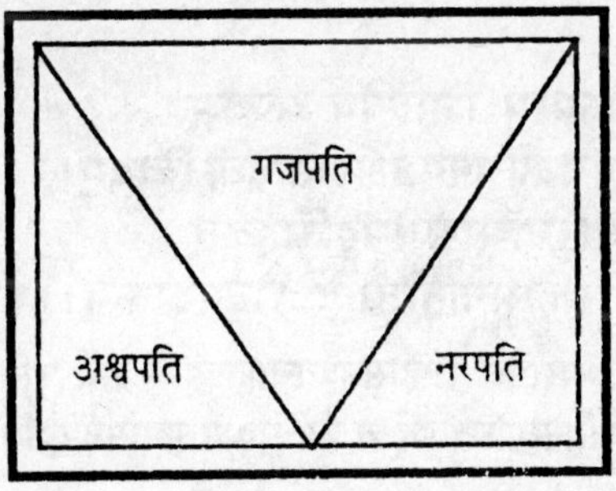

चक्रेषु नक्षत्रस्थापनम्—

> **एतत्क्रमेणोत्तरपूर्वयाम्यगं**
> **भपञ्चनाडीपरिभिन्नमालिखेत्।**
> **सदैव नासत्यमघाशिफादिक-**
> **त्रिभेदतारापटलावहं त्वदः।।२२।।**

अथ तच्चक्रत्रये नक्षत्रस्थापनं दर्शयति—एतत्क्रमेति। सुधी: क्रमेण उत्तरपूर्वयाम्यगं उत्तरपूर्वदक्षिणदिग्गतं भपञ्चनाडीपरिभिन्नमेतच्चक्रत्रयमालिखेत्तु पुन: सुधीरदश्चक्रत्रयं सदैव नासत्यमश्विनी मघा शिफा मूलमित्यादिकेन अश्विन्यादिप्रथमेन त्रिभेदतारापटलावहं भेदत्रयेण नक्षत्रसमूहभृतं लिखेत्। कोऽर्थ: प्रथममश्वपतिच्छत्रचक्रं नक्षत्रपञ्चनाडिकाविद्धं तत्र प्रथमं मस्तकेऽश्विनी देया ततो भरणी कृ.रो.मृ.आ.पु.पु.आ.इति। एवं द्वितीयं गजपतिच्छत्रचक्रं तत्र प्रथमं मस्तके मघा दातव्या तत: पू.उ.ह.चि.स्वा.वि.अ.ज्ये.इति। तृतीयं नरपतिच्छत्रचक्रं तत्र प्रथमं मस्तके मूलं दातव्यं तत: पू.उ.श्र.ध.श.पू.उ.रे. इति वलयत्रयं।।२२।।

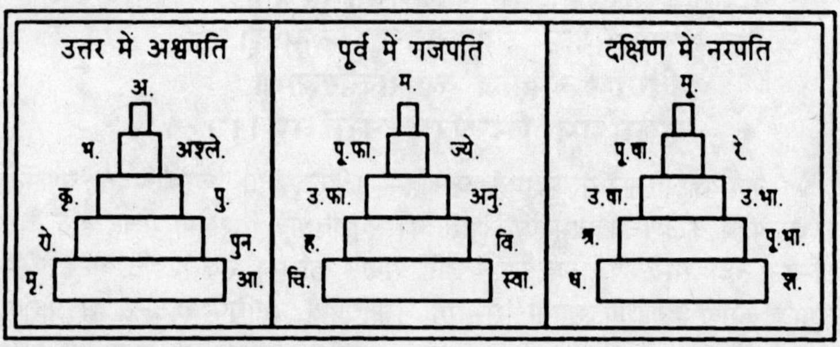

उक्त तीन चक्रों में पूर्व, दक्षिण और उत्तर दिशाओं में स्थित ५ नाडियों में क्रम से अश्विनी, मघा, मूल से नक्षत्र समूहों का स्थापन करना चाहिये। अर्थात् प्रथम अश्वपति चक्र में अश्विनी से आश्लेषा पर्यन्त, द्वितीय गजाधिपति चक्र में मघा से ज्येष्ठा पर्यन्त तथा तृतीय नराधिप चक्र में मूल से रेवती पर्यन्त नव-नव नक्षत्रों का तीन वलय स्थापन करना चाहिए।।२२।।

सिंहासनचक्रम्—

> **अतोऽपरेषु क्षितिपेषु यज्वसु**
> **स्वकीयनामाक्षरभादिकं त्विदम्।**
> **आधारनामासनपट्टसिंहवत्**
> **सिंहासनानीत्यपि भेदपञ्चकम्।।२३।।**

अथ विशेषत: पञ्चभेदं सिंहासनत्रयचक्रमाह—अथ इति।। यज्वसु यज्ञकर्तृषु अश्वपेति अश्वपतिगजपतिनरपतिषु इदं च त्रयं साधारनामासनपट्टसिंहवत् ४ सिंहासनमपि

आधार: आसनं पट्ट: सिंह: सिंहासनमित्यपि ईदृशमपि भेदपञ्चकं सिंहासनत्रयं चक्रं भवति। तु पुन: अतोऽश्वपादिभ्योऽपरेषु क्षितिपेषु राजसु स्वकीयनामाक्षरभादिकं नृपनामनक्षत्रत: स्थापनीयमिति चक्रं स्यात्। तथाचोक्तं—

आदौ चक्रं समालिख्य छत्रत्रयसुशोभनम्।
अश्विन्यादि न्यसेत्तत्र सप्तविंशति भानि च॥१॥

अश्विन्याद्यं मघाद्यं च मूलाद्यं च क्रमेण च।
उत्तरे पूर्वदक्षिणे एतच्छत्रत्रयं मतम्॥२॥

प्रतीचीमध्यरेखाया ईशानान्तं हयाधिप:।
आग्नेयान्तं गजाधीशस्तदन्ते च नराधिप:॥३॥

अश्वाध्यक्षगजाध्यक्षनराध्यक्षा: क्रमेण च।
एषां छत्रविभागेन ज्ञातव्यं च शुभाशुभम्॥४॥

अमीषां भूभृतामृक्षं यत्र छत्रे व्यवस्थितम्।
तच्छत्रं तस्य भूपस्य शुभाशुभफलप्रदम्॥५॥

चामरं कलशं वीणां छत्रं दण्डं पतद्ग्रहम्।
आसनं कीलकं रज्जुर्नव भेदा: प्रकीर्तिता:।
यस्य छत्रे स्थित: सौरिर्भंगं तस्य विनिर्दिशेत्॥६॥

इत्यादि फलं ज्ञेयमिति।

अथात: संप्रवक्ष्यामि चक्रं सिंहासनत्रयम्।
येन विज्ञातमात्रेण क्रियते राज्यनिर्णय:॥१॥
सप्तविंशतिऋक्षैस्तु एकैकं च नवात्मकम्।
अश्विनीमघमूलाद्यं पञ्चनाडीविभेदकम्॥२॥
अश्विन्याद्युत्तरे भागे मघाद्यं पूर्वत: स्थितम्।
मूलाद्यं दक्षिणे चापि ज्ञातव्यं नृपतित्रयम्॥३॥
इतरेषु च राज्येषु नृपनामर्क्षतो वदेत्।
शुभाशुभमिदं सर्वं यस्य यस्यासनस्थितम्॥४॥
नाडिकापञ्चभेदेन एकैकस्यासने भवेत्।
आधारमासनं पट्टं सिंहं सिंहासनं तथा॥५॥
आधारादिफलं सर्वमेकैकस्य वदाम्यहम्।
ग्रहवेधवशाज्ज्ञेयं सौम्यक्रूरै: शुभाशुभम्॥६॥
नृपस्याधारमाद्यर्क्षे यदा पट्टोऽभिषेचित:।
पराधीनगतो राज्यं कुरुते नात्र संशय:॥७॥
आसनस्थेन ऋक्षेण नीतियुक्तो भवेन्नृप:।
प्रधानपुरुषादेशी प्रजाशान्तिकरो भवेत्॥८॥

पट्टऋक्षे यदा राजा चोपविष्टो य आसने।
पूर्वराज्यस्थितेस्तुल्यां चिरं पालयते महीम्॥९॥

सिंहरूपी भवेद्राजा सिंहऋक्षासने स्थित:।
संग्रामस्य प्रियो नित्यमसाध्यो मन्त्रिणामपि॥१०॥

सिंहासने गते ऋक्षे तेजस्वी भीषणाकृति:।
चलचित्तो महाक्रोधी प्रजापीडाकरो नृप:॥११॥

इत्याद्यत्र ग्रहाणामपि फलं ज्ञेयम्॥२३॥

अश्वपति आदि पूर्वोक्त तीन प्रकार से अतिरिक्त अन्य राजाओं के राजाभिषेककालिक अवभृथ स्नान के समय उन राजाओं के नाम नक्षत्र से सिंहासन चक्र में नक्षत्र स्थापन करना चाहिए। इनके लिए भी आधार, आसन, पट्ट, सिंह, सिंहासन इन पाँच भेदों से युक्त तीन सिंहासन का उपयोग करना चाहिए।।२३।।

उदाहरण— राजा का नाम 'विक्रमादित्य'। राजा का नाम-नक्षत्र रोहिणी है। अत: रोहिणी से आरम्भकर नक्षत्र स्थापन होगा।

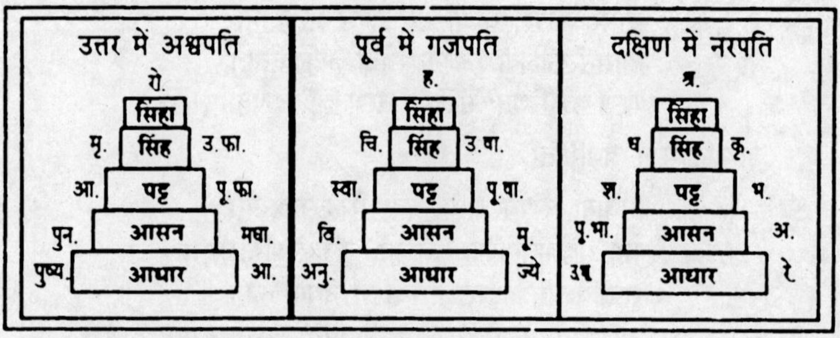

चक्रस्थितनक्षत्रफलम्—

यज्वा च राजा गतधर्मलक्ष्मी-
राधारनामोडुनि नीतिसम्पत्।
इहासनर्क्षेऽनु च पट्टधिष्ण्ये
प्रजाप्रियो भेऽर्थबलोऽस्ति सिंहे।।२४।।

अथात्र चक्रे स्थितनक्षत्रफलमाह—यज्वेति॥ इह चक्रे आधारनामोडुनि आधारस्थिते ऋक्षे यज्वा राजा च गतधर्मलक्ष्मी: परहस्तगतराज्यलक्ष्मीर्भवेत्। एवमासनर्क्षे सति नीतिसम्पद् नीतियुक्तो भवेत्। अनु पश्चाच्च पट्टधिष्ण्ये सति प्रजाप्रियो भवेत्। सिंहे भे सिंहऋक्षे सति अर्थबलोऽस्ति॥२४॥

आधार स्थित नक्षत्र में पट्टाभिषेक करने से राजा की धर्म लक्ष्मी नष्ट होती है अर्थात् राज्य नष्ट होता है। आसन स्थित नक्षत्र में अभिषेक हो तो नीति और सम्पत्ति

की सुरक्षा होती है। पट्ट स्थित नक्षत्रों में अभिषिक्त राजा प्रजा का प्रिय, सिंह स्थित नक्षत्रों में अभिषेक हो तो राजा अर्थ से सम्पन्न होता है।।२४।।

सिंहासने शासनलोकशोको
धिष्ण्ये भवेदत्र विपापवेधे।
तत्कालचन्द्रोडुनि साध्ववस्थे-
ऽभिषेकितोऽसौ सुखभृन्नृलग्ने।।२५।।

सिंहेति।। सिंहासने धिष्ण्ये सति शासनलोकशोक: प्रजादु:खकारको नृपो भवेत्। असौ नृप: सुखभृत् सुखधारक: स्यात् किंभूतोऽत्र विपापवेधे पापग्रहवेधवर्जिते साध्वस्थे शुभावस्थायां स्थिते तत्कालचन्द्रोडुनि अभिषेकचन्द्रनक्षत्रे नृलग्ने वाभिषेकित: सन्।।२५।।

सिंहासन स्थित नक्षत्रों में अभिषेक हो तो राजा प्रजा को पीड़ा पहुँचाने वाला होता है। अभिषेक कालिक नक्षत्र पापग्रहों के वेध से रहित हों, शुभ अवस्था में तात्कालिक चन्द्र और नक्षत्र हों तथा पुरुष लग्न हो तो अभिषिक्त राजा सुख का उपभोग करने वाला तथा प्रजा को सुखी रखने वाला होता है।।२५।।

पापग्रहेण विद्धनक्षत्रफलम्—

भद्रासनेऽसद्व्यधगेऽभिषेकभेऽ-
सदन्विते वेतशिवोध्वरी नृप:।
भद्रासने सद्व्यधगेऽभिषेकभे
सदन्विते वेतशिवोध्वरी नृप:।।२६।।

अथात्र चक्रे पापग्रहविद्धभफलमाह—भद्रेति। भद्रासनेऽसद्व्यधगे पापग्रह-वेधप्राप्तेऽसदन्विते पापग्रहयुक्तेऽभिषेकभे सति अध्वरी यज्वा नृपो वा इतं निर्गतं शिवं कल्याणं यस्मात् स एवंविध: स्यात्। वा पुनर्भद्रासने सद्व्यधगे शुभग्रहवेधप्राप्ते सदन्विते शुभग्रहयुक्तेऽभिषेकभे इतं प्राप्तं शिवं कल्याणं येन स एवंविध: स्यात्।।२६।।

सिंहासन चक्र में अभिषेक नक्षत्र के पापग्रह से विद्ध होने पर अथवा पापग्रहों से युक्त रहने पर राजा कल्याण से रहित होता है। अर्थात् अशुभ कारक होता है। यदि अभिषेक कालिक नक्षत्र शुभग्रहों से विद्ध हो अथवा शुभग्रहों से युक्त हो तो राजाभिषेक सम्बन्धी यज्ञ करने वाला राजा कल्याण से युक्त होता है।।२६।।

जैनमतम्—

सिंहासनाख्यवलयं क्वचिदेतदेवं
राज्याभिषेकविषयं किल केवलं स्यात्।
नैत्याध्वरान्तसमयस्नपनं प्रसिद्धं
जैना जगुर्निगमकर्मविरोधभावात्।।२७।।

अथ वसन्ततिलकेन यज्ञकर्मविनाप्यदश्वक्रं विलोक्य तदाह—सिहेति।। किलेति सम्भावनायामेतत् वाहासनाख्यवलयं पुत्रपुंसकं वलयं चक्रं कर्तृपदं क्वचित् स्थाने एवं पूर्वरीत्या स्यात्। राजाभिषेकविषयं सिंहासनाख्यवलयं केवलं स्यात्। इति हेतोर्जैना अध्वरान्तसमयस्नपनं प्रसिद्धं प्रकटं अवभृथस्नानं न जगु: न ऊचु: कस्मात् निगमकर्म निश्चयकर्म वेदकर्म वा तस्य विरोधभावात्।।२७।।

कहीं-कहीं पर राज्याभिषेक में केवल सिंहासनवलय की शुद्धि ही विचारणीय होती है। अतएव जैन लोगों ने वेदकर्म होने से राजाभिषेक के समय अवभृथ स्नान का उल्लेख नहीं किया है।।१७।।

अश्वादिचक्राणामुपयोग:—

तुरङ्गमेशस्य तुरङ्गमे च
गजाधिपस्येति गजे भशुद्धि:।
नराधिपस्यानसि चिन्तनीया
विराजि सम्राजि च राजि यज्ञात्।।२८।।

अथाश्वाधिपादीनां 'अग्निहोत्रादिकर्ता यो ब्राह्मणो राट् प्रकीर्तित:।। सम्राट् वै वाजपेयेन विराट् तत्पूर्वयज्ञत:' मुख्यशुद्धिमाह—तुरङ्गमेति।। तुरङ्गमेशस्याश्वाधिपतेस्तुरङ्गमे भशुद्धि र्नक्षत्रशुद्धिश्चिन्तनीया। च पुनर्गजाधिपे गजे भशुद्धिश्चिन्तनीया।। नराधिपस्यानसि शकटे भशुद्धिश्चिन्तनीया कस्मात् विराजि सम्राजि राजि च यज्ञात् यज्ञत: अग्निहोत्रादिकर्तेत्यादि श्लोक:।।२८।।

अश्वपति विराज (विशिष्ट राजाओ) के लिए यज्ञादि कार्यों में अश्व चक्र का, गजाधिपति सम्राट् के लिए गजचक्र का तथा नराधिपति राजा के लिए यज्ञादि में शकट चक्र का विचार करना चाहिए।।२८।।

अश्वचक्रे नक्षत्रस्थापनम्—

गन्धर्वचक्रे लपनाम्बकश्रव:-
शिरांसि लूनाङ्घ्रयुदराणि पृष्ठकम्।
न्यसेद्भचक्रं द्वियमद्विदोर्भुजा-
गजेषुबाणानुमभागमश्वभात् ।।२९।।

अथ तुरङ्गचक्रे भानि स्थापयति—गन्धर्वेति।। सुधीर्लपनं वदनं अम्बके नेत्रे श्रवसी कर्णौ शिरो मस्तकं एषां द्वन्द्वे एतानि लूनं पुच्छं अङ्घ्रय: पादा उदरमेषां द्वन्द्वे एतानि पृष्ठकमिति गन्धर्वचक्रेऽश्वचक्रे भचक्रं नक्षत्रगणं न्यसेत् कस्मादश्वभात् तुरङ्गमनामनक्षत्रात् किंभूतं भचक्रं द्वौ २ यमौ २ द्वौ २ दो: २ भुजौ २ गजा ८ इक्षु: ५ बाणा: ५ द्वन्द्वे एभिरनुमीयते स चासौ भागश्च तं।।२९।।

अश्व के नाम नक्षत्र से आरम्भ कर मुख, नेत्र, कान, सिर, पुच्छ, चरण, उदर तथा पीठ पर क्रम से २,२,२,२,२,८,५,५ नक्षत्रों का स्थापन करना चाहिए। (अर्थात् यदि अश्व का नाम चेतक है तो नाम नक्षत्र अश्विनी से २ नक्षत्र मुखपर, २ नेत्रों में, २ कानों में, २ सिर पर, २ पुच्छ पर, ८ चरणों में, ५ उदर में तथा ५ पृष्ठ पर स्थापित करने चाहिए)।।२९।।

अश्व चक्र

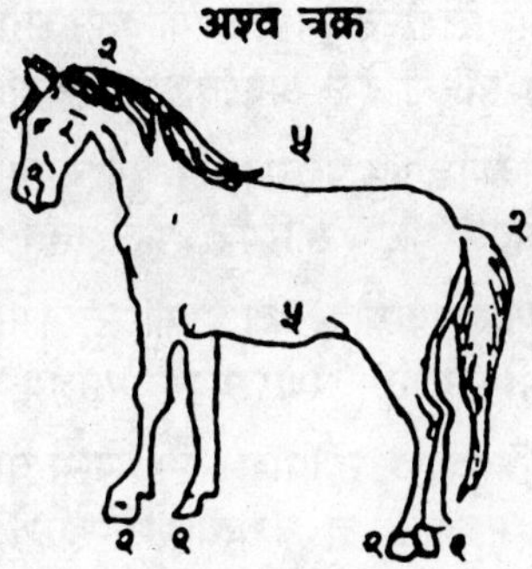

अश्वचक्रगतनक्षत्रफलम्—

शुभप्रदेशा मुखनेत्रगर्भाः
सप्तेरसौम्यास्त्वपरप्रदेशाः ।
शुभांशगेऽत्रीतजनौ समग्रं
गान्धर्वकृत्यं वरमादृतर्क्षैः ।।३०।।

अथाश्वचक्रगतफलमाह—शुभमिति।। सप्तेश्वरस्य मुखनयनोदराणि शुभप्रदेशाः स्युः। तु पुनरपरप्रदेशा अवयवा असौम्या अनिष्टाः स्युः।। आदृतर्क्षैः प्रोक्तनक्षत्रैः समग्रं गन्धर्वकृत्यं घोटककार्यं वरं श्रेष्ठं स्यात्।। अत्रिर्ऋषिस्तस्मात् इतः प्राप्तो जनिर्जन्म येन स चन्द्रस्तस्मिन् शुभांशगे शुभनवांशगते सति।।३०।।

अश्व के मुख, नेत्र और उदर प्रदेश (अङ्ग) शुभ तथा शेष अवयव अशुभ होते हैं। यदि अश्व सम्बन्धी कार्य के लिए विहित नक्षत्र शुभ अङ्गों में स्थित हों तो उन्हीं नक्षत्रों में अत्रिपुत्र चन्द्रमा के शुभ नवमांश में स्थित रहने पर अश्व से सम्बन्धित सभी कार्य शुभ होते हैं।।३०।।

अश्वावयवे शनिफलम्—

दुष्टांशगेऽश्वे यदि हेल्यपत्यं
तदाश्वकृत्यं पटबन्धनं ह्युत।
मखाभिषेको हयहन्नृपघ्नं
बलक्षयं तत्र हरः क्रमात् स्यात्।।३१।।

अश्वावयवे शनिफलमाह—दुष्टांशग इति। यदि दुष्टांशगेऽश्वे हेल्यपत्यं शनिः स्यात्तदा क्रमात्क्रमेण अश्वकृत्यं तुरङ्गमकार्यं हयहत् तुरङ्गक्षयकृत् स्यात्।। मखाभिषेकस्त्वत्र हरः कुलान्तकृत्स्यात्।। 'तन्त्रं शास्त्रं कुलं तन्त्रं' इत्याद्यनेकार्थध्वनौ।। तथाच।।

अथातस्तौरगं चक्रं कथयामि सुरेश्वरि।
इङ्गितं निपुणं ज्ञात्वा हयानां राजवाहनम्।।१।।

अश्वाकारं लिखेच्चक्रमश्वधिष्ण्यावितारकाः।
वदनात् सृष्टिगा देया अष्टाविंशतिसंख्यया।।२।।

मुखाक्षिकर्णशीर्षेषु पुच्छाङ्घ्रिषु युगं युगम्।
पञ्चपञ्चोदरे पृष्ठे सौरिर्यत्र फलं ततः।।३।।

मुखाक्ष्युदरशीर्षस्थो यदा सौरिस्तुरङ्गमे।
तदारिर्भगमायाति रणेऽन्यत्र पराजयः।।४।।

कर्णाङ्घ्रिपुच्छपृष्ठस्थो यदा यस्य हयस्य च।
विभ्रमं भङ्गहानी च करोत्यन्यो महाहवे।।५।।

एतत्स्थानस्थितः सौरिर्यदा काले हयस्य च।
पट्टबन्धे गमे युद्धे वर्जयेत्तं हयं नृपः।।६।।

इत्यादि फलं ज्ञेयम्।।३१।।

अश्व के अशुभ अङ्गों में स्थित नक्षत्रों में शनि हो तो उस नक्षत्र में अश्व सम्बन्धी कार्य करने से अश्व का नाश, युद्ध करने से राजा की मृत्यु, यज्ञ करने से सेना का क्षय तथा अभिषेक करने से कुल का क्षय होता है। (अर्थात् शनि शुभ अङ्गों में ही प्रशस्त है)।।३१।।

गजचक्रे नक्षत्रस्थापनम्—

अथास्य शुण्डाम्बककर्णमौलिप-
ल्लाङ्गूलपृष्ठोदरगं न्यसेदिभे।
गर्जक्षतो द्विद्वियमद्विदोर्गज-
द्विवेदवेदानुममृक्षपञ्जरं ।।३२।।

अथ गजचक्रे भानि स्थापयति—अथास्येति।। अथाश्वचक्रानन्तरं सुधीरिभे गजे ऋक्षपञ्जरं नक्षत्रगणं न्यसेत् स्थापयेत्। कस्मात् गजर्क्षतो गजनामनक्षत्रात् किंभूतं ऋक्षपञ्जरं मुखं शुण्डा अम्बके नेत्रे कर्णौ मौलिः शीर्ष पादौ लाङ्गूलं पुच्छं पृष्ठम् उदरं एषां द्वन्द्वे एषु गतं पुनः किंभूतं द्वौ द्वौ यमौ द्वौ दोः गजा अष्टौ द्वौ वेदाश्चत्वारः एषां द्वन्द्वे एभिरनुमीयते इति अनुमं प्रमितमिति मुखे शुण्डायां नेत्रयोः कर्णयोः शीर्षे चरणेषु पुच्छे पृष्ठे उदरे इति स्थापनीयम्।।३२।।

गज के मुख, शुण्ड, नेत्र, कान, मस्तक, पैर, पूंछ, पृष्ठ और उदर में हाथी के नाम नक्षत्र से आरम्भ कर क्रम से २, २, २, २, २, ८, २, ४, ४ नक्षत्र पुञ्जों को स्थापित करना चाहिए अर्थात् गज के नाम नक्षत्र से २ नक्षत्र मुख, २ शुण्ड, २ नेत्र, २ कान, २ मस्तक, ८ पैरों, २ पुच्छ, ४ पृष्ठ और ४ उदर में स्थापित करना चाहिए।।३२।।

विमर्श— गज चक्र में अश्विनी आदि से नक्षत्रों का स्थापन न कर जो नामकरण किया गया हो उस नाम नक्षत्र से ही नक्षत्रों का स्थापन करना चाहिये। यथा गज का नाम ऐरावत। नाम नक्षत्र कृत्तिका। अत: कृत्तिका से २ नक्षत्र (कृत्तिका-रोहिणी) गज के मुख पर, इसी क्रम से शुण्ड आदि अङ्गों पर नक्षत्र स्थापन होता है।

गज चक्र

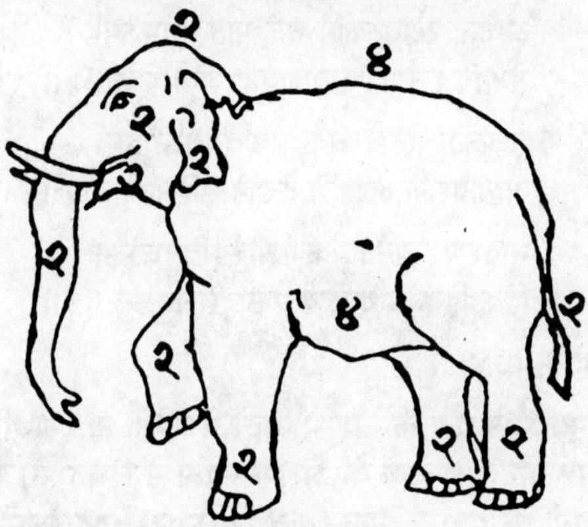

गजचक्रस्थितनक्षत्रफलम्—

भवेयुरत्रास्यशिरोक्षिसंधिनी-
गर्भावरांशास्त्वपरेऽशुभांशका:।
शुभप्रदेशे करिकर्मभेश्वरे
प्रियं सदोदीरितभैरुदीरितम्।।३३।।

अथ गजचक्रगतभफलमाह—भवेयुरिति।। अत्र गजचक्रे आस्यशिरोक्षिसन्धिनीगर्भा मुखमस्तकनेत्रशुण्डोदराणि वरांशा: शुभावयवा भवेयु:। तु पुनरपरेऽशुभांशका अन्येऽवयवा अशुभा: स्यु:।। शुभप्रदेशे गजशुभावयवे भेश्वरे चन्द्रे सति सदा करिकर्म गजकार्य प्रियं श्रेष्ठमुदीरितं प्रोक्तं कैरुदीरितभै: प्रोक्तनक्षत्रै:।।३३।।

यहाँ (गज चक्र में) मुख, सिर, नेत्र, शुण्ड और उदर स्थान शुभ तथा शेष अङ्ग अशुभ स्थान कहे गये हैं। गज कर्म हेतु कहे गये नक्षत्रों में स्थित चन्द्र यदि गज के शुभ अङ्गों में (अर्थात् चान्द्रनक्षत्र गज चक्र में शुभ स्थान में) हो तो सदैव गज सम्बन्धी कार्य शुभ दायक होते हैं।।३३।।

गजचक्रेराशिफलम्—

गजे कुदेशे यदि हंससन्तति-
र्नवाजपेयादिमखान्तमज्जनात्।
पट्टाभिषेकादनु चैति संगरात्
सम्राडिलेशश्च यशो जयश्रियम्।।३४।।

अथ गजचक्रे शनिफलमाह—गज इति। यदि चेत् गजे गजचक्रे कुदेशे दुष्टावयवे हंससन्ततिः सूर्यपुत्रः शनिः स्यात्तदा सम्राट् इलेश्वरो भूपो यशो जयश्रियं नैति न प्राप्नोति कस्मात् वाजपेयादिमखान्तमज्जनात् संज्ञाविशेषयज्ञप्रमुखयज्ञान्तस्नानात्। अनु पश्चात् पट्टाभिषेकात् च पुनः सङ्गरात् संग्रामात्। तथा चोक्तं।।

अथातः संप्रवक्ष्यामि चक्रं मातङ्गनामकम्।
येन विज्ञातमात्रेण यात्रायुद्धे जयो भवेत्।।१।।

गजाकारं लिखेच्चक्रं सर्वावयवसंयुतम्।
अष्टाविंशति ऋक्षाणि देयानि सृष्टिमार्गतः।।२।।

मुखशुण्डाग्रनेत्रेषु कर्णशीर्षङ्घ्रिपुच्छके।
द्विकं द्विकं च दातव्यं पृष्ठोदरे चतुश्चतुः।।३।।

इत्यादि ज्ञेयम्।।३४।।

यदि सूर्यपुत्र शनि गज के अशुभ अङ्गों में स्थित हो (अर्थात् जिस नक्षत्र पर शनि हो वह नक्षत्र यदि गज चक्र के अशुभ स्थान में स्थित हो) तो भूपति (राजा) वाजपेय आदि यज्ञों के यज्ञान्त स्नान (अवभृथ स्नान), तत्पश्चात् पट्टाभिषेक तथा संग्राम से भी जयश्री को नहीं प्राप्त करता है।।३४।।

रथचक्रे नक्षत्रस्थापनम्—

देयं रथे भानुमदृक्षपूर्वं
भपञ्जरं तन्नवभागसंस्थम्।
रथाग्रमध्यावधिगं च सौम्यं
रथाङ्गमध्येष्वपरेष्वसत्स्यात्।।३५।।

अथ रथचक्रे भानि स्थापयति—देयमिति।। सुधीभो रथे रथचक्रे भानुमदृक्षपूर्वं सूर्याक्रान्तनक्षत्रादिकं भपञ्जरं नक्षत्रवृन्दं देयं स्थापनीयं। किंभूतं भपञ्जरं तन्नवभागसंस्थं तस्य रथस्य नवसु भागेषु स्थितं।। अथ रथाङ्गमध्यावधिगं चक्रमध्यमर्यादागतं भं सौम्यं शुभं स्यात्। च पुनरपरेषु रथाङ्गमध्येषु रथावयवेषु गतं भमसत् नेष्टं स्यात्।।३५।।

रथ चक्र में सूर्याधिष्ठित नक्षत्र से तीन-तीन नक्षत्र रथ के नव भागों में स्थापित करने चाहिये। आरम्भ से रथ के मध्य पर्यन्त भागों में स्थित नक्षत्र शुभ और मध्य से अन्त पर्यन्त शेष भागों में स्थित नक्षत्र अशुभ कहे गये हैं।।३५।।

रथ चक्र

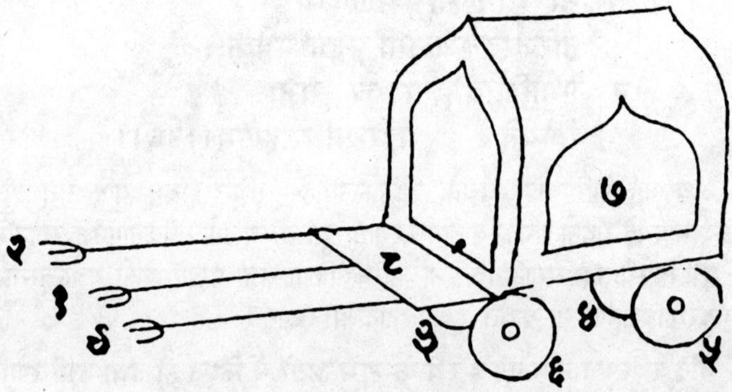

विमर्श— रथ चक्र के ९ भागों को एकादि संख्याओं से व्यक्त किया है। सूर्य जिस नक्षत्र पर स्थित हो उस नक्षत्र से तीन नक्षत्र (१) प्रथम स्थान में तथा क्रम से ३-३ नक्षत्र द्वितीयादि स्थानों में स्थापित करने से रथ चक्र होता है।

ज्योतिर्विदाभरणकार ने आदि से मध्य पर्यन्त जितने नक्षत्र कहे हैं उन नक्षत्रों में राजा का नक्षत्र हो तो शुभ अन्यथा अशुभ बतलाया है। परन्तु मुकुन्दविजय (चक्र सं.७४ श्लोक १४१) तथा नरपतिजयचर्या (पृ.२५८ श्लोक १०३) ग्रन्थों के अनुसार रथ और दण्ड में स्थित नक्षत्रों में सन्धि, शूल (दण्ड के अग्रभाग) स्थित नक्षत्रों में मृत्यु तथा चक्र स्थित नक्षत्रों में विजय होती है।

सदण्डके रथे सन्धिर्मृत्युः शूलमये स्फुटम्।
वीरभे विजयं चक्रे युद्धकाले विचिन्तयेत्।।

मु.वि.पृ.२०.१४२

यथा— कल्पना किया सूर्य अश्विनी नक्षत्र पर है। अतः अश्विनी से आरम्भ कर नव भागों में तीन-तीन नक्षत्र स्थापित करेंगे।

रथाङ्ग	नक्षत्र	परिणाम
१. शूलाग्र	अश्विनी, भरणी, कृत्तिका	अशुभ (मृत्यु)
२. शूलाग्र	रोहिणी, मृगशिरा, आर्द्रा	अशुभ (मृत्यु)
३. दक्षिण चक्र (१)	पुनर्वसु, पुष्य, अश्लेषा	शुभ (विजय)
४. दक्षिण चक्र (२)	मघा, पूर्वा फाल्गुनि, उत्तरा फाल्गुनि	शुभ (विजय)
५. वाम चक्र (२)	हस्त, चित्रा, स्वाती	शुभ (विजय)
६. वाम चक्र (१)	विशाखा, अनुराधा, ज्येष्ठा	शुभ (विजय)
७. मध्य	मूल, पूर्वाषाढा, उत्तराषाढा	मध्यम (सन्धि)
८. दण्ड सन्धि	श्रवण, धनिष्ठा, शतभिषा	मध्यम (सन्धि)
९. शूलाग्र (३)	पूर्वाभाद्रपद, उत्तराभाद्रपद, रेवती	अशुभ (मृत्यु)

रथचक्रे शनिफलम्—

रथिनो यदि नामभं शुभाङ्गे
हरिजस्तत्स्थलगो मखाभिषेकः।
न समाहितवह्निना च राज्ञा
क्रियते पट्टरथाधिरोहणम्।।३६।।

अथ मालभारिण्यात्र रथचक्रे शनिफलमाह—रथिन इति।। यदि चेत् शुभाङ्गे रथचक्रं शुभावयवे रथिनो रथिकस्य नामभं स्यात्। पुनस्तत्स्थलगो रथिकनामनक्षत्रस्थानस्थितो हरिजः शनिः स्यात्तदा समाहितवह्निना अग्निहोत्रिणा राज्ञा मखाभिषेको यज्ञान्तस्नानं च पुनः पट्टरथाधिरोहणं न क्रियते दूषणत्वादिति।।३६।।

यदि रथी का नाम नक्षत्र रथ के शुभ अङ्गों में स्थित हो तथा उसी स्थान में शनि का भी नक्षत्र हो तो अग्निहोत्र धारण किये हुए राजा को यज्ञान्त स्नान, राजाभिषेक (पट्टाभिषेक) तथा रथाधिरोहण नहीं करना चाहिए।।३६।।

इति सत्रविराममज्जनं ह्युदितं
यल्लिखितं मयैतदत्र।
त्रिविधावनिपाभिषेककाले
त्रिविधैतद्वलयक्षणोपयोगः।।३७।।

अथ चक्रोपसंहारेणाह—इति सेति।। सत्रविराममज्जनं यज्ञान्तावभृथस्नानमुदितं प्रोक्तं मया एतत्त्रिभेदचक्रं यत् यस्माल्लिखितं तस्माद्धेतोरत्रावसरे त्रिविधावनिपाभिषेककाले त्रिप्रकारभूपाभिषेकसमये त्रिविधं चैतद्वलयं च तस्य ईक्षणं विलोकनं तस्य उपयोगः स्यात्।।३७।।

इस प्रकार यज्ञान्त (अवभृथ) स्नान के लिए उत्तम विधान मैने बतलाया। तीन प्रकार के राजाओं के अभिषेक के लिए तीन प्रकार के चक्रों का उपयोग किया जाता है।।३७।।

वानप्रस्थविमर्शः—

विहितेषु महामखव्रतेषु
प्रविहायामरसुप्तिकालमास्त्यम्।
कविमार्यमथौषधीशसारेऽ-
परसंस्कारविधिं च सर्वकाले।।३८।।

लघुधीरभधूर्जटीन्दुभान्त्य-
श्रुतियुग्मामरमूडुभिस्त्वरण्यम्।
प्रतिपौत्रमुखं विलोक्य धीराः
सदहोभिः शरणात्समाश्रयेयुः।।३९।।

अथ वानप्रस्थतामाह—विहित इति।। लघ्विति युग्मं।। धीराः सुधियः पौत्रमुखं विलोक्य शरणाद्गृहादरण्यं वनं प्रति समाश्रयेयुः समीयुः। केषु महामखव्रतेषु प्रौढयज्ञव्रतेषु विहितेषु कृतेषु सत्सु किंकृत्वाऽमरसुप्तिकालं चातुर्मासकं च पुनरस्ते भवं आस्त्यं कविमार्यं शुक्रगुर्वस्तं अपरसंस्कारविधिं गृहस्थाश्रमसंस्कारविधानं च प्रविहाय त्यक्त्वा पुनः कस्मिन् सर्वकाले ओषधीशसारे चन्द्रबले सति पुनः कैः लघूनि धीराणि भानि धूर्जटो ईश्वर आर्द्रा इन्दुभं मृगशीर्षं आन्त्यं रेवती श्रुतियुग्मं श्रवणधनिष्ठे अमरसूर्देवमाता तस्या उडु पुनर्वसु एषां द्वन्द्वे एभिः पुनः कैः सदहोभिः शुभग्रहदिनैः।।३८।।

प्रौढ यज्ञों (महायज्ञ) के अनन्तर पौत्र का मुख देख कर विद्वान् राजा को देवशयन (आषाढ शुक्लैकादशी से कार्तिक शुक्लैकादशी पर्यन्त) काल, गुरु और शुक्र का अस्तकाल तथा अन्य गृहस्थाश्रम सम्बन्धी संस्कारों को छोड़कर शेष सभी कालों में चन्द्रमा का बल प्राप्त होने पर लघु संज्ञक (हस्त, अश्विनी, पुष्य), धीर संज्ञक (तीनों उत्तरा, रोहिणी) आर्द्रा, मृगशिरा, रेवती, श्रवण, धनिष्ठा, पुनर्वसु नक्षत्रों में तथा शुभ वासरों में अपने गृह को छोड़कर अरण्यवास (जङ्गल में प्रवास) करना चाहिये।।३८-३९।।

वानप्रस्थयात्रायां लग्नशुद्धिः—

शिरसोदयभाजि कण्टके स-
न्निहिते दक्षिणधीस्थले विदीज्ये।
विपिनाश्रममादरेण भिक्षुं
खलु वैखानसमीरयेदजस्रम्।।४०।।

अथात्र लग्नशुद्धिमाह—शिरस इति।। निश्चितमजस्रं निरन्तरं विपिनाश्रमं कर्तृपदमादरेण वैखानसं वानप्रस्थं भिक्षुं सन्यासिनमीरयेत् प्रेरयेत् कस्मिन् शिरसोदयभाजि शीर्षोदयलग्नयुक्ते सन्निहिते शुभग्रहव्याप्ते कण्टके सति पुनर्दीक्षणं दीक्षाधर्मः नवमं धीः पञ्चमं एतयोः स्थाने विदीज्ये बुधधिषणे सति अनयोः समाहारैकत्वं आश्रमशब्दः पुंनपुंसकः।।४०।।

शीर्षोदय (३,५,६,७,८,११) लग्नों में, शुभ ग्रहों से युक्त केन्द्र (१,४,७,१०) भावों के रहने पर तथा नवम और पञ्चम भावों में बुध और गुरु के रहने पर वन में स्थित आश्रम में आदर पूर्वक सदैव वैखानस व्रत या संन्यास आश्रम ग्रहण करना चाहिए।।४०।।

संन्यासग्रहणे नक्षत्रशुद्धिः—

संन्यासः श्रुतियुगलशये शिवर्क्षे
वैरञ्चे रुरुशिरसीन्द्रपूजितर्क्षे।
नीरिक्ते स्थिरसदनेऽपवर्गसिद्ध्यै
सोमेज्यज्ञखरकरेषु चोत्तरासु।।४१।।

अथ प्रहर्षिण्या संन्यासे नक्षत्रादिशुद्धिमाह—संन्यासेति।। संन्यासोऽपवर्गसिद्ध्यै मोक्षप्राप्तये स्यात् कस्मिन् श्रुतियुगले श्रवणे धनिष्ठायां शये हस्ते शिवर्क्षे आर्द्रायां वैरञ्चे रोहिण्यां रुरुशिरसि मृगशीर्षे इन्द्रपूजितर्क्षे पुष्ये नीरिक्ते निर्गतौ रिक्तः कुम्भो यस्मात् कुम्भराशिवर्जिते स्थिरसदने स्थिरराश्युदये सति च पुनः सोमश्चन्द्र इज्यो गुरुः ज्ञो बुधः खरकरः सूर्यः एषां द्वन्द्वे एषां दिने उत्तरासु च।।४१।।

श्रवण से दो अर्थात् श्रवण-धनिष्ठा एवं हस्त, आर्द्रा, रोहिणी, मृगशीर्ष तथा तीनों उत्तरा नक्षत्रों में रिक्ता रहित तिथियों में स्थिर (२,५,८,११) लग्नों में, सोम, गुरु, बुध और रविवारों में संन्यासग्रहण मोक्षदायक होता है।।४१।।

दीक्षाग्रहणे समयशुद्धिः—

एतद्भेष्वदितियुतेष्वभर्गभेषु
ह्याधत्ते नरभवनोदये सभूषे।
सद्दीक्षामुदितदिनेषु साधुमर्त्यः
सन्मास्यातुरपुरुषोऽनु सर्वकाले।।४२।।

अथ दीक्षाग्रहणशुद्धिमाह—एतद्भेष्विति।। हि निश्चितं साधुमर्त्य उत्तमनरः सद्दीक्षामाधत्ते पुष्णाति केषु एतद्भेषु उक्तनक्षत्रेषु अदितियुतेषु अभर्गभेषु आर्द्रारहितेषु सत्सु पुनर्नरभवनोदये नृराश्युदये सभूषे शुभग्रहयोगविलोकिते पुनरुदितदिनेषु प्रोक्तवासरेषु पुनः सन्मासि शुभे मासे अनुपश्चात् चेत् आतुरपुरुषो दीक्षाग्रहणे शीघ्रस्तदा सर्वकाले दीक्षां धत्ते।।४२।।

आर्द्रा नक्षत्र को छोड़कर तथा पुनर्वसु से युक्त उक्त नक्षत्रों में नर राशियों (लग्नों) के उदय काल में शुभ योगों में पूर्वोक्त दिवसों एवं शुभ मासों में सज्जन पुरुष को दीक्षा ग्रहण करनी चाहिए। दीक्षा के लिए आतुर पुरुष को सभी कालों में सदैव दीक्षा ग्रहण करनी चाहिए।।४२।।

पूर्वावारुणसुरवैद्यभेषु दीक्षा
मैत्रर्क्षेष्वदितीभवासवेनभेषु ।
ऐनीनज्ञसितदिनैस्तु वीतरागाः
शस्ता पुंसि चरणजे विपर्वरिक्तैः।।४३।।

पूर्वेति।। चरणजे शूद्रे पुंसि विषये वीतरागा निर्गतरागद्वेषलक्षणा दीक्षा शस्ता शुभा स्यात्। केषु पूर्वात्रयं वारुणं शततारा सुरवैद्यभमश्विनी एषां द्वन्द्वे एषु पुनर्मैत्रर्क्षेषु मैत्रसंज्ञभेषु पुनरदितिभं पुनर्वसु वासवं धनिष्ठा इनभं हस्तः एषां द्वन्द्वे एषु तु पुनः कैः एभिः शनिः इनः सूर्यः ज्ञो बुधः सितः शुक्रः एषां दिनैः किंभूतैर्विपर्वरिक्तैः पर्वरिक्तातिथिवर्जितैः।।४३।।

तीनों पूर्वा, शतभिष, अश्विनी, अनुराधा, पुनर्वसु, धनिष्ठा एवं हस्त नक्षत्रों में, शनि, सूर्य, बुध तथा शुक्र वासरों में पर्व एवं रिक्ता तिथियों को छोड़कर शेष

तिथियों में राग-द्वेष (अथवा मोह-माया) से रहित शूद्र वर्ण के पुरुषों के लिए दीक्षा ग्रहण शुभ होता है।।४३।।

धर्मकर्मारम्भमुहूर्त्तः—

दयार्द्रभावेन सुधर्मकर्मणा-
मारम्भमूचुर्लघुमैत्रधीरभैः।
शवेशभादित्यभवासवैर्विशो
रिक्ताकुयुङ्मुक्तपतङ्गसद्द्युषु।।४४।।

अथ धर्मकर्मण आरम्भमाह—दयेति।। सुधियो विशां नृणां दयार्द्रभावेन सुधर्मकर्मणामारम्भमूचुर्जुगुः कैः लघूनि मैत्राणि घीराणि एषां द्वन्द्वे एभिः पुनः कस्मिन् शयो हस्त ईशभं आर्द्रा आदित्यभं पुनर्वसु वासवं धनिष्ठा एषां द्वन्द्वे एभिः पुनः केषु रिक्तास्तिथयः कुयुग् दुष्टयोगः एभिर्मुक्तपतङ्गसद्युषु वर्जितसौरशुभग्रहदिनेषु।।४४।।

लघु संज्ञक (हस्त, अश्विनी, पुष्य), मैत्र संज्ञक (मृग, रेवती, चित्रा, अनुराधा), धीर संज्ञक (तीनों उत्तरा, रोहिणी), हस्त, आर्द्रा, पुनर्वसु, धनिष्ठा नक्षत्रों में, रिक्ता तिथि एवं अशुभ योगों से रहित रवि एवं शुभ ग्रहों के वासरों में विद्वान् पुरुष को दयार्द्र भाव (शुद्ध हृदय) से धार्मिक कृत्यों का आरम्भ करना चाहिये।।४४।।

वेदादिपारायणमुहूर्त्तः—

पारायणं वेदपुराणपद्धते-
रमन्दवारेषु वरं विदारुणैः।
व्युग्रैश्च भैर्मुक्तगलग्रहैर्भवे-
दारम्भितं सद्वृषधीनृभोदये।।४५।।

अथ समग्राध्ययने वारादिशुद्धिमाह—पारायणमिति।। वेदपुराणपद्धतेः आगमपुराणपंक्तेः पारायणं साकल्येन सामस्त्येन वत्तनमध्ययनमिति 'साकल्यवचनं पारायणं' इति हैमः। वरं श्रेष्ठं स्यात् केषु अमन्दवारेषु पुनः कैर्विदारुणैर्भैर्दारुणसंज्ञरहितनक्षत्रैः पुनर्वेदपुराणपद्धते गारम्भितं प्रारम्भणं सत् शुभं भवेत्। कैर्व्युग्रैर्भैरुग्रसंज्ञवर्जितनक्षत्रैः किंभूतैर्मुक्तागलग्रहैः पुनः कस्मिन् वृषधीनृभोदये नवमपञ्चमभावस्थे नृराश्युदये।।४५।।

शनिवार को छोड़कर शेष वारों में दारुण संज्ञक (विशाखा, कृत्तिका) नक्षत्रों को छोड़कर शेष नक्षत्रों में वेद-पुराण पद्धतियों का पारायण (पाठ) आरम्भ करना चाहिये। उग्र संज्ञक (तीनों पूर्वा, भरणी, मघा) नक्षत्रों को छोड़कर शेष नक्षत्रों में, नवम पञ्चम भावों में नर (पुरुष संज्ञक) लग्नों के स्थित रहने पर वेदारम्भ (विद्याध्ययन) शुभ होता है।।४५।।

पुराणकथाश्रवणे समयशुद्धिः—

रिक्ताविमुक्तासु तिथिष्वसुग्यमै-
वरैः पुराणोत्थकथाश्रुतिः श्रियै।

मृदुस्थिरक्षिप्रचलत्रिपूर्विका-
कीर्णेषु सत्केन्द्रचरोदये भवेत्।।४६।।

अथ पुराणकथाश्रवणशुद्धिमाह—रिक्तेति।। पुराणोत्थकथाश्रुतिः पुराणोद्गतवार्ताश्रवणं श्रियै भवेत् केषु रिक्ताविमुक्तासु रिक्तातिथिवर्जितासु तिथिषु पुनः कैरसृग् भौमः यमः शनिः आभ्यां वर्जितैर्वारैः किंभूतासु तिथिषु विरिक्तासु मृदूनि स्थिराणि क्षिप्राणि चलानि त्रिपूर्विका एषां द्वन्द्व एभिराकीर्णेषु युक्तेषु पुनः कस्मिन् सत्केन्द्रचरोदये शुभग्रहकेन्द्रचरराश्युदये।।४६।।

रिक्ता (४, ९, १४) तिथियों को छोड़कर शेष तिथियों में मंगल और शनिवारों को छोड़कर शेषवारों में, मृदु संज्ञक (मृगशिरा, रेवती, चित्रा, अनुराधा), स्थिर संज्ञक (तीनों उत्तरा, रोहिणी), क्षिप्र संज्ञक (हस्त, अश्विनी, पुष्य), चल संज्ञक (स्वाती, पुनर्वसु, श्रवण, धनिष्ठा, शतभिष), तथा तीनों पूर्वा नक्षत्रों में, शुभ ग्रहों से युक्त केन्द्र भावों के रहने पर तथा चर लग्न में पुराण सम्बन्धी कथाओं का श्रवण करना कल्याण कारक होता है।।४६।।

पुष्यस्नानैकवासस्नपनमुखविधिर्मञ्जुलः शुद्धकाले
कार्ष्ण्यापादे नभस्ये त्विषमलमपहायेन्दुमङ्घ्र्यूनबिम्बम्।
वारे धैष्ण्ये च सौर्येधवलगुदिवसे धैषणे दारुणोग्रै-
रुत्सृष्टैर्भैररिक्ते भवति कुयुति विष्ट्युज्झिते सौम्यलग्ने।।४७।।

अथ स्रग्धरया ऋत्वादिस्नानशुद्धिमाह—पुण्येति।। पुण्यस्नानं ऋतुस्नानं एकवासः स्नपनं एकवस्त्रस्नानमित्यादिमुखस्य प्रमुखस्य विधिविधानं मञ्जुलः श्रेष्ठो भवेत् कस्मिन् शुद्धकाले धैष्ण्ये शुक्रे वारे सौर्ये वारे सूर्यवारे धवलगुदिवसे चन्द्रवारे धैषणे गुरौ वरो किंभूते दारुणोग्रैर्भैरुत्सुष्टे उग्रदारुणसंज्ञभवर्जिते पुनः कस्मिन् सौम्यराशिलग्ने किंभूते सौम्यराशिलग्ने कुयुतिविष्ट्युज्झिते कुयोगविष्टिवर्जिते किंकृत्वा कार्ष्ण्याषाढं कृष्णपक्षभवमाषाढमासं नभस्यं भाद्रपदं तु पुनरिषमाश्विनमासं अङ्घ्र्यूनबिम्बं चतुष्कलाहीनवर्तिबिम्बमेवंविधमिन्दुं चन्द्रं चापहाय त्यत्तवालमित्यर्थः।।४७।।

पुण्य स्नान (ऋतु स्नान), एक वस्त्र स्नान आदि प्रमुख स्नान विधि शुद्धकाल में हित (कल्याण) कारक होती है। आषाढ कृष्ण पक्ष, भाद्रपद मास एवं आश्विन मासों को छोड़कर शेष मासों में, चार कला से अल्प चन्द्र बिम्ब अर्थात् कृष्ण एकादशी से शुक्ल चतुर्थी पर्यन्त तिथियों को छोड़कर शेष तिथियों में शुक्रवार, रविवार, सोमवार एवं गुरुवासरों में दारुण संज्ञक (विशाखा, कृत्तिका), उग्र संज्ञक (३ पूर्वा, भरणी, मघा) नक्षत्रों को छोड़कर शेष नक्षत्रों में, रिक्ता-अशुभ योग और भद्रा को छोड़कर शेष तिथियों, योगों एवं शुभ लग्नों में उक्त स्नान कल्याणकारक होते हैं।।४७।।

उपसंहारः—

एतेषु कृत्येष्वखिलेषु मन्त्रिणं
कविं किलास्त्यं विधुमङ्गिरोहरिम्।
विकर्तनं चापतिमिस्थितं तथा
क्षयाधिमासद्युसमाः परित्यजेत्।।४८।।

इति श्रीकविकालिदासोदिते ज्योतिर्विदाभरणेऽग्न्याधानादि-
विशेषसंस्काराध्यायोऽष्टादशः।।१८।।

अथोपजात्योपसंहारमाह—एतेष्विति।। किलेति सत्ये सुधीः मन्त्रिणं गुरुं कविं शुक्रमास्त्यमस्ते भवं तथा विधुं चन्द्रं तथाङ्गिरोहरिं सिंहागुरुं तथा चापतिमिस्थितं धनुर्मीनस्थं विकर्तनं सूर्यं तथा क्षयाधिमासधुसमाः क्षयाधिकमासं क्षयाधिकदिनं क्षयाधिकवर्षं परित्यजेत् केषु अखिलेषु एतेषु पूर्वोक्तेषु कृत्येषु कर्मसु।।४८।।

उक्त समस्त कार्यों में गुरु और शुक्र के अस्त काल का, चन्द्रमा के अस्त काल (अमावास्या) का, सिंहस्थ गुरु, धनु और मीन राशिगत सूर्य तथा क्षयमास और अधिमास के काल का परित्याग करना चाहिए।।४८।।

श्रीकालिदासविरचित ज्योतिर्विदाभरण के अग्न्याधानादि
विशेष संस्कारप्रकरण का प्रो० रामचन्द्रपाण्डेयकृत
हिन्दीभाषानुवाद सम्पूर्ण।।१८।।

मिश्रप्रकरणम् – १९

प्रयोजनम्—

हुताशसनाधानविधेरनन्तरं
वदामि मिश्रव्यवहारकर्मणाम् ।
कृषिस्वगोपण्यसरःक्रियावतां
नयं हि लोकव्यवहारवृत्तये ।।१।।

अथाग्न्याधानविधेरनन्तरं मिश्रव्यवहारकर्म घटतेऽतो मिश्रव्यवहारकर्माध्याय-सन्धानमाह—हुताशेति।। हुताशनाधानविधेरग्न्याधानविधानादनन्तरं हि युक्तार्थे मिश्रव्यवहारकर्मणां साधारणव्यवहारकार्याणां कृषिः कर्षणं स्वं धनं गोर्धेनुः पण्यं विक्रेयं सरो जलाशय एषां द्वन्द्वे एषां क्रियावतां क्रियायुक्तनराणां नयं निर्णयं वदामि कथयामि कस्यै लोकव्यवहारवृत्तये जनव्यवहारप्रवर्तनाय।।१।।

अग्न्याधान विधान के अनन्तर कृषि-धन-पशु-व्यापार-तालाब आदि विविध व्यावहारिक कार्यों में संलग्न व्यक्तियों के लोकव्यवहार-सम्पादनार्थ विविध व्यावहारिक कार्यों के विधान को कह रहा हूँ।।१।।

क्रियाविधानशुद्धिः—

क्रियाविधाने नु च वक्ष्यमाणे
दुष्टा हि विष्टिः क्षयकायराजा ।
रिक्ताकुयोगाखिलपर्वकालो
दुष्टस्तथा राजविरुद्धराशिः ।।२।।

अथ क्रियाविधानशुद्धिमाह—क्रियेति।। नु वितर्के हि युक्तार्थे वक्ष्यमाणे क्रियाविधाने विष्टिर्दुष्टा स्यात्। तथा च क्षयकायराजा क्षीणचन्द्रस्तथा रिक्ताकुयोगाखिलपर्वकालस्तथा राजविरुद्धराशिर्दुष्टचन्द्रराशिश्च दुष्टोऽशुद्धः स्यात्।।२।।

क्रियमाण कार्यों में विष्टि (भद्रा), क्षीण चन्द्रमा, रिक्ता (४,९,१४) तिथि, अशुभ योग, सभी प्रकार के पर्वकाल तथा विरुद्ध (अशुभ) स्थान गत चन्द्रमा अशुभ होते हैं।।२।।

गवां कर्मशुद्धिः—

सदह्नि कीर्णे लघुवारुणान्त्यभा-
दितेयशक्राग्निभशाक्रवासवैः।

शस्ता समस्तानडुही क्रिया तथा
वत्सक्रिया वत्सलयोगवर्धिनी।।३।।

अथ गवां कर्मशुद्धिमाह—सदह्नीति।। समस्ता सर्वाऽऽनडुही क्रिया गौक्रिया गर्भिणी स्रवद्गर्भा नवप्रसूता वृद्धा वन्ध्या इत्यादिभेदानां गवां कर्म इत्यर्थः शस्ता शुभा स्यात्।। तथा वत्सक्रिया शस्ता स्यात् किंभूता वत्सक्रिया वत्सलयोगवर्द्धिनी स्नेहसंयोगप्रवर्द्धिनी कस्मिन् सदह्नि शुभग्रहदिने लघूनि वारुणं शतभिषक् आन्त्यभं रेवती आदितेयं पुनर्वसू शक्राग्निभं विशाखा शक्रो ज्येष्ठा वासवं धनिष्ठा एषां द्वन्द्वे एभिः कीर्णे व्याप्ते।।३।।

लघु संज्ञक (हस्त, अश्विनी, पुष्य, अभिजित्), शतभिष, रेवती, पुनर्वसु, ज्येष्ठा, धनिष्ठा, नक्षत्रों तथा शुभवारों में समस्त आनडुही (गोसम्बन्धी) क्रिया तथा स्नेहवर्द्धन करने वाली वत्स (बछड़ा) सम्बन्धी क्रिया शुभ होती है।।३।।

पशूनां प्रवेशे निर्गमे च कालशुद्धिः—

सनातनर्क्षाजभविश्वकर्मभो-
त्तरात्रये भूतदिनेऽष्टमीतिथौ।
दर्शे निवेशश्च विनिर्गमो रवौ
चतुष्पदानां क्रयविक्रयौ न हि।।४।।

अथ चतुष्पदानां प्रवेशादिकर्म निषेधति—सनातनेति।। चतुष्पदानां गवादीनां निवेशः प्रवेशस्तथा विनिर्गमो गृहाद्बहिर्निष्कासनं तथा क्रयविक्रयौ नहि स्युः कस्मिन् सनातनो विष्णुस्तस्य ऋक्षं श्रवणः अजभं रोहिणी विश्वकर्मभं चित्रा उत्तरात्रयं एषां द्वन्द्वैकत्वेऽस्मिन् पुनर्भूतदिने चतुर्दश्यां पुनरष्टमीतिथौ पुनरमावास्यायां दर्शे रवौ सूर्यवारे।।४।।

श्रवण, रोहिणी, चित्रा, तीनों उत्तरा नक्षत्रों में, चतुर्दशी, अष्टमी अमावस्या तिथियों में तथा रविवार को चतुष्पदों (पशुओं) का गृह में प्रवेश, गृह से विनिर्गम एवं क्रय-विक्रय शुभ नहीं होता।।४।।

अजादीनां क्रयविक्रये शुद्धिः—

पूर्वाविशाखान्त्यशिफैन्दवार्यभैः
सवासवादित्यभपाशपाणिभैः।
क्षिप्रैश्च सोमेनसिताङ्गिरोदिनै-
रजाविकालीप्रविधानमर्थकृत्।।५।।

अथाजादीनां कृत्यशुद्धिमाह—पूर्वेति।। अजा प्रतीता आविर्मेषी काली महिषी आसां प्रविधानमुत्कृष्टकार्यमर्थकृत् सम्पदाकृत् स्यात्। कैः पूर्वात्रयं विशाखा आन्त्यं रेवती शिफा मूलं ऐन्दवं मृगशीर्षं आर्यभं पुष्यः एषां द्वन्द्वे एतैः किंभूतैर्वासवं धनिष्ठा आदित्यभं पुनर्वसु पाशः पाणौ यस्य स पाशपाणिर्वरुणस्तस्य भं शततारा एषां द्वन्द्वे एभिश्च पुनः क्षिप्रैः पुनः कैः सोम इनः सितः शुक्र अङ्गिरा गुरुरेषां दिनैः।।५।।

तीनों पूर्वा, विशाखा, रेवती, मूल, मृगशीर्ष, पुष्य, धनिष्ठा, पुनर्वसु, शतभिषा, क्षिप्रसंज्ञक (हस्त, अश्विनी, पुष्य, अभिजित) नक्षत्रों में सोम, रवि, शुक्र, गुरुवासरों में अजा (बकरी), अवि (भेड़) तथा भैंस आदि पशुओं का क्रय-विक्रय धनप्रद (लाभकारी) होता है।।५।।

वडवादीनां क्रयविक्रये समयशुद्धिः—

कराद्यपर्जन्यमृदूडुपावनं
सकाश्यपीदैवतमाह पेशलम् ।
वामीगरुत्मत्खरनौक्रियाविधौ
कश्चिच्छनीन्दूष्णगकाव्यवासरे ।।६।।

अथ वडवादीनां कर्मशुद्धिमाह—करेति।। कश्चित् सुधीः कराद्यिभं पेशलं मनोहरमाह कथयन्ति। करो हस्तः आद्यमश्विनी पर्जन्यस्य इन्द्रस्येदं पार्जन्यं ज्येष्ठा मृदूडूनि पवनस्येदं पावनं स्वाती एषां द्वन्द्वैकत्वं किंभूतं सकाश्यपीदैवतं पुनर्वसुसहितं कस्मिन् वामी वडवा गरुत् पक्षो विद्यतेऽस्येति गरुत्मान् पक्षी कुक्कुट्यादिः 'पक्षोः गरुच्छब्दश्चापि' इति हैमः। खरो रासभः नौः मङ्गिनी आसां क्रियाविधाने कस्मिन् शनिः इन्दुः उष्णगुः सूर्यः काव्यः शुक्र एषां वासरे।।६।।

हस्त, अश्विनी, ज्येष्ठा, मृदुसंज्ञक (मृगशिरा, रेवती, चित्रा, अनुराधा) स्वाती, पुनर्वसु नक्षत्रों में चन्द्र, सूर्य और शुक्रवासरों में घोड़ी, पक्षी, गधा तथा नौका संबंधी व्यापार सुखद होता है।।६।।

भूमेः क्रय विक्रये शुद्धिः—

क्रयोऽवनेर्विक्रय एव देवसू-
र्मृगानुराधान्त्यमघाजटाहिभैः ।
द्विदैवपूर्वासु समृद्धये भवे-
न्नन्दासु पूर्णासु च काव्यजीवयोः ।।७।।

अथ क्रयविक्रयकरणशुद्धिमाह—क्रय इति।। अवनेर्भूमेः क्रयो विक्रयश्चैव समृद्धये भवेत् कैः देवसूर्देवमाता पुनर्वसु मृगो मृगशीर्षं अनुराधा आन्त्यं रेवती मघा जटा मूलं अहिभं आश्लेषा एषां द्वन्द्वे एभिः पुनः कासु द्विदैवं विशाखा पूर्वात्रयं आसु पुनर्नन्दासु पूर्णासु च पुनः काव्यजीवयोः शुक्रगुर्वोवरि।।७।।

पुनर्वसु, मृगशिरा, अनुराधा, रेवती, मघा, मूल, आश्लेषा, विशाखा, तीनों पूर्वा नक्षत्रों में, नन्दा (१,६,११) एवं पूर्णा संज्ञक (५,१०,१५) तिथियों में, शुक्र और गुरुवासरों में भूमि का क्रय-विक्रय समृद्धि को देने वाला होता है।।७।।

प्राचेतसादित्यमघेज्यराधा-
पानीयधीराब्जशयश्रविष्ठाः।
कासारवाप्यन्धुमुखे च वामा
नीराशये सोमसितार्यवाराः।।८।।

अथ तटाकादिजलाशयानां करणशुद्धिमाह—प्राचेतसेति।। कासारस्तडागो वापी अन्धुः कूप इत्यादौ नीराशये जलाशये विषये प्राचेतसादितारा वामाः श्रेष्ठाः स्युः। प्राचेतसं शततारा आदित्यं पुनर्वसु मघा ऐज्यं पुष्यः राधा विशाखा पानीयं पूर्वाषाढा धीरसंज्ञानि अब्जस्य चन्द्रस्येदम् आब्जं मृगशीर्षं शयो हस्तः श्रविष्ठा धनिष्ठा एताश्च पुनः सोम-सितार्यवाराश्चन्द्रः शुक्रगुरुवाराः श्रेष्ठाः स्युः 'विशाखेन्द्राग्निदेवता राधा' इति हैमः।।८।।

शतभिष, पुनर्वसु, मघा, पुष्य, विशाखा, पूर्वाषाढा, स्थिर (धीर) संज्ञक (तीनों उत्तरा, रोहिणी), मृगशिरा, हस्त, धनिष्ठा नक्षत्रों में सोम, शुक्र, गुरु, वासरों में तालाब, वापी, कूप इत्यादि जलाशय सम्बन्धी कार्य श्रेष्ठ होते हैं।।८।।

कूपखनने दिक्शुद्धिः—

पुराद्धुताशानिलराक्षसाशा-
मुक्तान्यकाष्ठासु सुवारिदोऽन्धुः।
वानीरदूर्वाकुशवामलूर-
क्षोण्यां भवेत्स्वादुजलं च शीघ्रम्।।९।।

अथ कूपप्रकरणे दिक्शुद्धिमाह—पुरादिति।। अन्धुःकूपः सुवारिदः स्वादुजलदायको भवेत् कासु पुरात् नगरात् ग्रामात् वा हुताशो वह्निः अनिलो वायुः राक्षस एषामाशां दिशं मुक्त्वा अन्यकाष्ठासु च पुनः शीघ्रं स्वादु जलं भवेत् कस्यां वानीरो वेतसवृक्षः दूर्वा कुशः वामलूरो वल्मीककूटं एषा क्षोण्यां भूमौ।।९।।

अपने नगर या ग्राम से अग्निकोण, वायुकोण एवं नैर्ऋत्यकोण को छोड़कर शेष दिशाओं में कूप खोदने से सुस्वादु जल मिलता है। जहाँ पर बेंत, दूर्वा, कुश, दीमक की (बाँबी) मिट्टी हो, वहाँ भूमि में शीघ्र सुस्वादुजल उपलब्ध हो जाता है।।९।।

शीघ्रजलसूचकलक्षणानि—

आद्यार्जुनोदुम्बरसिन्धुवाराः
पर्णप्रवालातिसुशालशाखाः ।
वल्मीकपार्श्वाः स्युरगाहि यत्र
तत्राम्बु निर्देश्यमलं समाशु ।।१०।।

अथ शीघ्रजलव्यञ्जकदेशमाह—आद्येति।। यत्र स्थानेऽगा वृक्षा एवंविधाः स्युः किंभूताः आद्या अर्जुनः ककुभवृक्ष उदुम्बरः सिन्धुर्वातारी निर्गुण्डी एषां ते ते पुनः किंभूताः वर्णप्रवालैः पत्रकिसलयैरतिसुशालाः सुशोभमानाः शाखा एषां ते ते पुनः किंभूताः वल्मीकः कृमिपर्वतस्तस्य पार्श्वं सामीप्यम् एषां ते हि अवधारणेऽलं पूर्णं समाशु शीघ्रतरं तत्र स्थानेऽम्बु जलं निर्देश्यं कथनीयम्।।१०।।

जिस स्थान पर आद्य, अर्जुन, गूलर, सिन्धुवार (सेहुड़ अथवा निर्गुण्डी) तथा कोमल लाल पल्लवों से सुशोभित शाखाओं वाले वृक्ष हों तथा वल्मीक (दीमकों की

बाँबी) हो तो वहाँ शीघ्र ही जल का निर्देश करना चाहिए। अर्थात् ऐसे लक्षणों से युक्त भूमि पर शीघ्र ही जल मिल जाता है।।१०।।

योष्मातिशीतलवसत्तृणपुष्टिरुर्वी
सा स्वादुसान्द्रसलिला किल शीघ्रवार्दा।
इत्थं विलोक्य वसुधामिह कूपवापी-
कासारकुण्डखननं विदधीत शश्वत्।।११।।

योष्मेति।। या उर्वी भूमिरुष्मातिशीतलवसत्तृणपुष्टि: उष्मणि ग्रीष्मकालेऽतिशीतले न वसन्ति उद्गच्छन्ति तृणानि तेषां पुष्टिर्यस्यां सा एवंविधा स्यात् किलेति भावनायां सा भूमि: शीघ्रवार्दा झटिति जलदायिनी स्यात्। किंभूता भूमि: स्वादुसान्द्रसलिला मिष्टगम्भीरपानीया शश्वत् सदा सुधीरित्थं वसुधां भूमिं विलोक्य इह भूमौ कूपवापीकासारकुण्डानि एषां खननं विदधीत कुर्वीत।।११।।

जिस भूमि में अत्यन्त ग्रीष्म में तथा अतिशीतकाल में भी वनस्पतियाँ प्रफुल्लित रहती हैं उस भूमि में सुस्वादु जल होता है तथा शीघ्र ही जल प्राप्त हो जाता है। इस प्रकार भूमि का अवलोकन कर कूप, वापी, तालाब और कुण्ड की सदैव खुदाई करनी चाहिए।।११।।

सिन्धुप्रतानमरुकार्णवगौडगेंशेऽ-
निम्नं धरान्तरगमम्बु निसर्गभावात्।
क्षाराम्लकुण्ठतरुवद्भुवि निस्तृणोर्व्या
तद्वद्वनं विकृतिमद्गुणमाहुरार्या: ।।१२।।

अथ नीचगतजलदेशमाह—सिन्ध्विति।। सिन्धुप्रतानं सिन्धुनदीतटं मरुक्रो देश: अर्णव: समुद्रो गौडो देश: एषु गतेंऽशभागे एतेषां भूम्यैकदेशभागे धरान्तरङ्गं भूमितलगतमम्बु जलं निसर्गभावात् स्वभावात् निम्नं नीचतलगं स्यात्।। आर्या आचार्या: क्षारो वृक्ष: आम्लवृक्ष: कुण्ठतरु: पल्लवादिवर्जिततरु: एतद्वती भूस्तस्यां तद्वत् निस्तृणोर्व्यां तृणरहितभूमौ वनं जलं विकृतिमद्गुणं रोगकरस्वभावमाहु:।।१२।।

सिन्धु की तराई, मरुकच्छ, समुद्र, गौड देशों के भूभाग में स्वभावत: जल भूमि के नीचे बहुत गहराई में होता है। जहाँ पर क्षार वृक्ष, कुण्ठित (ठूँठ) वृक्ष, एवं तृण रहित भूमि हो वहाँ के जल को आचार्यों ने रोगयुक्त (दूषित) बतलाया है।।१२।।

शुभजलज्ञानम्—

ग्रामादुदीरितहरित्युशनोऽब्जभागे
क्षेत्रे भूमण्डलविभागवति प्रशस्तम्।
वाच्यं वनं तदिह गर्भकवीन्दुभागे
निम्नार्द्रभूमितटिनीनगदिक्शिराभि:।।१३।।

अथ शुभजलज्ञानमाह—ग्रामादिति।। वनं जलं प्रशस्तं शुभं वाच्यं वक्तव्यं क्व ग्रामात् उदीरितहरिति प्रोक्तदिशि क्षेत्रे किंभूते उशनोऽब्जभागे शुक्रचन्द्रस्थितिप्रदेशे पुन: किंभूते भूमण्डलविभागवति नक्षत्रगणविभागयुक्ते पुन: किंभूते गर्भकवीन्दुभागे मध्यगतशुक्र-चन्द्रविभागे इह स्थाने पुन: काभि: निम्ना नीचा आर्द्रा भूमिस्तटिनी नदी नग: पर्वत एषां द्वन्द्वे एषां दिक्शिराभिरेतद्दिग्गतजलशिराभि: कृत्वा।।१३।।

ग्राम से विहित (पूर्वोक्त प्रशस्त) दिशाओं में 'शुक्र और चन्द्रमा की दिशा में स्थित भूभाग में नक्षत्र मण्डल स्थापित कर जहाँ पर मध्य में शुक्र और चन्द्र स्थित हों उसी स्थान से निम्न भूमि, नदी, पर्वत की दिशा की ओर प्रवाहित जलों वाली शिरा बतलानी चाहिए (भावार्थ यह कि इच्छित भूमि पर नक्षत्र मण्डल स्थापित कर जिस नक्षत्र पर चन्द्रमा और शुक्र स्थित हों उन्हीं स्थानों को मध्य मानकर कूप आदि का निर्माण करना चाहिए)।।१३।।

कूपादिखनने कालशुद्धि:—

सूरे सुधाशनदिने वितिमीनकाले
धिष्ण्योषधीशधिषणोदयभाजि कूप:।
वापी सरो भवति हेल्यलिमार्गयोगे
कुण्डं तथा क्वचिदपाधिकहीनमासे।।१४।।

अथ कूपादिकरणे कालशुद्धिमाह—सूर इति। वितिमीनकाले मीनसंक्रान्तिवर्जितकाले धिष्ण्यौषधीशधिषणोदयभाजि शुक्रचन्द्रगुरुलग्नयुक्ते सुधाशना अमृतभोजिनो देवास्तेषां दिने उत्तरायणे सूरे सति कूपस्तया वापी तथा सरस्तडागो भवेत्। क्वचित् हेल्यलिमार्गयोगे रवियुक्तवृश्चिकसंक्रांतिमार्गशीर्षयोगे कुण्डं भवति किंभूते हेल्यलिमार्गयोगे अपाधिकहीनमासे निर्गताधिकक्षयमासे सति।।१४।।

देवताओं के दिन में सूर्य के स्थित रहने पर अर्थात् उत्तरायण में मीनार्क (मीनराशिगतसूर्य) को छोड़कर शेष काल में शुक्र, चन्द्र और गुरु के लग्न में स्थित रहने पर कूप, वापी, सरोवर का निर्माण शुभ होता है। सूर्य के वृश्चिक राशि में स्थित होने पर अधिमास-क्षयमास को छोड़कर शेष समय में कुण्ड का निर्माण शुभ होता है।।१४।।

कूपचक्रे नक्षत्रस्थापनम्—

स्याद्रोहिणीवदनतारकमण्डलाख्यं
मध्याद्यपूर्वमुखदिक्षु सदान्धुचक्रे।
केन्द्रान्तकेशमरुतां नवधा विभक्तं
दिक्षु स्थितं तदिह वैकृतवारि सूते।।१५।।

अथ कूपचक्रे भानि स्थापयति—स्याद्रोहिणीति।। सदान्धुचक्रे कूपचक्रे रोहिणीवदन-तारकमण्डलाख्यं रोहिणीप्रमुखनक्षत्रगण: कृतपदं मध्याद्यपूर्वमुखदिक्षु मध्यं आद्ये यासां

तास्तासु पूर्वादिदिक्षु शस्तासु स्यात्। किंभूतं रोहिणीवदनमण्डलतारकाख्यं नवधा विभक्तं नवभागगतं कूपचक्रमध्ये प्रथमं रोहिणीत्रिकं देयं ततः पर्वादित सर्वभमण्डलं त्रिकं त्रिकं देयमित्यर्थः। तदु रोहिण्यादिभमण्डलं कर्तृपदं वैकृतवारि दुष्टजलं सूते जनयति किंभूतं तद् इह केन्द्रान्तकेशमरुतां दिक्षु संस्थितं सत् कस्य जलस्येन्द्रः स्वामी वरुणः अन्तको यम ईशानो मरुत् वायुरेषां दिक्षु॥१५॥

नव भागों में विभक्त कूपचक्र के मध्य भाग में रोहिणी से ३ नक्षत्र स्थापित कर पुनः पूर्वादिक्रम से तीन-तीन नक्षत्रों को स्थापित करने से कूपचक्र होता है। वरुण, यम, ईशान और मरुत् की दिशा में अर्थात् पश्चिम, दक्षिण, ईशान और वायव्य दिशाओं एवं विदिशाओं में स्थित नक्षत्रों में तथा स्थानों में कूपखनन शुभ होता है। शेष स्थानों में विकृत जल मिलता है।।१५।।

कूप चक्र

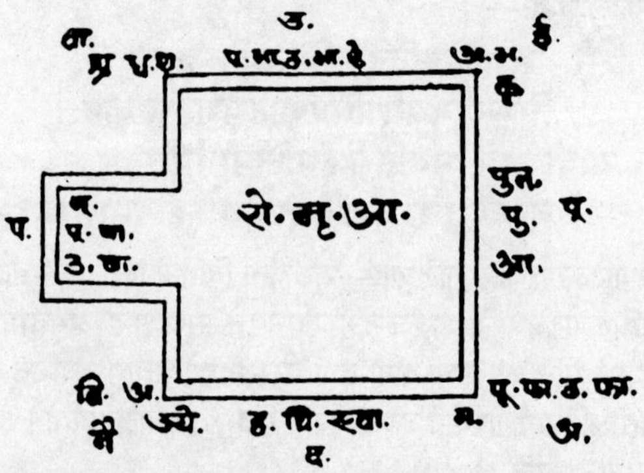

वापीचक्रे नक्षत्रस्थापनम्—

कोष्ठे धिष्ण्यचतुष्टयं विधिभतो नाभिस्तथा हृद्गले
नेत्रे वाममवामकं भयुगलं तद्वच्च पादौ पराः ।
अष्टौ राजवशाः सदैषु फलता सत्पुष्करं वा द्रुति-
र्धीनाशः स्थिरता कलिद्रविणतानर्थो हि वाप्यां क्रमात् ।।१६।।

अथ वापीचक्रे भानि संस्थाप्य फलमाह—कोष्ठ इति॥ वाप्यां वापिकायां कोष्ठे विधिभतो रोहिणीतो धिष्ण्यचतुष्टयं नक्षत्रचतुष्कं स्यात्। पुनस्तथा नाभिस्तथा हृत्तथा गलस्तथा नेत्रं वाममवामकं तद्वच्च पादौ एषु स्थानेषु राजवशाश्चन्द्रस्त्रियस्तारा: फलदाः स्थिता इत्यर्थः॥ यथा नाभौ चत्वारि भानि हृदि भचतुष्कं गले चत्वारि भानि नेत्रयोः सव्यापसव्ययोर्भयुग्मं पादयोर्भचतुष्कम्। अथ फलमाह। तदा हि अवधारणे सदा एषु काष्ठादिस्थानेषु क्रमात् क्रमेण सत्पुष्करादि फलं स्यात्। कोष्ठे सत्पुष्करं शुभजलं वाऽथवा द्रुतिर्जलवेगता स्यात् नाभौ धीनाशो बुद्धिविनाशो हृदि स्थिरता गले कलिर्नेत्रयोर्द्रविणता धनत्वं पादयोरनर्थः स्यात्॥१६॥

वापी चक्र के कोष्ठ (मध्यभाग) में रोहिणी नक्षत्र से चार नक्षत्र स्थापित कर अनन्तर क्रम से नाभि, हृदय, गला, दाहिने नेत्र एवं बायें नेत्र में चार-चार नक्षत्र तथा दोनों पैरों में दो नक्षत्रों का स्थापन करने से वापी चक्र होता है। इन आठ स्थानों में स्थित नक्षत्रों का फल इस प्रकार होता है। कोष्ठ स्थित नक्षत्रों में सुन्दर जल अथवा वेगयुक्त (प्रभूत जल), नाभिस्थित नक्षत्रों में बुद्धिनाश, हृदय में स्थित नक्षत्रों में स्थिरता, गले (कण्ठ) में कलह, दोनों नेत्रों में धनलाभ तथा दोनों पैरों में स्थित नक्षत्रों में अनर्थ होता है।।१६।।

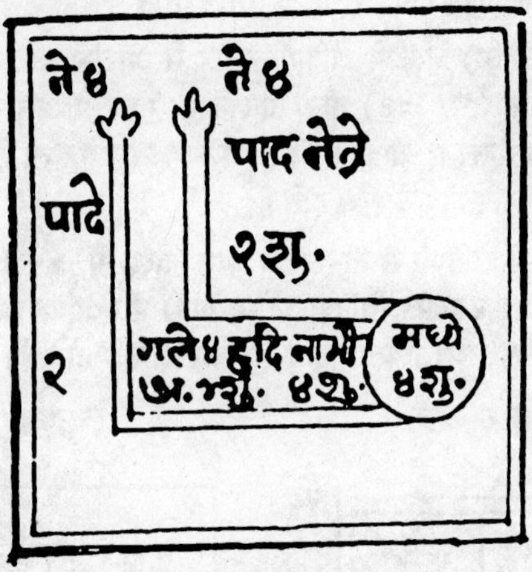

वापीचक्र

स्थान	नक्षत्र	संख्या	परिणाम
कोष्ठ	रोहिणी, मृगशिरा, आर्द्रा, पुनर्वसु	(४)	प्रभूतजल
नाभि	पुष्य, आश्लेषा, मघा, पू.फ.	(४)	बुद्धिनाश
हृदय	उ.फ., हस्त, चित्रा, स्वाती	(४)	स्थिरता
गला	विशाखा, अनुराधा, ज्येष्ठा, मूल	(४)	कलह
वाम नेत्र	पू.षा., उ.षा., अभिजित्, श्रवण	(४)	धन लाभ
दक्षिण नेत्र	धनिष्ठा, शतभिष, पू.भा., उ.भा.	(४)	धन लाभ
वाम पैर	रेवती, अश्विनी	(२)	अनर्थ
दक्षिण पैर	भरणी, कृत्तिका	(२)	अनर्थ

कासारकुण्डचक्रयोर्नक्षत्रस्थापनम्—

कासारे कमलासनोडुवदनो नन्दांशमो दीयत
मध्यैन्द्र्यादिहरित्सु पेशलमिदं मध्यापरा यातुदिक् ।
कुण्डे धिष्ण्यगणः कभत्रिकतले काष्ठाचतुष्को विदि-
ग्युग्मः स्याद् द्रविणेशयातुदहनान्तस्थः शुभो भांशकः ।।१७।।

अथ तडागचक्रे भानि स्थापयति—कासार इति।। कासारे तटाकचक्रे कमलासनो ब्रह्मा तस्योडु रोहिणी सा वदनं प्रमुखं यस्य स नन्दांशमे नवत्रिकसप्तविंशतितुल्यभागो दीयते कासु मध्यैन्द्र्यादिहरित्सु मध्यतः पूर्वतः सर्वदिक्षु।। अथ फलमाह—अत्र मध्यो मध्यभागोऽपरा पश्चिमा दिक् यातुदिक् नैर्ऋतदिक् एतत्त्रयस्थानगतमिदं धिष्ण्यत्रिकं पेशलं मनोहरं स्यात्। अचक्रे भानि स्थापयन्फलमाह। को ब्रह्मा तस्य भत्रिकं रोहिणी त्रिकं तले यस्य पुनः काष्ठाचतुष्कः चतुर्षु दिक्षु चतुश्चतुष्कं पुनर्विदिग् युग्मश्चतुर्षुविदिक्षु युग्मचतुष्कं एवं धिष्ण्यगणः स्थाप्यः। तत्र द्रविणेशयातुदहनान्तस्थः उत्तरनैर्ऋताग्निदिग् मध्यस्थितो भांशको नक्षत्रभागः शुभः स्यात्।।१७।।

कासार (तडाग) चक्र में रोहिणी नक्षत्र से आरम्भ कर नक्षत्रों को नवमांश तुल्य संख्या अर्थात् (२७/९=३) तीन-तीन नक्षत्र मध्य से आरम्भकर पूर्वादि आठ दिशाओं में स्थापित करना चाहिए। मध्य, पश्चिम और नैर्ऋत्य दिशा में स्थित नक्षत्र शुभफल कारक और शेष अशुभ होते हैं।

कुण्डचक्र में रोहिणी से तीन नक्षत्र मध्य (तल) में, ४-४ नक्षत्र पूर्वादि चारों दिशाओं में तथा २-२ नक्षत्र विदिशाओं (कोणों) में स्थापित करने चाहिए। उत्तर, नैर्ऋत्य, अग्नि और मध्य स्थित नक्षत्र शुभफलदायक होते हैं।।१७।।

कासार चक्र

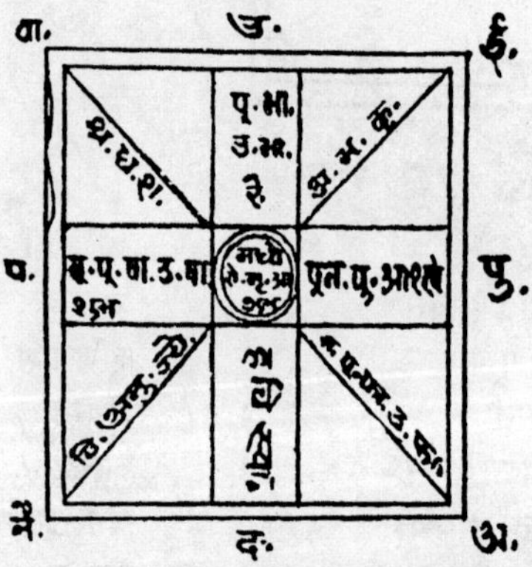

कुण्ड चक्र

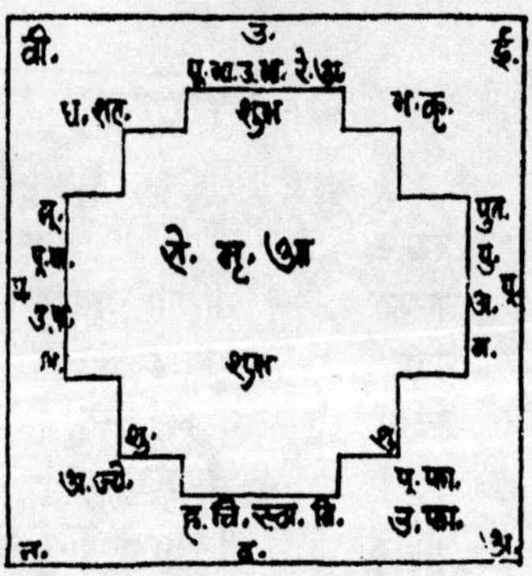

परिखाखनने नक्षत्रशुद्धिः—

परिखापरिखातखारिणां
खननं निम्नमुखैररोहिताश्वैः ।
वियमारदिनैः सजैष्णवेशैरप-
विष्ट्यादिकुयुग्गलग्रहाख्यैः ।।१८।।

अथ परिखादिखनने भशुद्धिमाह— परिखेति।। परिखा परिखातः समस्तखातः अवटः खारिका मानविशेषप्राप्ता आसां खननं स्यात्।। कैर्निम्नमुखैरधोमुखनक्षत्रैः किंभूतैररोहिताश्वैः

रोहिताश्वोऽग्निस्तस्येदं भं कृत्तिका तया वर्जितैः पुनः किंभूतैर्वियमारदिनैः शनिभौमदिनरहितैः पुनः किंभूतैः सजैष्णवेशैः ज्येष्ठार्द्रायुक्तैः पुनरपविष्ट्यादिकुयुग्गलग्रहाख्यैर्विष्टिकुयोगगल-ग्रहवर्जितैः॥१८॥

कृत्तिका से रहित तथा ज्येष्ठा और आर्द्रा से युक्त अधोमुख संज्ञक नक्षत्रों में अर्थात् ज्येष्ठा, आर्द्रा, मूल, आश्लेषा, विशाखा, तीनों पूर्वा, भरणी एवं मघा नक्षत्रों में शनि और भौम वासरों को छोड़कर शेष वासरों में विष्टि (भद्रा), गलग्रह आदि कुयोगों को छोड़कर शुभ समय में परिखा (झील) आदि सभी प्रकार के खात एवं खारिका की खुदाई शुभ होती है।।१८।।

परिखाचक्रे नक्षत्रस्थापनम्—

मिहिराकुलितर्क्षतो विचिन्त्याः
परिखायां हरितो हि षोडशर्क्षाः ।
विदिशोऽष्टमभास्त्रिगर्भतारा
न शुभा यातुयमानिलानलाशाः ।।१९।।

अथ परिखाचक्रे भानि स्थापयति—मिहिरेति॥ हि अवधारणे मिहिराकुलितर्क्षतो रविभात् परिखायां खातिकायां सुधीभिः षोडशर्क्षाः षोडशनक्षत्राणि यासु ता हरितो दिशो विचिन्त्याः पुनरष्टमानि अष्टप्रमितानि भानि यासु ता विदिशो विचिन्त्याः पुनस्त्रिगर्भतारा मध्ये त्रितारा विचिन्त्यास्तत्र यातुर्निर्ऋतिः यमः अनिलो वायुरनलोऽग्निरेषामाशा शुभा न स्युः॥१९॥

सूर्याक्रान्त नक्षत्र से १६ नक्षत्र परिखा चक्र के पूर्वादि दिशाओं में, आठ नक्षत्र विदिशाओं में तथा तीन नक्षत्र मध्य में स्थापित करने चाहिए। नैर्ऋत्य, दक्षिण, वायव्य और अग्नि कोण में स्थित नक्षत्र अशुभ तथा शेष शुभ होते हैं।।१९।।

परिखा चक्र

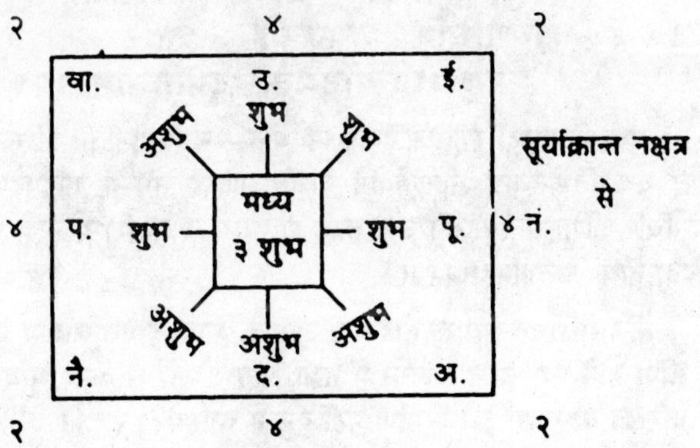

खारीचक्रम्—

रविभादिह पञ्च पञ्च दिक्षु
प्रमदाः शीतलगोस्तले च सप्त।
तलपूर्वकुबेरदिग्गतास्ताराः
सफलाः सन्ति सदैव खारिकायाम्।।२०।।

अथ खारिकायां भानि स्थापयति—रविभादिति।। इह खारिकायां शीतलगोश्चन्द्रस्य प्रमदास्तारा दिक्षु पञ्च पञ्चतले मध्ये सप्त देयाः कस्मात् रविभात् सदैव खारिकायां तलो मध्यः पूर्वदिक् कुबेरदिक् आसु गतास्ताराः सफलाः सन्ति।।२०।।

सूर्याधिष्ठित नक्षत्र से पाँच-पाँच नक्षत्र दिशाओं में तथा ७ नक्षत्र मध्य (तल) में खारी चक्र में स्थापित करने चाहिये। तल, पूर्व और उत्तर दिशा में स्थित तारा सदैव शुभ (सफल) होते हैं।।२०।।

खारी चक्र

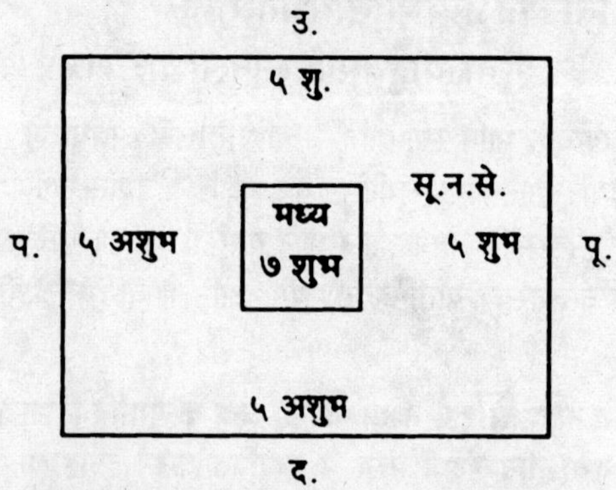

खारिकादिकर्मणि निषिद्धकालः—

न तिमीनयुतौ शुचौ नभस्ये नभसि
स्यात्परिखा च खारिकाख्या।
क्षयरोचिषि राजनीह तद्व-
च्छुभभान्योदयकेन्द्रदुष्टतायाम्।।२१।।

अथ मीनार्कादौ खारिकादिकर्म निषेधति—न तिमीनेति।। परिखा खारिका च न स्यात् क्व तिमीनयुतौ मीनार्कयोगे शुचौ आषाढे नभस्ये भाद्रपदे नभसि श्रावणे क्षयरोचिषि क्षीणकान्तौ राजनि चन्द्रे तद्वत् शुभभेभ्यः शुभराशिभ्योऽन्योदयस्थान्यलग्नस्थ केन्द्रदुष्टतायां सत्यामिह।।२१।।

मीन राशिगत सूर्य के होने पर, आषाढ़, भाद्रपद एवं श्रावण मासों में, चन्द्रमा के क्षीण होने पर, अशुभ लग्न में तथा अशुभ ग्रहों से केन्द्र भावों के युक्त रहने पर परिखा या खारी का निर्माण नहीं करना चाहिये।।२१।।

नौकादिघटनमुहूर्त्तः—

नन्दा च भद्रा घटनेऽर्कसद्दिनं
भवेदयोगैश्चरभोदयैः शुभैः।
मूलाद्यतिष्याजमृदुश्रवोद्वया-
दितेयवातैर्घटयेत्तरीं तथा।।२२।।

अथ घटनकर्मशुद्धिमाह—नन्देति।। घटने घटनकर्मणि नन्दातिथिर्भद्रातिथिरर्कसद्दिनं सूर्यशुभग्रहाणां दिनं च भवेत् कैरयोगैः सुयोगं विनापि। तथा सुधीस्तरीं नावं घटयेत् कारयेत् कस्मिन् चरभोदये पुनः कैः शुभैः सुयोगैः मूलं आद्यमश्विनी तिष्यः पुष्यः मृदूनि श्रवोद्वयं श्रवणधनिष्ठे आदितेयं पुनर्वसु वातः स्वाती एषां द्वन्द्वे एतैः।।२२।।

नन्दा संज्ञक (१,६,११) एवं भद्रा संज्ञक (२,७,१२) तिथियों में रविवार तथा शुभ (सोम, गुरु, शुक्र) दिनों में, अयोगों (सुयोगों के अभाव) में भी चर लग्नों (१,४,७,१०) में, लग्न शुभ ग्रहों से युक्त रहने पर, मूल, अश्विनी, पुष्य, रोहिणी, मृदु संज्ञक (मृगशीर्ष, रेवती, चित्रा, अनुराधा), श्रवण, धनिष्ठा, पुनर्वसु तथा स्वाती नक्षत्रों में नौका आदि का घटन करना चाहिये।।२२।।

नौकायाः जलावतरणमुहूर्त्तः—

लघुश्रवोवासवमैत्रराजभै-
र्निवेशयेद्वारि दिनैर्विवित्सताम्।
जयासु पूर्णासु सचन्द्रिकाद्रिका-
स्विमां नावं नवामिन्दुबले जलोदये।।२३।।

अथ जले तरीमोचनशुद्धिमाह—लघ्विति।। इन्दोश्चन्द्रस्य बलं यस्य स इन्दुबलो नरो नवां नूतनां नावं तरीं वारि जले निवेशयेत् प्रवेशयेत् कैर्लघूनि श्रवः श्रवणः वासवं धनिष्ठा मैत्रमनुराधा राजभं मृगशीर्षम् एषां द्वन्द्वे एतैः पुनः कैर्विवित्सतां बुधवर्जितशुभग्रहाणां दिनैः पुनः कासु जयासु तिथिषु पूर्णासु तिथिषु सचन्द्रिकासु ज्योत्स्नायुक्तासु पुनर्जलोदये जलराशिलग्ने।।२३।।

लघु संज्ञक (हस्त, अश्विनी, पुष्य, अभिजित्) श्रवण, धनिष्ठा, अनुराधा तथा मृगशिरा नक्षत्रों में, बुधवार को छोड़कर शेष शुभ दिनों में, जया संज्ञक (३,८,१३), पूर्णा संज्ञक (५,१०,१५) तिथियों में चन्द्रिका से युक्त (अर्थात् चाँदनी रात में), जलराशि के लग्न में चन्द्रबल से युक्त मनुष्य को जल में नाव का अवतरण कराना चाहिये।।२३।।

लग्नेऽलिमुक्ते धिषणे बुधे वा
खलैरसारैश्च सिते नभस्थे ।
निशीथिनीशे जलचारिराशौ
जलेऽखिलं कर्म तदिष्टयन्त्रैः ।।२४।।

अथ लग्नादिना नौकायन्त्रणशुद्धिमाह—लग्न इति। जले तदिष्टयन्त्रैस्तस्या नाव इष्टयन्त्रणैरखिल समस्तं कर्म स्यात्। कस्मिन् अलिमुक्ते वृश्चिकरहिते लग्ने धिषणे गुरौ बुधे वा च पुनरसारैर्बलरहितैः खलैः क्रूरग्रहैः पुनर्नभस्थे दशमस्थे सिते शुक्रे पुनर्जलचारिराशौ निशीथिनीशे चन्द्रे॥२४॥

लग्न में वृश्चिक राशि के अतिरिक्त किसी भी राशि में गुरु या बुध हो, पापग्रह निर्बल हो, दशम भाव में शुक्र हो तथा जलचर राशियों में चन्द्रमा हो तो जलसम्बन्धी तथा जलयन्त्र (यन्त्र युक्त नौका मोटरवोट) सम्बन्धी सभी कार्य शुभ होते हैं।।२४।।

नौकाचक्रे नक्षत्रस्थापनम्—

कूपाग्रगं सैष्यगतं च सेनभं
मध्ये षडास्ये त्र्युडु भत्रयं हृदि।
पाठाणमेकं परतस्त्रयं त्रयं
सुषाणगं मध्यभषट् सदन्तरम्।।२५।।

अथ नौकाचक्रे भानि स्थापयति—कूपेति। सैष्यगतं एष्यमाणनक्षत्रयुक्तं सेनभं सूर्याक्रान्तनक्षत्रं एतावता नक्षत्रयुग्मं कूपाग्रगं कूपस्तम्भाग्रगतं स्यात्। च पुनर्मध्ये षड् भानि स्युः। आस्ये मुखे त्र्युडु त्रयं स्यात्। हृदि भत्रयं स्यात्। पाठाणमेकं भं स्यात्। परतोऽग्रतस्त्रयं स्यात्। सुषाणगं त्रयं स्यात्। मध्यभषट् मध्ये भषट्कं स्यात्। अथ फलमाह। अत्र चक्रे अन्तरं विचालगतद्वादशनक्षत्रं सत् शुभं स्यात्॥२५॥

जिस नक्षत्र पर सूर्य हो तथा जिस पर जाने वाला हो उन दोनों नक्षत्रों का कूपस्तम्भ के अग्र में, अनन्तर मध्य में ६ नक्षत्र, मुख में तीन, हृदय में तीन, पाठाण में एक, अग्रभाग में तीन, सुषाण में तीन तथा पुनः मध्य भाग में छः नक्षत्रों का स्थापन करना चाहिये। मध्य भाग स्थित नक्षत्र शुभ होते हैं।।२५।।

नौका चक्र

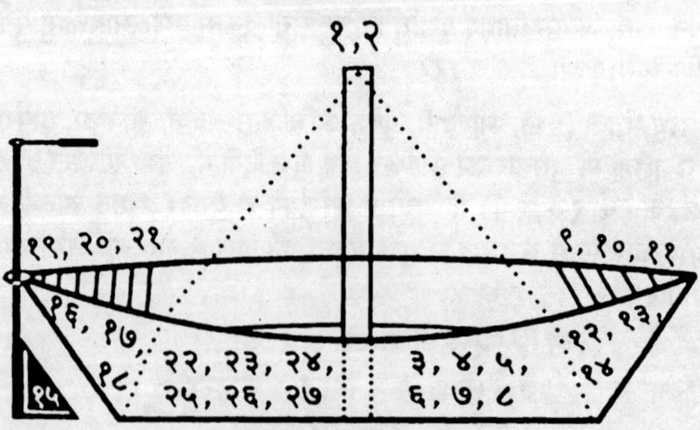

सूर्याक्रान्त नक्षत्र से

तरीकूपकपट्टबन्धनमुहूर्त:—

प्राचेतसोमेशरमेशभोत्तरा:
सरोहिणीवासववासवार्च्यभा:।
वरा विविक्तेनयमारवासरा
नवे तरीकूपकपट्टबन्धने।।२६।।

प्राचेति। नवे नवीने तरीकूपकपट्टबन्धने मङ्गिनीकूपस्तम्भपट्टबन्धने प्राचेतसादयस्तारा वरा: श्रेष्ठा: स्यु:। प्राचेतसं शततारा उमेश ईश्वर आर्द्रा रमेशो विष्णुस्तद्भं श्रवण: उत्तरा उत्तरात्रयं किंभूता:। रोहिणी वासवं धनिष्ठा वासव इन्द्रस्तस्यार्च्यो गुरुस्तस्य भं पुष्य एभि: सहिता: पुन: किंभूता: विगता रिक्तातिथि: इन: सूर्य: यम: शनि: आरो भौम एषां वासराश्च याम्यस्ता:।।२६।।

शतभिष, आर्द्रा, श्रवण, तीनों उत्तरा, रोहिणी, धनिष्ठा एवं पुष्य नक्षत्रों में रिक्ता तिथि को छोड़कर शेष तिथियों में, रवि, शनि और भौमवासरों में नौका सम्बन्धी कूपक पट्ट बन्धन आदि कार्य, बन्धन शुभ होते हैं।।२६।।

नौकायां वस्तुपूरणमुहूर्त:—

पूर्णाजयानन्दवतीषु सद्द्युभि:
प्रपूरयेन्नावमनेकवस्तुभि: ।
स्थिरे मृदुक्षिप्रजयास्वसौ भवेद्
बृहद्गमानेहसि मङ्गिनीगम: ।।२७।।

अथ नौकायां वस्तुप्रपूरणशुद्धिमाह—पूर्णेति।। वणिक् अनेकवस्तुभिर्नावं प्रपूरयेत्। केषु पूर्णातिथि: जयातिथि: नन्दवती नन्दातिथि: आसां द्वन्द्वे आसु पुन: कै: सद्द्युभि: शुभग्रहवासरै:। असौ मङ्गिनीगमस्तरीप्रयाणं भवेत् कस्मिन् स्थिरे स्थिरसंज्ञभे मृदूनि क्षिप्राणि जयातिथि: आसां द्वन्द्वे आसु पुनर्बृहद्गमानेहसि बृहत्प्रयाणकालेऽति-दूरगमनकाले।।२७।।

पूर्णा संज्ञक (५,१०,१५) जयासंज्ञक (३,८,१३) एवं नन्दासंज्ञक (१,६,११) तिथियों में तथा शुभवासरों में अनेक वस्तुओं से नौका को पूर्ण करना चाहिये। स्थिर संज्ञक (तीनों उत्तरा, रोहिणी), मृदु संज्ञक (मृगशिरा, रेवती, चित्रा, अनुराधा), क्षिप्र (हस्त, अश्विनी, पुष्य, अभिजित) संज्ञक नक्षत्रों में, जया संज्ञक (३,८,१३) तिथियों में तथा बृहद् यात्रा हेतु कहे गये काल में नौका का प्रयाण (नौका यात्रा) आरम्भ करनी चाहिए।।२७।।

नवसेतुबन्धनमुहूर्त:—

सवारिवारीशतमीशतारका-
लघुध्रुवाधोक्षजभाववासवान्।

यमार्यमार्यास्फुजितो निराकुला-
नुशन्त्यविद्धान्नवसेतुबन्धने।।२८।।

अथ जले सेतुबन्धनशुद्धिमाह—सवारीति। सुधियो नवसेतुबन्धने जले नूत्नसेतुबन्धने यमादीन् उशन्ति वाञ्छन्ति। यमः शनिः अर्यमाः सूर्यः आर्यो गुरुः आस्फुजिच्छुक्रः एषां द्वन्द्वे इमान् किंभूतान् सवारीति वारि जलं पूर्वाषाढा वारीशो जलस्वामी शतभिषक् तमीशश्चन्द्रस्तस्य तारका मृगशीर्षं लघूनि ध्रुवाणि अधोक्षजो विष्णुः श्रवणः भवस्य ईश्वरस्येदं भावमार्द्रा वासवं धनिष्ठा एषां द्वन्द्वे एभिः सहितान् पुनः किंभूतान् निराकुलान् सूर्याक्रमणवर्जितान् पुनरविद्धान् ग्रहैरभिन्नमण्डलान्।।२८।।

सूर्य संक्रमण एवं अन्य ग्रहों के वेध से रहित पूर्वाषाढ़ा, शतभिष, मृगशिरा, लघुसंज्ञक (मृगशिरा, रेवती, चित्रा, अनुराधा), ध्रुव संज्ञक (तीनों उत्तरा, रोहिणी), श्रवण, आर्द्रा, धनिष्ठा नक्षत्रों में शनि, गुरु और शुक्र वासरों में विद्वानों ने नवीन सेतुबन्ध (पुल का निर्माण) बतलाया है।।२८।।

सेतुबन्धचक्रे नक्षत्रस्थापनम्—

पादेंऽशुभात्पञ्च तु पञ्च चांसे
सप्तोदरे पञ्चपरांसके स्युः।
पादे सदा पञ्चमिताः परस्मि-
स्तारा वराः सेतुसमूर्ध्वसंस्थाः।।२९।।

अथ सेतुबन्धचक्रे भानि स्थापयति—पाद इति। अंशुभात् सूर्यभात् यदि पञ्च ताराः स्युः। तु पुनरंसे स्कन्धे पञ्चताराः स्युः। च पुनरुदरे मध्ये सप्त ताराश्च पुनः परांसकेऽपरस्कन्धे पञ्चताराः स्युः। परस्मिन् पादे परपादे पञ्चमितास्ताराः स्युः। सदा सर्वकाले सेतुसमूर्ध्वसंस्थाः सेतुचक्रे उपरितनास्तारा वराः श्रेष्ठाः स्युः।।२९।।

सूर्याक्रान्त नक्षत्र से पाँच नक्षत्र पैरों में, पाँच नक्षत्र स्कन्ध में, सात नक्षत्र उदर में, पाँच नक्षत्र द्वितीय स्कन्ध में तथा पाँच नक्षत्र द्वितीय पाद में स्थापित करने चाहिये। सेतु चक्र में ऊर्ध्व स्थित तारा (नक्षत्र) सदैव शुभ कारक होते हैं।।२९।।

सेतुबन्ध चक्र

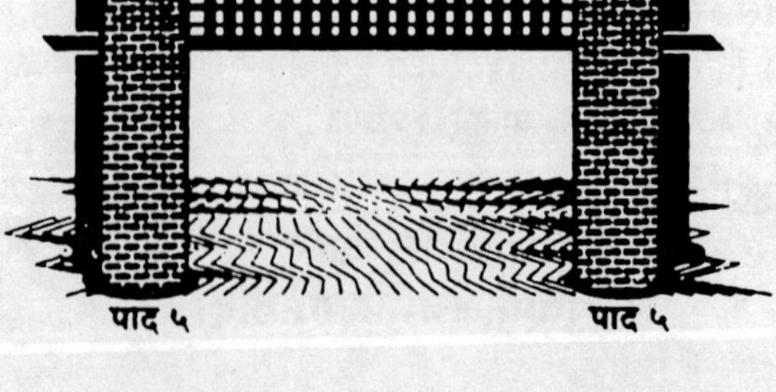

सेतुबन्धने लग्नशुद्धिः—

लेये तिमौ तावुरिभे निपेऽस्त्रिणि
द्विपुंसि लग्ने ससदम्बरायने।
चतुष्टये विक्रमवैरिलाभगै-
रसाधुभिः सेतुनिबन्धनं श्रियै।।३०।।

अथ सेतुबन्धने लग्नशुद्धिमाह—लेय इति। सेतुबन्धनं पानीयपंक्तिबन्धनं श्रियै स्यात् क्व लेये सिंहे तिमौ तावुरिभे वृषराशौ निपे कुम्भे अस्त्रिणि धनुषि द्विपुंसि मिथुने लग्ने चतुष्टये केन्द्रे किंभूते ससदम्बरायने शुभग्रहैः सहिते पुनः कैरसाधुभिः खलग्रहैर्विक्रमस्तृतीयं वैरी षष्ठं लाभ एकादशं एतद्भवनगतैः।।३०।।

सिंह, मीन, वृष, कुम्भ, धनु एवं मिथुन लग्नों में, शुभग्रहों के केन्द्रभावों में तथा पापग्रहों के तृतीय, षष्ठ, एकादश भावों में स्थित रहने पर सेतुबन्धन कल्याणकारी होता है।।३०।।

अरहट्टकयन्त्रकर्ममुहूर्त्तः—

मघाशिफोषार्यभदान्दशूक-
त्रिपूर्विकावारुणभेषु वामम्।
सदह्नि सूरे जलयन्त्रकर्मा-
रिक्तेऽब्जदीप्तौ जलभोदयेऽब्जे।।३१।।

अथ अरहट्टकयन्त्रणकर्माह—मघेति। जलयन्त्रकर्म अरहट्टकयन्त्रणं वामं श्रेष्ठं स्यात् केषु मघा शिफा मूलं उषार्यो रजनीशश्चन्द्रो मृगशीर्षभं दान्दशूकं दन्दशूकस्य सर्पस्येदमाश्लेषा त्रिपूर्विकाः पूर्वात्रयं वारुणभं शतभिषक् एषां द्वन्द्वे एषु सदह्नि शुभग्रहवारे सूरे रविवारे अरिक्ते रिक्तातिथिवर्जिते अब्जदीप्तौ चन्द्रज्योत्स्नायां शुक्लपक्ष इत्यर्थः। जलभोदये जलराश्युदयेऽब्जे चन्द्रे सति।।३१।।

मघा, मूल, मृगशिरा, आश्लेषा, तीनों पूर्वा, शतभिष नक्षत्रों में, शुभग्रहों के वासरों में तथा रविवार में रिक्ता तिथियों को छोड़कर शेष तिथियों में चन्द्रमा के प्रकाशित रहने पर अर्थात् शुक्लपक्ष में, चन्द्रमा के जलराशि में स्थित रहने पर जलयन्त्र (रहट/ अरहट्ट आदि) का स्थापन शुभ होता है।।३१।।

अरहट्टचक्रे मतान्तरम्—

सौम्यायने क्ष्मामरखेटदर्शने
सहस्यपीज्यालयतोऽन्यराशिगे।
विकर्तने शम्बरयन्त्रसाधनं
न बाधते कूपवनश्रियं क्वचित्।।३२।।

अथ अरहट्टकयन्त्रे मतमाह—सौम्येति। क्वचित्स्थाने शम्बरयन्त्रसाधनं जलयन्त्रकर्म कर्तृपदं कूपवनश्रियं कूपजललक्ष्मी न बाधते न पीडयति क्व सौम्यायने उत्तरायणे क्ष्मामरौ द्विजौ गुरुशुक्रौ च तौ खेटौ च तयोर्दर्शनेऽस्तरहिते सहसि मार्गशीर्षेऽपि पुनरिज्यो गुरुस्तस्यालयौ धनुर्मीनौ ताभ्यामन्यराशिगे विकर्तने सूर्ये सति॥३२॥

कुछ विद्वानों के मतानुसार उत्तरायण में, गुरु-शुक्र के उदित रहने पर गुरु की राशि धनु-मीन के अतिरिक्त अन्य राशियों में सूर्य के स्थित होने पर मार्गशीर्ष मास में भी शम्बर यन्त्र (रहट आदि जलयन्त्र) का स्थापन कूपलक्ष्मी (कूपस्थित जल) को बाधित नहीं करता है।।३२।।

अरहट्टचक्रे नक्षत्रस्थापनम्—

यन्त्रे शिरःपञ्जरगर्भकाग्र-
मालातलेषु क्रमतोंऽशुधिष्ण्यात्।
पञ्चाक्षमाः पञ्च च पञ्च सप्त
तारा वराः स्युस्तलमौलिसंस्थाः।।३३।।

अथारहट्टचक्रे भानि स्थापयति—यन्त्र इति। यन्त्रेऽरहट्टचक्रेंऽशुधिष्ण्यात् सूर्यनक्षत्रात् क्रमतः शिरो मस्तकं पञ्जरं गर्भः काग्रं मस्तकाग्रं मालातलं एषु पञ्च अक्षमाः पञ्च च पुनः पञ्च ताराः स्युः कोऽर्थो द्विपार्श्वतो मस्तकयोः पञ्च पञ्च भानि घटमालिकामध्ये पञ्चभानि घटमालिकामस्तके पञ्च भानि घटामालिकातले सप्त भानि इति। अथ फलमाह। तलमौलिसंस्थास्तारा वराः स्युः॥३३॥

अरहट्ट चक्र में सूर्याधिष्ठित नक्षत्र से पाँच नक्षत्र यन्त्र के सिर पर, पाँच नक्षत्र पंजर में, पाँच गर्भ (मध्य) में, पाँच माला के अग्र (सिर) में तथा ७ नक्षत्र मालातल में स्थापित करने चाहिये। तल में तथा सिर में स्थित नक्षत्रों में यन्त्र स्थापन श्रेष्ठ होता है।।३३।।

अरहट्ट चक्र

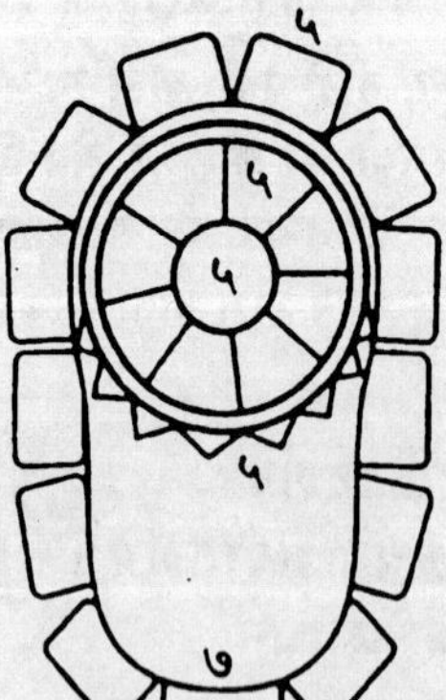

सूर्याक्रान्त नक्षत्र से

५ = सिर
५ = पंजर
५ = गर्भ
५ = मालाग्र
७ = मालातल

कूपचक्रे अशुभनक्षत्राणि—

शुद्धिस्त्वियं सलिलयन्त्रविधावशेषे
नेयान्धुचक्रवलये भगणाङ्कभागाः।
मध्येन्द्रदिङ्मुखहरित्सु विलेखनीया
दुष्टांशकाः श्वसनयातुयमाग्निदिक्स्थाः।।३४।।

कूप चक्र

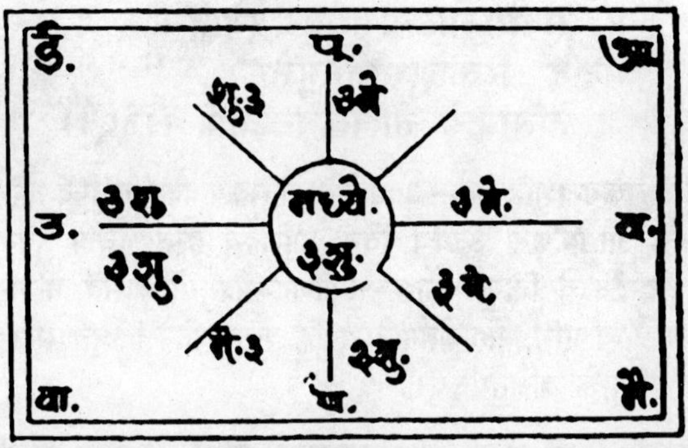

अथ कूपचक्रे दुष्टांशकान् दर्शयति—शुद्धिरिति। अशेषे समस्ते सलिलयन्त्रविधौ जलयन्त्रकार्ये इयं शुद्धिर्नेया ज्ञेया सुधीभिरन्धुचक्रवलये कूपचक्रमण्डले भगणाङ्कभागा नक्षत्रगणविभागा विलेखनीयाः कासु मध्ये मध्यभागे इन्द्रदिङ्मुखहरित्सु पूर्वप्रमुखकाष्ठासु अत्र श्वसनो वायुः यातुर्निर्ऋतिर्यमः कालोऽग्निरेषां दिक्स्था दुष्टांशका अशुभभागाः स्युः।।३४।।

सभी प्रकार के जलयन्त्र सम्बन्धी कार्यों में कूपचक्र की शुद्धि अवश्य विचारणीय होती है। मध्य तथा पूर्वादि दिशाओं के नव भागों में नक्षत्रों का स्थापन करना चाहिये। इस प्रकार वायु, नैर्ऋत्य, दक्षिण और अग्नि में स्थित नक्षत्र अशुभ अंशक होते हैं। अर्थात् उनमें जलयन्त्र स्थापित नहीं करना चाहिये।।३४।।

विमर्श— यहाँ कूपचक्र के नव भागों में नक्षत्रों का स्थापन सूर्याधिष्ठित नक्षत्र से ही करना ग्रन्थकार को अभीष्ट है क्योंकि रोहिणी नक्षत्र से कूपचक्र पहले कहा जा चुका है। कूप चक्र इस प्रकार होता है।

सूर्य नक्षत्र से कूपचक्र

मध्य	३ (सूर्य नक्षत्र से)	शुभ
पूर्व	३	शुभ
अग्नि	३	अशुभ
दक्षिण	३	अशुभ
नैर्ऋत्य	३	अशुभ

पश्चिम	३	शुभ
वायव्य	३	अशुभ
उत्तर	३	शुभ
ईशान	३	शुभ

तैलिकयन्त्रशुद्धिः—

आद्यान्त्यपाणिद्वयमैत्रयुग्मे
सवासवादित्यभधैषणे स्यात् ।
सदह्नि रिक्ताशुभयोगमुक्ते
तत्सिद्धये तैलिकयन्त्रकर्म ।।३५।।

अथ तैलिकयन्त्रशुद्धिमाह—आद्यमिति। तैलिकयन्त्रकर्म कर्तृपदं तत्सिद्धये तैलिनः सम्पदे स्यात्। आद्यमश्विनी आन्त्यं रेवती पाणिद्वयं हस्तः चित्रा मैत्रयुग्मं अनुराधा ज्येष्ठा एषां द्वन्द्वैकत्वे किंभूते आद्यान्त्यपाणिद्वयमैत्रयुग्मे वासवं धनिष्ठा आदित्यभं पुनर्वसु धैषणं पुष्य एभिः सह वर्तमाने सदह्नि शुभग्रहदिने किंभूते सदह्नि रिक्तातिथिः अशुभयोगा एभिर्मुक्ते वर्जिते।।३५।।

अश्विनी, रेवती, हस्त, चित्रा, अनुराधा, ज्येष्ठा, धनिष्ठा, पुनर्वसु तथा पुष्य नक्षत्रों में शुभवासरों में, रिक्ता (४,९,१४) तिथियों तथा अशुभयोगों को छोड़कर शेष तिथियों एवं शुभयोगों में तैलिक यन्त्र की स्थापना शुभ होती है।।३५।।

तैलिकयन्त्रे नक्षत्रस्थापनम्—

शृङ्गान्तस्तलकर्णदारुयुगसंभारेषु भास्वद्भतः
सप्ताग्नि द्व्यगवह्नि सायकमितास्तारा न्यसेयुः क्रमात्।
सम्पच्छोकविपद्धनद्धर्यसुखता यच्छन्ति तास्तैलिके
यन्त्रेऽन्यत्र रस क्रियेऽपि शुभभे लग्ने ससत्कण्टके।।३६।।

तैलिक यंत्रम्

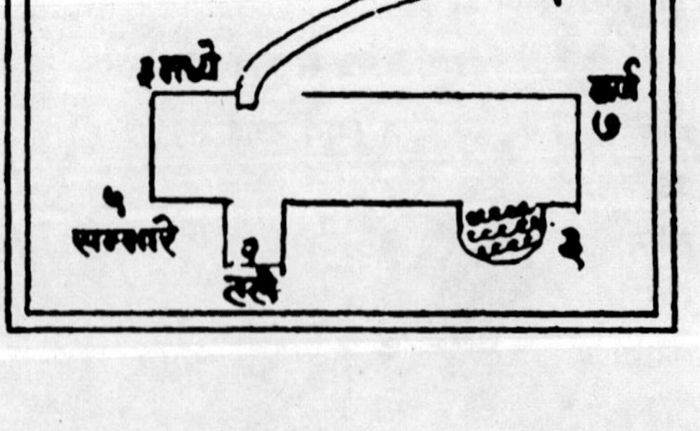

अथ शार्दूलविक्रीडितेन तैलिकयन्त्रचक्रे भानि स्थापयति—शृङ्गान्त इति।। तैलिके यन्त्रे सुधियो भास्वद्भतः सूर्यनक्षत्रात् सप्त ७ अग्निस्त्रयः ३ द्वौ २ अगाः सप्त ७ वह्निस्त्रयः ३ सायकाः पञ्च ५ एभिर्मितास्तारा न्यसेयुः स्थापयेयुः। केषु शृङ्गं अन्तर्मध्यं तलः कर्णः दारुयुगं संभाराः एषां द्वन्द्वे एषु। ताः सप्तादितारा: सम्पत् ७ शोकः ३ विपत् २ धनं ऋद्धिः ३ सुखं ५ एषां भावे तान्तामिति यच्छन्ति ददति कस्मिन् शुभमे शुभराशौ किंभूते शुभभे ससत्कंटके शुभग्रहयुक्तकेन्द्रे सति अन्यत्र रसक्रिये इक्षुरसादियन्त्रकर्मण्यपि इदं ज्ञातव्यम्।।३६।।

तैलिक चक्र में सूर्याधिष्ठित नक्षत्र से ७, ३, २, ७, ३, ५ नक्षत्रों को क्रम से शृङ्ग, मध्य, तल, कर्ण, काष्ठ के दोनों भाग तथा सम्भार में स्थापित करना चाहिये। शुभ राशि, शुभ लग्न तथा केन्द्र स्थानों की शुद्धि रहने पर (तेल सम्बन्धी कार्य करने से) तैलिक चक्र में स्थित नक्षत्र शृङ्गादि क्रम से सम्पत्ति, शोक, विपत्ति, धन, ऋद्धि एवं सुख प्रदान करते हैं। अन्य रस सम्बन्धी कार्यों में भी उक्त शुद्धि का विचार करना चाहिए।।३६।।

नक्षत्र (सूर्यक्रान्त नक्षत्र से)	**स्थान**	**परिणाम**
७	शृङ्ग	सम्पत्ति (शुभ)
३	मध्य	शोक (अशुभ)
२	तल	विपत्ति (अशुभ)
७	कर्ण	धन (शुभ)
३	काष्ठ	ऋद्धि (शुभ)
५	सम्भार	सुख (शुभ)

सभाचक्रे नक्षत्रस्थापनम्—

दिक्षु ताराश्चतस्रो विदिक्षु त्रयं
हेलिभादीशकोणात्सभाशासने ।
सृष्टिमार्गाच्च शून्यस्थितो वह्निभी-
र्धीश्च भी राजशं चोरभीः शं क्रमात् ।।३७।।

अथ स्रग्विण्या चउरो (चबुतरु) इत्यादिभाषा चक्रे भानि स्थापयति— दिक्ष्विति।। हेलिभात् सूर्यनक्षत्रात् सृष्टिमार्गात् सभाशासने आस्थानसभायां (चबुतरो) इति भाषायां चतस्रस्तारा: स्थाप्याः। च पुनरीशकोणात् ईशानकोणात् विदिक्षु त्रयं भत्रयं देयम्। क्रमात् नक्षत्रचतुष्के शून्यं राजशं भूपसुखं चतुष्के चौरभीः चौरभयं त्रये शं सुखं स्यात्।।३७।।

सभाशासन (चबूतरा) चक्र में ईशान कोण से आरम्भ कर सूर्याक्रान्त नक्षत्र से तीन-तीन नक्षत्र कोणों में तथा चार-चार नक्षत्र चारों दिशाओं में सृष्टि (दक्षिणावर्त) मार्ग से स्थापित करने से क्रम से शून्य, स्थिति, अग्निभय, बुद्धिलाभ, भय, राजसुख, चोरभय तथा सुख प्रदान करने वाले होते हैं।।३७।।

चबूतरा चक्र

नक्षत्र (सूर्यक्रान्त नक्षत्र से)	दिशा	परिणाम
३ नक्षत्र	ईशान	शून्य (अशुभ)
४ नक्षत्र	पूर्व	स्थिति (शुभ)
३ नक्षत्र	अग्नि	अग्निभय (अशुभ)
४ नक्षत्र	दक्षिण	बुद्धिलाभ (शुभ)
३ नक्षत्र	नैर्ऋत्य	भय (अशुभ)
४ नक्षत्र	पश्चिम	राजसुख (शुभ)
३ नक्षत्र	वायव्य	चोरभय (अशुभ)
४ नक्षत्र	उत्तर	सुख (शुभ)

अलिन्दकृत्यशुद्धिः—

दारुणोग्राण्यमूलानि मिश्राण्यवाः
पित्र्यभान्यान्त्यवातादितेयानि च ।
प्रोज्झ्य शेषेषु भेष्वर्कसद्वासरे
सत्तिथौ सत्सभालिन्दमासाधयेत् ।।३८।।

अथालिन्दकृत्यशुद्धिमाह—दारुणेति।। पुमान् सत्सभालिन्दं शुभसभाप्रघाणमासाधयेत् कुर्यात् किंकृत्वा दारुणोग्राणि दारुणसंज्ञभानि उग्रसंज्ञभानि अमूलानि मूलवर्जितानि मिश्राणि द्वे कृत्तिकाशब्दो बहुवचनान्तत्वाद्बहुवचनं घटते अवाःपित्र्यभानि वार्जलं पूर्वाषाढा। पित्र्यभं मघा आभ्यां वर्जितानि पितृणामिदं पित्र्यमन्यथा छन्दोभङ्गः आन्त्यं रेवती वातः स्वाती आदितेयं पुनर्वसु एषां द्वन्द्वे एतानि च प्रोज्झ्य विहाय शेषेषु भेषु अर्कसद्वासरे सूर्यदिने शुभग्रहदिने सत्तिथौ।।३८।।

मूल रहित दारुण संज्ञक (ज्येष्ठा, आर्द्रा, आश्लेषा), पूर्वाषाढा और मघा रहित उग्र संज्ञक (पू.फ., पू.भा., भरणी), मिश्र संज्ञक (विशाखा, कृत्तिका), रेवती, स्वाती और पुनर्वसु नक्षत्रों को छोड़कर शेष नक्षत्रों में रविवार और शुभ वासरों में शुभ तिथियों में शुभ सभा अलिन्द का साधन करना चाहिए।।३८।।

पाषाणकाष्ठविदारणशुद्धिः—

द्विशयमिश्रभपावनदारुणा-
न्युपलदारुविदारणकर्मणि ।
विपुरसिद्धिवसाननमातिथीं-
श्चपलराश्युदयेऽन्वसदन्विते ।।३९।।

अथ पाषाणकाष्ठविदारणशुद्धिमाह—द्विशयेति।। उपलाः प्रस्तराः दारु काष्ठं एषां विदारणकर्मणि द्विधाकरणकार्ये द्विशयो हस्तयुग्मं हस्तचित्रे मिश्रभानि पावनं

स्वाती दारुणानि दारुणसंज्ञानि एषां द्वन्द्वे इमानि स्युः। च पुनर्विगतं नष्टं पुरं शरीरं यस्माद्यस्य वा विपुरोऽनङ्गः कन्दर्पस्त्रयोदशः १३ सिद्धयोऽष्टौ ८ वः शंभुः एकादश ११ सः सूर्यो द्वादश १२ आः स्वयंभूस्तस्याननानि मुखानि चत्वारि एभिर्मातीति एतन्मिता तिथिः त्रयोदशी अष्टमी एकादशी द्वादशी चतुर्थी चेति शुभा स्यात्। 'वो वाते वरुणे रुद्रे' इति 'सः सूर्ये च परोक्षे च' इति 'विरिञ्चौ आश्च पुल्लिङ्ग' इत्येकाक्षरकोषे।। पाठान्तरेणापि यदुक्तं लोकभाषायां 'तरेसि अष्टमी चौदशी चोथि नवमीति हिंपाहाणटंकणदारणकज्जिघरिपुनिमइलहइकल्याण' १ इति कांकटं।। कस्मिन् चपलराश्युदये किंभूतेऽसदन्विते खलग्रहयुक्ते।।३९।।

हस्त से दो (हस्त, चित्रा), मिश्र संज्ञक (विशाखा, कृत्तिका), स्वाती एवं दारुण संज्ञक (मूल, ज्येष्ठा, आर्द्रा, आश्लेषा) नक्षत्रों में, त्रयोदशी, अष्टमी, एकादशी, द्वादशी एवं चतुर्थी तिथियों में तथा पापग्रहों से युक्त चर लग्नों में पाषाण एवं काष्ठ का विदारण (पत्थर काटना या लकड़ी चीरना) शुभ होता है।।३९।।

पाषाणादिविदारणे नक्षत्रशुद्धिः—

रविभतो भुजयानुशरैस्ततो
मुहुरिहोपचयेन विगर्हितम् ।
यदुडु तज्जिनदिक्प्रमितं तथा
दृषदयोमणिदारुविदारणे ।।४०।।

अथ पाषाणादौ विदारणे भानि चिन्तयति—रविभत इति। सूर्यनक्षत्रात् भुजया हस्तेन नक्षत्रयुग्मेन अनु पश्चात् शरैर्नक्षत्रपञ्चकेन ततो मुहुर्वारं वारं उपचयेन पुनः पञ्चवृद्धिविधानेन यत् उडु जिनदिक्प्रमितं चतुर्विंशतितमं दशमं च स्यात्तथा तन्नक्षत्रं चतुर्विंशं दशमं च विगर्हितं त्याज्यं कस्मिन् दृषत् पाषाणः अयोमणिर्लोहमणिः रत्नं दारु काष्ठं एषां विदारणे भित्रकरणे।।४०।।

सूर्य नक्षत्र से दूसरे तत्पश्चात् पांचवें नक्षत्र को तथा २४वें और दसवें नक्षत्र को पाषाण, लौह, मणि और काष्ठ के विदारण में गर्हित कहा गया है।।५०।।

वस्त्रक्रियादिविधौ नक्षत्रशुद्धिः—

चित्राजमित्राजभराजरेवती-
सावित्रसुत्रामककाश्यपीज्यभैः।
सदह्नि सौरर्क्षदशेन्द्रभान्यभैः
पटक्रिया यन्त्रविधौ नृभोदये।।४१।।

अथ वस्त्रक्रियायन्त्रविधौ भादिशुद्धिमाह—चित्रेति।। यन्त्रविधौ 'ताणोचढवावो' इति भाषा पटक्रिया स्यात् कैःचित्रा अजो विष्णुः श्रवणः मित्रोऽनुराधा अजो ब्रह्मा तस्य भं रोहिणी राजा चन्द्रो मृगशीर्षं रेवती सावित्रं सविता सूर्यस्तस्येदं भं हस्तः सुत्रामा इन्द्रो ज्येष्ठा को वायुः स्वाती काश्यपी पुनर्वसु इज्यभं पुष्यः एषां द्वन्द्वे एभिः पुनः कैः

सौरर्क्षात् सूर्यभात् दश दशमं इन्द्रभं नक्षत्रं आभ्यासमन्यभैः सूर्यनक्षत्राद्दशमचतुर्दशमित-नक्षत्रवर्जितनक्षत्रैः क्व सदह्नि शुभग्रहदिवसे नृभोदये नरराश्युदये।।४१।।

चित्रा, श्रवण, अनुराधा, रोहिणी, मृगशीर्ष, रेवती, हस्त, ज्येष्ठा, स्वाती, पुनर्वसु, पुष्य नक्षत्रों में, सूर्याधिष्ठित नक्षत्र से दसवें और चौदहवें नक्षत्र को छोड़ कर अन्य नक्षत्रों में शुभ वासरों में तथा पुरुष संज्ञक लग्नों में वस्त्रों एवं यन्त्रों (करघा आदि) से सम्बन्धित कार्य शुभ होते हैं।।४१।।

कुम्भकारकर्मणि नक्षत्रशुद्धिः—

आदित्यभादित्यमृदूग्रधन्वभं
सान्त्याजवाताजभमर्कसद्युगम्।
चरोदये वारिचरोदयेनजे
सत्कण्टके हारि कुलालकर्मणि।।४२।।

अथ कुम्भकारकर्मणि भादिशुद्धिमाह—आदित्येति।। कुलालकर्मणि कुम्भकारकार्ये आदित्यादिनक्षत्रं हारि शुभं स्यात्। आदित्यं पुनर्वसु आदित्यभं हस्तः मृदूनि उग्रधन्वा इन्द्रस्तस्य भं ज्येष्ठा किंभूतं आन्त्यं रेवती अजो विष्णुस्तस्य भं श्रवणः वातः स्वाती अजो ब्रह्मा रोहिणी एभिः सहितं पुनः किंभूतं अर्कसद्युगं सूर्यशुभग्रहदिनेषु नः कस्मिन् चरोदये चरलग्ने वारिचरोदयेनजे जलचरलग्नयुक्तशनौ सत्कण्टके।।४२।।

हस्त, पुनर्वसु, मृदुसंज्ञक (मृगशिरा, रेवती, चित्रा, अनुराधा), उग्रधन्वा (इन्द्र) की नक्षत्र ज्येष्ठा, रेवती, रोहिणी नक्षत्रों में रविवार एवं शुभ ग्रहों के वासरों में, जलचर राशिगत शनि के केन्द्र में रहने पर कुलाल कर्म शुभ होता है।।४२।।

कुलालचक्रे नक्षत्रस्थापनम्—

अधः समाशापरिधौ निपस्थले
दण्डे सचण्डच्छविभाद्भमण्डलम्।
कुलालचक्रे क्रमतो नगांशमं
घटापरोदक् च तदेतदर्थकृत्।।४३।।

अथ कुलालचक्रे भानि स्थापयति—अथ इति।। कुलालचक्रे सचण्डच्छविभात् सूर्ययुक्तनक्षत्रात् नगांशमं सप्तानां चतुष्कमितेन अष्टाविंशतिर्भमण्डलं स्थाप्यं कस्मिन् क्रमात् अधः समाशापरिधौ अधःस्थाने शङ्कुस्थाने समदिक्षु परिधौ निपस्थले कुम्भस्थाने दण्डे च अत्र घटापरोदक् कुम्भस्थानगतं पश्चिमदिग्गतं उत्तरदिग्गतं तत् एतत् नक्षत्रं अर्थकृत् कुम्भकारस्य संपत्करं स्यात्।।४३।।

कुलाल चक्र में सूर्य नक्षत्र से नक्षत्र संख्या (२८) के सप्तमांश तुल्य अर्थात् ४-४ नक्षत्र क्रम से आधार शंकु, परिधि पर चारों दिशाओं में, घटस्थान तथा दण्ड पर स्थापित करने चाहिये। घटस्थान एवं परिधिगत पश्चिम और उत्तर दिशा में स्थित नक्षत्र कुम्भकार के लिए सम्पत्तिकारक होते हैं।।४३।।

कुलाल चक्र

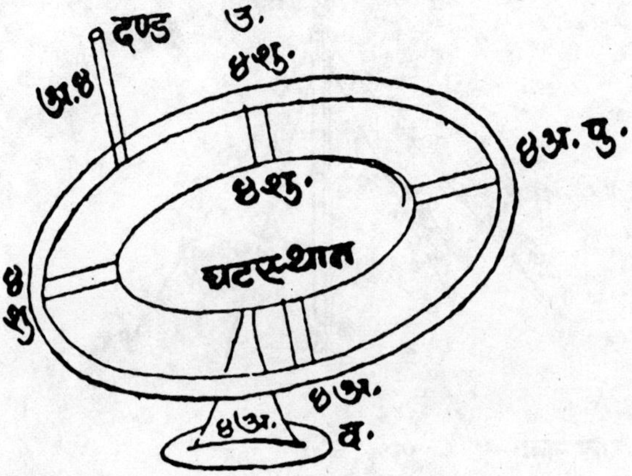

शैलूषचक्रे नक्षत्रस्थापनम्—

शैलूषारोहयन्त्रे तपनविधिभतोऽद्र्यंशमं मूर्ध्नि मध्ये
पूर्वाद्याशावरत्रास्वनु तलविषये तारकामण्डलं स्यात् ।
वामं वेणाववामं त्वपरमिह सदैतत्कलाकर्तृरार्द्रा-
चित्राधीराच्युतर्क्षत्रितयधिषणभैः सत्सदर्कैः सुलग्ने ।।४४।।

अथ स्रग्धरया वैजाणिकानां वैशारोहणयन्त्रचक्रे भानि स्थापयति—शैलूषेति। शैलूषो नटस्तस्यारोहयन्त्रे वंशस्थापनयन्त्रणे तपनविधिभतो रविनक्षत्रात् अद्र्यंशमं सप्तानां चतुष्कमितेन सप्तविंशतिस्तारकामण्डलं मूर्ध्नि मस्तके मध्ये गर्भे पूर्वाद्याशावरत्रासु पूर्वप्रमुखदिग्रज्जुषु वामं अवामं सव्यापसव्येन गतं अनु पश्चात् तलविषये वंशतले स्यात्। इह वेणौ वंशे मस्तकमध्यतलानां त्रये आर्द्राचित्राधीराणि अच्युतर्क्षत्रितयं श्रवणत्रयं धिषणभं पुष्यः एषां द्वन्द्वे एभिः सत् शुभं स्यात् कस्यै तत्कलाकर्तुर्नटस्य कैः सदर्कैः शुभग्रहसूर्यैः सुलग्ने सति च पुनरपरं सव्यापसव्यरज्जुषु गतं नक्षत्रं इह कामविनाशकं स्यात्।।४४।।

शैलूष (नट) के आरोह यन्त्र में सूर्याधिष्ठित नक्षत्र से आरम्भ कर नक्षत्रों के सप्तमांश तुल्य अर्थात् ४-४ नक्षत्रों को क्रम से शिर, मध्य, पूर्वादि दिशाओं में बंधी रस्सियों तथा वंश के मूल में स्थापित करने से शैलूष चक्र होता है। वंश स्थित आर्द्रा, चित्रा, स्थिर संज्ञक (तीनों उत्तरा, रोहिणी), श्रवण से तीन अर्थात् श्रवण, धनिष्ठा, शतभिष और पुष्य नक्षत्र हों तथा शुभग्रह और सूर्य लग्न में हों तो नट (कलाकार) के लिए शुभ होते हैं। सव्य और अपसव्य बांये और दाहिने स्थित रज्जु में यदि उक्त नक्षत्र हों तो अशुभ होते हैं।।४४।।

शैलूष चक्र

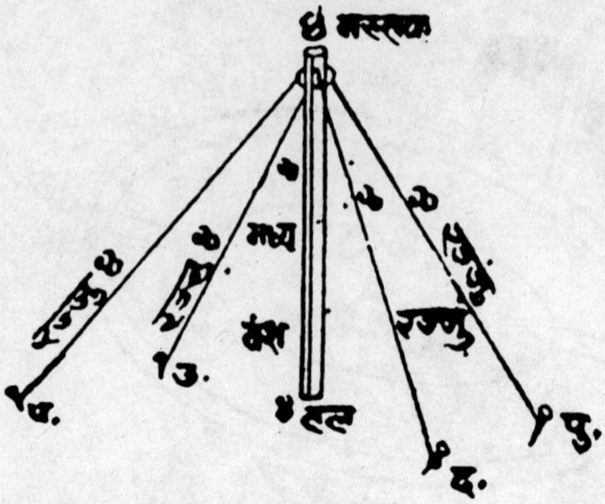

उपलदारुविदारणमुहूर्त्तः—

> विडलभाडलभैरपहस्तितै-
> रसदहानि युतान्यसदुद्गमे ।
> त्रियुगदारुणमिश्रशयद्वयै-
> रुपलदारुविदारणकर्मणि ।।४५।।

अथोपलदारुविदारणे वीरादिशुद्धिमाह—विडलेति।। उपलदारुविदारणकर्मणि पाषाण काष्ठभेदनकार्येऽसदहानि खलग्रहदिनानि स्युः किंभूतानि असदहानि युतानि युक्तानि कैरपहस्ति तैर्हस्तवर्जितैर्विडलभाडलकैः विडलनक्षत्रयोगैराडलनक्षयोगैः त्रियुगं पूर्वात्रयं उत्तरात्रयं दारुणसंज्ञानि मिश्रसंज्ञे शयद्वयं हस्तश्चित्रा एषां द्वन्द्वे एतैः क्वासदुद्गमेऽशुभग्रहाणां लग्ने।।४५।।

विडल संज्ञक एवं हस्तरहित आडल[1] संज्ञक नक्षत्रों में, अशुभ ग्रहों के लग्न में, तीनों पूर्वा एवं तीनों उत्तरा नक्षत्रों में, दारुण संज्ञक (मूल, ज्येष्ठा, आर्द्रा, आश्लेषा), मिश्र संज्ञक (विशाखा, कृत्तिका) तथा हस्त से दो (हस्त और चित्रा) नक्षत्रों में पाषाण एवं काष्ठ का विदारण शुभ होता है।।४५।।

चर्मकार्ये नक्षत्रशुद्धिः—

> शयमृगश्रुतिमूलपुनर्वसु-
> श्वसनभेशभवासववासवैः।
> निचितनिर्जरवर्द्धकिभैर्भवे-
> द्विदि च चर्मविधानमहौ सिते।।४६।।

---

१. आडल-विडल नक्षत्र देखें ज्यो.वि. २-४२, ४४।

अथ चर्मकार्ये भादिशुद्धिमाह—शयेति।। चर्मविधानं चर्मकार्य भवेत् कैः शयो हस्तः मृगो मृगशिरः श्रुतिः श्रवणः मूलं पुनर्वसु श्वसनो वायुस्तद्भं स्वाती ऐशभं आर्द्रा वासवं धनिष्ठा वासव इन्द्रो ज्येष्ठा एषां द्वन्द्वे एभिः किंभूतैर्निचितं नियुक्तं निर्जरवर्द्ध-किर्देवसूत्रधारस्तद्भं चित्रा एषु तैः पुनः क्व विदि बुधे पुनरहौ सूर्ये सिते शुक्रे वारे।।४६।।

हस्त, मृगशीर्ष, श्रवण, मूल, पुनर्वसु, स्वाती, आर्द्रा, धनिष्ठा, ज्येष्ठा तथा चित्रा नक्षत्रों में बुध, रवि तथा शुक्रवासरों में चर्म सम्बन्धी कार्यों का विधान है।।४६।।

नवकमण्डलौ जलभरणमुहूर्त्तः—

नवकमण्डलुपूर्वपयोग्रहो
वरतरो गुरुराजसितेषु च।
वरुणवातमृगाश्विनधीरभै-
र्वसुभमूलमघादितिजीवभैः।।४७।।

अथ नवीनकमण्डलौ जलभरणशुद्धिमाह—नवेति। नवकमण्डलुपूर्वपयोग्रहो नूतनकमण्डलौ प्रथमपानीयग्रहणं वरतरः शुभः स्यात् केषु गुरुराजसितेषु गुरुचन्द्रशुक्राणां वारे च पुनः कैः वरुणः शतभिषक् वानं वनस्य जलस्येदं पूर्वाषाढा मृगो मृगविरः आश्विनमश्विनी धीरभानि एषां द्वन्द्वे एभिः पुनः कैः वसुभं धनिष्ठा मूलं मघा अदितिः पुनर्वसु जीवो गुरुस्तद्भं पुष्य एषां द्वन्द्वे एतैः।।४७।।

नवीन कमण्डल में प्रथम बार जल ग्रहण बृहस्पति-चन्द्र-शुक्र वासरों में, शतभिषक, स्वाती, मृगशिरा, अश्विनी, धीर संज्ञक (तीनों उत्तरा, रोहिणी), धनिष्ठा, मूल, मघा, पुनर्वसु और पुष्य नक्षत्रों में श्रेष्ठतर बतलाया गया है।।४७।।

जलकार्ये नक्षत्रशुद्धिः—

प्रपादिपानीयविधानमेवं
विहाय विष्टिक्षयसोमरिक्ताः।
जलोदये राजनि वाम्बुगे त-
च्छुद्धे त्रिकोणाष्टचतुष्टये स्यात्।।४८।।

अथ जलकार्यशुद्धिमाह—प्रपेति।। तत् प्रपादिपानीयविधानं जलशालादि जलकार्यमेवं स्यात् किंकृत्वा विष्टिं भद्रां क्षयसोमरिक्ताः क्षीणचन्द्रं रिक्तातिथीन् विहाय कस्मिन् जलोदये जलराशौ राजनि चन्द्रे वाथाम्बुगे चतुर्थभावगते चन्द्रे वा त्रिकोणा ९।५ ष्टचतुष्टये ८।१।४।७।१०। त्रिकोणाष्टमकेन्द्रे शुद्धे सति।।४८।।

विष्टि (भद्रा), क्षयसोम (क्षीणचन्द्रमा) एवं रिक्ता (४,९,१४) तिथियों को छोड़कर जलचर राशि के लग्न में अथवा चतुर्थ भाव में चन्द्रमा के स्थित रहने पर, त्रिकोण (५,९), अष्टम ८ और केन्द्र (१,४,७,१०) भावों के शुद्ध रहने पर प्रपा आदि जलसम्बन्धी कार्यों का विधान किया गया है।।४८।।

वल्ल्यादिरोपणे वारादिशुद्धिः—

मृदुध्रुवक्षिप्रशिफाविशाखा-
प्राचेतसाम्भो भगणो वरेण्यः।
वल्लीवसानद्रुमरोपणे स्यात्-
सौम्योदयः सत्तिथिवारसूरः।।४९।।

अथ वल्ल्यादिरोपणे वारादिशुद्धिमाह—मृद्विति।। वल्लीवसानद्रुमरोपणे वल्लीनां वसानं आच्छादनं वल्लीमण्डपरोपणं वृक्षरोपणं च द्वन्द्वैकत्वे तस्मिन् सौम्योदयः शुभलग्नं सत्तिथिवारसूरः शुभतिथिः सूर्यवारः पुनर्मृद्वादिनक्षत्राणां गणो वरेण्यः शुभः स्यात्। मृदूनि ध्रुवाणि क्षिप्राणि शिफा मूलं विशाखा प्राचेतसं शतभिषक् अम्भो जलं पूर्वाषाढाभं एषां द्वन्द्वे एषां गण इति।।४९।।

मृदुसंज्ञक (मृगशीर्ष, रेवती, चित्रा, अनुराधा), ध्रुव संज्ञक (उत्तरा तीनों, रोहिणी), क्षिप्र संज्ञक (हस्त, अश्विनी, पुष्य), मूल, विशाखा, शतभिष, पूर्वाषाढा नक्षत्रों में शुभ लग्नों, शुभवासरों एवं रविवार को बल्ली आदि बाँधने का कार्य प्रशस्त कहा गया है।।४९।।

हलप्रवहणे वासरादिशुद्धिः—

हलप्रवाहे जनजीवनोद्यमे
कृषीवलो मङ्गलविद्यमांस्त्यजेत् ।
कृपीटयोन्यन्तकभीमभोगिभ-
त्रिपूर्विकैन्द्राणि च दुष्टयुक्तिथिः ।।५०।।

अथ हलप्रवाहे वारादिशुद्धिमाह—हलेति। हलप्रवाहे सीरकर्षणे जनजीवनोद्यमे जीवनमाजीविका तस्योद्यमे कृषीवलः कुटुम्बी कर्तृपदं मङ्गलो भौमः विद् बुधः यमः शनिः एषां द्वन्द्वे इमान् च पुनः कृपीटयोनिर्वह्निः कृत्तिका अन्तको भरणी भीमो भर्ग आर्द्रा भोगी सर्पोऽश्लेषा त्रिपूर्विका ऐन्द्र ज्येष्ठा एषां द्वन्द्वे इमानि पुनर्दुष्टयुक्तिथिः कुयोगतिथीस्त्यजेत् वर्जयेत्।।५०।।

हलप्रवहण एवं जनजीवन कार्य हेतु (जीविका हेतु) सभी कार्यों में मंगल, बुध और शनिवासरों का, कृत्तिका, भरणी, आर्द्रा, आश्लेषा, तीनों पूर्वा एवं ज्येष्ठा नक्षत्रों का, अशुभ योगों और अशुभ तिथियों का परित्याग करना चाहिए।।५०।।

हलप्रवहणे निषिद्धकालः—

नैवाडले भे द्विकलोनमण्डले
वार्मण्डले लाङ्गलवाहमारभेत् ।
कुटुम्बिराशावपराजसत्फले
ज्येष्ठादिमार्द्धे च तथैव भद्रया ।।५१।।

अथाडलादौ हलकर्षणं निषेधति—नैवेति।। कुटुम्बी लाङ्गलवाहं हलप्रवाहं नैवाचरेत् न कुर्यात् कस्मिन् अडले भे अडलयोगनक्षत्रे पुनर्द्विकलोनमण्डले द्विकलाभ्यामूनं हीनं मण्डलं यस्य स तस्मिन् कलाशब्देन तिथिः द्विकलोनमण्डले इंति कोऽर्थः द्विकलाः समसंख्यास्तिथय २।४।६।८।१०।१२।१४ इति। यतः पाठान्तरेणाप्युक्तं।। दशम्येकादशी चैव तृतीया च त्रयोदशी। सप्तमी पञ्चमी चैव प्रतिपच्च सुखावहा।।१।। इति शुभफलमाश्रित्य प्रोक्तमिति तासु वार्मण्डले चन्द्रे सति 'मृगाङ्केन जलमण्डल' इति ब्रह्मसिद्धान्ते जलस्वरूपत्वात्। पुनरपगतं राज्ञश्चन्द्रस्य सत्फलं यस्मात् सोपराजसत्फलो गतचन्द्रबलस्तस्मिन् कुटुम्बिराशौ कार्मुकनामराशौ सति पुनर्ज्येष्ठादिमार्द्धे ज्येष्ठमास-पूर्वार्द्धस्तस्मिन् पुनस्तथैव भद्रया विष्ट्या।।५१।।

आडल संज्ञक नक्षत्रों में, दो कला से अल्प चन्द्रमण्डल रहने पर अर्थात् सम संज्ञक तिथियों (२,४,६,८,१०,१२,१४) में, कृषक के नाम राशि से चन्द्र बल के अभाव में, ज्येष्ठ मास के पूर्वार्द्ध में तथा भद्रा में प्रवहण नहीं करना चाहिए।।५१।।

हलचक्रे नक्षत्रस्थापनम्—

ससूरतारादिभतस्त्रयं त्रयं
त्रयं शरोन्मं त्रितयं तु पञ्चकम् ।
त्रिकं द्विकं तारकमण्डलं क्रमा-
दसच्छुभं सीरविमध्यफालदिक् ।।५२।।

अथ हलचक्रे भानि स्थापयति—ससूरेति। ससूरतारादिभतः सूर्याक्रान्तनक्षत्रात् त्रयं ३ त्रयं ३ त्रयं ३ शरैरुन्मीयते इति शरोन्मं बाणमितं ५ त्रितयं ३ तु पुनः पञ्चकं ५ त्रिकं ३ द्विकं २ इति हलचक्रे तारकमण्डलं स्यात्तत्र क्रमादसत् शुभं च स्यात्। कोऽर्थः योक्त्रात् त्रयमशुभं त्रयं शुभं त्रयमशुभं पञ्च शुभं त्रयमशुभमिति। पुनः सीरविमध्यफालदिक् हलस्य मध्यभागं प्रोह्य फालदिग् हलस्य द्वयोः प्रांते शुभं मध्ये नेष्टमित्यर्थः।।५२।।

सूर्याक्रान्त नक्षत्र से क्रम से ३,३,३,५,३,५,३,२ नक्षत्र मण्डल हलचक्र में होते हैं। जो क्रम से अशुभ और शुभ होते हैं (अर्थात् प्रथम ३ अशुभ पश्चात् ३ शुभ इत्यादि)। हल के मध्य भाग को छोड़कर दोनों प्रान्त भाग में स्थित नक्षत्र शुभ होते हैं।।५२।।

हल चक्र

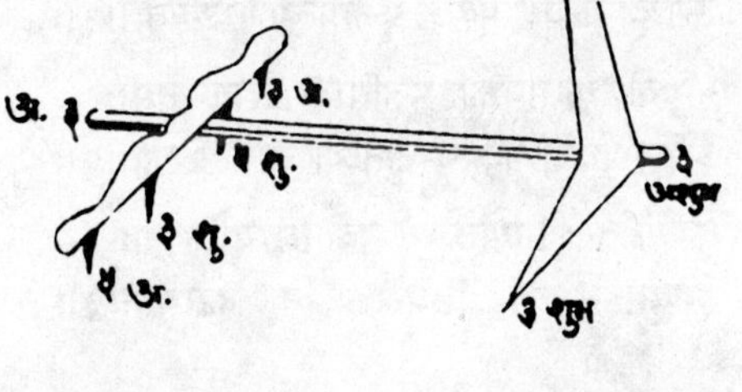

हलप्रवाहे विशेषः—

न कन्दमूलादिकृषावनिष्टः
सीरप्रवाहे भगणांशकः क्वचित् ।
शम्पागतस्तन्मतमुद्धतं वा
सर्वत्र शस्तं हि मदुक्तमेव ।।५३।।

अथात्र कस्यचिन्मतं दूषयन् स्वमतं दृढयति—न कन्देति। कन्दमूलादिकृषौ कन्दमूलोत्खनने क्वचित् शम्पागतः 'शमल' इति भाषा तत्र गतो भगणांशको हलप्रवाहे न इष्टः स्यात्। वा इति पक्षान्तरे तन्मतं तस्य ज्योतिर्विदो मतमुद्धतमनर्गलं हि युक्तार्थे मदुक्तं मया प्रोक्तमेव सर्वत्र शस्तं शुभं ज्ञेयमित्यर्थः।।५३।।

कन्दमूल आदि के उत्खनन में, शम्पागत नक्षत्र-मण्डल कहीं-कहीं हल प्रवाह में शुभ नहीं कहे गये हैं। परन्तु यह उद्धत (अनर्गल) मत है। इस सम्बन्ध में मेरे द्वारा कहा गया मत ही सर्वत्र शुभकारक है।।५३।।

क्षेत्रकर्षणविधानम्—

तमीश्वराशं विनयेद्धलं सदा
केदारमादौ सबलर्क्षभेरितम् ।
सीरोत्तराग्रोतसुरेन्द्रदिङ्मुखी
मृगाङ्कदिक्शुद्धिवतीह सत्फला ।।५४।।

अथ क्षेत्रकर्षणविधिमाह—तमीति।। सदा निरन्तरं आदौ कुटुम्बी हलं केदारं क्षेत्रं तमीश्वराशं चन्द्रदिशमुत्तराशागतं, विनयेत् प्राप्नुयात्। द्विकर्मकत्वात् केदारमित्याधारे कर्म। किंभूतं हलं सबलर्क्षभेरितं बलिष्ठनक्षत्रराशिप्रेरितं इह क्षेत्रे मृगाङ्केन दिक् उत्तराशा सत्फला शुभफलदायिनी स्यात्। किंभूता मृगाङ्कदिक् शुद्धिवती कुयोगरहिता पुनः किंभूता सीरोत्तराग्रोतसुरेन्द्रदिङ्मुखी सीरेण हलेन उत्तरा स्यात्। उत्तरादिगग्रत ओतं प्रोतं सुरेन्द्रदिङ्मुखं पूर्वदिङ्मुखं 'यस्याः सा सीरोत्तराग्रोतसुरेन्द्रदिङ्मुखी इति। सीतोत्तरा इति पाठे सीतया दण्डपद्धत्या शेषं तथैव। यतः सौमी दिशं प्रति त्रिवारं नयनेन पञ्चरेखा उत्पद्यन्ते। यथा प्रथमगमनेनैका आवर्तनेन द्वितीया पुनरुत्तरां प्रति द्वितीयगमनेन तृतीया पुनरावर्तनेन चतुर्थी पुनरुत्तरां प्रति तृतीयरेखा उत्पद्यतेऽधिका न कार्या तथा चोक्तम्—

शस्तासु चन्द्रतारासु शुचिः शुक्लेन वाससा।
स्नात्वा गन्धैश्च पुष्पैश्च पूजयित्वा विशेषतः।।१।।

पृथिवीं ग्रहसंयुक्तां पूजयित्वा प्रजापतिम्।
अग्निं प्रदक्षिणीकृत्य दातव्या च प्रदक्षिणा।।२।।

कृष्णौ वृषौ नियोक्तव्यौ नवीनैश्च युतेन वा।
हेमवृष्टहलाग्रेण छिन्नरेखा न कारयेत्।।३।।

उत्तराभिमुखो भूत्वा क्षीरेणार्घं प्रदापयेत्।
विबलं छिन्नलाङ्गूलं कपिलं वृषभं त्यजेत्।।४।।

हलप्रवाहणं कार्यं नीरुग्भिर्वृषकर्षकैः।
हलादिभिर्दृढैः क्षेमं कुदृढं न शुभं भवेत्।।५।।

वृषभा यदि युद्ध्येरन् तस्य विघ्नं सदा भवेत्।
तस्य सर्वप्रकारेण निर्विघ्नं कारयेत्तदा।।६।।

एका जयकरी रेखा तृतीया चार्थवृद्धिदा।
पञ्चमी च भवेद्रेखा बहुसस्यफलप्रदा।।७।।

ऊत ऊर्ध्वं न कर्तव्या महादोषस्ततो भवेत्।
स्मर्तव्या वसवः शुक्रः पृथुनामा सचन्द्रमाः।।८।।

पराशरो हली चैव सर्वविघ्नोपशान्तये।।इति।।

अत्र दुर्निमित्तानि तत्रैवोक्तानि।

हले प्रवाह्यमाणे तु कूर्म उत्पद्यते यदि।
गृहिणो मृत्युरेतस्य ततोऽग्नेश्च भयं भवेत्।।९।।

ईषाभङ्गो यदा क्रष्टुः सन्तापो जीवितस्य च।
सुतनाशो युगे भग्ने समाने म्रियते शिशुः।।१०।।

योक्त्रच्छेदे तु व्यासङ्गः सस्यहानिश्च जायते।।११।।

हले प्रवाह्यमाणे तु गौरेकः प्रपतेद्यदि।
प्रपतेद्युक्तमात्रस्तु बन्धनं च प्रयच्छति।।१२।।

ज्वरातिसाररोगेण कृषिभङ्गं विनिर्दिशेत्।
प्रवहेद्युक्तमात्रस्तु ततो गौः खनते यदि।।१३।।

नहेन युक्तमात्रस्तु तदा सस्यं चतुर्गुणमिति।।५४।।

सदैव क्षेत्र (खेत) में सर्वप्रथम चन्द्रमा की दिशा (उत्तर दिशा) में हल को लाना चाहिए। बलवान् नक्षत्रों से युक्त चान्द्रदिशा (उत्तर दिशा) शुभ फलदायक होती है। हलप्रवहण उत्तर से पूर्व दिशा की ओर (चान्द्र और ऐन्द्र दिशा की ओर) करना चाहिए।।५४।।

योक्त्रादि शुद्धिः—

योक्त्रादिकोपस्करसाधनेऽनसो
हलस्य वा स्युः सशुभेनवासराः ।
पूर्णाजयानन्दवतीयुता व्यमा
मृदुस्थिरक्षिप्रजटाचराचिताः ।।५५।।

अथ योक्त्रादिसाधनशुद्धिमाह—योक्त्रेति। अनसः शकटस्य वा योक्त्रादिकोपस्करसाधने योक्त्राद्युपस्करकार्ये सशुभेनवासराः शुभग्रहयुक्तसूर्यदिनानि स्युः। किंभूता सशुभेनवासराः पूर्णाजयानन्दवतीयुताः पूर्णातिथिः जयातिथि नन्दातिथिः आभिर्युक्ताः पुनः किंभूता व्यमा अमावास्यावर्जिताः पुनः किंभूताः मृदूनि स्थिराणि क्षिप्राणि जटा मूलं चराणि एषां द्वन्द्वे एतैराचिता व्याप्ताः॥५५॥

शकट (बैलगाड़ी) अथवा हल के योक्त्र आदि उपकरणों के साधन (निर्माण एवं संग्रह) में सूर्य सहित शुभग्रहों के वार, (रवि, गुरु, शुक्र), अमावास्या को छोड़कर पूर्णा (५, १०, १५), जया (३, ८, १३), नन्दा (१, ६, ९) तिथियाँ तथा मृदु संज्ञक (मृगशिरा, चित्रा, रेवती, अनुराधा), स्थिर संज्ञक (तीनों उत्तरा, रोहिणी), क्षिप्र संज्ञक (हस्त, अश्विनी, पुष्य), मूल एवं चरसंज्ञक (स्वाति, पुनर्वसु, श्रवण, धनिष्ठा, शतभिषा) नक्षत्र शुभ कहे गये हैं।।५५।।

बीजवपने नक्षत्रशुद्धिः—

मैत्रेष्वलोलेषु लघुष्विहानले
मूलश्रविष्ठाग्रजभेषु सद्दिने ।
रिक्ताविमुक्तेंऽशुमदह्निवानमे
समस्तबीजोप्तिरभीष्टसिद्धये ।।५६।।

अथ बीजवापने भादिशुद्धिमाह—मैत्रेष्विति॥ समस्तबीजोप्तिः समग्रबीजवापनमभीष्टसिद्धये वाञ्छितकार्याय स्यात् क्व मैत्रेषु भेषु लोलेषु लोलसंज्ञभेषु[1] लघुषु आनले कृत्तिकायां मूलं श्रविष्ठा धनिष्ठा अग्रजो विष्णुस्तस्य भं श्रवणः एषां द्वन्द्वे एषु सद्दिने शुभग्रहदिने वांशुमदह्नि सूर्यवारे रिक्ताविमुक्ते रिक्तातिथिवर्जिते पुनरनमे न विद्यतेऽमामावास्या यस्मिन् स तस्मिन्ननमे॥५६॥

मैत्र संज्ञक (मृगशिरा, रेवती, चित्रा, अनुराधा), स्थिर संज्ञक (तीनों उत्तरा, रोहिणी), लघु संज्ञक (हस्त, अश्विनी, पुष्य), कृत्तिका, मूल, धनिष्ठा, श्रवण नक्षत्रों में शुभदिनों में, रिक्ता संज्ञक (४, ९, १४) एवं अमावस्या तिथियों को छोड़कर शेष तिथियों में तथा रविवार को सभी प्रकार के बीजवपन अभीष्ट सिद्धि को देने वाले होते हैं।।५६।।

कूपजलेन वपनकर्मणि मतान्तरम्—

कूपाम्बुसिद्धान्नकवापने क्वचि-
न्मघाशयावंशुविदौ विगर्हितौ ।
समादृतं वारिभमत्र केनचि-
द्वीजोप्तिरिष्टाश्रितसन्नभोदये ।।५७।।

---

१. अलोलेषु स्थिरसंज्ञभेषु इति पाठः समुचितः।

अथ कूपजलवापकार्ये मतमाह—कूपेति।। क्वचित् स्थाने कूपाम्बुसिद्धान्नकवापने कूपजलेन निष्पन्नधान्यकवापने मघाशयौ मघाहस्तौ अंशुविदौ सूर्यबुधौ विगर्हितौ वर्जितौ। अत्र केनचित् वारिभं पूर्वाषाढा समादृतमङ्गीकृतम्। पुनर्बीजोप्तिर्बीजवापनमिष्टा श्रेष्ठा स्यात् कस्मिन् आश्रितसन्नभोदये शुभग्रहयुक्तनृराश्युदये।।५७।।

कुछ आचार्यों के मत से कूपजल से संसिक्त अन्न के बीच वपन में मघा और हस्त नक्षत्र, रवि एवं बुधवार निन्दित कहे गये हैं। कुछ आचार्यों ने पूर्वाषाढा नक्षत्र एवं शुभग्रहों से युक्त पुरुषराशियों के उदयकाल में बीजवपन को श्रेष्ठ बतलाया है।।५७।।

बीजवपने फणिचक्रम्—

शिरस्त्रिमा राममिता गलोऽर्कमा
गर्भश्चतस्रो नु च लूनकं पराः।
पुच्छाग्रमिन्दुप्रमदाः पिचण्डगा
वराः पृदाकोरुडुतोऽन्नवापने।।५८।।

अथ बीजवापविषये फणिचक्रमाह—शिर इति।। पृदाकोः सर्पस्य राहोरित्यर्थः। यतो पृदाकुः फणीति नाम ग्रन्थान्तरप्रसिद्धमिति तस्योडुतो नक्षत्रात् इन्दुप्रमदास्तारास्त्रिमास्त्रयमिता शिरः स्यात्। एवं राममितास्त्रयमिता गलः स्यात्। अर्कमा द्वादशमिता गर्भो मध्यभागः स्यात्। अनु पश्चाच्चतस्रो लूनकं पुच्छं स्यात्। परा अग्रेतनास्तारा: पुच्छाग्रं स्यात् अत्राहिकाचक्रे पिचण्डगा उदरगास्तारा वराः श्रेष्ठाः स्युः 'पिचण्डो जठरोदर' इति हैमः।।५८।।

जिस नक्षत्र पर राहु स्थित हो उस नक्षत्र से तीन नक्षत्र फणि (सर्प) के सिर पर, अनन्तर तीन नक्षत्र कण्ठ में, १२ नक्षत्र उदर में, ४ नक्षत्र पुच्छ में तथा शेष ५ नक्षत्र पुच्छाग्र में होते हैं। अन्न-बीजवपन क्रिया में पृदाकु (सर्प) के उदर भाग में स्थित नक्षत्र श्रेष्ठ बताये गये हैं।।५८।।

धान्यच्छेदनादिमुहूर्तः—

सीरप्रवाहद्युभशुद्धकाले
गोदारणारम्भणमाहुरार्याः।
क्षेत्रे च बीजोप्तिभघस्रशुद्धौ
गृहे नयेत्सीत्यचयं कुटुम्बी।।५९।।

अथ धान्यच्छेदनशुद्धिमाह—सीरेति।। आर्याः पण्डिता गोदारणारम्भणं कुद्दालकृत्यमाहुः कथयन्ति 'गोदारणं तु कुद्दाल' इति हैमः। कस्मिन् सीरप्रवाहद्युभशुद्धकाले हलप्रवाहस्य दिननक्षत्राणां शुद्धकाले च पुनः कुटुम्बी सीत्यचयं धान्यपुञ्जं गृहे नयेत् प्राप्नुयात् 'धान्यं तु सत्यं च' इति हैमः। कस्यां बीजोप्तिभघस्रशुद्धौ बीजवापनस्य नक्षत्रदिननिर्देशितायां सत्याम्।।५९।।

हलप्रवहण हेतु कही गई दिन और नक्षत्र शुद्धि में (हल प्रवहण मुहूर्त्त में) धान्यच्छेदन भी आचार्यों ने प्रशस्त बतलाया है।[1] खेत में बीजवपन हेतु कहे गये नक्षत्र एवं दिन शुद्धि में कृषक को अपने घर में धान्य (अन्न) की राशि लानी चाहिए। (अर्थात् बीजवपन मुहूर्त्त में खलिहान से अन्न घर में लाना चाहिये)।।५९।।

करीषादि(खाद)प्रक्षेपणमुहूर्त्तः—

विधूलयत्यावकरैः करीषैः
सधूलिभिः क्षेत्रमलं विशश्चेत् ।
सदह्नि शुद्धेऽतिशुभं चराढ्यं
क्रव्यादभावाजपदक्षपुष्यैः ।।६०।।

अथ क्षेत्रे करीषादिक्षेपणमाह—विधूलेति।। चेत् यदि अलमवधारणे विशः कुटुम्बिनः क्षेत्रं विधूलयन्ति धूलियुक्तं कुर्वन्ति (खातर नाखवुं) इति भाषा कैः करीषैः शुष्कगोमयगणैः किंभूतैः करीषैः अवकरे सङ्करे भवा आवकरास्तैः पुनः किंभूतैः सधूलिभिः धूलियुक्तैः कस्मिन् सदह्नि शुभग्रहाणां दिने किंभूते सदह्नि शुद्धे निर्दोषप्राप्ते कैः चराढ्यानि चरनक्षत्रयुक्तानि क्रव्यादो राक्षसो मूलं भवस्येदं भावमार्द्रा अजपदृक्षं अजपादभं पूर्वाभाद्रपदा पुष्य एषां द्वन्द्वे एतैः किंभूतं क्षेत्रं अतिशुभम्।।६०।।

शुभ वासरों में दोषरहित चर संज्ञक (स्वाती, पुनर्वसु, श्रवण, धनिष्ठा, शतभिषा) नक्षत्रों से युक्त मूल, आर्द्रा, पूर्वाभाद्रपदा एवं पुष्य नक्षत्रों में यदि कृषक क्षेत्र में करीष (गोबर) युक्त राख (खाद) खेतों में डाल कर विधूलित (मिट्टी में मिश्रित) करे तो अति शुभ होता है।।६०।।

गवादीनां व्यवहारशुद्धिः—

आजीवमिच्छत्यपि ना यदायो
गोधान्यभूमिव्यवहारतोऽसौ।
चरेच्चरक्षिप्रमृदुध्रुवर्क्षै-
स्तदुद्यमं सत्तिथिवारकीर्णैः।।६१।।

अथ गवादीनां व्यवहारशुद्धिमाह—आजीवमिति।। यदा चेत् यो ना पुमान् आजीवं आजीविकामिच्छति वाञ्छति 'आजीवो जीवनं वार्ता' इति हैमः। कस्मात् गोर्वृषो धान्यं भूमिः क्षेत्रादिः आसां द्वन्द्वे आसां व्यवहारतो व्यापारत्तदासौ नरस्तदुद्यमं तेषु गवादिषु उपक्रमं चरेत् कुर्यात्। कैः चराणि क्षिप्राणि मृदूनि ध्रुवाणि एषां द्वन्द्वे एतद्भैः किंभूतैः सत्तिथिवारकीर्णैः शुभतिथिवारव्याप्तैः।।६१।।

जो व्यक्ति गौ, अन्न और भूमि के व्यवहार (उपयोग) से आजीविका चाहता है उसे इनसे सम्बन्धित कार्य चरसंज्ञक (स्वाति, पुनर्वसु, श्रवण, धनिष्ठा, शतभिषा),

---

१. यहाँ गोदारण शब्द का अर्थ कणमर्दन से है। अतः यह मुहूर्त वस्तुतः धान्यच्छेदन का नहीं अपितु कणमर्दन का ही समझना चाहिये।

क्षिप्र संज्ञक (हस्त, अश्विनी, पुष्य), मृदु संज्ञक (मृगशिरा, रेवती, चित्रा, अनुराधा), ध्रुव संज्ञक (तीनों उत्तरा रोहिणी) नक्षत्रों में तथा शुभतिथियों से युक्त वासरों में करना चाहिए।।६१।।

नूतनवृषस्य कृत्यम्—

नवोक्षगोकर्म समेत्य शुद्धे
द्वीशादितेयैन्द्रलघुश्रविष्ठाः ।
सवारुणान्त्याः सशुभद्युयोगाः
शीर्षोदये प्रापयति प्रियार्थम् ।।६२।।

अथ नूत्नवृषस्य कृत्यमाह—नवोक्षेति। शुद्धे निर्दोषकाले नवोक्षगोकर्म नूत्नवृषभस्य कृत्यं कर्तृपदं प्रियार्थं वाञ्छितपदार्थं प्रापयति किंकृत्वा द्वीशं विशाखा आदितेयं पुनर्वसु ऐन्द्रं ज्येष्ठा लघूनि श्रविष्ठा आसां द्वन्द्वे एतास्तारा: प्रति समेत्य प्राप्य किंभूताः सवारुणान्त्याः शतभिषक्रेवतीसहिताः पुनः किंभूताः सशुभद्युयोगाः शुभग्रहदिनयोगयुक्ताः क्व शीर्षोदये शीर्षलग्ने॥६२॥

विशाखा, पुनर्वसु, ज्येष्ठा, लघुसंज्ञक (हस्त, अश्विनी, पुष्य), धनिष्ठा, शतभिष, रेवती नक्षत्रों में, शुभवासरों एवं योगों में तथा शीर्षोदय (३,५,६,७,८,११) लग्नों में सभी प्रकार से शुद्ध समय में नवीन बैल और गौ से सम्बन्धित कार्य अभीष्ट सिद्धि देने वाला होता है।।६२।।

मेषादिकृत्ये शुद्धिः—

मूलादितेयद्वयवारुणान्त्य-
त्रिपूर्विकाक्षिप्रमृगश्रविष्ठाः ।
सद्वीश्वरा वृष्ण्यजकासरीणां
क्रियासु सेनास्फुजिदैनिसोमाः ।।६३।।

अथ मेषादीनां कृत्यशुद्धिमाह—मूलादिति।। वृष्णिर्मेषः अजश्छागः कासरी महिषी आसां क्रियासु कर्मसु मूलादितारा: स्युः। मूलं आदितेयद्वयं पुनर्वसु पुष्यः वारुणं शतभिषक् आन्त्यं रेवती त्रिपूर्विका पूर्वात्रयं क्षिप्राणि मृगो मृगशीर्षं श्रविष्ठा धनिष्ठा आसां द्वन्द्वे इमास्तारा: किंभूता इमाः सद्वीश्वरा विशाखायुक्ताः पुनः किंभूताः सेनेति इनः सूर्यः आस्फुजित् शुक्रः ऐनिः शनिः सोम एषां द्वन्द्वे एभिः सह वर्तमाना:॥६३॥

मूल, पुनर्वसु, पुष्य, शतभिष, रेवती, तीनों पूर्वा, क्षिप्रसंज्ञक (हस्त, अश्विनी, पुष्य), मृगशिरा, धनिष्ठा, विशाखा नक्षत्रों में रवि, शुक्र, शनि और सोमवासरों में भेड़-बकरी और भैंस से सम्बन्धित कार्य शुभदायक होते हैं।।६३।।

उष्ट्रादिकृत्ये शुद्धिः—

अथोष्ट्रवामीखरकर्म पाणौ
पौरन्दराद्यानिलमैत्रवर्गे।

पुनर्वसौ हंसितैनिवारे
गरुत्मतां कर्म समृद्धये तु।।६४।।

अथेति। अथानन्तरम् उष्ट्रवामीखरकर्म उष्ट्रवेसरघोटकखराणां कृत्यं तु पुनर्गरुत्मतां पक्षिणां कर्म कर्तृपदं समृद्धये सम्पदायै स्यात्। क्व पाणौ हस्ते पौरन्दरं ज्येष्ठा आद्यमश्विनी आनिलं स्वाती मैत्रमनुराधा एषां वर्गे गणे पुन: पुनर्वसौ अदितिभे पुनर्वसुशब्द एकवचनान्तोऽप्यत्र पुन: हंस: सूर्य: सित: शुक्र: ऐनि: शनि: एषां द्वन्द्वे एषां वारे॥६४॥

हस्त, ज्येष्ठा, अश्विनी, स्वाती, अनुराधा और पुनर्वसु नक्षत्रों में रवि-शुक्र और शनिवासरों में उष्ट्र (ऊँट), घोड़ा, गधा और पक्षियों से सम्बन्धित कार्य समृद्धि देने वाले होते हैं।।६४।।

पशूनां निर्गमप्रवेशशुद्धि:—

अमाष्टमीभूतदिनानि भास्करं
चित्रोत्तराधोक्षजभाजभानि च।
परित्यजेन्निर्गमने निवेशने
सदापशूनां स्थितितोऽर्कसंक्रमम् ।।६५।।

अथ पशूनां निर्गमप्रवेशशुद्धिमाह—अमेति।। सदा पुमान् पशूनां स्थितित: स्थानात् निर्गमने निवेशने प्रयाणे प्रवेशने एतानि त्यजेत्तान्याह। अमा अमावास्या अष्टमी भूतदिनं चतुर्दशी एषां द्वन्द्वे एतानि च पुनर्भास्करं रविदिनं च पुनश्चित्रा उत्तरा अधोक्षजो विष्णुस्तद्भं श्रवण: अजो ब्रह्मा रोहिणी एषां द्वन्द्वे इमानि भानि पुनरर्कसंक्रममिति कर्मपदानि॥६५॥

अमावास्या, अष्टमी, चतुर्दशी तिथियों का, रविवार, चित्रा, तीनों उत्तरा, श्रवण एवं रोहिणी नक्षत्रों का तथा सूर्य सङ्क्रान्ति दिवस का पशुओं के प्रवेश और निर्गमन में सदैव परित्याग करना चाहिए।।६५।।

क्रयविक्रयशुद्धि:—

लघुश्रवोवासववासवान्त्यभै-
स्तिष्यादितेयद्विपविश्वकर्मभै: ।
जीवस्वधात्वम्बरधान्यवस्तुज:
क्रयस्तथा विक्रय एव सद्द्युनि ।।६६।।

अथ क्रयविक्रयशुद्धिमाह—लघ्विति।। जीव: पशु: स्वं धनं धातुर्लोहादि: अम्बरं वस्त्रं धान्यम् एषां द्वन्द्वे इत्यादीनां वस्तूनां क्रयस्तथा विक्रय एव स्यात्। कै: लघूनि श्रव: श्रवण: वासवं धनिष्ठा वासव इन्द्रो ज्येष्ठा आन्त्यं रेवती एषां द्वन्द्वे एतद्भै: पुन: कै: तिष्य: पुष्य: आदितेयं पुनर्वसु द्वीपं द्विस्वामिकं विशाखा विश्वकर्मभं चित्रा एषां द्वन्द्वे एभि: पुन: सद्द्युनि शुभग्रहाणां दिने॥६६॥

लघुसंज्ञक (हस्त, अश्विनी, पुष्य), श्रवण, धनिष्ठा, ज्येष्ठा, रेवती, पुष्य, पुनर्वसु, विशाखा, चित्रा नक्षत्रों में तथा शुभवासरों में जीव (पशु-पक्षी), धातु, वस्त्र और अन्न का क्रय-विक्रय (व्यापार) करना चाहिए।।६६।।

वस्तूनां विनिमयमुहूर्त्तः—

एभिश्च यादोऽर्यतमीशभोत्तरा-
भूतेशभैर्द्वीश्वरजैष्णवोज्झितैः।
विविद्यमारद्युषु च स्थिरोदये
सत्कण्टके वस्तुविनीमयो वरः।।६७।।

अथ वस्तूनां विनिमय (पालय्ण) शुद्धिमाह—एभिश्चेति।। वस्तुविनीमय एकं वस्तु दत्वान्यवस्तुग्रहो वरः श्रेष्ठः स्यात् कैरेभिः पूर्वोक्तलघ्वादिनक्षत्रैः किंभूतैरेभिः द्वीश्वरं विशाखा जैष्णवम् ऐन्द्रं ज्येष्ठा आभ्यामुज्झितैर्वर्जितैश्च पुनर्यादोऽर्या जलस्वामी वरुणः शतभिषक् तमीशश्चन्द्रो मृगशीर्षभं उत्तरात्रयं भूतेशभमार्द्रा एषां द्वन्द्वे एतैः पुनः केषु विगता निर्गता विद् बुधः यमः शनिः आरो भौमश्चैते येभ्यस्तेषां द्युषु रविचन्द्रगुरुशुक्रदिनेषु पुनः स्थिरोदये स्थिरलग्ने सत्कण्टके शुभग्रहयुक्तकण्टके।।६७।।

शतभिष, मृगशीर्ष, तीनों उत्तरा, आर्द्रा नक्षत्रों में तथा विशाखा और ज्येष्ठा को छोड़कर शेष पूर्वोक्त (हस्त, अश्विनी, पुष्य, श्रवण, धनिष्ठा, रेवती, पुनर्वसु, एवं चित्रा) नक्षत्रों में, बुध, शनि और भौम वासरों को छोड़कर शेष वासरों में, स्थिर लग्नों में तथा शुभ ग्रहों के केन्द्रभावों में रहने पर वस्तु का विनिमय (परिवर्तन) शुभ होता है।।६७।।

धनार्पणशुद्धिः—

अलोलसाधारणदारुणोग्रै
र्धनं प्रदत्तं कुसिदेहया यत्।
हृतं बलान्यास्तमिदं च दैवा
न्नयाति पार्णि पुनरेव तत्स्वम्।।६८।।

अथ कालान्तरधनार्पणशुद्धिमाह—अलोलेति।। दैवात् कुसीदो वृद्धिजीवनं तस्या ईहा इच्छा तया कालान्तरेच्छया कृत्वा यत् धनं प्रदत्तं च पुनर्यत् धनं हृतं चौरेण इति शेषः पुनरथवा बलान्यस्तं भूमौ क्षिप्तं 'बलालक्ष्मीर्बला मही' इति अनेकार्थः।। तत् इदं स्वं धनं कर्तृपदं पार्णि नायाति हस्तगतं न भवति तत्रस्येति शेषः। कुसीदमित्यत्र ह्रस्व इकारः शब्द भेदात् दृश्यते।।६८।।

स्थिर संज्ञक (तीनों उत्तरा, रोहिणी), साधारण संज्ञक (विशाखा, कृत्तिका), दारुणसंज्ञक (मूल, ज्येष्ठा, आर्द्रा, आश्लेषा) तथा उग्रसंज्ञक (तीनों पूर्वा, भरणी, मघा) नक्षत्रों में ब्याज पर दिया गया धन, चोरों द्वारा अपहृत धन तथा भूमि में गाड़ा हुआ धन पुनः हाथ में नहीं आता।।६८।।

त्रिपुष्करयोगः—

भद्रातिथौ मङ्गलसौरिमन्त्रिण-
स्त्रिपुष्करः स्याद्विषमाङ्घ्रिभं यदा।
वृद्धौ विनष्टे च हृते मृते फले
योगस्तदासौ त्रिगुणप्रवृद्धिकृत्।।६९।।

अथात्र त्रिपुष्करयोगं दर्शयति—भद्रेति।। यदा भद्रातिथौ मङ्गलसौरिमन्त्रिणो भौमशनिगुरवो विषमाङ्घ्रिभं विषमचरणनक्षत्रं च स्युस्तदा त्रिपुष्करनामा योगः स्यात्। असौ त्रिपुष्करो वृद्धौ प्रवर्द्धने फले विनष्टे नाशे फले हृते चौरादिना हारिते फले मृते मरणे फले त्रित्रिगुणप्रवृद्धिकृत् शुभे त्रिगुणं शुभं अशुभे त्रिगुणमशुभं स्यात्।।६९।।

भद्रासंज्ञक (२,७,१२) तिथि, मंगल, शनि और गुरुवार तथा तीन पाद वाले नक्षत्र (कृत्तिका, उत्तराफाल्गुनि, पुनर्वसु, विशाखा, उत्तराषाढा एवं पूर्वाभाद्रपदा) एक साथ हों तो उसे त्रिपुष्कर योग कहते हैं। इस योग में वृद्धि, विनाश, चोरी एवं मृत्यु हो तो उसकी त्रिगुणवृद्धि होती है। अर्थात् उक्त योग में जो भी कार्य हो वह तीन बार होता है।।६९।।

विमर्श :— ज्योतिर्विदाभरण में भद्रा तिथि के साथ मंगल, शनि और गुरुवार बतलाया गया है जबकि मुहूर्त चिन्तामणि में भद्रा तिथियों में मंगल, शनि और रविवार तथ नपाद वाले नक्षत्रों के योग से त्रिपुष्कर योग कहा गया है।

भद्रा तिथी रविजभूतनयार्कवारे द्वीशार्यमाजचरणादिति वह्निवैश्वे।
त्रैपुष्करो भवति मृत्युविनाशवृद्धौ त्रैगुण्यदो द्विगुणकृद्वसुतक्षचान्द्रे।।
(मुहूर्तचिन्तामणिः २.५०)

नवपुष्पादीनां संग्रहमुहूर्त्तः—

ध्रुवलघुमृदुलोलैर्जीवकाव्येन्दुवारैः
कुयुतिशजनिरिक्तामा विमुक्तैर्नृलग्ने।
नवकुसुमफलानां बादरार्द्रौषधीनां
रसकृषिकणिशानां संग्रहो भोगसिद्ध्यै।।७०।।

अथ नवीनपुष्पादीनां संग्रहमाह—ध्रुवेति।। नवकुसुमफलानां पुनर्बादरः कार्पासः आर्द्रौषधयः आसां पुना रसो घृतादयः कृषिः कणिशं धान्यशिरः एषां द्वन्द्वे एषां संग्रहो भोगवृद्धये सुखभोगप्रवर्द्धनाय स्यात्। कैः ध्रुवाणि मृदूनि लघूनि लोलानि एषां द्वन्द्वे एतैः पुनर्जीवो गुरुः काव्यः शुक्र इन्दुश्चन्द्र एषां वारैः किंभूतैः कुयुतिः कुयोगः शः शंभुस्तस्माज्जनिर्जन्म यस्याः सा भद्रा रिक्तातिथिः अमामावासी आभिर्विमुक्तैर्वर्जितैः।।७०।।

ध्रुवसंज्ञक (तीनों उत्तरा, रोहिणी), लघुसंज्ञक (हस्त, अश्विनी, पुष्य), मृदुसंज्ञक (मृगशिरा, रेवती, चित्रा, अनुराधा), चरसंज्ञक (स्वाति, पुनर्वसु, श्रवण, धनिष्ठा, शतभिष), नक्षत्रों में गुरु, शुक्र और रविवासरों में, कुयोगों, भद्रा, रिक्ता तिथि एवं

अमावास्या को छोड़कर शेष शुभयोगों एवं तिथियों में नवीन पुष्पों, फलों, बादर (कपास) तथा हरी औषधियों, रस तथा कृषिकणिश (अन्न) आदि का संग्रह समस्त योगों की सिद्धि देने वाला होता है।।७०।।

नवीनजलादीनां प्राशनम्—

नवसलिलफलान्नप्राशनं सज्जनानां
श्रुतिशयकभपौष्णादिद्वयेषूत्तरासु।
सरविशुभदिनेष्वेवानुराधासु शस्तं
जितुमघटककुद्मल्लेयकन्याऽस्त्रिलग्ने।।७१।।

अथ नवीनजलादीनां प्राशनमाह—नवेति।। नवसलिलं नूत्नजलं नूत्नफलं नवीनान्नं एषां प्राशनं खादनं शस्तं शुभं स्यात्। केषां सज्जनानां नृपादीनां क्व श्रुतिः श्रवणः शयो हस्तः को वायुस्तद्भं स्वाती पौष्णं रेवती आदिद्वयं अश्विनी भरणी एषां द्वन्द्वे एषु पुनः उत्तरासु उत्तरात्रये पुनः सरविशुभदिनेषु रविवारे शुभग्रहवारे पुनरनुराधासु पुनर्जितुमं मिथुनं घटः कुम्भः ककुद्मान् वृषभो वृषराशिः लेयः सिंहः कन्याऽस्त्री धन्वी धनुरेषां लग्न एव निश्चितम्।।७१।।

श्रवण, हस्त, स्वाती, रेवती, अश्विनी, भरणी, तीनों उत्तरा एवं अनुराधा नक्षत्रों में, रविवार तथा शुभ नक्षत्रों में, मिथुन, कुम्भ, वृष, सिंह, कन्या एवं धनु लग्नों में नवीन जल एवं नवीन फल का भक्षण करना शुभ होता है। अर्थात् सत्पुरुषों को उक्त मुहूर्त्त में ही नवीन जल आदि का प्राशन करना चाहिए।।७१।।

हरीतक्यादिसेवनमुहूर्त्तः—

कृष्णाभयानागरपूर्वसेवना-
रम्भो विधेयो लघुभेऽन्त्यभे मृगे ।
श्रवस्त्रयेऽर्केन्दुसितेज्यवासरैः
पूर्णाजयानन्दवतीषु धीमता ।।७२।।

अथ हरीतक्यादिसेवनशुद्धिमाह—कृष्णेति।। धीमता विदुषा कृष्णा पिप्पली अभया हरीतकी नागरं शुण्ठी एषां पूर्वसेवनारम्भः प्रथमं खादनप्रारम्भो विधेयः कर्तव्यः क्व लघुभे लघुसंज्ञनक्षत्रेऽन्त्यभे रेवत्यां मृगे मृगशीर्षे श्रवस्त्रये श्रवणधनिष्ठाशतभिषासु पुनः कैः अर्कः सूर्य इन्दुश्चन्द्रः सितःशुक्र इज्यो गुरुरेषां वासरैः पुनः क्व पूर्णातिथिर्जयातिथिर्नन्दवती नन्दातिथिः आसां द्वन्द्वे आसु।।७२।।

लघुसंज्ञक (हस्त, अश्विनी, पुष्य), रेवती, मृगशिरा, धनिष्ठा, शतभिष नक्षत्रों में, रवि, सोम, शुक्र और गुरु वासरों में, पूर्णा (५,१०,१५), जया (३,८,१३), नन्दा (१,६,११) तिथियों में बुद्धिमान् पुरुष को पिप्पली, हरीतकी, शुण्ठी आदि औषधियों का सेवन आरम्भ करना चाहिए।।७२।।

रसाङ्गसाधनशुद्धिः—

मृगाङ्कसूतादिरसाङ्गसाधनं
मिश्राद्यमूलैशमृगेन्द्रवासवैः ।
शये कुजार्केज्यजया स्वमौढ्ययो-
र्जीवारयोरीज्यगृहान्यगे हरौ ।।७३।।

अथ रसाङ्गसाधनशुद्धिमाह—मृगेति।। मृगाङ्कः सूतः पारद इत्यादि रसाङ्गसाधनं स्यात् कैः मिश्रसंज्ञभानि आद्यमश्विनी मूलं ऐशमार्द्रा मृगो मृगशीर्ष इन्द्रो ज्येष्ठा वासवं धनिष्ठा एषां द्वन्द्वे एतैः पुनः क्व शये हस्ते पुनः कुजो भौमः अर्कः इज्यो गुरुः जयातिथिः आसां द्वन्द्वे आसु पुनः क्व जीवारयोर्गुरुभौमयोरमौढ्ययोरस्तवर्जितयोः पुनरीज्यगृहे गुरोर्गृहे धनुर्मीनौ आभ्यामन्यगे हरौ सूर्ये धनुरर्कमीनार्कवर्जिते इत्यर्थः।।७३।।

मिश्र संज्ञक (विशाखा, कृत्तिका), अश्विनी, मूल, आर्द्रा, मृगशिरा, ज्येष्ठा, धनिष्ठा, हस्त नक्षत्रों में भौम, रवि, गुरु वासरों में, जयासंज्ञक (३,८,१३) तिथियों में गुरु और मंगल के अस्त न रहने पर (अर्थात् उदित रहने पर), गुरु के गृह के अतिरिक्त (अर्थात् धनु और मीन राशि के अतिरिक्त) अन्य राशियों में सूर्य के स्थित रहने पर, मृगांक (कर्पूर), सूत (पारद) आदि रसायनों का साधन करना चाहिए।।७३।।

रसायनसेवनमुहूर्त्तः—

लोले मृदुक्षिप्रगणे च पूर्णया
सनन्दयाब्जेयसितांशुमद्द्युभिः ।
युते नृलग्ने भिषजोषधप्रिये
पूर्णे विधौ हारि रसाङ्गसेवनम् ।।७४।।

अथ रसाङ्गसेवनमाह—लोल इति। रसाङ्गसेवनं हारि श्रेष्ठं स्यात् क्व लोले चरनक्षत्रे पुनः मृदूनि क्षिप्राणि एषां गणे समूहे च पुनर्भद्रया तिथ्या किंभूतया भद्रया सनन्दया नन्दातिथियुक्तया पुनः क्व अब्जः इन्दुः इज्यो गुरुः सितः शुक्रः अंशुमान् सूर्य एषां द्वन्द्वे एषां द्युभिर्दिनैर्युते युक्ते नृलग्ने नरराश्युदये किंभूते नृलग्ने भिषजो वैद्यस्य औषधं तस्य प्रिये इष्टे पुनः क्व पूर्णे समग्रकलायुक्ते विधौ चन्द्रे 'भिषग् भिषज भिष्णजाः' इति शब्दप्रभेदः अथवा ओषधप्रिये नरे इत्यपि शब्दार्थः।।७४।।

चर संज्ञक (स्वाती, पुनर्वसु, श्रवण, धनिष्ठा, शतभिष), मृदुसंज्ञक (मृगशिरा, रेवती, चित्रा, अनुराधा), क्षिप्र संज्ञक (हस्त, अश्विनी, पुष्य) नक्षत्रों में, पूर्णा (५,१०,१५) एवं नन्दा संज्ञक (१,६,११) तिथियों में, चन्द्र, गुरु, शुक्र और रविवासरों में, पुरुष संज्ञक लग्नों में औषधिप्रिय व्यक्ति के लिए वैद्य (चिकित्सक) को औषधि आरम्भ करनी चाहिए। चन्द्रमा के पूर्ण रहने पर (बलवान् रहने से) रसायन सेवन हितकारक होता है।।७४।।

रोगोत्पत्तौ नक्षत्रफलम्—

हुताशरेताः पुरुहूतकुण्डली-
प्रभञ्जनर्क्षैरधिकत्रिपूर्विकैः ।
अवाप्य योऽपाटवमेत्यसंशयं
स्ववैंद्यरक्षोऽपि नरो यमालयम् ।।७५।।

अथ रोगोत्पत्तौ तद्गतफलमाह—हुताशेति।। यः स्ववैंद्यरक्षोऽपि देववैद्ययो रक्षा यस्य स स्यात् स पुमान् असंशयं निश्चितं यमालयं मृत्युमेति प्राप्नोति किंकृत्वा पाटवं रोगमवाप्य प्राप्य कैः हुताशरेताः शम्भुरार्द्रा 'वह्निरेताः शिवोऽस्थिधन्वा' इतिहैमः।। पुरुहूत इन्द्रो ज्येष्ठा कुण्डली सर्पोऽश्लेषा प्रभञ्जनर्क्षं स्वाती एषां द्वन्द्वे एभिः किंभूतैरधिकत्रिपूर्वकैः पूर्वात्रयेण पूर्णैः।।७५।।

आर्द्रा, ज्येष्ठा, आश्लेषा, स्वाती और तीनों पूर्वा नक्षत्रों में जो व्यक्ति रोगग्रस्त होता है वह देव-वैद्य (अश्विनीकुमार) से रक्षित होने पर भी निःसन्देह यमलोक जाता है अर्थात् उसकी अवश्य मृत्यु होती है।।७५।।

मृगेशसाधारणवारुणोग्रैः
सवासवव्यालभपापवारैः ।
षष्ठीचतुर्थीनवमीतवारै
रोगीनरोऽत्तारमुपैति सत्यम् ।।७६।।

मृगेति।। रोगी नरः सत्यं निश्चितमत्तारं मृत्युमुपैति प्राप्नोति कैः मृगो मृगशीर्षं ऐशमार्द्रा साधारणं मिश्रसंज्ञभं वारुणं शततारा उग्रसंज्ञानि एषां द्वन्द्वे एभिः किंभूतैर्वासवं धनिष्ठा व्यालभमश्लेषा पापवाराः एषां द्वन्द्वे एभिः सह वर्तमानैः पुनः किंभूतैः षष्ठी चतुर्थी नवमी आसां द्वन्द्वे आसु तिथिषु इतः प्राप्तो वारोऽवसरो यैस्ते तैः 'वेलावारावसरः' इति हैमः।।७६।।

मृगशिरा, आर्द्रा, साधारण संज्ञक (विशाखा, कृत्तिका) शतभिष, उग्रसंज्ञक (पूर्वा ३, भरणी, मघा), धनिष्ठा, आश्लेषा नक्षत्रों में, पाप (सूर्य, भौम, शनि) वासरों में षष्ठी, चतुर्थी, नवमी तिथियों में यदि रोग आरम्भ हो तो निश्चय ही मृत्यु होती है।।७६।।

मैत्रेऽन्त्यभे कृच्छ्रतया निरामयो
नरोऽनुमासेन मृगाख्यवैश्वयोः।
मघासु घस्त्रैर्नखमैर्द्युमैस्तथा
द्विदैवतव्रध्नभवासवेष्वपि ।।७७।।

अथ रोगोत्पन्नभेषु रोगावधिमाह—मैत्रे इति।। मैत्रेऽनुराधायाम् आन्त्ये रेवत्यां नरः कृच्छ्रतया कष्टेन निरामयो नीरोगी भवेत्। अनु पश्चादेवं मृगाख्यवैश्वयोर्मृगशीर्षे उत्तराषाढायां मासेन निरामयो भवेत्। मघासु नखमैर्घस्त्रैर्विंशतिदिनैर्निरामयो भवेत्।।७७।।

अनुराधा और रेवती नक्षत्रों में अस्वस्थ हुआ व्यक्ति बहुत कष्ट से निरोग होता है। मृगशिरा, उत्तराषाढा नक्षत्रों में अस्वस्थ हुआ व्यक्ति एक मास बाद, मघा, विशाखा, हस्त तथा धनिष्ठा नक्षत्रों में २० दिन बाद स्वस्थ होता है।।७७।।

नवद्युभिर्यातुभकृत्तिकाश्विभि-
र्याम्यश्रवोवारुणविश्वकर्मभैः।
एकादशाहोभिरजेज्यकाश्यपी-
तारार्यभैः सप्तदिनैरुपान्त्यभैः।।७८।।

नवेति।। यातुभं मूलं कृत्तिका आश्विनमश्विनी एषां द्वन्द्वे एभिः कृत्वा नवद्युभिर्नवदिनैर्निरामयो भवेत्। याम्यं भरणी श्रवः श्रवणः वारुणं शतभिषक् विश्वकर्मा तद्भं चित्रा एषां द्वन्द्वे एभिः कृत्वा एकादशाहोभिरेकादशदिनैर्नीरोगी भवेत्। अजो ब्रह्मा रोहिणी इज्यः पुष्यः काश्यपी तारा पुनर्वसु अर्यभं उत्तराफाल्गुनी एषां द्वन्द्वे एभिः किभूतैः उपान्त्यभैः उत्तराभाद्रपदासहितैः सप्तदिनैर्नीरोगी भवेत्।।७८।।

मूल, कृत्तिका, अश्विनी, नक्षत्रों में अस्वस्थ व्यक्ति नव दिनों में स्वस्थ होता है। भरणी, श्रवण, शतभिष, चित्रा में अस्वस्थ होने पर ग्यारह दिनों में, रोहिणी, पुष्य, पुनर्वसु, उत्तराफाल्गुनि तथा उत्तराभाद्रपदानक्षत्रों में सात दिनों में स्वस्थ होता है।।७८।।

ज्योर्तिवदाभरण में नक्षत्रों के आधार पर रोगोत्पत्ति का परिणाम अत्यन्त भ्रामक है। एक ही नक्षत्र में अस्वस्थ होने वाले व्यक्ति के लिए दो प्रकार का परिणाम दर्शाया गया है यथा— मृगशीर्ष नक्षत्र में अस्वस्थ होने पर एक स्थान पर मृत्यु (श्लोक ७६) तथा दूसरे स्थान (श्लोक ७७) पर १ मास बाद स्वस्थ होने का उल्लेख है। इस प्रकार अन्य नक्षत्रों में भी दो प्रकार के परिणाम है। स्पष्टता हेतु चक्र देखें।

मृत्यु (श्लोक ७५)	**मृत्यु (श्लोक ७६)**	**स्वस्थ (श्लोक ७७)**	
१. आर्द्रा	मृगशिरा	अनुराधा	कष्ट से स्वस्थ
२. ज्येष्ठा	आर्द्रा	रेवती	
३. आश्लेषा	विशाखा		
४. स्वाती	कृत्तिका	मृगशिरा	१ मास बाद
५. पूर्वा ३	शतभिषा	उ.षा.	स्वस्थ
	पूर्वा ३		
	भरणी	मघा, विशाखा	२० दिन
	मघा	हस्त, धनिष्ठा	बाद स्वस्थ
	धनिष्ठा		
	आश्लेषा		

स्वस्थ श्लोक ७८

मूल, कृत्तिका, अश्विनी	९ दिन के बाद स्वस्थ	रोहिणी, पुष्य, पुनर्वसु, उ.फ., उ.भा.	७ दिन बाद स्वस्थ
भरणी, श्रवण, शतभिष, चित्रा	११ दिन बाद स्वस्थ		

मुहूर्त चिन्तामणि में नक्षत्रों द्वारा रोग-परिणाम का ज्ञान इस प्रकार है—

(द्र.२-४५, ४६)

नक्षत्र	परिणाम
स्वाती, ज्येष्ठा, तीनों पूर्वा, आर्द्रा, आश्लेषा	मृत्यु
रेवती, अनुराधा	विलम्ब से रोगमुक्ति
भरणी, श्रवण, शतभिषा, चित्रा	११ दिनों में रोगमुक्ति
विशाखा, हस्त, धनिष्ठा	१५ दिनों में रोगमुक्ति
मूल, कृत्तिका, अश्विनी	९ दिनों में रोगमुक्ति
मघा	२० दिनों में रोगमुक्ति
उ.भा., उ.फ., पुष्य, पुनर्वसु, रोहिणी	७ दिनों में रोगमुक्ति
मृगशिरा, उत्तराषाढा	३० दिनों में रोगमुक्ति
भरणी, आश्लेषा, मूल, कृत्तिका, विशाखा, आर्द्रा, मघा	सर्प दंश से मृत्यु।

सर्पदंशे नक्षत्रफलम्—

कार्शानवेन्द्राग्निभराजमौलिभै-
र्मघाशिफाशामनदन्दशूकभैः ।
दष्टो नरो यः श्वसनाशनेन वै
सताक्ष्र्यसख्योऽपि जहाति जीवितम् ।।७९।।

अथ सर्पदष्टे तद्गतभफलमाह—कार्शानवेति।। वै निश्चितं यो नरः श्वसनाशनेन सर्पेण दष्टः स्यात् कैः कार्शानवं कृत्तिका इन्द्राग्नी तद्भं विशाखा राजमौलिश्चन्द्रशेखरः शिव आर्द्रा एषां द्वन्द्वे एतद्भैः पुनर्मघा शिफा मूलं शामनं भरणी दन्दशूकभं सर्पभं आश्लेषा एषां द्वन्द्वे एभिः स पुमान् जीवितं आयुर्जहाति त्यजति किंभूतः स ताक्ष्र्यसख्योऽपि गरुडमित्रोऽपि।।७९।।

कृत्तिका, विशाखा, आर्द्रा, मघा, मूल, भरणी, आश्लेषा नक्षत्रों में जिस व्यक्ति को सर्पदंश होता है वह गरुड का मित्र हो तो भी जीवन का परित्याग करता है अर्थात् उसकी मृत्यु होती है।।७९।।

औषधिप्रदानमुहूर्तः—

पौष्णद्वये दोस्त्रितये मृगे चले
विमारुते धैषणमैत्रयातुभे ।
मन्त्रीनसोमद्युषु सत्तिथौभवेद्
भैषज्यकर्म ह्युपतापमुक्तये ।।८०।।

अथ रोगिभ्य औषधदानमाह—पौष्णेति। भैषज्यकर्म औषधकृत्यं भवेत् किमर्थं नुः नरस्य उपतापो रोगस्तस्य मुक्तये विनाशाय 'उपतापो गदः समाः' इति हैमः।। क्व पौष्णद्वये रेवत्यामश्विन्यां दोस्त्रितये हस्तत्रये मृगे मृगशीर्षे पुनर्विमारुते स्वातीरहिते चले चरसंज्ञभे पुनर्धैषणं पुष्यः मैत्रमनुराधा यातुभं मूलम् एषां द्वन्द्वैकत्वे पुनर्मन्त्री गुरुः इनः सूर्यः [illegible]म एषां द्युषु दिनेषु पुनः सत्तिथौ शुभतिथौ।।८१।।

रेवती, अश्विनी, हस्त, चित्रा, स्वाती, मृगशीर्ष, स्वाती से रहित चलसंज्ञक अर्थात् पुनर्वसु, श्रवण, धनिष्ठा, शतभिष, पुष्य, अनुराधा, मूल नक्षत्रों में, गुरु, रवि और सोम वासरों में, शुभ तिथियों में चिकित्सा कार्य आरम्भ करने से रोग से शीघ्र मुक्ति होती है।।८०।।

साधारणे वारुणदारुणाश्विन-
त्वाष्ट्रत्रिपूर्वासु बलाजहंसयोः ।
हुताशशस्त्राद्युपचर्ययामयो
व्रणोद्भवो याति विनाशमाशु च ।।८१।।

अथ झिंभप्रतिक्रियामाह—साधारण इति। व्रणोद्भव आमयो रोगो हुताशशस्त्राद्युपचर्यया अग्निपरिणतशस्त्रादिप्रतिक्रियया झिंभादिक्रियया आशु शीघ्र विनाशं क्षयं याति क्व साधारणे मिश्रनक्षत्रे च पुनर्वारुणं शतभिषक् दारुणसंज्ञभं आश्विनं त्वाष्ट्रं चित्रा त्रिपूर्वा आसां द्वन्द्वे आसु पुनर्बला भूमिस्तज्जो भौमः हंसः सूर्य अनयोर्द्वन्द्वे 'उपचर्योपचार्यौ च' इति हैमः।।८१।।

साधारण संज्ञक (विशाखा, कृत्तिका), शतभिष, दारुणसंज्ञक (मूल, ज्येष्ठा, आश्लेषा), अश्विनी, चित्रा, तीनों पूर्वा नक्षत्रों में भौम और रविवासरों में शस्त्र एवं अग्नि के सहयोग से चिकित्सा करने में व्रण से उत्पन्न रोग अतिशीघ्र शान्त होते हैं।।८१।।

रोगमुक्तस्नानमुहूर्त्तः—

दुष्टे विधौ पञ्चकलोनबिम्बे
राशौ महोराशिमहीजवारे ।
रिक्ताद्यचित्रानलवासवाढ्ये
मुक्तोपतापस्य नुराप्लवः स्यात् ।।८२।।

अथ रोगमुक्तस्नानमाह—दुष्ट इति।। मुक्तोपतापस्य त्यक्तरोगस्य नुर्नरस्य आप्लव: स्नानं स्यात् क्व दुष्टे दुष्टराशिगते विधौ चन्द्रे पुन: पञ्चकलाभिरूनं हीनं बिम्बं यस्य स तस्मिन् राशौ क्षीणचन्द्रराशौ सति पुनर्महसां तेजसां राशि:महोराशि: सूर्य: महीजो भौम: अनयोवरि किंभूते रिक्तातिथि: आद्यमश्विनी चित्रा अनल: कृत्तिका वासवं धनिष्ठा एषां द्वन्द्वे एभिराढ्ये युक्ते।।८२।।

अशुभराशिगत चन्द्र रहने पर, पाँच कला से न्यून चन्द्रबिम्ब की राशि में अर्थात् कृष्ण पक्ष की दशमी से शुक्ल पक्ष की पञ्चमी तक क्षीण चन्द्रमा की राशि में, रवि और भौमवासरों में, रिक्तासंज्ञक (४,९,१४) तिथियों में तथा अश्विनी, चित्रा, कृत्तिका, धनिष्ठा नक्षत्रों में रोगविमुक्त व्यक्ति को स्नान कराना शुभ होता है।।८२।।

चलोदये व्याधिखले सदम्बरे
खलाहिते मज्जनमङ्गिनो वरम्।
गदावसाने त्वशुभद्युनि क्वचि-
त्स्थिरान्त्यपैत्रानिलसार्पभान्यभै:।।८३।।

चलोदेति।। अङ्गिनो नरस्य गदावसाने रोगप्रान्ते मज्जनं वरमस्ति क्व चलोदये चरलग्ने व्याधिखलेऽष्टमभावगतक्रूरग्रहे सदम्बरे दशमभावगतशुभग्रहे पुन: खलाहिते षष्ठभागवगतखलग्रहे पुनरशुभद्युनि अशुभग्रहाणां दिने क्वचित् स्थिराणि भानि आन्त्यं रेवती पैत्रं मघा आनिलं स्वाती सार्पमश्लेषाभम् एषां द्वन्द्वे एभ्यो भेभ्योऽन्यभैरन्यनक्षत्रै:।।८३।।

चर लग्न में, लग्न से अष्टम भाव में पापग्रहों तथा दशम भाव में शुभग्रहों के रहने पर, अशुभ वासरों में रोगविमुक्त व्यक्ति को स्नान कराना चाहिये। कुछ लोगों के मत से स्थिर संज्ञक (तीनों उत्तरा, रोहिणी), रेवती, मघा, स्वाती, आश्लेषा नक्षत्रों को छोड़कर शेष नक्षत्रों में स्नान कराना चाहिये।।८३।।

रोगविमुक्तस्य बाह्यगमनम्—

शयैन्दवानुश्रुतितिष्यवासवा-
दितेयनासत्यभसंहतौ भवेत्।
आतङ्कमुक्तस्य नुरोकसो बहि-
र्गमो वर: सद्द्युनि मस्तकोदये।।८४।।

अथ रोगमुक्तनरस्य बाह्यगमनशुद्धिमाह—शयैन्दवेति। आतङ्कमुक्तस्य रोगमुक्तस्य नुर्नरस्य ओकसो गृहात् बहिर्गमो वरो भवेत् क्व शयो हस्त: ऐन्दवं मृगशीर्षम् अनुश्रुति: श्रवण: तिष्य: पुष्यो वासवं धनिष्ठा आदितेयं पुनर्वसु नासत्यभमश्विनी एषां द्वन्द्वे एषां संहतौ गणे सति पुन: सद्द्युनि शुभग्रहदिने पुनर्मस्तकोदये शीर्षोदयलग्ने।।८४।।

हस्त, मृगशिरा, श्रवण, पुष्य, धनिष्ठा, पुनर्वसु, अश्विनी नक्षत्रों में, शीर्षोदय लग्न में, शुभग्रहों के वासरों में रोगविमुक्त व्यक्ति को घर से बाहर निकलना चाहिए (बहिर्गमन करना चाहिये)।।८४।।

मांससेवन मुहूर्त्तः—

पापे दिने काव्यदिने सदामिषं
निषेवणं मादकवस्तुमद्ययोः।
विपर्वकाले शततारकोग्रभे
सदारुणे तावदुदग्रवीर्यकृत्।।८५।।

अथ मांससेवनमाह—पाप इति।। तावत् प्रथमं पापे दिने खलग्रहदिने काव्यदिने शुक्रवारे आमिषं मांससम्बन्धि सत् शुभं स्यात्। पुनर्मादकमद्ययोर्बलिष्ठवस्तुमदिरयोर्निषेवणं उग्रवीर्यकृत् उत्कटवीर्यकरं स्यात् क्व शततारका शतभिषक् उग्रभं उग्रसंज्ञभम् एषां द्वन्द्वैकत्वे किंभूते विपर्वकाले दर्शादिवर्जिते पुनःकिंभूते सदारुणे दारुणसंज्ञनक्षत्रयुक्ते।।८५।।

पापग्रहों के (रवि, भौम, शनि) दिनों में तथा शुक्रवार को सदैव माँस का सेवन करना चाहिए। मादक वस्तु और मदिरा का सेवन पर्वकाल (अमावास्या आदि) को छोड़कर, शेष समय में, शतभिष, उग्रसंज्ञक (तीनों पूर्वा, भरणी, मघा), दारुण संज्ञक (मूल, ज्येष्ठा, आर्द्रा, आश्लेषा) नक्षत्रों में अतिशय शक्तिवर्धक होता है।।८५।।

विषभक्षणे नक्षत्रशुद्धिः—

चराचरेन्दूडुलघूडुचित्रा
विषाशने भानुकवीन्दुभौमान्।
य ईहतेऽनेकविधानि तावत्
स कालकूटानि सदैति वै ना।।८६।।

अथ विषाशने भादिशुद्धिमाह—चरेति।। वै निश्चितं यो ना पुमान् सदा निरन्तरमनेकविधानि कालकूटानि विषाणि ईहते भक्षणाय वाञ्छति स ना पुमान् तावत्प्रथमं विषाशने कालकूटादिखादने चरादिताराश्च पुनर्भान्वादिवारान् एति प्राप्नोति चरादीनाश्रित्य भक्षयतीत्यर्थः। अथवा यस्तावत्प्रथमं विषाशने विषभक्षणे निमित्तं अनेकविधानि कालकूटानि एति भक्षयतीत्यर्थः स सदा निरन्तरं चरादिताराः भान्वादिवारान् ईहते वाञ्छति विषाशनमुहूर्त्ते गृह्णातीत्यर्थः। चराणि चरसंज्ञानि अचरसंज्ञानि इन्दूडु मृगशीर्ष लघूडूनि चित्रा आसां द्वन्द्वे एताः प्रति पुनर्भानुः कविः शुक्र इन्दुर्भौम एषां द्वन्द्व इमान्।।८६।।

जो व्यक्ति अनेक प्रकार के विषों का भक्षण करना चाहता है वह चर संज्ञक (स्वाती, पुनर्वसु, श्रवण, धनिष्ठा, शतभिषा), अचरसंज्ञक (तीनों उत्तरा, रोहिणी), लघुसंज्ञक (हस्त, अश्विनी, पुष्य) एवं चित्रा नक्षत्रों का तथा रवि, शुक्र, चन्द्र और भौम वासरों का सदैव आश्रय लेता है। अर्थात् उक्त मुहूर्त्तों में ही प्रथम बार विषपान करता है।।८६।।

अज्ञात अन्नादीनां सेवननिषेधः—

अज्ञातजातिगुणरूपविधानकाना-
मन्नादिबीजरसपुष्पफलौषधीनाम्।

संसेवनं सुकृतसौख्ययशोभिवृद्धयै
निःसंशयं नरवरैर्विदधीत नात्र।।८७।।

अथ निघण्ट्वादिप्रोक्तव्यतिरिक्तानां द्रव्याणां भक्षणं निषेधति—अज्ञातेति।। निःसंशयं निश्चितं नरवरः सत्पुमान् अत्र लोके सुकृतसौख्यशोभिवृद्धयै पुण्यं सुखं कीर्तिः आसां वर्द्धनाय अन्नादिबीजरसपुष्पफलौषधीनां संसेवनं न विदधीत न कुर्यात् किंभूतानामन्नादीनाम् अज्ञातं अविदितं जातिः गुणः रूपं विधानं च जातिर्द्रव्यं गुणोऽशुभाशुभरूपः सद्भावः विधानकं कृत्यं, येषां तानि तेषाम्।।८७।।

जिन पदार्थों के जाति, गुण, स्वरूप और विधि का ज्ञान न हो इस प्रकार के अज्ञात अन्न, बीज, रस, फल, फूल और ओषधियों का सेवन अपने सत्कार्य, पुण्य, सुख और यश-वृद्धि की दृष्टि से सत्पुरुषों को नहीं करना चाहिए।।८७।।

तैलस्नाने निषेधः—

दिग्विश्वदोरगनवाङ्गखरामघस्राः
सूर्यारमन्त्र्युशनसां दिवसा न शस्ताः।
निःशाक्रदारुणमघान्तकमिश्रतारा-
स्तैलाभिमज्जनविधौ किल पर्वकालाः।।८८।।

अथ दशम्यादिषु तैलस्नानं निषेधति—दिग्विश्वेति।। किल सम्भावनायां तैलाभिमज्जनविधौ तैलमर्दनपूर्वकस्नानकार्ये एते न शस्ता न शुभाः स्युस्तानाह।। दिग् दशमी विश्वे त्रयोदशी दोर्द्वितीया उरगः सप्तमी नव नवमी अङ्गः षष्ठी खरामोऽमावासी एतत्संख्यायुक्तघस्रा दिवसाः पुनः सूर्यः आरो भौमः मन्त्री गुरुरुशनाः शुक्र एषां दिवसाः पुनर्निःशाक्रं ज्येष्ठावर्ज्यं दारुणसंज्ञभं मघा अन्तको भरणी मिश्रताराः आसां द्वन्द्वे एताः पुनः पर्वकाला पर्वणा समयाः।।८८।।

दशमी, त्रयोदशी, द्वितीया, सप्तमी, नवमी, षष्ठी, अमावास्या तिथियाँ, रवि-भौम-गुरु-शुक्र ग्रहों के दिन (अर्थात् उक्तवार), ज्येष्ठा रहित दारुण संज्ञक (मूल, आर्द्रा, आश्लेषा), मघा, भरणी एवं मिश्रसंज्ञक (विशाखा, कृत्तिका) नक्षत्रों में तथा पर्वकाल में तैल से स्नान करना शुभ नहीं होता।।८८।।

जन्मादिदिवसे स्नाने विशेषः—

अभ्यङ्गदूषितदिनेष्वपि जन्मघस्रे
पाणिग्रहे च विजयामुनितर्पणाह्नि।
होलाविरामदिवसे बलिवासरे स्या-
दभ्यङ्ग ईरितशिवो नियतं नराणाम्।।८९।।

अथ जन्मादिदिने स्नानं निर्दोषमाह—अभ्यङ्गेति।। नियतं निश्चितं नराणां पुंसाम् ईरितं प्रेरितं शिवं कल्याणं येन स ईरितशिवोऽभ्यङ्गस्तैलविमर्दः स्यात्। अभ्यङ्गदूषितदिनेषु तैलमर्दनदोषदिनेष्वपि जन्मघस्रे जन्मदिने च पुनः पाणिग्रहे उद्वाहे पुनर्विजयामुनितर्पणाह्नि

विजयादशम्यां ऋषितर्पणदिने पुनर्होलाविरामदिवसे होलिकान्ते रज:पर्वणि पुर्नबलिवासरे बलिपूजनदिने त्रयोदश्यादिदीपालिकादिनत्रये॥८९॥

जन्म दिन, विवाह दिन, विजय काल, ऋषितर्पण के दिन, होलिका के विराम दिन (दूसरे दिन) तथा बलि के दिन (कार्तिक शुक्ल त्रयोदशी से दीपावली तक तीन दिन पर्यन्त) अभ्यङ्ग उबटन से स्नान मनुष्य के लिए निरन्तर इच्छित कल्याणकारी होता है।।८९।।

तैलादिस्नाने विशेष:—

दुष्टे यमे भवति तैलनिमज्जनं यत्
नित्यं विदह्नि च यमाह्नि न दूषितं तत्।
निन्द्येऽप्यनेहसि सदाखिलवासरेषु
संसेवितुं प्रसववासिततैलमर्हम्।।९०।।

अथ क्रूरग्रहे नित्यं स्नानमाह—दुष्ट इति॥ दुष्टे यमे दुष्टराशिगते शनौ सति नित्यं यत्तैलनिमज्जनं तेलस्नानं भवति तत् स्नानं न दूषितं स्यात् क्व विदह्नि बुधवासरे च पुनर्यमाह्नि शनिवारे इति। अथ वासिततैलं निर्दोषमाह। सदा प्रसववासिततैलं चम्पकादि पुष्पवासिततैलं सेवितुमर्हं योग्यं स्यात् केषु निन्द्येऽनेहसि दुष्टकाले अपि अखिलवासरेषु॥९०॥

शनि के अशुभ राशि में स्थित रहने पर, बुध और शनिवासरों में नित्य तैल स्नान दूषित नहीं होता। आसव (अर्क) द्वारा निर्मित एवं सुवासित तैल निन्दित वासरों में भी स्नान योग्य होता है।।९०।।

तिथिवशात् त्याज्यम्—

शीर्षं कपालकमथान्त्रिकवल्लचर्म-
बैल्वानिचामलकमत्र परान्नमद्यात्।
नैवाष्टमीप्रभृतिचान्द्रदिनेषु शश्वद्-
दर्शे तु मन्थनजपद्रुमघातनं वा।।९१।।

अथाष्टम्यादितिथौ नालिकेरादिभक्षणं निषेधति—शीर्षमिति॥ शश्वत् निरन्तरं नरोऽष्टमीप्रभृतिचान्द्रदिनेषु शीर्षादिकं नैव अद्यात् न भक्षयेत्। अष्टम्यां शीर्षं नालिकेरं नवम्यां कपालकं तुम्बकं अथ पुनर्दशम्यां आन्त्रिकं नालीशाकं एकादश्यां वल्ल: नख इति तन्त्रान्तरे वालुलि इति द्वादश्यां चर्म कदलीफलं त्रयोदश्यां बिल्वं बिल्वफलं एषां द्वन्द्वे एतानि च पुनश्चतुर्दश्यां आमलकं पूर्णिमायां परान्नं न भक्षयेदत्र लोके इति तु पुनर्दर्शेऽमावास्यायां मन्थनं गोरसमन्थनं जपो मन्त्रजप: द्रुमघातनं वृक्षच्छेदनं वा एषां द्वन्द्वैकत्वम्॥९१॥

अष्टमी आदि तिथियों में क्रम से शीर्ष (नारियल), कपाल (तुम्बी, लौकी), अन्त्रिक (नालिकाशाक), वल्ल (नासपाती), चर्म (केला), बिल्व (बेल, श्रीफल), आमलक (आँवला), परान्न (दूसरे का अन्न), का भक्षण नहीं करना चाहिये।

अमावास्या को मन्थन (दुग्ध, दधिमन्थन), मन्त्रजप तथा वृक्षच्छेदन नहीं करना चाहिए।।९१।।

तिथीशाः—

धूमध्वजद्रुहिणपर्वतराजपुत्री-
लम्बोदराहिगुहहंसपिनाकिदुर्गाः ।
कीनाशविश्वहरिकाममहेशसोमा
दर्शान्ततः सुकृतिभिर्गदिता नराणाम् ।।९२।।

अथ तिथीशानाह—धूमेति।। कृतिभिः शुभपण्डितैर्दर्शान्ततः प्रतिपत्तः तिथिपाला धूमध्वजादयस्तिथीशा गदिताः प्रोक्ताः।। धूमध्वजो वह्निः १ द्रुहिणो ब्रह्मा २ पर्वतराजपुत्री गौरी ३ लम्बोदरो गणेशः ४ अहिः सर्पः ५ गुहः स्कन्दः ६ हंसः सूर्यः ७ पिनाकी शम्भुः ८ दुर्गा ९ कीनाशो यमः १० विश्वे ११ हरिर्विष्णुः १२ कामः कन्दर्पः १३ महेश ईशः १४ सोमश्चन्द्रः १५ एषां द्वन्द्वे एते।।९२।।

धूमध्वज (अग्नि), द्रुहिण (ब्रह्मा), पर्वतराजपुत्री (गौरी), लम्बोदर (गणेश), अहि (सर्प), गुह (कार्तिकेय), हंस (सूर्य), पिनाकी (शिव), दुर्गा, कीनाश (यमराज), विश्व (विश्वेदेव), हरि (विष्णु), काम (कामदेव), महेश (शिव), सोम (चन्द्रमा) क्रमानुसार दर्शान्त से अर्थात् प्रतिपदादि तिथियों के स्वामी होते हैं। ऐसा विद्वानों ने प्राणियों के ज्ञान हेतु बतलाया है।।९२।।

तिथि	स्वामी	तिथि	स्वामी
प्रतिपदा	अग्नि	नवमी	दुर्गा
द्वितीया	ब्रह्मा	दशमी	यम
तृतीया	गौरी	एकादशी	विश्वेदेव
चतुर्थी	गणेश	द्वादशी	विष्णु
पञ्चमी	सर्प	त्रयोदशी	कामदेव
षष्ठी	कार्तिकेय	चतुर्दशी	शिव
सप्तमी	रवि	पूर्णिमा }	
अष्टमी	शिव	अमावास्या }	चन्द्र

वासराधिपाः—

स्थाणुः शिवा गुहजिनौ विधिजिष्णुकाला-
स्तुष्टौ रवेर्निगदिता ग्रहवारपालाः ।
यस्यामरस्य तिथिवारभकालसाध्यं
तस्य व्रतादि जपभोजनहोमदानम् ।।९३।।

इति श्री कविकालिदासोदिते ज्योतिर्विदाभरणे
मिश्रकाध्याय एकोनविंशतितमः ।।१९।।

अथ सप्तवाराणां स्वामिन आह—स्थाणुरिति।। पण्डितै रवेः सूर्यात् स्थाण्वादयो ग्रहपाला वारनायका निगदिताः प्रोक्ताः। सूर्यस्य स्थाणुः चं. शिवा गौरी मं. गुहः स्कन्दः बु. जिनः कृष्णः इमौ वृ. विधिर्ब्रह्मा शु. विष्णुरिन्द्रः श. कालो यमः एषां द्वन्द्वे एते यस्यामरस्य देवस्य व्रतादिजपभोजनहोमदानं क्रियते तदा तस्यामरस्य तिथिवारभकालसाध्यं व्रतादितुष्ट्यै संतोषाय स्यात्।।९३।।

इति श्रीपौर्णिमीयगच्छाधिराजभट्टारकपुरन्दरश्रीमहिमाप्रभसूरीश्वरचरण-सरोरुहचञ्चरीकायमानशिष्यभावरत्नविरचितायां श्रीकालिदासकृत-ज्योतिर्विदाभरणस्य सुखबोधिकायां मिश्राध्याय एकोनविंशतितमः।।१९।।

शिव, पार्वती, गुह, जिन (कृष्ण), ब्रह्मा, विष्णु (इन्द्र) और काल (यम) क्रम से सूर्यादिवारों के स्वामी कहे गये हैं। जिस देवता की सन्तुष्टि हेतु व्रत, जप, दान एवं हवन अभीष्ट हो उसी से सम्बन्धित, वार, नक्षत्र और तिथि में करना चाहिए।।१३।।

वारपति

वार	रवि	चन्द्र	भौम	बुध	गुरु	शुक्र	शनि
स्वामी	शिव	पार्वती	गुह	कृष्ण	ब्रह्मा	इन्द्र	यम

श्रीकालिदासविरचित ज्योतिर्विदाभरण के मिश्रकाध्याय का
प्रो. रामचन्द्रपाण्डेयकृत हिन्दी भाषानुवाद सम्पूर्ण।।१९।।

वर्णाश्रमकर्मसाधनप्रकरणम्-२०

कासारदेवायतनादिकर्मणा-
मुत्सर्गकालस्य विनिर्णयं यथा ।
अनेकवर्णाश्रमकर्मसाधनं
ब्रुवेऽहमत्राखिलवर्गसाधनम् ॥१॥

अथ मिश्राध्यायकथनानन्तरं कर्मसाधनं घटतेऽतोऽनेकवर्णाश्रमकर्मसाधनाध्याय-सन्धानमाह—कासारेति॥ अत्राध्यायेऽहं कासारदेवायतनादिकर्मणां तटाकदेवगृह-कृत्यानामुत्सर्गकालस्य नीलोद्वाहदानविशेषस्य विनिर्णयं निश्चयं ब्रुवे। तथा पुनरनेकवर्णाश्रमकर्मसाधनं चतुवर्णानां कृत्यविधानं ब्रुवे किंभूतं अनेकवर्णाश्रमसाधनं अखिलवर्गसाधनं समस्तधर्मार्थकाममोक्षाणां साधनमुपायः 'साधनं सिद्धिसैन्ययोः॥ उपायो' इत्यादि हेमोऽनेकार्थः॥१॥

तालाब, देवालय आदि से सम्बन्धित कार्यों के उत्सर्ग (प्रतिष्ठा दान) काल का निर्णय, अनेक वर्णाश्रमों के कर्म साधन तथा अखिल वर्ग (धर्म-अर्थ-काम-मोक्ष) के साधन का वर्णन इस अध्याय में मैं कर रहा हूँ॥१॥

जलाशयानां प्रतिष्ठा—

सूरे चरत्यैलविलाशमादृता
कासारकूपादिजलाशये नवे ।
जलप्रतिष्ठा च नवे महर्षिभिः
प्रासादिकोत्सर्गविधिस्तथोदितः ॥२॥

अथ जलाशयानां प्रतिष्ठामाह—सूरेति॥ महर्षिभिः कासारकूपादिजलाशये नवे नवीने जलप्रतिष्ठा आदृता अङ्गीकृता कस्मिन् ऐलविलं धनदमश्नुते प्राप्नोति इति ऐलाविलाशं उत्तरदिक् प्राप्तमयनं चरति गच्छति शतृप्रत्यये सूरे सूर्ये सति तथा पुनः प्रासादो देवगृहं कं जलम् अनयोरुत्सर्गविधिर्नीलोद्वाहविधानम् उदितः प्रोक्तः॥२॥

महर्षियों ने ऐलविल (कुबेर) की दिशा (उत्तर दिशा) के अयन में सूर्य के गमन करने पर अर्थात् सूर्य के उत्तरायण होने पर नवीन तालाब, कूप, जलाशय आदि में जलप्रतिष्ठा का समय बतलाया है। उसी समय प्रासाद (देवालय) एवं जल (जलाशय) की उत्सर्ग विधि भी बतलायी है॥२॥

प्रतिष्ठायां मासशुद्धिः—

शुभैव सा फाल्गुनमाधवाख्ययो-
मर्ध्या सहस्ये च तपस्युदीरिता।
शुक्रेऽधमा शुद्धसमाद्यनेहसा
शुद्धेऽभिरूपैः श्रुतिधर्ममानिभिः।।३।।

अथात्र प्रतिष्ठायां मासशुद्धिमाह—शुभवैति।। श्रुतिधर्ममानिभिर्वेदधर्मविद्भिरभिरूपैः पण्डितैः फाल्गुनमाधवाख्ययोः फाल्गुनवैशाखयोः सा प्रतिष्ठा शुभा उदीरिता प्रोक्ता। एवं च पुनः सहस्ये पौषे तपसि माघमासे सा मध्या। पुनः शुक्रे ज्येष्ठमासे साऽधमा पुनः आद्यनेहसा प्रथमकालेन शुद्धे सति सा शुद्धतमा इति।।३।।

वेद और धर्मशास्त्र के ज्ञाता पण्डितों ने फाल्गुन, वैशाख मासों में प्रतिष्ठा को शुभ (उत्तम) पौष और माघ मास में मध्यम तथा ज्येष्ठ मास में अधम बतलाया है। यदि ज्येष्ठ के प्रथम दिवस में कालशुद्धि हो तो पूर्ण मास प्रतिष्ठा हेतु शुद्ध होता है।।३।।

कल्प्या क्वचिन्मार्गशिरस्यलीनगे
युग्मेनयोगे मलधारिणा शुचौ।
घनप्रसूनामरधामसंस्कृति-
र्विगर्हिता साप्यधमाधमा बुधैः।।४।।

अथात्र मतं दर्शयन्नाह—कल्प्येति।। क्वचित् मार्गशिरसि मासेऽलीनगे वृश्चिकराशिगतसूर्ये घनप्रसूनं जलम् अमरधाम देवगृहम् अनयोः संस्कृतिः प्रतिष्ठा कल्प्या कर्त्तव्या 'मेघपुष्पकमलान्यापः पयः पाथसि' इति हैमः। मलधारिणा मलिनवेषधारिणा दर्शनान्तरेण युग्मेनयोगे मिथुनसंक्रान्ति सूर्ययोगे सा प्रतिष्ठा कल्प्या बुधैः सा प्रतिष्ठाऽधमाऽधमा विगर्हिता तिरस्कृता।।४।।

कुछ विद्वानों के मत से मार्गशीर्ष मास में सूर्य के वृश्चिक राशिगत होने पर जलाशय और देवालय की प्रतिष्ठा करनी चाहिए। आषाढ मास में मलिन वेषधारी सूर्य का योग मिथुन राशि से होने पर (मिथुन संक्रान्ति होने पर) उक्त दोनों प्रतिष्ठा अधम एवं निन्दित कही गई हैं।।४।।

सिंहस्थे गुरौ प्रतिष्ठानिषेधः—

नीचे द्विपारौ च गुरौ प्रतिष्ठा
प्रासादवाराशययोरजस्त्रम्।
जीवालये जीवसितास्तकाले
कार्या विधौ दुष्टतरे न कर्त्रा।।५।।

अथ सिहगुर्वादौ प्रतिष्ठां निषेधति—नीच इति।। अजस्रं निरन्तरं कर्त्रा नरेण प्रासादवाराशययोः देवगृहजलाशययोः प्रतिष्ठा न कार्या क्व नीचे नीचराशिगते द्विपारौ

सिंहराशिगते गुरौ जीवे सति पुनर्जीवालये धनुरर्के मीनार्के च सति पुनर्जीवसितास्तकाले गुरुशुक्रास्तसमये पुनर्दृष्टतरे विधौ चन्द्रे सति।।५।।

नीचराशि (मकर) गत तथा सिंह राशि गत गुरु के होने पर, गुरु के गृह (धनु और मीन) राशियों में सूर्य के स्थित रहने पर, गुरु और शुक्र के अस्तंगत होने पर तथा चन्द्रमा के अशुभ स्थिति में रहने पर कर्त्ता को देवालय और जलाशय की प्रतिष्ठा नहीं करनी चाहिए।।५।।

प्रतिष्ठायां तिथ्यादिशुद्धिः—

विहाय दर्शोदरवारपञ्चकं
रिक्तारमन्दान् यमघण्टमाडलम्।
भद्रामशेषे समये मठाम्भसा-
मलं प्रतिष्ठाखिलवर्गसिद्धये।।६।।

अथ प्रतिष्ठायां तिथ्यादिशुद्धिमाह—विहायेति।। मठाम्भसां छात्रादिगृहाणां जलानां च प्रतिष्ठाखिलवर्गसिद्धये स्यात् किं कृत्वा दर्शोदरवारपञ्चकं द्विपार्श्वतोमावासीमध्यगतदिनपञ्चकं च पुना रिक्तातिथिः आरो भौमः मन्दः शनिः इमान् पुनर्यमघण्टं प्रतीतं पुनः आडलं योगं भद्रां विष्टिं च विहाय त्यक्त्वा अशेषे समये समस्तकालेऽलमित्यर्थः।।६।।

जिसमें अमावस्या मध्यगत हो ऐसे पाँच वारों (तिथियों) अर्थात् १३,१४,३०,१,२ इन पाँच तिथियों एवं रिक्ता संज्ञक (४,९,१४) तिथियों को, भौम और शनिवासरों को, यमघण्ट और आडल योगों को तथा भद्रा को छोड़कर शेष सभी समयों में मठ (ब्रह्मचारियों का आवास) एवं जलाशय की प्रतिष्ठा समस्त वर्गों की सिद्धियों को देने वाली होती है।।६।।

प्रतिष्ठायां नक्षत्रशुद्धिः—

श्रवस्त्रयादित्यमृदुध्रुवोडुषु
क्षिप्रेष्वविद्धेषु सभूषणेष्वपि ।
तडागवाप्यादिमठप्रतिष्ठया
प्रतिष्ठितः स्यादनुराजसंसदि ।।७।।

अथ प्रतिष्ठाया भादिशुद्धिमाह—श्रव इति।। श्रवस्त्रयं श्रवणत्रयम् आदित्यं पुनर्वसु मृदूनि ध्रुवाणि इन्दुर्मृगशीर्ष एषां द्वन्द्वे एषु पुनः क्षिप्रेषु क्षिप्रसंज्ञकनक्षत्रेषु किंभूतेषु अविद्धेषु ग्रहैरभिन्नमण्डलेषु पुनः किंभूतेषु सुभूषणेषु शुभयोगयुक्तेषु सत्सु तडागवाप्यादिमठप्रतिष्ठया कृत्वानु पश्चात् स नरो राजसंसदि भूपसभायां प्रतिष्ठितः शोभायुक्तः स्यात्।।७।।

श्रवण के तीन (श्रवण, धनिष्ठा, शतभिष), पुनर्वसु, मृदुसंज्ञक (मृगशिरा, रेवती, चित्रा, अनुराधा), ध्रुवसंज्ञक (तीनों उत्तरा, रोहिणी), क्षिप्रसंज्ञक (हस्त,

अश्विनी, पुष्य) में उक्त नक्षत्रों के वेधरहित रहने पर तथा शुभयोगों से युक्त रहने पर तडाग, वापी आदि जलाशयों एवं मठ की प्रतिष्ठा करने वाला व्यक्ति राजसभा में प्रतिष्ठित-सम्मानित होता है।।७।।

जलप्रतिष्ठायां लग्नशुद्धिः—

जलालयस्थे जलचारिराशौ
जलप्रतिष्ठा जलगोलमूर्तौ।
लग्ने सुकेन्द्रे शुभदाथवा स्या
च्छीर्षोदये वारिविधौ शुभे खे।।८।।

अथ जलप्रतिष्ठायां लग्नशुद्धिमाह—जलेति।। जलप्रतिष्ठा शुभदा स्यात् क्व जलालयस्थे जलराशिप्राप्ते जलगोलमूर्तौ चन्द्रे सति जलचारिराशौ जलचरराशियुक्ते लग्ने पुनः सुकेन्द्रे शुभग्रहयुक्तकेन्द्रेऽथवा पक्षान्तरे शीर्षोदये लग्ने वारिविधौ चतुर्थभावगते चन्द्रे खे शुभे दशमभावगतशुभग्रहे सत्येवं स्यात्।।८।।

जलचरराशि में चन्द्रमा के स्थित रहने पर, जलचरराशियों के लग्न में, केन्द्र (१,४,७,१०) भावों में शुभग्रहों के होने पर, लग्न में चतुर्थ भाव में चन्द्रमा तथा दशम भाव में शुभग्रहों के रहने पर जलप्रतिष्ठा शुभ होती है।।८।।

जलोत्सर्गकाले प्रतिष्ठामुहूर्त्तः—

सुरप्रतिष्ठा गदितैव पूर्वं
विष्णुप्रतिष्ठोडुषु वा प्रशस्ता।
तथापि कोत्सर्गविधानकालेऽ-
खिलप्रतिष्ठापि न दोषदात्री।।९।।

अथ नीलोद्वाहमाश्रित्य प्रतिष्ठामाह—सुरेति।। पूर्वं सुरप्रतिष्ठा गदितैव प्रोक्ता एव। वाथवा विष्णुप्रतिष्ठोडुषु जनार्दनप्रतिष्ठानक्षत्रेषु प्रशस्ता शुभा तथापि कस्य जलस्योत्सर्गविधानकाले नीलोद्वाहसमयेऽपि अखिल प्रतिष्ठा सर्वसुरप्रतिष्ठा दोषदात्री दोषदायिनी न स्यात्।।९।।

देव प्रतिष्ठा का मुहूर्त्त पहले कहा जा चुका है। उन मुहूर्त्तों में अथवा विष्णु प्रतिष्ठा में ग्रहण किये गये नक्षत्रों में सभी देवताओं की प्रतिष्ठा प्रशस्त (शुभ) होती है। इसके अतिरिक्त जल के (उत्सर्ग विधान में) भी समस्त देवताओं की प्रतिष्ठा दोषप्रद नहीं होती।।९।।

चतुर्वर्णानां कृत्यम्—

वर्णक्रियारम्भणमादरादहं
तत्कर्मसाधारणसाधनप्रियम् ।
वदाम्यथो येन समस्तवर्णज-
क्रियाफलस्यापि विनिश्चयो भवेत् ।।१०।।

अथ चतुर्वर्णानां कृत्यसन्धानमाह—वर्णेति।। अथो आनन्तर्येऽहम् आदरात् तत् वर्णक्रियारम्भणं चतुवर्णानां कृत्यानां प्रारम्भणं वदामि कथयामि। किंभूतं वर्णक्रियारम्भणं तत्कर्मसाधारणसाधनप्रियं कर्मणां सामान्योपायप्रियं येनारम्भणेन समस्तवर्णक्रियाफलस्यापि चतुर्वर्णजाता क्रिया तस्याः फलस्यापि विनिश्चयो भवेत्।।१०।।

(उक्त मुहूर्तों के) अनन्तर चारों वर्णों के कार्य साधन के आधार भूत तथा चातुर्वर्ण्य की क्रियाओं के परिणामों का निर्णय जिसके आधार पर होता है उस क्रियारम्भ को मैं आदर पूर्वक कह रहा हूँ।।१०।।

वर्णविचारः—

द्विजो भुजाभूर्विडिमे द्विजातय-
स्तुरीयवर्णोऽङ्घ्रिज एव कीर्तितः।
परेऽन्त्यजा ये त्वपरे शकादिका
मनीषिभिः सङ्करजातयः स्मृताः।।११।।

अथ वर्णविवेकमाह—द्विज इति।। द्विजो विप्रः भुजाभूः क्षत्रियः विड् वैश्यः इति एते त्रयो द्विजातयः स्युः। अङ्घ्रिजः शूद्रः तुरीयवर्णः शूद्रःकीर्तितः प्रोक्तः। तु पुनः परे शूद्रेभ्योऽन्त्यजाः स्मृताः मनीषिभिर्बुधैरपरे ये शकादिका म्लेच्छादयस्ते सङ्करजातयः स्मृताः प्रोक्ताः।।११।।

विप्र (ब्राह्मण), क्षत्रिय, वैश्य, ये द्विजातियाँ हैं तथा चतुर्थ वर्ण को शूद्र कहा गया है। शूद्रों के बाद की जातियाँ अन्त्यज कही गई हैं। मनीषियों ने शक आदि जातियों को संकर जाति (वर्णसंकर) कहा है।।११।।

विप्रक्षत्रियकृत्यम्—

अध्यापनं चाध्ययनं च याजनं
दानं द्विजे स्युर्यजनं प्रतिग्रहः।
कर्माणि षड् वै यजनापवर्जने
त्रिकर्मवानध्ययनं तथैति राट्।।१२।।

अथ विप्रकृत्यमाह—अध्यापनमिति।। वै निश्चितं अध्यापनं पात्रेभ्यो विद्यासमर्पणम् १ अध्ययनं प्रतीतं २ याजनं अन्येषां यज्ञकरणं ३ स्वयं दानं ददाति दानं प्रतीतं ४ स्वयं यजति यजनं प्रतीतं ५ प्रतिग्रहः अन्यस्य दानग्रहः ६ चेति षट्कर्माणि द्विजे विप्रे स्युः। अथ क्षत्रियकृत्यमाह। तथा यजनापवर्जने यजनं यज्ञकरणं दानं अध्ययनं चेति त्रिकर्मवान् त्रिकर्मयुक्तो राट् क्षत्रियः स्यात्।।१२।।

अध्यापन, अध्ययन, यज्ञकराना, ब्राह्मणों को दान देना, स्वयं यज्ञ करना, दान लेना ये ६ कर्म ब्राह्मणों के लिए हैं। यज्ञ करना, दान देना तथा अध्ययन इन तीन कार्यों से युक्त क्षत्रिय होते हैं।।१२।।

वैश्यादीनां कार्यम्—

वैश्यः सदा प्रापणिकोऽङ्घ्रिजन्मा-
द्विजन्मसेवारतिरेतदीयम् ।
कर्मेत्यकृत्यव्यवहारजानि
कर्माण्यनेकान्यपरान्त्यजानाम् ।।१३।।

अथ वैश्यकृतमाह—वैश्य इति।। सदा वैश्यः प्रापणिको व्यवहारकृत् इति एतदीयं कर्म।

अथ शूद्रकृत्यमाह—अङ्घ्रिजः शूद्रो द्विजन्मसेवारतिः विप्रसेवारक्तः इत्येतदीयं कर्म। अथान्त्यजादीनां कृत्यमाह। तु पुनः अपरान्त्यजानां अन्त्यजम्लेच्छादीनां अकृत्यव्यवहारजानि कुकर्मव्यवहारजातानि अनेकविधानि कर्माणि स्युः।।१३।।

वैश्य के लिए सदैव व्यापार (व्यवहार) कार्य कहा गया है। शूद्रों के लिए द्विजातियों की सेवा ही मुख्य कर्म है। अन्त्यजों के लिए अकृत्य कर्म (निम्न-निकृष्ट कार्य) तथा अनेक अन्य व्यवहार कहे गये हैं।।१४।।

स्वकार्ये कार्यसिद्धिः—

यद्वर्णकर्माणि तदेककाले
संसाधितान्येव हि यान्ति सिद्धिम् ।
तत्स्वस्वकर्मव्यवहारकालं
नयेन्मनीषी युगपन्नयर्द्धिम् ।।१४।।

अथ स्ववर्ण स्वकृत्यसिद्धिं दर्शयति—यद्वर्ण इति।। हि निश्चितं तदेककाले तस्मिन् एककाले संसाधितानि सम्यक्प्रकारेण विहितानि यद्वर्णकर्माणि येषां वर्णानां कृत्यानि सिद्धिं निष्पत्तिं यान्ति प्राप्नुवन्ति। इणोधातोरूपम्।। मनीषी बुद्धिमान् तत्स्वस्ववर्णव्यवहारकालं एषां स्वकीयस्वकीयवर्णानां व्यवहारकालं युगपन्नयर्द्धिं समकालन्यायसम्पदं नयेत् प्राप्नुयात् द्विकर्मत्वात्।।१४।।

जिस वर्ण का जो कार्य है उसे एक काल में सम्पन्न करने से ही कार्यों की सिद्धि होती है। अपने-अपने वर्णों के अनुसार एक साथ कार्य करने से बुद्धिमान् पुरुष सम्पदा को प्राप्त करते हैं। अर्थात् अपने वर्णों के अनुसार मिलकर कार्य करने से देश को सम्पन्न कर सकते हैं।।१४।।

विप्राणां स्वाभाविककार्यम्—

शमो दमः सत्यमथार्जवं क्षमा
शौचं तपो ज्ञानकथामरार्चनम् ।
तीर्थे तथास्तिक्यमभिज्ञसङ्गतिः
स्वभावकर्माग्रजनेर्मखव्रतम् ।।१५।।

अथ विप्राणां स्वभावकृत्यमाह—शम इति।। शम: शान्ति: दम: पञ्चेन्द्रियनिग्रह: सत्यं प्रतीतं आर्जवं मायात्याग: क्षमा शान्ति: शौचं पावित्र्यं तपो ज्ञानकथा अमरार्चनं देवपूजां तीर्थं गोदावर्यादि तथा आस्तिक्यं श्रद्धात्वं अभिज्ञसंस्कृति: पण्डितसङ्गम: मखव्रतं यज्ञव्रतं इति अग्रजनेर्विप्रस्य स्वभावकर्म निसर्गकृत्यं स्यात्।।१५।।

शम (शान्ति), दम (इन्द्रिय निग्रह), सत्य, आर्जव (उदारता), क्षमा, शौच (पवित्रता), तप (तपस्या, संयम), ज्ञान कथा (उपदेश), देवार्चन, तीर्थयात्रा, आस्तिकता, विद्वत् समागम तथा यज्ञव्रत ये विप्रों के स्वाभाविक कर्म हैं।।१५।।

क्षत्रियाणां स्वभावकृत्यम्—

शौर्यं बलं धैर्यधृतिर्मृधं
विद्या सुदीक्षेश्वरतापवर्जनम्।
क्षमाभृत: कर्म निसर्गजं विशो
वाणिज्यगोजीवनकर्षणं त्विति।।१६।।

अथ क्षत्रियाणां स्वभावकृत्यमाह—शौर्यमिति।। शौर्यं शूरत्वं बलं धैर्यधृतिर्धैर्यधारणं धृति: सन्तोषो मृधं संग्राम: विद्या सुदीक्षा ईश्वरता अपवर्जनं दानं इति क्षमाभृत: क्षत्रियस्य निसर्गजं स्वाभाविकं कर्म स्यात्।। अथ वैश्यानां निसर्गकृत्यमाह—वाणिज्यगोजीवनकर्षणमिति।। विशो वैश्यस्य निसर्गजं कर्म स्यात्।। 'वाणिज्यं पाशुपाल्यां च कर्षणं च' इति व्रतय इति हैम:।।१६।।

शौर्य (पराक्रम), बल, धैर्य धारण करने की क्षमता, सन्तोष, संग्राम में दक्षता, विद्यार्जन, सुन्दर दीक्षा, प्रभुता, दान, क्षमाशीलता ये क्षत्रियों के स्वाभाविक कर्म हैं। व्यापार, पशुपालन तथा कृषि ये वैश्यों के स्वाभाविक कर्म हैं।।१६।।

शूद्रादीनां स्वभावकृत्यम्—

द्विजातिसेवावनिदेवताज्ञया
धर्मोविधि: शूद्रनिषेककर्म च।
स्वभावकर्म प्रविहाय योऽन्यथा
स्वयं चरेत्सोऽन्त्यकर्मनर्मभाक्।।१७।।

अथ शूद्राणां निसर्गकृत्यमाह—द्विजेति।। द्विजातिसेवा विप्रसेवा पुनरवनिदेवताज्ञया विप्राज्ञया धर्मो विधिश्चेति शूद्रनिसर्गकर्म शूद्राणां स्वाभाविकं कर्म स्यात्।। अथान्त्यजानां कुकृत्यमाह।। य: स्वभावकर्म प्रविहाय त्यक्त्वाऽन्यथा नीचत्वं स्वयमात्मना चरेत् कुर्यात् सोऽन्त्यजकर्मनर्मभाक् अन्त्यजकार्यक्रीडासेवी स्यात्।।१७।।

द्विजातियों (ब्राह्मण, क्षत्रिय, वैश्यों) की सेवा तथा भूसुर ब्राह्मणों की आज्ञानुसार धर्म विधि का आचरण शूद्रों का स्वाभाविक कार्य है। जो स्वभावकर्म को छोड़कर निम्न कार्य में प्रवृत्त होता है वही अन्त्यज है तथा वही अन्त्यज कर्म का अधिकारी भी होता है।।१७।।

विप्रकृत्ये नक्षत्रादिशुद्धिः—

तिष्याजपाणिश्रुतिराजविश्वभै-
र्वरं समारम्भितमग्रजन्मनः ।
कर्मेनकाव्येज्यभवारशुद्धयो-
ररिक्तयोरार्यसितद्युनोर्भवेत् ।।१८।।

अथ विप्रकृत्ये भादिशुद्धिमाह—तिष्येति।। अग्रजन्मनो विप्रस्य कर्मे समारम्भितं प्रारम्भितं वरं श्रेष्ठं स्यात् कैः तिष्यः पुष्यः अजो ब्रह्मा रोहिणी पाणिर्हस्तः श्रुतिः श्रवणः राजा चन्द्रो मृगशीर्षं विश्वभं उत्तराषाढा एषां द्वन्द्वे एभिः पुनः कयोः आर्यसितद्युनोर्गुरुशुक्रवासरयोः सतोः किंभूतयोः इनः सूर्यः काव्यः शुक्रः इज्यो गुरुः एषां भवारो राशिवारस्तेन शुद्धो निर्दोषो तयोः पुनः किंभूतयोररिक्तयो रिक्तातिथिवर्जितयोः।।१८।।

पुष्य, रोहिणी, हस्त, श्रवण, मृगशिरा, उत्तराषाढ़ा नक्षत्रों में गुरु-शुक्रवासरों में, सूर्य, शुक्र और गुरु की राशियों एवं वासरों के शुद्ध रहने पर ब्राह्मणों द्वारा आरम्भ किया गया कार्य श्रेष्ठ होता है।।१८।।

क्षत्रियकार्यारम्भे समयशुद्धिः—

साधारणेन्द्रैनशतोत्तराश्रवो
दास्रान्त्यमैत्रानिलभेष्वकीर्तयन्।
क्षत्रक्रियारम्भणमंशुमन्त्र्यसृ-
क्सोमैः सपूर्णासु जयासु युक् परैः।।१९।।

अथ क्षत्रियकार्यारम्भे भादिशुद्धिमाह—साधारणेति।। बुधाः क्षत्रक्रियारम्भणं क्षत्रियकर्मप्रारम्भणमकीर्तयन् कथयामासुः केषु साधारणे मिश्रसंज्ञे ऐन्द्रज्येष्ठा ऐनं हस्तः शतभिषक् उत्तरात्रयं श्रवः श्रवणः दास्रमश्विनी आन्त्यं रेवती मैत्रमनुराधा अनलभं कृत्तिका एषां द्वन्द्वे एषुः कैः अंशुः सूर्यः मन्त्री गुरुः असृग् भौमः सोमश्चन्द्रः एषां द्वन्द्वे एतैः पुनः कासु जयासु तिथिषु किंभूतासु जयासु सपूर्णासु पूर्णातिथियुक्तासु पुनः कैः युक् परैः श्रेष्ठयोगैः।।१९।।

साधारण संज्ञक (विशाखा, कृत्तिका), ज्येष्ठा, हस्त, शतभिष, तीनों उत्तरा, श्रवण, अश्विनी, रेवती, अनुराधा, स्वाती नक्षत्रों में सूर्य, गुरु, भौम एवं सोम वासरों में, पूर्णासंज्ञक (५,१०,१५) और जया संज्ञक (३,८,१३) तिथियों में शुभयोगों से युक्त रहने पर क्षत्रियों द्वारा आरम्भ किया गया कार्य शुभ कहा गया है।।१९।।

वैश्यकृत्ये समयशुद्धिः—

श्रवोद्वयादित्ययुगैन्दवाश्विनैः
सविश्वकृन्मित्रभयातुभैर्भवेत्।
सितेन्दुसौम्याङ्गिरसेषु सत्तिथा-
वयोगमुक्तेषु च वैश्यकर्म सत्।।२०।।

अथ वैश्यकार्यारम्भे भादिशुद्धिमाह—श्रव इति।। वैश्यकर्म सत् शुभं स्यात् कैः श्रवोद्वयं श्रवणयुग्मं आदित्ययुग्मं पुष्यः ऐन्दवं मृगशीर्षं आश्विनमश्विनी एषां द्वन्द्वे एतैः किंभूतैः सविश्वेति विश्वकृत् चित्रा मित्रोऽनुराधाभं यातुभं मूलभम् एषां द्वन्द्वे एभिः सह वर्तमानैः पुनः क्व सितः शुक्रः इन्दुश्चन्द्रः सौम्यो बुधः आङ्गिरसो गुरुः एषां द्वन्द्वे एषु किंभूतेषु अयोगमुक्तेषु कुयोगवर्जितेषु पुनः क्व सत्तिथौ।।२०।।

श्रवण, धनिष्ठा, पुनर्वसु, पुष्य, मृगशिरा, अश्विनी, चित्रा, अनुराधा, मूल नक्षत्रों में, शुक्र, चन्द्र, बुध और गुरुवासरों में कुयोगों से रहित तिथियों के कर्म वैश्यों के लिये शुभ कहे गये हैं।।२०।।

शूद्रकार्यारम्भे समयशुद्धिः—

त्रियुग्मताराश्विनहारचित्रा-
मित्रर्क्षमूलानिलवासवान्त्याः।
विदिन्दुशुक्राह्नि विपर्वरिक्ते
शूद्रस्य कर्मण्युदितास्तदृद्ध्यै।।२१।।

अथ शूद्रकर्मारम्भे भादिशुद्धिमाह—त्रियुग्मेति।। शूद्रस्य कर्माणि त्रियुग्मादितारास्तदृद्ध्यै शूद्रस्य सम्पदार्थं उदिताः प्रोक्ताः। त्रियुग्मताराः त्रयाणां पूर्वाणां उत्तराणां युग्मभानि आश्विनमश्विनी हरस्येदं हारमार्द्रा चित्रा मित्रर्क्षमनुराधा मूलम् अनिलः स्वाती वासवं धनिष्ठा आन्त्या रेवती आसां द्वन्द्वे एताः कस्मिन् विद् बुधः इन्दुश्चन्द्रः शुक्रः एषामह्नि दिने किंभूते विपर्वरिक्ते पर्वरिक्तातिथिवर्जिते।।२१।।

तीनों युग्मतारा (पूर्वा फाल्गुनि-उत्तराफाल्गुनि, पूर्वाषाढा-उत्तराषाढा, पूर्वाभाद्रपदा-उत्तरा भाद्रपदा), अश्विनी, आर्द्रा, चित्रा, अनुराधा, मूल, स्वाती, धनिष्ठा, रेवती नक्षत्रों में बुध, चन्द्र, शुक्र वासरों में, पर्व (अमा) और रिक्ता (४,९,१४) तिथियों को छोड़कर शेष तिथियों में शूद्रों द्वारा किये गये कर्म उनकी सम्पत्ति को बढ़ाने वाले होते हैं।।२१।।

स्वकार्ये लग्नशुद्धिः—

स्वकर्मवाराम्बरचारिभिर्युतं
दृष्टं नृलग्नं निजकर्मसिद्धये।
उताय दुश्चिक्य जिघांस्वसद्ग्रहः-
शीर्षोदयः साधुचतुष्टयस्तथा ।।२२।।

अथ स्वकार्यलग्नशुद्धिमाह—स्वकर्मेति।। स्वकर्मवाराम्बरचारिभिर्ग्रहैर्युतं दृष्टं उत नृलग्नं नरलग्नं निजकर्मसिद्धये स्यात्। तथा आय एकादशं ११ दुश्चिक्यं तृतीयं जिघांसुः षष्ठं ६ एषु भवनेषु असन्तोऽशुभा ग्रहा यस्य स पुनः साधुचतुष्टयः शुभग्रहयुक्तकेन्द्रं एवंविधः शीर्षोदयः शीर्षोदयलग्नं निजकर्मसिद्धये स्यात्।।२२।।

अपने-अपने कर्म के लिए निर्दिष्ट वारों के स्वामी ग्रहों से युक्त और दृष्ट पुरुष लग्न अपने-अपने कार्यों को सिद्ध करने वाला होता है। अथवा एकादश, (११) तृतीय (३), और शत्रु (६) भावों में पापग्रह, केन्द्र (१,४,७,१०) भावों में शुभग्रह हों तथा शीर्षोदय लग्न हो तो कार्य सिद्ध होता है।।२२।।

कृषकाणां कृते समयशुद्धिः—

शयाश्विने तिष्यमघाजवासव-
त्वाष्ट्रानुराधामृगरेवतीशिफाः ।
कृषीवलानामखिलक्रियोद्यमे
सद्वारमाहुर्नृदये च सत्कखम् ।।२३।।

अथ हलिनां कार्ये भादिशुद्धिमाह—शयति।। सदा बुधाः कृषीवलानां कुटुम्बिनामखिल क्रियोद्यमे समस्तप्रारम्भे शयादीनि आहुः कथयन्ति शयो हस्त आश्विनमश्विनी अनयोर्द्वन्द्वे तिष्यःपुष्यः मघा अजो ब्रह्मा रोहिणी वासवं धनिष्ठा त्वाष्ट्रं चित्रा अनुराधा मृगो मृगशिरः रेवती शिफा मूलं आसां द्वन्द्व एतास्ताराः सद्वारं शुभग्रहाणां वासरं पुनर्नृदयं नरराशिलग्नं किंभूतं सत्कखं शुभग्रहाः के सुखे चतुर्थभावे खे दामभावे च यस्य तत् इति सर्वाण्यपि कमपदानि।।२३।।

हस्त, अश्विनी, पुष्य, मघा, रोहिणी, धनिष्ठा, चित्रा, अनुराधा, मृगशिरा, रेवती, मूल नक्षत्रों में शुभवासरों में पुरुष लग्न के उदयकाल में तथा चतुर्थ और दशम में शुभग्रहों के रहने पर कृषकों के समस्त कार्यों की सिद्धि होती है।।२३।।

वणिक्कार्ये समयशुद्धिः—

चित्रादिभे पाणिमृगौ पुनर्वसु-
द्वयं बलेशोडुयुगं च पूषभम्।
मैत्रं समेत्यैति सदह्नि सत्तिथौ
महत्फलं प्रापणिकः स्वकर्मणि।।२४।।

अथ वणिक्कार्ये भादिशुद्धिमाह—चित्रेति।। प्रापणिको नैगमः स्वकर्मणि महत्फलमेति प्राप्नोति किंकृत्वा चित्रा आदिभमश्विनी अनयोर्द्वन्द्वे पाणिमृगौ हस्तमृगशीर्षे अनयोर्द्वन्द्वे इमौ पुनर्वसुद्वयं पुनर्वसु पुष्यं बला लक्ष्मी तस्या ईशः स्वामी विष्णुस्तस्योडुयुगं श्रवणधनिष्ठ च पुनः पूषभं रेवती मैत्रमनुराधां समेत्य प्राप्य क्व सदह्नि शुभग्रहाणां दिने पुनः सत्तिथौ शुभतिथौ।।२४।।

चित्रा, अश्विनी, हस्त, मृगशिरा, पुनर्वसु, पुष्य, श्रवण-धनिष्ठा रेवती तथा अनुराधा नक्षत्रों में शुभग्रहों के वासरों में शुभतिथियों में व्यापारी अपने कार्यों में महान् सफलता प्राप्त करता है।।२४।।

कृषककर्मणि लग्नशुद्धिः—

चतुष्टयस्थे धिषणे धने बुधे
सत्यायगेऽसत्यरिगे सदुद्गमे।
भवेदिदं कर्षककर्म सत्तिथौ
वैदेहकर्मापि च लेखकक्रिया।।२५।।

अथ कर्षकादिकर्मसु लग्नशुद्धिमाह—चतुष्टयेति। इदं कर्षककर्म वैदेहकर्म सार्थवाहकर्म लेखकक्रिया च भवेत्। चतुष्टयस्थे केन्द्रगते १,४,७,१० धिषणे गुरौ सति पुनर्धनभावे बुधे पुनः सत्यायगे शुभग्रहे एकादशभावगते पुनरसत्यरिगे खलग्रहे षष्ठभावगते पुनरेवंविधे सदुद्गमे शुभग्रहलग्ने सति॥२५॥

केन्द्र (१,४,७,१०) भावों में गुरु, द्वितीय भाव में बुध स्थित हो, ग्यारहवें भाव में शुभग्रह एवं छठे भाव में अशुभग्रह स्थित हों तथा शुभलग्न हो तो कृषक कर्म (हलप्रवहण आदि), व्यापार कर्म तथा लेखन कर्म शुभ होता है।।२५।।

लेखककर्मणि समयशुद्धिः—

चलमूलदोरमरवार्धकितारा
मृगभावजैनसहिता हि हिताय।
कविजीवबोधनदिने नरलग्ने
विगलग्रहा लिपिकरस्य विधाने।।२६।।

अथ लिपिकरकार्ये भादिशुद्धिमाह—चलेति॥ लिपिकरस्य वार्णिकस्य विधाने कर्मणि चलादितारा हिताय शुभाय स्युः। चलसंज्ञानि मूलं दोर्हस्तः अमरवार्द्धकिश्चित्रा तारा आसां द्वन्द्व एताः कर्तृपदं किंभूताः मृगो मृगशीर्षं भवस्येश्वरस्येदं भावमार्द्रा जिनस्य कृष्णस्येदं जैनं श्रवणः एषां द्वन्द्वे एतद्भैः सहिता युक्ताः पुनः किंभूताः विगलग्रहाः गलग्रहवर्जिताः क्व कविः शुक्रः जीवो गुरुः बोधनो बुधः एषां दिने नरलग्ने॥२६॥

चलसंज्ञक (स्वाति, पुनर्वसु, श्रवण, धनिष्ठा, शतभिष), मूल, हस्त, चित्रा, मृगशिरा, आर्द्रा, श्रवण नक्षत्रों में गलग्रह रहित शुक्र, गुरु, बुध वासरों में तथा पुरुष लग्न में लेखन सम्बन्धी कार्य प्रशस्त होते हैं।।२६।।

गोपकर्मणि नक्षत्रशुद्धिः—

श्रवणत्रये त्रिदशसूड्डुलघूड्डुद्वय-
मरेषु जैष्णवमृगाजपदान्त्यैः ।
विदशीतवृष्णिसितवृष्णिदिने
स्यान्निरमाष्टमीकुयुजि बल्लवकर्म ।।२७।।

अथ गोपकर्मारम्भे भादिशुद्धिमाह—श्रवणेति॥ बल्लवकर्म गोपकार्य स्यात्। 'गोपगोसंख्यवल्लवाः' इति हैमः। कस्मिन् श्रवणत्रये श्रवणधनिष्ठाशतभिषक् त्रिदशसूर्देवमाता

तस्या उडु पुनर्वसु लघूनि द्व्यमरं शक्राग्नी विशाखा एषां द्वन्द्वे एषु जैष्णवं ज्येष्ठा मृगी मृगशीर्षं अजपदा पूर्वाभाद्रपदा आन्त्यं रेवती एषां द्वन्द्वैकत्वे पुनर्विद्बुधः अशीतवृष्णिरुष्णरश्मिः सूर्यः सितवृष्णिः श्वेतांशुश्चन्द्रः एषां दिने किंभूते निः निर्गता अमाष्टमी कुयक् यस्मात् स तस्मिन्॥२७॥

श्रवण, धनिष्ठा, शतभिष, पुनर्वसु, लघुसंज्ञक (हस्त, अश्विनी, पुष्य), विशाखा, ज्येष्ठा, मृगशिरा, पूर्वाभाद्रपदा, रेवती नक्षत्रों में, बुध, सूर्य और चन्द्र वासरों में, कुयोग अमावस्या और अष्टमी को छोड़कर शेष तिथियों में गोपकर्म (ग्वालों से संम्बन्धित कर्म) शुभ होते हैं।।२७।।

रथकर्मणि समयशुद्धिः—

लघुलोलमृद्वजरवृद्धभशाक्र
द्व्यमरेषु सद्धरिदिने परिभाति।
जयनन्दपूर्णवति वित्त्रिकलग्ने
रथकारकर्म सकलं विहितं सत्।।२८।।

अथ रथकृत्कर्मारम्भे भादिशुद्धिमाह—लघ्विति॥ रथकारकर्म सकलं सम्पूर्णं सत् निरन्तरं परिभाति राजते। किंभूतं रथकारकर्म सकलं कलायुक्तं परिभावि इति पाठे रथकारकर्म परिभावि कृतं सत् शुभं स्यात्। शेषं तथैव क्व लघूनि भानि लोलानि मृदूनि अमरवृद्धो ब्रह्मा तद्भं रोहिणी 'सुरज्येष्ठो विरञ्चिनः' इति हैमः॥ शाक्रं ज्येष्ठा द्व्यमरं विशाखा एषां द्वन्द्वे एषु पुनः क्व सद्धरिदिने शुभग्रहाः हरिः सूर्य एषां दिने किंभूते जया जयातिथिः पूर्णातिथिः अस्त्यर्थे वतुप्पत्ययः आभिस्तिथिभिर्युक्ते पुनर्वित्त्रिकलग्ने बुधगुरुशुक्राणां लग्ने॥२८॥

लघुसंज्ञक (हस्त, अश्विनी, पुष्य), लोलसंज्ञक (स्वाति, पुनर्वसु, श्रवण, धनिष्ठा, शतभिष), मृदुसंज्ञक (मृगशिरा, रेवती, चित्रा, अनुराधा), रोहिणी, ज्येष्ठा, विशाखा नक्षत्रों में शुभग्रहों के वासरों एवं रविवार को, जया, नन्दा एवं पूर्णासंज्ञक (३,८,१२,१,६,११,५,१०,१५) तिथियों में तथा बुध से तीन अर्थात् बुध, गुरु, शुक्र के (३,६,९,१२,२,७) लग्नों में सभी प्रकार के रथकार सम्बन्धी कार्य प्रशस्त होते हैं।।२८।।

स्वर्णकारकर्मणि नक्षत्रशुद्धिः—

चरमिश्रदेवरथकारभराज्यै-
र्लघुमिश्रमुष्टिकविधानमुशन्ति।
द्विजराजखेचरदिनेषु तदीये
ह्युदये बुधा गुरुसुधाघृणिसक्ते।।२९।।

अथ स्वर्णकारकार्यारम्भे भादिशुद्धिमाह—चरेति॥ हि निश्चितं बुधा मुष्टिकविधानं स्वर्णकारकर्म उशन्ति वाञ्छन्ति 'कलादो मुष्टिकश्च सः' इति हैमः॥ कैः चलसंज्ञानि

मिश्रे द्वे देवरथकारभं चित्रा राज्यं मृगशीर्षं द्वन्द्वे एभिर्भैश्च पुनर्लघुभिर्भैः पुनर्द्विजराजखेचरदिनेषु गुरुशुक्रसूर्यभौमवासरेषु पुनस्तदीये उदये गुरुशुक्रसूर्यभौमलग्ने किंभूते गुरुः सुधाघृणिश्चन्द्र आभ्यां सक्ते युक्ते॥२९॥

चर संज्ञक (स्वाति, पुनर्वसु, श्रवण, धनिष्ठा, शतभिष), मिश्रसंज्ञक (विशाखा, कृत्तिका), चित्रा, मृगशीर्ष, लघुसंज्ञक (हस्त, अश्विनी, पुष्य) नक्षत्रों में द्विज (गुरु शुक्र) राज (सूर्य-भौ) वासरों में तथा गुरु और चन्द्र से युक्त उक्त ग्रहों के लग्नों (९,१२,२,७,५,१,८) में विद्वानों ने मुष्टिक विधान (स्वर्ण सम्बन्धी कार्य) प्रशस्त बतलाया है।।२९।।

रत्नकार्यमुहूर्त्तः—

रुचिरं च वैकटिककर्म कृतं
सद्यमकृष्णवर्त्मवसुजिष्णुभवातैः।
विधिविश्वकृच्छिवभमूलविशाखा-
सहितैरसाध्वहनि धीरविलग्ने।।३०।।

अथ मणिकारकर्मारम्भे भादिशुद्धिमाह—रुचिरमिति॥ वैकटिकस्य मणिकारस्य कर्म कृतं रुचिरं मनोहरं सन्निरन्तरं स्यात्। कैः यमो भरणी कृष्णवर्त्मा वह्निः कृत्तिका वसवो धनिष्ठा विष्णुरिन्द्रस्तद्भं ज्येष्ठा वातः स्वाती एषां द्वन्द्वे एतैः किंभूतैः विधिर्ब्रह्मा रोहिणी विश्वकृत् चित्रा शिवभमार्द्रा मूलं विशाखा एषां द्वन्द्वे एभिः सहितैः क्व असाध्वहनि अशुभग्रहदिने पुनर्धीरविलग्ने स्थिरलग्ने॥३०॥

भरणी, कृत्तिका, धनिष्ठा, ज्येष्ठा, स्वाती, रोहिणी, चित्रा, आर्द्रा, मूल, विशाखा नक्षत्रों में, अशुभग्रहों के वासरों में तथा स्थिर लग्नों में वैकटिक कर्म (रत्नघटन कार्य) शुभ एवं हितकर होता है।।३०।।

नापितकर्मणि नक्षत्रशुद्धिः—

सदा दिवाकीर्तिजनक्रियाकला
चलेन्द्रचित्रालघुपौष्णराजभा ।
सौम्योदये सौम्यदिने सदाचिते
सुतारयोषासमयोज्झिते भवेत् ।।३१।।

अथ नापितकर्मारम्भे भादिशुद्धिमाह—सदेति॥ सदा दिवाकीर्तिजनस्य नापितलोकस्य क्रियाकला क्रियाविज्ञानं भवेत्। किंभूता दिवाकीर्तिजनक्रिया कला चलानि चरसंज्ञानि इन्द्रो ज्येष्ठा चित्रा लघूनि पौष्णम् रेवती राजा चन्द्रो मृगशीर्षं एषां द्वन्द्वे इमानि भानि यस्यां सा क्वा सौम्योदये शुभग्रहलग्ने किंभूते सदाचिते शुभग्रहव्याप्ते पुनः क्व सौम्यदिने शुभग्रहवारे किं भूते उषासमयोज्झिते निशान्तकालवर्जिते पुनः कया सुतारया शुभतारकया॥३१॥

चरसंज्ञक (स्वाति, पुनर्वसु, श्रवण, धनिष्ठा, शतभिष) ज्येष्ठा, चित्रा, लघुसंज्ञक (हस्त, अश्विनी, पुष्य), रेवती एवं मृगशिरा नक्षत्रों में शुभग्रहों से युक्त उषा काल को छोड़कर शेष समय में तथा शुभ तारा रहने पर दिवाकीर्ति (नापित) कर्म प्रशस्त होता है।।३१।।

मालाकारकर्मणि समयशुद्धिः—

अर्णोभलोलाश्विनतिष्यपितृभ-
त्वाष्ट्रैन्दवैरिन्दुकवीज्यवासरैः ।
भवेदिदं मालिककर्म सुश्रियै
नरोदये कण्टकमुक्तकण्टके ।।३२।।

अथ मालिककर्मारम्भे भादिशुद्धिमाह—अर्ण इति।। इदं मालिककर्म सुश्रियै स्यात् कैः अर्णो जलं तद्भं पूर्वाषाढा लोलानि आश्विनं तिष्यं पुष्यः पितृभं मघा त्वाष्ट्रं चित्रा ऐन्दवं मृगशीर्षं एषां द्वन्द्वे एतैः पुनः कैः इन्दुः कविः शुक्रः इज्यो गुरुः एषां वासरैः पुनः क्व नरोदये नरलग्ने किंभूते कण्टकैः पापग्रहैर्मुक्तकण्टके त्यक्तकेन्द्रे।।३२।।

पूर्वाषाढा, चरसंज्ञक (स्वाति, पुनर्वसु, श्रवण, धनिष्ठा, शतभिषा), अश्विनी, पुष्य, मघा, चित्रा, मृगशिरा नक्षत्रों में चन्द्र, शुक्र, गुरु वासरों में, पुरुषलग्नों में, पापग्रहों से रहित केन्द्र (१,४,७,१०) भावों के रहने पर मालिक (माली) का कर्म कल्याणकारक होता है।।३२।।

कुलालमुहूर्त्तः—

आदित्यभादित्यमृदूग्रधन्वभैः
सान्त्याजवाताजभकर्म सद्युगम्।
चरोदये वारिचरोदयेनजे
सत्कण्टके हारि कुलालकर्मणि।।३३।।

आदित्यमिति। इदं काव्यं मिश्राध्याये द्वाचत्वारिंशत्तमं तत्र व्याख्यातम् अत्र प्रस्तावाल्लिखितमतस्ततो व्याख्या ज्ञेया।।३३।।

पुनर्वसु, हस्त, मृदुसंज्ञक (मृगशिरा, रेवती, चित्रा, अनुराधा) ज्येष्ठा, रेवती, श्रवण, स्वाती, रोहिणी नक्षत्रों में सूर्य और शुभग्रहों के वासरों में, चरलग्नों में, जलचरराशि में शनि के स्थित रहने पर तथा केन्द्र भागों में शुभग्रहों से युक्त होने पर कुलाल (कुम्भकार) कर्म प्रशस्त होता है।।३३।।

[यह श्लोक मिश्रकाध्याय में भी आ चुका है।]

भित्तौ लेपादिकर्ममुहूर्त्तः—

विकर्तनैकान्तरवासरो ध्रुवं
चित्राश्रवः क्षिप्रनगारिभान्त्यभम्।

स्थिरोदयः साधुपयो नभःस्थलो
भवेच्च सिद्ध्यै पलगण्डकर्मणि।।३४।।

अथ चुनाराणां कर्मारम्भे भादिशुद्धिमाह—विकर्तनेति।। विकर्तनात् सूर्यदिकान्तरवासरः सूर्यः भौमः गुरुः शनिः एषां वासरे इत्यर्थः। पुनर्ध्रुवं स्थिरसंज्ञभं पुनश्चित्रा श्रवः श्रवणः क्षिप्रसंज्ञभानि नगारिरिन्द्रो ज्येष्ठा आन्त्यो रेवती एषां द्वन्द्वैकत्वं पुनः स्थिरोदयः स्थिरलग्नं किंभूतः स्थिरोदयः साधुपयोनभःस्थलः शुभग्रहयुक्तचतुर्थभावो दशमभावश्च समुच्चयार्थे इत्यादि कर्तृपदं पलगण्डस्य लेपकृतः कर्मणि सिद्ध्यर्थं भवेत् 'पलगण्डस्तु लेपकृत्' इति हैमः।।३४।।

सूर्यवार से एकान्तरवासरों में (अर्थात् सूर्य, भौम, गुरु, शनि वासरों में), ध्रुव संज्ञक (तीनों उत्तरा, रोहिणी, चित्रा, श्रवण) क्षिप्रसंज्ञक (हस्त, अश्विनी, पुष्य), ज्येष्ठा, रेवती नक्षत्रों में स्थिर लग्नों के उदय काल में (स्थिर लग्नो में), चतुर्थ और दशम भावों के शुभग्रहों से युक्त रहने पर भित्ति आदि पर लेपकार्य प्रशस्त होता है।।३४।।

तन्तुवायकर्ममुहूर्त्तः—

चरे मृदुक्षिप्रकभोग्रधन्वभे
कुविन्दकृत्यं विदधीत धीमता।
रवीज्ययुग्मद्युनि साधुभोदये
तथैव भे सूचिककर्म सद्दिने।।३५।।

अथ तन्तुवायकार्यारम्भे भादिशुद्धिमाह—चर इति। धीमता कुविन्दस्य तन्तुवायस्य कृत्यं विदधीत। अत्र उक्तिश्चिन्त्या कस्मिन् चरे चरसंज्ञभे मृदूनि क्षिप्राणि को ब्रह्मा तद्भं रोहिणी उग्रधन्वा इन्द्रस्तस्य भं ज्येष्ठा एषां द्वन्द्वैकत्वे पुनः क्व रवीज्यौ सूर्यजीवौ तयोर्युग्मं रविचन्द्रौ गुरुशुक्रौ एषां द्युनि वासरे पुनः साधुभोदये शुभग्रहाणां राशिलग्ने। अथ सूचिककर्माह। तथैव भे उक्तनक्षत्रे सूचिकस्तन्तुवायस्तस्य कर्म स्यात्। क्व सद्दिने शुभग्रहवासरे।।३५।।

चर संज्ञक (स्वाति, पुनर्वसु, श्रवण, धनिष्ठा, शतभिष) मृदुसंज्ञक (मृगशिरा, रेवती, चित्रा, अनुराधा), रोहिणी, ज्येष्ठा, रवि और गुरु से दो-दो दिन अर्थात् सूर्य-चन्द्र, गुरु-शुक्र वासरों में शुभतिथियों में कुविन्द कृत्य, बुनकरों से सम्बन्धित कार्य बुद्धिमानों ने बतलाया है उक्त नक्षत्रों में तथा शुभ ग्रहों के वासरों में सूची कर्म (सिलाई) प्रशस्त होता है।।३५।।

चित्रकारमुहूर्त्तः—

क्षिप्रादित्याम्भोभचित्रानुराधा-
सामीरौषध्यार्यकर्णत्रयेषु ।
रङ्गाजीवो रञ्जयत्येव लोका-
न्सोमांश्चोर्वा कर्मणा स्वेन शुक्रे ।।३६।।

अथ चित्रकारकार्ये भादिशुद्धिमाह—क्षिप्रेति।। रङ्गाजीवश्चित्रकृत् स्वेन कर्मणा निजकृत्येन लोकान् रञ्जयति रागं करोति 'रङ्गाजीवस्तौलिकश्चित्रकृत्' इति हैम:। क्व क्षिप्राणि आदित्यं पुनर्वसु अम्भोभं पूर्वाषाढा चित्रा अनुराधा सामीरं स्वाती ओषध्यार्य ओषधीनाथश्चन्द्रस्तस्येदं मृगशीर्षं कर्णत्रयं श्रवणत्रिकं एषां द्वन्द्वे एषु पुन: क्व सोमश्चन्द्र: अंशु: सूर्य: अनयोर्द्वन्द्वे तयोर्दिनयो: वाथवा पुन: शुक्रे शुक्रदिने एव निश्चितम्।।३६।।

क्षिप्र संज्ञक (हस्त, अश्विनी, पुष्य), पुनर्वसु, पूर्वाषाढा, चित्रा, अनुराधा, स्वाती, मृगशिरा, श्रवण से तीन (श्रवण, धनिष्ठा, शतभिष) नक्षत्रों में, सोम, सूर्य और शुक्र वासरों में रंगजीवी (चित्रकार) चित्रों का शुभारम्भ कर लोक को निश्चय ही आनन्दित करता है।।३६।।

रजककर्ममुहूर्त्त:—

धीरादित्यश्वासनादित्यतिष्यै
राधाकर्णद्वन्द्वपौष्णेन्दवाढ्यै:।
सद्वारै: स्यात्कर्म निर्णेजकस्य
प्राग्र्यं पर्वप्रोज्झितै: पुंसि लग्ने।।३७।।

अथ रजकस्य कर्मारम्भे भादिशुद्धिमाह—धीरेति।। निर्णेजकस्य रजकस्य कर्म प्राग्र्यं श्रेष्ठं स्यात् कै: धीराणि आदित्यं हस्त: श्वासनं स्वाती आदित्यं पुनर्वसु तिष्य: पुष्य: एषां द्वन्द्वे एतै: किंभूतै: राधा विशाखा कर्णद्वन्द्वं श्रवणधनिष्ठे पौष्णं रेवती ऐन्दवं मृगशीर्षं एषां द्वन्द्वे एभिराढ्यै: पूर्णै: पुन: कै: सद्वारै: शुभग्रहवारै: किंभूतै: पर्वप्रोज्झितै: दर्शादिवर्जितै: पुन: क्व पुंसि लग्ने।।३७।।

धीर संज्ञक (तीनों उत्तरा, रोहिणी), पुनर्वसु, स्वाती, हस्त, पुष्य, विशाखा, श्रवण से दो अर्थात् श्रवण धनिष्ठा, रेवती, मृगशिरा नक्षत्रों में, शुभवारों में, पर्व (अमा आदि) को छोड़कर शेष तिथियों में, पुरुष संज्ञक लग्नों में रजक सम्बन्धी कार्य प्रारम्भ करना चाहिए।।३७।।

चर्मकारकार्यमुहूर्त्त:—

सौम्ये पूर्वास्वान्त्यभे द्वीशभे वा
शाक्रे शैवे यातुभे वासवे स्यात्।
पाणौ चित्रायामभीष्टं च शुक्रे
सूरे सौरे पादुकाकारकर्म।।३८।।

अथ चर्मकारकार्ये भादिशुद्धिमाह—सौम्य इति।। पादुकाकारकर्म चर्मकारककृत्यमभीष्टं श्रेष्ठं स्यात् क्व सौम्ये पूर्वासु पूर्वात्रये आन्त्ये रेवत्यां द्वीशभे विशाखाया वाथवा शाक्रे ज्येष्ठायां शैवे आर्द्रायां यातुभे मूले वासवे धनिष्ठायां पाणौ हस्ते चित्रायां शुक्रे सरे सूर्ये सौरे शनौ वारे।।३८।।

मृगशीर्ष, तीनों पूर्वा, रेवती, विशाखा, ज्येष्ठा, आर्द्रा, मूल, धनिष्ठा, हस्त और चित्रा नक्षत्रों में, शुक्रवार, रविवार तथा शनिवासरों में पादुकाकार (चर्मकार) का कार्य शुभ होता है।।३८।।

नटगोपयोः कर्ममुहूर्त्तः—

जायाजीवो वल्लवश्च प्रकुर्या-
ल्लोले धीरे मैत्रचित्रैन्दवेषु।
शैवे तिष्ये नैकषेये स्वकर्म
ब्रध्नेन्द्रेन्दूशनोभिः सुलग्ने।।३९।।

अथ नरविशेषकर्मारम्भे भादिशुद्धिमाह—जायेति।। जायाजीवो नटः वल्लवो गोपश्च स्वकर्म निजकृत्यं प्रकुर्यात् क्व लोले चरसंज्ञभे धीरे स्थिरसंज्ञे मैत्रमनुराधा चित्रा ऐन्दवं मृगशीर्षं एव द्वन्द्वे एषु शैवे आर्द्रायां तिष्ये पुष्ये नैकषेये मूले पुनः ब्रध्नः सूर्यः इन्द्रेज्यो गुरुः उशनाः शुक्र एषां द्वन्द्वे एभिः सुलग्ने शुभलग्ने।।३९।।

चर संज्ञक (स्वाती, पुनर्वसु, श्रवण, धनिष्ठा, शतभिषा), धीर संज्ञक (तीनों उत्तरा, रोहिणी), चित्रा, मृगशिरा, आर्द्रा, पुष्य नक्षत्रों में, सूर्य, गुरु, चन्द्र, शुक्र दिवसों में, शुभ लग्नों में, जायाजीव (नट) और गोपजनों को अपना-अपना कार्य करना चाहिए।।३९।।

व्याधकर्ममुहूर्त्तः—

व्याधो दाशः कौटिकोऽन्त्यावसायी-
पूर्वावातद्वीशवारीशकालैः।
तीक्ष्णैः पापाहन्यथात्मीयकर्म
स्वार्थं कुर्यात्पापलग्नेऽसदाये।।४०।।

अथ व्याधादीनां कार्ये भादिशुद्धिमाह—व्याध इति।। व्याधो मृगबधाजीवी पुनर्दाशो धीवरः पुनः कौटिकः 'मासिकः कोटिकश्चाय' इति हैमः। खाटकी इति भाषा। पुनः अन्त्यावसायी चाण्डालश्च आत्मीयकर्म कुर्यात् किमर्थं स्वार्थं निजार्थं वा कैः पूर्वात्रयं वातं स्वाती द्वीशं विशाखा वारीशो जलस्वामी शतभिषक् कालो यमो भरणी एषां द्वन्द्वे एभिः पुनः तीक्ष्णैः उग्रसंज्ञकैः पुनः क्व पापहानि खलग्रहदिने। अथ पुनः पापलग्ने किंभूतेऽसदायेऽशुभ ग्रहयुक्तैकादशभावे।।४०।।

व्याध (शिकारी), धीवर (मल्लाह), कौटिक (खटिक) एवं चाण्डाल जातियों को तीनों पूर्वा, स्वाती, विशाखा, शतभिष, भरणी एवं तीक्ष्ण संज्ञक (मूल, ज्येष्ठा, आर्द्रा, आश्लेषा), नक्षत्रों में पापग्रहों के वासरों में, पाप (अशुभ) लग्नों में तथा अशुभ ग्रहों से युक्त ११ वें भाव के रहने पर अपना-अपना कार्य करना चाहिए।।४०।।

म्लेच्छकार्ये नक्षत्रशुद्धिः—

शैवे शिफाशीविषभे भरण्या-
मजाङ्घ्र्यहिर्बुध्न्यभयोर्द्विदैवम्।
सितासिताब्जाहनि शाककर्म
प्रशस्यते पापिनि पापलग्ने।।४१।।

अथ म्लेच्छकार्ये भादिशुद्धिमाह—शैव इति। शाककर्म म्लेच्छकृत्यं प्रशस्यते क्व शैवे आर्द्रायां शिफा मूलं आशीविषभमश्लेषा अनयोर्द्वन्द्वैकत्वे भरण्यां अजाङ्घ्रिः पूर्वाभाद्रपदा अहिर्बुध्न्यभं उत्तराभाद्रपदा अनयोर्द्वन्द्वे द्विदैवे विशाखायां सितः शुक्रः असितः शनिः अब्जश्चन्द्र एषामहनि पुनः पापलग्ने खलग्रहलग्ने पापिनि खलग्रहे सति।।४१।।

आर्द्रा, मूल, आश्लेषा, भरणी, पूर्वा भाद्रपदा, उत्तराभाद्रपदा, विशाखा नक्षत्रों में शुक्र, शनि, चन्द्र वासरों में, पापग्रहों से युक्त पापग्रहों के लग्नों में शाक कर्म (म्लेच्छ कर्म) प्रशस्त होता है।।४१।।

पाषाणकर्ममुहूर्त्तः—

वृद्धश्रवोराजभधीरपौष्णै-
र्लघुश्रवोमिश्रयुतैः सचित्रैः।
गुरूष्णवृष्णीभदिनेषु वै
स्याच्छिलेष्टकाकारविधानमिष्टम्।।४२।।

अथ शिलाटकादीनां कृत्ये भादिशुद्धिमाह—वृद्धेति।। शिलेष्टिकाकारविधानं शिलाकारस्य इष्टकाकारस्य कृत्यमिष्टं शुभं स्यात्। कैः वृद्धश्रवा इन्द्रो ज्येष्ठा राजा चन्द्रो मृगशीर्षभं धीराणि ध्रुवाणि पौष्णं रेवती एषां द्वन्द्वे एभिः किंभूतैः लघूनि श्रवः श्रवणः मिश्रे द्वे एषां द्वन्द्वे एभिर्युक्तै पुनः किंभूतैः सचित्रैश्चित्रायुक्तैः पुनः क्व गुरुः उष्णवृष्णिः सूर्यः इमः शुक्रः एषां द्वन्द्वे एषां दिनेषु। यत उक्तं 'इभः शुक्रे गजे तार्क्ष्ये इभा भासु गिरिष्विति' वैजयन्ती।।४२।।

ज्येष्ठा, मृगशिरा, स्थिर संज्ञक (तीनों उत्तरा, रोहिणी), रेवती, लघुसंज्ञक (हस्त, अश्विनी, पुष्य), श्रवण, मिश्रसंज्ञक (विशाखा, कृत्तिका) तथा चित्रा नक्षत्रों में गुरु, सूर्य, शुक्रवासरों में शिला (पत्थर) एवं ईंट सम्बन्धी कार्य शुभ होते हैं।।४२।।

चौरकर्मणि नक्षत्रशुद्धिः—

पतङ्गपातङ्गिसितारवारे-
रजाङ्घ्र्यहिर्बुध्न्यभदारुणोग्रैः।
युतैः सचित्राद्विसुरैरपैत्र्यैः
रिक्ताजयास्वेव हि चौरकर्म।।४३।।

अथ चौरकर्मणि भादिशुद्धिमाह—पतङ्गेति।। हि अवधारणे चौरकर्म एवं स्यात्। कैः पतङ्गः सूर्यः पातङ्गिः शनिः सितः शुक्रः आरो भौम एषां वारैः किंभूतैः अजाङ्घ्रिः पूर्वाभाद्रपदा अहिर्बुध्न्यभं उत्तराभाद्रपदा दारुणानि उग्राणि एषां द्वन्द्वे एतानि तैर्युक्तैः किंभूतैः सचित्राद्विसुरै चित्राविशाखायुक्तैः पुनः किंभूतैरपैत्र्यैः मघारहितैः पुनः क्व रिक्ताजयासु तिथिषु।।४३।।

सूर्य, शनि, शुक्र, भौम वासरों में पूर्वाभाद्रपदा, उत्तराभाद्रपदा, दारुण संज्ञक (मूल, ज्येष्ठा, आश्लेषा, आर्द्रा), मघा से रहित उग्र संज्ञक (तीनों पूर्वा, भरणी), चित्रा एवं विशाखा नक्षत्रों में, रिक्ता एवं जया संज्ञक तिथियों (४,९,१४,३,८,१३) में ही चौर कर्म कहा गया है।।४३।।

परिव्राजकानां कर्मणि समयशुद्धिः—

जयासु पूर्णासु विदिन्दुभार्गवै-
श्चलौषधीशाश्विनविश्वकर्मभैः ।
निर्ग्रन्थचार्वाकजनक्रिया भवेत्त-
द्दम्भसिद्ध्यै विहिता चरोदये ।।४४।।

अथ लिङ्गिप्रमुखानां कृत्ये भादिशुद्धिमाह—जयेति।। निर्ग्रन्थो लिङ्गी चार्वाकजनो नास्तिकः अनयोः क्रिया कृत्यं तद्दम्भसिद्ध्यै तयोः कपटसिद्धये स्यात्। किंभूता निर्ग्रन्थचार्वाकजनक्रिया विहिता कृतां कैः विद् बुधः इन्दुः भार्गवः शुक्रः एषां द्वन्द्वे एतैः पुनः चलानि चरसंज्ञानि ओषधीशश्चन्द्रो मृगशीर्षं आश्विनमश्विनी विश्वकर्मा तद्धं चित्रा एषां द्वन्द्वे एतैः पुनः क्व जयासु पूर्णासु तिथिषु पुनश्चरोदये।।४४।।

जया एवं पूर्णा संज्ञक (३,८,१३,५,१०,१५) तिथियों में, बुध, चन्द्र, शुक्र वासरों में, चल संज्ञक (स्वाती, पुनर्वसु, श्रवण, धनिष्ठा, शतभिष), मृगशिरा, अश्विनी, चित्रा नक्षत्रों में तथा चर लग्नों में निर्ग्रन्थ (सम्प्रदाय), चार्वाक (नास्तिक) आदि जनों द्वारा सम्पन्न की गई क्रिया उनके दम्भ को बढ़ाने वाली होती है।।४४।।

उपसंहारः—

अनेकवर्णोदितधर्मकर्मणा
समानधर्मस्य नयं नयन्त्यपि ।
परे जनाःप्राप्तुमलं क्रियाफलं
स्वधर्मसत्यो लभते जनः श्रियम् ।।४५।।

अथ स्वधर्मं द्रढयन् विक्रमार्कवर्णनं सन्दधाति—अनेकेति।। अलमित्यवधारणे परेऽपरे जनाः क्रियाफलमात्रं प्राप्तुं नयं नीतिं नयन्ति प्राप्नुवन्ति कस्य समानधर्मस्य तुल्यधर्मस्य केन अनेकवर्णोदितधर्मकर्मणा स्पष्टम्। वा पुनः पक्षान्तरे स्वधर्मसत्यो लोकप्रवाहयुक्तो निजधर्मरक्तो जनः श्रियं लभते प्राप्नोति 'सत्यस्तु लोकभित्' इति हैमः।।४५।।

अनेक वर्णों के लिए कहे गये धार्मिक कृत्यों से कुछ लोग समान धर्म की नीति अपनी क्रिया के फल प्राप्ति हेतु अपनाते हैं। परन्तु जो लोग अपने धर्म के अनुरूप आचरण करते हैं वे ही श्री (लक्ष्मी, कान्ति) को प्राप्त करते हैं।।४५।।

काम्बोजगौडान्ध्रकमालवानना:
श्रीविक्रमार्कस्य सुराज्यगौर्जरा: ।
स्ववर्णधर्मक्रिययोज्ज्वलीकृतं
यशोऽभिगायन्त्यधुनापि ते जना: ।।४६।।

इति श्रीकविकलादासोदिते ज्योतिर्विदाभरणे
वर्णकर्मधर्मनिरूपणाध्यायो विंशतितम:।।२०।।

अर्थान्तरन्यासेन श्रीविक्रमादित्य उक्त: स च सत्यमुक्तवान् तमेव वर्णयितुमाह। काम्बोजेति।। अधुनापि काम्बोजदेशप्रमुखा: सुराज्यगुर्जरास्ते जना लोका: श्रीविक्रमार्कस्य यश: कीर्तिमभिगायन्ति किंभूतं यश: स्ववर्णधर्मस्य निजनिजवर्णधर्मस्य क्रियया उज्ज्वलीकृतं निर्मलीकृतम्।।४६।।

इति श्रीपौर्णिमीयगच्छाधिराजभट्टारकपुरन्दरश्रीमहिमाप्रभसूरीश्वरचरणसरोरुह-
चञ्चरीकायामानशिष्यभावरत्नविरचितायां श्रीकालिदासकृतज्योतिर्विदा-
भरणस्य सखबोधिकायां विंशतितमोऽध्याय:।।२०।।

आज भी काम्बोज, गौड, आन्ध्र, मालव, सौराष्ट्र एवं गुजरात के निवासी जन श्रीविक्रमादित्य के अपने वर्ण एवं धर्म की क्रियाओं द्वारा निर्मलीकृत (उज्ज्वल) यश का गान करते हैं। अर्थात् अपने धर्मानुसार आचरण करने से ही विक्रमादित्य का यशोगान आज भी किया जा रहा है।।४६।।

श्रीकालिदासकृत ज्योतिर्विदाभरण के वर्णाश्रमधर्म प्रकरण का
प्रो. रामचन्द्रपाण्डेयकृत हिन्दी भाषानुवाद सम्पूर्ण।।२०।।

कालनिर्णयप्रकरणम्-२१

प्रयोजनम्—

वर्णक्रियासंकथनादनन्तरं
वदामि कालव्यवहारनिर्णयम्।
येनैव वेदस्मृतिकर्मसाधनं
समेति सिद्धं प्रतिवेलमादरात्।।१।।

अथ पूर्वोक्तं समयसाधनीयं स्यादतः कालव्यवहाराध्यायसन्धानमाह—वर्णेति।। वर्णानां विप्रादीनां क्रियासङ्कथनाद् अनन्तरम् अहमादरात् कालव्यवहारनिर्णयं वदामि कथयामि येन कालनिर्णयेन वेलां प्रति इति प्रतिवेलं वेदस्मृतिकर्मसाधनं कर्तृपदं समेति प्राप्नोति।।१।।

विप्र आदि वर्णों के क्रिया-कलाप विवेचन के अनन्तर आदर पूर्वक काल व्यवहार का निर्णय (विवेचन) कर रहा हूँ। जिसके आधार पर प्रतिक्षण वेद और स्मृतियों द्वारा विहित कार्यों का सम्पादन सिद्धि दायक होता है।।१।।

नवरात्रिव्रतम्—

मधौ शुचौ माघ इषे युगक्रमं
सितादिरात्र्या नवरात्रिकं व्रतम्।
देवीप्रसादं वशया विशाखिलैः
कृतं चतुर्वर्गफलप्रदं युगैः।।२।।

अथ नवरात्रिव्रतमाह—मधाविति।। मधौ चैत्रे शुचौ आषाढे माघे इषे आश्विने युगक्रमं कृतादिचतुर्युगानामनुक्रमेण सितादिरात्र्याः चैत्राषाढमघाश्विनानां शुक्लपक्षप्रथमां रात्रिमारभ्य नवरात्रिकं व्रतं कर्तृपदं विशा नरेण वशया स्त्रियाऽखिलैर्युगैः कृतं सत् चतुर्वर्गफलप्रदं स्यात्। किंभूतं व्रतं देव्याः प्रसादो यस्मिन् तत् देवीप्रसादम्।।२।।

युगादि क्रम से चैत्र, आषाढ, माघ और आश्विन मासों में शुक्ल पक्ष की प्रतिपदा से नवरात्रि पर्यन्त (अर्थात् नवदिनों तक) नवरात्रि व्रत होता है। चारों युगों में इस व्रत को करने वाले स्त्री-पुरुष देवी की कृपा से चतुर्वर्ग की प्राप्ति करते हैं।।२।।

विशेष— युगादि क्रम का अभिप्राय है कि कलियुग में चैत्र शुक्ल प्रतिपदा से, द्वापर में आषाढ शुक्ल प्रतिपदा से, त्रेता में माघ शुक्ल प्रतिपदा से तथा सत्य युग में आश्विन शुक्ल प्रतिपदा से नवदिनों तक नवरात्रि का व्रत होता है।

नवरात्रव्रते घटस्थापनम्—

अमान्तरात्रावुत पक्षतौ घटं
संस्थापयेल्लेयतुलाघटोक्षभे ।
लग्ने तथा द्विप्रकृतौ शुभैर्ग्रहै-
स्त्रिकोणलग्नेषु खलैररिस्थितैः ।।३।।

अथात्र व्रते घटस्थापनमाह—अमान्तेति।। सुधीः घटं संस्थापयेत् क्व अमान्तरात्रौ अमावास्यावसानरजन्यां उत पक्षतौ प्रतिपदि पुनः क्व लेयः सिंहः तुला घटः कुम्भः उक्षा वृषः एषां भे राशौ तथा पुनर्लग्ने द्विप्रकृतौ द्विस्वभावराशौ लग्ने तथा त्रिकोणलग्नेषु ५,९,१ शुभैर्ग्रहैः तथारिस्थितैः षष्ठभागवतैः खलैः क्रूरैः।।३।।

अमान्त रात्रि में (अमावास्या के अन्त में रात्रि काल में) अथवा प्रतिपदा में, सिंह, तुला, कुम्भ, वृष लग्न में तथा द्विस्वभाव लग्नों में, शुभग्रहों के त्रिकोण भावस्थ राशियों में तथा शत्रु भावगत पापग्रहों के रहने पर घटस्थापन करना चाहिये।।३।।

घटस्थापने नक्षत्रशुद्धिः—

पृदाकुभाजाङ्घ्रिभविश्वकर्मभा-
न्यपास्य वा चेदिह नोऽर्कभद्युभम्।
पातद्वयं वै कलशोऽष्टमे क्षणे
संस्थापितः स्थापयति श्रियोऽखिलाः।।४।।

अथ कुम्भस्थापने भादिशुद्धिं तर्कयति—पृदेति।। वै निश्चितं चेत् यदि यत् अर्कभं सूर्यनक्षत्रं तदेव द्युभं दिननक्षत्रं न स्यात्। पातद्वयं व्यतीपातवैधृतौ न भवतः इति या प्रतिपत् स्यात्तस्यां अष्टमे क्षणे मुहूर्ते संस्थापितः कलशोऽखिलाः समस्ताः श्रियो लक्ष्मीः स्थापयति स्थिरीकरोति किंकृत्वा पृदाकुः सर्पस्तद्भमश्लेषा।। अजाङ्घ्रिभं पूर्वाभाद्रपदा विश्वकर्मभं चित्रा एषां द्वन्द्वे इमानि अपास्य त्यक्त्वा।।४।।

आश्लेषा, पूर्वाभाद्रपदा, चित्रा को छोड़कर तथा सूर्यनक्षत्र ही उस दिन का नक्षत्र न हो अर्थात् सूर्याक्रान्त नक्षत्र को भी छोड़कर शेष नक्षत्रों में, दोनों पात (व्यतिपात और वैधृति) योगों से अतिरिक्त अन्य योगों में तथा प्रतिपदा के आठवें मुहूर्त्त में स्थापित किया गया घट समस्त श्रीः (स्थिर लक्ष्मी) को प्रदान करने वाला होता है।।४।।

व्रतपारणामुहूर्त्तः—

होमे तदीये नवमीयुताष्टमी
नयेत्सदैवेह तदीयपारणाम्।
वृद्धौ नवम्यां समभावतस्तथा
क्षये दशम्यां च विशारदैः स्मृता।।५।।

अथात्र व्रते होमपारणाशुद्धिमाह—होम इति।। तदीये होमे नवरात्रिकव्रतहोमे नवमीयुताष्टमी स्यात्। सदैव सुधीरिह नवमीयुताष्टम्यां तदीयपारणां तस्य व्रतस्य पारणां नयेत् कुर्यात्। वृद्धौ तिथिवृद्धौ तथा समभावतस्तुल्यप्रमाणतो नवम्यां पारणां नयेत्। च पुनः क्षये तिथौ सति दशम्यां विशारदैः पारणा स्मृता।।५।।

नवरात्रि व्रत का हवन सदैव नवमी युक्त अष्टमी में करना चाहिए। तिथि की वृद्धि होने पर अथवा समभाव होने पर व्रत की पारणा नवमी तिथि में तथा तिथिक्षय होने पर पारणा दशमी तिथि में विद्वानों ने बतलायी है।।५।।

होमादिके कुम्भस्थापने विशेषः—

होमे व्रतेऽन्यत्र करग्रहादिके
वै सन्मङ्गले पौष्णयमाहियातुभैः।
चित्रात्रिपूर्वाभिरिनात्मजाह्नि वा
न स्थापयेत्कुम्भमसत्तिथौ निशि।।६।।

अथ रेवत्यादिषु होमादिसम्बन्धिकुम्भस्थापनं निषेधति—होम इति।। सुधीः होमे व्रतेऽन्यत्र करग्रहादिके सन्मङ्गले शुभकार्ये वा कुम्भं घटं न स्थापयेत्। कैः पौष्णं रेवती यमो भरणी अहिरश्लेषा यातुभं मूलं एषां द्वन्द्वे एतैः पुनः काभिः चित्रा त्रिपूर्वाः आसां द्वन्द्वे आभिः पुनः क्व इनात्मजाह्नि शनिदिने पुनः क्व असत्तिथौ अशुभतिथौ सति पुनः निशि रात्रौ।।६।।

हवन, व्रत, विवाहादि अन्य माङ्गलिक कार्यों में रेवती, भरणी, आश्लेषा, मूल, चित्रा, तीनों पूर्वा नक्षत्रों में, शनिवार एवं अशुभ तिथियों में तथा रात्रि में घट स्थापन नहीं करना चाहिए।।६।।

गुर्वस्तादिदोषे व्रतनिषेधः—

आस्ते कवावाङ्गिरसे गुरौ हरौ
क्षयेऽधिके मासि च हायने तथा।
एतद्व्रतं न प्रथमं समारभेद-
न्यच्च कान्ताव्रतमप्यनादृतम्।।७।।

अथ गुर्वस्तादिदोषे नवरात्रिकव्रतारम्भं प्रथमं निषेधति—आस्त इति।। सुधीरेतद्व्रतं नवरात्रिकं व्रतं प्रथमं न समारभेत् न प्रारम्भेत् क्व कवौ शुक्रे आङ्गिरसे गुरौ वाऽस्ते सति पुनः हरौ सिंहे गुरौ सति पुनः क्षयेऽधिके मासि मासे हायने वर्षे च तथा च पुनः अन्यत् कान्ताव्रतं स्त्रीव्रतमपि अनादृतं त्यक्तमित्यर्थः।।७।।

शुक्र और गुरु के अस्त होने पर, सिंहस्थ गुरु होने पर, क्षय एवं अधिमास में तथा क्षमाधिकमास वाले वर्ष में यह (नवरात्रि) व्रत प्रथम वार आरम्भ नहीं करना चाहिए। इसके साथ उक्त समय में कान्ता (स्त्री) व्रत भी नहीं करना चाहिए।।७।।

व्रतं हि भद्रादिविरुद्धकालो
नित्यं न दुष्यत्यबलाजनस्य।
नैमित्तकं स्यात् प्रथमं सदोषं
कालस्थिरं नित्यमनित्यमन्यत्॥८॥

अथ नित्यानित्यव्रतविवेकमाह—व्रतमिति॥ हि अवधारणे भद्रादिविरुद्धकालो विष्टयादि दुष्टकालोऽबलाजनस्य स्त्रीजनस्य नित्यं व्रतं न दुष्यति। प्रथमं नैमित्तिकं कारणिकं व्रतं सदोषभद्रादिविरुद्धकाले दूषणयुक्तं स्यात्। कालस्थिरं अस्मिन् काले इदं व्रतमवश्यं कर्तव्यमेव इति नित्यं व्रतं स्यादन्यत् अनित्यं व्रतं स्यादिति: विवेक:॥८॥

भद्रा आदि अशुभ योग स्त्रियों के नित्य व्रत को दूषित नहीं करते। नैमित्तिकव्रतारम्भ उक्त अशुभ योगों में दोषयुक्त होता है। जिन व्रतों का समय निश्चित हैं वे नित्य व्रत तथा जिनका समय निश्चित नहीं है, किसी उद्देश्य से किये जाते हैं, उन्हें अनित्य (नैमित्तिक) व्रत कहते हैं॥८॥

शिवरात्रिव्रते कालशुद्धि:—

माघे निशीथानुगता चतुर्दशी
पक्षे परे या शिवरात्रिसंज्ञिका।
भवेदुपोष्या सजयापि वामया
युता च रिक्तां प्रविहाय पारणा॥९॥

अथ शिवरात्रिकालशुद्धिमाह—माघ इति॥ माघे मासे परे कृष्णे पक्षे या निशीथानुगता मध्यरात्रिगता चतुर्दशी स्यात् सा शिवरात्रिसंज्ञिका उपोष्या उपोषणीया भवेत्। किंभूता सजया त्रयोदशीयुक्ताऽपि वाऽथवा किंभूता अमया अमावास्यया युता युक्ता च पुन: रिक्तां तिथिं विहाय पारणा स्यात्॥९॥

माघमास के कृष्णपक्ष (कृष्णादि मान से फाल्गुन कृष्ण) में मध्यरात्रिगत जो चतुर्दशी हो उसे शिवरात्रि कहते हैं (अर्थात् जिस दिन मध्यरात्रि व्यापिनी चतुर्दशी हो उस दिन शिवरात्रि होती है।) उक्त चदुर्दशी त्रयोदशी से अथवा अमावास्या से युक्त हो, दोनों ही स्थितियों में व्रत करने योग्य होती है। रिक्ता तिथि को छोड़कर (अर्थात् १४ तिथि समाप्त होने पर) पारणा करनी चाहिए॥९॥

न्यूनाधिकतिथौ व्रतनिषेध:—

यदा निशीथद्वयगामिनी भवे-
च्चतुर्दशी सा परपूर्वगा क्रमात्।
वृद्धिक्षयत्वादुत मुक्ततद्द्वया
बद्धी विधेया किल कालवेदिभि:॥१०॥

अथात्र न्यूनाधिकतिथौ विवेकमाह—यदेति।। यदा या निशीथद्वयगामिनी मध्यरात्रिद्वय-गामिनी परपूर्वगा उत्तरमध्यरजनीत आगामिकमध्यरजनीं यावत् गता प्राप्ता चतुर्दशी भवेत् सा शिवरात्रिश्चतुर्दशी भवेत्। किल संभावनायाम् उत कालवेदिंभिर्दैवज्ञैर्बह्वी बहुकालतिथिश्चतुर्दशी विधेया किंभूता चतुर्दशी क्रमात् वृद्धिक्षयत्वात् मुक्ततद्द्वया वृद्धिघटितभावात् वर्जितवृद्धि घटीतिथि:।।१०।।

यदि चतुर्दशी दो मध्य रात्रियों में व्याप्त हो तो उसे दैवज्ञों ने बहुकाल व्यापिनी चतुर्दशी कहा है तथा अपर मध्य रात्रिगत चतुर्दशी को ही शिवरात्रि माना है। तिथिवृद्धि होने पर परवर्ती रात्रि में तथा तिथि क्षय होने पर पूर्ववर्ती रात्रि में शिवरात्रि का मान होता है।।१०।।

देव्यादिव्रते तिथिशुद्धि:—

देव्या व्रतेऽन्यत्र च वह्निरेतसो
व्रते सपर्यादिविधौ चतुर्दशी।
त्रयोदशीविद्धवती तथाष्टमी
ग्राह्या नवम्या सहिता ततोऽधिका।।११।।

अथ देव्यादिव्रते तिथिशुद्धिमाह—देव्येति।। देव्या व्रते भवानीव्रतेऽन्यत्र च वह्निरेतस ईश्वरस्य व्रते सपर्याविधो पूजादिकर्मणि च त्रयोदशीविद्धवती त्रयोदश्या विद्धा चतुर्दशी तथा नवम्या सहिता अष्टमी च ग्राह्या ततोऽधिका ग्राह्या।।११।।

देवी के व्रत में तथा शिव के व्रत में पूजन आदि विधि में त्रयोदशी से विद्ध चतुर्दशी तथा नवमी से विद्ध अष्टमी को ही ग्रहण करना चाहिए। अर्थात् देवी का पूजन नवमी युक्त अष्टमी में तथा शिवरात्रि का पूजन त्रयोदशी विद्ध चतुर्दशी में करना चाहिए।।११।।

गणेशचतुर्थीव्रतशुद्धि:—

सहोऽपरा मुख्यतमा चतुर्थिका
व्रते गणेशस्य विधूदयाश्रया।
एवं चतुर्थ्यो निखिलाश्च तद्व्रते
भवन्ति सिद्ध्यै किल कृष्णपक्षजा:।।१२।।

अथ गणेश्चतुर्थीव्रतशुद्धिमाह—सह इति।। गणेशस्य व्रते सहो मार्गशीर्षमासस्त-स्यापरा कृष्णा मुख्यतमा श्रेष्ठतमा चतुर्थिका ग्राह्या। चतुर्थी विधूदयाश्रया चन्द्रोदयव्यापिनी च पुनरेवं किलेति सम्भावनायां तद्व्रते तस्य गणेशस्य व्रते निखिला: समस्ताश्चतुर्थ्य: सिद्ध्यै भवन्ति किंभूताश्चतुर्थ्य: कृष्णपक्षजा: कृष्णपक्षजाता:।।१२।।

मार्गशीर्ष कृष्ण पक्ष की चन्द्रोदय व्यापिनी चतुर्थी गणेश व्रत के लिए श्रेष्ठतम है। सामान्यतया सभी मासों की कृष्णपक्ष की चतुर्थी में गणेश व्रत सिद्धि दायक होता है।।१२।।

एकादशीव्रतम्—

दशम्यविद्धां समुपोषयेदिमा-
मेकादशीं द्वादशिकां च पारयेत्।
क्षणावराद्धर्या दशमी भमक्षणा-
वमोत्तरा चेदपि तामुपोषयेत्।।१३।।

अथैकादशीव्रतमाह—दशमीति।। बुध इमां दशम्यविद्धां एकादशीं समुपोषयेत् च पुनर्द्वादशिकां पारयेत्। उत चेत् यदि भमक्षणावमा भैर्नक्षत्रैर्मीयन्ते ते भमाश्च ते क्षणाश्च सप्तविंशतिक्षणैश्चतु:पञ्चाशन्मितघटिकाऽवमा हीना दशमी तदा सा एकादशी क्षणावराध्यां क्षणै: श्रेष्ठा भवेत्तदा सुधीस्तामुपोषयेत्।।१३।।

दशमी से अविद्ध एकादशी (शुद्ध एकादशी) का व्रत करना चाहिए तथा द्वादशी में व्रत की पारणा करनी चाहिए। यदि दशमी २७ क्षण (५४ घटी) से न्यून हो तदनन्तर एकादशी हो तो उस दिन क्षणावराध्या एकादशी होती है उसी का भी व्रत करना चाहिए।।१३।।

अधिकावमतिथौ एकादशीविचार:—

क्षणाधिका चेद्दशमी भमक्षणा-
ऽधिकावमैकादशिकाऽधिका परा।
उपोषिता स्यादपरा फलप्रदा
त्रयोदशी पारणयापि वा तदा।।१४।।

अथाधिकावमतिथौ एकादशीविवेकमाह—क्षणेति।। चेत् यदि क्षणाधिका मुहूर्ताधिका भमक्षणा सप्तविंशतिमितमुहूर्तास्तेभ्योऽधिका वमा एवंविधा दशमी पुनरेकादशिकाधिका तदापरा द्वितीया एकादशी उपोषिता सती परा प्रकृष्टफलप्रदा स्यात्। वेति पक्षान्तरे पारणयापि त्रयोदशी फलप्रदा स्यात्।।१४।।

यदि दशमी ५४ घटी (२७ क्षणो) से १ क्षण (२ घटी) भी अधिक हो तथा एकादशी ६० घटी से अधिक हो तो द्वितीय दिन की एकादशी का व्रत ही फलदायक होता है। इस स्थिति में १३ त्रयोदशी में पारणा भी फलप्रद होती है।।१४।।

एकादश्यां विशेष:—

एकादशी चेत्स्पृशति त्रिवासरा-
स्तदा शुभं तद्द्वयमप्युपोषितम्।
सवैष्णवैर्मस्करिसाग्निकैस्तथा-
ऽपर:समेकामपरामुपोषयेत् ।।१५।।

अथैकादश्या विशेषमाह—एकेति।। चेत् यदि एकादशी त्रिवासरान् दिनत्रयं स्पृशति तदा मस्करिसाग्निकैर्दण्डधारियोगिभि अग्निहोत्रिभि: किंभूतैर्मस्करिसाग्निकै:

सवैष्णवैर्वैष्णव युक्तैस्तद्द्वयं तस्या एकादश्या द्वयमुपोषितं शुभं स्यात्। तथाऽपर: कश्चित्समेकां शुभां एकां परां अग्रेतनां एकादशीमुपोषयेत्॥१५॥

यदि एकादशी तीन दिवसों का स्पर्श करती है तो वैष्णवों सहित मस्करी एवं अग्निहोत्री आदि को दोनों एकादशी का व्रत करना चाहिए। तथा अन्य लोगों को अपर अर्थात् तृतीय दिवस की एकादशी का व्रत करना चाहिए।।१५।।

विशेष:—

चेद्द्वादंशी षष्ट्यधिका तदाभवे-
दुपोषयेत्तामपि षष्टिमां बुध:।
सम्पादयेद्द्वादशिकां परां क्वचि-
न्नन्दा च भद्रा समुपोषणोचिता।।१६।।

चेदिति॥ चेत् यदि षष्ट्यधिका षष्टिघटिकाभ्योऽधिका द्वादशी स्यात्तदा बुध: षष्टिमां षष्टिघटिकामितां तामपि द्वादशीमुपोषयेत् परामग्रेतनां द्वादशिकां सम्पारयेत्। पुन: क्वचित् स्थाने नन्दा एकादशी भद्रा द्वादशी समुपोषणे हिता शुभा स्यात्॥१६॥

यदि द्वादशी ६० घटी से अधिक हो तो ६० घटी पर्यन्त द्वादशी का भी व्रत करना चाहिए। ६० घटी के बाद शेष द्वादशी में पारणा करनी चाहिए। कहीं-कहीं पर नन्दा और भद्रा (नन्दा=११, भद्रा=१२) दोनों का व्रत उचित (शुभ) कहा गया है।।१६।।

विशेष:—

भद्रावमेतां समुपोष्य पारयेत्-
त्रयोदशीं वारुणकालतोऽधिकाम्।
यातामिह द्वादशिकादि युद्धरे-
रहस्तदुल्लङ्घ्य सदैव पारणा।।१७।।

अथास्या विशेषमाह—भद्रेति॥ या भद्रा द्वादशी अरुणकालत: सूर्योदयात् प्राक् चतुर्घटिकात्मकोऽरुणोदयकालस्तस्मात् अवमेता अवमं क्षयम् इता प्राप्ता वाऽरुणकालेऽधिका तदा तां द्वादशीं समुपोष्य त्रयोदशीं पारयेत्। इह हरे: कृष्णस्य तत् द्वादशीकादि यत् द्वादश्या: प्रथमचरणमेवंविधमहरुल्लङ्घ्य प्रोज्झ्य सदैव पारणा स्यात्॥१७॥

यदि भद्रा (द्वादशी) अरुणोदय काल से ४ घटी पूर्व ही समाप्त हो जाती है (अर्थात् द्वादशी तिथि का क्षय हो जाता है) तो द्वादशी का भी व्रत कर त्रयोदशी में पारणा करनी चाहिए। इसी प्रकार यदि द्वादशी अरुणोदय काल के बाद भी शेष रह जाती है तो हरि के दिवस (द्वादशी तिथि) का उल्लंघन कर (तिथि व्यतीत होने पर ही) पारणा करनी चाहिए।।१७।।

विशेषः—

चेदद्वादशी पारणया हि लभ्या
पूर्णान्वितैकादशिकां न पारयेत्।
वृद्धौ क्षये वापि तदन्यरूपं
भनिर्णये तत्क्रमनीतिभावतः।।१८।।

चेद्द्वादशीति।। अवधारणे चेत् पारणया द्वादशी लभ्या प्राप्या स्यात्तदा सुधीः पूर्णान्वितैकादशिकां दशमीयुक्तामेकादशीं न पारयेत् भोजनं न कारयेदुपोषयेदित्यर्थः। तद्धेतुमाह वृद्धौ क्षये वा तिथौ सति भनिर्णये नक्षत्रनिश्चयेऽपि तदन्यरूपं तस्या ईप्सिततिथ्या अन्यरूपमन्य स्वरूपं स्यात्। कस्माद्धेतोः क्रमनीतिभावतः तिथ्यादिक्रमन्यायभावात्।।१८।।

यदि पारणा काल में ही द्वादशी उपलब्ध हो तो पूर्णा (दशमी) युक्त एकादशी में ही भोजन का परित्याग करना चाहिए अर्थात् व्रत करना चाहिए। तिथि के वृद्धि एवं क्षय का भी अन्य रूप निश्चित नियम होता है। उसी प्रकार नक्षत्रों के निर्णय में उनकी (ह्रास वृद्धि) क्रम नीति का आश्रय लिया जाता है।।१८।।

तिथिनक्षत्रयोगानां क्षयवृद्धिनियमः—

वृद्धिक्षयौ स्तः परमौ तिथौ सदा
व्यर्धा रसाः साङ्घ्रिरसाश्च नाडिकाः।
सनेमतर्काः सपदर्णवास्तु भे
निस्त्र्यंशदोषौ द्विरदा युतौ क्रमात्।।१९।।

अथ तिथिनक्षत्रयोगानां वृद्धिक्षयनियममाह—वृद्धिरिति।। तिथौ तिथिविषये सदा त्व्यर्धा रसा विगतं अर्धे येभ्यस्ते एवंविधा रसाः षड्नाडिकाः सार्धपञ्चघटिकाः ५।३० च पुनः साङ्घ्रिरसाश्चरणसहिताःषण्णाडिकाः सपादषट्घटिकाः ६।१५ क्रमेण वृद्धि५क्षयौ६परौ उत्कृष्टौ स्तो भवतः। तु पुनर्भे नक्षत्रविषये सनेमतर्काः सार्धषट्घटिकाः ६।३० सपदर्णवाः सपादचतुष्कघटिकाः ४।१५ क्रमेण वृद्धिक्षयौ स्तः।। पुनर्युतौ योगविषये निस्त्र्यंशदोषौ निर्गतस्तृतीयभागो यस्मात् एवंविधौ दोषौ भुजौ द्वौ एतावता त्र्यंशयुक्ता एकघटिका १।४० द्विरदा गजा अष्टघटिकाः ८ क्रमात् वृद्धिक्षयौ स्तः।।१९।।

आधे से रहित ६ घटी अर्थात् ५।३० तथा चतुर्थांश युक्त ६ घटी अर्थात् ६।१५ क्रम से तिथियों के वृद्धिक्षय का परिमाण है। भाव यह है कि तिथि ६० घटी से ५।३० घटी अधिक (६५।३० तक), ६।१५ घटी (५३।४५) तक क्षय हो सकती है।

नक्षत्रों की ६।३० तक वृद्धि तथा ४।१५ घटी तक क्षय हो सकता है। तथा योगों में तृतीयांश रहित २ (अर्थात् १।४० घटी पर्यन्त वृद्धि तथा ८ घटी तक क्षय हो सकता है।।१९।।

नक्षत्राश्रितं द्वादशीव्रतम्—

मैत्रं शुचौ चेच्छ्रवणं नभस्ये
पौष्णं तथोर्जेऽर्कमघस्त्रयोगम्।
तत्पारणा हन्त्यपि धर्मभाजां
पुराकृतैः पुण्यमशेषमेव।।२०।।

अथ नक्षत्राश्रितद्वादशीं दर्शयति-मैत्रमिति।। चेत् यदि शुचौ आषाढमासे मैत्रमनुराधा नभस्ये भाद्रपदे श्रवणः तथा ऊर्ज्जे कार्तिके पौष्णं रेवती स्यात्। किंभूतं मैत्रादिभं अर्कमघस्त्रयोगं अर्कैर्द्वादशभिर्मीयते इति अर्कमश्चासौ घस्रो वासरश्च द्वादशी इत्यर्थः। तस्य योगः संयोगो यस्मिंस्तदिति तदा तत्पारणा तस्यां द्वादश्यां पारणा धर्मभाजां प्राणिनां पुराकृतमशेषमपि एवं पुण्यं हन्ति सा उपोष्या तदा शुभमित्यर्थः।।२०।।

यदि आषाढ मास में अनुराधा में, भाद्रपद मास में श्रवण में तथा कार्तिक में रेवती नक्षत्र में द्वादशी (हरिवासर) हो तो उसमें पारणा करने से धर्मव्रतियों के पुण्यों का नाश होता है। अतः उक्त द्वादशी का व्रत किया जाय तो अत्यन्त पुण्यदायक होता है।।२०।।

हरिवासरे विशेषः—

तथापि पादं प्रथमं विमुक्त्वा
मैत्रे च मध्यत्रिलवं श्रुतौ हि।
पौष्णेऽन्त्यपादं हरिवासराख्यं
तत्पारणा धर्मफलाप्तये स्यात्।।२१।।

अथात्र नक्षत्रचरणगतविशेषं दर्शयति—तथेति।। हि अवधारणे तथा मैत्रेऽनुराधायाः प्रथमं पादं हरिवासराख्यं विमुक्त्वा विहाय च पुनः श्रुतौ श्रवणे मध्यत्रिलवं गर्भगततृतीयलवं हरिवासराख्यं विहाय पौष्णान्त्यपादं रेवत्या अन्त्यचरणं हरिवासराख्यं विहाय तत्पारणा तस्या द्वादश्याः पारणा धर्मफलप्राप्तये स्यात्।।२१।।

द्वादशी तिथि में अनुराधा नक्षत्र हो तो उसके प्रथम चरण का परित्याग कर शेष भाग में पारणा करनी चाहिए। इसी प्रकार श्रवण के मध्यगत तृतीय पाद का तथा रेवती के अन्तिम चतुर्थ पाद का परित्याग कर पारणा करने से धर्मफल की प्राप्ति होती है।।२१।।

रामनवमीव्रतम्—

चैत्रे सिता द्युदलगा नवमी व्रते स्या-
च्छ्रीरामजन्मसमये तदुपोषणं सत्।
वृद्धौ च सा दिनदलद्वयगा परा चेत्-
पूर्वा क्षये द्विदिनमध्यगतान्यथा न।।२२।।

अथ रामनवमीमुपोष्यामाह—चैत्र इति।। चैत्रे मासे सिता: शुक्ला द्युदलगा दिनार्द्धगता नवमी व्रते स्यात्। श्रीरामजन्मसमये तदुपोषणं तस्यां नवम्यां उपवास: स्यात्। चेत् यदि वृद्धौ सत्यां सा नवमी दिनदलद्वयगा दिनार्द्धयुग्मगता परा अग्रेतना स्यात्। क्षये सति द्विदिनमध्यगता दिनद्वयमध्यप्राप्ता पूर्वा स्यात्। अन्यथा उक्तविपरीतेन स्यात्।।२२।।

चैत्र मास के शुक्ल पक्ष की नवमी मध्याह्नव्यापिनी हो तो श्रीराम के जन्म समय में व्याप्त होने से नवमी व्रत करना शुभ होता है। (अर्थात् जिस दिन मध्याह्न में नवमी हो उसी दिन व्रत रखना चाहिए।) यदि तिथि वृद्धि हो तथा दो मध्याह्नों का स्पर्श नवमी कर रही हो तो पर (द्वितीय) दिन राम नवमी का व्रत होगा। यदि तिथि क्षय हो तो दिनों के मध्यगत नवमी (पूर्व दिन) में ही व्रत रखना चाहिए अन्यथा नहीं।।२२।।

नवमीव्रतस्य पारणा—

रिक्तां समुज्झ्य दशमी किल पारणाया-
मायु:प्रजास्ववृषवागपवर्गदा स्यात्।
श्रीरामजन्मसममन्यमहाव्रताख्यं
नोपोषितं ननु महोत्सवगीतमेतत्।।२३।।

अथास्या: पारणादिनमाह—रिक्तामिति।। किल सम्भावनायां रिक्तां नवमीं समुज्झ्य विहाय पारणायां दशमी आयु:प्रजास्ववृषवागपवर्गदा दीर्घजीवितसन्तानधर्मसरस्वतीमोक्षप्रदा स्यात्। ननु वितर्के महोत्सवगीतं महताडम्बरेण गीतं स्तुतं वा उपोषितं सत् एतत् श्रीरामजन्मसमं व्रतमन्यमहाव्रताख्यं नास्ति।।२३।।

रिक्ता (नवमी) को छोड़कर दशमी तिथि में पारणा करने से आयु, सन्तान, धन, धर्म, विद्या एवं मोक्ष की प्राप्ति होती है। महोत्सव और गीत वाद्य के साथ मनाये जाने वाले श्रीराम जन्म समय (रामनवमी) से बढ़कर और कोई व्रत नहीं।।२३।।

गोकुलाष्टमीव्रतम्—

अष्टमी नभसि मासि या परा
रोहिणीसहितमध्यरात्रिगा।
कृष्णजन्मसमयोत्सवव्रता
सर्वकामफलदा ह्युपोषिता।।२४।।

अथ गोकुलाष्टमीव्रतमाह—अष्टमीति।। नभसि श्रावणे मासे यापरा कृष्णा रोहिणीसहित मध्यरात्रिगाष्टमी भवति वि अवधारणे साष्टमी उपोषिता सती सर्वकामफलप्रदा स्यात्। किंभूताष्टमी कृष्णजन्मसमयोत्सवाय व्रतं यस्यां सा स्पष्टमिति।।२४।।

श्रावण मास की कृष्णाष्टमी यदि मध्यरात्रि में रोहिणी युक्त होती है तो वह कृष्ण जन्मसमयोत्सव व्रत होता है। यह सभी प्रकार की तीव्र इच्छाओं को पूर्ण करने वाला होता है।।२४।।

वृद्धिक्षये व्रतनिर्णयः—

रोहिणीसहितमष्टमीदिनं
चेन्निशीथसमयद्वयं स्पृशेत्।
तच्चयापचयतः परं पुरा
तत्र वा यदि ततस्तथान्यथा।।२५।।

अथात्र वृद्धौ क्षये उपोषणं तर्कयति—रोहिणीति।। चेद्यदि अष्टमीदिनं कर्तृपदं रोहिणीसहितं निशीथसमयद्वयं मध्यरात्रियुग्मं स्पृशेत् तद्दिनं चयापचयतो वृद्धिक्षयत्वात् क्रमेण वृद्धौ सत्यां परमग्रेतनमुपोष्यं स्यात्। वाथवा क्षये सति पुरा पूर्वदिनं उपोष्यं स्यात्। यदि चेत्ततोऽन्यथा तदा तत्र स्यात्।।२५।।

रोहिणी युक्त अष्टमी तिथि दो मध्यरात्रियों का स्पर्श करती है तो द्वितीय दिन ही अष्टमी का व्रत करना चाहिए। तिथि वृद्धि हो तो पर (अग्रिम) दिन में तथा तिथि क्षय हो तो पूर्व दिन में व्रत करना चाहिए। इससे भिन्न स्थिति में सामान्य नियमानुसार नहीं करना चाहिए।।२५।।

विशेषः—

रोहिणीविरहिताष्टमीं नये-
न्मध्यरात्रिसमयानुगामिह।
केवलामनुतिथिक्षयेऽथवा
तां गतक्षणनिशीथगामपि।।२६।।

रोहिणीति।। इह व्रते सुधीःकेवलां रोहिणीविरहितां रोहिणीनक्षत्रवर्जितां अष्टमीमध्यरात्रिसमयानुगां नयेत् कुर्यात्। अनु पश्चात्तिथिक्षयेऽथवा तां गतक्षणनिशीथगां मुहूर्तमात्रहीनमध्यरात्रिगतामपि नयेत्।।२६।।

कृष्ण जन्माष्टमी व्रत में रोहिणी नक्षत्र से रहित अष्टमी तिथि मध्यरात्रि काल में हो तो उसी दिन व्रत कर लेना चाहिए। तिथिक्षय होने पर अथवा मध्यरात्रि काल से एक क्षण पूर्व अष्टमी तिथि समाप्त हो तो उसी दिन व्रत करना चाहिए।।२६।।

सोमसौम्यसहिताष्टमी कभा
केवलाप्युत शुभा ह्युपोषिता ।
भौमवासरवती तयोदयाद्-
बह्वभीष्टफलदोतसम्भवात् ।।२७।।

सोमेति।। हि अवधारणे सोमसौम्यसहिता चन्द्रबुधयुक्ता कभा कस्य ब्रह्मणो भं नक्षत्रं यस्यां सा कभा रोहिणीयुक्ता उत वितर्के केवलापि अष्टमी उपोषिता सतीति शुभा स्यात्। उदयात् भौमवासरवती भौमदिनयुक्ता तथा ऊनसम्भवात् किंचिन्न्यूनसंयोगात् वह्वभीष्टफलप्रदा स्यात्।।२७।।

सोमवार और बुधवार से युक्त रोहिणी नक्षत्र अष्टमी तिथि को हो तो उस दिन का व्रत अत्यन्त शुभ होता है। उदय काल में यदि भौमवार से युक्त अष्टमी हो अथवा अत्यन्त न्यून संयोग हो तो भी उस दिन किया गया व्रत बहुत प्रकार की सिद्धियों को प्रदान करने वाला होता है।।२७।।

अष्टमी भवति सप्तमीयुता
गर्हिता व्रतविधौ यथा न तु।
वासुदेवजननोत्सवे तथा
सा निशीथसमया समादृता।।२८।।

अष्टमीति।। यथा सप्तमीयुताऽष्टमी व्रतविधौ उपोषणकर्मणि गर्हिता निन्दिता न स्यात् तु अवधारणे तथा वासुदेवजननोत्सवे कृष्णजन्मोत्सवे साष्टमी निशीथसमया मध्यरात्रिगता समादृता आराधिता।।२८।।

कृष्ण जन्मोत्सव की व्रत विधि में जैसे सप्तमी युक्त अष्टमी निन्दित नहीं है उसी प्रकार मध्यरात्रिगत अष्टमी समादृत है।।२८।।

रोहिणी यदि जया क्षणोन्मिता-
मष्टमीमुत समेत्य रोहिणी।
मध्यरात्रिसमयामुपोषये-
त्तां निशीथनिकटानुगामपि।।२९।।

रोहिणीति।। यदि चेत् जया अष्टमीक्षणोन्मितां कलाप्रमितां रोहिणीं समेत्य संयोगं प्राप्य भवेत्। उत रोहिणी क्षणोन्मितां अष्टमीं समेत्य भवेत्तदा सुधीर्मध्यरात्रिसमयां निशीथनिकटानुगां मध्यरात्रिनाप्तामपि तामष्टमीमुपोषयेत्।।२९।।

यदि रोहिणी नक्षत्र क्षण मात्र भी अष्टमी तिथि का स्पर्श करे अथवा अष्टमी तिथि रोहिणी का स्पर्श करे अथवा मध्यरात्रि काल के अत्यन्त निकट रोहिणी और अष्टमी का संयोग हो तो विद्वानों को उसी दिन व्रत करना चाहिये।।२९।।

वैष्णवमतेन जन्माष्टमीव्रतनिर्णयः—

प्राङ्निशीथमुपगम्य वैष्णवै-
र्नीयते परदिनाचिते तु ते।
पारणा तदवासनतो भवे
द्वावियोगसमयात्परं तयोः।।३०।।

अथात्र वैष्णवपक्षमाह—प्राङ्निशीति।। वैष्णवैः परदिनाचितेऽन्यदिनव्याप्ते ते द्वेऽष्टमी रोहिण्यौ समेत्य प्राक् पूर्वमनु पश्चात् निशीथं मध्यरात्रिं नीयते प्राप्यते तदवसानतोऽष्टम्याः प्रान्तात् पारणा भवेत्। वायवा तयोरष्टमीरोहिण्योर्वियोगसमयात् विश्लेषकालात् परमग्रे पारणा भवेत्।।३०।।

पूर्व दिन की मध्य रात्रिगत अष्टमी और रोहिणी अग्रिम दिवस की मध्यरात्रि में भी व्याप्त हो तो वैष्णव मतानुसार द्वितीय दिन में ही जन्माष्टमी का व्रत होगा। रोहिणी और अष्टमी के अवसान काल में अथवा रोहिणी और अष्टमी के परस्पर वियोग काल के अनन्तर पारणा होती है।।३०।।

नृसिंहचतुर्दशीव्रतम्—

चतुर्दशी माधवमासि शुक्ला
नृसिंहसम्भूतिचतुर्दशी स्यात्।
निशामुखे सा समुपोषणार्हा
जयायुता पूर्णिमया युता वा।।३१।।

अथ नरसिंहजन्मचतुर्दशीमाह—चतुर्दशीति।। माधवमासि वैशाखमासे शुक्ला श्वेता नृसिंहसम्भूतिचतुर्दशी नरसिंहजन्मचतुर्दशी स्यात् सा चतुर्दशी निशामुखे रजनीमुखे समुपोषणार्हा उपोषणाय योग्या स्यात्। किभूता जयायुता त्रयोदशीयुता वाथवा पूर्णिमया युता।।३१।।

वैशाख मास के शुक्ल पक्ष की चर्तुदशी नृसिंह जन्म चतुर्दशी होती है। रात्रि के आरम्भ में अर्थात् सायाह्नव्यापिनी चतुर्दशी त्रयोदशी से युक्त हो अथवा पूर्णिमा से युक्त हो तो वह व्रत करने योग्य होती है।।३१।।

वृद्धिक्षये विशेषः—

अर्कास्तकालद्वयगा तु सा चेत्-
क्षयाधिकत्वात्प्रथमाऽपरा स्यात्।
तत्स्था न वा तद्विपरीतगार्हा
बह्वीविधेयात्र सपारणा सा।।३२।।

अथात्र वृद्धिक्षये विवेकमाह—अर्केति।। चेत् यदि अर्कास्तकालद्वयगा सूर्यास्तकालद्वयगता स्यात् सा क्षयाधिकत्वात् क्षये प्रथमा अधिकेऽपरा अग्रेतना स्यात्। तत्स्था नवा इति द्व्यक्षरमव्ययं नवेति विकल्पार्थे तद्विपरीतगा तदात्र बह्वी विधेयार्हा विधातुं योग्या किंभूता सा सपारणा पारणा युक्ता।।३२।।

दो सूर्यास्तगत चतुर्दशी अथवा क्षयाधिक तिथि हो तो क्रम से प्रथम एवं द्वितीय दिन में व्रत होता है। अर्थात् दिनद्वय व्याप्त रहने पर तथा वृद्धि होने के कारण द्वितीय दिन में तथा तिथिक्षय होने पर प्रथम दिन में व्रत करना चाहिये। इससे भिन्न स्थिति में पूर्वोक्त से विपरीत व्रत विधि एवं पारणा होती है।।३२।।

दीपमालिकानिर्णयः—

इषान्तदर्शो रजनीमुखाधिको
दीपोत्सवोऽसौ गदितो बुधैरिह।

श्राद्धं विधाय द्युदलक्षणत्रयं
सायं सदैवोल्मुकमादृतं ततः।।३३।।

अथ दीपमालिकामाह—इषान्तेति।। य इषान्तदर्श आश्विनमासस्यान्तदर्शो रजनीमुखाधिकः सन्ध्यातोऽधिकः स्यादिह जगति बुधैः सोऽसौ दीपोत्सवो गदितः प्रोक्तः। द्युदलक्षणत्रयं मध्याह्नोपरि षट्घटिका यावत् श्राद्धं विधाय कृत्वा ततः सायंसन्ध्यायां सदैव उल्मुकं 'मेराईयां' इति भाषा आदृतमङ्गीकृतम्।।३३।।

आश्विन मास के अन्त में अमावास्या संध्या काल से अधिक हो तो विद्वानों ने उसी दिन दीपोत्सव बतलाया है। दीपावली के दिन मध्याह्न में तीन क्षण तक श्राद्ध करने के पश्चात् सदैव ज्योति (मसाल) जलानी चाहिए।।३३।।

रिक्तानिशीथे किल विष्णुमाया-
मभ्यर्च्य दीपोत्सवमप्यमायाम्।
कृत्वा बलेश्च प्रतिपद्यजस्य
पूजानु गोक्रीडनमृद्धये स्यात्।।३४।।

रिक्तेति।। किलेति सम्भावनायां रिक्तानिशीथे चतुर्दश्या मध्यरात्रे विष्णुमायां लक्ष्मीं समभ्यर्च्य सम्पूज्य अपि पुनरमायाममावास्यायां दीपोत्सवं दीपमालिकां कृत्वा प्रतिपदि तिथौ बलेर्बलिराजस्य गेहमध्ये पूजा च पुनर्गृहबाह्येऽजस्य गोमयनिर्मितगोवर्धनस्य पूजाऽनु पश्चात् गोक्रीडनं प्रतीतमृद्धये सम्पदायै स्यात्।।३४।।

चतुर्दशी की मध्य रात्रि में विष्णुमाया (लक्ष्मी) का पूजन कर अमावास्या में दीपोत्सव (दीपावली) करना चाहिए तदनन्तर प्रतिपदा में गृह में बलि का तथा गृह के बारह गोवर्धन का पूजन तदनन्तर गोक्रीडन समृद्धि को देने वाला होता है।।३४।।

अमा यदा भूतदिनेऽपराह्णे
प्रदृश्यते तद्दिवसेऽक्षयं स्यात्।
श्राद्धं पितॄणां तदनूल्मुकाख्यं
तमीमुखे लोकनृपार्थकारी।।३५।।

अमेति।। यदा भूतदिने चतुर्दश्यामपराह्णेऽमा प्रदृश्यते तदा तद्दिवसे चतुर्दशीदिने पितृणां श्राद्धं कर्तृपदं अक्षयं स्यात्तदनु पश्चात्तमीमुखे रजनीमुखे उल्मुकाख्यं 'मेराईयां' लोकनृपार्थकारि जनानां भूपस्य च सम्पदाकृत् स्यात्।।३५।।

यदि चतुर्दशी के दिन अपराह्ण काल में अमावस्या दृश्य हो तो उस समय पितरों का श्राद्ध अक्षय होता है। श्राद्ध के अनन्तर रात्रि के आरम्भ काल में ज्योति जलाना लोक एवं नृप दोनों के लिये धनदायक होता है।।३५।।

दिवसभागाः—

प्रातश्च संगवश्चैव मध्याह्नः शारदस्तथा ।
सायाह्नमर्धोदयतः पञ्चांशो द्युमितेः क्रमात् ।।३६।।

अथ पञ्चधा दिवसांशमाह—प्रातरिति।। प्रातः प्रभात १ श्च पुनः संगव; २ च पुनर्मध्याह्नः ३ पुनः शारदः ४ तथा पुनः सायाह्न ५ मिति अर्द्धोदयतः सूर्यस्यार्द्धमण्डलोदयात् द्युमितेर्दिनप्रमितस्य क्रमात् पञ्चांशः।।३६।।

प्रातः काल सूर्यमण्डल के अर्धोदय काल से सूर्यास्त काल पर्यन्त दिनमान को पाँच भाग में विभक्त करने पर प्रथम भाग को प्रातः द्वितीय को संगव तृतीय को मध्याह्न चतुर्थ को शारद तथा पंचम भाग को सायाह्न (संध्या) कहते हैं।।३६।।

दिवसस्य त्रिधाविभागः—

पञ्चधा भागकालोऽसौ त्रिधा पूर्वाह्नकं ततः ।
मध्याह्नमपराह्नं तु द्वेधा पूर्वापरार्द्धके ।।३७।।

अथ त्रिधा कालमाह—पञ्चेति।। पञ्चधा भागकालोऽसौ कालस्त्रिधा पूर्वाह्नकं ततो मध्याह्नं ततोऽपराह्नं स्यात्। तु पुनः पूर्वपरार्द्धके पूर्वार्द्धम् उत्तरार्द्धं द्वेधा कालः स्यात्।।३७।।

पूर्वोक्त दिवस के पाँच भागों को यहाँ तीन भागों में विभक्त किया गया है, पहला पूर्वाह्न, दूसरा मध्याह्न, तीसरा अपराह्न, इस प्रकार दिवस के पूर्वार्द्ध एवं परार्द्ध (उत्तरार्द्ध) संज्ञक दो भाग भी होते हैं।।३७।।

दिनावसाने क्षणमास्त्यमाचे-
च्छ्राद्धं विधायोल्मुकमत्र कुर्यात्।
क्षयेऽथ वृद्धौ प्रतिपद्युपेते
दर्शे ततोऽग्रे बलिपूजने स्यात्।।३८।।

दिनेति।। चेद्यदि दिनावसाने दिनप्रान्तेऽमा क्षणमा मुहूर्त्तप्रमितास्ति तदात्र श्राद्धं विधाय उल्मुकं कुर्यात्। अथ क्षये वृद्धौ उपेते प्राप्ते दर्शे प्रतिपदि उल्मुकं स्यात्ततोग्रे बलिपूजनं स्यात्।।३८।।

यदि दिवस के अन्त में क्षणमात्र भी अमावास्या प्राप्त हो तो श्राद्ध करके ही ज्योति जलानी चाहिये। अमावास्या के क्षय अथवा वृद्धिगत होने पर प्रतिपदा में दीपमालिका हो तो उससे अग्रिम दिवस में बलि पूजन करना चाहिए।।३८।।

श्राद्धे कृते शारदगामि दर्शे
नन्दोल्मुकं दूषणकृन्न राज्ये।

तदा निशीथे सुरशक्तिपूजा
दर्शेऽपि लोकेश्वरसौख्यदा स्यात्।।३९।।

श्राद्धेति।। शारदगामि दर्शे आश्विनामावास्यां श्राद्धे कृते सति नन्दोल्मुकं प्रतिपदि उल्मुकं राज्यदूषणकृन्न स्यात्तदा निशीथे मध्यरात्रिदर्शेऽपि सुरशक्तिपूजा लक्ष्मीपूजा लोकेश्वरसौख्यदा जननृपसुखदायिनी स्यात्।।३९।।

शारद काल में अर्थात् दिवस के चतुर्थ भाग में अमावास्या तिथि में श्राद्ध करने के पश्चात् रात्रि के आरम्भ काल में नन्दोल्मुक (दीपोत्सव) राज्य के लिये दोष कारक नहीं होता। इसी प्रकार मध्य रात्रि गत अमावास्या तिथि में सुरशक्ति (लक्ष्मी) पूजा लोक तथा राजा के लिए सुखदायक होती है।।३९।।

सूर्यास्तकालोल्मुकमङ्गिकर्म
स्यादङ्गकर्माण्यपराणि चात्र ।
दर्शोदरः पञ्चदिनात्मकोऽसौ
दीपोत्सवस्तद्व्यवहारसिद्धः ।।४०।।

सूर्यास्तेति।। सूर्यास्तकालोल्मुकमङ्गिकर्म प्राणिकृतं स्यात्। च पुनरत्रापराणि अङ्गकर्माणि स्युः।। दर्शोदरोऽमामध्यः पञ्चदिनात्मकः त्रयोदशी चतुर्दशी दर्श प्रतिपत् द्वितीयात्मकोऽसौ दीपोत्सवः स्यात्। किंभूतो दीपोत्सवस्तद्व्यवहारेण श्राद्धादिकृत्यव्यवहारेण सिद्धः स्यात्। इति दीपमालिकाधिकारः।।४०।।

सूर्यास्त काल में उल्मुक कर्म अंगी कर्म कहा गया है तथा इसके अतिरिक्त अन्यकाल अंग कर्म कहे गये हैं। दर्शोदर पाँच दिन अर्थात् त्रयोदशी, चतुर्दशी, अमावस्या, प्रतिपदा एवं द्वितीया ये दीपोत्सव दिन कहे गये हैं जो श्राद्धादि व्यवहार से सिद्ध है।।४०।।

विजयादशमी निर्णयः—

अथाश्विने या दशमी निशामुखे
शुक्ला स्मृता सा विजया बुधैरिह।
अर्कान्वितां बोधियुतां शमीमुत
क्षितीश्वरः सर्वजनश्च पूजयेत्।।४१।।

अथ विजयादशमीमाह—अथेति।। अथान्तरमुत चेत् आश्विने शुक्ला दशमी निशामुखे रजनीमुखे स्यात् वृद्धैः सा विजयादशमी स्मृता प्रोक्ता। इह विजयायां क्षितीश्वरश्च पुनः सर्वजनः शमीं क्लेशनाशिनीं पूजयेत्। किंभूतां शमीं अर्कान्वितां अर्कतरुयुक्तां पुनर्बोधियुतां अश्वत्थयुक्ताम्।।४१।।

आश्विन शुक्ल पक्ष में सायाह्न व्यापिनी दशमी को विद्वानों ने विजया दशमी कहा है। उस दिन राजा तथा सभी लोगों को मन्दार युक्त एवं पीपल युक्त शमी वृक्ष की पूजा करनी चाहिए।।४१।।

दिनावसानद्वयगामिनी यदा
पूर्णातदैवं विजया परा भवेत्।
न वेति दोषाननैकटादृता
शम्यर्चने सर्वहरिज्जयाय सा।।४२।।

दिनेति।। यदा दिनावसानद्वयगामिनी पूर्णा दशमी स्यात्तदा विजया पराऽग्रेतना भवेत्। वाथवा एवं न स्यात्तदा दोषाननैकटा रजनीमुखसमीपस्था आदृता इति सा विजया दशम्यर्चने शमीतरुपूजने सर्वहरिज्जयाय सर्वदिग्विजयाय स्यात्।।४२।।

यदि दशमी तिथि दो दिनों के अन्त में सायाह्न व्यापिनी हो तो दूसरे दिन ही विजया दशमी होती है। यदि किसी भी दिन सायाह्न व्यापिनी न मिले तो रात्रि के आरम्भ काल के सन्निकट जिस दिन हो उसी दिन उसी दिन विजया दशमी विद्वानों ने स्वीकृत की है। विजया दशमी के दिन शमी का पूजन दिग्विजय कारक होता है।।४२।।

होलिकानिर्णयः—

हुताशनीं फाल्गुनपूर्णिमायां
निशीथपूर्वा ज्वलयेच्छुभार्थी ।
पश्चात्तमीतज्ज्वलने दिवा वा
नृपश्रियं हन्त्यपि पक्षतिर्वा ।।४३।।

अथ होलिकाधिकारमाह—हुतेति।। शुभार्थी हितकांक्षी नरः फाल्गुनपूर्णिमायां निशीथपूर्वा मध्यरात्रित आदिमा हुताशनीं नयेत् कुर्यात्। द्विकर्म च पुनः पश्चात्तमीतज्ज्वलने मध्यरात्रितोऽपरां रजनीं इते प्राप्ते तत् तस्मिन् वाथवा दिवा दिने हुताशनीज्वलने सति पक्षतिः प्रतिपद् वा नृपश्रियं राजलक्ष्मीं हन्ति।।४३।।

फाल्गुन मास की पूर्णिमा को मध्य रात्रि से पूर्व शुभार्थी (हित चाहने वाले) लोगों को होलिका दाह करना चाहिये। मध्य रात्रि के बाद, दिन में अथवा प्रतिपदा तिथि में होलिका दाह करने से राज्य लक्ष्मी नष्ट होती है।।४३।।

सूर्यास्तकालावधिरेव पूर्णिमा-
धिकोनगा वा कलया तदा कृते ।
श्राद्धे च तत्र ज्वलिता हुताशनी
नन्दातिथौ स्याद्रजसोत्सवः श्रियै ।।४४।।

सूर्यास्तेति।। यदा सूर्यास्तकालावधिः सूर्यास्तसमयं यावत् पूर्णिमा एव निर्धारणे वाथवा कलया अंशेन अधिका वा ऊना हीना स्यात्तदा कृते श्राद्धे सति तत्र ज्वलिता हुताशनी होलिका स्यात्। पुना रजसा रेणुना उत्सवः श्रियै स्यात्। कस्मिन् नन्दातिथौ प्रतिपत्तिथौ।।४४।।

सूर्यास्त काल पर्यन्त पूर्णिमा हो अथवा सूर्यास्त काल से एक कला कम हो अथवा अधिक हो तो श्राद्ध करने के पश्चात् होलिका दाह तथा नन्दा तिथि में अर्थात् प्रतिपदा में रजोत्सव (धूलि वन्दन) कल्याण कारक होता है।।४४।।

रिक्तान्विताग्र्यद्युयुतोत पूर्णिमा
नेयास्तगे तज्ज्वलने रवाविह।
विष्टिस्तु तन्नित्यतया न दोषकृ-
त्तथोपरागं परिपूर्णिमारजः।।४५।।

रिक्तेति।। तज्ज्वलने होलिकाज्वलने रिक्तान्विता चतुर्दशीयुक्ता उत अग्र्यद्युयुता प्रतिपदा युक्ता पूर्णिमा नेया। रवौ सूर्येऽस्तगे सति इह होलिकायां तुरवधारणे विष्टिर्भद्रा दोषकृत् न स्यात्। कया तन्नित्यतया होलिकाया नित्यभावात्तथा उपरागं ग्रहणं दोषकृन्न तथा परिपूर्णिमारजो दोषकृत् न स्यात्।।४५।।

रिक्ता से युक्त अर्थात् चतुर्दशी से युक्त पूर्णिमा अथवा अग्रिम तिथि (प्रतिपदा) से युक्त पूर्णिमा होलिकादाह में ग्रहण करनी चाहिये। होलिकादाह के समय सूर्यास्त काल में नित्य होने के कारण भद्रादोष कारक नहीं होती। इसी प्रकार ग्रहण भी पूर्णिमा में दोष कारक नहीं होता।।४५।।

मुनितर्पणे पूर्णिमानिर्णयः—

पूर्णास्तकालसमयाप्युत शारदान्ता
या पूर्णिमा नभसि सङ्गवगा तु तस्याम्।
विष्ट्या युतोत रहिता मुनितर्पणं स्या-
च्चेत्संक्रमो भवति वा ग्रहणं तदा न।।४६।।

अथ पूर्णिमाया मुनितर्पणमाह—पूर्णेति।। नभसि श्रावणमासे पूर्णास्तकालसमया सम्पूर्णास्तकालसमया अपि पुनरुत शारदान्ता शारदसंज्ञकालप्रान्ता तु पुनः संगवगा संगवसंज्ञकालप्राप्ता उत भद्रान्विता विष्टियुता उत रहिता विष्टिरहिता स्यात्तदा तस्यां पूर्णिमायां मुनितर्पणं स्यात्। चेत् यदि तत्र संक्रमः सूर्यसंक्रान्तिर्वा ग्रहणं सूर्यचन्द्रोपरागो न स्यात्तदेति।।४६।।

श्रावण मास में पूर्णा (पूर्णिमा) सूर्यास्त काल पर्यन्त हो तथा संगव काल तक हो। भद्रा से युक्त हो इन सभी स्थितियों में मुनि तर्पण करना चाहिये। यदि पूर्णिमा में ग्रहण हो अथवा संक्रान्ति हो तो मुनि तर्पण नहीं करना चाहिये।।४६।।

मतान्तरम्—

केचित्समिच्छन्ति तदेव तर्पणं
श्रुतौ च हस्ते श्रुतिशाखिनो ग्रहे।

स्यात्संक्रमे वा सति सर्वशाखिनां
तत्तर्पणे श्रावणशुक्लपञ्चमी।।४७।।

अथ मतमाह—केचिदिति।। केचित्तदेव तर्पणं श्रुतौ श्रवणे हस्ते च समिच्छन्ति सम्यक्प्रकारेण वाञ्छन्ति कस्य श्रुतिशाखिन:।। अथ ग्रहे सूर्यादिग्रहणे संक्रमे वा सति श्रावणशुक्लपञ्चमी सर्वशाखिनां तर्पणे ऋषितर्पणे स्यात्।।४७।।

कुछ विद्वानों ने श्रवण एवं हस्त नक्षत्रों में श्रुतिशाखियों (मुनियों) का तर्पण बतलाया है। ग्रहण काल एवं सक्रांति काल में अथवा श्रावण शुक्ल पञ्चमी को सभी शाखाओं वाले मुनियों का तर्पण करना चाहिए।।४७।।

सा सङ्गवान्तैवमुपाकृतौ स्यात्
पूर्वान्विता वापि च पाकयज्ञे ।
तथा सिता पञ्चदशी समुक्ता
तथाष्टकैतत्समयाभिरूपैः ।।४८।।

सा संगवेति।। उपाकृतौ उपाकर्मणि सा श्रावणशुक्लपञ्चमी संगवान्ता संगवसंज्ञकालप्रान्ता एव वाथवा पूर्वान्वितापि स्यात्। च पुन: पाकयज्ञेऽभिरूपैः पण्डितैस्तथा सिता शुक्ला पञ्चदशी पूर्णिमा समुक्ता प्रोक्ता। तथाष्टकाश्राद्धविशेषभवा प्रोक्ता किंभूता एतत्समया उक्तकालप्रमिता।।४८।।

उपाकर्म (श्रावणी) में संगव काल पर्यन्त श्रावण शुक्ल पञ्चमी ग्राह्य है। पाक यज्ञ के लिए पण्डितों ने शुक्ल पक्ष की पञ्चदशी (पूर्णिमा) तथा एकाष्टका श्राद्ध हेतु समयानुसार काल पण्डितों ने बतलाया है।।४८।।

ऋषिपञ्चमीव्रतम्—

अथ भाद्रपदादिपञ्चमी
द्युदलान्तामृषिपञ्चमी च सा।
द्युदलद्वयगोत सा न चे-
दधिकासन्नगता हि तां नयेत्।।४९।।

अथ ऋषिपञ्चमीमाह—अथेति।। अथ या भाद्रपदपञ्चमी सा ऋषिपञ्चमी स्यात् किंभूता ऋषिपञ्चमी उत चेत् दिनार्द्धद्वयगता न चेत् अधिका आसन्नगता समीपगता तदा हि अवधारणे सुधी: तां पञ्चमीं द्युदलान्तां नयेत् प्राप्नुयात्।।४९।।

भाद्रपद मास की आद्य पञ्चमी (भाद्र शुक्ल पञ्चमी) यदि दिनार्ध पर्यन्त हो तो उसे ऋषिपञ्चमी कहते हैं। यदि दिनार्ध पर्यन्त पञ्चमी हो अथवा अधिक हो अथवा मध्याह्न के आसन्न हो तो भी उसी दिन ऋषि पञ्चमी का व्रत होगा।।४९।।

हरतालिकाव्रतम्—

अपरा मुनिपञ्चमीदिनादुत
पूर्वा मुनिचारशुद्धिगा।

हरिताल्यभिपूजनेऽष्टमी कथिता
सातिजयाय योषिताम्।।५०।।

अथ हरितालीपूजनमाह—मुनिपञ्चमीदिनात् ऋषिपञ्चमीदिवसात् अपरा उत्तरा पूर्वा च मुनिचारशुद्धिगा अगस्त्यचारशुद्धिं प्राप्ता याष्टमी भवति साष्टमी हरिताल्यभिपूजने भवानीपूजने योषितां स्त्रीणामतिजयाय कथिता प्रोक्ता।।५०।।

ऋषि पञ्चमीव्रत के दिन से पूर्व अथवा पश्चात् अगस्त्यचार की शुद्धि से युक्त जो अष्टमी हो वह हरतालि (पार्वती) अष्टमी कही गई। इसका व्रत पूजन स्त्रियों को अति जय प्रदान करने वाला होता है। अर्थात् उनके लिए मंगलकारक होता है।।५०।।

दूर्वाष्टमी—

सिताष्टमी भाद्रपदस्य कीर्तिता
दूर्वार्चनेऽस्ते सति कुम्भजन्मनः।
सिंहे रवौ शारदकालगामिनी
मध्याह्नवृद्ध्याप्युत रिक्तया युता।।५१।।

अथ दूर्वाष्टमीमाह—सिताष्टमीति।। भाद्रपदस्य सिता शुक्ला शारदकालगामिनी शारदसंज्ञकालप्राप्ता उत मध्याह्नवृद्ध्या रिक्तया नवम्या युता युक्ताष्टमी दूर्वार्चने कीर्तिता प्रोक्ता क्व कुम्भजन्मनोऽगस्त्यस्यास्ते सति पुनः क्व सिंहे रवौ सति।।५१।।

अगस्त्य के अस्त होने पर तथा सिंह राशि में सूर्य के स्थित होने पर भाद्रपद मास के शुक्ल पक्ष की अष्टमी मध्याह्न से अधिक होकर शारद काल व्यापिनी हो एवं रिक्ता (नवमी) से युक्त हो तो दूर्वार्चन में प्रशस्त कही गई है।।५१।।

मतान्तरम्—

कन्यारवौ कुम्भजनावनस्तगे
दूर्वाष्टमी वास्ति नभोऽपराष्टमी।
नभस्सितापि क्वचिदादृता न
सा मुनिव्रतासन्नविभेदभावतः।।५२।।

अथात्र विभेदमाह—कन्येति।। कन्यारवौ कन्यासंक्रान्तौ कुम्भजनौ अगस्त्येऽनस्तगेऽवर्जिते वा नभोपराष्टमी श्रावणस्यापरा अग्रेतनाऽष्टमी अस्ति क्वचिन्नभःसिता श्रावणस्य शुक्ला सापि पञ्चमी नादृता कस्मात् मुनिव्रतासन्नस्य ऋषिपञ्चमीव्रतसमीपस्य विभेदभावतो भिन्नभावत्वात्।।५२।।

सूर्य कन्या राशिगत हो, अगस्त असंगत न हो (उदित हो) तो श्रावण मास के अनन्तर (भाद्रपद शुक्ल) की अष्टमी दूर्वाष्टमी होती है। कुछ विद्वानों ने श्रावण

शुक्ल अष्टमी को ही दूर्वाष्टमी बतलाया है। परन्तु मुनिव्रत (ऋषि पञ्चमी) के आसन्न न होने से विद्वानों ने इसका समादर नहीं किया है। अर्थात् भाद्र शुक्ल अष्टमी को ही दूर्वाष्टमी माना है।।५२।।

पार्वतीव्रतम्—

त्रयोदशीपूर्वमहश्चतुष्टयं
सैतं जयापार्वतिकाभिधं व्रतम् ।
शुचौ सदोदीरितमेव योषितां
नारम्भयेत्तावदजद्युविद्धवत् ।।५३।।

अथ पार्वतीव्रतमाह—त्रयोदशीति।। सदा निरन्तरं शुचौ आषाढमासे सितस्य भाव: सैतं शौक्लं त्रयोदशीपूर्वमहश्चतुष्टयं दिनचतुष्कं जयापार्वतिकाभिधं व्रतं सदा योषितां स्त्रीणामुदीरितं प्रोक्तं योषित्तद्व्रतं तावत्कालं नारम्भयेत् न प्रारम्भयेत् यावत्कालमजद्युविद्धवत् अजो विष्णुस्तस्य दिनं द्वादशी तस्या वेधयुक्तं स्यात्।।५३।।

आषाढ शुक्ल त्रयोदशी से चार दिनों तक जया पार्वती नामक व्रत स्त्रियों के लिए कहा गया है। इस व्रत का आरम्भ तब तक नहीं करना चाहिए जब तक द्वादशी से विद्ध त्रयोदशी न हो।।५३।।

अहिव्रतम्—

व्रतान्तरात्राविह जागरादिकं
समस्तसौभाग्यकरं तथा परम्।
शुचरेमाया रजनीसमाचिता
द्युपक्षवत्स्यैवमहिव्रतं स्त्रियाम्।।५४।।

व्रतान्तेति।। इह व्रते व्रतान्तरात्रौ व्रतावसानरजन्यां जागरादिकं समस्तसौभाग्यकरं स्यात्। तथापरं शुचेराषाढस्य यामामावासी रजनीसमाचिता रजनीव्याप्ता स्यात् स्त्रियां महिलायां सा एवमहिव्रतं स्यात्। किंभूतं अहिव्रतं द्युपक्षवत् दिनपक्षयुक्तम्।।५४।।

उक्त (जया पार्वती) व्रत के अन्तिम रात्रि में जागरण करना स्त्रियों के लिए सभी प्रकार से सौभाग्य कारक होता है। आषाढ मास की अमावस्या रात्रि व्यापिनी हो तो तथा पक्ष के दिन में भी हो तो उसी को अहिव्रत कहते हैं।।५४।।

गौरीव्रतम्—

या स्यात्सिता सा नभसस्त्रिमातिथि-
र्मधुप्रिया गौर्यभिपूजनोचिता ।
चन्द्रास्तकालानुगतादिगा क्षये
वृद्धौ परा तदद्वयगा न वान्यथा ।।५५।।

अथ गौरीतिथिमाह—या स्यादिति।। नभस: श्रावणस्य या सिता शुक्ला त्रिमा तृतीया तिथि: स्यात् सा गौरीतिथिर्भवति। किंभूता त्रिमा मधुप्रिया मद्यपानप्रिया पुन: किंभूता अभिपूजनोचिता पूजायोग्या पुन: किंभूता चन्द्रास्तकालानुगता पुन: किंभूता क्षये आदिगा पुनर्वृद्धौ पराऽग्रेतना वाथवा तद्द्वयगा तदुभयव्यापिनी अन्यथा न स्यात्।।५५।।

श्रावण मास के शुक्ल पक्ष की तृतीया तिथि मधुप्रिया (मधुपान प्रिया) एवं गौरी पूजन में श्रेष्ठ होती है। तृतीया तिथि चन्द्रास्त काल व्यापिनी ग्राह्य है। तिथि क्षय होने पर पूर्व दिन तथा वृद्धि होने पर दिन अथवा दोनों दिन गौरी पूजन होगा इससे भिन्न स्थिति में नहीं।।५५।।

शीतलासप्तमीनिर्णय:—

मध्याह्नकालेऽधिगतादिसप्तमी
नभस्यथो शीतलसप्तमीव्रते ।
नेया वशाभिर्नवमी सिता तथा
त्रिधा विभक्ते किल नाकुलव्रते ।।५६।।

अथ शीतलसप्तमीमाह—मध्याह्नेति।। अथो वशाभि: स्त्रीभि: शीतलसप्तमीव्रते नभसि श्रावणे मध्याह्नकालेऽधिगता प्राप्ता आदिसप्तमी शुक्ला सप्तमी नेया कर्तव्या इत्यर्थ:। तथा स्त्रीभि: त्रिधा विभक्ते नाकुलव्रते नकुलसम्बन्धिव्रते सिता शुक्ला नवमी नेया किलेति सम्भावना।।५६।।

श्रावण मास की आदि सप्तमी (अर्थात् शुक्ल पक्ष की सप्तमी) मध्याह्न व्यापिनी हो तो स्त्रियों को शीतल सप्तमी व्रत करना चाहिए। तीन भागों में विभक्त नकुल सम्बन्धी व्रत स्त्रियों को श्रावण शुक्ल नवमी को करना चाहिए।।५६।।

कज्जलीतृतीया—

नभस्य शुक्लेन्दुदयाधिका च या
ग्राह्या तृतीया खलु सात्र कज्जला ।
तथा तृतीया हि नभस्य शुक्लजा
सा गर्भसूताव्रतमृक्षपास्तगा ।।५७।।

अथ कज्जलीतृतीयामाह—नभस्येति।। खलु निश्चितं नभसि श्रावणेऽशुक्ला कृष्णा उदयगा सूर्योदयगता च पुनरधिका या तृतीया स्यात् सात्र कज्जला ग्राह्या। सत्रो दक्षप्रजापतिस्तस्य पुत्रीत्वात् हि युक्तार्थे। तथा नभस्य शुक्लजा भाद्रपदशुक्लतृतीया या स्याद्गर्भसूताव्रतं स्यात्। किंभूता ऋक्षपश्चन्द्रस्तस्यास्तगा अस्तं गते सति प्राप्ता।।५७।।

श्रावण मास के कृष्ण पक्ष की उदय काल व्यापिनी तृतीया सूर्योदय से कुछ अधिक काल तक हो तो वह कज्जली तृतीया होती है। भाद्रपद शुक्ल पक्ष की तृतीया चन्द्रास्त काल व्यापिनी हो तो गर्भसूता व्रत होता है।।५७।।

अभयद्वादशीव्रतम्—

मासि भाद्रपदे शुक्ला द्वादश्यभयसंज्ञिका।
सङ्गवानुगता कार्या स्त्रीजनैः कामसिद्धये।।५८।।

अथाभयद्वादशीमाह—मासीति।। स्त्रीजनैर्भाद्रपदे मासि शुक्ला संगवानुगता संगवसंज्ञकालप्राप्ता अभयसंज्ञिका द्वादशी कार्या कर्तव्या कस्यै कामसिद्धये वाञ्छितनिष्पत्तये।।५८।।

भाद्रपदमास के शुक्ल पक्ष में संगव काल व्यापिनी द्वादशी अभय संज्ञक होती है। अपनी कामना की पूर्ति के लिये स्त्रीजनों को यह व्रत करना चाहिए।।५८।।

अनन्तव्रतम्—

मध्याह्नकालान्तगता चतुर्दशी
सिता हि सा भाद्रपदे नृयोषिताम्।
बुधैरनन्तव्रतमादृतं सदा
तथा कलोनापि ततः फलाप्तये।।५९।।

अथानन्तव्रतमाह—मध्याह्नेति।। भाद्रपदे मासि सिता शुक्ला मध्याह्नकालान्तगा मध्याह्नकालावसाने प्राप्ता या स्यात् बुधैः सा चतुर्दशी एव अनन्तव्रतमादृतमङ्गीकृतं हि निश्चितं सदा तथा तेन प्रकारेण मध्याह्नावसानतः कलोना कलया हीनापि सा चतुर्दशी एव अनन्तव्रतमादृतं कस्यै नरस्त्रीणां फलाप्तये।।५९।।

भाद्रपद के शुक्ल पक्ष की चतुर्दशी मध्याह्न काल व्यापिनी हो अथवा एक कला न्यून भी हो तो स्त्री-पुरुषों को शुभ फलदायक अनन्त चतुर्दशी व्रत विद्वानों ने बतलाया है।।५९।।

सूर्यव्रतम्—

रवेर्व्रतं भानुदिने सदादिमे
यामे चरेदन्यदिनस्य सङ्क्रमे ।
पूजादिदानादिकभोजनादिभिः
प्रजायुरारोग्यधनादिसिद्धिकृत् ।।६०।।

अथ सूर्यव्रतमाह—रवेरिति।। सुधीः हंसदिने सूर्यदिने रवेः सूर्यस्य व्रतं चरेत् कुर्यात्। संक्रमेऽन्यदिनस्यादिमे यामे प्रथमप्रहरे चरेत्। किंभूतं पूजादिदानादिकभोजनादिभिः कृत्वा प्रजा सन्ततिः आयुः आरोग्यं धनादिः एषां द्वन्द्वे एषां सिद्धिकृत्।।६०।।

रविवार को एवं सङ्क्रमण काल में अन्य दिनों के प्रथम प्रहर में रवि (सूर्य) का व्रत करना चाहिए। पूजन, दान, भोजनादि के द्वारा युक्त (रवि व्रत) सन्तान, आरोग्य, धन एवं सिद्धि को देने वाला होता है।।६०।।

चन्द्रादिग्रहाणां व्रतम्—

तथैव सर्वद्युचरव्रते भवे-
त्स्ववासरो वा निजसंक्रमः सदा।
स्वहोमदानार्चनभोजनक्रियो
ग्रहस्तदीयोऽपि मिथ्यस्तदिष्टकृत्।।६१।।

अथ चन्द्रादिग्रहाणां व्रतमाह—सदा स्ववासरो निजसंक्रमो वा तथैव सूर्यवत् सर्वद्युचरव्रते चन्द्रादिग्रहाणां व्रते भवेत्। अपि पुनस्तदीयस्तस्य नरस्यायं ग्रहो मिथस्तदिष्टकृत् स्यात्। किंभूतः स्वहोमदानार्चनभोजनानां क्रिया यस्मिन् सः।।६१।।

चन्द्रादि सभी ग्रहों के व्रत में ग्रहों से सम्बन्धित वार एवं तत्तद् ग्रहों के संक्रमण दिन सदैव ग्राह्य हैं। रविवार के व्रत की तरह पूजा, दान, भोजन आदि की विधि सम्पन्न करने से ग्रह इष्ट सिद्धि देने वाले होते हैं।।६१।।

सूर्यादिग्रहणे पुण्यफलम्—

रवौ रवे राजदिने च राज्ञो
यदोपरागो ह्युत संक्रमे स्यात्।
शतोपरागप्रममेव पुण्य-
मेतदद्वयेऽन्तफलं जपादौ।।६२।।

अथ सूर्यादिग्रहणे पुण्यफलमाह—रवाविति।। यदा रवौ रविवारे उत संक्रमे रविसंक्रमे रवेः सूर्यस्य उपरागो ग्रहणं स्यात्। च पुना राजदिने चन्द्रवासरे चन्द्रसंक्रमे वा राज्ञश्चन्द्रस्य उपरागः स्यात्तदा शतोपरागप्रमं शतग्रहणप्रमितमेव पुण्यं स्यात्। एतद्द्वये वारसंक्रमणद्वयग्रहणे जपादौ जपविधौ अनन्तफलं स्यात्।।६२।।

यदि रविवार के दिन सूर्यग्रहण अथवा संक्रान्ति हो तथा सोमवार को चन्द्र ग्रहण अथवा चन्द्रमा की संक्रान्ति हो तो सौ ग्रहणों के तुल्य फल दायक होता है। उक्त ग्रहण एवं संक्रान्ति काल में जप आदि कार्य अनन्त पुण्य फल देने वाले होते हैं।।६२।।

ग्रहणकालिककर्त्तव्यता—

स्पर्शे विधाय स्नपनं जपाद्यं
कुर्यात्सुरार्चा हवनं न मध्ये।
विमुच्यमाने निजशक्तिदानं
स्नानं विमुक्ते तरणौ विधौ तु।।६३।।

स्पर्श इति।। तपने सूर्ये तु पुनर्विधौ चन्द्रे स्पर्शे राहुणा स्पृष्टे स्नपनं स्नानं विधाय जपाद्यं कुर्यात् पुमान् इति शेषः। च पुनर्मध्ये मध्यस्पृष्टेसुरार्चा देवपूजां हवनं च कुर्यात्। विमुच्यमाने निजशक्तिदानं कुर्यात्। विमुक्ते सति स्नानं कुर्यात्।।६३।।

सूर्य और चन्द्र का जब ग्रहण आरम्भ होता है (स्पर्श काल में) उस समय स्नान एवं जप करना चाहिए। ग्रहण के मध्य में देवता का पूजन एवं हवन तथा ग्रहण मोक्ष होने पर स्नान एवं इच्छानुसार दान करना चाहिए।।६३।।

गर्भवत्या ग्रहणावलोकने दोषः—

गर्भान्विता पश्यति चेन्नितम्बिनी
वैकल्यसूतिर्ग्रहणद्वयं हि सा।
न सूतकं जातमृतोद्भवं भवे-
द्यावच्छशाङ्कार्कविधुन्तुदेक्षणम्।।६४।।

अथ गर्भवत्या ग्रहणावलोकनं सदोषमाह—गर्भेति।। या नितम्बिनी स्त्री चेद्यदि ग्रहणद्वयं चन्द्रसूर्यग्रहणं पश्यति हि अवधारणे सा वैकल्या ग्रन्थिला सूतिः संततिर्यस्याः सा ग्रन्थिलसन्ततिः स्यात्। यावत्कालं शशाङ्कार्कविधुन्तुदेक्षणं चन्द्रसूर्यराहुविलोकनं स्यात्तावत् जातमृतोद्भवं जन्मजं मृतजं सूतकं न भवेत्।।६४।।

गर्भवती स्त्री द्वारा सूर्य एवं चन्द्र ग्रहण का अवलोकन करने से विकल (विकलांग जातक का) प्रसव होता है। सूर्य और चन्द्र ग्रहण में जन्म सम्बन्धी एवं मृत्यु सम्बन्धी सूतक नहीं लगता। अर्थात् जब तक ग्रहण रहता है तब तक सूतक नहीं होता।।६४।।

ग्रहणसूतकम् —

ग्रस्तो रवीन्दू व्रजतो यदास्तकं
न भोजयेदुद्गम ईक्षिते पुनः।
भोक्तव्यमाद्यप्रहरद्वयं विधो-
रपास्य वै यामचतुष्टयं रवेः।।६५।।

ग्रस्ताविति।। यदा रवीन्दू सूर्यचन्द्रौ ग्रस्तौ सन्तौ अस्तकं व्रजतो गच्छतस्तदा सुधीर्न भोजयेत्। उद्गमे उदये ईक्षिते दृष्टे सति पुनर्भोजयेत्। विधोश्चन्द्रस्य आद्यं प्रहरद्वयमपास्य विहाय भोक्तव्यं रवेः सूर्यस्य ग्रहणे यामचतुष्टयमपास्य भोक्तव्यमिति। इदं ग्रहणसामान्ये।।६५।।

यदि सूर्य और चन्द्रमा ग्रहण ग्रस्त रहते हुए अस्त (ग्रतास्त) हो जायँ तो भोजन नहीं करना चाहिए। पुनः इसके उदय होने पर इनका अवलोकन कर भोजन करना चाहिए। चन्द्र ग्रहण में आदि के दो प्रहर तथा सूर्य ग्रहण में ४ प्रहर छोड़कर भोजन करना चाहिए। (अर्थात् चन्द्र ग्रहण २ प्रहर और सूर्य ग्रहण में ४ प्रहर सूतक काल होता है)।।६५।।

सूतकादौ तिथिशुद्धिः—

जाते मृते रोगरजोग्रहादिके
न सूतके यावदुदेति भानुमान्।

तत्पूर्वमेव द्यु नयेन्निशीह या
तात्कालिकी सा तिथिरादृता विधौ।।६६।।

अथ सूतकादौ तिथिशुद्धिमाह—जात इति।। यावत् भानुमान् सूर्यो न उदेति उद्गच्छति तावज्जाते जन्मनि मृते रोगरजोग्रहादिके रोगे रजसि आर्तवे सूर्यादिग्रहणादिके सूतके पूर्वमेव द्यु दिनं नयेत् गृह्णीयात् किन्तु निशि रात्रौ तात्कालिकी तत्समयव्यापिनी तिथि: सा तिथिरिह विधौ विधाने आदृता गृहीता सुधीभिरिति शेष:।।६६।।

जन्म, मृत्यु, रोग, रजो दर्शन, ग्रहण आदि से सम्बन्धित सूतक में जब तक सूर्य उदित नहीं हो जाते तब तक पूर्व दिन का ही ग्रहण करना चाहिए। (अर्थात् सूर्योदय से पूर्व सूतकारम्भ हो तो पूर्व दिन से ही गणना करनी चाहिए)। रात्रि काल में जिस तिथि में सूतकारम्भ हो उस तिथि को ही ग्रहण करने का विधान विद्वानों ने बतलाया है।।६६।।

क्षयादिकालपरिभाषा—

घटीचतुष्कोनमित: क्षण: क्वचि-
त्प्रात: ससैकस्त्वरुणोदय: स्मृत:।
सैकस्तथोषासमये घटीद्वयं
शेषं खरांशूदय एव कर्मणि।।६७।।

अथ क्षणादिकालसंज्ञानमाह—घटीति।। घटीचतुष्कोनमितो घटिकाचतुष्केन ऊनो हीनो निशावसानसमये क्षण: क्षणसंज्ञकाल: स्यात्। क्वचित्प्रात:काल: स्यात्। तु पुन: सैक: एकेन सहित: स कालोऽरुणोदय: स्मृत: कथित:। तथा सैक: एकेन सहितोऽरुणोदय उषासमय: स्मृत:। 'उषा निशान्तेऽल्पे किञ्चित्' इति हैम:।। शेषं घटीद्वयं खरांशूदय: सूर्योदय एव स्मृत: क्व कर्मणि।।६७।।

चार घटी से न्यून रात्र्यन्त काल को 'क्षण' कहते हैं। इसी को कहीं-कहीं प्रात: काल कहा गया है। एक घटी सहित क्षण काल (क्षण काल +१ घटी) अरुणोदय, एक घटी सहित अरुणोदय काल (अरुणोदय +१ घटी) उषा काल तथा शेष २ घटी का समय सूर्योदय काल होता है।।६७।।

श्राद्धादौ कालनियम:—

यज्ञादिदेवकार्येषु नेयमेतन्मनीषिभि:।
पितृकार्ये च सर्वत्र त्रिपञ्चभागवर्जितम्।।६८।।

अथ श्राद्धे कालनियामकमाह—यज्ञादीति।। यज्ञादिदेवकार्येषु पितृकार्येषु सर्वत्र मनीषिभि: पिण्डतैरेतत् मदुक्तं नेयं ज्ञेयं किंभूतं एतत् त्रिपञ्चभागवर्जितं त्रिभागं पञ्चभागं कालं विहाय।।६८।।

यज्ञ आदि देव कार्यों में तथा पितृकार्यों (श्राद्ध) में सर्वत्र विद्वानों ने दिन के तृतीय एवं पञ्चम भाग को निषिद्ध किया है।।६८।।

नीलोद्वाहादी श्राद्धकाल:—

नीलोद्वाहोऽङ्गवच्छ्राद्धं यथाकालहितं गतम्।
यतोऽङ्गिगो विवाहः स्यात्तदारब्धक्रमानुगम्।।६९।।

अथ श्राद्धे त्रिपञ्चभागकालो नेष्ट उक्तः नीलोद्वाहादिश्राद्धेष्वनियामकमाह—नील इति।। नीलोद्वाहः अङ्गवच्छ्राद्धं पित्रादीनां श्राद्धं यथाकालहितं गतं प्राप्तं यतोऽङ्गिगो विवाहः स्यात्। कथमारब्धक्रमानुगं प्रारब्धानुक्रमणानुगतं स्यात् यथा भवति तथेति क्रियाविशेषणम्। कोऽर्थः यथावसरे नीलोद्वाहादि कार्ये क्रियते तत्संलग्नमेव श्राद्धं कर्तव्यमवश्यमेव अङ्गं नीलोद्वाहादि सोऽस्य श्राद्धस्यास्ति इति अङ्गिश्राद्धं नीलोद्वाहाद्यनुगतमेव भवति न स्वतन्त्र अतः कालनियामकता नास्ति।।६९।।

नीलोद्वाह, यथा समय प्राप्त पितरों के श्राद्ध, अंगिग (प्राणियों) का विवाह इन सबमें क्रम से प्राप्त सभी कार्यों का आरम्भ होता है। अर्थात् नीलोद्वाह (उद्यापन आदि) विवाह आदि कार्यों में भी क्रमागत श्राद्ध किया जा सकता है। इसके लिए कोई कालसीमा नहीं है।।६९।।

विशेष:—

नित्यं श्राद्धमनित्यं स्यान्नीलोद्वाहाङ्गवन्मिथः।
प्रादुर्भावे प्रवृत्ते वै नैवासौ तदनेहसि।।७०।।

नित्यमिति।। वै निश्चितं नित्यश्राद्धं नीलोद्वाहाङ्गवत् श्राद्धं मिथः परस्परमनित्यं स्यात्।। कोऽर्थः त्रिपञ्चभागवर्जितकालः श्राद्धे उक्तः अत्र नित्यश्राद्धे नीलोद्वाहादिश्राद्धे नासौ नियमः। प्रादुर्भावे प्रवृत्ते नीलोद्वाहादिकार्यसमयेऽसौ पित्र्यञ्चभागवर्जितकालो न स्यात्।।७०।।

नित्य होने वाले श्राद्ध आदि, कार्यों के अंगभूत होने से अनित्य हो जाते हैं। नीलोद्वाह आदि कार्यों के प्रारम्भ हो जाने पर निषिद्ध काल में भी श्राद्ध किया जा सकता है।।७०।।

नीलोद्वाहस्थानम्—

नासत्यपैत्रानलविश्वकर्मभ-
द्विदैवतर्क्षाभिधमासपूर्णिमाः।
पितृक्षयाहाश्च सुतीर्थसङ्गमाः
पुण्या वृषोत्सर्गविधानतः स्मृताः।।७१।।

अथ नीलोद्वाहस्थलमाह—नासत्येति।। नासत्यमश्विनी पैत्रं मघा आनलं कृत्तिका विश्वकर्मभं चित्रा द्विदैवतर्क्षं विशाखा एषां नक्षत्राणामभिधा नाम येषां ते च ते मासाश्च

तेषां पूर्णिमा: आश्विनमाघकार्तिकचैत्रवैशाखमासानां पूर्णमास्य: च पुन: पितृक्षयाहा: पित्रो: क्षयदिनानि पुन: सुतीर्थसंगमा: पुण्या धर्मयोग्या: कस्मात् वृषोत्सर्गविधानत: नीलोद्वाहादिकार्येण।।७१।।

अश्विनी, मघा, कृत्तिका, चित्रा, विशाखा, इन नक्षत्रों के नाम मासों अर्थात् आश्विन, माघ, कार्तिक, चैत्र और वैशाख की पूर्णिमा, पितरों का क्षय दिन, सुतीर्थों के समय, वृषोत्सर्ग आदि विधानों द्वारा पुण्य कहे गये हैं।।७१।।

गुर्वस्तादिदोषे नीलोद्वाहनिषेध:—

न हिंसगेऽस्ते च गुरौ सितेऽस्तगेऽ-
धिके क्षये मासि च हायने तथा।
नीलोक्षकोत्सर्गविधिं विदुर्गयां
गोदावरीं च प्रथमाब्दिकं बिना।।७२।।

अथ गुर्वस्तादिदोषे नीलोद्वाहं निषेधति—न सिंहेति।। सिंहगेऽस्ते च गुरौ सति अस्तगे सिते शुक्रं तथाऽधिके क्षये मासि हायने वर्षे च सति बुधा नीलोक्षगोरुत्सर्गविधिं न विदुर्न कथयन्ति। गयां गोदावरीं प्रथमाब्दिकं प्रथमश्राद्धं विना एतानि विहायेत्यर्थ:।।७२।।

सिंहस्थ गुरु में, गुरु और शुक्र के अस्तंगत होने पर, अधिक और क्षयमास में तथा क्षयाधिक वर्षों में वृषोत्सर्ग (नीलोद्वाह) नहीं करना चाहिए। किन्तु गया, गोदावरी और माता–पिता के प्रथम वर्षों में यह विधान लागू नहीं होता।।७२।।

क्षयाधिकवर्षयोर्लक्षणम्—

क्षयाधिमासावुदितौ पुरा मया
क्षयाधिकाब्दस्य च रूपमुच्यते।
क्षयाधिका मार्गवतो गुरो: समा
द्विसंक्रमा या क्रमतोविसंक्रमा।।७३।।

अथ क्षयाधिकलक्षणमाह—क्षयेति।। पुरा पूर्वं मया क्षयाधिमासौ उदितौ प्रोक्तौ च पुरनथ क्षयाधिकाब्दस्य क्षयाधिकवर्षस्य रूपं स्वरूपमुच्यते कथ्यते। मार्गवतो गुरोर्मार्गिगीष्पतेर्या द्विसंक्रमा द्वौ संक्रमौ यस्यां सा समा वर्ष: सा क्षयं क्षयवर्षं स्यात्।। या समा विसंक्रमा गुरुसंक्रमणरहिता सा शरत् अधिका स्यात् क्रमत:।।७३।।

क्षयाधिक मास की परिभाषा मैंने पहले ही कह दी है। अब क्षयाधिक वर्ष का लक्षण कह रहा हूँ। मार्गी गुरु का यदि दो संक्रमण एक वर्ष में हो जाय तो वह वर्ष क्षय संज्ञक तथा वर्ष में गुरु का संक्रमण न हो तो उसे अधिक वर्ष कहते हैं।।७३।।

क्षयवर्षे त्याज्यनियम:—

द्विचारवक्रान्तरकालमैन्दवं
वर्षं तदन्तर्गतमीज्यहायनम्।

क्षुब्धं तदैज्याब्दसमं त्वनेहसं
विहाय शेषे समयेऽस्तु मङ्गलम्।।७४।।

अथ क्षयवर्षे त्याज्यकालनियमाह—द्विचारेति।। तु पुनर्यत् ऐन्दवं वर्षं चान्द्रवर्षं द्विचारो द्विवारचारः वक्रश्च तयोरन्तकालं तदन्तर्गतं चान्द्रवर्षान्तरगतमेवंविधमीज्यहायनं गुरुवर्षं स्यात्तदैज्याब्दसमं तद् बृहस्पतिवर्षतुल्यं क्षुब्धं क्षयमनेहसं कालं विहाय शेषे समयेऽतः शेषकाले मङ्गलकार्यमस्तु।।७४।।

द्विचार (दो बार राशि परिवर्तन) और वक्री ग्रह के अन्तराल में स्थित चान्द्र वर्ष तथा उसके मध्यवर्ती गुरुवर्ष (बार्हस्पत्य वर्ष) को क्षय वर्ष कहा जाता है। क्षयवर्ष तुल्य काल को छोड़ कर शेष चान्द्र वर्ष का समय मंगल कार्यों में ग्राह्य है।।७४।।

लुप्तवर्षे मङ्गलकार्यविधानम्—

मार्गी पुरोधा गदितोग्रधन्वनो
द्विराशिचारं कुरुते यदा तदा।
लुप्ता शरत्सापि निपादिकं चरे-
च्चतुष्टयं मङ्गलसाधिनी भवेत्।।७५।।

अथ मार्गिगुरोर्लुप्तवर्षे कुम्भादौ मङ्गलकार्यमाह—मार्गीति। उग्रधन्वन इन्द्रस्य पुरोधा गुरुर्मार्गी सन् यदा द्विराशिचारं कुरुते कोऽर्थो मिथुनादौ राशौ महातिचारेण समागतः सन् पश्चात् कियद्भिर्दिनैर्वक्रितो यदा पूर्वराशिं मुक्तराशिं एति गच्छति तदा लुप्ता शरत् गदिता प्रोक्ता। अपि पुनः सा लुप्ता शरत् निपादिकं कुम्भादिचतुष्टयं कुम्भमीनमेषवृषमिथुनानि चरेत् गच्छेत्तदा सा शरत् मङ्गलसाधिनी भवेत्कुम्भादिचतुष्कयुक्ते लुप्तवर्षे मङ्गलं स्यादित्यर्थः।।७५।।

मार्गी इन्द्रपुरोहित गुरु यदि दो राशियों में संचरण करते हैं तो लुप्त संवत्सर होता है। यदि गुरु कुम्भ आदि चार (कुम्भ, मीन, मेष, वृष) राशियों में संचार करे तो मंगल कारक होते हैं।।७५।।

श्राद्धकालशुद्धिः—

क्षणद्वयं यत् द्युदलोदरं स्मृतं
सदादिजेभ्यः कुतपाख्यकालवत्।
दर्शक्षयाहाख्यनवान्नपक्षज-
श्राद्धेषु पिण्डान् कुतपे प्रदापयेत्।।७६।।

अथ श्राद्धकालशुद्धिं दर्शयति—क्षणेति।। यत् द्युदलोदरं दिनदलगर्भकं क्षणद्वयमस्ति तत् कुतपाख्यकालवत् श्राद्धकालतुल्यं स्मृतं केभ्यः सदा निरन्तरमादिजेभ्यः पितृभ्यो दर्शक्षयाहाख्यनवान्नपक्षजश्राद्धेषु सुधीः कुतपे पिडान् प्रदापयेत्। 'श्राद्धकालस्तु कुतपोऽष्टमो भागो दिनस्य यः' इति हैमः।।७६।।

दिनार्द्ध काल के मध्यवर्ती २ क्षण कुतप कालवत् (श्राद्ध काल की तरह ही) होता है। दर्श, क्षयदिन, नवीन अन्न एवं पक्ष से सम्बन्धित श्राद्धों में पितरों को पिण्डदान सदैव कुतप काल में ही करना चाहिए।।७६।।

तिथिस्तदीया कुतपद्वये यदा यदा
पूर्वाक्षये स्यादपरा च वृद्धितः।
न तद्द्वये तन्निकटानगा क्षये
वृद्धौ विभातादुदयास्ति वह्व्यपि।।७७।।

तिथिरिति।। यदा तदीया तिथि: श्राद्धतिथि: कुतपद्वये स्यात्तदा क्षये पूर्वा स्यात्। वृद्धिश्चात: पराग्र्या स्यात्तद्द्वये कुतपद्वये तिथिर्न स्यात्तदा तन्निकटानुगा श्राद्धकालसमीपगा स्यात्। उत चेत् विभातात् सूर्योदयात् क्षये वृद्धौ या वह्वी अस्ति सापि ग्राह्या।।७७।।

श्राद्ध तिथि कुतप काल में हो तो श्राद्ध करना चाहिये। यदि तिथिक्षय हो तो पूर्व तिथि वृद्धि होने पर अपर (अग्रिम) तिथि का ग्रहण करना चाहिए। यदि पूर्वापरा कोई भी तिथि कुतप काल में न हो तो जो कुतप काल के अति सन्निकट हो उसीका ग्रहण करना चाहिए। अथवा सूर्योदय काल से क्षय-वृद्धि में जो भी अधिक हो उसका ग्रहण करना चाहिए।।७७।।

विशेष:—

श्राद्धे तिथिं यामनुपाक्षिके क्वचि-
त्पञ्चधा भक्तदिनत्रिभागगाम्।
नयेद्युगादी सितपक्षजौ सदा
द्विभागगौ प्रागुदितानि चोक्तवत्।।७८।।

श्राद्ध इति।। सुधी: क्वचित् अनुपाक्षिके श्राद्धे या तिथिस्तां पञ्चधाभक्तदिन-त्रिभागगां पुन: सितपक्षजौ श्वेतपक्षजातौ युगादितिथी सदा द्विभागगौ च पुन: प्रागुक्तानि उक्तकालवन्नयेत्।।७८।।

कुछ विद्वानों के अनुसार मास और पक्ष सम्बन्धी श्राद्ध हेतु अभीष्ट तिथि को पाँच भागों में विभक्त कर दिन (तिथि) के तृतीय भाग में तथा शुक्लपक्ष में द्वितीय भाग में पूर्वोक्त नियमानुसार श्राद्ध करना चाहिए।।७८।।

श्राद्धेषु संकल्पविधिं परेष्विह
क्वचित्तदारभ्य समापयत्यरम्।
निमित्तजान्यानि तदाप्तकाल-
गान्यह्नीष्टकाद्याभ्युदयानि पूर्वगे।।७९।।

श्राद्धेष्विति।। सुधीरिह परेषु श्राद्धेषु क्वचित्तदारभ्य परमग्र्यं समापयेत्। निमित्तजान्यानि तदा सकालगानि इष्टकाद्यभ्युदयानि यज्ञाद्यभ्युदयश्राद्धानि पूर्वगेऽह्नि पूर्वाह्णे समापयेत्।।७९।।

अन्य श्राद्धों में संकल्प विधि को कहीं-कहीं पर आरम्भ कर अग्रिम काल में समाप्त करते हैं। निमित्तजन्य श्राद्ध, समय से होने वाले तथा यज्ञादि अभ्युदयश्राद्धों का समापन पूर्वाह्न में ही करना चाहिए।।७९।।

यागद्युपूर्वं किल पर्व साग्निकै-
र्नेयं यदीन्दोरुदयो नहीष्टये।
भूतादिपद्दर्शपदत्रयं समं
वृद्ध्यन्ययोः षोडशघस्त्रमोऽध्वरः।।८०।।

इति श्रीकविकालिदासोदिते ज्योतिर्विदाभरणे
कालनिर्णयाध्याय एकविंशतितमः॥२१॥

यागेति।। किलेति सम्भावनायां साग्निकैः पूर्वऋषिभिर्यागद्युपूर्वं पर्व यत् यस्मात् कारणात् हि अवधारणे इन्दोरुदये चन्द्रोदये इष्टये यज्ञाय भूतादिपद्दर्शपदत्रयं चतुर्दशीप्रथमचरणं दर्शचरणत्रयं समं न नेयम्। वृद्ध्यन्ययोः षोडशघस्त्रमोऽध्वरः स्यात्।। सप्तदशप्रमितदिने चतुर्दशप्रमितदिने चन्द्रोदये च यज्ञो न स्यादित्यर्थः।। अत्र विशेषतस्तारतम्यं सम्प्रदायात् ज्ञेयम्।।८०।।

यज्ञ दिवस के पूर्व यदि पर्व काल हो तो उसमें चन्द्रोदय काल के समय ऋषिलोग यज्ञ नहीं करते। चतुर्दशी का प्रथम चरण तथा अमावास्या का तीन चरण समान रूप से ग्रहण नहीं किया गया है। सोलहवें दिन यज्ञ होता है। सत्रहवें एवं चौदहवें दिन यज्ञ का विधान नहीं है।।८०।।

श्री कालिदासविरचित ज्योतिर्विदाभरण के कालनिर्णय प्रकरण का
प्रो. रामचन्द्रपाण्डेयकृत हिन्दीभाषानुवाद सम्पूर्ण॥२१॥

ग्रन्थाध्यायनिरूपणम् – २२

अथेह पर्वव्रतकालनिर्णया-
दनन्तरं ग्रन्थनिरूपणक्रमम् ।
ब्रुवे तथा विक्रममेदिनीविभो-
रभिप्रजानन्दकरस्य वर्णनम् ।।१।।

अथ सर्वनिर्णयाध्यायकथनानन्तरं बीजकाध्यायो घटतेऽतो ग्रन्थनिरूपणक्रमस्य विक्रमार्कवर्णनस्य चाध्यायं संदधाति—अथेति।। अथ माङ्गल्ये इह द्वाविंशेऽध्याये पर्वव्रतकाल निर्णयानन्तरम् अहं ग्रन्थनिरूपणक्रमं ब्रुवे कथयामि। तथाभिप्रजानन्दकरस्य अभीष्टलोकहर्षकारकस्य विक्रममेदिनीविभो: श्रीविक्रमादित्यराज्ञश्च वर्णनं ब्रुवे।।१।।

पर्व-काल के निर्णय के अनन्तर इस प्रकरण में ग्रन्थ-क्रम निरूपण तथा प्रजा को आनन्द देने वाले पृथ्वीपति विक्रमादित्य का वर्णन करने जा रहा हूँ।।१।।

मानान्ययोगशुभयुग्गुणरूपसंज्ञाः
पञ्चाङ्गजाः करणरूपगुणावबोधः ।
वातायनभ्रमणगोचरसर्वभेदाः
संस्कारकालनयशुद्धिरिषन्निषेकात् ।।२।।

अथ बीजकमाह—मानेति।। प्रथमाध्याये मानानि नवधा कालमानानि प्रोक्तानि इति।।१।। द्वितीयेऽध्याये पञ्चाङ्गजास्तिथिप्रमुखपञ्चाङ्गजाता अयोगशुभयुग्गुणरूपसंज्ञाः कुयोगाः शुभयोगा एवं गुणरूपसंज्ञाः प्रोक्ता इति।।२।। तृतीयेऽध्याये करणरूपगुणाः प्रोक्ता इति।।३।। चतुर्थेऽध्यायेऽवबोधो ज्ञानं पर्वज्ञानं पर्वाध्यायः प्रोक्त इति।।४।। पञ्चमेऽध्याये वातायनभ्रमणगोचरो ग्रहगोचरः प्रोक्त इति।।५।। षष्ठेऽध्याये सर्वभेदाः सर्वोत्पाताः प्रोक्ता इति।।६।। सप्तमेऽध्याये निषेकात् गर्भाधानकालात् ईषत् स्तोकमात्रं संस्कारकालनयशुद्धिः गर्भाधानादिसंस्कारकालनिर्णयनिर्दोषता प्रोक्ता इति।।७।। ।।२।।

प्रथम अध्याय में नवविध कालमान कहे गये। द्वितीय अध्याय में पञ्चाङ्ग से सम्बन्धित विषयों में तिथि-वार-नक्षत्र-योग का विवेचन, अशुभ एवं शुभ योगों के गुण, स्वरूप एवं संज्ञाओं का वर्णन, तृतीय अध्याय में करण और उनके रूप गुण, चतुर्थ अध्याय में अवबोध अर्थात् पर्वो का ज्ञान, पञ्चम अध्याय में ग्रह गोचर, षष्ठ अध्याय में उत्पातों के सभी भेदों का वर्णन तथा सातवें अध्याय में गर्भाधान काल से आरम्भ कर कुछ संस्कारों की कालशुद्धि बतलाई गई है।।२।।

षट्कर्मबाहुजविशामुपवीतकर्म
विद्याजपव्रतविधेः समुपक्रमश्च।
राजाभिषेकवदनाखिलराजसत्ता-
दिग्भेदवद्गमननीतिरशेषरीतिः।।३।।

षट्कर्मेति।। अष्टमेऽध्याये षट्कर्मा विप्रः बाहुजः क्षत्रियः विट् वैश्यः एषामुपवीतकर्म यज्ञसूत्रकृत्यं प्रोक्तमिति।।८।। च पुनर्नवमेऽध्याये एषां विप्रादित्रयाणां विद्याजपव्रतविधेःसमुप्रकमः विद्याजपव्रतविधानप्रारम्भः प्रोक्त इति।।९।। दशमेऽध्याये राजाभिषेकवदनाखिलराजसत्ता भूपाभिषेकप्रमुखसमस्तराज्याङ्गानि प्रोक्तानीति।।१०।। एकादशेऽध्यायेऽशेषरीतिः समस्तभेदयुकता दिग्भेदवद्विभेदतुल्या गमननीतिः प्रयाणनिश्चयः प्रोक्त इति।।११।। ।।३।।

अष्टम अध्याय में षट्कर्म, ब्राह्मण, क्षत्रिय, वैश्य, द्विजातियों के उपनयन संस्कार, नवम अध्याय में विद्या-जप-व्रत का विधान, दशम अध्याय में राज्याभिषेक एवं राज्य के अन्य अङ्गों का वर्णन तथा ग्यारहवें अध्याय में विभिन्न दिशाओं में यात्रा सम्बन्धी समस्त नियमों का विवेचन किया गया है।।३।।

अध्याययुग्ममुपयामविधानभेदं
सर्वाम्बराभरणधारणमङ्गभाजाम्।
दुर्गं चतुर्विधमनेकविभेदरूपं
चानेकभेदगृहनिर्मितिरार्यरीत्या।।४।।

अध्यायेति।। द्वादशे त्रयोदशे चाध्याये उपयामविधानभेदं विवाहविधानकृत्यं अध्याययुग्मं प्रोक्तमिति।।१२।। ।।१३।। चतुर्दशेऽध्यायेऽङ्गभाजां प्राणिनां सर्वाम्बराभरणधारणं सकलवस्त्र भूषणधारणं प्रोक्तमिति।।१४।। पञ्चदशेऽध्यायेऽनेकविभेदरूपं चतुर्विधं दुर्गं सालं प्रोक्तमिति।।१५।। च पुनः षोडशेऽध्याये आर्यरीत्या धर्ममार्गेणानेकभेद-गृहनिर्मितिर्गेहकर्तव्यता प्रोक्ता इति।।१६।।

बारहवें एवं तेरहवें दो अध्यायों में विवाह सम्बन्धी कृत्यों का वर्णन किया गया है। चौदहवें में प्राणियों के लिए सभी प्रकार के वस्त्र-आभूषण धारण करने के लिए समय शुद्धि, पन्द्रहवें अध्याय में चार प्रकार के दुर्गों का विवेचन, सोहलवें अध्याय में शास्त्रीय विधि से अनेक प्रकार के गृहों के निर्माण की विधि कही गई है।।४।।

गेहप्रवेशननयादिसुरप्रतिष्ठा
वह्नेः परिग्रहविधिर्बहुमिश्रकर्म ।
वर्णक्रियाचरणधर्मनयोऽनु किञ्चि-
त्सत्कालनिर्णयविधिर्व्यवहारसिद्ध्यै।।५।।

गेहेति।। सप्तदशेऽध्याये गेहप्रवेशननयादिसुरप्रतिष्ठा गृहप्रवेशनिर्णयो देवप्रतिष्ठा च प्रोक्ता इति।।१७।। अष्टादशेऽध्याये वह्नेरग्नेः परिग्रहविधिरग्न्याधानविधानं प्रोक्तमिति।।१८।।

एकोनविंशतितमेऽध्याये बहुमिश्रकर्म प्रोक्तमिति॥१९॥ विंशतितमेऽध्याये वर्णक्रिया-चरणधर्मनय: अनेकवर्णानां क्रिया आचरणं धर्म एषां निर्णय: प्रोक्त इति॥२०॥ एकविंशतितमेऽध्यायेऽनु पश्चात् किंचित् सत्कालनिर्णयविधि: शुभकालनिर्णयविधानं प्रोक्तम्॥२१॥ कस्यै व्यवहारसिद्ध्यै सर्वत्र योज्यमिति॥५॥

सत्रहवें अध्याय में गृहप्रवेश एवं देवप्रतिष्ठा मुहूर्त्त, अठारहवें अध्याय में अग्निपरिग्रह, उन्नीसवें अध्याय में विविध प्रकार के मिश्रकर्म, बीसवें अध्याय में वर्णक्रमानुसार (चारों वर्णों के) क्रियाकलाप एवं आचरण की नीति, इक्कीसवें अध्याय में शुभकाल का निर्णय विविध व्यवहार की सिद्धि के लिए कहा गया।।५।।

अध्यायकर्मविनिरूपणरीतिरित्थ-
मध्यायकेषु कृतमाकृति सम्मितेषु।
श्लोकैश्चतुर्दशशतैः सजिनैर्मयैव
ज्योतिर्विदाभरणकाव्यविधानमेतत्।।६।।

अध्यायेति॥ द्वाविंशतितमेऽध्याये अध्यायकर्मविनिरूपणरीति: प्रोक्ता इति॥२२॥ इत्थममुना प्रकारेण आकृतिसम्मितेषु द्वाविंशतिप्रमितेष्वध्यायेषु मया श्रीकालिदासेन एव एतज्ज्योतिर्विदाभरणकाव्यविधानं ज्योतिर्विदाभरणनाम कविकर्म कृतं कै: सजिनैश्चतुर्विंशति युतैश्चतुर्दशशतै १४२४ श्लोकै: कृत्वा॥६॥

बाइसवें अध्याय में अध्यायकर्म का निरूपण किया गया है। इस प्रकार २२ अध्यायों में तथा १४२४ श्लोकों में ज्योतिर्विदाभरण नामक काव्यविधान (ग्रन्थरचना) मैने (कालिदास) की।।६।।

विक्रमार्कवर्णनम्—

वर्षे श्रुतिस्मृतिविचारविवेकरम्ये
श्रीभारते खधृतिसम्मितदेशपीठे।
मत्तोऽधुना कृतिरियं सति मालवेन्द्रे
श्रीविक्रमार्कनृपराजवरे समासीत्।।७।।

अथ विक्रमार्कवर्णनं संदधाति॥ वर्ष इति। श्रुतिस्मृतिविचारविवेकरम्ये खधृति १८० संमितदेशपीठेऽशीत्यधिकशतप्रमितदेशमण्डले श्रीभारतवर्षे भरतक्षेत्रे मत्त: कालिदासात् अधुना साम्प्रतमियं कृति: समासीत् जाता कस्मिन् मालवेन्द्रे श्रीविक्रमार्कनृपराजवरे सति शुभे सति॥७॥

श्रुतिस्मृति से सम्बन्धित विचार-विमर्शों से अत्यन्तरमणीय भारतवर्ष में १८० देशपीठों लघुराज्यों से समादृत मालव राज्य के स्वामी राजाओं में श्रेष्ठ श्रीविक्रमादित्य के राज्य में मेरे द्वारा यह कृति (ज्योतिर्विदाभरण की रचना) सम्पन्न हुई।।७।।

नृपसभायां पण्डितवर्गाः—

शङ्कुः सुवाग्वररुचिर्मणिरङ्गुदत्तो
जिष्णुस्त्रिलोचनहरो घटखर्पराख्यः।
अन्येऽपि सन्ति कवयोऽमरसिंहपूर्वा
यस्यैव विक्रमनृपस्य सभासदोऽमी।।८।।

अथ प्रथमं नृपसभायां पण्डितवर्गं वर्णयति—शङ्कुरिति।। यस्य विक्रमनृपस्यैव अमी शङ्कुप्रमुखाः पण्डिताः सभासदः पारिषद्याः सन्ति। त्रिलोचनहरि इति द्वन्द्वे इमौ शेषं स्पष्टम्।।८।।

शंकु, सुवाक्, वररुचि, मणि, अंगुदत्त, विष्णु, त्रिलोचन, हरि, घटखर्पर तथा अमरसिंह आदि अन्य कविगण, ये सभी विक्रमादित्य की सभा के सभासद (पार्षद) थे।।८।।

सत्यो वराहमिहिरः श्रुतसेननामा
श्रीबादरायणमणित्थकुमारसिंहाः।
श्रीविक्रमार्कनृपसंसदि सन्ति चैते
श्रीकालतन्त्रकवयस्त्वपरे मदाद्याः।।९।।

सत्य इति।। च पुनः श्रीविक्रमार्कनृपसंसदि सत्याचार्यदय एते पण्डिताश्च पुनरपरे मदाद्या अहं कालिदास आद्यो येषां ते च ते श्रीकालतन्त्रकवयः कालविधानशास्त्रज्ञाः सन्ति।। शेषं स्पष्टम्।। श्रुतसेननामा सिद्धसेनदिवाकरो जैनश्वेताम्बरसत्कविरपरोनेमिकुमदाचन्द्र इति श्रीकल्याणमन्दिरस्तोत्रान्त्यकाव्ये पठितं।। अत्र सिद्धशब्दस्थाने छन्दोभङ्गभयात्कविना श्रुतशब्दः प्रयोजितः सिद्धशब्दस्य श्रुतशब्दपर्यायत्वात्।। यदुक्तं हैमानेकार्थ्यां 'सिद्धो व्याघ्रादिके देवयोनौ निष्पन्नमुक्तयोः।। नित्ये प्रसिद्ध' इति।। 'ख्याते प्रतीतप्रज्ञात-वित्तप्रथितविश्रुताः' इत्यभिधानचिन्तामणौ।। अस्य सम्बन्धो जैनशास्त्रात् ज्ञेयः।। लेशेन सूचितो यतः।। दिदृक्षुभिक्षुः संयातो द्वारपालो न मुञ्चति।। हस्ते न्यस्तचतुःश्लोक उतागच्छतु गच्छतु।।१।। दीयतां दशलक्षाणि शासनानि चतुर्दश। हस्ते न्यस्तचतुःश्लोक उतागच्छतु गच्छतु।।२।। सरस्वती स्थिता वक्त्रे लक्ष्मीः करसरोरुहे।। कीर्तिः किं कुपिता राजन् येन देशान्तरं गता।।३।। सर्वदा सर्वदोऽसीति मिथ्या संस्तूयसे बुधैः।। नारयो लेभिरे पृष्ठं न वक्षः परयोषितः।।४।। आहते तव निःस्वाने स्फुटितं रिपुहृद्घटैः।। गलितं तत्प्रियानेत्रै राजंश्चित्रमिदं महत्।।५।। अपूर्वेयं धनुर्विद्या भवता शिक्षिता कुतः।। मार्गणौघं समभ्येति गुणा यान्ति दिगन्तरम्।।६।। इत्यादिना श्रीविक्रमार्कनृपसभायां प्राप्तगरिष्ठप्रतिष्ठ इत्यलं विस्तरेण।।९।।

सत्याचार्य, वराहमिहिर, श्रुतसेन (सिद्धसेन) बादरायण, मणित्थ, कुमार सिंह एवं कालतन्त्र समयचक्र को जानने वाले (दैवज्ञ) मैं (कालिदास) तथा अन्य कविगण श्री विक्रमार्क की सभा में शोभयमान थे।।९।।

नवरत्नानि—

धन्वन्तरिः क्षपणकामरसिंहशङ्कु-
वेंतालभट्टघटखर्परकालिदासाः ।
ख्यातो वराहमिहिरो नृपतेः सभायां
रत्नानि वै वररुचिर्नव विक्रमस्य ।।१०।।

अथ पण्डितनवकं वर्णयति—धन्वन्तरिरिति।। वै इति पादपूर्तौ शेषं स्पष्टं नवनिधानरत्नवत्स्थायिन एते।।१०।।

धन्वन्तरि, क्षपणक, अमरसिंह, शंकु, वेतालभट्ट, घटखर्पर, कालिदास, विख्यात वराहमिहिर तथा वररुचि ये विक्रमादित्य के सभा के नवरत्न हैं।।१०।।

सभापरिजना—

अष्टौ यस्य शतानि मण्डलधराधीशाः सभायां सदा
स्युः संसत्परिणाहकोटिसुभटाः सत्पण्डिताः षोडश।
दैवज्ञा दशषण्मिताश्च भिषजो भट्टास्तथा ढाढिनो
वेदज्ञा रसचन्द्रमा विजयते श्रीविक्रमः सोऽधिभूः।।११।।

अथ सभापरिजनान्वर्णयति।। अष्टाविति।। सदा यस्य श्रीविक्रमार्कस्य सभायां मण्डल धराधीशा मुकुटवर्धनराजानोऽष्टौशतानि ८०० स्युरेवं संसत्परिणाहकोटिसुभटा: संसदः सभायाः परिणाहो विशालता तस्मिन् कोटिप्रमितसुभटाः स्युः।। षोडश सत्पण्डिताः स्युः।। दशषण्मिता दैवज्ञा ज्योतिर्विदः १६ स्युः।। तथा भिषजः १६ तथा भट्टाः १६ तथा ढाढिनः १६ वेदज्ञा वेदपाठकाः रसचन्द्रमाः १६ स्युः।। स श्रीविक्रमोऽधिभूः स्वामी विजयते।।११।।

विक्रमादित्य की सभा में सदैव ८०० राजा (मण्डलाधीश) विराजमान रहते हैं तथा १ करोड़ सैनिक (योद्धा) सभा की विशालता को व्यक्त करते हैं। इसके अतिरिक्त सोलह उच्चकोटि के विद्वान, सोलह दैवज्ञ (ज्योतिषी), सोलह वैद्य, १६ भांट, १६ ढाढ़ी (ढालधारी अंगरक्षक?), १६ वेदज्ञ जिस विक्रमादित्य की सभा में शोभयमान हैं उस भूपाल की सदा जय हो।।११।।

सैन्यवर्णनम्—

यस्याष्टादशयोजनानि कटके पादातिकोटित्रयं
वाहानामयुतायुतं च नवतिस्त्रिघ्ना कृतिर्हस्तिनाम् ।
नौकालक्षचतुष्टयं विजयिनो तस्य प्रयाणे भवत्
सोऽयं विक्रमभूपतिर्विजयते नान्यो धरित्रीधरः।।१२।।

अथास्य सैन्यं वर्णयति—यस्येति।। यस्य विजयिनो विक्रमार्कस्य प्रयाणे कटके सैन्येऽष्टादशयोजनानि निरन्तरं कालाध्वनोर्नैरन्तर्ये इति द्वितीया पादातिकोटित्रय

३००००००० मभवत्। वाहानामयुतायुतं १००००००००० च पुनर्नवतेः कृतिः ८१०० या त्रिघ्ना क्रियते तदा २४३०० हस्तिनां गजानां शतत्रयाधिकचतुर्विंशति-सहस्रमभवत्।। पुनर्नौकालक्षचतुष्टयम भवत्।। शेषं स्पष्टम्।।१२।।

विक्रमादित्य की सेना १८ योजन तक फैली हुई है। उसमें तीन करोड़ पदाति (पैदल सेना), अयुतायुत १०००००००० घुड़सवार एवं ९० के वर्ग का तीन गुना $(९०)^२ \times ३ = ८१०० \times ३ = २४३००$ हाथीसेना तथा चार लाख नौका (जलसेना) सम्मिलित है। जिसके प्रस्थान मात्र से विजय होती है इस प्रकार के विक्रम नामक भूपति, जिसके समान अन्य कोई नृपति नहीं है उसकी सदा जय हो।।१२।।

शाकप्रवृत्तिकाल—

येनास्मिन्वसुधातले शकगणान्सर्वा दिशः सङ्गरे
हत्वा पञ्चनवप्रमान्कलियुगे शाकप्रवत्तिः कृता।
श्रीमद्विक्रमभूभुजा प्रतिदिनं मुक्तामणिस्वर्णगो-
सप्तीभाद्यपवर्जनेन विहितो धर्मः सुवर्णाननः।।१३।।

अथास्य शाकप्रवृत्तिं दर्शयति—येनेति। येन श्रीविक्रमार्कभूभुजा कलियुगेऽस्मिन् वसुधातले सङ्गरे संग्रामे सर्वा दिशः सर्वदिक्पर्यन्तं पञ्चानां नवतेः पञ्चपञ्चाशत्कोट्यः पञ्चपञ्चाशल्लक्षाणि पञ्चपञ्चाशत्सहस्राणि पञ्चशतानि पञ्चपञ्चाशत् एभिः प्रमान् प्रमितान् ५५५५५५५५५ शकगणान् म्लेच्छान् हत्वा शाकप्रवृत्तिः कृता।। पुनः श्रीविक्रमादित्येन प्रतिदिनं मुक्ताफलं मणिरत्नं स्वर्णं हेम गौः सुरभिः सप्तिरश्वः इभो हस्ती इत्यादीनामपवर्जनेन दानेन सुवर्णाननः दानादिचतुर्विधो विप्रादिचतुर्वर्णात्मको वा धर्मो विहितः कृतः।।१३।।

जिसने कलियुग में इस भूतल पर युद्ध करके नवस्थान तक ५ संख्याओं तुल्य अर्थात् ५५ करोड़ ५५ लाख ५५ हजार पाँच सौ पचपन शकों का संहार कर शाकप्रवृत्ति की, उस महीपति विक्रमादित्य ने प्रतिदिन मोती, मणि, स्वर्ण, गौ, घोड़ा तथा हाथी का दान कर विप्र आदि चारों वर्णों के धर्मों का आचरण किया अर्थात् सभी धर्मों की रक्षा की।।१३।।

दिग्विजयवर्णनम्—

उद्दामद्रविडद्रुमैकपरशुर्लाटाटवीपावको
वेल्लद्वङ्गभुजङ्गराजगरुडो गौडाब्धिकुम्भोद्भवः।
गर्जद्गुर्जरराजसिंधुरहरिर्धारान्धकारार्यमाः
काम्बोजाम्बुजचन्द्रमा विजयते श्रीविक्रमार्को नृपः।।१४।।

अथास्य दिग्विजयमाह—उद्दामेति।। स्पष्टम्।।१४।।

उद्दण्डद्रविडरूपी वृक्षों के लिए परशु (कुल्हाड़ी) के समान, लाट (वंशीय) राजाओं के जंगल में अग्निसमान, उन्मत्तवंगदेशीय भुजंगों (सर्पों) के लिए गरुड के

समान, गौडरूपी समुद्र के लिए कुम्भज (अगस्त्य) ऋषि के समान, गर्जना करते गुर्जर देश के राजाओं रूपी हाथियों के बीच सिंह के समान, धारानागरी के घोर अन्यकार के लिए सूर्यसदृश, काम्बोजरूपी कमलों के लिए चन्द्रमा के समान श्रीविक्रमार्क नृपति की सदैव जय हो। अर्थात् द्रविड आदि समस्त राजाओं को परास्त कर सभी राजाओं के राजा के रूप में प्रतिष्ठि श्री विक्रमार्क की जय हो।।१४।।

प्रभुत्ववर्णनम्—

येनाप्युग्रमहीधराग्रविषये दुर्गाण्यसह्यान्यहो
नीत्वा यानि नतीकृतास्तदधिपा दत्तानि तेषां पुनः।
इन्द्राम्भोध्यमरद्रुमस्मरसुरक्ष्माभृद्गणेनाञ्जसा
श्रीमद्विक्रमभूभृताखिलजनाम्भोजेन्दुना मण्डले।।१५।।

अथास्य प्रभुत्वादिगुणान् वर्णयति—येनेति।। अञ्जसा शीघ्रं येन श्रीमद्विक्रमभूभृता राज्ञा उग्रमहीधरविषये पर्वते तुङ्गशृङ्गाग्रेऽसह्यानि गृहीतुमशक्यानि दुर्गाणि यानि अहो आश्चर्ये नीत्वा समादाय तदधिपास्तेषां दुर्गाणां स्वामिनो नतीकृता नम्रीकृताः पुनस्तेषां दुर्गाधिपानां तानि दुर्गाणि दत्तानि। किंभूतेन श्रीविक्रमार्केण इन्द्रः अम्भोधिः समुद्रः अमरद्रुमः कल्पतरुः स्मरः कामः सुरक्ष्माभृत् मेरुः एषां गुणाः प्रभुत्वगम्भीरत्वदातृत्व-सुरूपत्वस्थितरत्वाख्या यस्मिन् स तेन। पुनः किंभूतेन मण्डले देशे खलजना दुर्जनास्त एवाम्भोजानि कमलानि तेषु इन्दुरिव इन्दुस्तेन खलानां पराभवकारकेन इत्यर्थः।। जलकमलानि चन्द्रातपेन म्लानित्वं समागच्छन्तीति रूढिः।।१५।।

जिसने दुर्गम पर्वतशृङ्गों पर स्थित दुर्जेय दुर्गों पर भी विजय प्राप्त कर उन राजाओं को पराजित कर (अधीनस्थकर) पुनः उनके राज्यों को उन्हें वापस कर दिया तथा जिसने शीघ्र ही इन्द्र, समुद्र, कल्पवृक्ष, कामदेव तथा सुमेरु पर्वत की गरिमा को धारण कर लिया अर्थात् इन्द्र के समान प्रभुत्व, समुद्र के समान गाम्भीर्य, कल्पवृक्ष के समान औदार्य, कामदेव के समान सौन्दर्य तथा सुमेरु के समान स्थिरता को धारण कर लिया, वह भूपति विक्रमार्क समस्त दुष्टरूपी कमलों के लिए चन्द्रमा की तरह शोभयमान है।।१५।।

उज्जयिनीवर्णनम्—

यद्राजधान्युज्जयिनी महापुरी
सदा महाकालमहेशयोगिनी।
समाश्रयिप्राण्यपवर्गदायिनी
श्रीविक्रमार्कोऽवनिपो जयत्यपि।।१६।।

अथास्य पुरीं वर्णयति—यद्राजेति। समाश्रितास्तत्रोषिता ये प्राणिनो लोकास्तेषा-मपवर्गदायिनी यद्राजधानी विक्रमस्य मूलनिवासनगरी उज्जयिनी यच्छब्दापेक्षया तच्छब्दोऽग्रे ग्राह्यः शेषं सुगमम्।।१६।।

योगिनियों सहित महाकाल महेश्वर से युक्त, अपने आश्रितों (निवासियों) को मोक्षप्रदान करने वाली उज्जयिनी नामक महापुरी (महानगरी) जिसकी राजधानी है ऐसे भूपति श्रीविक्रमादित्य की सदा विजय हो।।१६।।

यो रुक्मदेशाधिपतिं शकेश्वरं
जित्वा गृहीत्वोज्जयिनीं महाहवे।
आनीय सम्भ्राम्य मुमोच यत्त्वहो
स विक्रमार्कः समसह्यविक्रमः।।१७।।

यो रुक्मेति।। यो विक्रमार्को रुक्मदेशाधिपतिं शकेश्वरं म्लेच्छनायकं आहवे संग्रामे जित्वा गृहीत्वा च उज्जयिनीमानीय संभ्राम्य च तु पुनस्तं शकेश्वरं मुमोच अहो इति आश्चर्ये शेषं स्पष्टम्।।१७।।

जो रुक्म देश के अधिपति शकेश्वर को संग्राम में जीतकर तथा राजा को बन्दी बनाकर उज्जयिनी लाया और उसे घुमाकर पुनः मुक्त कर दिया। इस प्रकार विक्रमादित्य का आश्चर्यजनक एवं समसह्य (समान-व्यवहार, सहिष्णुता) व्यवहार युक्त पराक्रम है।।१७।।

तस्मिन् सदाविक्रममेदिनीशे
विराजमाने समवन्तिकायाम्।
सर्वप्रजामङ्गलसौख्यसम्पद्
बभूव सर्वत्र च वेदकर्म।।१८।।

तस्मिन्निति स्पष्टम्।।१८।।

उस विक्रमादित्य पृथ्वीपति के विराजमान रहते हुए अवन्ती राज्य में समस्त प्रजा मंगल, सुख एवं सम्पत्ति से युक्त रही। अर्थात् सर्वत्र वेदकर्म वैदिकधर्म का व्यवहार होता रहा।।१८।।

शङ्क्वादिपण्डितवराः कवयस्त्वनेके
ज्योतिर्विदः सभमवंश्च वराहपूर्वाः।
श्रीविक्रमार्कनृपसंससदि मान्यबुद्धि-
स्तत्राप्यहं नृपसखा किल कालिदासः।।१९।।

काव्यत्रयं सुमतिकृद्रघुवंशपूर्वं
पूर्वं ततो ननु कियच्छ्रुतिकर्मवादः।
ज्योतिर्विदाभरणकालविधानशास्त्रं
श्रीकालिदासकवितो हि ततो बभूव।।२०।।

शङ्क्वादीति स्पष्टम्।।२०।।

श्री विक्रमादित्य की राज सभा में शंकु आदि श्रेष्ठ पण्डित, अनेक कवि तथा वराह मिहिर आदि ज्योतिर्विद थे। उन्हीं में विद्वानों द्वारा सम्मानित एवं राजा का मित्र मैं कालिदास भी था।।१९।।

सद्बुद्धि देने वाले रघुवंश आदि तीन काव्यों को विरचित किया, उनके पूर्व श्रुति कर्मवाद तदनन्तर ज्योतिर्विदाभरण नामक काल विधान शास्त्र की रचना कवि कालिदास द्वारा हुई।।२०।।

वर्षैः सिन्धुरदर्शनाम्बरगुणैर्याते कलौ सम्मिते
मासे माधवसंज्ञिके च विहितो ग्रन्थक्रियोपक्रमः।
नानाकालविधानशास्त्रगदितज्ञानं विलोक्यादरा-
दूर्जे ग्रन्थसमाप्तिरत्र विहिता ज्योतिर्विदां प्रीतये।।२१।।

इति श्रीकविकालिदासोदिते ज्योतिर्विदाभरणे ग्रन्थाध्यायनिरूपण-क्रमनृपविक्रमवीरवर्णनाध्यायो द्वाविंशतितमः।।२२।।

अथ ग्रन्थारम्भसमाप्तिकालौ दर्शयति—वर्षैरिति।। सिंधुरो हस्ती ८ दर्शनानि षट् ६ अम्बरं खं० गुणास्त्रयः ३ एभिर्वर्षैः ३०६८ सम्मिते प्रमिते कलौ कलियुगे याते गते सति माधवसंज्ञिके वैशाखे मासे मया ग्रन्थक्रियोपक्रमो ग्रन्थकरणप्रारम्भो विहितः कृतः।। च पुनरत्रोर्जे कार्तिकमासे ग्रन्थसमाप्तिर्विहिता कृता कस्यै ज्योतिर्विदां दैवज्ञानां प्रीतये। किंकृत्वा नानाकालविधानशास्त्रगदितज्ञानमादरात् विलोक्य दृष्ट्वा। अत्र ग्रन्थान्ते मङ्गलमपि दर्शितं यतो ज्योतिर्विदां प्रीता प्रसन्ना चासौ या लक्ष्मीश्च प्रीतया तस्याः सम्बोधने हे प्रीतये हे प्रसन्नलक्ष्मीस्त्वमसि।।२१।।

अथ सुखबोधिकाकृत्प्रशस्तिमाह—

ध्वस्तैकान्तगृहध्वान्तं स्यात्कारा शीतरश्मिना।
सदनुष्ठानफलोपेतं जयताज्जैनदर्शनम्।।१।।

विशदकनकगात्रो रत्नपात्रो गुणाढ्यो
विविधफलविशालामाममालिं दधानः।
सकलसुरविभूनां सेव्यसामीप्यदायी
जयति सततमर्हन् वर्द्धमानः सुरद्रुः।।२।।

श्रीवर्द्धमानात्तु परम्पराप्ते पदेऽभवत् सूरिवारः श्रियाढ्यः।
चन्द्रप्रभाख्यो विधुकान्तिकीर्तिः श्रीपौर्णिमीयाभिधपक्षगच्छे।।३।।

श्रीसिद्धराजसदसीह विजित्य सूरीन्
वादं विधाय वत षण्मितमासकालम्।
यः पूर्णिमां जिनवरागमसूक्तियुक्त्या
सत्योद्धधार दृढधीरनवद्यनूत्यः।।४।।

तत्पदे सुक्रियायुक्तो धर्मघोषस्ततो यतः।
खद्विचन्द्रमिता १२०जाताः शाखाः पौर्णिमिकाभिधाः॥५॥

परम्पराप्ते क्रमतस्ततः श्रीविद्याप्रभः सूरिवरोऽत्र पेदे।
बभूव शास्त्रार्थसुधासमुद्रप्रोल्लासनं चन्द्रसमानधर्मा॥६॥

ललितप्रभसूरिकुञ्जरोऽजनि भेदे तत आश्रितः श्रियम्।
विनयप्रभसूरिपुंगवोऽजनि पेदे तत आश्रितः श्रियम्॥७॥

सप्तदृपूर्वीचलभानुमन्तो जयन्ति शश्वत्किल सूरिराजाः।
नाम्नार्थतश्चापि गुणैरशेषैः सर्वोत्तमैःश्रीमहिमाप्रभाख्याः॥८॥

एषां प्रतापतपनश्च यशः सितांशु-
र्भुव्यम्बरे स्वरि समस्तपदे प्रयातः।
नित्योदयौ विदधतौ खलराहुनाशं
चित्रं ततो न महतामभितानुभावः॥९॥

आप्तोक्तौ परिपूर्णनिर्मलमतिः शब्दानुशास्तौ प्रधीः
काव्ये कर्कशतर्कशास्त्रकलने गाणित्यशास्त्रे तथा।
साङ्गे श्रीमहिमाप्रभाख्यसुगुरुः सूरीश्वरो राजते
ख्यातः सर्वगणे परोपकरणाद् विद्यादिदानेन वै॥१०॥

तच्छिष्योऽभूद्भावरत्नाभिधानस्तत्पादाब्जोपासनासक्तचित्तः।
एतत्सूत्तया कालिदासस्य गुर्व्या ज्ञातार्थो यस्तद्गुरोर्ज्ञानलाभात्॥११॥

तेनासौ सुखबोधिका सुललिता ज्योतिर्विदां तुष्टये
शास्त्रस्यास्य कृता यथामति मया शोध्या सुधीभिर्यतः।
संश्लिष्टानि पदान्यनेकश इहैकैकाक्षराख्यान्यपि
काठिन्यं कविना गिरां समुदितं त्याज्यं खलत्वात्पुनः॥१२॥

परिश्रमोऽयं सफलो ममास्याःस्ताद्वाच्यमानेन विलेखनेन।
सतां प्रसादाच्च ततो दधानैः खलैः खलत्वं जगतीह किं स्यात्॥१३॥

सज्जनेभ्यो नमो नित्यं खलेभ्योऽपि नमो नमः।
भवन्त्येके गुणज्ञा यद्दोषज्ञास्त्वपरे दृढम्॥१४॥

उभयेषां कृपादृग्भिः कृतिर्मे यातु शुद्धितः।
अग्निक्षारे यथा हेम निर्दोषं च सुवानताम्॥१५॥

श्रीविक्रमार्गादहिषट्हयोर्वी मिते गतेऽब्दे खलु राध१७६८ मासे।
शुक्ले तृतीयेऽथ तिथौ गभस्तिवारे समाप्ता सुखबोधिकेयम्॥१६॥

गच्छे श्रीमहिमप्रभाख्यसुगुरोः श्रीपौर्णिमीयाभिधो
शिष्यः सूरिवरस्य माण्डणसुतो यो भावरत्नाभिधः।

वाल्हाकुक्षिसमुद्भवः सुकृतवान् श्रीपत्तने पत्तने।
छन्दोव्याकरणाभिधस्मरणतोऽलङ्कारयुक्तामिमाम्॥१॥

वक्रवालधिमारूढो वरडाह्वो महाबली।
सुखाय क्षेत्रपालोऽस्तु राकापक्षकधारिणाम्॥२॥

अस्य मूलग्रन्थस्य सर्वाध्यायराशीकृतवृत्तसंख्या १४२० श्लोकमानं तु २४२० अथ वृत्ते संख्या सप्तसहस्रा ७००० सूत्रवृत्तिमीलनेन ग्रं. ९४२० अनुष्टुब्भ्यः॥श्रीः॥

इति श्रीपौर्णिमीयगच्छाधिराजभट्टारकपुरन्दरश्री ५ श्रीमहिमाप्रभ-सूरीश्वरचरणसरोरुहचञ्चरीकायमानशिष्यभावरत्नविरचितायां श्रीकालिदासकृतज्योतिर्विदाभरणस्य सुखबोधिकायां ग्रन्थाध्यायनिरूपणक्रमश्रीविक्रमार्कनृपवर्णनो नाम द्वाविंशतितमोऽध्यायः सम्पूर्णः॥२२॥

तीन सहस्र अरसठ (३०६८) वर्ष कलियुग बीत जाने पर वैशाख मास में मैने ग्रन्थ रचना का शुभारम्भ किया। अनेक विध काल विधान शास्त्रोक्त ज्ञान का अवलोकन कर (इस ग्रन्थ में सन्निवेश करते हुए) दैवज्ञों की प्रीति के लिए आदरपूर्वक कार्तिक मास में इस ग्रन्थ को समाप्त किया।।२१।।

श्रीकालिदासविरचित ज्योतिर्विदाभरण के ग्रन्थाध्याय निरूपण का
प्रो. रामचन्द्रपाण्डेयकृत हिन्दीभाषानुवाद सम्पूर्ण॥२२॥